康熙秘史

风咕咕 著

辽宁人民出版社

图书在版编目（CIP）数据

康熙秘史 / 风咕咕著 . —沈阳：辽宁人民出版社，
2023.1
ISBN 978-7-205-10473-3

Ⅰ . ①康… Ⅱ . ①风… Ⅲ . ①长篇历史小说—中国—
当代 Ⅳ . ① I247.5

中国版本图书馆 CIP 数据核字（2022）第 084995 号

出版发行：辽宁人民出版社
　　　　　地址：沈阳市和平区十一纬路 25 号　邮编：110003
　　　　　电话：024-23284191（发行部）　　024-23284304（办公室）
　　　　　http : //www.lnpph.com.cn
印　　　刷：北京长宁印刷有限公司天津分公司
幅面尺寸：160mm×230mm
印　　张：64.25
字　　数：800 千字
出版时间：2023 年 1 月第 1 版
印刷时间：2023 年 1 月第 1 次印刷
责任编辑：赵维宁　段　琼
封面设计：乐　翁
版式设计：一诺设计
责任校对：吴艳杰
书　　号：ISBN 978-7-205-10473-3

定　　价：198.00 元（全四册）

人物小传

男一，出场时26岁，性情柔和隐忍，执着坚强，深爱女一，却因祖训放弃心中所爱，一生苦守大清江山，成就霸业后的他，在临死前终于悟出爱的真谛。

爱新觉罗·玄烨

卫岚音

女一，出场时17岁，八阿哥生母，出身内务府包衣下三旗，初入宫时为浣衣局宫女，后由良贵人、良嫔擢升为良妃。真实身份为察哈尔部林丹汗的嫡系孙女，皇太极的长女温庄公主之女。貌美秀雅，性情婉约，甚为玄烨喜爱，两人却因互相对立的仇敌身世而错爱一生。

女二，出场时21岁，四阿哥养母，后宫之主，形同皇后，喜食萨其马，喜戴金鞘、凤钗，满洲镶黄旗人，身份尊贵，家族荣耀，深爱男一，性格坚强干练，狠辣无情，痛恨女一。

爱新觉罗·福全

佟佳皇贵妃

男二，出场时27岁，顺治帝次子，康熙帝异母兄，裕亲王、议政大臣，温文尔雅，文武双全，骁勇善战。

目 录

第一卷　凤鸾吟

第一章

剔尽寒灯梦不成

康熙十九年的元旦来得很早，前夜的大雪将整个紫禁城银装素裹，艳阳楼阁天色碧，龙眼看云，云如玉。乾清宫的重檐庑殿顶上的御兽们，在雪光的照射下，栩栩动人，昭示着至高无上的皇权。

元旦新年，东西六宫一片喜气洋洋，各宫的主子们都在讲着风调雨顺、问候请安的吉祥话，管她虚情还是假意，脸色都尽是欢颜。而紫禁城的偏隅浣衣局内，宫女卫岚音却是提心吊胆，她入宫整整一载，过了新年便要分到紫禁城的某处宫殿去当差。

卫岚音天资聪慧，样样出挑，最容易遭人眼红，多亏掌事姑姑的照料，才躲过暗里那些见不得光的手段。日子久了，她愈发沉默寡言，清秀的脸颊上总是带着淡淡的忧伤，期盼着未来出宫的光景。银色的雪光映衬朱红的宫墙，卫岚音碎步紧走。

"岚音，姑姑让我们集合，名单已经拟定，一会儿敬事房的张公公来分人了。"同年进宫的姐妹玉珠唤着，匆匆离去。

“好。”卫岚音踩在松软的雪地里，忽觉得下腹坠痛，一股热流涌下，她眩晕着失去了知觉，恍惚中看到了一抹暗暗的海水江崖。

“姑娘。”裕亲王福全一大早进宫为皇祖母请安，得了空来瞧瞧幼时的乳娘，刚好碰到晕倒的卫岚音。

昔日里福全的乳娘玉兰，今日已是教导宫女的兰姑姑。每年的元旦，王爷都会亲自来九间房看望她，让她倍感温暖。兰姑姑轻揉着微凉的双手，喜悦地迎出门外，刚好看到王爷深情地抱着一名小宫女，是卫岚音？

兰姑姑的火气顿时冲了上来，平日乖巧的卫岚音，竟生得狐媚心思，诱惑王爷，她真是看走了眼。

玉兰微欠着身子，稳稳地行下标准的宫礼：“老奴拜见王爷。”

“兰嬷嬷，去唤宫直吧。”福全温柔地看着怀中的少女，白皙的脸颊上长着一双弯弯的眉，像极了江南湖边的翠柳，睫毛密长微翘，让人忍不住想看她的眼睛。难得旗中女子，长得如南方佳人般柔弱，他的手臂也重了几分。

“王爷，还是老奴来吧，莫累坏身子，小小的宫女哪有那么金贵。”兰姑姑恭敬地走了过来。

“还是唤宫直吧。”福全疼惜之情愈重，抱着卫岚音进了暖房。

王爷是兰姑姑唯一的亲人，如今王爷贵为亲王，深得康熙皇帝宠信，王府上下更是一团和睦，妻妾亲贤，怎能容卫岚音如此低贱之人妄想？更何况她的身世！兰姑姑瞄了卫岚音一眼：此女不能留。“王爷，我去派人请宫直。”兰姑姑违心地说。

当值的宫直李太医，从未来过偏远的九间房，此番是裕亲王的差事，他一路急奔来到暖房。

“卑职参见王爷。”李太医不敢怠慢。

“来瞧瞧吧。”福全安坐堂前，品着上好的铁观音。

“是。”李太医瞥了眼床上的岚音，脸色微变，他在宫中行医数十年，从未见过如此美貌的女子，就连康熙皇帝最为宠爱的永和宫主子，也不及眼前这位姑娘的容貌。他偷偷看了眼品茶的福全，麻利地覆上绢帕，开始诊脉。

"回禀王爷，这位姑娘尚无大碍，只是葵水初至，体质偏寒，如今又正值隆冬，才会晕倒，稍作安歇便好。"李太医毕恭毕敬地禀告。

裕亲王福全听闻李太医的话，觉得脸颊微热，心中苦笑了几分，他已不是青葱少年，家中妻妾成群，儿女双全，怎会生出羞涩？他凝视着床上的女子，平稳地放下兰姑姑专门为他准备的富贵牡丹细瓷茶杯："无事便好，李太医既然来了，开个方子吧。"

"是。"李太医收起绢帕。

床上的卫岚音已经苏醒，听着太医的话语，羞涩得红了耳根，故意继续装晕。她学过规矩，自然知道海水江崖的尊贵。

一旁侍候的兰姑姑仔细琢磨着李太医的话：葵水初至，体质偏寒，有个地方最适合她。

"她叫什么？"福全问了一句，卫岚音睫毛颤颤晃动。

兰姑姑不甘心地应道："卫岚音。"

福全沉默地走出暖房，他的嫡妻家眷正在慈宁宫为皇祖母请安，他不能耽误了吉时。

暖房内，李太医将写好的方子交给兰姑姑，他知道，蒙在尘土中的明珠总有璀璨之日，就好像床上这位姑娘，早晚会飞上枝头。偌大的紫禁城，便是她今生的归宿，只是裕亲王，只能看天意了。

兰姑姑接过药方，客气地送走李太医，步入外室："玉珠，将分给张公公的宫女名册拿来。"

一名手脚麻利的小宫女将密封的名册呈上来。兰姑姑挑开封印，名册随着凉意破碎而出，她寥寥填了几笔，轻轻扇动着未干的墨迹。

卫岚音是姑姑平日里最为照拂的，为何更改名册的当差呢？玉珠忍不住地问："姑姑……"

兰姑姑想起卫岚音入宫时的情景，下垂的眼角裂开层层细纹，她一字一句地说道："这便是她的命！"

三日后，松软的雪地上留下一长串深浅不一的脚印，敬事房的张公公头戴黑绒宽檐的红樱冬冠，身穿着马蹄袖长袍，外套石青色的补服，胸前挂着一串青玉朝珠，脚上穿着一双沾着雪花的青棉白底儿靴，下半身鼓溜溜的。他瘪着嘴，没有胡须的脸冻得发白，扯着公鸭嗓：

"玉珠，永和宫。"

"春喜，御膳房。"

"念心，咸福宫。"

"卫岚音，浣衣局。"

身子本就虚弱的卫岚音听到浣衣局三字，险些跌倒。她自知身份卑微，入不了紫禁城最尊贵的地方，也不会在东西六宫当差。但她的女红手艺还不错，尚衣局、尚饰局都是去得的。为什么会分到给太监、宫女洗衣的浣衣局呢？

宫中的人都知道，浣衣局是紫禁城最低等的地方，兰姑姑为何会将她分到那里？她的眼前映出了那日的海水江崖。

"都听好了，马上收拾好东西，去各自的地方。记住了，要尽心尽力守候主子，哪怕是拼了自己的性命。"张公公拉着长音。

"是，谨记公公教诲。"众人齐声。

玉珠心虚地偷瞄着卫岚音，她实在不明白为何兰姑姑将她与卫岚音调换了地方。目前宫里最得宠的是永和宫的德嫔，永和宫和浣衣局有着天地之别。"这就是她的命。"玉珠的耳边响起兰姑姑的话。

"这也是我的命！"玉珠告诉自己。

卫岚音揉着红红的鼻尖，仰望着湛蓝的天，可惜只有一方天，看不到天边，她的归宿是浣衣局。她只能熬，熬到出宫的那一日。

浣衣局在紫禁城最偏远的角落，几间零散的房子，院里杂乱地晾晒着粗劣的衣衫，每日送取往来的宫人很多，无章无序。前来报到的卫岚音还没到正门，便听到院里梆梆的敲打声。她低着头，行着标准的宫礼，身段显得尤为柔软："岚音参见公公。"

正值壮年的魏公公，色眯眯地盯着卫岚音粉嫩的脸蛋，故意端着声调："先去一旁候着吧。"

卫岚音闻着污秽的味道，胆怯地后退。多年以后，她才知道，紫禁城内最污秽的不是衣物，而是人心。如果可以选择，她宁愿在浣衣局洗一生的衣服。

不一会儿，魏公公推搡着岚音进了偏房："公公为你讲讲这里的规矩。"

卫岚音退后："岚音定会听话。"

"公公最心疼你了。"魏公公强硬地拉过卫岚音的双手。

"公公。"卫岚音挣扎着退到门口。

"别不识抬举，得到公公的青睐，是你的福气。"魏公公将杜鹃啼晓的茶碗挥落在地。

卫岚音害怕地蜷在门前："我……"

魏公公盯着卫岚音，转动着猥琐的眼珠，来日方长，只要入了自己的地盘，还怕你飞了不成？他板起脸："公公只是试探你的诚心，先去洗衣服吧。"

"是。"卫岚音连忙跑了出去。

屋内的魏公公贪婪地嗅着双手，颤动着身子，丑陋不堪。

卫岚音被安排在角落里洗衣，冬月的紫禁城寒意连绵，刺骨的冷水浸着冰硬的衣裳，片刻便结了冰碴儿，半个时辰下来，她的手冻得不听使唤。

"你洗这个。"一个高挑的宫女指着一大堆厚厚的棉布。

"是。"卫岚音隐隐闻到一股酸臭的味道，背后一阵嘲笑声。

"宝英姐，你真是太英明了。"

"是啊，宝英姐是公公面前的红人。"

个子高挑的宫女名唤宝英，她拍打着窄口的包边莲袖："小蹄子凭着几分姿色，想勾引公公，也不瞧着自己几斤几两。"她的声音不大不小，句句入了卫岚音的耳朵。

卫岚音隐忍着嘲弄和不公，她在心中重复着额娘的话："再苦再累的时候，再撑一撑，总能过去。"世间的事总是如此，人人明白的道理，用在自己身上总是不灵验。就像额娘，她深知所有的道理，却没有撑下去的勇气。撒手人寰时，才发现真情真意不过是过眼烟云，额娘还没有过百日丧期，阿玛便娶了新姨娘过门，她和弟弟苦难的日子便开始了，送她入宫为婢也是姨娘为了多赚几两银子罢了。如今的委屈，比起在家中的苦难，算得了什么？

忽然，从院外跑来一个小太监，贴在宝英耳边说了几语，扭头去了。宝英得意地看着柔弱的卫岚音，真是天助我也，既然你得罪了人，便怪不得我了。

"卫岚音。"宝英大喊。

卫岚音放下手中的皂角，顺从地跑过来："宝英姐。"

宝英虚假十足地假笑："卫岚音，你洗的那些棉布是公公们的贴身物件，要早点儿清洗出来，要十分的干净，必须赤脚踩踏多遍才行。"

"这？"岚音正来着葵水，刺骨的冷水已经令她浑身抽搐，下腹隐隐作痛，又正值寒冬，赤脚洗衣分明是刁难她。

"呦，咱们这里是浣衣局，不是永和宫，难道你还妄想当主子不成？"宝英见她犹豫，立刻转了脸色。

卫岚音强忍着涌出的泪水："是，岚音定会洗干净公公们的衣物。"

"那就好。"宝英阴阳怪气地拨弄着长长的指甲，一群好事的宫女围了上来。

众目睽睽下，卫岚音轻轻褪去短靴、衣袜，露出白皙的双脚，迎着寒风，踩在刺骨的冰水中。此刻，身上的疼痛远不及内心的耻辱。她咬着牙，用力踩着、擦着。所谓的太监们的贴身之物，多是有缺陷的年老太监，染了淋尿的毛病，这些便是用来垫及的棉布。卫岚音紧咬牙关，踩踏着冰冷的水。

心花怒放的宝英依然在拨弄着指甲，她趾高气扬地喊道："岚音，今日必须洗完所有的衣物才能吃饭。"

卫岚音的双脚红肿麻木，几乎冻僵。她的小脸上挂着泪珠，尤为可怜，她卑微地应了声："是。"再撑一撑，她还要供弟弟读书。想到志向远大的弟弟，她觉得冷水不再刺骨寒冷，小腹的疼痛也缓和了很多。她用力踩着硬邦邦的棉布，头上的珠钗微微垂肩，缓缓颤动。

冬日里天黑得早，傍晚时分，都已经黑透了，面对着高高一摞的脏衣衫，映着昏暗的宫灯，卫岚音仰天望着月亮，柔和的月亮宛如额娘的眼睛，慈祥地看着她。

安谧的紫禁城，飞过一群群神鸟乌鹊，聚集在坤宁宫的索罗杆下觅食，那里是紫禁城里所有女人最向往的宫殿，看不见的私欲都隐藏在森森的夜色中。空寂的夜里传出几声乌鹊的孤叫，卫岚音缓缓闭上双眼，白日的委屈和凄苦的伤悲徐徐袭来，她吟起额娘教授的诗词："缺月挂疏桐，漏断人初静。"

"谁见幽人独往来，缥缈孤鸿影。姑娘，心如存希望，便会处世淡然，莫着凉了。"随着卓然清华的声音，一件温暖的黑绒披风落入卫岚音的柳肩。

卫岚音惊讶地抬起头，一个穿着小太监服饰的男子，身姿挺拔地站在她面前，不但巧妙地接着她吟下的诗词，更是真心鼓励她。透过清亮的月光，小太监的双眸晶亮无边，虽身着太监服，却毫无太监公公们的卑微之气。卫岚音犹豫："你是？"

"披上。"小太监将披风围在她身上，并没有多言。

卫岚音摸着温暖的黑绒，一直暖在心田。受尽委屈时，一丁点儿的帮助都会永记心田。她不想连累无辜之人，更何况是帮助她的恩人，她四处张望："多谢公公，奴婢是受罚之人，莫连累了你，你快走吧。"

小太监愣了片刻，刚毅的脸上没有半丝惧怕之意："无碍，这里无人，夜也深了，你还是别洗了，寒气正浓，姑娘家还是要小心身子的。"

卫岚音心中划过无奈，她没有多言，只能给小太监一记苦笑，她怎能不洗，为了能在浣衣局生存下去，她必须撑到底。想到了入宫一年里受到众多不公的事情，今日更是被无辜分到最低贱的浣衣局当差，白日里受到魏公公的刻意刁难，宝英的侮辱欺凌，她已感受不到足下的冰冷。所有的委屈齐齐涌上心头，她的双眸中沾满泪花，哽咽低泣。

善解人意的小太监轻拍着她的后背："哭吧，把委屈都哭出来。"

卫岚音再也抑制不住心中的泪水，她好想死去的额娘，家中的弟弟，她似乎熬不下去了，借着小太监温暖的肩膀，她低声痛哭。

周围依旧静寂无声，清凉的月色下，小太监无半星旖旎，他似乎也感受到了卫岚音的悲伤和无奈，大度地让出温暖的臂膀，静静地守候。

伊人垂泪，路人陪伴。偌大的紫禁城只剩下孤独站立的两个人。他们模糊的影子重叠、缠绕，再重叠、再缠绕，像凄美的蔓藤花一样，直至枯死，依然纠缠不休。

"是谁这般对你？"小太监的怒气，打破了寂静夜色，"如此苛刻之人，真是恶人。"

卫岚音的哽咽声愈来愈小，她失措地离身，望着面前之人，心中充满疑惑，这是在哪个宫当差的小太监，这么晚还出来办事，又如此强硬地为她鸣不平？她抹过脸上的泪，在深宫中，这一语，已是万分感激，哪里还能麻烦人家。只是小太监因离她太近，浣衣的皂水已经弄湿他衣衫的下摆，肩膀上也是一片氤氲。卫岚音从怀中拿出绢帕为其擦拭："有劳公公，对不起。"她发觉门口好像有黑影闪过，急忙解下披肩，压低着声音："公公快走，莫耽误了主子的正经事，我好多了，今夜谢谢你。"

小太监迟疑着站立在卫岚音面前，略带思索，并没有接过披风，却不客气地拿走了她手中素雅的绢帕，转身离去，只留下淡淡的熏香在卫岚音的身边飘荡。

候在外门的侍卫赵昌，看着走出来的玄烨，弯着腰，摸着额头的薄汗："万岁爷，利牧师已在东堂候着了，这宫女，奴才必当为主子留意。"

玄烨透过夜色，望着仍在奋力踩着衣衫的卫岚音，与赵昌一同消失在茫茫深夜之中。

洗衣的卫岚音，在深宫中有了第二个感激的人。她却不知，今生的命运即将改变，她注定与他纠缠，注定逃不开幽幽的紫禁城。

乾清宫内袅袅生烟，大清的皇帝——玄烨安坐在鹿角椅上，目不转睛地盯着案台上的画卷。画卷中，映着清亮的月光，一女子身着黑领绿袍，赤足踩踏着衣物，头上翠花乱颤，美眸中略闪泪光，面容宁静得宛如出水芙蓉的仙子，惹人怜爱。

这几日只要闲暇，脑中总会出现那夜的画面，佳人入心，寥寥数笔便勾勒出美人儿的神韵。

大太监梁九功在一旁侍候着染料："皇上画的可是九天上的仙女？"

"噢？"玄烨眯着眼，想起佳人脸上的泪，凄美的哭声萦绕耳旁，哭乱了他的铮铮铁骨。此时，他才体会到古人一见钟情勿相忘的旖旎情思，饱经人事的他，想到那双裸露的玉足竟然生了几分羞赧之色。他幼年登基，二十年间苦心经营，终于博来盛世，后宫的佳丽三千，都为了稳定龙椅而已，皇祖母告诫他，情字亡国，为了祖宗基业、大清的江山，千万不要爱上任何人。他也时刻提醒自己，要雨露均沾，不能独宠后宫。年复一年，饱经人世的他厌倦了八旗小姐的蛮横，他时刻渴望着一份无关江山社稷的真情。就是在此时，乖巧的宫女乌雅氏进入他的视线，谈不上有多喜欢，但他贪恋乌雅氏那份娇弱，那份善解人意。最后，他求了太后在皇祖母面前讲尽软话，才将她纳入后宫。乌雅氏也极为争气，一年过后，竟为他诞下四阿哥，皇祖母深深了解他登基多年的艰辛，便顺水推舟，顺了他的心，加封乌雅氏为德嫔。但是，他仍然不知爱人的滋味和心动的感觉。直到那夜，在浣衣局见到那位赤足的女子，她的身影刻入了脑海，挥之不去，她到底是谁？他抬起头，刚好看到造办处的赵昌弓着腰，跪在地上："奴才给皇上请安。"

玄烨挥动手臂："起来吧，这么多年，你还是这副样子。"

赵昌为玄烨的哈哈珠子，也就是从小随侍的男童，他跟随玄烨多年，深知玄烨的心思，虽是小官，却是玄烨的近臣。他恭敬地伸长了脖子："皇上，奴才已经查清楚了，那名宫女名唤卫岚音，先祖叛乱获罪，好在皇恩浩荡，并未斩草除根，保留卫家在包衣三旗之内，所以卫氏满门世代为辛者库。这个卫岚音入宫一年，据同批的宫女说，她样样都是出挑的，不知得罪了什么人，被分到了浣衣局。"

"她叫卫岚音？"玄烨沉思片刻，终是开口，"今夜将她带到景仁宫。"

赵昌抬起头迎上玄烨的眼："皇上，不如先将她调入尚衣局，近日，景仁宫刚好要重新装饰，不如……"

玄烨微微颔首，拿起素雅的绢帕，绢帕上细密的针脚仿若融入了他掌心的纹路，绣成一幅锦绣万里的秋海棠图，他将秋海棠紧紧握在掌心：卫岚音，你到底是怎样的女子？

第二章

蓬门未识绮罗香

　　浣衣局内的卫岚音早已习惯了忙碌的生活，她的性子沉稳，手脚麻利，并不惹人生厌，但是众人慑于宝英的狐假虎威，依然不敢与她太过亲近，只能在背地里关照些，她的日子还算好过。

　　冬日里，午后的阳光弥足珍贵，卫岚音躲在角落里眯着眼，揉搓着红红的双手，享受着饱含暖意的光，明亮的光跃动在指尖，她收拢起十指，将那缕光捧在手心。她想到那天夜里好心的小太监，当时她心情低落又慌乱，忘记了问小太监的名字，也不知道他在哪个宫当值，那件黑绒披风已经洗净收好，如何归还？她叹息着站起身，重新卷起了冻得硬邦邦的窄口衣袖，迈过高高的门槛……

　　"卫姑娘。"头顶阴纹镂花金官帽的赵昌，闯入卫岚音的视线。

　　"你？"卫岚音懵懂地盯着身着四爪蟒官袍的赵昌，委身行礼，"参见大人。"

　　"卫姑娘，请随本官走一趟吧。"赵昌仔细看着满脸狐疑的卫岚音，那灵气清澈的眼神宛如白荷般洁净，难怪皇上会寝食不安，如此佳丽妙人，只能入天子的怀抱。

卫岚音不敢动，迟疑地看着他："奴婢？"

赵昌吩咐落下锦轿，亲自掀开柔软的帘子："请，卫姑娘。"

卫岚音绞尽脑汁地想着，难道是他，裕亲王？迟疑中，她已被迎进轿内，抬出了浣衣局。浣衣局的围墙外传出哒哒的捶打声，一切如初，并没有因为少一人而慌乱，这便是紫禁城，视而不见、听而不闻是最基本的生存之道。坐在轿中的卫岚音一直揪着害怕的心，她不敢问，不敢看，直到轿子绕过双面的雨雾山川汉白玉石雕时，斜了一下，轿帘被风吹开了一条小缝。

岚音才惊醒，这是尊贵的景仁宫！她安静地坐在景仁宫内，屋内的红箩炭火烧得正旺。她被宫女侍奉着沐浴更衣，她似乎明白了此行的目的，柔弱的她强忍着悲伤，盯着窗上张贴的百子延绵窗花。宫中的奴才和主子都知道景仁宫为宫中的福地，因为这里是皇上出生的地方，她要见的是？望着满屋晃眼的明黄，卫岚音的脑中乱作一团。

傍晚时，屋外传来簌簌的脚步声，岚音急忙站立，偷瞄着一旁侍候的宫女。可惜宫女却面无表情，并没有传递给她任何音讯。

玄烨望着殿前外门上的金彩装画门神，心中带着期待，轻轻推开门。

"皇上万福。"宫女恭敬地跪下。

卫岚音随着一同跪下，忐忑地不敢抬头。

"下去吧。"玄烨瞄了一眼身着脂粉浅色云肩衣衫的岚音，勾唇微笑，转身走到紫檀木边竹林飞鸟屏风的后面。宫女低头迈着碎步离去。

珐琅亭式的香筒内袅袅生烟，屋内只剩下隔着屏风的两人，静寂无声。

岚音仍跪在宝毡上，心中慌乱无比，她的身份如此卑微，从未有过非分之想，她一时没了主意。炭火愈烧愈旺，她的小脸泛着红晕。

"岚音，过来。"玄烨坐在床边，轻声地唤着。他知道，夜夜入梦的人儿已经近在眼前。

卫岚音听着似曾相识的声音，惴惴不安，她时刻提醒着自己卑微的身份："奴婢身份卑微，不敢辱没圣眼。"

玄烨微微心跳："卑微？朕可以赐你名分。"这几日他夜不能寐，思量着心中的伊人。思来想去，觉得名分尤为重要，名分是她今后在宫中的护身符，但常在和答应恐委屈了她，不过……他自有主意。

名分？岚音木然地抬着头，惊得双眸梨花带雨，到底是怎么回事？她绞尽脑汁，实在猜不到皇上的圣意，自古便是圣意难测，何况她又是卑微渺小之人，她吓得脸色苍白。

许久听不见屏风那侧的动静，玄烨责怪自己的心思太急，他幽幽地说道："金缕佳人，玉足轻舞，初见后，夜夜入梦耳。"

初见？性情细腻的卫岚音终于想到被责罚赤足洗衣那夜，难道好心的小太监是在皇上身边当值？

"岚音，你在听朕讲话吗？"玄烨低沉地问道。自从他大婚以后，后宫从不缺主动奉迎献媚的女子，对于卫岚音，他实在是情不自禁。

"奴婢，在，听。"卫岚音慢慢站立，提着万斤重的步子，绕过屏风。她看见身着明黄龙袍的玄烨，安坐在床前，两人无声地看着对方，目光一寸寸地灼烧着彼此的心。

那夜送披风为她御寒的小太监，竟然是紫禁城内高高在上的天子。卫岚音惊讶地错手打碎了雕花红木边桌上的细瓷茶杯，她随即跪倒在地："请皇上恕罪。"

"岚音。"玄烨心疼地扶起她，"没有话对朕说吗？"

卫岚音低垂着头："皇上恕罪，那天晚上是岚音唐突了，惊了圣驾，岚音实在……"她的声音愈来愈小，额头已泛起细汗。她只是后宫城墙脚下卑微的苔藓，他是太和殿上的真龙天子。两人近在咫尺，却远在天边。想到在寒夜中，他带给她的感动和温暖，她的心中泛着苦涩，两个恩人，都是与她永无交集的人。

"宫中很苦吧。"玄烨想起那双寒风中的玉足，"别怕，从此朕会护着你。"

卫岚音低垂着双眸，避开他炙热滚烫的眼神，进宫一载，虽没有见过皇上圣容，但在宫人的口口相传中，她充满了对皇上的敬仰，这前无古人的圣君明主，童龄登基，几经荆棘，终是开创壮举。前朝一片朝气蓬勃，后宫更是花丛锦簇，儿女延绵。

卫岚音脑海中努力回忆着玄烨的千般功德，轻语："谢皇上照拂。"满屋的熏香弥漫，她深深地叹着气。

玄烨是从乾清宫来的，只带了贴身的梁公公在殿外守着："朕只是想和你静静地待一会儿。"

卫岚音低头看着明艳的江水海崖，她的耳边却闪过裕亲王福全的温润声音。那些感激给恩公小太监的话语，一时哽在喉咙，没了声音。

玄烨轻缓地拉起卫岚音略微发红的柔荑，误会她胆怯，便心疼地说道："从今以后，朕不会再让你受苦。"

"奴婢谢皇上。"卫岚音辛酸地谢恩。许多年后，当卫岚音再次在心里默念这句话时，已经恍如隔世。如果当年可以重新选择，她宁愿在浣衣局辛苦洗衣，绝不身居高位，身躯之苦哪里比得过心里的苦？

玄烨闻到她身上的暗香，不由得沉醉，面对情动之人，本不需要理由，只因多看一眼，只因心动！他轻轻贴着她小巧的耳垂，那针孔大小的耳洞，宛如诱人的朱痣。

卫岚音紧张地不敢动，头上的珠花微微晃动，连额娘留给她的玉环都蒙上了暖意。

"岚儿。"玄烨含着她如珠的耳垂。

"嗯。"岚音浑身战栗，心跳如脱缰的骏马，一路狂奔。

玄烨的喘气变得沉重，他终于理解到利牧师讲解的天使含义，岚儿便是他生命中的天使。他炙热的吻落在岚音白皙的脖颈上，点点如花，紧绷的情感仿佛泛滥的洪水倾泻而出，两人双双倒在丝滑柔细的锦床上。

"岚儿，看着朕。"玄烨深情地看着面露红晕的卫岚音。

岚音缓缓睁开双眼，她自然清楚如今的境遇，突如其来的临幸，到底是福还是祸？她到底还是幸运吧，入了皇上的眼，再也无法离开森森的紫禁城。她望着玄烨，他长着挺拔的鼻梁，凌锐的双眸，映着胸前的飞龙祥云，流露着王者的气息。这便是紫禁城中的皇上，大清的主子，得到他的宠爱，将置于云端。但是她想起了娘亲去世前的话，氤氲的眸底满是晦涩。

玄烨在她的眼中看到了恐惧："岚儿，莫怕，是朕心急。"

"不，皇上。"卫岚音急忙阻拦，被皇上宠幸是何等的荣耀，她怎能拒绝？又有何资本拒绝？

"岚儿，你愿意？"玄烨欣喜。

卫岚音的心情复杂，额娘曾告诉她，世上无圆满，女子的情爱并不重要，但一定要嫁给真心疼爱自己的良人。九五之尊委身于此，这便是疼爱吧，她闭上双眸，脑海中的温润身影渐渐模糊，更看不清远方的道路。

宫帷缓缓放下，轻轻地荡漾，卫岚音的泪，淹没在玄烨缠绵的亲吻中。外面寒意正浓，景仁宫内春色盈盈，宫中哪有不透风的墙，东西六院内承蒙盛宠的主子们，早已焦躁不安。漫漫长夜，清冷的宫殿内，多少人孤枕难眠？

冬日清晨寂静，交泰殿的自鸣钟响彻东西六宫，东面的承乾宫内却是热气腾腾，花团锦簇。各宫的主子都不约而同地来给佟佳贵妃请早安。自从孝诚仁皇后去世，佟佳氏身为皇上的表妹，晋封为贵妃，位同副后。

"佟姐姐的气色真是好了许多啊，这宫内杂事多，莫累坏身子。"有了身孕的戴佳氏——成嫔，端起彩色珐琅的茶杯，刚入口中，"噗"的吐了出来，茶杯也随之落地，"这是什么茶，是要烫死阿哥吗？"

"呦呦，成妹妹好金贵，是挑剔承乾宫的茶不好吗？这跌碎的茶杯，可是外面百姓一年的口粮！"纳喇氏——惠嫔感叹，声音不大不小，满屋之人听得真切。

成嫔怒气地瞪着惠嫔，这是后宫公然的秘密，成嫔与惠嫔两家素有恩怨，宫内的二人也自然视对方为仇敌。

"哈哈，依我看，成妹妹是害喜呢。"高傲的郭络罗氏——宜嫔嘲弄的口吻。

一旁的赫舍里氏——僖嫔掩鼻而笑，故意笑出声响。

"你们，你们？"成嫔抚着隆起的小腹气恼。

"好了，都是自家姐妹，莫吓坏了小阿哥。"主座上的佟佳贵妃面带倦色，"给成嫔送份压惊茶，要温些。"贴身宫女玉镯连忙应着，麻利地走了出去。

"是啊，成妹妹还是放宽心，平安生下小阿哥，不必挂念皇上，这宫里要添新人了。"盛宠多年的马佳氏——荣嫔挑起事端。昨夜景仁宫的宫灯亮了一夜，卫岚音三字传入各宫主子耳中，因为紫禁城内从来就没有过秘密。

"噢？看来咱们的皇上是好上这口了。"惠嫔话锋一转。

屋内安坐的主子们，也心知肚明地大笑起来，只有主座上的佟佳贵妃安稳地拿起盘中的萨其马。末位的乌雅氏——德嫔低垂着头看着显怀的肚子，她即将临盆，抿着小嘴没有言语。

"侍候好皇上，是姐妹们的本分，皇上喜爱的，定是好的，咱们怎能揣测圣意？"佟佳贵妃极爱萨其马入口即化的感觉，御膳房的厨子们，更是想方设法地变着花样，每日给承乾宫呈上各种口味的萨其马。

"姐姐真是大度，但宫中毕竟是有规矩的，谁晓得是不是低贱之人生得狐媚心思，做着飞上枝头的美梦啊。"尖酸刻薄的僖嫔拉着长音。

"住口，休得无礼，四阿哥还在睡着，莫让这混账话进了阿哥的耳里。"佟佳贵妃痛斥。德嫔原是她身边的侍女，得到皇上宠爱生下四阿哥，四阿哥由她抚养，形同亲子。俗语说，打狗也要看主人，各宫的妃嫔大多都生下皇子和格格，宫外又有各自的家族支持，自然不服她统领六宫，更是看轻承蒙圣宠的德嫔。

"姐姐的话虽然有礼，不过这浣衣局的宫人，胆子实在太大，那浣洗污秽的身子，如何能侍候皇上，怎能住进万福之地——景仁宫呢？姐姐如今是六宫之主，必须要惩罚分明。"宜嫔头上的珠花美艳娇人，她的话，除了德嫔，屋内的主子们出奇一致地赞同。

"是啊，佟姐姐，如今太皇太后和太后都在佛院理佛，宫内可不能没了规矩。"一贯趋炎附势的僖嫔煽风点火。

佟佳贵妃昨夜也是一夜未眠，毕竟宫中还没有嫔妃去过景仁宫，看来皇上的心思……

"也许旨意已下，卫岚音已经是正经主子了。"她可不想成为出头的靶子。

"连浣衣局的宫女都与咱们比肩了？"惠嫔反问的语气。

"都散了吧，时刻谨记，一切都要以皇上的喜好为首要。"佟佳贵妃摆着手。

"后宫又要热闹了，今日打扰姐姐，还望姐姐小心身子。"宜嫔首先起身咬着重语离去。

"德嫔，去后面看看四阿哥吧。"佟佳贵妃轻瞄了一眼，当初她疏忽大意，让德嫔钻了空子，还好有额娘的教诲，才顺水推舟成全了她。这小妮子竟一举得子，让她成为宫中的笑料，还好又有额娘暗中支招，让她去求得太后，将四阿哥留在承乾宫养着。让下贱之人时刻记得，她的主子是谁！佟佳贵妃稳定了心神，耳边响起额娘劝诫的话语："巍巍紫禁城，毫无背景的低贱宫女，能有几分能耐，还能翻云覆雨不成？只有尊贵的身份和生下皇子才是最好的护身符，才能稳坐后位。"

卫岚音，自然有人会收拾你！

卫岚音在景仁宫醒来时，身边已空无一人，想到昨夜的缠绵，她红透了小脸。一夜之间，她成为皇上的女人，她哪里知晓一墙之隔的承乾宫发生的一切，她已成为各宫嫔妃的眼中钉，浑身的酸痛感袭来，她叹了口气。

"姑娘要起身吗？"外面侍候的宫女问。卫岚音惊讶地掀起软纱帷帐，只见宫人立于两侧一字排开，黄花梨嵌螺钿盆架上的喜字面盆里热气萦绕。她还一时适应不了天壤之别的身份转变。

"姑娘？"开口的正是昨日侍候岚音的宫女富察氏——落霜。

"嗯。"岚音低低地应过。落霜示意着一旁等候多时的老嬷嬷，老嬷嬷麻利地走到床前，惊得卫岚音不敢动弹。

"请姑娘先起身移步，老奴要查看落红。"老嬷嬷刻板地说。卫岚音胆怯地站了起来。

落霜盯着她，眼中闪过惊叹和羡慕，身为皇上身边的奉茶宫女，她已入宫数载深知皇上的秉性。卫姑娘未着粉黛，便惊为天人，难怪皇上痴迷。她还从未见过皇上瞧后宫中的哪位嫔妃，用如此炙热的眼神。连离去时，皇上又几经嘱托，一定要照顾好卫姑娘。为何不是她？落霜低着头，心中飘过一阵酸楚。

此时老嬷嬷已将落樱点红，从铺床的富贵延绵锦被上剪下收入木盒。

"姑娘，老奴告退，希望姑娘早日为皇上延续子孙。"老嬷嬷恭敬地跪下，这一跪，便是认可了卫岚音主子的身份，也是她一生争斗的开始。

乾清宫前的南书房中，玄烨嘴角带着笑意，盯着龙案上的奏章愣着神，完全是陷入爱恋中的模样。

"皇上，太医院的宫直来报，钟粹宫的小阿哥患了风寒，景阳宫的成嫔胎位不稳，已服下安胎汤。"梁公公跪地禀告。

"好生照料小阿哥。"玄烨皱着眉，小阿哥的生母纳喇氏——通嫔是他醉酒后临幸，前些年生下的阿哥不足四岁便殇了，如今小阿哥又？想到这些年宫中嫔妃生下的阿哥虽不少，但大多早殇。他暗下着心思，绝对不能让卫岚音承受如此沉重的痛楚。成嫔是镶黄旗的贵族格格，刁蛮任性，凡事都咬尖，他并未在意。

"永和宫的德嫔可安好？"他不经意地问道。

一旁的梁公公不动声色，德嫔身受恩宠，接连得子，几年前还是毫无心机的小宫女，如今已是一宫主位，怎能相提并论？她当年掩盖孕事，直到四月胎儿已扎实，才公示六宫。

"德嫔娘娘月底便要临盆了，德嫔是有福之人，定会为皇上诞下活蹦乱跳的小阿哥。"梁公公讨好。

"着太医院好生照看。"玄烨淡淡地说。

"是。"梁公公是察言观色的高手，他知道此刻皇上心中只有昨夜景仁宫内的贵人。

"皇上，裕亲王到了。"他递上热茶。

"快传。"玄烨欣喜。

"拜见皇上。"得到皇上的急诏，福全匆匆进宫，并未着正式的亲王官服。

"裕亲王快请起，看座。"玄烨与二皇兄福全感情深厚。

"皇上，急诏臣来，可是南边有异动？"藩王之乱虽已平复，但还有少许余孽，福全担心地问。

"哈哈，裕亲王时刻惦记着家国大事，朕深感欣慰。"玄烨夸奖。

宫女茗玉奉上了武夷山的大红袍香茶，福全疑惑，南书房重地，一贯奉茶的落霜姑娘哪里去了？

"去年雨水偏多，这大红袍只采了三五斤，吩咐下去，宫内留下一斤，为裕亲王进宫议事时饮用，剩余的都赐予裕亲王回府饮用吧。"玄烨吩咐。

"是，皇上。"茗玉欠身恭敬地应着。

"臣叩谢皇上恩宠。"福全行礼拜谢。

"都是自家兄弟，裕亲王不必客套。"玄烨挥手阻止，"今日唤裕亲王来，主要是因一私事。"

私事？福全心中盘算。

"不瞒裕亲王，朕最近纳了一个宫女，深得朕心，已拟好晋封为贵人位分，只是这封号？朕颇为踌躇。"玄烨坦然而言。

福全大惊，外臣不得擅自商议后宫之事，前几年德嫔的事情是太皇太后定的，今日的事？他望着玄烨脸上的笑意，那分明是情爱之人的笑容。

"皇上，为何不遣内务府选几个字，从中挑选？"他放下茶杯。

"朕想自己定。"玄烨指向龙案上明黄的圣旨。

到底是谁，落霜？落霜的家族显赫，祖辈是八旗贵族，她入宫数载，一直在皇上身边侍候，皇祖母也多次提起过，将其纳入后宫，皇上都没有明确的意图，他转了心意？福全内心盘算着。

"蓦然回首，那人却在灯火阑珊处，只是一眼，朕便再难以忘却。"玄烨感慨万千，"朕拟了几个名号，都觉得不好，想请裕亲王瞧瞧。"

一眼？不是落霜？福全迟疑中接过梁公公奉上的字条，饱含深情爱意的字迹映入眼帘，菀、俪、淑跃然纸上。爱新觉罗的子孙，个个多情，莫非皇上也逃离不开宿命？

"朕觉得这三个字都不好，当年御书房读书时，裕亲王的功课比朕的好，还是裕亲王给朕出出主意吧。"玄烨爱惜的口吻，毫无帝王气势。

福全心知肚明皇上的心思，沉思半刻："古人讲：良为善、为贤，孟子曰，良人者，所仰望而终身也，臣以为良字为佳。"

玄烨听闻大喜，他提起御笔，苍劲有力地写下大大的良字，盯了好久："今夕何夕，得此良人，好，好，甚得朕意。"

"恭喜皇上。"福全和梁公公行礼叩拜。玄烨面带喜悦，在明黄的圣旨上游龙惊凤，倾注深情地写下良字。

"裕亲王既然来了，便辛苦一趟，替朕去传旨吧。"玄烨拿起圣旨，亲手交到福全手中。

"臣，遵旨。"福全对这位新晋封的良贵人充满好奇。

景仁宫内的卫岚音沐浴梳洗，安坐在软榻上，她身着贵人的服饰，位分虽然不高，但对于她原来的身份，已是天壤之别。屋内暖意浓浓，落霜淡淡一句："姑娘好福气。"再没有言语。

卫岚音也没有多语，端起装着玫瑰元宵的汤碗。

"放肆，是哪个大胆的奴才呈上来的？"落霜从紫檀屏风后走出。

卫岚音放下汤碗，刚想入口的玫瑰元宵滚落在地。

"回禀姑姑，这是景阳宫的小顺子送过来的，成嫔娘娘得知姑娘侍寝辛苦，着小厨房特意用糯米细面做的玫瑰元宵，赐给姑娘。"小宫女跪倒在地。

"拿下去，宫里的规矩是晚膳才能食用元宵，如今是早膳，莫要坏了规矩，主子的身子要紧。"落霜使着眼色，卫岚音投以感激的目光。

落霜忽而想到了规矩两字，看着满脸失措的卫岚音，以辛者库身份的宫女入住景仁宫，的确坏了规矩，成嫔娘娘是在示警？还是？

"早膳已经备好，请姑娘移步食用。"落霜不动声色，"晚膳还有段时辰，将元宵倒了，皇上特意嘱咐，要侍候好姑娘，多谢成嫔娘娘美意。"

"是，姑姑。"小宫女起身，端起装着元宵的汤碗离去。

景阳宫内，成嫔平卧在床，小顺子碎步跑了进来："回禀娘娘，元宵已经送到，不过被落霜姑姑倒掉了。"

"不是让你，趁落霜不在的时候呈上去吗？"成嫔倚着玉枕坐了起来。

"奴才是在落霜姑姑铺床时送过去的。"小顺子答道，"但听青竹讲，落霜姑姑不足片刻就出来了……"

"那贱人食用了几个？"成嫔抚着鼓起的小腹。

"一个也没有食用。"小顺子耷拉着头，声音很小。

"那整碗玫瑰元宵呢？"成嫔追问。

"落霜姑姑说，晚膳还有段时辰，责令青竹倒掉了，还多谢娘娘的美意。"小顺子安分地答。

"还算她识相。"成嫔眼中闪过狠毒，那元宵的食材可是精心为卫岚音准备的，浸泡糯米的水是香树叶泡过的，就连里面的玫瑰馅都是掺了石榴汁的，只要食用过，必定起到散子汤的作用，真是可惜了。

"告诉青竹，她阿玛已经无事，不需要挂念了。"成嫔压低声音。乖巧的小顺子匆忙离去。

"娘娘，"宫女晴云端着药汤入内，"娘娘，听宫人讲，钟粹宫的小阿哥哭闹得厉害，已经喂不下奶水了。"

"这便是报应，仗着自己是宫中的老人儿，便为所欲为，谁不知道钟粹宫的主子都是通房的丫头。"成嫔收起翠帘帷帐。

"是啊，哪里及娘娘的身份娇贵。"晴云放下药碗。

"咱们就等着听钟粹宫娘娘的哭声吧，哈哈，我腹中的阿哥可结实得很呢。"成嫔狂笑，"告诉那边，玫瑰元宵太小，这几日积食，用不下了。"晴云小心翼翼地离去。

躲过一劫的卫岚音正用着奢华的早膳，红枣莲子粥、红稻米粥一字排开足有十几种，卤鸭肝、小酱菜也摆满了花梨木茶几，她低着头草草用了一些便饱了。冬日的阳光正足，白色的雪地上露出一条清扫出来的青砖，她仰着头，望着西侧高大的重檐庑殿的御兽，这一切不是梦境，她已经是皇上的女人，一辈子都逃离不开紫禁城。初见皇上的震惊慢慢退去，她串联着所有的一切，原来浣衣局受惩罚那夜，遇到的小太监便是乔装的皇上，她无意间入了皇上的圣眼，造就昨夜的临幸。昨夜缱绻缠绵时，皇上温柔地吻去她眼角的泪滴，在耳边许下爱恋一生的誓言。

这帝王之爱，她该如何接受？

她摇着头，心中慌乱不已，她的心呢？皇上对她一见倾心，她对皇上却只有感激和畏惧。她的内心深处总是驱散不尽那温润的话语和淡淡的身影。她捂着胸口，阻止了心中可怕的想法，她是皇上的女人。

天空飞过几只觅食的神鸟，落在坤宁宫中的索罗杆上，发出呜呜的叫声，好像伤心人的哀号，她上了众人羡慕的云端，为何心中还如此凄凉？风好冷，她的手很冰……

从乾清宫内绕出的裕亲王福全手捧着圣旨，心情沉重地走在雪地上。明黄的圣旨上的卫岚音三个字，重重地打在他的心田。那淡淡的清香犹在，佳人已经成了贵人。自从元旦从九间房走后，他便一直忙于公务，本想过了二月二，着乳娘托词，和内务府将她要进府中。谁知短短几日，她竟被皇上临幸，可笑的是，名号还是他进谏的，福全心中更加烦躁。

当梁公公告知卫岚音在景仁宫时，福全几乎挪不动脚步，她确是深得皇上宠爱。他的手中提着盖着制诰之宝的圣旨，他和她再无交集，有缘无分，只能错过。他绕过龙光门，看着长长的朱红宫墙，心情沉重地迈进了景仁门。

"参见裕亲王。"宫人们恭敬地行礼。

卫岚音愣住，他怎么来了？那日只是听过他温润的声音，未见其人。今日一见，才知他人如其声，他略带伤感的眼神正望着她。两人眼神交汇，默默无语。

福全总算体会到古人的无奈，爱一个人只需刹那，遗忘却要一世。眼前的女子身着碧绿的宫装，头上插着碧翠簪子，婉约可人，少了几分青涩，多了几分清韵。两人就这样淡淡地望着，谁也没有说话。

"平身吧。"福全缓过神，深吸了口寒气，"卫岚音接旨。"他展开明黄的圣旨。

岚音心中刺痛，第一次相见便是永远的结束。

"岚音接旨。"跪在宫人递过来的蒲团上，她的脸上充满无奈。

"奉天承运皇帝诏曰，卫氏岚音，秉性柔顺，行端谨慎，克令克柔，雍和粹纯，甚得朕心，特册封为贵人，赐号为良，着长春宫主位居住，另赐锦缎数匹、飞天祥云金钗一支、和田玉镯一对……钦此。"福全艰难地念完全部。

"良贵人，接旨吧。"他嘶哑着喉咙。

"臣妾接旨，吾皇万岁、万岁、万万岁。"岚音颤动地接过圣旨，指尖无意中划过福全的手掌，仿佛两人曾经的相见，了却无痕。

落霜却心中震惊，贵人位分，长春宫主位，这对卫姑娘是多大的殊荣。尤其是赐号为良，一生良人！落霜紧握着手中的绢帕，她在皇上身边数年，却不及初见一面的她？

"贺喜良贵人。"内心伤感的落霜和众宫人叩拜。

细心的福全将落霜的伤感全部印在眼中。

"多谢裕亲王。"卫岚音转身进去，碧绿的身影消失在福全的视线中，只留下满院子不解的宫人。

册封的消息，像风一般很快便传遍了东西六宫。原本便不受待见的卫岚音，更因一个良字，得罪了后宫中的所有人。

永和宫内，乖巧的德嫔倚在软榻上。

"娘娘，皇上今晚去长春宫。"宫女宛碧抱着大把的百合花进来。

德嫔清澈的眼神楚楚动人："也好，将皇上赐我的白狐裘收好，明日替我去长春宫走动走动，切记不要第一个去，也不要最后一个去。"她细致地嘱咐。

"娘娘，那白狐裘可是皇上在猎场亲手打的白狐，攒了几年的皮子缝制的，是紫禁城里独一份的殊荣啊，咱们怎能拱手让人呢？"宛碧心疼地直言，"再则，娘娘你身子骨弱，白狐裘冬日御寒最好不过了。"

"这白狐裘是好物件，但现如今在皇上眼里，最属意的人是良贵人。"德嫔幽幽地道，"大家都不好过，相煎何太急。"

"娘娘，别心伤了，你腹中还有龙子呢，四阿哥还小，您已贵为嫔妃，若再生下阿哥，佟佳贵妃断不能要了去。"宛碧规劝。

"但愿如此吧。"德嫔想到被皇上临幸的第一夜到今日在宫中步步惊心的一幕幕，心酸悲愤。这紫禁城中，她身单力薄，必要与人结盟，长春宫的良贵人便是最好的伙伴。她闭上眼睛，终有一日要让世人知道，她是这宫中名副其实的娘娘。

第三章

月朗风和大地春

长春宫与其他宫殿相同，都是黄琉璃瓦歇山顶的正房，前檐出廊上有明艳的天花绘金龙和玺彩画，东西各有三间配殿，两山间有小便门通往后院。后院中的后殿是黄琉璃瓦硬山顶，两侧配有耳房和配殿。宫院中有一眼深井，一座井亭，还有树木。

卫岚音看着挂着冰花的苹果树，心里惴惴不安，这里是她要生活一辈子的地方？

"良贵人，皇上亲自过问内务府，这是安排过来的宫人。"梁公公带着人走了进来。

"有劳公公。"卫岚音苦涩地应道。

"参见良主子。"站在梁公公身后的四个宫女、四个太监，跪地拜谢。

卫岚音仔细瞧去，昔日的姐妹——玉珠竟在其中，她的心中有丝感动。玉珠虽被调换到永和宫供职，却一直在后殿干粗活儿，看着身着贵人位分宫装的卫岚音，她心中不禁感叹，原来这才是每个人各自的命运。

"落霜。"梁公公接着喊道。

"师父？"落霜琢磨着已经安顿好长春宫的事情，她也该回去了。

"皇上口谕，即日起着落霜在长春宫当差，望尽心侍候良贵人，钦此。"梁公公抑扬顿挫地说道。

落霜的心中一片凄冷，富察氏历代位居高官，富察家的女儿在东西六院当差，都是辱没身份的事情。当初她以秀女的身份入宫，心高气傲，她明确地表示不想入宫为妃，阿玛求了恩典，太皇太后才亲点了她去乾清宫奉茶。一晃数年，她的心早已融化在圣明的皇上身上，却是落花有意，流水无情。如今又沦落到在长春宫当差，她的心沉入谷底。

"落霜啊，皇上怕良贵人身边无人依靠，觉得你是身边人，才如此安排，莫要辜负皇上的一片苦心。"梁公公路过落霜的身边，低沉地嘱咐。

"师父，落霜定不负皇上重托。"落霜知道，皇上的心已经留在良贵人身上。梁公公走后，院内的八个人开始自报家门。

"奴婢玉珠。"

"奴婢成碧。"

"奴婢明霞。"

"奴婢虹酿。"

"奴才小安子。"

"奴才小邓子。"

"奴才小灵子。"

"奴才小元子。"

"拜见良主子。"八人恭敬地跪地请安。

"好了，都起来吧，长春宫的规矩只有一条，便是与主子同心同德，背叛主子、落井下石之人，必定严惩不贷，都先下去吧，一会儿分别说说你们的特长，再行分工。"落霜端起架势。

"是，姑姑。"八人一同离去，玉珠猛然抬起头，对卫岚音使着眼色。卫岚音会意地点头，安抚着她躁动的心，长春宫内恢复寂静。

"多谢姑姑。"卫岚音轻语。

"主子客套，如今我也是长春宫的奴才，还请主子提携。"落霜低着头，恭敬地说。她的性子和名字一样，落落大方，天霜河白，尤其是那双亲切的双眸，让卫岚音非常信赖。

长春宫开始了忙碌，皇上的赏赐源源不断地送进来，原本阴气空虚的宫殿，不出一日的工夫便已经焕然一新，焕发着勃勃生机。炭火烧得正旺，屋内温暖如春，金云包角的桌上，一把崭新的银茶壶冒着热气。

"侍候主子沐浴，今晚皇上要过来。"落霜吩咐着玉珠。

"是。"玉珠跑了过来。

卫岚音红着脸，被她搀扶着走进偏殿的浴房，沐浴过后，她坐在铜镜前。

"主子，梁公公特意吩咐，这是皇上亲自挑选的首饰，赏赐给主子的。"玉珠拿出一对粉玉木槿花耳坠子。

卫岚音抚摸着耳垂上精致小巧的木槿花，心酸不已。古人云：颜如舜华，便为木槿花，皇上爱恋的仅仅是她的容貌，色衰则弛，自古哪有不变的盛宠？

此时，乾清宫内的玄烨正在追问着梁公公，梁公公安分地回答了长春宫的情况，玄烨还特意在龙案上书写了一副对联：麟游凤舞中天端，月朗风和大地春。

"奴才这就去办。"梁公公不敢怠慢，今后长春宫的差事便是头等要事。只是不知太皇太后和太后回宫后，皇上该如何交代。他低声嘀咕。

"朕自有主张。"玄烨露出胸有成竹的笑容……

几日后的傍晚，长春宫斜对面的永寿宫内，一宫之主荣嫔提着嵌松石的金匙，吃着核桃仁的元宵。

"娘娘，长春宫的那位现在是皇上的新宠。唉，前面出了德嫔，现在又出了良贵人，皇上还亲自为长春宫题了字呢，今后咱们姐妹要孤灯长夜了。"永寿宫副位的兆佳氏——布贵人刻薄地抱怨。

"别提酸味的话了，只怪自己没本事。"荣嫔细嚼慢咽，"不知道这良贵人到底生得如何狐媚，将皇上迷得团团转，如今宫中德嫔、成嫔接连有孕在身，还是有皇子在身边最为依靠。"

"小人得志，鸡犬升天，没下过蛋的鸡啊，谁知道会不会下呢。"布贵人嗑着盛京供来的大榛仁儿。

"放心吧，轮不到咱们操心疑虑，承乾宫那位可不简单，她们佟佳氏一族哪有屈居人后的？这宫中的一切啊，早已入了太皇太后的耳了。"荣嫔受宠多年，深知紫禁城里的规矩和禁忌。

"娘娘的意思是？"布贵人放下手中的榛仁儿。

"你也是入宫的老人了，怎能还如此糊涂呢？宫中现在后位空缺，孝诚仁皇后和孝昭仁皇后家族显赫，明年又是三年一届的送秀女入宫，听闻赫舍里和钮祜禄氏两家的嫡亲女子都有意进宫，承乾宫的那位怎能坐得住？"荣嫔慢条斯理地解释。

"皇上不是说，今后不再立后吗？"布贵人问道。

"你真是愚钝，不再立后，可以立皇贵妃啊，宫中嫡长分明，怎能坏了规矩？佟佳氏又怎能拱手相让嫔妃首位？眼前只要得到太皇太后和皇太后的认可，佟佳氏为皇贵妃便多了层保障。"荣嫔说得头头是道，"再则，先祖独宠端敬皇后，冷落了皇上的亲母——孝康章皇后，太皇太后都记着呢。"

"哈哈，良贵人的事情，承乾宫的那位背着皇上，传了口信过去？"布贵人大惊。

荣嫔点着头："皇上最注重孝道，如今良贵人惹了众怒，碰了太皇太后的逆鳞，自会有人替咱们收拾得意忘形之人，我们看戏便是。"

"还是娘娘高明，我们不但要看好戏，必要时，还得推上一把呢。"布贵人爽朗地大笑。永寿宫内，灯火通明，笑声不绝。

长春宫内，玄烨怀拥着卫岚音，揉着她的头发："岚儿，后儿就是元宵佳节，宫中大摆宴席，你也该与宫中姐妹认识一番了。"这几日，为了保护她，他为她挡住了后宫中的莺莺草草。但他知道，总不能将她藏在长春宫中一辈子，他更知道夜夜的恩宠已将她置于紫禁城中的众矢之的。他也是没有办法，为了与她长久厮守，自然要给她一个皇子，必须要夜夜宠幸她。再则他也控制不住对她的情欲，以往祭拜先皇，他总是万般不解父皇为何独宠端敬皇后，冷落母后，如今的他才深有体会父皇的无奈。

情到深处浓意足，不求同生，但求同穴。

卫岚音乖巧地点着头："臣妾知道了。不过，皇上，孟子曾言，不以规矩，不能成方圆，臣妾卑微之身，日夜侍寝，恐……"她的语气变得婉转。夜夜侍寝在旁人眼中是莫大的殊荣，她却认为是折磨。

玄烨听后，不禁怔住了，他承认，对卫岚音的一见钟情，是因为她倾城的容颜，还有那天夜里，她执着善良的性子。

"岚儿读过书？"玄烨知道宫女初入宫，会习字读书，大多是女诫之类，怎会明白治国长篇？

"臣妾的额娘教过一些，只是额娘去得早，学得不多。"卫岚音面带哀愁。

"噢？"玄烨的手臂更紧了一些，额娘早逝，岂不是和他同样心酸？只有同病相怜之人才会懂。他心疼地抱着卫岚音，"朕的额娘也去得早，朕小时候，总是做噩梦。"话音刚落，他感到手指间传递着滑滑的情谊，卫岚音轻轻拍打着他的胸前，还哼着好听熟悉的童谣。

好似又回到了幼年，父皇夜夜宿于承乾宫，孤灯常伴的母后偷偷从阿哥所接他回景阳宫的情景，母后就如同这般拍着他，唱着童谣。玄烨的眼眶里噙满了泪水，他是大清的皇帝，早已失去了自己的名字，失去了世间的一切情感，他以为自己忘记了，其实一直都记得。

"皇上？"卫岚音见到玄烨眼中的氤氲，心中刺痛，她亦懂得他的这份伤心。后宫中的无限凄凉，高高在上的冰寒龙椅，看似光鲜，暗藏荆棘，到底是血肉之躯的人啊，哪能承受如此之重？她不知如何劝慰，只能紧紧地依偎在他的怀里，同他一起承受着那份悲哀。

两个人的心缓缓地贴近，玄烨情深地唤着她的名字。老天待他不薄，终是送来真正懂他的女子，他定会倍加珍惜，疼爱极致。

"皇上觉得臣妾颜如舜华吗？"卫岚音想到木槿花耳坠子，清脆的声音缓解着屋内悲伤的气氛。

"哈哈，看来岚儿读过很多古书嘛。"玄烨饱含着情意微笑，双手穿过卫岚音的长发，"朕的确喜爱你的容貌，试问，世间哪位男子不钟情于佳人呢？不过，木槿花朝开暮落，正如岚儿坚韧执着的性子啊。"

卫岚音羞红了脸颊，心底有丝开心。

玄烨不经意地问道："朕听落霜说，德嫔送来了白狐裘？"

"嗯，那白狐裘柔软如羹，极为保暖。听闻德嫔姐姐即近临盆，身子必定畏寒，臣妾想还回去。"卫岚音想起玉珠提及过的宫中形势。

"德嫔的确乖巧，甚得朕意，不过朕更喜爱岚儿，白狐裘是朕这些年在木兰围场打下的猎物皮毛，回宫后着尚衣局制成的，世间仅此一件，既然送来了，莫要送回去，朕会命内务府再为德嫔做一件送过去。"

亲手打下的？岚音的心中划过忧伤，发生在德嫔身上的一切，她早已知晓，盛宠之下的无奈便如这白狐裘，待他日红颜老去，新人辈出，又将会怎样？她是不是也会将白狐裘拱手相让？

玄烨似乎看出她的忧伤，柔声安慰："朕今后再不猎白狐了，这白狐裘便永远放在这长春宫，可好？"

"木兰围场好吗？"岚音换了话题。

"待过几年，朕带你去瞧瞧。"玄烨抚着她的鬓发。

"嗯。"卫岚音点头，她幼时常听阿玛和额娘讲起草原的辽阔，今生已无缘再见，看看围场也好，毕竟同样是绿草苍苍。

"佟佳贵妃也送来了礼物？"玄烨追问。

"是啊，佟佳贵妃送来了大卷的江绸两匹，落霜已经着尚衣局缝制衣袍，正好元宵节上穿。"善良的卫岚音知晓后宫的凶险，她本着与世无争的心态，对谁也没有任何防备，更无害人之心。

"佟佳贵妃还真舍得，这江南进贡的江绸可是好物件，朕穿的便是。"玄烨握着卫岚音的手抚上身上的团寿暗花江绸，缎面平细光滑，如婴孩的肌肤。

卫岚音隔着衣衫细细地抚着，感觉到玄烨炙热的肌肤。

"岚儿。"玄烨扯开镶元青素缎边的领口，心急地说，"为朕宽衣。"

卫岚音灵巧地解开缀铜镀金花扣。

"岚儿。"玄烨轻轻地解下藤萝的肚兜。长春宫内，暗香流动，旖旎满地……

夜沉，疲惫的玄烨睡得安稳。

岚音再次摸着胸口，这是情爱吗？她对于皇上的情感，由最初的感激和畏惧逐渐转变成了屈服和沉沦，每当面对皇上温柔的双眸时，她似乎真的迷离了，她时刻纠结地提醒着自己，伴君如伴虎。如若是平常夫妻该有多好，总有一日她会接受他、爱上他。

可惜这里是巍巍的紫禁城，这里有数不清的宫殿，每座宫殿里都住着身份显赫、如花似玉的女人，而这里只有一个男人。悲哀的蔓藤爬满了岚音的心田，缠绕纠结，无限凄凉。

与坤宁宫平齐的东边，是佟佳贵妃居住的承乾宫。宫女玉镯穿着紫褐色的外褂，入内："娘娘，口信已经传到，太皇太后在佛堂礼佛，并未多言，后来听苏麻嬷嬷说，太皇太后和皇太后会在二月二之前回宫。"

佟佳贵妃放下手中的胭脂水小碗："这宫中独宠本就是忌讳，本宫也没有办法，恐伤了皇上的心，还是请皇祖母和太后定夺吧。"

"娘娘，咱们这承乾宫可是宫中的贵地，娘娘养好身子，定会入主坤宁宫。"玉镯乖巧地为佟佳贵妃捶揉着后背。

"你啊。"佟佳贵妃叹着气，"本宫原想将你提携，也封个贵人的位分，当个正经主子，却被德嫔那丫头抢了先。"

"玉镯能在娘娘身边照顾，已经是主上烧了高香，哪敢有逾越之想，奴婢还想一辈子侍候娘娘呢。"玉镯接过小太监端来的斗彩宝相花盘，盘中刚出锅的萨其马还冒着热气。

"你啊，自己的事总是不上心。"佟佳贵妃盯着桌上的粉彩五龙穿花瓶，这物件是屋里的老物件，不知陪伴过多少孤灯的女子。承乾宫在前朝是端敬皇后的寝宫，曾经光艳一时，可惜红颜薄命，先帝竟为其昼夜守灵，御制行状，那份痴情，天地可鉴。这也成了皇祖母的心结、太后的伤疤。

如今皇上宠幸长春宫，同出一辙，难道破例升为良贵人的卫岚音，会和端敬皇后一样，入宫一载，连升三级，夺取后位？不！后位只能属于她，佟佳贵妃生生捏碎了手中的萨其马。

入宫前，额娘曾告诉她，佟佳氏一脉必须有皇后的宝座护身才能千秋万代，先祖的嫡福晋是佟佳氏，皇上的生母亦是佟佳氏，佟佳氏满门的荣耀，只要她诞下龙子，必定会贵为皇后。

　　只可惜，她入宫数载，却未能有孕在身，宫内的嫔妃都儿女延绵，连昔日在她身边的侍女德嫔也诞下了皇子。她不甘呀，她是身份显赫的贵族格格，必须要守住只差一步之遥的皇后宝座，扫清阻挡道路的一切人，不仅仅是为了家族，更是为她在宫中承受的无尽冷落。

　　"钟粹宫有何消息？"佟佳贵妃忽而想到，"告诉那贱人，本宫已铺好了路，明日必定要听到钟粹宫的哭声，否则休怪本宫连她一起灭了。"

　　"是，娘娘。"玉镯小心翼翼地献上帕子。

　　"江缎送过去了？"佟佳贵妃话锋一转。

　　"送过去了，是落霜姑姑接的，良贵人正在小憩。"玉镯禀告。

　　"良贵人？本宫倒要看看，皇上还能将你藏多久？"佟佳贵妃绝艳的眼神中闪过恶毒。

　　转眼到了元宵节，紫禁城挂满了福字平安的宫灯，一片祥和喜庆。长春宫中的卫岚音坐在铜镜前，玉珠正在为她梳头、化妆："贵人的头发乌亮，真是好福气。"

　　卫岚音微笑："少调皮。"

　　"噢！"玉珠吐着舌头，忙乎着手中的活计。描眉、刷鬓角、敷粉、擦红，每一个步骤都非常仔细，毕竟今日是卫岚音第一次迈出长春宫，一切都要仔细。

　　玉珠拿起胭脂盒子："这胭脂是落霜姑姑在夏日里亲自采的鲜花磨制而成，很香呢。"

　　"多和落霜姑姑学学。"卫岚音对曾共患难的姐妹，十分珍惜。

　　"是，奴才一定和落霜姑姑好好学。"玉珠为她戴上两旁缀着珍珠串络子的两把头凤冠，还在凤冠上插了一朵娇艳的宫花。

　　落霜抱着尚衣局缝制好的衣袍由外而进："真是巧，奴婢前脚儿刚到，恰好做完。"

　　"有劳姑姑。"卫岚音真切地感激。

　　"主子，奴婢担当不起。"落霜展开绣百子暗花圆领的夹衣，又为卫岚音披上碧绿的贵人官袍，最后换上莲花底的短靴。她的动作一气呵成，熟练麻利。

玉珠看得眼花缭乱："落霜姑姑，好厉害！"

"这没什么，进宫之前，在家中，常常这般打扮。"落霜淡淡的语气。

"噢。"玉珠努着嘴，吐着小舌头。卫岚音使着眼色，她匆匆离去。

"主子，元宵节上，皇上宴请的都是后宫嫔妃、皇子和王亲贵族，只要主子顺着规矩便行了，切莫多言妄语。"落霜嘱咐。

"谢谢姑姑。"卫岚音点头。

为了元宵节，畅音阁的戏台已经搭好，阅是楼更加热闹，宫中的各位妃嫔都假意地闲聊着。伴随小太监一声清脆的"良贵人到"，瞬间变得鸦雀无声，所有人的眼光都瞄在卫岚音身上。

卫岚音在落霜的搀扶下，步步生莲，缓缓上前行礼："贵妃姐姐吉祥，各位姐姐吉祥。"甜美如莺的声音，柔弱纤妍的容貌，令众人惊艳万分。

尤其是荣嫔，她是宫内最貌美的娘娘，却远远不及良贵人。这后宫之中，再也找不出可以与她比肩的人了。

成嫔更是气恼，她妒忌的眼色似火光一般，烧尽了卫岚音。

"良贵人，快请起，这跪得久，皇上会心疼的。"佟佳贵妃满脸笑意，"今儿，都不是外人，无须客套，一定把酒言欢啊。"

"谢姐姐。"卫岚音起身，坐在末位德嫔的旁边。

"还算识相。"身着香色外袍的僖嫔，嗑着瓜子。她的话入了卫岚音的耳，德嫔投去安抚的眼色，卫岚音倍感温暖。各宫的嫔妃，气势十足，卫岚音终于体会到她在宫中的地位。

"皇上驾到。"随着太监的喊声，在座的嫔妃纷纷行礼叩拜，"皇上，万福金安。"

卫岚音在最末端，离着皇上很远，只能见到一团明黄之色。还从未见过他身着龙袍，头戴宝顶的英姿，卫岚音睁大了眼，仔细望着。

主座之上，皇上与盛装打扮的佟佳贵妃同排而坐，明黄与金黄互相辉映，彰显着尊贵的身份。两侧衣着香色的嫔妃，明显逊色许多。再看看自己身上的碧绿，岚音又一次明白，她是宫中微不足道的人，夜夜宠爱她的皇上，是众人的皇上，是大清的皇上。她将心底的萌芽，掩埋在冰冷的瑞雪之下。

"你想去上面坐？"成嫔小声嘲笑着目不转睛的卫岚音。卫岚音瞧着成嫔显怀的肚子，咽下了解释的言语。

玄烨的眼神有意无意地落在台下的卫岚音身上，低声地吩咐梁公公。

梁公公会意地扯着嗓子："着良贵人，台前赏戏，望月。"卫岚音实在不想坐在高位，她有种孤独无助的感觉。

"哟，良贵人还不过去，难道要梁公公念第二遍吗？这可是畅音阁，多念几遍，估计整个紫禁城的人都听见了。"宜嫔面带笑意，却句句带刺。

卫岚音无奈，只能在众目睽睽之下坐到玄烨身边，高台之上，她的美貌深深印在各宫嫔妃的脑中。

"年老则色衰，容颜最不可靠，又无根无派，看她能猖狂多久。"宜嫔端起盛着元宵的细瓷碗。

高台上的佟佳贵妃端起掐丝珐琅万寿无疆碗，盛着小巧的元宵："皇上，这是在西苑丰泽园采下的稻谷，研磨成粉，掺着细糯面做的白糖元宵，尝尝？"

卫岚音觉得自己是多余之人，手握青玉柄金羹匙，无从下手。

"好，这几年风调雨顺，丰泽园的收成甚好，朕颇感欣慰。"玄烨接过白糖元宵，"可给皇祖母和太后送去了？"

"回皇上，早就将上好的细粉送去了，皇祖母还是喜爱苏麻嬷嬷亲手做的。"佟佳贵妃解释。

"还是爱妃做事周详。"玄烨发自内心地敬佩他这位嫡亲表姐，不过，他不得不时刻防备。

毕竟他的身上流着佟佳氏家族的一半血液，佟佳氏位居高位已经数载，若是有皇子依靠，那样更会威胁到东宫太子的地位。

玄烨盯了眼侧立在卫岚音身边的落霜，脑中闪过一幕幕往事，这些年的确苦了她。落霜却因为这稍作停留的一眼，激动得几乎落泪，他还是记着她的。

"裕亲王及侧福晋到。"通传的小太监话音刚落，卫岚音手中的青玉柄金羹匙落地开花。

"岚儿？"玄烨关切地问道，

灵巧的落霜早已奉上新的金羹匙。

"无事，手滑。"卫岚音掩盖着脸上淡淡的忧伤。

台下的宜嫔，鄙夷地小声嘀咕："真是上不了台面。"僖嫔掩鼻而笑，态度不言而喻。

"为良贵人呈上手炉。"佟佳贵妃吩咐着贴身宫女玉镯。

首座的荣嫔轻蔑地瞥了眼末位的德嫔，也不过如此，这才几年便失了恩宠。她入宫多年，深受皇上宠爱，只怪命薄，子女早殇，她也曾是紫禁城中红极一时的主子，皇上的怜爱仍在，她过得还算安稳。可是，即使当年身受盛宠，皇上也未曾如此深情地看过自己。

如今红颜渐渐褪去，她的心中充满对卫岚音的怨恨。她是宫中的老人，眼看着每年遴选秀女一批又一批地纳入后宫，从未心慌失措过。良贵人？摸着铺满香粉的脸颊，她心中憋着一股怒气。

"着裕亲王和侧福晋上座。"玄烨和蔼地挥手。

"谢皇上。"福全带着侧福晋入座侧位。

"这是裕亲王的侧福晋瓜尔佳氏，嫡福晋西鲁克氏有了身孕，安养在府中，不宜走动。"身边的落霜压低声音。

卫岚音心事重重，他是高贵的裕亲王，她是皇上的良贵人，已再无半分情缘，他定是府院安泰吧。

她瞧着侧位安坐的福全，今日着暗黄色的官服，胸前的卧龙活灵活现，一旁的侧福晋身着暗红的寿字衣袍，落落大方。瓜尔佳氏不时地为福全布菜斟酒，福全温柔地看着她，两人夫唱妇随，令人羡慕。

落霜轻轻拽着她的衣袖，将她的思绪带回。

玄烨慈语："今日元宵佳节都是自家亲眷，不必拘束。"

"祝吾皇万岁、万岁、万万岁，大清基业万年常青。"众人跪地行礼。

"哈哈，平身。"玄烨大喜，心爱的伊人守候身旁，后宫嫔妃锦簇，子女绵长，兄弟和睦，国泰民安，此乃高过了人生间的四大幸事耳。

"皇上，臣祝皇上岁岁如今朝，我大清八旗子弟勇猛无敌。"福全端起青花穿龙的酒杯。

"好。"玄烨一饮而尽。

福全面带笑容，自始至终没有看卫岚音一眼。岚音心情低落，接过玉镯呈上来的暖炉，默默无语。

"往年的上元十五，朕都是在圆明园赏花灯，今年皇祖母和太后为大清祈福，不在宫中，便宴请各位，在这里过吧。"玄烨彰显孝心。

"祝太皇太后、皇太后万福金安，身康体健。"众人又一次行礼。

落座后，成嫔挺着肚子："昨儿在景阳宫听李太医讲起昔日在九间房的良妹妹，如何贤淑貌美，今儿一见，果然如此啊。"

一语既出，寂静一片，只有寒夜中的花样宫灯随风摇曳。宫中皆知良贵人出身卑微，小小的宫女怎能请动太医院的翘楚？里面定有乾坤。

"噢？岚儿病了？"玄烨关切地问道。

卫岚音不知该如何回答，毕竟后宫中男女有别，与福全还曾……

"启禀皇上，是臣请李太医为良贵人诊脉的。"福全起身向前一步解释。

"裕亲王？"玄烨更是不解，岚儿与裕亲王认识在先？又得到他的照拂？他有些酸楚。

"启禀皇上，元旦那日，臣去九间房看望乳娘兰嬷嬷，巧遇良贵人晕倒在雪地上，遂找了李太医诊治。"福全字正腔圆，毫无旖旎心思。

"皇上，王爷孝道，每年的元旦都会去九间房看望乳娘，今年亦如此，不足一盏茶便回到慈宁宫接臣妇家眷回府了。"侧福晋瓜尔佳氏温良贤和，知书达礼。

"原来如此，岚儿身子可好些？"玄烨想到出宫那夜的初见，认定卫岚音曾经在宫内受尽委屈。

卫岚音一边为裕亲王的温润正直而忧伤，一边为皇上的体贴信任而感动："回禀皇上，臣妾好些了。"

玄烨握紧她的手："明儿传李太医再好好瞧瞧。裕亲王仁孝两全，此乃众人之表率，特赏赐玉如意一对，以示褒奖。"

"谢皇上隆恩。"福全扶起侧福晋瓜尔佳氏，谢恩。

佟佳贵妃惩警地望着台下脸色发白的成嫔，成事不足，败事有余。

"良贵人果真是有福气啊，这冰天雪地的，如果没有遇到裕亲王，可不是冻伤了？何来今日的荣耀啊。"尖酸的布贵人满脸笑意，语气诚挚。

"是啊，元旦那日宫人都在前殿、六宫忙碌，九间房那里鲜有人去，良贵人可是要重谢裕亲王啊。"景阳宫副位的汉军旗安嫔一句鲜有人去四字，让人听得真切。

卫岚音静静地听着，两人表面上句句关心，却话中藏话，布贵人的意思是她刻意晕倒，安嫔的意思是她与裕亲王男女独处，这都是后宫最忌讳的宫规。

福全万般无奈，没有想到她们依旧抓住不放，伺机敲打。他贵为亲王，倒也无妨，只是卫岚音该如何在后宫中度过？

玄烨听了也十分气恼，他语气颇重地说道："今日元宵佳节，上元之月，莫要再提无关之事。"

成嫔抚着小腹，眼中闪过得意，她知道，良贵人惹了众怒，万人捶的墙，总有一日会倒。

这时，慌乱的小太监哭着跪倒在地："启禀皇上，大事不好，钟粹宫的小阿哥薨了，通嫔娘娘悲痛万分，昏……昏过去了。"

"什么？"惊慌失措的惠嫔掩着绢帕。

玄烨匆忙站立，这已经是宫中早殇的第八个皇子，他强压着剧痛："让戏班子散了，请裕亲王等先行回府，其他人速随朕去钟粹宫。"

"吾皇万岁、万岁、万万岁，请吾皇节哀。"众人叩拜。

"臣先行告退，请吾皇节哀顺变，小阿哥必定也走得安心。"福全实在担心皇上。

玄烨眼中透过悲伤，骨肉亲情，哪能心宁？这一切都被卫岚音看在眼里，她看到的不是冷血无情的君王，而是一个悲情的阿玛。她轻轻拍过玄烨的手背，传递着同悲的情绪。

台下的嫔妃，各怀鬼胎，都极力隐忍着内心的情绪，众人赶往钟粹宫。

第四章

萋萋芳草愁云乱

  钟粹宫是东六宫中离坤宁宫极近的宫殿，在明朝时是太子的居住之所，因惠嫔生养了康健的大阿哥，大阿哥为皇上的长子，太皇太后特赐钟粹宫为惠嫔居住，这对庶妃出身的惠嫔来说是莫大的荣耀。

  随着惠嫔家族地位的提升，她将自家的姐妹引入宫内，得到了皇上的临幸，被册封为通嫔，两人同住在钟粹宫。钟粹宫内的两位娘娘在宫内的地位不容小觑，她们的背后是崛起的八旗贵族。

  众人踏入钟粹门，便听到里面传来的嘈杂声。宫女太监们跪了一地，卫岚音终是见识了奢华的排场。

  "皇上万岁、万岁、万万岁。"伴着低啜哭声，众人请安。

  "启禀皇上，小阿哥前几日着了风寒，高热不退，今晚竟殇了，臣无能，请皇上责罚。"太医院的宫直傅太医灼灼不安。

  "平身吧，朕登基以来，战乱四起，杀戮不断，恐是上天在责罚朕吧。"玄烨仰头怅惘，自大婚以来，宫内康健的皇子仅仅五个，早殇了八个皇子，让他何以承受？

"通嫔娘娘如何了？"惠嫔担心地问道。

"回娘娘，通嫔娘娘忧伤过度，身子柔弱，臣已经施过银针，通嫔娘娘已经苏醒，只是……"傅太医欲言又止。

"说。"玄烨疑惑地盯着傅太医。

"通嫔娘娘体寒多病，今后很难再受孕。"傅太医偷瞄着惠嫔。

"不会的，通嫔还年轻，怎能不易受孕？"惠嫔怒斥。

"着朕的旨意，太医院定要好生调养通嫔的身子。"玄烨叹了口气，"朕去看看她。"在傅太医的引领下，玄烨走入偏殿。

跟在最后的卫岚音挨着德嫔，前方的话语听着清晰，不能受孕对后宫女子是致命的打击。她虽然见不到各宫娘娘的神色，却明显感受到快意的气息。

"传本宫懿旨，着宝华殿为小阿哥祈福。"佟佳贵妃端着腔调。

"是，娘娘。"玉镯应着。德嫔的眼神与她交汇，百感交集。

"请各位姐妹去正殿坐吧。"惠嫔无精打采地招呼。

"姐姐，不要客套了，养好身子才是啊。"身着香色夹袄、体态丰盈的宜嫔捂着帕子，"妹妹便不进去了，五阿哥昨晚睡得不安，妹妹心里实在惦记。"

"是呀，妹妹也告辞了，改日再来。"成嫔抚着小腹。

"也好，德嫔也回去好生安歇吧，莫吓坏了腹中的皇子。"佟佳贵妃居高临下地说着。

卫岚音听闻急忙侧身为各位娘娘让路，谁知脚底一滑，身子向前倾倒，径直奔着德嫔的方向倒去，一旁的落霜已经拉扯不及。

"啊。"伴着一声尖叫，卫岚音将即将临盆的德嫔扑倒在地。

"娘娘，娘娘。"德嫔的贴身侍女宛碧疾呼。

卫岚音大惊失色，万分歉意地看着德嫔，不知如何开口："姐姐，姐姐……"

德嫔脸色泛白，细脚金丝的衣袍下股浸着血水："本宫，本宫要生了。"

"快准备软辇送德嫔回永和宫，速请稳婆过来。"佟佳贵妃稳定着慌乱的场面。好在永和宫离钟粹宫不远，早已备好一切，随行的太监宫人护送着德嫔飞奔出去。

"何事慌张？"听到尖叫的玄烨从偏殿走出，面色微暗。

"启禀皇上，良贵人不小心扑倒了德嫔，德嫔出了好多血水，要生了。"荣嫔言语平淡，却句句惊心。

"岚儿可曾伤着了？"玄烨心急地问道。他的话将众嫔妃的仇恨和嫉妒烧到了顶点，亦将卫岚音烧成了灰烬。

卫岚音歉意万分地带着泪珠："臣妾罪过，一时没有站稳，惊了德嫔姐姐，臣妾……"

玄烨摆手："好了，众位爱妃都各自回宫吧。"他犀利的眼神转向佟佳贵妃，"爱妃辛苦一夜，去永和宫陪着德嫔，着太医院朕的口谕，务必保德嫔母子平安，今夜朕已失去一位阿哥，决不能再受此痛。"

"是，皇上，臣妾告退。"佟佳贵妃带着玉镯和一众宫人离去。

"臣妾告退，皇上万福金安。"各宫的娘娘带着不甘的眼神，相继离去。

"皇上，臣妾……"卫岚音急切地看着玄烨。

"岚儿也先回长春宫，朕想一个人静静。"玄烨低着头，眼中满是悲伤。

"是，皇上。"卫岚音想叮咛几句，被一旁的落霜阻止，她只能看着明黄的龙纹从眼前消失。

"良妹妹，"风干泪痕的惠嫔语重心长，"本宫好心提醒妹妹，这后宫啊，看似荣耀，实则凄苦。看似镜中花，实则水中月。虚虚实实，真真假假，每个人都有自己的无可奈何啊。"

惠嫔内心叹着气，今夜是元宵佳节，本是圆满之日，却是钟粹宫的丧日。她已年老色衰，通嫔又难以受孕，今后在宫中的日子可谓艰难。看着眼前容貌姣好，处世未深，毫无依靠，却承蒙盛宠的岚音，她计上心头。

"今夜仓促，碰巧妹妹来了，就坐上一会儿吧，毕竟是头一次来钟粹宫，当姐姐的，怎能让妹妹空手而归。"

"多谢姐姐真心相告，妹妹还是……"卫岚音被惠嫔推搡着进了正殿。东西六宫的布局和摆设大致相同，卫岚音在暖阁边坐下。惠嫔从内屋取来一个番莲纹盒，坐到她对面。

"这孤品凤血玉镯是姐姐当年生下大阿哥时，裕亲王送来的贺礼。据说啊，这是盛京皇城内关雎宫的旧物件，后来先帝赏赐给皇考宁悫妃的，这才到了裕亲王的手里。姐姐瞧着妹妹肤白娇嫩，戴着正映衬，也是成全了这凤血玉镯。"

岚音觉得腕上一阵清凉，乳玉般的镯子内泛着如柳絮般的丝丝红光，她紧锁眉峰，这镯子好生熟悉。

"妹妹不喜欢？"惠嫔心生疑虑，卑微的浣衣宫女，怎能如此镇定地面对无价之宝。

"这镯子世间稀有，妹妹身份卑微，不敢享用。"卫岚音欲褪下玉镯。

"妹妹无须和姐姐客套，姐姐也没什么大本事，只是入宫早，跟在皇上身边多年，如今皇上甚为眷恋妹妹，姐姐也为妹妹高兴。以后有什么贴己话，对姐姐直讲无妨，钟粹宫的宫门啊，永为妹妹敞开着。"惠嫔拉着她的手，句句关切，字字真心。

落霜看在眼中，一言未发，脸上依旧挂着平日里淡淡的笑容。

"多谢姐姐，今后还请姐姐时常指点妹妹。"卫岚音发自内心地感激，这是入住长春宫后，在后宫中得到的唯一安慰。

"好，好。"惠嫔满脸笑意，眼角突露着两道尤为明显的细纹。

"今夜已晚，妹妹改日再登门打扰，也望通嫔姐姐节哀顺变，养好身子，总还是有希望的。"卫岚音诚恳。

"妹妹有心，那姐姐便不留妹妹了。"惠嫔面带感激，虚伪寒暄。

卫岚音与落霜走过长长的宫墙，绕过御花园，回到了西面的长春宫。

"主子，您可回来了。"刚入宫门，玉珠便迎了上去。

"今夜皇上不会来了，关上门钥吧。"岚音轻叹。

这会儿腕上的凤血玉镯已融入了她的体温，丝丝红光似乎更加鲜艳，回想起今夜发生的一切，她仍然心有余悸。这便是今后她生活的地方，那些充满敌意的嫔妃都是与自己同侍皇上的姐妹。想到笑中藏刀的眼神，她毫无困意。

今夜注定是后宫中难以入睡的寒夜，天上圆满的月色更是为各宫的娘娘们徒增伤感。横空出世的良贵人一鸣惊人，绝美的容颜已经让所有人都按捺不住嫉妒之心。皇上贴心的呵护和显而易见的宠爱，更是震惊后宫。即使她扑倒了临盆的德嫔，皇上关切的并不是皇子，也不是宠爱的德嫔，而是长春宫的良贵人，各宫的娘娘更是痛恨得咬着牙根儿。当着皇上和众人的面，不好发作，回到各自宫中后，便原形毕露。

"以为良贵人是何方神圣，只不过长了一副好皮囊罢了。"永寿宫副位布贵人尖酸地骂道。

"你小声点，良贵人如今可是皇上心尖上的人。"荣妃脸上贴着养颜的薄玉片，"女子家，除了身份显赫，不就是容颜要紧吗？唉！"轻轻的叹声，饱含着无比的忧伤。

布贵人也陷入了凄凉，是呀，后宫之中，自古便是红颜的天下，谁能奈何容颜老去？也罢，早晚一日，新人充盈后宫，良贵人亦会同她们一样，独守孤灯。

"今日也是大快人心，钟粹宫今后便要以泪洗面了。"布贵人想到傅太医的话语。

"想不到她也有今日，怪不得旁人。风水轮流转，当年如不是她运气好，怎能入住钟粹宫？"荣嫔按捺不住激动的情绪，脸上的薄玉片清脆落地，"可怜本宫早殇的承瑞啊，他才是皇上真正的长子。"

"娘娘节哀啊。"布贵人惶恐，头上的玉络子微微晃动。

"这后宫之中，皇上最为宠爱的还是本宫。"荣嫔想到盛宠的十余载，生下的四个皇子接连早殇，哀伤如利刃，刺痛着她的心。

"娘娘，您还有三阿哥和格格啊，他们可是太皇太后心尖上的人呢。"布贵人劝慰。

想到三阿哥，荣嫔的心中才舒服了些许："让那贱人得意几日。"

"听冬梅说，方才良贵人在钟粹宫内好久才出来。"布贵人担忧，"莫非？"

荣嫔与她眼神交汇："既然她也出手了，那本宫也得凑凑热闹，不能落到人后。"

"娘娘英明。"布贵人讨好地为荣嫔轻捶着后背。

长春宫内。

"落霜，永和宫有何消息吗？"岚音梳洗完毕，心慌意乱地偎在软榻上。

"佟佳贵妃和太医院的宫直们都在守着，德嫔娘娘已经生过四阿哥，这胎又是足月，应该没什么大事，请主子安心。"落霜劝慰。

"都怪我。"卫岚音低着头暗暗自责，"不知为何，脚底一滑，便摔了。"

"主子勿要伤心。"落霜忽然想起什么，她急忙拿起卫岚音脱在床脚的莲花底短靴，借着烛光仔细瞧去，并未发现有何异常。

卫岚音谨慎地问："这？"

"主子向来谨慎，举止稳妥，断不会失了身份，定是哪里不对。"落霜仔细用手反复地抚摸着鞋底的暗纹。

"别，小心伤了手。"卫岚音阻止着颇为信赖的落霜。落霜若有所思，并未多语，她紧皱着柳眉头，从雕龙吐珠的竹编锦盒内拿出小巧的绣花针，在莲花底上的暗纹中挑出一条条银丝。迎着白烛，银丝泛起一道道寒光。岚音听人讲过后宫的凶险，却从未身心体会，她有些胆战心惊。

"主子，银丝嵌在暗纹中，如今地面冰雪甚多，定是极为湿滑。"落霜小心翼翼，"奴婢有些话，不知当说不当说？"

"落霜，你知我的处境，更知我从前的身份，何来拘谨？"卫岚音拉着落霜坐在软榻之上。

"主子。"落霜推托着欲站立而起，卫岚音却执意拉她坐下。

"主子，如今您承蒙盛宠，皇上对您动了真心，您今后在紫禁城便是如履薄冰啊。"落霜侃侃而谈。

"皇上少年英豪、文治武功，都是顶尖的。皇后走后，这后宫剩下位分高的嫔妃中，入宫最早的便是钟粹宫的惠嫔娘娘和永寿宫的荣嫔娘娘了，荣嫔娘娘最为得宠，后来佟佳贵妃、宜嫔娘娘、成嫔娘娘、通嫔娘娘、僖嫔娘娘和安嫔娘娘相继入宫，但皇上并没有独宠她们其中任何一人，一贯奉行雨露均沾的原则。不过几年前，皇上临幸了佟佳贵妃身边的侍女，也就是如今的德嫔娘娘。"落霜慢条斯理地讲述着东西六宫的形势。

"皇上很喜爱德嫔娘娘？"卫岚音不经意地问道。

"是呀，不过皇上对德嫔娘娘从未像对主子这般认真过。"落霜悲伤地点头。

"东西六宫的主位中，唯有我的位分最低，是吗？"卫岚音懦弱地问。落霜点头。

"我的确是蒙了盛宠啊。"卫岚音自言自语。

"主子，后宫之中最忌讳的便是无依无靠。荣嫔娘娘的身边有布贵人，佟佳贵妃的身边有德嫔娘娘，惠嫔娘娘身边有通嫔娘娘，宜嫔娘娘心骄气傲，曾经也受了不少委屈。如今主子正是各宫娘娘拉拢之人。"落霜语调迟缓，"今夜如不是通嫔娘娘身子不好，惠嫔娘娘定不会笑意相迎。"

原来如此，卫岚音转而问道："那银丝是何人所为？"

"奴才虽不知是何人，但可以确定，必定是今天见到的人。"落霜的语气斩钉截铁。卫岚音在心中默默地一一对应着各宫的娘娘。

落霜心疼地说："奴婢知道主子心意安然，但在后宫中求稳生存谈何容易？皇上的宠爱只会令主子的处境更加凶险。平日里皇上护得紧，主子的日子过得安稳。今日主子是初次在后宫出现，都被有心之人惦记上了，她们想借主子的手，谋害德嫔娘娘，意在一箭双雕。皇上有意偏袒主子，但是，日子长了，总不能次次偏袒，坏了宫中的规矩，主子今后的日子……"她抬起头，"主子要将此事禀告皇上详查吗？"

卫岚音摇着头，她知道此人敢如此做，必定谨慎有加："我本无害人之心，更无争宠之意，以后只要多加防备即可，此事就作罢吧。"

落霜看着她平淡的神色，不禁担忧。这后宫之中哪里容得下浅笑安然，哪里躲得过明枪暗箭。玫瑰元宵一事还没来得及讲，今日又如此凶险，防备二字只能视为笑谈。她看着泛出寒光的银丝，到底是谁如此巧心？

"主子，奴婢可以托人，去尚衣局私下里打听一番，或许会有眉目。"她试探地说道。

"不可大声张扬。"卫岚音回忆着畅音阁下那一张张尊贵娇媚的面孔。原来，越是光艳的背后越是藏着不见底的祸心，忽而外面传来一阵嘈杂声。

"主子。"玉珠推门而入。

"佟佳贵妃派人来告知主子，德嫔娘娘已平安诞下小阿哥，皇上去了永和宫探望，请主子安心。"

"知道了。"卫岚音的直觉告诉自己，害她的人一定不是永和宫的德嫔，那会是谁？

"夜深了，你们都去安歇吧。"她低着头，似乎感受到永和宫的喜悦，皇上慈目地看着德嫔母子。自从被临幸初夜至今，第一次独守空房，她看着袅袅的烛光，告诉自己，这仅仅是开始。她闭上双眸，进入梦境，在梦里，她梦到额娘戴着凤血玉镯，离她愈来愈远……

东西六宫的灯都亮了一夜，承乾宫也不例外，宫女玉镯忙着铺整锦绣的百福被："娘娘，劳累半夜，早点儿安歇。"

"好，告诉那边，今儿钟粹宫的事办得利索，本宫自会兑现承诺。"佟佳贵妃坐在镜前，万分得意。

"是，娘娘。"玉镯谨慎地应着，"奴婢有一言，不知是否能说？"

"说吧。"佟佳贵妃的心情顺畅。

"奴婢今日见那良贵人容貌出众，性情婉约，皇上的宠爱可是眼见的。娘娘何不将她收为己用？奴婢觉得良贵人比德嫔娘娘更稳妥，更听话。"玉镯熟练地摘下佟佳贵妃头上的凤钗。

"嗯，本宫也正有此意。"佟佳贵妃看着双蹄莲花铜镜中的自己，微微点头。

"娘娘英明。对了娘娘，德嫔生下小阿哥，咱们要送份大礼吗？"玉镯轻轻梳理着佟佳贵妃的长发。

"让她得意几日，这小阿哥本就活不长。"佟佳贵妃抚着手指上的金鞘，"得到希望，再失去，才是最痛心的，这希望越大啊，心才会更痛，才会长记性。"

"娘娘慈悲，没有娘娘的提携，哪里会有德嫔娘娘的今日。"玉镯附和。

"唉，还是你最懂本宫的心意。明儿，各宫娘娘都会来给本宫请安，寻个机会留下良贵人，本宫要好生和她说说宫里的规矩。"佟佳贵妃脱下半尺长的金鞘。

"是，奴婢记下了。"玉镯吹灭金烛台上的白蜡，承乾宫内静寂一片。

入夜，长春宫内的卫岚音终是被噩梦惊醒，浑身冒着冷汗。她盯着空寂的夜，莫名的冷。宫内的凄苦只有真正品尝过的人才会知晓，今日的宴会，让她知道，她已经身陷旋涡，无力逃脱。长春宫是她一生的家吗？她的名字会刻入皇家的玉牒吗？她的心中一片茫然。最高兴的莫过于宫外的姨娘和阿玛了，他们得到她晋封贵人的消息，定会欣喜若狂。苦命的弟弟是不是又长高了？她的眼中噙满了温热的泪。

她低沉地哽咽，耳边传来温柔的声音："做噩梦了？"

她揉着梨花带泪的双眸，惊愕："皇上？"

玄烨温柔地抚着她的脸颊，将指尖含在嘴边："好咸。"卫岚音忍住了所有的委屈和忧伤，安静地看着玄烨，两人无声地凝视。

"岚儿，你喜欢朕吗？"玄烨打破沉寂。卫岚音不知该如何应答。

玄烨重重地叹了口气："是朕一厢情愿，朕到底该拿你怎么办？"他实在控制不住内心的狂乱。众嫔妃的刻意刁难，不是空穴来风。在钟粹宫，岚儿扑倒德嫔，也不是意外。短短几日，他已将她宠到染血的刀尖之上，他也发现，越来越离不开她，他陷得越来越深。他还是豪情壮志的皇上吗？

从钟粹宫到乾清宫的路上，他想了许多。永和宫的喜事并没有带给他太多的喜悦，钟粹宫的丧事也并未令他伤感至深。作为一国之君，皇祖母自幼教导他要隐藏喜怒哀乐的情绪。岚儿的出现，打碎了他所有的冷静。他的心中有了牵绊和寄托。他只想拥她入怀，护在身边。

"皇上，臣妾……"卫岚音握紧玄烨的手掌。

"是朕的心，太急。总有一日，岚儿一定会喜欢上朕，总有一日，岚儿待朕之心，如朕之心。"玄烨同样握紧了卫岚音的手，卫岚音感动得落泪。

天色朦白，外面传来钟声。玄烨默默地站了起来，他清楚地看清了自己的内心，他绝不能失去岚儿。多年后，当他守在空空的长春宫，想到今夜，是如此的黯然神伤。平淡的爱，在紫禁城终归是奢侈的……

听着玄烨离去的脚步声，卫岚音紧闭的心房敞开了缝隙，玄烨用炽热的爱融化了她懵懂的情感。透过窗棂上的薄纸，一缕初生的晨光，驱赶所有的阴霾，她开始去接受和尝试紫禁城中的一切。

康熙十九年的元宵节终于在尘嚣熙攘、寒烈幽怨中悄然地过去了。

清晨依然，卫岚音面带倦意地望着窗外纷飞的雪片。

玉珠捧着青花瓷瓶走了进来："入宫前，额娘总讲正月十五雪打灯，看来今年又是好兆头。"卫岚音失神，没有说话。

头上挂着雪花的落霜也念叨："皇上待主子的确与众不同，昨夜听小安子说，皇上连叩门都是轻声的，恐惊了主子的好梦。"

"主子，昨夜皇上又来了？怪不得。"玉珠吐着舌头，"主子很快就会怀上小阿哥的。"

"玉珠，谨言慎行，难道忘了？"落霜给了她一记警告的眼神，她一向看人很准，玉珠早晚会惹出事端。

"是，姑姑。"玉珠心中不甘。

卫岚音一直静静无语，安谧地透过喜鹊贺喜的窗花望着外面。

"主子？"落霜轻声。

"嗯。"卫岚音扭过头。

"昨夜主子已经见过各宫的嫔妃，今日应去承乾宫请安。"落霜提醒。

"那永和宫？"岚音心中一紧。

"请安之后，主子再去永和宫也不迟。"落霜斟上热茶。

"也好。"卫岚音的内心泛起涟漪，宫中嫡庶有别，卑微之人即使大喜，也比不过位高权重之人，这便是紫禁城。他该如何护她一世？

主仆们又闲聊了几句，外面传来朗朗的笑声。

"呦，这长春宫真是不同了。"随着一记长调，身着大红金丝夹袄的僖嫔走了进来。

"娘娘吉祥。"落霜和玉珠跪下请安。

"姐姐吉祥。"卫岚音也恭敬地行着宫礼。

"妹妹吉祥。"僖嫔还礼。

"玉珠，将皇上前几日赐下的鲜果，给娘娘尝尝。"卫岚音招呼。

"是。"玉珠转身而去，落霜无奈地看着卫岚音。卫岚音的心里只想着如何招待好长春宫的第一位贵客。

僖嫔强压着眼底的怒意，浣衣局宫女出身的贱人，竟然和她显摆圣上的宠意。

"呦，可是我来得不巧？僖嫔妹妹来得真早啊，我还以为昨夜僖嫔妹妹在长春宫安歇的呢。"戴着凤来仪金钗的荣嫔在贴身丫鬟春意的搀扶下，缓缓入内。

"姐姐吉祥。"

"妹妹吉祥。"又是一番还礼，长春宫内寒意盎然。

"这真是什么人，住什么屋子。僖嫔妹妹初入宫时，也住在这里，远不如良妹妹的地气啊。"荣嫔掩鼻微笑，心口不一。

"是呀，还是良妹妹灵气。"僖嫔入宫多年，最擅长趋炎附势。

"两位姐姐见笑了。"卫岚音尴尬地应着。

"两位娘娘请用茶。"落霜奉上御赐的安溪铁观音。

"落霜还是如此清秀啊。"僖嫔端起热茶，刚入口便吐了出来。

"姐姐？"卫岚音震惊。

僖嫔尖酸地取笑："落霜啊，这煮茶的手艺，可是退步了许多。难道还惦记着回乾清宫？"

落霜的身份和心思，后宫的嫔妃几乎无人不知，无人不晓。碍于她是皇上身边的人，谁也不好过问，只能恨恨作罢。今日不同于往日，失去了皇上的庇护，她不过是一名身份卑微的宫女。

"奴婢再去煮一壶好茶，请僖嫔娘娘恕罪。"落霜卑微地跪下。

卫岚音看着她眼底的悲伤，心中自然懂她的苦。她淡淡地说道："姐姐见谅，落霜在乾清宫是出了名的好人缘，是妹妹教导无方。"

落霜的心底充满了感激，欠身去往偏殿煮茶。荣嫔不露声色，她没有想到卫岚音会偏袒落霜。

僖嫔拿起玉珠奉上的鲜果："理儿是这个理儿，但姐姐还是得提醒妹妹，皇上宠爱妹妹，莫让有心之人钻了空子。这人啊，最难懂的便是心，前车之鉴的例子比比皆是啊。"卫岚音知道，她说的是佟佳贵妃和德嫔。

荣嫔轻蔑地瞄了僖嫔一眼，真不知道赫舍里家是如何选人的，为什么会送毫无脑子的女子入宫？她慢条斯理地说道："今儿，一来是瞧瞧妹妹，二来是想搭个伴去承乾宫请安。"

"多谢姐姐，妹妹正想前往。"卫岚音看着貌美的荣嫔，听落霜说过，荣嫔盛宠十余载，是皇上最为称心的嫔妃，想必是有过人之处。

"那我们想到一块儿了，我也是想同良妹妹一同去承乾宫。"僖嫔笑着。

"时辰差不多了，一同去吧。"荣嫔心烦意乱，她本想拉拢卫岚音，谁知这宫中所有嫔妃都生了拉拢良贵人的心思，连平日里最不受宠的僖嫔都来凑热闹。她缓缓起身，忽然闻到一股香气："这是什么香气？"

"回禀娘娘，这是南果金橘的香气，皇上恐良主子身子弱，下令长春宫内不许用任何调制的熏香，每日只用鲜果熏香。"落霜应答。

荣嫔与僖嫔震惊不已，生生抑制着心中的妒恨，用鲜果熏香是昔日的坤宁宫也未曾有过的待遇。

卫岚音披上玉珠找来的白狐裘："让姐姐久等，走吧。"

三人带着各自的宫女离开长春宫。去往承乾宫的路上，荣嫔的脑中一直浮现着皇上曾经对她的温柔。十余年的宠爱，远不及两个卑微的宫女。那件白狐裘她以为皇上会送给她，作为生辰礼物。她等了一年又一年，今日却见到它披到别人的身上。那就休怪本宫无情，她的脑中出现了冷冷的杀意。

洁白无瑕的狐裘映着卫岚音粉嫩的脸颊，让人怜爱有加。她的心却丝丝抽离，更不知道承乾宫里会有如何的风波等着她。

承乾宫内，佟佳贵妃安坐在主位，见到三人一同而来笑而不语，眼底掩盖着锋芒。早到的各宫嫔妃都已入座，她们都死死盯着卫岚音身上的白狐裘，那如箭的眼神，将卫岚音射得体无完肤。

"各位姐姐吉祥，妹妹这厢有礼。"卫岚音脱下白狐裘，行着标准的宫礼。

"起吧。"佟佳贵妃漫不经心地摆着手。

"姐姐昨夜在永和宫忙碌了半夜，今儿一早，妹妹们便来打扰，真是罪过呢。"成嫔总是耐不住性子。佟佳贵妃如此高贵的身份却为昔日身边的侍女德嫔守夜，这不是天大的讽刺吗？

"本宫乃是六宫之首，奉皇上口谕，照顾德嫔妹妹，为皇上办事，何来辛苦啊？"佟佳贵妃严厉地应过。

卫岚音坐在末端，听着唇枪舌剑，不敢多言。

佟佳贵妃的目光终是落在她的身上："良贵人，你也要注意身子，听闻你身子畏寒，本宫今日特意熬了温补的药膳为你补身，玉镯，呈上来吧。"

玉镯将备好的红瓷花盖汤碗送到卫岚音面前。

"这几日皇上对你宠爱有加，你也要早日为皇上开枝散叶。"佟佳贵妃语重心长。

"妹妹多谢姐姐，姐姐的话必当谨记在怀。"卫岚音拜谢。

"本宫奉皇祖母和太后懿旨统领六宫，本应照拂各位妹妹。"佟佳贵妃立着凤威。众人不解，今日的承乾宫风向变了？

佟佳贵妃扫过两旁安坐的嫔妃，威严而语："都是自家姐妹，本宫怕伤了和气，很多事情并未过多询问，但宫中无规矩难以成方圆，今日人来得齐整，又逢新年伊始，本宫要昭告后宫，从今日起，必定从严治理六宫，还望各位妹妹谨言慎行，若坏了规矩，休怪本宫无情。"她的话刚说完，惊起四座。本应落霜接过的汤碗，错手落地。热汤迸落四散，溅到了僖嫔和布贵人的衣袍。

"贱人。"僖嫔憋了一肚子的怒气，终于脱口而出。

"娘娘恕罪。"落霜慌乱地跪下，手背上一片红肿，灼烧得厉害。

"大胆奴婢，贵妃姐姐刚刚讲到从严治理六宫，你便如此，难道是恃宠而骄，不将贵妃姐姐看在眼里？"布贵人不依不饶。

"奴婢不敢，奴婢只是没有拿稳，还望娘娘恕罪。"落霜苦不堪言。

"呦，如今连小小的汤碗都拿不稳，难不成还想当主子，让宫人侍候着？"宜嫔别有用心。

落霜跪地不敢多言，在触到汤碗的瞬间，她便知晓这是精心准备的一切，谁也端不住那滚烫油滑的汤碗。

"来人，落霜恃宠而骄，冲撞主子，拉出去掌嘴五十。"佟佳贵妃站立，头上的凤冠闪着尊贵。打人不打脸，打的便是落霜的傲气，外面候着的老嬷嬷冲了进来。

各宫的娘娘本就嫉妒落霜在乾清宫的美差，如今见她受罚，都是心花怒放，坐着看笑话，富察家的格格还不是宫内的奴才。

"慢着。"卫岚音拦住正被拖走的落霜。她知晓，落霜在乾清宫奉职多年，性子高傲清冷，必定得罪了不少人。

"良贵人何意啊？"佟佳贵妃厉语。

卫岚音缓缓行着宫礼，"贵妃姐姐，落霜是妹妹身边之人，一贯谨言慎行，今日也是一时失手，马亦有失蹄之时，并不为过，妹妹今后定严加管教，还请贵妃姐姐高抬贵手。"

"呦，良妹妹的意思是没有调教好宫人了？"成嫔盯着主座上的佟佳贵妃。

"妹妹愿代落霜受罚。"卫岚音低着头。落霜痛楚地闭上双眸，主子心计浅，终是中了她们设好的圈套。

"既然良贵人有意偏袒宫人，那便顺了她的意吧。"宜嫔与佟佳贵妃眼神交汇。

"这，"佟佳贵妃面带踌躇，"良妹妹，你如今可是皇上身边要紧的人，本宫怎能随意惩戒你？但规矩毕竟是规矩，失了规矩，本宫如何服众？这后宫的规矩，皇上也是不好过问。"

"姐姐放心，任何惩罚，妹妹毫无怨言。"卫岚音单纯地想着，万不能让落霜受罚。

"也罢，那就惩罚妹妹跪在佛堂思过一夜吧，落霜同行。"佟佳贵妃暗自得意，落霜二字咬得极重。

"妹妹谨遵姐姐教诲。"卫岚音松了口气。

"奴婢谢贵妃娘娘大恩。"落霜跪地。

"这……"双目浮肿的惠嫔站起，"皇上那边如何交代？"

"姐姐莫要说情，皇上为了大清的锦绣江山，日理万机，后宫这点儿小事，还劳烦皇上费心？"成嫔嬉笑。

"宫里不成文的规矩，受罚之人，是不能侍寝的。"宜嫔提醒。

"告知敬事房，将送往围房的绿头签看仔细了，良贵人的先行撤下五日，以示警诫。"佟佳贵妃接得很稳，与宜嫔会意一笑。落霜心惊，理由果真厉害。

"众位姐妹定要教导好身边的宫人，过几日皇祖母和太后便要回宫了，万不能乱了规矩。"佟佳贵妃点着话语，扫了一眼卫岚音。

"妹妹领罚，今后定会谨遵姐姐教诲。"卫岚音柔声应过。

第五章

千金散尽还复来

梵华佛堂的位置偏僻，平日少有人来，卫岚音与落霜被送进了这里。佛堂内简陋不堪，散发着浓重的香烛味道和霉气。

落霜感慨："主子这是何苦啊！"

卫岚音跪在佛像前，双手合并，虔诚默念。许久，她才缓缓睁开双眼："你心中之人是皇上？"落霜望着佛像，心酸地点头。

卫岚音拉着她的手："那你为何还对我这般好？"

"皇上喜欢的，便是奴婢喜欢的。"落霜久积在心中的情感顷刻迸发。

卫岚音掏出牡丹花的绢帕，擦拭着她的眼泪："我出身低贱，虽然成了主子，也没有人真心待我。各宫的嫔妃都在拉拢我、利用我，唯有你，是真心待我。"

"主子。"落霜哽咽，"任谁也拿不稳汤碗，今日之计便是一箭双雕，本应奴婢一人受，谁知主子对奴婢厚爱，中了她们的奸计，与奴婢一同受苦，又被连累不能侍寝……"

卫岚音摇头："落霜，我怎能让你在人前受辱，却置之不顾？"她回想起承乾宫的一幕，玉镯笑盈盈地托着碗底，落霜只能接过碗沿儿，汤碗确实不妥。玉镯只是宫女，她的背后……

卫岚音惊呼："是佟佳贵妃？"

落霜点头："玉镯是宫中出挑的掌事宫女，曾受过苏麻嬷嬷的教导，是太皇太后亲自赏给承乾宫的。"

"佟佳贵妃满门尊贵，为何要算计我？"卫岚音细细回想一切，设计落霜，算定了她会为落霜出头，再罚她佛堂思过，撤去待寝的绿头签。这分明是在告诫她，谁才是宫中执掌凤印之人，并且让她知道，她只能屈从，皇上也救不了她。

落霜坦言："现在宫中的形势非常明朗。佟佳贵妃、惠嫔娘娘、荣嫔娘娘、僖嫔娘娘都有意拉拢主子，只是有人的法子是立威震慑，有人的法子是刻意求好。后宫如前朝，佟佳贵妃满门亲富，贵不可言，即使没有子嗣，依然能保住六宫首位。惠嫔娘娘母族则是皇上一手培养起来的亲信，她身边又有大阿哥依靠，颇为硬气。荣嫔娘娘受宠多年，与皇上感情最深，也最得太皇太后的喜爱。僖嫔娘娘虽有些地方逾越，但她毕竟是先皇后的同族，更是太子的母族，自然尊贵。宫中的势力都摆在眼前，主子心里可有主意？"六宫的利害关系被她说得通透。

卫岚音感激地看着落霜，她何尝不知这其中复杂的关系。她只是不愿去想，不愿去争。紫禁城是一片汪洋，她便是一叶浮萍，无根无须，无牵无挂。幸得皇上怜爱，错眼相待。不过浮萍之姿，哪里比得过富贵娇媚的百花之容？

"我能如何，还由得了自己的心思吗……"她低沉地自言自语。

落霜轻叹着气，她知道，从此刻起，她和主子的命运已经绑在了一起。她传递着坚定的信心："主子要相信皇上。"

卫岚音惊讶，她的心思是？

落霜真挚地应道："紫禁城里所有的女子都爱慕皇上，但真心待皇上的又有几人？她们都是为了家族的荣辱，脸面上的风光，还有亲子的官途。奴婢是真心爱慕皇上，在奴婢心里，他不是皇上，只是一个男人，但是我们注定无缘无分，这么多年过去了，奴婢看开了。但是，皇上对主子的情意，让奴婢看到了自己，皇上待主子的心，就是奴婢对皇上的心，主子一定要相信皇上。"她殷切地看着卫岚音。

卫岚音的眼角滑过一滴苦涩的泪滴，两人静静地跪在蒲团上，狰狞的佛像仿佛撕开了两人心中纠缠的矛盾。多年后两人再次回忆起佛堂的一幕，都不禁感慨着世间的情谊无常，哪个女子能逃脱爱情？梵香渺渺，迷了人眼，更迷人心。

同样燃着香烛的承乾宫，佟佳贵妃正惬意地躺在雕花美人榻上："四阿哥可好？睡得安稳吗？"

玉镯一边剪着百合花金黄的花蕊，一边应道："四阿哥的身子很好。过几日，就要送去阿哥所了，乳娘已经准备妥当。"

"那就好。对了，皇上今日翻了谁的牌子？"佟佳贵妃不经意地问。

"听敬事房的张公公说，皇上一直在忙朝堂的事，还未翻牌子。但敬事房已按照娘娘的意思，将良贵人的牌子撤了下去。"玉镯的指甲上浸染了金黄的颜色，百合花依然一尘不染，洁白无瑕。

佟佳贵妃遂心地盯着百合花，颇有感触："玉镯啊，只要本宫在一日，定不会亏待你。"宫中最难得的就是贴心可靠之人，当年她入宫带来的家奴，死的死，走的走，还好皇祖母心疼她，着苏麻嬷嬷调教好玉镯，赏给她，让她有了贴己的人。

"玉镯定会忠心侍候娘娘。"玉镯跪地。

佟佳贵妃看着玉镯着急的神情，连鼻尖都粘上金黄的花粉，不禁哈哈大笑。

玉镯也松了一口气，娘娘喜怒无常，她时刻都得小心侍候着。

"今日宜嫔竟然没有和本宫唱反调。"佟佳贵妃揉着额头，宜嫔与她同日进宫，总是互相较着心劲儿。不久，宜嫔生下五阿哥，对她更是话中带刺，明嘲暗讽。今日却帮助她打压了良贵人和落霜，实在是难得。

"娘娘，良贵人已是众人推的墙。再则，这宫中哪有解不开的心结，哪有隔夜仇？这几年，估计宜嫔娘娘也想透了。"玉镯小心翼翼地劝慰。

"好，还是玉镯聪慧剔透。以后本宫会从严治理后宫，让惠嫔和荣嫔看看本宫的手腕儿。"佟佳贵妃吞下可口的葡萄。后宫之中，等级身份便是荣耀。一年四季，承乾宫内的鲜果源源不断，丰富多种。贵人身份的长春宫，如若失了恩宠，那日子……她不禁笑弯了眉。

"奴婢定当为娘娘办好差事。"玉镯剪下最后一对花蕊。外面的雪花渐渐停了，红萝炭火吱吱作响，承乾宫内暖意无边，佛堂内却是阴冷至极。昏暗偏远的佛堂听不到交泰殿的钟声，卫岚音和落霜并不知晓外面的时辰，两人的心依偎在一起，缘于同一个男子。悄无声息中，紫禁城笼罩在隐隐的夜幕之下……

"娘娘，皇上翻了郭贵人的牌子，敬事房的公公去东暖阁了，娘娘们都从围房回宫了。"刚得到音讯的玉镯急忙来报。

"也罢，今日总算可以睡得安稳了。"郭贵人是宜嫔庶出的亲妹妹，为翊坤宫的副位，去年生下四公主后便一直身子欠佳，元旦后才递上牌子。佟佳贵妃并不在意皇上翻谁的牌子，只要打破独宠长春宫便好。

"是，娘娘。"玉镯放下暗黄的龙纹幔帐，蹑手蹑脚地离去。

午夜时分，寒意正浓，紫禁城内打更巡视的老太监打着哈欠，他看到远处一片浓烟，猛然间惊醒。

"走水了，走水了。"沙哑的嗓音响彻静谧的宫巷。

侧身安睡的宫人们慌乱起身，提着木桶四处奔跑，宫门前蓄水的大缸，都冻上了厚冰，只能从深井中汲水，对于灭火无疑是杯水车薪，起火的地方正是卫岚音和落霜思过的梵华佛堂。

"娘娘，娘娘不好了。"玉镯唤醒佟佳贵妃，点亮了承乾宫的金盏宫灯。

"何事如此慌张？"佟佳贵妃抚着些许凌乱的鬓角。

"娘娘，宫中走水了，是良贵人思过的佛堂。"玉镯急切。

"什么？！"佟佳贵妃慌了神，惩罚良贵人佛堂思过仅仅是拉拢警示，如果她因此受伤，皇上必定追究，那便不好收场了，龙颜大怒不是闹着玩的。她立刻起身，"给本宫更衣，速去梵华佛堂。"

正值寒冬，屋檐上挂着一层薄雪，火烧得不旺，却因木料潮湿而黑烟滚滚，黑烟熏呛得人睁不开双眼。

“主子，主子，”落霜用绢帕捂着口，“门钥被锁死了。”

卫岚音看不清她的位置，只能依稀听到她着急的声音。是谁要置她们于死地？

“主子，主子。”落霜被浓烟熏呛了咽喉，火热刺痛，说不出话来。

卫岚音也明显体力不支，头晕目眩。刺鼻的气味弥漫着整个佛堂，她嗅到了死亡的气息。死真的很容易，她想到了死去的额娘，原来世上最简单的事情便是死去，一了百了，了却烦忧，活着的人才最可怜。

“落霜。”她挥舞着手臂。

“主子。”两人的手握在一起。

卫岚音喘得厉害，胸口憋着气息，呼不出去，殷红的唇变得青紫：“别管我，去后殿看看有没有出口，你自己出去吧。”

“不，主子，要走一起走，落霜不会丢下你。”落霜将她放在蒲团上。

下方的黑烟好似少些，卫岚音感到细风流动，气脉也顺畅了。殿内的火势随着寒风有燎原之势，两人紧挨着香案。

“主子可好些？”落霜将随身的绢帕浸了香案前净手瓷盆内的清水，敷在卫岚音的脸上，外面嘈杂声起。

“皇上会救我们出去的。”落霜坚定的语调。

“他能救我们一世吗？”卫岚音闭上了被熏得酸痛的双眼。

落霜怔住了，她一直觉得主子懦弱无为，更愚昧地认为英明神武的皇上只是被主子的美色所迷惑。事到如今，她才发现自己是小聪明，主子才是真正的大智慧。从初夜侍寝的浣衣宫女到长春宫的良贵人，看似风轻云淡，却事事清晰，一切事在主子眼中，都看得通透。是啊，皇上又岂是淡薄狂乱之人……

宫中争宠花样百出，故作怜爱、虚伪之人比比皆是，主子才是真正的平淡，看透是非，如此玲珑的心思，到底经历过什么？她看着卫岚音，心里充满了钦佩和好奇。

“落霜，不要担心我。记住，若危及性命，你定要爱惜自己，不要管我。生死在天，我谁也不怨。”卫岚音握住落霜的手，传递着心中的执念。

"主子，宫人们正在救火，我们会被救出去的，今日脱险，我们必有后福。"落霜劝慰。

卫岚音深深叹着气，绢帕上的气味让她觉得阵阵恶心，万分难受，这一步都算计到了，她还会脱险吗？

外面的嘈杂声愈来愈大，乱作一团，被熄灭的火苗上冒着烟气，更加刺鼻。落霜守在卫岚音的身边，渐渐虚脱，两人静静地絮叨着。

"我额娘是嫡福晋，从小额娘就很疼我。可惜，我进宫的第三年，额娘去世了，阿玛将侧福晋扶了正，她见我在宫中不得宠，索性不管我。如今我这个年纪出宫，只能做人家的妾室。"落霜聊着心底最痛的伤疤，那年失去了额娘的庇护，她才知晓自己是何等的无能。

"我额娘是很美的女子，总是淡淡地笑，从不埋怨，我知道额娘心里的人不是阿玛。"卫岚音也想起额娘。

两人的喘息越来越急促，卫岚音的心中闪过了玄烨的身影，无关太多的情爱，只是昨夜坚定的话语和眼神。

"如果有来世，我定会抓住属于自己的幸福，一定会的。"落霜的眼前模糊一片。

"如果有来世，我还要与你为姐妹。"卫岚音喃喃自语。"如果有来世，给我时间，让我好好爱你。"咽喉被灼烧得难以出声，她无意识地说出心底的话语。

"岚儿……"乾清宫东暖阁的玄烨从寒夜中惊醒，浑身薄汗。

在龙榻上安歇的郭贵人披着绿石夹袄，起身："皇上，做噩梦了？是否唤太医院宫直送碗安神汤来？"

"朕无碍，你去睡吧。"玄烨强硬的口吻。他是万民景仰的皇上，怎能在旁人面前暴露自己的弱点。

"是，皇上，臣妾告退，还请皇上保重龙体。"被翻牌子的喜悦早已不复存在，郭贵人低着头，想到皇上脱口而出的名字，内心哀怨，卫岚音！

"皇上？"梁公公急促地喊。

"进来。"玄烨身着明黄中袍，缓缓坐起。

梁公公来到宝石珠帘的前面："皇上，大事不好，梵华佛堂走水了。"

"什么？"玄烨慌乱地拽起珠帘，颗颗红宝石从手掌中脱落，散落一地。承乾宫发生的一切，他早已知晓，既然卫岚音无恙，他也不好反驳佟佳贵妃。再则佛堂思过也不是重罚，他不好插手太多。

"速去梵华佛堂，着护军营前去灭火。"玄烨心急如焚。

"是，皇上。"自从皇上生擒鳌拜，宫中还没有调动过护军营。冲冠为红颜，书中从不曾欺骗尔尔。

龙榻上的郭贵人紧攥着染红的指甲，原以为当下是她最好的时候。后宫妃位空缺，嫔位渐衰，秀女要明年才能进宫，这一年是她大显神通的时候。她已有金枝玉叶依靠，只要再生下阿哥，何苦在那贱人的屋檐下强颜欢笑？昔日在府中便因身为庶女而备受欺压，如今入宫怎能再屈居人后？谁知却凭空出来个良贵人，真是该死！

她忽然想到侍寝前，永寿宫递来的纸条，心中顿时舒畅了些许。心里得意的笑，脸上阴云叠嶂。

"皇上，外面寒气重，还是多穿些吧。"梁公公絮叨，"良贵人也定会心疼皇……"

"勿要多言。"玄烨穿着单薄的龙袍匆匆而行，梁公公只好无奈地出门传口谕。

"皇上，保重龙体啊。"穿着得当的郭贵人担心，"臣妾还未曾见过良妹妹，甚为担心，陪皇上一同前去吧。"

"也罢。"玄烨点头。

梁公公一路小跑地从外面归来："皇上，护军营的侍卫已经前往梵华佛堂，良贵人吉人天相定能无恙。"其实他心中更担心落霜，毕竟在乾清宫多年，感情颇深。玄烨心急地推门而去。

各宫的宫灯都亮了，都在打探着外面的消息，永寿宫内的荣嫔倚在清米黄织金云龙缎长枕上："外面如何了？"

"娘娘，佛堂的火烧了小半个时辰了，良贵人和落霜或许已经命归黄泉。"宫女春意献媚。

"此事办得好，不能留后患，就让承乾宫的娘娘收拾残局吧。"金盏羊油蜡的烛光下，荣嫔的脸色阴险狠虐。

"娘娘放心，都安排好了，落霜和良贵人都生了狐媚心思，在阴间也有个伴儿，算是便宜她们了。"春意笑着挑开了金盏烛台上的烛芯。

"哈哈。"荣嫔高傲的心花怒放。忽然，外面传来声响，因为出动了护军营，宫内处处戒严，各宫的嫔妃必须主动避嫌，不得随意外出，领头的老太监扯着嗓子喊着避让。

"皇上竟出动了护军营？"荣嫔欠着身子仔细地听了又听，背后的长枕露出红绸地彩绣云龙的图案。

春意也是一愣："娘娘勿要急躁，如此大动，太皇太后回宫后，岂能草草了事？"

荣嫔舒缓着靠了回去："也是这个理儿，太皇太后的眼中从来不容沙子。"

"她们怎能和娘娘相提并论，娘娘可是当年太皇太后亲自为皇上选的，如今三阿哥开蒙又早，娘娘迟早会成为妃嫔首位，钟粹宫算什么？住在那儿的明朝太子，不也是一场空梦吗？"春意为荣嫔母族府中的家养奴，自幼伴随荣嫔，经历了宫中许多风霜，早已耳聪目慧。

"但愿如此吧。"荣嫔叹着气，皇后和贵妃宝座，她从未贪念，但十年盛宠岂能空谈，势必要在后宫中占有一席之地，妃嫔之首，她还是万分在意的。

"娘娘安歇吧，趁着外面正乱，奴婢也好办事。"春意贴心地放下镶着绿帐沿边的绯红色帷帐。

"嗯，小心行事。"荣嫔会意地躺下，永寿宫内的烛光忽暗忽明，昭示着主位焦虑的心情。

宫殿偏隅，迎着雪光，身着紫褐色宫装的春意，对着远处拍着胸口，随后传来簌簌的脚步声，一太监躬身而出："春意姑姑，想死我了。"

"呦，我以为你早把我忘在脑后，让那些洗衣服的小蹄子勾走了魂儿。"春意故意吐着醋意。

"她们哪及春意姑姑啊。"说话的正是浣衣局的魏公公。

春意扭头走向井沿边，挠着发鬓，卖弄风骚，惹得魏公公春心大动。

两人卿卿我我，春意瞧准时机，顺手一推，魏公公失足落井。

春意整理着衣袍，没有丝毫慌乱："也不掂掂自己几斤几两，还敢妄想姑奶奶，呸！"她厌恶地吐着口水。

深井中的井水泛着冰碴儿，闪动着刀锋般的光泽，后宫没有秘密，只有死人才最安全。

宫中的火依然在蔓延。

"臣妾参见皇上。"身披狐裘的佟佳贵妃见到穿着单衣前来的皇上，忐忑地行着宫礼。

"起。"玄烨摆着手，没有多看她一眼，所有的心思都在卫岚音身上。

"妹妹见过姐姐。"郭贵人看着慌乱失措的佟佳贵妃，小步向前。

"郭妹妹也来了。"佟佳贵妃憋着恶气。

"妹妹担心良贵人，随着皇上来了，可怜的良妹妹啊。"郭贵人掩着手帕抹着眼泪。

佟佳贵妃厌恶地盯着她做作的模样，郭络罗氏家的女子都那么矫情，贪婪虚伪。

玄烨铁青着脸，大步上前："传朕口谕，一炷香之内必须将火扑灭，救出良贵人。"他望着浓浓的黑烟，心痛得无法言语，岚儿，你是否安好？

"快，别让皇上着急。"梁公公担心落霜，也四处忙碌。护军营的侍卫们都为满蒙上三旗的人，身手利索，不足片刻，火势便弱了不少。

"皇上，此处凶险，还是去旁处歇息，良贵人有了音讯，臣妾着人立即去禀报。"佟佳贵妃踩着花盆鞋。

玄烨皱着眉头，缓缓道出："你和郭贵人先行回宫，朕自有分寸。"

"皇上，您是大清的皇上，还要为万民社稷着想，皇祖母和太后也日夜惦记皇上的身子啊。"佟佳贵妃不顾寒意，跪在冰冻之上。

"还要朕重复吗？朕自有分寸，退下。"玄烨的心乱作一团，恨不得立即冲入浓烟救出卫岚音，但他知道自己的身份。佟佳贵妃挑他的痛处，他自然不悦。

"臣妾只是替万民请愿，望皇上体恤臣妾的心，臣妾告退。"佟佳贵妃不再触天子的逆鳞。她望着渐渐散去的浓烟，良贵人，这就是你的命，怨不得旁人。

"回宫吧。"她扫着郭贵人。

郭贵人知趣地离去。

玄烨一直盯着失火的佛堂，佛堂内是他心爱的女子。二十余载，他从未品尝过畏惧的滋味。自幼受四大辅臣的管制，他未曾畏惧；藩王叛乱，他未曾畏惧；他总是坚信，他是真命天子，定能得到上天的庇护。

如今他却畏惧了，隐隐的疼，如针芒刺在胸口。当年太宗在关雎宫深居多日，哀痛吐血。爱之深，关之切，还未执手到老，怎能单鸟独鸣？玄烨在心中默念：谁也不能将你从朕的身边夺走！

"皇上，火已灭……"梁公公话音未落，玄烨已冲向佛堂，熏染的主梁仍在，窗棂已破损不堪，完好的佛堂，失去了往日的泽泽光华。

"皇上使不得啊，护驾，护驾。"梁公公紧随其后，大声呼喊。

"岚儿，岚儿。"玄烨哪里顾得上身后的人，心里只有卫岚音的安危。他红赤着双眼："岚儿，岚儿。"他一遍遍地喊，重复着深爱女子的名字。火后的灰烬弄脏了海水江崖的龙袍，弄脏了龙纹金丝的长靴。殿内死气沉沉，不时掉下烧毁的残骸，一片狼藉。

玄烨望着佛像，难道他与岚儿的缘分如此浅？佛心照己心，苦不堪言。他似乎听到佛像的后面传来幽幽的叹息声，如盛夏间的莲花般绽放芬芳，直通心田。

他颤抖着来到佛像后的小香案前，魂牵梦萦的女子蜷成一团，陷入了昏迷，样子惹人怜爱。不远处的落霜也倒地昏迷。他扫尽阴霾，将卫岚音抱入怀中，柔声轻语："岚儿。"

卫岚音在朦胧中又看到了一片海水江崖，那片海是晃眼的明黄之色。

当她睁开双眸时，正迎上玄烨接过玉珠手中的胭脂水小碗，关切地尝着汤药。太医们跪了一地。

"皇上。"她的喉咙撕裂般疼痛。

"岚儿，莫要多言，你的嗓子被烟熏到了，要调养一些日子才能好。"玄烨心疼地拂过她鬓前的乱发。

"落霜？"卫岚音嘘声张着口。

"主子，落霜姑姑已服过汤药，在偏房休息。"玉珠心疼地痛哭。自从昨日得知主子受罚，长春宫慌乱了起来，随后又传来佛堂走水的消息，他们更是坐立不安，哭声连连。终于在哭声中，迎来了怀抱主子平安归来的皇上。

玉珠想到太医的话语，还是心有余悸。卫岚音听到落霜无碍，也放下心来。她仔细打量着玄烨那急切的双眼，心中荡漾，佛祖听到了她虔诚的心声？愿给她，给他一份机会？

玄烨放下空空的汤碗，对着满地跪着的太医们，痛斥："朕平日里看了不少医书，也能诊治一些风寒小病，你们这些术业有专攻的太医，连小病都看不了，朕还养着你们做什么？朕为太医院亲书的牌匾——永济群生，是不是该砸了？"

宫直李太医不停地擦拭着头上的薄汗："皇上，良贵人体质偏寒，气血两亏，确实不易受孕。臣会开些暖宫的方子，稍加调理个两三载，也许会怀上龙子。"

玄烨径直站立，背着双手，胸前和背后的五条飞龙突显着皇威："到底是何情形？从头答来，否则朕治你们一个欺君之罪。"

李太医不敢妄言，欺君之罪可是诛九族的大罪。

卫岚音心惊，难道她也同通嫔一样不能受孕？见太医们的无奈，玄烨的背影，她一时也没了主意。

"皇上，臣有一言。"一位年轻白净的太医温润出声。李太医闭上双眼，苦不堪言。卫岚音皱眉。

"你是？"玄烨略为嘶哑的声调。

"臣姓林，名行远，是太医院的吏目，刚刚为落霜姑姑诊过脉。"

卫岚音仔细地打量林太医，谦恭有加，一表人才。

"林太医？"玄烨迟疑地看着他。平日里为自己诊病的都是太医院的院判和御医，吏目不过是为宫人诊病，做些储药的零碎差事。

"前几日臣为落霜姑姑诊脉，她脾胃不和，服用些消食的食材即可，并无大碍。但今日臣再为落霜姑姑诊脉，发觉姑姑体质偏寒，亦有中毒的迹象，但姑姑的身子一直强健，何来体寒呢？方才又听李太医所言，良贵人也有体寒，那……"林太医欲言又止，瞄着玄烨的脸色。

"良贵人和落霜除了浓烟之毒外，还另有蹊跷？"小小的后宫，竟生出如此龌龊事端。

"这是落霜姑姑在火中掩口的手帕，臣可以断定，浸泡手帕的清水中定是掺了冰镇蓖麻种子的汁液，也许还夹杂了石榴汁液，都是迷失心智，令女子寒宫的虎狼之药，幸亏时辰尚浅，吸入不多，如若皇上再去晚些，良贵人和落霜姑姑即使没有被烟火熏染，也会因中毒而凶多吉少，到那时，即使神仙也无力回天。"林太医跪地叩首。李太医的额头上流下豆大的汗滴，朝服上的鹭鸶补子也贴到青砖上。

卫岚音抓紧了锦缎被角，原来她是在用绢帕敷鼻后，才觉得头晕恶心，这真是环环紧扣的毒计，招招致命，是谁，谁如此狠毒？

圆木桌上的胭脂水小碗和银茶壶跌落满地。

"皇上息怒啊。"满屋子的人，惶恐不安。自古天子一怒，血流成河，谁人敢言？

卫岚音想起承乾宫中佟佳贵妃治理后宫的话语，深有体会玄烨的无奈。她强忍着头晕，伸出纤手拽着他的龙袍衣袖，袖口的内衬里隐隐地缝制了两条祥云游龙，显示着九五之尊。他是她的夫君，也是天下的皇上。他是圣君明主，岂能在眼皮底下，容忍此等事情的发生？

此事若小，便为家事，若大，便为大清国的国事。哪能随心所欲？她虽说不出话，却用哀求、理解的眼神传递着内心的情绪。

玄烨心中感动，这是他深爱的岚儿，即使在寒冬赤足浣衣，即使经历生死，也没有怨天尤人，哭天喊地，只有默默地承受和隐忍。天已大亮，长春宫内静寂得连落地一根银针的声音都能听得清晰。

"岚儿，朕定会还你公道。"玄烨再也压制不住内心的情绪和愤怒。

"皇上息怒啊，臣没有发现良贵人的绢帕，林太医年少缜密，是不可多得的奇才啊。"李太医见气氛有些松动，连忙缓声解释。

"此毒下得极其隐秘，佛堂中早已失了罪证，如若不能仔细辨别手帕实物，很难察觉，李太医为太医院的翘楚，医术了得，此事怨不得李太医。"林太医言简意赅，情真意切。李太医投过去一记感激的目光，看着林太医挺着笔直的脊梁，不禁想起年少时的自己。

多年前，他何尝不是一身正气，只可惜这紫禁城中的太医看似光鲜，谁又知晓其中的辛酸？他行医多年，本是施药救人的双手，早已血迹斑斑。

"好，林太医心思缜密，甚得朕意，着林太医为太医院御医，今后便为良贵人诊病。"玄烨颇为赞赏年少才干之人。卫岚音的眼中闪过安慰。

"臣谢皇上隆恩。"林太医不卑不亢。

"都起来吧。"玄烨的心情顺畅了许多，却不经意间打着喷嚏，

"皇上。"卫岚音发出嘶哑低沉的声音。

"皇上，让太医瞧瞧吧，深夜穿着单薄，如若受了风寒，伤了身子可不好啊。"梁公公焦急。

"嗯。"玄烨坐到卫岚音的床边，伸出手腕。

李太医使着眼色，林太医会意地向前走去。

"皇上脉络平息，并无湿邪侵入，只是偶遇寒气，才引起不适，臣不建议用药，早晚饮用姜汤即可。"林太医低着头。

"林太医，这？"梁公公茫然，年轻的太医如何给皇上诊病？

"回禀皇上，臣观皇上脸色红润，并无病灶，林太医所言极是，臣复议。"李太医赞许。

"好，朕也倾向少用汤药，毕竟用药三分毒。"玄烨想起与外国传教士交流中学到的方法理论，颇有感触。

"长春宫上下的宫人，必要好生照料良贵人，朕定会论功行赏。"玄烨开启金口，"岚儿，你好生安歇，朕晚点儿再来看你。"

卫岚音露出甜美的笑意，玄烨不禁伸出手，掩了掩锦缎云锦绣花被，柔声："等着朕。"

"哈哈。"玄烨终是开心地大笑，离去。长春宫恢复了平静。

卫岚音望着玄烨离去的背景，久久不能回神。

"主子，主子？"玉珠含笑地喊，"皇上走远了，这会儿都该到乾清宫了。"

"着小安子去御膳房多取些鲜姜来，熬制好姜汤，晚上给皇上服用。"卫岚音挂念。

"是，主子真是福泽富贵，皇上对主子这般好，让那些贼人嫉妒吧。"玉珠恨语。

"呦，哪些是贼人啊？"外面突然传来清脆的笑声。岚音大惊，玉珠更是害怕地捂住了小嘴。

"妹妹好些了吗？"来人正是昨日侍寝的郭贵人，她的头上晃动着点翠的头饰，虽然心生藐视，面上却带着热情的笑意。

第六章

蛾眉婉转有时会

卫岚音听落霜说过这位郭贵人，她和宜嫔都是郭络罗家的女儿，容貌有几分相像。

"姐姐。"卫岚音倚着青红缎贴花彩绣枕坐起。

郭贵人听着岚音沙哑的声音，心中好不得意，她虚伪地劝慰："妹妹快躺下，妹妹受难，姐姐一夜未睡，好不容易熬到了天亮，便耐不住性子唐突地来了。"她亲切地握住了卫岚音的手。

卫岚音低着头："妹妹令姐姐担忧，真是罪过。"

郭贵人接过玉珠奉上的热茶："今儿初见，我对妹妹一见如故，妹妹果真如宜姐姐说的，是水晶剔透的妙人儿，连这长春宫也比旁的宫殿灵气了许多。"

卫岚音苦涩："姐姐抬举。"

"说远了，姐姐也没有什么好东西。这是老祖宗的龙兴之地供来的老山参，姐姐在生下公主时，身子不好，皇太后赏赐的，姐姐转送给妹妹。过几日，太皇太后和皇太后回宫，皇上最重孝道，定会带着妹妹去慈宁宫拜见，妹妹要早日调养好身子。"郭贵人将细长的香木锦盒放在桌上。

"这是皇太后钦赐，妹妹承受不起。"卫岚音的嗓子很痛，说话吃力。

郭贵人摇头，深有感触地应道："咱们后宫中的女人啊，哪一样东西不是皇家赏赐的？我们只能守着巴掌大的地方，日复一日地熬着。妹妹啊，这后宫中争的不就是荣耀和宠爱吗？东西算什么？"她落寞地喝着茶，或许她也觉得自己言多必失，"呦，姐姐没当妹妹是外人，说些心里话，许是妹妹听不懂，妹妹年纪还轻，以后的日子长着呢。"

卫岚音听出了她的弦外之音："姐姐的教诲，妹妹谨记。"她抬起头迎上郭贵人的双眸，两人相视而笑。

这时，钟粹宫的惠嫔带着宫女进来，宫女拎着紧裹着厚棉蓝布保暖的四角食盒："郭妹妹来得真早啊。"

"原来是姐姐来了，"郭贵人站起身来，"昨晚折腾了一夜，我便不打扰妹妹安歇，让惠姐姐陪陪妹妹。"

"多谢姐姐。"卫岚音客套地点头。

郭贵人向惠嫔行着宫礼，意味深长地看了一眼宫女玉珠，转身离去。

惠嫔瞧着桌上的锦盒："她倒是舍得，这株人参带着灵气，是长在当年太祖爷屯兵的山上。"

卫岚音谦让："郭姐姐是爽朗性子。"

"妹妹的嗓子怎么被熏呛得如此严重，到底是谁这么狠心啊。"惠嫔听到卫岚音的声音，伤感地哽咽。

"姐姐无须为妹妹伤神，太医看过，并无大碍，嗓子过几日便会好。"卫岚音吃力地说话。

惠嫔收起绢帕，指着四角食盒："这是姐姐吩咐钟粹宫的小厨房熬制的压惊汤，还冒着热气呢，妹妹尝尝。"

"姐姐有心了，妹妹……"卫岚音面带疲惫。

"妹妹少说些话。"惠嫔亲切地坐在床边的锦凳上，"妹妹啊，上次姐姐就提醒过，这宫中不是你无心争宠就行的，旁人的眼睛可都紧盯着呢，就是见不得别人好，单打独斗会吃亏的。"

卫岚音怎能不知惠嫔的心思，只是她真的不想和任何人结盟。

惠嫔见她面带犹豫，又接着道："妹妹受了苦，这次一定要让皇上揪出幕后的恶人，严惩不贷。妹妹千万不要好心，人善众人欺啊，这一次侥幸脱险，你能保证下次还如此幸运？而且，你也要为身边的宫人好好想想。"

卫岚音陷入深思，惠嫔的话有些道理。她有皇上护着，那落霜她们呢？长春宫的每个人都因为她陷入凶险的旋涡。

"妹妹，还是早日生下皇子为妙啊。"惠嫔假做笑意地起身，"妹妹安歇吧，如若有要紧事，可去钟粹宫找我。"

"多谢姐姐。"卫岚音艰难地吐出四字。惠嫔看着她执着的神情，恨恨离去。

乾清宫内，玄烨喝着佟佳贵妃送来的暖胃姜汤。

"皇上，今儿还去南书房吗？"梁公公实在心疼皇上，皇上登基以来，一直勤政有加，半月或十天的乾清门听政，风雨无阻，从未间断。设立南书房之后，更是每日与大臣们商议国事。昨夜皇上一夜未睡，这身子……

"无碍。"玄烨放下空空的汤碗，走向南书房。国事，家事，他都不能放下。忙到晌午，他才用了些软腻的桂花糕。

"皇上，裕亲王求见。"梁公公禀告。

"传。"玄烨正想找人商议昨夜失火一事。

"皇上吉祥，臣听闻昨夜宫中走水了，甚为担心。"福全焦急的语调。

"国事如此繁忙，裕亲王还专程跑了回来，赐座看茶。"玄烨讲述着昨夜宫中发生的一切。

听完整件事，福全放下手中热茶："皇上有何想法？"

"朕颇为棘手啊，佟佳贵妃的责罚本为常态，并无过失。那下毒、点火之人才最为可恨，连环诡计，令人防不胜防啊。"玄烨猛拍龙案。

"皇上有怀疑之人？"福全直接问。

玄烨默然地摇头："昔日父皇宠爱端敬皇后，冷落众嫔妃，看来今日朕也错了。"

福全感受到了他的悲哀和无奈："皇上喜得知心良人，良贵人在宫中无依无靠，只有皇上的宠爱，如若失去了皇上的庇护，恐怕在后宫中难以生存。"

玄烨痛苦地看着案上的放手二字，笔锋凌乱，已成败笔。

"劳烦裕亲王暗中调查梵华佛堂失火一事，不要张扬，调查进展直接禀告给朕，定要查个水落石出。"他将放手二字撕得粉碎。

"是，臣定当全力以赴。"福全知道后宫的事情哪有表面那般简单，这浑水……

"裕亲王真是朕的好皇兄。"玄烨饱含真情。

"皇上，臣只是做好本分差事。"福全叩谢隆恩，心中时刻谨记着君臣之别，不敢恃宠而骄。

玄烨又想起一件事："劳烦裕亲王留意着民间生子的方子，良贵人身子虚寒，还要好生调理一番，朕能给她的宠爱有限，她身边早日有皇子依靠，才是上策。"

福全想到初次见到卫岚音时的情景，心中划过隐藏的疼痛："臣自当尽力。"

"好。"

殿内的双耳三足香炉里飘荡着浓郁的檀香，世间最尊贵的两位男子都在为同一个女子担忧。

后宫看似波澜不惊，却是暗流涌动。永寿宫内，布贵人一大早便来给荣嫔娘娘请安："娘娘昨夜睡得可安稳？"

"昨夜梵华佛堂走水，护军营四处奔走，本宫怎能睡得安稳？"荣嫔不悦，真是哪壶不开提哪壶，贱人的命真是硬气，竟然没有被烧死。

"哦，娘娘真是慈悲心肠，哪能和妹妹一样啊。"布贵人傲娇地扶着发鬓。

宫女春意端着金丝小枣："娘娘和贵人都尝尝，这是内务府送来的直隶贡品，前几日皇上赏的。"

荣嫔拾起小巧的红枣，别有意味地看着春意。春意连忙呈上永寿宫每日早上必备的羊奶羹："娘娘放心，今日的羊奶羹是奴婢亲自熬制的，还放了些娘娘平日爱吃的果仁儿呢，贵人也尝尝奴婢的手艺。"

荣嫔听了放心二字，舒缓着眉，退去了暗藏的疑云，悠闲地看着窗外的云……

承乾宫的佟佳贵妃也在看窗外的云。

玉镯谨慎地走进来："娘娘，听敬事房的人来报，浣衣局的魏公公昨夜失踪。"

佟佳贵妃听到浣衣局，猛地睁开双眼："噢，竟有此事？"

"这事也巧，魏公公在浣衣局作威作福惯了，浣衣局的宫女都被他欺负过，许是哪个宫女实在咽不下恶气，起了杀心。"玉镯推测。

佟佳贵妃将着波斯白猫："宫中没个太监，也是常事儿，过几日许就出来了。这场大火，皇上不会善罢甘休，咱们静等便是。"

"还是娘娘心思细腻，奴婢去乾清宫送姜汤时，梁公公连赞了三个好，皇上定也称心。"玉镯笑着。

"本宫贵为六宫之首，本应与皇上一体，怎能辜负皇祖母的厚爱呢？"佟佳贵妃得意。

玉镯俯下身子，轻捶着佟佳贵妃的腿，压低了声音："皇上已经说过再不立后，后宫之中，哪位及得上娘娘身份高贵啊。娘娘，奴婢已经按照您的吩咐，着护军营的侍卫们问过话，梵华佛堂内被烧得一片狼藉，佛龛上的清香早已跌落在地，香灰混着烟灰分辨不出来了。连门口净手的鎏金铜盆都熏得见不得原色，听说铜盆还被窗棂砸得不成样子。"

"嗯。"佟佳贵妃微笑着叹息，"如今国库空虚，一时半会儿不会重修佛堂，真是罪过啊。你去拣几件像样的补品送去长春宫，莫失了承乾宫的身份。"她耐心地吩咐。

"娘娘放心，奴婢都已经备好，只等娘娘的话儿呢。"玉镯摸准了佟佳贵妃的心气儿。

佟佳贵妃拍着怀中的白猫，白猫竟惊了，用锋利的爪子将佟佳贵妃白皙的手腕挠了一道血印儿。

"畜生。"佟佳贵妃痛斥。

"娘娘。"玉镯急忙去找玉痕膏。

"家养的畜生，看似温顺，反过来都能咬本宫一口，看来本宫还是太过仁慈。"佟佳贵妃盯着腕上的血印儿，有感而发。

"娘娘，永和宫那边，这二日可是清闲，听闻六阿哥身子极弱，德嫔也消瘦不少。"玉镯柔柔地抹着药膏。

"告诉那边，别太着急，务必保住六阿哥的身子，哪能这么容易就失去了，看看永寿宫的荣嫔和钟粹宫的通嫔，那才是最刻骨的疼。"额娘告诉过她，月有阴晴圆缺，在后宫中，女子的荣耀便为三喜，从大清门抬进喜轿的大喜，坐在交泰殿的宝座上过千秋节的生辰之喜，生下皇子继承大统，成为皇太后之喜。遗憾的是，至今为止紫禁城的女子从未有人享受过如此荣耀。佟佳贵妃紧拧着手中的帕子，三喜之中她必要圆满其二，不枉为佟佳氏的嫡亲长女。

看似平静的一日过去了，傍晚时分，东西六宫悄无声息，谁也没有去围房，更没有人去问敬事房的张公公，因为她们都清楚，即使长春宫的良贵人不能侍寝，皇上也会贴身相随。爱新觉罗家族的桎梏又一次灵验，情爱两字，不论出身、时间，只因你没有走入皇上的心。

紫禁城的寒夜孤灯凄凉，分不清荣耀盛宠。进宫时的善良无辜都已在这深夜中慢慢磨去，只留下空空的躯壳和无限的怨恨。

卫岚音依偎在玄烨的怀中，入鼻淡淡的龙涎香，令她如临九天梦境。轻抚着薄茧的手掌，感受着温缓的轻喘，只有在这时，她才能完全放下防备，敞开心扉。

"料峭春寒中酒，交加晓梦啼莺。"卫岚音轻吟着风入松的古词，虽不尽意境，却略感伤悲，她或许不能再淡泊下去，她不想成为他的牵绊。

被烟火熏染，梦里都是幼时与额娘的美好时光，额娘的眼睛如天上的月亮般柔和，她想起额娘临终时的话语，心泛惊涛，为何额娘不让她入宫？如若额娘还活着，该有多好……

她贴着皇上起伏的胸膛，被天下最尊贵的男子惜之、懂之、怜之、爱之，她的心中满是眷恋……

接连三日，各宫探望和玄烨赏赐的礼品，源源不断地送到长春宫。

玉珠和虹酿将后殿偏房整理出来，将礼品一一记录在册。

身子好些的落霜捧着熬好的银耳羹早早地候在卫岚音的床前："主子醒了？"

卫岚音听着沙哑丝丝的声音，眼眶内氤氲一片。

"主子，这是昨日承乾宫的掌事宫女玉镯送来的贡品，奴婢依照古书上的方子熬制的，主子尝尝。"落霜微笑。

"今儿起，林太医开的药方，熬制两份，你也要保重身子。"卫岚音的嗓音虽紧，却不似前几日火热。

"多谢主子。"落霜挑着柳叶的弯眉，清秀淡雅。

"昨日还有谁来了？"卫岚音轻问。

"奴婢也是今日大早儿，才去偏房清点的。各宫的娘娘都遣人送来了压惊之礼，连正在坐月子的德嫔娘娘也送来了礼品。主子这次逃过大难，面上的礼，各宫的娘娘是绝对不能错过的。"落霜耐人寻味地应道。

"的确是大难啊。"卫岚音端起装着银耳羹的细瓷小碗，银耳入口即化，香糯味甜，口感尤佳。她轻轻吹着热气，云淡风轻地讲着火灾、中毒一事。

落霜听后，大惊："主子以后想怎么办？"

卫岚音放下细瓷小碗："这几日我思前想后，若真的与人结盟，我觉得与钟粹宫的惠嫔姐姐最佳，宫中的其他娘娘……"卫岚音摇着头，叹惋惆怅。

落霜听着她无奈的叹气声："主子又何必为难自己，结盟也只是缓兵之策。依奴婢看，永和宫的德嫔娘娘，也是上佳的人选，主子可多多走动些。"

卫岚音微微点头："如今也只能这样，今后与人相处只有四字，善待、谨防。"

落霜赞许："主子的确聪慧。"

卫岚音正在失神中，落霜俯身跪下，行着大礼："主子，这次的事因奴婢而起，奴婢谢主子大恩。"

卫岚音急忙扶起她："快起来，你也是因我而被人陷害，怎能全都怪罪于你？"

落霜坚定地看着卫岚音："主子，如若今后再有如此事情，千万不要管奴婢，主子对奴婢的恩情，奴婢铭记在心，但宫中步步惊险，不能白白让人算计，总得保全一个才行。"

卫岚音会意地点着头，如若长春宫他日又逢大难，四面楚歌，哪能全军覆没？必要时，也定要壮士断腕。不过，她一贯重情重义，奈何宫中最不讲情义。她看着落霜秀丽的容颜，心生钦佩。这位尊贵的格格，屈身为宫女，在宫中辗转十余载，仍保留着纯真之心，实属难得，乃非常人之所能也。如此的女子，皇上怎能不宠不爱？

她想起佛堂中落霜淡淡的话语，这一生，只为他的喜悲而活，他是何等幸运？她的心里没有丝毫妒忌，只有感动。

她是否也同落霜一样，再也放不下他？她盯着暖洋洋的窗外。

落霜也盯着窗外，她已无家可归，怎能遭人白眼去做委屈的侧室？这紫禁城便是她了却残生之所。这样也好，可以静静地看着爱恋一生的他，挥洒豪墨，谱写大清的壮丽河山。还能看着他疼惜眷顾捧之手心的爱人，执手偕老，也是一桩美事。

长春宫内飘荡着浓浓的柔情，两人对视而笑。

太监小安子推门而入："主子，裕亲王求见，已到宫门外。"

岚音听到久违的名字，内心不由得紧了几分："请裕亲王进来。"

宫门外的福全身着亲王的五爪正龙的官袍，英姿翩翩，他拎着锦盒，面对越走越近的长春宫，却感觉离她越来越远。他的心中掩盖着苦涩，一面之缘，何必强求……

岚音沙柔的声音："裕亲王吉祥。"

福全看着卫岚音，还礼："良贵人安好。"

寒暄的问候，令人生疏。

落霜奉上热茶："裕亲王请用茶。"

福全闻到淡淡的茶香，微微一笑："落霜的茶艺真是天下第一。"

"裕亲王谬赞，奴婢可担不起这美名。"落霜摇头，微妙的气氛在欢愉中缓缓散开。

"皇上命臣暗中调查宫中梵华佛堂走水一案，臣特意前来，想问问当日的情形。"福全说出此行的目的。

卫岚音一怔，后宫乃是禁地，哪能容得亲王随意行走？没想到皇上兑现了对她的承诺。

"裕亲王可尽管询问。"她安然地应道。

福全听着悦耳柔声，满是对卫岚音的欣赏。他自幼在宫中长大，见过太多虚伪假面，装腔作势，卫岚音的确是蕙质兰心的佳人，只可惜……他发觉与卫岚音有愈多的交集，愈是陷入更深，一切都没有刻意求全，却都是情不自禁。

看着卫岚音泰然的眼神，哪里还寻得到元宵佳节那夜的炙热和慌乱，是啊，皇上的一片痴心，世间谁人能挡？他抑制着心中疯长的可怕念头，恍惚中听到婉转的语调：

"我与落霜一直跪在佛堂思过，并没有发觉什么异常。"

"是啊，奴婢和主子一直跪在佛堂，佛堂内潮冷阴暗，并不知晓时辰，只不过听到几声猫叫。"落霜也陷入沉思，"火是从佛堂的二层烧起来的，等奴婢和主子发现时，烟气早已涌了出来，满屋皆是，佛堂的门也被锁死。"

"我问过护军营的侍卫，清理火场时，并未发现门锁一事。"护军营为皇上亲兵，如若真如落霜所言，拿走门锁之人必有重大的嫌疑，到底是谁？

"门锁为铁器，大火虽烈，毕竟是冬日，焉能烧毁？也许在护军营到达之前，被哪位宫人取走，又或是在护军营的眼皮底下被取走的。"卫岚音坦诚对视着福全，她知道这是必然面对的一切。皇上信任、宠爱她，她怎能枉费了他的一片苦心。

"良贵人所言极是，臣自当详查。"福全苦涩。

卫岚音原本以为福全与皇上甚为相像，今日坦然相见，仔细一瞧才发现，两人虽为亲兄弟，五官却大不相同。皇上满脸富贵，英气焕发，福全却温润秀洁，书卷气息浓郁，想来那宁悫太妃也定是娇贵之色，那凤血镯子？卫岚音想着寻个机会，亲自去问问太妃。

福全被她的浅然安笑所打动，"此次火情事关重大，今后还请良贵人多加小心，宫中看似简明的背后，也许都藏着祸心。"

"多谢裕亲王。"卫岚音低沉地应道。

福全起身，指着带来的牡丹铜扣锦盒："薄荷糖送给良贵人和落霜吧，虽说民间的方子不及紫禁城中的珍贵，但这方子却是极其好用的，对嗓子也极好，算是微臣送来的压惊之礼。"

"多谢裕亲王。"落霜急忙行礼谢恩。

"臣，告退。"福全微笑地望着卫岚音，转身而去。

事到如今，他还能争什么？他怎能告知，这薄荷糖是他派人几乎翻遍了京城，在偏远之处，找到世代祖传制作薄荷糖的老妪，凑齐最上等的材料，连夜做好的，只等着今日送给她。如今她身边的男人是天之骄子，他只能全力做着任何能够帮衬她的事情，便足够了。

福全走后，卫岚音抚摸着锦盒上雕刻的复叠错综的牡丹花朵，缓缓取出锦盒内的薄荷糖含在口中，少了分甘甜，多了分辛气，<u>丝丝薄风</u>，嗓子也松了几分。小小的薄荷糖好似心中逝去的梦，慢慢融化，只留下淡淡的清凉。

"落霜，准备些温补的食材，随我去永和宫看望德嫔姐姐。"卫岚音舒展着眉头，失火一事恐是要费些功夫方能水落石出，又或许永无结果。她闪着微翘的睫毛，宫中的日子还是要过的，她不能一直做笼中之鸟，总是让他累心。

"主子，奴婢早上去清点时，都已备好，只等主子开口吩咐。"落霜搀扶着卫岚音走了出去。

永和宫在东六宫，与地处西六宫的长春宫隔得远些，主仆二人一路上话语不多，遇到的宫人们纷纷行礼叩拜，极为殷切。他们知道如今紫禁城中最受宠的便是长春宫的良贵人，堪比当年的椒房专宠。

卫岚音与落霜刚踏进永和门，便见到院内的熙熙攘攘，众人正忙碌着。眼尖的小太监见良贵人来了，急忙向前跪拜。

"良贵人吉祥。"院内身着官袍的官员随即跪下，不敢抬头。

"起吧。"卫岚音柔声。

"良贵人吉祥，我家娘娘这几日正念叨贵人呢，快请。"永和宫的掌事宫女宛碧，亲切地出来相迎。卫岚音不解地看着院中的一干人等。

"让贵人见笑，这是钦天监的王大人，我家娘娘生产那日，已三更半夜，时辰太晚，又逢突然，没有来得及刨喜坑。昨儿是洗三儿，皇上已经在奉先殿告闻天下，特意请示了钦天监的官员，择今日吉时在永和宫的东南角埋下小阿哥的紫河车。小太监刚刨好土坑，贵人便到了，贵人刚刚大难脱险，一定有福星罩着，永和宫也随着沾沾喜气呢。"宛碧妙语连珠，尽显奉承之色。

卫岚音这才注意到，院内的东南角落，开启了两块青石，土堆上放着两双如意竹筷和金银八宝，小太监和老嬷嬷正在回填着泥土。她在宫外见过刨喜坑，但是宫外哪有这般排场和讲究，皇家到底是不同。

"贵人身子单薄，快进屋。"宛碧在前方带路。

"姐姐，妹妹特来赔罪。"卫岚音见德嫔倚靠在床榻上，头上裹着黑绒镶边的绣巾，脸色略显憔悴。

"良妹妹来了，勿要再提旧事。"德嫔怎能不知那夜的其中阴险。

岚音心疼："姐姐喜得阿哥，怎么忧心忡忡？勿要愁坏了身子。"

"妹妹不知，小阿哥身子羸弱，整夜哭闹，姐姐这当额娘的，心中实在焦虑啊。"德嫔抹着眼泪。

"姐姐。"卫岚音忙指着带来的补品，"这是皇上前几日赏赐，今日特来送给姐姐。"

德嫔更为痛心地握着卫岚音双手："妹妹与我虽只有一面之缘，但这后宫中，姐姐的心事唯独妹妹能懂，这永和宫虽承蒙盛宠，却是旁人眼中的笑话，姐姐不求富贵，不为争宠。小阿哥还小，还望妹妹能替姐姐在皇上面前美言几句，留小阿哥在姐姐身边抚养，姐姐将不胜感激妹妹的恩情。"

听着她心酸的哭泣，卫岚音的心中划过伤痕，同样出身的她能深深体会到心中的苦闷。

"姐姐要养好身子，妹妹定会和皇上求恩典。"卫岚音劝慰。

德嫔听到卫岚音的话语，松了口气，眼中闪过一丝得意，脸上却伤感："多谢妹妹。"

卫岚音真诚地看着德嫔，她怎能见母子分离？

德嫔擦拭着脸上的泪水，缓缓说道："再过几日，小阿哥便要升摇篮，到时候还请妹妹过来一同唱喜歌，好好热闹一番。"

卫岚音想起幼年和额娘一同为弟弟升摇篮的情形，额娘亲手教她用红纸剪出福字，贴在摇篮上。不知弟弟如何了？如今太皇太后和皇太后未在宫中，她的贵人身份还未昭告天下，还不能与家人相见。

"好，妹妹一定到，妹妹还会剪大红的福字呢。"卫岚音从思索中走回。

"娘娘，一切都已办妥，钦天监的王大人已经出宫。"老嬷嬷进来禀告。

"好，有劳王大人。"德嫔叹着气，紫河车埋下，还望小阿哥的身子强健起来。

卫岚音望着熟睡的小阿哥，这是他的孩子，什么时候她也能为他生下皇子？想到太医们的话，她的心又一次跌入谷底。

"时辰不早了，妹妹不打扰姐姐安歇，过几日再来拜访。"她低沉道。

"好，姐姐在宫中也没什么知心之人，妹妹可要常来。"德嫔热心地招呼。

"姐姐不嫌妹妹嘈杂才好。"卫岚音缓缓站起。

落霜行着宫礼，主仆二人在小太监的引导下，离开永和宫。

"娘娘，不要哀愁，良贵人既已答应，皇上必会应允。"宛碧用浸透热水的绢帕，为德嫔净面。

德嫔叹出一口长气，脸色坦然，仿佛换了容颜："本宫也是没有办法，才出此下策啊。承乾宫步步紧逼，小阿哥必定受苦，如今良贵人入宫尚浅，善良无邪，只能故作怜悯哀求，往后若为己所用，必定令旁人忌惮。"

"娘娘的意思是？"宛碧谨慎问道。

"此事若成了，承乾宫断然不会再拉拢良贵人，她也不得不与本宫结好。"德嫔心中庆幸着，幸亏良贵人晚生几年，否则她怎能入皇上的眼？

今后，她在宫中定要暗藏锋芒，审时度势，只要守着规矩，多生几位皇子依靠，任由谁也不能动摇她在宫中的地位。等皇子长大，又是另一番天地。

第七章

怨恨空随江水长

"岚儿。"玄烨从南书房来到长春宫。

"皇上万福金安。"卫岚音微微欠身，身姿优美。

"岚儿的嗓子好了许多。"玄烨心疼。

"裕亲王送来的薄荷糖甚为管用，臣妾的嗓子好多了。"卫岚音微笑。

"噢，裕亲王已经禀告朕佛堂的门锁一事，看来歹人心思缜密。"玄烨感慨，后宫每个人都藏着祸心，防不胜防。他看着卫岚音清雅的神色，"今儿天气晴朗，随朕出去一同走走。"

"是，皇上。"卫岚音身着碧绿的夹袄，一对木槿花的耳坠子泽泽动人。

紫禁城的初春，如洗的碧天。御花园里一片空寂，树木还未抽芽，太湖山石映着曲折幽静的楼台。登上万春亭，卫岚音望着东西六宫错落有致的院落和威严正统的坤宁宫，不由得黯然失神，她的耳边好似传来孤冷的院落里不绝于耳的哀怨哭声。

"岚儿，"玄烨轻轻地将她拥在怀中，"过些时日，春暖花开，御花园的花草极美，朕再陪着岚儿一同来看，可好？"

"嗯。"卫岚音脸色羞红。玄烨见她娇羞的模样，淡淡的幽香扑鼻而来，沉浸其中。

"皇上，臣妾今日去了永和宫。"卫岚音避开玄烨炙热的眼神。

"德嫔和小阿哥一切可好？"玄烨漫不经心地问道。

"小阿哥身子羸弱，德嫔姐姐甚为劳心。"卫岚音平稳地应道。

"生死有命，富贵在天，朕的阿哥，总要享受得起这份福气。"宫中早殇的皇子太多，以往玄烨总是自责，近日翻看佛经，终是宽心，佛道为尘缘二字，冥冥之中，早已注定，何苦自扰……

卫岚音低着头，缓缓牵起玄烨的手，想起元宵节那日听闻钟粹宫的小阿哥早殇后，皇上隐忍痛苦的神情。他虽是天子，也是阿玛，怎能承受一次又一次的痛楚？想到自己不易受孕的身子，她更是哀婉。

"岚儿，朕定会寻天下名医，调好你的身子，岚儿也会为朕生下阿哥。"玄烨溺爱地看着卫岚音，语调坚定。卫岚音感到手中一紧，徐徐凉风之下，温热传来，正如此刻，两人彼此交融的心意。

她望着东六宫，柔声："德嫔姐姐已为皇上生下两位皇子，如今也是一宫之主，初生的小阿哥身子极弱，臣妾今日瞧德嫔姐姐甚为憔悴，皇上是否赏赐个恩典，留小阿哥在德嫔姐姐身边照顾？"

玄烨微笑："岚儿总是这般为他人着想，这是岚儿求朕的第一件事，朕怎能不许？"

"多谢皇上，那夜到底也是臣妾唐突，绊倒了德嫔姐姐。"岚音解释。

玄烨贴着她小巧的耳朵："岚儿，朕就是喜欢你这性子，不骄不躁，不争不抢，柔和聪慧，等过几日皇祖母和皇太后回宫，朕自当去求得恩典，晋你妃位，许你一世爱恋。"

"皇上！"卫岚音大惊，急忙掩住了他的口。宫中如今妃位空缺，前朝的贵族和后宫的娘娘都已急红眼睛，她本就无依无靠，低贱卑微，身边又无皇子依靠，若为妃位，焉能服众？岂不是置他于不德的境地？

"皇上心中有臣妾，臣妾心中亦有皇上，这便足矣。"卫岚音终是看清自己沦陷的心。

"岚儿，你再讲一遍。"玄烨心中大喜。卫岚音不敢直视他，更不敢多言。

玄烨望着卫岚音头上碧绿的玉簪："岚儿，朕好高兴。"他爱恋地吻着她诱人娇滴的红唇。后宫阴森，御花园萧瑟。但在相爱之人的心中，却满是石痕木荫，层层绿意，心存无限的希望。

梁公公瞄着转身伤感的落霜，情爱二字的确是把双刃剑，既是毒药，又是灵丹！

从御花园回来，玄烨留在长春宫用膳，卫岚音殷勤地为他布菜。

"这是直隶宝德州进贡的石华鱼，滑腻可口，岚儿也尝尝。"玄烨今日胃口大好。

"谢皇上。"头一次同皇上用膳，卫岚音格外珍惜。情亦如此，如平常夫妻一样，只要心中有爱，食淡水也为甘甜。

"再过一月桃花盛开，宫中会摆一年一度的鲥鱼宴，鲥鱼味美鲜嫩，岚儿定会喜欢。"玄烨笑着。

一席话语将卫岚音拽回现实中，早听额娘讲过，鲥鱼为江南特产，稀缺昂贵，每年第一网鲥鱼都会用冰船和快马，分水、旱两路沿途设冰窖保鲜，行程三千余里，三日内送到京城。鲥鱼一到，立即烹饪，群臣共乐，谁人知晓这三千里路的艰辛？他是天下至尊的皇上，哪是山野路人？这份情爱到底能走多远？她的心隐隐作痛。

"岚儿？"玄烨瞧出卫岚音云眉间淡淡的闲愁，"岚儿喜欢吃什么？"

"皇上喜欢吃什么？"卫岚音端起金龙凤白瓷小碗，脱口而出。

梁公公和落霜不禁一惊，她怎能对皇上问此不敬之语？

"哈哈。"玄烨苦笑，生平还是第一次被反问。

卫岚音也发觉所言不妥："臣妾一时失言，还请皇上恕罪。"

玄烨放下青玉镶金筷子："无妨，原来朕的岚儿还如此率直。朕甚是喜欢，在岚儿面前，朕才觉得轻松。"其实他更为高兴的是卫岚音脱口而出的话语，只有不假思索的话语才为真心真意，也许她心中早已有了他。自古两情相悦为世间美意，他的心中有愈来愈多的贪恋。他要告知皇祖母，他没有陷入爱新觉罗家族的桎梏，心爱的女子和大清的江山，他都会铭记在心，全力爱护和珍惜。

他是真命天子，江山社稷，玲珑美人，都势在必得。

一席佳肴，因两情相悦的情思，变得更加美味。用膳后，落霜奉上热茶。

玄烨轻吹着杯沿儿，闻到那扑鼻的香气，不经意间看了落霜一眼。

落霜急忙收回关切的眼色，缓缓道："皇上，奴婢好久没有煮茶，碧螺春茶可是不妥？"

"朕觉得甚好。"玄烨轻轻放下青瓷茶杯，"落霜进宫好些年，可是要到出宫的年纪了？"

卫岚音惊异地望着玄烨，梁公公也微抬着头，屋内的气氛顿时紧了几分。

落霜语气迟缓道："奴婢进宫十一载，明年便可出宫。"

"十一载，真是好久，朕都记不清了。你在朕身边多年，如今又在长春宫当值，果真辛苦，你若有心仪之人，朕自当为你赐婚，嫡福晋许是不成，侧福晋也是当得的。"落霜的心意他岂会不知？想到尘封多年的秘密，玄烨感叹，既然错过，便随风而逝吧。

"奴婢谢皇上恩典，奴婢早已想好，要一直留在良主子身边，还请皇上和主子成全。"落霜跪倒在地。

"落霜，遇到合适的人选，还是要想想今后的日子。"卫岚音感动地扶起落霜，她虽然舍不得离开她，但是终究还是希望她有个好的归宿。若是跟着她，便意味着孤苦一生，惊心一世。

"也罢，你再好好想想。"玄烨饮下甘涩的茶水，其实他早已习惯茶的味道，也有份不舍，这份不舍无关情爱，只因多年的温情陪伴。

"启禀皇上、主子，承乾宫的玉镯姑姑来了。"玉珠碎步而入。

"传。"玄烨轻挥着衣袖。

玉镯恭敬地入内，低着头："皇上吉祥，良贵人吉祥。奴婢奉贵妃娘娘的旨意，前来禀告，今日在六间房的井中，宫人发现了太监的尸首，经过辨认正是浣衣局的魏公公。"

卫岚音震惊，想到当日在浣衣局内，魏公公对她的轻浮之色，心生厌恶。

"竟有此事？"玄烨不解地看着玉镯，"着内务府去办。"

"贵妃娘娘已去传唤浣衣局的知情宫女，事关梵华佛堂走水一案。"玉镯欲言又止。

"什么？"玄烨径直站立起来，"说下去。"

"是，皇上，原本宫中没个太监也是平常小事，怎能劳烦皇上，但这魏公公是在宫中走水第二日便没了踪影，贵妃娘娘便留意。谁知今日竟被发现溺死在井中，觉得事有蹊跷，便找了浣衣局的宫女前来问话，果真内有蹊跷，便着奴婢前来禀告，请皇上移步承乾宫，去看看吧。"玉镯的思绪极为敏捷。

"好，岚儿，一同去，若能找出真凶，朕自当为你做主。"玄烨前半句柔情似水，后半句却凛然冷冽，尽显帝王之势。

"是。"卫岚音总觉得哪里不妥。一路踌躇，来到承乾宫。她在承乾门前迟疑半分。

"岚儿，别怕。"玄烨牵起她的手，踏步入内。

"皇上万福金安。"佟佳贵妃和宫人跪落一地。

"平身。"玄烨坐在主位。

卫岚音不敢坐佟佳贵妃的位置，站立一旁。

"良妹妹但坐无妨，本宫坐这里。"佟佳贵妃见到她和皇上牵手，愤恨不已，又见皇上有意让良贵人上坐，心中更是积怨。但在皇上面前，仍然摆出贵妃的宽容气度。

"贵妃姐姐吉祥，妹妹可不能乱了规矩，姐姐请上坐。"卫岚音无声地对玄烨摇头，转身向佟佳贵妃行着宫礼。

"那姐姐便不和良妹妹客套。"佟佳贵妃安坐在玄烨身边，还算识相，否则本宫定令你好看。

卫岚音安坐在侧位，心神不宁。

"传宫女宝英吧。"佟佳贵妃吩咐。

卫岚音心头一紧，只听卑微的声音。

"奴婢拜见皇上、贵妃娘娘、良贵人。"宝英红肿着双眼，少了往日的锐气。

"今日皇上和本宫在此，你必当要真言相告，如若一句假语，定当凌迟赐死，你可听懂了？"佟佳贵妃威严地说道。

"奴婢定不敢诳语。"宝英畏惧。

"好，你可知魏公公的死因？"佟佳贵妃问。

玄烨没有多言，安静地品着热茶，一副泰然自若的神色。

"魏公公是自戕而亡。"宝英带着哽咽的声音。

"噢？"佟佳贵妃疑惑。

"回禀皇上、娘娘，魏公公在浣衣局多年，极为不本分，虽为无根之人，却总想着男女之事。前些时日，奴婢听到他的醉话。"宝英偷瞄了卫岚音一眼。岚音神色坦然，没有丝毫忸怩。

"听到什么？"玄烨不动声色。

"回禀皇上，奴婢听到魏公公说，在浣衣局曾对良贵人不薄，没想到良贵人如今蒙得盛宠，怕良贵人不念旧情，翻出前尘旧事，遂怨恨在心，动了杀意。"宝英一语，震惊四座之人。

"大胆奴才，竟污蔑良贵人，来人，掌嘴。"佟佳贵妃气愤地站立。

"娘娘饶命，娘娘饶命，奴婢句句真言，没有半句假话，请娘娘明察啊。"宝英哭喊。

"慢。"玄烨摆着手。

宝英吓得倒在地上，掌嘴表面是小事，却是重刑，脸面上过不去，掉落的牙也不会再长出来，若是不提数量，恐是要打死人。

"皇上饶命。"她大声哭喊。

"到底怎么回事？"佟佳贵妃痛斥，凤威十足。

"魏公公一直留意着良贵人的消息，得知良贵人被娘娘责罚在梵华佛堂思过，起了歹心，火烧了佛堂，次日知晓良贵人无恙，许是怕事情败露，便自戕井中。"宝英浑身颤抖。

"你是如何知晓？"玄烨厉言冷目，眼中闪过杀气。

"皇上恕罪，奴婢在浣衣局当差，魏公公一直对奴婢心存不轨，奴婢卑微渺小，只能屈从，这是魏公公醉酒后，亲口对奴婢所述啊，奴婢本没在意，今日却在井中发现了魏公公尸首，奴婢便知晓一切并不是醉话，都是真言啊。"宝英句句哭诉，尽显委屈凄凉。

卫岚音仿佛在看戏一般，宝英所言，她在火中遇险，是她事先惹来的风流韵事吗？女子最忌讳的便为不贞，更何况是宫中的女子，皇上的女人，她的脸上透着愤怒。

"带下去，严加看管。"玄烨压制着内心的火气，后宫污浊一片，与世无争的岚儿当日在寒夜中赤足浣衣，定和这些恶人脱不了干系。吓破胆的宝英被宫人带走。

"皇上？"佟佳贵妃听着话语中的深意，压制着内心的喜悦，"这可如何是好啊？"

玄烨皱眉："恐是爱妃早有主意了吧。"

佟佳贵妃心头一颤："皇上，臣妾想着毕竟关系到良妹妹的清誉，此事还是到此为止的好，宫女宝英在浣衣局也是刁钻之人，随意寻个缘由……"

卫岚音看着她，心生厌恶。她的话虽处处为她着想，但这欲掩欲埋的法子如何能服众？到时宝英和魏公公已死，三人成虎，不知又会传出何等的谣言……

"朕也觉得如此甚好，但岚儿冰清玉洁，怎能受到那无妄之灾，欲加之词呢？"玄烨关切地看着卫岚音。

卫岚音感动，只因那份无声的信任。

佟佳贵妃突然觉得她像个多余的人，更是对卫岚音充满怨恨："皇上的意思是？"

"走水一事，朕已着裕亲王暗中查办，将此宫女交予裕亲王另行询问。"玄烨的语气略为硬气，毕竟后宫的规矩极多，他不好插手，但是涉及岚儿，此事必要查个水落石出。

"是，臣妾遵旨。"佟佳贵妃善于察言观色，怎能不懂玄烨的心思。

卫岚音自始至终都未言语，紧拽着手中洁白的帕子。

"对了，还有一事，永和宫的小阿哥身子羸弱，德嫔甚为挂念。朕已经允许小阿哥居住在永和宫，由其生母德嫔抚养。爱妃拟定旨意，小阿哥在永和宫享有阿哥所的一切殊荣，并安排好永和宫的事宜，朕交给你去办。"

佟佳贵妃大惊，瞧着玄烨和卫岚音的神情，心中猜中八九分。

"皇上放心，臣妾必当安排妥当。"她仍然温顺地答道。

"爱妃办事，一向甚得朕的心意。"玄烨意味深长地看着她。

"承蒙皇祖母和太后的恩典，臣妾自当尽力。"佟佳贵妃摆出尊贵的身段，毕竟她的身上流着和皇上相同的血。

玄烨爽朗地大笑，带着卫岚音离开承乾宫。

良久，佟佳贵妃气恼地将卫岚音刚刚用过的茶杯摔落地上："贱人！"吓得门外的波斯白猫拔腿跑了。

"娘娘勿要生气。"玉镯劝慰。

"都是贱人！本宫瞧得上她，欲拉拢她为己用，谁知她却同那永和宫的贱人摆了本宫一道。"佟佳贵妃愤怒。

"小阿哥本也活不长，娘娘可别气坏了身子。"玉镯贴心地安抚，"四阿哥的皇额娘叫得可真切呢，永和宫也只能眼巴巴地看着。"

"本宫就是咽不下这口气啊！也罢，让贱人们再得意几日，自然有人坐不住。"佟佳贵妃顺着气儿，让永和宫钻了空子，众人哪能服气？

"娘娘，浣衣局那边？"玉镯担心地问道。

"这场火来得蹊跷，想着那魏公公胆子再大，也不敢做，那可是灭九族的大罪，背后一定有人指使，至于是谁，本宫心中虽没有真凭实据，但也能猜个大概。今日一事，皇上态度明了，定是要彻查，咱们静等便是。"佟佳贵妃眼中闪过狠辣。

"奴婢驽钝。"玉镯低着头，其实她也十分清楚背后之人。在宫中，适当地暗藏隐晦是必要的。

"告诉那边，最近消停些，若要生出事端来，本宫保不住她。"佟佳贵妃想到无脑之人，头便疼了起来。只盼着菩萨庇护，她早日生下皇子。

"是，娘娘。"玉镯应着。

主仆二人又说了几句话。很快，德嫔抚养小阿哥的恩典便传遍了东西六宫，恩典是良贵人代为求来的传言也如潮水般扩散。

"娘娘大喜。"宛碧喜上眉梢。

"皇上对良贵人的确是不同。"德嫔预料之中。

"娘娘只管养好身子，小阿哥的身子也好着呢，娘娘还年轻，日后定会给皇上多添几位皇子。"宛碧内心期盼。

"但愿如此。"自从有了良贵人，皇上还没来过永和宫，她今后的日子也不会好过。

"承乾宫的贵妃一定是咬着牙颁下懿旨，让她总是压制娘娘，这次娘娘总算扬眉吐气了一回。"宛碧偷笑。

"这才仅仅是开始，总有一日，本宫不但要风光地认回四阿哥，也定要做这宫中最尊贵的女人。"德嫔立下重誓，紫禁城中的荣耀都要自己争取。

心中有鬼的人坐立不安。永寿宫内的春意轻声唤着敷面的荣嫔："娘娘？"

"嗯。"荣嫔长长地叹了口气。

"娘娘勿要伤神，原本就是魏公公放的火。"春意开解。

"勿要乱动。"荣嫔阻挡着春意的杀气，世上最愚笨的人就是用谎言来掩盖另一个谎言，最后都是无底洞，结果都会死得很惨。她慢慢取下脸上的玉片，"本宫实在伤心啊。本宫在这紫禁城中盛宠了十余载，只有一位皇子，德嫔却接连得子，良贵人日夜盛着雨露，早晚会开花结果。如今本宫容颜已逝，日后的日子更难熬了。"她没有在意火灾，毕竟跟随皇上多年，后宫关系错综复杂，一损俱损，江山社稷在皇上心中极重，如何深挖？

"娘娘多虑，您在皇上身边多年，皇上又最念旧情。"春意接过她手中的薄玉。

"既然大家都是竹篮打水一场空，那又何必介怀？"荣嫔想到良贵人与德嫔的传闻。

"娘娘的意思是？"春意疑惑。

"通嫔也病了好久，准备些补品，明日随本宫去钟粹宫走一遭。"哪有永远的仇敌，只有永远的利益。

"是，娘娘。"春意心中对荣嫔万分仰慕。

永寿宫的香炉内袅袅生烟，铜盆内的炭火吱吱作响，一幅温情的画面背后，掩藏着多少秘密。

回到长春宫的卫岚音暗暗伤心，玄烨放下手中的古书："岚儿为何伤神？"

"皇上，为何不问臣妾，那日在浣衣局发生过什么？"卫岚音好奇。

玄烨面色清雅，颇有些文人志士的风采："朕不想岚儿回忆起痛苦往事。"

卫岚音从未想过玄烨会如此回答，感动落泪。

"许是岚儿住不惯后宫，朕也没有法子。"玄烨自然知晓她的心思。

"只要有皇上在，臣妾便不觉得苦。"卫岚音如花雨般细水留香。

玄烨第一次和岚音聊起后宫："朕是大清的皇上，在长春宫中便是岚儿的夫君，定会护着岚儿。"

卫岚音挑了挑羊油蜡的烛芯，屋内顿时亮了几分，映着两人相互依偎的影子，温馨极致。

"臣妾的家中还有一亲弟，额娘去得早，阿玛很早便娶姨娘进门，臣妾和弟弟的日子大不如前。"卫岚音从未对旁人讲过心里话，今夜却想倾情相告。

"赵昌去内务府找过你入宫时的签子，朕知晓你母家的情形。如今你的贵人位分虽还没得到皇祖母和皇太后的认可，不过，朕已经派人私下照拂你亲弟。那孩子也极为聪慧，再过几年，定为大清的栋梁之材。"玄烨溺爱地抚着卫岚音的脸颊。

"谢皇上恩典。"卫岚音从不知他为自己做了这么多。

"皇上。"外面传来梁公公焦急的声音。

"何事慌张？"玄烨不悦。

"毓庆宫的宫人来报，太子染了风寒，已经烧了一整天，还不见好转。"梁公公据实禀告。

"什么？"玄烨激动地站立，太子乃国之根本，一直苦心培养，怎能有半点儿闪失，"摆驾毓庆宫。"

"皇上，臣妾随着也去瞧瞧吧。"卫岚音知晓太子是皇上的嫡妻孝诚仁皇后唯一的血脉，临盆当日，皇后血崩而亡，皇上大为悲痛，特封嫡长子为东宫太子。

"好，随朕一同前往。"玄烨径直踏步离去。

卫岚音急忙拿着玄烨的外褂祥云龙袍，随了出去。

毓庆宫在乾清宫的东侧，绕过继德堂的匾幅，满屋子的人都在忙碌。

卫岚音望着华丽的内饰，风雅的圆月门，感叹万分。以前便听宫中的人说过，太子的毓庆宫比皇上的乾清宫还要考究，今日一见果然如此。她隐隐闻到一股淡淡的香气，却没有瞧到屋内的香炉，香气不知从何而来。

"皇上吉祥，良贵人吉祥。"宫人们跪落一地。

"你们这些奴才是如何侍候太子的？"玄烨痛斥。

"皇上息怒啊，太子自元旦后，每夜丑时，都偷偷去坤宁宫跪上两个时辰，一直到元宵节从未间断，奴才们劝不住啊。"太子近身的宫人崔公公流着眼泪。

玄烨的心沉了几分，坤宁宫已是空殿，无人居住，夜里更是冷清，真是苦了太子。

"启禀皇上，太子染了风寒，已经服下汤药。"太医院的徐太医志忑。

"那为何太子还不见好转？"玄烨阴着脸色。

"太子心焦，受邪火侵入，高寒不退，医病难医心啊，皇上。"徐太医惴惴不安。

玄烨竟一时无语，他幼年还曾在额娘膝下承欢，但太子自出生便丧母，的确悲哀。

卫岚音看着床上的太子满脸稚气，面容苍白，瘦弱的身子不停地打着寒战，可怜至极。不禁让她想起了家中的亲弟，她轻抚着太子滚热的额头。

"皇额娘，皇额娘。"太子迷迷糊糊地抓住了卫岚音的手，不肯松开。

卫岚音不知所措，太子却好似平静许多，喘气也顺畅。卫岚音慌乱地看着玄烨。

"皇上，太子思念孝诚仁皇后，还请良主子辛苦一夜。"崔公公自幼在太子身边照顾，感情至深。

"皇上，太子如今心神安宁，明日定会退去寒气。"徐太医恳求。

"岚儿？"玄烨歉意地看着卫岚音。

"皇上，臣妾在这里守一夜，皇上明日还要上早朝，快些回去安歇吧。"卫岚音会意地微笑。

"岚儿，太子的安危便是朕的国事。"玄烨欣慰。

"皇上放心，臣妾自当照料好太子。"卫岚音点头。

玄烨深情一瞥："毓庆宫上下今夜务必给朕打起十二分的精神来，明日一早，朕必要看到一个宛如常日的太子。"

"是，皇上，奴婢（才）必当尽心侍奉太子。"宫人跪落一地。

玄烨离去后的毓庆宫沉寂在寒夜中。卫岚音这才发觉屋内的香气是从龙床上传来，床柱上的四爪青龙活灵活现，发出幽幽的香气。太子虽为东宫嫡储，还未登基为帝，怎能逾制？

"启禀贵人，这张沉香龙床是皇上亲赐，是毓庆宫内最尊贵的物件。"崔公公为她解疑。

皇上果真是溺爱太子，卫岚音安坐在龙床前，抽出一只手，擦拭着太子额头的汗滴。

太子挺拔的鼻梁与皇上极像，富贵中透着淡淡的愁。多年以后，她才知道，宫中所有阿哥的眉宇间都是如此，不过是各显神通。

半夜，外面来个小太监，提着圆形食盒，谨慎入微地来到屋内。他见到良贵人，不禁愣神。

"这是长春宫的良主子，还不叩拜。"崔公公推搡。

"奴才给良主子请安。"小太监音调低沉，少了几分宫人的阴柔。

卫岚音瞧着蹊跷，却并未多语，毕竟是东宫重地。只见崔公公接过小太监手中的圆形食盒，意味深长道："太子已安稳大半，先下去。"

"是。"小太监离去前，眼神轻轻扫过沉睡中的太子。卫岚音没有在意，不停地擦着太子额头的汗水。

崔公公从食盒中捧出装着汤药的白瓷小罐："良主子，劳烦您。"

岚音不解，太医不是说用过药吗？

"奴才替太子谢过良贵人。"崔公公行着大礼。

卫岚音接过汤药，放入口中尝了尝，慢慢喂太子服下。

折腾了整夜，卫岚音换了数个清的绢帕，终于在鸡鸣时分，太子的寒热悉数退下。

幽幽寒夜里，毓庆宫如迷宫的角落中，暗话传来。

"崔公公，属下不知良贵人在此，真是唐突，只是中堂大人甚为挂念太子，夜不能寐，拿着您书写的太子病症，暗寻了京城中所有的医馆。熬制好汤药后，命小人连夜送来，特意交代要亲眼看到太子的情形，回去如实禀告。"

"请中堂放心，太子已安稳，也要谢谢良贵人，良贵人是皇上的新宠，杂家瞧着也是个稳妥人，你也无须太过自责，快些出宫。"

"多谢公公。"

一切秘密都掩藏在黑幕之下。

岚音却不知，今日的善因种下明日的苦果，成为亲子八阿哥和太子之间永远解不开的死结。

天亮，太子从甜美的睡梦中醒来。

"殿下，这是长春宫的良贵人。"崔公公见太子醒来，喜极而泣，急忙吩咐宫人去乾清宫报喜讯。

"良贵人？"太子忆起曾听宫人讲过皇阿玛盛宠浣衣局宫女的传闻。只是眼前的良贵人怎么同传闻中狐媚惑主不同呢？尤其那双亲切的眼睛，好像供奉在坤宁宫中皇额娘画像中的眼神。难道眼神也是虚装出来的？想到母族亲舅的诫语，他掩饰着内心的情绪。

"儿臣谢良贵人。"

"太子今后要爱护身子，皇后娘娘泉下有知会心疼的。"卫岚音站立。

"谢良贵人教诲。"太子听着柔顺的话语，对卫岚音生出亲切之感，原来昨夜梦中的皇额娘是她？

卫岚音从心底怜惜太子，小小的年纪，背负太子的名号，实在难得。

大内总管梁公公过来："皇上得到太子安好的消息，甚为喜悦，良贵人一夜劳累，皇上特赏赐御用步辇回长春宫，钦此。"

"良贵人，步辇在宫门外候着，请吧。"梁公公弓着腰。

"有劳公公。"卫岚音转向太子，再一次嘱托，"改日再来探望太子，太子定要保重身子。"

"儿臣恭送良贵人。"太子虽卧病在床，礼数却是全的。

卫岚音随着梁公公来到宫门外，虎爪璃龙的步辇雕刻着祥云，宝座中间垫着油亮的紫貂皮，尊贵无比。

"请良贵人入辇。"随着梁公公一记长调，岚音缓缓入座。

"呦，良妹妹可真是意气风发啊，这宫中除了太皇太后、皇太后和皇上，还无人坐过步辇呢。"咸福宫主位僖嫔娘娘前来探望太子。

"妹妹这厢有礼。"趁着步辇还未升起，岚音起身行着宫礼。

"起来吧，步辇都是有福之人安坐，姐姐的福气薄，受不了妹妹的大礼。"尖酸刻薄的僖嫔发着怒火。

"僖嫔娘娘吉祥，快进去探望太子吧。"梁公公微笑。

僖嫔不甘心地瞪了卫岚音一眼，踏入毓庆宫。

"起辇。"伴着梁公公的声调，宫人们缓缓抬起步辇。步辇看似光鲜，卫岚音却如坐针毡，她焦虑地低着头，只期盼着快点儿到达长春宫。

只听"贵妃娘娘吉祥"，惊得岚音睁开双眼。佟佳贵妃得知太子感染风寒，正欲去探望，却看到一片晃眼的明黄之色，上面坐着卑贱之人，她愤怒到极点，凤眸里发出凌厉的目光。

岚音看着凤冠的正金簪子熠熠发光，偷看了梁公公一眼。梁公公也颇为踌躇，尊贵有别，良贵人在宫中位分太低，确是要下步辇向贵妃行礼叩拜，这又是何等的羞辱？

"怎么？良贵人也病了？"佟佳贵妃假装含着笑意问道。

"落辇。"岚音咬着红唇，低声道，"贵妃姐姐金安。"

佟佳贵妃视而不见，听而不闻。

卫岚音提高了声调："贵妃姐姐金安。"

"哈哈，起来吧。"佟佳贵妃如高傲的凤凰般转身离去，只留下一串刺耳的笑声。卫岚音依然低着头。

"良贵人，勿要多心，上辇吧。"梁公公何尝不知其中的痛楚。

卫岚音心沉地坐上尊贵的步辇。不远处，荣嫔和惠嫔在各自宫人的搀扶下目不转睛地看着眼前的好戏。

"姐姐啊，别总想着一心做好人了，或是用不了几日，咱们姐妹该给新人行礼叩拜了。"荣嫔别有用心道。

"她也得有那个福分。"惠嫔头上的玉络子来回晃动。荣嫔与贴身宫女春意眼神交汇，相视而笑。

还未到长春宫，便看到落霜在宫门口张望，见到亲人，卫岚音一路隐忍的泪水终是落下。

"主子？"落霜迟疑地搀扶着她走下步辇。

"良贵人在毓庆宫劳累了一夜，落霜要好生照料。"梁公公没有多言。聪慧的落霜从梁公公的眼中读懂了刚刚发生的一切。

"主子休息吧。"落霜轻唤，"太皇太后和皇太后今日傍晚回宫，皇上下令，朝中大臣和宫中嫔妃都要去天安门外迎驾。"

卫岚音大惊："不是讲二月二回宫吗？今日便回了？"

"听闻宁寿宫的嬷嬷讲，太皇太后和皇太后为大清祈福，要在一月内，抄送一百零八卷佛经。太皇太后和皇太后日夜挑灯抄送，早已抄完，便提前回宫。"落霜满是敬佩地说。

"噢。"卫岚音点头。

"太皇太后睿智慈悲，皇太后也待人宽容，定会喜欢主子。"落霜安抚，"主子，还是先养足精神，一会儿沐浴更衣，毕竟是首次迎驾，总得体面些，万不能失了礼数。"

"我还不累，准备沐浴吧，再给我讲讲太皇太后和皇太后的喜好。"卫岚音想起皇上提过封她为妃的事情，以前从未奢望，但今日经过僖嫔和佟佳贵妃的羞辱，她才知道，宫中除了有皇上的宠爱，位分也是极为重要的。此时她蠕动的心中，萌生了争宠的心思。

偏殿浴房，卫岚音泡在玫瑰汁液的热水里，昏昏欲睡。睡梦中都是额娘临死前，牵着她的手，拼尽气力："切记，遴选秀女，定要藏拙，绝不能入紫禁城。"转而又是额娘怒瞪着她。

"额娘，岚儿……"岚音想解释，却说不出话。额娘怒气地离去，没有半分留恋。

"额娘……"卫岚音大声地喊着，追着，眼看着额娘越离越远，最终消失在视线里。

"额娘。"卫岚音从睡梦中惊醒。

"主子，做噩梦了？"落霜关切地问。

卫岚音想到梦境，不禁心头焦虑，额娘临终前为何会说那番言语？如今她不但入了宫，又成了皇上的贵人，额娘如若泉下有知，定会生气。

她实在不解额娘的这份苦心，印象中额娘是极美的，脸上总是挂着淡淡的愁思，阿玛总是在躲着额娘。

卫岚音的头隐隐作痛，自幼家境贫寒，额娘临终前却留给她价值连城的凤血玉镯。她一直想去拜见裕亲王的额娘宁悫太妃，问一问镯子的来历，为何只有单只？她满心疑虑地起身，走出浴室。

"主子，别惹了风寒。"落霜见卫岚音齐腰的长发上滴落着水珠，急忙拿着绵巾擦拭。

"没那么娇柔。"

"主子，可别那么说，万事都要小心。"

卫岚音无奈，只能任由着落霜反复擦拭着长发。

"前皇后是怎样的人？"卫岚音不禁问起。

"主子指的是？"落霜疑虑，宫中已薨了两位皇后，一为皇上的发妻赫舍里氏，一为后加封的钮祜禄氏，都是当年四大辅臣之女，身份显赫。

"太子的生母。"卫岚音答道。

落霜想到前尘往事，曾经的错过，心中闪过疼痛。她略带哀婉道："太皇太后当年为牵制鳌拜一党，放弃了与蒙古科尔沁部的联姻，选择索大人家的嫡亲长女，这位孝诚仁皇后比皇上长一岁，自幼便在府中管事，偌大的府邸被治理得有条不紊。她与皇上大婚后，皇上还未亲政，但孝诚仁皇后却宫闱式化、淑德彰闻，将后宫治理得井井有条。她陪伴皇上度过最艰难、最难熬、最惊心动魄的日子。"落霜叹着气，"只可惜，孝诚仁皇后命薄，生下的第一个皇长子不足三岁便早殇了，孝诚仁皇后的身子便大不如前，生下太子，当日便撒手人寰，皇上当时将自己锁在坤宁宫整整一夜啊，第二日便拟定了圣旨，立他为东宫太子。"

卫岚音听着落霜连讲三个最字，又想到卑微的自己，心中填满了酸楚，皇上对孝诚仁皇后到底是怎样的情怀？

第八章

凤凰金约立斜阳

　　落霜劝慰着卫岚音："主子勿要伤神，每个人都是各有所爱，有人爱锦簇牡丹，有人爱绿叶白荷，本无什么缘由。皇上对孝诚仁皇后更多的是愧疚和怜惜，对主子您可是心尖儿上的爱护。"

　　卫岚音默默地走出殿外，望着一方晴空，四周的金色琉璃瓦如小小的井壁，困住了她。

　　"主子，使不得啊。"落霜将棉袍披在她身上。

　　卫岚音回到正殿："将玉镯取来。"

　　"奴婢去。"玉珠将熬制好的汤药放在桌上。

　　落霜伤感："主子，趁着热气喝下吧。林太医年纪虽轻，但为人耿直，日后可重用。主子一定会为皇上诞下皇子的。"

　　后宫的女子若一生无子，该是如何的境遇？卫岚音的心被撕扯成碎片，饮下苦不堪言的汤药。落霜讲着太皇太后和皇太后的喜好，卫岚音默默地记下。

"主子，找到了。"玉珠在岚音的手上涂满香脂，将玉镯套进手腕。岚音抚着玉镯，觉得玉镯似乎没有往日柔亮，她并没有在意。她哪里知晓，正是玉珠的粗心大意，错拿了额娘留给她的另一只玉镯，埋下了祸端。

落霜为卫岚音梳洗打扮，她拿着金镶珍珠镂空扁方挽着岚音的头发。

"主子，真漂亮。"玉珠感叹。

"今日是群臣同在，场面定当宏伟，主子只要跟着众嫔妃便好。"落霜将卫岚音打扮得清淡得体。

卫岚音内心划过紧张，她绝不能成为他的羁绊。

"主子，莫怕，奴婢会一直在主子身边。"落霜自幼便随额娘进宫参加宫宴，又在皇上身边多年，见过数不清的宏大场面，卫岚音的心稍稍放下来。

太监小安子进来禀告，分到长春宫的四个小太监中唯有他最为聪慧，他伶俐地说道："主子，佟佳贵妃吩咐各宫的嫔妃在午门等候皇上，会一同前去天安门，各宫的嫔妃都已经出门。"

"好。"卫岚音在落霜的搀扶下，走了出去。

午门便是紫禁城的正门，如果是国之大事，便在此接送。太皇太后和皇太后乃国之根本，玄烨又重伦常，特下旨众人前往天安门迎接，并遣护军营百里接应，以彰显孝道。绕过如迷宫般的层层宫门，来到前朝。金銮殿高大的基台，金碧辉煌的重檐，东西两侧的江山万代铜龟、铜鹤和象征着皇权的铜鎏金嘉量，都震撼着卫岚音的心。

她仰望着金銮殿高高在上的龙吻，忽然发觉她离他好远，她在他面前多么渺小，简直卑微如尘。他是金銮殿掌握天下的皇上，怎能是宠爱她一人的夫君？

主仆两人继续前行，来到形如凤凰展翅的午门。午门有大小不一五个门洞，门洞的等级森严。中间的大门只能皇上行走，皇后大婚时从此门入宫，殿试高中的三甲从此出宫。两侧的大门只能皇亲国戚、达官显贵们行走。上朝的大臣只能走两侧的掖门，文官走东掖门，武官走西掖门。孝诚仁皇后便是在尊贵的正门中抬进紫禁城。天下间，永无公平，每个人都有自己的位置，自己的门又在哪里？卫岚音伤感。

她在落霜的引导下来到嫔妃队伍的末位，立在首位趾高气扬的佟佳贵妃满身华贵。她头顶薰貂吉冠，冠上嵌着东珠，镂金珊瑚的金约泛着寒光。身着金黄色的凤袍，衣襟处是福寿纹彩，绣文金龙九，间以五色云，衣襟旁飘着金黄色五谷丰登的彩帨，胸前佩戴三色朝珠，处处彰显着高贵的位分。

佟佳贵妃的身后是钟粹宫的惠嫔和永寿宫的荣嫔，东西六宫的嫔妃按照长序依次站立。看着眼前不尽相同颜色的凤袍，卫岚音今日彻底明白皇上为何执着她的位分。这是紫禁城，哪里容得下天真和从容？

"皇上驾到！"伴着太监的喊声。

"吾皇万岁、万岁、万万岁。"所有人都跪倒在地，卫岚音的声音淹没在人海之中。

玄烨身着藏青的彩绣金云龙八宝龙袍，胸前戴着青金石的朝珠，突显帝王气概。

"平身。"伴着威严的声音，嘈杂四起，众人起身。

卫岚音感受到一记炙热的眼色投向自己，只能故作镇定地回应。

"起驾。"随着梁公公阴柔的长调，宏伟延长的队伍，浩浩荡荡地奔向天安门。

卫岚音不经意地回望午门，原来午门的正面只看到三个大门，她随着队伍绕过门扬正气、恢宏磅礴的正阳门，来到大清门。不知那块泛着金光的青金石牌匾见证了多少的世间沧桑。

众人迎着旭日寒风，来到天安门，天安门虽没有金銮殿的雄壮，却极为壮丽。高高的汉白玉石须弥座，朱色的圆柱，无处不显示着皇权至高之意。楼前的金水河清流，泛着寒气冰碴儿。水上七座汉白玉石虹桥也是相应品级各行其道，尊卑有别。有趣的是金水桥前，一对雕刻着云朵和蟠龙的汉白玉华表，顶端蹲着一只石兽。

落霜解释："主子，那便是望天犼，这对是望君出，南边那对是望君归。"

原来狰狞的石兽，便是宫中老嬷嬷时常念叨的老话儿。卫岚音望着高高的城门："这便是金凤颁诏的地方吧？"

"是啊，当年皇上将封后的诏书放入龙亭，由御仗引着，从奉天殿一直抬到这里宣读，接受文武百官的三跪九叩大礼，再将诏书用金凤衔着，从城门降下，落到云盘上，再迎回龙亭内，布告天下。"落霜点头。

岚音想象着风光的一幕，耳边忽然传来嘈杂的乐声："太皇太后、皇太后驾到。"

"臣妾（臣等）恭祝太皇太后圣安、恭祝皇太后圣安，祝太皇太后、皇太后千岁、千岁、千千岁。"

苍劲的声音从绘龙凤纹的乘舆中传来："平身，让这么多人来迎接哀家这把老骨头，哀家心里高兴得很啊。"

"孙儿给皇祖母、母后请安。"玄烨向前叩拜。

"孙儿快起来。"太皇太后伸出藏青的衣袖扶起玄烨，她和皇太后一前一后走下乘舆。

"皇祖母和母后旅途劳顿，孙儿已在宫中摆下宴席，为皇祖母和母后接风。"玄烨喜悦。

"好，回宫。"太皇太后接过苏麻嬷嬷递过来的百年雕龙杖，指着紫禁城的方向。

"恭送皇上、恭送太皇太后、恭送皇太后。"群臣行着君臣大礼。后宫嫔妃再如何争斗取宠，紫禁城里也只有这三位主子。

华丽的三架步辇缓缓升起，九龙曲柄明黄宝盖侧立周围，跪地的王公大臣们驻足不前，只有宫中的嫔妃踩着花盆鞋在宫人的陪伴下随着仪仗缓缓前行，这便是尊贵的皇家。宫宴早已备好，纯金的八卦炉内焚着凝神顺气的熏香。卫岚音安坐末位，望着台上。

一位身着褐色宫装的老嬷嬷正弯着腰，为太皇太后倒着佳酿，连皇上对老嬷嬷也是照顾有加，定是苏麻嬷嬷。这位跟着太皇太后从盛京的咸福宫一路到京城的慈宁宫，又教导过皇上蒙文的老嬷嬷，在紫禁城无人不知，无人不敬。

卫岚音又仔细看着万民景仰的太皇太后。老态龙钟的白发，略为深陷的双目炯炯有神，身着石青色万福万寿的朝褂，满身素朴，毫无奢华之气。身旁的皇太后，风韵尤佳，厚重的嘴唇显得宽容安宁，耳垂上一对衔着金龙的葫芦珠子，衬着姣好恬静的容貌。这两位草原上的豪情女子，联姻嫁入天家，历经多少风雨和孤灯寒夜，苦熬到今日。看似风光的背后，又有多少辛酸的泪水。

成也凄凉，败也凄凉，哪有胜者？

佟佳贵妃端起金镶玉的酒盏，恭敬地说道："皇祖母和皇太后为我大清祈福，臣妾定时刻谨记皇祖母和皇太后的训诫。"去年晋封贵妃之位时，太皇太后破例允许她与皇上一同尊称皇祖母，但皇太后却未吐半句称之母后的话语。当年的前皇后降为静妃，蒙古科尔沁部又送来了如今的皇太后入主东宫。她的姑姑，也就是皇上的生母与她发生过什么，谁也不得而知，总是觉得皇太后对她一直不温不热。

"好啊，佟贵妃送去的糯米极好，苏麻的手艺也好，哀家喜欢啊。"太皇太后一饮而尽杯中的美酒。

"母后。"皇太后柔声劝解，"少饮些吧。"

"哈哈，这酒是朕着太医院的太医和酿酒的宫人们共同酿制，放置了人参、枸杞子、薪龟等十八种珍贵草药泡制，健身活血，驱寒扶正，孙儿今日特意拿出来孝敬皇祖母。"皇祖母极爱饮酒，唯恐其伤身，药酒自古便有，却失去酒的本味辛辣，玄烨费尽心思，想出此法。

"还是孙儿知晓哀家的心思啊。"太皇太后赞许，"对了，惠嫔，大阿哥可好？"

惠嫔急忙起身叩拜："太皇太后恩典，大阿哥近日读书很用功。"

"荣嫔，三阿哥呢？"太皇太后又转向荣嫔。

荣嫔紧抿的小嘴微微上扬："承蒙太皇太后惦记，三阿哥总喊着想念太嬷嬷呢。"

"好啊，都是哀家的好太孙。"太皇太后甚为高兴，她的目光落在卫岚音身上，"皇上，是哀家老眼昏花吗？来了生面孔？"

"启禀皇祖母，那是孙儿新纳的良贵人，还等着皇祖母颁旨晋封呢。"玄烨对卫岚音使了眼色。

卫岚音缓缓站立细语："臣妾卫岚音，恭祝太皇太后、皇太后万福金安。"

殿内顿时寂静无声，卫岚音感到台上一道暗藏的锐利眼神瞄向她，却听不到命她平身的话语，她只能跪地不起。

"哎，哀家老眼昏花啊，良贵人到哀家身边来，让哀家好生瞧瞧。"太皇太后的脸上挂着笑意。

卫岚音低着头，在各宫嫔妃的注视下，走向台前。她从苏麻嬷嬷平淡的眼神中，捕捉到一丝慌乱和惊讶。

"太皇太后吉祥。"卫岚音恭敬地行着宫礼。

太皇太后仔细地端量着她，震惊但不露痕迹："良贵人果真是倾城之容。"她俯下身子，轻轻拉起卫岚音的手，"起来吧，孩子。"

"太皇太后谬赞，臣妾惶恐。"卫岚音哪里猜得透太皇太后的心思。

太皇太后忽然死死盯着她手腕上的凤血玉镯，激动地说："这镯子……"

卫岚音不敢抽回手："回禀太皇太后，这镯子是惠嫔姐姐送给臣妾的。"

"苏麻。"太皇太后心急地唤着。

苏麻嬷嬷搀扶着太皇太后，盯了好一会儿岚音腕上的凤血玉镯："格格，奴婢也瞧着这镯子熟悉，原本就是宫中之物啊。良贵人秀外慧中，和这镯子极为相称。"

"是啊，哀家许久不见这镯子了，哎，今日见了，想起旧事。"太皇太后叹气。

卫岚音惶恐："太皇太后，臣妾不懂事，还请太皇太后责罚。"难道凤血玉镯不吉祥？惠嫔姐姐故意给了她？

"傻孩子，哀家年纪大了，触景生情罢了，你回去坐吧。"太皇太后自言自语。

卫岚音默默地回到末位，她总觉得此事不是表面那般简单，却又想不出缘由，只能在玄烨时而殷切的注视中，强颜欢笑……

宫宴结束后，太皇太后回了慈宁宫，黄梨木茶几上的黄玉佛手花插上插着几株开得正艳的百合花，镶嵌着孔雀石的龙口金香薰内飘荡着浓浓的檀香。

"格格？"苏麻嬷嬷唤着失神的太皇太后。

"苏麻啊，你可瞧准了那镯子？"太皇太后缓过神来。

"奴婢瞧准了，正是奴婢当年亲手挑的那个玉镯。"苏麻嬷嬷语气肯定。

"立即派人去查查，良贵人是何来历？"太皇太后迟疑地盯着苏麻嬷嬷，两人都陷入了陈年往事。

"是，格格，奴婢派人连夜去查。"苏麻嬷嬷应道。

"良贵人这孩子，哀家看着甚好，瞧着皇上的眼神正如当年福临看那董鄂妃啊，哀家为了大清棒打鸳鸯，与福临母子离心，最后弄个凄凉下场，哀家绝不允许悲剧重来。"太皇太后想到前朝的往事，不禁潜然泪下。

"格格莫要悲哀。"苏麻嬷嬷连声劝慰。

"年纪大了，心却软了，这眼泪，总是止不住。"太皇太后拉着苏麻嬷嬷的手。

"格格，不会的，曾经的艰难，都已经过去，如今还有什么过不去的坎儿啊。"苏麻嬷嬷深有体会地轻拍着太皇太后的手背。

"是呀，哀家的孙儿，是爱新觉罗家族最优秀的子孙。"太皇太后大声厉语道，脸上挂着坚韧的表情。每个人内心的潜意都在欺骗自己，明明知道那一切都是真的，但在真相面前，仍然抱着一丝丝侥幸的希望，只为内心得到片刻的慰藉！

长春宫中的卫岚音是在脱下宫装、卸首饰时，发觉腕上的凤血玉镯是娘亲留给她的那只……

"主子，玉珠心思粗，拿错镯子。"落霜捧着番莲纹盒，里面装的正是惠嫔送的玉镯。

"这是额娘留给我的。"卫岚音细抚着手中的玉镯。

"主子不知这镯子？"凤血玉镯是贵重之物，落霜疑惑。

岚音摇头，额娘从未提起过凤血玉镯的来历，她拿出番莲纹盒中的玉镯，映着淡淡的烛光，将两只玉镯一同放入水中，仔细清洗。她发现两个玉镯里的柳絮血丝变得透亮,玉里缓缓呈现出图像。额娘留给她的玉镯内是祥云飞龙,惠嫔送给她的玉镯内是凤栖梧桐。她曾经以为额娘留下的玉镯内含着污点,那竟然是飞龙口中的珠子。

落霜大喜:"主子,此事还要从长计议,各宫嫔妃总是嘲笑主子身份卑微,皇上因此事也颇为踌躇。但依奴婢看,能拥有此玉镯的人,非富即贵。太祖、太宗兴起赫图阿拉城,一路打进关内,战乱多年,其中多少隐秘之事,许是主子的身份是紫禁城的嫔妃中最尊贵的呢!"

尊贵?卫岚音愣住了。自幼家中清贫,阿玛对额娘十分冷淡,额娘靠着绣品养她和弟弟,怎能会是……玉镯价值连城,为何额娘没有早点儿拿出来?

"主子,莫要劳心,还是让皇上去暗中查查,定会水落石出。"落霜出着主意。

"这几日宫中走水,太子大病初愈,国事又繁重,皇上颇为劳累,还是缓些时日吧。"卫岚音深深体会到玄烨的艰辛。

"还是主子想得周全。"落霜微笑。

卫岚音望着水中一对泛着光泽的玉镯,想起温柔的额娘,紧锁的眉间飘过淡淡的哀愁。

玄烨此刻正在和佟佳贵妃闲聊。

"皇上,臣妾做错了什么?"佟佳贵妃不解,为何皇上安歇于此,却没有临幸她。

"贵妃将朕的后宫治理得如此之好,何出此言啊?"玄烨反问。

"臣妾一直以孝诚仁皇后为明镜,时时告诫自己。"佟佳贵妃柔声。

"朕有一事,想要爱妃……"玄烨犹豫地说道。

"皇上的意思是?"佟佳贵妃知晓他的话定与良贵人有关。

"朕想立岚儿为妃。"玄烨坚定而语。

佟佳贵妃震惊,宫中女子众多,生下皇子、公主的嫔妃大有人在,位分都不高。

即便立妃,惠嫔、荣嫔、宜嫔都为首选,即使僖嫔未有一子半女,凭借赫舍里氏格格的身份也有称妃的可能,怎么也轮不到身份低贱、又无所出的良贵人啊！

她瞄着身边的皇上，定着神色，违心地说道："臣妾定会奏请太皇太后和皇太后，着良贵人为妃。"

"好，朕已经斟酌过，命佟府收岚儿为义女，岚儿出自佟府，定能堵住朝中大臣之口，也能堵住悠悠众生之口。"

佟佳贵妃压制着心中熊熊的怒火："皇上，臣妾会告知阿玛，办好皇上的差事。"

"好，爱妃甚得朕意，此事若成，爱妃与岚儿同出于佟佳氏，在宫中要互相照拂。"玄烨大喜。

佟佳贵妃暗自伤心。佟佳氏为满族八大姓之首，冠上佟佳氏尊贵名号的良妃，若诞下皇子，岂不是当年的端敬皇后吗？到那时，她守着空房，岂不成了佟佳氏满门的弃子？绝不能出现此种局面！她望着身边昏昏欲睡的皇上，眼中闪着嫉妒的光。

慈宁宫的偏殿佛堂，芙蓉石双耳三足炉内燃着浓郁的梵香，太皇太后跪在佛前闭目养神。苏麻嬷嬷遣人从关内带回的消息，击碎了她内心中仅有的念想。老天何等残忍？让她再做恶人……

"格格，贵妃娘娘来给您请安。"苏麻嬷嬷心疼地看着太皇太后。草原上无忧无虑的夜莺，几经沧桑，躲过了多少刀光剑影，一颗心早已百转千回，青丝也染尽白霜，上天为何还要磨炼？

"唉！"太皇太后在苏麻嬷嬷的搀扶下回到正殿。

"臣妾给皇祖母请安，恭祝皇祖母身康体健。"佟佳贵妃欠着身子。

"起来吧。"太皇太后脸上扫尽佛堂内的愁云，头上银镀金镶珠宝蝴蝶簪神采飞扬，她历尽坎坷，看透生死，仍然坚强如初。

"皇祖母，宫中如今妃位空缺，皇上极为喜爱长春宫的良贵人，臣妾想顺了皇上的意愿，晋封良贵人为妃。"佟佳贵妃直截了当地说。

"佟贵妃啊，你平日严谨，何时如此糊涂呢？"太皇太后心知肚明，故意问之，"这良贵人为妃一事，休要再提，也莫要为皇上讲情，让皇上直接来找哀家。"她想起当年福临也曾派后宫嫔妃来恳求自己同意董鄂妃进宫，今日又同出一辙。孙儿为千古明君，断然不会如他皇阿玛般脆弱，但这用情至深，更甚于他皇阿玛。倘若那良贵人的身世简单倒也无恙，如今是断然不行的。

佟佳贵妃没想到太皇太后的态度如此坚决，临来前备好的托词没派上用场。她柔声道："皇祖母息怒，臣妾也觉着极为不妥，如若封了良贵人，后宫的嫔妃定会不服。"

"皇上正值壮年，明年正逢内务府遴选秀女，不妨就提到今年吧，入宫先学着礼仪，位分明年再定，你要办好这差事。"太皇太后已想好对策，充盈后宫是最好的法子。

"是，臣妾立即着内务府去办。"佟佳贵妃心情大好，姜还是老的辣，提前遴选秀女充盈后宫，的确是良策。遴选秀女为祖宗规矩，皇上也不好反驳，秀女中不乏出众之人，皇上即使没有移情，也定会分神，哪能还专宠长春宫？良贵人这次惹了逆鳞，皇祖母的意思已经不言而喻。

"佟贵妃将后宫治理得井井有条，哀家心里都有数，先回去吧，哀家乏了。"太皇太后语重心长地说。

"谢皇祖母训诫。"有着皇祖母的认可，后宫之中谁人能撼动她的地位？佟佳贵妃在宫女玉镯的搀扶下，离去。

毫不知情的长春宫内，玄烨为卫岚音插上金镶宝石蜻蜓簪子："岚儿宛如月宫中的仙人那般美。"

"皇上莫要取笑臣妾。"卫岚音掩面而笑。

玄烨看着卫岚音烟翠如雨的双眸，更加坚定着内心的想法。在乾清宫，佟佳贵妃跪地不起，哽咽地讲述着皇祖母强硬的心思，更是直言皇祖母让他亲自去求。为了岚儿，他亲自去求又能如何？

"皇上？"卫岚音知晓玄烨的忧虑，小心翼翼，"臣妾并不在意位分。"

玄烨牵着岚音的柔荑："朕定要给你最好的，皇祖母自幼便宠爱朕，定会成全朕与岚儿的片片真心，你便等着做朕的爱妃吧。"

"皇上。"卫岚音紧紧握住玄烨宽厚的手掌。镂雕山石状红木座上的珊瑚狮子散着花枝式的长尾，彰显王者尊贵，看似十全十美，哪有如此顺心？

慈宁宫内，玄烨跪在地上，太皇太后与皇太后安坐一旁，两人交汇的目光满是伤感，博尔济吉特氏的两位最尊贵的女子，心中的痛显露无遗，历史的重复又摆在了面前。

"皇上，哀家自幼便教导于你，情爱乃是凡人锦上添花之事，作为帝王，江山永固才是正道沧桑，难道你都忘了吗？"太皇太后敲着百年雕龙杖。

"皇祖母，孙儿从未忘记，自登基以来，一直谨记皇祖母的教诲，但孙儿真心喜欢岚儿，还请皇祖母成全。"玄烨不卑不亢，语调迟缓，孝心十足。

"自古哪个多情的帝王是明君？如今三藩虽灭，北方仍然不稳，噶尔丹更是虎视眈眈，南面漕运水患依然未定，皇上如此多情，怎能治理好大清的河山、祖宗基业啊？"当年亲子的罪己诏历历在目，因爱屋及乌，欲立董鄂妃所出为太子的事情，险些动摇大清根基。如今太子已立，怎能重蹈覆辙？尤其是良贵人的身世，太皇太后闭上双眼，"皇上，哀家今日把话讲明，你独宠后宫嫔妃，宠爱谁都可以，断不能是良贵人。"

"皇祖母，孙儿做不到。"玄烨的心再一次沉了下去，从幼到长，皇祖母一直对他循循善诱，从未讲过如此重语，"皇祖母息怒，孙儿不会荒废国政，岚儿也不会恃宠而骄，后宫中，孙儿也一定会雨露均沾，只求皇祖母成全，加封岚儿为妃，孙儿已对她情深似海，刻入心田。"

太皇太后激动地站起，扔下手中的龙杖，"如此不孝，哀家，哀家……"

苏麻嬷嬷和皇太后急忙搀扶："皇上，莫要多言。"

"请皇祖母成全，孙儿愿久跪不起。"玄烨行着大礼。

"扶哀家进去吧。"太皇太后叹着气。玄烨一直低着头，跪在科尔沁上贡的羊毛锦团图案的地毯上。

许久，皇太后徐徐从内殿走出："皇上啊，哀家知道你的心思，但母后定有她的理由，绝不会害你。"

"朕知道。"玄烨的心同样难受，从未忤逆过皇祖母的意愿，也从未见过皇祖母的态度如此坚决，但为了岚儿，他只能执着坚持。

"哀家回慈仁宫了，皇上再好好想想，莫耽误了朝堂上的政事。"皇太后嘱托。

"恭送太后。"玄烨打定主意，定要让皇祖母认可岚儿。

皇太后在心中默默地叹息转身离去，她总觉得母后好似瞒着她什么，以母后的性子，哪能如此激动？

苏麻嬷嬷在内殿中侍候："格格，还是告知皇上吧，依皇上的性子，怎能轻易放手？"

太皇太后闭着双眼："情仇爱恨，哀家真怕他承受不住啊。"

"格格，皇上聪慧定力，是不多得的圣主明君，怎能分不清孰轻孰重呢？"苏麻嬷嬷轻轻放下明黄的云缎帷帐。

"让哀家好好想想吧。"太皇太后缓缓而语。

深夜中，寒气袭来，玄烨仍笔挺地跪在殿前，梁公公在外候着，不敢多言。

"苏麻。"太皇太后唤道。

"格格醒了，又头疼了？"苏麻嬷嬷在软榻上安歇，听到声响，急忙起身拉开云缎帷帐。

"皇上回去了？"太皇太后问。

"皇上还在大殿跪着呢，夜里风寒重，奴婢怕伤了皇上的身子啊。"苏麻嬷嬷心疼。

"扶哀家去看看吧。"太皇太后无奈地望着东海珠帘。

"皇祖母。"玄烨歉意地唤道。

"皇上，快起来，苏麻去煮一壶热腾腾的奶茶来。"太皇太后心疼地扶起玄烨。玄烨缓缓站立，腿脚麻木，踉跄地坐在鹿角椅上。苏麻嬷嬷俯下身子，为他轻揉敲打。玄烨心中温暖，无论何时，慈宁宫都是他最放松的地方。

"皇上，这些年，苦了你啊。"太皇太后感慨万千，从孤儿寡母接手满目疮痍的大清那天起，度过了多少个惊心动魄的寒夜啊，才有了如今的锦绣河山，其中滋味只有祖孙二人才知晓。玄烨微微颤动，震撼着心灵，自从八岁登基，已近二十春秋，皇祖母一直亲力亲为地贴身教导，心力交瘁。

"你皇阿玛不是个好皇帝，将这一个烂摊子留给了你。这些年，哀家看着你把这大清国治理得井井有条、蒸蒸日上，哀家为你高兴啊。"太皇太后的眼中氤氲一片，"哀家知道你心里苦，旁人的苦你都尝过，但你的苦旁人哪里得知啊，哀家知道，你都咽到了肚子里。从你大婚到现在，除了德嫔是你自己选的，后宫中所有的嫔妃都是哀家为了祖宗的基业，硬塞给你的。"

"皇祖母。"玄烨嘶哑着声调，为了大清的江山，苦算得了什么？

"这个良贵人啊，秉性柔和，和当年董鄂妃的性子极像，都是个可人儿，哀家瞧着也从心底喜欢。当年哀家都能准你皇阿玛纳了董鄂妃，如今怎能不顺你的心思呢？只是良贵人的身份太过尊贵，她是咱们爱新觉罗家族世代的仇敌啊。"太皇太后痛心疾首。

仇敌？玄烨震动。

太皇太后一字一语："她是阿布鼐和温庄公主的女儿，身上流着林丹汗的血脉，是察哈尔部唯一的嫡血传人，你怎能宠爱她？"

"啊？！"玄烨目瞪口呆，"温庄公主早已过世。"他心爱的岚儿竟然是黄金家族的传人。

"孙儿啊，太宗朝的后宫风云更是血腥啊，姑姑对我照拂有加，才保下了你父皇，姑姑去世时，唯一惦记不下的便是温庄公主，拜托哀家一定善待于她。"太皇太后陷入了回忆，"哀家找到温庄公主时，她已改嫁阿布鼐，虽为金枝玉叶，但作为和亲公主，饱受煎熬。她当时万念俱灰，看破红尘，更痛恨咱们，执意不肯回京，哀家便顺了她的心意，对外称她已薨，放她自由之身。她从此便在咱们的龙兴之地隐居，谁料几年后她竟被外出狩猎的阿布鼐发现，那阿布鼐原本便痛恨朝廷，为泄私愤，竟又强行要了她。一年之后，温庄公主便生下了良贵人这孩子。温庄公主执意不肯回京，甚至不要哀家的任何赏赐，只收下了哀家当时派人捎去的凤血玉镯。温庄公主从此便消失在哀家的视线中，良贵人的容貌与温庄公主极像，手中又有凤血玉镯，哀家派人连夜去查才知晓，原来当年温庄公主不想女儿与阿布鼐和咱们有着关联，便委身下嫁了包衣卫家。皇上后来斩杀了阿布鼐和他的两个儿子布尔尼和罗布藏，温庄公主悲痛万分，含着恨意，撒手人寰。你与良贵人有杀父之仇、弑兄之恨啊，咱们爱新觉罗家族与察哈尔部又是世仇，当年林丹汗临终之语便是：家族只剩下最后一个女子，也要与爱新觉罗势不两立。"太皇太后闭上了双眼，眼泪终是落下。

这便是帝王之家，自太祖发兵到坐拥天下，掩盖了多少人的幸福，多少的辛酸血泪。温庄公主早就看清了自己的命运，宁愿流落街头，也不愿享受这份荣华。

"哀家在世多年，最懂的便是世间根本没有秘密，终有真相大白的那日，蒙古旧部尚在，又有多年支持的藏族喇嘛，你该如何相对？一个朱三太子都已经横行多年，更何况凶悍的快马弯刀？良贵人的身世不会只有我一人知道，政事又将会不稳，幸亏你与良贵人相处尚浅。皇上，放手吧，你们是孽缘。"太皇太后将孽缘二字咬得极重。

苏麻嬷嬷将煮好的奶茶盛在黄瓷金边的小碗里，会意地放在玄烨手中："皇上请用。"

玄烨百感交集，他是金銮殿上万民景仰的皇帝，是天之骄子，为何老天却和他开着如此玩笑？这是老天对他的惩戒吗？柔弱娇小的岚儿，是他的仇敌。如若她知晓了一切，该如何面对他？谁又能改变自己身上流的血……

玄烨看着捧在手心的黄瓷小碗，这是他幼时最喜爱的物件，一日不用此碗，宁愿饿着。他盯着碗中滑润的奶茶，脑海一片混乱，只有岚儿二字。月光寒夜中淡定的神情，长春宫内的浅笑安颜，一笑一颦都刻入他的脑海，挥之不去。为何老天如此作弄他？

真的是孽缘？伴着万箭穿心般的疼痛，他饮下滚烫的奶茶。想着乾清宫内立下的重誓，想到大清的祖宗基业。一声清脆划破寂静，喜爱了二十多载的黄瓷小碗碎片迸溅四方！

第九章

多情总被无情伤

"好，这才是我爱新觉罗家的子孙，大清的好皇帝！"太皇太后激动地赞许。

"皇祖母，留她一命吧。"玄烨终是不忍。

"她是温庄公主的血脉，就让她在后宫中了却余生吧。"太皇太后感叹，"皇上勿用劳神，遴选秀女，哀家一定添几个你心仪的女子。而且，后宫哪能不相见？只要你心已放下，今后待良贵人宛如常人便是。"

"一切谨遵皇祖母教诲，孙儿告退。"玄烨浑浑噩噩地走出慈宁宫。

"苏麻，姑姑不会怪我吧。"只要有一颗威胁到大清基业的火种，她都会掐死在萌芽中，大清的盛世，是她拿一生的幸福换来的，她定要坚守。

"格格，这是良贵人的命啊，今后要看她的造化了。"苏麻嬷嬷静静答。

主仆二人从盛京的咸福宫到今日的慈宁宫，度过多少个漫长的黑夜，谁都记不清了，只留下无数的叹息声。

长春宫的卫岚音也没有入睡，她总觉得手腕上的镯子仿佛吸食着她的血水，变得越发柔亮，慈宁宫的一幕幕仍在眼前。难道太皇太后知晓镯子的来历？她忽而听到簌簌的脚步声。

"岚儿。"

"皇上？"卫岚音被玄烨紧紧搂在怀中。她感到他身上无尽的失落和绝望，慈宁宫出事了？她不敢多言，更不期盼位分，只求在长春宫这一方天地中，与他长相厮守，白首偕老。哪怕一月只见一次，一年只见一次也好，她对他充满了眷恋和痴情。

"岚儿，朕食言了。以后朕不能护你周全了，也不能来看你了。"今夜过后，他将成为真正的孤家寡人。

卫岚音的泪珠滴落到脖颈，流到玄烨的心田。为何刚刚品味到最美好的情感，还未来得及全心付出，还未来得及说爱你，已无缘无分。心痛！痛得如受凌迟，她抑制不住疼痛，失声痛哭。

玄烨强忍着眼中的湿润："怪我吧。"登基将近二十年，第一次没有自称为朕。

岚音听到耳边无奈的话语，刹那间抽干了她所有的思绪。她怎能怨？怎能恨？只能怪自己命薄，无福消受天子之爱。

黑夜中，玄烨席卷着她的红唇，由浅入深，唇齿缠绕，彼此发泄着内心的苦闷和无奈，浓浓的情感尽情倾诉绽放。岚音品尝到舌尖上淡淡的苦涩，她知道那是他落下的泪水。天子之泪，该是何等的锥心之痛。

备受捉弄和煎熬的两个人，在阴寒的夜中，相互依偎，两人都不约而同地祈祷上苍，让瞬间的美好停留在永恒的时刻。无情的时光却在卫岚音的泪滴中匆匆流逝，终是传来了交泰殿自鸣钟的声音，玄烨缓缓放开了她。

卫岚音不舍地拽住了玄烨温暖的手掌。

玄烨不敢回头，他怕，他怕回眸一瞬，在慈宁宫痛下的决心会轰然倒塌，他更怕自己失了魂魄，成为爱新觉罗家族的罪人。

久久得不到回应的卫岚音终于放弃，她收回了手，流了一夜的泪水再一次涌出，淹没眼眶。

玄烨猛然间回首，握住了卫岚音还未落下的柔荑。

"在长春宫养好身子，不许收回对朕的一片痴心。"玄烨命令的口吻。他绝不能接受，在后宫漫漫的孤灯长夜中，岚儿渐渐将他忘却。更难以接受，那份得之不易的深情，最终湮没成灰随风流逝。他是大清的皇帝，他绝不能允许岚儿收回对自己的爱恋。

卫岚音闭上双眼，她懂他的心。

玄烨透过卫岚音的双眸，捕捉到他想要的答案，才缓缓放下了手，决然而去。只留下伤心的卫岚音无尽地哽咽。

从今以后，她再不是皇上的岚儿，只是紫禁城中，无依无靠的良贵人。

转眼到了二月二，民间传闻龙抬头的日子，皇上已经接连五日未去长春宫的消息，飘荡在宫中的每个角落，长春宫内寒意阵阵，失去了往日的光华。

"主子，勿要伤神，内务府已经着人来撤彩妆门神。"落霜安慰。

"哦。"卫岚音红肿的眼中尽显悲伤，从元旦到二月二，竟已过去这么久。

"主子，今日御膳房会做油炸黍面枣糕，河豚肉和芦芽汤，味道鲜美，玉珠已经去取。"落霜说着开心的事情。

卫岚音仍未出声，天下美味又如何？仍是食之无味。

"主子，宫中的日子还长，何必在意太多？这才区区五日，今后的路……"落霜实在不解，主子何时变得多愁善感了。

卫岚音忆起玄烨诀别的话语，她已经失去了他的心、他的呵护，"皇上这几日去了哪里？"

"皇上翻了宜嫔、郭贵人和佟佳贵妃的牌子。"落霜瞄着卫岚音，"听宫人讲，过了清明节，便要遴选秀女。"

遴选秀女？原来又要入新人了，她成了旧人。

"主子。"玉珠哭喊着入内。

"怎么？"落霜见玉珠脸颊一记明晃晃的掌印。

"奴婢去御膳房领长春宫二月二的日例。晚了半个时辰，日例被翊坤宫的掌事宫女柳桃领走了，奴婢找她理论，她说宜嫔娘娘和郭贵人都喜欢食用，不但不给奴婢，还恶言相激，出手打了奴婢。"玉珠哭哭啼啼讲述。

"御膳房的人怎么说？"落霜追问。

"奴婢找了当年一同入宫、被分到御膳房当值的春喜，听她说这几日御膳房都是独自为翊坤宫做膳食。皇上口谕，翊坤宫的两位主子想用什么，便着御膳房优先置办。"

"算了，都给她们吧，也没什么胃口。"卫岚音心里愈加难受，难道昔日里的柔情都如那春风，转眼即逝？夜夜的柔情誓言，只因祖训而烟消云散？即使身蒙盛宠，她怎能是妖言惑众的女子，怎能蛊惑江山？他为何了断得如此痛快？帝王之爱，果然不可信！

"主子。"玉珠心中愤愤不平，落霜给了她安抚的眼神。玉珠捂着红肿的脸颊，伤心离去。

卫岚音一整天都没有出门，外面阳光和煦，院中的苹果树抽着嫩芽，萌发着蓬勃的浅绿，她却在阴冷的屋内满怀伤感，漫漫孤灯下，暗自垂泪，他在做什么……

玄烨在乾清宫内平静地看着古书，看不出任何喜怒。

"皇上，今儿？"梁公公小心翼翼地问道，"敬事房的张公公还在外面候着。"

"朕累了，让他们撤下吧。"玄烨没有抬头。

"是，皇上。"梁公公叹着气离去。

玄烨缓缓放下手中的古书，书中言：爱离别，怨憎会，撒手西归，全无是类，不过是满眼空花，一片虚幻。难道终有一日，他与岚儿真的会走到那步吗？不宠、不爱、不视、不见便真的能剜去那心中深埋的情爱吗？作为帝王，一言九鼎，却对一女子食言，还是他心中最爱的岚儿。这五日，不敢去想，不敢去念，只能闭上双眼，想象着夜里怀中的女子便是岚儿，这笑人的欺骗能持续多久……

他望着窗外，她是察哈尔部的嫡血传人，她的身份何其尊贵，如若不是八旗的铁骑灭了这只猛虎，他的岚儿便是世间最尊贵的公主。她若知晓身世，会不会恨绝了他。

玄烨攥紧十指，孤家寡人的凄凉盖过了乾清宫的满眼明黄："岚儿……"

卫岚音也在思念玄烨："皇上……"

永和宫的宫女宛碧到了："拜见良贵人，娘娘让奴婢来请贵人去永和宫为小阿哥升摇篮呢。"

"好。"卫岚音点头。

"谢娘娘。"宛碧微笑，宫中传出良贵人失宠的消息，长春宫果然冷清了许多。

落霜扶起卫岚音："主子，今儿是喜气日子，不能愁眉苦脸啊。"卫岚音一路埋着头，跨进了永和门。

"良贵人吉祥。"宛碧迎了出来，"奴婢前脚刚到，没想到良贵人便到了，我家娘娘正念叨着呢。"

"姐姐。"卫岚音唤道。

"妹妹快坐。"德嫔笑着拉起她的手，"妹妹瘦了。"

"最近消食，用不下。"卫岚音打着精神。

"妹妹莫非有喜了，请太医瞧过吗？"德嫔关切地问。

卫岚音摇头："姐姐莫要担心，妹妹命薄，何来福气。"

"姐姐知道，妹妹心里难受，但妹妹要看得开些，后宫本是如此，女子众多，皇上只有一个，三千佳丽，哪能都为盛宠，有的可怜人一生未被临幸。"德嫔劝慰。

"多谢姐姐，妹妹知道。"卫岚音在乎的不是独守空房，而是痛心诀别。

"娘娘、良贵人，老嬷嬷已准备好，这是红纸。"宛碧捧着什锦象牙竹盒，里面红色一片。

"那就劳累妹妹，为小阿哥多剪些喜气吧。"德嫔笑着，"妹妹无事，多来永和宫走动走动，姐姐如今还在月里，也不便出门。"

卫岚音对德嫔添了几分好感，人在低落之时，滴水之恩永记在心。

她拿起红纸，反复折剪，一幅百子图便剪好了。

"妹妹真是心灵手巧啊。"德嫔看着她手中的喜图。

"这等功夫，哪能上得了台面。"卫岚音羞愧地笑，"让福寿之人贴上去。"老嬷嬷哼唱着小曲儿，将百子图贴到摇篮上。

"劳烦妹妹将小阿哥放入摇篮。"德嫔望着熟睡的小阿哥。

卫岚音看着小阿哥红通通的脸蛋，轻轻抱在怀中，放入摇篮。她推着摇篮，悦耳的铜铃声响满屋子。

傍晚，卫岚音离去。宛碧在德嫔身边侍候，她擦拭着案上的水晶天鸡尊："娘娘，皇上真的厌烦了良贵人？听说，长春宫没有领到二月二的食例。"

"太皇太后刚回宫，便提前了遴选秀女的日子，皇上也再未夜夜宿于长春宫，良贵人定是讨了太皇太后的不喜。"德嫔深思熟虑。

"娘娘的意思是？"宛碧不解。

"皇上的意思不一定是太皇太后的意思。"德嫔接着说道，"我们定要在众人推的时候，拉她一把，这样才好。"

"可是娘娘，如若良主子失宠，娘娘公然偏向良主子，岂不惹了众怒？"宛碧时刻惦记着德嫔的安危。

"哪能明晃晃地向着，当然是恰到好处。"德嫔精明地笑，她算着秀女入宫的日子，那时，她已可以侍寝，必须要重新获得皇上的怜爱，良贵人是她最好的助力！

卫岚音从永和宫回来，夜不能寐，伤心的泪湿浸绣着梅花的头枕，如若心未动，犹如花蓓该有多好。她想到皇上临走的话，心痛如锥。她掩着云锦被角，失声痛哭。

乾清宫东暖阁内，玄烨手握着莱州湘竹紫毫在宣纸上写了"放下"二字，字如心境，他孤立在烛光下，克制着对岚儿的思念。今后如何面对？他竟有了逃避的念头。

"朕的心好痛。"他独对圆月。

"皇上，日子久了，许就不痛了，还请皇上保重身子，良贵人定也是夜夜不眠啊。"梁公公劝慰。

"岚儿。"玄烨深情地苦唤淹没在龙案上那摞厚厚的"放下"二字中。

次日清晨,长春宫的角落里传来安抚之声:"好姐姐,不要哭了。"机灵的小安子安慰玉珠。

"皇上不来,主子无根无派,咱们奴才随着受辱。"玉珠想着昨日被打的耳光,脸颊仍火辣。

"好姐姐,咱们奴才不就是侍候主子吗?受苦受辱也是替主子受的,主子定也会记得。"小安子献媚。

"理儿虽这么讲,但咱们主子也未曾想过争啊,这宫中如若不争,哪里还有一席之地?主子无依无靠,咱们今后也难出头。"玉珠一直爱慕虚荣,她不甘心在落霜之下,又逢卫岚音失宠,心里窝火。

"哎哟,我的好姐姐啊,您可小声儿些啊,对主子不敬,可是宫中的重罪。"小安子轻轻捂住了她的嘴。

"怕什么?!"玉珠打下小安子细皮嫩肉的手,"真不是个爷们儿。"

"嘻嘻,奴才本来也不是爷们儿。"小安子羞红着脸。

"好了,忙去吧。"玉珠拍了拍身上的晦气,转身去了。小安子望着她的背影,眼中闪过阴险的笑容。

平静的长春宫,开始了不平静的日子。

严厉古板的老嬷嬷站在长春宫的正殿:"良贵人接旨。"

岚音刚刚用过早膳,正准备绣对帕子,被突来的喊声惊吓。

"永和宫的小阿哥昨夜一直哭闹吐奶,经太医们看过,小阿哥吸了戟草的香气,昨日只有良贵人去过永和宫,佟佳贵妃懿旨,特来搜宫。"

卫岚音睁大了眼睛,是佟佳贵妃设好的局?

"良主子得罪了。"老嬷嬷面无表情,"搜。"一众宫人凶神恶煞地进来,四处乱翻。

"你们,你们……"玉珠急得语无伦次,哭了起来。

卫岚音静静地坐着,她如案板上的鱼肉,还有什么期盼……

"嬷嬷,您看?"单薄的小太监从镂雕山石状红木座底下取出一个绿色的香囊。

嬷嬷手中攥着香囊:"良主子,永和宫走一趟吧,各宫的主子都在

117

呢。"

落霜拽住欲要反驳的玉珠，这一切布置得天衣无缝，既离间了主子和德嫔，又将主子置于不义。

卫岚音望着满屋狼藉："落霜，我去去便回，你带着宫人将屋内收拾一番，我回来时，长春宫必要恢复原来的模样。"

"是，主子。"落霜想起佛堂走水后的约定，危难之际，必要保全一人。

卫岚音微笑："走吧，嬷嬷，莫让众位姐姐等急了。"

嬷嬷攥着香囊不禁愣住："良主子请。"

卫岚音一路上都低沉未语，太过平静的后宫，才最为可怕。整日提心吊胆，不如来个痛快，却没想到她们在小阿哥身上下功夫。她忽然想起毓庆宫的那晚，太子自幼丧母，多少双眼睛盯着他。虽有皇上、太皇太后、皇太后护着，也终有被害之时，想着那夜崔公公的谨慎，送药宫人的震惊，她才知道，原来太子那夜根本没有饮下太医们熬制的汤药，在等着宫外的药。即使太医为心腹，取药之人、熬药之人、奉药之人一环扣一环地呈上来，或许救病之药，早已成为夺命的药。这便是后宫，无声的厮杀，比驰骋的战场更为血腥。

兵来将挡，水来土掩，失去皇上的庇护，只能依靠自己。

这是卫岚音第三次踏入永和宫的门槛，每一次都觉得心神不宁，她缓步来到屋内。

今日的人确是齐全，连许久不见的景阳宫成嫔娘娘都挺着肚子到场，永和宫变得尤为狭窄。

各宫的娘娘或是面带笑意、或是怨恨绵绵，坐等她的到来。尚未满月的德嫔躺在内屋的床榻上，盯着门口，未言一语。

"贱人，还不跪下。"忍耐不住的僖嫔指着卫岚音的鼻子怒骂。

岚音欠着身子，看着主位上的佟佳贵妃："妹妹给贵妃姐姐请安，给各位姐姐请安。"

"娘娘，这是从长春宫搜出来的香囊。"

"李太医，给瞧瞧，这香囊中的物件。"佟佳贵妃唤起正在为小阿哥诊脉的李太医。

"是，娘娘。"李太医接过香囊放在鼻前嗅了嗅，又打开香囊，取出碎末儿在口中尝了尝，"启禀娘娘，香囊中是研磨成粉的戟草，还掺着些鸡舌香，掩盖了戟草的味道。戟草在民间是毒蚊虫之用，此味道大量吸入体中，会令人呕吐、腹泻不止。大人还好，这未满月的婴孩儿，可夺命啊。"李太医据实禀告。

德嫔听到李太医所言，怒意地看着佟佳贵妃，好狠毒的心肠。昔日的主仆二人，虽未撕破脸皮，却都心知肚明对方的心思，从承乾宫夺去四阿哥那日起，德嫔便暗自积攒着怨恨，终有一日，要连本带利地讨回。

佟佳贵妃重重拍着桌子："良贵人，你可知罪！"

"妹妹何罪之有？"卫岚音不服。

"哼，这是什么话？谋害皇子，可是大罪，怎能讲得如此轻松？良贵人这是藐视皇上呢？还是没将贵妃娘娘放在眼里啊？又是觉得德嫔好欺负？"郭贵人掩口笑，哪里还有妹妹长妹妹短的话，只有怨恨。

承乾宫的布贵人也假惺惺地掩面哭着："良贵人的心好狠啊，小阿哥虽救回了一条命，今后恐落下病根儿啊。"

卫岚音仔细看着每个人的表情："回禀贵妃姐姐，此事不是妹妹所为，妹妹也没有理由害小阿哥。"

"你们有同样的出身！人家德嫔都已有两位阿哥，良贵人夜夜盛宠二十余日，心生妒忌！"成嫔句句紧逼。

卫岚音不想反驳，也无心反驳，不如一了百了，也不必一生凄苦，受锥心之痛。她放弃了辩解，顺从地跪下："妹妹知罪，请贵妃姐姐责罚。"

佟佳贵妃眯着凤眸，既然一心求死，本宫便成全你："良贵人毒害永和宫小阿哥，交予内务府严加查办。"

"如此缜密狠毒的心思，良贵人许是受人教唆。"荣嫔的心思更深。

"贵妃姐姐明察，此事是妹妹一人所为，绝没有他人教唆。"卫岚音要保住落霜。

"呦，良贵人果真是玲珑之人啊。"郭贵人蔑视地耻笑。

佟佳贵妃厉声："来人，将良贵人收押内务府。"

卫岚音闭上双眼，心死成灰。

"太皇太后驾到。"屋外传来老太监的喊声。

屋内的人立即站立："太皇太后（皇祖母）万福金安。"

"今儿的人可真齐全啊，都起来吧，德嫔和小阿哥可好啊，让太嬷嬷好好看看小阿哥。"太皇太后在苏麻嬷嬷的搀扶下，迈入正殿。

各宫的嫔妃都站着，不敢安坐。卫岚音跪在地上，默不作声。

"臣妾祝太皇太后身康体健。"德嫔忙着起身。

"别起来。"太皇太后阻拦道，"咱们女人家啊，这坐月子便是养身子，陈年的病啊，要在月子中才能养好，养好了身子，才能给哀家多生几位小太孙啊。"

"谢太皇太后。"德嫔羞红脸庞。

"太皇太后，小阿哥在摇篮中安睡呢。"永和宫的掌事宫女宛碧指引。

"好啊，好啊。"太皇太后看着摇篮中熟睡的小阿哥喜笑颜开。

各宫的嫔妃七嘴八舌地围绕在太皇太后身边，笑语不断。

卫岚音听着内屋传出的阵阵笑声，不经意地看了德嫔一眼，刚好碰到德嫔关切的目光。

"皇祖母饮些热茶吧。"佟佳贵妃吩咐着宛碧和贴身宫女玉镯。

"也好，哀家老了，不中用啊，才这么一番工夫，便觉着累了。"太皇太后在众人的簇拥中缓缓坐下。

岚音卑微地低着头，迎着四周嘲讽的目光。

"这不是良贵人吗？"太皇太后惊讶道，"怎么跪着？"

佟佳贵妃说出了卫岚音谋害小阿哥的种种往事。

"皇祖母，宫中规矩都是定好的，良贵人又认了，已经交付内务府查办。"

太皇太后盯着卫岚音，没有言语。

"皇上驾到。"所有人的脸上都透过惊讶，卫岚音的心颤动划过。

"皇上万福金安。"各宫的嫔妃拿捏着最为柔和的声调。

"起。"玄烨刚一进门，便看到跪在地上的卫岚音，单薄的身子，卑微地低着头，他看不清朝思暮想的容颜，只见到那只蜻蜓簪子和木槿坠子。

"孙儿给皇祖母请安。"玄烨收回了短暂的注视。

"皇上怎么来了？"太皇太后端起富贵锦花的茶杯。

"听宫人报，小阿哥昨夜哭闹了一夜，又吐了奶水，特过来看看。"玄烨缓缓坐下。

"小阿哥已好大半，这昨夜哭闹，是良贵人嫉恨德嫔，起了歹心，佟贵妃已查清原委，良贵人自己也认了，正要将良贵人交予内务府呢。"太皇太后重复着听到的话语。

"噢，竟有此事？"玄烨盯着跪在地上的卫岚音，眼中带着怒火，短短几日冷落便如此，今后的她该如何熬下去？卫岚音对他淡淡一笑，求死之心一览无余。

佟佳贵妃拿不准玄烨的态度，颇为踌躇。

"皇上，良贵人心肠歹毒，谋害小阿哥，此罪当诛啊。"成嫔挺着肚子。

玄烨淡薄的口吻："良贵人，朕问你，你是不是毒害了小阿哥？"

卫岚音忍着委屈的泪水，入耳的良贵人如利刃插进心间。

"大胆良贵人，还不回话！"成嫔总是耐不住性子。

玄烨盯着含着热泪的岚音，难道她忘记了对他的约定？

"回皇上，确是臣妾做的。"岚音语调哀婉。

"好啊，哈哈。"玄烨从岚音的话语中寻不到一丝留恋之情，"着朕旨意，将长春宫所有宫人，一同送往内务府查办。"他愤怒的眼神喷向她。

卫岚音从未想过他会如此对待她，难道她连选择死去的权利都没有吗？

"皇上明察，此事皆是臣妾一人所为，和长春宫的宫人无关，皇上圣明，不能滥杀无辜。"

"放肆，竟敢对皇上如此无礼！"佟佳贵妃愤怒地站立。

太皇太后阵阵重咳。

"格格。"苏麻嬷嬷轻捶。

"皇祖母。"玄烨关切。

"哀家出宫这么久，宫中发生的事，也是这几天才悉数知晓的。"太皇太后叹着气，"今儿都是自家人，哀家便要好好讲一讲宫中的事情。"

"请太皇太后（皇祖母）训诫。"各宫的嫔妃们恭敬地跪倒在地。

太皇太后盯着卫岚音："皇上的圣旨已下，那良贵人就是宫中正经的主子，哀家已经拟好了懿旨，送去宗人府入玉牒吧，今后不准再提卑微之类的话语，那便是藐视哀家和皇上。"

卫岚音一惊，没想到太皇太后会提起她的位分一事："谢太皇太后恩典。"

玄烨的心松了口气，皇祖母认可了岚儿的身份，便是给了岚儿一条生路。

"还有梵华佛堂走水一事，哀家亲自问过裕亲王，也着苏麻去问过浣衣局的宫女宝英，魏公公确是恶人，罪该万死，也是佟贵妃掌管后宫失职，从即日起罚承乾宫三月月例，以儆效尤，此事便到此为止，莫要再提，你们都听清楚了吗？"太皇太后犀利的眼神看向各宫嫔妃。

"臣妾谨遵教诲。"各宫的嫔妃都面面相觑，实在不懂太皇太后的深意，向来公正的太皇太后怎会有失公允。只有荣嫔和佟佳贵妃暗自得意。

"最后便是良贵人毒害小阿哥一事，良贵人侍候皇上尚浅，甚得盛宠，皇上极为宠爱，才短短几日便交予宗人府，外面该如何看待皇上，岂不辱了皇上的圣明？"太皇太后温柔地看着卫岚音。

"依哀家看啊，良贵人有些恃宠而骄，传哀家旨意，从即日起，长春宫封宫百日，所有人不得探望，以做惩戒，良贵人，你可不服？"

卫岚音还没缓过神儿来，太皇太后也相信自己未毒害小阿哥吗？

"臣妾惶恐，谢太皇太后大恩，臣妾自当在宫中为大清祈福诵经。"卫岚音没有再看玄烨一眼，一则心冷，二则心伤。

玄烨内心极为凌乱，太皇太后始终都是他的依靠，三件事情表面上不偏不正，却是最好的办法。

"好了，过了清明节，后宫便要添人，你们要做出表率才好。"太皇太后语重心长。

"臣妾谨遵教诲。"众人齐声，自皇上大婚以来，宫中的嫔妃从未有过如此重的责罚，封宫百日，长春宫的荣耀也到头了。

卧床的德嫔将众人的面孔看得一清二楚，皇上对良贵人的情谊根本不是表面那般简单。

"好了，良贵人留下，你们都散了吧。"太皇太后挑着眉毛，头上墨绿的蝴蝶簪子泛着寒意。

"太皇太后（皇祖母）身康体健，皇上万福金安。"佟佳贵妃领着众人，先后离去。

"良贵人，你可有话对哀家、对皇上，对德嫔说吗？"太皇太后问。

卫岚音心情泛着波澜："岚音谢太皇太后和皇上大恩，望德嫔姐姐知晓妹妹的苦心。"

太皇太后瞄着内屋的德嫔，又转向玄烨："皇上可满意哀家做的？"

玄烨苦涩："皇祖母做得甚好。"

"臣妾谢太皇太后为小阿哥做主。"德嫔柔声。

"你们两个是皇上亲选的，断不能伤了皇上的真心。"太皇太后看似无意的背后，暗藏心机。

玄烨想起慈宁宫的黄瓷小碗，他还有何理由反复？卫岚音伤心至极地痛哭，帝王之爱如此浅薄，招之即来，挥手即去，只留给她满心伤疤。

"今后在宫中，只要你们二人循规蹈矩，恪守宫规，哀家自会保你们一生无忧。"太皇太后站起，"皇上的国事都办完了？"

玄烨急忙站立："回皇祖母，小阿哥既然无恙，孙儿这便回了。"

太皇太后满意地点头，厉色地盯了眼皇上身边的梁公公。梁公公慎微地看着太皇太后，更加低弓着腰："恭送太皇太后。"

"臣妾谢太皇太后恩德。"卫岚音闭上双眼，从此以后再难以见到他。也好，紫禁城的主子是掌握天下苍生的帝王，她卑贱的身份怎能与其相亲相爱？朝朝暮暮、长长久久的情爱只不过是昙花一现罢了。

"妹妹？"德嫔唤着，"妹妹莫要伤心，今日亏了太皇太后赏赐恩典，妹妹休养时日，定会重新获得皇上的宠爱。"

"多谢姐姐。"卫岚音抬起头，"妹妹绝无害小阿哥之心，还请姐姐小心为妙。"

"妹妹，这便是后宫啊，有人见不得你受宠，更有人见不得你好，咱们包衣出身的奴才啊，总归是奴才。"

卫岚音深有感触，宽大的城门都分着尊贵卑微，更何况后宫的女子？德嫔姐姐入宫数载，生下两位皇子，仍然受制于人，她又有何哀怨？

"妹妹，自此之后，你我姐妹便要同心，定不能让贵族格格们将咱们看扁了。"德嫔脱口而出。

"谢姐姐，妹妹定会记得姐姐的恩情。"卫岚音心存感激，在回去的路上，她感触长叹。百日后秀女入宫，他是否还会记得她？她伤感地走向长春宫……

数日后，长春宫院内的苹果树已发出新芽，却阻挡不住死寂般的气氛。奉太皇太后懿旨，空寂的长春宫内被锁上宫钥，正殿所有的窗子都被厚厚的粗纸封死，卫岚音被禁足在此，黑黑如也。

"主子，这已半月了，你一日只用一餐身体会吃不消的。皇上最重情义，不会扔下主子不管的。"落霜劝慰。想起那日的凶险，她仍心有余悸，主子被带到永和宫，她冒着忌讳，去乾清宫求了师傅梁公公，皇上也是踌躇了好一会儿才去。看着皇上前去永和宫的背影，她的心才安稳下来。

待主子平安归来，慈宁宫的嬷嬷便带着内务府的小太监们宣读了太皇太后的封宫懿旨，堵住长春宫的正殿，落下门钥。自此长春宫便与世隔绝，一切物品和一日三餐都由专人送进来。主子越发消瘦了，落霜心疼得很。

"唉。"这是第多少声叹气，卫岚音已经记不清。她抬起苍白发尖的脸，半月了，若为心动，皇上早已偷偷看她。不是他不能来，而是他不愿来。太皇太后辅佐盛世三代，功德高耸，惩戒了她，却未撤掉她贵人的身份，但长春宫的荣耀已不复存在，她也从云端高阳跌入万丈深渊。

她看着落霜熬红的双眼："落霜，你回乾清宫吧，出宫也行，不要死守长春宫了。"

"主子不要落霜了吗？落霜愿与主子同生共死。"落霜坚定地跪下，清秀的容颜尽是淡然，一遍遍地重复，"主子，皇上会来的。"

第十章

情到深处无怨尤

乾清宫的昭仁殿，玄烨隐忍地坐在龙案之上，缓缓放下手中的古籍札记。

"微臣拜见皇上。"裕亲王福全行着君臣之礼。

"平身。"玄烨声音很轻。

"皇上可是有心事？"福全见玄烨面带愁容，试探地问。

"人到情多情转薄，而今真个悔多情，纳兰果真是我大清的第一才子。"玄烨将浣溪沙的词在心中默念了数回，尤其最后一句：又到断肠回首处，泪偷零。越品越觉得贴切。

福全低沉地说道："皇上，情到深处无怨尤，还请皇上宽些心思。"

"裕亲王来得正好，陪朕痛饮一杯。"裕亲王是唯一可以畅所欲言的人。

"好，臣定当奉陪。"福全盘算着如何宽解皇上的心结，两人一同到了弘德殿。

一盏茶的工夫，宫人们端着白玉九曲酒盏和数碟清淡的小菜奉到桌前。

　　玄烨饮下几杯热酒："裕亲王，朕是不是个好皇帝？"

　　福全惊得倾洒了手中的美酒，立即跪地："皇上何出此言？皇上的功绩天下世人皆知。"

　　"哈哈，今儿无旁人，你且讲讲，让朕高兴高兴。"玄烨略带醉意。

　　福全知晓长春宫封宫百日一事，却不知内在的缘由，看着玄烨微红的双颊，说道："臣且不说丰功伟绩，单单御门听政一事，足以证明一切。"前朝御门听政在太和门，玄烨亲政以后，便改到乾清门，乾清门虽不如太和门气派尊贵，但乾清门紧挨着乾清宫，帝王不讲究排场，重实效，实属难得。

　　"这都是尔等小事，不足挂齿。"玄烨摆着手。

　　"虽为小事，却彰显皇上勤政爱民啊。"福全端起酒杯，"愿吾皇万岁、万岁、万万岁。"

　　他的话引得玄烨大笑："朕与裕亲王为亲兄弟，无须客套，万岁的话在朝堂上说说也罢了，万岁都是虚言，这皇上的难处，恐是裕亲王早已预料到了吧。"当年裕亲王回答父皇的话语，"愿为贤王。"他历历在目。

　　"皇上莫要取笑微臣。"福全倒着佳酿，"微臣的确没本事，这入关以来，皇上的功绩可与太祖、太宗齐名。"

　　"朕自坐上那龙椅，再未睡得安稳过，从未有片刻的喘息，十九年过去了，朕的心也劳累不堪啊，朕连一个心爱的女子都……"玄烨无奈地闭上眼睛。

　　"微臣虽不懂得情爱一事，不过前几日皇上嘱咐的事，微臣留意了。"福全从怀中拿出一薄纸，"这是令女子受孕的药方，请皇上过目。"他寻遍了大江两岸从江浙富贾家中寻来。

　　玄烨缓缓接过药方，心中泛着苦意，岚儿的身世尊贵，若无所出，意味着草原上的黄金家族将会绝嗣。

　　不，那是他与岚儿的孩子，不是没落的黄金家族传人，是如金子般的爱新觉罗家族。有了皇子，岚儿便有了依靠。

"裕亲王，朕是大清的皇帝，必要守住祖宗的江山。还是裕亲王着人送去长春宫吧。"

"皇祖母那边？"福全谨慎地问。

"皇祖母那边，朕会挡着，你着人熬好，当作补药，送去便是。"玄烨盯着墙上的苍劲古言：求全之毁，吉德也。

福全想到卫岚音的处境，极为担心："微臣斗胆问一句，皇祖母那边是不是再让母后去劝一劝？"

玄烨摇头，岚儿的身世若众人皆知，恐引起蒙古部落大乱。

他举起酒杯："裕亲王，如何让女子永远不能忘却心中的爱人呢？"

"皇上，世上本无永恒，要么是刻骨铭心的情爱，要么是蚀骨之恨的仇，才能令人难以忘却。"福全苦涩，其实从没拥有过的无奈遗憾和无缘错过，也同样难以忘怀。

"裕亲王果然比朕聪慧，你看那上书房的书桌上，还有当年朕与你刻的棋盘呢。"玄烨顿时茅塞顿开，绝不能让岚儿忘却他，收回对他的情意，既然她心无眷恋，失了爱意，那留下对他的恨也好。从此便这般怨恨吧！

昭仁殿杯盏交错，兄弟间互诉衷肠。

与此同时，承乾宫的佟佳贵妃正在翻看内务府上报的遴选秀女的折子。

"娘娘，方才内务府的人来报，浣衣局的宫女宝英死了。"玉镯禀告。

"告知她家人去领尸身。"佟佳贵妃没有丝毫在意，一个低贱的宫女而已。

"是，娘娘。"玉镯应着。

佟佳贵妃又发出一声叹息："此次秀女来头不小，宫中又要热闹了。"

"内务府的单子已拟出来了？"玉镯问道。

"这是内务府先给本宫送来的，惠嫔和荣嫔要明日才能见到。"佟佳贵妃傲气地说，"钮祜禄家终是盼到了，送来了孝昭仁皇后的同母亲妹。"

"听人讲，孝昭仁皇后的亲妹天资极笨，四岁才会行走，就连讲话都是晚的，入宫了能怎么样？成不了大气候。"玉镯宽慰。

"老人们说过，有福之人不落无福之地，满门的亲贵怎能有白丁之人？我们还是小心为妙。"佟佳贵妃皱着眉头，她必须要时刻把握住后宫中的每个人、每件事。不管对她有心还是无心，绝不能被眼前的繁华迷离了双眼。

"那其他秀女呢？"玉镯关切地问道。

"本宫瞧着海宽之女甚为喜欢，章佳氏与佟佳氏为世交，祖上是从赫图阿拉城一同打进关内，只不过是章佳氏当年跟错了人。"佟佳贵妃想起阿玛提起的那些心酸往事。

灵气的玉镯微微欠着头，盛京的八王亭仍在，却早已物是人非。

"昨日皇祖母还找过本宫和惠嫔、荣嫔去慈宁宫问话，有意将慈宁宫的宫女万琉哈氏送给皇上暖床。"佟佳贵妃摆弄着金鞘。

"万琉哈氏？"玉镯想起慈宁宫那张乖巧的面孔。

"也罢。"佟佳贵妃又深深叹着长气，皇祖母深知皇上的心思，万琉哈氏与德嫔和良贵人同为羸弱之人，皇上定会喜爱。

"皇祖母的意思，此次中选的秀女先在宫中学着礼仪，再从其中选出几个优异之人侍寝。这宫中啊，确是少了年轻靓丽的主子，才让那两个贱人得了机会。"佟佳贵妃吐着葡萄籽儿，"明日将惠嫔和荣嫔都叫到承乾宫来，我们共同商议一下遴选秀女的事宜。对了，长春宫和永和宫那对贱人最近可有动静？"

"长春宫啊，估摸着都捂出一股子腥臭味了。至于永和宫，皇上去了两回，都是只坐了一炷香的工夫便走了。"

佟佳贵妃娇颜如蝶的脸上笑面如花，阻挡不住内心的喜悦："贱人就是贱人，都是一副德行。"承乾宫内春意盎然，处处透着喜气。

永寿宫也没闲着，副位布贵人逢迎："姐姐，太皇太后如此重视姐姐，妃位已是囊中之物。"

荣嫔想起宫宴上太皇太后的询问，好不得意："宫里又要添新人了，咱们今后依靠的还是亲生的皇子。"

"还是娘娘想得周全。"布贵人称赞。

"娘娘，"春意从外而进，"娘娘吉祥，布贵人吉祥。"

"事情如何了？"荣嫔话里藏话。

"娘娘放心，一切都办妥了。"春意传递着得意的眼神。

"听内务府的人说，明日要给娘娘送来遴选秀女的名册呢。"春意倒着热茶。

"好，本宫这次定要为皇上选出几位心仪之人。"荣嫔抚着手腕上的翡翠镯子。

"听宫人讲，如今的长春宫啊，哎哟，好不凄惨啊，良贵人连出恭都得在屋子呢。"布贵人咂着舌头，虚伪地笑。

"贱人的命，还想当凤凰？"荣嫔狠毒地笑。各宫都是笑语不断，只有长春宫阴雨绵绵，这便是尊卑分明的紫禁城，这便是世态炎凉的人心。

三日后，落霜从长春门的小门洞内接过食盒："这是？"

"奴婢是宁悫太妃跟前的人，这是裕亲王命奴婢送给良贵人的补药，每日都会来，如若姑姑有何交代，可提前对奴婢说。"小宫女谦恭地说。

"多谢太妃和裕亲王。"落霜疑虑地接过食盒。

长春宫正殿内熏香浓郁，重重的梵香掩盖着霉烂的气味，昔日鲜果熏香的盛宠早已不复存在，如今的长春宫连每日应有的例份都时有时无，送来的也是腐烂之物。卫岚音面容苍白地躺在床榻上。

"主子？"落霜见她毫无声息，着急地唤道。卫岚音的眼睛眨动，失去了往日的光泽。

落霜取出食盒中的汤药："这是裕亲王送来给主子调理身子的汤药，主子还是服用一些吧。"

他不知避嫌吗？卫岚音苦涩。

"主子，裕亲王与皇上为至亲，许是得了皇上的默许，或许是皇上的意思。"落霜劝解。

卫岚音摇头，如若是皇上的意思，她怎能受苦？面对一日不如一日的膳食，她早已知晓自己的境遇。早知今日会被抛心弃情，又何必敞开心扉？毫无顾忌地深爱，落得如此凄凉下场。不足一月的盛宠，宛如昙花一现，已经碾落成泥。

"主子？"落霜拿着红花汤勺。

卫岚音流着泪水喝下苦涩的汤药。

落霜回身收拾食盒时，忽然发现食盒底部的厚厚棉布下有蹊跷，仔细挑开，原来里面是密封的信函。卫岚音接过那信函时，热泪盈眶，憋了许久的委屈，终于迸发出来。

阴冷的青石砖上泛着寒意，迎着淡淡的烛光。这是弟弟写来的平安信。她入主长春宫，晋封为贵人的诏书已经昭告天下，贫寒的家中顿时成为当地的荣耀。弟弟的境遇也大不相同，稚嫩的字迹如今风骨傲然，俨然是学士之风。

字里行间饱含着深情，显然他们都不知晓紫禁城中发生的一切。

另一张白纸上，有两行小字。字迹行云缥缈、风骨卓越：行到水穷处，坐看云起时。

卫岚音想起初见时温润入耳的声音，充满感激。雪中送炭之情，重如泰山。

"主子，勿要伤神。"落霜看过卫岚音手中的信函，喜极而笑，"主子如今可不是一个人，家中的老小可都是依靠着主子呢，送汤药的宫人讲，主子若有何吩咐可直接告知她。"

卫岚音潋滟如雾的眼中盛满浓情："落霜，我饿了。"

"奴婢去准备。"落霜喜悦，"后宫的人都等着看主子的笑话，咱们定要一鸣惊人。"

卫岚音点头，除了情爱，她还有亲人、有落霜、有长春宫的宫人，她绝不能如此消沉下去。她心中默念："行到水穷处，坐看云起时。"他亦懂自己，她怎能让他失望……

落霜端着餐食，歉意，"委屈主子了。"

岚音看着残羹剩肴，又看着眼眶深陷的落霜，"跟着我，委屈了你们。从明日起，长春宫上下，一同用膳。"她紧握着汤勺，一口口咽下生冷的膳食。

"宫人说是些什么汤药？"她忽然问。

落霜倒着热茶："都是一些温补调养之药，为主子调理寒宫的。主子，百日过得很快，今后的日子才更为难熬，主子可有打算？"

"如今的我还能如何？皇上的眼中只有大清的江山，怎能由得我一小女子妖惑明君……"岚音第一次吐露心声。

"主子的意思是，皇上弃了主子？"落霜不愿相信。透过一丝宝贵的光亮，卫岚音微微点头。

"是太皇太后。"落霜抱着希望。

"皇上亲政多年，雷厉风行，怎能受人掣肘？再则太皇太后辅佐三代帝君，怎能胡乱下旨？"卫岚音放下茶杯，心如刀割。

"真的苦了主子。"

"谈何为苦，没有皇上的恩泽，或许我早已命丧浣衣局。没有心动，便无今日的痛苦，这一切的殊荣、恩宠、责罚，都是昨日种下的因，才有今日的果。"卫岚音握着落霜的手，"只是苦了你。"

"主子，可有想法？"落霜心疼。

"在永和宫时，为谢太皇太后之恩，我说要为大清祈福，誊写佛经，还有……"卫岚音讲述着心中的想法。

落霜满心欢喜："好，奴婢这就去准备。"

卫岚音被白蜡熏了喉咙，重重地咳了几声，宫中的所有人都在等着看长春宫的笑话，她偏不能让众人称心如意。如今她不是一个人，她亦不能辜负他的期待。这样也好，她迎着那丝珍贵的光亮，驱散着心中的阴冷。待开宫之日，必定要让他后悔那夜的决定，她泛着自己都看不清的恨意。

慈宁宫内，苏麻嬷嬷为太皇太后穿上红缎彩绣的平底凤靴："格格，今日宁悫太妃跟前的小宫女为长春宫送去了汤药，好似奉了裕亲王的旨意。"

"由他去吧。"太皇太后睁开微闭的双眸，透出柔和的目光，"到头来啊，最苦的就是这些金枝玉叶的公主。"她也是联姻嫁过来的公主。

"如今啊，科尔沁的老王爷们，一定还是怪哀家啊，是哀家斩断了这蒙古为后的规矩。"太皇太后暗自伤怀。

"格格也是为了大清的江山啊。"苏麻嬷嬷劝慰。

"可是哀家也是科尔沁的格格啊。"太皇太后疾声。

苏麻嬷嬷叹着气，忠孝不能双全，更何况是夫家亲情……

"所以哀家必要保住良贵人的命，又要斩断皇上的情丝。"太皇太后转而想着，"苏麻啊，哀家要为良贵人留条后路。"

苏麻嬷嬷会意："格格仁慈，皇后不会怪格格。"

"但愿如此，哀家也有哀家的难处。"太皇太后想起盛京时的光景。一晃儿这么多年过去，情仇爱恨、恩怨烟云都已不复存在，留下的只有恩情和悔意。这也是卫岚音始终感激太皇太后的原因，正是太皇太后长远又睿智的决定，正是这道护身的懿旨，令她终是逃离了凶险之地，离开了他。

翌日，承乾宫一大早便热闹非凡，佟佳贵妃安坐主位之上："两位可都看仔细了？"

荣嫔翻看着烫金的名册，面带笑意。惠嫔则是一副漫不经心的样子。

"呦，两位姐姐来得真早啊。"头顶大红锦花的宜嫔意气风发地走了进来，皇上接连几日翻了翊坤宫的牌子，郭络罗氏家的格格恩宠并加。

"妹妹来得真巧，快坐吧。"佟佳贵妃极为欣喜，"妹妹也来瞧瞧内务府的秀女册子。"

荣嫔应声抬头，笑意的脸上透出恶意的眼神。

"皇祖母交代的差事，本宫尽力而为。宜嫔极为盛宠，也帮着瞧瞧。"佟佳贵妃解释。

"妹妹有什么本事，还是三位姐姐定主意吧。"宜嫔话中谦让，却毫不推辞地接过了宫女玉镯呈上的名册。

荣嫔冷笑着转向佟佳贵妃："皇上以往对臣妾讲过，后宫之中不想多进新人，适可而止为上策，不知此回要留几人呢？"

佟佳贵妃怎能不知她的话中意思，她陪伴皇上最久，最得盛宠，深知皇上的秉性。她沉思片刻："这是太皇太后的意思，也是为皇上着想，宫中年少的嫔妃少，都上不了台面，皇上又正值盛年，为了延续子嗣，这次定要多选几位，充盈后宫。"

荣嫔强忍着怒火："贵妃所言极是，不过皇上最念旧情，恐是等长春宫百日开宫之后，后宫众多嫔妃岂不又成了摆设？"

"两位姐姐讲的都在理儿，但咱们还得听太皇太后的意思啊。"宜嫔自太皇太后和皇太后归来之后，日日去请安拜见，深得皇上赞赏。

惠嫔不动声色地开口："慈宁宫的定儿，是太皇太后钦点，苏麻嬷嬷亲自调教，要许个贵人身份，孝昭仁皇后的亲妹，也要许予妃位，至于其他人，我们姐妹四人各推荐一人可好？"

佟佳贵妃瞪着凤眸，她身为贵妃，是遴选秀女的主位，怎能受人束缚？

荣嫔笑着："姐姐此意甚好，不偏不正，按照个人对皇上的心思，定能选出皇上可心的人啊。"

她得意地望着宜嫔。

宜嫔莞尔一笑："太皇太后并未令臣妾参与遴选秀女一事，贵妃姐姐虽看重妹妹，但臣妾还有些自知之明，三位姐姐推荐即可，妹妹是无关之人。"她暗自偷笑，年老色衰者才图谋新人，她正是花季，皇上又极为宠爱，后宫还是自己受宠更为实在。

佟佳贵妃冷笑，好一个明哲保身，各自为谋。自古身居中宫高位者，哪有极得盛宠？为了家族的荣耀，还不是独守空房？她冷眼瞧着安坐不语的惠嫔和荣嫔，什么时候她们竟弄到一起去了？

荣嫔和惠嫔入宫最早，恩怨最深，两人竟冰释前嫌？她不露声色地说道："其实本宫也是这般想的，待单子拟好，便交予皇祖母和皇太后过目，最后呈到皇上那里，等皇上定夺。"

"咱们真是姐妹连心啊。"荣嫔假笑，与惠嫔眼神融汇，恩宠已过，宫中的形势早已不同当年了，容貌不再，皇子又小，只能依靠长年累月中越发强硬的手腕。

"咦，宜妹妹身边的宫人好是面生啊？"惠嫔仔细地看着。

原来宜嫔身边不是平日里容颜姣好的宫女柳桃，而是面容平坦、长相平平的小宫女。

宜嫔慢慢地拿起茶杯："瞧妹妹这糨糊脑袋，还未和各位姐姐说，柳桃心怀不轨，意图勾引皇上，妹妹将她交予慎刑司了，妹妹可并不是逾越规矩，而是得了皇上口谕。"

"奴婢含翠拜见贵妃娘娘，荣嫔娘娘，惠嫔娘娘。"含翠伶俐地跪在地上。

"噢？"佟佳贵妃撇了玉镯一眼。玉镯轻轻摇着头，表示并不知晓此事。

宜嫔拿出绢帕，掩着口道："贵妃娘娘是要好好整顿后宫，这生得狐狸媚眼的小蹄子们，日夜做着永和宫和长春宫的春秋大梦，如此下去，岂不坏了规矩？"

佟佳贵妃忍着怒火："妹妹所言极是，本宫定会严加管束后宫。"

荣嫔未语，她怎能不知晓柳桃是谁的人？郭络罗氏家的格格果真与众不同，竟敢挑战宫中的平衡。看着宜嫔趾高气扬的心气儿，真不知郭贵人如何了……

佟佳贵妃转到正题："咱们姐妹三人在遴选秀女时，各选一心仪之人。"

"好，一切听从贵妃吩咐。"荣嫔与惠嫔相视而笑。

各宫娘娘相继离去，承乾宫内归为平静。佟佳贵妃追问："怎么样？"

玉镯回道："娘娘，奴婢去问过，柳桃凭借自己有几分姿色，在皇上亲临翊坤宫时刻意打扮了一番，被粗使宫女含翠告到了宜嫔娘娘那里。其实宜嫔早就萌生了调走柳桃的打算，正好顺水推舟，以心存不轨的名义，将柳桃交予慎刑司查办，如今柳桃在慎刑司已经被折磨得不成样子，娘娘可是要？"

佟佳贵妃沉静了好一会儿："柳桃到底是本宫的人，断不能让其他为本宫办事的人寒了心，但柳桃已成弃子，还是多拿些银两给她家里人。"

"是，奴婢替柳桃谢娘娘大恩。"玉镯明白，柳桃定会无命，她成了两方的弃子。

佟佳贵妃微闭双眼，长叹着气，宜嫔这是给她一记耳光啊，竟然没有告知她，便拔掉了她好不容易埋在翊坤宫的棋子。真是一波未平，一波又起，难道大家都在等着看她与钮祜禄氏的好戏？钮祜禄氏进宫便要与她平起平坐？绝不能让此事发生。她抚摸着光滑细腻的脸颊，何日才能怀上龙子呢？

"娘娘？"玉镯吞吞吐吐。

"何事？"佟佳贵妃不悦。

"还有一事，奴婢也是刚刚知道的。"玉镯揣摩着佟佳贵妃的心思。

"噢？"佟佳贵妃皱着眉头。

"奴婢听那看守长春宫的宫人来报，宁悫太妃的小宫女曾去给良贵人送过汤药。"玉镯柔声。

"竟有此事？"佟佳贵妃厉色。

"莫非是裕亲王？"玉镯试探地问道。

"如是裕亲王，必是经过了皇上的默许，或许裕亲王也藏了私心，但慈宁宫未传出消息，那本宫也不便插手。"佟佳贵妃敏锐地觉得此事不简单，长春宫已失了宠，皇祖母却处处维护，到底为何？

"听宫人讲，良主子拟了个单子，想要佛经一本，纸张百份，盆栽数盆。"玉镯轻道。

"准。"佟佳贵妃打定着主意，"良贵人要什么，便送去什么，她毕竟是宫中的贵人，封宫百日，也是给了她教训，以后莫要痴心妄想。得到太多，失去的更多。着长春宫的宫人好生侍候主子，莫要起了歹心。"

"是，娘娘。"玉镯知晓贵妃的深意，长春宫中的宫人的确乖巧懂事。瞧着佟佳贵妃舒展的笑颜，她深吸了口气，"娘娘，永和宫的乳娘得了失心疯，被逐出宫外。"

"什么？"佟佳贵妃立即换了一副容颜，宫中要反了吗？

"听说，正逢皇上去探望德嫔时，乳娘险些摔了小阿哥，德嫔娘娘哭诉，又讲了乳娘的好多不是。皇上听闻气愤，寻了太医院的宫直，竟诊出乳娘得了失心疯，德嫔娘娘又转而讲了贵妃娘娘不知情的好话，皇上叹那乳娘可怜，未加惩戒，直接逐出宫门。"玉镯小心翼翼地讲述。

佟佳贵妃的红指掐入肉中，眼前浮现永和宫上演的那场精心策划的闹剧。入宫数载，遭受两次滑胎，至今无子，只能抢来德嫔所出的四阿哥为子。为守住佟佳氏的满门荣耀，在后宫中几经辗转反复，铺筑道路，谁知才短短几年，便被雄心之人悉数斩断，她不甘啊。虽为贵妃之位，妃嫔之首，但百年之后仍不能入主皇陵。所有的委屈顷刻而涌，她的眼中含着晶莹的泪滴。

"娘娘？"玉镯深知主子心中的苦。

"皇上心中的良人到底是谁？！"曾几何时，她已深深爱上她的夫君。

玉镯不敢随意妄语："娘娘，皇上的心中只有大清的江山啊。"

"哈哈。"佟佳贵妃大笑，原本以为皇上心中的良人是逝去的孝诚仁皇后，良贵人的出现，她才恍然大悟，皇上对孝诚仁皇后的情分是歉意，所以才加倍地对太子好。玉镯一句无意的话语，她才清醒，皇上的心中只有大清的江山，她终有一日能入主中宫，因为她是任谁也不能磨灭的佟佳氏。

任谁在宫中生得歹意，她都不会轻易低头，想起人生二喜，她浑身上下充满了无穷的气力。斗吧，哪怕斗得血流成河，最后站在高处的人，也定是本宫的四阿哥，她做好了最后的准备。

永和宫的德嫔喜气地饮着补气养血的补汤。

"娘娘，已经按您的吩咐，将补汤送去长春宫。"宛碧笑着入内。

"好。"德嫔想起前几日皇上来探望小阿哥时，她无心提起长春宫的凄凉时，皇上脸上密布的愁云，便定准了心思。皇上对良贵人并不是表面般简单。这宫里啊，所有的一切都不能看表面那一层，虽然是高高在上的皇上，坚硬无比的内心下仍是柔情似水的汪洋。

"承乾宫那边？"德嫔望着摇篮上的大红喜图问。

"娘娘且放心，承乾宫那边都忙着遴选秀女的事情，顾及不到咱们。"宛碧安抚。

德嫔脸现红晕："本宫的葵水来了，请太医院的宫直过来诊脉，过几日，本宫便可侍寝。"

"是，娘娘，听闻太医院有位林太医，医术高超，曾给长春宫的良贵人瞧过病，咱们是不是请他过来。"宛碧慢慢地铺垫着永和宫的势力。

"那便请林太医，先看看此人的心术如何？"德嫔赞许。永和宫阳光普照，一片安宁，长春宫却是阴冷万分。

卫岚音站在屋内，面对跪落满地的宫人，缓缓说道："封宫仅仅是开始，如若有人想离开，趁着我还是贵人，必为你们求个好去处。"

众宫人面带惊讶和悲伤："奴才（婢）愿誓死追随贵人。"

卫岚音冷笑："如若你们都留下，就要守着长春宫的规矩。香囊一事，我且不追究，给你们一次改过的机会。今后如若再犯，定要交予慎刑司严加处置。你们时刻要记得，主子再不得宠也是主子。"

宫人们从未见过卫岚音发此重怒，面前的她，面色苍白，身子单薄，眼神中却多了分凌厉和执着，多了分主子的威严。

玉珠嘴上感恩，内心却满是妒忌，她与卫岚音一同进宫为婢，如果不是卫岚音运气好，在浣衣局被皇上看中，怎能会翻身为主？怪就怪兰嬷嬷，是她调换了自己与卫岚音的差事，否则皇上看中的就是她。她极力隐藏的表情尽收落霜的眼底。

落霜暗自叹气，宫中最忌讳争强好胜，心比天高的人注定凄凉悲惨，她会意地打发走了所有人。

正殿烛光点点，只有沙沙的落笔之声。

"主子。"落霜轻唤着奋笔疾书的卫岚音。

"噢？"卫岚音放下手中的紫毫，"佟佳贵妃还是宽待了我啊。"她要的物件，第二日便悉数送了过来，连膳食都比前几日好了些许。

"主子，贵妃娘娘统领六宫，她的意图也不仅仅是贵妃之位。"落霜提醒。

"那她的意图是？"在宫中，有皇上的宠爱和信任，又身居高位，她还想要什么？

"主子仁慈，一心只想着皇上，并不在乎妃位，但贵妃娘娘是佟佳氏嫡女，皇上亲母孝康章皇后的亲侄女，怎能甘心只为贵妃？"落霜点拨。

卫岚音惊讶万分地看着她："她想……"落霜点头。

"主子与云端之位数步之遥，贵妃娘娘却是一步之遥，她怎能甘心？"落霜想起贵妃娘娘的两次滑胎，她曾答应过皇上，绝不能告知旁人，"贵妃娘娘素有孝诚仁皇后的遗风，却没有得到皇上的喜爱，这也是给贵妃娘娘的训诫。"

卫岚音内心疼痛，初愈的伤口又被撕裂。

"不论主子与皇上之间发生过什么，请主子念着皇上的难处。"落霜见她伤楚，劝解。

"情爱已不在，还提什么无为之事？我只是一柔弱女子，怎能与皇上鹣鲽情深？"卫岚音带着哀怨。她重新提起紫毫，凝着心气，抄着佛经。

"主子，玉镯是不是让宁悫太妃给瞧瞧？"落霜忽然想起那对玉镯。

"也好，明儿宫女来送汤药，将额娘留给我的飞龙玉镯交予太妃，暗中打听一番。"卫岚音同意，每日送来的汤药里，都含着裕亲王的手书，无半分旖旎情思，只有安抚，令她感动。奈何她的心早已被那个无情之人塞满，她揉着手腕。

落霜看着莺莺的盆栽："主子，您真的要以血水喂盆栽？"

"这是给太皇太后的寿礼，马虎不得。"卫岚音打定心思。

"主子身子本就羸弱，皇上会心疼的。"落霜小声道。

卫岚音透过苦涩，心都已放下，又何来心疼，痛彻心扉的只有她。

忽然，外面喧闹。小安子大声禀告："主子，是两江的鲥鱼到了，宫中正备着鲥鱼宴呢。"

卫岚音闭上双眸，今年寒意浓浓，桃花晚开了几日。多日前，正是在这张桌子上，她还与皇上同席而食，情浓意深。笑语闲聊鲥鱼宴时，宠爱之语的真言依在耳边，如今却已冰封寒意，物是人非。

她发觉自己真的柔弱不堪，心中所有的坚强，在提到他时都会轰然倒塌，她到底还是忘却不了他！

"主子，勿要伤神，鲥鱼年年有，熬过了苦难，才尽是欢颜。"落霜劝解。

"快清明节了吧？"卫岚音淡淡地问道。

"是啊，三日后便是清明节，主子再熬过一段时日，定会守得云开见月明。"天气越来越暖和，屋内闷热无比，霉味愈重，的确艰难。

"额娘的坟前，定是长满了蒿草。"卫岚音幽幽道。

"是啊。"落霜也想起了额娘。

两人重重的叹气声，飘荡在空旷漆黑的长春宫。紫禁城却是另一番光景，含苞欲放的桃花蓓蕾下，一片喧嚣，鲥鱼宴席上，位高权重、金尊玉贵之人欢笑而语，一派祥和喜气。鲜嫩的鲥鱼肉，白如羊乳的鲥鱼汤，摆满了蟠龙餐桌，各宫的娘娘们嘘寒问暖，莺声婉转，谁会想着餐风饮雪的可怜之人……

心情低落的玄烨看着窗外的绿意若有所思，岚儿还好吗？炽热的心如春意盎然的天气般蠕动，鲜美的鲥鱼入口却如嚼烛蜡。他怎能忘记岚儿为自己拨鱼刺儿的情景？他轻揉着发胀的头，压制着心底的浓情。

"皇上，敬事房的张公公来了。"梁公公极为谨慎。

"传。"难道要用其他女子来忘记岚儿吗？玄烨的心底失去了寄托。

张公公面带喜气，弓着腰，手捧装着各宫主子绿头签的浅雕百子图托盘："皇上，请。"

玄烨心烦地盯着绿头签上一个个工整的字迹，停留在德嫔的名字上，翻了过去。

"永和宫，德嫔娘娘侍寝。"张公公一记长调。

"朕去永和宫。"乖巧的德嫔如岚儿般柔弱，拥在怀中时，那扑鼻的清香，仿佛岚儿在他的身边。

"是，皇上。"张公公谦恭地叩首行礼，德嫔的签子今日刚呈上来，皇上便翻阅，看来德嫔今后定会是宫中的第二个荣嫔娘娘。他入宫数载，阅人无数，深知皇上的秉性，他偷瞧了眼大内主管梁公公。梁公公使着眼色，他领会地退了出去。

"皇上，为长春宫送去一份鲥鱼汤吗？"梁公公问。

玄烨注视了窗外许久，最终摆着手："不必。"

"是，皇上。"梁公公应声而去。

玄烨却盘算着，岚儿正在服用暖宫的汤药，还是少沾些油腥为好。待开宫之后，必要给岚儿一个孩子依靠，最好是位公主，定如岚儿一般清美怡人。岚儿，再忍耐些时日，等着朕！

第十一章

寂寞梧桐空寥落

　　慈仁宫的侧殿内，宁悫太妃拿着宫女从长春宫带回的飞龙玉镯，面色安宁地问道："这是良贵人之物，她想问问这镯子的来历？"

　　裕亲王福全接过宁悫太妃手中的飞龙玉镯："这是？"

　　"这是当年清宁宫的物件，不是母妃当年送给你大婚时的那只凤血玉镯啊。"宁悫太妃缓言。

　　"什么？"福全大惊，虽然太宗宠爱关雎宫，但清宁宫为中宫之位，乃为正统。

　　宁悫太妃回忆起往事："当年太宗击败察哈尔部的林丹汗，得到制诰之宝的玉玺和这对龙凤血镯，便将这对玉镯赐予清宁宫的孝端皇后。后来关雎宫辰妃独宠生子，孝端皇后以此训诫，便将那凤血玉镯赐予辰妃，她手握飞龙玉镯，暗喻正宫的地位。辰妃去世，凤血玉镯到了太皇太后的手中，后来赏赐给端敬皇后，因母妃与端敬皇后同宗，凤血玉镯才到了母妃手中。而这飞龙玉镯，一直在孝端皇后手中，怎能落到那良贵人手里呢？"

"莫非是皇上赏赐？"福全疑虑。

"如若皇上赏赐又何来询问？听宫女云儿讲，好似良贵人母家的物件儿。"宁悫太妃一语惊人。

"良贵人母家？"福全曾派人去过龙兴之地，良贵人母家世代包衣奴才，怎能拥有无价之宝？

"孩儿啊，你的心思，母妃还是看得出的，良贵人可不是你的良人啊，母妃虽不理宫中之事，但也略有耳闻，皇上对良贵人疼爱有加。飞龙玉镯又疑云重重，你不要迷了心智，误入歧途。"宁悫太妃语重心长地劝慰，当年皇上独宠端敬皇后的事情，依然历历在目，她也曾怨过，恨过，但事过多年，如今忆起，还是她命薄，与皇上无缘。

福全脸上淡淡的热辣："儿臣谨遵母妃训诫。"

宁悫太妃叹着气："云儿，将这镯子带回去吧，就说这凤血玉镯是当年端敬皇后赏赐，记住，去长春宫禀告时，一个字都不能漏掉。"

宫女云儿接过镯子："是，太妃。"宁悫太妃满意地看着云儿，宫中啊，揣着明白装糊涂，是最明智的选择。

长春宫的桌案上厚厚一摞纸，落霜挑着烛芯，现在缺的便是蜡烛，上品羊油蜡主子不舍得用，白蜡不仅味道大，而且极为熏呛："主子，歇一歇吧，眼睛要紧。"

"无碍，这样日子过得快些。"卫岚音舒展着筋骨。

"主子的笔迹娟秀，美而不藻，太皇太后定会喜欢。"落霜夸奖。

"这是幼年额娘教的。"卫岚音伤感。

忽然，外面嘈杂，紧闭数日的长春宫门敞开了，内务府的小太监们抬着木料，匆匆而入："贵妃懿旨，东西六宫各安秋千一架。"

落霜解释："主子，这是宫中的规矩，清明节要在坤宁宫的后院和东西六宫安秋千一架，以供各宫的娘娘们闲暇时玩乐。"

"今儿是清明？"卫岚音问。

"是呀，主子已熬过一整月。"落霜心疼，"今日都是寒食，主子可是饿了？"

"过了清明，宫中要进新人了。"卫岚音想起永和宫内太皇太后的话语。

"主子，这是祖宗规矩啊。奴婢入宫多年，见惯了新人。"落霜想起入宫时的光景，"奴婢这几日着玉珠她们将侧殿收拾出来，等待迎接新人。"

卫岚音急切地问道："长春宫也要添人吗？"

"如今东西六宫所空不多，各宫或许都要添人。"落霜婉转答道。

"我不饿，今日为额娘守忌，不用膳食。"卫岚音辗转着思绪。额娘到底暗藏了什么秘密，为何宁恝太妃也未能真言相告？佟佳贵妃会安排谁住进长春宫？

佟佳贵妃的确在琢磨秀女的事情。

玉镯手捧着刚出锅的春饼进来，今儿为清明，宫内依照民间，都是要食用香椿芽汤："娘娘，奴婢亲眼瞧了，景阳宫的宫人已经将新鲜的香椿芽和柳叶为成嫔娘娘领去了。"

"好，成嫔的阿玛竟在前朝参了本宫的堂兄，真是食了熊心豹子胆，本宫断不能让贼人在宫中过得安生。"佟佳贵妃气愤，堂兄已经安排好一切，成嫔肚子里的孩子长得定不齐全。怪只怪她乱食东西，牵连不到旁人。

"娘娘，国舅爷为了大清，忠心耿耿，皇上眼中也是不容沙子的。"玉镯讨好，成嫔娘娘性子娇贵，处处咬尖儿，更因有了身子，肆无忌惮，今日的恶果也是罪有应得，"对了，主子。长春宫的秋千已经安好，听内务府的人回禀，长春宫啊，连那屋顶的神兽都泛着寒气呢。"

"辛者库低贱出身，成为一宫主位，已是祖坟冒了青烟，还是腾出主位，让给尊贵之人吧。"佟佳贵妃筹划着秀女的住所。

有人忙碌，有人也没闲着。翊坤宫的侧殿，郭贵人接过宫女传来的纸条，看后，将纸条放在烛火里烧掉成灰："告诉娘娘，我只要成为一宫主位，必定唯娘娘马首是瞻。"

"奴婢一定将话带到。"年长的宫女转身离去。

郭贵人看着窗上盈盈黑影，恨恨道："压了我这么多年，定要悉数要回来。"

"主子，咱们以前可是没少数落永和宫，如今德嫔娘娘主动示好，这其中……"郭贵人的贴身宫女凝烟提醒。

"怕什么？如今德嫔都出手了，我还怕那贱人？"郭贵人气恼。

凝烟再没有多言，她怎能告知主子，宜嫔娘娘身边的掌事宫女含翠与她情同姐妹。

宫中的姐妹不止翊坤宫，还有钟粹宫，惠嫔与通嫔说着贴己话。

"姐姐的意思是？"通嫔疑虑。

"本宫见过内务府的秀女名册，咱们纳喇氏无一人啊。"惠嫔哀怨，纳喇氏出身不高，如今兄长虽位极高位，却仍有人不服。

"都怪妹妹命薄。"通嫔想到早殇的两位皇子伤心落泪。

"妹妹养好身子，太医们讲，调理好身子，今后还是会受孕。"惠嫔安抚。

"还是姐姐福气重。"通嫔羡慕。

想到大阿哥的惠嫔，泛着光芒："如今咱们坐等吧，不行也可学着承乾宫的法子。"她想到卫岚音，不禁生闷气，她竟如此不识抬举，暗中勾搭上了永和宫的德嫔。如今的德嫔风生水起，侍寝后，皇上的赏赐源源不断地送去了永和宫，承乾宫气红了眼睛，她内心盘算，到底推选哪位秀女呢？钟粹宫的宫灯亮到了半夜，各宫的宫灯都亮了好久，各自思量着未来的宫中之路。

第二日，紫禁城内泛着花香，待选秀女们身着淡雅的装束，站在空园，各宫的娘娘们摇着团扇，笑眯眯地紧盯着心仪之人。

"娘娘，这批秀女长得周正，皇上定会喜欢。"荣嫔意味深长。钮祜禄氏家的次女，落落大方，清爽典雅，和传闻极为不符。

佟佳贵妃微笑："是啊，秀女贵在秀字，秀外慧中，清秀年少。"

德嫔坐在末端，默默无语，秀女末位的一柔润女子引起她的注意，总觉得此人熟悉，好似在哪里见过。她端起茶杯，那女子的双眸正如长春宫的良贵人，此女万万留不得。惠嫔也一直盯着那位柔润女子，心中大喜，此女必要重用。

佟佳贵妃摆着姿态："荣嫔、惠嫔看好，本宫要留人了。"

荣嫔含着怒意，在秀女面前还端起贵妃的架子，不会下蛋的凤凰，怎能是百鸟之王！

惠嫔挺着腰板："请贵妃妹妹留人吧。"

妹妹二字，引来宜嫔的笑意："真是有趣。"

佟佳贵妃瞪惠嫔一眼，提起御笔，圈住钮祜禄氏和章佳氏的名字，惠嫔和荣嫔也不约而同地圈着相同之人，三位嫔妃只选中二人。

慈宁宫院内，寓意着寿比南山的春宵玉石和福如东海的青玉云龙相互辉映，泛着盈盈的寒气。佟佳贵妃跪地："这是臣妾三人圈定的名单，请皇祖母过目。"

太皇太后接过苏麻嬷嬷呈上来的名册："你们三人果然同心。"

佟佳贵妃笑道："皇祖母平日教导臣妾们，要以皇上为重，臣妾们谨遵教诲。"

太皇太后放下手中的名册："钮祜禄氏家的格格最为庄重，哀家喜爱，章佳氏虽未见过，但是你们三人都同时圈阅，人定是极佳的。还有温婉的定儿，安排好三人的住处，早日报给内务府和敬事房吧。"

"那其他秀女？"佟佳贵妃问。

"今年本是逾越了祖宗规矩，剩下的放逐出宫。"太皇太后深知玄烨的秉性，如若逼得紧了，恐适得其反。

"东路的延禧宫还空着，给钮祜禄家的格格居住？"惠嫔试探。

佟佳贵妃浅笑："原本想让格格住西路的储秀宫，惠嫔姐姐这么说，妹妹倒是不好分了。"

"依臣妾看啊，章佳氏的命中带水，住延禧宫最好，压得住火气。"东路的延禧宫位分高贵，却因前朝的两次走水，一直空着，甚为破旧。荣嫔知道佟佳贵妃的小算盘，故意挑明。

"还是荣嫔心思细腻。"太皇太后盯着名册上章佳氏的生辰八字。

佟佳贵妃顺水推舟，章佳氏住延禧宫也好，东路向来贵于西路，正好挫一挫钮祜禄家格格的锐气："那就听姐姐的，臣妾立即着内务府的匠人修缮延禧宫。"

惠嫔意味深长地看着她："那定儿住在何处？"

佟佳贵妃稳着心神："东西六宫都已齐全，定儿妹妹还是暂时住在长春宫，延禧宫也要修缮一段日子，让章佳氏也先住在长春宫，毕竟刚入宫的嫔妃先在长春宫歇一歇脚儿，也不是头一回。"

"呦，长春宫封宫未开，新人过去，是不是踩着忌讳？"荣嫔虽和佟佳贵妃意见不合，但只要涉及到长春宫的笑话，都要出一份力。

"无碍，封宫只是小小的惩戒，算不了什么，良妹妹在屋内日夜诵佛，也是积着恩德。"惠嫔答道。

"那便就这样定了吧，拟道折子，送予乾清宫，让皇上定夺封位。"太皇太后拍定。

"臣妾告退。"三人分别离去。

"苏麻啊，定儿都准备妥当？"太皇太后问。

"回格格，一切妥当，只等着皇上下旨。"苏麻嬷嬷应道。

"定儿与良贵人有三分像，经了你的调教，算是哀家对皇上的补偿。"太皇太后无奈地摇头。她亲手斩断了孽缘，还要费尽心思地暖着玄烨的心。

"格格，皇上定会知晓您的一片苦心。"苏麻嬷嬷柔声安慰。

慈宁宫的宫门前，鎏金的狮子耷拉着耳朵，昭示着宫中的层层规矩。这几日，卫岚音一直心神不宁，身子越加消瘦。

"主子。"落霜踌躇，不知该如何禀告。

"发生了什么？"岚音抬头。

"方才内务府的小太监来报，让咱们将两个侧殿收拾出来，皇上新封了定贵人和敏贵人，就要住进来了。"落霜低沉地说道。

"这么快就进新人了？"卫岚音手中的紫毫失手落地。

"听宫人说，敏贵人以后要住在延禧宫，定贵人要常住。"落霜安慰。

"还有吗？"卫岚音失落地问。

"孝诚仁皇后的亲妹，钮祜禄家的小格格赐住储秀宫，封为温妃，只要生下皇子，身份更为尊贵。"落霜低着头。

"这便是盛宠。"卫岚音失手打落银烛台，屋内瞬间一片漆黑。

"主子，主子万万不可啊。"落霜急忙找出火折子，燃起白烛，"主子再熬一月之余，便好了，怎能前功尽弃？"迎着弱弱的烛光，她捡起青石砖上的字帖。

"为何受苦的总是女子？"卫岚音一语双关。

除了长春宫，宫中都是热闹的气氛，佟佳贵妃笑盈盈地看着面前的女子。

"奴婢拜见贵妃娘娘。"身着碧绿色的宫装、脚底踩着红缎彩绣花高底鞋的章佳氏——敏贵人，叩倒在地，那娇柔的神情，人见犹怜。

"妹妹快起来，皇上的旨意已下，莫要自称奴婢。"佟佳贵妃亲切地扶起她。

"多谢贵妃娘娘，家父曾暗中交代，进宫后定要以娘娘为重。"乖巧的敏贵人恭敬地说。

"妹妹果然是玲珑心思。"佟佳贵妃恩威并施，"宫中是非多，只要妹妹对本宫不存二心，定会步步高升，永享荣华。"

"一切谨遵贵妃姐姐教诲。"敏贵人低着头，家道中落，所有的希望都存在她的身上，万不能走错一步。

"你在长春宫好生住段时日，等延禧宫修缮好，再搬进去，长春宫的良贵人是受罚之人，少些接触，定贵人是太皇太后的人，要好好相处，如若有事，随时报予本宫，莫要自己拿主意。"

"请贵妃姐姐放心。"

"好，那便去吧，这几日本宫安排你侍寝。"佟佳贵妃对身边的玉镯使着眼色。

玉镯走到敏贵人身边，指着一名机灵的宫女："敏贵人，这是百合，贵妃娘娘亲自调教出来的人，今后便在敏贵人身边侍候。"

"多谢贵妃娘娘。"敏贵人莺声谢恩离去。

望着她离去的背影，佟佳贵妃拿起白瓷盘中的萨其马："千万别令本宫失望啊。"

"娘娘，这敏贵人会得到皇上宠爱的。"玉镯轻声道。

"不能让任何人知晓咱们与敏贵人的关系，暗中才好办事。"佟佳贵妃嘱咐。

"娘娘放心。"玉镯安稳地答道。

自从住进了新人，长春宫内一派热闹的景象，玉珠尤为热心，围着敏贵人身边转来转去。定贵人则甚为低调。正殿内的卫岚音手腕间流下鲜血，染红了盆栽上的绿叶。为了给太皇太后准备寿礼，她每日按古法，以血喂盆栽，以取有凤来仪的寓意。

"主子，明日再喂吧。"落霜心疼。

卫岚音觉得眩晕，身子越来越轻，眼前渐渐暗了下来。

"主子。"落霜知道她心里难受，"主子，再熬一熬，定贵人和敏贵人会在外面给主子请安。"

"良贵人吉祥，我家主子敏贵人特来给良贵人请安。"宫女百合挑着高音。

"良姐姐吉祥，妹妹给您请安。"柔婉的声音从外响起。

"良贵人吉祥，我家主子定贵人特来给良贵人请安。"宫女杜鹃声如其名。

"良姐姐吉祥，妹妹给您请安。"甜美的音调，沁人芬芳。

卫岚音扶着木雕石榴花的桌沿，缓缓坐下："起来吧，姐姐是有罪之人，待开宫之日，定会好好款待妹妹们。"

落霜拿来两对黄缎彩绣蝴蝶枕顶，推门而出，瞬间愣住了，两位贵人与主子好生像啊。她到底是宫中的老人儿，很快稳定着心："这是我家主子亲自绣制，请两位贵人笑纳。"

"多谢姐姐。""多谢姐姐。"一甜一柔。

敬事房张公公沙哑的声音划破了长春宫的寂静："敏贵人接旨，皇上口谕，今夜侍寝。"

敏贵人急忙伴着羞涩叩首："臣妾接旨。"

"恭喜敏贵人，皇上心疼贵人，晚上会亲临长春宫，您准备接驾吧。"张公公一边献媚，一边偷瞄粘着厚厚封条的正殿，心中叹气。

"谢皇上圣恩，吾皇万岁、万岁、万万岁。"敏贵人向着乾清宫的方向叩首，礼数周全。定贵人浅颜微笑。

落霜瞧着敏贵人摇曳多姿的身段，听到屋内"噗通"一声，急忙转身推开了门。明亮阳光转而昏暗，"主子。"

许久，卫岚音踟蹰："皇上终是来了。"那语调好似问话，又似自语。

落霜知晓她的痛苦，整日被囚在正殿，每日近乎疯癫地抄写佛经，一遍又一遍地翻看着家信，只为求得片刻的安宁。侧殿的定贵人和敏贵人同主子容貌如此相像，太皇太后和各宫的嫔妃们定是下了功夫，主子见后，岂不更伤心？

"我乏了，你也去歇吧。"卫岚音如风一般倒在床榻上。她的耳边听不到任何的声音，陷入一片寂静。深夜寒冬下，温暖的臂膀；景仁宫内怜爱有加；火场脱险后的贴心呵护，她心甘情愿地沉沦在他的怀中，只因一个信字。信他，倾注全身心的爱恋，愿与他白首终老，而他在一夜之间推翻了一切。

锦枕上还留着他的断发，他的气息，他早已听不到她的哭声，迫不及待地将新人拥在怀中。自古帝王多薄情，始乱终弃者比比皆是，落在自己的身上，她才感受到那蚀骨的痛。难道额娘早料到会有今日？她抚着额娘留下的红线玉环，沉静地睡去。

承乾宫内，玉镯向佟佳贵妃禀告："娘娘，今儿皇上翻了敏贵人的牌子，要亲临长春宫。"

"竟有此事？"佟佳贵妃睁开微闭的双眸。

"想来良贵人在满是污浊的正殿内痛哭呢。"玉镯嗤笑。

"越是无情之人，越是多情。"昨日皇上临幸温妃，在乾清宫的东暖阁，今日却亲自跑去长春宫，看来良贵人更要提防。

"娘娘放心，长春宫内有任何风吹草动，娘娘都会知晓。"玉镯低沉地应道。

佟佳贵妃点头，漫不经心地吩咐："今日皇上宠幸敏贵人，让百合偷偷给敏贵人先服下……"她初入宫，虽刻意求好，但知人知面不知心，还是先让她受些苦，让她知道谁是她的依靠才是。

"娘娘放心，百合都已准备妥当，只等娘娘的吩咐。"玉镯端着冒着热气的胭脂水小碗，"国舅爷送来的汤药，听下人说，这是国舅爷重金从西边买来的。采药、晒药、熬药之人都是子孙满堂的有福之人呢，娘娘定会早日诞下皇子。"

佟佳贵妃迟疑地接过药碗，皱着眉头服下苦涩的汤药。

玉镯奉上蜜饯："娘娘受苦。"

佟佳贵妃挥着长长的金鞘："食得苦中苦，方为人上人，这点儿苦，本宫还受得住。"

袅袅清香，承乾宫内处处奢华，彰显着贵妃的气派，可谁知贵妃亦有无奈、伤心的不如意。

傍晚，宫中的视线都在长春宫。九五之尊的玄烨，竟不敢望向正殿。

"臣妾恭迎皇上。"好似岚儿的柔声细语传入耳中。

玄烨定睛望去，太皇太后费尽心思。

梁公公知趣地打发了所有宫人，幽暗的宫灯弥漫着浓情香。

"皇上，臣妾侍候您安歇。"敏贵人忍着羞涩，跪在松软的羊毛毯子上，脱下玄烨的绣钩藤缉米珠龙靴。

玄烨俯视着那张酷似岚儿的小脸："岚儿。"

敏贵人微微一颤，弓着身子，解开了龙袍上的云纹盘扣。玄烨闭眼轻嗅，茉莉花的香气，这是岚儿最喜欢的味道。他禁锢住敏贵人，俯身压了上去。

珠帘帷幕下，敏贵人绯霞氤氲，承受着破蛹之痛，皇上脱口而出的声声"岚儿"更似利刃般，凌迟着她的寸寸芳心。

玄烨睁开双眸，她终不是岚儿。

"皇上？"敏贵人忍着浑身的酸痛，"臣妾去倒些热茶。"

"不必。"释放了所有的积怨，玄烨觉得好累。他忽然看到枕顶儿上彩绣的灵动蝴蝶。

"这枕顶？"

"回皇上，这是良姐姐亲手绣制，今日送予臣妾和定贵人，臣妾喜欢，便用上了。"敏贵人发自内心地好奇，岚音到底是什么样的女子，竟令皇上如此欲罢不能？

"哈哈，良贵人有心啊。"玄烨的内心滴着鲜血，她在无声地控诉吗？送来成双结对的蝴蝶枕顶，质问他宠幸新人吗？

"累吗？早些睡。"他将敏贵人环住，敏贵人温顺地依偎在他的怀中。

静谧无边的春夜寒意袭来，敏贵人醒来，身边空无一人。

"皇上？"敏贵人披着衣衫，蹑手蹑脚地走了出去，倚在门前望去。

盈盈的月光下，玄烨挺拔、孤寂地站在院落里，看着正殿，悲伤之情不言而喻。她夹着双腿，退了回去。

玄烨这般静静地站着，他知道岚儿在屋内彻夜难眠。如此相近的距离，仅隔着一墙的两人，却似乎隔着千山万水，苦不堪言。

卫岚音赤足站立在寒凉的青石砖上，屋内已撤去火炉，又两个余月未见暖光，寒夜中更是阴冷无比。她听着屋外的阵阵风声，他在临幸敏贵人。

她紧抱双臂，刺骨的寒意从心底涌出。如若不识，便可无缘，如若不爱，何来烦忧？泪珠无声地滚落，所有坚强的信念不及他传来的片刻讯息。

"岚儿。"岚音似乎听到了久违的亲切之语。她疯癫着走到门前，驻足，他在外面？他在呼喊她吗？

她的心如战鼓般跃动，戴罪之身怎能违抗懿旨？况且她又是一身污浊，岂不辱没圣驾？

玄烨听到簌簌的脚步声，他还能给她什么？昔日的荣耀盛宠将她逼到了血刃之上，如今连盛宠都已经给不起，他还能如何？他不甘心地挑拨着内心的情谊，将自己弄得遍体鳞伤。为何只要提到岚儿，他便失去金銮殿上傲人的帝王气魄……

当在乾清宫翻过敏贵人的绿头签时，他有丝窃喜，岚儿还好吧？而如今他只能无奈地站在这里凝望。他讨厌极了这样的自己，弱点和懦弱裸露在明处，毫无掩饰。

卫岚音倚在门前，隐忍着脱口的哭泣，她有千言万语堵在心间，不知从何讲起。

"岚儿，还记得朕吗？"萦绕在玄烨心间的话语，终是问了出来。

岚音流下眼泪，一次次冲垮的防备，都因他而起，怎能轻言忘记？她反问："皇上可还记得岚儿？"

玄烨想到那对蝴蝶枕顶，不禁气恼："朕，在问你。"

卫岚音几乎被这句无情之语击倒，她稳定着心神："臣妾逾越。"

玄烨走近了几步，追问，"朕在问你，可否记得朕？可否还记得那夜答应朕的话语？"

卫岚音微闭着双眸，心好似飘荡在了半空，她淡淡道："臣妾都记得，记得皇上对臣妾的宠爱，记得皇上对臣妾的眷顾，记得皇上对臣妾讲的每一句话，臣妾都记得。在臣妾心中，皇上从未弃臣妾而去，皇上一直都在臣妾的心里。"她的款款深情，声声控诉。自古多有薄情郎，只苦了痴情的红颜。

玄烨激动地来到门前，抚着门板上泛着寒光没有上锁的银钥："岚儿在怪朕吗？朕是大清的皇上。"

"皇上是圣明之君，臣妾是乱国殃民的祸水吗？皇上太高看臣妾。"卫岚音实在不懂，仅仅一夜，他为何转变？

玄烨紧攥着拳头，他们根本不是良人，而是天无二日的仇敌！在慈宁宫得知残酷真相的时候，他的心就收不回来了，想起裕亲王那句世间只有情爱和怨恨才能永恒的话语，他咬着唇，艰难地吐出："朕是皇上，想宠爱便宠爱，想冷落便冷落，哪需要缘由？"

卫岚音听闻薄情重语，眼前一片漆黑，她的头好痛，腹中不断地翻滚。蚀骨的痛冲断着所有的束缚，将真心捏碎。恨不起，放不下，她睁着无神的双眼，陷入无边的苦海。

院内忽传来声响。

"谁？"玄烨厉语。一个黑影从正殿的侧面颤动地走出来。

"皇上恕罪。"正是宫女落霜。

"你好大的胆子，竟敢偷窥朕？"玄烨烦躁。

"望皇上恕罪，奴婢是无心的，皇上傍晚来长春宫时，奴婢就在这里候着了，这几日主子血亏气短，总是眩晕，奴婢放心不下，半夜也都守着。"落霜跪在地上。

岚儿血亏？眩晕？怎么没人来报？玄烨沉着脸。

落霜继续说道："皇上，主子这些日子过得苦，心里更苦，皇上想必内心同样煎熬，相知之人，本不容易，为何放弃前世修来的百年之好？为何承受痛苦？皇上可是有难言之隐？"

"落霜，朕太宽待你，你竟敢教训朕。"玄烨的手上泛着青筋。

"奴婢不敢，奴婢只是心疼主子，心疼……"落霜顿住了，她有什么资格心疼皇上。

玄烨无奈地摆手："既然心疼主子，就进去看看主子。"

"是，皇上。"落霜偷偷擦拭着泪滴，"主子。"她点燃了银烛台上的白蜡，屋内亮了。柔和的烛光下，卫岚音睁着双眼，躺在软榻上，眼底混沌一片，无神无色，无牵无挂。

"主子。"落霜心急地大喊。

欲要离去的玄烨听到落霜焦急的喊声，急忙转身，只是一眼，便再难移去。岚儿那苍白无力的脸死气沉沉，失去了往日的俏丽光华，他忍耐着屋内扑鼻而来的梵香味道，岚儿到底是如何熬过来的？

"传太医。"他的牙缝间挤出三个字。

"落霜。"卫岚音莫名的微笑，她从此不再奢望锦上之花，只有相依为命的姐妹。

"主子，奴婢这就去请太医，为主子诊脉。"落霜抹着眼泪。

从此以后只为自己和亲人活着，再也不会相信任何的情爱，卫岚音一次又一次地告诫自己。

这个貌似安静平稳的寒夜，长春宫所有的人都没有入睡，嫉妒、好奇、伤心、失落，种种情感都在不同人的心中暗暗思量。没有经历过刻骨情爱的人，又怎能体会寻寻觅觅、冷冷清清、凄凄惨惨的滋味……

乾清宫，玄烨在南书房忧心忡忡。

"皇上，太医院的宫直来请平安脉。"梁公公弓着腰。

"传。"玄烨无心地应着。

年少的林太医背着药箱，跪在地上："吾皇万岁、万岁、万万岁。"

自从佛堂走水，林太医深得太医院翘楚李太医的提携，一跃成为太医院内最年少的太医。

他恭敬地为玄烨诊脉："皇上的脉象平稳，有些许肝火，着御膳房，多食一些清火的食材便可。现桃花盛开，皇上多出去走走，有益龙体。"

玄烨颇为赏识林太医："爱卿所言甚得朕意。"

得了赞誉的林太医未表现出欣喜的神态，而是行着三拜九叩的大礼："皇上，微臣有一言，不得不禀告。"

玄烨轻叹："噢？"

林太医如实禀告："微臣有两件事向皇上禀告。其一，微臣前几日为永和宫的德嫔和小阿哥诊脉，发觉德嫔体内积着寒毒，已入肌里，这毒定是日积月累而成，寒毒虽不能伤害德嫔娘娘的性命，但今后德嫔娘娘有孕，必产死胎或弱胎，小阿哥看似活蹦乱跳，实则性命攸关，多则五六岁，少则一两岁，定会早殇。"

屋内死一般的沉寂，只听到滴答的钟表声。玄烨铁青的脸色："第二件呢？"

林太医屏住呼吸："回皇上，第二件是，微臣昨夜去长春宫为良贵人诊病，发觉良贵人体内的寒气不见，但良贵人血亏厉害，再如此下去，撑不了多久。还有，微臣也察觉到在良贵人体内也有如德嫔娘娘一样的寒毒，只是毒在表层，未入肌里，想来是刚刚中毒不久。"

随着一声霹雳，龙案上的奏折散落一地，天子盛怒，如雷轰顶。林太医也着实吓一跳，嘴边的话，又咽了下去。

"接着说下去。"玄烨震怒。

"皇上息怒，臣发觉良贵人还被人下了失聪的毒药，这是慢性毒药，日积月累才会失聪致死，许是长春宫封宫百日，良贵人伤心至极，毒药发挥得快了些，如今，毒入肾源，良贵人的双耳已听不到任何声响。"林太医志忑地说。

"你再说一遍？"玄烨拽住了他的朝服补子。

"皇上息怒。"林太医一副凛然的模样。惊得梁公公也跪倒在地。

玄烨愤怒地哈哈大笑："好啊，朕治理大清的万里江山，竟然管不好一个小小的紫禁城！"

"皇上，自古后宫凶险更似前朝啊。"林太医疾声劝慰，"皇上，这两件事，事关重大，微臣从未向任何人说起，微臣已为德嫔娘娘和良贵人开了除去寒毒的方子，只要好好调理，定会退去寒毒。不过，若皇上抓到下毒之人，得到此毒的配方，毒会解得更彻底。只是小阿哥的毒是胎中带来的，颇为棘手。还有良贵人，她中毒尚浅，稍加调养即可，至于耳聋一事，微臣回去要详细翻看医书，尽快拿出可行的法子来。"

玄烨坐在蟠龙鹿角椅上："爱卿是大清的贤才啊。"

"微臣不敢。"林太医依旧跪在地上。

"此事关联太多，切不可对外人讲起，朕定会彻查。以后有任何事情，可直接禀告给朕，朕会酌情处理。"玄烨定着心思，"着朕口谕，林太医去慈宁宫请平安脉，将告知朕的一切，再和皇祖母一五一十地说一遍。"

"还有，无论用什么灵丹妙药，哪怕是天山的雪莲，海底的蛟龙，都要医治好良贵人的耳朵。"玄烨紧盯着林太医。

"微臣遵旨。"林太医背着药箱，转身离去。

玄烨望着满地狼藉："朕原以为是杀气太重，得罪上苍，今日才知晓，朕早殇的皇子，背后都藏着冤情。"

他的心停跳了一下，握紧拳头，重重地咳，脸色憋呛得一片赤红。

"皇上保重龙体啊。"梁公公哽咽安抚，"皇上心里的苦，奴才都知道，但是皇上是大清的皇上，万民的皇上，定要保重龙体啊。"

玄烨没有言语，心中满是岚儿尖尖的苍白的脸颊。

梁公公最善于察言观色："皇上，今日也有喜事的，裕亲王的汤药果真有用，良贵人的寒气祛除，定会早日有孕，为皇上产下伶俐的公主。"

玄烨的眉间宽了几分，他揉着额头："朕乏了。"

"奴才扶着皇上去后殿安歇。"

乾清宫内恢复了惯有的威严和平静，东西六宫却乱作一团，良贵人耳聋的消息如雨后春笋般传播，太皇太后慈心仁爱，特书懿旨，取消长春宫的百日封宫。

　　据闻良贵人得到开宫的消息后，特向慈宁宫行大礼，并自行请愿，虽已开宫，但绝不踏出长春宫半步，以求续满百日责罚，并以身子异样，有违圣躬为名，主动取消了自己侍寝的绿头签。

　　新封的温妃愈加盛宠，皇上接连数夜留宿储秀宫，后宫的嫔妃们将矛头统一指向了新的地方。

第十二章

暗香浮动月黄昏

　　永寿宫珠光琉璃，满地光辉。

　　春意轻揉着荣嫔的太阳穴："娘娘，皇上日日翻储秀宫的牌子。听宫人说，如今的储秀宫比承乾宫都气派呢。"

　　"这才是开始。"荣嫔叹道，"长春宫那边如何？"

　　"娘娘放心，长春宫那边一切安好，敏贵人和定贵人平分秋色，皇上并未偏疼任何一位。敏贵人特别喜爱娘娘送的和田金兔玉雕，连说了三声多谢娘娘。"春意绘声绘色地描述。

　　"嗯，还算她识相，不知能不能成气候呢？"荣嫔冷笑，"过几日，便是宫中赏花盛宴，到时候宫中又该热闹了。"

　　春意笑道："娘娘，最近承乾宫的佟佳贵妃告恙，文华殿正日夜诵经，一直不见好。"

　　"皇上宠温妃，钮祜禄家下足功夫，那储秀宫如铁桶般牢固，连根针也扎不进去，佟佳贵妃怎能坐得住呢？"荣嫔说得头头是道。

"还是娘娘看得通彻。"春意奉承。

"这人啊，总是攀着高枝儿。本宫从未想过高高在上的位置，心便安分了。"荣嫔叹气，可怜她盛宠多年，只得三阿哥一子。将来三阿哥成了气候，封了亲王，她再坐稳嫔妃首位，此生功成圆满。后来她才明白，私心的欲望总是不停地膨胀，每个人都向往更高处的风景。

就好像钟粹宫。钟粹宫金玉满堂，大阿哥正给惠嫔请安。

照料大阿哥的宁嬷嬷安心禀告："娘娘放心，大阿哥在上书房极得皇上看重，皇上总是夸奖大阿哥聪慧。"

"给太皇太后和皇太后请安了吗？"惠嫔疼爱地问。

"回额娘，儿子挂念您，便先过来了，这便过去给太嬷嬷和皇祖母请安。"大阿哥答。

"大阿哥怎如此糊涂！皇上最重孝道，额娘怎能和太皇太后、皇太后相比？快去慈宁宫和慈仁宫请安。"惠嫔的语气重了几分，"大阿哥还小，糊涂犯错也是难免，你们这些做奴才的怎能跟着犯糊涂！所有宫人，各罚一个月的月例，宁嬷嬷掌嘴二十，以示惩戒。"

"奴才（婢）谨遵惠嫔娘娘教诲。"宫人们敬畏地跪落满地。

"都下去吧，记得，要等到大阿哥请安回来后，再去领罚。"惠嫔厉语。

"是，娘娘。"宁嬷嬷恭敬地低头。

胆怯的大阿哥偷瞄着惠嫔，脸上闪过害怕的神色。片刻过后，钟粹宫随着大阿哥的离去静寂无边。

"姐姐，大阿哥还小，莫太严厉啊。"通嫔劝慰。

"妹妹啊，大阿哥是咱们在宫中的依靠，也是咱们纳喇氏的依靠。"惠嫔眼中冒着激动的火焰，"咱们姐妹在宫中忍受了多少冷嘲热讽，连妹妹的封号都是带着耻辱来的，老天有眼，让姐姐为皇上平安生下大阿哥，如今大阿哥也近成人，祖宗自古便留下过立长立嫡的规矩。"

"姐姐的意思是？"通嫔大惊。

"只要有一分机会，姐姐都要为大阿哥去争、去抢本属于他的荣耀。"惠嫔咬着娇人欲滴的红唇，吐出坚定之语。入宫多载，蛰伏多年，双手早已沾满血腥，还在乎今后手中再多几个冤魂？

通嫔望着沉浸在高傲中的惠嫔："妹妹必当与姐姐同心。"

"好，如今佟佳贵妃与温妃势不两立，咱们去靠温妃这棵大树。荣嫔与本宫相斗多年，如今放下操戈，又岂能真正同心？永和宫的德嫔不容小觑，她的羽翼丰满，哪能屈居贵妃娘娘之下？郭络罗氏家的格格们头发长，见识短，成不了大气候。其他之人更不是本宫的对手，只是这良贵人……"惠嫔踌躇，"皇上啊，最念旧情，太皇太后对这位良贵人也是照拂有加，咱们还是要多加走动。"她表面温顺、柔淑，实际上隐藏最深。

"姐姐说得对，佟佳贵妃、荣嫔都是咱们的死敌。"通嫔最为痛恨佟佳贵妃和荣嫔，当年她为皇上生下皇子时，正是佟佳贵妃吩咐内务府拟定了通字的封号，荣嫔在皇上耳边进言才最后定下，令她成为东西六宫的笑柄，让钟粹宫总也甩不掉通房丫头的嘲笑。

"不，我们最大的障碍是那毓庆宫。"惠嫔瞄向东边。

"姐姐？！"通嫔大惊失色。

"毓庆宫一日不倒，大阿哥哪有机会？咱们纳喇氏何日才能世代荣耀？"如此忤逆之语，惠嫔毫不在意。她的心思通天，谁知有没有那个命……

真正安心于命之人只有卫岚音，长春宫内清香扑鼻，摆满百合花。

落霜拿着装有木槿花耳坠的浅雕木盒："主子要将耳坠子送还给皇上？"

"送去吧。"岚音看着落霜写下的字语，低着头，继续修剪繁绿的盆景。自从耳聋以来，听不到厌恶的话语，倒也欣慰。

落霜无奈，难道相亲相爱的人注定情深缘浅？

和煦的阳光和徐徐春风穿过屋内，暖意十足，卫岚音安坐在门前，感受着安宁的一刻。

"姐姐吉祥，一同来坐吗？"敏贵人指着院落的秋千。

卫岚音会意地一笑："妹妹去吧，姐姐身子骨儿弱，不敢坐头晕的秋千。"

"那姐姐便在一旁看着吧。"敏贵人麻利地坐在秋千上，宫女百合用力推着，迎着苹果树抽发的绿意，长春宫内飘荡着她银铃般的笑声。

卫岚音看着随风飞扬的玉络子，也不禁嘴角上扬。无忧无虑、无心无爱地活着，真好！他会收下耳坠吗？

玄烨盯着落霜送来的木槿花耳坠，如万箭穿心般疼痛。他记得岚儿曾在怀中贴耳问："皇上觉得臣妾颜如舜华吗？"

"木槿花朝开暮落，不正如岚儿坚韧执着的性子吗？"

木槿花朝开暮落，生生不息，是为了下次更绚丽地怒放，永不停歇，是他对岚儿的一片爱心。但是他为了大清的江山，放弃了岚儿。

"她还好吗？"

"回皇上，林太医每日都来长春宫诊脉，主子的气色好多了，但还是听不到声响。"落霜没有抬头。

"既然良贵人身子已大好，耳目也会好的，过几日宫中设宴，让她一同品赏芍药繁花，不要整日困在长春宫。"玄烨十分思念岚儿，四月末正是品尝本年五谷新味之始，正好借此机会相见。

"主子要遵守封宫百日的责罚，要五月才能……"落霜话音未落。

"难道要朕下旨吗？"玄烨沉着脸色，他和岚儿连见上一面都如此艰难吗！

"奴婢先替主子谢皇上圣恩。"落霜拜谢。

"皇上，敬事房的张公公来了。"梁公公低声禀告。

"皇上吉祥，请皇上翻牌子。"张公公弓着腰。

"来得正好，落霜刚刚说良贵人身子无恙，便将良贵人的签子即日放上，今日将良贵人送到东暖阁来。"玄烨瞄了落霜一眼。

落霜惊讶，皇上要主子侍寝？

"是，皇上，奴才这就去办。"张公公笑颜以对，"今夜长春宫良贵人侍寝。"声声传递，围房内等待消息的各宫嫔妃，顿时变了脸色。

"皇上怎么了，偏偏喜欢个聋子。"僖嫔忍耐不住。

"呦，姐姐还要小声些，这话要是传到皇上耳朵里啊，可是大罪。"郭贵人掩口笑。

"姐姐们莫要动气呀，良贵人许久未承雨露，皇上临幸也是情理之中。"德嫔一副高贵又贤淑的模样。

"德姐姐所言极是。"储秀宫的温妃，天真烂漫，心机颇深，更善隐藏。入宫数日，得到了紫禁城里上下的赞誉。正因如此，执掌六宫的佟佳贵妃要坐不住了。

"姐姐、妹妹们，还是一同回宫吧。"

"好呀，回宫。"温妃头顶大红的牡丹花，更显灵气。不足片刻，围房内已空无一人。

侍寝的旨意到了长春宫，卫岚音失落："侍候沐浴吧。"

落霜心疼地写下字语："皇上心里念着主子。"

卫岚音看着落霜娟秀的字迹，内心苦涩，没了疼痛，没了波澜。他是皇上，她是嫔妃，这是更改不了的现实。

热气萦绕的浴房，卫岚音泡在满是茉莉花的木桶中，落霜为她擦拭着光滑娇嫩的后背。

东暖阁侍寝便意味着要被敬事房的太监们扛在肩头，送到皇上的龙床上。

"主子，争与不争，爱亦不爱，命中注定，勿要自扰。"落霜不放心地嘱咐。

卫岚音微笑着将字条收于枕下，那里留着弟弟的家信，裕亲王送来的箴言。

敬事房的小太监们卷着百子彩绣江缎锦被："着良贵人东暖阁侍寝。"随行的老嬷嬷穿过珠帘，细细查过卫岚音，轻轻将其扶起。身着片缕的卫岚音，闭上双眼，任由老嬷嬷的牵引，终是被太监带走。

领头的太监打着喜气的红灯笼，卫岚音无声地流下了最后一滴泪水。

乾清宫的东暖阁，铺好了龙床，卫岚音躺在明黄之上，望着翡翠珠帘后鎏金香炉中如风般的清香。味道何其熟悉，她觉得好累，不知不觉地睡了。

懋勤殿中的玄烨心不在焉地翻看古籍。

"皇上，良贵人到了，皇上可去安歇？"梁公公小心翼翼地问。

"朕知道，再等会儿。"玄烨应道。自古梅花间竹从未有过最好的映衬和排序，难道他与岚儿也如此？如若岚儿生下一位皇子，怎么办？他摸着胸口自问。那将是世间最尊贵的阿哥。一边是芸芸众生，一边是儿女情长，孰轻孰重……

梁公公挑了挑金象牙烛台上的烛芯，瞬间拉长了玄烨的身影。

"皇上，春宵一刻值千金。"梁公公抖着胆子劝慰道。

玄烨放下手中的古籍："你先下去，朕独自去东暖阁。"未来之事谁能知晓，只能尽眼前之欢，莫要错过，他踏步走了出去。

东暖阁内暖意无边，弥漫着浓浓的情。卫岚音的耳边无声、清净，睡得很实，竟没有发觉玄烨来到床前。

玄烨身不由己地轻抚着她红润粉嫩的脸颊，手慢慢向下滑去。轻纱细浣，层层摩挲，令人爱不释手。惊醒的卫岚音睁开睡意蒙眬的双眸，刚好对上他充满情爱的眼神。

两人就这般望着，道不尽的情缘和爱恨，分不清的情感缠绕在一起，纠结不堪。

卫岚音隐忍着眼中的泪水，玄烨隐忍着眼中的歉意。

爱恋、恨意、僵持、冷漠、放弃，云烟种种，一逝而过。

"良贵人忘了自己的本分吗？"玄烨在卫岚音的眼神里看到了失望。

岚音依旧躺着。

玄烨见她迟迟未动，想到她的耳病，便在梨花茶几上，重重写下侍寝二字，拿到卫岚音的面前。

卫岚音羞愧地从床上爬起，轻薄的细纱下，盈盈流动的身子，令玄烨蠢蠢欲动。看到她被激怒的神情，玄烨满意地坐在龙床上。这一次他不必再臆想，不必再闭眼，更不必再欺骗自己，因为眼前是他真实的岚儿。

卫岚音贴得极近，她灵巧地解着龙纹盘扣，玄烨闻着淡淡的幽香，额头泛起层层薄汗。他看着她翦水秋瞳的双眸，嫣红欲滴的朱唇，情不自禁地吻了上去。

每一次深入纠缠，卫岚音的身子都会炙热一分，她软成一团，落在玄烨的怀中。

"岚儿，朕真的好想你。"在两人合二为一之时，玄烨含着她圆润的耳垂，真情相告。

东暖阁内疏影横斜，暗香流动，卫岚音好似在无边的江中飘荡，却抓不住活命的小舟。等她清醒时，已回到长春宫。

"主子睡得太沉。"落霜递过写好的字条。

卫岚音低头瞧着青紫的身子，脸上红云满布。

"希望主子能早日怀上皇子。"落霜玩语。

卫岚音回忆着昨夜的一切，心情又沉重起来。

"主子，明日是宫中大宴，各宫嫔妃都会为太皇太后、皇太后和皇上呈上寿礼，主子的寿礼定会艳压群芳，一鸣惊人。"落霜得意地想起三盆用血水浇灌的盆栽。

卫岚音点头："从此，必不能任人欺凌。"

落霜点着头，一切都已备好，饵料已下，只坐等鱼儿上钩。不知悔改的人，只能成为弃子。

慈宁宫内，苏麻嬷嬷为太皇太后倒着热奶茶。

"苏麻啊，咱们多久没回过科尔沁了，连那鲜奶茶的味道都忘了。"太皇太后泪眼婆娑。

"格格这话呀，从咸福宫讲到慈宁宫。"苏麻嬷嬷疼惜地答道。

"越来越糊涂了。"太皇太后细细饮着飘着热气的奶茶。

"格格心中清楚得很呢，宫中之人有了歹心。"苏麻嬷嬷似有怨气。

"苏麻啊，林太医一语，你也在场，哀家如若不糊涂，怎会有人敢在哀家的眼皮子底下做出大逆不道的事来？如若不是认为哀家糊涂，怎能有如此大的胆子呢？"太皇太后反复敲打着龙杖。

"歹人总是要防着人，怎是格格糊涂？"苏麻嬷嬷劝解。

"依照林太医的话，凶险之人在宫里暗中害人多年。哀家早殇了那么多的太孙，未必是早殇！太医院本是施药救人的地方，竟暗中勾结后宫嫔妃，实在可恶。"太皇太后气愤，"对紫禁城中的嫔妃，哀家都是不偏不正，如今看来竟然都是错的，越是仁慈，越是被人误解，将来难以脱身啊。"

"格格的意思是？"苏麻嬷嬷问。

"后宫争宠，到底争的是什么？难道仅仅是皇上的临幸和宠爱？其实这争来争去，无非都是金銮殿上的那把龙椅啊。"太皇太后一语中的。

"如今皇上正值盛年，今后宫中必定枝叶茂盛，而东宫年幼，宫中又无亲额娘贴身照料，等其他的皇子悉数成人，宫中恐要大乱。"睿智的太皇太后未卜先知，早已看透宫中的一切，"哀家要想个法子呀。"

苏麻嬷嬷低沉的声音："格格为了爱新觉罗家族，真是鞠躬尽瘁。"

"哀家答应过王爷，定要守住他的八旗铁骑用鲜血打下来的锦绣河山。"太皇太后闭上双眼，老泪纵横。河山保住了，她却没有保住他的名声，他的尸骨，他的家人。

"格格，过去的，便让它过去吧，王爷也知格格有不得已的苦衷。"苏麻嬷嬷擦着伤心的眼泪。

"好了，不提了，终是哀家对不住他，若来世有缘，哀家悉数还给他，若无缘，宁愿不见。"太皇太后感慨万千。

"格格，昨夜皇上在东暖阁临幸了良贵人。"苏麻嬷嬷俯身禀告。

"也罢，温庄公主当年宁愿在寒窑受苦，也不愿回宫，给良贵人一个孩子吧，天意如此，察哈尔部不该绝后啊，皇上也心存不甘。"太皇太后想起温庄公主幼年时天真无邪的情景。

"格格仁慈，良贵人耳聋，确实可怜，永和宫的小阿哥也是难逃厄运，到底是谁？好狠的心啊！"苏麻嬷嬷说道。

"哀家心里都有数，明日便是宫中盛宴，哀家必要好好整治一番后宫，让有心之人，断了忤逆的念头。"太皇太后想起后宫门前耷拉着大耳朵的鎏金铜狮。这便是紫禁城，听不语，看不到，才能笑到最后。

西路的储秀宫紧挨着翊坤宫，温妃满身奢华地坐在堂前："宜姐姐，咱们离得这般近，姐姐平时要多过来坐坐。"

"妹妹真是客套，储秀宫是富贵地，皇上常来的，姐姐总是过来，岂不让有心之人瞧去了，大做文章。"宜嫔吃着新鲜的葡萄。

"姐姐真是说笑，宫中谁不知道翊坤宫的娘娘啊。"温妃夸奖。

宜嫔抖着细长的金鞘："妹妹的储秀宫可比承乾宫气派多了，这日光，也是满堂彩啊。郭络罗家和钮祜禄家是马背上的交情，妹妹刚入宫便封为四妃之首，日后可是要多多照拂姐姐啊。"她的心思不言而喻。

"姐姐入宫尚浅，一举得男，妹妹还得听姐姐的教诲。"温妃话中带话。

"呦，妹妹日夜盛宠，好事也不会远的。"宜嫔会意地奉迎，"明日的寿礼，妹妹备好了？皇上最重孝道，莫要让承乾宫抢了风头。"

"多谢姐姐提醒，一切都已备好。"温妃蹙眉，"长春宫的良贵人，甚得皇上的心思？"

"辛者库出身的下贱坯子，生了副好皮囊而已。"宜嫔满不在乎，"如今皇上腻了，良贵人的耳也聋了，还能如何？"

温妃微微笑道："良贵人和永和宫的德嫔、钟粹宫的惠嫔走得很近。"

"都是相同的出身。"宜嫔答道，"就如同咱们姐妹一般。"

"妹妹也是这么想的。"温妃不露声色，皇上在温存之际，脱口而出的岚儿，她听得真切，皇上看重的人，定要收入自己囊中。她的目光变得狡黠，家中长姐，命薄早薨，未留下一位皇子，她现在是钮祜禄家满门的荣耀和希望，必要有番作为。

威严的紫禁城，因温妃的到来，变得更加错综复杂，八旗贵族间的利益盘根错节，每位嫔妃都在全力维护着自家的荣耀，佟佳贵妃也是一样。

她躺在美人榻上，食着酸脆的鲜桃："后宫都在看本宫的笑话吧。"

"娘娘勿要多心。"玉镯贴身劝导。

"皇上念着旧情啊，内务府拟定的是温贵妃的名号，要不是本宫先得消息，去慈宁宫求了皇祖母，本宫还有何脸面执掌后宫！"佟佳贵妃想起危急的一幕。

"娘娘是有福之人，温妃怎能相提并论？"玉镯微笑着递过去一颗挂着水珠的鲜桃。

"如今温妃与宜嫔定是惺惺相惜呢。"佟佳贵妃接过鲜桃。

"娘娘，听百合说，良贵人喜欢敏贵人。"玉镯禀告。

"好，过几日便是雨季，着工匠们务必要仔细修缮延禧宫，马虎不得，劳烦敏贵人在长春宫多住些时日。"佟佳贵妃用心吩咐。

"娘娘放心，奴婢必会去安排。"玉镯答道，"长春宫那边都准备好了，上次得了太皇太后的偏倚，但明日定会让那良贵人万劫不复。"

"好。"佟佳贵妃咬到了一口鲜桃，牙根儿如针芒刺痛，"当年本宫有孕，最爱食酸，可能是那会儿用得多，倒牙。"佟佳贵妃想起初入宫时不久，有孕在身时的情景，可惜只保住了四个月，便小产。

"娘娘迟早会诞下小阿哥的。"玉镯安抚。

"德嫔那贱蹄子竟然开始笼络人心？"佟佳贵妃想起郭贵人的信函。

"也不掂量自己几斤几两。"玉镯鄙夷地骂道。

"从今日起，不准永和宫的任何人来见四阿哥，本宫要让那贱蹄子看到，虽然生了四阿哥，但四阿哥却只认本宫一人为额娘。"佟佳贵妃咬着牙，"不惜任何代价，不让永和宫的小阿哥活。"她死死地盯着永和宫的方向。

"娘娘亲自出手，钟粹宫的小阿哥？"玉镯提醒。

"还是你心眼儿多，私下细细思量一番，让那无脑之人替本宫办吧，想起那贱蹄子，本宫还怕脏了手。"佟佳贵妃狰狞。

"娘娘高明。"玉镯赞赏。

"荣嫔和惠嫔最近很安生啊？"虽告病闭宫在床，东西六宫之中任何风吹草动都逃脱不了佟佳贵妃的眼睛。

"两位娘娘都在为宫宴准备寿礼，日夜缝制绣品。"玉镯答道。

"拿不出手的货色。"佟佳贵妃叹了口气，"今日不同往日，一切都要打着十二分的精神。"执掌后宫之人，时时都要窥视着各宫嫔妃的动静，心计不仅深沉，而且极为伤神伤身，人人争夺的苦差事，最后落得凄凉的下场。

林太医此时正在给卫岚音诊脉："良贵人肾火虚旺，寒毒蛰伏，平日里还请食用些清淡食材。微臣近日翻阅大量的医书古籍，对耳疾之治法逐一整理，虽没有十足的把握，但觉得针灸疗法与汤药并用最为可靠，不知良贵人可愿意一试？"

落霜执笔极快，林太医话音刚落，字条已交到卫岚音手中。

卫岚音看后，淡笑："一切依照林太医的话。"

"林太医，主子的身子何日才能怀上皇子？"落霜忍不住问。

"良贵人身子虽不似常人那般健壮，但宫寒已去，只要承蒙恩泽，会早日怀上龙子。"林太医抬起头，笑颜以对。

"多谢林太医。"落霜拿出一枚上好的羊脂玉佩，上面刻着风骨的竹节，以取步步高升之意，"林太医一直辛苦照料主子，这是主子送予，上面的缀缨是奴婢亲手结的恩情结，以谢林太医的照拂。"

林太医急忙跪落在地："微臣奉命于太医院，食皇上俸禄。为良贵人瞧病是微臣修来的福分，分内之事，玉佩可万万不能收。"

"莫要推迟，林太医谦谦君子，温润如玉，送些金银之物，唯恐脏了你的身份，这玉佩刚好相称，林太医务必收下。"卫岚音坦诚相劝。

"多谢良贵人。"林太医见卫岚音执意相送，便接过落霜手中的玉佩，他不禁抬头多瞧了卫岚音一眼，命运弄人，如若她知晓秘密，又该如何？他掩盖了眼底暗藏的失落，匆忙离去。

院子中，又传来敏贵人银铃般的笑语，落霜低声："不知为何，宫女百合从来不规劝敏贵人，好像还怂恿？敏贵人侍寝多日，万一怀有身孕，这般游荡秋千，岂不滑胎？"

"百合知晓敏贵人根本不会受孕，又或许希望敏贵人落胎。"卫岚音轻声。

"百合一定知晓敏贵人根本不会受孕，如若敏贵人因游玩秋千而落胎，百合定会因照顾主子不周，而受到牵连受罚。"落霜应道。

"她到底是谁的人？"卫岚音盯着字条，心惊地问。

"面上是佟佳贵妃的人，但实则为谁办差事，不得而知。"

"多留意些，敏贵人秉性单纯，咱们也要好好照拂。"卫岚音望着敏贵人神采飞扬的神情。

"是，主子。"敏贵人到底是谁的人？

"良贵人接旨。"敬事房的张公公扯着公鸭嗓，走入长春宫门。

卫岚音只能无奈地跪下："臣妾接旨。"

"皇上口谕，良贵人今日侍寝。"张公公笑着，"皇上甚为宠爱贵人，还请贵人准备好，晚上去景仁宫侍寝。"

卫岚音默默地微笑示意，当她看到落霜笔迹未干的字条，身子向前踉跄，景仁宫侍寝……

残忍的痛又撕开了还未愈合的伤口，这是多少回，都要记不清了，他到底要如何？难道要将她的心玩弄于股掌之中吗？

"姐姐在吗？"正是新封的定贵人。

岚音疑惑地将她让了进来："妹妹快坐。"

"多谢姐姐。"定贵人恭敬地答道。

这是岚音最为不喜的原因，定贵人的一笑一颦、一举一动都与她极为相似，本来两人的面容便有三分相似，再加上这处处刻意的模仿，更为神似。她每次见到定贵人，都仿佛看到自己。而如此卑微的神态举动，让她更清楚地看到自己，她讨厌自己。

"姐姐不要嫌弃，这是妹妹的回礼。"定贵人拿出一对木槿花耳坠。

卫岚音震惊，这怎么在她手中？

落霜捧着热茶，不动声色地问道："定贵人这耳坠子眼熟，不知从何而来呢？"

"太皇太后所赐。"定贵人娇羞地低着头。

卫岚音看着落霜写好的字条，与她猜测的一致。她感叹太皇太后心思细密，连耳坠子这等小事，都能算计在内。

"妹妹的物件本便不多，选了好久，觉得这木槿耳坠，与姐姐最为相称，便送来了。"定贵人低声道。

"妹妹有心。"卫岚音盯着字条。

"姐姐喜欢便好，妹妹告辞了。"定贵人欠着身子离去了。

"好好的定贵人，却成了无神之人。"落霜叹息。

"太皇太后机关算尽啊。"卫岚音感慨，"不知定贵人可是知晓这耳坠子的深意？"

"画龙画虎难画骨，神情再像，却不是主子，而临摹之人，到最后都找不回原来的自己。"后宫相似之人何其多，都是凄凉收场，何必误了卿卿性命？

"玉珠最近可有动静？"卫岚音只信落霜一人。

"主子放心，如若她是猫儿，总要偷腥。"落霜安抚。

卫岚音看着娟秀的小字，更为依赖落霜。如今的她已经习惯无声的日子，清净、淡薄、无为、不争。守着四方天地，守住自己的心。今夜的侍寝……她陷入深深的踌躇。

与他无言相对的痛苦折磨，是世间最漫长的黑夜，她只盼着如炼狱般的惩罚早些结束，更期盼着上苍早日赐给她一位皇子，并不是她贪心私欲，而是她去的那天，弟弟和落霜也会有所仰仗。

傍晚时分，卫岚音放下手中的紫毫，迈着沉重的步子，前往景仁宫，那里曾经有她和他最美、最温情的回忆。

景仁宫内，汉白玉的石雕映着金煌的琉璃瓦，更显洒脱的意境。玄烨安坐在红木桌前，回忆着皇额娘那双忧郁的眼神。他思前想后，辗转周折，彻底了断吧，只有绝情断爱，真正地放手，才能绝地逢生。朝中琐事众多，他已无力情爱，他将那对木槿花耳坠缓缓放下。

"皇上万福金安。"卫岚音刚到门口，便见到沉思的玄烨。

"起来吧，时辰还早，陪朕出去走走。"玄烨清冷的话音中夹杂着一缕柔情。

卫岚音不知他的意思，依旧跪地不起。

玄烨轻轻走到她的面前，伸出温热的手。

傍晚的紫禁城，寂静无边，鲜有宫人出来，一路走过，竟没有碰到一人，只有梁公公跟在身后。

玄烨的步子很慢，卫岚音并肩而行，两个人就这般默默无声地走着。薄茧的手掌包裹着纤细的玉手，宫墙上映着一对狭长的身影。情深不寿，强极则辱，如若这条路能一直走下去该有多好。

只可惜一眼望去，尽头便在眼前，心中的奢望却永远没有尽头，只能注定伤悲！

登上御花园的千秋亭，望着延绵的宫殿，卫岚音依旧没有看玄烨一眼。

"看到了吗？岚儿，这里是朕的家。"玄烨对着她。如若他不是大清的皇帝，他愿每日与她闲凭暮阁，望天边红霞，听云间鹤唳。但为了大清的万里江山，他只能孤诣地倚在亭前，看那黄昏落日，绝尘铁骑，尝尽孤家寡人的悲凉。

他双手握住岚音的肩："这里是朕的家，朕是大清的皇帝，朕对你失言，不能许你一世宠爱，但朕定会给你一个依靠，会许你一世荣华，岚儿，朕，朕也同样痛苦。"他紧紧将卫岚音禁锢在怀中。

卫岚音看懂了他的话语，不愿再触及深深的伤口。曾经眷恋的怀抱，已不再温暖，而是帝王的冰冷和无奈。

"皇上放了臣妾吧。"卫岚音一语双关。

玄烨却更紧地抱着她，不肯松手。

"皇上放了臣妾吧。"卫岚音流着泪重复。

玄烨缓缓放开她，从怀中掏出那对木槿花耳坠，轻柔地为她戴上。

卫岚音的泪水如断了线的珠帘，他到底要如何？一次次伤害，一次次不甘，一次次放手，一次次抉择。今日是最后的忠告吗？

"好好做朕的女人，朕会封你为妃，兑现承诺。"玄烨擦着卫岚音的眼泪，"忘了情爱，忘了怨恨，忘了一切吧，这里只有朕和良贵人。"他霸气地望着金艳的城墙。

卫岚音难以抑制暗藏的情感，耳边的木槿花坠入心底生根发芽，死死盘住了整颗心，她伸出柔荑拥住玄烨的肩膀失声痛哭。她知道，经过了深思熟虑的抉择，才是最无情的结果。反反复复，终有一日会厌倦、疲惫，会留下满心永不愈合的伤疤。

繁华四月，御花园内青色满园，无人品赏怒放的繁花，只有默默地相守、相拥。相濡以沫不如相忘于江湖！梁公公看着两人依偎的背影，眼前一片氤氲。

夜幕降临，两人一前一后回到景仁宫，九五之尊的气势冰封了所有的情感，卫岚音感受着扑面而来的寒意，泪已干、心已死、情难续。她恭敬地跪在床前，脱下了玄烨的云纹龙靴。

她轻轻地放下明黄色包边的帷帐，羞涩地脱掉绣着茉莉花的肚兜。

依照祖宗的规矩，她温顺地吻了上去。

景仁宫外，夜月一帘幽梦。

景仁宫内，春风十里柔情。

这一夜，宫外裕亲王府的书房内，灯火通宵，裕亲王福全看着从关内龙兴之地发来的密函，几乎站立不稳。

原来皇上……他猜想过万千种理由，却独独没有想到岚音的身世竟如此尊贵，皇祖母到底掩藏了多少陈年往事？真是难为了皇上，苦了岚音。

从相知相爱到无奈放手，该是经历了多少折磨？封宫百日的苦难挺过去，未来还会有多少艰辛？

手中的密函如千斤重，压在福全手中。皇祖母和皇上定不知晓，原来在重重的秘密之下，还有更为惊人的阴谋。皇上该如何面对？岚音会顺从自己的命运吗？他闭上双眸，慢慢地撕毁了信函，纸片纷飞落地。

"王爷，事关重大。"黑衣侍卫劝阻。

"本王自有主张，将知情之人全部杀掉，一个不留。"福全泛着寒意。

"良贵人和皇上那边？"黑衣侍卫踌躇。

"本王自有办法。"福全想起卫岚音那张苍白的脸，"将良贵人的弟弟接到京城来。"

"是，王爷。"黑衣侍卫转身离去。

"岚音，不要怪本王，皇上，不要怨臣兄。"福全翻滚着无奈的情欲，他宁愿背负恶名，也不愿皇上与卫岚音再受到一丝伤害。他穿过屋门，矗立院中，望着紫禁城的方向，行下君臣大礼。

第十三章

百花齐鸣宫墙柳

　　四月四，牡丹盛开，芍药怒放，是宫中一年之初品尝五谷的伊始，是最为重要的宫廷盛宴，也留着不成文的规矩，后宫嫔妃向太皇太后、皇太后、皇上进献寿礼，讨一年风调雨顺、事事如意的好兆头。后宫嫔妃都会花枝招展，盛装装扮出席。

　　温妃来得最早，坐在与佟佳贵妃遥遥相对的侧位，她穿着金缕凤袍彰显贵气，尤其是一双丹凤眼炯炯有神，精气神儿十足。

　　宜嫔与郭贵人一前一后到来："温妹妹吉祥。"

　　"姐姐吉祥，别折煞妹妹。"温妃掩着樱桃小口。

　　宜嫔微笑地坐在她的下座，瞧着案席上的不落夹，笑道："今年的苇叶味道最浓，妹妹一会儿多尝几个，这可是供奉佛祖的供品。"温妃点头。

　　太监高亢的喊声："贵妃娘娘到，惠嫔娘娘到，荣嫔娘娘到，通嫔娘娘到，布贵人到。"

"妹妹到得真早。"佟佳贵妃今日穿着贵妃特有的金黄栖凤袍，头上坠着珍珠凤冠，更胜牡丹之王。

温妃的眼底满是怒火，那本是属于她的荣耀，早晚要夺回来。她扑鼻冷笑："妹妹第一次参加宫宴，唯恐失了规矩。贵妃姐姐的身子好些吗？今儿的风带着寒气，妹妹很担心。"

"温妹妹真是聪慧伶俐，又识大体，文华殿的僧人日夜为本宫诵经，本宫的身子安泰盛极，不劳妹妹惦记。"佟佳贵妃面带笑意地安坐在东面的主位之上。她盯着温妃气急的小脸，眨着凤眸，"倒是妹妹要小心身子，听闻妹妹从小身子柔弱，如今进了宫，真是积了福泽，宫中阳气重，对妹妹的身子是极好的。"

温妃怒瞪她，如若不是亲姐孝昭仁皇后命薄早薨，怎能轮到佟家的小人执掌后宫？她轻声咬着牙："多谢贵妃姐姐，皇上已经赏赐好多补品，妹妹的身子无恙。"

佟佳贵妃隐忍不发。

"哟，温妹妹今儿一袭盛装，离远看还以为是孝昭仁皇后娘娘呢。"惠嫔掩着眼泪。

荣嫔心中鄙夷着惠嫔，真是天生的戏子，她冷眼劝慰："惠姐姐莫要伤心，今儿是大喜的日子。"

"姐姐我是念旧情的人。"惠嫔故意说给温妃听。

"你们都是有福气的，是孝昭仁皇后没有福气。"赫舍里氏——僖嫔的话中带着凄凉。

"孝昭仁皇后福气恩泽，怎能是无福之人？"德嫔一改往日的素雅，今日浑身艳丽，头顶上的粉红宫花更显威严，她已不是唯唯诺诺的卑微宫女，而是永和宫真正的一宫主位。她落落大方地行着宫礼，"各位姐姐吉祥，温妹妹吉祥。"

"呦呦，瞧德嫔妹妹的身段，哪里像生养过两位阿哥的人啊，还是那般纤细，真是让人羡慕。"宜嫔突然冒出赞赏的话来。听者有意的荣嫔暗沉脸色，她轻抚着脸颊，难道她真的老了？

宜嫔微笑："还是德嫔妹妹天生丽质，再多生几位阿哥，也如同今日这般靓丽。"

"姐姐谬赞，妹妹哪里有那般好。"德嫔的语调高昂，一副理所应当的神情。

佟佳贵妃面上挂着耐人寻味的笑意，她紧盯着趾高气扬的德嫔，总有一日，定要将贱蹄子弄死。温妃一眼不落地将她的隐忍凶狠，看在心头。

她又盯着貌美多娇的德嫔，斗吧，最好斗得两败俱伤，她才能坐收渔翁之利。

"良贵人、敏贵人、定贵人到。"又一记长调。

所有的目光都投向了三人，卫岚音身着暗绿色的宫装，凸显沉稳，敏贵人身着鹅黄色的宫装，凸显婀娜，定贵人身着淡粉色的宫装，凸显娇媚，三人本就神似，如今同行而来，更为惹眼。

"好大的臊气。"僖嫔扇着手帕。

宜嫔对视温妃，抿嘴笑道："果然好大的臊气。"

温妃却一直盯着卫岚音身边的落霜。亲姐临终前留下的信函中提起过富察氏——落霜，没想到她竟然没有成为妃嫔，而沦落到良贵人的侍女。都是可恶之人，不能让她们在宫中安生。

岚音低着头，随着敏贵人和定贵人缓缓走来："给贵妃姐姐请安。"

"请。"佟佳贵妃故意低声。

"贵妃姐姐要大声些啊，良妹妹听不到。"郭贵人拿着腔调，惹来众人一顿嘲笑。

卫岚音瞧着眼前那一张张真实又虚幻的嘴脸，心生厌恶，淡然地起身。

温妃细细盯着敏贵人摇曳的身影，想起遴选秀女，两人同屋的情景，目光似乎要烧焦了敏贵人。

"良妹妹这边坐。"德嫔投以亲切的目光，全然没有在意众人的笑声。落霜搀扶着卫岚音入座。

今日的宫宴都取自民间的食材烹饪，极具农家色彩，以取感恩上苍的寓意。黄瓷双福的盘子中盛着新鲜的笋鸡、飘香的白煮肉、嫩绿的大莴笋叶做的"包儿饭"，新麦磨面成条的"稔转儿"，一应俱全。

落霜不经意间扫向首位的温妃，四目相对，各怀私心。

"果真都是佳人啊。"惠嫔感叹着容颜老去。马蹄袖下荣嫔的粉拳紧攥，鲜红的指甲嵌到肉里。

"太子到、大阿哥到。"小太监一路小跑，"太子爷这边请，大阿哥这边请。"

惠嫔盯着满身明黄蟒袍，尊贵无比的太子，心疼在太子身后毕恭毕敬的大阿哥，总有一日，额娘会为你夺来原属于你的一切。岚音则慈爱地瞧着单薄的太子，面带和煦笑容。

太子一一拜过各宫嫔妃，安坐在东宫侧位。尖酸的僖嫔因太子的到来，腰板挺得笔直。

宜嫔拿起瓷盘内红滴滴的樱桃："拿着鸡毛当令箭，以为她就是山大王。"

"宜姐姐莫要笑，等再过几年，太子开牙建府，或许她便是皇贵妃。"温妃眯着凤眼。

"她也配。"宜嫔吐着酸核。

"不是她配不配，而是太子丢不起这个脸面。"温妃点拨。

"那也得看她有没有那个命。"宜嫔不以为然。

"姐姐真是爽快。"温妃心中得意，宜嫔的确是堪为重用之人。

卫岚音坐下，稳了稳心神，望向温妃。果然是人如其名，温妃面容富贵，温妆秀丽，举止间都流露出贵族格格的气息。如此纯妙之人，皇上怎能不喜？想到昨夜的缠绵，她心如刀割，从此以后紫禁城中只有长春宫的良贵人，再无皇上心中的岚儿。从此她要护着身边所有的亲人，撑起长春宫的一片天。

"皇上驾到、太皇太后驾到、皇太后驾到、裕亲王驾到。"划破长空的声音，满眼明黄之色。

"皇上万岁、万岁、万万岁，太皇太后千岁、千岁、千千岁，皇太后千岁、千岁、千千岁。"莺语入耳动听。

玄烨今日心情大好，脸上一直挂着笑意，原来真正放下之后，心情如此舒畅，将浓浓的情谊深埋在心底，流淌着丝丝爱意，这种平衡令龙颜大悦。不想不念，才能为帝，无爱无恨，才能为王。

他背着双手，看着满园的春色："平身。"

"好啊，今日的人真齐全。"太皇太后在苏麻嬷嬷的搀扶下安坐台上。裕亲王福全看着末位安坐的卫岚音，示意微笑。卫岚音颔首回礼。佟佳贵妃冷笑着紧盯二人。

"恭祝太嬷嬷、皇祖母万福金安，恭祝父皇吉祥圣安，这是儿臣数夜未眠，书画的大清水务图，望能解父皇漕运之忧。"太子恭敬地呈上地图。

"好！太子年幼，心系大清江山，朕颇感欣慰。"玄烨盯着水务图，连声夸奖。

"来，太嬷嬷赏个不落夹。"太皇太后取下最顶端系着红绳儿的不落夹。

"谢太嬷嬷。"太子接过裹着香糯米的不落夹，跪地行礼。台下的惠嫔与通嫔对视而笑，眼底闪过得意。

佟佳贵妃走了出来："这是臣妾亲手穿制的珊瑚朝珠，祝皇祖母、皇太后益寿延年，祝皇上千秋万代。"颗颗红艳的珊瑚朝珠小巧圆润，众人皆知，珊瑚红珠细孔极小，穿制极为费神，只有生有七窍玲珑之心，又存安稳之意，才能完成。

"佟贵妃身子不好，还这般费心费力，哀家心里不安。"太皇太后接过珊瑚朝珠，赏下大青龙纹盘中的不落夹。

"为皇祖母祈福，臣妾也随着沾光。"佟佳贵妃接过不落夹，跪地谢恩。

玄烨望着台下远处的卫岚音，如此相对也好，两两相忘也罢，都不会生出怨恨。

卫岚音听不到任何声音，只感觉眼前之人都戴着虚伪的面具，上演着绝佳的好戏。这一切与她又有何瓜葛？看戏便足够。

忽然台前传来哇哇的哭声，扰乱宫宴的喧嚣。安坐在太子身边的三阿哥嘤嘤大哭，小脸憋得通红，哭声越来越大，好似干呕，气喘得厉害。

荣嫔激动地站起："三阿哥怎么了？"

皇太后瞧着三阿哥，焦急："传太医。"

侍候三阿哥的太监，用力磕着头："皇上恕罪，三阿哥抢了太子殿下的不落夹，刚咬一口便如此，想是糯米黏在喉里，奴才该死啊。"

"三弟年幼，儿臣本想让着他，却没想到因儿臣的疏忽大意，酿成大祸，还请皇阿玛责罚。"太子六岁有余，却有君子之风，大将之度。

"太子也是好意啊，谈什么责罚，快坐下。"太皇太后直言。

"三阿哥。"荣嫔哭着跑上前去。台下嫔妃面面相觑，各藏心事。

三阿哥年仅三岁，哭声渐小，愈喘愈快，他不断用小手挠着脖颈，极为痛苦可怜。

"三阿哥，额娘在这里。"荣嫔将三阿哥抱在怀中，"求皇上救救三阿哥。"

卫岚音见落霜草草写下的字条，瞧着哭闹的三阿哥，知晓他噎住喉咙。噎喉虽为小事，对孩子极其凶险，如若晚了，危及性命。她终是不忍，急忙站立："噎食凶险，三阿哥怕等不及太医院的宫直，臣妾有一法，可为一试。"

太皇太后眼前模糊，仿佛看到了当年在盛京的温庄公主，她抓着她的手，在花园中问："草原美吗？"只可惜……

福全赞赏地看着卫岚音，淡然的她总是带给他无限的惊喜。

玄烨迎着卫岚音清雅的神态："准良贵人台前为三阿哥诊病。"

卫岚音读懂了玄烨信任的眼神，她迎着各宫嫔妃质疑和厌恶的眼神，走到台前。

荣嫔早已失去了往日的骄纵，只是一位伤心的额娘。玄烨紧握她的双手："荣儿，朕在这里。"十余载的相拥，两人默契十足。

"皇上，三阿哥是臣妾的命根子啊。"荣嫔顾不上众人的目光，依偎在玄烨的肩膀上失声痛哭。

玄烨懂她的伤痛，她曾失去过三位皇子，唯一的三阿哥怎能有半点儿闪失？卫岚音刚好对上玄烨安抚荣嫔的温柔目光，这便是宠爱吗？既然处处留情，又何必伤感？

玄烨感受着卫岚音满不在乎的眼神，埋藏在心底的情感摇摆不定。

卫岚音收了心，拿起桌上的陈醋，为三阿哥灌了下去，又将三阿哥倒立抱起，紧紧勒住了三阿哥的腹部。

"你这贱人，要对三阿哥做什么？"荣嫔尖酸地骂。

岚音看清了荣嫔骂贱人的口型，笑而无语，她用力击打三阿哥的腹部。

玄烨拽住欲冲出去的荣嫔，紧盯着额头泛着薄汗的卫岚音："再等等。"

岚音吃力地反复着手中的动作，三阿哥终于将黏在喉里的糯米吐了出来。他面容苍白地喘着粗气，奶声奶气地哭道："皇阿玛恕罪，儿臣贪嘴。"

荣嫔抱过三阿哥："额娘是怎么教你的？不能乱吃东西啊。"

三阿哥红着小脸，低垂着头，不敢看她。

"辛苦良贵人。"玄烨暖意地看着卫岚音。

"臣妾幼时，曾遇到过弟弟这般情形，是年长的老嬷嬷传授此法。"卫岚音禀告。

"天意啊，良贵人救了哀家的太孙啊，皇上要重赏。"太皇太后松了一口气。

"着良贵人台前陪朕一同用膳，另赏赐滇藏进贡的玉如意一对。"玄烨瞧着卫岚音窈水清澈的眼神，脱口而出。玉如意世间只有两对，其中一对在坤宁宫。温妃眯着凤眸，满是嫉恨。

"故意出风头，谁知道是不是有心？"宜嫔轻声。

"有心也好，无心也罢，此人留不得。"温妃毫不避讳。

"众人推的墙，何须咱们动手。"宜嫔媚笑，温妃点头。

卫岚音来到玄烨身边，违心地坐下。

"微臣给皇上请安，给太皇太后、皇太后请安。"李太医抱着药箱匆匆而来。

"李太医，你去看看三阿哥吃了一口的不落夹，再瞧瞧哀家这个。"太皇太后指着太子桌上三阿哥抢食的不落夹，又指着眼前的盘子。

台下的惠嫔心头一惊，莫非哪里出了纰漏？她对身边的通嫔使着眼色，通嫔会意地支走了贴身宫女小蝶。

李太医拿起剩下的不落夹，又来到太皇太后面前重新打开一个尝了尝。他跪地道："启禀皇上，太皇太后、皇太后，三阿哥食用的那只不落夹里不是纯糯米，而是掺了些极为黏稠的黏米，煮泡糯米和苇叶的水也是米汤之物。太皇太后这边的不落夹才是纯正的糯米。"

"竟在朕的眼皮子底下谋害太子？"玄烨气愤地重拍着桌子。惠嫔的心纠结紧绷，见小蝶碎步回来才平稳情绪。

"可怜的姐姐啊。"僖嫔听闻有人向太子动手，别有用心地哭喊。

玄烨厌恶地盯着她："不要哭哭啼啼，成何体统。"僖嫔绢帕掩面。

"凡是与不落夹有关联的任何宫人，一律收到慎刑司，此事必要查个水落石出。"玄烨自登基以来，以仁孝治国，推行仁政，从未下狱过如此之多的宫人。今日实在是忍无可忍，孰能再忍！

卫岚音也在捋顺这场蓄意的阴谋。此人必定知晓，每年都是太子第一个出来拜贺，料定了太皇太后会将重尖儿之处的不落夹，赏赐给太子。太子竟然没有食用，而被身边的三阿哥误食，从而引来祸端。

卫岚音掠过太子苍白的脸颊，捕捉到那眼底的丝丝慌乱？莫非太子知道有人害他，而故意让三阿哥抢走？

她的心沉重万分，连年幼的孩子都知道算计，还有什么是干净的？

玄烨记着明朝因奢而亡的教训，秉承戒奢华、行节俭："每兼菜食之则少病，于体有益，今虽扫了性子，但这满席的佳肴，还是要用些。"

梁公公跪在台前："启禀皇上，有眉目。"

"是谁？"玄烨追问。

"皇上，御膳房的赵嬷嬷和春喜已经招认，是她们将黏米混入糯米掺夹米汤，本想让太子受苦，谁知却阴差阳错地害了三阿哥。"梁公公重复着慎刑司的禀告，"赵嬷嬷多年前因私贪银两受过孝诚仁皇后的责罚，一直嫉恨在心，春喜……"

"她受何人指使？"玄烨皱眉。

梁公公吸着口凉气："春喜与良贵人同日进宫，她说受良贵人的指使，设计谋害太子，再救助太子，以求得盛宠。"

惠嫔诧异地盯着通嫔身后的宫女小蝶，小蝶的眼中也尽是惊慌失措。温妃不经意地对惠嫔冷笑，终于抓到把柄。

各宫的嫔妃纷纷震惊地盯着卫岚音。裕亲王福全紧握着彩釉花卉酒盏，掩饰着内心的冲动。

卫岚音接过落霜递过来的字条，这便是颠倒是非的后宫，处处藏着心计，掌事姑姑说得对，懂得时，别多讲，心乱时，慢慢讲。一切好心都是徒劳的，这便是教训。到底是谁？

她低着头，想起御膳房的春喜。那个憨憨口馋，晚上也要含着一块桂花糖入睡的宫女，会嫁祸她？

"贱人，就知道你没那么好心。"荣嫔先是受了宜嫔的嘲弄，又是经历三阿哥生死一瞬，绷不住心中的虚弦，露出本色。

"果不其然吧。"宜嫔握着圆柄的银汤勺。

"有好戏看了。"温妃捏着酸甜的樱桃入口，瞄着惠嫔一眼，又目不转睛地盯着台上的卫岚音。

玄烨望着台下众人投来的目光："可有物证？"

"从春喜和赵嬷嬷的包裹里搜到了金稞子，据赵嬷嬷交代，金银之物都是良贵人吩咐落霜送去，事成之后，赏赐会更多。"梁公公回道。

"将人提过来，朕要亲自问话。"

"皇上，慎刑司刑罚极重，赵嬷嬷早已命丧黄泉，春喜不堪受辱，咬舌自尽，被救了回来，如今已成了半语之人，就剩半条命，如若过来，恐惊了圣驾啊。"梁公公想到满身血污的春喜，咂着舌头。

"也不能单听一面之词，良贵人有话说吗？"太皇太后开了金口。卫岚音缓缓跪下，她抬起头，安然地看着太皇太后，又转向皇上，淡淡地说："世间万般事，在于信不信，不在于真不真，臣妾虽出身卑微，但额娘自幼循循善诱，做人之本还是懂的。"

玄烨听着卫岚音简短却真诚的话语，深受感动，当初便是卫岚音的这份真，打动了他的心。不过，人证、物证俱在，众目睽睽之下，怎能帮她洗脱罪名？

福全也同样疑虑踌躇，即使帮卫岚音洗脱嫌疑，又能如何？太子乃国之根本，有权势的赫舍里家不会放过她，将来的路更为艰辛。

太皇太后沉思片刻："良贵人的意思是没有做过？"

"回太皇太后的话，主子身子不适，封宫百日时，一直抄誊佛经，为大清祈福，还特意为太皇太后、皇太后和皇上准备着寿礼，从未有过歹意啊。主子生性淡泊，此事必定是被人栽赃嫁祸！请太皇太后明察啊。"落霜叩首。

"呦，哪有如此袒护自己主子的，说得这般好，良贵人是仙女下凡吗？"僖嫔说出尖锐的话语。

太皇太后训斥："莫失规矩，哀家虽老了，耳朵还听得到。"僖嫔耷拉着头，玉络子贴到白玉酒盏里。

太皇太后好奇地看着卫岚音，好像面前是温庄公主，她话锋一转："良贵人为哀家准备寿礼？"

落霜让小安子和宫人搬出了那三盆盆栽。三盆啼血杜鹃各具姿态，血色动人。

卫岚音指着翘凤尾的杜鹃盆栽，宛如昂头鸣叫的百鸟之王："这盆是送太皇太后的有凤来仪，寓意太皇太后为天降凤凰，栖落大清的梧桐金树上。"她又指向挂满金元宝花钟儿的盆栽，"这盆是送皇太后的金玉满堂，寓意皇太后福泽安康，子孙满堂。"

春风袭过，岚音衣袂飘飘，娴静优雅地注视玄烨："这盆是送给皇上的龙凤呈祥，寓意皇上是真龙天子。"

落霜心疼："启禀太皇太后，皇太后，皇上，这是主子在封宫时，每日用鲜血喂的啼血杜鹃啊。主子一片真情，岂能用狠毒之计博取宠爱？"

佟佳贵妃的眼中冒出怒火，盆栽是她亲口允许送入长春宫，没想到让贱蹄子露了脸。

温妃连声夸奖："良贵人是执着之人，想来身边的宫人心思也细腻。"

落霜暗道不好，心中翻出陈年往事，温妃的话语虽为夸奖，却处处显出她与主子暗藏心机。

"皇上，为三阿哥做主啊。"荣嫔痛苦疾声，"莫要被有心之人蒙蔽。"

玄烨缓缓站立，盯着卫岚音："难道不为自己开脱吗？没有话对朕说？"

卫岚音低垂着头，看着落霜写下的字，想起家中的亲弟、阿玛。她挺直身板："臣妾没有做过任何不义之事，请皇上明察。"

"皇上，奴婢有事禀告。"远处宫女玉珠跑过来疾呼。

卫岚音望着远处的玉珠，闭上双眸，所有一切的猜想都成为事实，真相摆在眼前。这最不想看到的一幕，猫儿的确偷腥。

"皇上，长春宫的宫女玉珠来了，有要事禀告。"梁公公弓着腰。

"带上来。"玄烨挥动着暗藏金龙于襟儿内的衣袖。

"皇上万岁、万岁、万万岁。"玉珠沙哑道，"皇上，良贵人以血喂养杜鹃盆栽，暗中用了巫术，几日前奴婢亲眼看到良贵人将写着太皇太后、皇太后和皇上生辰八字的字条染血，烧毁成灰，并口念咒语，将纸灰埋入盆栽，求永承盛宠。"

"什么？！"佟佳贵妃气愤得站立起来，"皇祖母，还是派人查看一番，如若真有此事，定要数罪并罚，万不能姑息养奸。"

太皇太后深陷的双眸中晃过担忧，嘱托着苏麻嬷嬷："去替哀家看一看。"

"是，格格。"苏麻嬷嬷在三盆四方的紫砂花盆里铲了好久，并未发现烧焦的纸灰之物。

"回格格、皇太后、皇上，各位主子，奴婢并未发现纸灰之物。"她如实禀告。

"不可能，苏麻嬷嬷难道看不清吗？奴婢找给您看。"玉珠气急败坏地翻弄盆栽，她明明亲眼所见啊。

佟佳贵妃瞧着她的神色，便知道中了良贵人的计谋，原来兔子也是长牙的。她抬起灿灿的金鞘，指着玉珠："放肆，大胆的奴才，竟敢诋毁良贵人，诋毁苏麻嬷嬷。"

玉珠扭着头，紧盯着卫岚音和落霜："你们，你们……"

"多行不义必自毙。"落霜低声怒斥。

卫岚音躲开玉珠几乎崩溃的眼神："请皇上明察。"

今年的百花盛宴精彩绝伦，台下的嫔妃各藏心事，只有敏贵人和定贵人满脸慌张失措，被这架势吓破了胆。温妃给了一记白眼，鄙夷地嗤笑。

"小门小户耍的小手腕。"宜嫔对着她。

"最简单的，其实最好用。"温妃一语双关，不论皇上如何处置，单单那三盆绝伦的啼血杜鹃，今日的赢家便是良贵人。

福全的内心泛着波澜，担忧、赞赏、忧虑、惊叹、惋惜所有的情感翻转，只为心底的十指柔情。

"良贵人的贺礼，弥足珍贵，哀家甚喜，良贵人的一番苦心，实为难得，哀家也是欣慰。"太皇太后扫过众人，想起毒害永和宫小阿哥的香囊一事，严厉地痛斥玉珠，"宫女玉珠以下犯上，污蔑主子，着慎刑司查办后，惩罚到浣衣局为奴，永世不得出宫。"

玉珠瘫坐在地上："太皇太后饶命。"

"作为奴才，不求富贵，但求正气、表里如一，却在背后时刻想着谋害主子，这等奴才，本该斩立决，哀家如今已经是网开一面。"太皇太后故意声音高昂，她要让所有人听着，这便是背叛的例子。

玉珠从未想过她的命运如此坎坷，兜兜转转后，又回到最初的老路，从此便成为弃子了吗？佟佳贵妃给了她一记恨意的警示，她闭住了嘴。

荣嫔从未放弃一分能咬死卫岚音的任何机会："太皇太后要为臣妾和三阿哥做主。"

太皇太后瞧着面带纠结的皇上，又盯着卫岚音："毒害太子，意图争宠，乃是宫中大忌，灭九族的重罪。既然人证、物证俱在，便将良贵人和落霜交予宗人府查办，清者自清，浊者自浊，人在做，天在看，定要查个水落石出。"

玄烨感激的目光投向皇祖母，在他最危难、最痛苦的时候，总是皇祖母为他遮风挡雨。世间万般，在于你信不信，而不是在于真不真。他便知道卫岚音不会设计太子。宗人府是裕亲王管辖之地，她不会太难过。

"臣妾谢太皇太后圣恩。"卫岚音叩首。

年幼的太子低着头，踌躇地拿着手中的银勺，贴身的崔公公死死拽着他的衣角。

百花盛宴，唯独三盆妖艳的杜鹃盆栽惹人眼球，最后，百花盛宴终以敏贵人的一曲百鸟朝凤结束。

太皇太后拄着龙杖："宫中自元旦以来，刻刻不安生，哀家心里担忧，如今天下初定，咱们这后宫万不能成为皇上的累赘。"

众嫔妃纷纷惶恐跪地："臣妾知罪。"

太皇太后凝神："哀家老了，希望看到后宫一团锦簇。皇上虽然讲过永不立后，但这后宫总得要四角齐全。从今日起，着温妃、惠嫔、荣嫔协助佟贵妃治理后宫，望各宫的嫔妃安分守己，明年必当各就其职，大封六宫。"

什么？！佟佳贵妃的眼中满是不甘和失落，皇祖母的葫芦里到底卖的什么药？温妃却喜上眉梢，丹凤双眸凌厉有神。荣嫔今日大喜大悲，听到太皇太后一言，好不得意。只有惠嫔隐忍着内心的疑虑，面不改色。

"臣妾必当尽心尽力。"四人俯身行礼。

风光得意的明艳姿态与跪在暗影中的卫岚音，对比分明，真是几人欢喜几人愁。

宫宴散后，回到储秀宫的温妃高傲地品着茗茶："姐姐真是客套，都是自家姐妹，何必拘礼？"

惠嫔忍着内心的痛恨，卑微地跪在地上："多谢妹妹相助，姐姐真是罪过。"

"呦，姐姐这是做什么？妹妹可不敢当。"温妃嘴上虽为劝慰，却没有令惠嫔起身的意思。

惠嫔苦不堪言，入宫多年，这次真是阴沟里翻船。

"姐姐也不要忧心，这次本是举手之劳，御膳房的赵嬷嬷恰好受过孝诚仁皇后的恩泽，再加上事情本就败落，便成全了姐姐。"温妃点拨着整件事情。她入宫以来，昔日受过亲姐孝昭仁皇后照拂的宫人，纷纷投入她的麾下，百花盛宴中，通嫔贴身宫女小蝶的一举一动，哪能逃过她的眼？

惠嫔心惊，孝昭仁皇后未留下血脉，她当年怂恿荣嫔对孝昭仁皇后暗中设计的事情……

温妃咬着牙根，说出心里话："今儿，索性把话儿挑明，孝昭仁皇后临终前曾留下信函，她是被贼人暗中下虎狼之药，终身不能受孕生子，最后重病缠身，折磨致死。本宫进宫为妃，要将那贱人碎尸万段，令她生不如死，要一雪钮祜禄家受到的耻辱，夺回应有的荣耀。"

惠嫔偷瞄着温妃，故意面带震惊，试探着问道："到底是谁这么大的胆子，竟然谋害孝昭仁皇后？"

"富察氏——落霜。"温妃眼中闪过杀意。

惠嫔暗出一口气，稳定着心神："那贱人本就该死，这么多年要不是皇上和太皇太后护着，早就死过几百回了。"

"不光是她，还有那永寿宫的荣嫔，承乾宫的佟佳贵妃，都曾谋害过孝昭仁皇后，她们一个个都得死！"温妃扶起跪在地上的惠嫔，"姐姐是大阿哥的亲额娘，为大阿哥筹划将来之事也是人之常情，如果不是良贵人显摆出头，今日就是赫舍里氏满门的丧日。"

惠嫔想起四大辅臣当年的恩怨，面带忧伤："我虽是大阿哥的额娘，但是钟粹宫却处处受旁人的嘲笑。我在宫中熬这么多年，实属不易，如今容颜老去，皇上宠爱德嫔、良贵人，姐姐的日子实在不好过，只能出此凶策，走这步险棋啊。"

"本宫知晓姐姐的难处，才出手帮衬。只要咱们姐妹同心，大阿哥也会谋得好前途。"温妃不动声色地规劝。

惠嫔点头示好："钟粹宫定与储秀宫同心。"

"好，好，如今太皇太后开了金口，本宫会为姐姐夺得四妃之首。"温妃出口承诺。

"臣妾谢过温妹妹。"惠嫔一声臣妾，认下了主子。

"哈哈。"温妃瞧着她惺惺作态的样子，心中好不得意，她怎能不知晓宫中隐藏最深的便是惠嫔。当年荣嫔连连早殇的皇子，都是阴险的惠嫔背后下的狠手。只有欲望和野心大的人才最有利用价值，更何况她有把柄握在手中。

惠嫔担心："良贵人和落霜在宗人府，不知会不会生出端倪？"

温妃带着寒意："赵嬷嬷已死，本宫也派人割了春喜的舌根，已是半语子，都是死无对证，任谁也查不到咱们。至于其他，便是那两个贱人的命了，不论是生是死，总是要贱人受些苦，此次不死，便还有下回，下下回，必须让贱人伤痕累累，直到凌迟而死。"

惠嫔吓得一颤，钮祜禄家的格格确是不同，如若当年孝昭仁皇后有半星温妃的气势和心计，也不能那么早便去了，看来她今后要处处受制于人，苦不堪言。

储秀宫内珠光宝气，暗香流动，华丽的陈设价值连城。宫人们忠心耿耿，各尽其责，紫禁城中的风向要变了。

第十四章

山重水复疑无路

卫岚音和落霜被关进阴暗潮湿的宗人府大牢。因卫岚音身份尊贵，被单独关在一处空旷的角落，虽然地上铺着厚厚的细棉丝被，却掩盖不住难闻的污浊之气。厚厚的牢墙窗棂，透不过一丝光亮，阴暗的墙上血迹斑斑。

卫岚音坐在冰冷的石椅上，眼中再无一滴泪水："落霜，难为你和我受苦。"

"主子。"落霜拿起棉被，"主子身上的寒毒未去干净，还是要小心。"

卫岚音苦笑着抓住落霜的纤手："无碍，这些都不重要。"

落霜拿出随身带着的笔墨，沉思了许久，终是提起紫毫，寥寥数笔，书写着漫漫长篇。

卫岚音大惊："你的意思是一切都是温妃所为，刻意栽赃报复？"

落霜点头并写下："当年温妃的亲姐孝昭仁皇后与奴婢有渊源，是奴婢连累了主子。"

卫岚音低声劝慰："我是东西六宫的眼中钉，怎能是受你连累？当年到底发生过什么？"

落霜提着如千斤重的紫毫。卫岚音心中一沉："你喜爱皇上？当初为何又拒绝他？"两人背靠着背……

岚音久久不能释怀，真是苦了落霜，皇上的爱到底有多少？当年落霜初入宫，心高气傲，宁死不愿为妃，被分到乾清宫当奉茶宫女，那时皇上年少，朝廷政局不稳，皇上勤政，几乎通宵达旦都在审阅奏折，处理朝中之事。落霜一直贴身侍候，知书达礼，更是心思聪慧，常常能为皇上解除烦忧，她渐渐成为皇上依赖的人。一日深夜，皇上借着酒意在东暖阁临幸了她，她执意不肯为妃，态度坚决，皇上没有法子，只能将此事隐瞒了下来。从那以后，她刻意回避，冷落皇上。皇上郁郁寡欢几日后，便转了性子，再不用炙热的眼神看她，她却成了东西六宫共同的仇敌。终有一日她才知晓，原来皇上在梦中喊过落霜的名字。不久孝诚仁皇后去世，皇上伤心过度，错抓她的手，她这时才知道，在不知不觉中，她早已爱上皇上，皇上却没有在原地等她。

八旗的秀女接连进宫，皇上愈加勤政，再也没有提起陈年的旧情。她依旧是乾清宫奉茶的宫女，每日侧立一旁，默默注视着心爱的男人，内心煎熬，暗自伤怀，这便是无缘无分。

那皇上对自己的情爱呢？卫岚音摸着胸口，他在耳边说过："爱恋一个人需要一瞬，而忘记一个人需要一生，朕见岚儿一眼，便知道，朕这一生再也无法忘记岚儿。"

她的脑中乱作一团，难道因为当年皇上喜爱落霜，落霜成为各宫嫔妃的仇敌？令孝昭仁皇后怀恨在心，以至于温妃也不能释怀？但落霜并没有位分，又无争宠之意，她还隐瞒了什么？卫岚音昏昏欲睡，辗转难眠。

这一夜，东西六宫沉稳静谧，每个人在睡梦中都等待着宗人府传来好消息。

机灵的小太监，提着裹着棉巾的竹篮："给良贵人请安，这是王爷派奴才送来的。"

卫岚音揉着睡眼。落霜接过竹篮："多谢王爷，有劳公公。"

"落霜姑姑，王爷让奴才传个话，请良贵人务必养好身子，勿要忧虑，皇上定会找到救良贵人出去的办法。"小太监说完，转身离去。

卫岚音看着竹篮中的食物，清淡的萝卜素汤和蒜蓉海藻小菜，都是她幼时最爱。裕亲王一次次出手相助，她却选了无情之人，沦陷在万劫不复的深渊。

忽然，衙役弓着腰进来："奉主理事大人命，请良贵人和落霜姑姑移步，前往大堂问话。"

落霜搀扶着卫岚音在衙役的引导下，来到前厅大堂。大堂地上躺着一个满身血污、披头散发的人，正在浑身抽搐，张牙舞爪。

主理事见卫岚音到来，急忙跪地行礼："微臣拜见良贵人，良贵人吉祥。"

"起来吧。"卫岚音淡淡道。

"良主子昨晚睡得还安稳吧，微臣惶恐，只能尽微薄之力。"主理事恭敬地低头。天下最难办的差事，便是宗人府的差事。个个身份娇贵，还都是自己惹不起的主儿，如今面前的是宫中的娘娘，虽戴罪之身，他也不敢有半分怠慢。

"多谢大人，待罪之人，怎敢造次？"卫岚音死死盯着地上之人，"春喜？"

"回禀良贵人，这正是御膳房的春喜。"主理事拱手禀告，"这丫头不行了，高烧不退，胡言乱语，赵嬷嬷又已命丧黄泉，人证皆已不在。微臣问过御膳房的其他人，都不曾看过落霜姑姑去找过春喜和赵嬷嬷，但那金稞子确是长春宫之物，恐不好推脱。请问落霜姑姑，金稞子到底是何时、何地给予赵嬷嬷和春喜的呢？"主理事的话锋偏硬。

"启禀大人，奴婢并未送过金稞子。"落霜答道。

"落霜姑姑，长春宫的金稞子可曾赏过旁人？"主理事步步紧逼。

"主子只赏给过奴婢和宫女玉珠。"落霜缓缓答道。

"恭送良贵人。"主理事双手相拱，良贵人在此，如何办案？只能从宫女落霜身上下手，想到那权重之人的暗语，他定着心神。

卫岚音吃惊，周围的老嬷嬷上前，左右相架："良贵人得罪了。"她急欲挣脱，开口斥责，落霜却递过去一记安慰的眼神，她早已料到宫中任何一方的母族力量，都会买通官员，置她于死地，她不想连累主子。

卫岚音被送回潮暗的牢房，她虔诚地跪在地上，双手合十，她心里第一个想到的人依旧是皇上。

乾清宫内，玄烨连声叹息，昨夜他谁的签子也没有翻，独自在景仁宫坐了整整一夜，他知道岚儿此时身陷凶险之地，他却毫无办法。仿佛当年的汤师傅出事时，他也只能静静地等着。人生总是不如意，即使是九五之尊又如何？那把如坐针毡的龙椅，很凉。

到底是谁嫁祸岚儿？他陷入沉思，后宫的嫔妃，大多性格柔顺，心智聪慧者首推佟佳贵妃。

"皇上，裕亲王来了。"梁公公甩着拂尘，俯身禀告。

"传。"玄烨急切地盼望。

裕亲王福全匆忙的脚步凸显凌乱的心情："皇上吉祥。"

"平身。"玄烨示意着宫女茗玉上茶。

"皇上，微臣已安排好所有的事情，良贵人暂时无恙，落霜要受些苦。"福全还没坐稳，便解着玄烨的心宽。

玄烨额首："一切秉公办理，如若凶险，便保全一人。"

福全捕捉到他眼中的一丝痛惜："微臣必当尽力。"

玄烨望着窗外："能拖则拖，也许一月之后会有转机，一切都看天意吧。"

"是，皇上。"福全洞悉着他的心事，"宗人府的主理事已经将春喜从慎刑司提出来，春喜受了大刑，没多少日子。"

"噢？"玄烨疑惑。

"赵嬷嬷已经扔到城外的乱坟岗，如今死无对证，只能从物证上下些功夫。"福全琢磨。

"朕听闻金稞子都是长春宫的物件，证据确凿。"玄烨失落。

福全放下香溢的浓茶："皇上，前几日梵华佛堂走水、投毒一事，皇祖母已昭告后宫了却结案，但也暗中问过微臣，微臣近日查到些眉目。"

玄烨蹙眉。

福全解释："微臣听宫人们讲，承乾宫的宫女玉镯曾去梵华佛堂捕捉贵妃娘娘的白猫。微臣与林太医见过那只白猫，那白猫身上散发着淡淡的香气，林太医认定香气是为白猫祛除虱虫之物，此物极为伤身，良贵人和落霜手帕上也曾沾染过此气味。"

"走水和投毒不是一人所为？"玄烨惊讶。

"皇上明察，想必是佟佳贵妃妒宠，设计惩罚良贵人和落霜，暗地里放了虎狼之药害人，却没想到，有人放火。"福全猜测着整件事情。

"好啊，朕的好贵妃，时时刻刻算计着朕。"玄烨拍着龙案。

"皇上息怒，微臣都为猜测。"福全跪在地上。

玄烨无奈地低语："虽为猜测，但有理有据，歹人却逍遥法外。良贵人被人陷害，却证据确凿。如此颠倒黑白，朕这皇上做得真无趣。"

"皇上息怒。皇祖母讲得好，清者自清，定会有法子。"福全劝慰。

"朕不相信良贵人会害人，但是人证物证俱在，让朕如何偏袒？再则，如若歹人果真是佟佳贵妃，朕又能如何？"玄烨痛苦。他身上留着佟佳氏的血液，佟佳氏满门权贵，牵一发而动全身。他应该怎么办？如何救岚儿？

宗人府暗无天日的大牢，落霜被衙役拖回。

"落霜，落霜。"卫岚音握着落霜满是血迹的双手，不断地呼喊。

"无碍，主子勿忧虑。"落霜强忍着疼痛，这才仅仅是开始，主理事到底是手下留情，五品的小官如何能与朝中的大员抗衡？

"主子，春喜去了。"落霜悲痛地闭上眼睛。

"什么时候？"卫岚音看着落霜。

"主子刚走，春喜便去了。"落霜想起春喜咽气前在地上奋力留下的血痕，"好似是佟佳贵妃佟字的起笔一撇，但第二笔只写了一半，到底是竖还是横，奴婢本想看仔细，她们将奴婢拉开。"落霜写道。

"难道不是储秀宫的温妃？储字也是……"卫岚音心疼地掏出绢帕，擦拭着落霜血淋淋的伤口，"他们竟敢用刑。"

落霜苦笑，这已经是从轻发落，如若没有主子的庇护，她早已入了慎刑司的暗房，命丧黄泉。

"主子，金稞子会不会是玉珠送去御膳房的？"落霜写下。

"极有可能。"卫岚音点着头，"只是玉珠即使认罪，也会说是受我指使。我们没做过的事情，断不能认下，绝不中了他人的奸计。"

"良贵人，有人来看您。"看守的老嬷嬷洪亮的声音。

卫岚音面带不解。

只见来人身着暗褐色的宫装，后背微驼，是裕亲王的乳娘，也是教导秀女规矩的宫中老人儿——兰嬷嬷。将近半载未见，她依旧神采如初："良贵人吉祥。"

"兰嬷嬷请起。"卫岚音含着热泪，她入宫一年有余，亲近之人极少，兰嬷嬷和落霜都是近身之人。

"良贵人，奴婢是受王爷之托，来送一些贴身衣物和草药。"兰嬷嬷瞥了一眼双手血淋淋的落霜，将粗蓝碎花的包裹递了进去。

"多谢王爷。"卫岚音看到落霜所写，满心感动，她轻声问道："玉珠还好吧？"

"回良贵人的话，玉珠在慎刑司受了大刑，腿残了，已经送去浣衣局。"兰嬷嬷感叹，"良贵人，人各有命，命中有时终须有，勿要费心费神。老奴告退。"她叹着气，眼里带着惋惜离去。

在大牢不远处的暗影里，传来兰嬷嬷沉闷的声音："都办妥当了，草药的粉末儿中加了几味相克的药，势必要遭些苦头。"

"娘娘一定会重谢嬷嬷。"

兰嬷嬷望着宫女离去的背影，从最初为了王爷的名声惩罚卫岚音，到如今卷入后宫争斗，她只能继续走下去。前几日玉珠为了离开长春宫，去更好的地方办差，拿着卫岚音赏赐的金稞子去求她。她还未来得及去贿赂敬事房的管事太监，却在紧急时刻，为娘娘解了忧。她越陷越深，如若王爷知道这一切？她倒吸一口冷气！真应了那句老话儿，紫禁城中没有一处是干净的，只要有了杂念，便再难回头，也许连宫门口的铜狮子都沾着血腥。她回头望着阴森的大牢城墙，摇着头，转身离去。

大牢里的卫岚音正在为落霜的双手敷着草药："明日不能单单留下

你。"落霜强忍着草药的灼烧疼痛。

"这是怎么了？"牢里走来一个幼小的身影，穿着小太监的衣衫，探着小脑袋焦虑地问道。

"太子殿下，您怎么来了？"卫岚音惊讶地问道。

"嘘……"太子捂着嘴唇，"我来看良贵人和落霜姑姑。"

落霜点头微笑，孝诚仁皇后去世后，皇上一直贴身教导太子，太子自幼在乾清宫长大，与她情谊颇深。

"您怎么进来的？"卫岚音见太子身上大一圈的太监服，头顶的帽子盖住了耳朵。

"这是最小的太监服。"太子从怀中拿出金灿灿的宫牌，"我偷了侍卫的腰牌。"

卫岚音摇着头："这里是大牢，太子莫要沾染寒气和晦气，这份心意，我记下了，快些回去吧。"

"裕亲王安排得甚好，这里清静，曾经是关着鳌拜的地方。"太子急忙掩住了口，鳌拜死在这里。落霜快速写下递给卫岚音。

卫岚音睁大了眼，内心升起恐惧。落霜也劝慰："太子殿下，快些离去吧。"

"良贵人、落霜姑姑，我知道不是你们做的。"太子幼嫩的声音，"我知道一定不是你们蓄意害我，是谁我也不知道，舅姥爷他们不告诉我，只是让我顺水推舟，故意将太嬷嬷赏赐的不落夹让三阿哥抢去。"

落霜和卫岚音震惊不已。

"我要去告诉皇阿玛，皇阿玛只要问舅姥爷一定会真相大白。"太子看着卫岚音那双像极了皇额娘的双眼。每每听到大阿哥炫耀钟粹宫的额娘时，他都会去坤宁宫偷偷哭泣，倘若皇额娘活着，该有多好！有皇额娘护着，他也不必日夜忧虑，他打定了去乾清宫的主意。

"万万不可。"卫岚音急忙阻拦。她想起太子生病时的情景，本是天真无邪的孩子，从小背着家国天下的重担，又要时刻提防着见不得光的暗刀剑影，多累、多苦、多难。赫舍里家为了守住这份荣耀，又是多么惊心动魄。如果将一切转到明处，必会引来朝中动荡。

她轻轻抚着太子的卷边衣袖："对谁都不要说，快些回去，太子的心意，我都记在心中。"

太子皱着眉头："皇阿玛自幼便告诫我，当皇上并不能随心所欲，皇上亦有难处，就如当年皇阿玛不能去救汤老师，不能去救苏克萨哈一般。如今皇阿玛为服众人，怎能刻意偏袒良贵人和落霜姑姑？你为何不让我告知皇阿玛？"他实在不解。

卫岚音看完苦涩，如若皇上知晓，势必会迁出赫舍里家在宫中的暗人，皇上岂能不防，又怎能安心？如若悉数拔掉，那太子又如何生存？她反复地说道："太子殿下不要去乾清宫，不要去。"

太子终是放弃了念想，他从怀中掏出油纸包，放到卫岚音手里："我过几日再来看你们。"

"嗯。"卫岚音看着他离去的背影，打开油纸包，里面是几块夹着核桃仁儿的桃花酥饼，"还是个孩子。"

"不单单是个孩子，那是将来的一国之君。"落霜叹着，"孝诚仁皇后生下太子，血崩而亡，当值三藩造反，察哈尔部叛乱，国之危急，皇上不得已立下太子储君，以求大清福缘昌盛，源远流长。"

卫岚音记得察哈尔部叛乱的那年，额娘得了重病。第二年察哈尔部兵败，通告天下，额娘便撒手人寰了。

"他是个好皇帝。"卫岚音自言自语。

"主子，睡吧。"落霜安抚。

昏昏沉沉的卫岚音很快便进入梦境，梦中又见到额娘，微笑地朝她招手，她喊不出，摸不到，着急地喊出来，一场空梦而已。

接连二十余日，悄然无声。落霜的手仍然渗着血水，不见好转，甚至浑身发热，胡言乱语。卫岚音要了止血和退热的草药。折腾了几夜，落霜才有所好转，但双手出了脓水，渗入了骨内，恐要落下病根儿，一生疼痛。裕亲王安排的宫人，每日都准时送来可口的膳食。

但是牢中的衙役和看守嬷嬷对卫岚音的态度悄悄改变，不似以往那般殷勤，还时刻勒索着好处，卫岚音为给落霜求热水，将头上的嵌着玉石的蜻蜓簪子给了看守嬷嬷。

"势利小人。"落霜恨恨地说。宫人认准了良贵人失宠没命，故意冷落欺凌，借机敲诈。

"落霜你的手？"卫岚音见她的手日益红肿，不见好，心里着急。

"无碍。"落霜忍着疼痛，想着大牢阴暗潮湿，伤口也不易愈合。

"不知外面何等天地。"卫岚音想到雕栏玉砌的紫禁城，心中积着思念。景仁宫那夜的诀别，彻底击碎了两人之间所有的情谊。

"请落霜姑娘去大堂。"衙役和看守嬷嬷进来拉扯着落霜。

卫岚音急忙挡在落霜前面："不要带她走，她什么也不知道，带我走。"

"主子。"落霜哭道，"让奴婢去。"

"主理事大人有命，小的可不敢违抗。"衙役虽弓着腰，却没有前几日的恭敬。卫岚音的态度极其坚决，看守嬷嬷没有办法，又不敢多加阻拦，只能将卫岚音和落霜一同带走。

大堂之上，主理事大人颇为踌躇，各府的话都带到了，都是他惹不起的主儿，只能在落霜身上下手。裕亲王只有一句话，务必要还良贵人清白！难道是皇上的意思？

"微臣拜见良贵人。"主理事微微躬身。

"起吧，不知大人独独叫了落霜过来，是要动刑吗？"卫岚音怒气。

"请良贵人息怒，下官也是秉公办理。"主理事摆着官腔，"如今人证已死，物证确凿，良贵人与落霜姑姑不认罪，又提不出任何线索，下官只能……"主理事写下。

"不是我们所为，焉能认罪？难道大人还想屈打成招！"卫岚音痛斥。

"良贵人所言差矣，如若是旁人，此案早已完结，如今微臣已经是网开一面。"主理事圆滑至极，"落霜，本官问你，到底是不是你用金稞子贿赂御膳房的赵嬷嬷和春喜，谋害太子，以求盛宠？"他拍着桌上的惊堂木，避过卫岚音的愤怒眼神。

"请大人明察，良主子和奴婢都是受人陷害，绝无害太子之意。"落霜拒不认罪。

"人证物证俱在，不认罪？看来是不见棺材不落泪啊，来人，重打落霜二十大板。"主理事面带寒意。

"难道这便是大人口中的执法严明？"卫岚音盯着主理事面前四个装着花色竹签的签筒，上面分别篆刻着执法严明四个大字。

"良贵人身为皇上亲眷，更应该以遵从王法为表率，下官只是秉公办事。"主理事威风站立，重重投下四根黑头签。衙役们立刻将落霜架起。

卫岚音怒瞪着双眼，扑在落霜身上，挡住了灌着铅沙的板子。

"主子。"落霜有气无力地喊道。

板子重重地打在卫岚音身上，一道道血痕，疼在身，痛在心，难道皇上真的不顾她了？她咬着牙，挺着疼痛。

"招，还是不招？"主理事追问。

"良主子是一宫之主，你竟敢动用私刑，皇上不会放过你。"落霜骂道。

"住手，主理事，对宫里的娘娘动用私刑，你不想活了？"一声怒斥，一大一小的海水江崖衣襟浮动。

"太子千岁、千岁、千千岁，裕亲王吉祥。"众人震惊地跪地行礼。

主理事哆嗦着跪在地上。

太子慢慢扶起虚弱的卫岚音："良贵人可好？"卫岚音望着那稚嫩的双眸，恢复着知觉。

随行的崔公公扶起落霜。

"此案虽人证、物证俱在，但有诸多疑点，你不去查验其他，只顾逼问，谁给你的胆子，竟敢私自用刑？"裕亲王福全知晓各宫的娘娘不会放过这次绝好的机会，早就暗中警戒过主理事。他也知晓为官之道，落霜必定受苦，特命乳娘兰嬷嬷送去衣物和草药。谁知，今日一来，便看到如此的局面，真是低估了各宫娘娘的势力。

"裕亲王恕罪，裕亲王恕罪啊，下官哪敢对良贵人动刑，是良贵人扑上去，下官还没来得及派人拉开，太子殿下和裕亲王便到了。"主理事头上冒着热汗。

"裕亲王明察啊，主子本就身子柔弱，怎能禁得住板子，主子已经生生挨了五个大板，主理事并没想拉开主子。"落霜痛心疾首。

卫岚音的耳边似乎听到了落霜的哭声，微抬着手，终是垂下。

"良贵人。"

"主子。"

"传太医。"

声声喊叫乱作一团，裕亲王心急地抱起卫岚音走入内堂，他眼中的那份焦灼和疼惜尽落主理事和崔公公的眼中。

后堂，林太医轻抚着卫岚音的手腕，面色沉重。

"怎么样？"太子焦急地问道。

林太医蹙眉，用发白的指尖触着卫岚音微弱的脉络："启禀太子，王爷，良贵人有了皇上的龙脉，微臣探到喜脉很轻微，不足一月。良贵人宫寒又重了几分，如今出了这么多血水，胎位极为不稳，随时都有小产的征兆。"

主理事在外室听闻卫岚音有孕的讯息，吓得双腿颤抖，瘫坐地上。对后宫娘娘动用私刑，以致小产，谋害皇子，可是诛九族的大罪。

一盆盆赤炎的血水从内室里端出，触目惊心。福全踱步走了出来，死死盯着主理事，主理事吓得魂飞魄散。

黑漆刻灰填彩的围屏内，落霜顾不得身上的疼痛，跪在地上："林太医，务必保住主子腹中的皇子啊。"

"落霜姑姑请起，这本是微臣的职责，必当倾尽全力。"林太医扶起落霜，"微臣来为姑姑包扎一下。"他慢慢拽开绢帕，扯出血肉模糊一片，"这伤口？"

落霜忍着剧痛："已经好多天，不见好。"

林太医轻柔地用烧酒擦拭着落霜手指的伤口："已经入骨三分，会留下疤痕，往后阴雨连绵之日，要受些苦头。"他从伤口中挑出驼色的粉粒儿，"这是？"

"这是王爷遣兰嬷嬷送来的药。"落霜忍着疼。

林太医逐一挑出，包在手帕之中。落霜深深喘着气，并未在意。

林太医走到围屏外："王爷，良贵人胎相极为不稳，千万不要挪动，服下微臣开的汤药后，能熬得过十日，胎位便稳了。待到三月之后，胎就扎实了。"

福全看着太子："随皇叔一同去禀告皇上喜讯吧。"

太子用力踹了主理事一脚："将此人关入大牢。"

"太子饶命啊，太子饶命啊。"主理事哭喊。

"太子殿下，莫伤了脚啊。"崔公公拉着长调，面带疼爱。

"你最好天天祈求上苍，良贵人平安保住皇子，否则，谁也救不了你，你眼中仅仅有权贵士族，还曾有过本王，有过皇上吗？"福全痛斥地甩着衣袖。

"王爷饶命啊。"主理事苦不堪言。

福全转向太子："太子息怒，一切等皇上定夺吧。"

太子点着头，身后崔公公的脸上愁云密布，不敢多言。

围屏内，卫岚音缓缓醒来，干涸的双唇微微张开："落霜。"

"主子。"落霜心疼地哭。

"你没事吧，这？这是哪里？"卫岚音凄美动人。

"这是内堂，主子，你腹中已经怀有皇子了。"落霜激动地讲道。

卫岚音似乎听到了落霜的话语："什么？"

"主子，你能听到了？"落霜流下眼泪。

卫岚音张开发白的嘴唇："很模糊，我有孕在身？"

"是啊，主子，太好了，太好了。"落霜又笑又哭，悲喜交加。

"良贵人定会为皇阿玛生下康健的小阿哥。"太子的眼中满是期待。

福全安静地坐着，想到方才惊心的一幕仍心有余悸，如若他再晚来一步，该是何等的凶险？他将卫岚音抱在怀中时，看到她哀婉闲愁、楚楚动人的娇态，他竟舍不得放下。天意啊，当年林丹汗的咒言灵验了吗？察哈尔部最后的嫡血传人，蛊惑了爱新觉罗家族最优异男子的心智。

当听到林太医说她有孕的消息，他是何等的高兴，何等的伤痛，何等的落寞。原来那日乾清宫，皇上说的等，是这个意思。他恍然大悟，皇上终是放不下情爱，放不下卫岚音，他给了卫岚音寄托和依靠。如若卫岚音生下阿哥，他的身份是何等尊贵，两个金子般的血液融合一起，是何等的出众。

他饮下香溢的龙井清茶，却味如嚼蜡。心有情丝万缕，挥不下斩断情丝的利刃。身为千秋万代，都只为苍茫霄汉。生在帝王家，却独羡山间竹林、浮世清欢。孽缘啊！

围屏内，卫岚音捂着小腹，这是他和她的孩子，心中无限凄凉……

乾清宫，玄烨心烦意乱地看着古籍。

"皇上，太子殿下和裕亲王到了。"梁公公禀告。

"传。"玄烨担忧。

"皇阿玛吉祥。"太子行着宫礼。

"皇上吉祥。"福全跪倒在地。

"都起来吧。"玄烨挥袖。

"启禀皇上，林太医去宗人府为良贵人把过脉络，良贵人已经有了不足一月的身孕。"福全认真地禀告。

乾清宫内寂静无声，只有龙案旁银花丝香薰内散发着香气。梁公公偷瞄着踌躇的皇上，这些时日皇上几乎夜夜去长春宫安寝，他摸不透皇上的心思。

太子见玄烨没有言语，忍不住地说出宗人府内发生的一切，看着皇上愈来愈黯淡的脸色，他的声音越来越小："皇阿玛，宗人府的主理事对良贵人私自动刑，林太医说良贵人身孕不稳，极为凶险。请皇阿玛为良贵人做主。"

乾清宫内顿时泛着浓浓的杀气，寒意逼人，玄烨仍旧不语。

"微臣愚笨，在宫中还未找到能为良贵人和落霜翻案的证据。"福全知晓他心中的纠结。

太子听闻证据二字，低垂着头，默不作声。

"朕都知道了，退下，让朕静静。"玄烨艰难地吐出几个字来。

"是，微臣告退。"

"儿臣告退。"

裕亲王和太子一前一后离开乾清宫，各怀心事。

玄烨盯着墙上白晋师傅绘制的《皇朝全图》，辽阔的土地，锦绣的河山。难道真的要留下察哈尔部的血脉吗？不，那也是爱新觉罗家族的血脉，玄烨告诉自己。他的眼前浮现岚儿那张淡雅怡人的脸，胸口很疼。

"皇上，温妃娘娘来了。"小太监一路小跑。

玄烨沉着脸，她怎么来了？

温妃身着胭脂色的花边外襟儿，头上的凤冠步摇柳曳多姿，一双丹凤眼饱含笑意，微微欠着丰盈的身子："皇上万福金安。"

"平身，爱妃何事？"玄烨的脸上乌云密布。

"皇上，臣妾是来报喜的，臣妾这几日总觉困意，浑身易乏，今儿请太医瞧了，原来臣妾怀了龙子，已经一月有余。"温妃的丹凤眼中含情脉脉，娇羞无比。

"好啊，哀家又有曾孙了。"耳边传来太皇太后苍老的声音。

"太皇太后吉祥。"温妃屈身。

"皇祖母吉祥。"玄烨搀着太皇太后坐下。

"好啊，子嗣绵长，国之大幸啊。"太皇太后慈眉善目，"温妃要养好身子，十月后为哀家生个白白胖胖的小阿哥，从今儿起，特赐温妃步辇出行。"

"谢太皇太后。"温妃心花怒放。

"着内务府和御膳房，一切以储秀宫为先。"玄烨恍惚地说。

"多谢皇上。"温妃高傲，只要产下皇子，承乾宫的贵妃拿什么与她相争？

"好了，温妃早些回储秀宫，有了胎气，不要四处行走，要做额娘的人，要更为稳重。"太皇太后语调颇硬，半柔半刚。

"是，臣妾拜谢皇上，拜谢太皇太后恩典。"温妃知趣地款款离去。

乾清宫内空寂荡荡。

太皇太后盯着紧锁眉峰的玄烨，终是问出此行的目的："孙儿啊，你到底要如何处置长春宫的良贵人？"

第十五章

莫思身外无穷事

玄烨心头一紧："孙儿知罪。"

太皇太后连声叹气："皇上在朝堂上叱咤风云，运筹帷幄，如今为何如此糊涂？"

玄烨跪倒在地："请皇祖母治罪。"

太皇太后闭上双眼："还记得你答应过哀家的话吗？你为何让良贵人怀有身孕？"

玄烨泛起淡淡的苦涩："孙儿实在、实在情不自禁。"

"好一个情不自禁，难道将来还要情不自禁地将江山拱手相让吗！"太皇太后痛声斥责，头上的蝴蝶簪子抖着翅膀。

"格格。"苏麻嬷嬷连忙顺着。

"皇祖母息怒。"玄烨劝慰。

空中的厚云罩住了耀眼的光辉，阴影下乾清宫内暗淡无光，只留下无尽的伤感和孤寂。

"孽缘啊，当初哀家告知你良贵人的秘密，是要规劝你不能沉浸情爱，务必以大清国事为重。哀家也怜惜良贵人，毕竟是温庄公主的后人。但金銮殿上的那把龙椅怎能由得妇人之仁，一将功成万骨枯，这本就是血淋淋的斗争，不是你死就是我亡。当年如若不是我八旗的铁骑横扫了草原，虎狼之师恐已坐稳江山，我爱新觉罗家族则成了刀下亡魂。"太皇太后望着墙上的辽阔地图，久久不能平静，"皇帝似乎忘了当年的雄心壮志！"

"孙儿不敢，孙儿时刻记着登基时立下的誓言，大清千秋万代。"玄烨铮铮铁骨。

"好，哀家知你心里苦，才将定贵人赏了你，后宫的嫔妃更是费尽心思，新进宫的敏贵人不也是个可人儿嘛，一切都是为了皇上。"太皇太后仰起头，"既然出了此事，良贵人必定不能再活，怀中的胎儿也绝对不能生下来，察哈尔一族命该绝嗣，斩草必当除根，这自古的道理，你比谁都应该懂得。"

玄烨闭上双眸，一层层剥开的心痛，痛得无法呼吸，停止了跃动，他流下了温热的泪。岚儿哀婉淡雅的样子渐渐模糊，是他的盛宠将她逼到染血的刀锋之下，又是他难以忘怀的宠爱将她逼到绝路，红尘初妆，韶华倾尽，无奈地放手，也保不住红颜。

太皇太后心中也是一片焦灼："你下不去手，哀家愿做恶人，将来去九泉之下为姑姑做牛做马。"

不，他不能失去岚儿，玄烨忍着剧痛："皇祖母，孙儿不孝，求皇祖母留下良贵人一条性命，她流着温庄公主的血，又与孙儿成婚，那腹中的孩儿也是爱新觉罗家族的骨肉。"

"除非她永远不知道自己的身世，除非今后她在宫中自生自灭，一生只此一子，绝不能再有子嗣，你也要了断得干干净净。"太皇太后盯着他。

"皇祖母息怒，孙儿，记下了。"玄烨恭敬地叩首。

"就看天意吧。"太皇太后闭着双眼，她深知玄烨的性子，他不似福临那般痴狂，只能用万千百姓和江山社稷来牵住他，斩断他的情缘，"良贵人胎位不稳,暂时在宗人府养胎,谋害太子一案,也不要再查,所有的一切哀家来办。从此以后望皇上以祖宗基业为重,在后宫开枝散叶,平分雨露,不要再踏进长春宫半步。"

"谢皇祖母。"玄烨艰难地应下。

太皇太后满意地站起:"温妃有孕,皇上多去储秀宫坐坐,后宫最忌讳的便是一家独大。互相制约才能平稳,才是好的。"

玄烨点头,皇祖母历经三朝,后宫之事看得通透。太皇太后在苏麻嬷嬷的搀扶下,离开乾清宫。

"苏麻啊,哀家是不是错了?"步辇之上的太皇太后望着狭长的朱红宫墙。

"格格何出此言?"苏麻嬷嬷惊讶。

"良贵人这孩子命苦啊。"太皇太后望着满是云朵的蓝天。

"格格心慈,早就为良贵人留下救命的懿旨。"苏麻嬷嬷微笑,"方才格格也是有意试探皇上,并非要置良贵人于死地。"

"良贵人的腹中是个公主还好,如若是位阿哥,那将是怎样的绝代风华?将来恐会威胁太子之位。"太皇太后高瞻远瞩。

"格格多虑,太子如今这么帮衬良贵人,将来良贵人生的阿哥怎能害太子?必当是辅佐太子的贤王。"苏麻嬷嬷劝导,正是年幼的太子担忧良贵人的身子,特意跑去慈宁宫哭诉,说出了百花宴席上的阴谋诡计。

"将良贵人有孕的消息,传出去。"太皇太后对视着苏麻嬷嬷。

苏麻嬷嬷先是一愣,随后恭敬道:"是,格格。"东西六宫得知良贵人有孕的消息,该是何等的风波?

太皇太后紧盯着前方的金黄琉璃,满眼光泽,皇上虽应了她,但情爱之事,纠纠缠缠,本就不清,哪能断得利索?良贵人的命可以留,腹中的皇子便要看上天的安排了。

直到她去世的前夕,她仍记得步辇上的沉思,当她看着聪慧隐忍、温润优雅的八阿哥,她就知道太子不可能顺利继承大统,皇子间的争嗣将会暗无硝烟。手足相残,煮豆燃萁,何等的悲哉?悔哉?这就是大清的命!

卫岚音有孕的消息传遍了六宫。承乾宫内，玉镯哆嗦着跪倒在地："娘娘息怒。"

"贱蹄子，都是贱蹄子，在大牢里都能怀上龙种。"佟佳贵妃得知卫岚音和温妃有孕的消息恼羞成怒，东西六宫的嫔妃皆有子依靠，唯独她入宫数载，一无所成。

玉镯说着慈宁宫传出的懿旨："定贵人已经认罪，赵嬷嬷是定贵人的同乡，定贵人入宫时受了赵嬷嬷的照拂，如今当了主子，便帮着赵嬷嬷报复太子，才会出此奸计，嫁祸良贵人。太皇太后念定贵人年幼无知，受奸人蒙蔽，特赏赐了恩泽，打入冷宫三载，抄写经文万卷，以示惩戒，良贵人和落霜暂在宗人府调养身子，再行回宫。"

"漏洞百出，蒙骗世人的把戏，皇祖母竟也被贱蹄子迷了心智。"佟佳贵妃气恼，谋害太子此等大事，仅仅是一个烧火的老嬷嬷主使？真是笑话，定贵人真是乖巧，甘愿当挡箭的靶子。

"娘娘，不可啊，太皇太后的人遍布紫禁城，若让有心之人听去，要生事端。"玉镯小声劝慰。

"本宫现在已经成了后宫的笑话，还怕什么！"佟佳贵妃竖着柳眉。

"娘娘莫要心伤，国舅爷的药用过好一阵儿了，娘娘的喜事也定不远。"玉镯奉承，"良贵人身孕不稳，咱们？"

"温妃才是打紧的，良贵人会有人替咱们收拾她，用不着咱们出手。"佟佳贵妃脸色微亮，"去告知敏贵人和百合，长春宫中只剩下她一个主子，事情要好好办。"

"娘娘的意思是？"玉镯偷瞄。

"一同进宫的人都有了身孕，敏贵人同样承续雨泽，怎能落在人后呢？找个稳妥的太医给敏贵人好好瞧瞧。"佟佳贵妃点拨。

"是，娘娘，奴婢懂了。"玉镯低着头，看来娘娘心中早有计谋。

佟佳贵妃怒瞪着柳叶弯眉："储秀宫那边怎么样？"

"回娘娘，储秀宫内都是当年孝昭仁皇后身边的老人儿，还有几个从自家带来的家奴，实在是不好下手。"玉镯低头。

"废物，不惜任何代价，想尽办法，务必让那孩子胎死腹中，绝对不能生下来。温妃不是旁人，皇子落地，必定晋封，到时候本宫便要屈居人后。"佟佳贵妃咬着牙根儿。

"是，娘娘。"玉镯忐忑。

佟佳贵妃面带冷笑，柳叶眉心添了几分凌厉，两片薄唇微微张合："去将咸福宫的僖嫔和永寿宫的荣嫔找来，本宫要看看她们的意思。"

"娘娘是要？"玉镯瞄着。

"如今宫中最为恩宠的便是德嫔和温妃，惠嫔与通嫔就在钟粹宫中守着她们的大阿哥终老一生吧。当年孝昭仁皇后暗地里受了多少委屈，僖嫔和荣嫔最清楚不过，本宫还得好心提点她们一下。"佟佳贵妃想起百花宴席上温妃挑衅怨恨的眼神，僖嫔和荣嫔胆怯又嘲弄的讥笑，既然都是一条船上的人，还是要同舟共济！

承乾宫阴云密布，永和宫也没有闲着。小阿哥安静地沉睡在摇篮里，德嫔穿着胭脂色宫装，用着盛京上贡的甜桃，面如桃花。

"娘娘，皇上真是心疼娘娘，这甜桃可是挂着霜儿送到宫里来的，后宫之中可不是人人都有份。"宛碧喜气洋洋。

德嫔瞄了眼贴着喜字的摇篮，还不是前几日她为良贵人求了情，皇上心中喜悦，才赏下了今日的恩泽，她的眼中闪着妒忌。

"娘娘，送去储秀宫的百子被，温妃娘娘甚为喜爱，宜嫔娘娘的嗤笑，都被温妃娘娘斥责了。"宛碧仔细讲着储秀宫中的情景。

"温妃为了本宫训斥宜嫔？"德嫔冷笑，不过是和宜嫔上演的一场好戏罢了。

"是啊，奴婢也惊诧，温妃娘娘反复讲着：都是自家的姐妹，勿要扰皇上的兴致。"宛碧重复原话。

"好。"德嫔笑意盈盈，她在后宫中也有了被拉拢利用的价值。

"娘娘的意思是？"宛碧试探着问道。

"如今温妃有孕在身，只要生下皇子，明年的宫中大封，必定拔得头筹，如若得了温妃的相助，那四角妃位，本宫也是志在必得。"德嫔眨着幽幽的双眸。

"对啊，娘娘身边已经有两位阿哥，贵妃娘娘定不能再强加压制娘娘的位分。"

"百合那边有何消息？敏贵人有孕在身？"德嫔得意，佟佳贵妃哪里知道，她们精心为敏贵人挑选的宫女百合，与她同年入宫，同分到承乾宫当差，感情颇深，百合与她情同姐妹，受苦时曾经互许荣华，暗中已是自己的人。

"娘娘，和您猜测的一样，贵妃娘娘牵制敏贵人，敏贵人根本没有身孕，可是欺君之罪。"宛碧贴耳。

"储秀宫有喜，她当然坐不住，看来敏贵人要受苦。"德嫔眼中闪过怜惜。

"贵妃娘娘让敏贵人假装怀孕，十月怀胎如此漫长，难道还要李代桃僵，婴儿从哪里得来啊？"宛碧不敢想象这弥天大谎要有多少人参与其中，才能圆满。

"哼，她会那么好心？无非都是为她铺路。"德嫔眼底一片灰暗。

宛碧掩口大惊，难道佟佳贵妃是想利用敏贵人来谋害温妃腹中的胎儿？

德嫔点头："这是她最善于做的事情，表面上仁义道德，内在就是虚伪小人，告诉百合，行事务必小心，没有要紧的事情，无须来禀告。"她将小巧的桃核放入红釉黄底的浅碟，"这月的银子送去了吗？"

"放心吧，娘娘，都送去了，百合的哥哥近日新纳了一个妾室，借着喜气，在赌场赢了不少银子。"宛碧会意。

"改日再想想新法子，总是出入赌场也太过显眼，别让有心之人惦记。"德嫔羽翼渐丰，在宫中慢慢组建着自己的势力。

"是，娘娘。"宛碧恭敬，她转身倒去盘中的桃核，"真是如此，娘娘是不是要告知温妃娘娘多加防备？"

"宫中的情形已经明朗，宜嫔以温妃马首是瞻，荣嫔和僖嫔最近是承乾宫的常客，这几日坐在承乾宫的工夫比往日里一年都要多，谁知道在商量什么见不得人的阴谋诡计。惠嫔和通嫔左右摇摆不定，良贵人成双方的弃子，本宫在这个时候当然要清者自清。温妃与佟佳贵妃是一丘之貉，本宫只顾看戏便是。"德嫔泛着心计，"倒是那可怜的敏贵人，咱们要时不时地提点，寻个恰当的时候，让百合告诉她佟佳贵妃的真面目。让她自己抉择，本宫的四阿哥是最好的例子。"想到被抱走的四阿哥，她的心中充满怨气。眼看着自己的亲子，叫着旁人额娘，她的心都在滴血。

"娘娘宽心吧，母子连心，四阿哥长大后，会记起娘娘受过的苦楚。"宛碧倒着新春的碧螺香茶，"敏贵人如得知佟佳贵妃暗中为她下不孕的草药，定会怨尤痛恨，与娘娘同心。"

德嫔望着杯中的嫩芽香茶，漂在水面后缓缓散开，慢慢下沉，最后落入杯底。好比每个入宫的女子，天真烂漫，无邪善良，都被这食人的后宫、嗜血的红墙逐步变成了心肠歹毒的深宫怨妇。日如一日、年复一年无休止地争宠夺爱，到头来都落得凄凉悲惨的下场，成也难，败也难，都为了博得帝王的宠爱。为何皇上的心都给了良贵人？

她早已沉沦在皇上那深情的双眸中，但是皇上看她的眼神从未像看良贵人那般炙热，她不甘啊，若良贵人不出现，皇上定会爱上她，将她捧在云端之上。都是可恶的良贵人，那楚楚可怜的样子，勾走了皇上的心，摄取了皇上的魂魄。伤害过她的人，都会一个个消失。她眸光一闪："外面不如宫内，听闻良贵人在大牢里受了不少苦，如今又有身孕，送些血燕过去为她补补。"

"娘娘，血燕可是宫中的宝贝，连承乾宫和储秀宫都不是每日有的，这是太皇太后亲自赏给娘娘补身子的。"宛碧阻拦。

"全都送去，舍得、舍得，有舍才有得，本宫就是要紫禁城所有的人都知道，本宫与良贵人情同姐妹，更似亲人。"德嫔眼中暗藏汹涌。

"是，娘娘，奴婢这就去办。"一切都证明，永和宫的娘娘才是真正的娘娘，连卫岚音也不得不承认，原来与她在宫中争斗一辈子的不是贵族格格，而是身边最为亲近的德嫔。

连玄烨也辨不出女子的心，景仁宫内迷香弥漫，玄烨躺在床上，回忆曾经的美好。他日夜克制着偷偷去宗人府见岚儿的欲望。今日从盛京传来消息，卫岚音母族，包括和她相依为命的亲弟，在一夜之间被山贼谋财害命致死，好大的胆子，竟敢抢杀皇亲外戚！

玄烨在愤慨之余，猛然想到，难道岚儿的身世还有人知晓？他拂过曾经云雨合欢过的藤萝绣花长枕，无声的泪水流下。他很心痛，当皇祖母在乾清宫要岚儿的性命时，他才知道如此害怕失去，他如何能接受与岚儿隔世相望……

一次次探寻着心中的底线，又一次次陷入得更深，原来他对岚儿的情爱是无底深渊，空留万丈沟壑的伤口。反反复复，遍布伤疤。

他轻轻拿起枕顶上一根长发，仿佛握住三千痴恋，为了留住诀别那日的美好，他令宫人没有动屋内的一丝一毫。在乾清宫劳累时，他便来这里小憩，闻着沁鼻的茉莉芬芳，想象着岚儿淡淡的笑容，善解人意的性子，爱不释手的柔嫩肌肤，娇柔的羞态。只有这样，他才忘了重如泰山的担子和朝堂上惊涛骇浪的烦忧。思念她成了习惯，只有在梦中的美好想象才能填充内心强烈的空虚。他长出了口气，没有岚儿的后宫，索然无味。没有岚儿的日子，度日如年，恍如隔世啊！

他痛恨这样的自己，为何对岚儿如此狠心？将她捧入云端，盛宠万分，又将她置于地上，宛如蒲草。明知她受人陷害，仍将她投入大牢，不闻不问，如今得知她有身孕，却毫无表示，她一定恨死了他。他眼中满是伤楚，帝王只能无情，孤家寡人哪有情爱？就这样恨吧！

卫岚音的确在恨他！她耳朵好了，心却凉了，她没有皇上的任何消息。哪怕是小小的赏赐，也会让她温暖惬意。

但是她等了一天又一天，盼了一日又一日，苦苦熬着，仍然毫无音讯。从太子的躲闪眼神中，她才知晓皇上是多么无情无义。

"主子？"落霜心重了几分。

卫岚音回神："我自己来，你莫要动。"

"主子，已经七天了，您还是见红，勿要忧心，皇上会来看望主子。"落霜劝慰，"如今太子一案已经完结，还了主子清白，主子和奴婢已是自由身，一切要以腹中的皇子为重。"

"苦了定贵人。"卫岚音缓缓而语。

"这便是后宫，有人为家族，有人为皇子，每个人谋求的不同。"落霜开解。

"那定贵人为了什么？"卫岚音实在想不通，她宁愿成为棋子，到底为了什么？

"她为了报恩。"落霜凝眉而语。

"报恩？"卫岚音不解。

落霜解释："太皇太后在宫中靠的是什么？是人心，奴才们心甘情愿，肝脑涂地为太皇太后办事。太皇太后疼爱皇上，想必也是爱屋及乌。"

卫岚音想起林太医的话语，自言自语："宫中的温妃和敏贵人都有孕在身。"

"主子，后宫嫔妃众多，皇子延绵是寻常的事情，皇上心中最挂念的还是主子。"落霜将参汤递了过去。卫岚音顺从地接过，慢慢地喝了下去。

"主子，林太医说只要再过三日，不见红，便会无恙，再过两月，胎儿更稳了，主子会为皇上生下一位康健的阿哥。"落霜兴奋，"宫人将长春宫的物件送来了一些，奴婢去后院的偏殿收拾了，待主子能下地行走，便搬到那边去住。奴婢看了，那儿的院子极为素雅安静，是仿照江南造的小院子，主子会喜欢，最适合凝神养胎。"

卫岚音抚着小腹，孩儿啊，再撑一撑，和额娘一同熬过困苦。

"今儿可好？"裕亲王福全踏步而入，听林太医禀告，这几日卫岚音的胎位还是不稳，不知是否能承受得住关外老家传来的噩耗，只能拖一日算一日。要先找到卫岚音的弟弟，到底是哪儿出了纰漏，真的是普通的山贼吗？

"裕亲王吉祥，奴婢先去外间熬药。"落霜知趣地绕了出去。

卫岚音半倚在花芽边儿的躺枕上，微笑颔首："裕亲王吉祥。"

福全坐在粉彩桃蝠纹绣墩上还礼："皇上近日繁忙，稍过时日，会来看望良贵人。"

"皇上确实忙得很。"卫岚音苦涩，听随行林太医的药童无意中提起，皇上几乎日日去储秀宫探望有孕在身的温妃，连敏贵人那里也是赏赐不断，唯独对她冷落。

福全望着卫岚音脸上淡淡的哀婉："还记得那句诗吗？"

卫岚音清澈的眼神望着福全关切的神态，她已经山穷水尽，又何来烦忧？

屋内陷入寂静，两人望着对方，刻意地回避、隐藏着心事。那份懂得和融洽细水长流地渗入两人的心田，一人情深似水，一人感恩涕零。

"什么都不要多想，平安产下皇子最为紧要。"这一胎如若保不住，卫岚音此生必定无依无靠，再难受孕。这七日，皇上日夜翻看奏折，废寝忘食，刻意地对储秀宫温妃宠爱有加，惹得宫中危机重重。前几日更因卫岚音胎位见红的一句话，龙庭大怒，险些掀翻了殿内的纯金香薰暖炉。

福全稳了稳心思，想到此行的目的，低沉地问道："良贵人在入宫时，得罪了什么人，为何会被分去浣衣局当差？又为何被责罚赤足浣衣？"

卫岚音摇头。福全不愿相信林太医的话，更不愿看到他视为长辈的乳娘兰嬷嬷背着他与奸人勾结。

"落霜双手不便，我从府上带过来一下人，虽然不似宫中的灵巧，但也不笨拙，就让她贴身侍候吧。"福全细心地安排。

岚音的眼神中传递着无言的感谢，心爱之人断情放手，无缘之人一路相随。

福全读懂了那份情意，炙热的眼神回应。卫岚音却透过那份炙热想到无情的玄烨。无言无语，默默相对……

琳琅满目的储秀宫笑语不断，头顶大红绒花的宜嫔掩着朱唇："妹妹真会说话儿，把贵妃娘娘气病了。"

温妃眨着泽泽发光的丹凤眼："本宫是好意啊，生子的药方是家人花了万金从晋商手中买来的，本宫怀有龙脉，可是还惦记宫内其他的姐妹，左右一瞧，只是承乾宫还没有动静，就好心送去了呗。不求贵妃娘娘念本宫的好，一切都是为了皇上着想。"她想起佟佳贵妃接过药方那一瞬间愤怒的眼神，好不得意。

"真是笑死人了，妹妹怎不叫上姐姐，让姐姐也去凑凑热闹。"宜嫔捂着小腹。

"下回一定带着姐姐。"温妃莞尔笑道，"姐姐今后也要传授妹妹心得啊，这十月怀胎，一举得男，生下皇子后，姐姐还能有如此的身段和容貌，晃人的眼啊。"

"放心吧，妹妹天生丽质，自然比姐姐更为娇媚。"宜嫔奉承。

"昨儿听闻长春宫的敏贵人胎位不稳，日夜卧床了？"温妃话锋一转，丹凤双眸含笑。

"是啊，好似因荡秋千动了胎气。"宜嫔解释。

"荡秋千？哼，她那淫笑，全紫禁城都听到了，早晚荡掉肚子里的皇子。"温妃恨恨地说。

"妹妹所言极是。"宜嫔小心翼翼地四周扫着，贴耳柔声道，"妹妹知道吗？听闻良贵人的娘家出事了，夜里闯进山贼，呦呦，全家人都被山贼杀死，连脑袋都搬家了，最后还一把火烧了房子，真是惨不忍睹。皇上早已知晓，听闻良贵人见红，正在养胎，便一直压着，良贵人至今还蒙在鼓里呢。"

温妃丹凤眼中满是震惊："确有此事？"

宜嫔点头："我族人亲眼所见。"

"老天助我。"温妃拍案叫好，丝毫没有怜悯之心，"将消息传到良贵人的耳朵里，家中出了这等大事，灭顶之灾，怎能不披麻戴孝地好好哭一哭？"

"妹妹慈悲心怀，良贵人必定感激。"宜嫔笑如红花。

偌大的紫禁城，处处楼阁亭台，谁会注意到凄凉的偏隅之处。多少双眼睛盯着喧闹之处，清净之地无一人问津。天昏星暗，厚厚的云层遮盖住了皎洁的月光，伸手不见五指的黑幕中，沙哑的苍老声音传来："奴才参见主子。"

"你还认我这个主子？"尖锐冷酷的声音，如九泉之下的索命阎罗。

"草原上的雄鹰一生只认一主，奴才也如那雄鹰，只认主子一人。"沙哑中透着誓死的决心。

"好啊，不愧我草原上的男儿。"冷笑中透着欣喜，"宫中还有多少咱们可靠的人？"

"回禀主子，宫中的老人儿所剩不多，还有一群可用的猴崽子，都对主子忠心耿耿，绝无二心的。蛰伏数载，时刻等待着主子的召唤。"他落下煽情的泪，多少年了，剩下的都是忠心的死士啊！

"老汗王死得冤枉，爱新觉罗的贼人欺负咱们察哈尔部太甚，当年老汗王尸骨未寒，他们夺妻霸子，吞并草原上的金银，最后竟威逼年幼的大王子，奇耻大辱，每个草原上的汉子都必须时刻铭记在心。"虽看不清他的面容，却可以感受那愤怒之情。

"主子的意思是杀了那狗皇帝，为老汗王报仇？"阴风吹过，恨意浓烈。

"不，如今大势已去，杀了狗皇帝也于事无补啊。"

"那咱们不为老汗王和察哈尔王报仇了？老汗王的黄金家族戎马一生，盖世武功，竟绝嗣断后。奴才要不是得知主子还在，也早就想追随而去，我连做梦都想回到广阔的草原，喝醇香的马奶酒啊。"

"不，天无绝人之路，察哈尔王还留下了一丝血脉。"激动浑厚的声音。

"什么？"沙哑的嗓音透着希望，"真的吗？苍天有眼啊，苍天有眼啊。"

"可惜是个女子。"低落深沉的声音。

"女子？"声音中透着落寞，"女子也罢，至少流着老汗王的血，她在哪里？主子是如何找到的？"

"虽然是位女子，却更胜男子，她是长春宫的良贵人。她是小察哈尔王和温庄公主的女儿。"

"啊？！"万分惊讶的声音起伏在夜中，紫禁城所有人都知道，皇上盛宠良贵人的事情，让多少宫女妒红双眸，良贵人因身份卑微受尽各宫嫔妃的讥笑，谁承想，她的身上流淌着宫中最高贵的血，无人能及。

"这个局已经布了多年，良贵人本名卫岚音，我当年刻意买通她的养母，隐瞒她的年龄送入宫内，就是希望凭借她的美貌迷惑皇上。苍天有眼啊，爱新觉罗家的男子个个都是酒色之徒，卫岚音受到了历代汗王的庇护，被封为良贵人。只要良贵人身怀皇子，生下男婴，咱们便成功了一半。只要我们耐心等待，扶植这个孩子登上王位，到那时，何止草原，就是整个天下都是黄金家族的，是我们察哈尔部的。"

"主子权谋天下，真是妙计，奴才佩服啊。"这该是何等的心机，真是机关算尽。

"一切都发展得很顺利，良贵人已经有了身孕。"当得知良贵人有孕，他终于能睡个安稳觉，他的黑暗世界出现一丝光明。

"主子，宫中波涛汹涌，良贵人太过善良，受了不少的委屈，咱们可是要帮衬着她？"

"不，良贵人还不知晓自己的身世，她对狗皇帝不但有情，还心存幻想，性情纯真。不过，我们有张王牌在手里，谅她也不能转身离去。这次身怀皇子，正是磨炼她的好机会，还记得狼群中的狼王吗？不都是咬死了一个又一个的同伴，才当上狼王。对于良贵人，我们不但不能帮衬她，还要时时地帮着旁人对付她，更为重要的是要离间她和狗皇帝之间的感情，必须让她知道，为了她，已经死了多少草原儿女，为了重现察哈尔部昔日的辉煌，多少人背井离乡，卧薪尝胆。就是步步紧逼，也要逼着她拿起杀人的刀。"他情绪激昂地振臂高呼。

"是，主子，奴才记得了，定会有分寸地督促良主子。那咱们什么时候告诉良贵人真相？"

"只要她生下皇子，又对皇上嫉恶如仇，时机便到了，到时候不仅仅是你、我，还有所有的察哈尔余部，都要以小皇子为重，不惜任何代价，甚至倾尽性命，效力主子。"

"主子放心，一切都会好起来。"寒意的春风终是吹淡了遮挡月光的云层。一缕似光非光的微亮，如救命的绳索，驱散着执着、忠心、艰难、凶残的一群人，幽幽的夜幕是呼之欲出的秘密。

"主子，今儿是端午，敏贵人从宫中送来粽子，您尝尝鲜吧。"落霜的手好转了许多，已经能够活动。

"嗯。"卫岚音瞧着五彩细绳捆绑的肉粽，想起了死去的额娘。年幼时，每年到这个时候，额娘都会为她和弟弟绑五彩细绳，祈祷康健、平安和好运。待到端午后的第一场雨来时，将五彩细绳扔进水中，让雨冲走，代表着厄运远去。那冒泡的水里，漂着一缕缕五彩的寄托和愿望。额娘走后，便再也找不到端午的乐趣儿了。

"主子，敏贵人还从宫中送来了朱砂、雄黄、菖蒲酒，主子有身子用不了，摆着应应景儿也好啊。奴婢做了青蒜过水面，这便端进来。"落霜出去。

卫岚音搬到独立的后院养胎，院落仿造江南多姿的风景，黑瓦白墙，精巧俊美。她从小在北方长大，见惯了粗犷野蛮，进宫后也见惯了金碧辉煌。如今看来，这些都不如江南宛如泼墨的山水画，园林中成双的蝴蝶飞舞，应了古人口中"江南蝶，斜日一双双，微雨后，薄翅腻烟光"的美景。在这里忘却无情无义之人，孤独一世也好！她坐在藤椅上，晒着明媚的日光。

忽听外面扫院子的仆人窃窃私语，好似讲着盛京老家的事情，声音越来越高，直到听到卫姓时，她站了起来："出了什么事情？"

"奴婢该死，打扰了良贵人的安歇，奴婢该死。"身着豆绿衣裙的年长婢女扔下手中的竹扫把，叩拜。身着嫩绿坎肩的年少婢女吓得不敢言语。

"起来，我且问你，你们在说什么？"卫岚音盯着年长婢女恍惚不定的眼神。

年长婢女安抚着慌乱的情绪："回禀良贵人，奴婢的亲戚来京城替东家送货，告诉奴婢，十日之前，龙兴之地的卫家被山贼盯住，满府上下都被杀死，一个活口没留，都被剁了脑袋，那叫一个惨啊。听闻他们家还出了个娘娘呢，不知道是不是定贵人家。"

卫岚音用力地摇头，扶着凳沿儿："你再说一遍，卫家的人都死了？"

"是啊，卫家人都死了，山贼还一把火烧了卫家。"年长的婢女加重悲伤的气氛。

弟弟？卫岚音的眼前模糊一片，到底是谁血洗卫家！

"主子？"落霜端着蒜香味儿的过水面从厨房回来，见到卫岚音如秋日的昆虫被人剪去了蝉翼，她失手打了手中的青花瓷碗。

"请良主子责罚。"年长的宫女一副可怜兮兮的样子。

"你们都下去，没有主子的命令，不得踏入此园半步。"落霜愤怒。

"都死了，死了。"卫岚音纱裙下血迹斑斑，那好看的炎红，分外地刺眼。

第十六章

病树前头万木春

小庭院内慌乱无章，林太医少了往日的稳重，他的额头泛着汗："良贵人本就胎位不稳，今又见红，现在龙子凶险，良贵人的性命也难保啊。"

落霜痛苦跪地："奴婢求林太医，无论用什么法子，务必保住主子的性命。"

"到底发生了什么？"裕亲王福全焦虑地问。落霜哭哭啼啼地说起婢女们的闲谈。

福全愤怒地将热茶泼到地上，后宫的手伸得好长，"放肆，哪个婢女如此嚼舌根子？"

"王爷息怒，主子性命堪忧，就当为主子祈福。"落霜自然也知道其中的凶险，"求林太医救主子。"

林太医将银针刺入卫岚音的内关、人中、风府、七舍、十宣等穴位，岚音依旧昏迷不醒，他苦痛地摇头，"王爷，微臣没有十足的把握，还是请示皇上……"

福全艰难地叹气："无论用什么法子，都要救良贵人。实在万不得已，可，弃子。"落霜和林太医震惊，能做弃子决定的只有皇上，王爷为什么如此轻率？

福全也知失礼，他微张着嘴："本王马上进宫，禀明皇上。"

林太医双手相拱："微臣听闻太皇太后手中有一株千年的血灵芝，良贵人气血两亏，如若用血灵芝入药，再唤醒良贵人的意志，还有一线生机，否则难熬过三日。"

福全心中一沉，此株血灵芝是当年从盛京老城带来，世上仅此一株，价值连城。皇祖母年事已高，怎能给卫岚音救命？他心疼地看了眼面如白纸的卫岚音："没有旁的法子？其他的灵芝可行？"

林太医面带悲伤："良贵人悲伤过度，引起血亏，胎儿的脉搏极弱，时有时无，随时都会小产，一旦小产，必出大红，那……"

"那就是一尸两命。"福全站立，"还是请皇上定夺。"他匆匆离去。

玄烨正在南书房听翰林们讲解《通鉴》，听闻裕亲王到来，便回到乾清宫，福全三言两语讲破了卫岚音的身世秘密。

"微臣罪该万死。"福全跪地不起。

"裕亲王，你到底还藏了什么心思？"玄烨眯着凌厉的眼睛。

"皇上，良贵人封宫百日之时，微臣奉命将送子汤药送到长春宫，闻知良贵人思念家人，微臣便斗胆授意良贵人的胞弟写了封平安信函交予她。"福全缓缓说道，"微臣也是无意中得知了良贵人的身份。"

"还有谁知晓吗？"玄烨的眉峰间竖起寒意。

"微臣知道事关重大，已经杀了所有知情的侍卫，一直不敢禀告皇上。"福全在赌皇上与太皇太后也知晓详情。

"你为何要遣人去查此事？"玄烨眼底满是怒火，难道岚儿背着他与裕亲王私自相授？

"皇上息怒，良贵人曾拿着飞龙手镯去找过母妃询问来历，母妃不知晓详情，微臣觉着事有蹊跷，便留意了。"福全小心翼翼。

"裕亲王，你眼中还有朕？"玄烨痛斥。

"皇上息怒，微臣也是为皇上着想，微臣知晓皇上对良贵人的情意，不忍皇上受蚀骨之痛，良贵人的身份若是民间的蒙尘格格，也好认祖归宗，了却皇上的心愿，却不承想查到惊天秘密。"福全句句真言。

玄烨紧紧握着双拳："裕亲王的意思是为朕着想？"

"微臣有罪。"福全疾声喊道。

"原来都在算计朕。"玄烨紧盯着他，压抑多日的情绪终于被点燃。

"皇上，微臣一直遵从当年父皇的话。"福全含着热泪。当年，也是在乾清宫，愿为贤王的话语依然萦绕耳旁，"皇上，宗人府的婢女不知受谁指使，良贵人知晓家中的噩耗，不省人事，命悬一线，她……"

玄烨惊愕地推开了宫门。

福全阻止："皇上，林太医说只有慈宁宫的血灵芝能救良贵人母子，否则任神仙也无力回天。"

玄烨停住脚步："血灵芝？"

"如若没有血灵芝，良贵人熬不过三日。"福全闭上双眼。

玄烨踉跄："裕亲王先回府，没有朕的口谕，不得踏出王府半步。"

"微臣领旨，谢恩。"福全知道，这已经是最好的结果。

玄烨在乾清宫中反复踱着脚步，一团团迷雾在眼前，令他看不清前面的路，他如何去救岚儿？

慈宁宫灯火通明，太皇太后轻声问："苏麻，皇上会来吗？"

"奴婢不知。"苏麻嬷嬷叹着气。

"如若今夜皇上来求哀家，即使跪塌慈宁宫的宫门，哀家也绝不会将血灵芝给他。"太皇太后放下醇香的奶茶。

苏麻嬷嬷接过："格格，血灵芝是保命的药。当年孝昭仁皇后病危，皇上也没来求啊。"

太皇太后回味着嫩滑的奶香，总也找不到科尔沁草原上的味道，她深沉地说道："如若过了今夜，皇上没来求哀家，明日傍晚，你便将血灵芝送去乾清宫，让他去救良贵人。"

"是，格格。"苏麻嬷嬷最了解太皇太后的心意。

太皇太后咳嗽："哀家必须救良贵人，哀家欠姑姑太多了，大清欠温庄公主也太多了。”

“格格，小心身子，格格一生也是苦啊。”苏麻嬷嬷捶着太皇太后的后背。

太皇太后盯着朵朵光泽的烛火，眼底一片茶白：“哀家活得够久了，本想安度晚年，没想到又出良贵人的事情。这世间的富贵，如露；名利，如风；恩怨，如霜；是非，如梦。哀家都看透了。”

这一夜，储秀宫和翊坤宫整夜好眠，乾清宫和慈宁宫却是孤灯相伴，直到鸡鸣。

熬着赤红双眸的玄烨紧绷着黑暗的脸，走出南书房，这是他最难熬的日子，仿佛又回到大婚后不能亲政的时候，鳌拜乱党要废帝，他便坐在乾清宫寝食难安，苦苦熬着。现在，宗人府内的岚儿只剩下半条性命，那可怜的孩儿，也将会化成血水。他仿佛看到血淋淋的一幕，喉间咸甜一片。

“皇上，皇上。”梁公公心疼地哭喊，“皇上要保重龙体。”

“皇上万岁、万岁、万万岁。”苏麻嬷嬷恭敬地捧着红木雕凤锦盒，跪倒在地。

玄烨轻摆手臂：“平身。”

“皇上，这是太皇太后命奴婢送来的良药。”苏麻嬷嬷话中带话。

玄烨吃惊地从苏麻嬷嬷慈爱的眼神中接过雕凤锦盒。

“皇上快些去吧。”苏麻嬷嬷嘱咐。

玄烨掀起外襟，朝着慈宁宫的方向跪地叩首：“孙儿谢皇祖母圣恩。”他心急如焚地赶往宗人府。岚儿，等着朕，朕来了！

宗人府的后院，微弱的烛光迎着卫岚音干涸的嘴唇，落霜面带愁容，林太医退到外室。

落霜死死拽住他的朝袍衣角：“林太医，求求你，救救主子，救救主子。”

“落霜姑姑，万万使不得啊。”林太医拉开那双伤痕累累的手，“我已经尽力，良贵人连药都灌不进去了，她自己都放弃了性命，落霜姑姑还是做好准备吧。”

"不，不。"落霜痛哭流涕地摇头，"不会，皇上会来救主子，主子正值风姿月貌，还未享过世间的荣华，她还有很长的路，怎能就这样走了？为何恶人笑看风云，主子如此善良的人，却要早殇？！"

林太医潸然泪下，他还没与她相认，他……

忽然，窗外传来急促的脚步声，威严笔挺的玄烨推门而入。

"皇上万岁、万岁、万万岁。"林太医和落霜惊讶地跪倒在地。

玄烨将手中的雕龙锦盒放在林太医手中，催促："快去熬药。"

落霜俯在卫岚音的床前，哭喊："主子，睁开眼，皇上来了，皇上来了，皇上真的来了，皇上来看主子和小皇子了。"

卫岚音依然紧闭双眸，毫无声息。

玄烨紧盯着朝思暮想的岚儿，沉着脸："都出去。"众人离去，屋内顿时死寂沉沉。

迎着微弱的烛光，玄烨迈着沉重的步子走近床榻，他颤抖地抚着卫岚音白如薄纸的脸，一滴滴饱含深情的清泪从眼角滑落。视如珍宝的岚儿，瘦弱不堪，黯淡的脸毫无光泽，曾经嫣红的唇，也干裂得令人疼惜。分别的一个多月，真是恍如隔世。

他紧紧握着朝思暮想的玉手，放在唇边："岚儿，朕来看你了。"卫岚音微翘的睫毛动了一下，他的心也随之跃动。是他无情地放手逐爱，将岚儿逼到绝路。凌乱的床角放着染着血的衣裙，那一片炎红映入他的眼底，刺痛着心尖最柔软的地方。他的手滑向卫岚音平坦的小腹，那里孕育着她和他的孩儿，注定是天地间最尊贵的身份。

"皇上，汤药熬好了。"落霜端着红釉药碗。

"朕来。"玄烨看到落霜狰狞的双手，眼底透过歉意。

落霜含泪："皇上，主子已经喂不进去药了。"

玄烨凝视着昏睡中的卫岚音，脸色越发清冷薄凉："岚儿，朕命你不准死，保住咱们的孩子，坚强地活下去。"他端起药碗，将药含在嘴里，撬开卫岚音的唇。苦涩的药气沁入齿间，除了苦，还是苦。如果不能相守，便一同受苦吧！同一片夜空下，有一个人和她一起煎熬，他不能流露，只能将苦留在心中。

说不出的苦，该有多苦，只有尝过才知道。送下最后一滴汤药，玄烨流连在卫岚音清凉的舌尖，试图吞噬所有的哀怨情仇，倾诉压抑内心的爱。

落霜闭上双眸，缓缓离去，祈求老天不要再折磨相爱的人。候在门外的梁公公心疼地问："手好些了吗？这是上好的玉痕膏，收好。"

落霜接过黛色的小瓷盒，涌出眼泪："多谢师父。"

梁公公语重心长："皇上心里的苦绝不会少于良贵人一分，你要照顾好良贵人，也许有一日都会有转机。"

"谢师父提点，愿良主子与小皇子熬过生死关口，不再任人欺凌。"落霜恨恨地说。

"落霜，你还记得入宫时，师父那句话吗？君子和而不同，小人同而不和。"梁公公拍着她的柳肩。

落霜似懂非懂地点头，宫中谁才是真正的君子？

外面传来一慢三快的竹梆声，玄烨恋恋不舍地离开卫岚音的唇。他望着屋内典雅素净的摆设，颇为欣慰，此处正是养胎的好地方。他来到素琴翠竹的屏风旁，看着书案上行云缥缈、容与风流的字迹，这是岚儿写的？"缺月挂疏桐，漏断人初静。"这正是初见岚儿时吟念的宋词。

他蹙眉提笔，苍劲有力地写下："谁见幽人独往来，缥缈孤鸿影。"人算不如天算，他和她的一切如同诗中的意境。那诗词的后半句，难道冥冥中他和她注定无缘无分？

"都进来吧。"玄烨叹着长气。

"皇上万福金安。"梁公公、落霜、林太医跪拜。

玄烨耐心地吩咐："林爱卿，不惜任何代价，务必要保住良贵人和她腹中的孩子。落霜也要尽心尽力侍候，可以让长春宫的宫女也来侍奉良贵人，她在宫外一切供应皆以嫔位为准。"

落霜连忙叩谢，满脸喜气。

玄烨转而威严："今夜，朕来过之事，不要告知良贵人，违令者斩！"

"是，奴婢（才）遵旨。"

"是，微臣遵旨。"三人齐声应答，感叹皇上的用心良苦，感叹世间的无情。

玄烨拿起案上的纸，盯着安睡的卫岚音，恋恋不舍地说："回宫。"回宫的途中，玄烨不停抚着柔软的唇，摩挲着留在齿间淡淡的药，黝黑的眼睛里充满了满足。岚儿的泪留在他心底最柔软的地方，生生世世也难以抹去。黑夜虽漫长，也遮挡不住白天的万丈的光芒。

当初夏的阳光洒满院子，屋内也变得明亮，和煦的暖意驱散了寒意，扫尽落霜脸上的愁云："主子，可算醒了。"

卫岚音从恍惚中醒来："我还活着？"

"良贵人已无大碍，这几日连着服用血灵芝便可。真是国之大幸，龙子霸气，如若是旁人早已落胎，良贵人和皇子安然无恙。"林太医微笑。

岚音提不起一丝气力："落霜，我没有亲人了，一个都没有了。是谁这么狠心，弟弟还未及冠啊。"

"主子，善有善报，恶有恶报，林太医一直守着主子，已经两天两夜没有合眼。主子要养好身体，坐等恶人的下场。"

卫岚音心疼地看着她和林太医："去歇息吧，莫熬坏身子。"

林太医松了口气，他收起药箱："微臣告退。"

卫岚音躺在床上，回想起这半年光景，她时刻要提防陷阱毒计，连家人都保全不住。她痛恨地咬着牙根儿，人不犯我，我不犯人，绝不能一路隐忍下去。她抚着小腹，命运如此多舛，孩儿依然活着，那就坚强地活下去，孩儿保佑额娘，今后不能再受任何人的侮辱和欺负。她的眼中不再是软弱的泪，而是染血的剑，剑鞘上飘着染血的金缕凤簪。

天越来越热，卫岚音的身子恢复很快。

落霜拿起毛穗子的草麻子叶："今儿夏至，宫中送来了编好的草麻子叶，还送来了长命菜，主子要尝尝？"

"让林太医去瞧瞧，能用吗？"卫岚音近日害喜得厉害，总是昏昏欲睡。

落霜端着两端挂环的铜盆："林太医在宗人府大牢里给人瞧病呢，奴婢看林太医真是太过仁慈。"

"落霜姑姑太看得起微臣了。"林太医踱步走来，风度翩翩。

落霜逗笑：“主子您看，林大人离远看，哪像御医，分明是翰林。”卫岚音嘴角上扬。

林太医看着盆里的菜，说道：“这草麻子和长命菜，良贵人都不要食用，对胎儿不好。”

落霜让宫女虹酿端走铜盆：“菜是敏贵人送的，她想害主子？”

“我与敏贵人没有恩怨，她为何害我？”卫岚音沉思。

“夏至日，东西六宫都会食用这几样应季的小菜。”林太医坦言。

卫岚音拂过丁香紫花：“长春宫只有敏贵人一人居住，待回宫再说。”她低着头，闻着小小的花蕊，娇艳的容貌衬着鲜艳的花朵，林太医的眼底浮动着爱恋。

“裕亲王有阵子没来了？”卫岚音淡淡地问了一句。

“看来良贵人已经安好无恙。”她的话音未落，裕亲王福全身着亲王的蟒袍，带着太子，意气风发地走入园内。皇上下了口谕，召他去乾清宫议事，并命他暗自调查卫岚音母族被杀一事，原来皇上也有所察觉，那些人并非是简单的山贼。岚音身世特殊，务必要查个水落石出。

“裕亲王，岚音有礼了。”卫岚音满目深情，饱含谢意。

福全拱手还礼，温润而笑。

“良贵人，皇阿玛告诉我，待末伏一过，便接你回宫，一同过中秋节呢。”太子喜气地说道。

卫岚音自从苏醒以后，没有提起一句玄烨，更不得知玄烨为她送血灵芝续命的事情，那厚厚的痛楚早已掩埋在沟壑深渊。

福全看着她淡然的神色，望着满园的花朵，转而说道：“这里是父皇当年为圈禁宗室所建的地方，宛如世外桃源。伏天，宫中闷热，良贵人在此养胎也算是避暑，待到中秋佳节，这里秋风瑟瑟，回宫也是好的。”

卫岚音听到中秋佳节四字，身子微颤：“月有阴晴圆缺，如今岚音家中无人，也顾不得什么。”

“主子还有腹中的皇子。”落霜劝慰，卫岚音投以笑意。

林太医望着她，想起阿玛临终时嘱托的话语，如果他和她没有进宫，抛下仇恨，该有多好。他会开家药堂，救死扶伤。他会和她举案齐眉，鹣鲽情深。只可惜他和她一出生便套上复仇的枷锁，谁也逃脱不了。车轮无情碾过命运，待到皇子落地，又是怎样的风霜？如是公主，难道要狸猫换太子？他低着头，眼中满是伤感。

"太子，老奴在那边看到一个鸟窝，过去瞧瞧？"太子身后的崔公公弓着腰。

"哪里？走，看看去。"太子兴致勃勃。

"小心啊。"卫岚音嘱托。

崔公公一路小跑，追随而去。

"请裕亲王里面坐吧。"卫岚音客套地将福全让进正房。

屋内素雅怡人，沾了岚音的气息，处处弥漫着沁人的香气。

福全端着香茶："良贵人，请节哀顺变，皇上已派本王彻查卫家的满门血案，我会将贼人一网打尽。"

卫岚音纠结地拽着手中的绢帕："是什么人干的？"

"当地的官员说是山贼流寇所为。"福全回道。

"不可能，我在那里出生，从未听过山贼杀人放火。"卫岚音咬着朱唇，"裕亲王待我恩重如山，也定知我在宫中的境遇，会不会是因我而起？"

裕亲王一惊："微臣不敢断言。"卫岚音低落，她太过心急。

林太医突然问起："王爷，不知炭烧果核……"

福全叹了口气："谋害太子一案，定贵人已经认罪，太皇太后昭告后宫不准再多言。前几日林太医从落霜伤口中发现了炭烧果核，本王问过乳娘兰嬷嬷，她也不知真相，想是草药被人调换，才使落霜的伤口难以愈合。"

"调换草药之人，是真正谋害太子的元凶？"卫岚音追问。

福全无奈地应道："还有梵华佛堂的失火，都不是一人所为，是多人设计陷害。"

"是贵妃娘娘。"落霜肯定地说，"当时就是贵妃娘娘执意惩治主子，此事和她脱不了干系。"

"若查到真相，请王爷告诉我害死亲弟的贼人，无论她是谁，背后有多大的靠山，我必定和她相斗到底。"卫岚音执着。

福全从她的眼神中看到锲而不舍、视死如归的坚持。紫禁城果然可怕，半年之内将天真无邪之人，逼成了咬人的狐狸，是可怜，还是可悲？

习习的暖风吹过，卫岚音的玉络子飞扬，窗外传来太子朗朗的笑声，她和他一同品着清醇的茶香，美好的面目仿佛定格在每个人的心里，久久不能忘怀。

承乾宫，佟佳贵妃面带焦灼地看着敏贵人："这几日，身子还好？"

敏贵人柔和地答道："一切安好，多谢贵妃姐姐惦记。"

佟佳贵妃看了眼她身后的宫女百合，百合微微点头。

佟佳贵妃头上的凤冠泽泽闪亮："夏至的宫例为良贵人送去了？"

"遣内务府的公公送去了，还是按照嫔位的位分宫例。"敏贵人实在厌恶佟佳贵妃虚伪的嘴脸。当百合痛哭流涕地端出令人不孕的汤药时，她痛恨到极点，她一心巴结她，她竟一次次地要挟她、害她。

佟佳贵妃扬着凤威："算良贵人命大，从鬼门关转了一圈，又回来了。宫中有皇祖母在，谅她也不敢狐媚皇上，本宫先放她一马，慢慢收拾她。"

敏贵人瞄着佟佳贵妃，面露恭敬神色。

佟佳贵妃气恼："新晋封的嫔妃中，妹妹和温妃都有了身孕，定贵人被禁足，皇上又将永和宫的贱蹄子捧上了天。"

"贵妃姐姐，听闻这几日皇上还去了翊坤宫。"敏贵人提醒。

"宜嫔意在妃位，当然使尽浑身解数。倒是可怜了郭贵人，人在屋檐下，不得不低头，让蛮横的宜嫔压制数载。"佟佳贵妃暗笑，郭贵人投靠了她，德嫔不过是枉费力气。不过，她哪里知道，在百合身上，德嫔已悉数找了回来，"待过几日，妹妹要害喜、显怀了。不要到处乱走。"她拿起梨花木茶几上的萨其马。

"是，贵妃姐姐。"敏贵人强忍着心中的哀怨。

佟佳贵妃放下香糯的萨其马，用镶边的绢帕擦拭着嘴角："本就是假的，妹妹只要听姐姐的安排，定会无恙，妹妹身子健壮，来日必会为皇上生下皇子。"

"贵妃姐姐是想？"敏贵人试探地问。她是箭在弦上，总得知道要射向哪个靶子。

"妹妹勿要多言，守着你的本分就好，到时候本宫自会告知你。"佟佳贵妃不悦地板着脸。

"是，贵妃姐姐，妹妹多嘴。"敏贵人压着火气。

"姐姐也是为妹妹好，这宫中啊，若没有身家靠着，又无皇上的宠爱，便是死无其所啊，如若不是姐姐照拂着，恐妹妹就是此时的良贵人和定贵人。"佟佳贵妃动之以情，"如今储秀宫的势头很旺，皇上又看重钮祜禄一家。本宫的阿玛在朝中也是举步维艰，咱们若是在宫中不能立足，更是雪上加霜。"

敏贵人想到宫外的母族，只好隐忍："贵妃姐姐箴言，妹妹谨记在心。"

"本宫会让老嬷嬷多给你讲讲有身子的事，你且再忍耐几日，待到中秋佳节，必要一举夺了温妃腹中的胎儿，最好令她永不能受孕。"佟佳贵妃透露出心中的阴谋。

敏贵人瞄着佟佳贵妃，此计真是歹毒，让她去害温妃的胎儿，让温妃与她势不两立，温妃在宫中势力颇大，她一生难以逃脱。中秋佳节，温妃的胎儿近五月，皇子在腹中已成型，落胎有性命之忧，到时她同样身怀六甲，即使有错，皇上和太皇太后也不会深加追究，真是连环妙计。那她的胎儿又要贴上谁？莫非是永和宫的德嫔？她终是不能随心所欲。

外面熙熙攘攘，玉镯禀告："娘娘，景阳宫的成嫔娘娘要生了，太皇太后和皇太后已经都过去，请您也去。"

佟佳贵妃的嘴边露出笑意："敏贵人先回去吧，莫让血腥的场面冲撞了皇子，本宫去景阳宫瞧瞧，看看成嫔生下的皇子长什么模样。"

敏贵人心中划过疑虑，叩拜离去。

景阳宫，太皇太后和皇太后焦急地等待，内屋传来成嫔的呼喊声，景阳宫的副位安嫔双手合拢祈祷着神灵，眼底却露出凶意。

"皇祖母吉祥、皇太后吉祥。"佟佳贵妃长长的金鞘泛着寒意。

"起来吧，这女人生孩子，就是从鬼门关走一遭。"太皇太后拄着龙杖。

"母后勿要过虑，虽然早了十余日，毕竟也是足月，成嫔定会无事。"皇太后安慰。

佟佳贵妃挨着太皇太后坐下："怎么早十余日呢？"

"还不是成嫔那丫头管不住自己的嘴，食用了长命菜，唉！"太皇太后训斥着景阳宫的宫人小顺子，"你们这些当奴才的，是如何照顾主子的？"

"太皇太后明察，奴才不知啊，娘娘最爱食用长命菜，每年都要和御膳房多要一些，谁知今年惹出了祸端。"小顺子抹着眼泪。

"太皇太后，成嫔妹妹年少，性子急躁，不听劝慰，咱们也拦不住啊。"安嫔捶着胸口，"都是臣妾的错。"

佟佳贵妃冷笑，安嫔语调诚恳，却是在说成嫔刁蛮无理，飞扬跋扈，真是奸猾。

"后宫中有孕的嫔妃还有谁食用了长命菜？"皇太后焦虑地问道。

"长命菜有何蹊跷？"佟佳贵妃假意地问道。

"长命菜性寒，可令女子滑胎。"太皇太后目光深沉，佟佳贵妃假意满脸惊慌。

"夏至的规矩便是食用长命菜，各宫都有宫例，连宗人府的良贵人都送去了。"苏麻嬷嬷答道。

"都怪哀家啊，长命菜本就是山野之菜，可令女子滑胎一事，也只是老人家口口相传，你们这些富贵的格格们怎能懂？"太皇太后面带愧意。

"皇祖母放心，臣妾会谨记此事，日后会多加小心。"佟佳贵妃的眼底露出得意，她总会找到法子弄掉温妃和良贵人肚子里的孩子。

"这是怎么了？唉哟，成妹妹出这么多红啊。"浓艳装束的惠嫔从门外进来，刚巧碰到宫女端出一盆血水，她故意哭泣。

"不要哭，还没有死人呢。"太皇太后痛斥怒语，惠嫔顿时捂住了嘴。成嫔撕心裂肺的呼喊声越来越大。

永寿宫的荣嫔身着鹅黄色的纱裙缓步而来，丰韵的身姿尤显韵味：

"太皇太后吉祥、皇太后吉祥。"

太皇太后抬起头，又瞄了眼两腮微红的惠嫔，责怪："你们都已经入宫多年，难道还不懂得宫规吗？要恪守妇道，如此盛装打扮，难道不顾及大阿哥和三阿哥的脸面？"佟佳贵妃掩鼻而笑，皇太后面带慈爱。

惠嫔急忙跪倒在地，"臣妾知错。"

荣嫔却不慌不忙："回太皇太后的话，臣妾也知身上的艳色不妥，前几日天气转暖，春意晾晒衣物，翻出这件衣裳，臣妾见衣裳的料子还透亮，想多穿几次。今夏也能少做几身衣裳，为内务府省些银子。臣妾如今协助贵妃娘娘管理六宫，要做个节俭的样子。"

佟佳贵妃的金鞘划过绢帕："荣姐姐这番苦心，堪为妃位之首啊。"

太皇太后点头："荣嫔跟随皇上多年，还是最懂皇上的心思，罢了，罢了。"

内室终于传来嘈杂的婴儿啼哭，宫女匆忙地跑了出来，大声："恭喜太皇太后、皇太后，成嫔娘娘生了小阿哥，大清万福啊。"

"好。"太皇太后喜上眉梢。

稳婆却神色惶恐地跪倒在地："启禀太皇太后、皇太后，奴婢为小阿哥洗身，发现小阿哥的脚有些蹊跷，恐是，恐是脚跛。"

"什么？！"佟佳贵妃惊讶地站立。

"让御医再瞧瞧。"皇太后惊讶地看着太皇太后。

"奴婢接生过数人，绝不会看错，这是从娘胎中带来的，此疾终其一生。"稳婆恳切地说。

惠嫔满眼的失落，落尽荣嫔的眼中。

"天意如此，扶哀家去看看。"太皇太后伤感地看着晃动的珠帘。

佟佳贵妃看着身边的宫女玉镯，玉镯嘴角上扬。皇太后带着狐疑没有作声，宫中又要掀起轩然大波。原本等待着喜气降临的景阳宫，因小阿哥的脚跛陷入一片悲伤，躺在床上的成嫔失了跋扈的性子，终日以泪洗面，性子更加奸诈狠辣，竟因宫人说错了一句话，将宫人活活打死。东西六宫表面上伤感落泪，暗中拍手称快，背地里盛传着成嫔娘娘做了丧尽天良的坏事，得到报应的流言。

寒夜，承乾宫内，玉镯为佟佳贵妃梳着长发："娘娘，成嫔娘娘打死小顺子后，景阳宫的宫人个个胆战心惊，一心想去旁的宫殿当差呢。"

"小阿哥只是脚跛，真是便宜了成嫔。"佟佳贵妃望着铜镜中的容颜。

玉镯拨了拨金盏台上的烛芯儿："娘娘，景阳宫的小阿哥都已出生十多日，皇上都未曾去看过。"

"皇上日日去永和宫和储秀宫啊。"佟佳贵妃叹着气，"皇上已经好久没来承乾宫了。等啊，盼啊，望穿了秋水，盼来的却是各宫传来的喜事。承乾宫内连青石地砖都冒着寒气，本宫不甘啊。"

"等娘娘养好身子，会一举得男。"玉镯劝慰，"延禧宫已经修缮好，正在放着潮气，过了立秋，良贵人要回宫，敏贵人那边……"

"让工匠们再仔细地修缮一番，延禧宫向来多火灾，要多放些镇火的物件儿，让敏贵人在长春宫先住着，咱们也好有个照应，待本宫收拾完储秀宫和永和宫，再好好收拾一下长春宫。"佟佳贵妃痛恨每一个怀着身孕的嫔妃。

"娘娘，四阿哥还小，是不是等良贵人生下皇子再？"玉镯献着良策。

"不，本宫养了一个贱蹄子的四阿哥就足够了，咱们再等等，敏贵人和定贵人的才更为妥当。"佟佳贵妃目光直视。

"还是娘娘想得长远。"玉镯逢迎。

"没有远虑，必有近忧，本宫也是迫不得已。本宫没有良贵人的盛宠，只有家族的庇护。外戚庇护，历朝历代都是刀尖儿上舔血。"佟佳贵妃哀怨叹气，"有时本宫也羡慕良贵人，能住进皇上的心窝里，女子求的不就是丈夫的宠爱吗？可是本宫注定不会是良贵人，注定与皇上只能相敬如宾。"

孤灯独影的背后是一颗强大的心，佟佳贵妃睡梦中仍是坤宁宫高高的庑殿顶。在寂静的夜幕之下，钟粹宫宫灯通明。

"姐姐，景阳宫小阿哥的脚真的跛了？"通嫔小心翼翼地问道。

"可不是嘛，唉，咱们又少了一个帮手。"惠嫔幽怨地瞪着眼睛，虽然纳喇氏与戴佳氏为世仇，但在宫中，两人早已秘密结盟，互相扶植，打压着荣嫔的气势。

"这可如何是好？"通嫔悲伤。

"调养的药都用了吗？"惠嫔问。

"一日三餐，都用着呢，太医说，这身子急不来，三五载之后才能见好。"通嫔抹着眼泪。

"三五载太久了，宫中许不定是何等的局面，如今咱们受制于人，举步艰辛。"惠嫔想到在储秀宫受到的耻辱，痛恨地咬着牙根儿，"良贵人快回宫了吧，明日遣宫人多送些滋补之物。"

"姐姐的意思是？"通嫔止住哭声。

"皇上最重情意，长春宫虽失了盛宠，皇上的恩泽还在，咱们与良贵人又素有交情，当然还要走得近些，凤血玉镯不能白送。"惠嫔端起曲柄的描金山水茶壶，倒着热茶。

"那敏贵人呢？"通嫔想起遴选秀女时，惠嫔圈阅的敏贵人。

"不患人之不己知，患不知人也，敏贵人毕竟是新人，摸不透脾气。良贵人，姐姐看着甚好，还是有用的。"惠嫔敲打着茶壶顶上的宝珠纽，"瞧着荣嫔那一副虚伪的嘴脸，真是令人作呕。年老色衰还装作一副娇媚的模样，讲着冠冕堂皇的瞎语，博取太皇太后的信任，本宫早晚撕烂她那张狐媚的脸。"

"听闻荣嫔自百花节后，为求再蒙圣恩，日夜在宫中束腰两个时辰，连膳食都少用了一半。"通嫔尖酸地说。

"再怎么束身，也不及敏贵人的水蛇腰。佟佳贵妃还随声附和她是妃嫔之首，本宫倒要看看，她怎么登上首位。"惠嫔眼底阴云密布，妃嫔首位，只能属于她，她要清除所有障碍。

第十七章

徘徊无光难辨真

储秀宫内，温妃瞪着丹凤眼："此话当真？"

宫女青梅跪地："娘娘，这是主理事大人亲眼所见，宗人府的管事嬷嬷也能作证。"

宜嫔放下手中的盐焙西瓜子儿："温妹妹还有所不知吧，良贵人在做宫女时便勾搭上了裕亲王。"

"竟有此事？"温妃挑眉。

宜嫔端起茶杯："今年的元旦，良贵人在九间房当差，刚好晕倒在裕亲王的怀里，多少双眼睛都看到了。"

温妃含笑："那要仔细地查查，毕竟关系到天家的血脉，不能有半点儿差池。如若是真的，本宫扳倒他们二人，也解了阿玛的心烦。"

宜嫔晃动着头上的宫花："温妹妹，皇上对裕亲王信任有加。前朝曾经出过果亲王的事情，太皇太后必会压制，妹妹弄不好要惹一身膻气。依姐姐看，林太医和狱卒都有嫌疑，俗话说，落难的凤凰不如鸡。大牢中，女子怎能有清白？落霜未必也是处子之身，咱们还是要从长计议。"

"还是宜姐姐的主意好，看看她的命有多硬，谁还能救她。"温妃眯着凤眸，露出杀机。

"姐姐哪有温妹妹聪慧，只不过入宫早了几年。"宜嫔会意地说，"昨儿去慈宁宫给太皇太后请安，看到延禧宫都已经焕然一新，工匠也都撤走了，敏贵人却没有搬进去的意思，也不知佟佳贵妃葫芦里卖的什么药。难道要敏贵人在长春宫的侧殿里生下皇子？"

"她能有什么好药，还不是牵制敏贵人看着良贵人呗，自己下不出蛋来，总惦记旁人的。"温妃不屑地笑。

"良贵人是惹了众怒。"宜嫔吐出口中的瓜子皮儿。

"你难道不怒吗？"温妃盯着她。两人心知肚明，无论在乾清宫的东暖阁侍寝还是在宫殿侍寝，皇上睡梦中句句饱含深情的岚儿，任谁都痛恨得牙根儿痒痒。

宜嫔掐着红艳的指甲："贱人真是无情寡义，家中都被灭门了，还有脸面苟活于世，送去些莲子给她败败火。"

温妃眨着丹凤眼："莲子可是好东西，宫中的莲子都是从西湖的塘荷结出的，有雷峰塔镇着，沾着仙气。"

"那岂不是正好。"宜嫔大笑，娇红的容颜宛如头上的大红绢花。

善良的卫岚音哪里知道背后的凶险，她正捧着蓝花瓷瓶，盯着满园的丁香花凝神。

落霜接过岚音手中的瓷瓶："主子，这是德嫔娘娘送来的血燕燕窝，奴婢熬了小半天儿。这凝露奴婢一人取着就是了。"

"凝露煮茶，味道真的不同？"卫岚音好奇地问。

"主子，凝露煮茶，茶味淡雅，但也并未绝佳。饮茶，主要是意境。"落霜笑着解释，"煮茶桑苎，渔歌渺渺，不正是这个道理吗？"

卫岚音点着头："落霜真是女翰林。"

落霜微笑："今儿钟粹宫的惠嫔娘娘送来了养胎的鹿茸膏，主子要服用吗？"

卫岚音摇头，落霜迎过她深沉的双眸："宫中来人说，过了立秋，便派人来接主子回宫，刚好赶上中秋节。"卫岚音微微心动。

这时，林太医到了："良贵人吉祥。"

"林太医多次相救，我无以回报，不必虚礼！"卫岚音摆手。

"微臣承蒙良贵人厚爱，必当尽心尽力。"林太医不经意间划过腰上的羊脂玉佩。他仔细地闭目诊脉，"良贵人气血旺盛，体中的余毒悉数消退，小皇子已足三月，都是大喜。"

"恭喜主子。"落霜喜上眉梢。

"那毒是？"卫岚音疑惑。

林太医解释："此药出自宫外，是南方湿热瘴气的草药，极为珍贵，毒性强烈。"

"是承乾宫。"落霜狠语，"佟佳氏出了好几位都统大人，管辖蛮夷之地，定是他们送给佟佳贵妃。"

"皇上如何说？"卫岚音的眼底流露不出一丝情感。

"皇上听了微臣的禀告，让微臣不要乱说。"林太医如实地说。

"满朝上下，佟佳氏占了半壁，皇上能将佟佳贵妃如何？"卫岚音叹气，一言九鼎的皇上，对她所有的承诺都成了一纸空言，毕竟皇上的身上也流着佟佳氏的血。

落霜见她伤心，抬起头，说出内心的秘密："皇上也是无奈，后宫最为忌惮的便是外戚壮大，为了保存太子的地位，皇上曾命奴婢用药，打下了佟佳贵妃腹中的胎儿。"

岚音睁大眼睛，她万没有想到皇上会亲手斩杀自己的血脉。

落霜回忆前尘往事："佟佳贵妃两次有孕，皇上寝食难安，最后才痛下决心。他让奴婢在贵妃安胎的补药里放了落胎的红花，孝昭仁皇后也是如此。不久，皇上准了太医院的刘太医告老还乡，刘太医死在回乡的途中。奴婢蒙得盛宠，才能保全一命。如今，主子即将回宫，宫中早已布满陷阱。"落霜低泣，"奴婢只想让主子知道，皇上也有无奈，只能靠主子自己去争，去斗，才能平安一生。"

林太医也规劝："子曰：君子周而不比，小人比而不周。良贵人经历艰辛，也定想清楚其中的缘由。落霜姑姑双手受苦，被人调换了草药的包裹。依微臣看裕亲王的乳娘兰嬷嬷最为可疑，炭烧的果核是青杏，青杏极为酸涩，山间之物，无人食之。听李太医说，储秀宫的温妃娘娘害喜厉害，用不下膳食，宫女青梅便想起入宫前的土方子，青杏。"

"兰嬷嬷曾在孝昭仁皇后身边当差，难道真的是她？"落霜惊讶。

"看来佟佳贵妃和温妃都要害我，而皇上只能看着，没有法子。"卫岚音简短一句，点了要害。

"主子，思则有备，有备而无患。如今主子身怀皇子，即使没有皇上的宠爱，也有依靠。"落霜抖着精神。

卫岚音端起石桌上的燕窝，想到永和宫德嫔那清澈的眼神中透过的不甘。在所有的真相面前，她才深深体会到她的悲伤。情爱抵不过权势，楚楚可怜抵不过暗影刀锋，城墙上的朱红是干涸的血迹，不是你死，就是我亡，只能去争去斗，永不休止。他在做什么……

乾清宫，梁公公弓着身子，偷瞄着玄烨的神色："皇上，钦天监的大人查过时辰，今日吉时，良贵人便要回宫了。"

玄烨将紫毫放入珊瑚水盂，他将对岚儿的蚀骨思念化作字字相思，跃然纸上，写了千遍万遍，乐此不疲。他和岚儿合璧的那张字迹，已经裱好。闲暇无事时，他便拿出来瞧瞧。

"皇上？"梁公公拿着珊瑚水勺，浇着清水。

"你说什么？"玄烨回过神来。

"皇上，今儿良贵人回宫，要去迎吗？"梁公公不敢多言。

"噢。"玄烨淡淡地回应。岚儿的身子三月有余，一切还好吗？家中惨遭灭门，山贼逍遥法外，他帮不了她。回到这紫禁城，他依然无力照顾她，疼爱她。她一定恨绝了他！小小的贵人，他怎能去出宫迎接？

"一切照旧，着宫人好生照顾。"玄烨艰难地说，"随朕去御花园走走。"他走出门外。

此时，卫岚音正看着寒酸的蓝顶轿子，心寒："如今我落到这种地步。"

落霜劝慰："主子，莫要介怀，这里毕竟是宗人府大牢，不能用皇家的仪仗，贵人的位分也用不得，恐脏了主子的名声。"

卫岚音失落无奈地坐进简陋的轿子，带着沉重的心情，回到紫禁城。

金碧琉璃的城门，迎着绿意繁茂的树木，更添威严。

卫岚音看着小边门，想起前朝大清门的宏伟。这一回，除了死，再无出宫的可能，她满心伤怀地低头前行。绕过平矮的院落，梆梆的水声引得她抬头展望，透过敞开的半扇木门是满园晾晒着杂乱的衣物，正是浣衣局。玉珠拖着残腿，费力地晾晒衣物。她的动作慢了几分，绿衣宫女扬起手，打在她的脸上："腿瘸了，眼也瞎了吗？"

"住手。"卫岚音脱口而出。满院子的宫人都震惊地看着门口的卫岚音和落霜。

"良贵人吉祥。"缓过神儿来的宫人跪地行礼，尽是妒忌之色。

卫岚音心疼地走到玉珠身边，关切地问："还好吧？"

玉珠瞪着双眼："还不是托良贵人的福，奴婢好得很。"

"大胆，如此和主子讲话。"落霜痛斥。

"哈哈，你们设计害我，又来猫哭耗子假慈悲，还是回长春宫做贵人吧，浣衣局晦气，莫失了贵人的身份。"玉珠尖酸地骂。

卫岚音不以为然，她对着绿衣宫女："她也是苦命之人，莫要欺凌弱小。"

绿衣宫女哆嗦地答道："奴婢知错。"

卫岚音对着玉珠："如若有难，来长春宫寻我。"玉珠甩开她的手，怨恨冲天。

落霜扶着卫岚音无奈地走了出去。

"我如今这般，都是你们害的，你们早晚会遭到报应。"院子内传来玉珠发疯的喊声。

"随她去吧，她也是可怜之人。"卫岚音的眼前浮现她与玉珠、春喜入宫时的美好时光。如今一死一残，她也在刀锋中行走，这便是紫禁城，不知从何时起，所有人的脸上都失去了纯真。她踩着长满野花杂草的石板路，沿着朱红的城墙，寂静地行走。

身后传来奔跑的声音，竟是浣衣局中怒打玉珠的绿衣宫女："良贵人，奴婢有要事禀告。"

"虹酿，你先回宫，为主子备好热汤沐浴。"落霜吩咐。

"是。"虹酿不善言谈，极其乖巧，她背着包裹离去。

"有何事禀告？"卫岚音迟疑地道。

绿衣宫女左右瞧着，确定无人后，缓缓道出："良贵人，奴婢名唤流香，在浣衣局当差，奴婢几个月前亲眼看到浣衣局的魏公公不是自戕身亡，而是被永寿宫的宫女春意推入井内。"

卫岚音与落霜惊讶对望。

流香不安地说："奴婢当日亲眼所见，春意假意与魏公公欢好，并授意魏公公去梵音福堂放火，锁了门钥，意图谋害良贵人。那夜里，正逢家母的忌日，奴婢私自烧纸祭拜，路过荒院无意中听到，奴婢学了几声猫叫，才躲了过去。"

"你为何才来禀告？"落霜不动声色地问。

"奴婢不敢啊，宝英姑姑与魏公公甚好，她去永寿宫献媚，结果落得凄惨下场。奴婢更不敢说了，本来想烂在肚子里，今儿有缘见良贵人，才敢说出来。良贵人出身浣衣局，定知晓浣衣局的辛苦，恳请良贵人在宫中为奴婢寻个好差事，奴婢感激不尽。"她直截了当地表明心意。

"好。主子今日才回宫，你先少安毋躁，勿要将此事告知旁人。"落霜赶在卫岚音前面应着。

"奴婢谢良贵人大恩，谢落霜姑姑。"流香喜上眉梢。望着她离去的背影，卫岚音透着恨意。

"主子，流香比玉珠更为阴险，恐是第二个春意，长春宫留不得。"落霜看人极准。

"知人知面不知心，原来荣嫔也是个狠辣的主子。"卫岚音轻声。

"荣嫔在宫中盛宠十载，怎能是干净之人？"落霜蹙眉，"流香的话到底是真是假？还是有人故意布下陷阱，等着主子往里跳？"

"宁可信其有，不可信其无，还是谨慎些。"卫岚音默默记下荣嫔的名字。

主仆二人继续前行，在绕过御花园时，正值晌午，炎热躁动，园内空无一人，卫岚音仰望着隐在树叶繁茂下的千秋亭和万春亭，眼前一片氤氲，她仿佛看到了明黄的身影。

当日萧瑟寒风，如今繁华一地，当日情意绵绵，如今如同陌人。她垂着头，回宫后的每一步，都带着殷切的期望，都带着离他更近一步的欣喜。心中坚固的壁垒，不断地动摇、倾斜、直到轰然倒塌。原来在最深处，她爱上了他。剜心之痛，痛极而悲。迎着晃眼的日光，她落下了久违的泪水。

万春亭的红柱背后，玄烨的目光从未离去，紧紧相随，只为那一眼的邂逅！想忘不能忘的痛苦，真的很痛！

长春宫依旧如初，卫岚音望着满园绿意，这将是她度过一生的家。她会守着对他的爱恋，孤独一世吗？

"良姐姐吉祥。"敏贵人柔和的声音传来，"良姐姐的耳疾好了吧？妹妹真的好担心。良姐姐平安回来，妹妹也放心了。"

卫岚音望着她红润的双颊，额上的薄汗，亲切地说："让妹妹挂念，真是姐姐的罪过，姐姐和妹妹一样大，只是先入宫罢了，真是虚担了这句姐姐。"

敏贵人闪过丝丝尴尬："姐姐回宫是大事，妹妹借住在长春宫，总得守着长春宫的规矩。"两人寒暄着坐在荫庇下的石桌旁，落霜奉上煮好的绿豆消暑汤："出宫时果树刚挂花儿，如今都已经硕果累累，真是福泽满地的好兆头。"

卫岚音望着满树的苹果，好似回到幼年，她和弟弟偷偷地拿着竹竿打果子的情景，如今她已和弟弟阴阳两隔。

她正悲伤时，忽听几声凄厉的猫叫从树上传来，一只黑猫瞪着幽幽的眼睛，死盯着石桌上的点心。

落霜急忙挡在卫岚音的身前："哪里来的野猫？"

敏贵人连声赔礼："良姐姐恕罪，黑猫是妹妹养着解闷儿的，已经有段时日，恐是良姐姐刚回宫，黑猫瞧着面生，才乱叫，平日黑猫乖巧得很。过来，过来。"她从随身的香囊中掏出肉干。黑猫听话地从树上跃下，跳到她的怀中，温顺地吃着肉干。

卫岚音与落霜惊讶地对视，默默无语。

"主子，热汤已备好，主子可以沐浴。"虹酿踩着绣满鞋帮的浅碎花青鞋禀告。

"瞧着姐姐身子疲倦，妹妹不打扰了，明日再给姐姐请安。"敏贵人抱着黑猫，摇曳离去。岚音望着她的背影，心中疑惑，她的柳腰和孕前一样纤细。今日凉风习习，她的额头怎出那么多的汗珠？

"主子。"落霜轻唤。

"敏贵人与我的月份相当，为何轻盈？"卫岚音疑虑。

"主子，前几月，敏贵人还在游荡秋千，那时候便已有了身子。"落霜想起出宫前的情景。

"莫非？"卫岚音心中一惊。这是欺君的大罪。

"主子，自古便有狸猫换太子，宫中嫔妃争宠，没什么不敢的，主子今日刚回宫，还是好生安歇，明日还要去慈宁宫和承乾宫请安。"

卫岚音抬头望着远处的金碧琉璃，朝思暮想的人，何时才能相见？

傍晚时分，长春宫来了贵客——惠嫔与德嫔走了进来。

"惠姐姐吉祥、德姐姐吉祥。"卫岚音起身相迎。

"使不得啊，妹妹快坐下。"惠嫔摆着手中的绢帕。

"良妹妹的气色好多了，真是有佛祖保佑。"德嫔身着妃色的轻纱罗裙，飘逸婀娜。

"妹妹用了两位姐姐那么多的补品，怎能不好？妹妹真是谢谢两位姐姐。"良贵人微笑。惠嫔和德嫔原本不知对方的心思，如今听良贵人一提，两人双目相视，颔首微笑。

"妹妹害喜可重？"惠嫔关切地问起。

"孩儿极其懂事，还没有害喜，只是用不下油腻的膳食。"卫岚音回道。

"既然良妹妹无事，咱们便回吧，改日再来打扰良妹妹。"惠嫔放下手中的茶碗。

"也好。"德嫔拍着卫岚音的手，"妹妹好生养胎。"卫岚音躬身行着宫礼。

长春宫内少了喧嚣，凉风越来越大，空荡的秋千来回晃动，卫岚音真的感觉乏了，她缓缓进入梦境。再次睁眼时，已近午夜，轰隆隆的雷声和恍如白昼的闪电，将她吵醒，窗外倾盆大雨。

"主子，不好了。"落霜淋透了深褐色的外褂，匆忙地跑了进来。

岚音倚着长枕坐起："出了什么事？"

"延禧宫走水了。"落霜禀告听到的消息。

"延禧宫不是正在修缮吗？"卫岚音望着窗外的大雨，疑虑地问。

"延禧宫还未修好，一直无人居住，火烧毁了半间侧殿，才被打更的公公发觉，众人救火到半途，老天下了大雨，才浇灭了延禧宫的大火。延禧宫的火虽灭了，但坤宁宫的索罗杆却遭了雷击，皇上和钦天监的官员们都在坤宁宫呢。"落霜缓缓地说道，"宫人传着主子和敏贵人为不祥之人，遭了天谴。"

"欲加之罪，何患无辞。"卫岚音盯着幽幽的烛光。她刚回宫，便出了事，恐怕是有心人蓄谋已久。外面的雨声越来越小，一股股烧焦的气息传来。她再也没有睡意，是永寿宫的荣嫔？

"良贵人、敏贵人接旨。"梁公公一记长调，划破了长春宫的沉寂。

落霜搀扶着卫岚音来到院内，天已放亮，天边朦胧间挂着几颗繁星，梁公公的身后站着成群的小太监。他给卫岚音请安之后，瞄了眼偏殿，见敏贵人久久不曾出来，便又高声喊了一遍："敏贵人接旨。"

偏殿的灯亮了，等了一盏茶的工夫，敏贵人才从偏殿出来，面带慌张："臣妾接旨。"

卫岚音也缓缓跪下："臣妾接旨。"

"钦天监夜观星象，察觉宫中西方长春宫有凶兆，为防出现大凶之象，皇上口谕，特请出灵隐寺中请来的灵符、灵水镇压邪气，钦此。"梁公公低头笑道，"两位贵人快起，地上寒气重，奴才可担当不起啊。"

卫岚音疑惑地望着梁公公，不知皇上的口谕是何意图。落霜欲辩解，被梁公公的警示眼神阻止。

"良贵人，灵符、灵水是从灵隐寺的高僧请来的，宫中还从未用过，为了贵人腹中的皇子，良贵人还是忍耐些。"

岚音还未转过神，头上已被淋上掺着香灰的冷水，一群念念有词的小太监将手中厚厚的灵符扔在她的身上。

"呜呜。"敏贵人同样狼狈不堪，放声痛哭。长春宫里到处飞舞着灵符，屋内凌乱，宛如搜宫。折腾到鸡鸣时分，众人才悉数散尽。

"欺人太甚。"落霜望着满屋的灵符，凌乱的香灰。

"呦，谁欺负你了？"温妃眯着丹凤眼，带着众多宫人，熙熙攘攘地来到长春宫院彰显凤威。

"看来宗人府的大牢还没让落霜长记性啊。"同行的宜嫔身着胭脂红福寿凤袍掩鼻笑道。

"温妃娘娘吉祥，宜嫔娘娘吉祥。"落霜隐忍跪下。

卫岚音已经换上干爽的彩绣荷花包边的宫装："两位姐姐万福金安。"

"呦，良妹妹在宗人府小住几月后，越发的水灵儿了。"温妃嗤笑，她四处张望，没有让卫岚音和落霜平身的意思。

"真是让温姐姐和宜姐姐笑话，昨夜长春宫内驱除邪气，还未来得及收拾，如今让两位姐姐安坐的地方都没有。落霜，快去给两位姐姐搬两个锦凳来。"卫岚音对落霜使着眼色，落霜刚要起身。

"放肆，一个小小的宫女竟然背后议论主子，还未讲清楚谁欺负了你，怎能随意起来？"温妃痛斥。

"娘娘请坐。"宜嫔让身边的宫女含翠，将锦凳搬了过来。她恨不得抓毁卫岚音的脸，昨晚皇上翻了她的牌子，在床笫之间声声柔情地唤着岚儿。她成了贱人的替身，真是奇耻大辱。恰好延禧宫走水，索罗杆雷击示警，她便借机鼓动钦天监的官员，给贱人点颜色看看，今日便是来看长春宫凄惨凌乱的。

"两位姐姐来长春宫所为何事啊？"卫岚音转而问。

"哈哈。"温妃睁大了丹凤眼，"本宫和宜姐姐协助佟佳贵妃治理六宫，瞧着良妹妹离宫这么久，顺道过来好心提醒良妹妹，莫忘了宫中的规矩。"

"请两位姐姐放心，臣妾定会恪守宫规。"卫岚音低声回道。

"良妹妹你可知道，本宫在皇上和太皇太后面前为你求了多少恩典，才让你早日平安回宫，否则良妹妹可是要在宫外产下皇子的。产在宗人府的大牢里，那岂能是名正言顺的皇子？"温妃紧盯着卫岚音。

卫岚音迎着她的刁蛮目光："臣妾多谢温姐姐。"

"谢字不要再提，只要从此记得本宫的好就行了，你只是个小小的贵人，却是一宫的主位，如今又有皇子在身，莫要恃宠而骄，失了规矩。"温妃瞥了眼跪地的落霜，"本宫见落霜太不像话。"

"回温妃娘娘的话，奴婢刚才是在说小太监欺人太甚，竟将灵水倒进烛台，岂不辱没灵水？"落霜灵机一动。

"是吗？小太监是遵从皇上的口谕，你是说皇上？"宜嫔抓着要害。

"奴婢哪里敢评讲皇上，娘娘明察啊。"落霜解释。

"来人，掌嘴，竟敢辱骂皇上，真是反天了。"温妃怒气冲冲。背后的老嬷嬷熟练地挽起马蹄袖，用力地抽打落霜脸。

"住手。"卫岚音挡在落霜面前，老嬷嬷因卫岚音有身孕，不敢推搡。落霜还是被打了一个耳光，右侧的脸颊红肿不堪，有一条长长的血痕，老嬷嬷暗地里使了手段。

"良妹妹这是何意，本宫在替你教训奴才，也是为妹妹好啊。"温妃轻描淡写。

"多谢两位姐姐美意，臣妾的奴才，臣妾自会有法子教规矩，两位姐姐若是闲了，还是多教授自己的宫人。"卫岚音扶起落霜。

"放肆，良贵人，你还懂得尊卑有别吗？"温妃训斥。

"其身正，不令而行，其身不正，虽令不从。"卫岚音风轻云淡地吐出。

"你这贱人。"温妃恼羞成怒，她竟用子曰教训自己。

宜嫔心中大惊，她从未想过岚音敢公然对抗温妃，看着她坦然自若的神情，尤其是那双黝黑的眼神，暗藏着不甘和愤怒，好似在告诉众人，她再也不是往日可怜兮兮、一度隐忍的良贵人。

"温妃娘娘，臣妾是皇上和太皇太后亲自颁旨，昭告天下的良贵人，圣旨可有贱人二字？"卫岚音如剑的目光怒盯着温妃。

"辛者库的贱人，低贱无耻，苍天有眼，卫氏满门被杀。"温妃快意。

岚音欲抬起的手被落霜按住，她挤着牙缝："送客。"

"哈哈，卫岚音、富察氏·落霜，你们都给本宫记住，奴才永远是奴才，即使当了凤凰也是奴才，这是一生都更改不了的事实，你们以后都给本宫老实些，如犯到本宫手里，休怪本宫不讲情面。"温妃别有用心地讲着："尤其是妄想当主子的奴才，更要断了念头。"她毫不掩饰地瞪着落霜。

"温妹妹别动怒，咱们还是先回吧，让良贵人好生收拾，要不然，今夜要盖着湿透的锦被入睡了。"宜嫔头上闪着光耀的红花。

温妃凶狠阴毒地盯着卫岚音和落霜的背影，看你们两个贱人还能得意多久。卫岚音猛然间回眸一笑，笑如夏花，将温妃眼中的凶残团团裹住，燃尽成灰。

正在温妃迟疑之际，敏贵人养的那只黑猫从苹果树上跳下，将她扑倒，院内顿时乱作一团。

宜嫔见到殷红的血透过温妃的凤袍时，吓白了脸颊，她顾不得仪容，大喊："来人，快去请太医，快去请太医。"

"本宫的皇子，皇子。"温妃忍着腹中的剧痛，宫人忙背着她回储秀宫。

卫岚音和落霜震惊地看着眼前发生的一切。

"温妃娘娘和小皇子若有何闪失，长春宫便等着陪葬吧。"宜嫔咬着牙根儿，一字一句。

卫岚音偷瞄向敏贵人居住的侧殿，殿门紧闭，没有任何动静。落霜的手心尽是冷汗，回宫的第一天竟如此惊心动魄。

坐等看戏的承乾宫内，玉镯服侍着佟佳贵妃。

"落叶何翩翩，攘袖见素手，女人啊，最要紧的便是双手，哪个男子不喜爱手如柔荑、肤如凝脂呢？"佟佳贵妃满意地看着金鞘。

玉镯嗤笑："娘娘，落霜一双巧手废了，再也不能迷惑皇上。"

"若知道贱蹄子有孕在身，直接废了落霜的手。"佟佳贵妃眼底显着懊恼悔意。

"娘娘仁慈心肠。"玉镯奉迎，"娘娘，昨夜延禧宫走水，敏贵人看样子要在长春宫过冬。"

"正合本宫的心思，这场火来得真是及时。"佟佳贵妃对着铜镜，抚摸着头上的玉络子。

"这火及时，雨也及时，雷也及时。良贵人的位分刚定不久，母族就惨遭灭门。昨儿良贵人才回宫，夜里便出了这么大的事儿，宫人们都在暗中传良贵人命中带煞，大凶之人的话呢。"玉镯绘声绘色地讲。

"哈哈，好，就这般传吧，众人捶的锣鼓，早晚要破。"佟佳贵妃开心地说。

玉镯抿着红唇："昨日不知宜嫔出了什么主意，钦天监的官员们将长春宫弄得不成样子，清早听御膳房的小公公说，连落脚的地儿都没有了，满院子的灵符，扑鼻的香灰味儿。"

"宜嫔最擅长这个，由她去吧。"佟佳贵妃丝毫不在意，"敏贵人那边怎么样？"

"娘娘放心，一切准备妥当，只等着储秀宫传来好消息。太医院的宫直们都到场了，钮祜禄家连宫外的大夫都送进来了，血水一盆盆地往外端啊，这胎恐难保得住，连性命都堪忧呢。"玉镯不动声色，低声，"果然不出娘娘所料，温妃和宜嫔一大早儿便去长春宫看笑话，还碰了一鼻子灰呢。"

"什么？"佟佳贵妃睁开微闭的双眼，挑着柳眉。

"听宫人讲，良贵人羞辱了温妃和宜嫔。"玉镯回道。

"仗着腹中的皇子，还长了不少的本事，看来宗人府的大牢住得不错。"佟佳贵妃恨意，"本宫一个一个地收拾。"

"娘娘今儿的脸色红润，皇上必然喜欢。"玉镯喜气盈盈，皇上口谕，着佟佳贵妃去乾清宫一同用晚膳，承乾宫上下都准备着佟佳贵妃的衣装。

"一顿晚膳而已。"佟佳贵妃漫不经心。

"娘娘，晚膳过后皇上要翻牌子，也定能留娘娘侍寝。"玉镯巧言令色。

"就你的嘴甜。"佟佳贵妃满心欢喜。

"贵妃姐姐万福金安。"身着嫩绿香纱宫装的荣嫔和竹青外褂的僖嫔，一前一后走了进来。

"起来吧。"佟佳贵妃摆着手，"看座。"

"贵妃姐姐，储秀宫传来消息，温妃滑胎小产，失血过多，昏迷不

241

醒，太皇太后已经派了系铜铃的萨满太太去储秀宫驱魔祛病。"还没坐稳的僖嫔，面带笑意地脱口而出。

第十八章

幻梦幻境辨是非

佟佳贵妃双眸中透着欣喜："到底是命薄，与皇子无缘。"

"钮祜禄家都是命薄之人。"僖嫔随声附和。

"这回热闹了，储秀宫饶不过长春宫。良贵人和腹中的孩子也难保。"荣嫔刻薄地说，"听宫人们说是良贵人将温妃推倒。"

"宜嫔也是这般说，所有的宫人都亲眼见了，温妃惩戒落霜坏了规矩，怒打落霜，良贵人护犊心切，与温妃发生口角，失手推倒温妃。其实温妃胎息本就不稳，便落下腹中的皇子。"荣嫔说得仔细，好似亲临长春宫。

佟佳贵妃意蕴深沉地看着玉镯："咱们也过去瞧瞧？"

"恶有恶报，温妃飞扬跋扈，将你我都不放在眼中，好似这紫禁城是她们一家的，这回失了皇子，看她怎么办！"僖嫔压不住火气。

荣嫔忧虑："良贵人也怀着皇子，太皇太后能如何处置？"

"此言差矣，一个失了皇子的妃嫔，怎能容得下害她落胎的人平安产下婴孩？"佟佳贵妃点拨，宜嫔定是恨透良贵人。

"让她们去斗吧，咱们坐着看戏便是。"僖嫔掩饰不住心中的喜悦，"昨儿惠嫔和德嫔还去长春宫亲自探望，牵扯她们才好啊，一网打尽。"惹得三人爽朗大笑。

荣嫔故作娇态："前几日天热，宫中太过沉闷，昨夜的大雨甚好，有秋高气爽的味道，还是良贵人回宫好啊。"

"你啊，总是这个样子。"佟佳贵妃嘱托，"你别以为皇祖母年纪大了，糊涂，宫中遍布皇祖母的耳目，你想想，皇上平定三藩的十万袖口兵哪里来的？"

荣嫔努着红唇。

"适可而止，上次景阳宫中那件衣裳够显眼，如今这件更是为过，从宫外运进来的衣裳早晚会被皇祖母和皇上发觉，到时候治个欺君之罪，本宫也兜不住。"佟佳贵妃望着她身上的浅绿香纱，"这香纱薄如蝉翼，绣娘百人日夜织布一个月才能将几十层的香纱织到一起，价值千金，明眼人一眼便能瞧出来，莫要再穿。荣姐姐扬言戒奢以俭，还是要以身正令，如今咱们是一条船上的人，妹妹也是好心提个醒儿。"

"是，臣妾知道了。"荣嫔不甘心地应道。

僖嫔客套："都是自家的姐妹，贵妃妹妹今日好气色呀。"

"傍晚要去乾清宫陪同皇上用晚膳。"佟佳贵妃笑意盈盈。

"恭喜贵妃姐姐。"僖嫔挑着柳眉，"贵妃别忘了我的妃位呀。"

"放心，本宫心里有数。"佟佳贵妃许诺。结盟就是均衡各方的利益，只要有欲望和贪恋，便一定会有弱点。

承乾宫内笑语连珠，心照不宣地掩口而笑，宫中的血光之灾未过，面子上的悲伤还是要有的。

傍晚时分，储秀宫传来温妃苏醒的消息，温妃因失血过多，身子柔弱，宜嫔一直守护身旁，令醒来的温妃感动不已。宜嫔献出的良策更是令她喜悦，事已如此，也要拉个垫背的，紫禁城中又掀起了暗无天日的争斗。

乾清宫，盛装打扮的佟佳贵妃殷勤地为玄烨布菜："皇上，藕片腻糯，食为温补，如今天气转寒，皇上多用些。"

"贵妃今日颇为隽秀，眉如翠羽，朕很喜欢。"玄烨一饮而下杯中的佳酿。

佟佳贵妃羞红着双颊："臣妾愧不敢当。"

玄烨轻轻牵起她的双手："宫中最近可有大事？"

佟佳贵妃想着宫中接连不断的事，摸不准玄烨的心思，只能淡淡道："皇上，自良贵人回宫以来，宫中大事不断，臣妾也觉得蹊跷。"

玄烨勾唇一笑："贵妃觉得哪里蹊跷？"

"皇上，臣妾觉得此事与良贵人无关，都是有心之人另有所谋。"佟佳贵妃笃定地答道。

"哈哈。"玄烨笑望着佟佳贵妃头上的凤冠，他何时才能为岚儿亲手戴上凤冠……

"贵妃啊，朕就喜欢你的聪慧，善解人意。"玄烨收回炙热的眼神，恢复着一国之君的孤诣，坚定道，"朕交给你一件事情，良贵人身怀龙子，宫中的恶人都不怀好意地惦记着，朕要你务必保住良贵人腹中的皇子。"

佟佳贵妃手中冒着虚汗，她还是赌对了，皇上哪能轻易收回情爱，她从来都是局外人。

"怎么，贵妃做不到？还是不肯？"玄烨咄咄逼人。

佟佳贵妃急忙跪地："臣妾必当尽力，保全良贵人母子平安。"

"好，贵妃统领六宫，秉性淑良，明年大封之日，朕必当许以皇贵妃之位，形同副后。"玄烨一言九鼎，手中的翡翠酒盏泛着荧光。他思前想后，岚儿在宫中的道路曲折，温妃蛮横狠绝，佟佳贵妃暗藏锋芒，两者衡量，还是佟佳贵妃较为稳妥，毕竟佟佳氏全族更好掌控。

"臣妾谢皇上，皇上万岁、万岁、万万岁。"佟佳贵妃万没有想到，皇上竟用良贵人母子平安来换取她的皇贵妃之位。所有的计划都要更改，这天大的喜讯亦不能告知任何人。待她成为皇贵妃，还怕储秀宫的温妃作甚？

玄烨缓缓站起："记住，朕要的是良贵人生出康健的皇子。"

佟佳贵妃一惊，皇上话里有话，难道他知晓景阳宫脚跛的小阿哥和永和宫体弱的小阿哥都是她暗中害的？她安稳了心神："皇上放心，臣妾会护着良贵人母子。"

玄烨盯着窗外的弦月，岚儿，能为你做的，朕都会为你做，只有盛宠永难为。朕对你的爱恋亦覆水难收，只能这般煎熬。

从此，东西六宫的所有人都在盘算着自己的道路。日头正毒，储秀宫内，满屋探望之人，阴凉阵阵。

"太皇太后要为臣妾做主啊。"温妃抹着眼泪拽着太皇太后的福寿双全衣袖。

"好，哀家为你做主，到底是怎么回事？"太皇太后问。

"良妹妹身怀皇子，臣妾怕良妹妹缺东少西，在良妹妹回宫的第二日，便去长春宫好心问候，谁知，谁知她和宫女落霜趁机推倒臣妾。"温妃的眼泪倒是真的，"让臣妾落了胎，那是个未成形的男婴啊。"

"着长春宫的良贵人和宫女落霜前来见哀家。"太皇太后迟疑。

当卫岚音和落霜一同迈进储秀宫，便察觉到紧张的气氛。

"太皇太后万福金安。"卫岚音眼中闪着坚定。

"贱人。"温妃倚在床榻上，怒骂道，"还本宫的皇子。"

太皇太后凌厉地盯着卫岚音："良贵人你为何推倒温妃，害死哀家的小太孙？"

卫岚音震惊，恭敬道："回太皇太后的话，臣妾没有害温妃娘娘和小皇子，温妃娘娘是受了从树上跳下的野猫惊吓，摔倒在地，与臣妾和落霜毫无关联，请太皇太后明察。"

敏贵人心虚地低头，不敢直视卫岚音的双眼。

太皇太后沉思片刻："哀家还没到老眼昏花的时候，你们不用糊弄哀家。"

"太皇太后明察，主子刚一回宫，便被人诬陷为不祥之人，半夜间以神灵之名前来搜宫，一大早儿温妃娘娘和宜嫔娘娘来炫耀、谩骂，您看。"落霜抬起脸，右脸上有一道深深的血痕。

"太皇太后，臣妾也亲眼所见良贵人将温妃妹妹推倒在地，在场的宫人都可以证明。"宜嫔下了一剂猛药。

"良贵人不承认吗？"温妃梨花带泪，"难道良贵人仗着腹中的皇子便为所欲为？本宫腹中的也是皇子啊。"

"敏贵人，你可看到昨日的情形？"太皇太后如针的眼神盯着敏贵人。

"回太皇太后的话，臣妾一直在偏殿安歇，不知详情。"敏贵人小心翼翼地答道。

储秀宫内人头攒动，华丽的珊瑚壁画镶嵌在墙上，更显妖娆尊贵。敏贵人一句不知情的话语引来落霜愤怒的眼神。

"臣妾还真没见到敏贵人出来。"宜嫔挑着高音，意在恐吓拉拢。

敏贵人声音柔顺："小太监们子夜时分来长春宫驱凶，臣妾一夜未睡，白日困极了，一直在偏殿中沉睡，后来才知晓温妃姐姐和宜嫔姐姐来过。"

"噢，哀家问你，你养了黑猫？"太皇太后低沉地问道。

"臣妾确是养了一只黑猫，那只黑猫生性胆子小，从来没有伤过人。"敏贵人小声答道。

"将那只黑猫带过来。"太皇太后厉语，头上蝴蝶簪子上的宝石栩栩如生。

敏贵人授意着身边的宫女百合。

"敏贵人，不必命你的宫女去，苏麻，你带宫人去瞧瞧。"太皇太后瞄着屋内所有的嫔妃，又看着床上虚弱的温妃，"你养好身子，入宫才不到半载，皇子还会有的，着内务府让你额娘过来瞧瞧，你也宽宽心。"

"多谢太皇太后。"温妃听到准许额娘入宫探望的消息，抑制不住眼泪，失去皇子那一刻，最想见家中的额娘。

太皇太后又瞄着宜嫔："五阿哥可好？"

"回太皇太后的话，五阿哥已经会走路了。"宜嫔喜气地答道。

"哀家瞧着五阿哥身子健壮，明儿吩咐宗人府，将五阿哥入宗籍玉牒。"太皇太后顺意。长春宫内发生的一切，早有人一字不落地禀告了她，为何落胎的温妃和咄咄逼人的宜嫔如此颠倒黑白地陷害良贵人和落霜？敏贵人到底又在暗地里做了什么？今日必要好好整治一番。

"多谢太皇太后恩典。"宜嫔欠着丰盈的身段，傲气的眼神瞄向惠嫔和荣嫔，宫中规矩，阿哥公主都是年满一周岁，才能入皇家玉牒，五阿哥不足一载，入皇家玉牒是莫大的殊荣。

卫岚音静静地跪在地上，听着太皇太后的恩典，心中泛着苦涩。

"良贵人身怀皇子，起来吧。"太皇太后摆着手。

"是。"卫岚音缓缓站起。

佟佳贵妃坐在嫔妃首位，见卫岚音坐下，凝神笑道："良妹妹身怀皇子，身子也重，怎能有意扑倒温妹妹？其中有误会吧。"荣嫔和僖嫔两两相望，不解地看着反常的她。

卫岚音更是狐疑，一贯欲置她于死地的佟佳贵妃怎会反过来帮衬自己？德嫔也掩着红唇，盯着她，她回以无奈的眼神。惠嫔看着床上的温妃，默不作声。敏贵人抿着唇，额头上泛着薄汗。储秀宫内因佟佳贵妃的一言，瞬间寂静了几分。

"待苏麻回来，看看到底是谁害了温妃。"太皇太后拄着沉香龙杖，威严地讲道。

不一会儿，苏麻带着两个太监跪倒在地："格格，在长春宫搜到了两只黑猫。"

两个小太监怀中各抱着一只黑猫，两只黑猫长得一模一样，一只眼神柔顺，极为听话，另一只眼神凶悍，猫爪锋利，急于挣脱小太监的手，凄厉地叫着。

"宜嫔，哀家问你，你是不是亲眼看到良贵人扑倒温妃？"太皇太后犀利的眼神盯着宜嫔，震慑十足。

宜嫔拿出绢花手帕，擦拭着眼泪，心虚地说："臣妾好似也看到一只黑猫，是扑了良妹妹，还是扑了温妃妹妹，没看仔细。"

"臣妾当时昏迷不醒，苏醒之后，听宫人说的。"温妃知道诬陷良贵人一事败落。

敏贵人心惊肉跳地跪在地上，大汗淋漓，不敢言语。

"等会儿再说黑猫的事，先把颠倒黑白的事情弄清楚，到底是哪个奴才搬弄是非，乱嚼舌根子，诬陷良贵人。"太皇太后怒斥。

"是奴婢，是奴婢告知温妃娘娘和宜嫔娘娘，温妃娘娘好心去长春宫探望良贵人，谁知良贵人出言不逊，顶撞温妃娘娘。奴婢实在气不过，便告诫随行的奴才定要为温妃娘娘出这口恶气，对外宣扬是良贵人推倒温妃娘娘。"储秀宫的掌事宫女青梅跪倒在地，"奴婢一时糊涂，请太皇太后开恩啊。"床上的温妃松了口气，青梅果真对她忠心耿耿。

"放肆，一个奴婢竟能颠倒黑白，蒙骗主子，宫中岂不失了规矩。"佟佳贵妃用长长的金鞘指着青梅。

"良贵人，既然是这奴才诬陷了你，便交给你处置。"太皇太后盯着卫岚音。

卫岚音蹙眉，心疼地望了眼落霜狰狞的右颊，所有的委屈涌到喉前，句句真情地说道："臣妾出身辛者库，奴才们显有不服，更是将臣妾不放在眼中，任意辱没。但臣妾已是一宫之主，并怀有皇子，是名正言顺的主子，奴才们还能如此欺凌臣妾，该是有多大的胆子！长春宫到底是不是归属东西六宫之一？"

众人皆惊讶万分，透过她悲愤的话语和暗藏汹涌的眼神，可以看出她再也不是柔弱不堪的良贵人了。

卫岚音一一应下四面八方投来的各异眼神，浅然安笑地说："还请太皇太后从严惩治，为臣妾正名。"

太皇太后赞赏地看了眼卫岚音，在宫中生存，哪能全都依靠别人的庇护，还是要依靠自己，看来她已经迈出了第一步。她目光转向佟佳贵妃问："佟贵妃，按照宫规，如何处置？"

"诬陷主子，谋害皇子，凌迟处死。"佟佳贵妃知晓利害，诬陷主子事小，谋害皇子可诛九族，凌迟是极刑。

"太皇太后，青梅只是一时糊涂，也是护主心切，还望太皇太后开恩呀。"温妃哭诉，青梅是自幼陪着她的婢女，怎能轻易失去？

"太皇太后，律己足以服人。"荣嫔敲着边鼓，宜嫔愤怒地剜了她一眼。

青梅惨笑，跪在温妃床前："娘娘，奴婢不能再服侍左右，来世再报答娘娘的大恩。"

"青梅。"温妃痛哭低泣，感情真切。

卫岚音望着耐人寻味的一幕，灵机一动："虽然律己足以服人，但量宽足以得人，青梅虽诬陷臣妾，但太皇太后圣明，还了臣妾清白，臣妾腹中又怀有皇子，不喜血腥场面，臣妾也替温妃姐姐求个恩典，饶青梅一死。"

佟佳贵妃扑鼻轻笑："还是良妹妹心善，死罪可免，不知良妹妹想如何惩戒？"

卫岚音峨眉婉转，凝神片刻："轻则难服众，臣妾听人讲慎刑司有种刑罚为幽闭，此罚甚重，却可保命，不知可行？"

话音未落，温妃早已瞪红双眸，宫女幽闭生不如死，让世人耻笑，形同废人，真是好狠毒的手段，以前真是小瞧了她，此仇此辱必报！

太皇太后迟疑地盯着她，试图从她的眼神中找寻到一丝嗜血的影子，但是卫岚音眼神清澈，云淡风轻，一如平静，好似旁观之人，看着可笑可悲的一幕。

德嫔攥着绢帕，原来良贵人才是她在宫中最大的绊脚石。

佟佳贵妃也是一愣，随即恢复平静："既然良妹妹求了情，便照准吧，皇祖母您看？"

"着慎刑司处置。"太皇太后答道。

"谢太皇太后恩典。"青梅恭敬地叩首。

温妃闭上了双眼，青梅并不知幽闭为何物。良贵人，这笔账记上了，来日必当千倍万倍相报。屋内又陷入一片静谧，蟠龙树根香炉内焚着安神的檀香。

太皇太后沉思瞬间，幽幽地说道："温妃的身子还要养上一段时日，不宜太过劳累，莫要再为宫中琐事费神，着永和宫的德嫔暂管。"佟佳贵妃满眼怒火，她尽在眼中，这就是她想要的局面，互相制衡，而不是一人独大。后宫平静，才能保全太子之位。

德嫔连忙站立："谢太皇太后恩典，臣妾必当尽心尽力协助贵妃姐姐做事。"

岚音望着安坐慈目的太皇太后，这位科尔沁草原上的明珠历经三朝，果然是雷厉风行，三言两语，便将整件事情弄得清清楚楚，不偏不倚，既还了她的清白，惩治了恶人，又许了恩典，无人不服。

她几次的磨难都被太皇太后巧妙化解，难道她也是爱屋及乌？

卫岚音觉得她已经置身于涟漪之下，看不清水面上的情景，只能慢慢地剥离真相。储秀宫内暗流涌动，敏贵人低着头，不敢言语。

门外小太监再也抱不住怀中的黑猫，那只凶残的黑猫用锋利的爪子将小太监的手臂挠得血肉模糊，苏麻嬷嬷吩咐宫人取来了渔网织物，将黑猫扣住。另一只黑猫则温顺地睡着了。

太皇太后缓缓睁开双眸，暗青色的凤袍上泛着金丝："敏贵人，到底哪只是你养的黑猫啊？"

敏贵人滴着热汗，柔声说道："温顺的那只黑猫。"

卫岚音瞄着她，她见到的是哪只黑猫？长春宫院内的苹果树颇高，高过了屋顶的龙吻，普通的家猫怎能爬到如此高，难道爬树的那只是野猫，长春宫内怎么会有两只黑猫？

"黑猫从何而来？"太皇太后威严地问道。

"是臣妾在御花园捡的，瞧着可怜，便抱回来养，定姐姐看到过，能为臣妾作证。"敏贵人着急。

御花园？御花园离着神武门极近，难道是从宫外跑进来的？太皇太后问着苏麻嬷嬷："那从何而来？"

"回格格的话，两只黑猫都是在敏贵人居住的偏殿内寻到。"苏麻嬷嬷恭敬地答道。

"不可能，太皇太后，臣妾真的不知另一只从何而来。"敏贵人一再坚持。

"良贵人，到底是哪只扑倒了温妃？"太皇太后柔声问。

卫岚音盯着两只黑猫，内心纠结："莫非是一对？"

"哈哈，良贵人真是博学聪慧，都懂得猫儿叫春的心思。"僖嫔嗤笑。

"放肆，如此孟浪之话，如同乡野村妇。"太皇太后怒声训斥，为何赫舍里氏家的女儿差距如此之大，比起孝诚仁皇后的淑良贤德、温和聪慧，僖嫔真是鼠目寸光，成事不足，败事有余。

佟佳贵妃也警示地瞪着僖嫔，僖嫔咬着舌头，闭上了嘴。

卫岚音没有在意僖嫔的冷嘲热讽，慢慢地说道："猫儿亦有舐犊之心，如今正值夏秋之际，是猫儿寻伴之时，臣妾觉得是敏贵人豢养的黑猫勾来了凶性的野猫。本就是畜生，哪里懂什么尊贵，猫儿都是在白日睡觉，恐怕是温妃姐姐和宜嫔姐姐的吵闹，惊了沉睡的野猫，才扑倒温妃姐姐，酿成大祸。"

"是啊，良姐姐所言极是，太皇太后，臣妾怀着身孕，怎会有害人之心？"敏贵人抓住了救命的井绳。

温妃倚在绣花牡丹长枕上，丹凤双眸中透着怒气，她的意思是自己喧闹惊了野猫的睡梦，引来滑胎，她岂不成了东西六宫的笑柄？今日不但失去了统领六宫的权势，又搭进去贴心的宫女青梅，贱人！本宫与你势不两立。

佟佳贵妃挂着笑意："皇祖母，臣妾觉得良妹妹的话有道理，臣妾养的那只白猫啊，今日也叫唤得厉害。"

德嫔不动声色地瞄着卫岚音，越是如此聪慧，越是可怕，越是要多加提防。众人都暗吸着凉气，或是畏惧、或是愤怒、或是嘲讽，从宗人府大牢里出来的良贵人真是脱胎换骨，再也不是从前那个唯唯诺诺、任人欺凌的女子。

落霜欣慰地看着卫岚音，她知道主子自始至终都没有改变，只是从原来的不屑、不争到如今的防患于未然，今日一事便让众人知道，主子会在紫禁城中笑到最后。

"朕觉得良贵人所言极是。"熟悉的话语从外传来，玄烨身着明黄的祥云金丝龙袍意气风发地走进屋内，胸口的五爪金龙栩栩如生，更显威严尊贵。

"皇上万福金安。"屋内的嫔妃见玄烨到来，都换成嫣红欲滴的娇态，拿着柔顺的腔调，莺声婉转。

卫岚音情深的声音被淹没之中，百日未见，他依旧如初。她魂不守舍地低着头，躲避着他不经意间飘来的款款目光。

"平身。"玄烨在院中听到岚儿滴水不漏的话语，心中震撼。从未想过娇柔的岚儿，竟暗藏着心计，他克制着蠢蠢欲动的爱恋。

"皇上，前朝无事？"太皇太后慈爱地问。

"今儿准了武英殿造办处，着匠人们在武英殿行走。"玄烨答道。

"好，这样也节省银子。"太皇太后复议。

"爱妃的身子可好些？"玄烨轻声问。

"皇上，臣妾没有护好腹中的皇子啊。"温妃激动哭诉。

卫岚音抬起头，望着玄烨对温妃的柔情，曾几何时，他也曾这般柔情地抱过她，又从何时起，他的怀抱冰冷万分。原来无情至极的他也是多情之人，他对宫中所有的女子都如此深情。

"还会有的。"玄烨劝慰着温妃。

"哀家与良贵人想到一处，毕竟敏贵人腹中也怀着皇子，怎能谋害旁人？再则黑猫也是畜生，又怎能驯服？宫中还是以和为贵，以皇上为重，此事便休要再提！"太皇太后转向玄烨，"皇上，宫中的野猫太多也不是法子，着内务府清理一番吧，莫要再发生此类惨事。"

"是，皇祖母，孙儿明儿便寻人去办。"玄烨应道。

太皇太后又语重心长地看着温妃："当年孝昭仁皇后未留下血脉，哀家知道你心里着急，但是这也不是强求之事，若是你的孩儿，自会平安产下，若与你无缘，早晚落胎，你还年少，会产下小阿哥的。苏麻啊，从今日起，将做好的羊奶红枣糕为储秀宫送来一份，给温妃滋补身子。"

"臣妾知道了，谢太皇太后恩典。"温妃虽愤怒，却不敢发作质问。太皇太后今日恩威并施，她越发地痛恨良贵人和敏贵人。

玄烨站立："此事到此为止，奴才们要守着奴才们的本分，各宫的嫔妃也要恪守宫规，过几日便是一年一度的中秋佳节，万家团圆之际，朕也要与民同乐，共享天伦。"

"是，皇上。"众人柔声应着。

"延禧宫走水，敏贵人恐暂时不能回去居住，还是在长春宫住上一段时日，既然如今良贵人和敏贵人都有孕在身，那从今日起，长春宫的宫例一律按照嫔位发放。"玄烨说出了此行的目的。

"谢皇上恩典。"岚音与敏贵人齐声。

岚音与玄烨四目相对的一瞬间，恍如隔世，少了往日的缠绵眷恋，添了几分执着坚定。红尘陌上，细水长流，绿萝青云，往事如烟，深情只能深埋心底。

储秀宫精彩绝伦的一幕终于散去，德嫔和卫岚音成了最大的赢家，想起太皇太后的话语，卫岚音知道，她和德嫔还会走得更远。

几日后的储秀宫，少了热气的喧闹，恢复平静。

温妃凶狠地咬着红唇，看着地上满身血污的青梅："好生休养身子，本宫不会让你再受苦受累。"

"娘娘，奴婢愿意，愿意跟着娘娘一辈子。"青梅忍着剧痛，羞耻的刑罚传遍紫禁城，怎能让娘娘也随着她蒙尘受辱，她咬紧了舌根。

"青梅，本宫命你好好活下去，随着本宫一起看贱人的报应。"温妃怒瞪着丹凤双眸，阻止她的自戕。

逃过一劫的长春宫焕然一新，又恢复着鲜果熏香的清新气息，荣耀依旧。卫岚音倚在凉爽的藤椅上，望着院内繁茂的苹果树叶，蹙眉沉思。

"主子，这是温妃娘娘立秋送来的莲子，如何处置？"落霜指着翠绿的莲子。

卫岚音迟疑地望着颗颗饱满的莲子："从宗人府里带回来的？"

落霜微点着头："是啊，当时主子大病初愈，奴婢不敢随意给您食用，一直放着，令虹酿带回宫。"

"莲虽小，青芯却苦涩，暗藏玄机。当时我身在宗人府，她们是意图羞辱。昨日以后，六宫再难平静，定会再掀波澜。我无意害人，只求自保。"卫岚音想到受幽闭之刑的宫女青梅，叹气，为求自保和腹中的皇子，不得已而为之。

"主子，莫要忧虑，她们是害人害己，要不是因主子仁慈，青梅早已没命，便是承乾宫的贵妃娘娘也轻饶不了她。"承乾宫和储秀宫的恩怨哪里是三言两语就能说得清楚。

"昨日太皇太后钦点了德嫔姐姐协理后宫，想必有人已经坐不住了。"卫岚音想起僖嫔毫不掩饰的厌恶和愤怒。

"主子是风口浪尖上的人，还是小心为妙。"落霜笑道，"主子也真是聪慧，帮衬了敏贵人。"

"入宫的三人中，温妃身份显赫，定贵人是慈宁宫送来的，只有这敏贵人无依无靠，定是受制于人，也是可怜人，我自然要出手相助。"

"难道是贵妃娘娘所为？"落霜猜测。

"贵妃娘娘以往视我为眼中钉，昨日却转了风向，话里话外都是在为我着想，到底发生了什么？"卫岚音也颇为困惑。

"哎，主子莫要烦忧，兵来将挡，水来土掩。昨日过后，后宫之人再不会随意欺凌主子。"落霜洋洋得意。

"但愿如此。"卫岚音祈祷。她想起裕亲王的话，卫家灭门绝非山贼所为，在灰烬之中，发现了金银之物，试问世间哪有不贪财的山贼？除非是受雇于人。如此大的手笔，宫中每个人都脱不开嫌疑，她紧攥着粉拳，一定要仔细看清楚恶人的嘴脸，逼迫她们现出原形，为弟弟报仇。

落霜将洁白的百合花插进珐琅双耳花瓶："主子，皇上心中挂念主子，长春宫的恩典从未断过，一如既往的万丈荣光。"

卫岚音想起储秀宫一刹那的相视，她找寻不到一丝留恋，高高在上的帝王，指点江山，红尘情爱又算得了什么？树影婆娑，明暗交替，留在地上一层层光晕，好似她飘摇不定的心。

"良姐姐吉祥。"敏贵人娇柔的声音传来。

"敏妹妹，快坐。"卫岚音亲切地拉起她的双手。

"谢良姐姐救命之恩。"敏贵人哭泣着跪倒在地，执意不起。

"敏妹妹，这是何苦？"卫岚音疑惑。

"若不是良姐姐为妹妹开脱，妹妹早已没了性命。"敏贵人低泣。

"你我姐妹一场，敏妹妹又何必客套，温妃本就跋扈，姐姐也是送个顺水人情。"卫岚音丝毫没有居功的意思。

敏贵人低声痛哭。卫岚音示意落霜取来湿润的绵柔绢帕，递与她，劝慰："敏妹妹再苦再难，哪能敌过姐姐心中的痛楚，咱们为了腹中的皇子也要活下去。"

"良姐姐。"敏贵人更是伤悲，泣不成声。她的哭声越来越小，转而低泣无声，"良姐姐为何不问缘由？"

卫岚音苦道："你本就难受，难道还要在伤口上撒盐？故作关切，追寻别人的痛处，实则虚伪。"

敏贵人震撼地望着她，放下防备，缓缓说道："臣妾也是没有法子，那两只黑猫都是臣妾豢养，本想李代桃僵，谋害温妃，却未想到温妃与宜嫔诬陷良姐姐，人为刀俎，我为鱼肉，臣妾毫无办法。佟佳氏满门对臣妾的阿玛尤为关照，进宫前，阿玛便嘱托臣妾，要听从佟佳贵妃的吩咐，臣妾只能顺从，入宫后便处处受制于人。当储秀宫传来温妃有孕的消息，佟佳贵妃便吩咐臣妾假怀皇子，伺机打下温妃腹中的胎儿。"她解开彩绣锦花外褂上的金丝盘扣，腹下露出厚厚捆绑的布袋。

"这，这如何是好啊？"卫岚音大惊道，"两只黑猫是佟佳贵妃送来的？"

敏贵人点着头："都是佟佳贵妃精心安排，臣妾在御花园内与定贵人捡到那只黑猫性情温顺，暗中送来的是那只凶残的黑猫，那黑猫为野猫和家猫交合所生，性子急躁，不似家猫那般温顺，臣妾只能半饿着它。佟佳贵妃要臣妾寻找机会，利用两只黑猫对温妃下手，真没想到，温妃竟主动送上门儿来，臣妾便吹起口哨，让那只黑猫扑倒她。"

"既然如此，目的已达到，敏妹妹这胎该如何落去？这可是欺君大罪。"卫岚音叹息，一切都是阴谋，难怪皇上成为孤家寡人，枕边人都如此精于算计。

"臣妾也不知佟佳贵妃如何安排，必然是又要害人，臣妾曾偷偷去延禧宫瞧过，延禧宫早已修缮完好，但她迟迟不让臣妾搬去居住，末伏之日，宜嫔在慈宁宫提起此事，不出几日，延禧宫便走水了，又要重新修缮。出了昨日之事后，臣妾早就瞧出，如若事情败露，她不会保全臣妾，臣妾只有一死。这日复一日的提心吊胆，真是痛不欲生。又害怕她命我谋害良姐姐，良姐姐有孕在身，我怎能害良姐姐？"敏贵人痛极生悲。她抬起梨花带泪的脸颊，"良姐姐，如今在宫内，我只信你一人，我只能依靠姐姐。"

"请良姐姐成全。"她跪倒在地。

卫岚音瞧着她额头上的薄汗，恍然大悟，初秋闷热，裹着布袋岂不更热？

"佟佳贵妃昨日没有吩咐？"卫岚音疑惑。

"只是让臣妾静等。"敏贵人低头。

"那便再等几日，瞧瞧她的动静。"卫岚音眼底满是哀婉。敏贵人偷瞧着她，舒缓着气脉，大功告成，她望向承乾宫的方向。

承乾宫内，玉镯喜气地说道："娘娘，长春宫那边都已经安排妥当，娘娘今夜早些安睡。"

"这真是釜底抽薪，若不是压制了敏贵人的阿玛，本宫真是要四面楚歌了。"佟佳贵妃轻揉着额头，面带愁容。

"娘娘，敏贵人真言相告，良贵人悉数相信，必将敏贵人视为心腹，今后良贵人就在娘娘的掌控之中。"玉镯会意地为她揉按额头。

"宫中之人都看走眼了，良贵人可不是表面那般简单。本宫若不让敏贵人真言相告，良贵人怎会相信？反正她对本宫也无好感，随她去吧。"

"猴狲再厉害，也不是山大王。"玉镯嗤笑。

"但愿如此，现在本宫没工夫和她计较，储秀宫便够她喝一壶。"佟佳贵妃想着万全之策。

"是呀，温妃如今将这笔账稳稳地算到了良贵人头上。"玉镯顺应。

"永和宫那贱蹄子可有消息？"佟佳贵妃轻蔑地问。

"听闻小阿哥又病了，德嫔守了一夜。"玉镯禀告。

"告知敏贵人，寻个缘由，务必让百合消失，让那贱蹄子知晓本宫的厉害。"佟佳贵妃恶狠狠地盯着窗外，背叛她的人，只有死路一条。

康熙秘史

风咕咕 著

辽宁人民出版社

第十九章

深锁春光一院愁

凉风习习，满月当空，卫岚音因为害喜，苍白的面容娇柔不堪。

落霜心疼地轻拍着她的后背说："主子，有想食用的膳食吗？奴婢吩咐御膳房的厨子去做。"

卫岚音摆着手，忍着胃中的翻滚。她记起额娘怀着弟弟时，也曾呕吐不止，她上山采了名为酸响儿的野菜给额娘服用，额娘一边嚼着酸响儿，一边夸奖她懂事，那一幕幕恍如昨日，却已人鬼殊途，如今她也做了额娘。

"主子。"落霜见卫岚音沉思，试探地问："主子，多想了？"

"想额娘。"卫岚音偷擦着眼泪。

"主子，那对血玉镯有蹊跷，宁恚太妃故意隐瞒了什么？要不然去问问太皇太后？太皇太后定是知晓内情之人。"落霜出着主意。

"太皇太后对我偏爱，我又何必惹是非，终有一日会真相大白，何必急于一时。"那对血玉镯并非池中之物，她怕惹出事端。

"主子所言极是。"落霜将景泰蓝的瓷盆盛满清水，念叨，"敏贵人丢了皇上赏赐的首饰，在宫女百合的身上搜到，敏贵人大怒，将百合送往慎刑司了。"

"百合是佟佳贵妃的人，看来敏妹妹真是愤怒了。"卫岚音轻轻洗拭着白皙的双手。

"好人到了慎刑司，不死也要扒层皮，如若佟佳贵妃不救百合，恐是劫难。"落霜叹气，紫禁城中奴才的命如同草芥，任人随意欺凌践踏。

"道不同，不相为谋。若谋之，便坦诚相待。既然上了同一条船，便要风雨同舟，一路前行。即使出了事，也是船上的鬼，佟佳贵妃想要服众，必是明白这个道理。"

"还是主子通透。"

"不知玉珠在浣衣局如何了，宫女流香如何安置？"卫岚音问。

"主子，玉珠心术不正，是罪有应得，流香心狠手辣，不能留在长春宫，依奴婢看，先晾她几日，待驯服了她，再给她寻个闲差为好。"落霜回道。

"就这么办吧，世间最难结交和掌控之人便是小人，拿些银两给她，莫惹急了她。"

"放心，主子，奴婢明日便亲自去办。"落霜应道。

"落霜，我在宗人府内昏迷之时，可有谁来过？"卫岚音忽然问起，她隐约觉得有人在她耳边柔声细语，难道是他……

落霜递过擦手的棉巾，眼神躲闪，心虚地应道："主子得知家中丧事，悲伤昏迷，只有裕亲王前来探望，也幸亏裕亲王带来的灵丹妙药，主子才得以苏醒，裕亲王坐了好阵子才离去。"落霜怕她追问，只能胡口乱说。

"那我写下的诗词，你收了起来？"卫岚音追问。

"奴婢并未见过什么诗词，主子可是记错了？"落霜并没有见到玄烨拿走的诗词。

是裕亲王，不是他。卫岚音模糊地记得，正是舌尖缠绕的淡淡苦涩，激发了她求生的欲望，是裕亲王？她两颊微红，缠绕之吻，更是终身难忘。

卫岚音轻抚着红唇，柔软的唇上，仿佛还残留着那夜的余香和温情，寸寸恩情微妙地转变着。

落霜困惑，皇上为何要隐藏对主子的情意？在她的记忆里，皇上从未妥协过任何事情，为何独独对主子失言？她越想越糊涂，空留感叹。

长春宫不远的储秀宫，窗棂紧闭，屋内黯淡无光，温妃一口饮下整碗汤药。

"娘娘。"宫女青梅递过备好的蜜饯。

"不必，本宫忍得住。"瞧着蘸着桂花蜜的蜜饯，温妃冷笑，品尝出苦涩，才能让她清楚地记住仇恨和耻辱。她闭目想着心事，关切地问道，"不是让你多休息几日吗？"

"奴婢谢娘娘恩典，奴婢惦记娘娘。"青梅这段日子里想得透彻，只要能陪在娘娘身边，好死不如赖活着，活着才有报仇的希望。

温妃满意地看着她脸上的坚定，这才是她多年调教出来的人，能屈能伸，堪当人用。

宜嫔踏门而进："温妹妹，脸色红润多了。"

"宜姐姐快坐。"温妃招呼宜嫔坐在浅雕红木双角椅子上。

宜嫔劝慰说："宫中哪位嫔妃没有品尝到失去皇子的痛苦？温妹妹若整夜哀怨哭泣，置皇上的脸面于何地？也不会讨太皇太后的喜爱，还是一切照旧，一切如初为好啊。"

"多谢宜姐姐提醒。"温妃淡淡地回答。

"温妹妹听到了吗？慎刑司最近用七层的白棉纸气毙了敏贵人身边的宫女百合。"宜嫔面带喜气。

"噢，竟有此事？"温妃疑惑。

"百合是承乾宫的人，看佟佳贵妃如何处理。"宜嫔扭着丰盈的蛮腰，"昔日的使唤宫女如今都已经和她平起平坐，她还能坐得稳？"

"本宫腹中的胎儿，也定是佟佳贵妃的主意，敏贵人懦弱怕事，怎能有如此的胆子？佟佳贵妃，本宫必要和你斗个你死我活。"温妃激动地咳嗽，青梅上前轻轻拍着她的背。

"趣事特别多，姐姐还遇到个巧事。"宜嫔卖着关子。

"宜姐姐近日真是喜事不断，听闻皇上最近没少翻宜姐姐的牌子，巧事自然不断。"温妃羡慕地说。

"浣衣局有个宫女名为流香，知晓许多内情，臣妾今日带过来了，温妹妹看看此人怎么样，再决定去留。"宜嫔笑道。

身着碧色的宫女流香恭敬地跪地叩首。

"抬起头来，让本宫瞧瞧。"温妃挑剔的眼神。流香抬起颇为清秀的脸，眼底隐藏着膨胀的欲望。

"将惊天的阴谋再说一遍。"宜嫔督促。流香绘声绘色、八面玲珑地讲述着梵华佛堂失火一事。温妃纠结的眉峰渐渐舒展，春意、荣嫔，上天终于开眼了。

"青梅，如今你的身子差，流香和你也有个照应。"温妃耐心地嘱咐，"多谢宜姐姐，给妹妹送来如此伶俐的宫女。"

"对味便好。"宜嫔点头。

温妃眯着丹凤眼问："宗人府大牢查到什么，人证物证都在吗？"

"都准备好了，待到中秋佳节那日，定会大白天下，一举扳倒长春宫的两位贵人。"

"好，新账、旧账一同算，血账血偿。"温妃执着而语。

一连几日，宫中风平浪静，东西六宫的主子和宫人们都在为中秋节忙碌。流香去储秀宫的消息也传入了长春宫，卫岚音轻抚着小腹说道："人以类聚，既然她选了出路，何来咱们操心，咱们也没有亏待她。"

"主子所言极是，自古不防君子，必防小人，宫女流香便是十足的小人，小人只会记得主子的不好，从不感恩，今后主子还是提防为妙。"落霜望着窗外的细雨，"主子，今儿天寒，还去慈宁宫请安吗？"

卫岚音望着昏暗的天空，灰灰蒙蒙，雨水洗过的宫墙越发红艳，屋顶琉璃也愈加耀眼，安宁的雨滴飘飘洒洒落在青石砖上，溅出如玉兰般的花朵，释放出泥土清新的芬芳，沁人心扉。

"既然都准备妥当，还是去吧，已经拖了太久。"卫岚音望着桌上红绳系好的油纸包。回宫后，还未曾去慈宁宫请安，于情于理都说不过去。

"虽然定好日子，却不知晓今日有雨，主子身怀皇子，莫要着凉。"落霜劝解。

"无碍，今日去吧，一则本是定好的事儿，再则天公也是作美。今日去慈宁宫请安的嫔妃不会太多，也成全了我。"卫岚音不想遇到无关之人，虚伪客套。

"还是主子想得周全，奴婢去准备薄绒披风。"落霜走进了内室。

卫岚音望着窗外的细雨，想起了那件曾经温暖在心头的黑绒披风，心中如针芒刺痛。在百花宴席中他对荣嫔的款款深情，储秀宫内对温妃的阵阵疼惜，她又算得了什么？若比盛宠，哪能抵得过荣嫔十年不败的荣耀？若比尊荣，哪能抵得过温妃和佟佳贵妃出身名门的高贵？若比相衬，哪能抵得过落霜的十载默契相守……她除了最不可靠的容貌，还有什么？凭什么去争、去斗、去爱呢？百花宴上的一别，到储秀宫的一瞥，情绝意断。昙花一现的情爱，终归灰飞烟灭。

落霜将赤色薄绒披风系在她身上，吩咐着小安子拿着备好的礼品，撑起翠鸟枝头的油纸伞说："主子，走吧。"

长春宫偏殿内，敏贵人望着卫岚音柔润的背影，眼底飘过蔑意，刻意地问道："良贵人冒雨要去哪里？"

"回主子的话，奴婢昨儿听虹酿说，良贵人今日要去慈宁宫请安。"宫女成碧恭敬地答道。百合气毙而亡的消息传遍东西六宫，敏贵人已经成为宫人眼中的恶人，她与百合同是佟佳贵妃派来的人，哪里知道宫女百合与永和宫德嫔内在的关联。

"原来如此，速将此事告知贵妃姐姐。"敏贵人抿着红唇，无事献殷勤，还装成高真傲性的神色，让贵妃姐姐收拾你。

"是。"宫女成碧应声而去。敏贵人目不转睛地盯着绵绵寒雨，忍耐再忍耐，终会寻到恰当之时，将所有的耻辱找回来。

收到消息的佟佳贵妃转动着犀利的眼神，启唇吩咐着玉镯："将做好的参汤备着，随本宫去趟乾清宫。"

她盯着屋檐下低垂着的珠帘，今日便成全贱蹄子一回，皇上定会赞赏她大度懂事。她需要的不是皇上的盛宠，而是皇上的信任，这才能确保她稳坐东西六宫的首位。

卫岚音正在通往慈宁宫的路上，她喜极了雨中漫步的感觉。走在洗刷无尘的石子路上，听着淅沥的雨声，耳边吹过寒意，拂过唇边，薄凉的感觉好似他温存的舌尖，挑动着她沉迷的情欲。

"主子，小心些。"落霜贴身搀扶着她，一刻也不敢松手。

卫岚音安然微笑，一路绕转，来到慈宁宫门。

"臣妾给太皇太后请安，祝太皇太后身体康健。"卫岚音跪地叩拜。

太皇太后胸前佩戴着珊瑚朝珠："良贵人快起来，雨天儿来给哀家请安问候，哀家高兴呀。"

"臣妾惶恐，本应早来，却因前几日害喜得厉害，恐冲撞太皇太后，才拖到今日。"卫岚音柔声回答。

"无碍，慈宁宫随时迎着良贵人到来。"太皇太后看着岚音显怀的肚子，如若生下一名公主该有多好。

卫岚音望了眼桌案上那盆有凤来仪的杜鹃盆栽，苏麻嬷嬷也是养花高手，如今的杜鹃花，更为繁盛锦簇一团。她淡淡地说："这是臣妾在宗人府晾晒的滑嫩牛肉干，请太皇太后品尝。"

"噢？"太皇太后惊奇地望着苏麻嬷嬷呈上来的牛肉干，缓缓放入口内，外焦内软，香气十足。

岚音将另一油纸包打开，指着里面白如脂的奶豆腐说道："这是臣妾与落霜试过多遍，共同晒制而成的奶豆腐，可以融化在热水中，刚好就着牛肉干食用，太皇太后也尝尝。"她将方正的奶豆腐放入福寿茶杯中，手执嵌着松石的勺子搅动，水中顿时乳白一片，奶香四溢。

太皇太后闻着熟悉的乡野味道，细嚼着牛肉干，好似回到了科尔沁的帐篷里，她克制着激动的情绪。

"太皇太后喜欢便好。"为了准备太皇太后的礼品，卫岚音费尽心思，看着太皇太后眼中的氤氲，礼物果然送对了。

"良贵人是如何做的？"苏麻嬷嬷见牛肉干和奶豆腐没有草原那般生硬，好奇地问起做法，"格格喜欢，奴婢今后也多做些。"

"这些都是家中额娘教授，臣妾已将做法写在信函上，今后辛苦苏麻嬷嬷。"卫岚音真诚地笑。

"多谢良贵人，侍候格格是奴婢的分内之事。"苏麻嬷嬷接过信函。

卫岚音又指着晾好的山菜："还有晒好的山菜，都是煮饸饹的配料。"

"好啊，哀家好久没食用饸饹了，都忘却了饸饹的味道，还是良贵人懂哀家的心思。这年纪越大，越是思念故土啊。"太皇太后连声叹息，"良贵人被人栽赃陷害，身处大牢，还时刻想着哀家，真是受了不少委屈呀。"

"臣妾已经洗刷了欲加之罪，谈不上委屈。"卫岚音摇头，"臣妾知晓太皇太后和皇上的难处。"

"良贵人可记恨皇上？"太皇太后试探地问。

"臣妾不敢，臣妾出身卑微，不敢独承盛宠，何来记恨？"卫岚音聪慧地应答。

太皇太后语重心长地说："世上无人能决定出身。既然享受荣华，也必要承受凄凉。皇上首先是大清的皇帝，然后才是后宫嫔妃的夫君。"

"臣妾谨记太皇太后教诲。"太皇太后果然是智者，看透万千乾坤。

"良贵人心灵手巧，哀家欣慰啊。"太皇太后指着柔嫩的牛肉干和奶豆腐。

"太皇太后何时想食用，臣妾必当随时做好送来。"卫岚音微笑。

"朕若想食用，良贵人是否也一同送来？"玄烨意味深长地踏步而进，龙袍颇为凌乱，云纹龙靴也拖沓了几分。卫岚音惊讶地掩住娇艳欲滴的红唇，内心波澜再起，他怎么来了？

"皇上来得真巧。"太皇太后笑意盈盈地眯着炯炯有神的眼睛。

"今儿寒气重，孙儿挂念皇祖母的腿疾，故而过来探望。"玄烨情真意切，"孙儿带来了太医新泡制的药酒，给皇祖母尝尝。"

太皇太后笑道："皇上孝顺，良贵人也孝顺，都惦记哀家呀。"

玄烨瞄着卫岚音："朕在外面听到良贵人送了皇祖母礼品，实在难得，不知良贵人为朕也准备了礼物吗？"

卫岚音抿着红唇："臣妾驽钝，晾晒了丁香苦茶，可清火去湿，如若皇上不弃，臣妾送到乾清宫去。"

"噢？"玄烨挑着浓重的两道眉峰。

"启禀皇上，主子每日清晨还收集了花朵上的凝露，足足有一瓷瓶，想送与皇上。"落霜跪地，落落大方地答道。

"良贵人也有行吟泽畔之风，文人雅士的所爱？朕也尝尝。"玄烨称赞。

慈宁宫内因玄烨的到来，陷入了微妙的气氛。苏麻嬷嬷捧着牛皮水壶说："这是新煮的奶茶，外面寒气重，皇上和良贵人驱驱寒气。"

玄烨盯着他曾摔碎的黄瓷小碗，愕然地抬头看着太皇太后。

太皇太后慈眉安详地说道："皇上喜欢的，哀家自当记得。黄瓷小碗本就是成双成对，只是皇上一味地喜欢其中一个，便将另一个忘却了。既然皇上失手打碎了喜爱的那个，哀家便找出另一个来，以解皇上的失意伤心。"

玄烨内心苦涩，皇祖母一语双关，真是用心良苦。

卫岚音并不知晓其中的内情，她轻轻地捧起温热的奶茶，淡淡的奶香伴着茶气，香腻可口，回忆着幼年的味道。

"良贵人还用得惯？"太皇太后问。

"臣妾幼时，额娘曾做过奶茶。"卫岚音想到过世的额娘，眼中氤氲如云。

太皇太后面容凝结了片刻，很快缓过神儿来，试探地问道："良贵人的额娘来自草原？"

玄烨的脸色沉了几分，默默无言。

"臣妾的额娘为满人，奶茶是额娘和草原的老嬷嬷学的，臣妾也没有去过草原。"卫岚音想起满眼汪泉的额娘、惨死的弟弟，跪倒在地，"臣妾的额娘去得早，一奶同胞的亲弟和阿玛，都已命丧黄泉，请皇上和太皇太后为臣妾做主，早日将贼人绳之以法。"

玄烨愧疚地看着她柔弱的容颜，好想拥在怀中，好好疼爱，但有太多无奈。他终于开口说道："朕已着令大臣们去办，流窜的山贼太过猖狂，竟敢抢劫皇亲国戚，如若抓捕归案，必当凌迟赐死。"

"臣妾谢皇上。"卫岚音跪地叩首。

门外愈下愈大的秋雨，如豆子般敲打着青石板，太皇太后闲聊着家常："今年风调雨顺，百姓会有个好收成，草原上的牧草也会长得茂盛。苏麻，去做几个可口的小菜，留皇上和良贵人一同用膳。"

玄烨脸色挂着喜悦，感激地望着太皇太后。卫岚音偷瞄着他，不自然地摸着耳边的木槿花耳坠，内心纠结。

"良贵人心灵手巧，这有凤来仪的杜鹃花，哀家越瞧越喜欢，是从哪里学来的？"太皇太后盯着锦簇的杜鹃盆栽问。

"回太皇太后的话，臣妾素来喜爱花草，平日里闲翻一些古籍，自己想的，博太皇太后一笑便知足了。"

"良贵人真是甚得朕意。"玄烨望着安然的卫岚音，脱口而出。

卫岚音低垂着双眸，如若真的懂得和喜爱她，又何来放手逐爱？慈宁宫回荡着淡淡的檀香，掺杂着妙语笑意，温馨十足。

这是一顿安静又充满韵味的晚膳。餐桌上，太皇太后字里行间透着慈爱，卫岚音倍感煎熬和不安。玄烨从未有过的欣慰，身边是怀着自己骨肉的心爱女子，是至亲爱戴的长辈，他听着簌簌的雨声，原来自己的心也这般容易被填满，有岚儿，真好。

雨过天晴，满院的琉璃朱红晃得人睁不开眼睛，卫岚音默默地跟随在玄烨的身后，落霜示意小安子回宫去取凝露和苦丁茶。

玄烨担心卫岚音有孕的身子，走得缓慢，余晖下，长长的宫墙映着两人若隐若现的身影，好似苦恋中浮浮沉沉的两颗真心。清新的风儿吹过，岚音头上玉络子随风摆动，别有风情。

"良贵人怪朕吗？"玄烨停止脚步，轻问。

"臣妾不敢。"卫岚音眸底流光。

"是不敢，还是不能？"玄烨转过身子，盯着她黯淡的眼神，紧紧逼问。

"不敢又不能，臣妾如今只求平安生下皇子，了却余生。"卫岚音迎着他幽深的眸子，坚定而语。

玄烨试图在她的眼神中找到丝丝留恋和不舍，却捕捉不到任何情意，只有无尽的伤感和失落。他不甘地举起手，意图拥她入怀，指尖拂过那娇柔的脸颊，如风地垂下。他抑制着心中的痛楚，带着伤感和失望仓促而去。

卫岚音静静地看着明黄色的身影消失在视野里。

"主子，为何这般对待皇上？"落霜心疼。

"一切终究抵不过皇威，我又何必扰乱各自的心……"卫岚音微笑着流下一滴清冷的泪珠。她望着四周连绵起伏的威严宫墙，踩在笔直的石子路上，一字一句地说道："情爱本是云端之物，镜花水月最不可信，这里是食人的地方，咱们只能继续走下去。"

落霜扶着卫岚音："奴婢必会一路相随。"主仆二人，互相扶持，消失在紫禁城的尽头。

回到乾清宫的玄烨，将龙案上的紫檀嵌玉、黄杨木笔筒、漆雕盒扔在地上。

"皇上息怒。"梁公公跪下劝慰。

玄烨深深地叹出心中的怨气，他在做什么？如今的一切不正是他想要的吗？皇祖母已做到了对卫岚音的善待，他也要坚守诺言。

奉茶宫女茗玉端着热茶款款而至，她望着满地狼藉，放下手中的浅雕托盘："皇上，这是长春宫送来的丁香苦茶和凝露，奴婢按照信函所述烧煮，请皇上品尝。"

玄烨望着茶杯中黛青相见的色彩，想起慈宁宫中的戏语，这么快就送来了。他缓缓端起茶杯，闻着淡淡的香气，喝了一小口。苦涩的味道瞬时充斥喉间，他皱着眉头，不断咳嗽。

"皇上。"梁公公关切。

"皇上恕罪。"茗玉吓得跪下。

玄烨摆手："都下去吧，朕要一个人静静。"梁公公与茗玉面面相觑，叩拜离去。

乾清宫中恢复沉寂，玄烨安坐在鹿角椅上，又重新端起茶杯，细细地饮下苦茶。苦，的确很苦，似乎含着岚儿的泪，比黄连还苦。入喉之后，舌尖却留下淡淡的苦香，她是在告诉他，她有多苦吗……

玄烨望着窗外，仿佛看到了卫岚音鼻尖儿挂着薄汗，采摘凝露和丁香苦茶的画面，他缓缓饮下苦中带甜的茶水，品读着她的情意。这一天的温馨定格在两个人的心中，卫岚音不曾想到有更大的风暴在等着她。

紫禁城一年当中的元旦、中秋节和皇上生辰的万寿节尤为重要。中秋节为团圆之日，万人期盼。凉风习习，天公作美，满月挂在枝头，摇曳多姿，妩媚动人。满桌子用蒲叶包裹的肥蟹，鲜香四溢，各式的月饼排成一线，时令的苏叶汤，多子的石榴，玛瑙葡萄，琳琅满目，满席华贵更是光华。

玄烨洗手焚香行礼，后宫的嫔妃按照尊卑顺序依次拈香叩拜，宫宴在盛世的琴音中拉开帷幕。

太皇太后安坐一旁，慈爱地对着裕亲王福全："嫡福晋要生了？"

福全恭敬地俯首答道："承蒙皇祖母挂念，就这几日，已经准备妥当，待临盆之日，还请皇祖母赐名。"

"好，哀家会赐名。"太皇太后笑意应着。

卫岚音安坐在德嫔的下方，低落地吃着五仁儿的月饼。德嫔关切地说道："今年的玛瑙葡萄酸甜可口，最是健脾，良妹妹吃些。这蟹子不如去年肥，良妹妹不食也罢。"

卫岚音会意地点头，蟹子寒性大，能致人滑胎，她又被歹人惦记。

对面传来僖嫔尖酸的高调："成妹妹的气色红润，想来小阿哥好多了吧。"

成嫔微张着红艳的嘴唇："承蒙僖嫔姐姐挂念，小阿哥身子康健，满月时已经剪过胎发，排行为七阿哥，皇上赐名为胤祐。"僖嫔并不知晓皇上赐名之事，本想羞辱成嫔一番，没想到反被嘲弄。后宫嫔妃中只有她从未有孕在身，皇上已经一年有余未踏进咸福宫，她又倒霉地与年老的汉姓女子张氏同宫，咸福宫宛如紫禁城中的冷宫，冷冷清清，毫无气息。若不是有太子撑腰，恐在宫中的日子越加难熬。赫舍里家的格格怎能屈居人后？宁愿体面地死去，也不能羞辱地活着。只要有一口气在，必要争到最后。她冷笑着饮下苏叶汤，艳红的指甲，泛着寒光。

这一幕悉数映进了卫岚音的眼底，都是可怜之人，又何必相互辱骂？

佟佳贵妃戴着凤冠霞帔，安坐主位，头上斜插着代表贵妃身份的金玉凤钗，她细致地为玄烨剔着蟹肉，一会儿工夫，蝴蝶花般的完整蟹壳呈现眼前。

"贵妃真是心灵手巧。"玄烨赞许。

"这宫中，论起剔蟹的本领，佟姐姐可为翘楚。"宜嫔高声赞许。下方的嫔妃掩鼻而笑，剔蟹的翘楚，古往今来从未听过。

荣嫔剥着红透的石榴："凡事都以小见大，剔蟹也是精细活儿，最磨人心，处处入微，治理后宫更是重要。"

温妃含笑怒瞪着荣嫔，将杯中的佳酿一饮而尽。宜嫔不以为然，嗤之以鼻。这便是红颜后宫，时时都在争权夺势，互相挤对。岚音看着眼前虚假的一切，胃中阵阵翻滚，便拿着玛瑙葡萄压了压。

安坐台前的太皇太后笑意："皇上登基以来，今年的中秋节最是喧闹。国泰民安，盛世万年的时候呀。"

"吾皇万岁、万岁、万万岁，大清国运昌盛万年。"众人齐声。

"好。"玄烨挥动着龙袍衣袖，高举着金镶玉盏，气势夺人。自冲龄登基以来，浮浮沉沉，隐忍多年，将近二十载，通宵达旦治理国家，恩泽万里，今日终于可以喘口气，歇上一歇。其实他更为欢喜的是遇到了岚儿。

卫岚音淡然地望着运筹帷幄的玄烨，仰慕、欣赏、感恩，独独缺了爱恋。福全苦涩无边，她心中始终只有皇上一人。

跛脚的温妃点头示意宜嫔，头上的金步摇徐徐摆动。宜嫔自叹自哀："皇上，今日臣妾宫中闯来了浣衣局的宫女玉珠，哭诉昔日在长春宫的不公，并要以死明鉴，有要事必须面见皇上，臣妾如何劝，玉珠也不说，您看？"

玄烨蹙眉："玉珠？"

温妃眯着丹凤眼："皇上，中秋佳节是月圆之日，神灵众多，想着宫女玉珠也不敢胡言乱语，都以死明鉴了，皇上还是听一听吧。"

佟佳贵妃嘴角上扬："皇上，今儿是吉日，何必为一个奴婢伤神。"

宜嫔面不改色，娇滴滴地说道："臣妾也心疼皇上操劳，执意不肯，但那玉珠一直跪在翊坤宫院内，臣妾瞧着可怜，又想到皇上爱民如子，便斗胆一提，既然佟姐姐训斥，那便当臣妾没提过，莫扰了皇上的兴致。"

卫岚音冷笑，好一出欲擒故纵的鬼把戏。玄烨深思，宫女玉珠必牵扯岚儿，今日的暗局已布下，意在沛公，他还是顺水推舟："传宫女玉珠。"

猥琐的玉珠拖着一条残腿，蹒跚地走来。她"扑通"一声跪倒在地："皇上，奴婢有要事禀告皇上。"

"说，但是你可要考虑清楚，所述如若是真的，可免去皮肉之苦，如若是假的，直接凌迟处死。"玄烨死死盯着玉珠。

"奴婢知道。"玉珠轻蔑地瞧了卫岚音一眼，死又何妨？不能让你得意忘形。卫岚音读懂了她的愤怒和怨恨。

玉珠凄厉地讲道："皇上，奴婢同良贵人同年进宫为婢，良贵人凭借自己有几分姿色而痴心妄想，一直蓄谋不轨。元旦，她曾勾引裕亲王，被兰嬷嬷罚去浣衣局当差，谁知又使出计谋，勾引上了皇上。后来良贵人在宫中举步维艰，为求庇护，多次勾引裕亲王，裕亲王为正人君子，怒斥良贵人不守妇道。"

"放肆大胆，竟敢随意诬陷。"宜嫔指着玉珠喊道。

"奴婢句句真言。"玉珠反复哭喊，"良贵人与落霜见奴婢知晓太多内情便设下毒计，在百花盛宴上欲置奴婢于死地，幸亏太皇太后仁慈，奴婢才保全一条性命。"

"皇上明察。"福全叩首行礼，满腹之语咽了下去。男女之事越描越黑，他越是解释，皇上越是狐疑，不如不说。

玄烨沉着心，难道岚儿与裕亲王真的有私情？他瞪着赤红双眼："将玉珠拖出去，五马分尸。"

"皇上，饶命呀，奴婢句句真言，良贵人生性下流，心计颇深。她才去宗人府大牢几月，便已怀了身子，她在欺骗皇上啊。"玉珠大喊。

太皇太后盯着安坐的卫岚音："良贵人可有话说？"

卫岚音扶着隆起的肚子："臣妾清清白白，望太皇太后明察。"

温妃立着丹凤眼："皇上，太皇太后，良贵人腹中的胎儿是在宫外所得，为堵芸芸众生的口，何不找来宗人府的主理事过来问话？"她的话惊动四座，混淆皇子为死罪，不洁更为死罪，这一条条重罪，足够卫岚音死过千百回。

玄烨从未想过会这般烦琐，想到岚儿无情的眼神，难道她真的背叛了他？

"传主理事。"

主理事因良贵人一事被革职查办，朝中的大臣联名保奏，如今他放官在外比原来的官职还高一级。卫岚音见他官帽上的花翎，恶人竟然升了官职。

"朕问你，良贵人在宗人府中发生了什么？"玄烨恶狠狠地问。

主理事背诵着写好的话语："微臣听衙役说，裕亲王曾去过大牢，至于发生了什么，微臣也不知晓。"

"你血口喷人，皇上明察，奴婢一直与主子在一起，主子从未单独见过陌生人。"落霜痛斥。

温妃凌厉："放肆，何时轮到一个奴婢乱说话！"

第二十章

一庭风雨自黄昏

宫宴上气氛紧张。主理事跪地："微臣不敢隐瞒，大牢里的衙役说宫女落霜态度轻浮，为传递消息，与一衙役还发生苟且之事。"

"住口。"卫岚音痛斥，"主理事大人刑讯逼供，滥用私刑，又血口喷人，到底受了何人的指使！"她跪在地上，"臣妾虽出身低微，亦是清白人家的女儿，请皇上明察。"

太皇太后凤威微冷："事关皇家颜面，必要查个水落石出！闲杂人等退下，今日的宫宴就到此。"众人叩拜而去，华丽的宫宴变得空旷。

佟佳贵妃不动声色地瞄着玄烨，玄烨的愤怒、疑虑、迟疑、杀气浮现在眼底。她暗道不好，皇上许诺的皇贵妃之位……

德嫔神色泰然地盯着傲娇的温妃，吐出葡萄籽，温妃身边的宫女青梅暗使着眼色。

玉珠会意地从怀中掏出信函："启禀皇上，太皇太后，奴婢手中有良贵人与裕亲王私通的证据。"

"传上来。"玄烨的脑中满是妒忌,他深信卫岚音的腹中是自己的孩儿,但卫岚音和裕亲王模糊的情意,伤了他的心。当从梁公公手中接过字条,看到熟悉的字迹时,怒瞪双眼,重掷:"裕亲王,如何向朕解释?"

福全扑面看到了坐看云起时的字脚,他拱手禀告:"启禀皇上,这是长春宫封宫百日时,微臣送去激励良贵人的话,并无他意,当时,还附有良贵人的家书。"

玄烨气得脱口而出:"朕让你去送药,不是送信。"

卫岚音内心震动,调理之药是他送的?

当局者迷,旁观者清,一次次为爱执着,一次次为情反复,聪慧的主子怎能看不透其中的奥妙?落霜偷瞄着脸色沉暗的太皇太后,到底是因为什么秘密?她痛指玉珠:"主子待你不薄,你为何恩将仇报,无中生有?"

玉珠巧对:"奴婢今日都是拜主子和姑姑所赐,这便是姑姑口中所谓的不薄?"

"你,你。"落霜气愤得说不出话来。玉珠冷笑,一副视死如归的神情。

温妃也开了口:"启禀皇上,良贵人与裕亲王私通相授,证据确凿。皇家血脉怎能混淆?请皇上明察。"

主理事更是无中生有:"禀告皇上,大牢里的看管衙役已承认与落霜姑姑有夫妻之实,而且发现落霜姑姑已不是完璧之身。"

玄烨脸色幽暗无比,怒瞪着他。

"皇上,宫女不洁为死罪。"温妃情绪激动,"辱没皇恩,更辱了富察氏的脸面,奸夫到底是谁!"

佟佳贵妃和荣嫔震惊地对视无语,多年的谜团终是打开,原来落霜与皇上已有夫妻之实。

卫岚音看着落霜,又盯着乌云密布的玄烨:"温妃同样出身名门,口出秽语,难道不是同样辱没门风?是哪位衙役诬陷落霜?我要与他当面对质。"

"良妹妹自己的事还没说清楚,还惦记着旁人,难道是良妹妹在背后指使？"妖艳的宜嫔笑意盈盈。

"都住口。"太皇太后低沉的语气，"主理事，哀家问你，为何你才来禀告？难道你不懂知情不报，为重罪吗？"

"回太皇太后的话，微臣在宗人府当值，不敢得罪裕亲王，微臣如今调入外地，今日回京与家人团聚，刚好碰到了为中秋宫宴出宫采买的公公，几经转折遇到储秀宫温妃娘娘。微臣思前想后，知晓此事重大，不敢隐瞒皇上和太皇太后。良贵人身为皇上内眷，行为不端，辱没皇恩，宫女落霜更是犯了宫规。微臣都是为了皇上和大清着想，请太皇太后开恩。"主理事神情泰然。

"裕亲王有话说吗？"太皇太后转向福全。

福全解释："回皇祖母，回皇上，微臣与良贵人确是走得近些，但都是为皇上办事，绝无他想，更无贪恋。主理事无中生有，难道仅仅凭借只言片语便要诬陷微臣和良贵人的清白吗？良贵人为皇上亲眷，皇家血脉不容混淆，敬事房皆有密档，亦有太医的记载，怎能有假？如此诬蔑吾等，皇上龙威受损，安何居心？"

温妃不依不饶："启禀太皇太后，臣妾正是为了皇上的颜面。连太医院的林太医与良贵人也关系匪浅，只要严刑拷打，定能问出奸情。"

"放肆，哀家看温妃落胎后愈发糊涂，还是要多加休养才是。从今日起，温妃禁足储秀宫，没有哀家的旨意，不得踏出宫门半步。"太皇太后痛斥。

"太皇太后息怒。"温妃跪倒在地。

佟佳贵妃冷笑地望着失意的温妃："皇祖母，臣妾认为此事唐突。良贵人贵为一宫之主，深得皇上宠爱，除非她与皇上有深仇大恨，才会报复皇上，这不是天大的玩笑吗？"

报复？玄烨脸色一沉，难道岚儿知晓了自己的身世？他的脑中满是伤楚和质疑。

"良贵人你可有话说？"太皇太后语调微冷。

卫岚音望着玄烨，表明心意："臣妾心中只有皇上，今后也只有皇上，从未改变。"

玄烨轻蔑地看着她，她若对他有情，为何昨天不对他说，现在来博取同情？

"好一个从未改变。"太皇太后回忆起当年，有人在耳边也曾告诉她，"他对她的爱，从未改变。"

"皇上，你怎么看待此事？"她扭过头，蝴蝶玉簪子抖着翅膀。

"一切听皇祖母的安排。"玄烨轻轻拉起卫岚音冰冷的手，"地上寒气重，起来吧。"

卫岚音低着头，不敢正视他的眼睛，她与裕亲王无逾越，却有过私心在先。她急于解释："望皇上信臣妾的一片真心。"玄烨无动于衷，卫岚音失落。

落霜从容地拔下兰花银簪，朝喉咙刺去："奴婢虽为宫女，亦懂得仁义道德，恪守女诫，怎能与衙役苟且，怎能令富察氏满门蒙羞。请皇上、太皇太后明察，奴婢愿以死明鉴。"

裕亲王福全见状急忙出手阻拦，打落她手中的银簪，簪尖儿偏了几分，划破她白皙的脖颈，鲜红的血染透了圆边的领口。

"落霜。"卫岚音将她拥在怀中，"你怎能这般傻，让恶人得意。"

落霜含着泪："主子，落霜不能连累主子。"

"传太医。"玄烨脸色低沉。

卫岚音轻轻擦拭落霜的伤口，恭敬地叩倒在地说道："臣妾自幼熟读女诫，愿为贞妇。今日蒙尘，被小人诬陷举止轻浮，臣妾愿与无耻小人当面对质，谋求清白后，臣妾甘愿受死，以鉴明志。"

"那不如让落霜验身？"妖艳的宜嫔紧逼。佟佳贵妃冷笑地看着她，郭络罗家的格格也如此糊涂，落霜在乾清宫十余年，不是云英之身，她还不知道内在的事吗？

忽然，福全牵着落霜冰冷的手："微臣知罪。微臣爱慕落霜多年，与落霜一直暗中往来，更是情不自禁……"他的话惊起四座。他为了皇上的龙威颜面，为了稳住朝堂，认下与落霜的私情："启禀皇上、太皇太后，微臣与落霜相识多年，一直爱恋于心，无奈家中早已娶妻，又恐委屈了她，一直未能请旨赐婚。今日主理事一言，所述不实，微臣去宗人府大牢是与落霜相会，情不自禁地私定终身，并非爱慕良贵人。至于衙役，必不知晓微臣与落霜之事，才受人蒙蔽，口出狂言，此人必当重罚。"他怒声痛斥，"主理事大人，还不向皇上和太皇太后从实招来，否则便是欺君之罪。"

"回皇上的话，裕亲王所言极是，微臣受了衙役的蒙骗，确是唐突，微臣必定严查惩办衙役，请皇上恕罪。"主理事见温妃娘娘被喝令禁足，知晓今日之事必败，便顺水推舟，随声应道。

玄烨盯着主理事内心厌恶，今日之事是钮祜禄家胁迫他，意图扳倒岚儿和落霜，甚至裕亲王，以报温妃落胎和青梅幽闭之仇。尊贵世家怎能扳倒亲王，真是胆大包天！他怒气地说道："主理事渎职失德，永世不得还京，嚼舌的衙役斩首示众。"

"谢皇上不杀之恩。"主理事瘫坐在地。

李太医和林太医背着药箱匆忙到来，见到落霜满脸苍白，急忙俯身敷药止血。林太医心疼地拾起青石砖上染血的银簪："姑姑何事这般想不开，如若再正一分，神仙也无力回天。"

落霜张着干涸的嘴唇，微笑示意。

台前高坐的太皇太后笑看这场闹剧。裕亲王的眼神，暴露了惶恐的内心，她威严地说道："依哀家看，裕亲王与落霜苦恋多年，未有果，想必是缘分未到。如今裕亲王府的嫡福晋临盆在即，侧福晋温婉贤淑，岂不伤了真心？落霜自戕以证清白，裕亲王罚俸半年充当国库，休要再提此事，违令者必当斩首示众。皇上如何看待？"

玄烨凝神盯着落霜，仿佛回到了那个开满桃花的春日，满地落英衬着碧绿的宫裙，眉清目秀的女子含笑望着他。当他习惯夜夜红袖添香的美景时，她却拒绝了他。他何时受过女子的婉拒，那天夜里，他借着醉意，将她强行抱到明黄帷帐的龙床上。

原本以为折翼的鸟儿不会再任意翱翔，会委身在他的呵护之下，他却大错特错，那只鸟儿暗暗地舔着伤口，更加无声地抗拒和蔑视。他还记得哭泣的深语：愿得一人心，白首不相离。这样无礼的要求，让他恼羞成怒地撕毁了拟好封妃的圣旨，再没炙热地看过她。而她的眼神却愈加鹣鲽氤氲，情深似海。那又如何，短暂一瞬，只是停留在喜欢。直到遇见岚儿，他才体会到蚀骨之痛。

他艰难地开启金口："既然郎情妾意，朕成全你们。着富察氏落霜为裕亲王府的侧福晋，择吉日完婚。"

福全颤动地跪倒在地："微臣接旨谢恩。"卫岚音落下眼泪，这是落霜最好的归宿。无爱无情，亦能守住宁静。侧福晋的身份，必能护她一世平安。受苦煎熬半生，应享荣华安逸了。

"也罢，就依皇上吧。"太皇太后的心中久久不能平静，今日的闹剧便是日后的祸端。储秀宫的温妃如此强悍，她年纪轻轻，入宫才半年，便能策划布局。今日虽是漏洞百出，仍是锋芒外泄。如若日后羽翼丰满，又生下皇子依靠，岂不是独霸后宫？她看着玄烨那身飞龙在天的龙袍，既喜悦又失落，千年明主圣君，名为守成，实为开创。宫中嫔妃众多，个个家族显赫，后宫注定子孙延绵繁茂，未来的皇储之位，将会流血相争，引起大乱。

她最不放心的就是良贵人，百年之后，她有何脸面去见姑姑和温庄公主？林丹汗当年的临死之言，真的竟然成了现实，察哈尔的最后血脉已经将爱新觉罗家族最优异的男子俘虏，难道是命中注定……

突然，末位传来一声撕心裂肺的喊声："啊。"

敏贵人身边的宫女成碧惊慌失措地喊道："来人啊，主子见红了。"

李太医和林太医急忙小跑上前，李太医抢先将轻纱覆到敏贵人手腕上，大惊失色："启禀皇上、太皇太后，敏贵人宫寒滑胎了。"

"什么？！"太皇太后激动，短短几日，宫中两位嫔妃滑胎，怎会是偶然？

"不可能，我的孩儿，可怜的孩儿。"敏贵人额头上泛着薄汗。

卫岚音惊愕地望着她，盯着殷红的血迹，她假意怀孕，如何能滑胎？她看着林太医，林太医会意地走向前，李太医退到一旁，佟佳贵妃目不转睛地盯着林太医。

林太医蹙眉，看着桌上的蟹壳："敏贵人服用了蟹子？"

"回大人，主子只食用了一只。"宫女成碧哭道。

"蟹子虽性寒，食用一只不足以滑胎。"李太医缓缓说道。

林太医点头："敏贵人还食用过什么？"

成碧擦拭敏贵人额头上的薄汗："今日午后，德嫔娘娘送来了新鲜的香梨，主子食过香梨之后，觉得腹痛，小睡过后好多了。"

敏贵人梨花带泪地指着德嫔，痛哭："德姐姐，妹妹待你如亲姐，你怎能害妹妹？"

德嫔稳着焦灼的性子，轻柔地说道："香梨本宫都没舍得吃，送给了敏妹妹和良妹妹，良妹妹也吃过，可有不适？"

卫岚音摇了摇头。

"良妹妹也有孕在身，为何敏贵人会有事？请皇上和太皇太后明察。"德嫔行礼。

佟佳贵妃轻盈地站立："皇上、皇祖母，这儿离承乾宫近些，长春宫偏殿阴冷，近日秋凉，敏贵人又是头次落胎，莫要伤了身子。还是送敏贵人去承乾宫休养吧，莫耽误身子。"

"准。"玄烨冰冷地答道。

"李太医、林太医，到底是何原因致使敏贵人滑胎？"太皇太后厉声。

李太医瞧着林太医，拱手回道："回太皇太后，依照敏贵人贴身宫女所述，微臣认为，香梨和蟹子都性寒，如若有孕在身，单独食用无事，但一同食用，恐为不妥，敏贵人身子柔弱，又是初胎，这才引起的滑胎。"林太医点头，拱手复议。

"皇上、太皇太后要为臣妾做主啊，臣妾年幼无知，方才在一旁听德姐姐阻拦良姐姐食用蟹子，还不以为然，如今看来这都是设计好的一切呀。德姐姐送去香梨在先，又刻意阻拦良贵人在后，定是知晓两样寒食的滑胎之事。"敏贵人虚弱地说。

僖嫔煽风点火："臣妾也听到了德妹妹确是阻拦良妹妹食用蟹子的话语，良妹妹还直言相告不喜吃呢。难道良贵人也是知情？看，良贵人的桌子上连个蟹壳儿都没有。"

卫岚音渐渐松开了手，手中绣着百花扑蝶的手帕上两只艳丽的蝴蝶，如同挣脱了束缚，抖着斑斓的翅膀，飞跃到百花之上，带着毒性，迷惑着人眼，蛊惑着人心。

太皇太后瞄向佟佳贵妃，心中了然，佟佳氏和章佳氏当年的情谊恐怕没几人知晓详情，敏贵人果然是承乾宫的人，这是祖辈的恩怨，有恩必说，有怨必报。比起佟佳贵妃，温妃的确稚嫩了些。谁入宫时不是单纯天真？紫禁城如若陈年的染缸，年头越久，越是深沉，越是失去了原有的色彩，最后如同朱红色的城墙，双手血红。

"德嫔，你可有话说？"玄烨怒气地问。

德嫔辩解："臣妾受太皇太后信任，协助佟姐姐治理后宫，今儿内务府送来了还挂着水珠的香梨到了永和宫，听小太监说这是从天山运来的贡品香梨，极为珍贵，只有两筐，长春宫还没送过。臣妾曾养育过两位阿哥，知晓有孕之人必定喜食用酸甜之物，便吩咐宫人原封不动地送往了长春宫，哪里知晓寒性的事情。臣妾怀六阿哥时，也食用过梨子。今日宫宴，臣妾与良妹妹相邻而坐，颇为投缘，多聊了几句。臣妾也不知蟹子寒性一说，只知道御膳房都是用生姜蒸煮蟹子驱寒，怎会还有如此大的寒性？"

娇艳的荣嫔摆弄着艳丽的手指："德妹妹的意思是敏贵人自己害了腹中的皇子，故意栽赃陷害妹妹？"

"皇上。"敏贵人嘤嘤哭泣。

"依哀家看，德嫔无论是有心还是无意，都逃不了失职的惩戒，如此鲁莽行事，怎能服众？治理六宫颇为费心，还是先行歇息一阵子，随惠嫔学学规矩，再行辅助佟佳贵妃。"太皇太后思前想后，还是顺了佟佳贵妃的意，无子的人依靠的只有手中的权势。而拥有更大欲望之人，则需要经过河蚌成珠的磨炼，方能成为珍珠。

"是，臣妾接旨。"德嫔不骄不躁，不气不恼，"谢太皇太后的成全。"又转而委身行礼，"请惠姐姐提携。"

惠嫔颔首微笑，蛰伏最大的好处便是会有意外之喜，太皇太后派给她教导德嫔的差事，便是拉拢结盟的绝佳机会。即使未果，也会联络亲近，毕竟她们有共同的死敌。

太皇太后用力拄着手中的龙杖，重语痛斥："今日本是中秋佳节，万民同庆之日，宫中嫔妃却个个不安分守己，作乱宫闱。如今皇太后卧病在床，若是知晓尔等的乱事，岂不加重病情？难道让哀家再为皇上多选几位嫔妃入宫吗！"

"臣妾知罪。"各宫的嫔妃花枝乱颤，胆战心惊。太皇太后的一句话，便可让人身置冷宫，孤苦终老，良贵人是最好的例子。

太皇太后瞄着宫中所有的嫔妃，犀利的眼神穿透着每一个人的灵魂："知罪？你们心中所想，哀家看得透彻。千万不要在哀家面前耍那些见不得人的把戏，否则哀家必当按照祖宗家法处置。你们都要为所出的皇子公主着想，不要逞一时痛快，酿成大祸，害人终害己，也断了皇子公主的好前程。从今日起，如若再有人暗中生有，休怪哀家不讲情面。"她头上寓意着长寿的蝴蝶簪子，泛着寒光。

"皇祖母放心，孙儿定当不偏不倚，遵从皇祖母的教诲。"玄烨表明心态。

"都退下吧，你们回宫后都为死去的小皇子誊写些超度的经文。"太皇太后在苏麻嬷嬷的搀扶下，缓缓离去。

"都回吧。"玄烨不想翻任何人的牌子，失去了岚儿，他的生命里漆黑一片，失去了所有的色彩。

卫岚音失神地望着他，原来是他送来的药。她轻抚着小腹，孩儿，是皇阿玛的细心照料，才有了你，你要乖巧成长，分担皇阿玛的重担，成为顶天立地的巴图鲁！

各宫的嫔妃跪拜后相继离开，她也随着抬落霜的宫人，慢慢地消失在长长的琉璃宫墙里。回到长春宫后，吩咐宫女虹酿守在落霜床前照料。

她盯着青翠可口的香梨，想到满身血污的敏贵人，喉咙间上涌酸气，倾吐而出。

"难受了？"耳边传来熟悉的话语，玄烨轻拍着她的后背。

卫岚音急忙漱口，整理仪表："皇上万福金安。"

玄烨挽着她的手，坐在床上，如同在广阔的草原上牵着心爱之人，坐看落日。中秋宫宴上一幕幕的丑剧，令他疲惫不堪。

他突然间好害怕，体会到了父皇当年的心境。如若岚儿有任何闪失，他是何等的焦灼和痛心！他好想忘却仇恨，忘却身份，和心爱的岚儿，执手相守。这是可望而不可即之事，悲哀痛极。

"朕好累。"

岚音望着玄烨幽暗的眼神，看不清眼底的颜色，只是灰蒙蒙的一片，好似一汪深潭，尽是凄凉之情。江山社稷，祖宗家法，都重重地压在他那挺拔的肩膀上，朝堂之上震慑着朝中大臣，后宫之中更要时时提防枕边的每一个嫔妃，到底是一颗如何坚毅的心灵，才能隐忍苦难，将大清治理得如日中天。

卫岚音忽然觉得眼前的皇上如同迷失在树林中的百兽之王，偷偷舐舐着痛楚的伤口，不能发出一丝泄愤的嚎叫，只能隐忍地熬着。

两人就这般两两相望，千言万语，细水长流的情意缓缓而至，读着世间的冷暖。失落、伤感、痛心、无奈悉数流露，交缠成一股股心中的死结。灰烬不死又成期望，反复纠缠，却不愿放弃彼此的双手。

"岚儿。"玄烨将她拥在怀中。

"皇上。"卫岚音不经意间护着小腹。

"朕只想睡个安稳觉。"玄烨在她耳边吹着热气。闻着淡淡的龙涎香气，贴着温暖如初的胸膛，传来匀称的喘息。

岚音看着玄烨如峰的眉宇间锁着淡淡的哀愁，潸然泪下。此刻她终于深深体会到自古帝王皆无情的另一层含义。太多的情爱必会伤人伤己，所以帝王宁愿封闭所有的情感，孤独终老。这便是掌握生死大权的帝王，到底是可怜、可悲……

卫岚音笑中带泪，轻轻贴上冰冷的唇。几经反复，终是逃脱不开命运的安排、情爱的藤蔓。

玄烨沉稳地安睡，嘴角挂着淡淡的笑意。心有多大，装得下一人足矣。卫岚音贪婪地蜷在玄烨的怀里，享受着片刻的欢愉，臆想着浓浓的情意。

秋风瑟瑟，中秋宫宴上的明枪暗箭在岚音心头翻滚，宫中的每一日都在煎熬中度过，她祈祷着上苍，保佑腹中的孩儿平安落地，早日分担皇上肩上的重担。她害怕自己的贪念扰了佛祖的安定，独独没有保佑自己。

黑夜静寂得可怕，醒来的玄烨安详地睁开双眼："岚儿。"他知晓卫岚音一定彻夜未眠。

"嗯。"卫岚音一直守着这份宁静，她害怕醒来时，床上空无一人，冰凉的锦被上没有一丝皇上曾经来过的痕迹，她害怕至极。

"陪朕聊聊。"玄烨深嗅着卫岚音的长发，覆上她微微鼓起的小腹，"皇子吵闹吗？"

"皇子还小，哪能吵闹？"卫岚音含笑，"皇子懂事，从不折腾臣妾。"

"是朕的好孩儿。"玄烨想起去宗人府送千年灵芝那夜的情景。岚儿腹中的皇子果真是爱新觉罗家族的子孙。坚毅、执着，不惧艰难，只要有一分机会，都会坚强地活下去。

"岚儿觉得皇子是阿哥，还是公主？"他忍不住笑问。

"臣妾希望是个阿哥。"卫岚音答道。

玄烨手掌一颤，戳到痛处。

卫岚音带着几分激动："如果是阿哥，将来会分担皇上的责任，如裕亲王一般，辅佐太子治理大清。"

"岚儿对裕亲王很是不同！"玄烨的语气微冷。

"臣妾身份卑微，在宫中，曾经帮衬过臣妾的只有两人，一人是皇上，另一人便是裕亲王。臣妾对皇上是情深似海的情意，对裕亲王是涌泉相报的恩情，臣妾更因爱恋皇上，敬重裕亲王。"

卫岚音贴在玄烨的耳边，娇羞，"臣妾离不开皇上。"

话音未落，她已被玄烨禁锢在怀中，爱如潮水的汹涌热吻将她融化在温柔似水的情意中。

满圆的月亮挂在枝头，皎洁明亮，冲破束缚的两人，如火如荼地释放着内心的委屈、爱恋和哀怨，徒留满地清霜。交泰殿自鸣钟的响声徐徐传来，打破着温情的画面："岚儿，朕走出长春宫后，你依旧是朕的良贵人。"玄烨怀着歉意。

"臣妾懂得皇上的一片苦心。"卫岚音心疼地看着他。两人依依不舍地分别，透着微亮的天边，长春宫内孤灯无边，交杂着甜蜜的伤感笼罩在隐隐的宫闱之中。

承乾宫内，敏贵人躺在主殿的软榻之上，额头上泛着豆大的汗滴。

"敏妹妹再忍着些，虎狼之药劲头足，只要熬过两日便好了。"佟佳贵妃带着关切，为了使敏贵人的滑胎逼真，在敏贵人来葵水之际，用了可使女子脉象如滑胎之状的虎狼之药，要受些苦头，"玉镯，将本宫的鹿茸膏拿来，给敏贵人服用。"

"谢，谢佟姐姐大恩。"敏贵人疼得语无伦次。

"今日算那贱人幸运，躲过一劫。千里溃坝，不能急于一时，日后咱们有很多工夫慢慢收拾贱人。"佟佳贵妃痛斥德嫔。

敏贵人用过鹿茸膏后，小腹不再抽搐，她喘着气："没想到太皇太后如此信任德嫔，只掳取了她协助治理六宫之权，真是可恨。"

"这只是第一步，咱们少安毋躁。"佟佳贵妃转动着手指上的金镶，"储秀宫也不过如此，愚不可及，竟弄出如此拙计，怎能堪当重任？如若不是仗着身家尊贵，温妃早已受尽苦难。"

"佟姐姐，妹妹觉得今日的温妃太过急躁，如细加推敲，没有牵扯到裕亲王的话，还是够良贵人和落霜喝上一壶的。"敏贵人小心翼翼地推敲。

佟佳贵妃凝眉一笑："敏妹妹好聪慧。唉！休要怪姐姐曾给妹妹用不孕的汤药呀，姐姐也是无法，知人知面不知心，这宫中不是你害我，便是我害你。如今连良贵人都知道为自己辩解，甚至报复，还有什么不能发生？"

敏贵人低垂着头："妹妹从未多心。"

佟佳贵妃笑道："经过此事，你我已是一人。古语说，与多疑者共事则事必不成，与好利者共事则己必受累，敏妹妹是可用之材，又淡泊名利，今后咱们姐妹只要同心协力，必会共创大业。敏妹妹勿要多心多想，姐姐会助你早日诞下皇子。"

"多谢姐姐。"敏贵人羞愧。

"敏妹妹柔润可人，皇上和皇祖母定是喜欢，良贵人也没有戳穿妹妹呀。"佟佳贵妃瞧得通透，"摇摆不定总是祸害，良贵人一路隐忍，举棋不定，既得罪了贱人，又疑虑敏妹妹，实在是得不偿失。"

"佟姐姐，今日皇上亲自赐婚落霜为裕亲王府的侧福晋，良贵人岂不有了靠山？"敏贵人问。

"敏妹妹多虑了，落霜的额娘去世后，她阿玛将侧福晋扶了正，府宅之争形同后宫，更为血腥。如若对落霜抱有一丝情意，怎能这么多年不闻不问？"佟佳贵妃得意。额娘曾教导过她，只有自己强大，才能为佟佳氏锦上添花，否则只能成为家族的弃子，"裕亲王与落霜不见得有多好，落霜侧福晋的名分，只能带给她更多的灾难，咱们等着看好戏吧。"

"还是佟姐姐通彻。"敏贵人充满了对佟佳贵妃的崇拜。

夜色沉沉，姐妹二人推心置腹，秉烛夜谈直到天明。后宫的风云动荡，朝堂上人事伦常，环环紧扣的魔咒缠绕着所有的一切。

第二十一章

世事茫茫难自料

次日，风平浪静，落霜痛哭流涕地跪在卫岚音面前，"奴婢不愿出宫。"

卫岚音微笑着轻抚她鬓前的碎发："裕亲王为人随和，不会难为你。"

"主子。"落霜执意不愿。

岚音安抚："你身子未愈，还是先养好身子吧。今后无论发生什么，再不能做如此傻事！记住，你亦是我，我亦是你，我们都要好好活着，断不能中了奸人的计谋。"

落霜想起从火场逃生后，她对主子讲的一切，如今半载有余，主子竟也能云淡风轻地劝慰她，真是可喜可悲。

这时，林太医背着药箱，缓缓而至："拜见良贵人。"

岚音感激地看着他："昨夜险些拖累了林太医。"

"微臣惶恐，良贵人命中荣华，是微臣辱没了良贵人。"林太医真挚而言。

卫岚音轻柔地解开落霜脖颈处绵帛："敏贵人？"

"回良贵人，敏贵人的脉象微弱，的确是滑胎之兆。"林太医蹙眉，他从容地打开药箱，搭配着草药。

卫岚音始终不明，敏贵人根本无胎，何来落红？她轻声问道："可有汤药能令无胎，而滑胎？"

林太医大惊失色，他慌乱地看着卫岚音，卫岚音点头。

"确是有一种长在峭壁上的药，能令无孕而有孕，但极为伤身，服用此药后会有滑胎之兆，没有三五载，身子不能复原，难以受孕，若调养不好，会终身不孕，被定为巫术。"林太医从药箱中取出几只蟹壳，"良贵人，微臣从宫宴中发现了这个。"

"这有何不妥？"卫岚音问。

"这两只蟹壳，产地品相极好，却另有不同。"林太医指着蟹壳，"这只是良贵人桌上的，这两只是敏贵人食用过的。这两只蟹壳看似相同，却不同。"

"不同？"

林太医拱手："中秋蟹性寒，御膳房都是配着苏子叶、姜丝，淋上黄酒笼屉蒸煮，待成熟后，为防止蟹羹外露，会放入蒸煮后的汤汁中泡半炷香，再装入盘中，以供食用，所有的蟹壳中必沾染了姜丝的辛辣和苏子叶的清香。"他指着卫岚音席上的蟹，"良贵人的这只没有姜丝和苏子叶的味道，却含着柿子叶的苦涩，柿子极为耐寒，这其中的蹊跷……"

"到底是谁坑害主子？"落霜气愤。

"敏贵人食用这只与良贵人截然不同，照理敏贵人吃香梨和蟹子没有滑胎的缘由，天山香梨阳光普照，雨水充盈，不似北方梨子耐性足。倒是良贵人食用香梨，再食用寒上加寒的蟹子，必定滑胎。"林太医笃定地点头。

连一只蟹子都谋划到极致，真是用心良苦，卫岚音冷笑："我真的值得她们如此煞费苦心吗？"

"宫中三位嫔妃有喜，如今只有良贵人坐了胎，真是险中求稳。"林太医心有余悸，"微臣有一言，不知当说不当说？"

"但说无妨。"卫岚音哀婉。

"良贵人还是要在宫中多加扶植自己人为好，才能守住长春宫的荣耀，如今贼人如此胆大，那日后皇子的安危……"林太医内心担忧，他早已看到了将来的荆棘。

卫岚音淡淡地叹气，她想起了承乾宫的四阿哥和德嫔的失落。宫中宫规严格，除非位分尊贵，否则皇子百日后都会送往阿哥所抚育，皇子不在眼前，岂不更加凶险？

林太医和落霜面容上都泛着忧愁，担忧着她不平坦的后宫之路。

埋藏最深的人，还没有出手。钟粹宫内透着淡淡的光线，映着细软香纱，弥漫着浓浓的幻香，令人心旷神怡。

"姐姐，皇上真的如此说？"身着月色缎绣玉兰凤袍的通嫔喜悦地问道。

惠嫔紧闭双眸，看不出喜怒哀乐之色。

"姐姐，这真是天大的喜事呀。"通嫔抑制不住心中的激动。

惠嫔连声叹气，通嫔掩着红唇，疑虑地问道："姐姐？"

惠嫔盯着香蜜银丝如花的薰炉："没想到皇上不但没有忘却良贵人，反而更加深陷情爱，真是用心良苦。"乾清宫中皇上那真挚而威慑的话语仍在耳边，"良贵人若生下阿哥，朕会着钟粹宫抚育。良贵人与朕之子，宛如先皇口中的第一子，万不能有任何闪失，否则休怪朕对大阿哥无情。"想到那话语，她的手心泛着寒意。

通嫔面带得意："皇上着姐姐抚育良贵人腹中的皇子，又许以妃首之位，这是何等的荣耀啊！"

惠嫔摇头苦叹："皇上恩威并施，妹妹光看到荣耀，可看到了大阿哥的困境？"

"姐姐，咱们大阿哥年长，怎能敌不过一个奶娃娃，再则只要那皇子在咱们钟粹宫，还怕什么？先皇的第一子荣亲王仅仅活了三个月便早殇了。即使良贵人所生的皇子命长，皇上心中的第一子，那毓庆宫的太子置于何地？鹬蚌相争，渔翁得利，也好为大阿哥日后铺路。"通嫔说得头头是道。

惠嫔欣慰地点着头："皇上为不世出的圣君，断然不会公开世人这第一子的话语，这话也就是讲给本宫听听，本宫觉得皇上隐约知晓了宫中的一些暗事，旁敲罢了。"

"姐姐，莫要担忧，良贵人不一定能平安顺产呀。宫中有身子的嫔妃，只留下她一人，后宫的眼睛可都盯着呢，尤其是储秀宫。"通嫔劝慰。

"妹妹还是不了解皇上啊。"惠嫔随意地理顺着头上的玉络子，"皇上心思缜密，既然都已经想到由本宫抚育良贵人的皇子，那自然也会稳妥安排她人，保住良贵人腹中的胎儿。"

"那定是……"通嫔脱口而出。

惠嫔会意地点头附和，难怪此人转了性子，原来如此。

"良贵人到底给皇上使了何等的狐媚之术，皇上竟如此对她？"通嫔也猜到了皇上许给承乾宫的荣耀，不甘心地骂道。

"从即日起，一切筹谋，都要从长计议。"惠嫔别有用心地看着通嫔，"储秀宫败局已定，咱们走着瞧吧。"通嫔掩口而笑，钟粹宫内笑语不断，后宫不再安宁。

乾清宫的镂空金丝雕花的香薰球内，泛着幽幽的龙涎香。玄烨盯着龙案上的字迹，脸色沉暗。东西六宫，佟佳贵妃最为雷厉风行，惠嫔中规中矩，两人各有优劣，有这二人相助，岚儿必定能够安稳生下皇子，也了却不安之人的心思。他苦笑，从何时起，也学会了妥协。

昨夜长春宫的痴迷，今日朝堂上的刚毅，他仿佛沉浸其中，不愿觉醒。

"皇上，裕亲王求见，在外面候了好一会儿。"梁公公巧言察色。昨夜皇上去了哪里，他心知肚明。今晨裕亲王求见，这已经是第三次通报，皇上一直沉郁寡言，看来是中秋宫宴惹出的祸端。

"传。"玄烨意蕴低沉。

"传裕亲王。"梁公公高调一声。

裕亲王福全眼底赤红，跪在光泽的金砖之上，脱下十颗圆润东珠的官帽，叩首在地："微臣前来谢罪。"

玄烨想起卫岚音昨夜贴在他耳边的话语，不经意地问道："裕亲王何罪之有？"

"微臣行事鲁莽，险些坏了皇上的龙颜，毁了皇上的圣明，微臣有罪。"福全铿锵而语。

"那实情到底如何？"玄烨盯着他逼问。

"回禀皇上，微臣承认与良贵人认识在先，颇有缘由，后来良贵人在宫中举步维艰，皇上又派微臣暗中调查宫中秘事，故微臣更为留意良贵人，但尊卑有别，长幼有序，微臣怎能是淫乱之人，良贵人又岂是轻浮之辈。微臣与良贵人如君子之交淡如水，还望皇上明察。"福全的话语真挚诚恳。

"哈哈，好一个君子之交淡如水。"玄烨径直站立，"还请裕亲王记住今日之言，莫要伤了和气。"

"多谢皇上，微臣谨记。"福全恭敬地应道。

"良贵人一家灭门之案，查得如何了？"玄烨转而问道。

"回皇上，微臣派人详细调查了所有人，查到一件蹊跷事。"福全郑重脸色。

"何事？"玄烨惊讶。

"曾有百姓见过这伙人，他们都穿着黑衣，快马弯刀一路驰骋，空中还跟着两只雄鹰。"福全全盘托出。

"蒙古人？"玄烨瞪圆了眼睛，"此事皇祖母可知晓？"

"此事微臣才得知，并没有禀告皇祖母。"福全谨慎地说。

"事关重大，良贵人身世隐秘，如今又牵扯到蒙古人，定要仔细追踪，如有要事，可调京师大营的御林军侍卫围剿贼寇。"玄烨心中一惊，难道是察哈尔余孽？

"是，皇上。"福全坚定领旨。儿女情长，英雄气短，在大是大非面前，他必当以江山社稷为重。

玄烨专注地看着他问道："还记得草原上的三棱刀吗？"皇祖母多年前曾经给幼年的皇孙们讲过的故事。草原上的猎户在冬日里狩猎时，会将一种短如匕首的三棱刀，淋上厚厚的一层兔子鲜血，在寒风下冻僵，然后再淋上一层兔子血，辗转反复，兔子血盖住了三棱刀的刀刃，含着鲜血冰碴儿，看不出原来的模样。然后将刀丢弃到白雪皑皑的草原，过了几日，再去时，便会在三棱刀旁，捡到一头死去并已冻僵的野狼，这是草原上的老猎手常用的捕狼办法。

原来野狼被三棱刀上的兔子血腥所吸引，贪婪地舔舐，一直舔到了刀刃之处，仍然不知克制，野狼自己的舌头也被锋利的刀刃割破，鲜血直流，却抑制不住香甜的鲜血吸引，每一次疯狂的舔舐，都会加深舌上的伤口，此时的野狼已经分不清舔舐的到底是谁的鲜血了，周而复始，直到血亏而亡。皇祖母当年说的就是要众人记得勿要贪婪，定要克己。

福全缓缓点头："微臣当然记得。"

"朕万分克己，却步步沉沦，对待良贵人，朕如今已是嗜血的野狼，如若良贵人真的给朕扔出三棱刀，朕也是心甘情愿受死。朕如今最怕夜幕降临，清冷孤灯，香玉满怀，却不敢心中的思念。"玄烨憋在心头的话语，终于倾诉。

"皇上为真性情之人，微臣佩服。"福全震惊地望着他，原来朝堂上冷血铁腕的皇上，竟如此侠骨柔情。

"朕答应了皇祖母，放下良贵人，但良贵人自从回宫后，朕真是无能为力。"玄烨自言自语，"不见不念，不想不爱，都为空谈，皆是未爱入肺腑。弱水三千，朕只取一瓢而饮。"

"皇上。"裕亲王心疼地唤道。

玄烨轻抚着胸间，轻叹："朕不能对皇祖母食言，又不能克己，如今见伊人一面，难如登天，只能……"

"皇上勤政爱民，为天下苍生，呕心沥血，上天定会善待皇上的姻缘。"裕亲王只能做一个聆听者，倾听天子的哀怨。

"都是自家兄弟，让裕亲王见笑了，朕竟成了碎嘴的婆子。"玄烨端起手中的茶盏，恢复着犀利的眼神。这几日竟喜欢上了这个味道，从南书房回来，总要饮上一杯，浓浓的苦涩充满唇齿，竟有丝甘甜。月满则亏，苦极则甜，品的都是心境，"朕自当记着裕亲王的苦心，快入冬了，裕亲王准备何时迎娶落霜进府？"

裕亲王心头一沉："微臣当时也是无心之举。"

"裕亲王不惜自毁名誉，保朕的龙颜，朕颇感欣慰。只是落霜，朕当年许她妃位，她执意不从，并以死相逼，朕也是无法。春往寒来，十余年过去，朕也想给她安排个好去处。"玄烨歉意地说道，"她生性淡泊，别委屈了她，在裕亲王府内，朕也安心。"

"皇上放心，裕亲王府必会许落霜一生安宁，只是良贵人？"福全担心卫岚音身边可用之人本就不多，落霜走后，更是艰难。

"这是朕和良贵人共同的心愿。"玄烨坚信，岚儿也必如此决定。中秋那日他也是在卫岚音眼神的辉映下，才顺水推舟。

福全没有言语，答应迎娶落霜，只是权宜之策，他总觉得不会成为现实。落霜的性子偏执，如若今日能随心安稳嫁入裕亲王府，当年早已同意嫁与皇上为妃了，又何来这些日后的众多痛楚？毕竟富察氏一族，已显衰落，皇上又怎能旧事重提……

忽然梁公公脸色苍白地小跑而来："皇上，不好了。"

"何事慌张？"玄烨痛斥。

梁公公浑身颤动跪倒在地："奴才惊了圣驾，请皇上恕罪。方才太皇太后遣毓庆宫的宫人来报，太子不知何因，呕吐不止，神色恍惚，举止疯癫，到处喊着孝诚仁皇后和良贵人，太医们也束手无策。"

"什么时候的事情？怎么才来禀告？"玄烨怒道。太子症状如此重，难道没有一丝征兆？

"回皇上，听崔公公说，前几日太子便喊着头晕，着太医院用了安神的方子，今日用过午膳之后，太子便神志不清，已经将御膳房的宫人悉数叫到了毓庆宫，太皇太后和各宫的娘娘都去了，连卧病在床的皇太后都到了，只等着皇上。"事关重大，梁公公不敢有丝毫的马虎。

福全额头满是冷汗，太子为国之根本，竟然惊动了皇祖母和所有人，看来此事严重。

"摆驾毓庆宫。"玄烨匆忙踏步而行，"着裕亲王随行。"

"是。皇上。"福全应道。

一路急行，还未到毓庆宫门，便听到里面传来阵阵哭声，玄烨阴暗着脸色，跨过高高的门槛。

"皇上万岁、万岁、万万岁。"满院满屋之人，见玄烨到来，恭敬地行礼叩拜。

"平身。"玄烨摆着手，莹绿的玉扳指，泛着淡淡的光泽。

眼底红赤的僖嫔嘤嘤哭泣，卫岚音坐在床前，擦拭着太子额头的冷汗。浑身不停抽搐的太子被捆绑在沉香龙床之上，脸上留着几条血痕，浑身被汗水浸透。本就柔弱的身子，显得更为单薄，好生可怜。

"太子怎么会这样！"玄烨怒声问道。

"皇上，皇后姐姐去得早，太子如今年仅六岁，没了皇额娘的太子一定是遭了贼人的惦记呀。"僖嫔隐忍不住心中的悲愤，放声痛哭。

"放肆，宫中还没有出丧事，休要再痛哭流涕。"太皇太后怒瞪着双眼。

皇太后掩口重重咳嗽，苏麻嬷嬷连忙端去了润喉的热茶。卫岚音心疼地握着太子的小手，感受着太子所承受的痛苦。

"启禀皇上，太子呕吐头晕，似乎食错了膳食，但梁公公和御膳房的厨子都说，太子每日的膳食都相同，除了各式清淡的时节小菜，便是每日文火慢炖的补气养身的人参鸡汤，各种鲜果和甜点。太医们将膳食都悉数查过，毫无不妥之处。"李太医跪倒在地。

"为何用棉绳绑住太子？"玄烨追问。

李太医对视着林太医，小心地说："微臣从太子的脉象上来看，脾胃受损，痰浊内聚，痰随气逆，阴不敛阳而生热生风，太子殿下有痫症之兆啊。"

"什么！"玄烨瞪圆双眸。皇太后更是久咳不停，憋红了脸颊。

"不可能，你这庸医，治不得太子的病疾，竟口出狂言。"僖嫔暴怒得如林间的野兽。

"僖嫔不得无礼。"佟佳贵妃怒斥着她的惊慌失礼。

卫岚音看着胡言乱语的太子，想起宗人府中太子天真的笑语时，窝在眼眶中的泪水，终于无声滑落。

浓妆淡雅的惠嫔望着龙床上的太子，眼底浮动着不经意的笑容。

玄烨质疑："休得胡言乱语，太子聪慧，前几日在上书房还给朕背《论语》，短短几日怎么会得痫症？"

"回皇上，此痫症为隐疾，不易发觉，或是从娘胎中带来，或是情绪受到波动，太子向来注重仁孝，是不是中秋佳节，太子过度思念过世的皇后娘娘所引致？此疾病发作只要服用安神汤，再服用些许清心解郁之药，便如同常人。没有大喜大悲很难发作，不过……"林太医犹豫。

"能否治愈？"佟佳贵妃挑眉问。

林太医摇着头："此病来势汹汹，终究会蚀心而亡。"

"不会的。"玄烨踏步走到太子床前，"礽儿，父皇来了。"太子紧闭双眼，不停地抽搐。

太皇太后的眼角密布皱纹："此事不宜外传，从即日起，太医院的宫直，日夜守候毓庆宫，必须寸步不离。"她转向卫岚音，"良贵人啊，太子素来与你亲近，便辛苦你陪护。"

"臣妾必当尽心尽力。"卫岚音应过。

玄烨内心纠结，太子身患重疾，如何能继承大统？自古立嫡立长为祖训，太子胤礽为嫡妻所出长子，赫舍里氏留下的唯一血脉，他更是倾注心血，择了最好的翰林来传道授业，难道要功亏一篑？

他坚定地说道："暗中广招名医，只要能治愈太子的隐疾，授予一等公，世袭罔替。"

满地的太医面面相觑，不敢言语，生怕龙颜大怒，丢了性命。

佟佳贵妃忧心劝慰道："皇上、皇祖母、皇太后勿要忧虑，孝诚仁皇后泉下有知，必会庇护太子殿下，太子殿下吉人天相，会熬过一劫。"

玄烨揪着眉头，索府定是乱作一团了。

太皇太后拄着龙杖，忧伤地看着虚弱的皇太后："每到这个季节，你的身子都不好，先回去吧。"

皇太后拭泪："后宫嫔妃回到各自宫中，要为太子诵经祈福，大清的根基不能乱呀。"

"是，臣妾谨遵皇太后教诲。"

玄烨望着焦虑的卫岚音，传递着真挚而信任的眼神。卫岚音内心波荡，如若太子的隐疾是从娘胎中带来，可是曾经遭人陷害？听落霜说，当年孝诚仁皇后血崩而亡，皇上悲痛，为给孝诚仁皇后和太子积德恩泽，放逐了些许宫人，所以孝诚仁皇后近身之人所剩无几，崔公公原来便是坤宁宫中的老人儿，受孝诚仁皇后遗命，照顾太子。这六载不长不短，足以湮灭罪恶。紫禁城，从来都不缺少算计，不论是高高在上的皇后、贵妃，还是位分低微的贵人、常在，都逃脱不开隐藏在暗处的刀剑。

她抚着腹中的胎儿，如若可以抉择，宁愿他身康体健、一世无忧地生活，也不要卷入这永不停息的争斗。然而现实总是残酷，后来八阿哥日益崛起，她才知晓，距离权势一步之遥，谁都不会甘心，只能放手一搏。成王败寇，承受了荣华，也要品尝痛楚。

众人离去，毓庆宫变得沉寂，服过药后的太子渐渐睡熟。卫岚音将捆绑太子手脚的棉布绳索解开，揉搓着捆绑的痕迹。崔公公伤心欲绝地跪倒："多谢良贵人。"

"起来吧。"岚音叹气。

崔公公却仍然跪地："良贵人，孝诚仁皇后是受人陷害而薨啊。"

卫岚音震惊，紧张地问道："崔公公，何出此言？"

崔公公悲愤地说："内情奴才也不是十分清楚，当年主子身子强健，马上功夫极好，年纪也相当，太子又不是头胎，怎能出大红？主子生下太子，奴才在外面侍候，还听见主子朗朗的笑声，绝不是虚弱之兆。只是一炷香的工夫，稳婆便出来大喊，主子出大红了，坤宁宫顿时乱作一团，当时正值皇上平叛藩王，朝中形势危急时刻。皇上、太皇太后、皇太后和各宫嫔妃都是随后到的，那时主子已经只剩下一口气了。"时隔多年，他仍然记得当年的情景，仍然记得主子的音容笑貌。

卫岚音也曾听落霜说过孝诚仁皇后，她是赫舍里家的格格。文武骑射样样精通，是满家女儿的楷模。她疑虑地问："稳婆和太医怎么说？"

"怪就怪在这里。"崔公公抹着泪水，"稳婆和太医都一口咬定主子是血崩而薨，当时藩王叛乱来势汹汹，又有朱三太子祸乱宫闱，皇上悲愤。在太皇太后的提议下，立下太子为储君，主子才闭了眼睛。但后来奴才与索大人说起此事，索大人曾派人暗中调查，得知，当年的稳婆和太医都因病而亡，坤宁宫昔日的宫人在宫外也不得善终，有人杀人灭口。如今宫内，坤宁宫的老人儿，只有奴才一人了。"

卫岚音暗吸一口凉气："当年孝诚仁皇后在宫中与何人有过节，触动了何人？"

"奴才仔细想过，当年宫中的嫔妃不多，位分略高和极为得宠的只有孝昭仁皇后、惠嫔娘娘、荣嫔娘娘三人，那时她们还不是今日的身家地位。当年为除鳌拜乱党，太皇太后破了规矩，定下立主子为后的旨意。孝昭仁皇后为鳌拜认下的干女儿，钮祜禄氏一直窥视后位。惠嫔娘娘和荣嫔娘娘出身不高，主子对她们更为宽容，她们对主子也是服服帖帖。"

"公公的意思是？"卫岚音盯着崔公公。

"索大人也是这般认为。"崔公公恨恨地说，"此番太子隐疾，定和储秀宫脱不开干系。"

卫岚音听宫人们说过孝昭仁皇后多次小产，直到薨去，都未留下一子，难道是索府所为？中秋宫宴过后，宫中所有人都知晓长春宫与储秀宫势如水火，势不两立，此番崔公公一言，难道是受了索府所托，有意拉拢她？她望着沉睡的太子，原来紫禁城中由不得有半分真心，本是纯洁无瑕、毫无杂念的情谊，都会被熏染上阴谋的血腥之气。

崔公公诚恳地跪下叩首："太子对良贵人甚为依赖，良贵人又是菩萨心肠，老奴恳求良贵人势必照拂太子，毓庆宫才能熬过难关。"

卫岚音眼底流光："太子也曾救助过我，我怎能弃他不顾？崔公公放心，我必定会竭尽全力照料太子。"

"多谢良贵人。"崔公公在宫中混迹多年，擅长察言观色，见卫岚音松口，急忙叩谢，"良贵人，毓庆宫的偏殿已经收拾妥当，先去歇息吧，老奴守着便可，毕竟良贵人怀有皇子，不能太过操劳。"

崔公公引着卫岚音来到东面的偏殿，虹酿拿着些细软包裹："落霜姑姑真是细心，见主子许久未归，备好了物件儿，遣小安子送来了。"

崔公公称赞："落霜出身名门，太皇太后曾夸奖她有孝诚仁皇后的遗风，是紫禁城中宫人的典范呢。"

卫岚音一愣，从未听落霜提起过。

这时，林太医谨慎地走了进来："微臣参见良贵人。"

"太子可好？"卫岚音问道。

"回良贵人，太子一切安好。太子年幼，微臣建议多服些补品调理身子，食补颇为重要。"林太医凝眉。

卫岚音想起百花盛宴中见到的大阿哥，比太子年长两岁，个子却高出一大截，难怪太子要日日服用参汤补身。她望着林太医飘忽不定的眼神，隐约觉得有些异常，总感觉他的眼神闪躲，好似在隐藏什么。

崔公公弯着腰："太子自小体弱多病，这几年，御膳房每日都会炖补品送来，还要多加一些？"

林太医拱手："物极必反，还是要对症下药。微臣会依照太子的病灶，将原来的方子稍作改动，与太医院的同僚商议，再定下食材。"

崔公公喜气："听闻林太医年少有为，妙手仁心，有劳林太医。"

"这都是微臣分内之事，太子是国之根本，微臣定当效力。对了，落霜姑姑明日要来毓庆宫侍候良贵人。"林太医禀告。

卫岚音点头："林太医可否给我找来几株新鲜的薄荷？李太医说太子虚火燥热，喉中有痰，我记得幼年时，老妪咀嚼薄荷叶子祛痰，不知可否让太子一试？"

"有劳良贵人，自古药方便在民间，薄荷是祛痰清热的好草药，缓解喉间的灼痛，一日咀嚼三五片也无大碍，微臣等羞愧，立即着药童去采摘。"林太医微红如玉的脸颊，泛着几分羞赧。

"这些都是拿不上台面的民间方子，比不上林太医的满腹经纶。"卫岚音夸奖。

崔公公喜出望外，太子母族的僖嫔娘娘，难当大任。良贵人深得皇上宠爱，虽然厄运不断，接连受人陷害，但次次都能化险为夷，可见太皇太后和皇上有意偏袒，她本人也是聪慧之人。如今若为太子所用，再好不过，索大人果然下一步好棋。又是一阵寒暄客套话，殿中只剩下卫岚音和虹酿二人。

入夜微凉，卫岚音辗转反侧，昏昏欲睡。她做了好奇怪的梦，梦里娇柔的女子自称是孝诚仁皇后，她牵着太子的手，微笑看着她。她们越走越远，她追赶到悬崖峭壁，失足掉下，紧要关头是林太医拉住了她的双手。她从梦境中惊醒，再无睡意，林太医到底隐藏了什么秘密？

太子房中亮着微弱的烛光，太子虚热已退，崔公公疲惫地守在太子床前。御膳房的小宫人送来补汤，崔公公拿出随身携带的细长瓷瓶，从里面取出小手指粗细的银针，确定没有异常后，将补汤分别盛在两个珐琅掐金丝边的小碗里。

"良贵人也用一些吧，此汤是用老山参和枸杞几十种补药熬炖而成，补气养血，对腹中的皇子定是极好的。"

卫岚音微点着头："崔公公去安歇片刻，我在这里守着，外殿又有太医，太子不碍事。"崔公公执意不肯离去。

"崔公公，太子年幼，你也进入暮年，如若身子不好，早先一步去了，太子在宫中又有何人倚仗呢？"

"谢良贵人提点。"崔公公恋恋不舍地望着床上的太子，转身离去。

"不要再装睡了。"卫岚音板着脸。

"良贵人怎么知晓？"太子睁开双眸，惊讶地问。

良贵人笑着摇头，到底是小孩子，转动的眼珠子，微动的睫毛，早已暴露了他的小心思。

"喝汤吧。"

"不喝。"太子捂住嘴巴，倚在缠绕四爪蟒的长枕上，"这汤从我记事起，每天必要服用两次，最初没察觉什么，可是最近这一段，用完之后，总是觉得恶心头晕，昨日也是用过汤水之后，实在忍受不住，才呕吐的。我每次都不想再喝，但是崔公公和乳娘以为我骄纵任性，总是想方设法让我服下，我又实在耐不过他们，只能乖乖服下。"

良贵人震惊："会不会是你身子单薄，气血两亏才头晕目眩？"

太子摇着头："原本我也如此认为，我虽个子小，但是气力大。教授骑射的谙达还夸奖我肱骨有力，弓拉得圆呢，怎能血亏虚弱到如此程度？"他低着头，眼中闪着委屈的泪花，抿着小嘴，"汤试了又试，都是无毒，没有证据，我哪敢和皇阿玛、皇嬷嬷说？他们会认为我恃宠而骄，皇阿玛又会罚我背书。"

卫岚音欣慰地看着他微红的双颊，昨日太医院的宫直们当着太皇太后、皇太后和各宫嫔妃的面，亲自查验过御膳房的所有食材，确定无恙，才依据太子的征兆，诊断出痈症。但依照太子的话，此事不是表面那般简单，难道汤中放了不可告人的脏物？

　　她盯着冒着热气的瓮罐："太子既然怀疑补汤，那咱们做场好戏？"

　　太子的眼神顿时明亮了几分："好，一切听从良贵人安排。"他闪亮的目光映进卫岚音的心，即使后来他暴虐成性，争权夺势，但在卫岚音心中，太子永远都是幼年时那份纯真的模样。

第二十二章

机关算尽太聪明

　　紫禁城东边的永和宫，德嫔正试着尚衣局新做的秋衣，香色的云缎上针脚翻着花样，贴身的裁剪衬托着她婀娜的身姿。

　　"娘娘，真漂亮。"宛碧赞赏。

　　"是本宫漂亮，还是良贵人漂亮？"德嫔挑眉问。

　　"娘娘天资聪慧，满脸福气，良贵人长得妖媚，满脸薄气，怎能和娘娘比呢？"宛碧玲珑地答道。

　　"你这个鬼丫头。"德嫔内心欢喜。

　　宛碧轻声说："毓庆宫的太子，清晨醒了，依然头晕呕吐，已经和太傅告了假，这段时日都不能去上书房了。"

　　"良贵人一直都在毓庆宫？"德嫔问。

　　"是呀，皇上和太皇太后皆口谕，命良贵人照料太子，今儿连落霜都带病去了毓庆宫。"宛碧咬着唇，"良贵人难道真的是狐仙转世？迷惑了皇上还嫌不够，又去招惹太子？"

"休得无礼。"德嫔沉着脸，玉络子搭到肩膀上的彩绣蝙蝠图，"此话不能乱讲，太子才六岁，怎能和良贵人撕扯不清？"

"奴婢知错。"宛碧应道，"太子素来孤傲，从未与后宫嫔妃走得近，即便是咸福宫的僖嫔娘娘，太子也不给面子，为何独独与良贵人亲近，难不成是中了良贵人的血蛊？"

"宫中最忌讳蛊术，咱们无凭无据，不能乱说。"德嫔的眼中晃过一丝阴冷，她转而问道："百合的家人都安抚了？"

"回娘娘，百合的哥哥太过绝情，竟没有领回百合的尸身，百合至今未入土为安呀。"宛碧恨恨地说。百合用命换来的银子被家人吞了，身后事却无人过问。

德嫔惊讶了一会儿，回道："找个稳妥之人，买个棺材，就近葬了吧，好歹姐妹一场，总得让她入土为安。"

"还是娘娘仁慈，奴婢晚些就会找人去办。"

德嫔摆出一副自立为王的架势："命尚衣局的念心近日小心些，没接到本宫的命令，不得擅自行动。"

"是，娘娘。"宛碧抬起头。念心是同良贵人一年进宫的宫女，被分到咸福宫当差。因做错事被惩罚，退回内务府，刚巧被主子所救，顺水推舟分到了尚衣局，从此为主子所用。元宵宫宴上良贵人的一身新衣便是念心所做，别有匠心的银丝鞋底更为出彩，只可惜计划落空。当时主子陷害良贵人扑倒主子，只是想让皇上重新回到身边，却没料到皇上如此在意良贵人。主子心思缜密，是做大事的人。她谨慎地问，"娘娘，太子痫症愈发加重，皇上会不会？"

德嫔微微点头，任何朝代都不会立疯癫之人做一国储君，更何况是明主圣君的皇上。自古皇位之争，无非遵循立长、立嫡、立贤的规矩，所以大阿哥、三阿哥和四阿哥都有机会。往前一步便是金銮殿上的龙椅，退后一步便是立陡悬崖，必须要争一争才能甘心。

"如若真到了那般地步，娘娘胜算最大，毕竟咱们永和宫出了两位皇子。"宛碧得意洋洋。

德嫔长吐一口气："四阿哥不在本宫身边抚养，六阿哥又身子羸弱，不知能活多久，本宫有什么胜算。"她盯着铜镜中的容颜，"必须还要多生几位皇子在身边依靠。"

宛碧麻利地卸下她头上的珍珠宫花："坤宁宫祭拜时，萨满嬷嬷都说娘娘福泽恩惠，荣光万里，子孙延绵，娘娘勿要忧虑。"

"总之，本宫不会如荣嫔那般凄惨。如若皇子真的命薄，也要让皇子去得其所。"荣嫔四子皆早殇的经历，深深震动着她，如天不遂愿，学盛唐武皇又如何！扳倒对手才最为重要，她的眼底满是欲望，"储秀宫的温妃如何了？"

"温妃娘娘被太皇太后禁足宫中，整日以泪洗面，路过储秀宫的宫人，总是听到温妃娘娘凄惨的哭声。"

"她倒是精明。"德嫔漫不经心地笑着，跋扈的温妃怎能掩面哭泣，还不是指使宫人故作可怜，博取同情，"敏贵人呢？"

"她是恶人恶报，还不能下床呢。"宛碧咬着牙根儿。

"她非要犯贱，犯傻，甘愿受制于贼人，本宫便成全她。"德嫔怒火冲天。

"娘娘安歇吧，明日还要去钟粹宫。"

"嗯。"钟粹宫的惠嫔深藏不露，八面玲珑，她跟在皇上身边多年，虽没有荣嫔的盛宠，却也恩宠不断。母族也为她挣足了面子，就算没有纳兰明珠大人，单单一个文人才子纳兰性德也甚得皇上之心，她断不能得罪她，"准备些上好的珍珠，明日与本宫一同去钟粹宫。"

"是，娘娘。"宛碧搀扶她走到床边，慢慢地放下包花芽边的秋香帷帐。宫灯微暗，将一切罪恶的邪念都隐藏在幽幽的黑幕中。

毓庆宫，卫岚音与落霜翻看着太子补汤中的食材，林太医细细辨认，三人神色凝重，谨小慎微，生怕错过一丝线索。接连几日的补汤，太子都没有服用，太子假装头晕呕吐，来迷惑众人的视线。

林太医将一罐罐补汤，按照顺序逐一编号，一一捞出里面的食材，放在梨花黄木桌子上。他缓缓地说："这补汤是由御用的凤凰鸡、山参、枸杞、红枣、肉桂、当归、八角、生姜、青葱等用文火炖制而成，食材的确没有异常，也没有互相为克。"

卫岚音盯着泛着油光的食材："方子有什么不同？"

林太医笑道："这为古方，即使在宫外也是个寻常补气养身的方子，只不过凤凰鸡改成了寻常的土鸡，山参也不及这般粗大。"

"到底是哪里出了错？"落霜自言自语。

"难道是煮汤的清水？"卫岚音疑惑。

"不，清水是万源之本，如若清水有异，是最难掩藏。"林太医语调低沉，"太医院的宫直轮番查验过补汤和太子的膳食，如若补汤里有害人之物，必会尝出。尝不出的话，其一是药量太小，味道掩盖在补汤内，或者根本不是毒药。"

"不是毒药？"卫岚音紧盯着桌子上的食材。

"微臣驽钝。"

"林太医如此年纪便一身医术，且胸怀正气，堪称英才。"卫岚音发自内心地赞誉道。

林太医苦不堪言，如若有朝一日她知晓所有真相，还会如此认为吗？他轻扫过她微起的小腹，如果是一位公主该有多好！

卫岚音和落霜的心思都在食材上，没有留意到他的异样。

夜幕降临，一群群觅食的神鸟，盘旋在重檐庑殿的龙吻上，乌黑的眼睛贪婪地盯着前方。坤宁宫新立起的索罗杆顶堆积着厚厚的鲜肉，引来神鸟争相觅食。雀多肉少，强者得，这是亘古不变的真理。紧邻坤宁宫的钟粹宫，沉寂如海，宫人们都已经睡去，只有孤灯下的姐妹二人推心置腹地闲聊。

满脸素雅的通嫔掩盖不住心中的喜悦，放下手中的竹制绣花圆撑子："熬了这么多年，总算见到了亮儿。"

惠嫔拿起靛蓝黄瓷盘中的栗子酥，缓缓放入口中："这才刚见起色，以后的路长着呢。"

"御膳房每日送去毓庆宫的补汤，太子都会饮下，这几日良贵人照料太子，也喝着呢，崔公公还嘱托御膳房多做一些。"通嫔贴耳。

"噢，这也怪不得咱们，都是天意。"惠嫔爱极了栗子糕入口的香糯甜味儿。

"照此下去，不出半载，太子没有好转，赫舍里家就是彻底地败了，那才是叫天天不应，叫地地不灵呢。"通嫔满脸堆笑地说，尽显老态。

"皇上废储，便是大阿哥的出头之日。"惠嫔终于说出藏在内心之中的话语。

通嫔附和地点头赞同道："也是咱们钟粹宫的出头之日。"

惠嫔瞪圆了眼睛："宫里的人都瞎了狗眼，瞧不上钟粹宫。咱们纳喇氏可是叶赫的贵族，先祖兵败，受其屈辱，那些趋炎附势的小人乱嚼舌根，颠倒黑白。还是皇上圣明呀，不计前嫌，予以纳喇氏重用，如今才站稳了脚跟。咱们纳喇氏必要记住世人的嗤笑，洗刷往日的耻辱。"

"姐姐所言极是，她们佟佳氏和钮祜禄氏、赫舍里氏算什么？还不是奴才出身，咱们纳喇氏才是宫中最为尊贵的主子。"

"皇上近日都去了哪里？"惠嫔转而问。

"皇上翻了永寿宫荣嫔的牌子，还翻了翊坤宫宜嫔的牌子。"通嫔回道。

"咱们也得两手准备，纳喇氏的格格还都年幼，没到进宫的年纪，必须让哥哥从宫外送来灵丹妙药，调理好妹妹的身子要紧，妹妹早日诞下皇子才好。"

惠嫔不提还好，提到皇子，通嫔便想到了早殇的两位皇子："妹妹命薄，养不住皇子。"

"小阿哥去得蹊跷，如若查出是谁害的，必当血债血还。"惠嫔咬着牙。

通嫔抹着流不尽的眼泪说道："全凭姐姐做主。"

"你也别哭了，女子的容颜最是要紧。皇上虽未召见咱们，咱们也得保住韶华，德嫔不是送来南海进贡的珍珠吗？着宫人研磨成粉，与上等的桂花蜜一同服下，可保容颜不老。当年那杨贵妃便是常年食用珍珠粉养颜，才留住了帝王心。"惠嫔劝慰道，"你看荣嫔那俏心思，还蒙骗太皇太后少做几件宫装，勤俭宫闱呢，她身上那件纱裙至少要千两银子，她以为藏得隐秘，连本宫都看出来，太皇太后岂会不知？要不是看在皇上盛宠她十载的面子上，太皇太后早已斥责惩戒了。"

"荣嫔不是姐姐的对手。"通嫔感叹，"德嫔送来的珍珠，颗颗圆润剔透，都是内务府精选过的一等珠子，没想到皇上对她那般好。"

"那又如何？没有母族倚仗，都是浮云清欢。"惠嫔语重心长，"德嫔最为聪慧，懂得审时度势。"

"姐姐还是小心为妙。"通嫔不喜德嫔，她接连早殇两位皇子，德嫔所生的两位皇子却活了下来，心中怎能不生嫉恨。

"都是奶娃娃，成不成气候还难说，哪里比得过咱们的大阿哥。过几年便要开牙建府了，再诞下皇上的长孙，任谁能撼动钟粹宫的位置？"想到大阿哥，惠嫔眉开眼笑。

"此方真是绝妙啊。最好将良贵人腹中的孩子也一并打落下来。"通嫔眼中冒着红光，当年太医留下的方子果真好用。

"休要心急，待到良贵人诞下皇子，在你我膝下承欢，再除掉她也不迟。"惠嫔藏着更深的毒计。

"还是姐姐看得远呀。"通嫔献媚道，拿起手中的绣品，"咱们便等着毓庆宫的好消息吧。"

幽暗的烛光，倒映着纤长的身影，如猛兽一般吞噬着贪婪之人的心肠。

毓庆宫的偏殿，卫岚音辗转难眠。傍晚时分，小安子送常用的物件儿，无意中提起皇上临幸荣嫔和宜嫔之事，她如针芒刺心。他是天子，帝王呀，怎能失了祖宗规矩，独爱她一人？繁花怒放，定会落尽，奈何此情未央，此意难忘。她终于明白一花一世界，一叶一追寻，仅仅是美好的梦境而已，她在一曲一场叹之后，只留下一生为一人的一颗真心，他却看不到。

"主子，还没睡吗？"落霜在珠帘后问。

卫岚音低吟："月近中秋白，风从半夜清，这天真的要凉了。"

落霜听着卫岚音一语双关的诗句："主子，后宫嫔妃众多，主子何必在意？愿得一人心的凤愿，仅仅是在书中念念、心中想想罢了。真的成全了愿得一人心的凤愿，恐怕也很难白首不相离，世间哪来圆满？"

卫岚音听着耳边的淡淡的风声，哀怨惆怅地望向漆黑的窗外。寒风伴着幽暗的烛光，透着窗棂的缝隙，窜进屋内，烛光摇曳，散落满地。

"还是羊油蜡明亮，又无熏气。"落霜望着暖意的光。

"太子将来是要继承大统的一国储君，又是长身子的时候，怎能熏坏了眼睛。"卫岚音隐约觉得牙根痒痛。

"皇上呕心沥血培养太子，确是下了苦心。毓庆宫远比乾清宫奢华气派，更是秀外慧中，处处精巧细琢，更有文人雅士的意蕴。"

"乾清宫很简陋？"卫岚音好奇地问。

"当年先皇入关，紫禁城中好多宫殿都破损得厉害，金銮殿也漏风漏雨，更别提其他的宫殿了。皇上幼龄登基，大清的江山摇摇欲坠，政局不稳，皇上睿智渊通，崇尚俭明，礼部将银子都拨到兵营和百姓身上，哪里还能闲出来多余的银子修缮后宫？这几年，三藩已灭，皇上才腾出手来，下令重整宫殿。如今天下太平，皇上正值盛年，又要收复南边，已经派大学士南书房议事，前朝的旨意都昭告天下了。"

卫岚音想起来中秋节前，小安子说过，皇上赏赐了钟粹宫众多来自西洋的好看玩意儿。原来是要重用纳喇氏收复郑氏一族，她的牙根更加疼痛。

"主子？"落霜担心地问。

"恐是这几日上了清火，牙根儿疼得厉害。"卫岚音皱眉。

落霜急忙倒了杯清茶："茶水清火，主子试一试。"卫岚音将茶水含在口中，又咀嚼着略带苦味的茶芽儿，还是不见好。

"去唤太医开些清火的汤药？"落霜关切。

"还熬得住。"卫岚音灵光一现，"你去将外面补汤中的八角挑出来几粒，放在茶水中浸泡过后给我送来。"半炷香的工夫，落霜便麻利地端着青花茶杯回来，杯子里飘着几颗散落的八角。

卫岚音解释："刚进宫时，宫中的老嬷嬷牙痛，哪里请得动太医，便唤我去和御膳房的宫人要几颗八角来，将八角覆在牙根儿上镇痛，八角辛味微重，颇为麻痹，还是有些用处的。"

落霜面带喜色："八角还有这妙用，主子真是博学，明日奴婢去御膳房多要些回来。"

岚音接过青花茶杯，取出一大颗八角按在疼痛的牙根儿上，疼痛依旧，丝毫不见好转，难道是煮过补汤之后少了辛气？她又捡出来一颗八角瓣儿用力地咬在齿间，酸涩的味道冲荡在口中，呛人的气味令她恶心不止，吐了出去："水，快倒茶水来。"

落霜奉上备好的茶水："主子还好？"

卫岚音压制住胃中的翻滚："八角，是八角。"

"主子可曾吐净了？小心有毒呀。"落霜担心。

卫岚音摇头，如若有毒，太子早已命归黄泉，怎能活到现在？她捡起一颗说道："你尝一尝？"

落霜迟疑地将八角放入口中，酸涩的味道直冲脑海，匆忙吐了出来："主子，这到底是什么？"

卫岚音仔细地捡起茶杯中的八角瓣儿，吩咐道："去将所有的八角找出来收好，明日再问问林太医。"她盯着漆黑的夜色，是谁想出如此巧妙的毒计，真是机关算尽。此人必定是宫中的老人儿，钟粹宫的惠嫔、永寿宫的荣嫔，还是承乾宫的佟佳贵妃？翊坤宫的宜嫔也有可疑，永和宫的德嫔晋封较晚，咸福宫的僖嫔为太子母族，定不会暗中谋害太子，到底是谁在皇上的眼皮子底下谋害皇储？

珠帘外的落霜仔细地挑着补汤中的八角，很快便装满了黄釉小碗。

"主子，都妥当了。"落霜端着小碗，"快安歇吧，明儿请林太医开些去火的方子。"

卫岚音盯着落霜脖颈结痂的伤口，心疼道，"你也安歇吧。"

"天快亮了，奴婢去给主子准备洗漱的物件儿。"落霜放下小碗，隐隐烛光下，双手的伤疤依稀可见。

卫岚音唤住落霜："让虹酿去做吧，你带着伤，勿要操劳。"

"虹酿虽勤快，但心思粗，奴婢还是亲自去盯着。"漱口、净手、素面、敷脸、扑红、梳头、更衣，落霜都安排得妥妥当当，粗心的虹酿总是遗忘物件儿，多亏了她的提点。烦琐过后，卫岚音已一身清爽，满脸端庄。

"主子真是天生丽质，惊艳后宫。"落霜夸奖。卫岚音望着镜中日益丰盈的身子，羞赧微笑。

"去传林太医来请平安脉。"卫岚音柔声说道，"虹酿，去准备早膳。"

耳边传来木门的响声，珠帘晃动，林太医背着药箱而入，明艳的光泽从珠帘缝隙中透过，衬托出林太医隽秀的身姿。

"林太医，主子牙痛，有何妙方？"落霜急忙问道。

林太医缓缓放下肩上的药箱："莫非肝火旺盛？虚火上身？可有手足发热的症状？"

卫岚音望着林太医布满血丝的双眸："只是牙痛，并无其他不妥，林太医昨晚一夜未睡？"

林太医没有应答，的确是彻夜未眠，却一无所获。他默默地从药箱中取出洁白的绢帕，覆在卫岚音的手腕处，蹙眉平神地探脉："良贵人和腹中的皇子，一切安好。天寒入秋，身子内都会有虚火，可多食用些锦荔枝清火。"

"林太医学富五车，都快赶上内阁大学士了。"落霜端出装满八角的黄釉小碗，"林太医瞧瞧这个是什么？"

林太医仔细辨认后，想到了什么，急忙在药箱中翻出一本药典，静静比对，脸色苍白："这是从何处而来？"

"是八角？"卫岚音追问。

"这里一半为八角，另一半为酷似八角之物，却与八角差之千里，长在江南瘴气一带，是杀人不见血的毒草呀。"林太医推断，"是补汤？"卫岚音点头。

林太医分别捡出两个放在掌心："此物名为红茴香，又名红桂，与八角相似。但八角味甜，此物味酸，八角有七到十个角，而此物却有十余个角。另外，八角的每个角尖圆润平缓，而此物的每个角尖微翘，形同鹰钩。红茴香用处不多，很多大夫都不知晓此物的药性，更别提外面的医馆大夫了，微臣也是昨夜翻看吴魏时代的《吴普本草》才知晓的。"

岚音忧心地问："毒草久服，可有何症状？"

"此药毒性甚浓，去了壳儿，毒性减弱一些，但食用多了，会恶心头晕，抽搐无力，导致失心疯，毙命呀。"林太医想到年幼的太子，真是心

308

惊肉跳。卫岚音和落霜倒吸一口冷气。

"此毒计真是天衣无缝，红茴香混在八角中，用量极少，又不是直接服用，毒性便弱了几分，但天长日久，也许是三五载，也许是七八载，只要毒性透了出来，日积月累，食用之人必会中毒而亡。放入补汤中，凤凰鸡的香气早已盖过细微的苦涩味道，根本觉察不出，若不是良贵人阴差阳错，恐是将成为永远的秘密，不知要害多少人。"林太医额头泛着薄汗说道。宫中的毒计防不胜防，运作到了极致。

"如若如此，太子的病灶就不是痫症。"卫岚音喜悦，皇上也不用再为之忧虑，太子依旧是太子。她紧张地问，"那解药？"

"解药并非难寻，只是有悖伦常。"林太医踌躇，"红茴香的解药是孕人的紫河车。"

卫岚音头上的朱玉络子垂到胸前，自古紫河车被视为邪物秽物，怎能治病救人？

林太医不敢越过雷池半步，耐人寻味地说道："到哪里去寻紫河车？不论贫穷还是富贵之人，都会将紫河车埋置地下或门下，以求之顺产吉祥，怎么可能将紫河车拱手相让？难道要用皇威压人示警，迫害无辜？"

卫岚音脱口而出："能拖到明年初吗？待我平安产子，用我的。"

"太子中毒不深，微臣会先开几种常见的药材和食材，着御膳房去做，来年解毒也不迟。"林太医提笔有神，寥寥几笔便已成药方。

"彼其受之天也，贤于材人远矣。这几句话，林太医是当得的。"落霜称赞，"那此事可要告知皇上和太皇太后？"

卫岚音望着屋外最高规格的乾清宫顶，细细思量道："不急，让贼人自乱阵脚。"

"看来良贵人已胸有成竹。"林太医的眼底隐藏着爱慕。

卫岚音轻笑："此人暗藏极深，妄图扳倒东宫太子之位，如同司马昭之心，路人皆知，你我权轻身微，小心驶得万年船，莫要惹火上身。"

林太医望着卫岚音云淡风轻的神情，内心久而不静。

虹酿推门而入说道："主子，早膳都已备好，太子请您过去一同用膳。"

"好。"卫岚音转向林太医,"一同前往吧。"

太子在正殿等候多时,桌子上的瓷罐里热气腾云,正是御膳房送来的补汤。卫岚音对着太子眨着双眸:"太子身子单薄,喜静,闲杂人等先行退下,没有吩咐不得擅自入内。"

"是。"齐声应答后,屋内顿时静了几分,只剩下近身之人。

卫岚音拉着太子的小手,缓缓坐下:"恭喜太子,太子并无病症。"

太子喜上眉梢:"找到了缘由?"林太医恭敬地将装满八角和红茴香的小碗从药箱中拿出。崔公公满脸惊讶,摸不到头绪。林太医缓缓讲述着所有的真相。

"此等毒计,若不是良贵人恰巧发现,后果不堪设想。"

"真是毒计。"太子挥动泛白的指节气愤地说道。

崔公公痛恨地咬着唇:"良贵人是毓庆宫的恩人,大恩必会相报。"自从太子诊出痫症,他没有睡过一个安稳觉,宫外的索府几乎将京城所有的医馆都踏遍了。太子为孝诚仁皇后独子,承载着众人的希望,如若破灭,将是灭顶之灾。

"此事先勿要告知索府,待引出贼人,禀告皇上和太皇太后,再行定夺。"卫岚音问道,"补汤的方子是哪位太医所开?"

"回良贵人,此方子是太医院的李太医所开,已经好多年。"崔公公回道。

"太子体弱,这是调理气血的古方,此药方并无不妥,太医院的药方都会存档在案,留存宫廷。"林太医放下手中的竹笔。

"补汤要经过多少人之手呢?"卫岚音接着问。

"太医开过方子之后,便会由药童取药,送去煎制。这是补汤,便由御膳房来熬制。"

"定是御膳房的人。"崔公公咬牙切齿,"奴才派人去查,是谁食了熊心豹子胆,敢太岁头上动土。"

"打草惊蛇必会大乱。"卫岚音沉思,"此事非同一般,弄不好定会杀人灭口,无从查起。如若太子有难,谁受益最大?"

"当然是大阿哥和三阿哥。"太子童音声脆,"我是太子,在上书房读书，他们总是联合起来欺负我，还暗地里说我的坏话。"

崔公公在宫中几十年，看得通彻："如若太子日益病重，必要罢黜储君之位，朝堂之上也会再行商议立储之事。如今朝堂上纳喇氏一族劲头正足，大阿哥又是长子，是最好的人选。佟佳氏和钮祜禄氏将来若诞下皇子，也可以争一争太子之位，钮祜禄氏胜算更大。"

"这皇位本太子也不爱坐，谁要便拿去吧，我也清净。"太子努着小嘴，父皇的期待，太嬷嬷的教诲，太傅的循循善诱，都沉重地压在他的身上，真是又烦又累！

"哎哟，太子爷呀，不能口出狂言。"崔公公抹着眼泪，阻拦。

卫岚音看着太子满不在乎的神色安慰道："你出生便已经注定日后的尊贵身份，怎能如同我腹中的皇子。我只望他如裕亲王一般，心系大清，平安一世。"

"那我们便换一换，让他做太子，我来做亲王，这才逍遥自在。"太子开玩笑说。他的一句玩语，多年后成为八阿哥一生的枷锁。

崔公公试探地问："皇上如今忙碌朝堂大事，脱不开身，无暇顾及后宫之事，奴才认为此事必要告知太皇太后，这后宫之中，遍布太皇太后的耳目，也好方便查验。"

卫岚音点头应道："也好，太皇太后不偏不倚，又重国之荣兴，会为太子做主。"

林太医紧盯着小碗中的八角，挑眉："微臣发现个妙事儿。这只八角滑腻，油腥极大，想必是入了鸡汤的鲜味儿，这只红茴香却清淡干燥，如此看来，红茴香是被后放进去的。"

"难道不是御膳房所为？"卫岚音不解，"送药之人是谁？"

"回良贵人，这补汤，毓庆宫的曹嬷嬷闲暇时会去取，御膳房的宫人总是调换，并无固定之人。"

"那炖汤的人呢？"卫岚音凝神，"不论是谁，都要从御膳房查起，崔公公，御膳房可有稳妥之人？"

"良贵人放心，奴才会安排，听从良贵人调遣。"崔公公感激。

这时，门外传来咚咚的敲门声，虹酿急躁地低吟："启禀太子，启禀主子，储秀宫的温妃娘娘和翊坤宫的宜嫔娘娘前来探望太子。"

卫岚音一惊："她不是在禁足吗？今日怎么来了？"

"呦，这明媚无瑕的日光漫天，却紧闭宫门，这唱的哪一出戏呀？"宜嫔尖酸的语气。她和满身荣光的温妃缓缓入内，望着满桌的膳食，讽刺道："原来是关门食大餐呀。"

卫岚音不悦："太子年幼，宜姐姐如此口无遮拦，恐是不妥吧。"

温妃瞪着双眸，冷笑道："几日不见，良贵人愈发口齿伶俐，真是大清之福啊。"

"温妃姐姐这几日是如何度过，抄了多少遍《女诫》？"岚音瞥了眼盛气凌人的温妃。

"太皇太后慈悲为怀，储秀宫早已开殿，勿劳良妹妹费心了。"温妃皮笑肉不笑地应道。

"啊。"太子突然干呕不止。崔公公柔声理顺，"奴才给温娘娘、宜娘娘请安，愿两位万福金安。太子体弱，良贵人是怕宫人扰了太子的清静，不得已才关闭殿门，请两位娘娘见谅。"

温妃失色地望着面色苍白的太子，关切地问道："太子身子可好些？前几日本宫身子微恙未来探望，今日特来拜访。"太子未语。

第二十三章

万里江山万里尘

"太皇太后驾到。"随着一记长调，屋外的宫人们跪落一地，齐呼，"太皇太后吉祥。"

太皇太后神采奕奕地走了进来："毓庆宫今日好生热闹。"

"给太嬷嬷请安。"太子脸颊微白虚弱地说道。

"太子好些了吗？"太皇太后慈爱地看着他。

"回太嬷嬷的话，好些了。"太子偷瞄着卫岚音，卫岚音温婉微笑安稳他的心神。

林太医连忙向前叩首："太子病症缓解了很多，会慢慢好起来的。"

温妃心中一紧，莫非赫舍里家找到了良药？她的脸上挂着笑意："回太皇太后，臣妾在宫中听到太子微恙的消息，便同宜姐姐来探望。还未来得及去慈宁宫给太皇太后请安，望太皇太后恕罪。"

"温妃有心，看来禁足储秀宫实在是委屈你。"太皇太后转而望向卫岚音，"良贵人辛苦了。"

"这是臣妾的本分。"卫岚音回道。

宜嫔投去一记白眼，故作柔声道："太皇太后，臣妾近来侍寝，得知皇上甚为挂念太子，为太子日夜烦心，臣妾不能为皇上分忧，深感忧虑。这是臣妾近几日抄写的佛经，祈求太子神康体健，大清万年常青。今日特送来，供奉在佛龛前。"

太皇太后连连点头："宜嫔心系太子，为皇上分忧，实为六宫的表率。"

忽然，门外传来簌簌的脚步声响，是宜嫔的贴身宫女含翠："不好了娘娘，五阿哥出痘了。"

宜嫔慌乱地站立，眼中噙着泪水："昨日还好好的，五阿哥才那么小，怎么会出痘？"

含翠悲伤地应道："清晨起来，五阿哥发热不退，长出红疹子，太医们都到了，正在泼豆净身。"

"苏麻，你去瞧瞧五阿哥。"太皇太后吩咐。

"多谢太皇太后。"宜嫔叩谢。皇上曾经出痘，便是苏麻嬷嬷贴身照料才渡过难关。

随着众人离去，屋内少了几分喧闹。太皇太后沉闷地叹息："真是多事之秋。"

太子会意地跪倒在地，低泣："太嬷嬷救我。"他唯唯诺诺，哭哭啼啼地讲述了红茴香之事，"太嬷嬷，皇额娘去世早，我在宫中凶险重重。"

太皇太后紧握着手中的沉香手杖，对着卫岚音问道："此事当真？"

"千真万确。"岚音取出小碗，"这便是从补汤中取出的八角和红茴香，近日皇上为朝堂之事烦心，臣妾不敢打扰，原想去慈宁宫禀告太皇太后。"

太皇太后竖眉，头上的蝴蝶簪子透出清冷的光泽，愤怒地说道："真是大胆！宫中污秽之事极多，却未曾如这般恶毒，此事勿要告知皇上，哀家自有法子，从即日起，林太医独自为太子医病，凡事直接禀告哀家。"

"谨遵太皇太后懿旨。"林太医不卑不亢。

"林太医年少有为，忠心耿耿，刚正不阿，定会前程似锦，步步高升。"太皇太后语重心长，"太子再忍耐几日，哀家会保你平安。"

她又坚定地看向卫岚音："良贵人心思缜密，此事你便顺藤摸瓜大肆追查，无须遮掩，别怕，哀家站在你后面。记住，刚者易断，柔者长存。刚柔并行，必当无敌。"

"是，臣妾必当尽力。"卫岚音接旨。

太皇太后颤抖地拉着太子："记住，你是大清的太子，谁要害你，就是大清的仇敌，即使现在打不倒她，将来也要血债血偿。"

太子的眼底闪烁着光泽："太嬷嬷放心，我身上流着爱新觉罗家的血。"

"好啊，祖宗福泽万里。"太皇太后的眼前浮现起后宫的嫔妃。

承乾宫，佟佳贵妃饮着茶，敏贵人紧张兮兮地问："翊坤宫真的封宫了？"

"自古痘症为大疫，没有送出紫禁城，已经是万幸。"佟佳贵妃轻轻地放下茶盏。

"郭贵人心肠狠辣，没想到此事这般顺利。"佟佳贵妃讥笑道。

"她被宜嫔压制久了，怨恨极深，便是没有好处，只要涉及到宜嫔，仍然义无反顾。"敏贵人笑意盈盈地回道。

佟佳贵妃推心置腹地说："宜嫔入宫多年，去年才诞下五阿哥，若五阿哥有难，便是灭顶之灾。"

"姐姐真是好计策。"敏贵人奉承道。

"只能怪宜嫔太张扬，与本宫处处作对，如今又与温妃公然示好结盟，本宫要给她些颜色瞧瞧。"佟佳贵妃盯着桌上的粉彩蕉叶花卉纹花觚恨恨地说。

"姐姐，听闻太皇太后派苏麻嬷嬷去照料五阿哥。"敏贵人担忧地说。

"那又如何？五阿哥不足一岁，即便不死，侥幸苟活，也伤了元气，看宜嫔如何张扬？"佟佳贵妃冷笑道。

"姐姐才是尊贵之身，温妃总想越俎代庖，真是笑话，也不掂量掂量自己几斤几两！"敏贵人吃着水晶葡萄奉承道。

佟佳贵妃舒心微笑，头上的凤钗乱颤笑道："咱们姐妹真是对心思。宫中不太平，嫔妃接连落胎，太子病重，宫中之人都认为是本宫所做，这几日连僖嫔都不登门了，真是令人厌恶。"她蹙眉低语，"此事是钟粹宫所为，惠嫔隐藏颇深，本宫小看了她。"

敏贵人震惊地掉落手中的葡萄："是惠嫔谋害太子？"

佟佳贵妃点头："宫中所有的人都有欲望，惠嫔的欲望比天还高。罪人子孙，昔日的手下败将，刚有起色，便要一步登天，真是痴心妄想。"

"臣妾必当追随姐姐。"敏贵人立刻表明心迹。

佟佳贵妃将水晶葡萄放到她的手心："若本宫一生无子，四阿哥便是本宫的嫡子，妹妹将来所生皇子，必要助四阿哥同谋大计。"

"姐姐放心，臣妾定会记住今日话语。"敏贵人将鲜美的水晶葡萄放入口中，酸酸的味道冲击着味蕾，舌尖留下淡淡的甜味，好像每个人先苦后甜的一生。

"佟佳氏和章佳氏的情谊必将万年永存。"佟佳贵妃举起茶杯。敏贵人微笑着一饮而尽，奠定了来日的喧嚣尘缘。

"入宫这么多年，从未如此畅快呀。"佟佳贵妃触心感叹。

敏贵人得意地嗤笑："真是笑死臣妾了，永和宫还以为郭贵人与其同心。"

"贱人就是贱人。"佟佳贵妃眯着凤眸。

"那痘疫的拨浪鼓？"敏贵人小心翼翼地轻问。

"放心吧，娘娘，敏贵人，拨浪鼓已经处理妥当，焚烧成灰。"玉镯端着粉彩描金小茶壶倒着热茶。

"那良贵人那边？"敏贵人担心。

"良贵人生性柔弱，却柔中带刚，太皇太后都保着她，你我又何必触动霉头，赶尽杀绝。"

敏贵人不解佟佳贵妃为何对良贵人突然转变，她陷入深深的疑惑中。

慈宁宫，孔雀石的龙口金香薰内荡漾着香气，黄玉佛手花瓶里插着几只斗艳的黛色茶白鸢尾花。

"格格，诗经上说：鸢飞戾天，鱼跃于渊。真是贴切，利牧师带来的花种，果真好看。"苏麻嬷嬷放下手中的剪刀，"花房里的几株开得正艳，奴婢瞧着娇艳，便剪下一些，格格瞧着是不是舒心了？"

"哎，没想到洋人的玩意儿，和咱们大清也是相同的，就如同这鸢尾花儿，茶白色虽然常见，黛色却从未见过。"太皇太后细闻。

"格格，您已经操劳一世，大风大浪都过了，还忧虑什么？"苏麻嬷嬷劝慰。

"苏麻呀，坐上了这位置，便要操心一世，再无空闲。当年福临不孝，哀家忧心，当今的皇上是难得的明君圣主，身康体健，子孙延绵。但后宫日显争储，风波不断，如此下去，十年后，必当大乱。玄武门之事将要重现皇家，哀家怎能不管？"她头上插着珊瑚蝙蝠簪子，簪梃是福字的最后一笔，巧妙至极，栩栩如生，红艳的珊瑚珍贵万分，昭示着佩戴之人的尊贵之身，"五阿哥怎样了？"

"回格格，五阿哥已经用过药，正在用冰枕敷面。"苏麻嬷嬷回道。

"倒也怪了，出痘之前会发热不适，五阿哥却无任何征兆，这痘来得蹊跷呀。"太皇太后沉思忧虑，难道有人故技重施，如同当年一般？

苏麻嬷嬷会意地说："当年也怪不得格格，贵妃娘娘在草原时心狠手辣是出名的，更何况宫中，格格也要自保，险些引火上身，只能怪关雎宫的小阿哥命薄，格格勿要多想。"

"哀家的手上也是染了血，当年明知贵妃娘娘残害关雎宫的小阿哥，知情不报，酿成悲剧，或许小阿哥未亡，也是圣君，哀家又何苦如此苦难。"太皇太后翻出内心的死结。

"如若格格当初救了小阿哥，咸福宫早已成为冷宫，也活不到今日。哪有今日的太平盛世。"昔日盛京老城中的争斗几乎都放在明处，隐在暗处的都是必死的毒计。

太皇太后眼中氤氲："人死灯灭，当年的人都没了，只留下你我二人相依为命。有时哀家想，活下来的到底是幸运，还是不幸？活着的人奔波劳累，悔恨回忆，苦苦挣扎。死去的人倒是洒脱，双眼一闭，一了百了。"

"格格，当然是活着好了，活着才能看到恶人的下场呀。"苏麻嬷嬷递过棉布白帕子。

"也罢，老天不收哀家这把老骨头，哀家便要继续守着他用毕生精力和鲜血打下的大清江山。"太皇太后挺起腰板。

"王爷在九泉之下含笑看着格格呢。"只有苏麻嬷嬷知晓多年的秘密。

太皇太后盯着黄梨木茶几上的鸢尾花，眼中含泪，浓情地说道："利牧师说这花寓意着爱恋和情谊，送几只给他吧，他也一定喜欢。"

"格格，奴婢会选出开得最艳的花送去五台山。"苏麻嬷嬷抹着眼泪，谁会知晓，王爷的遗骨竟然埋在五台山。

"人老了，总是想起往事。"太皇太后擦拭着眼泪，关切地问道，"宫中近期可有出痘的宫人？"

"回格格，五阿哥年幼，此病来得凶猛，翊坤宫已经封宫，东西六宫都已艾叶熏香。奴婢问过内务府的总管事，宫中的宫女、太监并无出痘之兆。"苏麻嬷嬷仔细地禀告。

"若五阿哥熬过此劫难，便带到慈宁宫来养吧。"太皇太后意味深长，"要多加留意郭贵人，莫让贼人钻了空子。"

"翊坤宫的姐妹情深，人尽皆知，哎！"苏麻嬷嬷摇着头。

"宫中哪有真正的姐妹。"太皇太后话中藏话。

苏麻嬷嬷安抚："奴婢已吩咐太医熬了汤药，五阿哥能不能熬过这一关，便看天意吧。宜嫔娘娘悲痛欲绝，刚好皇上赶到，她晕倒在皇上怀里，皇上如今是夜夜陪伴。"

"宜嫔奢华，又极爱要小性子，无论何时，都用得淋漓尽致。"太皇太后硬气的口吻，"皇上柔情，最重情分，对后宫的嫔妃都极好。"

苏麻嬷嬷细心禀告："格格，宫人说，皇上很少去长春宫，每天同翰林大臣们都在南书房议政论经。良贵人也乖巧懂事，两人都是克制明理之人，不会做出错事。"

"但愿如此吧。"太皇太后想起前尘往事，悲伤："哀家深知棒打鸳鸯的痛楚，却一次次地棒打鸳鸯，真是可笑。"

"格格是为了大清的江山啊。"苏麻嬷嬷轻轻捶着她的肩膀。

太皇太后苦笑："良贵人和温庄公主一样，都是秀外慧中、心思缜密的女子，她照料太子尽心尽力，哀家打心眼儿里喜欢。但越是喜欢，越是害怕。哀家当年精心为皇上挑选的嫔妃，如今都成了一宫之主，身居高位，身承龙泽，没想到钟粹宫竟长了这般的本事。"

"格格的意思，太子的事是惠嫔出手？"苏麻嬷嬷侧身。

"佟佳贵妃还不足为此，温妃入宫尚轻，荣嫔是小家子心思，只有惠嫔韬光养晦，孝昭仁皇后之死，她脱不开干系，哀家不予追究，是为皇上铺路，重用纳兰一族，培养亲信。谁知纳兰一族狂妄，竟有这等胆量敢觊觎皇储之位。如今北边蛮夷之国不稳，南边的郑氏一族更为棘手，皇上已经决意派兵收复，天下又将再起硝烟战乱，后宫绝不能添乱。但是必须给予警戒，否则妄想之人将无法无天。"她历经三朝，后宫中污秽之事都尽在眼中。

"孝昭仁皇后心地善良，生不逢时，格格也没有法子。"苏麻嬷嬷想起当年之事，依旧心有余悸。

"哀家到底是心狠。"太皇太后眉间满是哀怨，"如今哀家的心依旧如此，绝不能手软。即使太子有恙，哀家也会告知皇上，绝不能立大阿哥为东宫之位，立长立嫡虽为祖训，但是立贤能之人才是上策，皇上岂会不知？民间俗语，三岁看老，大阿哥虽才华横溢，却优柔寡断，躁急愚顽，绝非继承大统之人。若将他握在手中，取长避短，必为贤能治国之大才，相反便是祸国殃民之暴徒。寻个时机吧，将所有的事情告知皇上。"

"那若抛去位分，皇上到底更疼哪一位皇子？"苏麻嬷嬷自言自语。

"哀家只做两件事，一是告诫皇上永不能废除太子，二是如若太子命薄，也不能立大阿哥为太子。"纳兰一族野心极大，一切都要闷死在萌芽里。但是她忘记了，阳光雨露的滋润下，萌芽早晚会开花结果。皇子夺嫡，本无对错，只有胜败！

"既然如此，格格命良贵人大肆追查，触怒惠嫔，那良贵人岂不危险？"苏麻嬷嬷关切。

"还记得良贵人在储秀宫中的言辞吗？她会保护自己。放眼后宫，唯有惠嫔笑里藏刀，为防止她日后受罪，还是早些看清楚才好。"太皇太后并不知晓玄烨找过惠嫔一事。将八阿哥养于钟粹宫，也成为玄烨一生最为懊悔的事情。

"还是格格看得长远，但查出真相又能如何？"

"惠嫔依旧是惠嫔，大阿哥依旧是大阿哥，她们永远失去了最想要的东西。"太皇太后望着带着凉意的窗外。

说曹操，曹操到，卫岚音碎步来到屋内："臣妾给太皇太后请安。"

"平身，赐座。"太皇太后面带慈祥。

卫岚音端起苏麻嬷嬷奉上的奶茶："太皇太后，臣妾找御膳房的曹嬷嬷问过话了。"

太皇太后眯着凤眸："有何眉目？"

"回太皇太后，臣妾单独找到御膳房的曹嬷嬷问话，起初并未拿出红茴香，她为人拘谨严肃，一板一眼地应着。"卫岚音柔声，"她说，从未时泡制作料，亥时入锅，用文火熬制补汤，一直熬到寅时，其间会有太监和宫女帮忙，卯时由宫人送去毓庆宫，然后再弄傍晚的补汤。"

"良贵人怎么看？"太皇太后追问。

"曹嬷嬷辈分高，炖煮的补汤功夫足，东西六宫的主子都服用过曹嬷嬷炖制的补汤，后来，臣妾拿出红茴香问她。"卫岚音顿了一下。

"她怎么答？"太皇太后侧目。

"她看了几眼，直接说，这不是八角。臣妾私底下问过宫人，她与故去的孝昭仁皇后颇有渊源，不知什么原因降职在御膳房当差。"

"曹嬷嬷。"太皇太后陷入回忆。

"曹嬷嬷昔日里是孝昭仁皇后初入宫时的掌事嬷嬷，犯了宫规，本应惩戒出宫，但孝昭仁皇后念在其年老已衰的分儿上，给了恩典，安排到了御膳房。"苏麻嬷嬷缓缓答道。太皇太后心惊，是鳌拜的乱党余孽？

卫岚音微微欠着身子："太皇太后，御膳房人多嘴杂，汤药又是整晚熬制，过手之人非常多，曹嬷嬷年纪甚老，臣妾没有送她去慎刑司，暗中派人留意，稍待时日，或有分晓。"

她隐隐觉得此事定有缘由，在交谈中，曹嬷嬷面带从容，不骄不躁。又得知曹嬷嬷是从盛京一路跟着入关的宫人，在宫中孤苦一人，从未与人结怨，这样忠于旧主的老仆，恐怕是送去慎刑司也问不出什么来。

太皇太后见她眉间踌躇，犹豫不决，问："言之者无罪，闻之者足诫。良贵人尽管畅所欲言，哀家不会怪罪于你。"

卫岚音径直说道："臣妾谢太皇太后信任，谋害太子的事情，有三个疑点，其一是红茴香的来源，林太医说，书中记载过此物喜潮，长在瘴气之地，宫中根本无此物，到底是从何处寻来？中间有多少人参与其中，主谋者、献计者为何人？务必挖出。其二是曹嬷嬷，即使她认罪，也不会供出背后之人，背后之人依旧逍遥法外。其三便是若真的查到为一宫之主所为，又该如何处置？"

"良贵人的意思，哀家懂了。"太皇太后知晓，岚音是在探她的底线。

卫岚音笑道："臣妾位分低，出身卑微，蒙得皇上宠爱，总要为皇上着想。后宫牵动前朝，臣妾也只能谨小慎微。此事关系到东宫皇储，太皇太后信任臣妾，臣妾务必办好这惊天动地的差事。"

太皇太后放下手中的茶碗："良贵人所言，甚得哀家的心思，此事查到最后，免不得会不了了之，但恶人的心思咱们必须铭记在心，也必要砍掉其左膀右臂，伤其筋骨，示警天下。哀家也不隐瞒了，哀家推断为钟粹宫的惠嫔所为，纳兰一族正蒙盛宠，明珠又为大学士，学识渊博，股肱之臣。今日曹嬷嬷一事，哀家也疑惑不定，但即使惠嫔不是主谋，也和她脱不开干系。你入宫尚浅，根本看不透人心，借刀杀人是惠嫔惯用的伎俩。你放心大胆去查，钟粹宫依旧是钟粹宫，大阿哥依旧是大阿哥，但她想要的东西，永远也得不到。"

卫岚音和落霜惊愕不止。

太皇太后语重心长："这人啊，最难得的便是人心，最难以掌控的便是欲望，惠嫔亦是如此。良贵人身怀皇子，有一日也会参透其中的奥秘。"

卫岚音点头："请太皇太后安心，臣妾必当以皇上为重，以大清的江山为重。"她安颜地低垂着头，耳边一对木槿花耳坠子摇摇欲坠，脸上少了分青涩，多了分妩媚，甚为可人。

"好，良贵人深明大义，哀家甚为安慰。此事尽管放心去查，杖杀几个为虎作伥的奴才，也好为六宫敲响警钟，这也是良贵人出人头地，显示本领的机会，旁人再也不敢轻视你，即便没有皇上的盛宠，你依然可以在宫中立足。"太皇太后鼓励。

卫岚音心中划过痛楚，太皇太后用意颇深，话外的意思无非是告诫她，不要妄想再与皇上举案齐眉，鹣鲽情深。她要坚强地走下去，即使没有任何庇护，也要傲立宫中。

太皇太后见她沉默，又进一步："世间难有圆满，仙人亦有无奈之事。自古其善恶之分际，在顺益与违损之差别。立场不同，无以别论，皆因心起贪欲，最后而欲火焚身。只能震慑规劝，别无他法。"

卫岚音想起幼年时额娘的教诲，世间哪有绝对的善恶？都是彼此的立场不同罢了，规劝震慑后仍不悔改，或许才是大恶之人，世间又有多少？

"苏麻，将喜鹊登梅金簪拿来。"太皇太后见卫岚音沉思的模样，像极了温庄公主，连忙吩咐。

苏麻嬷嬷从内屋捧着红木锦盒入内："格格。"

"良贵人尽心照料太子，特赏赐金簪一枚。"太皇太后威严讲道。

苏麻嬷嬷直接捧着锦盒，将小巧的锦盒千钧之重般交到卫岚音的手心。

卫岚音打开锦盒，一阵梅香扑鼻而来，灵秀的喜鹊立于枝头，合蒂的梅花朵朵相连，金艳耀眼，一枚普通的金簪，处处精细，为上等的孤品。

"此金簪为孝端文皇后当年所戴，后来传予温庄长公主，温庄公主远嫁草原，出嫁前将此金簪留下。你与温庄公主有几分相像，是有缘之人，今日索性赐予你吧，哀家希望可告慰温庄公主在天之灵。"太皇太后悲痛说道。

卫岚音颤抖地捧着金簪，这是第一次听人讲起清朝的第一美女——温庄公主，她胸怀敬意："此物贵重，寄托着太皇太后的思念之情，臣妾不敢接受。"

"收下吧，物件儿都是死的，只有汉人讲的不思量、自难忘才是真正的哀思。"太皇太后哀叹，金簪给了她也算是物归原主。

"今日臣妾听太皇太后一语，心中已经有了主心骨儿。"卫岚音柔弱的外表下藏着一颗坚定勇敢的心，"臣妾会留意钟粹宫的动静，护全太子。皇上那边？"

"皇上近日忙于南边沿海用兵，也心系太子安危，你先去报个平安，记住话意带到为止，勿要多言，扰乱皇上的安宁。"太皇太后盯着她。

"臣妾明白。"卫岚音捧着红木锦盒叩首，心中划过期待，"臣妾告退。"

落霜却长跪不起，带着哭意："奴婢恳请太皇太后恩典，准许奴婢追随在良主子身边，奴婢不愿嫁入裕亲王府。"卫岚音暗道不好，却无力责怪。慈宁宫内飘荡着浓郁的鸢尾花香气，混着檀香，令人沉迷。

"落霜啊。"太皇太后疼惜地望着她，"你玲珑通彻，秀外慧中，却握不住手中的人。"

"太皇太后，奴婢自知命薄，无福侍奉皇上，主子待奴婢恩重如山，望太皇太后成全奴婢。"落霜低泣。

太皇太后想起中秋之夜的闹剧，裕亲王福全发白的指节，面色一沉："你与裕亲王到底是怎么回事？"

"回太皇太后，中秋之夜，温妃娘娘、宜嫔娘娘诬陷主子和奴婢的清白，裕亲王为护皇上的圣明才说出与奴婢有染，皆因，皆因奴婢早已不是完璧之身。"落霜闭上双眸，豆大的泪滴落入脖颈的结疤之处，刺痛灼烧。

太皇太后终是叹气："有缘无分莫过如此，哀家本意留你在宫中，皇上毅然放你离去，想必还是念着多年的旧情，他许你侧福晋之位，也是为你着想。"

卫岚音心疼地挽着落霜的手："出宫吧，不必为我留下。"

落霜死死地摇头，声泪俱下："不，主子嫌弃奴婢了吗？奴婢的额娘去世后，奴婢在乾清宫奉茶，远远望着龙椅上的皇上已足矣，奴婢是无福之人。没人再疼爱奴婢，更无人将奴婢视为贴身之人，奴婢从未开心地笑过。但自从跟了主子，主子处处为奴婢着想，护着奴婢，奴婢也着实为皇上和主子的情意高兴。早在佟佳贵妃惩戒奴婢，主子为奴婢受罚在梵华佛堂静思时，奴婢便下了决心，在佛祖前许了心愿，此生必当追随主子左右。"

卫岚音眼中赤红一片，她轻抚着落霜的发鬓："我不能耽误你的幸福，宫中的路太过漫长，宫中的夜太过凄凉，比起宫中的孤灯长眠，宫外的天地才更为广阔，你也能远离尘嚣。"

"主子和皇上的快乐才是奴婢的幸福。和主子一起，落霜的心中才最为广阔，哪里都逃不开争斗，一双一世人的诗句都是痴情女子的诳语，宅第之争也甚为惨烈。"落霜紧握住卫岚音的手，"求主子成全，求太皇太后成全。"

卫岚音泣不成声，她不敢看落霜殷切的眼神，害怕自己守不住心中的决念。苏麻嬷嬷偷抹着眼泪，仿佛看到了当年的自己。

太皇太后仰天长叹："实属难得啊。"

苏麻嬷嬷跪地："格格，良贵人，奴婢也替落霜求个恩典。奴婢深有感触，上穷碧落，九重宫阙，唯有自己遂心如愿才是欢喜。落霜忠心耿耿，宁愿弃侧福晋之位而留在宫中，足矣表明了她的一片丹心，还是成全她吧。"

太皇太后望着苏麻嬷嬷，想起多年的风霜，最亲最近之人，或怒、或恨、或离、或散，都已化作云烟，唯有苏麻一直陪伴她身边，一起走过艰难困苦，守得云开月明。她们苦苦守着、熬着，只为大清的江山，实现对一个人的承诺。她盯着满脸泪痕的落霜："你可不悔？"

"奴婢此生不悔。"落霜满脸坚定。

卫岚音难以言表心中的滋味，有喜、有惜、有痛、有情，都淹没在感动之中。

"好，前朝曾设立采仪官，议定未行，今日便从落霜伊始吧。从即日起加封落霜为慈宁宫贞容，以理服人，以作风范。奉予苏麻之下，因长春宫良贵人身怀有孕，着长春宫当差。至于乾清宫那边，你们自行劝慰裕亲王和皇上吧。"太皇太后蹙眉。落霜毕竟为富察氏家的格格，也曾是皇上的女人，不能太过委屈。

"谢太皇太后隆恩，谢苏麻嬷嬷大恩。"落霜喜极而泣。

卫岚音望着那双满是伤疤的手，伤心欲绝，曾经的纤纤玉指，再也拿不起细软的绣花针，她要护好她，"臣妾谢太皇太后隆恩。"泪终是落下。

"去吧。"太皇太后颔首。

落霜搀扶着卫岚音转身离去，慈宁宫内恢复宁静，若隐若现的暗影下，太皇太后的眼角也流下了一滴感慨的清泪。

回宫的路上，落霜满脸挂笑，卫岚音温柔地训斥："你真是长了本事，还知道去求太皇太后。"

"此事只有太皇太后才能做主，奴婢也是碰碰运气，现在心还怦怦跳呢。"落霜满脸歉意。

"真是呆傻，不当亲王的侧福晋，来做我的宫女。"卫岚音埋怨。

"奴婢就是呆傻。"落霜朗朗笑道。

"你啊。"卫岚音无奈地摇头，心中却是满满的浓情。

"主子，咱们手中有太皇太后的尚方宝剑，那下一步？"落霜转向正题。

"下一步便是引蛇出洞。"卫岚音嘴角上扬，贴耳而语，"你去吩咐崔公公……"

"奴婢知道了。"落霜连连点头。

"先回毓庆宫看望太子，再准备些去火的甜汤和可口的点心，明日去乾清宫拜见皇上。"卫岚音的心中有丝期待。

"奴婢知晓皇上喜爱什么，回去教主子做。明日皇上务必喜欢。"落霜应道。主仆二人同心同步，消失在朱红的城墙尽头。

凄冷紫禁城，偏远之隅，一道瘦小的黑影闪过："公公唤儿子来，有何吩咐？"

沙哑阴狠的声响传来："良贵人与皇上如何了？"

"启禀公公，儿子已经按照公公的吩咐，刻意离间二人，皇上已多日未曾踏入长春宫，皇上虽然安排了良贵人在毓庆宫照料太子，却未探望。良贵人伤心失落。"

"好，定要两人反目，最好成仇，必要时咱们还得帮衬一把。"苍老的声音，令人毛骨悚然。

"是，公公放心，儿子必当尽力。"

"好，记住，时时留意良贵人腹中的皇子，尤其是接近临盆之日，事无巨细，均要来报。"

"是，公公。"细小的脆声闪过。

"真是委屈你了，我的好儿子。"一声心酸的记挂。

"儿子若没有公公相救，早已命丧黄泉，何来今日的荣耀，儿子永世难忘，为公公做事，万死不辞。"迎着淡淡的月光，讲话的正是长春宫的小安子。

"知恩图报，不枉公公受那一鞭呀，咳咳，回去吧，小心。"

"公公，儿子挂念您的旧疾，这是偷偷要来的秋梨膏，孝敬公公。"小安子满脸堆笑。

"快回吧。"骨瘦如柴的双手接过小安子递过的瓷瓶。黑影即逝，夜幕中一声叹气传来。

"谁？"沙哑的声音中透着寒意。

"原来你在宫中，还有如此多的暗桩。"

"是你。"

"是我。"身着深青色暗花的外褂，眼角勾着深深的壑，正是御膳房的曹嬷嬷。

"你怎么来了？"

"为何离间皇上和长春宫的良贵人？"曹嬷嬷追问。

"此事与你无关，莫要多管闲事，既然当初放弃执念，各事其主，我们休要再提旧情。"失望的喊声。

"良贵人与温庄公主有何关联？"曹嬷嬷转而追问。

"你知道些什么？"

"为何良贵人与温庄公主如此相像，你们到底藏了什么阴谋诡计？"曹嬷嬷紧盯着对方如鹰的眼睛。

"信不信我杀了你。"老太监浑身泛着杀气。

“哈哈，哈哈，你竟然要杀我？”曹嬷嬷发狂地大笑。两人撕扭在一起，闪亮锋利的刀刃慢慢逼近曹嬷嬷的鼻尖儿。

　　“阿达木，我们来世再见吧。”曹嬷嬷闭上双眸，等待着死亡。许久未听过自己名字的老太监，停住手中的尖刀。他含着眼泪，紧紧抱住曹嬷嬷，激动道：“知道吗？苍天有眼，大汗还有后人，咱们察哈尔部并未亡啊。”

　　曹嬷嬷睁大了深陷的双眼：“是良贵人？”

　　星昏夜暗，悲喜交加，仇恨一生的两人，抱头痛哭，他们哭尽了一生的沧桑，又埋下了明日汹涌的毒计。

第二十四章

清月出岭光入扉

　　乾清宫，玄烨满身疲惫地安坐在鹿角椅上，龙案上摆着政见不一的折子。南方沿海几次安抚未定，岛内内乱之起，董太妃立下年仅十一岁的郑克塽为平王位。如今主弱国虚，大权旁落，正是收复的绝佳时机，但统帅的上佳人选姚启圣是个怪人。收复容易，养一岛百姓困难，务必等到国库充盈。

　　他望着墙上万里江山的雄图，图上有连绵的海岸线，满案的奏折都在说同一件事——海禁。是否要开海？如何开海？群臣意见相悖，大学士们的意见也不尽相同。他索性闭目养神，不去想烦忧之事，后宫最近风平浪静，不知岚儿如何？毓庆宫可好？太子……

　　"皇上，良贵人求见。"梁公公低着头。

　　玄烨勾唇一笑："宣。"

　　卫岚音身着浅色牡丹衣摆的宫装，头插着太皇太后送与她的喜鹊梅花金簪，颇有风情。她语浅情深地欠着身子："皇上万福金安。"

"起来。"玄烨抑制着心中的躁动。

"皇上，臣妾得知您日理万机，亲手做了点心，请皇上尝尝。"卫岚音示意落霜。灵巧的落霜连忙奉上精致的点心，顿时茶香飘荡。

"皇上，这是臣妾与落霜同做的碧螺春茶卷。"卫岚音羞涩。

"色香艳泽，味道想必也俱佳，良贵人有心。"玄烨盯着她淡淡的双眸。

"皇上日理万机，不要太劳累。"

"朕自会爱惜身子，大清如此多的锦绣河山，朕还要一览众山小。"

两人拘谨生硬地寒暄，卫岚音扫过龙案上散落着奏折，字迹笔笔中锋，秀洁圆润，落脚处是纳兰明珠的名讳。另一折子上是大学士李霨所言，字里行间都是关于沿海百姓的海禁之事。

"皇上。"

"岚儿。"

银花丝香薰球里散发着沁人的檀香，两人情不自禁地唤着对方。四目相对，万语千言，有情意，有哀怨。梁公公和落霜知趣地守在门外。

岚音轻咬朱唇："皇上，臣妾有事禀告。"

"良贵人有事？"玄烨的话里少了柔情。

卫岚音缓缓跪下："臣妾恭喜皇上，太子身康体健，可回上书房读书。"

玄烨喜出望外："是谁妙手治愈了太子？"

卫岚音娓娓讲着所有的一切，玄烨的脸色由喜转忧，逐渐变暗，最后乌云密布。

"岂有此理，真是好大的胆子。"他怒拍龙案，纳兰明珠的奏折散落在地。帝王不比寻常百姓，不能喜形于色，习惯于隐藏情绪和兴致，只能独自承受。看似坚强，其实极其敏感。每位帝王宣泄的方式大有不同，有沉迷酒色之辈，有暴虐之徒。只有隐忍于心，拥有坚韧执着的心，才是千古明君。

卫岚音静静地陪在他身边，默默守候。

"都是朕的好嫔妃。"玄烨重语。

"皇上息怒。"卫岚音劝慰。

"既然皇祖母将此事交托给良贵人，良贵人便放手做吧。"高处不胜寒的其中滋味，只有帝王倾尽而尝。

"皇上，臣妾布置妥当，近日会来上书房为大阿哥和太子送滋养的补汤。"卫岚音平静地说道，"打扰皇上清静，还请皇上恕罪。"

"良贵人身怀皇子，不要太过劳累。"

卫岚音缓缓捡起散落满地的奏折："皇上日理万机，臣妾这些算不得什么。"她想起幼年时的情景，应该向皇上请愿吗？

玄烨见她面带踌躇，轻声问："良贵人有心事？"

卫岚音鼓起勇气："启禀皇上，自古后宫嫔妃不得干政，但臣妾有一箴言想进谏皇上。"

玄烨挥手："准。"

卫岚音脸色凝重："臣妾家中惨遭灭门，孤身一人留在世间。朝堂之上的事，臣妾概不闻之，皇上当臣妾只是一平民百姓。臣妾拾捡奏折时，多次看到海禁二字，臣妾的母族离海极近，自幼便深知渔民的困苦，听闻南边海域更加辽阔，渔民的日子却皆为相同。若开了海禁，无论是大船通商，还是小船捕鱼生计，都是谋生路呀。"卫岚音表达了自己的心愿。她从初进乾清宫，便觉察玄烨的烦忧，她与额娘曾在海边谋求生计，深知普通渔民的疾苦，才斗胆请愿。

玄烨挂着笑意望着她，洪亮的声音说道："朕何尝不想啊，但朝中老臣意见相悖，颇为阻拦，大学士们也是政见不一。朕一直认为开海禁，有利于穷民生计。如只准大船入海，恐百姓无力营造大船，应许以各听其便，才能各得其所。明年初，必要开海禁。"他一锤定音，显露出帝王的气概。

卫岚音喜悦："皇上爱民如子，真是百姓之福。"

玄烨心中的郁结一扫而空，想到卫岚音幼年的困苦，心疼地说："岚儿要拒朕于千里之外吗？"他伸出宽大的手掌。卫岚音红霞双飞，更显妩媚，她缓步上前，覆上玄烨带着薄茧的指尖。相触的一刹那，所有的哀怨全部土崩瓦解，只因他的满腔热忱。

"梁九功，告知敬事房，今夜良贵人侍寝。"玄烨喊道。

"是，皇上。"门外的梁公公连声应答。

"皇上。"卫岚音轻轻扭捏着丰盈的身姿。

"别怕，朕真的好想岚儿。"他曾经答应皇祖母冷落卫岚音，后宫奉行雨露均沾，这么多天过去了，也应该轮到长春宫侍寝了。玄烨闻着熟悉的花香，空虚的心灵，顿时被悉数填满，这种感觉真好！在卫岚音情迷意乱的时候，玄烨微凉的唇早已覆上，积压许久的爱恋倾泻而出，化作缠绵悱恻的热吻。

卫岚音侍寝的消息，传遍了紫禁城。

储秀宫，温妃怒气地摔着桌上的物件儿，宫人们吓得不敢出气。

"贱蹄子，都是贱蹄子。"温妃的丹凤双眼中带着浓浓的恨意。

"娘娘息怒，娘娘身子初愈，不宜动怒。"宫女青梅小声劝慰。

"贱蹄子真是天生的狐媚心思，身怀六甲还不安分。"温妃咬牙切齿。

"娘娘，皇上最近为国事烦忧，已经好几日未翻后宫嫔妃的签子，听闻良贵人与宫女落霜是主动去乾清宫为皇上送点心，想必是在皇上面前搔首弄姿，勾引皇上才留下侍寝。"青梅受幽闭之刑以来，心肠日渐狠辣。

"一对贱蹄子。"温妃怒骂。

"娘娘，良贵人怀有皇子，赖在毓庆宫讨好太子，最近还时常去慈宁宫给太皇太后请安，今儿又去了乾清宫勾引皇上，这份痴心妄想的心气儿，不言而喻呀。"青梅煽风点火。

"出身辛者库的下贱坯子，身居贵人之位已经是祖坟冒了青烟，家人都被她克死了，她还想怎样？真是不知好歹。"温妃心中咒骂。

"娘娘，不得不早做提防啊，良贵人与后宫嫔妃来往颇少，却极力讨好宫中最为尊贵的三位主子，待到羽翼丰满，恐怕……"青梅面带愁容。

"恐怕什么，浣衣局的宫女还能怎样？还想翻天覆地不成，谅她也没有那个胆子。"温妃面带蔑视。

"娘娘，无论如何，还是早做打算为好。"青梅言辞恳切。

"你放心，这一笔笔，一桩桩，本宫都会记在心间，定要在贱蹄子身上加倍讨回。"温妃杀气冲冲。

"娘娘，莫要气恼，小心手疼呀。"宫女流香捧着鲜果而入。

"翊坤宫的五阿哥如何了？"温妃眯着丹凤眼问道。

"回娘娘，苏麻嬷嬷和太医们的方子，都用过了，五阿哥的身子时好时坏，太皇太后已经下了懿旨，只要五阿哥熬过这一关，今后养于慈宁宫。"流香每日都禀告着翊坤宫的动静。

"竟有此事？"温妃挂着得意的疑问。

"千真万确，宜嫔娘娘熬了数夜，消瘦得不成样子。"流香面带心疼。

"孩儿是额娘身上掉下的肉啊，怎能不心疼呢。五阿哥到底能不能……"

流香安慰："只要再挺过三日，五阿哥便熬过大劫。"

"宫中未有人起痘，五阿哥到底是如何染上痘症的？"玲珑的青梅忽然问起。

温妃恨恨地说："派人去查，务必查个水落石出。"

"是，娘娘。"青梅应着温妃清冷的眸光。

"娘娘，消消气儿，养好身子，定会为皇上生下小阿哥。"流香讨好地奉上红通通大个儿的苹果，"这是直隶送来的贡品，皇上知晓娘娘喜食，特意交代内务府，要多送些到咱们储秀宫。"

温妃欣喜地接过苹果，清脆地咬在口中，唇齿留香。当今皇上幼年便是因出痘养于慈宁宫，痊愈后，被太皇太后严加管教。先帝当时想立裕亲王为帝，太皇太后力主扶持皇上，这才有了今日的一切。如今之势，与昔日相似，太子身患痫症，一国储君怎能是疯癫之人？太皇太后一向高瞻远瞩，难道太皇太后看中了五阿哥？她狠咬了一口苹果，真是老天有眼，借力打力，巧借东风，有趣得很呀，看来今后宫中会更热闹。储秀宫内终于散去了烟云，恢复了安谧的奢华气派。

次日清晨，毓庆宫，太子一大早便精神抖擞地站到卫岚音面前："给良贵人请安。"

"快起来。"卫岚音昨夜在乾清宫的东暖阁安睡极早，两人并无逾越之礼。

"良贵人，皇阿玛心疼我身子弱，着宫人传话，可晚一个时辰再去上书房读书。"太子喜上眉梢。

"太子是国之根本，要好生读书，不枉皇上的重望。"卫岚音夸奖。

"良贵人要回长春宫吗？"太子殷切地问道。

"太子希望我回吗？"岚音反问。

"当然不希望。"太子眨着微翘睫毛的双眸。

卫岚音"扑哧"笑了："你的病，还未完全康复，我还会小住一段时间。如今我身怀六甲，你也才六岁童龄，还不会有人乱嚼舌根儿，再过几年，太子成人及冠，我都不敢再登宫门了。"

"哪个奴才敢如此，我拔了他的舌头。"太子鼓着红扑扑的脸蛋，良贵人如皇额娘一般慈爱，怎能生龌龊心思。

卫岚音抿嘴，逗笑："太子好生厉害，真有帝王之风。"

太子羞涩："良贵人的眼睛好像皇额娘，我就是喜欢良贵人。"

秋高气爽，白云朵朵，金色琉璃分外晃眼，毓庆宫内传来朗朗笑意，卫岚音又收获了一份真诚。

"落霜，你带着太子去用早膳。"卫岚音吩咐。

"是。"落霜拿下掩口的手帕，带着太子而去。

崔公公连忙跪落在地："老奴谢良贵人，良贵人是太子的大恩人啊。"

"分内之事。"卫岚音挑着柳眉，"太子今日去上书房读书，崔公公可贴身陪同，稍晚半晌儿，我会带林太医去为太子请脉，送去滋养的补汤，大阿哥亦有份儿，你莫要张扬惊讶。"

崔公公面容一惊："奴才知晓了，良贵人放心，老奴定会留神。"

卫岚音点头："派人留意钟粹宫的动静。"

"良贵人放心，奴才这便去办。"崔公公弓着腰应着，面上并无惊意。

卫岚音没有过问，宫中自有宫中的规矩，孝诚仁皇后当日亦有恩泽之人，毓庆宫的暗桩也同样遍布六宫，维系着紫禁城内的平衡。这份平衡一旦被打破，那将是灭顶之灾。她想到了另一个旧人："曹嬷嬷那边有何异常？"

"回良贵人，曹嬷嬷年纪甚大，并未发现有何不妥，倒是发觉了一件蹊跷事。"崔公公慢慢说道，"曹嬷嬷整夜不睡，只是清晨时分小憩一会儿，而这时，正是御膳房最为忙碌的时候，宫人嘈杂熙攘。"

"噢？"卫岚音想到曹嬷嬷见到红茴香时欲言又止的神色，她到底知晓什么？她缓过神来，"继续查，是狐狸总要露出尾巴来。"

"是，良贵人。"崔公公恭敬叩首。

卫岚音细细嘱托："翊坤宫的五阿哥出痘封宫，太子要多绕路去上书房读书，能多远就远些，不能接近风口，我已吩咐林太医在毓庆宫烧艾驱毒。"

崔公公再次下跪叩首："良贵人放心，奴才定会谨遵良贵人的教诲。"

"去吧。"卫岚音满意地微笑。

这时，虹酿推门而入："主子，御膳房的曹嬷嬷来了。"

"她怎么来了？"落霜瞪圆了眼睛。

"让她进来。"卫岚音稳着心神。

曹嬷嬷毕恭毕敬地跪倒在地："良贵人吉祥。"

"曹嬷嬷有何事？"卫岚音开门见山。

曹嬷嬷眼含温情地看着卫岚音："请良贵人恕罪，奴婢在宫中确实见过红茴香。"

卫岚音冷笑："曹嬷嬷想起什么了？"

曹嬷嬷跪在地上："老奴年老体弱，头晕眼花，自从良贵人走后，一直心神不宁。"

卫岚音不动声色地扫过她："不做亏心事，不怕鬼敲门，曹嬷嬷心神不宁为的是哪般呀。"

"良贵人教训得是，老奴记下了。"曹嬷嬷不骄不躁，"夜深人静的时候，奴婢想起一件陈年往事。"

"说。"卫岚音端着架势。

"奴婢从盛京老城来到紫禁城，一直在宫中当值，先皇去了之后，便做掌事嬷嬷，后来与孝昭仁皇后颇有缘分，奴婢是那时见过红茴香。"曹嬷嬷的语气很轻，仿佛她是置身事外的人。

"孝昭仁皇后？"卫岚音没有想到曹嬷嬷会将矛头直指旧主孝昭仁皇

后，难道要牵出储秀宫的温妃？

"当年前朝与后宫一线相牵，皇上尚未亲政，后宫激烈地争夺后位，赫舍里氏和钮祜禄氏水火不容，势不两立，虽然太皇太后定下赫舍里氏为后，钮祜禄家怎能善罢甘休？他们买通了太医院的一位太医，意图谋害孝诚仁皇后，正是用这貌似八角的红茴香。"曹嬷嬷一气呵成，"他们用红茴香害死了坤宁宫的二皇子。"

落霜惊讶地捂住红唇，二皇子正是孝诚仁皇后的第一子，也是皇上的嫡长子，年仅两岁便早殇，竟是孝昭仁皇后所为？

"孝昭仁皇后为人和善，却懦弱无常，毫无主见，所有阴谋诡计都是母族安排的近身之人教唆。献策的太医才高八斗，医术了得，又儒雅风趣，常年医治懿靖太妃，在宫中颇有威望。"曹嬷嬷回忆着往事，眼神迷离。

"是李太医？"卫岚音问。

"不是李太医，是穆太医，穆太医早在几年前便出宫了。"

"穆太医是汉人？"卫岚音不解，太医院官职低，却是内廷要职，均是蒙满为主。

"穆太医是从盛京老城一同来紫禁城，并不是汉人，而是蒙古人，他熟读汉人的诗书药典，太宗皇帝和先帝都颇为重视。"曹嬷嬷解释。

蒙古人？医治懿靖太妃？卫岚音感到自己在层层抽丝，每一层丝都染着干涸的血迹和阴谋，无休无止，无穷无尽。

她暗吸着寒气："你为何不禀告皇上和太皇太后实情？"

曹嬷嬷舒缓着满布皱纹的眼角："奴婢在世间无根无派，无牵无挂。家人在战乱中，都死了，一生只能困在这宫中。后宫娘娘们争宠夺位，何等凶残，只看到孝昭仁皇后对二皇子下毒手，殊不知孝昭仁皇后多年不孕又是谁暗中使计？谁又干净？从盛京老城到偌大的紫禁城，奴婢见过太多的阴谋，奴婢不说、不猜，将看到的、听到的都烂在肚子里，才能明哲保身，活到现在呀。"

卫岚音和落霜深深地触动，曹嬷嬷满头白发，戴着暗哑的绢花，两鬓没有一根乱发，她微驼的后背瘦弱不堪。她与太皇太后同是历经三朝，看透世间的风霜。

卫岚音蹙眉，疼惜地问道："既然曹嬷嬷看淡名利，懂得回避是非，已经隐瞒至今，今日又何必讲出来？"

曹嬷嬷摇头："鸟之将死，其鸣也哀；人之将死，其言也善。老奴近日的身子大不如前，没想到临死之时，又见到害人的毒药，便想赎罪谢恩。良贵人出身宫人，博得盛宠之事，后宫上下皆知，老奴见良贵人毫无恃宠而骄的骄纵，又无狂妄自大的蔑视，心生好感。老奴自夸了，在宫中阅人无数，良贵人的性子，老奴极为赞誉，十分信任良贵人。这几日，老奴时刻等待着牢狱之灾，良贵人是菩萨心肠，并未送老奴去慎刑司严刑拷问，老奴感激良贵人大恩。"

卫岚音沉默了许久，轻启朱唇："祖训道，老吾老以及人之老，幼吾幼以及人之幼。曹嬷嬷在宫中奔波一生，辛劳有加，怎能送去慎刑司受苦。太子年幼被奸人所害，还请曹嬷嬷多加留意担待。御膳房中还有谁最为可疑？"

"红茴香产于瘴气重生之地，并不多见，知晓其功效之人少之又少，多半是当年穆太医所告知留下。"曹嬷嬷微挑着浓重棱角的眉头。

"你先回去，有任何风吹草动立即来报。"卫岚音发觉曹嬷嬷与苏麻嬷嬷都好生面熟，原来她们的眉毛都是一字形，又粗又黑，曹嬷嬷也来自草原？

曹嬷嬷落寞地离去。

阵阵凉风吹过，卫岚音递过落霜眼神。

"主子越来越有翰林的丰姿。"落霜逗笑。

"你说的是林太医。"卫岚音顺着窗，指向正提着药箱跨进宫门的隽秀身影。

落霜顺着望去："林太医也到娶妻之龄，主子要多加留意，给他指一门好亲事。"

卫岚音望着黄玉佛手花插，黄玉质地极佳，莹润如脂，是用一整块黄玉雕琢而成，虽未插入花草，也景致有序，夺人眼球，不正如温润如玉的林太医？她皱着眉："到底是何家的女子如此有福，能与林太医执手一世。"

"姓何的。"落霜端起金茶壶笑道。

"良贵人吉祥。"林太医温润的话语淹没在落霜朗朗的笑声里。

"林太医，请。"落霜收起笑意，倒着热茶。

"良贵人和落霜姑姑，今日可是有何喜事？"

"不知林太医贵庚？"卫岚音反问。

林太医望着她柔婉的眼神，恍惚失神："微臣已是弱冠之年。"

"可曾婚配？"落霜焦急地问。

林太医心中释然，原来两人想做月老，拱手："家父曾为微臣在总角之时，定下姻亲，幼年时见过一面，便失去联络，这么多年过去，更是音讯全无。"

"寻觅不到？"卫岚音挑眉柔声。

林太医苦不堪言，远在天边，近在眼前，却是咫尺天涯之远，万般凄凉失意。他深情地答道："微臣寻遍旧居，仍找不到一丝痕迹，但在微臣心中，她是微臣今生唯一的妻子。此生若无缘，愿来生再续，微臣绝不会放弃，会一直找寻下去。"

他的一席细语如汩汩甘泉流进卫岚音和落霜心中，真情之人，便是谦谦君子那般纤尘不染的一颗痴心。万千红尘下，有一男子寻寻觅觅，该是何等的绝恋痛心。

"如若林太医寻到她时，她已嫁人生子，你又当如何？"卫岚音不忍地问。

林太医眼底氤氲一片，看不清卫岚音的神情，他所有的情感都堵在喉间，讲不出一句话来。

"是我逾越失礼。"卫岚音失落。

林太医缓缓掏出绢帕，覆在她的皓腕，许久，他幽幽而语："良贵人脉象平稳，小皇子康健有力，无须焦躁。"

"有劳林太医。"落霜缓解伤感的气氛。

林太医鼓起勇气，对视着她清澈的双眸："微臣回良贵人的话，如若寻到她时，她已嫁人生子，微臣只能一生默默守候，不会打扰她平静安宁的生活。"

林太医的执着痴情，震撼着卫岚音的心。

"微臣哪有旁人的雄心壮志，只想隐居山野，施药诊病，笑看落日晚霞，一世一双人，相守终老足矣。"

到底是怎样的女子这般幸运，得到才华横溢的林太医如此眷顾？

落霜应道："老天会眷顾有情之人。"

卫岚音回首，秀洁的林太医和宫人小安子在身后跟随。

"但愿如此。"卫岚音笑道。凡是有情之人，都有自己的信念，只要林太医坚持而守，终有一日会如心所愿，愿有情人终成眷属。

她不想让林太医陷入紫禁城无休止的争斗，待生下皇子，再为他寻个好出路。

她迎着凉风，路过长长的宫墙，每走一步，就越接近黑暗的真相。辗转反复，来到乾清宫的门前，上书房内传来清脆的读书声。卫岚音伫立时久，仔细辨别，听到的是周而复始，反反复复的诗句，太傅始终教授着同一句话，太子和大阿哥随太傅不厌其烦地跟读，还真是枯燥无趣。她走了进去。

太子见到她，脸上露出喜气。

崔公公低着头："宫中的五阿哥出痘，闹得人心惶惶，既然林太医到了，还是给大阿哥也瞧瞧吧，有益无一害。"

"也好。"太傅放下手中的古籍，"微臣给良贵人请安。"

卫岚音微笑着摆手："多有打扰。"相邻太子而坐的大阿哥面带不屑，眼中闪过不甘，俊美的脸庞显出阴柔之气。

"小安子将补汤拿进来。"卫岚音吩咐，"太子和大阿哥都是国之基石，读书莫要太过劳累，这是御膳房整夜为太子熬制的补汤，用的都是极好的食材，大阿哥也服用一碗。"

小安子麻利地将青花瓷罐递给落霜，落霜盛在两个胭脂水小碗里，分别奉与了太子和大阿哥。

"谢良贵人。"太子眨着黝黑的眼睛。

"谢良贵人。"大阿哥不愿意喝，但是他看到补汤是从同一瓷罐中舀出，便放下防备。

岚音见太子和大阿哥将补汤一饮而尽，笑着问道："皇子们学得如何？"

太傅拱手而答："回良贵人，皇子们睿智岐嶷，学而勤奋，天下百姓之福，泱泱大清定会宗庙万年，无疆之庆。"

卫岚音柔声委婉："太傅辛辞，告退。"她意味深长地看了眼陪读侍候的崔公公，颔首微笑。

上书房又恢复安宁平静，传出朗朗的读书声，卫岚音回首望着低矮而素净的上书房，心中波动，宫中真的没有一丝干净之处，读书育人的圣洁之处，也同样藏着污秽。

"主子，去拜见皇上？"落霜问。

卫岚音望着乾清宫的重檐庑顶，庄严尊贵的金色，摇着头："还是算了，皇上国事繁忙，莫要打扰。"

铺满青石子的路上，夹杂着青青野草，衬着朱红色的城墙，显出清新之气。林太医望着卫岚音缓步而行的背影，心中愈加刺痛。不知从何时起，国仇家恨的责任，已成为相守的诺言，习惯了这般静静遥望。可望而不可即的情爱，只能注定一生苦恋。

储秀宫内，剑拔弩张，一切微笑的背后，暗藏着阴谋。惠嫔恭敬地安坐一侧，偷瞄着主座上张扬的温妃。

"温妹妹，为何愁眉不展啊？"惠嫔违心地问道。

"哎，惠姐姐真是不懂本宫的心思。"温妃脸色阴暗地回道。

"臣妾弩钝？温妹妹这是为哪般呀？"惠嫔压制着心头的怒火。

"本宫哪有顺心的事儿，这一桩桩，一件件，都令本宫头疼不已。"温妃拿下敷在额头上的薄玉片。

"臣妾愿为解忧，瞧着温妹妹脸色红润，想是身子好了大半。"惠嫔讨好道，"温妹妹还年轻，早晚会生下皇子的。"

"惠姐姐这话，本宫听着顺耳多了。"温妃拿着腔调。

"臣妾句句真言。"惠嫔满脸堆笑。

"其实，今日找惠姐姐来，只是聊聊贴心话，并无他意，宫中最近怪事不断，真是让人伤神啊。"温妃想起滑胎的皇子，落下了几滴清泪。

"温妹妹勿要伤感，宫中的嫔妃谁没有落过胎？都会好起来的。"惠嫔端起彩绘黄釉茶杯，问道，"五阿哥如何？"

"五阿哥已大好，从鬼门关绕了一圈又走回来了。"温妃接到了翊坤宫传来的喜讯。

惠嫔假意虔诚地十指相扣："菩萨保佑，真是大清之福。"

"五阿哥已经在慈宁宫了。"温妃又抛出一记重语。

"慈宁宫？"惠嫔心中惊讶。

"这也是五阿哥的福气，出痘本为大疫，但五阿哥龙泽护体，熬过大劫，未来会贵不可言。"温妃瞄着惠嫔青白的脸颊，"惠姐姐还不知道吧，太皇太后已告知翊坤宫上下，如若五阿哥熬过痘疫，便养于慈宁宫承欢膝下，亲自教授。"

惠嫔想到皇上的经历，太皇太后的意图不言而喻，她抿着唇："真要恭喜宜妹妹了。"

温妃内心狂笑，眼中带喜："还是宜姐姐命好呀，五阿哥不足一岁便入了玉牒，今儿又得以太皇太后亲授，将来不知还有何等的荣耀呢。"

惠嫔听着温妃刺耳做作的话语，压制着心中的妒火。她恢复着脸上的笑意："太皇太后一生操劳，真是用心良苦。"

温妃轻蔑地剜了她一眼："惠姐姐所言极是，太皇太后极为惦记皇子皇孙，不知毓庆宫如何了？孝诚仁皇后只留下太子一位皇子，若知道太子身患痫症，恐是在九泉之下，也难以安息呀。本宫自从落胎之后，才深感额娘的不易，真是苦了通嫔姐姐，接连早殇两位皇子。"

"她没那个福分啊。"惠嫔叹气。

"惠姐姐真是善良，本宫听闻，通嫔姐姐所生的两位小皇子都已经年满周岁了，为何会那般轻易地去了？"

"温妹妹的意思是？"

温妃身边的宫女青梅使着眼色，一位身着藏蓝宫装的老嬷嬷，跪倒在地："老奴给温妃娘娘、惠嫔娘娘请安。"

第二十五章

秋色遥看近却无

　　惠嫔迟疑地看着温妃，温妃眨着丹凤双眸："本宫进宫以来，与惠姐姐感情颇深，又承蒙家姐孝昭仁皇后昔日的宫人细心侍候，还是中了小人的奸计，但在无意中发觉了一件惊人的秘密。"

　　跪地的老嬷嬷恭敬："老奴是调教下三旗秀女的掌事嬷嬷——兰嬷嬷。"

　　"你是良贵人入宫时的掌事嬷嬷？"惠嫔问。

　　"回惠嫔娘娘，宫中近年所有的宫女，都是老奴调教训导。"兰嬷嬷高声回道。

　　温妃吩咐："兰嬷嬷，别害怕，本宫和惠姐姐会为你做主，你放心说。"

　　"是，娘娘。"兰嬷嬷俯身，"老奴带过一名宫女叫秋晓，乖巧懂事，被分到阿哥所当差，在元宵节因病去世，她留给老奴一封私函，记载着如何受制于人，受尽凌辱，如何被永寿宫的掌事宫女春意胁迫相逼，迫害皇子等恶事。她知道自己知晓的秘密太多，会被人灭口，便留下信函，告知老奴。其中便有，太医探知通嫔娘娘的九皇子呼吸不畅，有气喘的征兆，春意遣人日日送来香气浓郁的百合花儿，放在九皇子的床前，引得九皇子连连流涕，被折磨致死。"

惠嫔惊愕地拍桌而起，九皇子在钟粹宫的一年里，从未发现过异常，到了阿哥所却伤寒不断，竟是被荣嫔那奸人所害。她凄厉地追问："小阿哥呢？"

"秋晓在信中说，她偷听到春意与派去钟粹宫的乳娘谈话，春意指使乳娘在小阿哥服用的豆花蛋羹中加了榧子皮的粉末，几月下来，小阿哥就，就……"兰嬷嬷伤悲。

榧子皮？惠嫔揪心，那是她害僖嫔滑胎不孕的方子！怎能害小阿哥？

兰嬷嬷继续说："歹人心肠狠毒，豆花蛋羹用的是黄豆，她们暗中加了绿豆，绿豆与榧子皮相克，为大毒，因为放得少，太医们也查不出，但日日食之，小阿哥又太小，终成大祸。"

惠嫔脸色微白，难道这便是佛语中的因果报应？不，自古后宫中不是你死，便是我亡，都是踩着别人的尸体坐上至高的位置。绝不能心慈手软，只怪她的心不够狠辣。

温妃赞许地扫过兰嬷嬷，与青梅对视含笑。通嫔的九皇子的确是永寿宫的荣嫔所害，小阿哥是咸福宫的僖嫔所害。但僖嫔无脑笨拙，太子东宫位置又不稳，已经不足为患，不如都加到荣嫔身上。惠嫔与荣嫔积怨颇深，两人却无深仇大恨，荣嫔年老色衰，三阿哥太小，惠嫔的注意力都在太子和久蒙盛宠的嫔妃身上，必须要转移她的视线。

温妃自从滑胎，中秋节禁足，一直焦虑反省。她不能再一味地年轻气盛，宫中要慢火文火，稳中熬制，才终成美酒佳酿。她冷笑地望向满眼怒火的惠嫔，对付荣嫔，她是最好的人选。

荣嫔还不知晓三位皇子死去的真正原因，她的好日子到头了，长姐受的苦，要让她加倍品尝。

温妃低沉："本宫看过秋晓留下的信，对照过她以往的字迹，是同一人所写。本宫觉得还得与惠姐姐商议，共讨奸人。"

兰嬷嬷也带着悲痛之色："娘娘，秋晓不是病亡，是被人投毒，七窍流血而死，请娘娘为秋晓做主，为秋晓平冤。"

"将信函留下，你先回去，本宫会为你做主。"温妃回道。

"老奴告退。"兰嬷嬷行过宫礼，转身离去。

通嫔身着香色的金丝镶边外褂，脸色黯淡地急走进来，欲言又止。

"妹妹但说无妨，温妹妹不是外人。"惠嫔心疼地说。

通嫔抹着眼泪，大声："姐姐，不好了，今日阿哥所的宫人们来报，大阿哥清晨起来便呕吐不止，头晕目眩，症状与太子……"

惠嫔慌乱地打碎了手中的茶杯："什么？！"

"姐姐，千真万确，我已经问过所有的宫人，近几日良贵人都会去上书房为太子亲自送补汤，还给大阿哥也带了份儿，已经连着好几天。大阿哥除了平日膳食，只服用过那补汤。"通嫔没有全盘捅破。

"真是放肆，竟敢毒害大阿哥。"惠嫔恨不得将卫岚音撕成碎片。

"太皇太后和宫中的娘娘都通知到了，太医们正在为大阿哥诊病。"通嫔哭诉。

温妃心思缜密地扫过面色惊慌失措的惠嫔，原来真是她搞的鬼，真是痴心妄想。承乾宫的佟佳贵妃还没有动作，昔日的通房丫鬟竟藏着通天的心思，纳兰一族真是可怕。她劝慰道："两位姐姐，莫要伤心。大阿哥年纪小，许是嘴馋，偷食了不净的瓜果，才引起呕吐，大阿哥吉人天相，不会有事。"

惠嫔轻咬着唇："借温妹妹吉言。"

一路上，三人各怀心事，绕过白子门，来到乾清宫东面的阿哥所，这里是皇子在六岁开蒙以后居住之所，南向的院落，采光极好，昭示着皇子们的地位。阿哥所内，佟佳贵妃戴着金灿的凤钗，安坐在堂前。荣嫔摆弄着红艳的指甲，一副事不关己的姿态。太医们和宫人们跪落满地，忐忑不安。卫岚音在落霜的搀扶下，在安宁中踏进宫门。惠嫔眼中投过的怒火要烧尽了她，她更加笃定心中的猜想，果然是她。

她低沉劝慰："惠姐姐，大阿哥到底怎样？昨儿在上书房见大阿哥生龙活虎，太傅还夸奖大阿哥，背书极快，今儿怎么就病倒了？"

惠嫔胸前郁结，通嫔抢先骂道："还不是遭了贼人的惦记。"

"呦，贼人是谁呀？"佟佳贵妃抬起尊贵的金鞘，抚着头上的玉络子。

"臣妾伤心过度，一时失语。"通嫔小心翼翼地应道。

卫岚音笑道："通嫔姐姐也是心急大阿哥，请贵妃姐姐休要责怪。"

佟佳贵妃顺水推舟："既然良贵人都求情了，就罢了吧。通嫔也是皇上身边的老人儿，莫让新人笑话啊。"

卫岚音依旧挂着笑意，佟佳贵妃真是厉害，表面上是捧着她，背地里踩着她。

惠嫔怒剜卫岚音一眼，进入内堂，大阿哥脸色苍白地躺在床上。

"额娘。"大阿哥虚弱地唤道，"儿臣浑身无力，头晕得厉害。"

"启禀惠嫔娘娘，大阿哥的脉象和病征与太子相同，微臣……"李太医吞吞吐吐。

"放肆，大阿哥怎能患有痫症，又无太子的疯癫之举。"惠嫔痛斥。

"娘娘，大阿哥病情轻微，若稍加时日，唯恐不妙呀。"李太医拱手。

"庸医。"惠嫔怒骂。

"惠姐姐勿要急躁，李太医是太医院的翘楚，皇太后极为看重李太医的医术。"荣嫔不动声色。

惠嫔想到储秀宫听到的一切，眼神如寒光地看向荣嫔："如若大阿哥和太子都患了痫症，下一个就是三阿哥了。"

"你休要血口喷人。"荣嫔恼羞成怒。

"好了。"佟佳贵妃厉语，"还嫌不够乱套吗！皇上如今日理万机，皇祖母年事已高，你们不能省些心吗？惠姐姐，本宫知晓你爱子心切，但咒骂皇子是宫中的忌讳，勿要妄语。"

惠嫔毫不在意，她紧握大阿哥的双手："徐太医何在？"

林太医向前一步："回惠嫔娘娘，徐太医家中丧母，告假多日。"

"大阿哥的身子，一直是徐太医照料，他最为清楚，去将徐太医寻来，再为大阿哥把脉医治。"虽然听闻徐太医丧母讯息，惠嫔毫无怜悯之心。

卫岚音淡淡地望着眼前的一切，真相已经浮出水面，那位徐太医不正是半年前，太子高烧不退时，那位年老的太医吗？当时崔公公没有给太子用徐太医的方子，是一个陌生的小太监连夜送来的汤药，徐太医是受惠嫔指使？

众人忙碌了好一阵，最后散去。

回到钟粹宫的惠嫔细细讲述着秋晓留下的信函，通嫔攥着手中的绢帕，纤长的指甲陷入肉中，紧闭的牙关中吐出幽冷的两字："荣嫔！"

"妹妹，当年九皇子年幼，姐姐不应主张将他送去阿哥所呀。"惠嫔悔恨。

"姐姐，小阿哥在钟粹宫不是仍遭了贼人惦记。"通嫔痛恨，"咱们从春意下手，这么多年，不知道有多少人惨死在春意手中，咱们也是除奸、除害了。"惠嫔点头。

"娘娘，徐太医到了。"宫人来报。

"快请。"惠嫔惦记大阿哥。

徐太医迈着慌乱的步子，背着药箱，跪倒在地："惠嫔娘娘吉祥，通嫔娘娘吉祥。"

"怎么样？"惠嫔忧心忡忡地问。

"回娘娘，大阿哥中了红茴香之毒呀。"徐太医头上冒着薄汗。

惠嫔惊愕地坐下，是因果报应，还是良贵人的诡计？

"娘娘勿要急躁，大阿哥只服用几日的补汤，中毒不深，毒在表里，微臣已经开过方子，排下毒后，就会无碍。"

"太子服用多年才出现如此症状，大阿哥才服用几日，莫非还有旁的不妥？"通嫔疑惑。

"太子年幼，身子微寒，毒性堆积入在肌里，没有紫河车，很难治愈。而大阿哥已长成，身子温热，遇到一丝毒性，便激发全身，不会太严重。"徐太医解释。

"有劳徐太医。"惠嫔稳了稳神色，"徐太医守孝，本宫会令容若书悼词，以告亡人之灵。"

纳兰容若是世间少有的才子，能得此墨宝，是光宗耀祖的事。徐太医连忙跪倒在地："谢惠嫔娘娘恩典。"

"这么多年，徐太医在宫中，一直对本宫忠心耿耿，本宫怎能亏待于你。前几日还听大学士念叨着，令郎满腹经纶，已经高中举人，连秋后的会试，也是胸有成竹，早晚入得翰林。"惠嫔不动声色地盯着徐太医。

徐太医心中大喜，叩首："承蒙大学士挂记，微臣替犬子谢娘娘和大学士隆恩。"

"都是为朝堂办事，为皇上选出栋梁之材，是令郎自己的本事。"惠嫔寒暄几句，"御膳房那边如何？"

徐太医低沉地回答："娘娘放心，曹嬷嬷年老眼花，小冬子每日都是给她服下蒙汗药，等她睡熟了，才将红茴香放入补汤，不会有人知晓。"

通嫔警觉："不知大阿哥是误食，还是良贵人的诡计，不如先放一放。"

惠嫔摇头："良贵人多半不知晓此事，否则太子怎能在毓庆宫中躺了多日才稍有好转。赫舍里家正在寻天下名医，他们若知晓红茴香，早就找到解药了。"她贪婪的眼神迎着晃动的烛光，"本宫筹谋多年，不能功亏一篑，让小冬子加大红茴香的数量，要让太子活不到新春元旦。"

夜，孤冷。毓庆宫的偏殿，清冷的宫灯孤独地燃着凝结的烛泪，卫岚音缓缓摘下头上的金簪，细细地盯着沉甸甸的喜鹊梅花金簪，金簪上有一道浅浅的印记。

她摩挲着簪身上的浅雕雀鸟，金簪昔日的旧主温庄公主是怎样的一位女子？这位素有清朝第一美人的公主，除了容颜娇美，便是下嫁察哈尔部，再无只言片语。金枝玉叶也逃离不开命运的捉弄。她极为喜爱这支簪子，如同喜爱那对木槿花的耳坠子。

夜深人静，她独坐窗前，盯着金簪，闻着沁人的梅香，思念着他。"君若清路尘，妾若浊水泥，浮沉各异势，会合何时谐？"她低吟着先人的诗句，抚着腹中的皇子，悲伤满怀。去上书房给太子送补汤时，无意中碰到他，他眼中冷冽的眼神足以冰冻她炽热的心。

到底是无情，还是有意，她看不清远方的路，苦涩的泪滴窝在眼眶，眼底布满血丝。

簌簌的脚步声传来，落霜捧着方形的福禄寿喜手炉走了进来："主子料事如神，引出了狐狸。"

"有何发现？"卫岚音焦急地问。

"惠嫔娘娘倚重的徐太医，今夜果然进了宫，他在钟粹宫待了好一会儿才离去，没有直接出宫。"

"他去了御膳房？"卫岚音猜测。

"嗯。"落霜点着头，"他去了御膳房的储药间，留下了给钟粹宫通嫔娘娘开的方子，交到当差的太监小冬子手里。"

"他和小冬子说过什么？"

落霜摇头："只是例行的官话，嘱咐几声要用上好的药材，文火熬制等话，便离宫了。"

"没见其他人？"卫岚音暗指曹嬷嬷。

"崔公公知晓主子布局不易，派出了多名宫人，一路跟随徐太医，直到他出了宫门。"落霜答道。

"这就怪了。"卫岚音喃喃自语，徐太医必定知晓红茵香一事，为何如此镇定？到底是谁暗中下毒？如果是小冬子，为何徐太医没有留下零星之语的嘱托？难道是……她连忙追问，"徐太医从钟粹宫出来，又去御膳房的？"

"是啊，徐太医进宫便直奔阿哥所，再去了钟粹宫，最后到御膳房。"

"一定要设法弄到那张药方，派人连夜仔细查小冬子。"

"主子的意思是？"落霜疑惑。

"小冬子极有可能就是下毒之人，那张药方便是他们联络的暗语。"好周密的设计，单单凭借惠嫔一人之力，如何能操纵自如？必有世外高人的指点，纳兰一族聪慧绝伦，门生众多，自古帝王最为忌讳朋党，纳兰一族到底是满门忠烈，还是狼子野心，卫岚音实在不敢多想。

落霜满脸惊色："主子，皇上和太皇太后将会如何处理？"

"太皇太后的意思很清楚，咱们若是找到惠嫔谋害太子的证据，大阿哥便永远失去竞争皇位的机会，更是要训诫惠嫔收敛贼心，安分守己。"

卫岚音捧着暖炉。"徐太医和小冬子便是祭旗的供品，处以极刑，死无葬身之地，以警示群臣，警示后宫。"

"杀一儆百。"落霜望着卫岚音眉宇间的哀婉，她仿佛看到了多年前在乾清宫，皇上整夜批阅奏折时的专注。主子和皇上同是执着之人，两人的爱恋如此沉重，如此伤感，如此热烈，如此深厚，却又如此煎熬。

"主子，早些安歇吧。"她放下金黄色的绢纱帷帐，吹灭了宫灯，悄然地离去。

卫岚音缓缓地闭上双眸，惠嫔和纳兰一族真的会从此罢手吗？太子会高枕无忧吗？后宫无休止的争斗使人哀婉，她的泪终是滚落在绣花枕顶儿，只为心中隐隐的疼惜。

天色阴暗，秋风习习，空中灰蒙蒙的一片，毓庆宫的宫人们已经开始一天的忙碌。偏殿毫无声响，岚音恬静地安睡。

"主子。"落霜蹑手蹑脚地轻唤。

金黄的帷帐丝丝颤动，卫岚音听到声响，揉着微眄的双眸，问："什么时辰了？"

落霜爽朗地笑道："回主子，太子都去上书房读书了。"

卫岚音长叹一口气，倚在彩绣金丝的长枕上。落霜放下冒着热气的双耳荷花铜盆，麻利地收起绢纱帷帐："孕人贪睡，主子怀着皇子，本就辛苦，近日又照料太子颇为伤神，要保重身子啊。"

"御膳房可有消息传来？"卫岚音径直问道。

落霜拿着热棉巾敷在她的手上："小冬子真的有鬼，他每日都会在曹嬷嬷的提神茶中暗动手脚，曹嬷嬷清晨总是小憩一盏茶的工夫，就是这个缘故。今日小冬子竟多放了于往日一倍的红茴香在汤中，害人的补汤已经送到了。"

多出一倍的红茴香？惠嫔疯狂到这般地步，卫岚音微闭双眸："将小冬子交予慎刑司，严加拷问，务必引出背后的徐太医。"她望着窗外，坐山观虎斗，承乾宫又该得意了。

承乾宫，佟佳贵妃与敏贵人用过早膳，围在黄梨木的茶几上饮着热茶。敏贵人望着泡在热水中舒展开的白菊花瓣，喜庆道："总听闻黄贡菊，花大色白，微黄染边，素有香气高雅的美称，今天饮用，真是唇齿留香。"

"敏妹妹真是识货，这是徽州府送来的贡品，上等的黄贡菊。"佟佳贵妃抖着尊贵的金鞘，"这菊花，春生、夏茂、秋花、冬果，备受四气风雨，饱经天地间的霜露精华，叶枯不落，花槁不凋零，味道兼甘苦，性禀平和，前贤比之君子，神农列之上品，为文人雅士之喜爱。"

"佟姐姐如此博学多才，与皇上真是金玉良缘。"敏贵人饮下微苦的菊花热茶，不忘奉承。

宫女玉镯捧着金玉满堂的浅雕托盘走了进来："敏贵人想在菊花茶中加些冰糖，还是松萝茶？"

佟佳贵妃笑盈盈地说："给敏贵人加些松萝茶吧，《荆州记》里言胡广久病风羸，饮菊潭水多寿，菊之贵重如此，是岂群芳可伍哉？敏贵人身子弱，加些松萝茶最好不过，徽州松萝，专于化食，与贡菊相配，对身子极好。"

敏贵人高兴："松萝茶者，味在龙井之上，天池之下，再加上黄贡菊，今儿我要好好品品。"

玉镯端着青花瓷茶壶，放了一小簇松萝茶，抿口："徽州府真是灵地，菊花和松萝茶都如此灵秀。"

"徽州府自古为灵秀之地，也是贫瘠之地，皇上也甚为头疼。"佟佳贵妃叹息，"过几日便是一年一度的重阳节，皇上最重孝道，重阳节看似寻常，却比皇上的万寿节还为重要，要热闹操办。"她的头上斜插着一支童子平安簪，簪头是一特大的珍珠，珍珠的左边是蓝宝石雕琢的宝瓶，瓶口插着红珊瑚枝，凑成安字。孩童的背后是金如意柄，与宝瓶连为一体，寓意子孙连绵，取多子多福之意，真是世间珍品。

敏贵人盯了好一会儿："上天眷顾，佟姐姐定能早日诞下皇子。"

佟佳贵妃苦涩地摇着头："皇子是缘分，本宫不强求了。这是皇额娘留下的簪子，平日里不舍得戴，快到重阳节了，便找了出来，留个念想吧。"皇额娘便是孝康章皇后，玄烨生母，也是她的姑姑，是佟佳氏满门的荣耀。

"重阳节虽年年办，但今年不同于往年，一是三藩已定，少数余孽，不足为患，视为大喜。二是宫中不宁，接连失去两位皇子，太子又身患痫症，后宫嫔妃各自为派，视为冲喜，今年的重阳节要费尽一番周折。"

"佟姐姐莫要急躁，还是请惠嫔和荣嫔共同商议为妙，再将所有的嫔妃都请来，一同出出主意，到时候即使不尽如人意，也不会一人承担。"敏贵人转动着眼珠。

"妹妹深得我意啊。"佟佳贵妃连声称赞，章佳氏虽不及当年荣耀，毕竟是大族名门，敏贵人聪慧可人，甚得她心，"敏妹妹，你要记住，宫中的人都有两副面容，表面越卑微柔弱，越是暗藏玄机。永和宫的德嫔，钟粹宫的惠嫔，长春宫的良贵人，都是厉害角色。反倒是锋芒外露之人才不足为患，咸福宫的僖嫔、景阳宫的成嫔，不都是如此吗？"

"臣妾懂这个理儿，"敏贵人掩口，"用宫外的俗语讲，便是会叫的狗不咬人，咬人的都是不叫的狗，咬住便不松口。"玉镯和成碧忍不住笑出来。

"敏妹妹真是雅俗共享，妙不可言。"佟佳贵妃失声笑，"本宫的意思是大阿哥患病之事，绝非表面那般简单。"

"佟姐姐何以见得？"敏贵人疑虑。

"先不提惠嫔和良贵人各自使了什么算计，单是昨日皇祖母和皇太后未到场，你便应该知晓，此事都已在皇祖母的掌控之中。"佟佳贵妃饮着微甜的冰糖菊花茶，紫禁城，万千手段都逃离不开佛祖的手心儿。

"太皇太后默许了良贵人？"敏贵人面色一沉。

佟佳贵妃满意地点着头道："皇祖母喜爱孝诚仁皇后，更是注重太子，太子两年前出痘，皇祖母整夜不眠，床边守候。如今五阿哥养在慈宁宫，温妃和宜嫔还暗自得意，这只是皇祖母的障眼法，活人拿什么与死人去争？真是痴心妄想。大阿哥此时患病必与太子有关，皇祖母定是应许了良贵人，听闻痫症为代代相传之病，赫舍里氏哪有人疯癫过呀，此事必定有诈。本宫位分太高，又出自佟佳氏，要远离纷争，等着看戏就行了。"

敏贵人似懂非懂地点着头。

这时，小宫人叩门而入："启禀贵妃娘娘，敏贵人，太皇太后召见，有要事相商。"

佟佳贵妃瞄着敏贵人一眼："敏妹妹在屋内闷了许久，去瞧瞧。"

"是。"敏贵人轻声咳着，一副娇柔的神态，令人疼惜。

外面淅沥地扬着秋雨，突显萧瑟，暗喻着紫禁城又将扬起血雨腥风，更为十年后的九子夺嫡埋下了重重危机。佟佳贵妃与敏贵人在各自宫人的搀扶下，迈进高大的慈宁宫门。

慈宁宫内早早燃起了火盆，耐烧的红箩炭在铜盆内吱吱作响。各宫的嫔妃已经到全，寒暄后，苏麻嬷嬷呈上煮好的白玉奶茶。

卫岚音安稳地端起白玉奶茶，闻着香甜的气息。玄烨和福全也到了。

"皇上万福金安。"众嫔妃们拿捏着柔美的腔调，卫岚音一如既往地在心中默念吉祥之语。

"平身。"玄烨洒脱地挥动着手臂。

"谢皇上。"众嫔妃各自安坐，偷瞄向主位上的太皇太后，心中焦虑。

"今日找众人来，是为太子一事。"太皇太后一改往日的祥和慈爱，阴沉着脸色，"孝诚仁皇后为皇上嫡妻，太子为嫡长子，却被人暗中迫害，千刀万剐也是轻的。"

惠嫔心惊，徐太医出事了？

太皇太后巡视着所有人："后宫主子、奴才众多，皇上国事繁忙，你们口口声声喊道皇上万福金安，背地里却做着给皇上添堵的歹事，哀家今日要正一正这后宫的风气。"

"皇祖母勿要动气，孙儿驽钝，为皇祖母添忧。"玄烨劝慰。

"皇上仁孝，哀家欣慰。"

太皇太后望着屋檐滴下的雨珠，恢复着脸上的青色："将小冬子带上来。"惠嫔抓紧了绢帕。

宫人们架着满身是血的小冬子来到屋内。

"到底是如何谋害太子，从实招来。"太皇太后冷峻地问道。

小冬子半眯着双眼，默不作声。慎刑司的大太监，凶狠地揪起他的脖颈："太皇太后问话，快回答。"

大太监从怀中掏出布袋，取出银针，扎在小冬子的人中穴，小冬子立即睁开双眼，满眼血水的模样狰狞可怕。

"啊。"胆怯的僖嫔吓得堵住红唇。

卫岚音默念着佛语，闭上双眼。

"请皇上、太皇太后、各位娘娘恕罪。"大太监露着微黄的牙齿，"奸人假意昏迷，奴才已经让他苏醒。"他又重重踹了小冬子一脚，"如何谋害太子，从实招来。"

第二十六章

醉折花枝寒意生

小冬子恍恍惚惚："奴才为图钱财，受徐太医的蒙蔽，请皇上、太皇太后给奴才一个痛快吧。"

"徐太医？"太皇太后念叨，好熟悉的名字。

苏麻嬷嬷贴耳低声提醒："格格，当年徐太医和穆太医一同进的太医院，都是从盛京关外同来，徐太医治愈过王爷的剑伤啊。穆太医走后，徐太医留在太医院，给后宫嫔妃和宫人瞧病。"

听到王爷二字的太皇太后微微颤动，她盯着奄奄一息的小冬子："谋害太子，其罪当诛，如若再诬陷他人，颠倒黑白，定要诛灭九族。"

玄烨面色清寡，看不出一丝喜怒，他不经意地敲着薄茧的指肚，打着节奏。福全抖着双眼，细细揣摩，串联着所有的一切，这一招敲山震虎，真是厉害。各宫安坐的嫔妃各具姿态，她们见惯了这血腥的场面。

尤其是德嫔，她退去往日的懦弱和胆怯，安稳地饮着白玉奶茶，轻描淡写地盯着垂死挣扎的小冬子，毫无怜悯之心。满身粉嫩素雅的荣嫔，依旧摆弄着红艳的指甲，时不时地偷瞄向玄烨卖弄风情。

头顶大红绢花的宜嫔不屑地扫过佟佳贵妃头上的百子簪，冷冷地讥笑着。只有惠嫔和通嫔的脸色苍白。正旺的炭火驱散着秋雨的寒气，两人的脊梁上已冷意重重，太皇太后的眼中从未容过沙子，只能依托纳兰母族，祈求徐太医勿要多言。

慎刑司的大太监献媚："启禀皇上、太皇太后，小冬子和徐太医暗中联络的证据，便是徐太医开具的药方，内存两人的暗语。小冬子已经认罪画押，从太子不足四岁幼龄起，他们便起了歹心，在太子每日食用的补汤中，用红茴香混于八角之中，对太子暗下毒手，这是红茴香和药方。小冬子每日将蒙汗药放在熬制补汤的曹嬷嬷的茶中。趁着曹嬷嬷熟睡的时候，再将红茴香放入补汤，即使有宫人问起，他也会告知是心疼曹嬷嬷，替曹嬷嬷照看一会儿补汤，放些八角调味儿。这酷似八角的红茴香为剧毒之物，是徐太医送来的，也是太子疯癫的缘由。"

"太子是中了红茴香日积月累之毒，并非为痫症？"玄烨沉暗着脸色。

小冬子艰难地吐出话语："太子并无痫症，都是徐太医让奴才做的，奴才财迷心窍啊。"

玄烨满意地盯着众位嫔妃："既然贼人认罪，从今往后，谁若取笑太子，谋生暗害太子的心思，朕绝不轻饶。"

"是，皇上。"各宫的嫔妃和宫人忌惮地应道。

"皇上要传徐太医过来吗？"太皇太后转向玄烨，"皇上可要单独问话？"

"一切请皇祖母做主。"玄烨沉着脸。

"好。那哀家便要好好清理后宫。来人，将徐太医押到慈宁宫来。"太皇太后痛斥的口气。这一传一押，是天壤之别，徐太医已然成了阶下之囚。

慈宁宫的所有人都好奇地盯着与八角长得一模一样的红茴香，感慨着道高一尺，魔高一丈。

惠嫔如坐针毡，额头隐隐泛着热汗。

卫岚音微笑："惠姐姐,可是热了?唤宫人换杯解渴的热茶吗?"

惠嫔压着怒火,擦着额头上的细汗,低吟:"请皇上、太皇太后恕罪,苏麻嬷嬷煮的白玉奶茶是宴请草原王公重臣的上品,今儿有了口福,臣妾一时贪嘴,多饮了几杯,暖足身子,倒让良妹妹见笑。"

卫岚音掩口说道:"臣妾才是大罪,臣妾不知补汤被贼人惦记,还让大阿哥服用,险些害了大阿哥,还好大阿哥无恙,否则臣妾真要以死谢罪了。"她缓缓站起,跪在惠嫔面前,行着叩拜大礼,惠嫔急忙阻拦。

"惠姐姐,臣妾权当谢罪。"她执意叩拜。

玄烨眯着双眸:"良贵人明理是非,惠嫔知书达礼,各赏赐玉如意一对。"

惠嫔卑微地低着头,有苦吐不出,心中怒气冲天,哀怨满怀。

外面的秋雨渐渐大了,屋内的宫灯也暗了几分,天子之家却沉寂下来。秋雨萧瑟,不似夏日斜风细雨般的娇柔,令人空悲切。所有人都知晓,夏日过后是金灿的收获季节,而秋日过后,便是白雪皑皑的严冬。冬日死气沉沉,寒夜孤灯难眠的滋味,谁人不知?

半个时辰后,徐太医被宫人五花大绑地架进来,他的官服已被浸透,凌乱的头上挂着水滴,狼狈不堪。

"徐太医。"太皇太后终于记起前尘往事,多年前的儒雅公子,如今已双鬓泛白,既然他身为太医,为何多年避而不见?

"微臣认罪。"徐太医面不改色,早已将生死置之度外。

"徐太医,你是多年老臣,怎能是非不分?太子乃国之储君,你谋害东宫,是灭九族的大罪。"太皇太后痛心疾首。

"哈哈,太皇太后还是当年的气势。"徐太医疯癫大笑,心中所有的仇恨倾泻而出。

"你为何这般做?"玄烨犀利的目光如箭一般刺透着他的内心。

"微臣是为王爷,报仇雪恨。"徐太医咬着牙根,凶狠地说道。

"快堵住他的嘴。"佟佳贵妃知晓宫中的忌讳,连忙唤着宫人。

"慢。"太皇太后摆着手,盯着徐太医,"你说,为何冒天下之大不韪谋害太子?背后可有人指使?你是为哪位王爷报仇雪恨?"她一连三问,步步紧逼。

"没有人指使微臣，都是微臣暗中的谋划。"徐太医满身凛然地答道。

惠嫔和通嫔放下心来，脸色渐渐恢复红润。

玄烨心头一沉，意味深长地望向裕亲王福全，福全示意他少安毋躁。

徐太医继续说道："微臣祖籍为汉，因躲避战乱逃到草原，世代行医，为人正骨诊病，一家人其乐融融。但好景不长，安宁的日子被察哈尔部的蛮横铁骑血洗，微臣一家只留下家父一人独活，最后沦为察哈尔部的奴仆，受尽欺凌困苦，充满绝望。多亏睿亲王挥兵而下，踏平察哈尔贼子们的老巢，家父才得以重获自由，徐氏一脉才得以延续，从此家父留下祖训，睿亲王是徐氏满门的恩公。"

他的一席话后，屋内顿时寂静无边。铜火炉中吱吱的炭火声响应着窗外的雨滴，声声入耳。宫中的大忌，被挑到明处，嫔妃们都低着头。卫岚音也听过太皇太后与睿亲王的情事，毕竟时隔多年，人死灯灭，真相掩埋地下，真真假假已经无从评说。当年太宗皇帝宠爱宸妃，身为正宫的清宁宫都是夜夜孤灯独影，更何况是太皇太后的咸福宫，日子也未必好过。若无手握重兵、战功累累的睿亲王相助，以先帝六岁之龄如何能登上至高无上的皇位。三人成虎，即使恪守宫规之人，也难逃污蔑清白的流言，更何况是另有私情呢？她偷偷瞄向太皇太后和苏麻嬷嬷，两人仿似陷入回忆，久久未动。

太皇太后的脑海中浮现起多年前的一幕，入关不久，天下未定，王爷在宫中与她议事时箭伤复发，为避免闲言碎语，怕福临疑心，王爷从太医院寻来心腹，正是这位徐太医。

当年他是太医院的吏目，原来王爷担心福临与她受人迫害，早在宫中暗自布下心腹之人，留意照料，这份情意，叫她如何能忘记？从那以后，发生了太多不尽如人意的事情，徐太医也再未见过。

"哈哈。"徐太医见众人无语，狂笑，"你们这些后起之辈，享尽荣华富贵，坐享其成，当年若没有睿亲王的铁骑浴血奋战，何来今日的大好河山！"

"大胆。"慎刑司的大太监踹他一脚。

徐太医擦过嘴角的血："睿亲王戎马一生，打下锦绣河山，辅助贼子皇儿，忠心耿耿，轻徭薄赋，革除弊政，对大清鞠躬尽瘁，死而后已。但贼子皇儿带着一群奸佞之臣，忘恩负义。诬陷睿亲王谋反，陵寝筑之黑柱已经是奇耻大辱，还不顾长序有别，做出了鞭尸掘坟、挫骨扬灰之大恶之事。当年的紫绶纵荣，最后落得一丘蓬蒿，这便是功臣英雄的下场吗！"

"放肆，睿亲王意图谋反，胁迫先帝，人尽皆知，岂由你无耻老儿信口雌黄。"大太监重重地扇了一个耳光在徐太医脸颊上。

"哈哈，"徐太医大笑不止，"笑话，人非圣贤孰能无过，欲加之罪何患无辞，你们掘坟鞭尸时，可曾见过睿亲王身上那重叠在一起的道道伤疤，那都是为大清的江山，用命换来的，你们下得去手吗？"

太皇太后紧闭着双眸，眼角已是浊泪两行。玄烨看在眼里，一言不发，还记得幼年时，太傅教授太祖兴兵到八旗入关时，他曾问起皇祖母，睿亲王的战功，皇祖母面色伤悲地说了一句：睿亲王是大清的巴图鲁。

他从小便敬仰巴图鲁，幻想着一日能像睿亲王那般，率领着八旗铁骑横扫敌寇，一统江山。但他又怎能违背父皇的意愿，为睿亲王平反昭雪，那是不孝啊。

这张龙椅看似光鲜，实则暗藏汹涌，父皇也是有不得已的苦衷，才等到睿亲王身亡后灭爵抄家，父皇隐忍到了极致。

"将徐太医和小冬子带下去，严加看管，再行发落。"太皇太后拄着沉香龙杖，隔山敲虎被反将一棋，竟然牵扯出前朝的隐晦，是王爷在九泉之下不满，显灵了？

"是。"慎刑司的大太监拖着小冬子，其他宫人拖着徐太医离去，青石砖上留下一道道黑黑的血痕。

玄烨威严地扫视众人，重语："古语说，礼之用、和为贵，佛语中也曾以六和敬来规劝世人安分守己，和气而生。朕不希望看到后宫中为了钱财卖主求荣。太子虽是幼童，却是国之基石，未来储君。谋害太子是弑君的谋逆之罪，必当重罚。"

"臣妾谨遵皇上教诲。"

"奴婢（才）谨遵皇上教诲。"接连不断的喊声，在慈宁宫回响着。

太皇太后紧紧盯着黄玉佛手花插中散发着幽香的鸢尾花失神，时隔多年，原本以为早已忘却的事情，今日翻出来依然历历在目。当年触目惊心的情景仍是心有余悸，她怎能开口求得皇上为他恢复爵位？

卫岚音心口堵得厉害，谋害太子一事，虽然抓获了真凶，却又挖出陈年旧账，一桩桩宫廷秘闻，都是一部部血泪难泣的凄凉悲惨故事，何必撕裂已经愈合的伤口？她轻抚着小腹，祈求孩儿平庸一世。

"启禀皇上，皇祖母。"佟佳贵妃柔声劝慰，"此事已经明了，徐太医愚忠愚昧，铸成大祸，小冬子钱迷心窍，胆大包天，两人按律，严惩不贷，以此警示世人，莫要动逆反之心。还请皇上、皇祖母勿要被奸人乱语伤了心智。"

"哀家是痛心啊。同祖同源，相煎何太急。哀家没有及时规劝先帝，实在没有脸面去见太祖。"太皇太后痛心。

玄烨内心翻滚，皇祖母话中的深意，他怎能不知，睿亲王为太祖的第十四子，最为太祖疼爱，如若太祖有幸再多几年阳寿，在睿亲王羽翼丰满时去世，恐一切都将改变，或许，他只能是个闲散宗室。怎样才能化解皇祖母的心结？他颇为踌躇。

秋雨连绵不绝地下了一整日，紫禁城沉浸在灰蒙蒙的雨气中，金色的琉璃和朱红的宫墙都笼罩在汪洋里，模糊一片，看不到前方的尽头。

"良贵人坐哀家的步辇回去，小心身子着凉。"太皇太后在苏麻嬷嬷的搀扶下，蹒跚离去。

"谢太皇太后隆恩。"卫岚音莺声婉转。

温妃路过她身边时，低声说道："良贵人可要坐得稳些，雨天路滑，步辇又极高，不小心摔下来，必定落胎，失去了傍身的皇子，今后在宫中的日子不好过呢。"

"多谢温姐姐提醒，臣妾也要劝慰温姐姐小心些，温姐姐刚刚滑了胎，今日秋雨寒重，温姐姐莫要染了凉气，要是落下病根儿，今后不能生养，可如何是好？"卫岚音不卑不亢，"臣妾的话忠言逆耳，还望温姐姐莫要多心。"

"贱蹄子。"温妃愤怒地骂,众人笑而不语。万紫千红终是隐在朦胧的烟雨中。

回到毓庆宫的卫岚音久不能寐,慈宁宫血淋淋的一幕震撼着她。

"主子。"落霜将温暖的圆手炉放到她手中。

"落霜,你坐下,陪我说会儿话。"卫岚音咬着唇,"我是不是做错了?"

"主子没错。"落霜心疼地回道,"今日发生的一切,恐是太皇太后和皇上也同样措手不及,徐太医的供词真是意外,谁会想到竟然牵出睿亲王?"

"每个人都有自己的心思呀,看不透,摸不着,真相却残忍。"卫岚音低着头,徐太医蛰伏宫中多年,隐藏实在太深。

"主子勿要多想,睿亲王一事牵扯太多是非,不是三言两语能说清楚的,徐太医是愚忠之人,看不清形势,到头来害人害己,只是苦了太皇太后。"

"太皇太后虽是女流,但世间的好男儿也被她比了下去。"卫岚音赞许,"太皇太后以仁义治国,以善德待人,最不愿见的便是手足至亲相残,徐太医打破了禁忌,将当年的伤心事摆在明处。"

"会不会是纳兰一族背后搞鬼?"落霜眼中闪过疑虑。

"皇上会暗中查处,若是真的,纳兰一族的荣耀恐是要到头了。"岚音心疼玄烨。

"皇上当年为除鳌拜一党,培养为一己之用的势力,重用纳兰一族,如今朝堂稳定,纳兰一族却起了歹心,都因永不满足的欲望。"落霜痛心。

"自古朝堂最为忌讳朋党,皇上早有防备也是一桩好事。"卫岚音盯着微弱的烛光。

落霜转而问:"御膳房的曹嬷嬷怎么处置?"

"小冬子和徐太医已经认罪,曹嬷嬷也成了受害之人,咱们能拿她怎么办?"小冬子谋害太子三年之久,曹嬷嬷识得红茴香却没有如实禀告,依旧每日将补汤端给太子服用,她到底是谁的人?钮祜禄氏还是佟佳氏？或许藏着更深的阴谋。

落霜回忆："真是奇怪，自孝昭仁皇后薨后，曹嬷嬷一直独居在御膳房，这次她却主动和主子示好。"

"你的意思是？"卫岚音猜测。

"主子身子重了，再过几月便要临盆，咱们长春宫缺一年老之人，为何不将曹嬷嬷要到宫里？在咱们眼皮子底下，也好心中有数。"落霜出着主意。

卫岚音沉思片刻："也好，明儿你去内务府要人。"

落霜为卫岚音倒了杯暖胃的热茶："主子，过几日便是重阳佳节，要早些准备寿礼才好。"

卫岚音微笑："寿礼不需贵重，但必是称心之物。"

"主子心中有数便好。"落霜点头。

卫岚音慢慢端起茶杯："如今宫中大定，太子也无恙，咱们明日便回宫吧。让虹酿去承乾宫问问敏贵人，礼数上，咱们还是要过得去的。还有景阳宫的小阿哥也要满月了，也要去瞧瞧。这宫中便是如此，越是不喜，越是心烦，却不得不笑面相迎。"宫中的人都是黑猫，有九条命。她当主子的一年里，每个黑夜都有无数的利爪抓向自己，她却躲闪不及，只能任其挠下一道道深深的伤痕。当她独自在暗处舔着伤痕时，才发现，原来她也有利爪，在暗中磨砺、蛰伏。直到有一天，隐忍难耐，无须再忍时，她也会毫不犹豫地扬起利爪反击。或许她也会伸出利爪挥向无辜之人，这便是食人的后宫，她祈祷着那一天不要到来。

落霜心疼地看着卫岚音："真是难为主子了。"

岚音苦笑，她到底敌不过命运的捉弄。

落霜又禀告了一桩趣事："对了，主子，晚膳前，听宫人们说，永寿宫的掌事宫女春意，从慈宁宫出来摔了一跤，满身泥泞地被抬回了永寿宫。"

"都是小把戏。"卫岚音轻轻挂着头，散落的三千青丝低垂而下，映衬着她姣好的容颜。

"好像是春意顶撞了通嫔娘娘，被通嫔娘娘赏赐了好几个耳光。"落霜绘声绘色地说道，"说来也巧，宫中下宫钥时，传出三阿哥又吐又闹，犯了病。想必今夜，永寿宫必定是不眠之夜，忙翻了天。"

"惠嫔终于与荣嫔撕破脸了。"卫岚音不解，前几日还联手的两人，今日竟成了仇敌，明日又是什么……

"惠嫔娘娘和荣嫔娘娘入宫最早，积怨颇深，惠嫔娘娘性子妩媚庸俗，皇上不喜，但惠嫔娘娘母族争脸。荣嫔娘娘貌美娇柔，皇上甚为喜爱，但荣嫔娘娘的母族个个都是扶不起的阿斗，两人也是势力均衡，才一直针锋相对。"

"哪有十全十美的事情，世间不如意之事十之八九。"卫岚音叹气，荣嫔依靠皇上的盛宠，十余年，在后宫之中占有一席之地，她呢？短短几月的盛宠已是血雨腥风，皇上那若即若离的感情，和她日益沦陷的心，都昭示着她的路不会好走。

"所有的一切都似乎回到了最初的位置。"落霜自言自语。

"是啊，后宫看似平静，却是波涛汹涌，如今我的双手也沾了血。"这一夜，卫岚音在枕边念着无数遍玄烨的名字才沉沉入睡，梦中都是魂牵之人的身影，泪珠无声地浸透了彩绣双蒂莲花的枕顶儿。

这一夜乾清宫也同样宫灯通明，宫人报来了纳兰一族与徐太医暗中联络的消息，玄烨久久不能安睡，他看着龙案上朝中大臣们呈上的奏折，默默地将其分门别类。半晌下来，以纳兰一族为首和以赫舍里氏为首的两摞奏折平分秋色，他可用之人却少之又少。

他愤怒地将奏折扑倒在地，人心最为难测，原本以为剔除鳌拜一党，可高枕无忧，从此君臣合心，治理大清的锦绣河山，谁知一个个都暗藏着贼子野心，都惦记着金銮殿上那把龙椅。在发泄内心的孤愤之后，他盯着地上一个个刺眼的字迹，沉重地俯下身，将奏折一一捡起。他告诉自己，他是帝王，要有海纳百川之胸怀，要知己知彼，方能百战不殆，他要做到知人善用。

他望着黑黑的窗外，后宫虽小却连着前朝，他今日彻底地明白了其中的利害关系。

岚儿，原来他真的什么都给不起她。他独立窗前，满心惆怅到天明。

心中的无奈和凄凉只有天上的明月才会知晓。

清晨，卫岚音身着妃色的江绸绣五福宫装，带着林太医和落霜来到上书房。

太子已等待多时，大阿哥面带寒意，随着一同恭敬行礼。

卫岚音忙吩咐着落霜将补汤奉上，笑道："补汤都一一查过，请太子和大阿哥放心食用。"

大阿哥迟疑地端起珐琅掐金丝的小汤碗，缓缓喝下。

卫岚音转向陪读的崔公公，说道："天气寒凉，皇子们起得早，隔中时分，服用补汤，是最好的。这些时日太子的脸色红润，身子也较以往强健，崔公公还是多费心吧。"

"是，良贵人。"崔公公感动。

"良贵人要走吗？"太子焦虑地问。

"太子身子大好，长期地调理，定会痊愈，我也打扰多时，该回宫了。"卫岚音柔声，太子眼中闪过晶莹的泪花，窝在眼窝隐忍不发。

卫岚音心疼："我会时常去毓庆宫探望太子的，太子要好好读书，别让皇上和太皇太后失望，也给我腹中的皇子做个榜样。"

太子看着她隆起的小腹，内心期盼，要是一位小阿哥就好了，那样就能和他联手，一起对付大阿哥。

秋风习习，上书房里墨香四溢，静寂无声，卫岚音望着重檐庑顶上高高的龙吻，低着头迈出宫门，落霜禀告之后，梁公公面带笑意，弓着腰："皇上请良贵人进去。"

卫岚音碎步而入："皇上吉祥。"

玄烨没有抬头："起来吧。"

卫岚音发现裕亲王福全也在，他正目光低沉地看着自己。

"皇上，这是臣妾与落霜做的豌豆黄，特来给皇上尝尝。"卫岚音吩咐落霜将食盒交予梁公公。

"良贵人来只是为朕送点心？"玄烨不悦。

卫岚音再次跪在地上："臣妾想把落霜留在身边，已经征得太皇太后的同意，也请皇上同意，收回口谕。"

福全波澜不惊地端着茶杯，纹丝未动。

玄烨望着满脸执着的落霜，长叹："朕一语已定，金口已开，怎能儿戏？皇祖母也是在为难朕。"

卫岚音长跪不起，乾清宫陷入死寂，奉茶宫女茗玉默默地退了出去。

"让朕再想想。"玄烨发觉，根本熬不过卫岚音的沉默，无法狠心拒绝她。

"谢皇上。"卫岚音和落霜喜上眉梢。

"良贵人还有何事？"玄烨疑虑。

"臣妾斗胆，想求得皇上恩典。"卫岚音跪地不起。

"良贵人说来，朕先听听。"玄烨的话语中带着几分溺爱，他没有察觉，近身之人一目了然。

岚音柔声细语地说着让所有人震惊的话："皇上，过几日是重阳佳节，太皇太后辅佐三朝，功不可没。昨日徐太医提起前尘往事时，太皇太后面带哀愁。睿亲王犯下重罪，这么多年过去，对他的惩戒也足够了，为何不为其立碑，恢复爵位？太皇太后也必定欣喜。"谁也没有想到她会说出这样的话，福全险些失了手中的茶盏。

玄烨内心震撼，沉着脸道："良贵人，你可知宫中的规矩？"

"回皇上，臣妾知晓宫规，后宫女子不得参与政事。臣妾并非逾越，臣妾是想尽份孝心，解开太皇太后多年的心结。太皇太后出身草原，一心护着皇家，为了皇上，得罪母族，这份情怀，世人谁人能敌？"卫岚音坚定而语，"臣妾斗胆，重阳节在即，求得皇上恩典，为睿亲王恢复爵位，以此作为送给太皇太后的寿礼。这也是皇上送给太皇太后最好的寿礼啊。"

屋内一片寂静，梁公公的眼底满是忐忑，落霜的手心已是冷汗淋漓。

玄烨何尝不想如此，而他无能为力，他懊恼冷洌地瞥过岚音："裕亲王，告诉良贵人，前朝为睿亲王求情的大臣是如何下场。"

"回皇上，回良贵人，前朝顺治十二年，吏科副理事官彭长庚、一等精奇尼哈番许尔安，各疏颂王功，请复睿亲王爵号，下王大臣议，长庚、尔安坐论死，诏流宁古塔。太皇太后因病躺在床上半年有余。"福全颤抖地说道。

玄烨含着怒火："良贵人还想求吗？"

卫岚音浅笑地看着他，扑灭了他眼底的怒气："皇上，臣妾不是求立即为睿亲王昭雪，只想求皇上一道御旨。自先帝罔替三代，再还复睿亲王爵位，复入宗庙。太皇太后年纪已高，见到此道旨意，必定欣喜，必定心安。"

玄烨挑眉，他知晓岚儿绝不会为难自己，三代的缓兵妙计甚好，不但了却皇祖母的心结，又成全他多年的夙愿，父皇也不会怪罪他不孝。三代已过百年，前朝云烟恩怨都已远去，睿亲王为大清的巴图鲁，汗马功劳是不能磨灭的。

福全望着眉如琼黛的卫岚音，心中充满敬意，此时才是真正的无关风月。

"好，良贵人勇气可嘉，孝心一片，朕不会抢你的孝心，这一道旨意便依照你所述，送与你。"玄烨一扫昨日的阴霾，岚儿既是他的福星，也是他的克星。

"谢皇上成全。"卫岚音深情地看着他，她懂他！雄心壮志的他怎能不仰慕戎马一生的睿亲王。自古英雄相惜，更何况还有太皇太后这一层深意。昨日在慈宁宫，他在眉宇间透露出纠结无奈，她就懂了他的心。

"皇上，臣妾刚从上书房回来，太子和大阿哥一切安好，请皇上放心，臣妾明日便回长春宫。"

"也好，良贵人身怀皇子，又照料太子，莫要太过劳累。"玄烨俨然一副慈父的模样看着卫岚音的小腹。

福全觉得自己成了多余之人，急忙起身："皇上，微臣去宣读圣旨，监督行刑。"

卫岚音惊讶地望着玄烨，猜测着福全话中的意思。

玄烨将圣旨递与卫岚音："良贵人莫要害怕，朕杀的都是大恶之人，谋害太子，等同谋反弑君，不施以极刑怎能示警服众？"

卫岚音望着明黄绢布上鲜红的玉印，右侧为汉字，左侧为满文，字迹工整地写着：小冬子罪大恶极，处以凌迟极刑，徐太医斩首示众，全家流放尚阳堡。没有株连九族，已经是法外开恩。他果然是爱民如子，仁德天下。

忽然，梁公公抖着拂尘悲痛地说："启禀皇上，永寿宫的宫女春意昨夜死了，荣嫔娘娘悲伤，晕过去了。"

卫岚音和落霜心头一惊，春意摔一跤就死了？

第二十七章

花无百日红娇艳

"梁公公，春意是因何而亡？"卫岚音诧异。

"回良贵人，听闻春意敷在伤口的药有毒，要了性命。"梁公公回道，"春意跟随荣嫔娘娘身边多年，荣嫔悲伤过度，昏厥过去，贵妃娘娘和各宫的娘娘都去了，荣嫔娘娘喊着要见皇上。"

"皇上？"卫岚音轻声唤，荣嫔盛宠十余年，历经二位皇后不衰，足以见得与他的情谊。

玄烨烦心朋党，又苦于宫中争夺的龌龊，他面带倦意："宫中死了个宫女，敬事房和内务府会去查，佟贵妃也会处置，朕去做什么？不如辛苦良贵人代朕去吧。"

"是，皇上。"卫岚音恭敬行着宫礼。

"良贵人，这是新做的衣裳？"玄烨对着她的背影。

岚音回眸一笑，秋色尽染："回皇上，这是尚衣局新做的秋装。"

"妃色与良贵人颇为相配，更显出良贵人的娴静优雅，朕很喜欢。"

玄烨恋恋不舍，久久不能回神。

去往永寿宫的路上，卫岚音的脸上挂着笑意。

"主子。"落霜轻唤，"奴婢还要去尚衣局嘱托，为主子多做几件妃色的宫装。"

"落霜。"卫岚音衣袂飘飘地站在秋雨洗涤的宫墙旁，映着明亮的光芒，灼灼其华。

"良贵人请留步。"裕亲王福全身着蟒袍，衣襟下是成片的海水江崖，他凌风而立，翩翩卓然。

"裕亲王吉祥。"卫岚音轻语。

福全清雅微笑："本王的侧福晋会在重阳节的前一日来给母妃请安，本想与良贵人相见，共同商议落霜嫁入裕亲王府之事。既然落霜不想嫁入裕亲王府，那便算了，裕亲王府也未必是好去处，但本王的侧福晋甚为敬仰良贵人，你们聊些家常也好。"

卫岚音会意："皇上还没有完全答应，只是我一人所愿，赐婚毕竟是金口玉言，怎能随意更改？我还是要与侧福晋好好商议一番。"

福全双手拱礼："如此也好，本王先行告辞。"

短短几句，足以让卫岚音感激半生。福全离去后，主仆二人，辗转来到永寿宫，还未进宫门，便听到里面嘤嘤的哭闹声，好不凄惨。

"良妹妹来了，快坐。"迎接卫岚音的是永寿宫副位，许久未露面的布贵人。

佟佳贵妃、温妃、惠嫔、通嫔、僖嫔、宜嫔都到了，只有德嫔未到，真是好大的声势。荣嫔躺在内屋的床榻上，面色苍白，指着通嫔怒骂："别猫哭耗子假慈悲，是你暗中害了春意，一会儿皇上来了，本宫要问罪于你。"

通嫔抹着眼泪，万般委屈，哭着腔调："贵妃姐姐明察呀，当时您也是在场的，春意傲慢无礼，抢先走在臣妾的前面，还溅了臣妾一身的雨水。臣妾数落她几句，她竟敢顶撞臣妾，臣妾到底是皇上亲封的主子，怎能由人任意侮辱？臣妾便掌了她的嘴，春意竟敢躲闪，罪有应得地摔倒在地，她的死，与臣妾没有半分瓜葛，荣姐姐出言不逊，臣妾真是委屈。"

温妃不紧不慢地说道:"当时本宫离得远些,也瞧见了当时的情形,春意是自己跌倒在地的,与通嫔姐姐真的没什么关联。再则,不就是个奴才吗?天底下最不缺的便是奴才,向敬事房再多要几个宫女来永寿宫不就结了,荣姐姐也太小题大做。"

卫岚音低沉未语,奴才的确遍地,但知心得力之人又有几个?春意在荣嫔身边多年,掌管永寿宫的一切,人就这么突然间没了,仿若被减去臂膀,荣嫔怎能不心伤悲痛。

"哎哟喂,温妹妹真是站着说话不腰疼,当日在储秀宫,太皇太后要判宫女青梅死罪的时候,温妹妹不也同样痛哭流涕吗?要不是良贵人心善求情呀,青梅早就命归黄泉,对于救命恩人,储秀宫拿什么回报啊。"满身华贵的僖嫔尖酸刻薄,一语数落多人,惹了众怒。

站在温妃身后的青梅咬着青紫的嘴唇,幽冷的目光盯着卫岚音。在小人和奸人的眼里,永远都不会记得你的好,你的恩情,她只会铭记你带给她的痛苦,铭记你曾经如何对不起她。

"僖姐姐越是老了,越是不长记性吗?"头顶大红绢花的宜嫔恨恨地说道,"太皇太后最恨咬舌根儿之人,看来僖姐姐是忘记了伤痛。"凡是宫宴集会,僖嫔的多言多语都会引来太皇太后的训斥,俨然成为紫禁城中的笑柄,僖嫔却一次次触着所有人的底线。

"都少说几句吧,你们都是宫中的老人儿,难道忘了宫规吗?一会儿皇上来了,再行定夺。"佟佳贵妃头上的百子簪栩栩如生。众人不甘地停止了唇枪舌剑。

"用些热茶吧,这是上好的碧螺春。"布贵人忙着招呼,皇上极为喜爱饮用碧螺春茶,永寿宫内常年备有大量的碧螺春茶,近一两年皇上来得少,碧螺春茶剩余了好多,她便吩咐宫人为每位娘娘都沏了一壶热茶,她的眼角因长期虚伪装笑而现出一道道细纹。屋外阳光普照,永寿宫内哀怨连连,各藏心思,瞧着小巧的金茶壶,知情的娘娘脸上都挂着嘲弄的笑意。

卫岚音避过青梅投来的幽怨眼神,缓缓地走到荣嫔床前:"荣姐姐,臣妾刚刚从乾清宫出来，皇上国事繁重，脱不开身子，特意嘱托臣妾代为看望，望荣姐姐节哀顺变，保重身子，人死不能复生，荣姐姐还有三阿哥，还有永寿宫这一大家子的人。"

"贱人。"荣嫔听闻皇上不来的消息，脱口而骂，扬起手掌径直打在卫岚音的脸颊上。

一声清脆，屋内静寂，众人面面相觑，暗暗生喜。

"朕瞧着荣嫔的身子稳健，并无不妥，看来是宫人们所报不实，朕要治他们一个欺君之罪。"玄烨阴沉着脸色，走了进来。梁公公弓着腰，小心翼翼地追随在身后。

众嫔妃大惊，纷纷行着宫礼："皇上万福金安。"

"皇上，贱人假传圣旨，臣妾一时心急才出手，皇上，臣妾的心里好生难受呀。"荣嫔见皇上到来，故作柔弱地换了一副模样，可怜兮兮地抹着眼泪，抓住皇上的云纹衣襟儿。

卫岚音吃惊地看着玄烨，他怎么来了？

"朕的确国事繁忙，皇太后久病未愈，一直卧病在床，朕想去请安探望，便绕过来瞧瞧。"玄烨故意找着托词，他深知荣嫔的性子，骄纵任性，蛮横无理，怕岚儿无辜受辱，尾随而来，没想到真被他猜中，刚进宫门便看到岚儿被打。

佟佳贵妃笑意相迎："启禀皇上，荣姐姐悲痛，心智不清，失手打了良贵人，如今又胡言乱语，皇上莫要在意。"

"春意，春意，你是春意。"荣嫔会意地抓住前来搀扶卫岚音的落霜。

"荣嫔娘娘。"落霜拼力躲闪。

"够了。"玄烨忍无可忍，怒气冲天。从未在后宫发火的他，再也忍受不了明晃晃的欺骗。众人吓得不敢出声，荣嫔更是浑身颤动，落霜麻利地抽出满是狰狞伤疤的双手，卫岚音仰视着他。

"将宫女春意的尸首交予敬事房按照宫规处置，死因由佟贵妃查处，停在永寿宫中成何体统！重阳节快到了，宫中还有六位年老的长辈，如此哭意连连，要哭给谁看！"玄烨倾泻着内心压抑的愤怒，"朕是不是平日里太骄纵你们了，一个个宛如市井泼妇，哪里还有秉性柔淑的样子？"

"皇上恕罪，皇上息怒。"众嫔妃带着哭意，跪倒在地。

玄烨青色的脸上满是杀气，他轻轻地拉起卫岚音的手，决然地踏出宫门，只留下永寿宫内惊慌失措又怨恨重生的满地嫔妃。

一路无语前行，梁公公和落霜远远随在后面，卫岚音的手被玄烨温润的手掌紧紧包容，并肩而行。

湛蓝的天边，万里无云，当两人站到御花园的千秋亭上时，颇有一番断虹霁雨，净秋空，山染修眉新绿的意境。卫岚音望着蜿蜒起伏的金煌宫殿，轻声唤道："皇上。"

玄烨满眼的怒火渐渐退去，薄茧的指肚轻抚着卫岚音微红的面颊，心疼地说："还疼吗？"

卫岚音摇着头，头上的喜鹊金簪发出耀眼的光泽。

"都怪朕。"玄烨叹着气，迎着秋风，背手而立，"朕这些年太骄纵荣嫔了。"

卫岚音心中悸动："皇上仁德。"

玄烨无奈地说道："后宫嫔妃性子各异，她们都出身名门，朕对她们有敬重，有怜悯，有厌恶，有疼爱，唯独没有情爱，朕的心中只有岚儿一人。"

卫岚音望着他深邃幽远的眼神，分不清真言假意："承蒙皇上垂爱。"

"岚儿，朕知道，你心里定是怪朕、怨朕。"玄烨孤寂的身影掩在茂密的树荫之下。卫岚音颤动着望着他，掩住了他的唇。

玄烨一把抓住她的手，懊悔地说道："最终是朕负了岚儿。"

卫岚音落泪："臣妾已经忘却了皇上的无情无义，心中只记得皇上对臣妾的情意。臣妾从未祈盼荣华富贵，妃嫔位分，椒房独宠。皇上在前朝有万里河山，后宫有三千佳丽，而臣妾只有皇上和腹中的皇子。臣妾只求皇上，在疲倦劳累、孤灯夜半时，还会记起在长春宫苦苦念着皇上的臣妾。"

她的话音未落，已经被玄烨抱在怀中，紧紧相锢。两人十指相牵，鬓颜以对，惆怅此情难寄。

"朕好累。"玄烨闻着卫岚音发鬓间茉莉花香的味道，喃喃自语，"朕重情谊，喜贤臣，旁人却重权势。朕看着满堂朝臣，信任者寥寥无几，回到后宫，枕边人亦暗藏贼心，朕这个皇帝当得真的好累。"

卫岚音劝慰："钱财不积则贪者忧，权势不尤则夸者悲，古人也皆无法，皇上为明君圣主，才会有此感慨。"

玄烨勾唇苦笑："朕的岚儿如若不是女儿身，定是个翰林。"

岚音想起惨死的弟弟，弟弟才是翰林之才，她面带悲伤，不知所云。

玄烨知晓她的伤痛："朕已让裕亲王查验此事，不久就会水落石出。岚儿勿要伤感，朕虽不能如往日那般宠你，但在朕的心中，只有岚儿一人，此心天地可鉴。"

"皇上。"卫岚音感动地唤道，她等了多日，盼了多日，听到他暖心的话语，心已足矣。

"岚儿，朕真的很高兴，此生能遇到你。"玄烨说出压在心底的话，虽然暗藏的秘密注定两人势不两立，但深陷的情爱已经难以自拔，这便是天意。望着卫岚音氤氲如雾的眼神，他告诉自己，让秘密永远成为秘密。

"荣姐姐那边？"卫岚音想到皇上愤怒地摔袖而去，永寿宫必定慌乱无章，荣嫔哪里受过如此境遇。

"朕是皇帝，怎能受嫔妃的蒙蔽，她盛宠了十余年，也该尝尝失宠的滋味。"玄烨望着卫岚音微肿的脸颊，"随朕一同去探望皇太后。"

"是，皇上。"卫岚音浅笑。两个相互依偎的身影消失在朱红的宫墙深处。

万春亭的红柱后面，宫女宛碧轻唤："娘娘。"

德嫔脸色苍白地走出，她出来透气赏花，无意间撞到皇上与良贵人鹣鲽情深。妒忌的怒火直冲她的脑顶，她为皇上生下两位皇子，从未见皇上如此柔声地对她，她的心却沦陷至深。

"回宫。"她的眼中闪过阴险，一身碧绿的宫装映着头上的墨绿簪子发出幽暗之色，浑身散发着狠戾。

傍晚，卫岚音回到毓庆宫，这是她在毓庆宫的最后一夜，太子赖在侧殿不愿离去，卫岚音与崔公公说了一阵子的贴己话，太子才恋恋不舍地带着晶莹的泪花离去。弄得卫岚音也郁郁寡欢，彻夜未眠，她祈祷上苍，太子安稳一世。第二日清晨，卫岚音回到了阔别已久的长春宫。

刚踏进宫门，便听到曹嬷嬷洪亮沉稳的声音传来："老奴给主子请安。"

"起来吧，长春宫简陋，不比昔日孝昭仁皇后的寝宫，还请曹嬷嬷今后多加照看。"卫岚音以礼相待。

"主子哪里的话，能侍候主子是老奴修来的福分。"曹嬷嬷的眼中带着真情。

"主子，奴才已经安排好曹嬷嬷的住处，请主子放心。"乖巧伶俐的小安子献媚。

"你们先行下去，主子乏了，要小憩一会儿，曹嬷嬷留下。"落霜说道。

"是。"满地的宫人相继离去。

屋内顿时亮了几分，卫岚音坐在熟悉的软榻上。

"曹嬷嬷，你可知皇考淑惠太妃为何常年卧床不起？"卫岚音径直问。她昨日与皇上探望皇太后，从皇太后的言辞中听出对亲妹皇考淑惠太妃甚为挂念劳心，心中似乎有解不开的心结。

曹嬷嬷惊讶，她沉思着往事，应道："老奴也不知详情，但宫中所有人都知晓皇太后与皇考淑惠太妃绝非是刻意修好，真是姐妹情深。皇太后入主坤宁宫，从未争宠。皇考淑惠太妃却一心想求得盛宠，皇太后也受了不少牵连，皇考淑惠太妃许是受了谁的迫害，才一直卧床不起，近年愈加严重。"

卫岚音昨日才从皇上的口中知晓，宫中除了太皇太后和皇太后之外，先帝的太妃还有四人健在。皇上在位十二年时，分别加以尊位皇考，分别是裕亲王的额娘皇考宁悫太妃、皇太后的亲妹皇考淑惠太妃和皇考恭靖太妃、皇考端顺太妃。先帝宠爱端敬皇后，如痴如迷，后宫的太妃们皆是独守孤灯一生，都是可怜之人。重阳佳节快到了，她想着要好好孝敬太妃们，送些别出心裁的寿礼。

"主子，贵妃娘娘找各宫嫔妃去承乾宫议事。"小安子不经意地扫过曹嬷嬷。曹嬷嬷毫无理会之意。

一盏茶的工夫，卫岚音在落霜的搀扶下碎步直行，踏进承乾宫门。承乾宫内喜气一片，独独缺了荣嫔的身影。

"给姐姐们请安。"卫岚音欠着身子。

"快起来吧，咱们担不起这大礼。"僖嫔总是不停地刻薄尖语。

佟佳贵妃飞去一记警告的眼神，转向卫岚音，笑道："良妹妹快入座。"

"僖姐姐，良妹妹在毓庆宫日夜辛苦照料太子，又揪出了谋害太子的奸人，这是大恩情啊。"艳丽的德嫔话中带话地数落着没有知恩图报的僖嫔。

卫岚音感激地望向德嫔，缓缓坐下。

"今儿找各位姐妹来，有两件要事相商，其一便是永寿宫宫女春意的死因，其二便是九九重阳节宫宴之事。"佟佳贵妃摆着凤威。

"九九重阳节便不必商讨了，往年怎么办，今年便怎么办。倒是春意的死因，要好好查一查，莫要冤枉了好人，也莫放过恶人。"娇艳的温妃彰显着自己尊贵的妃位，满面香粉的惠嫔和头顶大红绢花的宜嫔随声附和。

布贵人忽然哭哭啼啼地跪倒在地："贵妃姐姐明察，宫女春意在永寿宫多年狐假虎威，压榨宫人，心狠手辣，今日死去，实在是罪有应得啊。"她的一语惊得四座，往日一贯趋炎附势、依附荣嫔的布贵人，怎么转了性子，反咬一口？

布贵人悲愤地痛斥着宫女春意的种种恶行，声泪俱下，俨然是一部惨痛的血泪史诗。卫岚音皱着眉头，布贵人这是见荣嫔失势转向倒戈？

"请贵妃娘娘为臣妾做主。"布贵人捶胸愤恨地哭泣。

"看来宫女春意也是罪该万死，她做过如此多的恶事，这般安详地去了，算是便宜了她，还抓什么凶手，这是为民除害啊。"宜嫔洋洋得意。

"宫中自有宫中的规矩，怎能随意乱来？"佟佳贵妃凝神问道，"害死春意的药是从何而来？"

布贵人捂着胸口："臣妾听宫人说，春意回来后，便独自回了房，是自己上的药，药是她私藏的，臣妾昨日趁乱，偷偷地找到了剩余的药膏。"

卫岚音见她拿着一个陈旧的小白瓷盒，内心升起不祥的预感。

"去给太医们瞧瞧。"佟佳贵妃吩咐着玉镯。玉镯恭敬地接过小白瓷盒，唤着小太监去找太医院的宫直。

"这不是明摆着吗？宫女春意必是拿这物件害人，结果连自己都忘了，最终害了自己。"宜嫔转向哭哭啼啼的布贵人，"布姐姐真是好性子啊，忍了这么多年，才吐出真话来，真是难为布姐姐。"

"莫要早下定论，一切等太医看过再议。"佟佳贵妃疾声阻止。惠嫔和温妃来势汹汹，荣嫔要遭殃了。

"微臣给各位娘娘请安。"李太医擦着额头上的薄汗，显然是慌忙而来。

"李太医辛苦，你且看看，这药膏有何蹊跷？"佟佳贵妃挥动着长长的金鞘。

李太医接过玉镯递过的药膏，捏在手中，仔细地研磨后，脸色大惊："启禀贵妃娘娘，此药膏中含有大量的白信石。"

"果真是白信石？"佟佳贵妃盯着他。

李太医点头，佟佳贵妃凝思，事到如今只能弃子，再保荣嫔，恐惹火上身。她眨着凤眸，厉语："来人，去永寿宫搜查宫女春意的住所，可疑物件一律带回来查看。"白信石是宫中的禁药，药物极毒，孝昭仁皇后中此毒而亡，这是宫中的忌讳，无人敢提。她不经意地扫过安坐的温妃，难道孝昭仁皇后的死与荣嫔有关联？温妃要报仇？

半个时辰后，宫人们手里拿着各式的小瓷盒回来，有两个陈旧的小白瓷盒与布贵人寻到的一模一样。

"启禀贵妃娘娘，荣嫔娘娘喊着要上吊，被奴才们拦下。"宫人毕恭毕敬地禀告。

"宫中嫔妃自戕为重罪，她也就是做个样子，难道不为三阿哥着想了吗？"宜嫔奚落。

"李太医再瞧瞧。"佟佳贵妃指着搜来的东西。

李太医逐一查验，脸色愈加沉暗，他跪倒在地，颤抖："回贵妃娘娘，瓷盒当中都是虎狼之药，微臣惶恐，都是太医院里不常备的药物。"卫岚音倒吸一口冷气，果然是蓄谋为之。

李太医接着说道："小白瓷盒中是止血消肿之药，另一个小白瓷盒里装着含有红信石的药膏。"

"昨日阴雨连绵，屋内极为阴暗，想必春意错拿了药膏，害了自己。"德嫔一改常态，脱口而出。

"红信石和白信石有何不同？"温妃不露声色地故意问。

"回温妃娘娘，红信石性情偏于温和，亦可入药，治疗溃疡腐肉不脱，但白信石性情刚烈，是剧毒之物，烧取提炼后是世人皆知的砒霜。"李太医的额头再次泛起薄汗，后宫中惊现如此多的毒药，恐是不妙，要有大动。

"我家姐是中了白信石的毒而薨的？"温妃追问。承乾宫内鸦雀无声，所有人都盯着李太医，等待着真实的回答。

"回温妃娘娘，当年孝昭仁皇后落胎，腹内不净，引起血虚两亏，太医院的王太医请示了太皇太后和皇上之后，用了红信石做药引子，想落下孝昭仁皇后腹中的腐肉，可谁承想？"李太医悲愤，"不知何人将红信石调换成了白信石，孝昭仁皇后中毒，大病一年，不久撒手人寰。皇上暴怒，斩杀了当时的王太医，还有贴身的药童，事情才了结。"

"小小的太医怎能有如此大的胆子谋害家姐，必定有人暗中指使，今日又从永寿宫搜出来如此多的毒物，其中是否有关联，还请贵妃姐姐明察。"温妃的丹凤眼中满是仇恨。

卫岚音放下茶盏，这才是真正的意图，报仇雪恨，扳倒荣嫔，让她永世不得翻身，难道一切都是荣嫔所做吗？

"启禀贵妃娘娘。"温妃身后的宫女流香跪落在地，"奴婢一直不敢多言，奴婢原在浣衣局当差，亲耳听到永寿宫宫女春意教唆魏公公放火烧梵华佛堂，意图谋害良贵人，又目睹魏公公被春意推落井中，奴婢只是一小小宫女，永寿宫的荣嫔娘娘又极为皇上宠爱，奴婢哪敢多言。"她又转向卫岚音哭着腔调，"请良贵人责罚，奴婢真是人微言轻，只能将话烂在肚子里啊。"

"真是反天了，一小小的宫女竟有如此狠毒的心肠，看来荣姐姐真是隐藏至深，仗着皇上的宠爱，在宫中无法无天。"宜嫔张着艳丽的红唇，怒气痛斥。

卫岚音会意地点着头，荣嫔已经是众人推的墙，势必要倒。她已经被拽入旋涡中心，独善其身是不可能的了，她低沉地说道："事关重大，要请示太皇太后吗？皇上国事繁忙，再如此劳累，恐身子难以承受。"

佟佳贵妃笑道："重阳节要到了，怎能给皇祖母心中添堵？先放一放吧。从今日起，将三阿哥抱到阿哥所，派人细心照料，毕竟从永寿宫搜出了宫中的禁物，从即日起，拿掉荣嫔侍寝的绿头签，在永寿宫内反思，以示警诫。"

卫岚音心中坦然，拿掉绿头签等于失去见皇上的机会，荣嫔有口难辩。恶果恶报，月盈则亏，十年盛宠，积攒的哀怨，顷刻而泄，根本无一人求情，只留下永寿宫满地的伤痕累累。荣嫔今日的惨状便是警示她，断不能享受独宠，皇上的盛宠最信不过，那是一把双刃剑，最终伤人伤己。

屋内的香炉飘着渺渺的轻烟，温妃吐着胸中的浊气，绝不能让她轻易死去，只有怀着没有希望的希望活下去，才是最痛苦的事情。她的丹凤双眸中笑意盈盈，仿佛看到了永寿宫未来的悲惨之路。

"荣姐姐好糊涂啊，怎能辜负皇上的一片真情呢？"宜嫔假意叹息。

"宜妹妹勿要忧虑，皇上不是已经表态了吗，荣嫔罪有应得。"惠嫔想到被春意害死的两个小阿哥，气愤不已。

"你们都不要多想，承乾宫的菊花茶如此甜美，重阳宫宴上的菊花酒岂不是只有天上才有的佳酿？"僖嫔又一次说起了无关紧要的话，虽然荣嫔与她结盟为伴，但佟佳贵妃都未出手相助，她又何必多言，还是保住自己最为稳妥。

"是啊，太皇太后去年还说，菊花酒是咱们女人家的酒，今年宫中事情如此多，到时咱们都要多饮几杯，冲冲晦气。"布贵人脸上的泪水早已风干。

卫岚音望着所有人，这便是后宫中最真实的一幕，没有真正的朋友，没有真正的盛宠，只有心中的快意和暗藏的私心。

这就是后宫！

第二卷　锁春寒

第一章

琳琅满目万波随

秋意渐浓，紫禁城中进入九月，御膳房每日都会为东西六宫的主子送去糯米和红豆做的花糕，以取登高之意，平静的日子让人暂时忘却了永寿宫的丑事和暗藏的汹涌危机。

长春宫自从曹嬷嬷到来，变得井井有条，她为人谦虚，大家都很尊重喜爱她，长春宫内笑声不断。敏贵人一直未归，卫岚音的身子越发沉重，腿脚肿得厉害。她愈加享受这恬静的日子，每日坐在院中晒着和煦的阳光，饮着香甜的热茶，和落霜、曹嬷嬷聊着家常。长春宫上下都满心期待着小皇子的出生，只是玄烨一次也没有来过，宫中流传着玄烨宠爱德嫔的事情，卫岚音面上虽未在意，但心中亦是掀起波澜，耳边至今还萦绕着千秋亭中皇上那句句深情，无论他宠爱谁，身在何方，心都在她这里，还强求什么呢？

院子中绿草泛着黄意，秋蝉用尽力气嘶叫，碧云当空，处处秋高气爽。落霜麻利地端着满盘的龙眼："主子，这是闽地送来的龙眼，汁水极多，补益心脾、养血安神，皇上赏赐了一筐给咱们长春宫。"

卫岚音欣喜，顺手拈了一个，柔声说道："林太医曾讲过南龙眼，北人参，资益以龙眼为良，我要多吃几个。"

曹嬷嬷慈祥地说："主子，明日皇上会带着各宫嫔妃去万岁山登高望远，祈求福泽，然后在御花园赏菊，再设宫宴。主子身子重，万岁山就别去了，御花园赏菊还是值得一看的，这几日，九花山子开得极为茂盛，和主子的容颜都是极美的。"

"九花山子？"卫岚音迟疑，九花为菊，山又是从何讲起？

落霜掩口一笑："主子在宫中尚浅，还未曾参加过宫中的重阳盛宴。这九花者，菊花也，每届重阳，便把九花百余盆，架庋广厦中，先轩后轻，望之若山，曰九花山子，四面堆积者曰九花塔。御花园中花丛交错，甚为好看。重阳佳节，南方多是头插茱萸，咱们宫中却有着不成文的规矩，谁的寿礼最为长辈喜爱，皇上便会将开得最艳的菊花，亲自插在谁的鬓间，称为簪花，晚上还会临幸此人，宫中的嫔妃都想要得此殊荣，变着法儿地花心思，琢磨寿礼。"

原来还有如此趣事，卫岚音抿口微笑，自古女子为心爱的男子洗手做羹，男子为心爱的女子描眉簪花，都是人间美谈，他是怀着何等的心思，温柔地为后宫嫔妃插上这朵菊花呢？

"去年是哪位嫔妃？"她好奇地问。

"去年是永寿宫的荣嫔娘娘，她为太皇太后绣了科尔沁草原上祭敖包的彩绣，为皇太后绣了科尔沁草原上那达慕的彩绣，为太妃们分别绣了各自家乡的风景，引得众位长辈纷纷垂泪思乡，纷纷赞好。"落霜回忆着去年重阳节时，荣嫔高傲无比的神色和御花园热闹喧嚣的场面。

"年年岁岁花相似，岁岁年年人不同。"卫岚音喃喃自语，恐是谁也没有料想到永寿宫今日的困境。

曹嬷嬷见卫岚音感慨："主子，老奴有一言，不知当说不当说？"

"曹嬷嬷但说无妨。"卫岚音微笑，曹嬷嬷虽暗藏心事，但她的眼神中并无害人之意，充满真诚，她在宫中饱经风霜，何必剜出心底事，让她再痛苦一次？

"谢主子，依老奴看，荣嫔娘娘不会就此倒下去，永寿宫虽没有往日的盛宠，但在紫禁城中依然是主子，非一般常人所能及。"曹嬷嬷继续说道，"荣嫔娘娘在宫中盛宠十余载，凭借的不单单是皇上的宠爱，还有太皇太后和皇太后的扶持，荣嫔娘娘比不上早逝的两位皇后，没有惠嫔娘娘那般的母族，这也正是她的过人之处，毫无尊贵背景的她是维系各方势力的平衡之人。而平衡在宫中至关重要。荣嫔娘娘生下的三阿哥和三公主又都是太皇太后和皇太后心尖上的人，怎么可能因为一个小小宫女的死和犯下的过错，降罪牵连？温妃娘娘和惠嫔娘娘一心想联合主子扳倒荣嫔娘娘，而荣嫔娘娘倒了之后，下一个她们想扳倒的人又会是谁？"

卫岚音的内心久久不能平静，曹嬷嬷果然是历经三朝之人，事情和人心看得如此透彻。温妃和惠嫔扳倒荣嫔，下一个就是她，佟佳贵妃又会充当何种角色？

曹嬷嬷接着劝诫："虽然从永寿宫中搜出虎狼之药，虽然荣嫔娘娘曾出手伤害主子，但是也许这些都是表面之相，背后还另有隐情，这宫中，眼见不一定为真，耳听也不一定为虚。"

"主子，曹嬷嬷所言极是。"落霜颇为赞同。

"那明日赏菊，我为荣嫔求情。"卫岚音的脸上露出坚定的神色。

曹嬷嬷露出赞赏的笑容，眼中满是浓情。主仆三人在多彩的初秋里，沐浴着温暖的阳光。

翌日，重阳佳节，卫岚音用过早膳来到御花园。御花园花团锦簇，每一株菊花都挂着红绳儿拴的小白竹牌儿，小白竹牌儿上用工整的正楷书写着黄金带、白玉团、旧朝衣等菊花的名字。这些菊花按照不同颜色和花头大小，组成峰峦叠翠的九花山子，摆出福寿绵长的雅致吉祥图案。

远处传来朗朗的笑声，玄烨带领着众嫔妃走来。佟佳贵妃穿着金黄彩绣的凤袍，笑意盈盈："良贵人真是风华无双，远远望去，把这九花山子都比下了。"玄烨眼含爱意看着卫岚音，胜千言万语。

"皇上万福金安，各位姐姐吉祥。"卫岚音娇羞地行着宫礼，玄烨龙心大悦，轻挥衣袖，与她擦肩而过。

"挺着肚子还不安分，满身狐媚相儿。"僖嫔不忘数落。落霜气愤地看着她，卫岚音摇头："她也是可怜之人，由她去吧，逞一时口舌之快，又能如何？"她低着头，望着随风飘香的九花山子。再美的鲜花也是刹那的芬芳，只有陈年的美酒才能流芳百世，以色诱人最不可靠，唯有真情才能永恒。荣嫔没来，想来永寿宫的日子并不好过。

宫宴开始，宴上的膳食皆以菊为主，甜逸的菊花酒香，洒遍紫禁城的各个角落。太皇太后带着前朝的太妃们，安坐台前。太妃们的眼中流露出沧桑，好像傲立的菊花，挂着冰霜却屹立不倒，只因一颗历经世事的心已平静如水，坚硬如石。

佟佳贵妃优雅地踏着花盆鞋，欠着身子，率先献着寿礼："臣妾给皇祖母、皇太后，各位太妃请安。"她送给太皇太后和皇太后的是珍贵的狼牙席，送给太妃们狼牙扇。狼牙珍贵，狼牙编织的礼物更是精品。老匠人将狼牙浸泡在熬制的药液中，待其软化后，按照狼牙上的纹理劈成均匀的薄片，牙片薄弱如纸，呈半透明状，再将牙片打磨光滑，呈现出洁白的光泽，狼牙席耗时费工，昂贵无比。

"狼牙难寻，秋凉才做好，只能明年暑夏用。"佟佳贵妃恭敬地笑道。

"贵妃费心。"太皇太后面带浅浅倦意，并未显示出太多的惊喜。各宫的嫔妃依照尊卑位分，依次进献精心准备的寿礼。太皇太后和太妃们一一接过，赏赐花糕。

半响，台前已经摆满琳琅满目的寿礼，佟佳贵妃进献的狼牙席和温妃进献的松龄鹤寿大红袍鸡血石雕尤为显眼，不分伯仲。

终于轮到卫岚音献寿礼，她温婉柔声道："臣妾祝太皇太后、皇太后和各位太妃福寿延年。"众嫔妃鄙夷地望着她呈送的信函，露出嘲弄神色。太皇太后缓缓打开绢黄的信函，盯着夹层中跃然纸上的字迹，顿时老泪纵横。玄烨带着万分敬仰地看着太皇太后，心中感慨万千。

太皇太后舒展着眼角深鏊的皱纹，仰天长叹，积压在心底的所有苦闷倾泻而出，多年的哀怨得以释放。百年之后，拿着这张圣旨，在黄泉之下见到王爷，才能真正地心安理得啊。她异常的举动，震惊四座。

"好啊，哀家好久未接到过草原上琪琪格的家书了。"太皇太后笑中带泪。这张信函是公然违背前朝，为睿亲王平反昭雪的圣旨。她望着容颜娇媚的卫岚音，满是感激和赞叹。

太妃们也都感动地望着卫岚音，原来卫岚音的寿礼是给各位长辈的一封真情家书，林太医多方寻得太妃们母族中最为亲近之人，无关权势，无关愁恨，只是多年后，一封平淡问候的家书。皇太后和太妃们饱含情谊地回忆着陈年往事，笑意垂泪。台上温情洋溢，台下火星四射。

皇太后欣喜，妹妹卧床多年，好久没有听到她那银铃奔放般的笑声："母后，惠儿看到这封信，一定高兴。"

"好，良贵人的寿礼，哀家甚为喜欢，看来你们也都喜欢。"太皇太后慈爱地问。

"皇祖母喜欢便好。"玄烨霸气地举起白玉酒盏。

"良贵人身怀皇子，难得有如此细腻的心思，此孝心天地可表，皇上去挑一朵最美的菊花给良贵人簪花。"太皇太后内心感慨。真是天意弄人，后宫佳丽成千，孙儿独爱拥有察哈尔部血脉的良贵人。当年是王爷率领的八旗铁骑横扫察哈尔，逼死林丹汗。最后竟然是察哈尔部的传人为王爷昭雪，她的眼前氤氲一片，冤冤相报何时了。她的身上还流着温庄公主的血，她动摇着心中执着多年的念想。

玄烨微笑地折过一朵淡然的菊花，眼中充满温情地走向卫岚音。秋风微凉，明黄的龙袍随风而逝，衣袂飘飘，灼灼其华。卫岚音羞涩地不敢抬头正视，她偷瞄了一眼，便无法移去。她对他的爱恋深入骨髓，刻入心田，再无法剜去，即使夺去性命，也难以忘却。此生不能再忘，此生不能移情。上穷碧落，九天黄泉，誓死追随。两人眼中的情意，尽数落在所有人的眼中。太皇太后好似又看到了当年的福临。

众嫔妃眼中毫无掩饰的怒火，如纷飞的毒箭射向卫岚音。食人的后宫，如若不争不夺，只能独守孤灯，寂寥死去，无人会记起那一缕冤魂，最后只能成为妃子陵中一捧黄土，百年之后灰飞烟灭。只能去夺去抢，去争去占，留住荣耀和殊荣。

当卫岚音娇羞地道出万福金安的吉祥话时，玄烨已经轻轻地将菊花斜插她的发鬓间，娇艳的菊花映着卫岚音白皙的肌肤，飘荡着沁人的菊香。卫岚音宛如出水芙蓉的仙子，与玄烨十指相牵，傲立众人之间。郎情妾意，妾心如磐，跌碎一地芳心。

沉浸在爱恋中的玄烨，龙心大悦："良贵人彰显孝心，天地可鉴，可有何心愿，朕愿一听。"

卫岚音浅浅一笑："臣妾谢皇上恩泽，寿礼本是孝心，毫无争赏之意。臣妾知晓皇上日理万机，不敢劳烦后宫间的烦琐小事。但永寿宫的事情，恐皇上早已耳闻其详，荣姐姐是去年重阳节上的孝心之人，今年卧病在床。宫女春意已亡，死无对证，荣姐姐侍奉皇上身边多年，对皇上一片真心，更为皇上生下皇子，还请皇上去永寿宫探望荣姐姐，饶恕荣姐姐的骄纵之罪，还永寿宫往日的恩宠。"她的一席话引来太皇太后的赞许。

温妃瞪着双眸，不甘心地说道："皇上，宫女春意居心叵测，跟随荣姐姐多年，在宫中作威作福，那害人的毒药，怎能是一个宫女所能为之，背后亦有蹊跷，还请皇上为逝去的家姐做主啊。"

"是呀，皇上，如若不彻底惩戒恶人，私心袒护永寿宫，岂不坏了规矩？宫人们个个狐假虎威，荣姐姐也会落得恶名，清者自清，此事若与荣姐姐无关，老天自会还她公道。"通嫔忍不住地随声附和。

惠嫔轻轻拽着通嫔的碎花衣襟儿，充满仇恨的通嫔哪里听得进去，只差一步之遥便可为死去的皇子报仇雪耻，如何能前功尽弃？必要多敲一锤。

"你们口口声声喊着荣嫔姐姐，话语中却又步步紧逼，到底是何居心？"佟佳贵妃端起白玉酒壶，缓缓倒着菊花美酒，头上的百子簪，尊贵无比。

"佟姐姐和良贵人如此为荣姐姐求情，难道暗中知晓什么？"宜嫔今日满身素雅。

卫岚音安然浅笑，深情地望向玄烨："臣妾如今身怀皇子，深知额娘的心思，听闻三阿哥在阿哥所里，因思念额娘每日哭闹不止。荣姐姐在永寿宫也是整日寝食难安，荣姐姐曾失去多位皇子，身子本就弱，照此下去恐生大病，三阿哥还小，颇为依恋额娘，皇上怎能见母子分离？"

"皇上。"太皇太后精神抖擞，"哀家是看着荣嫔进宫的，当年荣嫔，柔顺貌美，天真无邪，一路跟着皇上，尽心尽力，恪守宫规，都是缘于对皇上的情爱啊。春意是后来才去永寿宫当差，荣嫔即使有错，也是受了奸佞小人的教唆，不是本意。"

佟佳贵妃笑着："皇祖母所言极是，荣姐姐是善良可人儿，瞧着三阿哥一脸的书卷气，还不知晓吗？"

"求皇上成全。"卫岚音再次叩拜。

玄烨何尝不知卫岚音的一片苦心，一次次求得的恩宠，都是为了旁人，归根结底都是为了他。如此娇柔懂事的纤妍女子，他怎能不爱，怎能不宠？

"朕从未降罪于永寿宫，荣嫔依旧是朕的嫔妃，依旧是三阿哥的额娘，爱妃们所言，朕真是糊涂。"玄烨打着太极。

卫岚音掩口而笑："臣妾知错，都是臣妾多嘴，扰了皇上的好兴致。"

"哈哈。"玄烨爽朗开心地转身入席。一场蓄谋已久的阴谋诡计，在谈笑风生中吹散。几人欢喜几人忧愁，都是道不尽的哀怨。

重阳节深夜，玄烨留宿在长春宫，两人同枕而眠，如胶似漆。这一夜的风波深深地刻在每位嫔妃的心中，所有的仇恨都记在了卫岚音头上。宫中私下传着，良贵人狐媚皇上，居心叵测。宫中的日子过得飞快，转眼间下了初冬的第一场雪。洋洋洒洒的雪飘落而至，迎着红墙萧瑟的黄绿之色，起了忽如一夜春风来的意境。

长春宫内的卫岚音望着漫天飘舞的皑皑白雪，想起了去年初冬的情景。也是这样的冬雪，寒而不冷，她与玉珠、春喜、念心几人一起围着火炉烤着红薯。春喜嘴馋，私藏了一个红薯，半夜去偷偷扒火盆时，发觉红薯已化成木炭，为此春喜愤恨不已，睡梦中还在咬牙切齿地念叨，弄得众人哄堂大笑。从前的日子磕磕绊绊，倒也乐在逍遥，哪有今日的累赘痛心？听落霜说，浣衣局中的玉珠得了痨病，整日痛咳，快不行了，怕是熬不过元旦。春喜惨死在宗人府，只剩下她和念心独活。不知平日里少言寡语的念心如何了？她的身子越发重，总是感觉特别疲惫。

玄烨自从重阳佳节之后，几乎夜夜宿于长春宫，两人只是静静相拥，默默以对，如寻常百姓夫妻般淡然。太皇太后没有过问，还赏赐了很多细软和补品。

重阳节后，玄烨虽然没有亲临永寿宫，却下了口谕，以三阿哥年幼为名，将其接回永寿宫抚养，待到六岁之后再送往阿哥所，赏赐的贡品源源不断地送往永寿宫，一切似乎都恢复了平静，永寿宫依旧是东西六宫中最为荣耀的宫殿，荣嫔日夜理佛，很少过问宫中之事。

卫岚音的内心却极其不安，总感觉头顶悬着一把剑。

落霜踩着绫子鞋上的雪花，匆忙进来："主子，太子与大阿哥不知因何事，大打出手。皇上责罚大阿哥跪在奉先殿思过，太子卧床不起。"

"怎么会如此？"卫岚音站立。

"不知道呀，大阿哥也挂了彩，雪地里寒气重，大阿哥又无比倔强，死活不肯认错，一直跪在殿前，惠嫔娘娘哭哭啼啼地要去慈宁宫找太皇太后求情，被通嫔娘娘拦下。"落霜细细禀告，"太子脸上挂了彩，身子多处淤青，太医们已经看过，都是皮外伤，不碍事，筋骨未损。"

"带我去瞧瞧。"卫岚音话落，铜盆中烧得正旺的红箩炭，"嘣"的一声，吓了她心中一惊。

"主子，外面湿滑，小心皇子啊。"曹嬷嬷心疼，"还是别出去了。"

"天不寒，还未成冰。"卫岚音笑道，"身子还没那么金贵。"她清楚地记得，额娘怀着弟弟的前几日还在拼力干活。

"主子的身子金贵着呢，这是皇上说的。"自从卫岚音有了身子之后，这句金贵的话，落霜讲了千百遍，只能搬出皇上。

"你们都是太在乎我。"卫岚音满脸笑意。

"奴婢去拿斗篷。"落霜犟不过她。

"让小安子同去。"曹嬷嬷不放心。

一炷香的功夫，小安子在前面带路，卫岚音在落霜的搀扶下，踩着薄薄的清雪，走在去往毓庆宫的路上。纷扬的雪花，柔细而美，美而不藻，银装素裹着世间万物，别有一番情致，雪地上一串串浅浅的脚印儿。

卫岚音刚踏进宫门，便听到里面跌碎物件的声响，太子正在大发雷霆，气得红红发胀的小脸上青一块、紫一块，头发凌乱，显然是受了欺负和委屈。

"哎哟，太子爷啊，大阿哥被罚跪在奉先殿前，您再去，岂不是惹皇上气恼，自讨苦吃吗？"崔公公苦口婆心地劝慰。

"不行，我才不怕皇阿玛责罚，大阿哥使诈，如果不是布库背后出手，我定会摔倒他。"太子不服气。

"能，能，太子神勇。"崔公公随声附和。

"太子好大的口气啊。"卫岚音笑意盈盈地走了进去。

"良贵人吉祥。"崔公公跪落在地。

"给良贵人请安。"太子脸上带伤，却依然神采飞扬。

"还疼不疼？"卫岚音坐在太子床榻前，"崔公公去找几个煮熟的热鸡蛋来。"

"是。"崔公公松了口气，良贵人来，太子的伤便好了大半。

"疼吗？"卫岚音又一次问。

"不疼，男子汉大丈夫，不怕疼。"太子大声。

"你才几岁，还想着大丈夫，难道想娶太子妃了？"

"不是，不是。"太子着急地摇头。惹得卫岚音抿口而笑，到底是孩子，禁不住玩笑。太子不敢出声，闭着眼睛装睡。卫岚音接过崔公公找来的熟鸡蛋，包裹着棉巾，慢慢在他青紫的脸上滚动。

"你为什么和大阿哥打架？"卫岚音不经意地问，太子无语。

卫岚音觉得蹊跷，仔细地追问："到底发生了什么？你不说，我去问皇上。"

"良贵人千万不要去问皇阿玛啊。"太子恳求，"大阿哥讲良贵人的坏话，我听不惯，上前与他理论，他更出言不逊，甚至口出污秽，我气愤不过，才与他争吵起来。"

卫岚音心疼："既然是争吵，怎么又大打出手了？"

"我和大阿哥争吵不绝，便约布库一决高下，结果大阿哥暗中使诈，我气愤不过，便，便与他厮打起来。"太子低着头。

"那皇上如何说？"卫岚音忧心忡忡。

"皇阿玛听后气愤不已，摔了龙案上的水晶笔筒。"太子心有余悸，"皇阿玛心疼良贵人，怒声训斥大阿哥，又见我脸上的伤，便罚大阿哥去奉先殿思过，让他总是以长自居，奚落我，这次便是教训。"

卫岚音苦笑："你都被打成这个样子了，对大阿哥还是教训？依我看，对你也是教训，也应该罚你去奉先殿思过。"

"哈哈，大阿哥愚笨，皇阿玛让他认错，他不肯。"太子嘲弄，"皇阿玛更加愤怒，还打了大阿哥一个耳光。"

卫岚音蹙眉，一边被玄烨的真心打动，一边也想到了与钟粹宫惠嫔之间的隔阂："大阿哥是大阿哥，你是你，皮肉之苦要自己受着，下次千万不要如此。"

太子望着四周，语调极低："打人不打脸，他打我的几处都在明处，而我打他都在暗处，他也比我好不了多少！"

卫岚音没想到年幼的太子竟然藏了这么阴险的心思，她轻柔地滚动着鸡蛋，平淡无语。

太子黑黝黝的眼神偷瞄着卫岚音："良贵人？"

卫岚音板着脸："太子是东宫储君，怎能如此意气用事，下次不要因我的事情与旁人争执。"

"为何？"太子着急，毓庆宫与长春宫走得极近，紫禁城中每个人都知晓。

卫岚音慈爱地抚着他的额头："承蒙上天垂爱，我与孝诚仁皇后相像，与太子投缘，但毕竟长序有别，旁人皆会认为我俯仰东宫，待太子渐渐长大，开枝散叶，我又怎能总来毓庆宫，避嫌还是好的，不要辱没太子的清名。"她掏心窝子的话，却令太子心生疑虑。

"太子？"

"良贵人是害怕皇阿玛不高兴？"太子的眼神深邃不明。

卫岚音愣神，她哪里真正了解太子。身为储君，东宫太子年纪虽小，但自幼长在宫中，皇额娘去得早，赫舍里家护得紧，从小便养成疑心的性子，对所有人都存着戒心。

太子要起小性子，想起叔公的话，不要依赖良贵人，而且要防备良贵人，人心会变的。他盯着卫岚音高高隆起的肚子，眼中充满迟疑，良贵人真的会变吗？他久而不语，远远超过六岁聪灵孩童的深沉，这便是后宫中出生、日益成长的皇子，这便是天底下最尊贵的太子，将来的一国之君，背后无限凄凉和血泪。

卫岚音默默地又捡起一只热乎乎的熟鸡蛋，包裹好棉巾，轻轻地滚在太子的眼边："太子勿要多心多想，我都是为太子着想，怎能害怕皇上生气？皇上是圣主明君，又疼爱太子，怎能舍得责罚？"她的话语，太子听来却是另一番意思。良贵人蒙诚盛宠，皇阿玛不舍得责罚，身为太子又能如何？他的内心起着微妙的变化。

卫岚音见太子仍然低着头，少了往日的明朗，便沉着脸色，略为责问地讲道："太子不要胡思乱想，我与太子同心同难，以后稍稍注意就是，男子汉大丈夫何来忧虑？"

太子迎着岚音真挚的眼神，深色的双眸转而变浅，融化了脸上的冰冻，笑道："我就是要与良贵人同心，谁要是敢说良贵人的坏话，便是与我毓庆宫过不去。"

"好，好，好。"卫岚音摇头，"我的太子爷，真是怕了你。"太子一副执着的神色，威严十足。

卫岚音坚定而语："你我母子的情意，天地可鉴。但今后勿要再胡闹，太子是一国储君，总是吵闹，成何体统？物以类聚，人以群分，又何必在意人家说什么？日久见人心，谣言惑语定会不攻自破。"

太子反驳："古人的话，在宫中行不通。宫中是三人成虎，日子久了，便成了真的，谣言便是真言，会被有心之人染黑。谣言多了，要止住谣言，哪怕是用人的性命，还是用新的谣言。必须将谣言止住，否则待它变成真言的那日，就悔不当初了。"

卫岚音忽然觉得眼前的太子非常陌生，甚至有些可怕，有这样心思的储君，登基之后，应该是何等的多疑多心？

崔公公慌乱地使着眼色阻止太子，太子无助地闭上双眼，难道又错了？太傅教授的古人圣子之言，到底什么是真？什么是假？什么才是正道沧桑？什么才是黄泉末路？真假好坏，虚伪狂妄，他的心中装着太多的疑惑。

卫岚音关切地抚慰："太子所言也并非不对，只是智者见智，仁者见仁，少些偏执，都是好的。"

"良贵人放心，奴才会更加仔细。"崔公公卑微地回答。

"好了，莫要多疑多心，过几日，我再来探望你。"卫岚音微笑地看着偎在床榻上的太子。

"多谢良贵人。"太子的脸上露出僵硬的笑容，多了几分阴戾之气。

回宫路上，卫岚音忧伤。

"真是枉费了主子的一片真心，太子竟对主子不敬。"小安子愤愤。

"太子年幼，他是为了我才出手与大阿哥打架，此事因我而起，怪不得他，惠嫔和通嫔定是恨透了我。"卫岚音淡淡地说，"我也担心大阿哥的身子，毕竟也只有八岁。"

落霜摇头："大阿哥从小骄纵，仗着是皇长子，为所欲为，在五岁时，活活用滚烫的热水烫死了一名小太监，当时皇上忙于朝廷之事，未多加严律，此事便不了了之。别看大阿哥才八岁，惠嫔娘娘已经开始张罗福晋之事，估计过了几年便要安排通房婢女，势必要大阿哥为皇上生下长孙。"

卫岚音惊愕，红茴香一事，太皇太后和皇上的意图已经明朗，纳兰一族早晚会根除，月盈则亏的道理，纳兰满门的翰林怎能不知？都是被欲望蒙蔽了双眼。

前方探路的小安子却独自打着如意算盘，如若大阿哥与太子长此争斗下去，势必两败俱伤，那主子和腹中的皇子岂不是坐享渔翁之利？他继续讲道："惠嫔娘娘为大阿哥铺路，赫舍里家估计也定好了太子妃的人选。"

落霜斥责："多嘴。"

卫岚音浅笑："你倒是通透。"

小安子献媚："主子息怒，落霜姑姑息怒，奴才逾越。"

三人艰难地前行，雪花越下越大，掩盖了来时的脚印。空旷的雪地上，吹起阵阵寒风，卫岚音的心也如这天气阴冷消沉，她抚着还有不足三月便要出生的孩子，充满忧虑，她要许他一世安宁，远离尘嚣。三人刚回到长春宫中，曹嬷嬷便兴冲冲地说起喜事。

宫外传来裕亲王的侧福晋瓜尔佳氏妒火冲天，宁愿一死，也不愿接受皇上赐婚落霜为侧福晋。裕亲王后院起火，鸡飞狗跳，好不热闹，裕亲王无法，只能上报皇上，愿取消婚约。皇上顺水推舟，取消了落霜与裕亲王的赐婚，并另行责打了侧福晋瓜尔佳氏十个大板，以示警诫，瓜尔佳氏由此得了妒妇的恶名。落霜也被世人嘲弄，福浅命薄，无缘嫁入王府。

"太好了。"落霜脱口而出。

"让瓜尔佳氏费心了，愿裕亲王能真心待她。"卫岚音想起重阳节前，在皇考宁悫太妃的宫中见到温婉可人的瓜尔佳氏时的情景，没想到这么快便有了好消息，瓜尔佳氏果然是当家的好手。

"听闻裕亲王府的几位福晋，个个秉性柔淑，真是所言不虚。"落霜欣喜。

"是啊。"卫岚音从瓜尔佳氏的身上仿佛看到了娥皇女英的影子，这才配得上裕亲王温润君子的美称。

长春宫中风平浪静，所有人都期待着小皇子的到来。

第二章

双燕双飞虚惊堂

寒气微重，宫中的小太监们在外贴着窗纸，一个个被寒风吹得冻红了鼻子和耳朵，不停地揉搓着冻僵的双手。各宫的主子们，也捧起了暖手的小巧铜炉，望眼欲穿地祈盼天子的临幸，却夜夜孤灯相伴，心境如外面的天气，冰冻寒冷。

东路的永和宫内珠帘晃动，炭火红旺，德嫔哼着小曲，推着摇篮里沉睡的小阿哥，小阿哥在皇子中排名第六，周岁时便可入玉牒，之后称作六阿哥。六阿哥过新年后就满周岁，她的心中愈加沉重，六阿哥的身子越来越羸弱，苍白的脸上毫无血色，死气沉沉。

"娘娘。"身着深褐色外褂的宛碧端着药汤走了进来。

"有消息传来吗？"德嫔焦虑，头上的玉络子搭在柳肩。

宛碧面带愁色："长春宫一切如初，皇上一早上朝了。"

德嫔举起的手失望地落在暖床上，脸色变得阴暗。

"娘娘，小心手疼。"宛碧连忙抚着她微红的玉手。

"难道念心的法子不管用？"德嫔狐疑地看着宛碧。

宛碧轻声回道："尚衣局的念心为人谨慎，时刻念着娘娘的恩典，是可靠之人。为良贵人新缝制的内衫针线都浸过迷香粉，男子闻后，必然动情，莫非是皇上？或是良贵人的胎象强健？"

"良贵人胎象不稳，身子虚弱，不能行周公之礼，到底是皇上隐忍住了！唉，本宫还是低估了皇上，皇上怎能是普通的男子？"德嫔感叹，本来此计一举多得，皇上在床笫间闻得良贵人内衫上的香气必然会动情，与良贵人行周公之礼，良贵人根本保不住腹中的胎儿。若皇上隐忍动情，去找别的嫔妃侍寝，临幸她的希望极大。只可惜，皇上安稳地隐忍住了，她忧虑地问，"难道迷香粉下得还不够多？"

"听念心说，那是十足的量啊。"

德嫔心头一惊："对男子有损伤？"

宛碧摇头："娘娘放心，迷香粉是国舅爷花了重金从万花楼买来的秘方，还亲自试过，对男子并无损伤。"

德嫔听闻是自家母族兄弟为之，松了口气："莫要因小失大，皇上的龙体要紧，看来皇上对良贵人果然不同，宁愿隐忍难受，也不愿伤害良贵人。"

"娘娘勿要伤心，自古的盛宠哪有好下场？大阿哥病重，惠嫔娘娘把这笔账都记在良贵人的头上，良贵人虽然为荣嫔娘娘求了情，但荣嫔娘娘心眼儿小，骄纵高傲，哪能接受嗟来之食？储秀宫的温妃娘娘对良贵人也是恨之入骨。良贵人在宫中四处不讨好，风口浪尖上的人，哪能算得上高，一个浪打过来，必是粉身碎骨，万劫不复。"宛碧细心劝慰，"长此以往，太皇太后也不会沉默无言，让良贵人再爬得高些。"

德嫔不屑："只是承乾宫帮衬着良贵人，这只老狐狸的葫芦里到底卖着什么药？"

"还能怎么样，估计也是惦着良贵人肚子里的皇子呗。"宛碧恨恨地说，"自己生不出来，抢旁人的，真是无耻。"

宛碧的一席话语，勾起了德嫔的伤心往事，她含着热泪："本宫的四阿哥，不知又长高了没有，有小半年儿未见了。"

"娘娘，母子连心，血肉相连，四阿哥虽在承乾宫，但总有一日会回到咱们永和宫，贵妃娘娘到头来只能是竹篮打水一场空。娘娘勿要伤心，还是养好身子，等着四阿哥将来孝敬您。"宛碧呈上微凉的汤药。

"本宫定会为皇上多生下几位阿哥。"德嫔接过药碗，一饮而下，极苦的药味冲荡着咽喉，舌尖满是涩涩的味道。

宛碧乖巧地送上蜜饯："娘娘定会如愿以偿。"

德嫔将蜜饯放入口中，微甜的香气冲淡了苦涩，蹙眉道："良贵人每天都穿着妃色的宫装？"

"是啊，皇上喜爱看良贵人穿妃色宫装的模样，良贵人为讨圣欢每天都穿，狐媚皇上。"宛碧嘲弄。

德嫔满意地点头："让她穿吧，糟蹋好物件儿，到头来，总有她哭的那一日。"

"娘娘圣明，皇上是真龙天子，当然能抵得过迷香，良贵人出身卑微低贱，能不能受得住，就要看她的造化了。"宛碧奉承。

德嫔望着摇篮中安静甜睡的六阿哥，脸色呈现出慈爱的神情。从今以后，不能再受欺负，四角妃位，必要有她的一杯羹。阻挡在眼前的所有障碍，她都会不惜任何代价和手段，全部抹去。

"带着补品，随本宫去阿哥所探望大阿哥。"大阿哥病了，正是示好钟粹宫的时机，何乐而不为？

"是，娘娘。"

永和宫的纯金香炉里，萦绕着安神的香气，让人沉浸其中，忘却所有的哀怨烦愁。醒来后，却发觉刻入心田的是磨灭不去的深深仇恨。

同样饱含愁恨的储秀宫内，倚在美人榻上的温妃，脸上贴着薄玉片，闭目养神。宜嫔喝着热茶。

脸色惶恐的布贵人哆嗦地跪在地上，哭诉："温妹妹，要为臣妾做主啊。天气寒重，荣嫔竟吩咐宫人克扣了臣妾的木炭，臣妾居住的偏殿阴冷潮湿，连锦被都能拧出冰水来，荣嫔是要置臣妾于死地啊。"

宜嫔挑眉端着热茶："荣嫔真是好大的胆子，布姐姐真是受苦了。"她的心中乐开了花，布贵人依附荣嫔多年，狗仗人势，以往没少数落她。

现在临阵倒戈，受了惩戒，也是罪有应得。

"宜妹妹，臣妾早晚会被荣嫔害死的。"布贵人泪流满面，不敢以姐姐自居，知趣地自称臣妾。

宜嫔放下手中的茶杯："布姐姐这是做什么？布姐姐是五公主的生母，荣嫔多大的胆子，敢暗中毒害于你？这样吧，从翊坤宫调些黑炭过去，先应应急，待过几日，天气寒重，荣嫔若还如此下去，便禀告贵妃姐姐处置。"她摆弄着金鞘，"从储秀宫再调些红箩炭过去，布姐姐放心，既然已经撕破脸，还怕她作甚？"

布贵人面带梨花："多谢两位妹妹，臣妾倒不是怕她，只是她诡计多端，暗中使绊子，臣妾是防不胜防呀。"

"树倒猢狲散，永寿宫的荣耀到头了，布姐姐莫要长了她人的志气。"宜嫔幸灾乐祸。

"臣妾害怕荣嫔暗中对五公主下毒手，还请两位妹妹帮忙照看，多加留意。"

"布姐姐放心，五公主过几年大婚，必是蒙古草原上的王妃，荣嫔她敢如何？"宜嫔劝慰。

"若不是重阳节上，良贵人显摆恃宠，荣嫔早已被打入冷宫，良贵人真是成事不足败事有余。"布贵人恨恨地骂道。

"一封家书便盖过了价值连城的鸡血石和狼牙席，真是贱蹄子。"宜嫔抖着玉花衣襟儿。

温妃迟疑地问："长春宫去了新宫人？"

"是曹嬷嬷，曹嬷嬷原来在御膳房当差，太子的汤药便是她熬制而成的。"宜嫔回道。

"曹嬷嬷？"温妃念叨。

"曹嬷嬷以前在孝昭仁皇后身边当过差。"布贵人是宫中的老人儿，回忆起当年的事情，"听闻曹嬷嬷是从盛京老城过来的。"

"这便怪了，红茴香一事，只处置了徐太医和小冬子，曹嬷嬷丝毫未受到牵连，今日又在长春宫当差，难道良贵人暗藏了秘密？"宜嫔狐疑地望着温妃。

温妃的脸上泛着阵阵杀意："如今紫禁城中，除了长春宫，东西六宫哪个不是冒着寒气儿？且让她得意两日。继续盯着，莫要漏过一丝机会。"

宜嫔微微点头。

温妃眯着丹凤眼，扫向布贵人，直奔要害："打蛇打七寸，荣嫔现在唯一依靠的是三阿哥，如若三阿哥有个三长两短，荣嫔定万念俱灰。"

布贵人会意："臣妾谢温妹妹提醒。"

吃人的宫中从未缺少过蓄谋暗藏的阴谋，都是在等待着时机。转眼到了寒冬腊月，御膳房开始做温补的肉类，紫禁城中飘荡着浓郁的香气。安谧的宫中悄然忙碌，都在等待元旦新年的到来。

巍峨肃穆的慈宁宫内，身着紫貂的佟佳贵妃搀扶着太皇太后缓缓坐下："皇祖母气色好，真是万民之福。"

"佟贵妃有心了，每年腊月都要送来宫中第一碗的清蒸牛乳白和酒糟蚶、酒糟蟹。"太皇太后红润的脸颊上泛着光泽。

"皇祖母哪里的话，这是臣妾应该做的。"佟佳贵妃柔声笑道。

"佟贵妃重阳节上的寿礼——狼牙席，哀家喜欢啊，摸着它，仿佛回到了凉爽的草原。"

佟佳贵妃掩着樱桃红唇："臣妾早听闻皇祖母曾是个好猎手呢。"

"都是过去的事情了。"太皇太后眯着双眼，回忆着她与王爷在草原上猎狼的情景。

"皇祖母？"佟佳贵妃轻声唤着失神的太皇太后。

太皇太后揉着额头："年纪大了，总是想起往事啊，你今日来，可是有事？"

"皇祖母，臣妾是想问问，长春宫的良贵人该如何处置？"佟佳贵妃谦恭地问道。

太皇太后脸色转暗，重阳节后，玄烨冷落后宫，夜夜宿于长春宫。他与先辈不同，太宗和福临都是感性之人，对心爱之人真挚热恋，处处显在明处。他自幼是隐忍的性子，动情之后，所有的情感都蓄积待发。他对良贵人若即若离，心底却从未真正地放下。良贵人身处囹圄，他独自在乾清宫静思，暗中相助，爱恋之心愈加坚决。

佟佳贵妃见太皇太后许久不语，心中明了，试探地说道："良贵人入宫一载，受尽委屈，皇上既然真心喜欢，臣妾又怎敢多语，如今良贵人身怀六甲，临盆在即，一切都要以皇子为重。"

太皇太后赞赏地望着她，自孝诚仁皇后去世后，佟佳贵妃的确是入住坤宁宫的最好人选，只是为防止外戚权势过大，才苦了她。

"也罢，哀家会适时提点皇上恩泽雨露。前朝不稳，皇上颇为棘手，先顺着皇上的心意吧。皇上是不世出的圣主明君，心中自有分寸。"

"是，皇祖母。"佟佳贵妃的头上依旧戴着百子簪，"元旦快到了，新春伊始，大封后宫之事？"

太皇太后慈爱："你心里其实早就清楚，是不是？"

佟佳贵妃急忙跪下："臣妾哪敢随意猜测圣意？"

"那就休要为僖嫔求情。"太皇太后知晓她的心事，僖嫔和荣嫔与承乾宫走得极近，三人结盟的基础，就是最为向往之物。

佟佳贵妃香汗淋漓："臣妾不敢。"

太皇太后望着她头上的百子簪，低沉道："哀家也认为皇贵妃的位分，你是当得的。至于四角妃位的人选，哀家还要和皇上商议一番，你做好本分之事便可，命中有的终须有，命中无有莫强求。"

佟佳贵妃忐忑叩首，惴惴不安。看来皇祖母还不知晓皇上早已允诺她皇贵妃一事，如今僖嫔妃位无望，荣嫔失宠，德嫔和良贵人必定占有一席之位，这是她最不愿见到的局面。

"臣妾谢皇祖母信任。"她表着决心。

"高处之人，必要明白个道理，那便是物必腐也，而后虫生之，人必先疑也，而后谗入之，你既在妃嫔之首，更是要以身作则。"太皇太后缓缓而言。

佟佳贵妃一怔，她做的一切，太皇太后全都知晓？

"你们啊，都好好想一想，皇上为何宠爱良贵人，万千手腕，都不及懂皇上的心思。"太皇太后语重心长。

苏麻嬷嬷忽然疾步走了进来："格格，长春宫的良贵人不知为何出了红，太医们都去了。"

"可告知了皇上？"佟佳贵妃心急地问。

"皇上与大学士在南书房商讨开海禁一事，奴才们不敢去禀告。"苏麻嬷嬷径直回道。

"好，如此做便对了，哀家去瞧一瞧。"太皇太后严正地点头。

此时的长春宫已经乱作一团，四处飘荡着浓郁的烧艾气息，曹嬷嬷贴身侍奉，眼中满是血丝。忙碌的落霜见太皇太后和佟佳贵妃到来，恭敬地跪倒在地。

"前几日还是好好的，今日怎么出红了？"太皇太后焦急。

"启禀太皇太后，主子今日食用过御膳房送来的火碟铁脚小雀炖鸡和腊八粥后，觉得小腹不适，原本以为食用的太过油腻，并没在意，午后小憩，便发觉出红了。"落霜话语中带着哭意。

卫岚音浑身浸透了热汗，虚弱地说道："臣妾无事，劳烦太皇太后和佟姐姐费心。"太皇太后疼惜地看着她。

"快去将御膳房的厨子叫来，是不是膳食出了蹊跷？"佟佳贵妃厉声。

"启禀贵妃娘娘，所有的膳食都已经查过，并无异样，良贵人身子本便虚脱，如今皇子在腹中已经成形，但良贵人气血不足，才出了红，只要稍作休养，便可无事。"林太医温润而语。

"一切都以良贵人为重。"太皇太后仔细地吩咐。

"启禀太皇太后，良贵人此次出红，征兆不明，临盆之时，恐要费些功夫，请太皇太后心中有数。"林太医悲痛。

卫岚音抿着干涸的薄唇，祈求上苍，再多给她一些时日吧。还未与他同看落霞，笑望星辰，还未与他共享天伦。

"岚儿。"熟悉而深情的呼喊声传来，玄烨的脸上带着慌乱，"岚儿，还好吗？"卫岚音虚弱地点着头。

"着太医院，不论用任何法子，务必保住良贵人和腹中的皇子。"玄烨威严的声音响彻殿内。

"皇上从南书房而来？"太皇太后不悦。

"回皇祖母，孙儿担心良贵人和皇子的安危，便过来了。"玄烨恭敬地答道。

"女人家生孩子都是分内之事，皇上莫要耽误国事。"太皇太后重语。

佟佳贵妃浅然笑道："皇上莫要着急，臣妾会照料好良妹妹。"

玄烨放心地点头："孙儿马上回去，请皇祖母勿要责罚。"他的脸上带着牵挂，恋恋不舍地离去。长春宫内静寂无边，众人都被玄烨的雷厉风行和浓浓情意感染。

太皇太后沉思片刻，转向佟佳贵妃："敏贵人的身子好些了吧，延禧宫明年才能修缮完好，总住在承乾宫里，成何体统，还是早日回来吧，也好陪着良贵人说说话儿。"

佟佳贵妃喜上眉梢："是，皇祖母，敏贵人这几日也张罗着回长春宫呢。敏贵人性子柔顺，良妹妹也不会太过寂寥。"

"多谢太皇太后，多谢佟姐姐。"卫岚音苦不堪言，林太医与曹嬷嬷对视而望，眼底尽是失落。

回到庄严肃穆的乾清宫，玄烨矗立窗前，惦记着卫岚音的安危，愁眉不展。

梁公公不敢多语，谨小慎微地弓着腰："皇上，裕亲王求见。"

"宣。"玄烨安坐龙椅。

裕亲王福全迈着沉重的步子，手中拿着小包裹，踌躇不决地跪倒在地："微臣给皇上请安。"

"平身，给裕亲王看座。"玄烨挥动着暗藏飞龙的衣袖。

福全如坐针毡，紧闭双唇，不知如何说起这惊人的秘密。

"不知裕亲王所来何事？"玄烨也觉察出福全的异常。

"回皇上，微臣追查良贵人母族被杀一事，发现另有乾坤。"福全坦言，"皇上，截杀良贵人全家的凶手的确是一伙蒙古人。据探子回报，那些人都是察哈尔部林丹汗昔日部下的余孽。"

"什么？"玄烨摇晃着身子，眼中满是惊愕和气愤，岚儿到底和察哈尔有关联。梁公公也瞪圆了眼睛。

玄烨恍惚地回神："此事当真？绝对不能儿戏。"

福全心中一横，咬着牙："千真万确，皇上息怒。"

"到底怎么回事？"玄烨紧盯着福全，一字一句。

"回皇上，这些蒙古人常年在深山中以打猎为生，世代相传，并供奉林丹汗的牌位。"福全从包裹中取出金字描边的牌位，正是用蒙语竖粗横细书写的林丹汗之灵几个大字。

玄烨的内心掀起万千的波浪，想问却不敢问，高高在上的帝王，生了胆怯之心。他颤动地问道："与良贵人有何关联？"

福全继续说道："蒙古人狡猾骁勇，微臣派去的探子一批批都死了，带回此牌位只有一人，他们到底想做什么，微臣也不得而知。微臣去内务府亲自查过良贵人入宫时的签子，发觉到一件蹊跷事。"

玄烨心乱如麻，最担心的一幕，到底还是发生了，背后到底暗藏着多少秘密和诡计？

福全眉峰清冷："探子曾来报过，良贵人今年芳龄十六岁，但内务府的签子上却写着十四岁，中间差了两岁之多。微臣彻查后才知晓，原来良贵人在豆蔻之年，入选秀女时因病被撂了牌子，本是永世不得再入宫。但两年之后，良贵人的继母又托了人情，更改了年纪，重新验身后，良贵人才得以入选秀女进宫，应是有人刻意安排而为之。"

玄烨重重地吐着胸前的郁结之气，老天为何捉弄他？岚儿从未告知他更改年纪一事，只是提起进宫是为了多挣几两银子供弟弟读书。如今这一切是那么可笑，或许岚儿一开始对他便恨之入骨。他失去了傲人的光泽，诉不出的苦涩冲荡在喉间，眼底满是失落。

福全见他悲痛，不知如何相劝，这同样是自己不愿看到的一幕。当看到探子拿回的牌位，他便想放手不管，隐瞒永世。但想到大清的锦绣河山，帝王多年的呕心沥血，才深查下去。当越来越多的真相浮出水面时，处处都是重重的阴谋。

"裕亲王如何看待此事？"玄烨强忍着心中的剧痛，沙哑地问道。

"回皇上，由此看来，林丹汗余孽定是知晓良贵人的身份，送其入宫后，杀掉了良贵人的母族灭口，暗藏的祸心诡计，恐是对皇上不利，还请皇上多加防范。"福全拱手而礼，"但微臣觉得良贵人不知晓所有的一切。"

"裕亲王何出此言？"玄烨懊恼的眼神盯着他，眼中尽是责怪、愤怒和妒火。他责怪岚儿的欺骗，愤怒察哈尔部的凶残，妒忌福全对岚儿的信任。

福全跪落在地："回皇上，良贵人秉性柔顺，与皇上朝夕相处日久生情。如若良贵人知晓自己的身世和一切的阴谋，又何必为睿亲王求得恩典？当年是睿亲王的铁骑踏平了察哈尔部的草原啊。"

玄烨心乱如麻，摇晃着那颗流血的心，想起与岚儿日夜相伴的浓情蜜语，都已经变成了无比的伤情。皇祖母告诫过他，所有的真相都会有水落石出的那一日，他却力图用天下盛世去掩盖暗藏的激流，忘记了激流冲破层层阻碍后，会将自己打得溃不成军。帝王的尊严被彻底地践踏在地上，他紧攥指节发白的拳头，暗下决心，必须彻底扫除察哈尔部的余孽。

福全接着说道："林丹汗死去多年，余孽仍在，百足之虫死而不僵，宫中上下，朝堂之上，必有余孽残党，一切都要从长计议。"

玄烨板着脸："裕亲王是想让良贵人做诱饵？"

福全艰难地点着头："皇上，林丹汗余孽私自抗衡数十年，如今又死灰复燃。当年林丹汗的旧部和女眷遍布朝野上下，宫中亦有多年不倒的懿靖皇贵妃培养的势力，不容小觑。良贵人俨然已成为所有势力的希望，腹中皇子出世，便要风起云涌地大动啊。"

"不论良贵人是否欺骗朕，对朕是真情还是假意，朕都不会弃她于不顾。"玄烨捂着跳动的胸口，堆积内心的情感一涌而出。剥开迷雾之后，他终于看清深埋心底的人，他最在意的还是岚儿，即使为他布下天罗地网又如何？他定会披荆斩棘一路前行，让岚儿享尽太平盛世，赏尽三千繁花。让世人皆知，清朝八旗治理下的河山更为锦绣壮丽。这一切本是醉心权势男人们的争斗，又何苦牵出岚儿？他心中只有一个念头，无论将来如何动荡，都只要岚儿平安地活着。

福全心疼地安抚："皇上与良贵人两情相悦，必会得到上天眷顾，微臣会全力以赴，为皇上分忧解难。"

"此事不要声张，更不要告知皇祖母。"玄烨叮嘱福全后，更是严肃地扫向梁公公，事关重大，走漏一丝风声，岚儿母子性命攸关。梁公公低垂着头，万事不知，充耳不闻。

福全想起玄烨曾经讲起三棱刀的故事，感叹不已，一边是手足亲情的皇上，一边是暗自爱慕的卫岚音，他必会拼尽全力去维护两人坎坷而浓情的情意。乾清宫内又陷入了一片死寂。

玄烨望着窗外模糊的暗影，忘却了一切苦涩，恢复神志，若岚儿知晓这一切的阴谋，为何不取他的性命？是不忍下手吗？从今以后该如何面对岚儿……

这天夜里，长春宫和乾清宫的宫灯都亮了整晚未熄，玄烨的脑中都是对岚儿的深情纠缠，这份情爱还能走多远，他的心中极度慌乱。

毫不知情的卫岚音一直守在孤灯旁，心疼着玄烨日夜为国事操劳，而她能做的只有这般默默相伴。孤灯下的两人被命运无情地捉弄。

一连数日，玄烨独自在乾清宫安寝，赏赐源源不断地送到了长春宫。冬日愈加严寒，连金銮殿上高高的龙吻都结上了白霜。过了元旦便是康熙二十年，双十之年，国泰民安，彰显着大清盛世。宫中所有人的脸上都挂着喜悦。长春宫内暖意无边，卫岚音耳边传来甜美温顺的声音。

"妹妹给良姐姐请安。"敏贵人弯下婀娜的身姿。

"敏妹妹真是客套。"自从太皇太后和佟佳贵妃前脚走后，敏贵人便搬回到长春宫。两人之前淡薄的情谊早已灰飞烟灭，卫岚音不动声色地望着敏贵人，那纯真笑容的背后暗藏着染血的刀锋。

"良姐姐丰韵的样子，更加娇媚动人。"敏贵人奉承地夸奖。

"敏妹妹养好身子，会为皇上生下皇子的。"卫岚音应道。

"良姐姐别怪罪妹妹，这宫中，谁都身不由己啊。"敏贵人毫无羞赧之色。

"那便祝愿敏妹妹心想事成。"道不同，不相为谋，卫岚音浅浅地回应。

"妹妹在长春宫打扰多日，承蒙良姐姐照料，此等大恩，妹妹定当铭记。"敏贵人掩口而笑，虚伪的笑痕又一次爬满如花的容颜。她望着烧红的双耳飞云铜炉，聊起了家常，"良姐姐知晓吗？德嫔的母舅收受贿赂，犯了事儿，被当地的官员投入大牢，听闻德嫔整日抹着眼泪，她平日人微言轻，宫中恐怕没人能帮衬她。"

卫岚音微微一笑："我与德嫔交往不多，不知其中的纠结缘由，但皇上是刚正不阿之人，如若外戚犯法，亦与百姓同罪，岂有求情之理？"

"良姐姐果然是天真之人，俗语说一人得道，鸡犬升天，哪个官员不都得给足面子？德嫔母族贫寒，但一举生下两位皇子，身居嫔妃之位，一宫之主，这份荣宠可是真真儿的。"敏贵人贴耳，"但德嫔的母舅偏偏落到了直隶总督于成龙的手里，于成龙是出了名的两袖清风，堪比前朝海瑞，德嫔的母舅恐是不妙啊。"

卫岚音狐疑，为何敏贵人会如此清楚事情的来龙去脉？看来佟佳氏在时时注视着德嫔母族的动静。后宫嫔妃的争斗掺杂着太多的利益纷争，永和宫的德嫔，在宫中不仅被佟佳贵妃布下的众多耳目盯着，连宫外的母族亦有人时刻关注，抓住过错不放，令整个家族都陷入危急恐慌之中，真是防不胜防，更是阴险至极。

敏贵人见她未语，不屑地嘲弄道："哎，良姐姐真是双耳不闻窗外事呀。今儿一早，德嫔便梳洗妥当，去乾清宫前跪着了。这都已经晌午，不知皇上是否召见呢，这天寒地冻的，连神鸟都不爱出去呢。"

卫岚音心中紧了一分，敏贵人兜了半天的圈子，这才是要紧之事。明知道于成龙执法严明，皇上痛恨贪腐，德嫔仍去求情请罪，恐惹龙颜大怒。永和宫与承乾宫的隔阂向来深远，此番又是布下的陷阱。

只听敏贵人又微笑："皇上待良姐姐不同的，若是良姐姐的家事，断然不会让良姐姐跪这么久啊。"卫岚音母族被灭门一事，传遍了紫禁城的各个角落，敏贵人的阴腔阳调甚为刺耳，落霜面带怒气地看着她。

卫岚音反击："我如今身怀六甲，皇上才待我不同，若今后敏妹妹有了身子，皇上也定会舍不得敏妹妹跪。"敏贵人的脸色变得苍白，没料到从不逞口舌之快的卫岚音会出言反击，她一时无了声响。

年老的曹嬷嬷高声喊："主子，这个时辰该休息了。"

敏贵人知趣地欠身："妹妹不打扰良姐姐安歇，明日再来请安。"

卫岚音笑意盈盈地目送她离去，缓缓走向床榻。

傍晚时分，卫岚音醒来，听到了乾清宫传来的消息。

落霜细细地禀告："德嫔娘娘晕倒在乾清宫的台阶上，皇上怜惜，将她抱入东暖阁，德嫔娘娘苏醒，拽着皇上的衣袖痛哭流涕，原来她并不是去恳求皇上为母舅开脱，而是以身谢罪，还希望皇上重罚其母舅，以儆效尤。"

卫岚音挑着柳叶弯眉："皇上怎么说？"

落霜叹着气："这就是德嫔娘娘的聪明之处，皇上听后龙心大悦，夸奖德嫔娘娘深明大义，又见德嫔娘娘楚楚动人，便留德嫔娘娘在东暖阁侍寝了。"

卫岚音的心很痛，很疼，她哪里知道，玄烨此时心烦意乱，满腔惆怅，只想发泄内心的私欲和痛苦。

"关宫门吧。"卫岚音抿着嘴唇，盖着彩绣双凤呈祥的锦被，她昏昏欲睡。寒冷的黑夜中，又回到了温暖的怀抱。她的眼角流下一滴清泪，寸寸相思留在梦中。

"岚儿。"

卫岚音睁开双眼，玄烨将她紧紧抱在怀中。

卫岚音不敢乱动："皇上怎么来了，这几日朝堂上可是繁忙？"

玄烨玩味地应道："岚儿很关心朝堂之事。"

卫岚音心头闪过一丝不解："臣妾哪敢谈论朝政，只是心疼皇上。"她觉得今日的皇上有所不同，却道不出其中的缘由，好似多了分陌生。她侧耳倾听着皇上的心跳，闻着沁鼻的龙涎香气，一切都那么令她沉迷。漫漫长夜孤灯，两人四目相对，相互依偎，各怀心事。

卫岚音眨动着长长的睫毛，无意中与玄烨的睫毛相向而动，聆听着彼此的微微细喘，唇瓣摩挲，卫岚音试探地贴了上去。

玄烨幽幽地问："朕是个好皇帝吗？"

卫岚音羞红的双颊掩在夜色中："皇上勤政爱民，当然是好皇帝。"

玄烨苦叹："大清的江山是从旁人的手中夺来的，那龙椅是万千的鲜血和白骨堆积而成。朕杀戮太重，怎能是个好皇帝？"

卫岚音安慰："朝堂更替，都是为了天下百姓，皇上也是在为万千百姓谋求安宁的日子啊。"

玄烨紧贴着她的红唇："大清的江山承载了太多的血腥，朕夜里不敢熟睡，害怕睡熟了，会有歹人找朕报仇雪恨。"他暗自在心中问，岚儿也会找朕报仇吗？

卫岚音心疼地落泪，高处不胜寒，帝王的心苦不堪言，成就霸业之时，也是梦碎凄凉之日。那滴滴热泪流入两人的唇间，湿润着干涸的唇瓣。

"岚儿的泪好苦。"玄烨舔舐着滴滴泪珠，"如若身后下得黄泉，岚儿会陪着朕吗？"

"刀山火海，上穷碧落，岚儿都会陪着皇上。"卫岚音话音未落，所有的一切都淹没在玄烨深情的热吻中。

第三章

红颜未老恩先断

　　长春宫内温情一片，自从那晚玄烨离开后，接连数晚都翻了敏贵人和德嫔的牌子，宫中掀起了新一轮的风波，流言蜚语漫天飞舞。卫岚音想起玄烨微凉的指尖，是她有孕在身不能侍寝，惹了皇上不悦？她无意间晃动着耳边的木槿花耳坠子，木槿花开，朝朝暮暮，他对她情深似海，她甘愿入彀，沉浸在爱河。即使是飞蛾扑火，也愿为之。她轻轻托着尖尖的下颌，回想起与他相识以来的点点滴滴。远远望去，娉婷之姿，更显妩媚，好一幅绝美怡人的美人静思图。

　　"给良姐姐请安。"敏贵人柔顺的声音打破宁静。

　　卫岚音听着虚伪刺耳的话语，接过落霜熬制好的燕窝，并不多语。

　　敏贵人见状，故意轻捶胸口："快过元旦了，良姐姐临盆在即，昨儿听皇上说，让良姐姐在长春宫中静养，不要随意走动，勿扰了胎气。"

　　卫岚音轻笑："敏妹妹侍寝，还想着我的事情，真是让敏妹妹费心。"

　　敏贵人不以为然："良姐姐待臣妾如亲妹，臣妾凡事必要以良姐姐为重。"她伸出皓腕，一只碧绿的镯子映入卫岚音的眼帘，"良姐姐看，这玉镯可好？皇上说，玉镯的水气儿与臣妾相配，便赏赐了臣妾，还是皇上亲手为臣妾戴上的呢。"她一副娇羞的模样，做作至极。

卫岚音怎么会知晓，这对玉镯本是玄烨备给她的礼物，昨夜被敏贵人瞧见，趁着他熟睡，刻意戴在腕间，求得恩典，哪里有亲手戴上的一幕。卫岚音苦闷，越来越感觉摸不透他的心思。

"主子，林太医来请平安脉。"落霜压着心中的怒火，轻声禀告。

卫岚音的眼中闪过光泽："快请。"前几日林太医因病告假，都是李太医为她诊脉。林太医身子一直强健，又深通医术，怎能重病几日不愈？她的心中甚为挂念。

不一会儿，林太医背着药箱，满身疲惫地进来。他恭敬地跪落在地："请良贵人恕罪，微臣偶感风寒，刚刚痊愈。"

敏贵人掩口而笑："古人说，医者不能自医，真是对的。"

"敏妹妹此言差矣，食用五谷杂粮，承蒙天地精华，风霜雨雪，怎能不生病？"卫岚音笑着伸出手腕。

林太医凝神把脉，这几日在宫外真是惊心动魄，为了百年大计，他第一次用父亲的信物见了主公，当年察哈尔部林丹汗手下大将的传人，详细禀明了长春宫目前的形势。他们竟做了万全之策，抓了数十名良家女子使其有孕在身。若卫岚音未能生下小阿哥，他们也会想方设法将男婴送进宫内李代桃僵。他们疯狂而忤逆的举动，他不敢苟同，无奈父命在身，胸口用万针刺下的狼头刺青仍在，永世逃脱不开命运的捉弄。

林太医仰天长叹，为何让仇恨延续，他望着巍峨延绵的金色琉璃，他本是无欲无求之人，红尘陌上，宁愿独行。更向往浮世清欢，细水长流的日子。只可惜一切都是水中月、镜中花，从他出世，便注定了一生的悲哀。

卫岚音察觉到他的踌躇："若有缘分，自会相见，林太医妙手仁心，救死扶伤，上天会眷顾。"

落霜也关切地劝慰："林太医会寻到故人的。"

林太医泛起苦涩："借良贵人、落霜姑姑吉言。"

敏贵人瞄了一眼，几年后，岚音因这一句无关之语，险些酿成大祸。

卫岚音微笑："林太医医术了得，敏妹妹可要看看？"

敏贵人慌乱地站立："多谢良姐姐美意，臣妾昨夜侍寝劳累，先回去安歇。"她带着宫女成碧缓缓离去。

"主子，敏贵人太过分了。"落霜愤愤。

卫岚音怎会不知敏贵人的意图，她一来炫耀恩宠，二来探得虚实，恐怕都是承乾宫佟佳贵妃的意思。

落霜微笑："还是主子厉害，一提到让林太医把脉，敏贵人便乖乖地走了。"

"敏贵人假落胎不久，这段时日，不会让任何人把脉。"卫岚音聪慧。

"如若她再不老实，咱们便将此事说出去。"落霜气愤。

卫岚音摇头："此事关联之人甚多，敏贵人为求与佟佳贵妃同心，不惜与温妃和德嫔撕破嘴脸，哪里还用咱们出手，今日种下的因，明日必当自食恶果。敏贵人虽处处尖酸刻薄，但心意本善，也是无奈才随波逐流，这宫中若无皇上盛宠，又无身家母族，该如何生存？她只是为自己寻一出路。"

她低沉悲伤的话语，令林太医心如刀割，不久之后，你的出路又在何方？他落寞地拱手而语："良贵人勿要多虑，良贵人虽脉象平稳，却有不足，忧思过度，对胎儿不利。"

落霜焦急："可有大碍？"

"良贵人即将临盆，还是莫要多虑多想，才有利于胎儿顺利产下。"林太医淡淡地回道。

"我知道了。"卫岚音望着落霜和林太医殷切的目光，感动地颔首微笑。

数九腊月的天气越来越冷，长春宫的双耳铜炉里愈加暖和，卫岚音的心却依旧冰冷一片，玄烨时而过来，稍坐片刻便匆匆离去，再也没有过夜。虽然每次来，他都是浓情爱意，细细关怀，在旁人看来他与她是郎情妾意，你侬我侬，她却总觉得两人的心渐行渐远，这种强烈的感觉深深刺痛着她。

转眼过了元旦和元宵节，紫禁城的清晨，干爽寒人，蓝天碧云。西路的长春宫，少去了节日的喜庆，卫岚音静静坐在窗前，望着模糊的霜冻花图，徒有寒灯独眠、明月如霜的意蕴。忽传簌簌脚步声和清脆柔美的声音。

"良妹妹沉思的模样，美而不俗，好似天山雪莲。"身着狐裘夹袄、手捧双层镂空雕凤铜手炉的德嫔在宫女宛碧的搀扶下，笑盈盈地走了进来。

"德姐姐吉祥。"卫岚音苦笑，"臣妾身子不便，还请德姐姐见谅。"

"哪里的话啊，良妹妹即将临盆，一切都要以皇子为重。"德嫔接过落霜奉来的茶，"昨夜在畅音阁听戏，皇上惦记良妹妹，特意嘱托我过来探望。即使皇上不提，我也要来与良妹妹说说贴己话。"

卫岚音暗自情殇，从何时起，她和他到了如此田地，连深情浓意都需要旁人代为转达。

德嫔见她脸色微变，拍着她的双手："良妹妹勿要多心，如今是新春正月，朝堂和后宫极为杂乱，皇上在宫里宫外地忙碌，实在是有心无力。良妹妹虽未参加祭天盛典和宫宴，但皇上心中一直惦记良妹妹，赏赐从未断过。现在是喜气时，莫要讲伤心之话。今年的元旦和元宵节是皇上登基二十载整，自然比往年热闹些，畅音阁内戏音不断，'早春朝会''万花向荣''喜朝五位''升平除岁''佛化金神'都唱得极为传神，待良妹妹生下皇子，定要补回来。"

卫岚音在长春宫中也隐隐约约听到清细戏音，紫禁城真的好大，只可惜她的心很小，装不下太多的人和事儿，承载不了太多的虚情假意。

德嫔见她低沉不语，问："良妹妹有心事？"

卫岚音舒展着眉间："臣妾哪有什么心事？每逢佳节倍思亲，无非是思念家人。"

德嫔轻叹口气："良妹妹所言极是，这宫中再多的荣耀，也不及家人相伴一日。有时候还真是羡慕良妹妹家中无人，也是上天福泽，休怪姐姐我多嘴狠心。至少这样才能了无牵挂，也少去整日担惊受怕，惴惴不安。"她紧攥花边绢帕，"良妹妹可知这喜庆日子，宫外我的母族正办着丧事，看着宫中张灯结彩，我心中也难受，只是隐忍不发，贼人的心思，真是狠毒啊，世人皆以我为荣为傲，我却是家中的祸端。"

卫岚音记起敏贵人提起过德嫔母舅收受贿赂一事，即使恩宠一身又如何？包衣出身的贫家，怎敌得过世代荣耀的士族大姓？螳臂当车的结果可想而知，只能静静蛰伏，避其锋芒，待时而发。

"瞧瞧我，真是多言。"德嫔破涕为笑，"娇嫩的妃色正好映衬良妹妹的容颜，腹中皇子定如良妹妹这般纤秀艳丽。"

卫岚音微红双颊："德姐姐取笑，臣妾如今大腹便便，毫无轻盈之姿。这宫中谁不知晓，生养过两位皇子的德姐姐，依旧身姿如初，无丝毫变化。"

德嫔听着卫岚音的夸奖心花怒放，不经意间抚着头上的白玉木槿发簪，微笑："良妹妹今儿是灌了蜜吗？真是折煞姐姐我了。"

卫岚音见她发簪上的片片木槿花瓣儿，惊诧失神，心底最柔软和美好的念想被无情地揉碎，践踏成泥。

德嫔故作震惊地望着她的木槿花耳坠子："呦，良妹妹这花色与我这发簪好生相似，也是皇上的赏赐？"

卫岚音的心被突如其来的现实残忍无情地撕裂，她强忍着汹涌袭来的悲痛，讲不出一句话，他到底骗了她。她感觉到腹部阵阵痛感。

"良妹妹？"德嫔挑着弯弯的柳眉叫道。

卫岚音低沉应道："让德姐姐见笑，臣妾所戴的耳坠子都是小物件儿，木槿发簪与德姐姐极为相配。"

德嫔洋洋自得："这是我生下四阿哥时，皇上亲自赏的，今儿见了良妹妹才知晓，原来咱们皇上极爱木槿花。"

卫岚音失色，他的确极爱木槿，而不是独爱木槿，木槿花朝开暮落，生生不息，原来是他博爱的兴致，她高估了自己，世间颜如舜华的女子又何止她一人？

德嫔见卫岚音脸色泛白，此行的目的已经达到："皇上的话我已悉数带到，过几日的宫宴，必会转告良妹妹的心意，外面天寒地冻，良妹妹要少些走动，再忍耐几日，待皇子落地，一切安好才为稳妥，皇子是咱们永久的依靠啊。"

卫岚音感激："多谢德姐姐教诲。"德嫔在宛碧的搀扶下，静静而去。长春宫内一片悲伤的气氛。

"主子，勿要听德嫔娘娘多语，奴婢入宫多年，看得出，皇上待主子不同。"落霜急切。

"我以为相爱是两个人的事情，如今才知道自己多可笑。"卫岚音噙满泪水，脸上却挂着笑意，"到底是我看不清，更看不懂他的心。"

"主子，奴婢去请皇上来。"

"你要我去质问真龙天子？"卫岚音慢慢褪下木槿花耳坠，"收起来吧，本不应该再收回。"她的泪无声滚落，守不住自己的心，只能遁入深渊，暗自伤怀。薄凉的木槿耳坠，是最好的见证。她的小腹越来越痛。

午夜时分，密布的宫灯随着寒风摇曳，错落有致，永和宫内重重锦绣，暖意无边。

德嫔面带阴冷之色，将手中的白玉木槿发簪，掰成几截，柔和的白玉在烛光的映照下泛着寒光。

宛碧急忙放下手中的浅雕托盘："娘娘，小心扎坏手，让奴婢来。"

德嫔慢慢地将破碎的发簪装入香囊："带出紫禁城，不能留一片。"

"娘娘放心，今夜奴婢亲自去办。"宛碧恭敬地接下。良贵人身上那件锁着妃色宫装的丝线浸过活血寒性的药物，娘娘的木槿花簪更是借力的东风，良贵人本就有难产的预兆，如今更为凶险。

"长春宫有何动静？"德嫔蹙眉。

"长春宫从傍晚便乱作一团，良贵人难产好些时候，贵妃娘娘已经命文华殿诵经了。"宛碧一副幸灾乐祸的口气。

"皇上呢？"德嫔瞄向乾清宫的方向。

乾清宫的炭火已熄灭多时，双耳盘龙铜炉内黑漆一片，不见一丝火星。阴冷的凉风掠过，纯金烛台上的烛芯倾斜，拉长了玄烨的身影。

玄烨穿着单薄的藏青云缎龙袍，隐在淡淡的夜色中，只有这般寂寥才能令他愈加理智，他微微张合着干涸的嘴唇，刺痛的喉间说不出一句话语，只留下阵阵灼热，染尽悲伤之意。

“长春宫如何了？”他沙哑地问。傍晚时分，长春宫传来消息，岚儿临盆，有血崩之兆。

“回皇上，良贵人本就有难产之兆，今儿又提前了小半月，极为凶险，已经折腾五个多时辰，迟迟未有动静。”梁公公细细禀告，“贵妃娘娘已经到了，请示皇上早下决断，若万一有难，是保全良贵人，还是保全皇子？”

玄烨微闭着双眸，伫立不动，皇祖母亲自送来两害相权取其轻的字条。为何真相如此残忍，岚儿母子为何是他的仇敌？他却沉沦在岚儿的柔情中。

他用寒意压制着强烈的情感，心底最柔软的地方，泛着层层涟漪。岚儿做到了，那把情爱的三棱刀，已经将他伤得体无完肤。弦虽断，曲悠扬，此情未央，他望着少年时立下的六字重誓和天下河山图，平息着心中的爱恋。

想到刻意欺骗，他的心更硬了几分。草原上的男儿自古骁勇善战，黄金家族更是富有威望，察哈尔部余孽虽少于三藩重兵，却远胜平庸兵勇。如今喀尔喀未定，噶尔丹未平，北面的长毛虎视眈眈，相隔甚远的吐蕃也不容小觑，这些都与察哈尔部因缘颇深，有千丝万缕的关联。任何势力联众而攻之，对祖宗基业都是巨大的冲撞。铁一般的事实摆在面前，他死死攥着拳头，始终无法下最后的决心。岚儿的一笑一颦，已刻在心田，剜之不去。深入骨髓的爱恋，怎能轻易抛去？想到岚儿腹中有力的胎动，他实在难下杀心。

她们母子的命，便是他的命啊。他的血脉，怎能铲除？如若皇子早殇，岚儿又岂能独活？

玄烨的性情自信孤傲，对一切都有浓烈的掌控欲望，即使是仇敌，也要远远望着，时时在身边圈禁。恨他一世，又如何？

玄烨迎着微弱的烛光，坚定地一字一语：“保良贵人母子平安。”

梁公公挂着担忧：“是，皇上。”他迈着碎步转身。

“慢，”玄烨开口，“再等等。”狂妄的自尊无时无刻不冲荡着他的理智。

梁公公迟疑地退了回来，世间总是一物降一物，皇上虽贵为天子，良贵人却是皇上的青丝冢，掩埋了皇上所有的魂魄。

雕尽镂空的银香球中散发着提神醒脑的梵香，玄烨已经被爱恨交织的纠缠情思，压抑得无法喘息。

他望着龙案上拟定好大封六宫的诏书，想起皇祖母嘱托于耳边语重心长的话语，苦涩不已。无论今夜岚儿平安与否，都不会晋封她的位分。

圣旨上赫然书写着钟粹宫的惠嫔为后宫四妃之首，昭示着她永远只能是惠妃，大阿哥永远只能是大阿哥。即使太子有恙，也绝不会立有狼子野心之人，这已是纳兰一族最高的荣耀，也是给他们最后的机会，如若他们依旧痴心妄想、执迷不悔，不久的将来便是万丈深渊。

永寿宫的荣嫔也占据妃位一角，她虽暗使手段，心肠狠毒，毕竟追随他多年。尤为关键的是，她是一颗制衡后宫的棋子，培养多年，怎能随意舍弃？

翊坤宫的宜嫔同样晋升为妃，宜嫔蛮横娇贵，但身份显赫，世出镶黄旗，郭络罗氏姐妹两人中必定有一人贵不可言。

最后一个妃位，是他违背皇祖母的懿旨，将温妃提升为温僖贵妃，空出一角妃位留给德嫔。虽不能晋升最为属意疼爱的岚儿，但晋升同为宫人出身的德嫔，也算是对岚儿的补偿。德嫔深明大义，乖巧懂事，每次侍寝都会以岚儿为重，为他讲述岚儿在宫中的种种趣闻，又接连生下两位皇子，称得上妃位。其他之人也悉数晋封，佟佳贵妃是有凤来仪的大喜。

他望着一个个对应着尊贵位分，饱含秀气的名字，幽深的眸光神色不明。为何独独没有岚儿，他贵为天子，却无法给心爱的女子曾经的承诺……

他暗自舔着伤口，恍然察觉到察哈尔部余孽惊天的阴谋。

"吩咐下去，今夜严把宫门，不得放进一人。"玄烨僵硬地说道。若猜测是真的，岚儿岂不是将他玩弄在股掌之中？他重重地拍在龙案上，苍白的手掌毫无血色，冉冉的怒火吞噬着所有的情感。

今夜的紫禁城注定是个不平之夜，隐在暗处、蛰伏多年的老人儿们，虔诚地默念着陀罗尼咒，祈求神灵的保佑，等待着天明的时刻。东西六宫亦是灯火通明，各宫的嫔妃们都幸灾乐祸地等待着长春宫传来丧事。

暖意重重的储秀宫内，身披金丝厚绒披风的温妃饮着香溢可口的闽红茶，浑身散发着热气，眉飞色舞："这政和工夫茶汤色红艳，滋味醇厚，连名字都尊贵喜气，倒是比祁门安绿茶大气多了。"

"娘娘所言极是，政和的名字是当日天水郡王所取，极具灵气。"青梅逢迎。

温妃微微一笑，双眸丹凤弯成勾人的弦月说道："小家碧玉如何能与高门士族相提并论？更何况良贵人连小家碧玉都算不上。"

流香会意："娘娘可是乏了？莫要太过劳累，若是长春宫有动静传来，奴婢定会禀告娘娘。长春宫的良贵人是劳碌命，连生个孩子都让人不得安生，扰娘娘心烦。"

温妃含着轻蔑的笑意："无妨，本宫慢慢品着茗茶，等着长春宫的好消息。"

青梅附和："文华殿的僧人已经念了半宿的经文，敲了半宿的木鱼，长春宫也没有动静传来，若是超度的话也是便宜她了。听闻皇上不但未去探望，连话都未带到呢。"

"可不是嘛，身怀龙脉已是福泽了她，哪有福气生下皇子。"流香掩口，忘了她曾经的出身，小人与君子的区别便是如此，小人永远看不清自己的位置，见不得别人的好。

"哈哈，贱蹄子只能是穷苦寒酸命，偏偏要攀得高枝儿，也不掂量自己几斤几两。"温妃顺手拈起一枚金橘，"橘生淮南则为橘，生于淮北则为枳，叶徒相似，其实味不同，即使生下小阿哥又如何？还不是低贱之人？"储秀宫内传出经久不断的清脆笑声，长春宫中却在经历一场惊心动魄的生死之别。

长春宫内，宫人们来来回回端着冒出热气的寿喜铜盆，浓郁的艾香提着心神。小安子和宫中其他的小太监们在外候着，翘首以盼，默念着菩萨保佑。佟佳贵妃安坐于外室，贴身宫女玉镯，随时禀告着内室的情况。身着娇艳的敏贵人，也焦虑地望向内室。

佟佳贵妃无意地扫过面带同情的敏贵人，到底还是入宫尚浅，年纪轻，狠不下心来。敏贵人会意地接过她警示的眼神，慢慢地低下了头。但耳边总是回荡着卫岚音痛楚的喊声。也许今日的一幕，将在她的身上重演，谁能保证平安一世？她咬着红唇，拈着手中的绢帕。

佟佳贵妃仔细地看着面露急躁之色的林太医，他在寻人？林太医仪表堂堂，是可用之材，如若能帮衬着找到与他失去联络的人，他定会知恩图报，为己所用。

内室的声音逐渐转小，厚厚的朱红帷帐下，稳婆用力地向下揉搋着卫岚音的腹部。落霜泪流满面地坐在床前，不停地擦拭着卫岚音额头上的汗滴，呼唤着。曹嬷嬷为稳婆打着下手。

林太医和宫直们跪落在红木美人图的屏风后，明亮的烛光将那一幅幅细描着观梅、缝衣、捻珠、倚门的美人映衬得光彩夺目，却无人知晓美人们心中的凄苦和悲伤。

听着卫岚音揪心的喊语，林太医心疼不已，为何皇上非但未到，连旨意都迟迟没有传来，难道皇上连最后一面都不肯见吗？他想到了走漏风声，阴谋败露。一切秘密都隐在暗处，皆在棋局之中，随时可绝地逢生，逆转时势。最后一子未落，难定胜负。

熟睡的男婴已经藏在卫岚音床下的药箱里，刚刚出世的孩子，失去了亲生额娘，按照事先约定，即使岚音血崩而亡，也要留下一位皇子，混淆皇家血脉，扰乱宗室，窃取江山，这是最后一着不得已的险棋。

但愿卫岚音和腹中的皇子能够坚强地活下去，他祈祷着上苍，他是不是错了？当年得知所有的阴谋，为何不带着她浪迹天涯，远离仇恨和纷争？春日闲厅对弈，夏日泛舟湖上，秋日琼台赏月，冬日围炉博古，粗茶淡饭，布衣乡野，平淡一生。为何眼睁睁地看着她踏入永世不得走出的宫门，日益沉沦在无情帝王的怀里，承受着尖酸刻薄的讥笑嘲弄，被明枪暗箭伤得体无完肤……

如果时光可以倒转，一切的祖宗家训，情仇爱恨，他都会抛之脑后，带着心中的人，远走天边。

现在都晚了，这是一条不归路。踏上这条布满荆棘和陷阱的路，走错一步，将万劫不复，粉身碎骨。

他望着美人屏风后模糊的漫天赤色，即使母子平安，今后也将活在舔血的刀尖儿上。命运多舛的皇子，将注定一生苦难。

忽听外面簌簌的脚步声，佟佳贵妃见梁公公一人前来，惊讶地问道："梁公公，皇上如何吩咐？"

梁公公关切地问道："良贵人如何了？"

玉镯巧言应过："回公公，已经折腾一整夜，贵妃娘娘一刻都没有合眼，良贵人昏厥多次，稳婆和太医们也都束手无策，如若黎明时分皇子还未出生，恐是大凶。"

梁公公面带哀意，长调喊："皇上口谕。"

众人跪落在地，等待着圣旨。

梁公公大声："皇上口谕，保良贵人母子平安，钦此。"

"吾皇万岁、万岁、万万岁。"众人叩拜。

佟佳贵妃抚摸着薄凉的金鞘，心中愤恨，如今的势头，如何能保得住良贵人母子平安？今夜最好的一切莫过于长春宫内满堂白绫，哭声一片。皇祖母已经许给她皇贵妃之位，今年宫中大封，她必定母仪天下，还怕什么？二喜之事离她越来越近。

疲惫的卫岚音被梁公公的长调惊醒，眼前依旧一片漆黑，他没有来……她压抑着所有的痛，在黑暗中摸索着光明，始终牵不到那温暖的手掌。

她到底做错了什么？一次次被他抛落在身后，又一次次俯身扶起，辗转反复，一颗千疮百孔的心，已经破碎得找不到原来的模样。

她在梦境中见到了慈爱可亲的额娘，额娘牵着她的小手，回到幼年居住的海边，在简陋的木屋里，聆听着海风的呼啸，海鸟的啼鸣，还有淡淡的咸腥，无忧无虑的日子真好。但是她醒来时，是漫天的朱红帷帐，只能仰望到四方狭小的白云。

他才是她的天，木槿花开，情深不寿，红颜未老恩先断。

卫岚音的泪滴又一次无声滑落，浓密的睫毛微微颤动几分。

"主子，主子。"落霜不知唤过多少次主子的名字。

佟佳贵妃在外屋厉声吩咐："不论用什么法子，务必要保良贵人母子平安，林太医再去想些办法。"

林太医冒着薄汗："微臣会全力为之。"他转身对着药童，"去取参片。"

"主子，一定要挺过去啊。"落霜哭红了双眼，"主子不是常说，再苦再难的时候，再撑一撑吗？只要主子再撑一撑，定会云开月明。"

"是啊，良贵人，老奴已经快要看到皇子的头了，只要良贵人再使把力气，皇子会平安出生。"稳婆真心着急，毕竟关系着所有人多年的寄托，只要有一线希望都不能轻易放弃。

卫岚音的唇舌间，冲荡着木胀的感觉，浑身浸透了汗水。她模糊地望着赤红的帷帐，清楚地感觉到腹中皇子的蠕动。

卫岚音张合着毫无血色的双唇，那是他和她的孩子。

顽强的小生命，陪着她度过多少孤灯长夜和艰辛困苦，更是险些葬送性命。十月怀胎的艰辛，怎能在最后关头死去？

随着腹中的阵阵剧痛，她拼尽了最后的气力，这是她唯一的骨血亲人，这是她在宫中唯一的依靠，这也是他给她唯一的情深眷恋。她的脑中回荡着轰鸣，撕裂的疼痛席卷全身。

随着一声清脆的哭声，屋内凌乱四起，卫岚音感到腹下如溪水般流淌着污浊。恍惚中，她好似看到他对她深情的笑容，她陷入无边的黑暗。

第四章

锦瑟年华谁与度

长春宫内温情如水，卫岚音哼着小曲抱着怀中的八阿哥，又是一载桃花开，玄烨一直没有来探望她。在鬼门关走了一回，她看开了很多事情。每日有八阿哥相伴，她忘却了心底的哀怨，习惯了平静安宁的日子，守着对他的爱。一番惊心动魄，终于又回到最初的起点。

卫岚音还记得生八阿哥时昏迷，再次睁开双眸时，已经是傍晚时分。落霜和曹嬷嬷正疲惫地打着哈欠，虹酿在低声吩咐奶娘长春宫的规矩。从三人真情实意的眼泪里，她在心中一遍遍地告诉自己，活着真好。更惊喜的是初见八阿哥那张粉盈盈的小脸时，她竟惊慌失措，那张酷似亲弟的脸上，长着清淡隽秀的眉，眉宇间透着英气，灵气十足。

"主子。"落霜试探地问。

卫岚音淡淡地应过："去唤奶娘吧。"

落霜看着熟睡的八阿哥，满脸慈爱："上智不教而成，八阿哥天庭饱满，一看就聪慧，将来定是温润公子。"

卫岚音摇头："平安就好，哪里有那么多奢望。"她发现落霜神色不宁，"有事？"

落霜凝神："宫中出了大事，与咱们长春宫没关系。小太监在后宫的暗渠里发现了婴孩的尸首。"

"啊？"卫岚音震惊，在宫外遇到婴孩的尸首不足为奇，但在守卫森严的紫禁城是天大的事，宫中的婴孩只能是皇子，有人谋害皇子？

"仵作已经查验，听说是个出生不久的足月小男婴。皇上龙颜大怒，正在彻查宫中的太监和宫女。"落霜仔细地回道，"紫禁城宫人众多，敬事房和内务府的名册混乱不清，这次皇上动了大怒，着裕亲王主办，要一一查验宫人的真身。"

"假太监？"卫岚音不解，为何不查验宫中的侍卫呢？

落霜会意地解释："紫禁城中的护军营和侍卫是皇上亲自挑选，层层选拔，都是上三旗的贵胄之后，誓死效忠皇上。"卫岚音苦叹，他反复冷落她，也是因为她出身低贱？可谁又能选择自己的出身呢？

落霜见她脸色微羞："主子别伤心。这段时间皇上虽然没有来探望主子和八阿哥，也很少翻后宫的牌子。听宫人说，吴三桂已亡，大军即将班师还朝，明珠大学士也要前往南海与郑氏讲和呢。"她缓缓地倒着碧螺春茶，试探地问道，"皇上日夜为国事劳累，主子去乾清宫送些糕点，去探望皇上吗？"

卫岚音迎着凉爽的春风，轻轻摇头，既然放手，又何必自扰？

"良贵人接旨。"头戴黑绒宽檐，身着马蹄袖长袍的梁公公走了进来，岚音的心中闪过不安的念头。

当梁公公念出圣旨时，卫岚音瘫坐在地，他果然狠心，他将八阿哥送给了钟粹宫的惠嫔。

梁公公低哑地劝慰："良贵人别伤神，按照祖宗家法，皇子应该养于阿哥所，只有位分高的嫔妃才有资格将幼年的皇子养在身边，读书开蒙时也要送去阿哥所。八阿哥养在长春宫数月，皇上已经给了莫大的恩典。"

卫岚音忍着痛楚，颤动地问："梁公公，八阿哥还小，待稍过时日，我再亲自送去钟粹宫。"

梁公公摇头："皇上金口已开，圣旨已下，今日杂家便要抱走八阿哥，望良贵人见谅。"

"不，不会的。"卫岚音再也无法隐忍，所有的委屈涌在心头，"我不信皇上如此狠心。"她毅然地跑出门外。

"主子。"落霜追赶。

"良贵人要爱惜身子啊，皇上……"梁公公欲言又止，他怎能告知她，皇上数夜未眠才写下这道圣旨。每一笔，每一个字，都倾注了皇上的痛心。这道圣旨一下，便斩断了两人之间所有的情丝。从此以后，皇上只能在午夜梦回时独自伤感，成了真正的孤家寡人。他将明黄的圣旨放在花梨木的茶几上，吩咐宫人将八阿哥抱走。伴着婴孩的哭闹和宫人低低的泣声，紫禁城的上空黑压压的一片。

卫岚音跪在乾清宫前满是青苔的台阶上，豆大的雨滴落在脸上，分不清是泪水还是雨水。乾清宫内死气沉沉，玄烨与裕亲王福全面色冷峻，寒意无边。

"死婴极有可能便是狸猫换太子中的狸猫。"玄烨不得不承认察哈尔部的确有通天的本领，竟能瞒天过海，堂而皇之地将婴孩带入宫。

"男婴没有及时送出宫，证明此人还在宫中。"福全沉思，"这是惊天大计，难道是稳婆和太医院的人？"

"男婴有可能早就藏匿在长春宫。"发现死婴之后，玄烨更加证实自己的猜测，才狠心地写下了将八阿哥养于钟粹宫的圣旨。

"皇上放心，微臣会借此机会，将紫禁城中的宫人一一查验，发觉可疑人等，立即上报皇上。"

"好，朕要将乱臣贼子全部揪出。"玄烨铁青的脸色。外面电闪雷鸣，雨越下越大，他和福全不约而同地望向窗外。

福全虔诚地跪地，劝慰道："皇上，此事扑朔迷离，良贵人也是棋子，她对皇上一片真心，因生八阿哥九死一生，还望皇上善待良贵人，善待自己啊。"

玄烨吐尽凉气，既然痛下决心，又何必躲闪？他迎着瓢泼大雨，决然地推开宫门。夹杂了凉风的雨滴抽打在脸上，他的眼前渐渐模糊，他不忍地看着在大雨中瑟瑟发抖的岚儿。远处是巍巍的太和殿，想到察哈尔部余孽精心设计的阴谋，他的心渐渐变硬。他仰起高傲的头，挺着胸前九五之尊的龙图，居高临下地望着伤心的卫岚音。

痛心的卫岚音浑身发抖，她看不清他清冷严峻的脸。他是金尊玉贵的帝王，她是低贱卑微的贵人，这场大雨也该浇醒她的痴心妄想，她卑微地喊道："求皇上让臣妾独自抚养八阿哥胤禩。"

玄烨未语，宽大的云袖遮挡着紧握的双拳，雨水掠过他高挺的鼻，湿了他的眼。

"皇上，小心龙体。"福全在他身后劝慰。

"带良贵人进来。"玄烨冷冷地转身。

"是。"福全对身边的宫人使着眼色。不一会儿，卫岚音和落霜跪在乾清宫。

卫岚音望着陌生的玄烨，恳求："求皇上，让八阿哥留在长春宫，哪怕长春宫成为冷宫，臣妾也愿意。"

玄烨薄情地冷笑："良贵人何出此言？这般闲愁哀怨，是埋怨朕亏欠了你？"

卫岚音咬着唇，隐忍眼中的泪水："臣妾不敢，皇上对臣妾恩重如山。臣妾不敢妄求盛宠，但求与八阿哥平安一世，臣妾愿永远撤下侍寝的绿头签。"

福全为她捏了一把汗，她虽有八阿哥依靠，但八阿哥是黄口小儿。她年纪尚轻，如果撤下绿头签，恐葬身一世，在宫中没有帝王的恩泽，便失去了所有。

玄烨带着恨意说道："良贵人是在责怪朕，没有雨露均沾？圣人说，少成若天性，习惯如自然。祖宗家法，位分低的嫔妃一律不能亲自抚养皇子，朕念旧情，心疼于你，将八阿哥送与钟粹宫，惠嫔和通嫔皆生养过皇子，良贵人又何苦伤神？你刚生过皇子，身子单薄，待日后养好身子，朕会吩咐敬事房恢复你侍寝的绿头签，后宫嫔妃众多，朕会雨露均沾。今日之事，朕念在你生养皇子不易，不做重罚，回去闭门思过，将

《女诫》抄写百遍。"

卫岚音瘫坐在地，难道所有的情意都化作轻烟逝去？他明明知道惠嫔暗藏祸心，将八阿哥送到钟粹宫，岂不是往狼窝里推吗？她卑微地恳求："臣妾知罪。八阿哥是臣妾的命，皇上坐拥万里河山，臣妾只有八阿哥唯一的骨血亲人，臣妾求皇上施舍一分昔日的恩情，成全臣妾吧。"

"放肆。"玄烨冷冽地大声，"朕不是良贵人的亲人吗？朕平日太骄纵于你，你竟敢如此对朕说话！"

岚音倔强地抬起头："皇上如铁石心肠，臣妾便长跪不起。"

"来人，将良贵人送回长春宫。"玄烨狠心地转身，岚音如死人般由宫人拖走，眼中失去艳丽的光泽。

乾清宫内归于平静，冰凉的青石地上留下一摊湿润的雨迹。

"皇上？"福全不解，"红茴香一案，微臣查过徐太医的家眷，的确与纳兰一族暗中联络，纳兰一族也藏有狼子野心，有负皇恩，皇上为何将八阿哥送与钟粹宫抚养？"

"朕用心栽培纳兰一族多年，未曾想过有今日局面，大学士为国之股肱之臣，是可用之材，现在还不是动他的时候。八阿哥是朕的亲生骨肉，又是温庄公主的嫡亲外孙，朕不会亏待他。出了红茴香的事，朕也后悔答应惠嫔之事。但如今后宫，惠嫔是抚养八阿哥最好的人选，玉不琢不成器，只有历经磨难才能化血为珠，堪当大任。"玄烨孤独地站在龙案前。

"皇上圣明。"福全感叹，后宫的皇子命运多舛，不好活，养在钟粹宫的确是最好的地方，皇上表面无情，却处处用心良苦，只是苦了良贵人。

这时，梁公公怀抱着八阿哥进来："皇上，奴才将八阿哥带回来了。"

"来。"玄烨欣喜地望着八阿哥纯真的小脸，这是他和岚儿的孩子。刚从睡梦中醒来的八阿哥极为可爱，他睁着黑黝黝的眼睛懵懂地望着玄烨，这是父子间第一次相见。多年之后，玄烨在亲手拟定八阿哥罪状的圣旨时，满脑都是看到八阿哥第一眼时的情景，父子间到底错过了什么？他伸出双手将八阿哥抱在怀中。

"皇上万万不可啊。"梁公公着急地跪地。自古便有君子抱孙不抱子的规矩，皇上连太子都未曾抱过，如今怎能？福全也震惊不已。

玄烨却全然不在乎，他盯着怀中玲珑的小人儿，他有岚儿的秀气灵性，也有他的雍容大气。八阿哥咧着奶香小嘴，父子间浓情一片。福全被眼前的真挚亲情感动，皇上是天下人的君父，也是皇子们的阿玛。

"送去吧。"玄烨饱含浓情地说道。

"是。"梁公公弓着腰，将八阿哥抱走。

玄烨的脸上又恢复着无边的冷意，他看着龙案上的圣旨满脸坚定。大封后宫的圣旨一发，后宫必定会再掀波澜，而岚儿将苦难不止。

一切都应了他的猜想，卫岚音自从淋雨回到长春宫后便病了。八阿哥养于钟粹宫的消息传遍整个紫禁城，惠嫔和通嫔更加高傲无比。

"主子，勿要伤感，八阿哥只是养于惠嫔娘娘膝下，不同于四阿哥过继给贵妃娘娘，主子还是八阿哥的亲额娘。"落霜心疼地劝慰。

"永和宫有消息吗？"卫岚音嘶哑地问。从乾清宫回来，她想起昔日曾助德嫔将六阿哥留在永和宫抚养，如今德嫔得恩宠，她便遣落霜去恳求德嫔在皇上面前求情。

落霜躲闪："主子再耐心等待几日吧。"

卫岚音不安："到底如何了？"

落霜摇头："主子，难懂的便是人心，德嫔娘娘得知主子失了宠信，根本没见奴婢。"

岚音苦叹："到底是我烧糊涂了，忘了这里是什么地方！"

忽然，外面传来爆竹声，随后，锣鼓齐鸣，好不热闹。落霜急忙示意虹酿和小安子关窗。

卫岚音迟疑："宫中可有喜事？"落霜垂着头，不知该如何回答。

小安子哭诉："回主子，皇上颁发大封后宫的旨意，唯独没有主子，主子蒙得盛宠，生下八阿哥，皇上为何不晋封主子啊！"

长春宫内死气沉沉，卫岚音实在不愿回想一桩桩伤心的事，她是紫禁城中最大的笑柄，是她忘记了额娘临终前的遗言。如今她一无所有，母族惨死，连八阿哥都保全不住。

那场大雨还浇不醒吗？她在悲痛伤感，他却沉浸在温柔乡。卫岚音满脸泪痕，自古帝王多薄情，只怪自己看不清。

"主子。"落霜心酸。

曹嬷嬷痛责地怒骂："多嘴的奴才，还不下去。"小安子眨着灵活的眼珠子，低着头，退了出去。

卫岚音笑哑了喉咙，哭红了双眸，冷漠地问道："皇上是如何大封后宫的？"

落霜应道："回主子，皇上亲封承乾宫的贵妃娘娘为皇贵妃，储秀宫的温妃娘娘为温僖贵妃，钟粹宫的惠嫔娘娘为惠妃，永寿宫的荣嫔娘娘为荣妃，翊坤宫的宜嫔娘娘为宜妃，永和宫的德嫔娘娘为德妃，敏贵人为敏嫔，旨意已下，待过几月孝诚仁皇后和孝昭仁皇后的梓宫入往陵寝后，再行入玉牒，颁发金印。"

曹嬷嬷诧异："皇上对主子情深义重，主子又生下龙子，这大封之事，怎能单单落下主子？连刚入宫的敏贵人都晋升为嫔，或许主子和皇上之间有误解，主子还可以补救。"

薄情寡义哪来缘由？卫岚音心疼："八阿哥可好？"

"回主子，奴婢把乳母送去钟粹宫时，见到了熟睡的八阿哥。听宫人们说，这几日八阿哥睡得安稳，进奶也香，请主子放心，待过几日，主子可借恭贺之由，去钟粹宫探望八阿哥。"落霜回道。

这时，慈宁宫的苏麻嬷嬷走了进来。"奴婢给良贵人请安。"她见卫岚音微肿的双眸，径直地讲道，"奴婢奉太皇太后口谕，着良贵人参加后日的鲋鱼宴。"

卫岚音微微发怔，去年这个时候，正逢长春宫封宫百日，错过了鲋鱼宴席，本以为今年会苦尽甘来，谁知一年之后的境遇更加凄凉。

"臣妾谢太皇太后隆恩。"卫岚音柔顺地低着头。

"良贵人，要照顾好身子，一切以八阿哥为重。"苏麻嬷嬷语重心长，她转身离去。

外面又传来喧嚣的锣鼓声，长春宫成了被世人遗忘的角落。永和宫和永寿宫再次荣耀满门，承乾宫和储秀宫暗自争端。

傍晚时分，晋升为嫔妃的敏嫔身着香色宫装，笑意盈盈进来："良姐姐吉祥。"

卫岚音疲惫地应道："恭祝敏妹妹，以后姐姐要向敏妹妹行礼问好了。"

"良姐姐这是哪里的话儿，皇上对良姐姐的心，谁人不知，谁人不晓，本宫是蒙了良姐姐的恩宠，代替良姐姐的恩宠。"敏嫔语气傲慢，"良姐姐还不知道吗？咸福宫的僖姐姐因为没有晋升，恼羞成怒，将副位张氏的贴身宫女活活打死了。张氏重病卧床，恐时日不多。"

卫岚音震惊，宫中人都知晓，汉姓张氏陪伴皇上最早，曾为皇上生下皇长女，又生下四公主，只可惜所生公主命薄，早殇而亡，皇上怜悯她可怜，晋封为庶妃。但在清朝格格当权的后宫，庶妃的地位还不及一个小小的常在和答应，张氏受尽欺凌。

敏嫔毫不在意："张氏的祖坟冒了青烟，一个汉姓女子，怎配留在宫中，还痴心妄想地为皇上生儿育女？真是报应。僖嫔姐姐无脑无德，总是口无遮拦，又无子依靠，怎能封为妃位？若不是顾及太子的情面，恐怕早被皇上打入冷宫了。景阳宫的成嫔姐姐便不同了，一心为妃的成嫔姐姐抱着七阿哥哭了一整天呢。唉，她们都自以为是，看高了自己。还是良姐姐心态好啊。"

卫岚音恍然大悟，敏嫔绕了一个大圈子，是在羞辱她，她挑着柳眉，冷语："敏妹妹入宫尚轻，皇上怜你滑胎之苦，晋封为嫔，我毕竟生下八阿哥，还强求什么？"

敏嫔的脸色微红，假意怀子一事，良贵人是知晓的，她想到此行的目的，微微一笑："良姐姐知足常乐之心，堪为褒奖。唉，良姐姐还不得而知吧，方才在奉先殿接旨时，惠妃姐姐匆匆离去，宫人们来报，八阿哥的身子先天不足，遭了寒气，沾染肠辟，哭闹不止。"

卫岚音目瞪口呆，心里担忧。曹嬷嬷更是紧张地追问："敏嫔娘娘，八阿哥被抱走时还好好的，怎么在钟粹宫几日便患上了肠辟，是不是有误啊？"

敏嫔掩口笑："四阿哥养于承乾宫三年，皇贵妃亲自照料，从未生过大病，想来还是四阿哥的福气重些吧。”

卫岚音神色凝重：“今日不多留敏妹妹坐了，我要去钟粹宫探望八阿哥。”

敏嫔挣着胸前的珊瑚朝珠，假意奉承：“良姐姐不必太过忧虑，太医们都看过，惠妃姐姐和通嫔姐姐也都曾抚育过皇子，八阿哥没事。”

卫岚音哪里听得进去虚伪的过场话，她匆忙地赶往钟粹宫。在钟粹宫的门外，便听到八阿哥哭闹沙哑的声音，她的心宛如刀搅：“给惠姐姐、通姐姐请安。”

“起来吧。”身为四妃之首的惠妃端着威严，“良妹妹来得真快啊。”她慢悠悠地端起黄瓷釉面的茶盏。

“八阿哥还小，打扰了惠姐姐和通姐姐的清静，臣妾不安，特来请罪。”卫岚音谦恭，人在屋檐下不得不低头，她愿意用卑微为八阿哥换来片刻安宁。只是她忘记了，恶人只会变本加厉，尤其是心藏凶险的恶人。

“良妹妹勿要忧伤，这孩子啊，总是要哭一哭，才知晓世上的喜怒哀乐。”通嫔不动声色。

卫岚音低着头：“八阿哥先天身子单薄……”

“良妹妹多心了，严母多孝儿，这育儿的家训，良妹妹还是要多读读。”惠妃微笑地说，“承蒙皇上信任，着本宫代为抚育八阿哥，本宫会尽心竭力，落霜送来的乳母，奶水太少，本宫担忧八阿哥的身子，又找来一乳母，谁知这不知好歹的乳母，误食生冷之物，才令八阿哥染上肠辟。太医们把过脉象，认为八阿哥尚小，不宜用药，只要空腹二日，排净腹中积食，便可无事，本宫已着人将乳母掌嘴二十，以示警诫。”

卫岚音望着惠妃和通嫔虚伪至极的笑容，险些晕倒，如此毒计竟用在出生几月的婴孩身上，这是在警戒她啊。皇上果然薄情，将她和八阿哥置于危险之地。她谦恭地行礼：“惠姐姐，不知臣妾可否去探望八阿哥。”

惠妃高傲地抚着头上的凤钗：“八阿哥本就性子不稳，腹中空荡，见良妹妹到来，定会更加哭闹，弄不好要哭整个夜晚，良妹妹若是舍得，便去探望吧，皇上若是问起，良妹妹要一人承担。”

卫岚音心疼地说不出话，惠妃的理由冠冕堂皇，她是四妃之首，正是最为荣耀时。她想了想："臣妾远远望上一眼便心满意足。"

惠妃刻意抹着眼泪："哎哟，良妹妹这么说，本宫的心真是难受。"卫岚音见她虚伪的脸，不敢怒言，只是一味磕头谢恩。

通嫔得意地饮着碧螺香茶，狭长的眼中带着快意。惠妃不语，直到看见岚音的额头泛着血迹："良妹妹慈母心怀，本宫哪能不成全？"

落霜急忙扶起卫岚音："谢惠妃娘娘恩典。"主仆二人踉跄地走进内室，掀开琉璃珠帘，远远地望向八阿哥，不敢走近。卫岚音红着眼，看着面色泛黄的八阿哥，捂住红唇：孩儿，额娘保不住你，你的苦难才刚刚开始，你要坚强地活下去，额娘会早日带你回长春宫的，额娘的心留下陪你！

外面的惠妃和通嫔对视而笑。

卫岚音被落霜挽扶回长春宫，虚弱地躺在床上毫无生气。曹嬷嬷听闻钟粹宫发生的一切，恨恨地骂道："真是欺人太甚。主子，后宫之中，只有荣耀的身份和帝王的盛宠才是王道，皇上对主子曾经用过心思，主子为何不去争宠？"她想说，主子的身份在后宫嫔妃中最显贵，温庄公主是太宗的嫡亲长女，当今的太皇太后也是比及不过的，只是这份显赫，只能隐藏在暗处，永世不得见光。

卫岚音苦涩，她是他的玩物，喜爱时捧在心头，厌倦时丢掷一旁，任人践踏，谈何真心情意？木槿花开，情深似海，都是妄语。她想到德嫔头上的木槿簪子，冷冷地拿出自己的那对木槿花耳坠，用力地投掷在地上，木槿花瓣碎成几块儿，碎片四溅。那颗曾经跳跃爱恋的真心，碎了。

"良贵人吉祥。"林太医背着医箱，请安问候。卫岚音沉默不语，面带哀意，林太医不敢直视。他无意地扫过曹嬷嬷，离真相大白那日越来越近。他心疼地开了药方，将地上破碎的木槿花耳坠捡起，揣入怀中。

这一夜，长春宫内宫灯长明，紫禁城的深处陷入深深的争吵。

"如今良贵人对皇上伤心欲绝，恨意心生，正是最好的时机。"阿达木沙哑的声音。

"不行，良贵人身子娇弱，如果告诉她真相，岂不是将她逼到绝路？"温润的声音反驳，"事出蹊跷，皇上为何转了性子，对良主子变得无情无意？莫非发觉了咱们的密事？"疑虑的声音。

"皇上小儿骄纵成性，荒淫无道，只顾一时贪欢，有何情意可言？如今的情形最好不过，只有恨才能让人一直走下去。"阿达木喜悦，"将军带着一众故人在城郊村落，隐居蛰伏多年，皇上小儿若是知晓，早已派兵围剿，此时是最好的时机。百年大计已踏出一步。"和煦的风吹进紧绷的心，吹淡了遮掩月光的黑云。他仰天长叹："到了让良贵人知晓一切的时候，大汗泉下有知，会保佑八阿哥安健成长。"

黑夜下，胆战心惊的一幕，隐藏在国仇家恨里。

长春宫中的卫岚音孤枕难眠，她静静地守在白烛前，暗自垂泪。

"主子？"曹嬷嬷走到屋内。

卫岚音心头一惊，八阿哥又出了什么事情？焦虑地问："钟粹宫传来不好的消息？"

曹嬷嬷摇头，跪地："主子勿要为八阿哥伤神，奴婢已嘱托钟粹宫的故人代为照料，今夜前来，是因奴婢有要事一直瞒着主子，见主子和八阿哥受此大辱，实在不忍隐瞒下去啊。"

卫岚音柔弱地咳嗽："多谢嬷嬷，嬷嬷身在长春宫，咱们是一家人，何必如此客套，什么事？"

曹嬷嬷坚定而语："奴婢多谢主子信任，此事重大，奴婢知晓那对龙凤血镯的来历。"

岚音险些打落手中的青瓷茶盏。

"主子少安毋躁。"曹嬷嬷转向外室，低声，"进来吧。"

阿达木和林太医静静地跪地，卫岚音震惊得说不出话。

"奴才阿达木给公主请安。"阿达木叩拜，"公主莫要惊慌，奴才逾越，公主是察哈尔可汗和温庄公主的血脉，是世间最为尊贵的公主啊。"

卫岚音望着饱经沧桑的阿达木，瞪大双眼，额娘是温庄公主？大清国那位最美艳的公主？唯唯诺诺的阿玛是昔日的察哈尔可汗？她不解地望向最为信任的林太医，在林太医的眼里，她看到了真情。

孤夜长灯，白烛流尽清泪，烛泪掩盖了银烛台的光泽，但是掩埋于世间的真相已经大白，冰山一角下是汹涌万分的滚滚浪涛。阿达木眼含热泪，讲述着众人苦苦坚持的一切。

卫岚音的心一次次揪起，面对所有的仇恨苦难，到底如何面对？原来平日里恬静的额娘，早已看透世间的荣华富贵，疾苦愁云，不让她入宫，是让她远离纷争。她违背了额娘的遗愿，身陷阴谋的旋涡，她颤抖地抚摸着额娘戴过的喜鹊梅花簪子，失声痛哭！

"公主，要为大汗报仇，报仇，报仇……"阿达木如草原上受伤的恶狼，凶狠地咆哮。他的话仿佛是一把破旧的钝刀凌迟着卫岚音的心。

原来皇上是她不共戴天的仇敌，她费尽心思，为睿亲王求得恩典，睿亲王却是她的灭族仇人！

她想起太皇太后初见自己时的惊诧，还别有用心地赐予金簪："所有人都知晓我的身世。"卫岚音的额前垂落几缕乱发，皇上也知道，他们是对立的死敌，怎能相亲相爱？她紧握金簪。

阿达木难忍怒气，又开始咒骂："科尔沁同为黄金家族的分支，却脱离了先辈。他们科尔沁都是贪生怕死之徒，向清朝权贵低头。不过，他们虽然知晓公主的身世，并不知晓咱们的百年大计，更不知晓宫中的暗人。"

卫岚音皱着柳叶眉，想到入宫时的蹊跷，难道真都是刻意为之？那为何要等到她失宠才坦诚相告？

阿达木见卫岚音踌躇，急忙解释："公主，只要八阿哥登基为帝，子孙延绵，万里锦绣河山不是尽收囊中？"

卫岚音惊出一身冷汗，顿时想起落霜提起过的溺死男婴，他们想偷梁换柱？她带着几分悲愤，看向林太医。

林太医悲伤地拱手："请主子怪罪，这是无奈之举。如若当时主子诞下公主，便是龙凤双胎，不会让小公主受半分委屈。"

卫岚音心痛的目光一寸寸地从他的身上移开，缓缓瞥向窗外。借着微弱的宫灯，她看见小安子忠诚地守在门口。

原来她的身边早已布满了人，她一直被众人监视到今天，她的目光渐渐地变冷，愤怒的眸心充满了凄凉。

曹嬷嬷向前一步，语重心长地说道："主子平安生下八阿哥，是大汗泉下有知，色尔腾山神庇护，让察哈尔部后继有人啊。"

阿达木同样感慨："只要公主博得盛宠，扳倒太子，八阿哥子凭母贵，夺取龙椅，继承皇位。"

卫岚音摇头，苦涩："太子有赫舍里氏一族鼎力辅佐，大阿哥的背后有纳兰一族，我无根无靠，皇上又对我防备万千，我和八阿哥生存尚且艰难，如何有无妄之想？"

"主子莫要长他人志气。"阿达木强硬地阻拦，"当年大汗在八旗之中埋下众多暗桩，还为察哈尔王留下贴身隐卫——怯薛军，都是草原上的好男儿。他们隐藏多年，历经艰难险阻，只为今日啊。"他粗糙的脸上流下两道滚烫的清浊。

曹嬷嬷也仇恨地劝慰道："主子不为大汗着想，也要为温庄公主和手足亲兄报仇雪恨。当年温庄公主被太宗远嫁察哈尔，眼睁睁地看着亲夫被爱新觉罗家族所杀，她又被逼改嫁给下一任察哈尔王。她经历了剜心之痛，才宁愿流落民间，守着清贫疾苦，也不愿回到紫禁城享受锦衣玉食的生活。主子不能忘啊。"

"是呀，公主，贼子为斩草除根，骨肉相连的血亲也不放过，公主的两位亲兄，草原上最后的黄金家族血脉正是被当今的皇上小儿杀害，大清对不起温庄公主。皇上小儿对公主更是惺惺作态，肆意戏弄，公主不能忘了国仇家恨。"阿达木激动得老泪纵横。

岚音也流下了伤心的泪水，额娘去世那年正是皇上绞杀父辈亲兄之时，她还记得，额娘夜夜垂泪，一定是恨绝母族。她也终于明白额娘为何不与阿玛亲近，阿玛胆小懦弱，性情贪婪，怎能配得上容颜姣好、性情柔淑的额娘？她的亲生阿玛到底是怎样的男子……

曹嬷嬷看出她的心事，感慨地说道："老奴听将军说过，察哈尔王对温庄公主极好，一直视温庄公主为珍宝，温庄公主却不为所动，在上香途中撇掉年幼的亲子逃走。那时，朝廷步步紧逼，察哈尔王性情大变，才酿成祸事。但察哈尔王临终前，念的是温庄公主的名字啊。"她拿着兰花绢帕，轻轻擦拭卫岚音流下的泪，苦心劝慰道："温庄公主一世困苦，主子的亲兄手足被朝廷凶残戕杀，皇上手中的屠刀从未犹豫过半分。即便皇上和太皇太后知晓了主子的身世，却不念温庄公主的旧情，仍然对主子若即若离。皇上更是对主子反复无常，狠心地将八阿哥送与钟粹宫抚养，连大封后宫，也未想过主子一分，主子又何必眷顾薄情寡义之人？"

卫岚音的脸色越加苍白，她的胸口藏着一把利刃，豁开了仇恨的口子，喉间流淌着黏稠的咸甜。

阿达木重敲一锤道："自古圣人有言，德薄而位尊，智小而谋大，力小而任重，献不及矣。八旗贼子杀戮无数，为头上的辫子做出扬州十日、嘉定三屠的惨事。入关后，更是战乱纷飞。只要公主下决心为察哈尔部报仇雪恨，教八阿哥行仁义之事，博贤明之名，将来功成，是天下百姓的福气啊。"

卫岚音惨笑："让我一个人静一静。"

"老奴时刻以公主为尊。"阿达木虔诚叩首。

曹嬷嬷柔声："你出来久了，还是早些回去吧。"阿达木微微点头，转身离去。

长春宫恢复静寂，银烛台上燃着烛光婆娑的白烛，林太医怜惜的眼神望着卫岚音。卫岚音冷冷地回忆起过去的点点滴滴，反问道："从梵华佛堂走水那日起，你便有意接近我，连你也在欺骗我？"

林太医歉意地看着她，目光变得炙热："主子可还记得，在海边一同挖贝的小哥哥？"

幼年的往事在岚音的脑海倾泻而出，她依稀记得，白衣叔叔带着清秀的小哥哥来到她与额娘相依为命的小木屋，叔叔不知说了什么，惹得额娘放声大哭，小哥哥便带着她去海边挖贝，他们挖了好多贝。后来，白衣叔叔和小哥哥走后，额娘便带着她离开了渔村，嫁给了唯唯诺诺的阿玛。

"你是……"

第五章

一波未平愁多事

　　林太医缓缓地张开双手,掌心里握着一枚带着体温的红绳,红绳上系着玉环。卫岚音捂着胸口,额娘也留给自己同样的玉环。

　　林太医温润地说道:"阿玛与温庄公主为昔日旧识,他们为你我定下了婚约,这对同心玉环是林家世代祖传之物,玉环虽不是稀世珍宝,红绳同心扣却是林家祖辈亲手编织,世上仅此一对。那日离别后,家父带我再去渔村时,小木屋已经人去屋空,没过几月家父也中毒身亡,家父为察哈尔部奔波一世,最后不得善终。我也是前些年才寻找到良贵人,只是那时……"他的眼神里氤氲着无限凄凉和困惑,他找到她时,一切都晚矣,他只能默默地守着她,"微臣亦有自己所执着之事。"

　　"小哥哥?"卫岚音真诚地看着他,流下激动的泪水。温暖的烛光映出两人久别重逢的喜悦,无奈,还有苦涩。

　　良久,卫岚音低垂着头,幽幽地问道:"你父亲?"

　　林太医面色微暗:"家父也是宫中的太医,他为掩人耳目,改姓为穆。"

穆太医？岚音惊讶地想起毓庆宫内崔公公说起孝诚仁皇后血崩而薨的事情，她急忙问道："穆太医是因孝诚仁皇后去世离宫的？"

林太医叹息："当年之事，微臣也不清楚，家父临终前将此玉环交给微臣，并要微臣立下重誓，此生要为察哈尔部报仇，最后才闭眼而去。正因如此，微臣虽找到良贵人，却不能带良贵人离开……"他痛心地拱手，"微臣知晓良贵人厌恶争权夺势、阴谋诡计的日子，微臣又何尝不想远离纷争，但微臣实在是身不由己，只能日益深陷旋涡之中。"

卫岚音长叹了一口气，两行热泪无声地滑落："我好想额娘。"

林太医苦心地劝慰："良贵人，家父曾言，温庄公主也是恨绝皇家。将军的百年大计来之不易，良贵人也要怜之啊。木公公、曹嬷嬷，宫中众多的暗人，宫外世代传承的草原男儿，皆都恪守先辈的誓言，煎熬多年，终于盼来希望，迎来曙光，他们的不易和忠诚，也是微臣坚持的原因。"

卫岚音痛到极致，她已经不再是一个人，她的背后是漠北草原。她真的要扳倒太子，帮助八阿哥登上龙椅吗？那将是多么的血腥艰难。

林太医郑重地跪倒在地："良贵人，惠妃娘娘虽对八阿哥耍了心机，但忌惮皇上龙威，八阿哥暂时性命无虑，当前最为要紧的是良贵人的心境，断不能让长春宫成为紫禁城的冷宫，否则八阿哥和良贵人今后的日子不但凶险，而且……"他面带哀色。

"那溺死的男婴？"卫岚音聪慧地猜到了他的心事。

林太医面带羞愧："皇上觉察到风吹草动，八阿哥出生后，紫禁城宫门紧闭，根本带不走婴孩，稳婆没有办法，才出此下策，微臣得知时已经晚了。后来，皇上派裕亲王盘查宫人，为保木公公和稳婆的安稳，还请良贵人为之遮掩。"

卫岚音想起木公公布满风霜的脸颊，终是不忍。他们真是好谋略，算准她的软肋，迈出这一步，便要接受崎岖的命运。

长春宫的白烛燃了大整夜，直到林太医离去，曹嬷嬷的脸上挂着喜悦。

交泰殿的钟声传来，卫岚音揉着双眼："嬷嬷，让落霜将早膳送进来吧。"她决定此事先不告诉落霜，落霜是富察氏家的格格，又爱恋皇上，必须找个恰当的时候再倾心相告。

"是，主子。"曹嬷嬷离去。

卫岚音望着窗外的朝阳，迎着金色的光，将金簪斜插鬓间。额娘保佑我吧，我只能一路向前！

两日后，迎来了万众瞩目的鲥鱼宴，当卫岚音坐在奢华无比的宴席上时，才真正体验到"三千里路不三日，知毙几人马几匹，马伤人死何足论，只求好鱼呈圣尊"的艰辛。新鲜的鲥鱼被御厨做成各式的美肴，分别盛在金盘中。剔透的翡翠碗和玛瑙碗里装满了琳琅满目的鲜果。各宫的嫔妃面带笑意，虚伪地互相问候。

这是大封后宫之后的第一次宫宴，各宫晋封的嫔妃鼓足了劲儿，踩踏攀比。

佟佳皇贵妃身着明黄色的双喜凤袍，盛气凌人地安坐后位，不经意地抖着凤雕金鞘："温僖妹妹和敏妹妹去年入宫晚几月，没能赶上一年一度的开河鲥鱼宴，今日可要多尝尝鲜。"

敏嫔恭敬地行礼："谢皇贵妃恩典。"

身着金黄福寿禄凤袍的温僖贵妃满脸不屑地应道："皇贵妃莫要忘了，以往孝昭仁皇后在时，本宫每年都会参加鲥鱼宴，没什么稀奇。"

相邻的宜妃掩口："贵妃妹妹拿鲥鱼不打紧，可是有人入宫多日，还未品尝过鲥鱼的味道呢。"她别有用心的话惹得众人大笑，讥讽的眼神纷纷飘向卫岚音。

卫岚音毫无胆怯地一一应下。她只要博得太皇太后和皇上的宠信，八阿哥才会有保障。她放下白玉杯，虚假地浅笑："宜姐姐说得是，去年鲥鱼宴，臣妾正在宫中闭门思过，听闻鲥鱼味美肉嫩，今日臣妾大饱口福，定会多吃些。"

"贱蹄子果然是天生下贱，竟不知羞耻。"温僖贵妃低声地怒骂，声音不大不小，刚好入了卫岚音的耳。

卫岚音依旧笑意盈盈，默不作声。

沉寂多日的荣妃，揉搓着红艳的指甲："温僖妹妹好大的火气，春火旺盛，身子虚寒，命太医开些泻火之药才为稳妥。"

温僖贵妃怒气冲冲地怒瞪出言不逊的荣妃，荣妃故意挑着柳眉，丝毫没有惧怕的意思。

"哎哟，荣姐姐的气色真是明艳动人，看来三阿哥的病也好大半了吧。"娇艳的宜妃不经意地提醒，宫中的人都知道，入冬后，三阿哥一直卧病在床，原定在元宵节之后启蒙去上书房读书的事情，都搁置不前。

荣妃少了往日的骄纵，多了几分沉稳，她瞥了眼面带愁容的布贵人："太皇太后亲自嘱托太医院用最好的参汤为三阿哥调理身子，过几日三阿哥便要去祭拜杏坛，然后去上书房启蒙读书。太皇太后讲，三阿哥虽小，却机智过人，有先帝爷的遗风呢。"宜妃吃了哑巴亏，不再说话。

四妃之首的惠妃坐不住了："三阿哥如此聪慧，荣妹妹功劳真大，荣妹妹全家都是读书人吧？"

惠妃的母系纳兰一族位居大学士，满门翰林，荣妃母系却是平庸之极，凡夫俗子，惠妃话语的羞辱之意不言而喻，正戳荣妃的痛处。受到羞辱的荣妃，愤恨地望着惠妃。

卫岚音将每个嫔妃的性情暗暗记下，她们并不可怕，暗藏锋芒、少言寡语的德妃才最难对付。德妃也正在默默地看着她……

"皇上驾到、太皇太后驾到。"一记长调，众人跪地。

满身龙威的玄烨意气风发地搀扶着太皇太后坐到高位。鲥鱼宴在一阵鼓乐声中开席，太皇太后望着谦恭的卫岚音，微笑地问道："良贵人面红娇柔，想是身子已经康健。"

卫岚音低声："谢太皇太后挂念。"

"好啊，哀家听闻八阿哥皓腕如雪，长大后定是谦谦君子，惠妃要好生照料，莫要饿坏了八阿哥，哀家过几日要去瞧瞧。"太皇太后语重心长地说道。

"启禀太皇太后，八阿哥昨夜已无大碍，臣妾会好生照料八阿哥。"惠妃一副恭敬的模样。

玄烨轻轻扫过卫岚音，炙热的眼神一闪而逝，看不出一丝关切。酒过三巡，宴席上一派祥和。

忽然，失落的成嫔尖酸地说道："启禀皇上，前几日臣妾在延禧宫门外，见到敏嫔与工匠共处，不知何时才离去，真是有失妇道。"卫岚音微微浅笑，通过暗人们的运作，成嫔果真找上敏嫔的麻烦，这场好戏才刚刚上演。

敏嫔慌乱地跪倒在地："皇上圣明，臣妾冤枉，臣妾昨日虽去了延禧宫，但很早便回长春宫安歇，良姐姐可为臣妾作证。"

卫岚音低垂着头："启禀皇上，臣妾近日担忧八阿哥，数日卧床，敏嫔那边未曾留意。"

成嫔毫不相让："皇上去年设武英殿造办处，并手谕后宫，凡是放匠之处，妃嫔等不许行走，虽修缮工匠不在武英殿办差，但亦是同理，敏嫔入宫尚浅，今日又晋封为嫔，难道只顾喜悦，忘了皇恩？"

敏嫔低泣："皇上恕罪，臣妾只是去看看延禧宫的修缮进度，没想到碰到工匠，便多嘴问了几句，并非存心，臣妾愿与工匠当面对质。"

玄烨威严地问道："工匠何在？"

成嫔眯着眼："启禀皇上，工匠已在外等候。"

敏嫔满脸通红，一副楚楚动人的委屈模样。

"将工匠带上来。"太皇太后阴暗着脸，宫闱丑事事关皇家脸面，不能马虎。

不一会儿，身着布衣的工匠唯唯诺诺地跪在地上："皇上万岁、万岁、万万岁。"

"你可知罪？"玄烨愤怒地质问。

工匠战战兢兢："草民知罪，草民不该与宫女暗结珠胎，更不该溺死亲子。"他的话惊起四座，打乱了所有人的思绪。

成嫔惊讶地抬起长长的银翘，指着敏嫔："你看清楚了，是不是与她有染？"

工匠吓破了胆，瞄着敏嫔："草民昨日在延禧宫描红，见过这位娘娘，草民心急害怕，便匆匆离去。"

敏嫔咬住了理儿，急于辩解："皇上明鉴，太皇太后明鉴，臣妾听闻延禧宫已经修缮完毕，便去瞧瞧，哪里想到还有工匠在呀？成嫔姐姐咄咄逼人，臣妾愿一死以证清白。"她拔下头上的五福发簪，刺向白皙的喉。

"娘娘不可啊。"宫女成碧哭着劝阻，主仆二人好一个情深意切。

卫岚音欠着身子帮她说着话："启禀皇上，敏嫔妹妹平日里在长春宫内恪守宫规，并非是轻浮之人，此事或许是误会。"

佟佳皇贵妃也稳了心思："皇上，不知者无罪，敏嫔只是误闯，那工匠却心中有鬼。"

玄烨想到溺死的婴孩，疑虑地看着工匠："你要从实招来。"

工匠不敢抬头："草民去年奉命修缮延禧宫，无意中结识一宫女，那宫女平日里对草民颇为关照，话里话外透露出身居宫中的寂寞和苦闷。草民糊涂，一时把持不住，便与她暗结珠胎，并承诺娶她为妻。前些时日她带口信给草民，她竟然怀胎十月生下婴孩，将婴孩藏在延禧宫，让草民将婴孩带出宫，等待她出宫一家团聚。"工匠的额头冒着热汗，无意地看向卫岚音，"草民去延禧宫找到婴孩，却因宫门紧闭，检查甚严，无法将婴孩带出宫，只能暂时藏于暗渠，那婴孩本就虚弱，又遇到连日大雨，最终酿成惨事，草民有罪啊。"他捶打着胸口，哽咽，"虎毒不食子，草民真是连畜生都不如。"

玄烨握着酒盏，连山野村夫都知晓的道理，他怎能放弃八阿哥？

成嫔火冒三丈，万万没想到未扳倒敏嫔，还牵扯出一桩暗事，她气急败坏地痛斥："大胆刁民，到底是哪位宫女，还不从实招来？"

工匠面色大变，嘴角抹着血迹："草民自知罪孽深重，在劫难逃，只怪草民贪心，不该为了几两银子，故意延缓工期，那样就不会认识她，更不会有今日的惨事，草民愿与亲子团聚，保全她的性命。"几声长叹后，他狂吐几口鲜血，踉跄着身子，倒地而亡。

"啊。"宴席上的娘娘发出阵阵尖叫，纷纷掩盖双眼。

卫岚音在心中反复念着罪过二字，察哈尔部的荣耀便是这一个个忠贞之士世代传承下来的，从此以后，还会有更多的杀戮。

"来人，将人抬下去。"玄烨挥动衣袖，难道是他想错了？死去的婴孩是殉情的工匠与宫女偷情所生？

"启禀皇上，皇祖母，可是要将宫女搜出来？"佟佳皇贵妃会意地问道。

"罢了吧，得饶人处且饶人，宫女本就不易，出宫时年纪也大了，很难嫁到如意郎君，她如今是夫亡子死，受到了惨痛的教训。工匠为保全此人的性命，宁愿一死，也是烈性的男子，对她也是警告。"太皇太后感慨，"敏嫔受了委屈，此事作罢吧。"

"太皇太后仁慈。"温僖贵妃眨着丹凤双眸，恭维道，"只不过工匠临死前说的话必须要弄清楚啊，他也是遭受到奸人的利诱，到底是谁迟缓延禧宫的工期，不想让敏嫔妹妹早些过去住呢？"

佟佳皇贵妃面色微恙，一切又回到最初的那幕。

敏嫔放声大哭："请皇上、太皇太后为臣妾做主啊，延禧宫走水多变故，臣妾寄居在长春宫内，又被成嫔姐姐误解，臣妾到底该如何是好？"

"勿要胡闹。"太皇太后放下晶莹剔透的白玉杯，"延禧宫既然已经修缮完好大半，着钦天监找个吉日，敏嫔搬过去吧。"

"谢太皇太后恩典。"敏嫔喜极而泣。

婴孩之事暂时告一段落，没有牵扯太多。这时，曹嬷嬷为卫岚音缓缓倒满酒，贴耳提醒："主子？"

卫岚音端起酒杯，耐人寻味地说道："今日借皇上的酒，臣妾敬惠姐姐一杯，自从臣妾成为贵人以来，深得惠姐姐照料，如今八阿哥又多有打扰，有劳惠姐姐。"

惠妃的脸上闪过一丝不露边际的厌恶，亲切地应道："都是为皇上分忧。"

卫岚音又举起酒杯，望着玄烨，语浅情深地说道："臣妾更要感谢皇上，对臣妾的宠爱，臣妾先干为敬。"

玄烨看着她清澈的眼睛，转动着手指上的碧玉扳指。各宫的嫔妃怒火燃尽。"贱蹄子。"温僖贵妃忍不住地低声怒骂。鲥鱼宴终是在一声声怒骂和不满声中结束，卫岚音如愿以偿地被抬去乾清宫的东暖阁侍寝，深意浓浓的爱烟消云散，徒留浮世清欢。

孤夜漫漫，慈宁宫凄凉一片，苏麻嬷嬷轻柔地为太皇太后梳着长发。

"五阿哥睡了？"太皇太后柔声。

"回格格，五阿哥睡熟了。"苏麻嬷嬷应道。

太皇太后想起鲥鱼宴上工匠殉情一事，叹着气："跟着哀家这么多年，从草原到盛京，又到紫禁城，真是苦了你，哀家连累你一生未能享受到天伦之乐啊。"

苏麻嬷嬷摇头："奴婢前世修来的福气，今生才得以侍奉格格，这就是天大的福气。"

太皇太后坚定地承诺："哀家会偿还你。"

苏麻嬷嬷拒绝："格格真是折煞奴婢。"在她心里，格格才是最亲最近的人，这份相守多年的情分世间少有，高山流水遇知音也不过尔尔。她耐心地梳着斑白的长发。

太皇太后缓缓地摘下手腕上的珊瑚手串："如今四角妃位齐全，各方势力均衡，正是最好的时候。这个时候，谁若是能耐得住寂寞，大智若愚，才能在宫中风光无限，富贵逼人，你瞧着谁最有可能……"

苏麻嬷嬷摘下牛角梳上的几根断发回道："按照今日的情形，永和宫的德妃娘娘，承乾宫的佟佳皇贵妃，都是大富大贵之人。"

"还有长春宫的良贵人。"太皇太后补充。

"格格的意思是？"苏麻嬷嬷顿了顿。

"储秀宫的温僖贵妃恃宠而骄，成不了大气候。惠妃祸心太重，恐是下场凄凉。荣妃和宜妃目光短浅，不足为戒。只有佟佳皇贵妃有孝诚仁皇后的遗风，更有母仪天下的势头。永和宫的德妃乖巧懂事，工于心计，单凭娘家母舅一事的处理，便能看出此人暗藏雄心。至于这良贵人嘛……"太皇太后叹气，"良贵人继承了温庄公主的聪慧善良，以往总是一忍再忍，但这人心都是会变的，女人为了亲子什么事情做得出来，宫中的皇子本便不好活，良贵人日后必会为八阿哥出手反击，宫中嫔妃恐怕没有人是她的对手，你可还记得受幽闭之刑罚的那名宫女？"

苏麻嬷嬷点头："当年太宗便夸奖温庄公主有满蒙男子的风姿，更何况良贵人身上还流着黄金家族的血呢。"

"希望上天再多给哀家些时日，替祖宗看好这份家业。"太皇太后捂着胸口。

"格格真不容易。"苏麻嬷嬷感慨道。

"先人浴血奋战打下锦绣河山，哀家实为守成，谈不上不容易。"太皇太后望着双龙戏珠的铜镜，"如今三藩之乱平息在即，尚之信亡，吴三桂病重，终于可以喘口气儿了。"

"皇上年少，有如此大的政绩，真是大清之福。"苏麻嬷嬷欣慰。

"这有功之人都要重赏，你替哀家留意些，看看这些功臣中谁家的女子性情婉淑，与皇上般配，选几位合适之人，先进宫服侍哀家。"太皇太后心知肚明，今日不同当年，玄烨断然不会再接受她随意塞给他的女子。

"是，格格。"苏麻嬷嬷恭敬地回应，自古拉拢功臣，最大的恩典便是结为外戚，江山才能永固。

"皇上从小沉稳，这些年，哀家却越来越看不透孙儿的心了，明明对良贵人情深似海，却面若冰霜，竟然狠心到对良贵人不理不睬。哀家也曾经透过话，良贵人封妃不可，但晋封为嫔还是当得的，毕竟诞下皇子。谁知皇上却独独没有晋封最为心仪之人，哀家真是糊涂了。"太皇太后疑惑。

"格格，这是喜事，一切都在皇上的运筹帷幄中。"苏麻嬷嬷微笑。

"但愿如此吧。"太皇太后会意地点着头。

星光昏暗，厚厚的云层遮盖住若隐若现的弦月，让人看不清月亮最美的模样，令人心生寒意。一连数日阴气连绵，偌大的紫禁城皆被笼罩在暮色之下。

卫岚音总是紧握着额娘留下的金簪愣神儿，还记得侍寝那夜，皇上对她温柔万种，她极力奉承，如胶似漆的一夜，她吸着银炉里的熏香，昏昏欲睡，心却渐行渐远。

当皇上的指尖沾染她那滴滴清泪时，不经意地淡淡一句："但见泪痕湿，不知心恨谁。"他是在告诫她吗？她只能故作怜容，博得他的疼惜，那曾经贪恋的温暖怀抱，成了最怕的地方。

她和他都长满了荆棘，越是亲密，越是遍体鳞伤，每一根淬着毒液的刺上，都挂着鲜红的血，那一刻，她想到了同归于尽。

但是，为了保全林太医和一众宫人的安全，她卑微地依附在他的身边，第一次萌生了求宠的念头。

以一人性命的精心计谋起了作用，婴孩溺死一事终于过去了。但因此事，内务府和敬事房对宫人的管束愈加严厉，时时传来责罚宫人的消息，整个后宫都陷于紧张的气氛里，敏嫔也在一个寂静的清晨搬离了长春宫。

午后，林太医过来请平安脉，他背着药箱行礼，腰间的羊脂玉佩滑落衣褶。

卫岚音自从知晓与他的尘缘，心中总是纠结不清。

"主子。"落霜轻唤。

卫岚音惊慌失措地跌落了手心的茶盏，润湿宫装前襟的百鸟凤尾。

"主子可烫到？"曹嬷嬷急忙掏出绢帕擦拭，鲜艳的丝线瞬间变得暗淡，失去光泽。

"良贵人莫动。"林太医粗略地看了几眼，"还请良贵人换下此衣。"卫岚音在落霜和曹嬷嬷的搀扶下，在内室中更换了崭新干爽的碧色宫装。

当林太医仔细查验过她换下的宫装后，愤怒地说道："真是歹毒，当时微臣也觉得奇怪，良贵人虽体弱，但经过调理，胎象稳健，怎能早产？原来是被歹人惦记，宫装上的丝线浸染了活血之物，孕人日积月累地闻入体内，必定滑胎，还好良贵人母子平安。若不是今日良贵人失手打落茶盏，绣图遇茶水变色，长此以往，恐今后经血旺盛，血亏而亡啊。"

"太恶毒了。"落霜愤愤，"主子刚被封为贵人，便招人暗算，奸人在主子的鞋底嵌了银丝，害得主子失手扑倒德妃娘娘，谋害主子的人在尚衣局！"

卫岚音内心震惊，谨慎地吩咐落霜："去将尚衣局新做的妃色细软宫装都找出来，让林太医一一查验。"落霜利索地走向偏殿。

"多谢良贵人救命之恩。"林太医低声。

"谈何谢意。"卫岚音应道，"不知皇上是否相信工匠之言，听闻承乾宫和储秀宫都在查找根本不存在的宫女。"

"既然是虚无之人，更不必担心。"林太医安慰。

这时，落霜送来了新做的宫装，林太医用淬着汁液的银针仔细检查，他竟然在内衫里找到了迷情药。

落霜忍不住说道："奴婢去禀明皇上。"

"不可，小小的宫人哪有通天的本领，紫禁城中的宫人身后都系着长长的丝线，永远也看不透背后牵绳的那双手，他们都是台前的木偶，最后都会像红茴香一事，杀几个无关紧要之人，歹人却更加嫉恨在心，伺机报复。"卫岚音阻拦，"后宫之中，不是你害我，便是我害你，只有让旁人知晓自己的厉害，恶人才会有忌惮之心，这便是常讲的，你不仁休怪我不义。你去找缝制宫装的人，留意动静，是收买人心，还是威逼利诱，再行定夺。"

"再捎个口信给钟粹宫的乳母，八阿哥的贴身衣物更要小心防备。"卫岚音再次嘱托，她的心思飞向钟粹宫。

钟粹宫内，通嫔喜气地抚着头上的绢花："大阿哥过了年整九岁，再过三四载便可成婚，大学士选下的几人，臣妾见着都好，不知姐姐看中了哪位？"

惠妃得意地看着红册中娟秀的生辰八字："这些是大学士亲选，都是极好的，待过段时日，见见真人再做决策。"

"还是姐姐沉得住气。"通嫔献媚，"看看哪位格格长得美艳，才能配得上咱们仪表堂堂的大阿哥。"

"不可。"惠妃阻拦，"自古帝王身边的美人儿多为祸水，皆是惹是生非、扰乱君心之辈。还是稳重之人方能登大雅之堂，居得高位，宛如孝诚仁皇后。"惠妃眼中带着羡慕和敬佩，无论曾经多么嫉恨，但孝诚仁皇后淑德彰闻，治理后宫井井有条，一心辅助皇上，赫舍里一脉更是皇上的坚实后盾，尤为众人佩服。如若大阿哥得此良缘，何愁大事不成？

"姐姐所言极是。"通嫔附和，"色衰则弛，永寿宫不就是最好的例子，长春宫也是在重蹈覆辙，良贵人一副狐媚相儿，早晚孤灯常伴，老死宫中。"

惠妃摇头微笑，"八阿哥最近可是安稳？"

"妖媚之人生的孩子，还算本分，随了万岁爷的性子。"通嫔处处不忘数落卫岚音。

"还是大学士讲得有理呀，如今咱们依仗的只有大阿哥一位皇子，必要多为大阿哥培养近身之人，刚好八阿哥养于本宫膝下，良贵人若是暴毙而亡，八阿哥仰仗的只有本宫，即使良贵人命大逃过劫难，八阿哥自幼与本宫亲近，怎能忘本？断不能错过绝好的机会。"惠妃洋洋自得，"让照料八阿哥的宫人不要使绊子，要好生照料，每日咱们也要去亲近地抱一抱，承乾宫不是为咱们走好了前路吗？听闻四阿哥见到德妃都不愿叫额娘呢。"

"是，姐姐。"通嫔眯着眼，"长春宫失了盛宠，皇上好久才翻良贵人的牌子，等皇上彻底遗忘她，八阿哥就是咱们的皇子了。"

"哪里用本宫出手，储秀宫与她是死敌。"惠妃将热茶轻轻环绕鼻尖儿，茶香肺腑，"本宫老了，你还年少，那汤药，勿要怕苦涩，要日日服用，不能放过一丝机会。"

通嫔委屈地应道："臣妾听从姐姐训诫，只是姐姐莫忘了要为臣妾报仇，荣妃如今甚为得意。"

"当然不能轻易地放过她，本宫与她积怨最深，定要将她斗于马下。"惠嫔恨恨地说道，"还有良贵人，若不是大学士洞察在先，徐太医怎能一人承担罪责，大阿哥又怎会染病卧床多日？这一桩桩，本宫都铭记在心，日子还长，本宫有的是时间与她玩儿。"朗朗笑声从钟粹宫中传出，好似初春的日光，带着无限的寄望。

康熙二十年，喜事连连，玄烨登基二十载，开疆扩土，平定内忧外患，开创崭新的局面。紫禁城中更是一片喜乐祥和，各宫的嫔妃恪守本分，东宫太子睿智聪慧，皇子们个个康健，这是大清入关以来，最为繁华的时刻。

这一载，玄烨忙碌至极，既逃避着对卫岚音的情感，又巩固着最终的胜利，极力压抑着内心的苦闷。转眼又到了金秋收获的时节，卫岚音只侍寝三次，两人之间的话语越来越少，形同陌路。长春宫渐渐淡出世人的眼线，好在钟粹宫的八阿哥一切安好，卫岚音暂时忘却了失落。

一日傍晚，外面传来爆竹声，落霜喜气地说道："乱臣贼子吴三桂死了，皇上下令将其骸骨分转到各地，让众人都见见叛乱的下场。"

卫岚音心惊，强大的吴三桂有兵有谋，尚且落得今日下场，而手无缚鸡之力的她拿什么完成百年大计？

"主子。"落霜轻唤着失神的卫岚音，劝慰，"主子勿要多想，敏嫔娘娘最得皇上宠爱，尚衣局上下都在为她缝制秋装，宫女念心也是其中一人，不知敏嫔娘娘的秋装是否有异？主子的秋装都是尚衣局旁人之手缝制，八阿哥那边也有人暗中照顾，林太医都一一查验过，并无不妥。"

提起念心，卫岚音心痛，同为进宫的四人中，玉珠和春喜已死，只留心事颇重的念心一人，却依旧异心。她到底受哪位嫔妃暗中指使？

"我记得念心当初是分到咸福宫当差，怎么去了尚衣局？"

"回主子，当初是僖嫔娘娘嫌弃念心粗笨，日日责骂，动辄打罚，后来干脆退回敬事房，敬事房的领事公公见念心可怜，起了善心，将念心分到了尚衣局。"落霜解释。

"那便不是僖嫔。"卫岚音冥思苦想，"去找人将敏嫔的秋装暗中拆下一段丝线瞧瞧。"

这时，从外面跑进来一个伶俐的小太监，头顶红缨宫帽，恭敬地跪倒在地："奴才给良贵人请安。"

卫岚音困惑："你是？"

小太监玲珑地应道："奴才小郭子，在钟粹宫当差，惠妃娘娘让奴才前来给良贵人捎个话儿，八旗铁骑打了大胜仗，从南方蛮夷之地带回了治疗天花的方子，在南方村落的百姓中试过多次，效果甚好。天花一直扰乱皇族，皇上深受天花祸根的扰乱，想将此法在全国推行，但此方子有悖伦常，甚为凶险，更是有死人的危险，恐百姓难以接受，皇上遂起了从上而下推行的念头。"

卫岚音心中一惊，从上而下？皇上想让皇子试药，八阿哥试药？

小太监善于察言观色，低沉地说道："正如良贵人所想，皇上的意思是想在皇子中选出一人试行此法，待事成后，再昭告天下。皇上以骨血相连的皇子为样，百姓才会放下顾虑而积极回应。昨日皇上已将此事交予皇贵妃娘娘协助办理，妃位以上的娘娘们都在承乾宫议事，众人一齐商议的结果是着八阿哥试药，惠妃娘娘便遣奴才过来禀告良贵人，唉，惠妃娘娘实在是位低言轻，毫无办法，只能眼睁睁地任由众人乱讲，还请良贵人不要怪罪惠妃娘娘，早有准备。"

卫岚音径直站立，颤动地问："八阿哥还不足一岁，如何能试凶险之药？"

小太监拱手："奴才的话已经带到，告辞。"

"多谢公公。"落霜唤院内的小安子送走报信的小太监。

卫岚音踉跄地坐下，宫中皇子摆在眼前，屈指可数。大阿哥、太子、五阿哥已经出痘痊愈，只剩下三阿哥、四阿哥、六阿哥和七阿哥养在六宫。他们个个皆为嫔妃所出，金尊玉贵，只有她的八阿哥，身份卑微，又无人依靠，自然是试药的最好人选。

"主子去求皇上？"落霜伤感。

卫岚音的喉咙间阵阵咸甜："如若皇上还记得木槿花开的那份爱恋，为何对我不闻不问？这次为何不直接下旨，命其中一位阿哥试药，反而着皇贵妃与各宫妃嫔商议定夺？因为他站在高处，他早料到此番商议的结果，只不过借他人之口讲出来罢了，因为他不想旁人讲他薄情寡义，反复无常，又不想我太过记恨于他。"她的眼底尽是怒火。

第六章

善恶到头终有报

　　卫岚音踏进乾清宫，佟佳皇贵妃正与玄烨交谈甚欢。玄烨频频颔首微笑，裕亲王福全饮着热茶，温润的脸上带着喜气，梁公公在一旁侍候。

　　"臣妾恭祝皇上万福金安，皇贵妃万福金安。"卫岚音恭敬地跪在冰冷的金砖上。

　　玄烨微微抬起头，波澜不惊地望着消瘦的她，挥过龙袖："良贵人平身。"福全轻轻放下茶盏，心底涌起疼爱。

　　佟佳皇贵妃玲珑地浅笑："良妹妹来得真巧，正要去唤良妹妹来呢。"

　　唤她前来，告知不公之事？卫岚音强忍着内心的厌恶，接过落霜递过来的八角食盒，低声道："秋日虚火旺盛，臣妾亲手做了香糯的栗子糕，送来给皇上尝尝。"

　　佟佳皇贵妃微笑地牵起她的手，夸奖道："良贵人心灵手巧，一心挂念皇上，真是众嫔妃的表率。"

　　卫岚音谦恭地看着她，违心地应道："皇贵妃谬赞，臣妾还为皇贵妃准备了栗子做的萨其马。"

佟佳皇贵妃得意地昂头，头上有凤来仪的金钗闪着泽泽的光芒，她掩口微笑："良贵人真是七窍玲珑心啊。"

玄烨一直未语，他瞥了眼小巧的糕点，听着卫岚音恭敬又小心翼翼的话，心中激起说不出的伤感。从何时起，当年执着倔强的人也低了头。

卫岚音感觉到他失望的眼神，她没有掩饰，反而毫不避讳地直视过去，她用穿透魂魄的目光逼近曾经深爱的人，无声中，两个人都已经伤痕累累。

乾清宫静寂无言，福全拱手："启禀皇上，朱大夫已经在外候着，可要传进来仔细问话？"

玄烨收回幽深的目光，冷酷地说道："传进来。"佟佳皇贵妃拉着卫岚音坐下，卫岚音感到相碰的指尖间染着深深的寒意。

伴随着门响，一名穿着藏青布衣的老者跟在梁公公身后，走了进来。

"草民朱纯嘏恭祝皇上万岁、万岁、万万岁。"

"平身。"

"这位是神医——朱大夫？"佟佳皇贵妃打破僵局。

卫岚音心头一紧，他不是太医？

"给娘娘请安，给裕亲王请安。"朱大夫恭敬地跪落行礼。卫岚音仔细打量着他，虽是花甲年纪，却矍铄挺拔，身上浸透着药气。

福全站立："启禀皇上，朱大夫祖上世代行医，年少中举后，又回到故里，钻研医术，对痘疹之症研读尤深，造福一方百姓。"

玄烨喜悦："当年太子出痘，通判傅为格曾经提起种痘之法，但一直搁置，并未实施，不知朱大夫对天花之毒有何高见？"

朱大夫缓慢地应道："回皇上，天花之毒来自胎毒，时令之气入于命门，只能以毒攻毒。前朝隆庆年间，南方村落已兴起种痘法，民间称为吹鼻种痘法，分为旱苗法和水苗法，旱苗法是将患有天花之人的痘痂取下磨成细末，加冰片、樟脑吹入种痘者的鼻中。水苗法则是把患有天花之人的痘痂用人奶或是清水浸泡，送入种痘人的鼻中。这两种方法都是使种痘者轻微染上天花，再经过精心照料，只要种痘之人熬过小劫，便

446

终身受益，永不染天花。"

玄烨追问："有几成把握？"

"回皇上，凡是患天花而幸存的人寥寥无几，活下来的都是大富大贵之人。此法也是火中取栗，险中取胜。草民经过多年总结，水苗法优于旱苗法，春季和秋季尤为上佳，至少有七八成的把握，这也要看种痘人的体质。"朱大夫低垂着头。

卫岚音的内心忐忑，八阿哥不足一岁，怎能承受如此凶猛之药？

福全拱手禀告："启禀皇上，朱大夫在南方素有神医美称，并在军营中为八旗兵士种痘，治愈数百名天花之毒，是大清的忠贞之士。"

玄烨沉思不语，他自然知晓数百名患有天花的士兵，可以让数万大军全军覆没，朱大夫果然是暗藏不露的神医，只是……他重拍龙案："好，自古百姓世代受天花之毒侵扰，父皇和端敬皇后皆因此毒龙殡归天，如若此法奏效，便是造福百姓，千秋万代的喜事。"

佟佳皇贵妃上前一步："启禀皇上，此事重大，臣妾已经找各宫的嫔妃仔细商议，宫中几位未出痘的皇子中，三阿哥从过了年便一直病着，体弱多病，七阿哥生来便带有恶疾，怎能再雪上加霜？如今德妃妹妹又怀有身孕，胎象不稳，所以四阿哥和六阿哥也……"她欲言又止，偷瞄着玄烨阴沉的脸色，"倒是八阿哥在惠妃姐姐和通嫔妹妹的宫中，养得白白胖胖，甚为讨人喜爱。"她不动声色地再次牵起卫岚音的手，"就是不知良妹妹为了天下苍生可舍得八阿哥试药？"

卫岚音的心底冲荡着愤怒，如此冠冕堂皇的缘由，让她如何应答？

朱大夫深知后宫凶险甚于前朝，听了佟佳皇贵妃的话更加深信不疑。他耿直地说道："启禀皇上，种痘人的年龄最好在二三岁为最佳，八阿哥不足一岁，草民还从未给这般大小的幼童种过痘，草民……"

"有几成把握？"玄烨再问。

朱大夫不卑不亢，深思熟虑道："回皇上，只有四成，但如若成功，将是百年不遇的大事。"

"皇上，八阿哥本就先天不足，幸亏惠妃姐姐细心照料才有所补救，如今连朱大夫都没有半数的把握，八阿哥如何承受得了？还请皇上另择他人。"卫岚音低泣着跪落在地,哪里还顾及其他,她满脑都是八阿哥恬谧的笑容。

佟佳皇贵妃重语说道:"良贵人这么说,岂不是让皇上为难?八阿哥贵为皇子,更要为天下百姓祈福。朱大夫也说了,此方凶恶,无幼儿先例。如果八阿哥亲身试药,此方成了,天下百姓将更加信服,这是功德一件啊!"卫岚音依旧低泣不起。

玄烨看着她苍白的小脸,想到八阿哥黑黝黝的眼睛,他的心也在动摇。他转而望向墙上的大清疆域图,仿佛看到草原上万马齐鸣的壮丽场面。有作为的草原男儿不畏艰险,一路快马弯刀,弯弓射箭,形成一道势不可当的铜墙铁壁。既然流着尊贵的鲜血,便要承担神圣的重担,草原上的明珠,没有磨砺如何成为耀眼的珍珠?没有历经万千险阻,如何能放出最美的光芒?那是他与岚儿的骨肉,是世间最尊贵的皇子,有铁一般百折不挠、坚强不屈的性子,他是黄金家族的后裔。

他坚定了心思,稳健地说道:"朱纯嘏,朕命你为八阿哥种痘,如若成功,加官晋爵,赏赐黄马褂,并开设痘科,为朕多培养几位贤能人才。如若失败,朕也不会追究,你放手去做。"

"草民不求高官厚禄,定会尽心。"朱大夫一身正气地望着伤心至极的卫岚音,"请良贵人放心,种痘并非害人,草民会竭尽全力,保全八阿哥。"

卫岚音听着朱大夫亲切的话语,望向冷峻的玄烨,愤怒到极点,他为了让德妃安胎,让年幼的八阿哥试药,哪里还念及当年的半分情意。

她蹙眉望向得意洋洋的佟佳皇贵妃,止住了眼泪。她深情地看着玄烨:"启禀皇上,臣妾知错。此法确是利民大计,臣妾真是鼠目寸光。但方才朱大夫所言,八阿哥试药的把握只有四成,如若失败,岂不是雪上加霜、功亏一篑?"玄烨挑眉,福全更是意味深长地放下手中的黄釉茶盏。

卫岚音继续柔声地说:"臣妾倒是觉得,既然是为万千百姓造福的大事,便要做万全之策,不如用两位皇子一同试药,加大成功的把握,百姓也会更为信服。德妃姐姐虽身怀皇子,亦是深明大义的性子,从娘舅

448

爷那件大义灭亲的事上便能看出，她是当得起德字的，六阿哥体弱，但四阿哥深得皇贵妃贴身照料，身康体健，皇贵妃又是六宫之首，有母仪天下之风姿，所以四阿哥是最好不过的人选。臣妾恳请皇上恩典，命四阿哥与八阿哥一同试药。"她的话音刚落，佟佳皇贵妃的脸色冷若冰霜。

她欠着身子："皇家血脉哪能如此轻率，视为儿戏？如若两位皇子同时试药，皆微恙有异，该如何是好？德妃妹妹再堪当德字，也是母子连心，势必要痛心疾首，如若再因此而滑胎，岂不得不偿失？连失三位皇子，岂不动摇大清的根基？"其实她才是最为惦记四阿哥的人，却句句用德妃反驳，意在维护母仪天下的风姿。

"皇子都是富贵之命，百姓山野之人试药的把握都在七成以上，四阿哥身康体健，又正值试药的最佳年纪，怎能有恙？莫非皇贵妃有意偏袒？"卫岚音声声紧逼。她的额娘是太宗的长公主，她是额娘的掌上明珠，岂容她人任意欺凌？

"放肆。"佟佳皇贵妃痛斥，"良贵人莫要恃宠而骄，失了身份。"

"好了，别忘记朕还在这里。"玄烨内心躁动，卫岚音的法子的确是上策，他狐疑地望向朱大夫。

朱大夫会意地缓声说道："启禀皇上，草民仔细看过各位皇子的生辰。四阿哥正值三岁，确实是种痘的绝佳年纪，如若是二位皇子同时亲身试药，实在是万千百姓之福。"他毕生钻研种痘解毒之法，如今面圣是推广的大好时机，他定要拼尽全力。

"好，命四阿哥、八阿哥为天下百姓解忧，同时试药种痘，一切拜托朱大夫。"玄烨铮铮而语，"事关重大，着裕亲王一同协助，不能怠慢了礼仪神灵。"

"微臣遵旨。"福全松了口气，今日的卫岚音果然是令人刮目相看。

"皇上……"佟佳皇贵妃焦急。

"皇贵妃不必多言，朕意已决，四阿哥为承乾宫皇子，更应当为朕分忧。"玄烨轻挥衣袖。

"是，皇上。"佟佳皇贵妃炙热的目光足以将卫岚音烧灼成灰。

"皇上圣明。"卫岚音云淡风轻地行礼叩拜，要死，就一起死，绝不能放过一个歹人！她头上的喜鹊金簪迎着秋日的阳光，耀眼夺目。

　　阵阵喧嚣后，乾清宫又恢复了往日的宁静。玄烨独自坐在鹿角椅上，拿起卫岚音送来的栗子糕，缓缓送入口中。香糯微苦的味道冲荡喉间，仔细咀嚼，里面还夹杂着苦丁茶的涩气，她是在告诉他，心中有多苦吗？原来他的岚儿早已凤凰涅槃。

　　卫岚音在长春宫与林太医商量着应对之策，曹嬷嬷踩着满帮绣着浅碎花的青鞋匆匆而入。

　　"主子，萨其马已经送去承乾宫，是掌事宫女玉镯代为收下的，奴婢刚踏出承乾门，便听闻吓破胆的小太监跑出来说，皇贵妃气愤地将所有物件儿都打落在地上。"

　　"皇贵妃恨绝了我，我又何必自讨没趣？"卫岚音自语。

　　"主子这招真是厉害，让她们欺负主子。"落霜帮衬。

　　林太医却摇头，忧虑道："良贵人这般争强好胜，得罪了两位娘娘，或许也成全了两位娘娘。"落霜不解。

　　林太医拱手："微臣也略有耳闻这位朱大夫，朱大夫行走民间，性情刚正不阿，为百姓行医施药，种痘数十载，堪为神医。良贵人提议让四阿哥与八阿哥同时试药，殊不知四阿哥本就是种痘的最佳年纪，又经朱大夫之手，有十成把握，而八阿哥年幼，身子单薄，性命堪忧，良贵人是在为旁人做嫁衣啊，消除了四阿哥出痘的隐患，成全了皇贵妃和德妃娘娘。但是，她们现在不明真相，怪罪良贵人，更会因此事与良贵人势不两立，良贵人恐怕是得不偿失。"

　　卫岚音放下葡萄："我当时只是气不过，一心想着有难要一同担当，没想到烦琐之事，听你所言，倒是我愚笨了。"

　　林太医笑道："此事也不能怪良贵人，爱子心切，人之常情。天花之毒来势汹汹，作为医者，朱大夫一生钻研，等的便是今日的机会。皇上提出用皇子试药，是开创之举，良贵人还是看开些，塞翁失马，焉知非福，八阿哥若逃过此大劫，必定是大福。如若成功，八阿哥将终身不受天花之毒困扰，而八阿哥自幼便不惜性命为百姓试药、祈福，乃是贤德之举，功德无量，势必为百姓所爱戴，得到民心。"

曹嬷嬷也是喜上眉梢："林太医所言极是，神明保佑，八阿哥会躲过这一劫。"

落霜凝神，林太医的话里似乎有更深的意图，每位皇子都有夺嫡的念头，这已成为后宫公开的秘密，难道主子也萌生了这等心思？

卫岚音眸光流转，平淡地问道："不知八阿哥何时试药？"

林太医劝慰："良贵人放心，太医院的管院事大人已经嘱咐微臣随朱大夫一同侍奉八阿哥试药。钦天监拿去了八阿哥和四阿哥的生辰八字去排算吉日，说来也巧，八阿哥和四阿哥的生辰八字极像，都是命中带煞，却是刚柔两济，故在同日同时试药。宫人们都已按照朱大夫的吩咐用黑、赤两色的厚毡将屋子避光为暗室，到时候微臣会随着其他三名太医轮流看守八阿哥与四阿哥。裕亲王也着内务府在痘房外设置佛堂，用来供奉痘疹娘娘、眼光娘娘、痘儿哥哥、药王、药圣、城隍等一切神灵，祈求诸神的庇护。如若种痘成功，皇上会亲自送圣，以告天下。"他为宽卫岚音的心，仔细讲解着每一个环节。

"愿上天保佑。"所有的阴谋都不再重要，她只是一个普通的娘亲，卫岚音一遍遍地祈祷。

消息在紫禁城传得飞快。钟粹宫内，头顶珊瑚金簪的惠妃厉声嘱咐着阿哥所侍奉大阿哥的老嬷嬷："天气转凉，要更加仔细侍候主子，不能让大阿哥食用生冷之物。"

"娘娘放心，老奴会细心照料大阿哥。"老嬷嬷恭敬地应道。

"这是本宫为大阿哥缝制的斗篷，天凉了，为大阿哥穿上。"惠妃吩咐宫人将狐裘转给她。

"是，娘娘。"老嬷嬷接过狐裘斗篷，转身离去。

"姐姐真是慈母，如今秋高气爽，离冬日下雪还早，连大阿哥的冬装都准备好了。"通嫔羡慕。

"大阿哥去年晕倒在奉先殿，沾染了寒气，马虎不得，不能落下病根儿。"

"若不是良贵人那狐媚子媚乱太子，从中作梗，大阿哥怎会受罚？"通嫔恨恨地说，"姐姐真是菩萨心肠，还命小郭子去长春宫送信儿，狐媚子是罪有应得。她在百花宴上为荣妃求情，还为德妃求来了六阿哥养在永和宫的恩典，可是到头来，没有一个人为她求情，所有人都恨不得她和八阿哥死，这就是她的报应。"

惠妃端起红釉白底的茶碗，望着黄梨木小桌上的栗子糕："本宫如此做，有本宫的道理。本宫不告诉她，她也早晚会得知真相，那本宫为何不送个顺水人情？待八阿哥懂事以后，也能更加孝顺本宫，才能成为大阿哥的左膀右臂。"

通嫔转着黑漆的双眸："还是姐姐高瞻远瞩，妹妹佩服。"

惠妃浅笑着吃着栗子糕："这人啊，不能一味地要心计，也不能时时为善，沾着血的栗子糕才有滋有味。"她的眼中闪过寒意，"让宫人透口信到各宫主子的耳朵里，宫外的眉山夫子极为灵验，连顺承郡王都深信不疑，有求必应。"

通嫔想到大学士家书中所暗示的事情，颔首微笑："姐姐放心，这宫人本就嘴杂，不干不净的入了主子耳里，也是在所难免的。"

黑夜降临，夜幕下的紫禁城威严孤寂，东西六宫团团黑影闪过，隐藏着不可告人的秘密。

翊坤宫内，一个血红狰狞的布偶小人被扔在地上，胤祺二字清晰可见，宜妃怒瞪着跪地的郭贵人："好大的胆子，竟敢用下贱的巫术诅咒五阿哥。"

满脸挂着泪花的郭贵人哭着爬到她的脚下："姐姐，妹妹一时糊涂，妹妹知错，还请姐姐勿把此事告知皇上啊。"

宜妃愤怒地踹了她一脚："和你娘一样都是贱蹄子。"

郭贵人顺势摔倒在地，她想起宫外受苦的额娘，委屈地痛哭不已。

"娘娘，小心脚疼。"宫女含翠麻利地俯身。

宜妃顺应心气儿："宫中最忌讳巫术，妹妹与本宫同族，却处处与本宫作对。平日里，你要些小手腕，本宫故意视而不见，真是太过宠爱于你，你毕竟是五阿哥的亲姨娘，怎能下此毒手？如若有朝一日连累族人，你可担当得起？"

郭贵人哭花了脸上的妆容，凌乱的头发散落下来，玉络子更是斜在脑后，她拼尽全身气力："我不甘心啊，就因为你是嫡出的长女，处处占着上风。在宫外我和额娘要看你们母女的脸色行事，每日清晨起床，我都不敢着装，要等到贴身婢女回来，告知你穿什么颜色的衣衫之后，才能避开那颜色另穿别个颜色。额娘也是忍让奉承，可是结果呢？你们母女以为我和额娘好欺负，更加盛气凌人，我额娘也是家族显赫的嫡出格格啊。"

宜妃重重拍着红木桌子，仰首大笑，她死死盯着哀怨满怀的郭贵人："还不是你们母女自取其辱？今日不妨将话挑明了。本宫的额娘与阿玛自幼便由先辈交换信物，定好婚约。谁知你额娘自取轻贱，竟暗中与阿玛私定终身，未婚先孕，甘心低贱，哪有大家闺秀的本分样子？她做出这般不守妇道之事，若是汉人，是要浸猪笼沉潭的。本宫的额娘深明大义，好心将你们母女接入府中，好生以礼待之，谁知你们母女竟然暗藏祸心，别以为本宫不知道你们做的那些下贱事。"她眯着凤眸，凌厉而语，"你额娘表面仁慈感恩，背地里阴险毒辣，本宫的额娘多次滑胎，都是你额娘暗地里使绊子。自从接你们母女进府，你们在人前收买人心，人后做尽恶毒之事，企图夺取嫡福晋掌家之位，若不是本宫故意刁蛮压制，又在宫中站稳脚跟，恐怕本宫和额娘早被你们母女冤枉害死。"

郭贵人被戳到痛处，却不愿低头："怪只怪你额娘太笨，坐不起嫡福晋的位置，又得不到阿玛的宠爱。"

"真是借你吉言，阿玛的确糊涂，本宫的额娘也是瞎了眼睛，接回一对白眼狼。"宜妃抖动着手上的金鞘，"不过本宫有一双慧眼，当年选秀，你们母女的那点儿小心思，逃不过本宫的眼睛。"她趾高气扬地站立，望着狼狈的郭贵人，一字一句地说道："本宫就是让你知道，在宫外，本宫是郭络罗氏嫡出的长女，在宫内，本宫依旧是全族的骄傲，本宫就是要压制你一辈子。"

她等待这一刻已经好久，压抑多年的情感涌上心头。当年因额娘的善良，母女二人险些丧命，她必须要刁钻任性、飞扬跋扈，因为她知道，善人被欺，只能默默流泪，恶人却风光万里。当年的选秀，她们动了手脚。郭络罗家的二位格格，在外人看来，长得极像，谁知道哪个是姐姐，哪个是妹妹？只要得到皇上的宠爱，还怕什么？还好，她看透了她们的小手段。

"要杀就杀。"郭贵人惨笑，"来世，咱们再斗一番，我不会输给你。"

宜妃微微一笑，在含翠的搀扶下，缓缓安坐："咱们是亲姐妹，后宫的所有人皆知咱们姐妹情深，妹妹做出这般事情，如若传了出去，让阿玛有何脸面在朝为官？阿玛倒了，你我的额娘怎能好过？妹妹冰雪聪明，怎能不懂唇亡齿寒的道理？"

郭贵人一心想扳倒她，从来没有想过阿玛和家族。

宜妃见她失神，轻蔑地说道："你我之间只是私仇，本宫虽憎恨你们母女，但是从未想过要你们的命。你也不能单凭一己私欲，断送整个郭络罗家百年的基业。"

郭贵人羞愧地低垂头，她败了，血本无归的惨败。

宜妃见她面容有所松动："本宫瞧着布偶与普通巫术不同，是哪里来的？"

郭贵人忐忑地说："布偶是僖嫔告诉我的，布偶的身体里有所求的字条，只要每夜引血叩拜，就会心想事成，这方子是眉山夫子秘密传授，特别灵验。"

宜妃挑眉："眉山夫子？"

郭贵人点头："听闻眉山夫子被顺承郡王尊为圣人，可未卜先知。宫外的权贵大臣们也深信不疑。"

"启禀娘娘，最近宫中暗地里流传着眉山夫子。"宫女含翠玲珑地禀告。

宜妃琢磨着暗事里的玄机，如今宫内四角妃位齐全，心生哀怨的僖嫔、成嫔与荣妃走得极近，她们又怂恿她谋害五阿哥，那岂不是也在谋害旁人？她望向吓人的布偶，怒斥："四阿哥和八阿哥正在试药，你还是老实些，再鲁莽行事，休怪本宫无情。"

"是。"郭贵人不甘地低头，她回到侧殿，怒斥贴身宫女凝烟，"是不是你，出卖了我？"

"主子饶命，奴婢哪敢出卖主子。"凝烟宁死也不愿承认她与含翠情同姐妹之事。

郭贵人愤怒地将彩绣蝴蝶长枕摔落在地，发泄内心的怒火。今日之后，她会事事受制于人。她断不能有妇人之仁，见血封喉才是最好的解决办法。翊坤宫的上空星疏月暗，云厚风寒，掩盖了一切真实的面容。

长春宫也是灯火通明，窗纸上映着美人凝神的画面。

"主子，早些睡。"落霜心疼。

"林太医传话来了吗？"卫岚音焦急地问道。

落霜摇头："四阿哥和八阿哥都是昏迷不醒，高热不退，御膳房开始送冰了。"

"这已经是第五日。"卫岚音喃喃自语。

落霜劝慰："奴婢最近回想了许多陈年旧事，奴婢认为八阿哥养在惠妃娘娘身边也是好事，这是皇上的恩典。"

卫岚音挑眉，弯弯的柳眉间带着疑虑："恩典？"

落霜点头："是啊，主子。皇上对主子和八阿哥也是用心良苦，主子位分低，又无母族依靠，八阿哥如何能避过后宫的明枪暗箭？主子又怎能躲过八阿哥被其他嫔妃抢走的命运？皇上将八阿哥抚养在钟粹宫，是经过深思熟虑的。惠妃娘娘本就有大阿哥依靠，有通嫔娘娘帮衬，心思又极重，是抚养八阿哥最佳的人选。"

卫岚音苦涩："惠妃与我势不两立，心比天高，怎能善待八阿哥？"

落霜解释："奇就奇在这里，惠妃娘娘越是重视大阿哥，越是会善待八阿哥，多个皇子支持，才更有把握谋划大不敬的忤逆之事。皇上早已算好未来，一切都在掌控之中。"

"皇上还真是用心颇深，我还是承蒙盛宠了。"

"主子，宽心吧。"落霜见卫岚音失望质疑的神色，心疼地劝慰。

卫岚音紧握住那双满是疤痕的手："你我不是姐妹，却更胜姐妹。我若有事瞒你，定是有不得已的苦衷，待时机一到，会倾情相告，你勿要伤心多疑。"

"主子。"落霜感动得热泪夺眶而出，世间最宝贵的莫过于饱含深情和信任的真挚情义。

"主子，大喜啊。"曹嬷嬷大声疾呼，重重喘着气，"主子大喜啊，刚刚林太医遣人来报，八阿哥已经退热苏醒，试药种痘成了。"

"老天保佑。"卫岚音喜极而泣，落霜也忍不住流下眼泪。

曹嬷嬷面露喜悦道："八阿哥已经无恙，但四阿哥依旧昏厥，而且身子越来越热，恐是熬不过今夜。皇贵妃和德妃娘娘都已经去痘房探望。"

岚音惊讶，她想起朱大夫的话，原来世上的一切都存着变数，掌控的事也存在变数。她稳定心神，将金簪斜插到发间："我也去瞧瞧。"

曹嬷嬷与落霜对视，劝慰："如今正是风口浪尖，主子还是避一避为好，为何要顶风而上？"

卫岚音摇头："正因如此，才必须要去，莫要落人口舌。"

明亮的圆月挂在枝头，妖媚动人，月影下是拉长的纤秀身影。痘房暗室黑漆漆的一片，院落里跪满宫人。

卫岚音净手后拜过各方神灵，挑帘踏入内室："臣妾给皇贵妃请安，给德妃姐姐请安。"

佟佳皇贵妃深情地望着昏昏沉沉的四阿哥，攥紧了绢帕。

德妃因有孕在身，圆润了几分，她穿着鲜艳的赤色福禄凤袍，安坐在太师椅上，脸上明显少了几分哀愁。

痘房内因卫岚音的到来变得更加安静，只听到宫女玉镯幽幽的哭声。朱大夫和林太医面色晦暗，谨小慎微地侧立一旁，林太医的眼底满是担忧之色。

卫岚音低垂着头，转向软榻间的八阿哥，灵秀的八阿哥正咧着小嘴，挥动着带着星星红点的小手，玩得不亦乐乎。

德妃眨动着浓睫，叹气："良妹妹起来吧。"卫岚音微微挪动着酸痛的双脚。

佟佳皇贵妃猛然间转过身，狠戾地喊道："不准起来。"

痘房内一触即发的火焰燃了起来。

"贱人，如今你得意了，来耀武扬威吗？"佟佳皇贵妃死死盯着卫岚音。

"皇贵妃息怒，臣妾不敢。"卫岚音面不改色。

"贱人，你最好祈祷上苍保佑四阿哥无恙，否则本宫会让整个长春宫陪葬。"佟佳皇贵妃气急败坏地口出狂言，脸上带着阴险的杀气。

"长春宫太小，用不用整个紫禁城陪葬啊？"门外传来一记严厉的斥责，所有人皆花容失色。

"太皇太后（皇祖母）万福金安。"

太皇太后在苏麻嬷嬷的陪同下拄着沉香龙杖，踏门而入。

"皇祖母，臣妾一时失语，望皇祖母责罚。"佟佳皇贵妃冰雪聪明，不求赦免，但求责罚。

太皇太后关切地仔细看过脸色苍白的四阿哥和八阿哥，缓缓地坐下，痛斥她："身居高位，怎能凭借一己私欲而口出狂言，如何能服众？"

"回太皇太后，皇贵妃也是爱子心切，此事皆因臣妾而起，还望太皇太后恕罪。"卫岚音行着大礼。

"是呀，皇贵妃对四阿哥真心照料，即使臣妾这个亲额娘也远远不及。"德妃一改往日躲闪，竟为佟佳皇贵妃求情。她的话里却暗藏私心，四阿哥已过继到承乾宫抚养，此生只有一位皇额娘，哪里还有亲额娘？

佟佳皇贵妃听着卫岚音的求情之言和德妃的弦外之音，内心增添着对她们的憎恨，咬牙切齿地默念着贱人。

"罢了，都起来吧。"太皇太后挥动着戴着红艳珊瑚手串的手腕，"此时，不想救四阿哥的办法，只顾着私怨谩骂，有用吗？"

"臣妾罪过。"佟佳皇贵妃低垂双眸，头上的凤簪黯淡无光，失去往日的生气。

太皇太后盯着朱大夫和林太医，追问："众爱卿，可有良策？"

朱大夫虚弱地说道："草民无能，八阿哥身子单薄，但对天花之毒有天生克制之法。四阿哥身康体健，却虚火旺盛，被天花之毒点燃体内暗藏堆积的毒脉，才导致昏迷不醒，请太皇太后治罪。"

林太医亦跪倒在地，熬红的双眼显出疲倦："启禀太皇太后，朱大夫行医多年，近花甲之年，尽心尽力为两位阿哥试药种痘，悉心照料，几夜未曾合眼，并无过错。生死有命、富贵在天，一切都看四阿哥的造化，还请太皇太后开恩。"朱大夫感激万分地望着他。

"好一个生死有命、富贵在天，四阿哥本是皇家血脉，贵不可言，怎能敌不过天花之毒？"佟佳皇贵妃抑制不住心中的悲愤，出言训责。

"皇贵妃啊，若照你所言，难道先帝不是真龙天子，富贵不够，才熬不过天花之毒？"太皇太后睁着炯炯有神的双眼，如雄鹰般直视而去。

"臣妾不敢，臣妾死罪。"佟佳皇贵妃惊慌失措地跪倒在地，一时失语酿成大祸。

"哀家知道你对四阿哥的心意，但亦不能因舐犊之情而有失理智公正。"太皇太后语重心长地讲道。

"臣妾知错。"佟佳皇贵妃也同样痛恨自己的冲动，四阿哥从小养在自己身边，视为己出，她看着四阿哥毫无生气的模样，心如刀绞般地疼痛，丧失了所有的理智。

德妃将一切看在眼里，刻在心中。夺子之恨，此生势不两立。

此时，四阿哥的气息逐渐微弱，已经命悬一线。太皇太后重重叹气，她历经三朝，见过太多因出痘而亡的生离死别，每一次都如此刻骨铭心，在死亡面前，哪里会顾及你是九五至尊的皇上，还是出身山野的平民。万千繁华，都是弹指瞬间，百年之后，都是一抔黄土。

四阿哥的脸色愈加苍白，平日里坚强执着的佟佳皇贵妃终于忍不住流下悲伤的热泪。德妃也望向那张酷似自己的小脸，脑中竟然生出可怕的念想儿，如若四阿哥因此早殇，佟佳皇贵妃该是何等的绝望痛苦？她已经贵为妃位，六阿哥也日渐懂事。如若再诞下一位阿哥，后宫的地位更加坚固，又何须再依靠已经认他人为母的四阿哥？她的眼底尽现杀意，又虚伪地扬起手中的绢帕，掩面擦泪。

卫岚音陷入自责，四阿哥是因她的一时斗气才试药的，真的没有办法吗？她忽然想起朱大夫的话："朱大夫，八阿哥年幼，能熬过险关，是生来就能克制天花之毒？"

朱大夫点头："的确如此。"

"如若如此，八阿哥就是良药。"卫岚音喜悦地说道，"既然八阿哥无恙，是不是可以以八阿哥的天花之毒种到四阿哥体内，再以八阿哥的鲜血为药引，攻之？"

"不行，四阿哥危在旦夕，再行试药，岂不直接送命？"佟佳皇贵妃阻拦。

太皇太后意味深长地望向朱大夫和林太医："众卿家认为如何？"

朱大夫拱手："启禀太皇太后，良贵人所言在古籍中曾有记载，称之为双痘，但草民未曾试过。"

林太医缓言："回太皇太后，四阿哥凶险至极，如若以千年人参吊其气脉，再行种痘，或许有一线生机。"

"皇祖母。"佟佳皇贵妃跪地，含泪阻拦。

太皇太后的嘴角微微上扬，扫过殷切真挚的卫岚音："你可舍得八阿哥放血？"

卫岚音坚定而语："如若能救得四阿哥，臣妾愿意。"

"好。"太皇太后拄着龙杖站立，奋力而语，"哀家命你二人为四阿哥重新种痘。记住，只要有一线希望都不能轻易放弃。无论成功与否，都与爱卿们无关，放心大胆地去做吧。"

"草民（微臣）领旨，定不会辜负太皇太后厚望。"朱大夫和林太医大义凛然地叩首行礼。

太皇太后又转向佟佳皇贵妃和德妃："如若四阿哥命薄有恙，你们不要怨恨良贵人，要怪，就怪哀家，此事是哀家做主，哀家自会在列位祖宗的牌位前请罪磕头。"

"臣妾不敢。"佟佳皇贵妃和德妃惊慌失措地低语。

"去请萨满嬷嬷为四阿哥祈福。哀家在这里守着，与四阿哥共渡难关。"太皇太后头上的蝴蝶蝠兽金簪发出耀眼的光芒。

迎着明亮的烛光，痘房内井然有序地忙碌起来。

第七章

前尘往事恍如烟

"德妃身子重，先行回去，回宫后，要沐浴梳洗，再行与六阿哥亲近。"太皇太后仔细嘱托。

"臣妾谢太皇太后照拂。"德妃假意回首看过四阿哥，又扫过卫岚音。

卫岚音安慰："德姐姐放心，臣妾会照料太皇太后。"

"一切拜托良妹妹。"德妃转身离去。

此时的佟佳皇贵妃十指相扣，在外室虔诚地叩拜痘神娘娘和各路神明。

德妃行至她身边时，刺耳的贱人二字直入耳内，德妃大声说道："皇贵妃辛辞。"她同样跪在蒲团上，低沉地说道，"皇贵妃要心诚些，莫让不入流的脏话进了痘神娘娘的耳朵里，若得罪了神灵，四阿哥可是性命堪忧啊。"

佟佳皇贵妃怒瞪凤眸。她却浅浅微笑："皇贵妃还是多拜拜神灵，四阿哥若没了，宫中指不定还有哪位嫔妃整夜偷哭，被抢了孩子呢，那滋味臣妾深有体会。"

"四阿哥是你十月怀胎所出。"佟佳皇贵妃痛斥。

德妃掩住红唇,故作惊态:"呦,臣妾险些忘记,原来臣妾是四阿哥的亲生额娘,谢皇贵妃提醒。"

佟佳皇贵妃望着她离去的身影,气愤着想要撕碎那张虚伪可恶的嘴脸。

"娘娘,这是喜事,今日是四阿哥的重生之日。从此以后,四阿哥只有一位额娘,娘娘犯不上与贱人生气。"玉镯劝慰。佟佳皇贵妃闭上双眼,一遍遍祈求着四阿哥的平安。

卫岚音在内室中帮衬林太医为八阿哥取血,一滴滴鲜血流入胭脂水小碗里,她心疼地握着八阿哥的小手。乖巧的八阿哥哭闹了一会儿,便安静下来。

忽然,门外一阵嘈杂,一名宫女奋力疾呼:"求太皇太后、皇贵妃为我家主子做主啊。"

太皇太后睁开双眼,面带不悦:"何人在外大声喧哗?"

佟佳皇贵妃挑帘而入:"回皇祖母,是咸福宫的宫女翠微,庶妃张氏只剩下一口气,是不是唤皇上过去瞧瞧?"

卫岚音想起前几日敏嫔所言,这才几日的工夫,张氏竟然要走了,听说张氏出身江南书香门第,是琴棋书画样样精通的才女,深锁深宫,真是可惜可叹。

"噢?张氏?"太皇太后凭借记忆回想着那位温婉可人的汉家女子,三寸金莲曾在宫中喧嚣许久,却是红颜薄命。

"你家主子沾染何病?"卫岚音不解。

"回良贵人,主子一直重咳,几月前咯血了。"狼狈的宫女翠微哭泣。

"痨病?不能让皇上去,皇上朝政繁忙、劳累,莫染上重症。"佟佳皇贵妃一派尊贵之态。

"启禀太皇太后、皇贵妃,我家主子是被人谋害,不是痨病。主子盼皇上望眼欲穿,如今只留着一口气,想见皇上最后一面,请成全主子吧。"翠微呼喊。

"皇贵妃和良贵人去走一遭吧。"太皇太后递过眼神。

深夜徐徐凉风，卫岚音碎步紧随在佟佳皇贵妃身后，感受着霸气。咸福宫与景仁宫、翊坤宫、储秀宫、长春宫和永寿宫同在坤宁宫的西路，俗称西六所。正值深夜，个个宫门紧闭，看不出喜怒哀乐。那一方方天地里，却隐藏着多少孤寂伤感的泪水。

卫岚音刚踏进咸福门，便见到雕栏玉凤的侧殿红梁上的白绫，却毫无哀色。

僖嫔一副张扬的神情，安坐在竹椅上："不就是死个汉家的小脚女子，还值得劳烦皇贵妃亲自走一趟？"她轻蔑的眼神瞥向卫岚音，"良贵人不老老实实在宫中为八阿哥祈福念经，来这里凑什么热闹？"

"放肆。"佟佳皇贵妃摆着凤威，"庶妃张氏曾为皇上生下两位公主，你怎能如此无礼？人还未亡，你竟挂出白绫，是在催命吗？"

"满家的女子就是汉家的奶奶。"僖嫔狂妄，"只留一口气，神仙也无力回天，臣妾这是未雨绸缪。"

卫岚音与张氏未曾谋面，却从僖嫔的歹毒话语中体会到张氏的悲惨。她语调轻柔却直奔要害："先祖入关以来，一直奉行满汉一家，僖姐姐的话若传进皇上的耳内，恐是不好。"

僖嫔怒剜她一眼："良妹妹失了宠，还这般伶牙俐齿，真是令人佩服。"

"好了。"佟佳皇贵妃斥责，"张氏到底怎么回事？"

"真是劳皇贵妃费心，都是宫女翠微多事，汉家女子哪能比得过咱们满家女子身子康健，没病时也似无骨的病秧子，更何况染病多日卧床不起，今夜竟要一命呜呼了。"僖嫔叹气，"还是臣妾的命不好，住在被丧门星盯住的咸福宫，否则我早已为皇上诞下阿哥，哪里由得低贱卑微之人生下皇子？"

卫岚音听着她尖酸刻薄的话语，毫不理会地走向侧殿。

"不，皇贵妃为我家主子做主啊，僖嫔娘娘平日里欺压主子，顿顿残羹剩肴。主子病重，不准奴婢去请太医，稍有不顺，更是命宫人抽打奴婢。"翠微卷起衣袖，手腕上簪痕累累，"僖嫔娘娘知道皇上多年不曾临幸主子，动用私刑，主子身上亦有伤痕，请皇贵妃为我家主子申冤。"

佟佳皇贵妃惊愕，她知道平日里僖嫔专横，却没想到她这般心狠手辣，真是丢尽赫舍里家和太子的脸面。

"勿要血口喷人，宫人们暗藏歹心，当然要严加管教。张氏自己命薄，如何能怪旁人？"僖嫔反驳怒骂。

侧殿内的卫岚音听得一清二楚，屋内简陋洁净，铜烛台上燃着孤寂的长明油灯，一位面容灰暗的美艳女子，身着工整的淡雅宫装，梳着汉家女子柳燕飞云双鬟，鬓间斜插着一只通体翠绿的玉簪，毫无声息地躺着，她的脸上还挂着两道泪痕。

显然，张氏爱极了皇上，即使死，也要留给皇上最美的容颜。只可惜落花有意流水无情，皇上是否还会记得情窦初开时曾经宠爱的一个汉家女子？

"臣妾卫岚音参见张姐姐。"卫岚音微微欠着身子。

张氏干涸的唇瓣无声无息地开启，令人揪心。

"张姐姐，臣妾为你去寻皇上，请张姐姐再撑一撑。"卫岚音痛心说道。

张氏的眼底又一次涌出浑浊的泪珠，艰难地挤出二字："簪，子。"

卫岚音会意地从她头上拿下那支翠绿玉簪，玉簪上裂纹尤为密布，能拼凑而成，实属不易。她匆忙地跑到院落："皇贵妃，张姐姐一生疾苦，人死灯灭，让她见一见皇上吧。"

佟佳皇贵妃微笑："既然良妹妹善心大发，那便去请皇上来吧，本宫已传太医为张氏诊病。"

"多谢皇贵妃。"卫岚音独自一人前往乾清宫。

僖嫔面露得意："当年张氏欺骗皇上，与皇上恩断义绝，皇上留她一命活到今日，已经是网开一面。张氏临死之前竟然不知悔改，真是痴心妄想，让良贵人去吧，惹得龙颜大怒，触动逆鳞，也不关旁人的事。"

佟佳皇贵妃对当年之事也略有耳闻，微笑地说："拭目以待。"

卫岚音哪里知晓阴谋，她怀揣着翠绿玉簪，跪在乾清宫外的台阶上："臣妾有要事拜见皇上。"

乾清宫灯火通明，玄烨在挑灯夜读。不多时，卫岚音便踏进萦绕着浓郁提神香气的大殿。身着明黄内衫的玄烨在暖意的烛光下，浑身笼罩着光晕，他面带微笑地望向深夜来访的卫岚音，眼神中带着深情。

卫岚音刻意回避着他投来的目光："皇上万福金安。"

玄烨放下手中的古籍："良贵人前来，所为何事？"

卫岚音双手奉上翠绿的玉簪："皇上可还认得这簪子？"

玄烨触到玉簪，脸色瞬间阴暗不明，他紧锁眉峰，温和的目光转而幽冷："良贵人莫要多事。"

卫岚音的脑中皆是咸福宫侧殿里张氏那张苦苦等待的脸庞："皇上可知这簪子的主人，只剩下一口气，请皇上移步，去见见她吧。"

"放肆。"玄烨铁青的脸色，愤怒地重拍龙案，"良贵人不去痘房守着八阿哥，到乾清宫来管起旁人的闲事？"

"皇上。"卫岚音不知前尘往事，张氏毕竟为他生育两位公主，虽然两位公主早殇，但情意犹在，他如此薄情，没有一丝怜悯之心，难道他日躺在床榻上奄奄一息的是她，岂不同样凄凉？

玄烨的心中亦波涛汹涌，愈合的伤口被丝丝撕裂，残忍的阴伏重现脑海。他攥紧铁拳，死死盯着倔强的卫岚音，难道一切都是重复？当年他年少轻狂，才会陷入埋伏，中了乱臣贼子的奸计，如今他运筹帷幄自在掌间，是朝堂之上指点江山的帝王，如何还能再妇人之仁？

他看着卫岚音眼中的质疑目光，恼怒："良贵人勿要多言多语，朕要就寝安歇，难道良贵人想留下侍寝不成？"

卫岚音听着他轻浮无情的话，依旧执着："皇上，张姐姐这些年过得凄苦，临死前只想见皇上一面。古人讲，百年修得共枕眠，望皇上念在往日的情意，去咸福宫屈身瞧一眼，张姐姐也走得安心。"

玄烨回忆起年少流连民间市井，初见张氏时的沥沥细雨。他平日里见惯了豪气的满家格格，对面若桃花，性情如水的女子，起了兴致。他几经周折将她带进宫，却埋下祸端，中了圈套，如若不是张氏，孝诚仁皇后怎能替他深受毒物侵袭熬坏身子？如若不是张氏，他又怎会陷入危难，差点儿让整个大清都置于水火之中。

他铲除所有余孽贼子时，却不忍杀她。他仰着头，望着画廊上的飞龙含珠，满人是正统，他才是真龙天子。

还记得他和她的最后一次相见，所有的谎言被拆穿，他当着她的面，摔碎这支玉簪，并寒冽而语：覆水难收，情意如同这簪子，玉碎难全，此生不复相见。

"一切都是张氏咎由自取。"玄烨背着双手凝视窗外模糊的圆月。他想问岚儿，有朝一日，你是不是也会同张氏一样，对朕下毒手？

卫岚音惊讶地望着玄烨黝黑失落的眼神："皇上，臣妾不知往事如烟，但毕竟亡者最大，张姐姐只剩下一口气，还苦苦熬着，只为能见皇上最后一面，皇上为何不能满足她？"

玄烨怒气不语，乾清宫静寂无边，只听到几声神鸟哀怨的鸣啼，倔强煎熬的两人在沉默中苦苦相对。猜忌、怀疑、不解、失望、心伤，一道道不可逾越的沟壑横在两人之间。

"良贵人，今日若是旁人，朕会将她打入冷宫，施以重罚。朕念八阿哥试药种痘有功，代母抵过，不再追究你逾越之罪，否则数罪并罚。来人，送良贵人回宫。"玄烨摔袖离去。

卫岚音眼睁睁地见那一抹明黄之色消失。当年到底发生过什么？他竟如此狠心对待张氏？想到殷切期盼的张氏，她不知该如何回去解释。她握着盈盈绿意的玉簪，失神地迈出乾清门。

卫岚音失落地回到咸福宫，僖嫔掩口而笑："良妹妹怎么才回来呀，再晚会儿，张氏都已经咽气，皇上若是真来了，岂不是欺君之罪？"

佟佳皇贵妃的心情也舒缓了许多，腰杆子更加硬气，痘房来人报过，四阿哥已经退热，试药成了半数，只要再熬过今夜，明日清晨必大好。痘神娘娘显灵，终于赐予了福气。

她面向卫岚音："张氏已回天无力，既然皇上未亲自前来探望，便按宫中的规矩办吧，本宫去探望四阿哥。"

卫岚音悲伤："请皇贵妃准许臣妾留下，照料张姐姐最后一程。"

"随你。"佟佳皇贵妃漫不经心地转身离去。

"唉，物以类聚，人以群分，英雄惜英雄，贱人也都是一路货色。"

僖嫔吐着口水，翘着兰花指用茶白的绢帕轻轻擦拭红艳的双唇。

"僖姐姐口下留德，老人们讲，笑人不如人，紫禁城谁也不知道明日会发生什么？僖姐姐还是要积些阴德，免得来日境遇困苦，还不及张姐姐来得痛快。"卫岚音不屑地走入偏殿。

"你这贱人。"僖嫔恼羞成怒地高举银鞘指向她，头上的玉络子随风乱动，面目狰狞。

咸福宫又恢复了秋日的宁谧，偌大的紫禁城，谁会在意一个汉家女子的死活？侧殿内的烛光亮如白昼，数十盏铜烛台上都点燃着白蜡，处处凄凉，冷意无边，按照习俗，这是为死者照亮黄泉路。

"主子，良贵人回来了，皇上也会来看主子的。"宫女翠微含着泪。

张氏细喘着气息，舌下的吊命参片给了她半分气力，她努力地睁着灰暗的双眸满是期盼地望向门口。可惜，她没有望到日夜入梦的人。她秀洁的眉头刹那间失去所有的光华，双颊间却夹杂着回光返照的红晕。

卫岚音握着玉簪，柔声："张姐姐，皇上朝政繁忙，在大殿议事，实在脱不开身，但嘱托臣妾带话过来，让张姐姐好生养好身子，张姐姐心宽些，皇上也惦记着张姐姐。"

张氏的眼底尽是伤痕，颤动地说道："他是好皇上。"

卫岚音低着头，但他不是好丈夫。

张氏细长的柳眉间，挂着浓浓的忧愁："多谢良妹妹为我去求皇上，皇上待良妹妹不同，换做旁人，深夜求情，恐是受到重罚。"

卫岚音不解，看来张氏早知晓皇上不会前来探望，当年发生了什么？她将翠绿玉簪斜插到张氏的发鬓间："只可惜没有帮到张姐姐。"

张氏握着她的手："老天待我不薄，竟在弥留之际结识良妹妹这位益友，还是要拜托良妹妹一事，翠微自幼在我身边，后来随我入宫，在宫中受尽屈辱，待我去了，求良妹妹代为照拂，待翠微出宫之日，再许些银两，放她自由。"

卫岚音忽然觉得手心寒凉，不知张氏将什么交给了她。

翠微双眼红肿："主子，奴婢愿追随主子一同去，不会苟活世间，主子，咱们不该入宫啊，这个食人的地方，毁了主子一辈子。"

张氏惨笑：“傻翠微，我是皇上家眷，只能老死宫中。你却不同，总能熬到出头之日，我怎忍心拖累你？”她紧盯着屋内陈旧的红木圆凳，又四处张望，无意地喃喃自语，“天下之大，竟没我的容身之处。这已经是我最好的归宿，从此而始，从此而终。”

“张姐姐放心，臣妾虽位分低微，但会全力保住翠微。”卫岚音坚定地承诺。

张氏的双眸渐渐无光，干涸无色的唇瓣儿微微动着，讲述着肺腑动人的诗词：“太液芙蓉，浑不似，旧时颜色。曾记得，春风雨露，玉楼金阙。名播兰馨妃后里，晕潮莲脸君王侧。忽一声、鼙鼓揭天来，繁华歇。龙虎散，风云灭。千古恨，凭谁说……”

窗外吹来一阵凉风，屋内烛光摇曳，顿然昏暗，卫岚音感到手间一松，张氏那消瘦得苍白无色的手缓缓滑落。

“主子。”翠微发出撕心裂肺的哭声。张氏流尽眼中最后一滴清泪，香消玉殒。

卫岚音双手颤抖，就像当初额娘去世时一般，将张氏死不瞑目的双眼缓缓合上。她的掌心有一枚黄玉方章。她深深地体会到，盛宠会将你捧到极致天宫，也会将你遁入万丈深渊，皆因皇上一人的喜怒。

紫禁安稳如初，根本不曾因一名汉家女子的死而悲伤。玄烨命年幼的皇子亲身试药种痘，被世间百姓传为美谈，四阿哥和八阿哥自幼为民陷于危难，为朝廷大臣所推崇为忠义皇子。朱大夫也因种痘有功而被传称为妙手神医，被玄烨派到草原四十九旗为王公权贵种痘并传授种痘之良法，益国益民之事，广受世人传颂。

巍巍宫殿也终于在喧嚣之后迎来入冬的第一场清雪，白色的雪花沉淀宁静，洗涤着浓郁的悲伤。卫岚音安坐在长春宫，落霜在门口拍打着身上的薄雪：“主子，给八阿哥保暖的盘扣夹袄已经送去钟粹宫，八阿哥一切安好。”

卫岚音微微点着头，沉浸悲色。

落霜安慰：“张娘娘走得安详，身后事也办得体面，翠微在咱们长春宫一切都好，主子还是勿要伤神，主子与张娘娘只是一面之缘，能做到此般田地，已经是仁至义尽。"

卫岚音瞧着窗外飘散的雪花："去派小安子在门口守着。"

红箩炭烧得正旺，卫岚音拉起落霜的手，拿出张氏的那方黄玉印章。

"主子，这是？"落霜望着印章上面篆刻的定国公主四字，掩住红唇。

"这是张姐姐临终前交予我的。"卫岚音解释。

落霜神情凝重："当年皇上对张娘娘极好，但自从孝诚仁皇后生下太子血崩而薨，张娘娘便受到冷落，前些年所出的四公主也早殇了。宫中曾传闻张娘娘为天地会的香主，迷惑皇上，企图谋反。奴婢也不知当年的秘事，但如今看来……"她盯着那枚印章，"张娘娘原来是先朝皇族的亡国公主。"

卫岚音点头，当年张氏怀着报仇之心刻意接近皇上入宫为妃，在宫中做过伤害皇上的事，却最终没有管住自己的心而惨败。她在临终前苦吟的那首凄凉诗词，正是验证困苦矛盾的一生。

"皇上也知晓此事？"落霜惊讶地问，"前些年，皇上曾绞杀过反清复明的朱三太子余孽，但朱三太子始终不见真身，或许是因张娘娘的身份暴露？"

卫岚音想起自己的出身，她和张氏同出一辙，皇上在乾清宫说出的绝情的话语，也是对她说的吗？也许某一天，她同张氏一样，侥幸留命，在紫禁城孤寂一生。

"主子，这个咱们不能留啊。"落霜指着黄玉印章，"主子在宫中根基不稳，八阿哥又年幼，任何风吹草动都会将主子置于死地，这是烫手山芋，大不敬之罪啊。"

卫岚音摇着头："时隔多年，张氏并未销毁此章，既然给了我，待翠微出宫之日，留给她作个念想儿吧，将印章藏于秘处便是。"

落霜会意地点头，皇上待张氏看似无情，却也有情，饶过一命，已是最大的恩典。可是，在宫中苦熬多年，倒不如一死来得痛快，也谈不上有情。

卫岚音蹙眉，真诚地望向落霜，"那对凤血玉镯的来历已经明朗，我额娘是太宗朝的温庄公主。"

落霜惊讶地瞪圆双眼，她在私下也多次猜想过主子的身世，无论是亲贵士族，还是满姓八家，都会摆脱辛者库卑微的出身。却从未曾想过是如此尊贵的皇族身份，太宗长公主，身份比先帝更为显赫。

"那主子是察哈尔……"落霜深知宫闱之事，满家第一美的温庄公主下嫁二位察哈尔王，客死战乱，人尽皆知。

外面的清雪越下越大，长春宫昏暗无光，主仆二人推心置腹地讲述着隐藏的秘密。

卫岚音望着银烛台上微弱的烛光："落霜，你我虽为主仆，却情同姐妹。我不愿亦不能瞒你，原本想过些时日，寻个恰当的时机，再行告知，但如今出了张姐姐的事，这是对我的警示啊。我怎能不顾曹嬷嬷、木公公、林太医，还有宫外那些人多年的寄托和厚望，现在又有八阿哥的生死，都压在我肩上。"

落霜沉默无语，感激卫岚音的倾情相告和万分信任。

卫岚音淡淡地说道："后宫，我不夺不争，便会为他人陪葬。皇上早已明了我的身份，才对我断情绝爱，若即若离。在权势和江山面前，他亦放弃了我。我如今能做的只有争得盛宠，保住八阿哥，锦上添花之事，也只能看天意。我知晓你出身名门，对皇上一片真心，不想见你夹在我与皇上中间为难。"

落霜感动："主子放心，奴婢既然追随主子，定会与主子同心。皇上是千古明君，也具备帝王应有的无情、猜忌、利用、杀戮。主子为贵人两载，受尽曲折羞辱，奴婢也不想看到主子如张娘娘那般境遇。莫讲百年大计，眼前主子和八阿哥在宫中顺风顺水地生存下去才是王道，再则八阿哥亦是皇上亲子，如若秉性聪慧，同样有继承大统的机会。日益长成的大阿哥，惠妃不是早有布置吗？"

卫岚音苦笑："我也不知将来如何，只能回避锋芒，谨慎行事。"

曹嬷嬷从外而入，头上挂着晶莹的雪片："老奴代察哈尔部所有子民谢落霜姑娘的大恩大德，谢落霜姑娘对主子的一片真心。"

落霜扶起老泪纵横的曹嬷嬷："主子宅心仁厚，会有好报的。"

"众人同心，其利断金，一切都会好起来。"卫岚音微笑而语，"尘埃落定之时，便是你我自由之日。"三人满腔热血地期待着那一日。

曹嬷嬷抹着眼泪，喜气道："险些忘了正事，启禀主子，皇上已颁布圣旨昭告东西六宫，新春元宵节后，要去盛京祭祖，太子同行，并请太皇太后挑选三位嫔妃随驾。"

卫岚音和落霜惊愕，盛京祭祖是大事，嫔妃出宫更是多年不遇的事，不知太皇太后会挑选哪三位嫔妃同行？

"主子，后宫嫔妃已经开始去慈宁宫示好，咱们是不是？"曹嬷嬷试探地问。

卫岚音踌躇摇头："太皇太后是何等人物？难道会被小恩小惠打动？"

"主子所言极是，临时抱佛脚的事，最为愚笨。"落霜附和。

"宫里宫外都是一个道理，无论选了谁，都离不开争斗，何必费神。"卫岚音语浅意重。

"还有一事，林太医在敏嫔娘娘宫装的丝线上亦发现寒毒之物，难怪这一年里敏嫔虽承泽雨露最多，却迟迟不孕。"曹嬷嬷禀告。

卫岚音脸色一沉："如此讲来，便不是承乾宫所为，承乾宫如愿以偿得到皇贵妃的高位，最为要紧的便是手中多握几名皇子，断不会谋害敏嫔。"

"难道是惠妃娘娘？"落霜猜疑。

"不会，惠妃知晓皇上将八阿哥放于钟粹宫抚养，不会出手害我，因为她想效仿皇贵妃。"卫岚音知晓，惠妃另有所图。

"那是温僖贵妃。"落霜笃定。

"也不会，我第一次因银丝线摔倒时，温僖贵妃还未进宫，宜妃也刚刚生下五阿哥，应该不会是她们。"卫岚音沉思。

"那是荣妃娘娘？"曹嬷嬷推断。

"荣妃娘娘自从宫女春意死后，身边一直无得力之人，再则太皇太后和皇上多次旁敲训诫，暂时不会有如此深的心计。"落霜摇头。

"主子，将宫女念心叫来，询问一番。"曹嬷嬷咬牙。

卫岚音望着窗外纷扬的大雪，心中早已圈定人选："勿要打草惊蛇，此人蛰伏多年，隐藏至极。"她实在不忍同日入宫的姐妹四人，一个个地离她而去。

曹嬷嬷与落霜也猜到了这个心机颇深的人。

"主子当年有恩于德妃娘娘，但主子落难时，德妃娘娘却袖手旁观，她出身卑微，却依靠主子，一度讨皇上欢心，甚至大义灭亲，博得妃位，步步为营，主子真是要小心防备。"落霜痛恨。

"德妃最大的依靠便是生育多位皇子，主子只要博得皇上欢心，再生下几位阿哥，大计必然会成功。"曹嬷嬷挑眉。

卫岚音心中苦涩，这一年里，除了德妃有孕在身，后宫无人受孕，难道有人暗地里使了绊子？

"主子还年轻，阿哥和公主都会再有，莫要焦虑。"落霜微笑。

忽听外面一阵嘈杂，传来小安子高调："奴才给苏麻嬷嬷请安。"屋内得到警示的卫岚音一惊，太皇太后有事？

苏麻嬷嬷身着厚绒披风，挑帘而入："良贵人吉祥。"

卫岚音急忙委身还礼："嬷嬷找臣妾何事？"

苏麻嬷嬷浅笑："太皇太后请良贵人去慈宁宫。"

卫岚音望着外面飞扬的雪花，发现苏麻嬷嬷的睫毛上凝结着浓密冰霜，她柔声："去取热巾，为嬷嬷润眼。"

苏麻嬷嬷接过落霜递过的温热棉巾，轻柔地润着双眸，东西六宫几乎已经走遍，只有良贵人如此细心，她连声赞许："良贵人心思细腻，老奴多谢良贵人。"

卫岚音应道："嬷嬷在宫中威望甚高，这都是臣妾分内之事。臣妾这便随嬷嬷一同前往慈宁宫，外面天寒地冻，臣妾还真想和嬷嬷讨一杯热腾腾的暖口奶茶。"

"良贵人喜欢喝，老奴会准备妥当。"苏麻嬷嬷笑着回答。

卫岚音带着落霜，与苏麻嬷嬷一同踩着松软的白雪，消失在天地成一线的宫墙中。

刚迈进慈宁门，便听到里面传出的欢声笑语，莺声环绕。慈宁宫的大殿上铺着科尔沁为恭贺新春进贡的羊毛花毯，佟佳皇贵妃正饮着香气四溢的热茶。温僖贵妃也冒着风雪前来，多日不见，她消瘦了许多，尖尖的下颌少了几分凌厉，倒多了几分阴柔。

"太皇太后万福金安，各位姐姐吉祥。"卫岚音恭敬。

"平身。"太皇太后慈眉善目，"你本身子骨弱，哀家还让你前来，还真是哀家的不是了。"

"臣妾不敢。"卫岚音颔首微笑。

"宜妃，这人啊，哀家都给你叫全了，你这葫芦里的药，亮出来让哀家瞧瞧吧。"太皇太后看向满面春风得意的宜妃。

宜妃瑰姿媚笑："谢太皇太后成全，这些时日啊，温妹妹总是平白无故地头晕目眩，服用好多汤药都不好用，钦天监的官员也讲过温妹妹好似被煞星笼罩，储秀宫摆了镇妖之物，温妹妹才有所好转，臣妾心疼啊。"她笑意地望向温僖贵妃。

温僖贵妃睁着丹凤双眸："真是得宜姐姐的相助。"

佟佳皇贵妃严肃："到底什么大事，寒雪之日遣众人来打扰皇祖母的清净，不要再卖关子。"

温僖贵妃掩口："皇贵妃教训得极是，但此事重大，妹妹，还是你来说吧。"郭贵人谨慎地跪倒在地。

"启禀太皇太后，臣妾在中秋家宴上无意得知顺承郡王福晋交予荣姐姐巫术之物，好似是什么眉山夫子所传授。在宫外被百姓传颂，起初臣妾并未在意，但近日宫中传言甚多，皇上也说过眉山夫子信徒极多，妖言惑众，是邪教为之，臣妾忽然想起此事来，宫中也有眉山夫子的信徒啊，臣妾怕皇上忧心，才告知家姐，请太皇太后定夺。"

"放肆，本宫是宫中的老人儿，怎能不懂宫里的规矩，任你信口雌黄？"荣妃虽少了硬气，却依然霸气十足，永寿宫在宫中的势头虽一日不如一日，但毕竟她位居妃位，有三阿哥和三公主倚靠，也为夕人有所忌惮。

"太皇太后，宫中传闻已有数日，皇上如今对眉山夫子颇为头疼，若是咱们东西六宫的嫔妃也出了信徒，岂不让皇上难堪？"宜妃面色忧虑。

卫岚音望向众人，眉山夫子一事，她也有所耳闻，但因八阿哥试药，并未在意。如今宜妃和温僖贵妃又牵扯出荣妃，难道又要迫不及待地出手？

太皇太后长叹口气："好啊，宫中的传闻，有人认为是传闻，有人却当了真。哀家平生最痛恨这些见不得光的丑事，当哀家这个老太婆死了吗？苏麻。"她瞑目，"带人到东西六宫去搜。"巫术之事害了多少人，如今想起都是阵阵寒意，最为可怜的便是被废掉皇后之位，降为静妃的母族侄女，她越想越气愤。

荣妃赤红双眸："请苏麻嬷嬷带人去搜，还臣妾清白。"

宜妃笑道："荣姐姐莫要心慌，臣妾的意思并不是怪罪荣姐姐，而是担心眉山夫子妖言惑乱后宫，只怕有糊涂的恶人啊。"

荣妃纤细的皓腕上泛着青筋。

佟佳皇贵妃平稳地放下手中的小碗，瞄向来势汹汹的宜妃和郭贵人，她们到底想做什么？

雪依旧熙熙攘攘，卫岚音觉得窒息得喘不过气来。原来曹嬷嬷所讲的为随驾出行，来慈宁宫走动的嫔妃，并不是亲近示好，而是在酝酿和揭晓更大的阴谋，意图打倒身边所有的对手，真是一着好棋。

苏麻嬷嬷带着一众宫人神情凝重地返回，托盘中是搜出的一个个血红狰狞的布偶，布偶上分别写着四阿哥、八阿哥、良贵人、温僖贵妃等人的字样儿，血腥吓人。

"格格，这些都是从永寿宫、延禧宫和咸福宫搜出来的。"苏麻嬷嬷禀告。

"冤枉啊，臣妾冤枉啊。"荣妃委屈伤心地辩解。

敏嫔也故作惊讶地掩口哭泣："太皇太后明察，臣妾冤枉。"

僖嫔慌乱地跪下："太皇太后明察，有人刻意陷害。"

太皇太后望着满盘的污浊之物，敲打着沉香龙杖，嗔斥："到底怎么回事？"

宜妃微微俯身："太皇太后，温妹妹的病来得蹊跷，去得也蹊跷，一定是布偶作怪。"众人将目光都转向写着温僖贵妃的布偶。

温僖贵妃一改常态的强硬，满脸梨花带雨："太皇太后，臣妾自幼身子康健，不似家姐那般柔弱，入了宫却接连卧病在床，原来是遭人妒忌陷害啊。"

卫岚音蹙眉看向写着她和八阿哥名字的血红字迹，竟有丝恐惧晃过心头。

太皇太后指向托盘中的布偶："你们都是皇上的嫔妃，怎能和寻常百姓那般愚昧无知？皇上若得知，令他头疼的邪教已经传入紫禁城，连他的枕边人都信以为真，岂不令天下人耻笑？"

"臣妾知罪。"众嫔妃跪地行礼。

敏嫔颤抖着双肩，不知所云，佟佳皇贵妃痛恨在心，盘算着营救之法。

荣妃拽着太皇太后的彩绣福禄花儿的衣襟，悲伤低泣。

张扬的僖嫔不停地辩解："臣妾冤枉啊。"

"是谁冤枉你啊。"太皇太后气愤。

僖嫔无法自圆其说，毕竟咸福宫平日里鲜有人去，她忽然想起死去的张氏："是良贵人陷害臣妾。"

卫岚音一惊，但稳坐的众嫔妃，都是一副津津乐道、洗耳恭听的模样。

僖嫔喜上眉梢："臣妾居住咸福宫，前几日丧门星张氏死了，只有良贵人多次登门拜祭，这才刚刚平息几日，便搜出巫术布偶，定是有人故意栽赃陷害臣妾，臣妾是赫舍里家的格格，如何能偏信宫中盛传眉山夫子的胡言乱语，只有卑微之人才信服于此。"她鄙夷的目光扫向荣妃和敏嫔，"请太皇太后明察。"

"少提赫舍里氏。"太皇太后反驳，"孝诚仁皇后秉性柔淑，可惜红颜薄命，你相差太远。再则良贵人与你无冤无仇，何必要陷害于你？"

"臣妾不敢与孝诚仁皇后相比，但此事必与良贵人脱不开干系。"僖嫔又看向佟佳皇贵妃，"良贵人与张氏惺惺相惜，还收留了张氏膝下的宫女翠微，都是因张氏临终前的乱语和翠微贱人的假话，对臣妾怀恨在心，张氏去的那夜，良贵人当着皇贵妃的面儿对臣妾已经出言不逊，皇贵妃可为臣妾作证。"

佟佳皇贵妃抚着长长的金鞘："只是几句斗嘴之话，算不得什么，良妹妹入宫尚浅，你这个当姐姐的，本应该以礼相让，怎能斤斤计较？"

卫岚音愤慨，颠倒黑白竟然到如此无耻的地步，连死人都不放过，既然你不仁，也就休怪我不义！

第八章

美人无泪山河恋

　　卫岚音低头哀婉地说："回太皇太后，臣妾与张姐姐素无来往，那夜奉太皇太后之命与皇贵妃前去探望，张姐姐只剩下一口气，居住的咸福宫侧殿，简陋得都不如小太监居住之所。张姐姐藕臂上满是簪痕，翠微身上更是伤痕累累。更骇人听闻的是，翠微说，张姐姐近年来没有吃过一份带热气的膳食，顿顿残羹剩肴，张姐姐郁结在心，久病在床，僖姐姐竟不许太医为之医治，理由竟是因张氏为汉家女子。张姐姐虽年老色衰，但仍是庶妃，二位早殇的公主也是事实。"

　　僖嫔怒骂："你血口喷人。"

　　卫岚音竖起柳眉："满家的女子便是汉家的奶奶，这是不是僖姐姐亲口所说，皇贵妃不也曾怒言训斥？"

　　佟佳皇贵妃没想到卫岚音竟不留情面，冒着得罪赫舍里氏和太子的危险，说出实情。先帝入关，大兴推崇满汉一家，重用汉臣，当今皇上亦遵从先帝遗志，励精图治，才使天下百姓趋于平稳。但满汉之间仍有不可调和的矛盾，满汉之间无小事，都为朝堂上的头等大事。

她看向云淡风轻的卫岚音，暗自心惊，越是卑微可怜的人，内心更强大，此人必要除之，以免他日祸起萧墙。

"僖嫔性子急躁，平日里也大大咧咧惯了，才口无遮拦地胡言乱语，怎能当真呢？"佟佳皇贵妃漫不经心地讲道。

"此等大逆不道的话语，若传了出去，指不定要惹出多少风波来。"安静的惠妃不动声色。

"是呀，宫中老人儿皆知，当年宫人因刻意讨好皇上而失言辱骂汉家百姓，宅心仁厚的皇上竟将其处以极刑，可见此事非同一般，如何能息事宁人？"宜妃挑拨是非。

僖嫔的眼底满是怒火。

卫岚音知道，她虽无子依仗，但身后是东宫太子，早晚会登上高位，众人自然不会放过任何一个推搡她的机会，皆是醉翁之意不在酒。

太皇太后怒责："口无遮拦到无法无天吗？"

"臣妾是无心之语，被良贵人和张氏气昏了头。"僖嫔哭泣。

"僖姐姐真是好忘性，那夜张姐姐只吊着一口气，如何能气你？"卫岚音怨恨地问，"臣妾平日里亦是中规中矩的性子，宫中无人不知，无人不晓，怎能与僖姐姐争论不休？再则那日臣妾是从痘房暗室中匆匆而来，一心都在八阿哥和四阿哥身上，哪里还有心思故意气僖姐姐？"

僖嫔的眼底满是熊熊怒火："良贵人不要花言巧语，这几日我的咸福宫只有你去过，布偶定与你脱不开干系。"

卫岚音神色凝重："若是踏进咸福门的都有嫌疑，那皇贵妃岂不也是其中一个？僖姐姐如此无理取闹，今后谁敢再踏进你的宫门？"她转向太皇太后，"自古怀瑾握瑜之人多出自寒庐，大雅君子也未必个个都是高门贵族，隋唐兴科举以来，学而优则仕，如若按照僖姐姐的讲法，卑微之人便是鸡鸣狗盗之徒，尊贵之人是高风亮节之人，岂不伤了天下寒子之心？臣妾虽出身卑微，但亦懂得光风霁月之荣，不会做出颠倒黑白的事情来，请太皇太后明察。"她的字里行间透着尖锐，更是将矛头直指高位，满汉之争，寒生的苦读之意都表达得淋漓尽致，僖嫔听得恼羞成怒。

"岁寒知松柏之后凋，良贵人所言极是。"太皇太后紧盯着如跳梁小丑的僖嫔，"僖嫔恃宠而骄，屡教不改，口出不逊，以下犯上，从即日起降为贵人，罚俸半载，并封宫一年，任何人不得求情。"

"臣妾知错，臣妾知错了，望太皇太后念在东宫太子的面子上，饶过臣妾。"僖嫔从未想过能得到如此的重罚。

"休要再提东宫太子，太子的脸面都让你给丢光了，你再不知悔过，太子早晚会受到你的牵连。"太皇太后闭上双眸，眼角纹理深陷。

"谢太皇太后还臣妾清白。"卫岚音柔声细语。

"你这个贱人。"僖嫔恼怒地扇了卫岚音一记响亮的耳光。

卫岚音捂着热辣的脸颊，冷冽说道："僖姐姐对太皇太后的责罚不服气吗？"

"放肆。"太皇太后气愤地站立起来，"来人，将僖贵人拖下去。"

僖嫔凄凉地冷笑，她不知道这些年到底做错了什么，皇上对她冷淡无比，宫中无一人真心相待，她一心清高，却落得今日的下场。

荣妃和敏嫔吓得不知所措，慌乱地低垂着头。

"你们到底认不认罪？"太皇太后的眼神宛如草原上飞翔的雄鹰，穿透每个人的内心。

"臣妾知错。"敏嫔颤动，"臣妾不该妒忌，臣妾太想要个皇子了。"卫岚音望着她鲜艳光亮的宫装，眼神飘忽不定。

"知错能改，善莫大焉，哀家知道你们一时鬼迷心窍。"太皇太后厉语，"僖贵人这些年在宫中所作所为，众人皆知，今日的果，都是昨日种的恶因，念在你们二人是初犯，哀家便从轻处置，但荣妃入宫多年，依旧如此无德，三阿哥从今日起抱到阿哥所养育。"

"格格，喜事啊。"苏麻嬷嬷一记急语，打断她的话，"乾清宫的梁公公来报，过几日贞格格要回京了。"

太皇太后欣喜，多少年过去了，如若当初顺从福临和贞格格的心思，也不会惹出后来的乱子，真是造化弄人。

她蹙眉迟疑片刻，感慨："八年激战，三藩已定，百姓流离失所，将士死伤无数。过了新年，哀家要带贞格格去寺院为大清祈福，荣妃和敏嫔随行，也好静下心，洗涤罪恶的念头。"

"谢太皇太后恩典。"荣妃和敏嫔叩首谢恩，长吐胸口的浊气。

"此事到此为止，将污秽之物烧毁成灰烬，莫要惹皇上心烦，也不要透露出半字，让宫人和朝中的大臣笑话。"太皇太后叮嘱，"今年本为大喜之年，普天同庆，哀家一切都从宽处置，若今后再听风是雨，故意扰乱宫闱，定严惩不贷。"

温僖贵妃与宜妃相视而笑，已经达到最好的结果。

"谨遵太皇太后教诲。"

卫岚音瞄向得意的宜妃，看来颇得盛宠的敏嫔失去了盛京祭祖的机会，这也是宜妃的目的之一。

慈宁宫看似平静，却暗藏汹涌波涛，佟佳皇贵妃指着屋外飘起的鹅毛大雪："瑞雪兆丰年，臣妾为皇祖母道喜。"

太皇太后望向佟佳皇贵妃，话锋一转："当年也是这样的雪天，若不是你阿玛斩杀额驸吴应熊，京城恐成红帽之乱。"

"皇祖母谬赞，这是臣子应当为之，食君之禄，忠君之事。"佟佳皇贵妃微笑。

"佟家个个都是知书达礼之人，哀家记得你还有位亲妹？"太皇太后的话震惊四座。

佟佳皇贵妃喜上眉梢："回皇祖母，家妹过了新年也十四岁了，因立事较晚，错过去年的入宫选秀，额娘想多留在身边几年。"

"哀家年纪大了，慈宁宫都是侍候哀家几十年的老奴，身边也没个贴己灵秀的人儿，过了年便将你妹子接到慈宁宫住几年，陪哀家这个老婆子讲讲话。"太皇太后意味深长，"不知你额娘舍得吗？"

佟佳皇贵妃欣喜："承蒙皇祖母惦记，皇祖母不嫌弃家妹笨拙才是啊。"

卫岚音串联着突如其来的一切，更加钦佩睿智的太皇太后，对有功之臣厚待之，对犯错之人宽容之，看来今后的宫中又要热闹一番。

"皇上定了农历二月十五的吉日，带太子去盛京祭祖，哀家反复推敲，着佟佳皇贵妃、宜妃、良贵人三人一路随行。记住，出行将近百日，宫外不比宫内，少不了野营扎寨，风餐露宿，你们要好生照顾皇上，更要颇显皇家淑德，不要贻笑大方，失了皇家的脸面。"太皇太后拄着龙杖，站立而语。

卫岚音心中一惊，她从未想过伴驾随行，却无心插柳柳成荫。她只能迎着众人嫉妒的眼神随佟佳皇贵妃和宜妃，跪地谢恩。众人愤愤离去。

温僖贵妃一路气恼地回到储秀宫，她瞪着双眸："真是下贱蹄子，给几分颜色，竟然开起染房？"

宫女青梅急忙递过暖手的鎏金手炉："娘娘休要动气，暖宫的秘方要心平气和九九八十一日才能奏效，娘娘已坚持多日，不能前功尽弃。"

浓艳装束的宜妃随后而入："是啊，温妹妹勿要气恼伤心。"

温僖贵妃瞧了眼喜上眉梢的宜妃，愤愤不平："宜姐姐可是顺心如意。"

宜妃听出温僖贵妃话中的醋意，微笑："原本是天衣无缝，一箭双雕之事，让半路闯出的良贵人抢到头筹。"

"贱蹄子生下小孽种，还长了不少能耐。"温僖贵妃咬牙切齿地怒骂。女人只要踏进紫禁城，只有死才能抬到宫外，出宫的机会少之又少，真是气人。

宜妃妙言相劝："今日咱们也是收获颇丰，至少敏嫔那厮断了出宫的念头，不会有机会怀孕，荣妃也彻底被抽去气脉，失去了三阿哥和太皇太后的庇护，收拾她还不是易如反掌？僖贵人更是惨，荣耀的赫舍里家何时出过卑微的贵人？得到消息的毓庆宫太子在大发雷霆地拍桌子呢。"

温僖贵妃秀气的眉宇间缓缓舒展。她又柔声奉承："臣妾要恭喜温妹妹，太皇太后命惠妃和温妹妹在皇上出巡期间治理后宫，真是喜事一桩。"

"唉，真是扫兴，本宫本想与宜姐姐一同出宫伴驾，不但彼此有个照应，而且也是极易怀有身孕的好时机，谁知落了空。本宫今日收获颇丰，但也有堵心事，太皇太后竟然将皇贵妃的亲妹唤到宫中，意思不言而喻。"温僖贵妃想起佟佳皇贵妃得意忘形的笑容，愤愤不平。

"温妹妹少安毋躁，平定三藩如此大事，势必要有功臣之女进宫，只迎来一个知己知彼的佟佳氏家的女子，岂不最好？否则入宫的个个都是功高盖主的将门女子，哪里还有你我的立足之地？三年选秀是祖宗定下的规矩，谁也阻挡不了，温妹妹如此这般，恐是不妙，还是趁着这三载时间博得盛宠，生下皇子为上策。"宜妃柔声规劝。

"还是宜姐姐看得透彻，本宫真是愚笨失礼。"温僖贵妃低声说道。

宜妃浅笑："如今离出行还有一段时日，良贵人若染了风寒，不宜远行，自己不争气，也怪不得旁人，即使良贵人福泽恩典，伴驾随行，你我姐妹，一个在宫外，一个在宫内，彼此有个照应，也是好的。"

"只能如此。"温僖贵妃不甘心地回应。

宜妃笑意盈盈地饮下香茶，她望着漫天纷飞的大雪，好似看到了塞北的绝美景色。

东侧的承乾宫也是一片喜色，华丽尊贵的珠帘下，宫女玉镯吩咐着小宫人忙碌地挑选着各式宫装。

佟佳皇贵妃捧着手炉，嘱托："离出宫还早，哪能准备这般早？"

玉镯麻利地走出珠帘："这等大事，要早做准备，即使忘了物件儿，也会想起来。"

佟佳皇贵妃疼爱地责怪："就你机灵，心眼儿多。"

玉镯微笑："奴婢也是高兴，入宫这么久，还未曾出宫呢？这次奴婢也沾了娘娘的喜气，开开眼界。"

佟佳皇贵妃苦笑着摇头，一入宫门深似海，无论是高高在上的主子，还是卑微低贱的宫人，都将这一生困在朱红的高墙之内。

玉镯也觉得多言失语，急忙行礼："奴婢给娘娘贺喜，格格也将进宫陪伴娘娘，大喜。"

佟佳皇贵妃泪眼婆娑："本宫入宫多年，都不知道家妹长什么模样了。"

"娘娘，过了元旦，格格便会进宫，居于慈宁宫，太皇太后宅心仁厚，会好好对待格格，以后封了贵妃，与娘娘彼此间也有个照应。"玉镯劝慰。

"这样最好，亲姐妹不同于翊坤宫那对虚情假意的假姐妹。"佟佳皇贵妃不忘挖苦宜妃和郭贵人。

玉镯点头："可不是嘛，今日说来也怪，郭贵人转了性子，竟帮衬起仇敌来。"

"郭贵人是有把柄握在宜妃手中，不得已而为之，眉山夫子一事，宜妃用得巧妙，真是一箭双雕的妙计，荣妃是被人陷害，僖嫔是咎由自取，敏嫔却是糊涂至极。"佟佳皇贵妃轻抚着镶嵌玛瑙翠玉的金镯，眼中闪过一丝忧虑。

"荣妃娘娘大势已去，今后在宫中恐是难以立足。"

"莫要放弃荣妃，她历经孝诚仁、孝昭仁两位皇后而盛宠十载，断然有她的本事，皇上又是个极为念旧情的人，现在下定论为时太早，即使没有这些，荣妃只要再熬个几载，三阿哥和三格格有了出息，会母凭子贵，东山再起。"佟佳皇贵妃闭上双眸缓缓闻着茗茶的香气，"本宫瞧着三阿哥比大阿哥和太子都要聪慧，入上书房几年，造诣颇深，博得皇上喜爱。这宫中啊，没有什么对错，眼前的荣耀和屈辱，都是一时的，指不定什么时候就颠倒过来，一切都要看皇上的心意。"

"娘娘所言极是。"玉镯佩服得五体投地。

"趋炎附势的布贵人顺着高枝儿，坐上了温僖贵妃的船，本宫偏要帮衬荣妃一回，给布贵人一个警告，一会儿你派人去启祥宫走一遭，去瞧瞧五公主，天寒地冻的，是不是染了风寒。"佟佳皇贵妃意味深长地讲道。

"娘娘真是细心，五格格本便体弱，入冬后，总是要沾染重病，奴婢会好生交代五格格的乳娘，马虎不得。"玉镯会意说道。

佟佳皇贵妃长出一口气："唉，本想着与敏嫔一同伴驾出宫，相互间也好有个照应，谁知她如此糊涂，真是事不随心。"

"敏嫔若没有娘娘的照拂，怎能有今日之位，到底是年轻气盛，难免糊涂，还好未惹大祸，受些苦头也好，今后才懂得轻重。"玉镯轻轻捶打着她的后背。

"良贵人与敏嫔年纪相仿，稳重懂事，可惜她为不祥之人，又出身辛者库，难成大事。"佟佳皇贵妃低垂着头，"本宫也是无人可用，忠心之人太少，小人比比皆是。"

"娘娘，这人不在多，而在于精，敏嫔也是聪慧之人，只是轻浮心软，在宫中再磨炼几年，会成大器，再则格格也会早晚为妃，还是自家姐妹同心同德。娘娘日后在宫中一片大好之势，待他日再诞下皇子，谁人能撼动娘娘的凤冠呢？"玉镯贴耳轻语。

佟佳皇贵妃芳心大悦："本宫的汤药也喝了将近一载，身子调理得极好，此次伴驾出行，必要一举得子。"

玉镯挑眉恭祝："娘娘会如愿以偿。"

微微雪色迎着柔和烛光，一寒一暖，佟佳皇贵妃头上的凤钗发出幽幽的光彩。

"当年本宫属意于你，欲将你扶为主子，谁知让那小贱人钻了空子。"佟佳皇贵妃又提起当年之事。

"奴婢愿一生追随娘娘。"玉镯跪倒在地。

佟佳皇贵妃心疼："你待本宫的心思，本宫都懂。老天无眼啊，贱人身中寒毒，竟也能怀有身孕。"

"六阿哥的身子也越来越好，莫非德嫔娘娘知晓了身中寒毒之事？"玉镯谨慎。

"不管她知不知道，她生下的每一位皇子都是对本宫的羞辱。本宫伴驾东巡祭祖，待到百日后才能回宫，赶不上食用新柳芽了。"佟佳皇贵妃的眼中闪过狠辣之色。

玉镯献媚："娘娘放心，奴婢会利用这段时日安排好一切，自从景阳宫的成嫔生下跛脚的七阿哥，不也是收敛了蛮横的性子？"

"本宫才是紫禁城中最尊贵的人。"佟佳皇贵妃仰首长叹。

卫岚音染病在床，长春宫冷冷清清，与元宵节的大红宫灯格格不入。

"启禀主子，八阿哥一切安好，请主子安心养病。"落霜心疼。

卫岚音嘴角上扬，八阿哥又长一岁，她也将慢慢老去。

"八阿哥很英气，从来不哭闹，都是自己爬起来，是大清的小巴图鲁。"落霜每次从钟粹宫探望回来，都细细给她讲八阿哥的近况。

卫岚音在宫外听老人们说过，婴孩走路早，是劳碌命。

曹嬷嬷捧着白瓷药碗："主子，养好身子才好，听林太医讲，主子这病总不好，多半从心底而生，忧虑过度。"

"主子，还有一整月皇上便要东巡祭祖，这可是大喜事，主子能有幸随行伴驾，宫中的人都妒忌得熬红了双眼，莫要辜负太皇太后的一片心意啊。"落霜接过药碗。

卫岚音倚在彩绣双飞蝴蝶的长枕上，苦笑道："我不是病死的，而是被你们唠叨死的，这些话已经听得我耳朵疼了。"清脆的连连笑声，为凄凉孤寂的长春宫添了几分生气。

"玫瑰花生的汤圆，香糯可口，主子要尝尝？"曹嬷嬷问。

"月圆人不圆，也只有食用小小的汤圆寄托哀思。"每逢佳节倍思亲，卫岚音想起死去的额娘和弟弟，还有未曾谋面的亲生阿玛和兄长，唉声叹气。

"主子，还记得景仁宫的汤圆吗？"落霜突然提起。

卫岚音想起与皇上相识的第一个元宵佳节，成嫔派人送来的汤圆被落霜以宫规为由，退了回去。

"汤圆中含有落胎的药。主子从卑微宫女到一宫之主，受尽痛苦。所以主子要保重好身子，才能护八阿哥平安长大。"落霜耐人寻味地劝慰，"什么卑微低贱，金尊玉贵，都是世间俗语，但自贱自哀，才最为可怕。"卫岚音感激地看着她。

"主子，老奴有话要说。"曹嬷嬷面色凝重，"主子，如今宫中形势明朗，佟佳皇贵妃和敏嫔一派，佟佳氏的格格早晚也会为妃。温僖贵妃与宜妃同盟，惠妃八面玲珑，仗着大阿哥和纳兰一族而稳坐四妃之首，德妃暗藏锋芒，蛰伏不定，其余之人暂时不足为念。但是宫中任何的同盟都不牢固，只有依靠自己才最为稳妥。如今皇上正值盛年，年轻嫔妃甚少，主子要抓住机会，重获恩宠，否则再过两载，宫中添新人，又是另一番情景。"

落霜也频频点头附和："曹嬷嬷所言极是，主子没有母族依靠，唯一倚靠的八阿哥又为年幼小儿，还是重获皇上的盛宠，最为实惠。"

"皇上并不知主子已经知晓秘密，主子只要故作娇态，哀怨满腹，去投其所好，皇上定会回心转意。"曹嬷嬷劝慰，"只要皇上与主子郎情妾意，必然会令宫中的嫔妃有所忌惮，八阿哥今后的路也平稳些。"

卫岚音叹气："自从知晓秘密，我总是梦到额娘和阿玛抬起染血的手指质问我，我真是无地自容。皇上是我的世代仇敌，我与他之间本是孽缘，还能怎样？"她服下苦涩的汤药，"此次东巡，我并不在乎伴驾侍寝，只想回儿时的老家去看看，去额娘的墓碑前叩拜磕头。"

曹嬷嬷阻拦："多少草原儿女都在等着八阿哥长大成人，在等着主子为大汗报仇。"

卫岚音摇头："你们都高估了皇上对我的情意，在他的眼中，排在第一位的是江山社稷、黎民百姓，然后才是风花雪月、夜夜笙歌，更重要的是……"卫岚音苦涩地承认，"在后宫，不是只有我一位女子，而我也不是他心中唯一的女子。"

"不。"落霜放下手中的番纹锦盒，急忙反驳，"主子，奴婢追随皇上身边甚久，皇上的性情，奴婢还是知晓一二。皇上性子沉稳，不似太宗和先帝那般炙热，将所有的深情都表露于面。只是因皇上自幼受先帝的冷落，又见过孝康章皇太后不受先帝喜爱，独自在宫中垂泪，险些哭瞎双眼，皇上更加痛恨独宠后宫。后来皇上以冲龄登基，受到四大辅臣的掣肘，每日临朝都是如履薄冰，如坐针毡，更加练就阴柔隐忍的性情。但是看似清冷的皇上，实则心中暖如骄阳，热辣如火。皇上对张娘娘、荣妃都是怜爱有加，并无爱恋之情，对嫡妻孝诚仁皇后更多也为敬仰、感激。毕竟那时皇上年少，险些被鳌拜逼宫退位，非常人所能担之，待清除乱党，皇上亲自执政，大清的江山更是内忧外患，岌岌可危。前几年，皇上都是在漏风漏雨的宫殿内废寝忘食地批阅奏折。如今皇上登基二十一年，天下大定，才缓口气来。这般天之骄子的男子，怎能会对主子虚情假意？奴婢自从知晓主子身世，也深思熟虑过，既然皇上明知主子为察哈尔部唯一的嫡亲血脉，仍捧至手心疼爱，没有斩草除根，便证明了皇上的心意啊。当年主子身怀八阿哥命悬一线，是皇上深夜前来宗人府，带来救命的灵芝，救下主子和八阿哥，事后又让奴婢和林太医立下重誓，永远不得告知主子真相，这都是皇上对主子的情意。所以奴婢可以断定，皇上从未忘记过主子，只是不知如何与主子相处。"听着她的话，卫岚音热泪盈眶。

曹嬷嬷也为之动容："主子，这正是天意，皇上若能爱屋及乌，将江山社稷托付给八阿哥，也省了咱们的力气，这是最好的解决之策，否则他日，真的短兵相见的话，恐是血染金殿。"卫岚音微点头，她要阻止这一幕的发生。

"主子要博得盛宠，挑拨大阿哥与太子两败俱伤，空出储君之位，八阿哥才有机会，咱们的百年大计定能大成。"曹嬷嬷污浊的眼中泛着光泽。

"主子，相信皇上，也遂了自己最初的心意。"落霜心底由衷地期望卫岚音与皇上重归于好。

"让我好好想想。"卫岚音清雅的脸上布满哀愁。长春宫幽暗肃静，她听着外面呼啸的风声，时近时远的喧闹声，回想起最初的元宵夜，她曾怀着忐忑的心与他并肩坐在高处，他用布满薄茧的大手，温暖地包容着她冰凉的小手，如今却已往事如风，他竟然狠心地看她跪于滂沱大雨中而不顾。

她望向窗外那缕模糊的月色，流下两行清泪，天上斜挂的，伸手可摘的枝头明月，都是骗人的假象。好似她与他之间的情意，虽近在咫尺，却远在天边。每日仰望巍峨肃穆的乾清宫，那是她永远也触及不到的高处，她昏昏欲睡。

在朦胧的睡梦中，她忽然闻到一阵酒香，熟悉的身影映在眼前。她伸出瘦弱的双手，颤动地触向此生最爱的男子。

玄烨微醉的脸颊上泛着淡淡的红晕，凌厉的眼神也蒙上一层暖意，他轻抚着她的泪，深情地唤道："岚儿，朕想你。"

那语浅情深的呼唤，让卫岚音在冰冷的元宵夜里忘却所有的仇恨，眼底只有他一人。

"木槿花朝开暮落，皇上的心中可还记得臣妾这株木槿花？"岚音死死拽住玄烨的手，低泣。

压抑多时的情感如决口的堤坝，倾泻而出，玄烨抱紧她，坚定答道：

"朕从未忘记。"

卫岚音的心如刀割："皇上醉了。"他没忘记又如何？木槿花碎，心已死。

玄烨睁着赤红的双眼，焦急地辩解："朕没醉，朕从未忘记过岚儿。"

"皇上。"卫岚音的柔声细语淹没在玄烨的热吻中。冲荡在唇齿间的爱恋消融着彼此心中的仇恨，寒冷的夜，两人相互依偎取暖。

过了几日，终于迎来了东巡的日子。

紫禁城内八旗雄兵排阵列队，英气风发。漫天的明黄色，威严的皇家仪仗队分列两旁，旗罗伞盖、金瓜钺斧，朝中大臣面色凛然，后宫的嫔妃身着凤袍，伫立在雕栏玉砌的周围。钦天监的外族官员南怀仁，虔诚跪地祈祷上苍，胸前的鹭鸶补子映衬其高鼻碧眼，更显其独特的英姿。

身着香色飞天祥云凤袍的温僖贵妃嫉妒着盯向队伍中三顶鎏金轿子，不屑地讲道："真是贱蹄子，染了风寒还要北行，今日走了之后，最好就不要回宫了。"

身后的惠妃微微浅笑，头上金艳的凤钗在寒风下璀璨夺目，泛起冷光，不经意地回道："北地正是隆冬时节，真要借温妹妹的吉言了。"

"此行路途遥远，山林中猛兽居多，如若良贵人独自乱走，命薄而丢了性命，也怪不得旁人。"景阳宫副位安嫔满脸恭敬，刻意求好。

"寒重风大，小心闪了舌头。"成嫔握着胸前的珊瑚朝珠，怒剜安嫔一眼。

温僖贵妃和惠妃诧异地相视而笑，安嫔毫不在乎的面容下是一颗得意洋洋的心。

"请皇上上马。"

"请太子上马。"

"请大阿哥上马。"随着回荡在空旷之地的一记记长调，惠妃疼爱的眼神飘向远处稚气消退的大阿哥。

玄烨满身戎装安坐骏马之上，冷冽的眼神扫向千军，想起十一年前第一次东巡祭祖的寒酸场面，感慨万千，一个轮回的搏击而发，励精图治，换来今日的辉煌霸业。如今终于可以在先辈的陵前，仰首挺胸，大声相告，爱新觉罗·玄烨不但守住了大清的基业，更开疆扩土，为子孙万代博得更广袤的土地。

他镶缀明黄坠缨的马鞭，威严霸气："开拔。"

"吾皇万岁、万岁、万万岁。"众人跪落在地，震耳的呼喊声盖过世间所有的声响。

卫岚音偷偷掀起轿帘的一角，望着眉宇间气韵深藏、决胜千里的玄烨，心中荡漾，那灼灼其华的英姿，刻在心底。

康熙二十一年农历二月二十五，意气风发的玄烨带着后妃、太子和皇亲权贵，王公大臣，东巡祭祖，声势浩大，队伍延绵二十余里，随行七万余人，一路北上东行，第二次踏上东巡之路。

卫岚音安坐皇轿，在京城城门再行祭拜后，便换上了黄帐宝盖的马车，落霜一路随行坐在车内，马车两侧的随行之人都是护军营勇猛无敌、铮铮铁骨的八旗亲兵。

一路天气晴和，两日后到达金星山下，孝陵门前，这是先帝与玄烨生母孝康章皇后佟佳氏和孝献端敬皇后董鄂氏合葬之陵，玄烨怀着悲伤的神色亲自下马，并允许佟佳皇贵妃与其比肩，步入陵园，前行拜祭。他们带着太子和大阿哥在先帝和两位皇太后的牌位前，守灵一日一夜之后，又再次开拔前行。

"主子？"看着卫岚音失神，落霜逗笑，"主子放心，曹嬷嬷会照料八阿哥，临行前，惠妃娘娘也说，会好生教导八阿哥，时常将八阿哥的情形写信告知主子。"

卫岚音叹气："还是将八阿哥带到身边抚养，颇为稳妥。"

落霜低声："皇上的意思是？"

卫岚音回应："正如你所想，皇上想我年幼卑微，恐八阿哥在长春宫受奸人惦记，便顺水推舟，在我怀有身孕时特意许惠妃以妃位之首，保八阿哥平安。待到八阿哥成器后，再行定夺。"

落霜微笑："皇上果然对主子不同，情深意重。"

卫岚音双颊窘红："到哪里了？"

落霜掩口而笑："方才侍卫来报，马上就要入关了，今夜便驻扎在山海关为营。"

卫岚音感慨："天下第一关埋藏了多少英雄憾事，隔住了南北之路，北面地广人稀，天寒地冻，当年我也是从这里入关的。"

"主子的福气还在后头，皇上如今对主子甚好，这几日出宫赶路，皇上怕主子辛苦，对主子嘘寒问暖，赏赐的物件儿，都快一马车了。"落霜贴耳柔声，"宜妃娘娘气得还没有用膳呢。"

卫岚音摇头："少听人乱说，宜妃是厉害角色，伤了面上的和气，往后咱们的日子恐怕不好过。"

"主子放心，奴婢自有分寸。"落霜点头。

"良贵人。"车外传来清脆的稚嫩童音。

卫岚音与落霜相视而笑，太子来了。

大队人马刚出京城，太子便总是有事无事赖在卫岚音的马车两侧不走，不是送来只黄莺，就是送来只喜鹊，四处讨卫岚音的欢心，全然没有当初因大阿哥之事继续气恼她的半分心思。

倒是弄得卫岚音非常纠结，太子仁孝、纯真，长大后是明君圣主，她如何能夺其储君之位？

她挑起布帘："不知太子何事？"

太子笑意盈盈："良贵人，我在前方打下一只野兔，想着良贵人路途寂寞，特意孝敬给良贵人解闷。"

卫岚音还未反过神儿来，太子将怀中的小灰兔匆忙地扔进马车："良贵人，皇阿玛还要考我骑射，我先走了，明日再来。"他兴致勃勃地驾马而去。

被红绳捆住的小灰兔，瞪着圆圆的眼睛，浑身颤动，斜躺在卫岚音的怀里。

落霜苦笑："真是服了太子殿下，两只喜鹊和三只黄莺已经吵闹着主子不得安歇，今日又弄来一只野兔，明日指不定又送来什么呢。"

"他虽为太子多年，但亦是孩子，玩心颇重，好不容易逮到机会出宫，当然欢喜，随他去吧。"卫岚音轻轻抚着可爱的小灰兔。

"主子此话莫让旁人听见，太子如今已八岁，皇上就是这个年纪登基为帝，先帝登基才六岁，主子疼爱太子，但这话若传入有心之人的耳内，便是大不敬之语，主子有教唆太子贪玩误国之嫌。"落霜神色沉重。

卫岚音瞧着机灵的小灰兔，愈加喜欢："处处小心，步步为营，这把人逼迫的，不敢讲实话，更不敢对旁人好，如此这般，倒不如兔子活得悠闲自在。"

"良贵人吉祥。"梁公公阴柔的声调从车外传来。卫岚音和落霜急忙掀开布帘。

"梁公公不必多礼。"

"落霜给师傅请安。"

一番寒暄之后，梁公公拿出洁白的绢帕："良贵人，皇上知晓良贵人旅途劳顿，今晚着宜妃娘娘侍寝，又恐良贵人伤心，特命奴才送来绢帕为良贵人解忧。"

"多谢公公。"卫岚音双手接过染墨的绢帕。

"良贵人，奴才侍奉皇上多年，您可是皇上心尖儿上的人啊。"梁公公临走前，莫名其妙地扔下一语。

落霜挑着柳眉，喜气地对着小灰兔："小兔子，以后嫁人要和主子一样，擦亮眼睛找个如意郎君哦。"卫岚音满脸羞涩。

落霜朗朗大笑："皇上连临幸其他嫔妃，都要惦记主子，主子可是集三千宠爱于一身。"

卫岚音绯霞氤氲，紧抿着嫣红嘴唇，慢慢展开绢帕。美而不藻的字迹涌现眼前，这是一首千古传唱、感人肺腑的凤求凰。

有一美人兮，见之不忘。

一日不见兮，思之如狂。

凤飞翱翔兮，四海求凰。

无奈佳人兮，不在东墙。

将琴代语兮，聊写衷肠。

何时见许兮，慰我彷徨？

愿言配德兮，携手相将！

不得于飞兮，使我沦亡。

　　还未念完，窝在眼眶的泪水已经湿润了一个个饱含深情的字迹，裹在泪中的字，模糊成片，好似两人之间我中有你、你中有我的真情。

　　迎着清新干冷的山风，卫岚音将绢帕视如珍宝地捂在胸口，广为世人传唱的凤求凰，与她的心一同跳动。她忘却了紫禁城一次次从云端跌到地上的疼痛，心里只有拿去她魂魄的人。

第九章

云淡星疏寒光晓

　　紫禁城因主子的离宫变得寂静，钟粹宫内宫灯通明，惠妃守在雕金的烛台前，迎着烛光仔细看着信函，半晌后，她神色凝重地将信转给一旁的通嫔。

　　浓艳装束的通嫔匆匆扫过书信："皇上以皇后之礼，与皇贵妃共同祭拜孝陵？真是抬举她。"

　　"孝陵里安息着皇上的亲额娘，皇贵妃的亲姑姑，皇上如此做，也不足为奇。"惠妃不屑，"皇上说过，永不立后，皇贵妃自然就是六宫之主。"

　　"她入宫多年，一无所出，却高居皇贵妃之位，真是生得好人家。"通嫔嘲弄挖苦，"难道要空抱皇贵妃之位而薨？"

　　惠妃意味深长地摇头："人啊，总得要看清楚自己的地位，死后能葬入皇陵与皇上长眠，除了生前要得到皇上的宠爱，皇子能否登上皇位，才最为关键。咱们的皇上不就是最好的例子？孝康章皇太后一生不受先帝宠爱，只得皇上一子，最后母凭子贵，受封为后。孝康章皇太后在先皇驾崩两年后薨去，以卑动尊，与先帝合葬，葬入皇陵，还能得子孙的拜祭，端敬皇太后在九泉之下见到今日的情形，怕也是潸然泪下。"

"姐姐此言真是透彻，古往今来，后宫嫔妃就是被皇上的盛宠捧上了天，在新皇登基时，也总有哭的时候。"通嫔点头附和，"这信上还讲，大阿哥打猎拔得头筹，都盖过了太子的威风，真是快意。"

惠妃喜气："咱们纳兰一族个个都是文武双全之人，皇上亦是文韬武略，大阿哥不会落在人后。"她话锋一转，"本宫让大阿哥要懂得收敛隐藏，不能事事出头，抢太子的风头，长此以往，皇上的脸面如何能过得去，早晚会落个好大喜功的罪名。"

"姐姐，大阿哥本就事事都强于太子，若不是当初三藩兵起，形势危急，皇上怎能这么早立下太子？但太子只是太子，不是皇上，自古太子顺利继位者少之又少，戎马一生的汉武帝，不也是在晚年又另立新君吗？"通嫔缓缓地说。

"那依妹妹之见？"惠妃疑虑。

"依妹妹拙见，咱们不必费心费力扳倒太子，皇上正值盛年，离新君继位还有十万八千里，咱们何必为他人缝制衣裳？就让太子一家独大，岂不更好，古语讲骄兵必败，养成蛮狠的性子，自己便倒下了，哪里还用咱们动手？"通嫔狡黠地眨着眼睛，"对待八阿哥，咱们也用这个法子，慈母多败儿，三岁看老，八阿哥想干什么，就由他去，把天捅漏了，自有长春宫收拾乱摊子，也不关咱们的事情。"

"好，本宫马上修书与大学士商议，告诫大阿哥一切务必以太子为尊，宁可藏拙，也不可逞强。"惠妃点头。

通嫔继续看着信函："原来皇上今日翻了宜妃的牌子，夜宿山海关，明日出关北上。"

"良贵人虽然盛极，但皇上依旧雨露平摊，我们还是有机会的。"惠妃阴险的笑容里暗藏杀意。

"良贵人本便命薄，八阿哥跟着她也是受苦，哪里比得过咱们钟粹宫的荣耀。"通嫔嗔怒。

"这几日宫中可有大事？"惠妃淡淡地问，皇上出行的这几日里，她在佛堂中为皇上和大阿哥祈福，并未理会东西六宫之事。

"瞧我这糨糊的脑袋，还真有大事发生。"通嫔揉着头，"永和宫的德妃见了红，胎位不稳，温僖贵妃带太医去看过，听太医们说，德妃身子虚寒不宜受孕，她却不听劝告，不肯服用散子汤，强行保胎，恐是凶险万分，危及性命。"

"温僖贵妃怎么说？"惠妃追问。

"温僖贵妃立即写了信函快马加鞭禀告皇上。"

"她到底还是年轻气盛，压不住事情。这等小事还用单独发去信函打扰皇上吗？皇上东巡在外，政务繁忙，只要将此事写在每日的信函中即可。"惠妃剥开酸甜可口的贡品蜜橘，"德妃的那点儿小心思，真是得不偿失，如若因此连命都没有，皇子们怎能过得好？留得青山在，不愁没柴烧，真是鼠目寸光，将此事写在给太皇太后的每日书信里，请太皇太后定夺。"

"是，姐姐。德妃是下三旗的宫人出身，上不了台面，如今能高居妃位，与姐姐比肩，祖坟冒了青烟，还想怎样？"通嫔也微笑地将橘瓣儿放入口中。

"天作孽犹可恕，人作孽不可活。她若一意孤行，也奈何不了旁人。"惠妃的脸上露出喜气。

虽远隔千里，但暗藏的汹涌激流从未停止。

微微夜色，威严的东巡队伍在傍晚时分，到达山海关脚下的皇家行宫，当地的守军统领已做好接驾的准备，处处红毯铺地，红绸裹树，极尽尊贵。

卫岚音不喜喧闹交际，早早安歇在温暖如春的侧殿。

"主子，奴婢就在旁边的外间居住，主子有事，尽管传唤奴婢即可。"落霜吹灭烛光。

"你也去安歇吧，一路颠簸赶路，总得要养足精神，待入关后，行宫甚少，怕是就要露营扎寨。"卫岚音亲切地讲道。

"知道了，主子，外面冰天雪地，屋内暂时温热，恐是过了午夜，便会凉下来，主子还是将白狐裘压在床边驱寒吧。"落霜离去前仍不忘细心地嘱托。

屋内陷入寂静，只听得到窗外呼啸的山风，卫岚音枕着那曲凤求凰，清美的脸上挂着笑意缓缓入眠。子时刚过，她被小灰兔的吱吱乱动声所惊醒。

"小灰兔饿了吗？"卫岚音不忍心唤起落霜，独自起身披上白狐裘，走向关着小灰兔的竹笼。忽听门响，簌簌的脚步声传来，她还未探望，一道泛着寒光的刀刃冰凉地抵在脖颈间："别动。"

卫岚音倒吸一口冷气。蒙面男子细抚着她身上的白狐裘："真是好物件，今日的运气不好，未能捉住贼皇，只逮住了储君太子，如今又逮住一位娘娘，也够本了，真是天助我也。"

卫岚音心惊，太子被捉？她稳了稳慌乱的心思："你是何人？"

蒙面男子冷笑："娘娘最好放老实些，刀剑无眼，我若是失手误伤娘娘，就不好了。"

卫岚音执着追问："你到底是何人，夜闯行宫，是大逆不道的死罪。"

"到了地方，娘娘就会知道了。"蒙面男子拽着她，捅破厚厚的窗纸。外面火把通明，八旗亲兵手持弓箭，蓄势待发，照这情形，恐怕是插翅难逃，他阴冷的目光："娘娘要送我一程。"

"太子在哪里？"卫岚音担心地追问。

"放心，太子与娘娘同样安全，一会儿你们就能见面。"蒙面男子大笑。

"外面的人听着，你们的娘娘和太子都在我们的手里，放下你们手中的弓箭。"蒙面男子大声疾呼，也是在与同伴传递消息。

随后一声声清脆的门响，三五名身着夜行衣的男子从太子居住的寝宫中走出。

"让老奴代太子受苦。"崔公公见太子昏死在贼人怀中，瘫坐在冰寒的地上。蒙面男子大义凛然地推开房门，带着卫岚音走了出去。所有人的目光都集中在他的身上。

"主子，主子。"落霜痛哭不已。

山海关守城统领拔出刀剑指向蒙面男子，怒语："你到底是何人，竟然敢夜闯皇家行宫，想忤逆造反吗？"

玄烨匆匆而至，见卫岚音和太子被劫，他攥着鼓起青筋的拳头，龙颜大怒："贼人流寇，你们有几个脑袋敢如此做？"

"哈哈。"蒙面男子仰天大笑，"满家贼皇，天下汉人皆可屠之。"

玄烨拉起圆弓："你们是天地会的人？"

"我们只是普通的汉家百姓，只为天下百姓谋求安定。"蒙面男子将刀刃抵在卫岚音的脖颈，对视着玄烨冒着怒火的双眸，正气而答，"命你的八旗家狗，放下弓箭，备好快马，让出一条路来，否则娇媚的娘娘和年幼的太子将人头落地，为我们兄弟陪葬。"

"朕是大清的皇上，怎能受人挟持。"玄烨勃然大怒地瞄准他的喉咙。

卫岚音从未见过如此硬朗霸气的他，她心怀敬仰地露出一抹微笑，今日如若这般死去，也是干干净净，少来日之苦。

玄烨刻意避开她投来的目光，他恨不得用自己去换回她。其实他赶来时，心里很害怕，深爱的女子和国之储君都是他的命脉，面对强敌要挟，他必要救出岚儿和太子，只能坚持强硬的态度，绝对不能有丝毫的妥协，否则会更糟。

佟佳皇贵妃与宜妃隐在暗处，静静地看着这一切，紧盯着玄烨拉满的圆弓和抵在卫岚音脖颈处的匕首，恨不得立即上前，结束卫岚音的性命。

"好。"蒙面男子仰天长啸，"早知晓满人无情，看来果真如此，贼皇更是众人的表率。"他低头看向卫岚音，"既然皇上对你如此薄情寡义，亦不要你，今后你便跟着我，做我的女人，太子今后给我做儿子。"

"放肆。"玄烨紧绷剑翎，眼神中满是锋利。

蒙面男子冷笑，手中的匕首划了下去。卫岚音的脖颈流下滚烫的鲜血，黏稠的血珠滚动在白色的狐裘上。玄烨心如刀割，圆弓颤动了几下。卫岚音带着恬静的微笑，缓缓闭上双眸。

"主子。"落霜瞪圆双眼大喊。

"让他们走。"玄烨手中的弓箭跌落在地。佟佳皇贵妃和宜妃的眼底尽是失望。

蒙面男子本已做好鱼死网破的准备，没想到局面发生逆转，他对着卫岚音低沉地说道："原来贼皇还是个风流坏子，舍不得娘娘去送死。"

卫岚音愤怒地瞪眼："你到底想做什么？"

蒙面男子狂笑："我等当然是想为天下百姓除去贼皇。"

卫岚音凛然地说道："你们放了太子，我随你们离去，太子是孩子，挟持幼儿，怎能是侠义之士所为？"寒风吹乱了她的三千青丝，松软洁白的白狐裘上殷红点点，更显出她柔美的娇容，如此这般深明大义的话语震撼着玄烨的心。

蒙面男子眯起双眸："太子为一国储君，形如帝王，我要拿太子祭旗，放了娘娘，或许未尝不可。"

卫岚音扫向狡猾的蒙面男子："满口为天下百姓，不过是沽名钓誉罢了。"

"娘娘好一张伶牙俐齿，省些力气，送我等一程。"蒙面男子凝眉厉语。

"朕今日放你们走，待到安全之地，务必将良贵人和太子毫发无损地给朕送回来，否则，便是掘地三尺、搜山检海也不会轻饶你们这些流寇。"玄烨手指间的翠玉扳指泛着寒光杀气。

蒙面男子微微颤抖，众人以为他是被皇上的威严气势压倒，卫岚音却觉得另有蹊跷，因为他手中的匕首也松了几分。

"走。"满身黑衣的一行人等，带着太子，威逼着卫岚音，翻身上马，奋力驰骋。

"人生自古谁无死，留取丹心照汗青，贼皇，今日便宜了你，今后若是有机会，会为嘉定和扬州死去的万千百姓报仇雪恨。"蒙面男子留下纷纷扬扬的话语，驾马扬尘而去。

玄烨重重地甩着衣袖，抽出箭筒中的利箭，掰断两截："今日之辱不报，形如此箭。"

八旗亲兵身披重甲跪地："属下愿为皇上分忧排难，誓死效忠皇上。"

"主子。"

"太子。"

落霜和崔公公悲伤痛苦地跪在玄烨面前。

"求皇上救出主子。"

"求皇上救出太子。"

"放心，皇上会救出太子和良贵人。"玄烨身边的梁公公细声安慰道。

"宫中急报，宫中急报。"一传令官疾呼而至。

佟佳皇贵妃和宜妃心头一紧，这才走几日，难道紫禁城出了什么乱子？

玄烨匆匆撕下封印，愤怒懊恼地喊道："整日都没有事情做吗？还是嫌朕的事情少？"

"贵妃娘娘还在等着皇上的旨意。"传令官胆战心惊。

"滚，不知轻重的奴才。"玄烨更为恼火。

佟佳皇贵妃微笑地走上前来："宫中何事这般紧急，都令温妹妹派出八百里加急，还是让臣妾解决。"

玄烨不耐烦地将信函交予她："皇贵妃办理。"他转向八旗亲兵："护卫营首领，驻关统领随朕速去议事。"

"是，微臣遵命。"干练内敛的声音回应。

宜妃狐疑地盯着佟佳皇贵妃手中的密函，递给传令官一记眼色，转身离去。

八旗亲兵和守关的士兵组成密集的编队，整夜守在皇城行宫，时刻保护着众人的安全。

回到东侧殿的佟佳皇贵妃盯着紫禁城中紧急送来的信函，脸上失望之气尽退："真是天助本宫。"

宫女玉镯将信函慢慢收好："娘娘，贵妃娘娘真是稚嫩，这等小事，竟能如此劳烦皇上，不知娘娘想如何处置？"

佟佳皇贵妃微笑："德妃不顾太医的劝慰，一味想生下皇子，企图用多名皇子在后宫中博得一席之地，与本宫抗争，本宫便遂了她的心意。"

玉镯献媚："娘娘所言极是，德妃娘娘的性子本来就倔强，昔日在承乾宫做宫女时，是一条道儿跑到黑的人，娘娘怎能劝得动？再则太医们都已经把利害关系讲绝了，若是再不落胎，连性命都要搭进去，德妃娘娘真是越来越愚笨。"

"本宫没有闲工夫和贱人玩儿，明日你给贱人回封信，大意讲明情况，无须太过尖锐规劝，一切随她的性子。"佟佳皇贵妃郑重地吩咐。

"娘娘放心，奴婢会将娘娘的好意表述清楚，转给德妃娘娘。"玉镯玲珑应道。

"好，今夜真是喜事不断，若如这些贱人都省心地死去，就不用本宫出手了。"佟佳皇贵妃感慨而言。

"这是老天示警。"玉镯眼底显露杀气，"依主子看，今日的流寇是什么人？"

"劫走太子和后宫妃嫔都足以诛灭九族，五马分尸，来人心不慌乱，还口出狂言，是冲着皇上来的，太子和良贵人恐怕是做了替死鬼。"佟佳皇贵妃蹙眉沉思，"此人必定效忠汉姓前朝，是反清复明的乱党贼子。"

"太子和良贵人若遭遇不测，也是为皇上而死，死得其所，不枉费皇上的疼爱和盛宠。"玉镯抿着红唇，偷笑。

"今日皇上对良贵人的情意，人尽皆知，一日不除良贵人，本宫的心愿便难达成。"佟佳皇贵妃咬牙切齿。

"娘娘无须担忧，无根无派的平庸皇子，即使生出三头六臂又能如何？也就是个闲散的贝勒爷。"玉镯安慰。

"但愿如此，良贵人心思缜密，城府颇深，还真是小看不得。"佟佳皇贵妃眯着凤眸，回想起卫岚音大义凛然的一幕。

"娘娘放心，良贵人身边都是不入流之人，成不了什么大事。"玉镯细细拨弄金烛台上的烛芯。

佟佳皇贵妃忽而想起旧事，挑眉："上次敏嫔说良贵人身边那个林太医的寻人之事，有何眉目？"

玉镯摇着头："国舅爷还未传来半分消息，待过几日，奴婢再去问问。"主仆两人推心置腹，谈论着宫中秘闻。

此时，玄烨与都统大臣们正在商讨营救太子和卫岚音的法子。

"启禀皇上，流寇一路北行，奔着宁远州方向去了。"探子回报。

"太子和良贵人如何？"玄烨焦急。

"属下无能，不得而知。"探子低下头，"这些流寇在关外好似有人接应。"

守关都统拱手："皇上，这里山林众多，野兽饥寒交迫，又正值隆冬时节，如若流寇被逼急，将太子和良贵人遗落在山里，恐是不妙啊。"

秦时明月汉时关，望着窗外的巍巍山海关，玄烨身披战袍龙甲，傲视群山，内心焦灼不堪："传令下去，今夜之事不能走漏一丝消息，否则格杀勿论。搜寻时只讲，有宫人敛财私自逃走。"

"是。"

夜幕下寒风凛冽，军旗飘展，远处传来鹰唳兽嚎，玄烨的眼底尽是悲伤，太子和岚儿是他的命脉，他望着朦胧的夜色，蓬勃而出的旭日，坚定自语："岚儿，等着朕来救你。"

卫岚音被蒙面男子拦在马上，一路疾驰，又几度弃马，辗转走入深山。在一处猎户草庐，卫岚音和太子被扔在冰冷的地上。黑衣人换好衣装，围着泥炉，饮起热茶。

"大哥，今日运气真差，贼皇狡诈，摆起迷魂阵。"一魁梧汉子唉声叹气。

被唤作大哥的正是劫持卫岚音的蒙面男子，卫岚音偷偷瞄去，发现他是一位面带风雅、书生气极浓的儒士。

他紧握着手中的粗瓷茶杯，眉峰紧锁，面露不快。

"哎，大哥，你倒是快些拿主意啊，贼皇的追兵转眼即到。"魁梧汉子焦虑地喊道，"不行的话，咱们沿着贼皇的东巡之路继续追杀，绝对不能放过贼皇出巡的绝好时机，娘娘和太子就当祭天，扔在这里喂狼。"

"老三，莫要逼迫子鸣。"一身猎户打扮的男子从外而入，肩上扛着两只冻得僵硬的野鸡。

卫岚音怒瞪着魁梧汉子，淡然地脱下染血的白狐裘，将昏迷的太子裹抱在怀中，太子腹部受了刀伤，一路颠簸辗转，却仍昏睡，她气愤地痛斥："你们到底是什么人？连冲龄幼童也不放过？"

被唤作子鸣的蒙面男子意味深长地问道："你是长春宫的良贵人？"

卫岚音点头："没错。听闻天地会打着反清复明的旗帜多年，行侠仗义，百姓追随，绝非是欺辱妇孺幼儿的小人。"

"你！"魁梧汉子气愤地站立，拔出腰间的长剑指向卫岚音。

"被我说中了心事吗？你们这些小人，竟然企图杀害皇上。你们可知，皇上一旦驾崩，朝廷动乱，为那把龙椅，世间会再起纷争，百姓亦会流离失所，你们都是千古罪人。"卫岚音的语气咄咄逼人。

"那又如何，总不能让背着个长辫子、穿着马褂的满人统治中原。"刚刚进来的猎户，气愤地将野鸡扔在地上。

"休得放肆。"子鸣痛斥，"良贵人所言极是，但人各有志，各为其主，各谋大业罢了。"

"大哥，少和这多事的娘娘废话，咱们还是早些离开这是非之地，前去盛京与二哥会合，再谋大业。"魁梧汉子急躁。子鸣却好似藏了心事，欲言又止。

"大哥是不是又起了怜悯之心，这次不同往日，他们都是咱们的死敌。"魁梧汉子重语。

猎户凌厉的眼神看向卫岚音："听闻世间的好物件儿都在皇宫，不知娘娘身上可有值钱的东西，赏赐些给咱们呀？"

子鸣面色羞红："勿要妄语非礼。"

"大哥别管，我自有分寸。"猎户摆手。

卫岚音心惊："我们身上没有贵重之物，你们若是求财，只要放了我与太子，皇上会重金赎人。"

猎户瞄向她的脖颈，顺手抓去："这是什么？"

"无耻之徒。"卫岚音躲闪。

猎户定睛瞧着手中扯断的红线，面色大惊："大哥。"

卫岚音暗道不好，自从林太医拿出另一同心玉环，为避免惹奸人闲言，她便将自己那只还给林太医。前些时日得到庶妃张姐姐的印章，便贴身戴着，本想几月后交予放行出宫的翠微。没想到今日被流寇所夺，辜负张姐姐的心愿。

"还给我。"她大声疾呼。

子鸣颤抖着接过篆刻定国公主字样的印章："不知良贵人从何得来此物？"

卫岚音一愣："你认识此印？"

"当然认得，这是我大明朱三太子所赐下的定国公主的印章。"猎户的眼底闪过杀色。

"原来你们不是天地会的人，你们是明朝朱三太子的手下余孽。"卫岚音想到自己的身世，又看着昏迷中的太子。朱家王朝、察哈尔部、大清太子都聚于此，多么可笑至极却又凄凉万分的局面，皆抵不过世间交织的情仇爱恨。

"我等皆为大明名臣之后，效命于朱三太子。"子鸣忧心忡忡，"不知良贵人从何而来这枚印章？"

卫岚音见他悲伤的神色，年纪与张姐姐相仿，莫非另有隐情？她缓缓地说道："这是宫中庶妃张氏在临终前给我的，她就是你们口中的定国公主。"

子鸣紧握着印章，面带泪痕，愤怒、气恼、悲伤冲荡在胸前。

"大哥，太子他也是逼不得已。"魁梧汉子低声劝慰。子鸣脸色阴冷如冰。

"逼不得已？"猎户气愤，"原来太子一箭双雕，将有着倾国之色的定国公主送入紫禁城，迷惑贼皇，又骗大哥，定国公主被满人糟蹋而亡，让大哥为之报仇雪恨，为太子心甘情愿地去卖命。"

"你等皆忘记祖宗的遗训了？太子也是无奈之举。"魁梧汉子出言辩解。

"暗桩来报此事有疑，原本我和大哥便有所猜忌，没想到今日误打误撞，找到直接的证据，三弟休要劝阻。近几年来，太子和二哥在江南饱思淫欲，乐不思蜀，早已忘了亡国家仇，我和大哥又饱受太子和二哥的猜忌。这次若不是大哥的妙计，如何能北上斩杀贼皇？二哥贪生怕死，早早躲进盛京的青楼里享福，可曾想过咱们在这深山老林中挨冻受饿？"

卫岚音恍然大悟，原来背后的故事竟然如此曲折，同样充满欺骗和利用。她看着子鸣眼底的怒气，默不作声。

"够了。"子鸣扬起发白的手指，紧盯卫岚音，"她临走前可曾讲过什么？"

卫岚音回想起那张凄美温顺的脸庞："我与张姐姐仅一面之缘，只是听闻张姐姐一生疾苦，受人摆布，皇上洞悉毒计，没有杀她，留她一命。张姐姐因病重而亡，临走前很安详，只是拜托我，照顾她的贴身宫女翠微。"

"翠微？"子鸣喃喃自语。

卫岚音忽然想起张姐姐临终前低吟的诗词，曲词优美，她曾临摹多遍："太液芙蓉，浑不似，旧时颜色。曾记得，春风雨露，玉楼金阙。名播兰馨妃后里，晕潮莲脸君王侧。忽一声、鼙鼓揭天来，繁华歇。龙虎散，风云灭。千古恨，凭谁说……"

"哈哈。"子鸣踉跄地险些摔倒，他的喉间一阵咸甜，嘴角挂着赤红。

"大哥。"猎户痛心地呼唤。

卫岚音实在不知张姐姐心中爱恋的到底是皇上还是眼前这名重情的男子，一曲凄美的词调，道的是内心无尽的疾苦和无奈。

"多谢良贵人。"子鸣从怀中找出白瓷瓶，"这是上好的金疮药，为太子敷上吧。"

"大哥，不可啊。"魁梧汉子阻拦。

卫岚音死死将白瓷瓶攥在手中。

"若是你眼中还有我这个大哥，就不要再欺骗我了。"子鸣愤怒地大喊，"我去送良贵人和太子回去，你们去盛京与老二会合，今日一别，恐来世再见。"

"大哥。"猎户跪地痛哭，"我誓死追随大哥。"

"唉！"魁梧汉子急躁地跺脚。

"你若想安稳，便回老家与妻儿团聚，好生过日子。"子鸣扶起猎户，"我心无所念，早日去陪伴定国公主也好。你们立即启程，不得有误，一路上小心关卡。"

子鸣俯身抱起昏死的太子："我即刻送他们回去。"

"大哥。"众人含泪跪地叩首。子鸣决然地带着卫岚音和太子离去。

走出草庐，白雪缭绕，高大的树木遮挡住万丈红光，一株株银装素裹的松树，宛如未点绛唇的婉约女子，秀雅卓然。显然昨夜下了清雪，掩盖住所有的痕迹。卫岚音被漫山的银白刺痛双眼。

"会骑马吗？"子鸣看着瑟瑟发抖的她。

卫岚音微微点头，又随即摇头，年幼时，额娘曾经教过她骑老马，但已多年未骑，哪里还能记得？

"山中有几匹烈马，必须要勒紧缰绳，跟在我的后面即可。"子鸣瞄向苍白的太子，"金疮药只能暂时止血，不能彻底医治，如若正午前太子得不到妥当的医治，必死无疑。"

卫岚音疾语："正午前要送太子回山海关，那里有随行太医，最好的草药，能医治太子。"

子鸣神色沉重地反问："听闻宫闱之内，嫡庶纷争，多少人恨不得太子死，良贵人刚刚生下八阿哥，为何放过这绝好的机会，反而这般维护太子？"

卫岚音苦笑，宫中难道还有朱三太子的暗桩？她语调委婉："传闻不可信。"

子鸣清雅一笑："多有得罪，还望良贵人见谅，伤口还疼？"

卫岚音摇头，她平静地看着他，出言劝慰："冤冤相报何时了，定国公主临终前早已看开。你为何还不能释怀？自古便有改朝换代，新君登位，谁能阻止？皇上继位二十一载，勤政爱民，历历在目，丰功伟绩更是妇孺皆知。你亦是忠贞之士，有情之人，忘记仇恨，远离纷争吧。你不要送我回关，只要给我指明道路，我自己带太子回去。"

子鸣脱下身上的披风，系在卫岚音身上："你是我掳来的，也要由我将你送还给贼皇。"

卫岚音匆忙阻止："不，你回去必受千刀万剐之刑，死无葬身之地，你能有此心，我和太子铭记在怀，但是你必须要活下去，不为旁人，只为你自己，因为最为重要的是……"她望着白雪皑皑的山林，"最为重要的是，所有人都挣脱不开世俗宿命，而你亦有这个机会。你能看破权势和仇恨，更应该享受宁谧。世上有多少人，背井离乡，蛰伏数十年而只为一个虚无缥缈的誓言，最后郁郁而终，含恨而亡，都只缘于一句，身不由己。到头来，皆是镜花水月，昙花一现，追悔莫及却不敢道出后悔二字，憋在心底。"她轻轻踩着松软的白雪，吱吱的声响如古琴铮铮。

子鸣微微颤动，温润秀洁的眼底尽是悲哀之色。

卫岚音见他触动，继续说道："你只要送我到山脚，告知我回去的道路，我会带太子回关，你先去避一避风头，好男儿志在四方，无论是游荡山野，还是湖中泛舟，都是乐得自在逍遥，我想这也是逝者的期望。"

"天下之大，哪有我容身之处？"子鸣背着双手，凌风而立，他迎着晨光熹微，眺望一望无际的林间白雪，浑身笼罩着层层耀眼的光晕。

卫岚音的内心泛着凄凉，如若张姐姐没有作为棋子入宫报仇，如今这两人该是何等的自在逍遥，只可惜永远没有如果。她亦走不出这四方红墙的禁锢。

"佛曰，烦忧皆由心生，只要放得下荣华富贵，世俗纷争，处处皆能安身。关内盛京之南，临海之处，有处小村落，名为熊岳，民风淳朴，地广人稀，朝起观海听潮，夕阳落日极为美艳，是隐居于世的好地方。"卫岚音望着无际的白雪仿若又看到了平静的海面，那里保留着她和额娘最美的记忆。自从离开那片海，失去海神的庇护，短短的几年里，她失去了额娘，失去了所有的一切，只留下耳边时而响起的海浪声。

"多谢良贵人。"子鸣拱手相谢，"若有机会，自会前往如此佳境。"

子鸣煦阳暖意地说道："良贵人的心意，我铭记在心。"他弯腰抱起太子，"走吧，绕过山头，才有小路。"

卫岚音迈着蹒跚的碎步跟在他的身后，路上，虽然她一再坚持，苦言相劝，但子鸣不为所动，依然坚持一路相送。

此时的山海关皇家行宫与艳阳高照格格不入。

"皇上，用膳吧，先祖保佑，太子和良贵人会平安归来。"梁公公苦口婆心地劝慰。

"还没有消息吗？"玄烨幽冷的目光如寒冰剔透。

"皇上，昨夜下了雪，盖住了马蹄的印记，护军营和都统大人都已经派人出去寻了，皇上无须担忧。"梁公公亦是愁眉苦脸，"皇上还是要保重龙体，良贵人对皇上用情极深，见皇上如此，也会心疼，太子虽年幼但也仁孝，不忍皇上如此劳神啊。"

"朕心乱如麻。"玄烨终于摘下强硬的面具，宛如常人，说出心底的话语。

"皇上。"梁公公抹着眼泪。

"先下去吧，朕想一个人静静。"玄烨摆着手，"有任何消息，立即来报。"

"是，皇上。"梁公公叹息离去。

玄烨望着竹笼中的小灰兔，眼前氤氲："你们到底在哪里？"

他和衣躺在卫岚音留宿的侧殿，闭上双眸。从什么时候起，他弄丢了这份真情，只有猜忌，如今想来真是可笑。当年林丹汗兵强马壮，察哈尔部拥兵数十万，依旧被先祖斩于马下。如今岚儿只是孤女，察哈尔部余孽更是少之又少，他害怕什么？他摸着跳跃的心，懊恼不已。是他太过理智，太在意江山社稷，太孤诣寡情，他用力握着翠玉扳指，发泄着心中的激情。

床榻间沾染着岚儿沁人的清香，兰花彩绣的枕顶儿上还留着岚儿的几根青丝，他轻轻拂过，拿出玉枕下写着凤求凰的绢帕。

绢帕上的字迹上有淡淡的泪痕，岚儿，岚儿！焦急、疲惫冲荡在他的脑海，他昏昏欲睡。

"皇上，皇上大喜啊。"梁公公喜悦得逾越了规矩。

玄烨立即坐了起来。

梁公公上气不接下气地讲道："皇上恕罪，老奴逾越，恭喜皇上，护军营遣人回报，太子和良贵人找到了。"

玄烨匆忙站立："良贵人和太子在哪里？"

"皇上别急，护军营怕皇上着急，才遣人回来报平安，据侍卫讲，良贵人无恙，太子身受重伤，最奇怪的是，他们是被昨夜劫持的蒙面男子送回来的。"梁公公禀告，"再过一个时辰，良贵人和太子便能回行宫了。"

"备马，朕要亲自迎回太子和良贵人，派太医同行。"玄烨兴致勃勃地说道。

　　一路狂奔，骏马四蹄飞扬，玄烨怀着急切的心情驰骋，到底是些什么人，既然在他的眼皮子底下刺杀得手，又为何费尽周折后将太子和岚儿送回？他想起蒙面男子绝冷的眼神，攥紧了缰绳。

　　卫岚音安坐在马上，子鸣抱着太子，三人在护军营侍卫们的护卫下，缓缓前行。

　　卫岚音不时地望向云淡风轻的子鸣，她到底该如何向皇上开口求情？子鸣一副视死如归的神情，气韵内敛的目光不时地安慰她。

　　忽听前方马蹄声声，探路的侍卫高喊："皇上，皇上来了。"

　　卫岚音抬头，那个魂牵梦绕的人，起伏在茫茫白雪中，飘逸如云。

　　玄烨高声呼喊："岚儿，岚儿，朕来接你了。"那饱含深情的喊声，回荡在空旷的山谷，白云作证，雪山作证，山林间所有的生灵作证，这份感人肺腑的爱恋。

康熙秘史

风咕咕 著

辽宁人民出版社

第十章

零落成泥碾作尘

　　浓妆艳抹的佟佳皇贵妃和宜妃伫立在高高的城墙上，望着远处刺痛双眼的一幕。卫岚音披着黑绒裹边披风，被皇上紧紧搂在怀中，两人耳畔细语，驰骋而来。

　　"贱蹄子。"宜妃低声怒骂，头上浓艳的宫花微微颤动。

　　"贱人都有九条命，咱们都小看她了。"佟佳皇贵妃的眼底尽露杀气。

　　"九条命又如何？以后的日子长着呢。"宜妃紧盯着远处，"辛者库的贱蹄子，还能把天翻过来不成？"

　　"世人皆讲，大难不死必有后福。她活得久，日子还长着呢。"佟佳皇贵妃挑拨。

　　宜妃不屑："皇贵妃所言极是，唉，这真是要逆天啊，紫禁城现在是下三旗的天下。"

　　佟佳皇贵妃听到她的嘲弄："这也是本宫头疼的地方，既然你们都知晓皇上的喜好，为何不能投其所好？有这功夫，莫不如与下三旗的贱人

509

们一决高低，来个痛快。"

宜妃话锋一转："皇贵妃是执掌凤印，统领后宫之人。后宫嫔妃被掳，本就是宫闱丑事，昨夜贱蹄子与蒙面男子纠缠不清，一夜过去，贱蹄子连身上的白狐裘都脱去了，又被掳走的蒙面男子送回，这期间发生了什么，真是耐人寻味啊。"

"谢宜妹妹提醒，那掳人的男子还真是个仪表堂堂的温润君子。"佟佳皇贵妃眯起凤眸，望向一身布衣神情自若的子鸣。

宜妃顺声望去："世间的男子，无论是真龙天子还是凡夫俗子，谁能过得了美人关？"寒风吹起了松散的雪粒，两位尊贵女子隐藏着极大的悲伤和不满。

百年的大门转动，玄烨带着众人回到皇家行宫。皇家行宫一片忙碌，守关都统频频献着殷勤，以减轻护驾不力的罪名。

佟佳皇贵妃抹着眼泪，拉着卫岚音的手："良妹妹受苦，本宫一夜未眠啊。"

宜妃更是掩口低泣："良妹妹受惊，昨夜本宫念了一夜的平安咒，祈求佛祖保佑，良妹妹真是福大命大，良妹妹平安归来，本宫的心也放下了。"

卫岚音厌恶地听着两人虚伪的话语，却又不得不恭敬地感激道："臣妾谢二位姐姐厚爱。"

玄烨挑眉："送良贵人先去安歇。"

"是，皇上。"双眼红肿的落霜泪流满面。

卫岚音行着宫礼："臣妾想求得皇上恩典，待臣妾梳洗完毕，再向皇上禀明详情，在此之前，勿要伤害……"她的目光转向子鸣。

五花大绑的子鸣被护军营的侍卫夹在中间。玄烨用狐疑的眼神望向她。

佟佳皇贵妃与宜妃相视而笑，寻求着良机。

"好，朕等你。"玄烨柔声应道，冷冽的目光转向子鸣，压抑着心底的怒火。子鸣不卑不亢，卓然优雅地微笑相对，满腹的君子情怀。

"启禀皇上，太子腹部中刀，流血已经及时止住，刀锋偏了几寸，没有伤及五脏六腑，无大碍，但……"随行的李太医神色凝重地跪地禀告。

"为何太子一直昏迷不醒？"崔公公忍不住地问，又随即自行掌嘴，"奴才逾越，奴才多嘴，皇上恕罪啊。"

"罢了，你也是护主心切。"玄烨挥手，"到底怎么回事？"

李太医慎重地回答："微臣觉得太子昏迷不醒应该是中毒了，但到底是何毒，微臣还要细细查阅。"

玄烨瞪圆双眼："刀上有毒？"李太医的头上泛着薄汗。

"传令下去，太医院谁能疗好太子，加官晋爵。"玄烨厉声，他又愤怒地望向子鸣，"你们到底是什么人？"

子鸣颇有风骨地说道："皇上可知定国公主是什么人？"

玄烨眼若寒星："你们是明朝余孽，朱三太子藏身于什么地方？"子鸣默不作声。

玄烨步步紧逼，径直追问道："解药在哪里？"

子鸣哈哈大笑："此毒是我亲手所制，解药只有我一人知晓。即使太医院找到解法，怕是太子也熬不到了。"

玄烨气愤地拔出侍卫腰间的利刃："拿出解药。"

子鸣应过："我有一条件，如若皇上能答应，我会双手奉上解药。"

玄烨愤怒的刀尖儿逼上他的咽喉："和朕讲条件，只有死路一条。"

"皇上。"换好宫装的卫岚音匆匆赶到，见到如此情景，慌乱地阻止。

佟佳皇贵妃嗔斥："放肆，良贵人莫要忘记自己的身份。"

宜妃更是添油加醋："良妹妹被流寇送回，难道是想回来一同要挟皇上？良妹妹莫要辜负皇上的一片深情啊。"她抹着眼泪，"孝诚仁皇后去得早，只留下太子唯一的血脉，如若泉下有知，见今日情景，该是何等的伤心。"

卫岚音咬着红唇，无视于两人的刻意挑衅，只是关切地望向皇上，眼中满是深情。

玄烨稳了稳心智，慢慢收回手中的利刃，眼底依旧深邃幽深。

"皇上，可否屏退左右不相干的人等，容臣妾细细禀告。"卫岚音执着淡语。

佟佳皇贵妃和宜妃凤眸如墨，被她口中不相干三字灼烧着理智。

玄烨对她万分信任，他挥动龙袍衣袖："全部退下。"

冷风吹得烛光摇曳，冲淡了白昼下的暗影，内室中太子脸色惨淡、毫无生气地躺在床榻上，崔公公在床前低泣，令人揪心。

鲜艳的牡丹屏风后，梁公公倒下香气四溢的碧螺春茶，玄烨霸气地安坐在鹿角椅上，与子鸣四目相对。

卫岚音缓缓跪在地上："请皇上息怒。"

子鸣厉声阻止："良贵人莫要多此一举。"卫岚音还不知晓太子中毒一事。

"岚儿，起来。"玄烨语调轻柔，"岚儿心善，莫要被贼人的花言巧语蒙蔽，你可知太子如今命悬一线，身受剧毒，而这贼子。"他恨恨地说道，"贼子竟然与朕讲条件，威逼于朕。"

卫岚音不可思议地看向子鸣，反问："为何还是放不下？你送我们回来，是另有所图？"

子鸣点头："多谢良贵人信任。"

卫岚音痛心地说："君子之所贵者，仁也。臣子之所贵者，忠也。朋友贵乎信也，见幼者，爱也。你饱读圣贤之书，怎能不明其中道理，为何执迷不悟？"她慢慢讲述着整个事情的来龙去脉，玄烨的脸色愈发暗淡无光。

玄烨意味深长地望着子鸣，寒意逼人："你到底想要什么？"

子鸣睁开双眼，沉暗内敛地说道："请皇上将定国公主的遗骨送与草民，草民感激不尽。"他跪倒在地，委身称臣。

玄烨脸色铁青地重拍龙案："放肆，庶妃张氏，无论生前曾经是什么身份，都是朕的嫔妃，死后也是爱新觉罗家的鬼魂，亦要葬入妃子陵园。怎能给你这贼子？"

子鸣长跪不起："若皇上不应，草民只求一死，能有尊贵的东宫太子同伴而行，黄泉路上也不会太过寂寞。"

玄烨愤怒："大胆贼子，你竟敢出言不逊，藐视皇权，朕倒是要看看你有多硬气的骨头，来人。"护军营的黄马褂侍卫从外而入，时刻等候他的调遣。

卫岚音转向子鸣，怒声痛斥："你为何触犯皇上逆鳞，句句忤逆皇上？皇上仁孝治国，重情重义，当年明明知晓张姐姐谋反，碍于情意才免于张姐姐一死，你今日为何恩将仇报？"

子鸣惨笑："好一个重情重义，皇上虽免定国公主一死，却将其冷落于深宫，从此孤寂凄凉，任人宰割地苟活于世，倒不如一死来得痛快，如若有一日良贵人受此境遇，也要反过来感激皇上的恩德吗？"他无心一语，玄烨与卫岚音的脸色大变。

屋内静寂，卫岚音想起额娘临终前眼角流下的那滴孤零的清泪，想起林太医对她的一腔真情，想起木公公那双殷切的浊眼，想起坚守信念的察哈尔部勇士男儿，所有的一切压在肩头，如若真像张姐姐这般境遇，她又当如何？她的心被撕开了缺口。

玄烨不敢问，岚儿，你会对朕出手吗？两人默默对视，各怀心事。

卫岚音用情颇深地说道："如若真有这么一日，臣妾愿好好活下去，静静地看着皇上，守着与皇上的过往云烟，念着与皇上之间的情谊，终老一生。"

"岚儿，朕不会让你受苦，不忍心你落泪，更不让你孤苦伶仃红颜老去，毕竟你还有八阿哥，咱们的胤裸。待八阿哥年长些，朕会加封你为嫔位，再将八阿哥送回长春宫抚养。"

"皇上。"卫岚音感动。

子鸣仰天大笑："原来皇上还是个多情之人。"

卫岚音苦言相劝："交出解药，太子自出生丧母，命运多舛，你又何必苦苦相逼？"

子鸣摇头："定国公主同样命运多舛，有谁可怜过她？她本是金枝玉叶，却成了亡国公主，颠沛流离，受尽苦难，最后凄凉而去，难道我连要回尸首如此简单的要求，都成了过分之想吗？"

玄烨安抚卫岚音："岚儿，莫要劝他。"他转向子鸣，铁青脸色，"定国公主假意顺从朕，蒙蔽朕，对朕痛下杀手，若不是太子生母替朕挡下那虎狼之药，朕早已命丧黄泉。定国公主埋怨痛恨太子生母，在太子诞生之日，将太子生母毒害致死。今日，你又害太子，真是欺人太甚，朕会为妻儿报仇雪恨，将朱三太子挫骨扬灰，掘开大明十三陵。"他紧握铁拳，发下重誓。

卫岚音心惊，当日在毓庆宫崔公公说过，太子的生母孝诚仁皇后是被穆太医所害，林太医也承认，父亲是被人害死，难道还另有隐情？皇上的确是在太子出生时开始冷落张姐姐，他是将孝诚仁皇后之死降罪于张姐姐头上吗？她偷瞄着屏风内侧，崔公公……

"皇上若是如此昏庸，不怕被后世不齿唾骂，就尽管去做。"子鸣重语。

卫岚音想起张姐姐临死前凄凉的模样，哀声道："皇上，张姐姐如今尚未下葬，哀者已逝，不如顺了子鸣的心思，救太子要紧啊。"

玄烨一字一句："痴心妄想。"

子鸣云淡风轻地微笑："草民一心求死，请皇上成全。"

玄烨泛着杀意："死倒是容易，不过在你临死之前，朕会让你见定国公主一面，朕要将定国公主的尸骨鞭尸暴晒，剁成肉泥，作为祭品，为太子陪葬，让你亲自品尝。"

卫岚音心中惊雷四起，他是帝王，那把高高在上的龙椅是由白骨堆积而成，怎能怀有妇人之仁……

子鸣瞪圆双目，怒骂："你这暴君。"

"将贼寇带下去，送还京城。"玄烨决然。

"交出解药，交出解药。"卫岚音激动。

子鸣颤动地站起："贼皇，算你狠，我虽输了，但你赢得亦不光彩。"

"与你这等贼寇，讲何情面？"玄烨紧盯着他，露出帝王的沉稳和霸气，他清楚地知道，每个人的死穴在哪里，"将贼寇带下去，给太医们留下解药的方子，再关入大牢，等候发落。"

"是，皇上。"身着皇马褂的侍卫威武回应。

"良贵人，此生别过，来生若有缘，再见。"子鸣落落大方。

卫岚音的胸口似乎堵着万斤重石，一切试图挑战皇权的阴谋，最终惨败退场，与皇上对决，不成功便成仁。

傍晚时分，太子终于苏醒，笼罩在山海关的厚云终于渐渐散去，天边勾勒出一道清晰的赤线。

"好，此番有惊无险，真是先祖保佑。"玄烨叹息感慨。

"皇上刚刚祭拜过孝陵，是先皇和母后庇护。"佟佳皇贵妃十指紧扣。

"是啊，皇上仁德之心，感动上苍，太子和良贵人死里逃生，真是大喜事。"宜妃随声附和。卫岚音少言寡语，神色不明。

佟佳皇贵妃轻蔑地扫过她："良妹妹为何伤感，难道是在可怜贼寇吗？"

"皇贵妃此言差矣，一桩是一桩，贼寇毕竟护送良妹妹和太子回关，贼寇虽对太子下此毒手，对良贵人却是以礼相待，怎能相提并论？"宜妃话中带话，"良妹妹宅心仁厚，这般伤感也是讲得过去的。"

卫岚音生气地望着落井下石的两人，转而深情地看着玄烨，轻锁眉心说道："皇上，臣妾曾经被困山间木屋，得知此行人等在东巡之路上埋下众多暗人，并在盛京老城布下陷阱，意图再行刺皇上。"

佟佳皇贵妃与宜妃大惊失色。

"真是一群胆大妄为之徒，这次刺杀已经败得一塌糊涂，还在痴心妄想。"

玄烨幽深的眼神转眸不明："尽管放马过来，朕好将他们一网打尽。"

卫岚音继续讲道："子鸣也是被人利用蒙骗，如今太子无恙，不知皇上可否网开一面？"

"良妹妹被贼寇洗了心智吗？"佟佳皇贵妃慢条斯理地问。

宜妃掩着娇红欲滴的香唇："皇贵妃真是说笑了，如若如此，良妹妹岂不也成了贼寇？"

"皇上。"卫岚音跪地不起。

玄烨紧紧盯着她："给朕一个饶他不死的理由。"

"皇上看在他一生为情所困的份儿上，留他一命吧。"卫岚音坚定而语。

"好，朕与他谈谈，看看他心中所想到底为何事，再行考虑是否会网开一面。"玄烨饮下热茶。

因太子体弱，东巡的队伍在山海关小住数日，短短几日间，太子的脸色愈加红润，很快便恢复原本的性子。

玄烨在与子鸣秉烛夜谈整晚后，出人意料地放他离去，卫岚音问起，玄烨未回答，阴谋中的阴谋总是带着分神秘的色彩。

"真是可惜了贵重的白狐裘。"卫岚音喃喃自语。

"朕再送岚儿一件。"玄烨一扫多日的阴霾。

"良贵人吉祥。"太子清脆的笑语传来。

"太子怎么下床了，伤口好些了吗？"卫岚音关切地问起。

"已经无大碍，多谢良贵人搭救之恩。"太子拱手谢道。

"大清的男子怎能怕小伤。"玄烨疼惜地拍着他的后背，"朕见太子生龙活虎，甚是欣慰。"

太子仰首骄傲地说道："我还要给良贵人打只猛虎和大雕当做谢礼呢。"正在喂养小灰兔的落霜，听到太子一言，立即变了脸色，眼中满是委屈，"求太子猎到猛虎和大雕，千万别再送与主子了，奴婢喂养一只兔子和几只飞禽，已经力不从心，实在应付不了凶残的猛虎和大雕，求太子可怜可怜奴婢吧。"屋内传来阵阵爽朗的笑声。

不远处的侧殿，佟佳皇贵妃愤怒地摔落手中的瓷碗，唇齿间挤出两字："贱人。"

"娘娘不可啊，奴婢再去熬制一碗。"玉镯心疼地擦拭着她的双手，"娘娘勿要心烦，这段时日，娘娘随时都有侍寝的机会，这药甚为重要。"

佟佳皇贵妃的凤眸露出锋利的光芒："偷偷放出消息，良贵人被山贼掳走，失去清白，淫乱宫闱。"

玉镯疑虑："皇上已下几道口谕，封锁消息，明日便要启程赶往永安桥，只怕是……"

佟佳皇贵妃轻轻拂过头上的凤钗，划过一丝不乱的鬓角："这里不是紫禁城，巴掌大的地方，天下第一关的山海关数万驻军，哪能守得住秘密，都是痴人讲梦、自欺欺人罢了。世上的女子，最为重要的便是贞洁，三人成虎，即使有皇上盛宠，本宫倒是要看看那贱人，如何能封得住天下悠悠之口。"

卫岚音哪里知道暗处的阴谋，这几日，她居住的侧殿热闹喧嚣，来探望的人接连不断，当落霜送走前来请安的大阿哥，心疼地讲道："主子对大阿哥真是舍得，那珍贵的物件儿世间再也找不出第二个了。"

卫岚音微笑："都是些身外之物。还望八阿哥快些长大懂事，也好早日回到长春宫，回到我的身边。"

"八阿哥明白事理怎么也要四五岁，皇子六岁以后便要启蒙去上书房读书，搬到阿哥所居住。依奴婢看，还是早日接回八阿哥为上策。"落霜伸出三指，脸色坚定，"主子，八阿哥必须要回主子身边抚养，那日在暗室痘房，德妃娘娘与皇贵妃对四阿哥的态度截然不同，听宫人们说，四阿哥对德妃娘娘也特别冷淡。养育之恩大于生养，主子莫要重蹈覆辙。"

"只是我的位分太低……"卫岚音想起宫中的几位阿哥，虽贵为龙子，金尊玉贵，却也是如履薄冰、举步维艰，若没人护着，恐是难活。

"惠妃可有来信？"卫岚音追问。

"皇上怕辱没主子和太子的清名，封锁了山海关的一切消息，宫中还不知晓此事。惠妃娘娘和贵妃娘娘每日都会给皇上送来宫中的消息，好似听闻德妃娘娘胎位不稳，八阿哥无消息传来。"

"没消息便是好消息啊。"卫岚音自言自语，"德妃胎位不稳？"

"主子，这便是德妃娘娘的造化了，自从主子去年产下皇子，宫中就只有德妃娘娘一人有孕在身，这多少双眼睛盯着啊。"落霜点拨。

卫岚音想起佟佳皇贵妃痛恨的神情："真是罪过。"

"主子只管看戏便是。"落霜抱着崭新的宫装，"钦天监的南大人，已经推算出明日出行的时辰，守关的都统傍晚在行宫摆盛宴为皇上祈祷平安，奴婢这便服侍主子梳洗打扮。"

卫岚音的右眼微微跳动，莫非有什么灾事？这刚刚躲过大劫，如何能再陷囹圄之地？她抬手轻轻拂过眼角，默念着乡间俗语。不多时，浅雕铜镜里出现一张绝美典雅的素妆容颜，惹人怜爱。

傍晚时分，皇家行宫极尽奢华，红锦裹柱，鎏金雕龙，意气风发的玄烨紧锁眉峰："由俭入奢易，由奢入俭难，难道都统不懂这浅显的道理？"

"回皇上，太子与良贵人此番有惊无险，都是托皇上洪福齐天，微臣也是想热闹一番，待皇上离去，这些红绸便撤下做军旗。"守关都统恭敬地应道。

玄烨轻点着头："一物多用，物有所值，这样最好，罢了。"守关都统的眼底流露出得意之色。

身着明黄凤袍的佟佳皇贵妃与玄烨安坐在台前主位。卫岚音与宜妃依次坐在下方，与太子和大阿哥相对而坐，宫宴上其乐融融，群臣同心同庆。

"皇上，太子生龙活虎，真是大清之福。如今四海升平，皇上可造九鼎祭天了。"佟佳皇贵妃手执玉壶，奉承。

"待收复台湾，扫平噶尔丹，击退罗刹国之后，朕才能浇筑九鼎祭天。"玄烨龙心大悦。

"吾皇万岁、万岁、万万岁。"震耳的声音响彻宫宴。

玄烨端起酒盏，浑然霸气地说道："朕已拟定好大赦天下的诏书，即日颁布天下，除杀人放火、穷凶极恶的恶人之外，都可减免罪行，对罪轻之人可网开一面，给予一次改过自新的机会。子不教，父之过，朕愿为之承担惩戒。"

"吾皇圣明。"臣子无不欢欣鼓舞。

"明日开拔，北上盛京。"玄烨一饮而尽杯中的佳酿，深情炙热的目光望向卫岚音，满是疼爱。

宜妃心中失落，太子身边的崔公公不动声色，一一偷偷瞄过众人的表情，最后停留在卫岚音身上，意味深长。

黑暗中，崔公公弓着身子，将密函递到一名侍卫的手里："将密函交予中堂大人。"

"是，公公。"侍卫消失在暮色中。

崔公公眼中含着热泪："奴才会为皇后娘娘报仇雪恨。"那滴滴浑浊的泪滴窝在眼眶里，隐忍不发，尽显凄凉。

旭日升起，和煦的阳光洒满山野，融化着林间厚厚的积雪，绵延数十里的皇家队伍，又开始启程北上。关内的景致与关外大不相同，虽有旭日高照，却更加阴寒，卫岚音整日偎在马车内，怀抱手炉，闭目养神。

玄烨带着太子和大阿哥，与贴身侍卫们一路打猎，兴致高涨，倒也相安无事。

东巡祭祖七万余人，绕过中前所、沙河所、宁远州、五里河、杏山、兴隆屯、北镇庙、常家店、蒋家店、黄旗堡、老边，沿着大御道一路前行，所到之处，百姓避让，地方官员极尽讨好，显示出皇权的威严。

几日路程，终于来到盛京老城脚下的永安桥，永安桥下已经搭好皇家行宫，等待着玄烨的到来。安顿过后，疲惫的卫岚音倒在床上，昏昏欲睡。

"岚儿。"玄烨来到床边唤道。

"皇上？"卫岚音揉着睡眼，已将近丑时，皇上果然是真龙天子，精力总是如此充沛。

"朕刚刚批阅完奏章，岚儿随朕出去走走？"玄烨充满爱怜地拂过卫岚音的鬓角。

"待臣妾梳洗一番。"卫岚音俏皮地吐着舌头。

"无须太过雕琢，无伤大雅即可，岚儿在朕心中，总是初见时的容颜。"玄烨含着她小巧的耳垂，深情地说，"外面寒冷，多穿些衣衫，莫要着凉，朕让人备手炉。"

外面繁星漫天，月亮灯明，两人并肩而行，欣赏着美艳静谧的景色。

当走到蒲河边的桥头时，卫岚音被眼前的美景所震撼，满眼赤红，水岸两旁绵延数里的弯柳上都挂着红色轻纱宫灯，相互辉映摇曳，还未完全消融的水面和冰面倒影婆娑，美不胜收。

尤其是桥身的两条祥龙，龙头龙尾分别在两侧，远远望去好似二龙驮桥，巧妙至极。

玄烨低沉地说道："岚儿，喜欢吗？这是朕送给你的。"

卫岚音感动地依偎在他怀中，哽咽慢语："喜欢，臣妾喜欢，臣妾真的很喜欢。"

"永安桥，取意永保平安。当年太祖、太宗修成此桥，八旗的勇士们便是从这里走过，一路打入关内，踏平中原。"玄烨缓缓讲解永安桥的来历。

卫岚音顺眼望去，此桥全长十余丈，青石板铺筑桥面，桥的两端各有一对守桥的石狮。

"上去瞧瞧？"玄烨贴耳柔声。

卫岚音羞红娇颜，微微点头。

当卫岚音站在初月出云、长虹卧波的永安桥上，望着寒冰初融，暗流涌动的水面，更是惊讶，原来永安桥身内藏乾坤，桥梁两侧的护栏栏板上浮雕着柿蒂花纹，柱端是圆雕狮子和荷叶形柱头，抱鼓石更是雕刻着蝴蝶、花卉、麒麟、犀牛、虎、羊等吉祥图案。

玄烨眯着双眼，看着卫岚音仔细查看永安桥的俏丽容颜，忍俊不禁。

卫岚音迎着冷风，在一片赤色的宫灯下，宛如仙境下凡的仙子，她站在桥尾，望着桥头挺拔的他，缓缓移步，两人好似天边银河旁的恋人，珍惜着每个瞬间。

玄烨雄心勃发，怀拥着深爱的卫岚音，在永安桥上留下了"夹路风法宿雨消，十年曾此驻龙镳。春风城阙知非远，几处轻寒变柳条"的动人诗句。

永安桥旁的皇家行宫内，佟佳皇贵妃愤怒地掐着手中的细丝绢帕，圆瞪凤眸。

"娘娘。"宫女玉镯小心翼翼。

"永安桥上十里锦红，宫灯通明，没想到皇上为博得那贱人一笑，竟也使起庸俗的法子。"佟佳皇贵妃甩动凤袍云袖。

"娘娘，那又如何，明日就进盛京城了，祭拜祖陵，也没有她的份儿。"玉镯安慰，"皇上已经下诏，着娘娘以皇后之礼与皇上一同叩拜先祖，这是莫大的恩宠。"

佟佳皇贵妃苍白阴暗的脸色舒展几分："贱人始终是贱人，出身辛者库的贱婢，还想登得大雅之堂，真是痴心妄想。"

"娘娘，话虽如此，但在盛京的老皇宫，娘娘还是要早日侍寝啊。"玉镯提醒，一路上只有主子未曾侍寝，她心中焦虑，"娘娘，如今山海关的事，已经传入京城，成为百姓茶余餐后的闲语笑话，紫禁城中的宫人们，也在暗地里戳着良贵人的脊梁骨呢。"

"自作孽，不可活，她竟然敢以不相干之言，对本宫大不敬，那本宫就让她见识见识什么叫人言可畏。"佟佳皇贵妃拿起金盘中的挂霜葡萄，"咱们一路向北，经过盛京猎场？"

玉镯点头："皇上酷爱围猎，会与侍卫围猎。"

"好。"佟佳皇贵妃的眼中闪过阴险杀气，"去护军营唤来几位心腹的人。"

玉镯会意："娘娘放心，奴婢会安排妥当。"

佟佳皇贵妃细拂长长的金鞘，"也不全是坏事，从宫中发来的信函上说，德妃那贱人依旧不肯落胎，苦苦卧床保胎呢。"

"娘娘如此苦言相劝，她依然执着，又能怪谁呢？"玉镯斥责。

"老天帮忙，不用本宫出手，由她自生自灭吧。"佟佳皇贵妃得意洋洋，"本宫也要腾出手来，做更要紧的事情。"她的眼底显露着浓郁的杀气。

不远处的宜妃行宫内，悄无声息，漆黑一片，少了往日的锐气。

次日大亮，晨光熹微，冬日的煦阳暖洋洋地照在卫岚音的脸上。

"主子，"落霜轻轻唤道，"皇上离去了，这会儿与钦天监的南大人议事呢。"

卫岚音舒展着筋骨，昨晚与皇上夜游永安桥，回到行宫，两人情不自禁，极致缠绵，破晓时分才缓缓入睡。

落霜见她双颊娇媚，关切道："奴婢服侍主子起床梳洗，今日傍晚要入盛京城，要动身去祭拜福陵。"

"福陵？"

"是啊，福陵是太祖和孝慈高皇后叶赫那拉氏的陵寝。"落霜低沉，"其实里面还埋有大妃乌喇纳拉氏。"

卫岚音疑惑不解，自古哪有嫔妃与皇上同葬的道理？

"这是太宗钦定，是为了拉拢睿亲王，又是……"落霜柔声细语，压低声调，"听说太宗怕太祖怪罪，将功折罪。太祖驾崩时，本是立下睿亲王为皇，太宗欺睿亲王年幼，联合八王逼死睿亲王的生母——大妃乌喇纳拉氏。后来太宗也觉得过分，便特意给了恩典，将大妃乌喇纳拉氏葬入福陵。"

卫岚音恍然大悟，历朝历代，朝臣只记得新君之好，哪里会记得旧君之恩，这便是世态炎凉的人心。为了金銮殿上那把龙椅，弑君夺位，更是常态。后宫嫔妃和皇子若无强硬的母系支持，最终只能落得凄凉下场。

那八阿哥和她的命运又会如何呢？她心中清楚地知道，她和他有一道无法逾越的沟壑，再也回不到从前。

"昨夜听皇上说，福陵后倚天柱山，前临浑河，万松耸翠，大殿凌云，更是利用地形巧妙地修筑一百零八级台阶，用来代表三十六天罡和七十二地煞，只可惜我已经和皇上请辞，身乏体弱，恐是扰乱先祖安息，故祭拜祖陵，我不能同往。"卫岚音叹息。

"主子，关外三陵，福陵、昭陵、永陵，都埋藏着八旗先辈，主子真的一个都不去吗？"落霜挑眉。

卫岚音苦笑，她位分太低，又出身寒微，恐先祖怪罪，皇上为难，便自动请愿，不去参拜祖陵。其实她更为介意的是，实在不愿以察哈尔部传人的身份去祭拜爱新觉罗家的祖陵，祭拜关外的孝陵已经实属为难，怎能再去祭拜通晓一切的先人？

她淡淡浅语："你也知晓我的身份，我怎能去祭拜？但昭陵我是必要去的，我想去祭拜皇祖父和皇祖母。"她更想问问他们，是否还记得额娘——温庄公主这个女儿。

傍晚时分，东巡的队伍在盛京驻军的护送下，进入了繁荣的盛京老城。

盛京皇宫，已经准备妥当，佟佳皇贵妃居住在清宁宫，宜妃居住在麟趾宫，卫岚音被安排居住在关雎宫。浓郁的满家气息，令卫岚音仿若回到幼年，望着中宫清宁，她眼含热泪，这里是额娘从小生活的地方，只可惜额娘身披嫁衣离开后，再未回来，她不知不觉中来到清宁宫的门口。

"娘娘，凤冠戴在您头上，真有有凤来仪之风姿。"卫岚音听到清宁宫内传出玉镯的奉承之音。

"呦，这不是良妹妹吗？"佟佳皇贵妃挑着高调，向外张望，"良妹妹快些进来坐。"

卫岚音只得硬着头皮，缓缓进入："皇贵妃吉祥。"

"起来吧。"佟佳皇贵妃身披明黄凤袍，头顶东珠凤冠，胸配四色朝珠，一身隆装。

卫岚音静而不语，四处张望，她细细抚摸着身边木桌上的五谷花纹，想象着额娘的模样，当年额娘是否也曾在这里坐过？

佟佳皇贵妃哪里知晓惊天的秘密，还以为卫岚音是在妒忌她以皇后之礼与皇上共同祭拜先祖一事，故意大声说道："良妹妹怎么一副哭丧脸？过几个时辰，皇上和本宫要前去福陵祭拜先祖，莫非良妹妹在埋怨皇上？"

卫岚音迟疑："臣妾不敢。"

佟佳皇贵妃故作亲切地牵起她的双手："良妹妹勿要伤感，皇上亦有皇上的难处，皇上对良妹妹是不同的，良妹妹居住的关雎宫不就是最好的证明？如若良妹妹依旧悲伤，本宫也是愿意将这清宁宫让出来的。"

卫岚音听着她阴阳怪气的旁敲侧击："皇贵妃错爱，臣妾懂得嫡庶有别，不敢逾越，天色已晚，臣妾不打扰皇贵妃安歇，就此告退。"

她转身离去，身后传出玉镯低低的声音："还算识相。"

几步之路，她便回到关雎宫，坐在温暖的火炕上，她自言自语："没想到五宫竟然如此近，太皇太后当年真是不易。"

落霜倒着热茶："奴婢倒是觉得孝端皇后更为不易。"

卫岚音想到未曾谋面的皇祖母："嫁入皇家享尽荣华，却又凄凉无限。"

"主子还不知道吧。"落霜贴耳，"因太子受伤，皇上着大阿哥前去祭拜福陵。"

卫岚音挑眉："真有此事？"

"千真万确。"

"大阿哥为皇上长子，前去祭祖也是自然之事。"卫岚音端起黄瓷茶杯，"只不过委屈了太子。"

"可不是，太子气愤逞强，已经卧床。"落霜叹息。

"待会儿我去瞧瞧太子。"卫岚音浅语，"恐怕此事传入紫禁城，惠姐姐又要得意忘形了。"

"主子还是小心为妙。"落霜提醒，"最近主子极受盛宠，皇贵妃都急红了眼睛，相比之下，宜妃娘娘却安静无事，真是奇怪。"

卫岚音笑道："想是宜妃累了，想歇口气看戏呢。"

落霜抿嘴："主子莫要多饮浓茶，伤了胎气如何是好？还是多食用些点心。"卫岚音蹙眉。

落霜回应："主子近日承泽雨露，回宫后，会怀有皇子的。"

卫岚音想起昨夜与皇上的旖旎缠绵，羞红地咬下马蹄糕，她咬到了什么："咳咳。"她吐出口中的糕点，落霜急忙拍着她的后背。

马蹄糕露出一纸条，卫岚音和落霜大惊。

第十一章

乱花渐欲迷人眼

字条上清晰地写着：静等三更，参拜察哈尔王。卫岚音神情凝重地将字条点入烛芯，燃尽成灰。

"主子，三更时分，皇上已带着众人去福陵祭拜，宫中兵力空虚，如若有诈，如何是好？"落霜担心，"皇上也无力回天啊。"

卫岚音沉思片刻："难道是皇上在试探我？"

落霜摇着头："皇上与主子重归于好，对主子一往情深，怎能刻意加害主子呢？"

"此事隐秘，知晓详情之人并不多，看来宫中还有当年察哈尔部留下的耳目。我要等他。"卫岚音好奇，到底是谁？为何冒死相见？

关内的晚冬，依旧寒意浓浓，卫岚音与落霜安坐在关雎宫，这里曾居住过太宗最宠爱的贵妃，所有的布置都精细尊贵，卫岚音深深体会到皇上对她的一片真心。

三更刚过，传来簌簌的叩门声："老奴给良贵人送糕点。"

卫岚音不动声色："进来吧。"

一年老的太监面带沟壑，身后跟着一位身高马大的太监。

"奴才给公主请安。"两人齐声跪地。

卫岚音见生人面孔，心生疑虑："你们是何人？"

"启禀公主，老奴曾经是察哈尔部老汗王昔日的侍卫，被贼人掳来，成为无根之人，但老奴的心一直都在草原，从未离开过，当得知公主之事时，老奴高兴得几日未睡，老汗王泉下有知，老奴也能死而瞑目。"老太监满面垂泪。

"察哈尔部第十六代探马赤军花连台参见公主。"老太监身后浓眉大眼的魁梧汉子，重言道。

"你是？"卫岚音暗自猜测。

"属下便是木公公口中的将军。"花连台的眼中闪过阴暗，"属下的祖上一直追随汗王纵横沙场，鞍前马后，只可惜那日败走草原，走投无路之下，只能率众人蛰伏在京师外的山野村庄。如今公主安好，八阿哥安然无恙，百年大计指日可待，真是老汗王庇护。"

卫岚音看着他满脸的沧桑，本应该是顶天立地的男儿，为了成就家族的忠贞而踌躇一生，真是可怜可敬，可悲可赞。

"将军快快请起。"卫岚音心酸。

花连台从容地在袖中取出一块羊皮，细细展开："这便是察哈尔王的画像，也是公主的亲生父亲。"

卫岚音望着羊皮上长满胡须的威严男子，缓缓跪下。

"公主要时刻谨记察哈尔部的仇恨，早日完成百年大计。"花连台昂起头，"属下率领察哈尔部落的族人，会誓死追随公主，出生入死，刀山火海，在所不惜。"

卫岚音紧锁柳眉："其实皇上他……"

花连台阻止："公主莫要儿女情长，自古帝王都是薄情寡义之人，温庄公主的一生何其悲惨，难道公主还不觉醒吗？"

卫岚音无力反驳，只能无奈地应答："八阿哥长大成人，一举夺得太子之位，继承大统，百年大计所得圆满为最好。"

"好，属下等的便是公主亲口讲出这般的坚定之语。"花连台暗沉的脸上露出一丝欣慰。落霜忧心忡忡。

"公主，守陵的披甲人中，有许多察哈尔部的英勇男儿，今夜会有动静，还请公主从中协助。"花连台拱手而言，"这些男儿如若进京或是在军营中担任要职，也是为八阿哥准备，公主心中有数即可。"

卫岚音惊讶，今夜会有什么动静？守陵人才有几人，怎能卷起轩然大波？她瞧着花连台期盼的表情，实在不忍拒绝："力所能及之事，定为之。"

"多谢公主，属下告辞。"花连台与老太监转身离去，他必须在天亮之前出宫。关雎宫又恢复一片平静，鎏金的物件儿在烛光的渲染下，蒙上一层灰蒙蒙的神秘色彩。

卫岚音愁云密布，残忍的事实撕裂安宁的日子，无视和暂时忘记只是一时间的逃避。她好怕再次回到紫禁城，却又惦记万分，因为那里有她最在意的八阿哥。

注定无眠的夜里，养病在床的太子，蒙着厚厚的云缎锦被，偷偷哭泣。

"哎哟，小祖宗啊，才出去一小会儿，到底所为何事？是谁欺负咱们尊贵的太子爷了？"崔公公苦言相劝。

太子从云缎锦中钻出红涨的脸颊，径直问："世上人都想当皇上吗？"

崔公公轻轻抚过他的后背："这人啊，总是这样。若是寻常百姓，离皇位十万八千里，即使给他，他也是贪图富贵，只会种地赏花。但是皇子与金銮殿上的龙椅，只有一步之遥，成者为王，败者为寇，都跃跃欲试地奋手尽力而搏，不留任何遗憾。太子怎么问起这等大事？"

"我知道了。"太子将铁拳隐藏在衣袖，还是舅公讲得对，世间本无真情真意，在关雎宫偷听到的一切，敲碎了他所有美好的愿望。原来最为信任的良贵人在利用他，她根本不配长那像极了皇额娘的双眸。

毫不知情的卫岚音，再次睁眼时，天已经大亮。

"主子，不好了。"落霜匆匆而至，"昨夜福陵和昭陵的守陵披甲将近百人叩阍，皇上愤怒回宫，连皇贵妃都不明缘由，不敢去触及霉头，皇上气愤得早膳都未食用。难道这便是花将军所讲之事？"

"披甲叩阍？"卫岚音不解。

"披甲为看守陵园的骑兵，他们一生从成丁开始入缺，只要没有病故、阵亡，一辈子只能当一名守陵园的披甲，毫无晋封之路。"落霜细细讲解，"这次他们向皇上一同祈求，跪在御驾之前叩阍，便是要求能有升迁之法，有一线希望。"

卫岚音微微点头："皇上宅心仁厚，重视贤才，会打破旧制，给贤能之人希望，只是在等待时机罢了。"

"主子要帮花将军吗？"落霜谨慎。

"帮他，就是帮咱们。准备些可口的小菜，我去拜见皇上。"

当卫岚音登上高高的凤凰楼，刚好看到踟蹰的玄烨伫立窗前。凤凰楼内一片死寂，梁公公见到她就像看到救星。

卫岚音默默走到玄烨身边，无声相伴。暖意如春的屋内，散发着浓郁的龙涎香，勃发着男子雄伟的味道，这便是从马背上打下江山的爱新觉罗家族沉淀多年的勇气。她轻轻靠在玄烨宽厚的肩膀上，索取着温暖。

梁公公和落霜望着两人相互依偎的背影，各有所思。

凤凰楼宛如其名，凤凰于飞，傲视天下。

"岚儿，你可知下面是什么？"许久不语的玄烨指向窗外。

卫岚音望向窗外模糊中整齐排列的琉璃皇亭："那是八王亭啊。"

玄烨苦笑："当年太祖分封八位铁帽子王共同执政，太祖驾崩之后，八位铁帽子王手握重兵，意图谋反，心有不服，是太宗英明，设下计谋，废除祖制，才让大清国不至于分崩离析，而太宗却落下暴君、忤逆祖宗的恶名。"

卫岚音柔声安慰："皇上朝务缠身，莫要为守陵披甲叩阍一事烦心。"

"此事虽小，披甲也无谋反之心，却是废除弊端，违反祖制之所为。"玄烨叹息，"朕虽是皇上，亦有难处。大清国地大物博，百姓众多，满人占据十分之一不到，种种旧规多如牛毛，陈年陋习，非一日之寒。朕即便想变、想废、想改，皆是难上加难，朝中守规的大臣都是前朝老臣，不会轻易顺从、信服朕，朕处于两难之间啊。"

卫岚音牵着他满是薄茧的手掌，引到红木浅雕的圆桌前："皇上，事情总会有迎刃而解之策，要保重龙体啊。"

落霜和梁公公急忙将八角食盒一一打开摆好。

"皇上，这是主子吩咐御膳房熬制的补汤，还有一些爽口小菜，皇上还是用一些吧。"落霜低声相劝。

玄烨点头："良贵人果然懂朕，甚得朕的心意。"

卫岚音娇羞："臣妾为皇上解忧，亦是臣妾之福气。"

凤凰楼内流动着温情，两人围在圆桌前，仿似寻常百姓夫妻，食用着一顿可口的膳食。半晌过后，落霜送上热茶。

"皇上，"卫岚音手执宜兴紫砂茶壶，"臣妾觉得自隋唐开创科举以来，造福天下寒士，只要心系百姓的贤能之士，皆可以得到朝廷重用，为百姓谋福，守陵披甲也是同理，皇上既然有心为之废除旧制，明日去祭拜昭陵，为何不在群臣面前直接考验守陵披甲呢？"

"岚儿可有良策？"玄烨眯着双眸。

"臣妾笨拙，哪里有什么良策，只是臣妾想着，皇上向来求贤若渴，知人善用。若是有贤能之人，能为国出力，却埋没为守陵人，皇上错失贤才，岂不可惜？"卫岚音试探，"皇上的疑虑的确有理，无论事情大小，皆有朝臣不服，那能不能想什么法子，让朝臣亲眼所见，亲耳所听守陵披甲的贤能？"

"对啊，皇上，如若守陵披甲中真有贤才，堪得重任，朝中大臣也无话可讲，皇上顺水推舟废除祖制，便毫无障碍。"梁公公喜悦。

"好，此法甚好，让那些老臣心悦诚服。"玄烨拍桌而起。

"皇上。"卫岚音疼惜地覆上他的双手。她的手反被玄烨握住，"岚儿，你真是朕的福星，令朕爱不释手。"

"皇上。"卫岚音羞愧地低垂着头，她并不是因男女之情而娇羞，而是为她的欺骗独自伤心。

落霜递给她鼓励的眼神，此法虽有私心，却也是解除弊政的良策，顺从自己的心意吧。

迎着旭日之光，卫岚音看到一位睿智内敛而胸怀宽大的皇上，看到了心思缜密不骄不躁的皇上，看到了平日里不一样的皇上。她暗自祈祷上苍，希望八阿哥能如皇上一般，成为一名卓越的千古帝王。

玄烨也不时地暗自打量着举止得当的卫岚音，嘴角微微翘起，心中满是疼爱。

凤凰楼内好似吟唱着世间最美的乐曲——凤求凰，她将告诉世人，凤凰涅槃重生，将冲破云霄，夺艳九天。

千里之外的紫禁城，春意盎然，柳条抽着嫩芽为朱红金煌的宫殿增添着一份秀色。巍峨的宫墙内，因尊贵的男子未在宫中，显得冷冷清清。

储秀宫的温僖贵妃，发鬓间斜插着一只碧玉簪子，浓妆艳抹的惠妃和通嫔，安坐两旁。

"盛京老城中传来的圣谕，惠姐姐可是瞧仔细了？"温僖贵妃笑意盈盈。

"皇上着你我二人恭迎太皇太后回宫，不可有半分怠慢之心。"惠妃回应。

"皇上注重孝道，便是给你我一百个熊心虎胆，也不敢怠慢太皇太后。"温僖贵妃放下手中的茶盏。

惠妃眸光中带着几分不明："永和宫的德妹妹还是不肯落胎，真是不知如何是好。"

"皇贵妃代皇上拟定的懿旨，本宫也看了，既然德姐姐依旧如此偏执，又能怎样？"温僖贵妃摇头，为了皇子竟然到如此地步，真是笑话。小门小户所出的女子，永远登不上大雅之堂。三人似乎都在思索，上天为何如此怜爱德妃，竟然一次次让她身怀皇子，连清雅的茶水里都渗出淡淡的酸气。

"近日宫中传闻良贵人的事，温妹妹可有耳闻？"通嫔的话语打破寂静。

"哦？"温僖贵妃故作惊讶。

"哎，温妹妹整日在储秀宫内绣花儿，真是不问世事呢。"通嫔奉承，"宫中早已传开了，良贵人和太子在山海关被山贼掳走，整整一夜后，又被山贼送回，听闻良贵人是以身相托，失去清白，才换回她和太子的平安。”

“竟有此事？”温僖贵妃瞪圆双眸。

“良贵人本就是狐狸媚子，上回被皇上冷落，因罪关进宗人府大牢，却能化险为夷，怀有身孕重获盛宠。这次竟然将山贼也收入罗裙下，咱们的皇上仍然偏爱她，真是气人。”通嫔咬牙切齿。

“是呀，皇上这次东巡祭祖，本应带温妹妹一路随行，不知良贵人用了什么法子，迷惑皇上，才获得出宫的机会，手段恶劣，心肠歹毒，却装作一副可怜兮兮的样子，便是连姐姐我都看不下去了。”惠妃附和。

温僖贵妃不动声色，她绝对不能做无辜的靶子，岂不是中了散布谣言之人的圈套？

“惠姐姐与通姐姐都是宫中的老人儿，怎能误听误信，不久之前的眉山夫子一事，同出一辙。”她挑着柳眉。

“这怎能相提并论，若不是良贵人几次从中破坏，温妹妹早已为孝昭仁皇后报仇雪恨，荣妃早已惨死宫中，姐姐也是为温妹妹不值啊。”惠妃句句真情。

“那又能如何？你我皆是名门之后，但皇上偏偏喜欢那贱蹄子，听闻皇上为八阿哥赐名胤禩，照这样下去，八阿哥早晚会加封为亲王，将来若是皇上爱屋及乌，那……”温僖贵妃浅笑，“如若到了那一日，两位姐姐可是抚育新皇有功，还要拉本宫一把啊。”

通嫔满脸怒气：“辛者库之子继承大统，真是闻所未闻，难道泱泱大清后继无人了吗？”惠妃警示的眼神飘过，她知趣地低垂着头。

惠妃则满脸堆笑：“温妹妹真是仁慈，有母仪天下之风，对良贵人和八阿哥如此寄予厚望，那便借温妹妹吉言吧。但依姐姐看啊，温妹妹正值年华，早晚会为皇上产下皇子的，温妹妹所生的阿哥，才是贵不可言之人，怎能轮到卑贱之人？到时候还是要仰仗温妹妹啊。”

温僖贵妃丹凤含笑：“惠姐姐真会说笑。”

“话虽如此讲，也莫要大意，良贵人可生了九条命。”通嫔恨道。

温僖贵妃望着窗外的黄绿之色：“那便一条一条地数着，看看她能得意到何时。”

惠妃与通嫔相视而笑，此行目的已经达到，借他人之手除去良贵人，通嫔再收养八阿哥为子，这是最好的结局。谁都阻挡不住大阿哥登基为帝的脚步，两人的眼底显露出贪婪阴暗的神色。

盛京老城，龙山积雪，松翠满山坠冰。肃穆威严的昭陵东红门外的钟亭内，八卦纹饰的山陵钟回荡着铮铮古音。空气里飘荡着肉香，引来神鸟盘旋，绵延数里的祭灵队伍，纷纷在下马石前，停马、下轿，井然有致。从鎏金黄龙轿子里缓缓走出的佟佳皇贵妃面带得意，扫向卫岚音。

今日的卫岚音一身素裹，神色哀婉，在她明黄凤袍的辉映下显得低下卑微。

"娘娘，良贵人怎么来了，她那身份哪有资格祭拜先祖，岂不是辱没了先祖？"宫女玉镯的声音刚好入了卫岚音的耳内。

"贱人总是想攀高枝儿，让她在后面跟着吧。"佟佳皇贵妃又回眸看了几眼盛装打扮的宜妃，"让她们看看皇家陵园与妃子园的天壤之别，也好知道嫡庶有别，即使再受宠爱，也只能隔墙相望，不能同穴而眠。"

卫岚音知道她在指桑骂槐，太宗一生钟爱宸妃，死后却与其遥遥相对，苦恋无边。只有凄凉的傲雪松针讲述着两人心底的哀怨，飞往不绝的神鸟为两人传递鸿信。

她实在不懂，为何太宗没有和心爱的宸妃同穴而眠？看来任谁也无法逾越祖训，即使是九五之尊的帝王。

她没有理会高傲的佟佳皇贵妃，而是望着盘龙柱上的望天吼，想起天安门前的石柱，宫墙下的威严，离宫一月有余，不知八阿哥长高了多少。

身着香色妃装的宜妃，指着门前的一对石狮，装腔作势地讲道："这对石狮雕刻得真是惟妙惟肖，看着这母狮子的舐犊之情，臣妾倒是想起五阿哥来了，哎，这身上掉的肉啊，无论身在何处，总是惦记，良妹妹也想八阿哥吧？"卫岚音会意地点头。佟佳皇贵妃恼羞成怒，昂首地甩袖离去。

冬日暖阳下融化的雪水，洗涤着斑斑青石，钦天监和礼部的官员弓着腰，在前方引路，玄烨胸怀敬意踏上沧桑之路。

路过双林比肩的老榆树时，玄烨转身，望着身后的卫岚音，只是一眼，便让卫岚音坐实了承泽盛宠的传言。太子的胸中盛满怒气，他紧攥稚嫩的小手，八阿哥便是他的第一个仇敌。

祭拜队伍继续前行，雕龙祥瑞的石牌下，侍卫整队列阵，玄烨与佟佳皇贵妃并肩而立，太子与大阿哥紧随其后，众人跨过高高的门槛，进入昭陵，西跨院空旷的院落里宰杀牛羊作为祭品，只等待着皇上的到来。卫岚音不知自己是怀着怎样的心情踏入陵园的。

"主子，那便是大白和小白。"落霜细语。

卫岚音顺着落霜的引导望去，远处有立马、骆驼、立象吉物，那对立马的大小与真马相似，昂首伫立，英姿勃发，是仿照太宗生前最为喜爱的两匹骏马"大白"和"小白"雕琢而成，寓意永远陪伴主人。

畜生尚此，何况主人？卫岚音想起效忠察哈尔部世世代代的子民，她要护他们一世安详，从护陵披甲开始。

饽饽房内备好了茶点祭品，飘香深远，方城的黄琉璃重檐角楼下吊坠的风铃，随风而动，清脆悦耳。

额娘生前最爱听悦耳的铃音，只可惜铃音犹在，额娘与她却人鬼殊途。额娘因仇恨不肯回宫，不肯祭拜昭陵，却爱极了清脆的铃音，或许就是在寄怀家人。

卫岚音心中默念，额娘，我来拜祭皇祖父和皇祖母了，您安息吧。她仰望碧天，抑制着窝在眼眶中的泪珠。

远处祥云飞龙的石桥雕刻着莲花，棂星门下是石祭台，祭台上的石瓶和烛台烟雾缭绕。

玄烨与佟佳皇贵妃行叩拜大礼，太子和大阿哥跪在身后，为先祖守灵，卫岚音和一众人等，听着礼仪官的喊声，跪拜叩首，场面恢弘。

礼毕之后，卫岚音望着长长拱门后的九花彩色琉璃照壁，照壁里面便是陵寝的入口，当年皇祖父疼爱过额娘吗？他为何将额娘嫁给仇家，毁掉额娘一生的幸福？她的泪终于流下。

细心的落霜递过手帕："主子不可，主子正处在风口浪尖，断不能让旁人看咱们的笑话。"

卫岚音轻轻点头："我不会忘记，也不会遗忘。"

"那是最好，"落霜瞄过方城，"主子，这便是最为神秘的月牙城，又称作哑巴院，当年修建陵园的工匠就住在这里。"

岚音早便听闻修筑陵园的人会被毒哑独居，入棺椁时会被埋在地宫陪葬，原来真有此事。

"这是太皇太后自己的意思。"落霜细声，"太皇太后不愿以卑动尊，便给皇上下道懿旨，百年之后要葬在关外，替太宗守着大好河山。"

卫岚音疑惑，难道太皇太后要一人独眠？

"吉时已到，请皇上移步到隆恩殿祭拜上香。"礼仪官高喊。

玄烨刻意地看向卫岚音，刚好对上卫岚音颔首微笑，昨夜商议好的计谋才刚刚开始。

玄烨高举梵香，进献在祖宗的牌位前，众人依次焚香叩首，守陵披甲护在两旁，神情恭谨。

玄烨缓缓而言："太宗戎马一生，立国定都，名为守业，实为开诚，此乃壮举哉。朕今日祭拜先祖，倒是想起一件不安的事情来。"

"不知皇上为何忧虑？"近边的朝臣拱手问，"臣等惶恐。"

"朕已经命工部为太宗修建重檐九脊歇山式的神功圣德碑亭，如今碑亭已成，圣德碑已镌刻完毕，却迟迟未能入亭，朕真是寝食难安。"玄烨忧虑。

卫岚音扫过守陵披甲，不知短短一日内，皇宫中的老奴是否把消息传递出去。

两侧的朝臣低着头，沉默不语，此事在朝中已议论纷纷。原来驮着神功圣德碑的是力大无穷的龙趺，是祖陵灵兽，不可借助外力用牲畜拉拽，只能依靠人力。但碑亭狭小，如何将圣德碑放到龙趺的背上，成了难事，几次讨论未果。

玄烨蹙眉急语："此事不能再耽搁下去，无论贫贱等级，只要将圣德碑安于龙趺之上，碑亭之内，加官晋爵，赏银千两。"

"属下愿为一试。"一名清秀年少的守陵披甲跪在玄烨面前。

卫岚音心头一紧，当日连皇上都未想到万全之策，不知他真的可想出破解之法。

"属下若成，不求赏银，加官，只求皇上应允披甲叩阍的请辞。"清秀的守陵披甲执着而语。

"这？"玄烨故作踌躇，"爱卿如何看待？"

"满朝文武皆无良策，如若这位守陵披甲能解皇上之忧虑，臣认为可以同意披甲叩阍，茶荠不同亩，兰幽而独芳，只要是贤才之人，当为朝廷效力。"近身侍卫纳兰性德顺从而言。玄烨脸上挂着笑意，心中大悦。

"只要将龙趺埋入黄土之内，搭建土堆，百名硬汉即可依靠土坡将圣德碑置于龙趺之上，再去除黄土，清水洗净，即可完工。"守陵披甲一语惊人。

卫岚音的眼中满是惊讶，从未想过此事如此简单巧妙。其实世间的任何事情不都如此吗？只是多心的人将其想得复杂，皆因贪念丛生，顾虑重重。

玄烨哈哈大笑："好，此法巧妙，又不劳民伤财，朕同意披甲叩阍，只要是贤能之人，都可晋级加封，从即日起，你便去军中当个什库吧。"

"吾皇万岁、万岁、万万岁。"震耳欲聋的喊声回荡山谷。玄烨欣慰地扫向卫岚音，卫岚音的眼中饱含深情。

佟佳皇贵妃满是厌恶妒忌，宜妃则是眉眼含笑，少了往日的刻薄。

正在众人准备回銮之际，守灵的老宫人慌乱跪地："皇上，不好了。"岚音心中升起不祥的预兆。

"何事慌乱，口出狂言？"玄烨冷冽。

老宫人颤抖地跪在地上高呼："皇上恕罪啊，隆恩殿内的香炉、香炉裂了。"

"什么？"玄烨惊诧，群臣更是惊慌。

"这可是不祥之兆啊。"众大臣窃窃私语。

卫岚音忽然觉得头顶飞来一道寒光，浓妆艳抹的宜妃意味深长地望向她。

"将香炉搬出来，朕来看看。"玄烨脸色阴暗。

老宫人蹒跚离去，不多时，靛蓝描花的香炉被搬到众人面前。炉身果然现出几道清晰的裂纹。这并不是天子祭拜上香的香炉，而是皇亲国戚、后宫嫔妃所用，难道？卫岚音眼中露出疑虑。

"这香怎么灭了？"眼尖的宜妃尽显虚伪之色。

玄烨也顺眼望去，香炉内侧三根熄灭的梵香在烟雾缭绕中尤为突出，难道与香炉裂纹有关？

"这三根不是良妹妹进献的梵香吗？"佟佳皇贵妃一语惊人。

祭拜先人，上香也是嫡庶有别，贵人位分的卫岚音本无资格进入皇陵，皇上口谕卫岚音照料太子有功，特许前来祭拜，卫岚音只能排在最后，三根梵香只能插在香炉的右下角。

卫岚音恍然大悟，原来又是一个圈套，只等着她入瓮，背后之人到底是谁？此计谋狠辣，想一招置她于死地。

玄烨的脸色变得阴沉，在朝臣面前，他不能刻意袒护岚儿："到底怎么回事？"

老宫人"扑通"跪地求饶："皇上饶命，老奴从未动过，不关老奴之事啊。"

"这是上天示警，太宗显灵，莫非是有神兆？"宜妃挑眉。

"皇上，此乃凶兆，其一为太宗示警，想知晓世间之事。其二便是太宗见了不想见之人，动了圣怒。"钦天监的官员唯唯诺诺，"只有行血祭大礼而化之啊。"

"一派胡言。"玄烨从未想过有人如此大胆，太宗示警便是要岚儿殉葬，太宗圣怒，岚儿便是不祥之人，都会将岚儿打入万劫不复之地。但官员口中那句太宗不想见之人，敲打着他，难道他错了，不该让岚儿前来祭拜？论起血亲，昭陵之内，只有岚儿与长眠地宫中的太宗和孝端文皇后最近，他也是比之不过的。

"皇上三思。"朝中老臣跪地低泣呼唤。众人皆知良贵人甚得皇上盛宠，又诞下八阿哥，母凭子贵，出了此事，一时间都面面相觑，不肯多言，只有朝中老臣拼死相谏。

卫岚音缓缓跪倒在香炉前："臣妾辱没圣恩，请皇上责罚。"她仰望着玄烨，不能让他为难。

玄烨盯着卫岚音，沉默不语。

宽阔肃穆的昭陵内只听到神鸟的哀鸣之声，冷风吹过，松针荡漾，薄雪飘逸，神鸟拍着光亮的翅膀，穿行而过。

卫岚音跪在冰寒的青石上，望着裂纹密布的香炉，难道皇祖父和皇祖母真的看透了她？

"可有破解之法、应对之策？"玄烨问道。圣人皆讲仁孝治国安邦，偏祖后宫嫔妃，是最大的忌讳。

"皇上，微臣认为，太宗示警，必然是想知晓大清的锦绣河山，皇上的丰功伟绩，良贵人既然被选为通灵之人，可找萨满嬷嬷通灵，为太宗解惑答疑。"近身侍卫纳兰性德睿智温润，"太宗福泽子孙，爱惜皇上，断然不会夺皇上所爱，令皇上伤心。八旗铁骑入关三十余载，满汉一家，哪能再行野蛮的活人血祭之礼？那都是陈条腐规，皇上刚刚同意了守陵披甲叩阍，此乃千古圣君的开创之举，而在此事上，怎还会墨守成规？"

纳兰性德官职不高，本应无他讲话之地，但因皇上偏爱才子，纳兰一族又如日中天，官居要职，又为外戚，朝中大员都要给三分薄面。此事关系到后宫纷争，钟翠宫的惠妃娘娘又在抚养良贵人所出的八阿哥，在众朝臣眼中，钟翠宫和长春宫已为一体，纳兰性德出言相救良贵人，也是无可厚非之事。所以众朝臣谁也不想蹚此浑水，都随声附和，并无异议。

宜妃胸怀怒火看着纳兰性德，眼底间流露出愤怒之情，纳兰性德一副清心寡欲、冠满京华之风姿，文人的气骨浩然如兰。

卫岚音早就听闻清朝第一才子的纳兰性德，今日听闻一语，果然有君子之风，难怪惠妃如此张狂，纳兰一族都是人中龙凤，怎能甘于沉寂？

玄烨挑眉大喜："爱卿所言，朕甚为欣慰，便如此办吧。"

"臣妾谢皇上隆恩。"卫岚音的身后旭日东升，万丈红光。玄烨瞬间失神，眼中春色尽染。

"吾皇万岁、万岁、万万岁。"薄雾弥漫的晨光中回荡着铮铮声响，响彻山林。

地宫宝顶的那棵神榆，迎风而立，默默看着世间冷暖，人生百态。

盛京皇宫的麟趾宫内宜妃气恼地摔打着彩绣翠竹的长枕，宫女含翠劝慰："娘娘息怒啊。"

宜妃嘴角上扬："贱蹄子，四处狐媚，竟然引得纳兰性德为她求情。"

含翠双手奉上燕窝："良贵人本便低贱，这也是她的本性啊。娘娘还不知吧，良贵人不守妇道，淫乱宫闱的消息已经传遍京城，紫禁城内也是人尽皆知，待回宫后，更有好戏看呢。"

宜妃舒缓神情："噢？如此看来，皇贵妃也坐不住了？"

含翠放下手中的燕窝："自东巡出宫以来，皇上还未曾临幸过皇贵妃，她岂能心甘？"

宜妃轻轻擦拭嘴角："自古哪有中宫得宠，只怪她贪婪成性，鱼与熊掌都想兼得。"

"娘娘所言极是。"含翠献媚附和。

宜妃挑着柳叶弯眉："今日真是可惜，若是事成，即使皇上刻意袒护，也未必能挡住朝臣悠悠之口，都怪纳兰性德一语，为贱蹄子解围，钟翠宫也同样气愤得彻夜未眠呢。"

含翠疑惑："娘娘的意思是？"

宜妃的眼中满是阴险："通嫔已经成了不能下蛋的鸡，惠妃怎能放过送上门的蛋？"

含翠恍然大悟："如此看来良贵人即使有九条命，也未必能平安于世啊，早晚成了孤魂野鬼。"

宜妃痛斥："你这小蹄子真是口出狂言。"

含翠捡起地上的长枕："奴婢逾越了，奴婢是心直口快之人，讲的都是句句实情啊。"

宜妃端起黄釉白底的瓷碗，鎏金边的汤勺触到唇边，又缓缓放下："那香炉如何处置了？"

"娘娘放心，裂纹的香炉已经敲毁深埋，未留下一丝痕迹。"含翠贴耳密语，"真不出娘娘所料，纳兰性德的确派人去寻，不知是皇上的意思还是他的本意，但还是娘娘棋高一着，让他扑了个空。"

"守陵的宫人呢？"宜妃谨慎地追问。

"陵园人丁凋零，谁会在意寒夜中丢失一个小小的香炉？皇上祭拜后，销毁香炉又在明处，哪里会有半点差池。"含翠玲珑地回应。

"老宫人年老眼花，活到今日已然是上天庇护。"宜妃的眼中尽是杀意。

"娘娘放心，待回宫后，奴婢再找可靠之人了却后患。"含翠会意。

"不论是谁，都不能留下祸端。"宜妃洋洋得意，"还是你的办法聪慧，香炉在寒夜中冰冻数日，又猛然间遇热，定会裂纹累累，此计谋真是天衣无缝，只可惜天不遂人所愿啊。"

"今日良贵人虽未血祭昭陵，但她的日子也不好过，萨满嬷嬷正在通灵作法，让御膳房杀了九九八十一只公鸡，要将鸡血倒入良贵人身上。"含翠眉飞色舞，"到时候良贵人浑身腥臭，又存晦气，怎能侍寝？"

宜妃好奇："竟有此事？"

含翠颔首微笑："千真万确，如今御膳房的宫人们正在杀鸡取血，今夜子时，萨满嬷嬷便要作法，已经命良贵人净身禁食了。"

宜妃大笑："天助我也，既然如此，咱们绝对不能放过这大好机会，去将本宫那对金镯子赏赐给萨满嬷嬷，务必让萨满嬷嬷好好作法，去去贱蹄子身上的狐媚骚气。"

第十二章

雁宇回时月满楼

凤凰楼。

银花球里散发着龙涎香，遍地是凌乱的纸团，玄烨彻夜未眠。梁公公一路小跑，弯着腰："启禀皇上，萨满嬷嬷已经为良贵人通灵作法完毕，一切平安，皇上勿要挂念。"

玄烨放下手中的紫毫，眉峰舒展："摆驾关雎宫，朕去探望岚儿。"

梁公公跪地阻止："皇上切莫心急，现在不宜前去探望良贵人啊。"

玄烨不解："为何不可？"

梁公公唯唯诺诺："良贵人被萨满嬷嬷施法，浑身都是污秽的鸡血和灵符，这会儿正在沐浴，不宜面圣，再则……"他偷瞄着玄烨阴沉的脸色。

玄烨厉声："萨满嬷嬷好大的胆子。"

梁公公劝慰："皇上息怒，此乃通灵大事，萨满嬷嬷为通灵圣人，都是依照古法而置，只是让良贵人受苦。"

玄烨无奈："到底怎么回事？"

梁公公低声："回皇上，萨满嬷嬷通灵作法后，说良贵人是不祥之人，身带煞气，需要调和气脉，最近一段时日不宜侍寝，还必须移出皇宫静思，更不宜再前去龙兴之地——永陵祭拜。"

"一派胡言。"玄烨怒斥。

"皇上息怒，萨满嬷嬷说的话已经在宫中传开了，如今东巡的随行之人都深信不疑。从山海关遭遇山贼，到昭陵示警，皆与良贵人有关。三人成虎，皇上莫要将良贵人置于危险之地。"梁公公逾越而言，"皇上还是避开一段时日，独自东上永陵，北上乌喇，回銮之时，再与良贵人一同回京为上策。"

玄烨愤激："朕要去看看她。"

梁公公抱着他的龙靴："皇上不可，良贵人污秽满身，容颜憔悴，也不愿见皇上啊。"

玄烨按捺不住："朕杀了这些多事的饶舌人。"

梁公公哭泣："那岂不是将良贵人置于死地，盛宠之下，必有灾难，皇上在紫禁城极力克制，奴才看得心疼，如今出了宫，皇上失去禁忌，肆意宠爱良贵人，永安桥的十里锦红，烧红了多少人的眼睛，朝中大臣也不敢劝谏，私下里议论纷纷。"

玄烨紧攥铁拳，昭陵的事难道真是太宗示警？还是有心人布下的奸计？他捋顺眼神："香炉的事，你如何看？"

梁公公恭敬："昭陵的太宗示警，无论是天意还是歹人所为，都宁可信其有，不可信其无。皇上圣明仁孝，对良贵人情真意切，但良贵人身份尊贵隐秘，确实有冲撞太宗的嫌疑。不过，北方严寒，香炉裂纹也是常事，但只有良贵人进献的梵香碰巧熄灭，在众目睽睽之下，落人口舌，颇为凶险，幸亏纳兰公子心思敏捷，否则皇上也处于两难之地。"

玄烨面容一沉："你倒是看得通彻。"他说得没错，岚儿的身世始终是他和她之间不可逾越的沟壑。

梁公公急忙跪地叩首："奴才心中只有皇上，一心为皇上所想，自然想得多些。对了，良贵人着落霜向皇上求恩典。"

玄烨疑惑：“何事求朕？”

“良贵人不想皇上为难，想独自去拜祭亲母，还想回祖宅祭拜亲人，望皇上圣允。”梁公公重复着落霜的话。

“起来吧。”玄烨望着窗外的八王亭，意味深长道，“传朕口谕，着良贵人回銮省亲，祭拜亲人，之后再前行至威远堡皇家行宫，等朕北上返还，一同回京。今日纳兰性德昭陵前机智有功，特赏赐嵌松耳石珊瑚镀金撒袋连弓箭一副，嵌松耳石镀金腰刀一口、漆鞍一副、凉帽一顶、蟒缎袍一件、玉带一条，你前去传诏。”

“皇上圣明。”梁公公松了一口气。

凤凰楼静谧无边，玄烨站在窗前，望着光晕下的红墙金瓦，惦记着受苦的卫岚音，他的脑中一片混沌，胀痛得厉害。他失去了朝堂上的睿智，好想立即冲入关雎宫将岚儿搂在怀里，细语安慰。

他终于理解了当年太宗得知宸妃病亡，心急如焚、夜以继日地赶回宫中的焦灼心情，无奈已经人鬼殊途，从此太宗痛失最爱，不久绝于人世。如今距离昭陵数里远的贵妃陵园孤独凄凉，昔日的恩宠随着清风烟消云散，只留下华贵尊崇的关雎宫，孤零零地自哀。

他盯着八王亭前迎风飘展的龙旗，当年先祖是在这里带领八旗勇士夺关南下，直取中原，他必当秉承遗志，守住泱泱锦绣江山。他守不住对岚儿的承诺了，他的心底划过血淋淋的伤痕。

关雎宫，卫岚音望着蓝天怔怔出神。

“主子，皇上来信了。”落霜捧着圣谕。

卫岚音缓缓接过，双眸中饱含着深情。

落霜好奇：“皇上信上怎么说？也让奴婢沾沾喜气儿。”

卫岚音放下手中的信函，低吟：“皇上带着群臣前往先祖的起兵之地，再祭拜永陵，会辗转北上至乌喇，并前往龙兴之地长白山。皇上惦记我的身子，希望我身子痊愈后再动身省亲。”

“皇上对主子真细心。”落霜微笑。

“皇上还要继续北上去观看战船，检阅八旗兵勇，要一月有余才能回到威远堡的皇家行宫，皇上希望我能算好时日，在关雎宫多住几日，再动身启程，毕竟盛京皇宫方便，少些劳累之苦。"卫岚音暖心。

落霜倒着热茶："唉，只是可惜了主子侍寝的机会，如若主子一路相随皇上，回宫后会怀有皇子的，真是事不随心。"

想着十多日前昭陵祭拜时的惊心动魄和皇宫内极尽耻辱的通灵作法，卫岚音低沉着头，独自伤心。

"主子。"落霜低声。萨满嬷嬷通灵那夜，眼睁睁地看着主子成为血人儿，她恨不得冲上去夺过血碗。如今主子虽然已经洗净污秽，但心中的耻辱淤积心底。

卫岚音紧锁眉峰："我是不祥之人的流言，已经传遍四野了吧。"

"清者自清，主子勿要听无聊之人的无聊之语。"落霜恨恨地说，"香炉怎能无故开裂，主子的香又怎会轻易熄灭？恐怕都是奸人的毒计。"

"比起血祭陵园，一身污浊已经是法外开恩。"卫岚音苦涩。

"让花将军去查查？咱们也好有所防备。"落霜提议。

卫岚音摇着头："此事已经明朗，那日见宜妃的眼神，我便知晓是她布下的陷阱。只要皇上信我，其他都不重要。"她端起热茶，闭上双眸吸沁茶香，"她们越是出手害我，皇上越是心疼我，在意我，她们都看不通透。"

"主子？"落霜也从未如此想过。

"皇上信我，怜我，懂我，疼我，他才是我和八阿哥最坚定的依靠，百年大计才能成功。"她抚过落霜伤痕累累的双手，"正如你这一双巧手，再也不能完好如初，我与皇上之间的情义也再难纯净无瑕。我怎能忘却家仇族恨和额娘数不尽的眼泪？我怎能辜负花将军、木公公和林太医的殷殷期待？"她的话如绣针刺在心，染尽赤色。

落霜苦叹："皇上亦有太多的不得已，主子亦有太多的无奈，老天真是弄人。"

卫岚音细细抚摸着喜鹊金簪："我从未怀疑过皇上的真心实意，山海关前的策马相迎，永安桥头的十里锦红，一桩桩一幕幕都刻在我的心底，那一刹那，我觉得自己是世上最幸福快乐的女子。那一刻我感谢上苍，赐给我如此优异的男子，我和皇上交换着彼此的心意，他对我情深似海，我对他的爱恋也是天地可鉴，那一刻天地间只有我和他二人，没有仇恨和责任，只有毫无保留的爱。"

"但只要他转身离去，看到明黄的龙袍背影，便犹如利刃插进我的胸膛，我痛得说不出一句话。在一次次的疼痛、沉沦、挣扎中，我终于明白，这便是命。前世的我和他之间情分太浅，今生更是情深不寿，又何必强求。相爱不能相守，不是爱得不够深，反而是爱得太深，已经将彼此篆刻在心底，挥之不去。"

落霜红着双眼："主子有何打算？"

卫岚音苦涩："我还能有什么打算？只能步步为营，保住八阿哥的性命和荣华。更要保住每一个充满希望、蛰伏多年的人，我不忍心看到他们任何一人被皇上处决，我更不愿任何一人流血丧命。"

落霜滚落热泪："哪能如主子所愿？"

卫岚音低头："我对皇上的心意绝不会少于他一分，却做不到他的狠绝，我只求八阿哥能够有所大成，顺利继位，到时候再分封太子为铁帽子亲王，平息我心中的歉意。"

落霜踌躇："主子会达成心愿的，至于太子？太子最近转了性子，主子没有察觉？"

"太子年幼，性子本便不稳，喜怒无常也是常有的事情。"

"太子平日里无论对后宫嫔妃，还是朝堂大臣，都是一副东宫储君，高高在上的样子，太子对主子确实不同。"落霜沉稳道，"但最近太子从未给主子写过一封书信，更别提物件儿，这不是太子平日里的脾性。"

"太子刀伤在身，身子虚弱，哪里还有气力惦记我。"卫岚音并不在意。

落霜忍不住："奴婢在昭陵祭祖那日从太子眼中看到对主子的憎恨。"

"憎恨？"卫岚音惊讶。

"千真万确，奴婢也怕瞧错了，更是处处留意，发觉主子受到奸人污蔑，宫人抬出裂纹香炉时，太子的眼中毫无往日的关切，当纳兰公子为主子巧妙解围时，奴婢甚至从太子眼中看到了失望。"

卫岚音沉思："莫非是在山海关，我为子鸣求情？"

落霜点头："太子襁褓丧母，对亲生皇额娘极为重视，崔公公更是念旧主之人，那日皇上坦言，孝诚仁皇后为张娘娘所害，主子对张娘娘有恩，又为逆贼子鸣求情，他们岂能不怨恨主子？"卫岚音蹙眉含胸，苦闷无边。

日子过得飞快，当卫岚音离开盛京皇宫，在清明前夕祭拜额娘后，便北往威远堡皇家行宫等候皇上，天越来越暖和，漫山的桃花和杏花，淡嫩色的蓓蕾在山风的摇曳下，怒发着最美艳的风姿。

卫岚音望着沁人的美景，思念着亲人，昔日的家已经是一片焦土，不知裕亲王可有线索，听闻他远去西北练兵，不知何时回京。

"主子，山风凉爽，莫停留得太久。"落霜挽扶着她，"皇上这几日在松花江上泛舟，布兵列阵，谨防罗刹，听闻罗刹人食生肉，浑身毛发，形同野人。我倒是好奇了。"

"皇上雄才伟略，此次东巡部署北方战船是早便定好的，罗刹人凶残，总是越过乌拉尔山，犯我大清边境，的确要给他们点厉害瞧瞧。皇上在信上说，十日之内与我会合。"

卫岚音非常珍惜小别的情意，皇上的书信里讲述着每日的趣闻，弥补着两人之间难以愈合的伤痕，难道他想欺骗她一辈子？

落霜微笑："昔日有一骑红尘妃子笑，千里送荔枝，今日皇上快马加鞭为主子送来的鲜鱼和猎物，也是同出一辙。"

岚音摇头："唐明皇与杨贵妃浓情似海，最后也不得善终，倒不如布衣粗茶过得顺心。"她望着连绵起伏的花海青，少了喧嚣，多了宁静，不知八阿哥如何了。

"主子，八阿哥只是偶感风寒，太皇太后亲自过问，没有大碍，主子无须担忧。"落霜安慰，"德妃娘娘已经卧床不起，日夜出红，永和宫整日烧艾。"

"德姐姐这是何苦？"卫岚音叹息，"难道为了皇子，连自己的身子都不要了？"

"依奴婢看，此事未必如表面那般简单，德妃娘娘已经不是当年涉世未深的小宫女，她位列四妃之一，这是莫大的荣耀。敏嫔娘娘身边的宫女百合，就是她的人，百合惨死，是皇贵妃给她的训诫。"

"德姐姐与皇贵妃素来不和，德姐姐一心摆脱皇贵妃的束缚，也是人之常情，如今她贵为妃位，两位皇子在手，还求什么？"卫岚音实在不解。

"主子，后宫嫔妃争斗不休，求的不都是相同的吗？"落霜细细点拨。

卫岚音瞪圆双眼："皇位？"

落霜轻轻点头："德妃娘娘静如处子，德行恭顺，深得皇上疼爱，若不是主子的出现，她的荣耀更是艳冠后宫。我们看错了人，受了她的蒙蔽。她隐藏至深，如今更是锋芒毕露，奴婢怀疑尚衣局的念心是她的人，德妃开始收买人心了。"

卫岚音挑眉："兵来将挡水来土掩，不论她如何谋划，我们静等接招便是。"远处传来军营的号角。

威远堡为八旗驻军的兵营，山脚下的皇家行宫比起山海关和永安桥行宫虽然逊色些许，但因丛林繁茂，更有一番北方独有的风情。

山野的傍晚，满空繁星，静谧动人，偶尔传来几声猛兽的嘶嚎，卫岚音坐在微暗的烛光下，望着营帐外失神。

"主子，皇上明日便回銮了。主子也不必再望眼欲穿。"

卫岚音摇头："那便意味着很快要回到四角宫城。"

落霜苦言相劝："盛宠并非是好事，皇上克制对主子的爱恋，也是有益于主子，只要皇上心中有主子，别人又能如何？"她放下缝制的衣裳，挑眉，"不知八阿哥长得多高了，这衣衫是不是短了？"

卫岚音的眼中闪过慈爱："离宫前，八阿哥在宫人的搀扶下，已经能独立行走，这几月下来，应该更麻利了。"两人静静细聊着关于八阿哥的趣事。

夜里，卫岚音辗转于床榻久不能寐，她闻到一阵污浊之气，一只笨拙的小黑熊出现在面前。小黑熊瞪着黑幽幽的圆眼睛，胆怯地盯向她。一人一熊，都是惊慌的神色，相互对峙。

半响后，卫岚音终于从小黑熊频频舔着小熊掌的动作里读懂它的意图，它饿了。她从桌子上取来鲜果，扔了过去，小黑熊高兴地接过，发出清脆的咬声。

突然，行宫营帐又闪过一个庞大的黑影，那是一只愤怒的母熊。卫岚音一声尖锐的喊声，惊动所有的侍卫。

最先跑来的落霜见到营帐内的情景，吓得浑身战栗，哭喊："主子，主子。"卫岚音被黑熊母子挡住，根本不能脱身。小黑熊见到母熊到来，欢快地跑到母熊怀中。

"快救主子。"落霜大喊。

"属下也着急，只是万箭齐发，母熊不能立即毙命，反而会兽性大发，必会抓伤良贵人，危及良贵人性命，属下罪过。"护军营的领头侍卫焦灼万分，梁公公随驾北上前，曾经交代过良贵人为皇上心尖儿上的人，要仔细看护。一路平安无事，皇上明日便要回銮，偏偏今夜疏于防范，出了这等大事，该如何是好？

外面传来急促的马蹄声，一阵疾风飘过。

"皇上？"

"吾皇万岁、万岁、万万岁。"众人跪地。

浑身软甲，身着披风的玄烨在几名侍卫的护送下冷冽而入。他用炙热的目光安抚着惊慌的卫岚音。

"怎么会如此大意？"玄烨龙颜大怒，东巡队伍此时正在距离威远堡百里之处安营扎寨，他心系岚儿，快马加鞭地赶来。

"属下知罪，属下罪该万死。"领头侍卫跪地不起。受到惊吓的母熊发出惶恐的嘶叫，卫岚音只能退到床角。

"岚儿，别怕，朕在这里。"玄烨挥动衣袖，"御林军听令。"所有的侍卫绷紧手中的弓箭。

"皇上不可啊。"领头侍卫觉察出玄烨的念头，跪地不起，苦苦哀求，"属下护卫良贵人不当，愿将功补过，即使拼尽性命，也会救出良贵人，皇上乃万金之躯，事关江山社稷，不能以身涉险。"

"让开。"玄烨铮铮厉语。

"请皇上三思。"

"朕自有分寸，拿出八旗男儿的勇猛，将你们手中的箭射得准一些，今日平安救出良贵人，朕会赦免尔等护卫不当之罪，将功抵罪。如若良贵人伤之毫厘，定严惩不贷。再行劝慰者，斩立决。"玄烨透出浓浓的杀气。如今岚儿山海关被掳，昭陵内浑身煞气的流言传遍四野，如若今日岚儿再与侍卫纠缠不清，将名节全毁，回宫后的日子更加艰难，他攥紧铁拳。众侍卫重新拉起圆弓。

玄烨的衣袖落下，如风的利箭插入母熊厚厚的皮毛，母熊发疯地四处扑闪，玄烨身手敏捷地抱住卫岚音，手背被黑熊的爪子抓伤。

"岚儿，别怕。"他细闻着卫岚音发鬟间的茉莉清香，温柔而语。

"皇上。"卫岚音心疼。

母熊身中数箭，几经挣扎倒地，小黑熊悲伤地乱挥小熊掌，低低哀鸣。

玄烨怀拥卫岚音："此番有惊无险，爱卿们箭无虚发，不愧是大清的好男儿，朕甚为欣慰，摆驾龙帐。"

"皇上洪福齐天。"震耳喊声。

"皇上，小黑熊？"卫岚音心疼。

"带回京城，送在畅春园养着吧。"玄烨说道。

"臣妾谢皇上救命之恩。"卫岚音露出凄美的笑容。

行宫内芙蓉暖帐、香玉满怀，久别重逢的两人在漫天繁星的见证下，互相倾诉着相思之苦，卫岚音将每一次两人之间的独处，都当成最后的相聚，她用尽全力去爱。

距离皇家行宫百里外的东巡大营，佟佳皇贵妃看罢信函，脸上露出阴险不甘的神色，连连怒骂贱人。

"娘娘？"宫女玉镯奉上金丝燕窝。

"没想到贱人真的有九条命。"佟佳皇贵妃恨恨而语，"皇上被贱人迷惑，竟不顾江山社稷，舍命相救。长此以往，再过几年，还得了，贱人早晚要爬到本宫的头上。"

"娘娘此言差矣，娘娘是正统，哪能是辛者库出身的卑贱之人所能比肩？"玉镯满脸堆笑，"此次祭拜祖陵，娘娘皆以皇后之礼而为之，在皇上心中，娘娘才是中宫皇后。娘娘近日连连顺承雨露，待回宫后定会传出喜讯，只要娘娘生下皇子，谁还能撼动娘娘在宫中的位置？娘娘不值得为贱人，气坏身子啊。"

佟佳皇贵妃舒缓着端起胭脂小碗，轻轻拂过小腹，眼中满是得意和期待。

青山花香，一对璧人安坐在空旷的山间，倾听山泉流水，雀鸟啼鸣，凉风掠过，飘零的花瓣儿漫天飞舞，仿佛置身桃源。

卫岚音轻轻吹拂着玄烨手背上的伤痕："皇上，不能为臣妾涉险。"

玄烨深情大笑："岚儿是朕心爱之人，见岚儿受难，朕焦急万分，怎能不救？如若痛失最爱，朕该是何等的伤心失落？"

卫岚音低垂着头："如此大恩，让臣妾如何偿还？"

玄烨轻拂她发鬓间的花瓣儿："只要岚儿永远陪在朕的身边，朕心足矣。"

卫岚音微微颤动："到那时，臣妾已经容颜老去，宫中新人辈出。臣妾不求白头偕老，但愿皇上记得那朵木槿花，臣妾便心满意足。"

"岚儿。"玄烨情不自禁地唤道，"无论时光如何流转，朕都会记得心中的岚儿。"

"原来朕的岚儿是水做成的。"玄烨擦拭着她的泪珠，"朕要在威远堡多住上时日，为岚儿再做一件狐裘，好在冬日里取暖。"

卫岚音娇羞地倚在他的肩头，心中满是喜悦，只是这份喜悦来得太过短暂。

远处传来的喧嚣声打破山林间的宁谧，东巡队伍终于赶到威远堡的皇家行宫。

"岚儿，朕是大清的皇帝，朕……"玄烨的话语被卫岚音的手阻止。

"臣妾懂皇上的一片苦心。"卫岚音凄美的微笑。玄烨紧紧握住她的双手。

兵将们安营扎寨完毕，已近傍晚，漫天的晚霞将行宫披上一层金色的光晕。行宫内却如千年玄冰般剔骨寒冷。

一身戎装的宜妃，见到卫岚音，亲切地问道："听闻良妹妹昨夜遇到凶残的母熊，受到了惊吓？"

卫岚音低眸流转："谢宜姐姐关心，臣妾并无大碍。"

"良贵人，你可知罪？"气势汹汹的佟佳皇贵妃瞋目。

卫岚音淡淡回应："臣妾不知皇贵妃所言何意？"

"后宫嫔妃应以秉性柔淑为荣，万事以皇上为重，你竟私自教唆皇上深夜回銮，并令皇上陷于危急，救你出危难之中，如若皇上龙体微恙，你可担当得起？"佟佳皇贵妃愤怒地重拍手中茶盏，"别以为有皇上护着你，便可为所欲为，此事关系江山社稷，本宫要治你逾越不敬之罪。"

卫岚音不知如何回答，想开口反驳，却又是事实，想沉言不语，又长她人志气。其实，她是怕辱没皇上的圣明。

"本宫看萨满嬷嬷的通灵作法还需再做一次，良妹妹仍然恶灵缠身，少了往日的温和贤德。"佟佳皇贵妃意味深长地说道，"这次将无礼的奴才也捎带着去去晦气。"

"皇贵妃。"落霜解释。

"落霜不得无礼。"卫岚音拉住落霜的衣袖，"皇贵妃，臣妾知罪。"

"何事令皇贵妃如此气恼啊？"玄烨迈着轻盈的步子入内。

"皇上万福金安。"

佟佳皇贵妃眯着凤眸微笑："听闻皇上带着太子和大阿哥去后山围猎，这么快便回来，看来收获颇丰啊。"

"太子和大阿哥年幼，朕怕他们过于疲惫有所闪失，赶在日落之前便回了。"玄烨捧起茶杯在鼻尖儿前，脸色一沉，"良贵人怎么跪在地上？"

"请皇上息怒，恕臣妾多嘴，皇上昨日深夜独自回銮也就罢了，只是听太医和侍卫们讲，皇上昨夜为救良妹妹被母熊抓伤，臣妾甚为担忧啊，便寻良妹妹过来问话。"佟佳皇贵妃的话语中多了分轻柔。

"哦，皇贵妃果然有母仪天下之风。"玄烨轻轻吹着热茶。

宜妃玲珑地拿起绢帕："皇上对良妹妹重情重义，臣妾也为之感动。只是皇上是天下人的皇上，还是要保重龙体。"

"良贵人，本宫念你无心之举，罚你在回宫途中抄写经文百卷，以儆效尤。"佟佳皇贵妃摆起凤威。

"臣妾谨遵皇贵妃训诫。"卫岚音低沉回应。

玄烨不动声色："朕听闻八阿哥微染风寒已经痊愈，方才刚好猎了只猛虎，赐予八阿哥，望八阿哥长大后再现满蒙男儿的雄姿。"

"臣妾谢皇上。"卫岚音听出皇上刻意重言的满蒙二字，在旁人看来无可厚非，她听来却是惊心动魄。

佟佳皇贵妃愤怒满怀，她惩戒了贱人，皇上却赏赐了八阿哥，皇上对贱人的情谊，更是人尽皆知。

宜妃在一旁打着圆场："皇上这么短的工夫便猎了只猛虎？真是勇猛，左右开弓之人，世间少之又少，皇上果然是天生神力。"

玄烨盯着红艳戎装的她："宜妃的身手在长白山时，朕可是瞧得清楚，不愧是郭络罗家的格格，有满家女子的风度。"

宜妃抿着嫣红欲滴的红唇，高傲地讲道："臣妾已经多年没有上马打猎、开弓射箭了。还是皇上教授得好，只是臣妾驽钝，手把手地教授，都不及皇上身手的一二，若是传出去，臣妾这个徒弟可是给皇上师傅丢脸了。"

"能开弓射箭已经实属不易，宜妃莫要谦虚。"玄烨欣赏，"皇祖母的信函上讲，五阿哥在慈宁宫极为听话，皇祖母很是喜爱，过几日，朕再猎一只猛虎送给五阿哥，以示褒奖。"

"谢皇上隆恩。臣妾三脚猫的功夫是班门弄斧，上不了台面。"宜妃挑眉望向佟佳皇贵妃，"皇上与皇贵妃在松花江上泛舟吟诗，好似神仙眷侣，尤其是皇贵妃的莺声婉转，倒是让臣妾好生羡慕呢。"

佟佳皇贵妃何等聪慧，舒缓着凤眸中的阴冷："宜姐姐真是谦虚，诗词歌赋怎能敌得过弓箭圆刀，倒是咱们的皇上文治武功，样样精通，乃是百姓之福、社稷之福。"

泛舟吟诗、手把手地教授拉弓射箭，卫岚音望着仰首得意的宜妃和欢声笑语的佟佳皇贵妃，心中涌现醋意，她又能陪伴皇上做什么？东巡的一路上，被贼人掳掠劫持，昭陵祭祖时，被视为不祥之人，浑身鸡血污秽，昨夜又再遇黑熊，险些丧命失容，连累皇上受伤。难道她真的是命运多舛，苦难一生吗？

玄烨察觉出她的异常，投去安慰的目光，卫岚音莞尔浅浅回应，胸前郁结的气息挥之不去。

晚膳过后，紫禁城传来消息，永和宫的德妃出红不止，有早产的征兆，幸亏暂住在慈宁宫的贞格格用苗药土方，保住她的性命，但腹中的胎儿难定生死。

"贞格格真是厉害。"落霜研墨。

"林太医早便讲过，德妃身中寒毒，不宜受孕。"卫岚音应道。

"早知德妃暗藏祸心，主子当年何必告知于她寒毒一事，又赠与良药。"落霜挑着烛芯，"主子为她求得恩典，留六阿哥养于永和宫，但反过来主子去求她时，她却闭门不见，更是恩将仇报，落井下石。"

"这也怪不得她，八阿哥一事，皇上主意已定，任谁也不能扭转乾坤。"卫岚音放下手中的紫毫，揉着疲惫的双眸说道，"她也是无辜之人，怪只怪皇贵妃为人太过毒辣，最后将无辜之人逼得双手染血。"

第十三章

梅须逊雪三分白

"行宫守卫森严，黑熊如何能来去自由？分明是有人刻意为之。"卫岚音望着娟秀的墨迹，"那夜我毙命最好，如若被黑熊所伤，也会毁及容貌。能买通护军营，定是位居高位之人。"

"主子到底是如何得罪了她们，难道她们就没有一丝怜悯之心吗？"落霜痛斥。

"后宫的争斗，哪里有什么对错，处处是黑白颠倒。谁离皇上最近，谁便是众人的仇家。"卫岚音眸光低转。

"是温僖贵妃还是皇贵妃？"落霜问。

"皇贵妃。"卫岚音笃定地说，"温僖贵妃离之甚远，消息闭塞，但皇贵妃深知皇上行程，是她出手害我。"

"她满口仁义道德，其实金玉败絮，皇贵妃今夜又寻了缘由，将皇上留在帐中。"落霜愤愤不平，"皇上冷落了主子。"

"皇上是成大事的人，怎能对我独宠？皇贵妃的苗头正盛，本家的亲妹入了慈宁宫服侍太皇太后，只缺一子不得圆满，此番出宫东巡，机会难得，她自然绞尽脑汁，拼尽全力争取怀上龙种。"

"皇上对黑熊闯入营帐之事，避而不谈，这里又处山林，咱们也没有证据。"落霜苦闷。

"手握证据又如何？太子的红茴香也是不了了之。"卫岚音凝神盯着桌案上的墨字，"只要不是弑君夺位的阴谋，其他的雕虫小技在皇上和太皇太后眼中都算不上什么，咱们能做的只能是出手反击、以牙还牙。"

"对，咱们不能咽下这口气，让贼人得逞。"

"唯一能与皇贵妃抗衡的是温僖贵妃。"卫岚音落笔，"皇贵妃最在意的是皇子。"

"温僖贵妃骄傲于钮祜禄氏的荣耀，自入宫以来便与皇贵妃不和，世人皆知。"落霜点头。

"温僖贵妃当然不服，若她早生几年入宫，皇贵妃的位分就是她的，如何能屈居人下？皇贵妃回宫，如果传出喜讯，温僖贵妃是万万咽不下这口恶气的。四阿哥如若再有差错，皇贵妃会如何？"

"还是主子通透。"落霜称赞。

"我一路忍让，实在是走投无路，只能借力打力，先打倒一个，再做打算。"卫岚音无奈叹气，"回宫的路上，清宁些也好。对了，定贵人如何了？"她忽然想起与自己有几分相像的人。

"千日的责罚还未过半。元旦节时，奴婢曾奉主子之命，探望过她，她在皇宫偏隅的佛堂日夜祈福念经，倒是清静，只是红颜未老，青丝未断，大好年华白白逝去。"

"她毕竟是长春宫的人，告诉曹嬷嬷时常去送些换洗的衣物和时令鲜果，她是太皇太后选定的人，不能怠慢。"卫岚音吩咐。

"是，主子。"落霜会意地点头。

"百年大计重担在身，一刻也不能放松。"卫岚音倒吸一口凉气，"若我不出手相助，花将军误入歧途，皇上也会陷入危难。"

落霜放下砚台，贴耳柔声："主子还不知晓吧，皇上东巡祭祖一路以来，大阿哥与太子之间的纷争愈见苗头，皇上也多次斥责大阿哥目无王法，斥责太子技不如人，两人都暗暗较劲儿。随行的朝堂重臣索大人和明大人，暗地里也是话不投机，皇上都默记在心，长此以往，必生祸端。"

卫岚音挑眉："惠妃处处深藏不露，谨小慎微，大阿哥为何炫耀，与太子纷争？"

"听闻太子被大阿哥压制，性情大变，打猎中，竟然错杀一随行的奴才泄恨，皇上为此重重责罚了太子。"落霜继续讲道，"太子长这么大，皇上还是头一次重罚他。这样下去，待过几载，三阿哥、四阿哥和五阿哥长大，太子之位，岌岌可危啊。"

"赫舍里家不会坐以待毙。"卫岚音只回一语。

落霜将压在心头的话说出来："太子本就性情孤僻，这已不是他头一次杀人，曾经有个宫人失手打碎了孝诚仁皇后生前用过的御碗，他年仅五岁，便拔剑将宫人刺死，还隐瞒皇上和太皇太后，后来皇上知晓，也只能恨恨作罢。"

卫岚音实在不敢相信儒雅卓然的太子竟然是残暴冷酷的性子，那双清澈无痕的眼睛都是伪装？她轻轻扫过桌案，惊讶地望着自己抄写的佛经，果然是字迹如心境，笔锋透着争权夺势的汹涌洪流，她的脸色挂着一丝苦笑。

回銮的路上天气转暖，临近京城时，卫岚音总是昏昏沉沉，落霜放心不下，请来了随行的太医。

"恭喜良贵人，此乃喜脉。"太医恭敬跪地贺喜。

卫岚音惊讶地望着落霜，悲喜交加。

落霜欣喜："多谢太医，不知主子腹中皇子有几月？"

太医徐徐回道："良贵人血亏，脉象不稳，探不出几月。微臣去为良贵人熬药，良贵人莫要着凉。"

"多谢太医。"卫岚音轻拂着小腹，脸上洋溢喜色。

夜幕下，春风习习，良贵人有喜的消息，飞入佟佳皇贵妃的鎏金行宫。

"贱人。"

"娘娘小声些，连皇上都不知晓呢。"玉镯挑眉。

"告诉太医，无论如何，都要保住贱人的胎。"佟佳皇贵妃胸有成竹，"待本宫回宫，再好好收拾贱人和小孽种。"

"娘娘圣明。"玉镯柔声献媚。

寂静许久的紫禁城又将掀起轩然大波。

永和宫内薄帷低垂，德妃脸色苍白地倚在彩绣长枕上。

"娘娘，再用些吧，为了腹中皇子，您也要保重身子。"宫女宛碧端着油腻的鸡汤。

德妃皱着眉头，一饮而尽："皇上到哪里了？"

"回娘娘，皇上明日摆驾回宫，娘娘要守住最后一夜。"宛碧低泣，"娘娘受了如此大的委屈和痛苦，终于要挺过去了。"

德妃的眼底含着泪珠："太医说六阿哥活不过六岁，本宫即使拼了性命，也要保住腹中的胎儿。"

"娘娘。"宛碧痛哭。

"莫要怨天尤人，老天已经对我足矣。本宫此次若落了腹中的胎儿，今生都不会再为皇上孕育皇子，那才是陷入万劫不复之地。"

"娘娘还有四阿哥。"宛碧擦拭着眼泪。

"当日在暗室痘房，本宫便知晓四阿哥已经与本宫毫无瓜葛。六阿哥命不久矣，本宫既无母家依仗，又无皇上盛宠，再不能生养，永和宫便会成为东西六宫的第一座冷宫。到时候，人如刀俎，皇贵妃怎能轻易放过本宫？"德妃泣血。

"皇贵妃最为可恶，若不是她，娘娘怎能与四阿哥母子离心？娘娘怎能身中寒毒难愈？六阿哥又怎能朝不保夕？"宛碧狠绝地骂。

"这都是命，当日本宫刻意接近皇上，后来又步步高升。皇贵妃心高气傲，多年无子，怎能接受本宫受宠？"德妃强忍腹中的剧痛，她在赌，赌赢了，一世荣华，赌输了，一尸两命。

"如果不是横空出个良贵人，皇上定不会移情别恋。"宛碧不屑。

德妃怒瞪凤眸："她命那般好，博得皇上真心，又有孕在身。"

"娘娘勿要动怒，只要熬到皇上回宫，娘娘重获恩宠，有长春宫哭的那日。"宛碧透出坚定执着的神色。

"起风了，又要下雨了。"德妃的脸上挂着凄凉阴冷的笑容，她静静等待着风浪的到来。

东巡回銮的队伍终于在淅沥的细雨中返回紫禁城，沉寂多日的后宫再起喧嚣。

深夜的一场春雨将紫禁城的污浊一一退去，卫岚音望着安宁的院落，她知道无休止的争斗又开始了。

"主子的身子娇贵，少些烦忧为好。"曹嬷嬷放下装满鲜果的蓝釉大盘。

"八阿哥如何？"卫岚音问。

"主子放心，八阿哥一切安好，惠妃娘娘和通嫔娘娘也赞赏不已，只是不知皇上何时下旨将八阿哥送回咱们长春宫？"曹嬷嬷兴致勃勃。

"皇上刚回宫，朝堂政事繁忙，待缓过时日，我再向皇上提及此事。"卫岚音展眉微笑，"宫中可有要紧事？"

落霜从外而入："主子，永和宫的德妃娘娘生了小公主，皇上已经过去探望。"

"哦？"卫岚音惊讶，德妃真的熬到小公主出生。

"小公主出生时脸色涨红，没有哭声，稳婆吊着拍打了好久，小公主才缓过气来，皇上前去探望，德妃娘娘只熬了一口气，便晕倒在皇上怀里。"落霜的声音越来越小。

卫岚音苦笑，德妃心机颇深，拼尽全力保住皇族血脉，只盼到皇上归来，并算准皇上的侠骨柔情，博得疼爱怜惜。

落霜继续道："皇上派太医院所有的太医都守在永和宫，医治德妃娘娘，今日林太医也脱不开身过来为主子诊脉。"

卫岚音望着窗外层层绿意，扬起唇角："我腹中胎儿还未成形，比不过永和宫危急。"

落霜柳眉紧锁，终于忍不住心中的悲愤："主子，你可知？"

"落霜。"曹嬷嬷使着眼色。

落霜愤愤不平："主子已经不是当年依附他人的盘藤，还是让主子早日知晓困境，也好有所防备。如今宫中上下都传遍了主子山海关被劫持、昭陵示警为不祥之人的事情，流言蜚语污秽不堪，简直将主子羞辱得连……"她实在说不出后面的话语，清爽典雅的主子怎能同不知羞耻的勾栏女子相提并论。

曹嬷嬷劝慰："主子莫要多虑，清者自清，浊者自浊，主子身怀皇子，重获宠爱，各宫妃嫔嫉妒得红了眼睛，主子要以皇子为重。"

"话虽如此，但三人成虎，主子的名节要紧，长此下去，皇上如何将八阿哥交还给咱们长春宫抚养？各宫嫔妃定以主子端行不正无法养育皇子为由，纷纷劝诫。"落霜忧心忡忡。

"山海关内驻军数十万，哪能封得住悠悠众生之口，暗藏祸心之人也是看准了法不责众。"卫岚音喃喃而语，"自古敢违背圣意的，都是金尊玉贵、居庙堂之高的重臣，平常百姓最为守规。"

"莫非又是皇贵妃？"落霜疑惑。

岚音点头："恐怕流言不是只有我一人吧，太子被掠，更为耻辱。"

曹嬷嬷的眼中透过欣赏："主子所言极是，太子的流言也是漫天飞舞，太皇太后已经惩戒过嚼舌之人，宫中平静了几日。昨日皇上还朝，流言又死灰复燃，恐是有心之人故意为之。"

只听外面簌簌的脚步声，林太医身边的药童脸色慌乱地跪倒地上："给良贵人请安。"

卫岚音心头一紧："林太医有事？"

药童匆忙回答："回良贵人，师傅让属下前来报信儿，永和宫的小公主气息微弱，英华殿的诵经僧人告知皇上宫中有煞气，小公主和德妃娘娘命数柔弱，克制不过，才会命垂一线，所指方向正是良贵人的长春宫，诵经僧人又听闻贵妃娘娘说良贵人身怀皇子，更是面容大惊，说是长春宫煞中带煞，相克永和。"

"信口雌黄。"落霜愤愤阻止。

"落霜姑姑息怒，皇上见德妃娘娘梨花带泪，娇柔似水，起了怜悯之心，下道口谕，着良贵人禁足长春宫一月，避让永和宫。一会儿梁公公便会来传旨，属下先给良贵人报个口信，良贵人也好有所应对。师傅只讲了一句，良贵人的胎气大也不过三月，在宫中静养一月也好，望良贵人安心养胎。"

此时，素月分辉的东隅毓庆宫，太子懊恼地将桌案上的竹青笔砚打翻。

"太子息怒啊。"崔公公心疼地揉着太子微红的双手。

"她真是丢尽了赫舍里氏的脸，还敢前来求情？"太子的目光透出浓浓的厌恶。

"僖贵人的性子确实急躁。"崔公公轻轻捋顺着太子胸前的四爪蟒龙衣襟，"但宫中只有僖贵人与皇后娘娘同宗，这其中也牵着太子的脸面，依老奴看，太子还是去求太皇太后，赏赐个恩典，顺了僖贵人的心思。"

"这些年，她惹的祸还少吗？成事不足败事有余。"太子嗔怒。

"太子，她已终身难孕，即使贵为妃位、后位，都不足为惧。"崔公公密语，"太子何不顺水推舟，送个恩典，僖贵人总以太子亲辈自居，以后也会处处以太子为重，也许会有用处。"

"若不是当年公公的计谋，哪有今日的收获，公公待我恩重如山。"太子感慨，僖嫔入宫多年不孕，皆为亲人所害。

"奴才深受皇后娘娘大恩，自当全心全力辅助太子。"崔公公潸然泪下，"皇后娘娘一生疾苦，红颜命薄，太子年幼，在宫中更是艰难，若是赫舍里氏再有异心，另拥他主，那太子岂不是举步维艰，逼上绝路。奴才绝对不会令这样的事情发生，也只能委屈僖贵人。"

"所有人都想害我，唯有公公待我真心真意。"太子咬牙切齿，"算了，就依公公所言，寻个好时机，向皇嬷嬷求得恩典，还她嫔位身份。毕竟我贵为东宫太子，她的贵人位分的确卑微了些。"

"太子圣明，"崔公公感慨，"古有越王卧薪尝胆，传为美谈。太子委曲求全多年，也会守得云开雾散。"

"待我继承大统，第一个收拾的就是大阿哥。"太子满怀愤怒。

"荣妃娘娘看似骄纵，极易受人挑拨，不足为惧，但惠妃娘娘心机颇深，当年没少给皇后娘娘下绊子，如今一副洋洋得意的模样，的确是心腹大患。没想到大阿哥心焦气盛，与太子处处争锋，真是胆大妄为。红茴香一事，已经将纳兰一族彻底击败，皇上早晚会收拾大学士，但他们还不甘心，真是迂腐。"崔公公看透玄机，"太子最大的对手是八阿哥啊。"

太子想起在盛京皇宫偷听到的零星碎语，紧锁眉头："真是枉费我一番苦心。"

"太子啊，宫中哪有真心，都是假笑奉迎罢了。奴才早提醒过太子，莫要假戏真做，从而伤人伤己。"崔公公痛心疾首，"如今皇上正值盛年，良贵人有孕在身，若是接二连三产下皇子，皇上难免会爱屋及乌，太子的东宫之位岌岌可危。承乾宫的皇贵妃也不容小觑，皇贵妃的亲妹已经被太皇太后接入慈宁宫调教，过不了几年，也会贵为嫔妃。储秀宫的贵妃娘娘是伺机而动，这些都是太子的心腹大患。"

太子凶残的目光里泛着光泽："那便一个一个地收拾。"

"呦，太子真是长大了。"崔公公喜极而泣，"皇后娘娘在天之灵，定高兴欣慰。"

太子幽怨地说："宫中的皇子当然是越少越好。"

崔公公会意地点头："八阿哥年幼，太子有大把时间谋划，良贵人腹中之子，最为紧急。皇上对待良贵人确实不同，为永和宫小公主冲煞对良贵人禁足，这明为封宫，实则护胎。良贵人诡计多端，暗中总有高人相助，太子难以下手。不如等一等，瞧瞧东西六宫中娘娘的动静，再行出手。"

"不，这次不但要借他人之手掀起大风大浪，必要时我也会挺身而出，抓住良贵人的命脉，重敲一锤。"太子狠戾。

"太子的意思是？"崔公公不明。

"到时候，会将她打入万劫不复的深渊。"太子紧攥拳头，"我要让世人知道，凡是背叛我、谋害我的人，都只有死路一条。"摇曳的烛影映衬他稚嫩的脸颊，显露出最真实的本性。

西路的储秀宫也不甘寂寞。身着绯色宫装的宜妃目含关切："温妹妹昨晚在永和宫操劳一夜，真是辛苦。"

温僖贵妃揉着凌乱的发鬈："没法子，皇贵妃告恙，本宫不得不去。"

"皇贵妃哪里还有心思去啊，不气病了才怪，恐怕此时正在承乾宫乱扔物件儿泄气呢。"宜妃掩口而笑。

"佟佳氏自恃清高，当年若不是太祖抬举，如何能博得高位？若不是皇上继承大统，佟佳氏又何以如此猖狂？真是小人得志，若是论起战功血脉，哪里比得上你我二人？"温僖贵妃高傲地说。

"这便是命啊，太皇太后力推皇上为帝，呕心沥血地辅助皇上继承大统，打破蒙古为后的祖制，今日的后宫才遍地开花。"宜妃点明利害。

"哎，宜姐姐昨夜没在永和宫，没看见德妃虚伪至极的样子，真是令人作呕。"温僖贵妃想起德妃含泪地依偎在皇上怀里，便气愤不已。

"都是一路货色，还不是和良贵人一样，像无骨的猫儿一般紧紧倚在皇上怀里，博得皇上的疼爱。"宜妃想起山海关前，皇上怀拥卫岚音归来的情景，眼底尽是妒火。

"看来咱们英武神勇的皇上，喜欢这样的女子，今后紫禁城莺啼婉转，热闹了。"温僖贵妃丹凤含笑。

宜妃摇头："皇上可不是受蒙蔽之人，怜悯罢了。"

温僖贵妃叹声连连："真不知晓这些贱蹄子都用了什么灵丹妙药，接连受孕，老天真是不公。那贱蹄子生八阿哥时在鬼门关走了一遭，没想到竟有后福。在昭陵，真是可惜。"

"本以为萨满嬷嬷的鸡血浇醒了她，谁知她又有孕了。"宜妃气愤。

"鸡血？"温僖贵妃不解，"贱蹄子只是在刚出宫时承泽雨露，后来被封为不祥之人，独自在皇家行宫，回宫前有孕在身？那到底是何时受孕？"

"还是温妹妹聪慧，回宫的前几日，太医探出贱蹄子的喜脉，脉象微弱，不知有几月身孕，所以皇上也不得而知。"

"是在山海关受孕。"温僖贵妃笃定，两人脸上都挂着浓浓的笑意。

又是一年端午时节，紫禁城毫无往年的喜庆，永和宫的七公主到底没有留住性命。七公主奄奄一息时，德妃不顾孱弱的身子，像疯子般抱着七公主飞奔至乾清宫，玄烨眼睁睁地看着长得与自己眉眼轮廓极为相似的七公主闭上清澈的双眸，渐渐冷去。

"皇上，你看七公主多乖，不哭不闹，睡熟了。"德妃的脸上挂着泪痕，轻轻拍着死去的七公主。

玄烨怜惜道："朕知道爱妃保住此胎不易，朕会再给爱妃一个皇子。"

德妃心中窃喜，怀抱着七公主放声大哭，周围的宫人无不被其感动。她深埋在玄烨温暖的怀中，紧紧抓住明黄胸襟前的飞龙，脸上露出一丝阴险凶恶的笑意。

卫岚音听到乾清宫发生的一切时，不知所云，皇上到底是有情还是无情？

"德妃娘娘此招与当年的武则女皇同出一辙，都是利用皇上的仁慈，真是小瞧了她。"落霜气愤，"皇上命英华殿的僧人日夜为七公主诵经，超度亡魂，以往早殇的皇子都未曾有过的殊荣。"

"皇上思女心切，哪能禁得住德妃的柔媚蛊惑？"曹嬷嬷附和。

卫岚音胸中翻滚，他竟然许诺再给德妃一个皇子，为何世间，受苦伤心的总是女子？

"主子，皇上是万民敬仰的皇上，后宫中怎能只有主子一人？当年先帝独宠端敬皇后，后宫依然有多位皇子出生。咱们女子，只能作为浮萍，依附于男子的池塘。"落霜讲述着世间最无情的事实。当年她怀着愿得一人心，白首不相离的心境，毅然拒绝皇上的情谊，如若时光可以流转，她依然选择放弃，宁愿将这份情谊放在心底封存、忘却，直到死去。

"为何女子的命都这般凄楚。"卫岚音喃喃自语。

落霜安慰："怪奴婢多嘴，惹主子伤心，世上之大，无奇不有，以往在乾清宫做奉茶宫女时，听西洋的传教士讲过，他们那里的国王只有一位王后，国王不许纳妾。"

卫岚音惊奇："国王只娶一人，王后如若无子，如何是好？"

"奇就奇在这里，咱们这里为争夺皇位血流成河，甚至横尸遍野，帝王无嗣是历朝历代的大忌。但是听西洋传教士讲，他们那里若是王后无子，国王会从血缘最近的皇族中，选出一人为国王，即使那人曾经败走他乡，与国王有世代仇恨，也不得不传位于此人。"落霜掩口微笑，"而其他女子所出的皇子，一律不得继承皇位。"

卫岚音深沉："如若真如你所讲，西洋藩国会传承万代。"她饮下进补的参汤，忽觉酸楚，呕吐不止。

"明日宫中设宴，皇上特意让梁公公传话过来，要主子出去散散心，再唤林太医为主子诊脉。"曹嬷嬷应道。

"也好，听闻明日宫宴是庆贺皇上平定三藩的丰功伟绩和《太宗文皇帝实录》修缮完成，听说又开始重修三朝《圣训》和《太祖高皇帝实录》。"落霜喜气洋洋，"主子也去走走，心情会好些。"

卫岚音微微点头，皇上还未到而立之年，丰功伟绩已经刻满碑文，也难怪后宫繁茂。

一夜好眠，初夏的紫禁城碧天如蓝，皇家宴席上金杯银盏，东西六宫早来的嫔妃各就其位，安坐品茶，远处望去，一片祥和。

佟佳皇贵妃安坐台前，看着满身艳丽的德妃，讽刺："德妃妹妹的哀伤，还真是来得快，去得快。七公主早殇还未满百日，亲额娘已经穿红披绿，英华殿的经文还未念完呢，德妃妹妹到底是有心还是无心呢？"

一言既出，激起千层波浪，乖巧的敏嫔立即随声附和："听闻德姐姐体弱卧床不起，臣妾还想去登门探望，今日见德姐姐眉清目秀，体强身健，臣妾真要把嚼舌的宫人训斥一番。"

"敏妹妹所言差矣，"沉寂的荣妃眼中多了几分深邃，"皇上为七公主早殇悲伤不已，德妹妹是为解皇上宽心强颜欢笑，哪里是体强身健，没见德妹妹瘦弱得连宫装都空了许多？"

"荣姐姐哪只眼睛看到德妃姐姐瘦弱了？"温僖贵妃不悦地挑眉反问。

"凡是没有受到蒙蔽，长了眼睛的人，不都瞧着真切吗？"荣妃毫无畏惧。

"哈哈。"温僖贵妃放声大笑，"惠姐姐您瞧，荣姐姐在为德妃姐姐鸣不平呢。"

惠妃挑眉说道："皇上和太皇太后着臣妾与温妹妹一同照料德妹妹的起居膳食，看来咱们有负皇恩啊。"

德妃拂过鬓间的玉制发簪："荣姐姐无心的话委屈了惠姐姐和温妹妹，

多谢各位姐妹的担忧。"

卫岚音望向德妃莹洁转影的鬓颜，目光停留在那只玉制发簪上，好似哪里不对。她柔声微笑："德姐姐一切安好，才是姐妹之福，臣妾若不是身带晦气，也早去永和宫探望了，今日见德姐姐欢颜喜目，臣妾也放下心来。德姐姐纤容娴静，正如头上的木槿花簪般颜如舜华呢。"

卫岚音提及木槿，所有人的目光都注视在德妃的头上。德妃很快稳定神色："论容貌，宫中的姐妹，谁能及良妹妹的玉容仙姿？"

"木槿花簪？"宜妃重复。皇上赐给良贵人木槿耳坠一事，传遍后宫，因为内务府从未御制过木槿花瓣的任何物件儿，耳坠虽不是价值连城之物，却代表着皇上的心意。木槿花朝开暮落的诗词可是人尽皆知，德妃何时也得了赏赐？

她轻拿帕子掩口："良妹妹真是眼拙，德妹妹的发簪哪里是木槿花，那是锦葵啊，当年皇上听西洋教士讲述教义，着内务府特意定制，后宫的嫔妃人手一支，皇上还曾夸奖，只有德妹妹戴出了锦葵的娇柔。"

锦葵？那和她炫耀的木槿簪子呢？卫岚音气气地望向面不改色的德妃。德妃清淡而笑，丝毫无羞愧之心："木槿花是皇上独独赏赐良妹妹的，宫中姐妹皆是羡慕不已，山野锦葵哪能比及？"她的话又将卫岚音送到风口浪尖。

第十四章

修竹万竿松影乱

卫岚音浅浅安笑："德姐姐真是羞煞臣妾，德姐姐深得皇上宠爱，永和宫内的珍宝无数，若是堆积起来，怕是比坤宁宫前的索罗杆都要高。"她的言外之意，德妃心比天高，德妃瞋目。

娇艳的郭贵人添油加醋："长春宫的好物件儿不也是堆积如山，连翊坤宫也比不上。"

卫岚音微笑："臣妾真是冤枉，东西六宫都是天子之家，关系到天子颜面，都是各有千秋，哪能有寒酸卑微之气？"

"好一个各有千秋。"玄烨凝神走来。

"皇上驾到、太皇太后驾到、太子驾到。"太监尖锐的声调划破沉寂的长空。卫岚音迎上玄烨如雾的眼神，随着众人一同高呼万岁。

"今日都是自家人，都起来吧。"太皇太后安坐台前。

"哟，佟佳格格与皇贵妃真是形如一人，都是娟秀佳人啊。"宜妃望着太皇太后身边的纤柔女子夸奖道。

卫岚音顺声望去，这是佟佳皇贵妃的亲妹——佟佳格格第一次出现在众人面前，她的五官酷似皇贵妃，却丝毫没有皇贵妃的强势，好似江南女子般花容柔淑，灵动秀雅。

"宜妃的眼睛总是最准，月儿的才气堪比江南才子，五阿哥有福气，多学了不少诗词歌赋。"太皇太后夸奖称赞。

"多谢月儿格格。"宜妃更是眉开眼笑。

佟佳皇贵妃的腰杆儿又挺拔了几分，她高傲地扬起凤钗："月儿在家中被额娘娇纵惯了，入宫还不足一载，就转了性子，还是皇祖母管教有功，月儿还不拜谢皇祖母？"

佟佳月儿的双眸如一潭碧水："月儿谢太皇太后教导。"

"月儿快起来，本是月儿灼灼其华，反让哀家沾光，你们与皇上都是大孝之人。"太皇太后的眼神无意间扫过玄烨。玄烨的心思都在卫岚音上："着良贵人台前用膳。"刹那间，卫岚音被八方的眼神万箭穿心。

"听闻良贵人有孕在身，让哀家瞧瞧。"太皇太后慈爱地讲道。太子却沉默不语，与往日判若两人。

卫岚音只得拖着身子，顶着四面的炉火，走上台前。

迎着明艳的碧天，在一片隐隐暗香中，拉开了恭祝盛世的宫宴。

岚音想起了一件事："皇上，八阿哥养育在钟翠宫，顽劣不堪，多有打扰惠姐姐和通姐姐安歇，今日臣妾再为人母，深知照料幼童的不易，请皇上恩准将八阿哥送回长春宫养育。"

温僖贵妃故意说道："恕臣妾直言，七公主夭折，长春宫带着煞气，八阿哥还年幼，若是沾染，恐是后悔莫及，皇上和良姐姐都要三思而行。"

玄烨摩挲着手指间的翠绿扳指："皇祖母的意思——"

太皇太后放下白玉酒杯："依哀家看，良贵人位分略低，抚养皇子有悖祖制，待良贵人生下皇子，再行封赏，八阿哥那时回长春宫抚养，也是顺理成章。"卫岚音感动得泪眼婆娑。

玄烨爽朗大笑："还是皇祖母想得周到。"

"谢皇上隆恩，谢太皇太后隆恩。"卫岚音轻轻拂过小腹，希望老天眷顾，这胎是位公主，才能远离夺储纷争。

"皇上也不要心存偏倚，惠妃和通嫔养育八阿哥有功，也要论功行赏。"太皇太后细细嘱托，纳兰一族仍是朝廷上的肱股之臣，要好生安抚。

"为皇上和太皇太后分忧，是臣妾的本分。"惠妃八面玲珑。

"谢太皇太后谬赞。"浓妆艳抹的通嫔乖巧地跪地叩谢。

佟佳皇贵妃意味深长地望着这一幕，生下皇子、晋封为嫔、膝下承欢，怎能成全贱人这等美事？好戏还未开始，莫要太过得意，她抖过长长的金鞘，示意下方的敏嫔。

敏嫔会意地端起酒杯："臣妾在长春宫居住数月，承蒙良姐姐照料，今日借皇上的美酒，谢过良姐姐，愿良姐姐母子平安，再为皇上生下一位康健的小阿哥。"卫岚音以茶代酒感谢。

敏嫔抿嘴："只是不知良姐姐几月生子，臣妾想无事时为皇子做几件衣衫，以谢良姐姐照料之情。"

卫岚音淡淡回应："东巡回宫，还未请太医瞧过呢。"

玄烨喜气："都是朕疏忽，着太医院的宫直为良贵人请脉。"

佟佳皇贵妃热忱亲切地说道："良妹妹身子金贵，还是多请几位太医一同诊脉，较为稳妥，再则也为德妃妹妹瞧瞧，这久病不愈，也不是办法，皇上又该心疼了。"

"还是皇贵妃想得周到，这女人家，最要爱惜的便是自己的身子，只有人在，才能看尽冷暖、享尽荣华。"太皇太后头上的蝴蝶百福簪历经沧桑之色。

卫岚音望着满布皱纹的太皇太后，想起盛京皇宫，她在那狭小的院落，几经厮杀最终登上高位，其中的艰辛可想而知。昭陵地宫已经封存，她不与太宗合葬的惊世想法，百年后不知会引起何等的众说纷纭。她的心中到底爱谁？

紫禁城所有显贵的主子都齐聚于此，太医院的太医们不敢怠慢，众多花甲鬓白之间，尤为显眼的是林太医。

太子偷瞄着暗藏锋芒的佟佳皇贵妃，做着人生中重大的抉择，他的鼻尖上泛出薄汗。

卫岚音手腕上覆着一层薄纱，李太医恭敬地向前细细诊过，温润如玉的林太医紧随其后："良贵人脉象平稳，腹中皇子已有两月。"李太医复议。

"原来良妹妹在威远堡行宫受到黑熊惊吓才有孕在身，还真应了民间必有后福的老话儿，真是皇恩浩荡，社稷之福。"佟佳皇贵妃话中带话。

卫岚音也是一怔，她的小腹微隆，好似三月有余的胎儿。

"良姐姐的肚子这般大，一定又是一位小阿哥呢。"尖酸刻薄的成嫔瞄着岚音微微隆起的小腹，掩鼻而笑。

"良妹妹身段姣好丰盈，天生丽质，真是让人羡慕。"宜妃奉承假笑。

卫岚音急切地望向林太医，林太医微微点头，传达着肯定的眼神。

"皇上，微臣有罪。"一年老太医跪地不起。

沉浸在喜悦中的玄烨面容含霜："爱卿所为何事？"

太皇太后手中的酒盏顿了一下，酒盏中的美酒荡出波纹，却被她稳稳地握在手中，没有漏出一丝酒。

"启禀皇上，良贵人的身孕已经三月有余，并非两月。"山海关卫岚音被掠走的传言已经传遍紫禁城，腹中的皇子更如铁一般的证据。

"放肆，不能诬陷良妹妹。"佟佳皇贵妃气愤地站起。温僖贵妃眯着丹凤眼与宜妃默默对视，胸中大悦。惠妃不动声色。德妃柳眉含笑。

"老太医何出此言？"卫岚音愤怒。

"良贵人深得皇上宠爱，为何蒙蔽皇上，有负圣恩？还是放下心中的魔障，倾情相告，皇上与太皇太后有好生之德，良贵人也许能保全一条性命。"老太医低泣忠言。

"老太医年近花甲，也是儿孙绕膝，为何陷害于我？"卫岚音咄咄逼问。

"微臣是前朝老臣，曾为先帝诊病，在宫中行医诊脉多年，广交善缘，如今年老，一直为太妃诊脉，承蒙皇上隆恩，带老臣东巡随行祭拜先帝。"老太医铮铮铁语，"微臣苦苦相劝，良贵人依旧执迷不悟，难道不为八阿哥着想吗？"

"大胆。"玄烨重拍浅雕红木龙案，双环白玉酒壶落地开花，"太医倚老卖老，对良贵人不敬？"

"微臣知罪。"老太医跪地叩首，"微臣知道皇上宠爱良贵人，但事关皇家血脉，微臣不得不讲。"

"朕允许你讲下去，但是有半句假言，按忤逆处斩。"玄烨尽露杀气。

"良贵人既然不肯相告，只能微臣冒死禀告皇上。"老太医一副视死如归的样子，"回宫前夕，微臣为良贵人诊脉，得知良贵人当时便怀有两月身孕，良贵人惊慌失措，重金收买微臣，让微臣讲喜脉微弱，探不出几月身孕，不能公告世人。当时微臣想到出宫没有入关时，皇上未曾临幸过良贵人，良贵人又曾在山海关被掠走，知道其中定有乾坤，便执意谢绝，不肯替之隐瞒，谁知……"老太医老泪纵横，伏地不起。

卫岚音恍然大悟，一切都是早已埋好的圈套，如今她即使浑身长满嘴，也难辩解。

佟佳皇贵妃故作惊态："太医真是信口雌黄，林太医和众位太医已经为良贵人诊过喜脉，皆探得只有两月，莫非太医糊涂了？"

宜妃浅笑："太医的医术精湛，性情稳重，先帝曾经御赐黄马褂以示褒奖，怎能随意糊涂？"

玄烨的脸色愈加阴沉："继续讲下去。"

老太医低沉叹息："微臣一生行医，为东西六宫的娘娘们诊病，一直恭敬有加，鞠躬尽瘁，没想到却晚节不保啊。当日良贵人对微臣痛哭流涕，讲述在后宫中如何不易，如何设计与皇上相遇，从辛者库的宫女到今日的一宫之主，被皇上宠爱，一路艰辛困苦，不想因此失去荣华。原来良贵人被山贼掠去，失去清白之身，暗结珠胎，故而有孕。"

"你撒谎，信口雌黄。"落霜痛斥。

老太医继续讲道："微臣被其感动，便出主意，想为良贵人暗中打下孽胎，好生休养，谁知良贵人执意留下孽胎，想混淆皇家血脉，微臣毅然拒绝。"

"如此讲来，太医是忠义之士，何来其罪？"佟佳皇贵妃追问。

"微臣没有抵挡住……"老太医痛心疾首，"良贵人见微臣不肯相助，便宽衣解带，扬言，微臣若不帮衬她，便告知皇上，微臣对良贵人不敬。微臣和东巡中所有人都知道，良贵人深得皇上宠爱，对良贵人深信不疑，如若良贵人向皇上进谗言，微臣定死无葬身之地，微臣没有办法，便动了邪念。老臣用猛药稳住良贵人的喜脉，任何人诊脉都会探得只有两月有余，所以良贵人腹中胎儿已是三月有余，回宫后，微臣一直寝食难安，微臣愧对先帝，愿皇上念微臣相告有功，赐予微臣全尸，微臣死而无憾。"

"我与你无冤无仇，为何太医颠倒黑白，蒙蔽圣上。当日回宫前，你到底在药中下了何物，我腹中的皇子可有凶险？"卫岚音气愤得语无伦次。

"太医慷慨激昂，可有证据？"玄烨艰难地吐出一语，龙颜大怒。

老太医泪流满面："当时营帐内只有微臣与良贵人两人，并无其他宫人啊，但老臣用项上人头担保，句句真言，老臣死不足惜，皇上莫要被红颜蒙蔽双眼，错失江山社稷啊。微臣死罪，良贵人身上三颗红痣，微臣看得真切啊。"

只听清脆声响四起，玄烨的面前狼藉一片，他的指间流出红艳的鲜血，染红了欲展翅翱翔的飞龙。

宫宴上死气沉寂，太皇太后训斥："愣着做什么，还不给皇上包扎伤口。"

"皇上息怒，皇上息怒。"台下莺声阵阵，低泣成群。

"退下去。"玄烨丝毫未在意手间的疼痛，岚儿白皙的柳肩上的确有三颗灵秀的红痣，每次欢好时，都令他爱不释手，难道岚儿真的蒙骗他？

老太医苦口婆心："皇上对良贵人一往情深，望良贵人洁身自好，勿要伤害皇上的一片真心啊。微臣对不住先帝，愿追随先帝而去。"他吐尽黑血，踉跄倒地而亡。李太医拿出银针，银针顿时变为黑褐色："皇上，老太医服下毒药，已经气绝身亡。"

老太医的以死明志，更将卫岚音推上染血的刀尖。佟佳皇贵妃的眼底尽是骄狂的目光，此计谋周详极致，必要置贱人死地。老太医曾受过孝康章皇后的恩泽，自然效力于佟佳氏，他的子孙会受到善待。

卫岚音面对羞辱，只能以死明鉴。

"皇上，老太医以死明志，所讲之言，必定是真的啊。"温僖贵妃重语。

"此事还须从长计议。"深藏不露的惠妃打着诳语。

卫岚音无助地望向玄烨，刚好迎上玄烨寒彻的目光，她低垂着头，心如死灰。

"遭人陷害？世间竟有人宁愿丢了性命而陷害他人？"刁蛮的宜妃装腔作势。

"皇阿玛。"太子恭敬地跪落在地，嗓音嘶哑，"请皇阿玛恕罪，儿臣不孝，蒙蔽皇阿玛。"他扬起灰暗的脸颊，"儿臣与良贵人被掠到山野木屋，儿臣因被剑气所伤，时而清醒，时而昏迷。在模糊中，儿臣亦听到男女间欢好的糜烂之音，当儿臣再次清醒时，已经在马背上，良贵人与贼人共乘一骑。"

佟佳皇贵妃喜上眉梢，太子是最好的证人，贱人休想翻身逃脱。

卫岚音不愿相信听到的一切，她死死盯住太子混浊的双眸。众人皆知长春宫与毓庆宫走得近，今日太子的逆转，更是一石激起千层巨浪。

"良贵人对儿臣有救命之恩，儿臣对良贵人更是心存感激，儿臣不想良贵人受伤，却没有想到事情到了如此地步，儿臣不愿做不忠不孝之人，儿臣蒙蔽皇阿玛，辜负皇阿玛的期望，儿臣愿受惩戒。"太子低沉哭泣。

老太医的死只是将卫岚音打倒在地，但太子所述将卫岚音打入了万丈深渊，碾碎成泥。

玄烨紧握手中的白玉碎片，痛，的确很痛，他紧握双拳，任由十指染血。

"太子若有半分谎言，朕会夺去东宫太子之位，泱泱大清绝对不能交到幼年便谎话连篇的小儿手里。"玄烨如雄鹰般的目光射向太子。

众人大惊失色，皇上立储至今，从未有过半分动摇国之基石的只言片语，从毓庆宫的奢华便能看出皇上对太子的溺爱，今日为良贵人的清白，提出废储之言，听得所有人胆战心惊。太皇太后的面容愈加阴暗。

卫岚音知道，大限已到，但求一死。

太子委屈的泪光闪在眼底，脑中仅存的一丝懊悔和不安一扫而尽。看来今日他出手是对的，太子之位是皇额娘拼尽气力，留给他最后的庇护，任何人都不能夺去："太傅曾教导儿臣，君子不打诳语，儿臣句句真言，望皇阿玛明察。"

"皇上，太子仁孝忠贞，是皇子们的表率，绝对不会欺瞒皇上啊。"僖贵人一改往日的刁蛮，柔声细语，"太子年幼，先前受了奸人蒙蔽，望皇上念在孝诚仁皇后的薄面上，宽恕太子。"

玄烨的眼前一阵眩晕，胸口只有岚儿两字，无情的事实摆在眼前，千山暮雪，伊人不在。

"良妹妹怎能如此糊涂，即使清白逝去，但亦要守贞，死后也是流芳万世。如今良妹妹枉费皇上的真心，企图混淆皇家血脉，连八阿哥也抬不起头来。"佟佳皇贵妃连声叹息。

"当日良妹妹在宗人府大牢有孕在身，八阿哥的身世或许和良妹妹腹中的孽种同出一辙，请皇上慎重。"温僖贵妃伺机报复，见缝插针。

"温妹妹此言差矣，八阿哥的眉眼与皇上极为相像，当然是皇家血脉。"惠妃反驳，良贵人必死无疑，她白得的皇子不能有半点闪失。

"皇上与裕亲王是同胞亲兄，怎能不相像？"温僖贵妃将话挑明。

宜妃微笑："良妹妹回关，一再执意为反贼求情，原来是一日夫妻百日恩。"她的话将事态推到顶点。

"住口！"玄烨痛斥，他的岚儿如何能被人如此诋毁？

卫岚音脸色带着惨笑，跪倒在地："欲加之罪何患无辞，臣妾只求一死，望皇上善待八阿哥。"

玄烨悲恸地一字一句："你可有话对朕讲。"

卫岚音张着干涸的唇瓣，用力摇着头，胸中千言万语，喉间却讲不出一句话。他已经彻底相信太子和老太医，她又何必徒劳解释？这原本便不属于自己，早该离去，逃离朱红的宫墙只有一死。

玄烨见她不语，厉声疾语："回答朕。"

卫岚音颤抖的语调更似自言自语："世上万般事，在于你信不信，而不在于它真不真，既然皇上心中已有定论，又何必再问臣妾。"

玄烨听着她质问的话语，心口如撕裂般阵痛，老太医的悲烈而亡，太子相告的真语，铁一般的证据面前，为何她仍然不肯低头。逆贼子鸣，谦谦君子，风度翩翩，难怪岚儿动心以身相许，玄烨想起当日在山海关放走逆贼子鸣，引鱼上钩的计谋时悔恨万分，早知道子鸣侮辱岚儿，他会将其碎尸万段，挫骨扬灰。

"真是知人知面不知心，看似圣洁，实则肮脏，听闻良贵人自幼丧母，想是没人教养。"成嫔也不甘示弱。

"如人饮水冷暖自知，今日纵然一死，来日也必当有水落石出之时，恶人终有报应。"卫岚音恨恨地说。紫禁城的每一个人都对不起额娘。她望着满面狐疑的玄烨，这便是帝王之爱。床榻间，月圆夜，所有的缠绵话语都抵不过江山社稷，太子是未来储君，所讲之言依然是金口玉言，她又算得上什么？那一张张令人厌恶的嘴脸，她更是不屑一顾。她身上流着世间最尊贵的血液，即便死去，也要带着尊严，绝对不能失了额娘的颜面。

按捺不住的玄烨终于怒气冲天："朕待你不薄，为何欺骗朕？"

"来人，给良贵人掌嘴，竟敢对皇上不敬，打到她求饶为止。"佟佳皇贵妃发着凤威。

凶狠的老嬷嬷卷起绣花马蹄袖，重重打在卫岚音娇红的脸上，清脆之声震撼着玄烨的心。

"皇上，主子怀的是皇上的骨肉啊，皇上要相信主子，救救主子。"落霜哭泣。

"求皇上念在与良贵人昔日的情分，不要再让良贵人受皮肉之苦，求皇上宽恕良贵人。"林太医声嘶力竭。玄烨怒摔龙袖。

佟佳皇贵妃的金鞘光泽艳丽："林太医妙手仁慈，不忍杀生，但也要懂得识时务者为俊杰的道理。"林太医为英才之人，最好为己所用。

卫岚音在恍惚中仿佛看到额娘在向她招手，她又回到了儿时的那片沙滩。

"住手。"太皇太后站立起来，"国有国法，家有家规，这样做岂不是刑讯逼供，屈打成招？"

"谢太皇太后恩典，谢太皇太后恩典。"落霜发疯地扑向血肉模糊的卫岚音。

"皇祖母教训得极是，臣妾知错。"佟佳皇贵妃恭敬回应。

温僖贵妃挑眉："良贵人惑乱宫闱，魅惑皇上，其罪可诛灭九族。"

卫岚音凄美而笑，九族？她深情地望向太皇太后和冷酷无情的皇上，九族的亲人已经被八旗铁骑杀得所剩无几，如若仔细算，他们是她最后的血亲。她仰望碧云金顶，好似又听到了额娘的呼唤。

"朕问你，为何欺骗朕？"玄烨站立，一步步地走向她，摇晃她的肩膀。两人的鲜血交融在金丝上，触目惊心。

"臣妾不该入宫，更不该听信皇上的甜言蜜语。当日在景仁宫，若臣妾拒绝了皇上，便没有今日的纠缠，臣妾悔了，臣妾悔了。"

"放肆！"玄烨悲愤地将她推在地，"朕的确太过骄纵于你。"卫岚音踉跄倒地，如浮萍被狂风卷到半空飞舞，腹下的血红染透宫装。

"主子出红了，主子出红了。"落霜大声疾呼。

玄烨懊悔地抬起手臂，又缓缓放下，咬牙道："咎由自取。"

林太医不顾李太医的警示，急忙拿出怀中的银针，封存住卫岚音的穴位。

"呦，林太医对良贵人真是情深意重啊。"刻薄的宜妃故意喊道。

虚弱的卫岚音感激地看着林太医，林太医明白她的苦心，轻声道："微臣会照顾八阿哥，良贵人也要为八阿哥坚强些。"卫岚音虚弱地在他的手中乱写。

"主子，主子。"落霜摇头，"主子要活下去。"

卫岚音终于清晰地见到了朝思暮想的额娘，额娘正坐在海边的木屋旁，怀抱着弟弟，唱着小调，她也随着一同哼唱。

"天蓝蓝呦、草青青，羊儿、牛儿遍山跑，月弯弯呦、云朵朵，大雁、雄鹰飞天边……"

朱红琉璃的紫禁城传出悠扬的童谣，卫岚音缓缓低吟，腹下血流不止，这样睡去也好，在梦中可以飞过天边，天的那一边才没有颠倒是非的苦苦争斗，也没有薄情寡义的箴言。

"将良贵人送到慈宁宫。"泪眼婆娑的太皇太后拄着沉香龙杖，奋力疾语。细心的德妃发觉苏麻嬷嬷已经泪流满面，难道另有蹊跷？

玄烨感激地望向太皇太后，只要她活着。

"着太子奉先殿前思过，不得用膳。"玄烨望向恭敬的太子。

"谢皇阿玛恩典。"太子不敢去看晕倒在地的卫岚音。

"皇上，太子年幼，染了寒气如何是好？"僖贵人不甘心地求情。

"朕八岁时，已经继承大统，太子怎是年幼？若抵挡不住小小的寒气，还做什么大清的天子？"玄烨甩袖离去。

时而清醒的卫岚音被宫人抬走，在模糊的血泪中，她将每个人的神情都一一刻在脑海，尤其是那抹刺眼的明黄的背影。

一场惊心动魄的阴谋草草收场，只有青石上的斑斑血迹记下凄惨悲凉的一幕。

慈宁宫整夜灯火通明，宫人们在一盆盆血水里寻找。

"务必看仔细了，不能错过一丝痕迹。"苏麻嬷嬷交代宫人。

太皇太后跪落在佛堂，卫岚音那首儿歌让她记起往事，当年是她教给温庄公主的。今日躺在血泊中的卫岚音柔声细语，将她又拽回到盛京老城的清宁宫，又见到了聪慧的温庄公主坐在她的怀里轻吟的情景，她是爱新觉罗家的血脉啊，她虔诚地默念着佛经。

第十五章

蛾贪银烛那知死

庭院深深，朱红金瓦在莹洁的月光下发出凄美的光。西路的长春宫一片漆黑，储秀宫却是烛影摇红，一片喜色。

"回娘娘，今晚皇上谁的牌子也没有翻，独自安歇在乾清宫。"略显老气的青梅从外而入。

"这样也好，都能睡个安稳觉。"温僖贵妃舒展柳眉。

"宫中好久没有如此安宁了。"清秀的宜妃未着粉黛。

温僖贵妃眯着丹凤双眸："今日真是痛快。慈宁宫如何了？"她放下手中的薄玉片。

"良贵人自从抬进慈宁宫，一直昏睡不醒，伤了母宫，现在孽种保不住，性命也难保。"宜妃的贴身宫女含翠禀告。

"良贵人本就是死罪，如此死去，倒是便宜她，只是不知太皇太后葫芦里卖的什么药，竟然将晦气之人弄到慈宁宫，莫非要刻意袒护？"宜妃的眼中划过不满。

"此事后宫众所周知，即使贱蹄子死里逃生，也得终老后宫，太皇太后何必多此一举？"温僖贵妃责怪。

"可不是嘛，太皇太后真是有好生之德，竟然着人救治贱蹄子，那等淫乱宫闱的贱蹄子，留在宫中一日便脏了紫禁城，留在世间一日便脏了各宫的娘娘。"青梅咬牙切齿，幽闭之仇，终于得以雪耻。

"你们这两个小蹄子真是胆大妄为，竟然如此谈论主子，别忘了她依然是长春宫的良贵人。"素颜的宜妃美艳动人，责备的话语饱含喜气和宽容。

"奴婢知错，奴婢知错。"含翠轻轻捶打着她的后背，"奴婢们实在看不过去，才多嘴了几句。良贵人品行低贱，暗结珠胎，是给咱们这些包衣出身的人蒙羞，更何况是金尊玉贵的娘娘。"

"是啊，提及贱蹄子，恐是污了娘娘的耳朵。"青梅极尽奉承。

"哈哈，这对小蹄子，闷葫芦长个好嘴儿。"温僖贵妃的丹凤双眸尽是笑意。

宜妃摸着金鞘："咱们这些满家的格格是大清的基石，大清的根脉，皇上自然是清楚的。贱蹄子只是基石上一抹青苔，皇上好奇踩几脚，她便以为自己也是基石了，真是贻笑大方。"

"宜姐姐真是聪慧，青苔与基石，比喻得恰当巧妙。"温僖贵妃展眉笑语，"咱们的皇上还真是狠心，那重重的一推，呦呦。本宫看得真真切切，贱蹄子满眼悲伤，孽种便没了。"

"贱蹄子所为，千古不容，纵然皇上再宠爱她，也断然不能接受红杏出墙，她又妄想混淆皇家血脉，皇上当然与她恩断义绝。"宜妃笑意盈盈。

"只可惜落霜还活着。"温僖贵妃恨恨地说。

"她们主仆连心，死罪可免，活罪难逃，哪能逃脱？不死最好，到时候也让咱们再出口恶气。"

"本宫一定饶不了她。"温僖贵妃紧握粉拳，"本宫未曾出宫，不知贱蹄子腹中……"

宜妃会意地摇头："老太医和太子的证词可是真真儿。"

"奇怪就在这里。"温僖贵妃缓缓讲道，"佟佳氏果然厉害，此计谋天衣无缝，更有人宁愿失去性命也愿意为之卖命。"

宜妃压低声音："据闻当年同是佟佳氏的孝康章皇后也是用足了手段才有孕在身，生下当今的皇上，更是害得皇考淑惠太妃一生无子，要不然为何皇太后一直对佟佳皇贵妃若即若离？"

"此话当真？"温僖贵妃喜悦地说。

"过去多年，当年的详情也不得而知，但无风不起浪，皇太后常年礼佛，照料卧床的皇考淑惠太妃，也从未允许皇贵妃唤一句母后啊。"宜妃应答。

"是呀。"温僖贵妃醍醐灌顶，佟佳皇贵妃同皇上唤太皇太后为皇祖母，却从未唤皇太后为母后，皇太后对佟佳皇贵妃的确是态度冷淡。她端起黄瓷茶盏，"甚得本宫的心。"

"温妹妹的意思是？"宜妃不解。

"宜姐姐真是糊涂了，皇贵妃为何能傲立后宫，无非是仰仗太皇太后的赏识，可是太皇太后年事已高，皇太后早晚会统领后宫，皇上又极为仁孝，咱们若是得了皇太后之心，再多生几位皇子依仗，还怕她皇贵妃压制吗？风水轮流转，她们佟佳氏、赫舍里氏占了先机，欠我钮祜禄氏的物件儿，本宫早晚会悉数夺回来。"温僖贵妃的眼中尽是毒辣和不甘。

宜妃低语："还是温妹妹看得通透。"

"今日皇贵妃的计谋，宜姐姐还看不到吗？"温僖贵妃放下手中的茶盏，"步步紧逼，环环相扣，狠绝无情。今日是用在贱蹄子身上，来日若她们姐妹受宠，你我的日子岂能好过？"

宜妃微微点头："佟佳月儿温婉贤淑，聪慧柔和，有大家闺秀的端庄，又有小家碧玉的灵秀，皇上一定喜爱。"

"皇贵妃出手如此狠绝，拔掉良贵人和德妃两根碍眼的钉子，无非是为佟佳月儿扫清道路。"温僖贵妃面带悲伤，"如若亲姐健在，哪里由得她横行霸道？"

"温妹妹莫要伤心，咱们姐妹联手，会谋得大计，笑到最后。"宜妃安慰，"承乾宫的风水不好，当年端敬皇后所生皇子早殇于此，佟佳氏家的格格们也生不出皇子来，抢来的皇子亲娘不疼，后娘到底隔了层肚皮，不足为惧。"

"先看看皇上如何处置贱蹄子吧，待完结后，再想办法除掉八阿哥。"温僖贵妃欢愉，"本宫发发善心，待贱蹄子死后，让她们母子在九泉之下团聚。"

"钟翠宫那边？"宜妃试探，"惠妃的意思是要将八阿哥据为己有。"

"她总是看不清事实，抱来的孩子哪能与之同心同德，待他日皇上思念贱蹄子，她便是白白辛苦一场。"温僖贵妃不屑地说。

"温妹妹所言极是，惠妃以为住进钟翠宫的便是太子，却忘记了自己的身份。"宜妃讥笑。

"钟翠宫的太子是前朝太子，除非她想忤逆谋反。"温僖贵妃一语道破。

"心比天高，命比纸薄，纳兰一族总是痴心妄想，通嫔已经是不能生蛋的鸡，惠妃唯一仰仗的大阿哥如今是春风得意啊。"宜妃说道，"他在东巡之路锋芒毕露，处处压制太子。"

"惠妃暗地里灌输立长的祖制，大阿哥年少气盛，哪能服气？"温僖贵妃抿嘴偷笑。

"只怪五阿哥年幼，望他早日长大，学得贤能，也好入皇上的眼啊。"宜妃连声叹息。

"皇上正是气盛之时，宜姐姐莫要操之过急。"温僖贵妃贴耳，"灵隐寺的高僧说过，皇上有百年之运，咱们有的是机会。"

"真有此事？"宜妃脸色微变，却很快平稳。

"千真万确。"温僖贵妃眼中透过精明，"今日的太子与往日不同，一场东巡下来，风向变了。"

"今日太子一语可是淋漓痛快，彻底将贱蹄子打入深渊，让贱蹄子攀高枝儿，攀得越高，跌得越狠，真是不知天高地厚。"宜妃得意洋洋，"只是太子却是更难对付的主子。"

"自会有人替咱们收拾，咱们静等便可。"温僖贵妃低垂着头，"只可惜本宫一直无子。若滑胎的皇子还活着，也如同八阿哥一般大了。本宫的皇子没了，贱蹄子却接连有孕在身，这回便让她也尝尝失子的痛苦。"

"不但是失子，还是丢命呢。"宜妃骄狂。储秀宫内接连传出欢声笑语，悦耳动听。

慈宁宫逐渐沉寂，浓重的梵香弥漫四周，增添着浓浓的悲伤。

"格格，能不能熬得过去，要看良贵人的命了。"苏麻嬷嬷唉声叹气。

"哀家对不住姑姑，对不住温庄公主。"太皇太后低泣伤感。

"格格，所有的一切都是冥冥注定，莫要熬坏身子啊。"苏麻嬷嬷劝慰。

"太医们怎么讲？"太皇太后追问。

"良贵人血亏得厉害，又一心求死，实为凶险。"苏麻嬷嬷痛心。

"今日之事，哀家也是疏忽。"太皇太后自责，"证据确凿，又有太子的口证，皇上也毫无办法。"她默默地望着袅袅升起的香气，眉头紧锁。

"格格可有打算？"苏麻嬷嬷问。

"哀家还是最担心皇上。"太皇太后极为了解她的皇孙，看似云淡风轻近午天，实则却是愁云惨淡万里凝。他对良贵人用情极深，恐怕难以接受这样的事实。

"格格，如若是良贵人这般去了，那八阿哥？"苏麻嬷嬷担忧，后宫的皇子，有亲额娘护着，都难成活，没有额娘，又身负耻辱？

太皇太后沉思："良贵人若真的撒手人寰，八阿哥交由皇太后抚养。"

"格格为何不将八阿哥养在身边呢？"苏麻嬷嬷不解。

"皇太后与皇贵妃素有隔阂，皇上又仁孝，皇贵妃势必不敢动她，后宫嫔妃也会有所顾忌。皇太后身子康健，还能多活几十载，八阿哥才能保一世安宁。"太皇太后盯着脚上的凤舞九天，"哀家年事已高，过了今日，还不知明日是否能穿上这双凤靴。"

"格格。"苏麻嬷嬷跪地不起，"格格一生困苦，处处为他人着想，老天眷顾，定能长命百岁。"

"千岁、百岁，都是些解人心宽的吉祥话儿。生老病死，人间百态，哀家早已看开了。真的不想再见白发人送黑发人的场面，那般情景，才最为凄凉。"

"格格，如若良贵人熬过此劫，又当如何？"苏麻嬷嬷心乱。

"物件儿拿到了吗？"太皇太后严肃。

"拿到了，正如格格的猜测。"苏麻嬷嬷点头。

"入关前，后宫嫔妃争斗都是明晃晃、血淋淋的，如今东西六宫的争斗却是暗藏不露的陷阱，陷阱里是备好淬了毒的利剑，更胜前朝啊。"太皇太后捶胸，"皇上即使能指点江山，指挥千军万马，纵是千古明君，却依旧被枕边人蒙蔽算计，防不胜防。"

"帝王亦有无奈，后宫便是朝廷，即使知晓，又能如何？"苏麻嬷嬷淡语，"皇上知晓真相，又能将太子和皇贵妃如何？也只能委屈良贵人。"

"让哀家好好想一想。"太皇太后闭上浑浊的双眸，忧心忡忡。

"此事已经人尽皆知，即使格格为良贵人正名，保其性命，恐怕良贵人的路，也不平坦。"苏麻嬷嬷怜惜，"可怜那玲珑剔透的人儿，吟唱歌谣的嗓音与当年温庄公主极像，奴婢险些在宴席上失态。"

"是呀，正是那歌谣，让哀家羞愧万分，如梦初醒，救下良贵人。"太皇太后回应，"哀家只怕皇上的心路更不平坦，毕竟他亲手扼杀了自己的骨肉，还好良贵人还不知晓身世，否则她会恨死皇上和哀家。"

太皇太后迷茫自语："当年哀家要痛心杀她，如今又要决心救她，哀家越老，越没了主意，失了主心骨儿。"

"格格哪里是没了主意，格格是经历过太多的苦难，看多了悲欢离合，才会不忍心。"苏麻嬷嬷是最懂得太皇太后的人，几十年的主仆情谊，胜过骨肉血亲。

"方才你说良贵人一心求死？"太皇太后猛问。

"是呀，太医讲良贵人是自己不愿独活，已经用老山参吊气，恐怕是挺不了几日，落霜那丫头已经哭晕过几次。"苏麻嬷嬷欲言又止，"是不是请皇上过来瞧瞧。"

"不，千万不能让皇上来，只怕良贵人最不想见的便是皇上。"太皇太后缓缓移动着手中的佛珠，"让月儿去钟翠宫，抱八阿哥过来，记住不能透露良贵人的半点讯息。"

"是，奴婢这便去吩咐。"苏麻嬷嬷喜悦。不多时，她脸色忧虑地走进佛堂："格格，那个与良贵人走得极近的林太医一直与落霜守在床榻前，寸步不离，不肯离去。"

太皇太后挑眉低沉："竟有此事？"

苏麻嬷嬷点头回应："的确如此，林太医对良贵人的情谊是不言而喻。"

太皇太后独自叹息："又是孽缘。"

"格格，前几日从皇考宁悫太妃那里传来消息，裕亲王虽然办差在外，但时常有口信传入宫内，劳烦宁悫太妃关照良贵人。"苏麻嬷嬷倒着热腾腾的白玉奶茶。

"裕亲王知晓良贵人的身世，依然执迷不悟，这是温庄公主在责怪哀家，责怪太宗。"太皇太后缓语，"温庄公主痛恨大清啊。"

"良贵人若活，寻个时机找一适宜的女子与林太医婚配。"太皇太后沉语，"让良贵人亲自赐婚，断其杂念。裕亲王秉性温和，恪守陈规，不会做出有损国体之事，便由他去吧。"

"格格的办法甚好。"苏麻嬷嬷默默应道。

"哀家能做的，都已经尽力，剩下的便是天意，佛祖保佑吧。"太皇太后缓缓站立，迎着摩挲的烛影，"带上物件儿，摆驾长春宫，随哀家去探望皇上。"

"长春宫？"苏麻嬷嬷迟疑，皇上今日独自宿在乾清宫。

"皇上此刻定是在长春宫触景生情，独自伤感。"太皇太后笃定。

苏麻嬷嬷恍然大悟，眸光转为暗淡，天意果然弄人，总是将有情之人，无情拆分。用错过、误解、仇恨所有交织在一起的情感，去浇灌那朵永远也不会盛开的情花，可悲的是所有人都知晓执着是徒劳无果，只有苦恋中的两人，却依然各自煎熬，等待花开重楼的那一日。只可惜双鬓染霜、人鬼殊途时早已物是人非，最后徒留伤感和遗憾，满心伤疤。

夜幕下群群神鸟飞过，明黄的步辇在墨色朱红的宫墙里一路急行。当太皇太后推开长春宫的屋门时，刚好望见玄烨纤长的身影独自在月光下伫立，清冷、孤寂、绝望的气息笼罩四周，令人疼惜。

"皇上。"太皇太后轻声唤道。

玄烨轻轻转身，惊讶地嘶哑回应："皇祖母。"

太皇太后拄着沉香龙杖："既然皇上决心已下，又何必在这里独自伤感？"

玄烨痛心："皇祖母，她如何了？"宫宴上，他眼睁睁地看着昏死的岚儿被宫人抬走，他的心也随之而去。这几个时辰里，他的脑海中都是岚儿的一笑一颦，他想派人去慈宁宫打听消息，心中的愤怒又陡然升起，在极度矛盾中，无魂的他在宫中游荡，再抬眼时，便来到长春宫。

"她死了。"太皇太后深吸一口气。

"死了。"玄烨踉跄。

"皇上。"苏麻嬷嬷急忙扶住他。

"朕还没有封她为妃！"玄烨失态地大喊，窝在胸口的悲伤倾情而出，"朕要去见她，朕要去问问她为何骗朕，为何骗朕。"

"皇上。"太皇太后喊道，"皇上对良贵人到底是有情，还是无情？"

玄烨跪倒："皇祖母，她是孙儿的孽啊，是孙儿一生也无法逃脱的孽啊。"

太皇太后闭上污浊的双眸："都是孽缘，苏麻，给皇上看看，他做的好事。"

苏麻嬷嬷恭敬地呈上黄釉瓷盘。玄烨望见盘中之物，龙颜失色，目瞪口呆。

"这便是皇上的皇子！"太皇太后凌厉地说道。

玄烨惶恐地后退几步，龙袍上的海水江崖微微晃动，他颤动的指尖儿轻触盘中夹杂着血水的绒球，随即收回："这是？"

"这是良贵人腹中流下的皇子，哀家已经找过五位年迈的稳婆瞧过了，这胎只有二月，根本不足三月，宫宴上是奸人精心设下的一场阴谋陷阱，颠倒黑白，欲置良贵人母子于死地。如今奸人躲在暗处偷笑，是奸人蒙蔽了皇上和哀家，死去的老太医和毓庆宫的太子才是欺骗皇上之人，皇上的犹豫和质疑，害了良贵人的命。皇上的狠绝和无情，亲手扼杀了自己的皇子。"太皇太后心痛地敲打着龙杖，沥血疾语。

玄烨不愿相信自己的耳朵，他赤红的双眸紧盯着那团血色，发疯般狂语："岚儿。"

"情深不寿，强极则辱，皇上和良贵人之间的孽缘只能到此为止。"太皇太后厉声，胸怀悲色，"不论皇上到底如何对待良贵人，哀家还是很高兴。皇上一切皆以大局为重，以江山社稷为重，哀家颇为欣慰。"

"岚儿，岚儿。"玄烨的心中只有浓浓的悔意，耳边响起岚儿涓涓细语，"世上万般事，在于你信不信，而不在于它真不真，既然皇上心中已有定论，又何必再问臣妾？"

他为何没有信岚儿？他为何被愤怒蒙蔽双眼？他千遍万遍地问自己，是他亲手将她推倒在地，痛失皇子，痛失此生最爱。报应啊，他看着屋内熟悉的一切，仿似看到岚儿在烛光下安谧静坐，再望过去，却是空空无一人，皆是幻影梦境。若是死去的人，带着仇恨，活着的人，便要愧疚一生。

微弱的红烛映着清晰的身影，习习凉风吹过，四周弥漫着熟悉的茉莉清香，双凤浅雕的梳子上缠绕着一缕秀发，佳人香魂何在？

"不，朕不信，朕不信。"玄烨猛烈摇头，"皇祖母为何不在宫宴上阻止朕，阻止朕。"他不再是帝王，只是一位痛失最爱的寻常男子。

"哀家也不知此计这般狠毒，又牵及太子，哀家也是始料未及。"太皇太后悲伤地望着血肉绒胎，"只有这样才能证明良贵人的清白，却也要了她的命啊，此法何其残忍，若传了出去，岂不让满朝文武笑话，让天下百姓寒心？这污浊之物只是让皇上知道，铁证如山的面前，依然是暗流汹涌，皆在于你信与不信。"

"朕要夺去逆子的太子之位。"玄烨气愤。

"住口。"太皇太后出口阻拦，"皇上是伤心过度，糊涂了吗？"

"是皇贵妃？"玄烨眯着双眸，"老太医是母后当年的御用太医，一生追随母后，也追随佟佳氏，一切是皇贵妃所为，是她这妒女，害了岚儿，害了皇子。"

"皇上到底要怎么做？"太皇太后痛心。

"朕要将她打入冷宫。"玄烨一字一句。

"胡闹！"太皇太后阻拦。

"泱泱大清怎能用如此狠毒心肠的毒妇统领后宫？"玄烨握紧双拳。

"皇上如何向你死去的母后交代？别忘了皇上也流着佟佳氏的血。"太皇太后句句紧逼。

玄烨无奈地舒展铁拳，是啊，他也流着佟佳氏的血，那岚儿母子就这般白白死去？他明知道恶人作恶多端却无能为力，这把龙椅坐得真是无趣。

"皇上从未想过为何会出现今日的结果？"太皇太后挑眉，"良贵人在后宫无任何依仗，又深得皇上盛宠，这都是大忌。哀家早便提醒过皇上，只是皇上骄狂自信，认为一切都在掌控之中，才酿成今日的祸事。皇上想想，从古至今，后宫之中哪有小事？秦始皇的母后用尽手段，才辗转回到秦国，母仪天下，汉高祖去世后也无力保护永巷心爱的戚夫人，唐太宗亦是如此，才让武氏窃取天下，他们哪一个不是名垂千古的帝王？"

"朕治理天下运筹帷幄，却管不好这小小的紫禁城。"玄烨狠绝道，"朕要为岚儿母子报仇。"

"良贵人母子的仇人是皇上。"太皇太后重重说道，"难道皇上还看不透吗？是皇上的盛宠将良贵人置于染血的风口浪尖儿上，又是皇上的质疑将良贵人推向万劫不复的深渊，良贵人的命自始至终都握在皇上的手心里。哀家劝诫皇上放手，皇上不愿放弃，但皇上的爱恋让良贵人承受不起，疲惫不堪。皇上招之即来，呼之而去的情谊，已经揉碎了一个柔弱女子的心啊，如若如此，倒不如不见，不如不爱。"

她的话撕裂了玄烨心中所有的念想，他带给岚儿只有无尽的痛苦，他无力地说："朕是皇上，朕是皇上啊。"

"皇上又错了，男女之情，两情相悦，哪里会有高低贵贱之分。无情则不苦，有情才是苦不堪言。"太皇太后眼角的条条细纹，昭示沧桑。她见玄烨已经痛到极致，试探地问道："如若良贵人活着，皇上想如何做？"

"若岚儿活着，朕定好好待她，不会让她伤心流泪。"

"人死留名，雁过留声，良贵人已不在，皇上该如何处理她的身后事？难道让八阿哥一辈子背负耻辱，长大成人？"太皇太后重语。

"朕会为其正名，封妃。"玄烨的脸上挂着坚定的笑意，"朕会将皇贵妃和太子寻来，将后宫嫔妃寻来，让她们仔细看看朕冤死的皇子，以儆效尤，让她们知道，朕是大清的皇上，大清的皇上。"

"好，不愧是哀家的好孙儿。"太皇太后赞赏。

"人都不在了，朕即使做这么多又有何用处？"玄烨喃喃自语。

太皇太后转眸不明："听闻安亲王的女儿云竹格格前不久生下一女，皇上赐予八阿哥成婚吧，先行递过生辰八字，待两人成年后再行大婚之礼。安亲王满门忠烈，宗室皇亲，八阿哥结下这门亲事，也是有了倚仗。后宫嫔妃刻意陷害良贵人，颠倒黑白，皇上赏罚分明，谅她们也不敢多言妄语。"

玄烨惊讶抬头，他何其幸运，无论在危难之时，还是伤心之际，都是皇祖母陪在他身边，带领他冲破迷雾，攀到高处，一览众山小。

"皇上只要记住三件事，既然在危难时立下太子，永远不要废储。在后宫中不要独宠任何嫔妃，雨露均沾，才是万全之策。"太皇太后老泪纵横，"更为重要的是莫要轻易动情，伤人伤己。"

"孙儿谨遵皇祖母教诲。"玄烨缓缓回答。

佟佳月儿碎步走来，她浅浅一礼："皇上万福金安，太皇太后万福金安。"

太皇太后焦急："慈宁宫有事？"

"恭喜太皇太后、恭喜皇上，良贵人已经苏醒，林太医诊过脉络，良贵人在鬼门关走一遭，算是捡回一条命来，真是大喜。"佟佳月儿心思聪慧，后宫上下皆在嘲笑谈论良贵人混淆皇子之事，但太皇太后的心意却是倾力救治，她身在太皇太后身边，自然泰然处之。

玄烨喜出望外："皇祖母，岚儿她？"

"皇上这般冲出去，良贵人便真的死了。"太皇太后松了口气，"皇上莫要责怪哀家，哀家也没有十足把握能救活良贵人，既然良贵人命不该绝，必有后福。皇上也应知道，良贵人最不想见的便是皇上。"

是啊，岚儿恨绝了他，玄烨微微摇晃身子，"一切都依照皇祖母所言，岚儿活着便好，朕不去了。"翡帷珠帘摇摇欲坠，好似他跌落在地的心，满是伤痕。

天上的薄云掩盖着弦月的光泽，漆黑的夜里，昭示着所有人躁动的哀怨。

慈宁宫的偏殿寂静无声，落霜和怀抱八阿哥的曹嬷嬷守在孤灯前苦苦煎熬。

"额娘。"床榻上昏迷的卫岚音浑身浸透汗水。

"主子。"落霜嘶哑声音。

卫岚音双目模糊："我还活着？"

落霜点头："主子吉人自有天相。太皇太后来看过主子，着主子好生养好身子。"

卫岚音惨笑，昏睡中的梦好长啊。梦里开满洁白的木槿花，隐在花丛的八阿哥向她招手微笑，慧黠的眼神仿若天上的繁星。胤禩，额娘对不住你，她的眼底流不出一滴泪滴。

"主子，八阿哥在这里。"落霜拉着八阿哥的手。不足两岁的八阿哥懵懂的眼神望着满脸红紫的她。

卫岚音温柔地看着八阿哥，瘦弱无力的手拂过他细腻的脸颊。八阿哥吓得痛哭。曹嬷嬷会意地将八阿哥抱出外室。

四月未见，八阿哥出落得这般高，竟与她生疏到这等田地，卫岚音痛苦。

落霜安慰："主子是冤枉的，太皇太后已经为主子伸冤。主子腹中流下的血肉胎儿，只有二月有余，那便是铁证。"

"哈哈。"卫岚音发疯大笑，红肿的双颊划过一道道仇恨的泪珠，是腹中的孩儿救下了她。

"主子，勿要大喜大悲。"落霜哭泣，"林太医费尽周折才将主子从鬼门关上救回，主子还有八阿哥，还有长春宫的亲人，要坚强地撑下去。"

卫岚音艰难地吐出："我要让她们血债血偿。"

"太皇太后着主子在慈宁宫安心养身，留得青山才是根本。"落霜抹干脸上的泪痕。

"我卫岚音再不会相信世间任何的情爱，再不愿见薄情之人。"

"主子不可。"落霜低声劝阻，"主子若是想报仇，还要倚仗皇上，皇上对主子愧疚万分，主子何不顺水推舟？"

卫岚音觉得浑身无力，天生对立的两人，又何必惺惺相惜而错爱依偎，倒不如互相怨恨、兵戎相见来得痛快。

落霜拿起冒着热气儿的棉巾，轻轻擦拭着她红肿的双颊："主子，太皇太后说，明日皇上命东西六宫的娘娘和太子给主子赔罪。"

"让我好好想想。"卫岚音淡淡一语，内心波涛汹涌。

次日申时，慈宁宫的侧殿挤满浑身素裹的妃嫔，太子更是垂头丧气，沉默不语。

"良妹妹受苦，昨夜姐姐一夜未睡，为良妹妹念经祈福。"满脸悲色的宜妃掩面痛哭。

"可不是嘛，良妹妹天资聪慧，受奸人所害，老太医真是可恨，罪有应得。"敏嫔假意奉迎。

佟佳皇贵妃在众目睽睽之下，踱着方步，缓缓来到卫岚音床前："良妹妹福泽护体，养好身子，会为皇上再养育皇子。"

林太医的眼底满是悲伤，他知道卫岚音此生不孕的消息不会隐瞒太久，到那时，皇上又该如何对待她？

床榻上的卫岚音见到三人满脸惊慌失措，弄得三人好生尴尬。

温僖贵妃瞄着佟佳皇贵妃，没想到天衣无缝的事情竟然会发生逆转？昨日深夜，皇上龙颜大怒，甚至痛摔金印，重语后宫嫔妃，谁若是再生事端，会在宫外盖一座寺院，送心怀不轨之人了断余生。并且扬言，世间最不缺的便是女子，三年选秀可以改成二年，八旗显贵、蒙古王公，会将品行柔顺的女子送进紫禁城。

六宫之首的佟佳皇贵妃脸色极差，跪地不起，祈求皇上隆恩，要严加管束后宫。皇上还下了口谕，着惠妃和荣妃协助佟佳皇贵妃治理后宫，三宫鼎立结束了一宫独大。

温僖贵妃望着卫岚音惶恐的神情，微微一笑："良姐姐莫要慌乱，昨日真是冤枉良姐姐，今日特意来向良姐姐赔礼，还望良姐姐早日养好身子，给皇上多生几位小阿哥。"

"是呀，是呀。"众人莺莺绿绿随声附和。

哀婉动人的德妃更是痛哭流涕："良妹妹受苦，良妹妹哪里是不祥之人，分明是七公主命薄，咱们姐妹都是苦命之人。"卫岚音想起昨日宫宴上那一个个张扬的面孔，心生寒意。

"太子，没有话对良贵人说吗？"冷冽的声音从外传来，挺拔内敛的身影映在卫岚音眼底。

脸色苍白的太子来到卫岚音面前，跪地行礼："请良贵人恕罪，那日我昏迷出现幻觉，还请良贵人不要计较。"

玄烨稳定着心神，温润地说道："良贵人可好？"

卫岚音发出刺耳的声音，蜷缩在床角，浑身颤抖。

"主子。"落霜刻意大声，"主子莫怕，这里没有坏人，是皇上来看主子了。"

"皇上？"卫岚音自语，"缺月挂疏桐，漏断人初静，谁见幽人独往来，飘渺孤鸿影……"

落霜哭道："昨夜太皇太后来时，主子已经能灌进汤药，奴婢一直贴身照料，谁知今日主子苏醒，认不出奴婢。"

林太医拱手："启禀皇上，良贵人受尽屈辱，悲恸万分，昨夜险些油尽灯枯，如今虽苏醒，却是心神俱损、惊魂不定，这是失魂的症状。"

"失魂？"玄烨压抑着懊悔，望向可怜楚楚的卫岚音。

卫岚音却在念那首两人初见时的诗词："缺月挂疏桐，漏断人初静……"

"岚儿，朕是皇上，你是朕的良贵人。"玄烨温柔。

"皇上？"卫岚音依旧茫然。

落霜泪流满面："主子，奴婢是落霜啊，主子是长春宫的良贵人，是皇上的嫔妃啊。"

卫岚音触动玄烨伸出的手掌，双眸清澈："我是谁？"

玄烨紧紧握住她暗香的柔荑："你是朕的良贵人。"这一刻玄烨竟然窃喜，岚儿失魂去也好，忘却忧伤，忘记仇恨，他们可以重新开始。他将卫岚音搂在怀里："对，你是朕的良贵人。"

他转向各宫的嫔妃："此事到此为止，如若有人妄自再议，朕会将其送出宫去，革旗查办。"

"臣妾谨遵皇上嘱托。"众人莺声流转。

卫岚音内心失落，的确又是不了了之，她在宫中若不能活，只能枉死。

玄烨轻柔拂过她的乱发："奸人已死，良贵人受辱，朕也失责，宫中人人皆传良贵人出身低贱，八阿哥虽为皇子，饱受质疑，特将云竹格格之女赏赐给八阿哥为嫡福晋，开牙建府时再行完婚。"

屋内顿时沉寂，卫岚音不知云竹格格为何人，只是静静依偎在玄烨怀中，一副惊慌失措的模样。

落霜和林太医心中震撼，皇上此举令八阿哥如虎添翼。

"奴婢替主子谢皇上恩典。"落霜跪落在地。

荣妃眯着凤眸，将红艳的指甲掩在素帕下，拿着腔调："恭喜宜妹妹，此乃喜事。"世人皆知，安亲王府的云竹格格嫁给的额驸为郭络罗氏，是宜妃同族的远亲。

宜妃内心愤怒，强颜欢笑："八阿哥俊逸卓绝，亲上加亲为大喜，多谢皇上恩典。"

第十六章

换尽凝妆妾惊心

承乾宫人影攒动，尽显烦躁。

"没想到皇上和皇祖母竟然如此偏爱贱人。"佟佳皇贵妃气恼地将鸾凤嵌玉的金鞘怒摔在地，掷地有声。

"娘娘息怒。"宫女玉镯劝慰。

"千算万算，只差一步，只差一步便可以将贱人打入十八层地狱，去见阎王。"佟佳皇贵妃大吼。

"娘娘小声些，莫让有心之人听去了。"玉镯小心翼翼地望着院落外的红墙。

"难道承乾宫上下都怕了贱人？"佟佳皇贵妃瞋目。

"承乾宫的殊荣堪比坤宁宫，哪里怕了良贵人，奴婢是指太皇太后啊。"玉镯低声回道，"这回若是没有太皇太后，良贵人哪里会颠倒乾坤？"

"皇祖母到底为何处处帮着贱人？"佟佳皇贵妃不解地问。

"娘娘，良贵人已经失魂，也是一桩美事。"玉镯满脸含笑。

"贱人蛊惑皇上，却逃不开本宫的法眼，她装成一副楚楚可怜的模样，实则暗藏祸心。"佟佳皇贵妃沉重喘着粗气。

"奴婢瞧着良贵人的失魂不像是装的。"玉镯迟疑说道，"最终的证据是二月的血胎，任何女子都难以承受。"

佟佳皇贵妃痛斥："太医讲，贱人永难再孕，看她如何再得意忘形。"

"后宫嫔妃不能生养，不会再得到皇上的临幸，只能苦熬老死，寝宫便形同冷宫，倒不如早日死去，得以解脱，良贵人今后的日子怎能好过？"玉镯献媚，"娘娘的计谋还是成了大半，娘娘不必忧虑。"

"人算不如天算。"佟佳皇贵妃叹气，"没想到啊，道高一尺魔高一丈，姜还是老的辣，太皇太后依旧宝刀未老，竟能想到用小小的血胎为贱人翻身。"

"娘娘，皇上昨夜龙颜大怒，训诫后宫，但并未惩戒娘娘和太子，想来也是太皇太后的意思。"玉镯转眸生光。

"皇上未惩戒本宫，却命惠妃和荣妃两个老狐狸辅助本宫管理后宫，暗中夺取本宫手里的权啊。"佟佳皇贵妃极为不满。

"娘娘放心，这已经不是第一次，改日寻个缘由，将权势再收回来。"玉镯奉承，"奴婢已吩咐承乾宫上下的宫人，凡事多一万个小心。只要不是永和宫和储秀宫当权，娘娘便可高枕无忧。"

"只欠东风啊。"佟佳皇贵妃望向天边丰盈的明月，她何时才能怀有皇子？

玉镯掩口笑："今日也有喜事，翊坤宫也是辗转未睡。"

"岂止是翊坤宫，钟翠宫和毓庆宫皆是睡不踏实，皇上这招儿真是厉害。"佟佳皇贵妃钦佩。

"是呀，大阿哥和太子年长，都未定下婚事，单单给奶娃子八阿哥许了婚事，云竹格格所养的女儿还不知活不活得成呢。"玉镯展眉微笑。

"皇上在为八阿哥和贱人拉拢靠山，安亲王一脉在朝中经营多年，饶馀敏郡王当年更是立下赫赫战功，更为主要的是……"佟佳皇贵妃懊恼，"安亲王的福晋是出自博尔济吉特氏。"

"这也是太皇太后的意思？"玉镯试探地问。

"皇上和太皇太后用心良苦，为八阿哥和贱人真是煞费苦心。"佟佳皇贵妃怒瞪微弱的烛光，"如若八阿哥有所为，皇上和太皇太后会为今日的决定后悔终生。"她舒缓心中的怨气，当务之急怀上皇子最为要紧，入宫多年，偏偏得不来，身为六宫之首，却不及市井村妇，即使永和宫的七公主早殇，贱人落了二月血胎，也毕竟都怀过孕，她却一直无孕，老天真是不公，她连连叹气。即便身居高位，依然苦闷无边。日子便是如此，总是有数不清的烦忧，心中的贪恋越大，烦忧越多。

天气愈加闷热，紫禁城平静，卫岚音搬回了长春宫，良贵人此生无孕又失魂失忆的消息已经传遍紫禁城。

长春宫宫门紧闭，扑鼻的龙涎香成为刺激卫岚音仇恨的药引，她时时刻刻提醒着自己，国仇家恨。

前几日，在举国欢庆的万寿节上，久病初愈的她故意失手打落玉盏，嘤嘤啼哭，委屈地问自己为何不孕。玄烨将嚼舌的宫人立即杖毙，并夜宿长春宫，引来一片哗然。

长春宫并没有因她的不孕成为冷宫，荣耀不减反盛，失了众人的意愿。

"主子，皇上已经下旨，着定贵人为长春宫副位，赦免其千日的责罚，中秋节便回来。"落霜端着鲜果，"皇上还特意嘱托，着定贵人处处以主子为先，平日里陪着主子多讲讲话，解主子心忧呢。"

"希望我不会看走眼。"卫岚音淡淡地说。

"主子，皇贵妃又遣宫人送来补品。"落霜气愤，"真是假慈悲的恶人。"

"她这是做给众人看的，用来彰显她的秉性柔淑和我的卑微低贱。"卫岚音的眼底少了往日里的哀怨和柔顺，多了几分坚韧，"若不是她，我怎能滑胎，此生不孕。"

"主子莫要与小人动气。"落霜回道，"主子与云竹格格一见如故，八阿哥有强大的后盾，还怕皇贵妃不成？再则，主子的出身尊贵无比，哪里是那些小人能及，她们都是在意淫罢了，待有朝一日，百年大计已成，看她们还能狂妄到何时？"

"看来我还是沾了额娘的福气，太皇太后待我不薄。"卫岚音感叹道。

落霜轻柔地抚顺着她的后背："太皇太后与主子的血脉最近，太皇太后又仁慈公允，连林太医都讲，主子虽然不孕，但还是有一线生机的。"

"一线生机又如何？"卫岚音冷冷地盯着琉璃狮子盏，"与皇上欢好，已经是最令我痛苦之事。如今皇上雨露均沾，我倒也清静不少。"

"主子，"落霜四处张望，"皇上对主子呵护倍加，肆意恩宠，宫人无人能及。"

"用利剑将我刺死，剪去羽翼，囚禁红墙，再施以隆恩，还要我感恩戴德吗？"卫岚音冷笑，"我每日胆战心惊，不知他何时又会将我置于危难之中，弃若敝屣，如此寡情之人，我又何必真心相待？"

落霜望着她阴冷的神情："主子变了。"

卫岚音拉起她的手："如今我的心便如你的双手，布满永远不会愈合的伤痕，我绝不允许再多一分徒劳的伤痕，悲伤死去。"

这时，曹嬷嬷碎步疾走，低声："主子，不好了。方才听闻各宫的主子在御花园赏花，德妃娘娘不慎被皇贵妃推倒在地，幸好两人皆无大碍，后来太医们瞧了，原来德妃娘娘和皇贵妃都怀有皇子。"

落霜焦急："德妃娘娘丧子不足半载，怎会又怀有皇子？皇贵妃多年不孕，怎么今日也有孕在身？"

"宜妃娘娘和贵妃娘娘都是阴沉脸色回宫的。"曹嬷嬷回应。

卫岚音紧握着手中的绢帕："七公主早殇时，皇上便允诺要再给她一子，没想到皇上对德妃倒是重情重义，兑现诺言。我正愁不知如何下手，她倒是自个儿送上门来。"卫岚音绝美清爽的脸颊上闪过狠绝，"也让她尝尝丧子之痛。"

"主子的意思是？"落霜和曹嬷嬷紧紧盯着她。

"先让皇贵妃尝尝丧子之痛，再让她永不能孕，终生无子。"卫岚音恨恨地说道，"让她知道高处不胜寒的真谛。"

"身位中宫而无子，定郁郁而终。"曹嬷嬷随声附和，主子所受遭遇，皆拜皇贵妃所赐，要以牙还牙。

"终生无子，那不是要了皇贵妃的命嘛。"落霜心中快意。

"紫禁城不是你死便是我活，看的就是谁的心更狠。"卫岚音少了往日的端方达雅。

"德妃娘娘那边？"落霜挑眉。

"德妃居心叵测，会有人看不过去的。"卫岚音想起皇贵妃瞋目怒骂的情景。

"皇贵妃扑倒德妃娘娘，难道又是和主子当年同出一处？"落霜想起镶嵌在主子鞋底的银丝，"现在不是隆冬寒冰，如何滑倒？"

"御花园内寒气重，鹅卵石湿滑，与银丝一起，定站不稳。"卫岚音笃定。

"难道又是念心所为？"落霜疑惑。

"找个稳妥的人，将银丝和敏嫔宫装的事透露给皇贵妃，让皇贵妃去定夺。"念心对她不仁，那便休怪她不念往日的姐妹之情。

"主子放心，看看德妃如何保车弃卒吧。"曹嬷嬷咬牙。

卫岚音望着院落的苹果树，几载风雨，苹果树又高了几分，越过朱柱金瓦，冲破了层层束缚，人生如树啊。

"皇上驾到。"随着一声细细的长调，她的眼中退去寒意。

"皇上吉祥。"卫岚音委身柔声。

"岚儿，你看这是什么？"玄烨兴冲冲地拿着金黄锦盒。

卫岚音歪着头，玉络子搭到柳肩："皇上今日又要赏赐臣妾什么？"

玄烨蛊惑："岚儿，闭上眼睛。"

卫岚音闭上双眸，忽觉腕间清凉。她的腕间多了一只白玉手镯，白玉的纹理如同朵朵重叠怒放的木槿。玄烨正笨拙地为她戴木槿耳坠子。

"皇上弄疼臣妾了。"

玄烨摇头："朕自幼曾为母后佩戴过耳坠，母后当时也说朕的手太重，弄疼了她，不过朕有办法。"

卫岚音含笑："皇上有何良策？难道要为后宫的姐妹每人戴一遍，练习娴熟后再给臣妾戴？"

玄烨刮着她灵秀的鼻尖："原来岚儿也有醋意。朕倒是更喜欢率真的你。"

卫岚音抿着红唇:"以前的臣妾不好吗?"

玄烨拂过她鬓间的乱发:"以前的岚儿柔弱娇小,如今的岚儿娇媚可人,朕都喜欢。"他又专心致志地为卫岚音戴木槿花耳坠,弄得卫岚音心神不宁,不敢乱动。

午后阳光明媚,和煦温暖的光照在两人身上,一个情不自禁,一个不知所措,俊美相配的面容让人不舍得移动目光,郎情妾意的美满姻缘却饱含欺骗,生生地走到今日的这一步。

落霜泪眼婆娑地低垂着头,不忍心打扰着这美妙的一幕。

半晌,终于听见玄烨深深地叹气:"还疼吗?"

卫岚音轻拂耳边,这对木槿花耳坠比原来那对更加精致,双花并蒂,以取相依相伴之意。

玄烨温柔地唤她:"岚儿,想起什么往事吗?"

卫岚音揉着额头:"都是影影绰绰的梦境。"

玄烨心疼地拉起她的手:"那就不要再想,人生天地之间,如白驹过隙,过去的只能过去,未来又无法捉摸,珍惜眼前人才是最为重要。"

卫岚音望着他柔情似水的眼神,她和他夹杂太多事情,早已回不到从前。

"岚儿,这是木槿花,紫禁城朕独独给了岚儿一人,朕便是想让岚儿知道,岚儿是朕心中的木槿花,朕心中唯一爱恋之人。"玄烨环抱着她,"岚儿要时刻记得,朕不能盛宠于你,因为朕是大清的皇帝,但朕心中永远有岚儿的一席之地,因为朕是岚儿的夫君,岚儿是朕的妻。"

"皇上。"卫岚音掩住玄烨的薄唇,"臣妾忘记了过去,独独记得那首诗词,在臣妾心中,自始至终只有皇上一人。"

"岚儿。"玄烨激动地覆上娇人欲滴的红唇。

东边日出西边雨,有人欢喜有人愁,此时的储秀宫怒火冲天,温僖贵妃气愤不已。

"呦,温妹妹这是唱的哪出戏呀。"迎门而入的宜妃躲过温僖贵妃扔落的花瓶说道。

储秀宫的掌事宫女青梅，匆匆跑到她面前："宜妃娘娘受惊了，娘娘来得正好，劝慰一下贵妃娘娘吧。"

宜妃知晓温僖贵妃心中不悦："臣妾来给温妹妹道喜。"

温僖贵妃瞪着丹凤眼："宜姐姐也来笑话本宫吗？"

宜妃挥动着绢帕："还不收拾干净，脏了贵妃娘娘的眼。"

"是，奴婢这便收拾。"青梅麻利而退。

"臣妾与温妹妹一贯同心同力，怎能看温妹妹的笑话？温妹妹真是糊涂。"宜妃与温僖贵妃素来同心。

"宜姐姐，本宫不甘心，不甘心啊。"温僖贵妃一改往日的骄纵任性，放声痛哭。

宜妃使着眼色，贴身宫女含翠会意地关上屋门。

"哭吧，把委屈都哭出来，哭过之后，日子还要继续。"宜妃温柔细语，"宫中的路还很长，哭过之后，心便硬了。"

"宜姐姐，难道钮祜禄家的格格注定无子吗？"温僖贵妃问。

"怎么可能，女子哪能生不出孩子？连多年未下蛋的鸡都已经怀有身孕，温妹妹年轻貌美，深得皇上宠爱，怎能无子？"宜妃细语安慰，"皇子讲究天时地利与人和，只是时机未到而已。"

"家中在灵隐寺为本宫求得上上签，本宫今年命中带子，为何本宫的肚子如此不争气？"温僖贵妃气急败坏地捶打小腹。

"温妹妹。"宜妃赶紧阻拦，"温妹妹如此，不是长他人志气，灭自己威风。若是传出去，岂不是被人耻笑？后宫嫔妃不多，新秀女又青黄不接，正是你我姐妹施展的大好时机，温妹妹怎能自贱？"温僖贵妃狐疑地望着她，面带泪痕。

"良贵人那贱蹄子虽蒙盛宠，却再也无法生育，八阿哥没成气候，不值得一提。皇贵妃和德妃有孕在身，会互相陷害，咱们坐看好戏便是，只有敏嫔年少貌美，得皇上临幸，咱们只要盖过敏嫔的威风，后宫便是咱们的天下。"宜妃颔首微笑，"老人们总讲，心情舒畅，才极易受孕，温妹妹如此这般，可是独自讨苦？"温僖贵妃破涕为笑。

秋高气爽，又是一年金秋时节，紫禁城的畅音阁夜夜搭起戏台，唱起了中秋节月令的承应戏《广寒踏月憨儒拾桂》《月桂飘香霓裳献舞》《会蟾宫》《广寒法会》，处处喜庆。

喧嚣的紫禁城关于卫岚音的种种流言蜚语已经没人提起，世间最容易遗失记忆的地方，莫过于此。

圆月挂枝头，卫岚音与定贵人坐在畅音阁对面，食用着甜美的水晶葡萄，脸上洋溢着喜气儿。

卫岚音挑眉微笑："定妹妹这两载哪里是去礼佛念经，分明是去了天宫，沾染仙气，愈发灵秀，好似月宫上的嫦娥。"

定贵人甜美回应："良姐姐讲笑，臣妾哪里及良姐姐的瑰姿。"

"定妹妹与良姐姐都如此谦虚。"敏嫔掩口称赞。

"都是贱蹄子出身，臭味相投。"温僖贵妃瞋目，宜妃颔首微笑。

敏嫔依旧兴致勃勃："良姐姐是皇上心尖儿上的人。连朝臣都不敢对良姐姐妄自菲薄。"

"敏妹妹此话何意？难不成是诬陷良妹妹？"宜妃无意地问。

敏嫔浅笑："这众人皆知的事情，非要臣妾讲出来。"

卫岚音的心中荡起不安："出了什么事情，何来诬陷？"

"倒也没什么，只不过是朝中大臣上表进谏，望皇上一心国政，不要沉溺后宫，皇上气愤，派太监奉旨上门痛斥，结果大臣一命呜呼，连夜上吊自尽。"敏嫔绘声绘色。

卫岚音惊讶："大臣让皇上从此不踏入后宫吗？"

温僖贵妃晃动着头上的凤钗："良妹妹所患的是失魂症，难不成连脑子都烧坏了？"

卫岚音可怜兮兮："臣妾的确脑子烧坏了，不过前几日皇上还对臣妾说，就是喜欢臣妾如今的模样，那皇上的脑子……"

温僖贵妃愤怒："少拿皇上当挡箭牌，朝中大臣上表进谏，是让皇上不要踏进长春宫。"

卫岚音抿着红唇："看来朝中的大臣真是抬举我了。"

"真是有自知之明。"温僖贵妃一饮而尽菊花酒。

"太皇太后驾到、皇太后驾到、皇贵妃驾到。"尖锐的喊声划破长空。

"都起来吧。"太皇太后转向皇太后，疼惜，"哀家让你多出来走走，你整日窝在宫内不出来，好人也要憋出病来。"

"臣妾谢母后美意，前几月闷热，实在不爱动弹，臣妾是最喜爱这秋季，秋气怡人，果香飘逸，臣妾也甚为喜爱。"皇太后轻声回应。

卫岚音徐徐望去，皇太后容颜不老，头上却多了许多银白，能够熬得住今日的殊荣，何其不易，孤灯长夜，独自一人，无子依靠，远离家乡，只有明晃晃的凤袍掩盖所有的凄凉。

怀有身孕的佟佳皇贵妃少了往日的安稳，满脸不屑得地瞟向角落中的德妃，眼中闪过恶毒。

"良贵人可好些了？"皇太后缓缓问道。

"回皇太后，臣妾驽钝，忘记了所有的前尘往事。"卫岚音乖巧。

"能忘记过去，重新来过，未尝不是好事，多少人求之不得。"皇太后举杯感慨。卫岚音恭敬地端起酒杯，觥筹交错，酒香四溢，昭示着泱泱大清的安定富庶。

佟佳皇贵妃放下酒杯："皇祖母，前几日臣妾查到一起祸事，今日禀报，不知是否影响中秋的喜庆？"

"有何祸事呀？"太皇太后慈爱地问。

佟佳皇贵妃慢慢地说："前几日臣妾在御花园险些将德妹妹推倒，回去仔细详查，原来是受了有心之人的陷害。"

"竟有此事？"太皇太后脸色沉暗。

宫女玉镯将嵌着银丝的花盆鞋呈上，众人目瞪口呆。

"皇祖母，这便是罪证。"佟佳皇贵妃挑眉瞟向德妃。

"放肆，到底是谁如此大胆，皇贵妃和德妃都是怀有皇子的人，谁敢谋害皇子？"太皇太后冷冽。

"此人良妹妹也认识。"佟佳皇贵妃意在羞辱卫岚音的出身。

卫岚音面带好奇："臣妾也认识？莫非是在座的各位姐妹？"她的话引来无数耻笑不屑的目光。

佟佳皇贵妃摇头急语："良妹妹真是失魂得胡言乱语，小贱人是良妹妹昔日一同进宫的好姐妹。"

皇太后面带不悦："圣王有胎教之法：目不邪视，耳不妄听，音声滋味，以礼节之。如今皇贵妃身怀皇子，莫要太过凌厉，污浊之音，便不要再讲，若入了皇子的耳内，岂不有失体统？"

佟佳皇贵妃连忙谢罪："臣妾知错。"

卫岚音却刻意大声："说起来也好笑，前几日，臣妾和掌事嬷嬷学习宫中的规矩，原来臣妾是从宫中边门进宫的，各位姐妹可是从正门进宫？早听闻皇贵妃身份尊贵，如今又统领后宫，想必一定是从正门而入。"正门入宫只有中宫皇后，如今宫中无后，佟佳皇贵妃总是讥讽她身份卑微，她只能提醒她，紫禁城除了皇后是皇家的媳妇，其他人都是皇家的奴仆。

佟佳皇贵妃脸色青白地抖着手中的金鞘，低吟："到底是哪位不长眼的混账嬷嬷，将良妹妹教授得如此糊涂？"

苏麻嬷嬷跪地叩首："老奴知错，是皇上和太皇太后着老奴教导良贵人宫中规矩，老奴年老糊涂，没有尽职。"

佟佳皇贵妃暗道不好，怒剜了岚音一眼："苏麻嬷嬷请起，想必是良妹妹贪玩任性，辜负嬷嬷的耐心教导，本宫也是一时糊涂，还请苏麻嬷嬷勿要见怪。"苏麻嬷嬷在宫中的地位，众所周知。

"既然高高在上的皇贵妃都有糊涂的时候，更何况卑微的臣妾。"卫岚音自语。

"罢了，哀家讲过多少次，既然一同侍奉皇上，莫要再论出身，难道让哀家从蒙古草原再选一位皇后入宫吗？"太皇太后板着脸色。

"皇祖母息怒。"佟佳皇贵妃轻轻拂过小腹，良贵人到底用了什么手段，竟将太皇太后和皇太后哄得如此贴心？

"皇贵妃勿要卖关子，交出奸人吧。"温僖贵妃不耐烦。

"将人带上来。"佟佳皇贵妃吩咐。宫女念心跪落在地。

"良贵人救救奴婢。"念心哭喊。

卫岚音面带慌乱："你是？"

念心抹着眼泪："奴婢念心，同良贵人一同进宫。"

"哀家问你，这是你所为？"太皇太后指着月色下泛着寒气的银丝，念心点头承认。

"可是受何人指使？"佟佳皇贵妃咄咄逼人。念心颤动双肩，不停低泣。

"启禀太皇太后，当年主子在钟粹宫推倒德妃娘娘，莫非鞋底也是被镶嵌了银丝？"落霜添油加醋，"回长春宫，奴婢要好好查看鞋底。"

"可不是嘛，正因如此，六阿哥才提前出生了几日，皇贵妃守了一整夜呢。"宜妃神色不明。

惠妃帮腔："德妹妹真是弱不禁风，怎么总被人随意推倒？"德妃的再次有孕，激怒宫中的所有人。

太皇太后迟疑地端起菊花酒："戕害皇子，于理难容，交与皇贵妃处置。"

"皇贵妃要为腹中的皇子多积些福气。"皇太后不动声色。

佟佳皇贵妃恭敬："谢皇祖母信任，谢皇太后教诲。"

"到底是何人指使？"她话语柔声却透着寒气。

"奴婢有罪，奴婢与良贵人情同姐妹，一切都是良贵人指使奴婢所为。"念心颤抖地说道。

岚音静静看着念心那双不再清澈的双眸，看来今日所穿的绯色宫装，还能派上用场。

"落霜方才还说良妹妹也有一双嵌着银丝的花盆鞋，难不成是贼喊捉贼？"尖锐的宜妃挑眉。

落霜顺从地跪落在地："奴婢句句真言。"

卫岚音云淡风轻地望向念心："我早已忘却过往云烟，如何指使于你？"

念心避开她的质问："良贵人，奴婢是为您铺路啊，您被陷害得失魂、无子，在宫中难活，奴婢要为您报仇！"

"报仇，谁是我的仇人？我的失魂无子是别人陷害的？"卫岚音故意惊讶地站立起来。

"这里所有人都是谋害良贵人的歹人。"念心闭上双眸，曾几何时，她开始嫉妒她，为何她没有好命，成为主子？

"有人谋害过我？"卫岚音攥紧手中的帕子，"皇上为何从来没有告知过我此事，既然有人谋害我，为何不为我报仇，让一个小小宫女为我出头？"

"良妹妹是落入尘埃的珍珠，有璀璨之日，哪能听贱婢胡言乱语。"惠妃端着架子。

太皇太后缓缓讲道："良贵人少安毋躁，莫要事事劳心皇上，哀家为你做主。"她转向众人，"你们怎么看啊？德妃今日一直未语，可是身子不适？"

德妃掩盖着心中的慌乱："臣妾觉得良妹妹心地善良、天资聪慧，不会做出歹事，是这奴婢自作主张。你这奴婢，平日里良贵人对你情深意重，你却恩将仇报，还不从实招来你的善妒之心，狠毒之意，要是连累宫外的家人，怪不得旁人。"她话中带话。

念心紧张："奴婢知错，奴婢知错，奴婢是擅做主张，为良贵人出头故意谋害皇贵妃，此事与良贵人无关。方才奴婢只是想保住一命，利用良贵人昔日的姐妹之情，才胡言乱语，还望太皇太后仁慈，念在奴婢往日的忠心，不要连累奴婢的家人，赐奴婢个痛快。"

"哎哟。"卫岚音一声大叫，中秋宴席上的醉蟹长螯，不小心划破手指。

"主子。"落霜心疼。

"良妹妹失魂以后，着实变得贪食。"宜妃掩口而笑，"姐姐这只也送给良妹妹食用吧。"

"让各位姐姐见笑。"

"快传太医院的宫直来。"佟佳皇贵妃不情愿。

李太医背着药箱匆匆而至，为卫岚音仔细包扎，频频皱眉。

卫岚音微笑："今日总是惊梦，不知太医可有良策？"

李太医淡淡地说道："良贵人身子虚弱，明日请林太医好生查看一番，失魂人的确惊梦。"他神色凝重地面向太皇太后，"启禀太皇太后，微臣在良贵人的身上闻到了麝香。"

太皇太后脸色一沉："麝香已经在宫中绝迹多年，先帝曾讲过，凡是

602

发现麝香害人，不论是位居中宫，还是卑微宫女，一律轰出宫外。"当年端敬皇后被麝香所害滑胎，福临暴怒，险些杀了已经搬出坤宁宫的静妃，并大肆搜宫，麝香在紫禁城成为禁药，连太医院也难以寻到。

"李太医会不会？"佟佳皇贵妃欲言又止。

"麝香浓郁特别，微臣不会错。"李太医的头上泛着薄汗，事关良贵人，定要上报，否则皇上会治他失责之罪。

卫岚音满不在乎地抬起马蹄衣袖："怪不得只要穿此宫装，皇上便夸奖臣妾香气四溢，原来是麝香，此香还真是很特别，如此好香，为何要禁呢？各位姐妹也不妨闻闻。"她将衣袖伸到敏嫔身边，敏嫔急忙躲闪。

佟佳皇贵妃掩住口鼻："良妹妹真是失魂得彻底。"德妃沉默地低下头。

"太皇太后明察，主子这身宫装已经穿过二载，当年便是穿着这身宫装，腹中的八阿哥险些丧命，原来宫装被歹人下了虎狼之药，请太皇太后为主子做主。"落霜哭泣。

卫岚音自言自语："原来麝香是害人之物。"

"良贵人去换身宫装，哀家倒要看看，是谁敢如此大胆。"太皇太后凌厉而语。

"母后，为求稳妥，还是所有人都去换吧，此事未必如此简单。"皇太后低声说道。皇上正值盛年，今年无一子所出，定有蹊跷。

"也好，多唤几名太医来，一一查验，必要水落石出。"太皇太后微微点头。跪地的念心忐忑不安。

戏台上的悦耳声早已散去，只留下凄凉空旷的戏台，好似在等待着下一个人的登场绝唱。半晌后，各宫嫔妃纷纷而来，太医们纷纷忙碌。

"启禀太皇太后，微臣已查验清楚，良贵人、敏嫔娘娘、通嫔娘娘、温僖贵妃娘娘的宫装都含有麝香等寒气之物，香气染浸在丝线中，如若不仔细查验，根本不会察觉，只是……"李太医重语，"只是良贵人的宫装，所用的布料锦缎，都是染浸过香的，麝香味道尤为浓郁。"

"将尚衣局的宫人都给本宫抓起来。"温僖贵妃气愤得火冒三丈，原来她不孕是中了奸人的计谋。

"尚衣局，她不就是尚衣局之人吗？"卫岚音指向念心。

念心连连叩首："奴婢有罪，奴婢与良贵人同年入宫，互相许下承诺，谁若飞上云端，要互为照料，谁知良贵人入主长春宫，竟然为求富贵，抛开昔日的卑微低贱，将昔日的誓言，抛之脑后，奴婢心生哀怨，便想出此计。但奴婢只是用几味寒性的草药泡制丝线，从未用麝香害人，也未曾害过其他娘娘，太皇太后明察。"

"颠三倒四，讲法不一，又是姐妹情深、又是心生哀怨，到底哪句是真，哪句是假？"落霜愤怒痛斥。

第十七章

沧海月明珠有泪

"奴婢……"念心失声痛哭,"奴婢对不住良贵人。"

卫岚音仿佛又回到刚入宫的时候,她与念心思念家人抱头痛哭的情景,如今,她们都忘了最初的自己。

"为每位娘娘诊脉,不得有任何偏差。"太皇太后缓语,今日必要整治后宫。

"是。"太医们谨小慎微地低头。卫岚音伸出手腕。

李太医跪倒在地:"回太皇太后,娘娘们的身子并无大碍,良贵人中毒最深,通嫔娘娘和敏嫔娘娘的身子体寒虚弱,但调理一年半载,即可孕育皇子,温僖贵妃娘娘中毒尚浅,只要停了虎狼之物,会早日孕育皇子。"

太皇太后点头,卫岚音偷偷瞄向德妃,德妃显然心神不宁。

"恭喜太皇太后、恭喜皇太后。"李太医身后的小太医跪地,"微臣为宜妃娘娘诊脉,发现宜妃娘娘有喜。"

"啊？"浓妆的宜妃喜气。

"喜脉是千真万确，待过段时日，皇子月份足，脉息才会强健。"小太医笃定。宜妃喜悦地望向温僖贵妃。

"好啊，好啊。"太皇太后连连叫好，"后宫皇子繁盛，乃是社稷之福气。"

"恭喜太皇太后、恭喜皇太后、恭喜宜妃娘娘。"宫人们跪落满地，齐声欢呼。

"五阿哥聪慧懂事，哀家甚为喜爱。"太皇太后念叨，"后宫的嫔妃中，宜妃最有满家女子的风姿，要为皇上多生几位阿哥。"

宜妃柔声："太皇太后谬赞，臣妾自幼听闻太皇太后的丰功伟绩，一直以太皇太后为榜样，照猫画虎，学得不伦不类。五阿哥顽劣，还请太皇太后多多费心。"

温僖贵妃按捺不住性子，痛斥："你到底受何人指使迫害本宫？"

"看来，不受些苦头，难撬开她的口。"敏嫔侍寝最多，久久无孕，她知晓真相，更是同仇敌忾。

"皇祖母，此事关系到后宫多位嫔妃，定另有蹊跷，还是交与慎刑司查办吧。"佟佳皇贵妃试探，"瞧这宫女，嘴硬气得很。"

"好，就依照皇贵妃所言，传哀家的话，责令慎刑司，此事要仔细查办，不能姑息养奸。"太皇太后坚定。

"太皇太后开恩哪。"念心知晓，一旦进了慎刑司，生不如死。

"太皇太后，还是再给她一次机会。"卫岚音转向她，"虽然我忘记过去，但以往支离破碎的记忆仍时不时在梦中出现，宫中的人，都有各自的难处。即使你曾害我，我亦不怪你，只是痛惜你一步走错，步步错，如今真相大白，戕害皇子，毒害娘娘，谁也保不住你。你到底是受何人指使，还是从实招来，慎刑司的宫人不会给你任何辩解的机会。"

"奴婢是受，奴婢受德妃娘娘的指使。"念心倾诉而出。

"贱蹄子。"温僖贵妃按捺不住心中的愤怒，怒骂。太皇太后和皇太后震惊。

"德妹妹这是为何？"佟佳皇贵妃终于抓住德妃的把柄。

德妃弯腰而跪："请太皇太后明察，臣妾恪守宫规，从未害人，这奴婢颠倒是非，诬陷臣妾。"

"奴婢在咸福宫当差，后来被德妃娘娘所救，分派到尚衣局，奴婢所为都是依照德妃娘娘嘱托行事，请太皇太后明察。"念心辩解。

"本宫既然救你，你为何恩将仇报？本宫深受皇上宠爱，接连孕有皇子，怎能指使你去陷害各宫的姐妹？"德妃巧辩。

"这话儿便不对了，德姐姐虽多子，但身份寒微，谁能保证德姐姐没有藏着祸心呢？"温僖贵妃咄咄逼人。

"难道德妹妹倚仗自己多子，便可胡作非为，自恃清高？"宜妃慢声细语地讲道。

"臣妾的德字，是皇上亲封，臣妾一心侍奉皇上，何来祸心？贵妃妹妹莫要受奸人所欺。"德妃双手拂过小腹，委屈至极。

"启禀太皇太后，德妹妹深得皇上之心，皇上在臣妾面前也多次夸奖德妹妹的品性，莫要偏信贱婢一人所言。"荣妃句句帮衬。

"臣妾愿一死以表清白。"德妃用力撞向红木桌腿。

"娘娘。"宫女宛碧拽住她的马蹄衣袖，失声哭道，"娘娘腹中还有皇子，莫要做傻事。"

"贱婢为何诬陷德妃娘娘？"荣妃举着红艳的指甲，怒指念心。

念心不停地摇头，点头，近似疯癫。

玄烨在傍晚时分，迎着月色，从景山登高而归，正在与身边的梁公公谈论着景山罪槐，他见畅音阁的戏台还未散去，径直而来。当听闻所有的事情时，他的脸色阴沉。

"皇上。"德妃梨花带泪，"臣妾哪有心机谋害她人。"

"皇上，着内务府详查，会水落石出。"佟佳皇贵妃头上的凤钗在月色下泛着莹莹的光泽。

卫岚音玩语："此事绝非念心一人所能为，为何不找尚衣局的其他宫人？"

玄烨转向太皇太后："皇祖母？"

太皇太后目光坚定："彻查到底。"

"看来不用刑罚，德妹妹是不会承认。"佟佳皇贵妃挑眉。

温僖贵妃随声应道："还是皇贵妃昔日管教不严，才惹出如此的祸事。"

"一切凭皇祖母做主。"玄烨厌恶地推开德妃的双手。

德妃抹着眼泪："皇上不信臣妾？难道皇上忘记了良妹妹的前车之鉴？难道皇上忘记曾许诺臣妾，还给臣妾一个皇子吗？臣妾冤枉啊。"

"贱蹄子。"温僖贵妃低声怒骂。

玄烨停在半空的手，顿了下来，他的眼中满是懊悔，仿佛眼前又看见了跪落在地的岚儿，满身是血的岚儿。

德妃见他迟疑，更加柔媚地捂着小腹："臣妾感激皇上怜爱，臣妾不愿辜负皇上的心意，只是可惜这未出世的皇子。"

这一场景，在玄烨的梦中出现多次，如若上天再给他一次机会，他会相信岚儿，保住岚儿腹中的皇子，只可惜……

他的耳边似乎又响起岚儿的哭声，那句在梦中重复多次的话语终于得到释放："着德妃在永和宫安胎，没有朕的旨意，不得踏出永和宫半步，待生下皇子后，再行论罚。"卫岚音的心被血淋淋的事实撕裂，那日他不愿相信她，狠心地推倒她。今日却不忍伤害德妃一丝一毫，她为何还要对他心慈手软？

秋去寒来，一载又一载，娇媚的容颜渐渐老去，唯一不变的只有紫禁城伫立的神兽和金銮殿上那把高高在上的龙椅。索罗杆下的神鸟飞过萧瑟的寒空，留下一抹模糊的疏林。长春宫内的炭火烧得正浓，卫岚音抱着八角手炉，紧皱柳眉。

"主子，莫要伤心，八阿哥从小没有长在主子膝下，对主子难免生疏，待八阿哥回到主子身边，会亲密的。"落霜劝慰。

"惠妃真是老谋深算。"卫岚音痛恨。八阿哥对她哪里是生疏，更多是畏惧，倒是与惠妃亲密无间，她对外宣称失魂，更不能与八阿哥太过亲近，真是恼事。

"皇上对主子言听计从，何不将八阿哥就此要回？"落霜出谋划策。

"我倒是提过几次，皇上都是恍惚不定，我失魂未好，皇上恐我太过劳累。"卫岚音叹气。

"皇上对主子也是好心。"落霜温婉而语。

"好心?"卫岚音自言自语,"皇上对德妃更是好心。"

"主子,听闻永和宫如今是凄凉无比,连过冬的红萝炭都让贵妃娘娘全部扣下,呛人的黑炭都不能日日供应充足。"落霜解气。

"永和宫内的六阿哥可好?"卫岚音忽然问道。

"六阿哥非常不好,本便身子羸弱,皇贵妃吩咐过太医院所有的太医,不得给六阿哥诊病,六阿哥恐是凶多吉少。"落霜小心翼翼。

"六阿哥本活不长久,毕竟是皇子,皇上也没有过问吗?"卫岚音疑惑。

"皇上日理万机,整日都在上书房与大臣们讨论朝政,要对台湾用兵了。"

"收复台湾?"卫岚音惊讶,台湾的郑家子孙在民间百姓的呼声极高,想要收复,颇为棘手。

落霜微笑:"后宫之事皆由皇贵妃、惠妃娘娘和荣妃娘娘把持。皇贵妃与惠妃娘娘因麝香一事,对德妃恨之入骨。"

"如今宜妃、温僖贵妃、郭贵人皆有孕在身,荣妃的日子自然不好过。"卫岚音微微点头。

"当日若不是主子在中秋戏台故意抹了浓郁的麝香,命木公公动用暗桩,扯出通嫔娘娘和贵妃娘娘,众人齐推才将德妃娘娘逼到绝路。"落霜钦佩道,"都是她咎由自取,待她熬过此劫,往日的德行柔顺已经不复存在,世人皆知她的真实面孔,日子也不好过。只是苦了主子,极其浓郁的麝香,对身子不好。"

"我已经不能再有孕,还怕那些如何?"卫岚音哀怨闲愁。

"通嫔娘娘同样不孕,经过调理,也好多了。"落霜鼓励着卫岚音。

"罢了,老天已经待我不薄,毕竟八阿哥生龙活虎。"卫岚音惨淡微笑,"对于德妃,我也是没有办法,她表面与我姐妹情深,多次对我暗下毒手,还用无中生有的木槿发簪蒙骗我。要撕毁她虚伪的面具,只能多人出手,才能抽断她的筋骨,让她遁入深渊,只可惜千算万算,独独漏掉了皇上对她的情谊。"

曹嬷嬷会意地倒着热茶："当年太皇太后甚为宠爱静妃娘娘，静妃娘娘因麝香一案，先帝龙颜大怒，险些将静妃杀死，致使太皇太后与先帝反目离心，麝香是宫中的忌讳，谁都不敢提及。中秋戏台前，太皇太后彻查此事，如若皇上没有刻意偏袒德妃娘娘，德妃娘娘会被送出宫外，即使生下皇子，也永世不会再入宫，但太皇太后没有反驳，哪里还会阻拦。"

"主子时常与皇太后也走近些，如今贵妃娘娘是慈仁宫的常客。"落霜劝慰。

卫岚音默默点头，太皇太后看重皇贵妃，温僖贵妃便去巴结皇太后，这宫中没有无缘无故的好，只有不变的利益和阴谋。

"怕只怕德妃日后翻身，会更加肆无忌惮。"

"只要八阿哥长大成人，主子还怕她不成？"落霜回应。

"但愿如此。"卫岚音转眸间透露出星星点点的希望，"念心如何了？"

"主子放心，已经买通了慎刑司的宫人，对外宣称念心已经死去，丢到宫外的乱坟岗，花将军已经将她接到寨子居住。"

"出宫吧，离开这是非之地。"卫岚音望着远处的朱红金顶，昔日入宫的姐妹，一死一生，一煎熬，也算成全一件美事。

"对了，木公公送来念心的一封书信，念心感激主子的大恩大德，日夜祈祷佛祖，为主子祈福呢。"落霜忽然想起木公公塞给她的纸条。

卫岚音看着念心的书信："我从未怪她，宫中活着极其不易，都是无可奈何。"

"主子，如今宫中五位娘娘有孕，这是从未有过的大喜事，皇上已经下旨元宵节要在畅春园大摆宫宴，与民共庆。"

"过了年，皇上要去五台山拜佛祈福。"曹嬷嬷神秘道，"因为去年东巡祭祖的前车之鉴，这次皇上只带太子和三阿哥同行，大阿哥留在宫中。"

"大阿哥已经十一岁，元旦节时，惠妃已经向皇上禀明，为大阿哥纳亲订婚。"卫岚音凝神。

"找谁有何用？哪里能及得上咱们八阿哥的福晋显贵。"落霜得意洋洋。

"有得必有失，怕是八阿哥不喜。"卫岚音痛心。

"主子，云竹格格性情婉约，额驸更是才识卓绝，不会错的。"落霜接过她的空茶盏，"主子还是合计着太子的事吧。"

"太子？"卫岚音最不愿触及之人。

"赫舍里氏听闻纳兰一族为大阿哥选亲，哪里自甘落后，也四处寻找太子妃的人选。"落霜细细禀告。

"主子，此刻咱们必要帮衬着大阿哥一方，借机打击太子的威风，太子妃绝对不能是蒙古显贵。"曹嬷嬷挑眉而语。

卫岚音不解，从本朝开始，蒙古女子坐镇后宫的日子已经结束，难道又要再次崛起？

"主子，本朝初年形势危机，当年太皇太后是无可奈何才重用首辅赫舍里氏，此举引起蒙古各部不满。如今天下太平，蒙古草原各部蠢蠢欲动，正欲往紫禁城中送人，听闻下届选秀人中，有好几位蒙古格格呢。"曹嬷嬷与木公公接触居多，宫外的花将军一刻也未停止对草原的监视。

"太子是大清储君，未来的国君，蒙古的王爷们自然更加在意太子妃的人选，若太子妃为蒙古宗亲，太子必定会如虎添翼，得到蒙古草原各部的支持，对八阿哥登基这百年大业极为不利，花将军多年拉拢离间蒙古各部的辛苦也将化为乌有。"

卫岚音低着头，她时刻也不能忘记自己的身份，家族的仇恨。

"皇上和太皇太后一切以大局为重，如若今年皇上顺利收复台湾，那噶尔丹部便是头等心腹大患。蒙古人向来注重同心同根，若与噶尔丹部相勾结，背信弃义，与大清背盟，局面很难收拾，皇上不会让此事发生。"落霜在乾清宫奉茶多年，对朝政颇为熟悉，"拉拢结盟是最好的手段，自古祖训，皇上和太皇太后大有可能为太子选一位蒙古草原上的格格纳为太子妃。"

"来自蒙古草原上的太子妃身后是大清的半壁江山，太子在朝中有赫舍里氏的支持，又有蒙古草原的坚强后盾，待太子羽翼丰满，皇上谈何容易随意废立太子？”

“皇上驾到。”伴着梁公公的喊声，玄烨踏步而入，深邃的眼神中带着几分迷离，疲惫不堪。

“皇上万福金安。”卫岚音恭敬而语。

玄烨拉起她的手：“几日未见，岚儿愈发清秀。”

卫岚音抿嘴微笑：“皇上日理万机，奴婢在长春宫闲坐，自然清秀。”

“落霜，为朕泡壶好茶，朕要在长春宫用晚膳。”玄烨疲惫地吩咐。

“皇上。”卫岚音轻轻唤道，“臣妾恭喜皇上，宫中喜事连连。”

“岚儿是在怪朕吗？”玄烨盯着她。

卫岚音不露声色：“是臣妾命薄福浅，哪里怪得皇上。臣妾不是有八阿哥吗？皇上为八阿哥选定尊贵的福晋，臣妾还要谢谢皇上呢。”

“岚儿是朕心中的明珠，八阿哥自然尊贵，哪能落入人后？”玄烨爱惜地拂过她耳边的木槿耳坠。

“大阿哥和太子都接近成年，皇上可要给他们赐婚？”卫岚音的话语中带着娇气，清朝皆早婚。

“汉人皆讲满蒙野蛮，其一便是早婚。”玄烨无奈摇头，朝廷上请立太子妃的折子一道接着一道，“朕当年也是无奈之举，为早日亲政，皇祖母才责令大婚。”

“皇上的意思是？”卫岚音喜上眉梢。

“古代文人雅士有指腹为婚，朕为八阿哥赐婚，是怕岚儿和八阿哥受到委屈，令八阿哥有所倚仗。但大阿哥和太子本就母族显贵，何来之忧？内务府拟定的单子中为大阿哥拟定的福晋人选皆是尚书之女，都是明珠的党羽。拟定太子妃的人选则都是八旗都统之女，手握兵权。”玄烨蹙眉，“朕与皇祖母商议过，大阿哥和太子的婚事先放一放，待到束发之年，再作商议。”

卫岚音莞尔一笑：“臣妾不懂朝堂上的事情，只知道太子妃本应该是来自蒙古草原。”

玄烨摇着头：“看来岚儿最近读了书，大清的后宫之主，的确应该来自草原，只是此一时彼一时。如今大清入关数十载，坐天下，更为艰难，汉人几千载的中原文化，对蒙古草原刻骨仇恨，既然从朕始，已经迈出陈腐祖制，朕便不想再走回头路。"他仰首窗外模糊的金黄琉璃，"只是皇祖母的意思是还与祖制，朕不想违背皇祖母的心意。"

卫岚音似懂非懂地点头："皇上不必烦忧，皇上是为大清的千秋万代着想，太皇太后也会知晓，待皇上去五台山祈福，臣妾去慈宁宫多坐坐，也好一解太皇太后的心结。"

玄烨心中欢喜："如此甚好，还是岚儿懂朕的心意。"

卫岚音顺水推舟："臣妾哪敢妄议朝堂大事，只是承蒙圣宠，与太皇太后聊些女子家的闲言碎语罢了。"

"皇子们的婚事，既是国事，又是家事，哪里分得清。"玄烨无可奈何地道出实情。

屋内温暖如春，驱散着浓浓的寒意，麻利的落霜端上了香溢的热茶。玄烨缓缓闻嗅着淡淡的茶香，眉峰少了往日的威仪。

卫岚音不经意地问："皇上还有心事？"

"岚儿还记得为睿亲王求得的那道圣旨吗？"玄烨忽然问起。

百年后为睿亲王平反昭雪的那道圣旨，卫岚音当然记得，她的眼底含着自嘲，若是今日，她还会为最大的仇人求得恩典吗？如若曹嬷嬷和花将军知晓此事，又将是何等的伤心失望。

"朕忘了岚儿已经失魂。"玄烨疼惜。

"皇太后讲，失魂也是好事，臣妾不觉得苦。"卫岚音故作娇态。

玄烨的手掌顿了一下："到底是朕不好。"

"皇上。"卫岚音握紧他的手，情深不寿，两人之间走到今日，难道是相爱得不够深厚，还是两人太过理智？

"龙椅不好坐啊。"玄烨感慨，"坐上那把龙椅便意味着，放弃所有的感情，眼中最重的只能是传世万代的江山社稷。"

"岚儿可知朕为何去五台山？"玄烨反问。

"五台山为佛教圣地，文殊菩萨真经所在，皇上前去拜祭，当然是为天下百姓祈福。"卫岚音细细描绘。

"这只是其一。"玄烨伫立,"五台山埋藏着睿亲王的骸骨。"

"睿亲王的骸骨?"卫岚音重复,"嬷嬷教导臣妾读的书中曾讲过,睿亲王不是以忤逆之罪,被先帝挫骨扬灰了吗?"

玄烨闭上眼睛:"年前皇祖母找朕去慈宁宫用膳小坐,皇祖母的身子大不如前,对朕讲了实情。万岁、千岁皆为诳语,哪里会如此,皇祖母历经三朝,鞠躬尽瘁,已经是油尽灯枯。没有皇祖母的提携教诲,便没有朕的今日,朕会满足皇祖母的未了心愿。"

"太皇太后她老人家的心愿是?"岚音急切地问。

"都是陈年往事,"玄烨轻轻晃动茶碗,"皇祖母与睿亲王情同道合,已经谈婚论嫁,太宗为制衡睿亲王,故意强行迎娶皇祖母,错成一生。最初,太宗对皇祖母甚为宠爱,却从未得到过皇祖母的真心,后来心灰意冷的太宗疯狂地迷恋上皇祖母的姐姐宸妃。"

"那后来呢?"卫岚音闪着清澈的双眸。

"太宗驾崩后,睿亲王带领八旗铁骑闯入关内,辅佐先帝为帝。但睿亲王和皇祖母,都没有忘记彼此。"玄烨想到他与岚儿的过往云烟,不由心伤,"皇祖母和睿亲王都是以大局为重之人,从未越雷池半步,但肩上的重任让两人互相猜忌、互相仇恨,直到天下初定,皇祖母见到宫人呈上睿亲王临终前紧握的两人幼年在草原的定情信物时,才终于心中释然,却已晚矣。"

卫岚音微微颤动,又是一对苦命人,一生的坚守成就锦绣河山,却为世人所误解,背负耻辱。

"后来父皇对睿亲王做的一切几乎将皇祖母击倒,皇祖母暗中派人将睿亲王的遗骸秘密送往五台山安葬,为睿亲王一生杀戮寻求安宁。"

"太皇太后命皇上去五台山祈福,拜祭睿亲王?"卫岚音微红的眼中噙着泪水。

玄烨微微点头:"皇祖母交代朕,爱新觉罗的子孙不能忘记睿亲王的功劳,太宗一脉,从太祖驾崩逼死大妃那日起,便对不起睿亲王,入关之后坐镇紫禁城,更对不起睿亲王。"他带着薄茧的指肚儿轻柔地擦拭着卫岚音的眼泪,"还是这般爱哭。"

卫岚音抿着小嘴："太皇太后的心中苦涩无边，臣妾感动。"

玄烨苦闷："皇祖母的确不易，只是朕三番五次去五台山拜祭，引起世间的流言蜚语，如若真相大白，又辱皇祖母和睿亲王的清名。"

卫岚音想起市井间的流言，挑眉道："用流言止住流言，虚虚实实幻亦真，岂不更好？恕臣妾狂妄多嘴，先帝未亡，出家为僧的消息，在宫中广为流传，人尽皆知。"

玄烨侧目："先帝醉心佛祖，在位时曾想剃度为僧。但朕是亲眼见到父皇驾崩，火葬，何来为僧一说，都是捕风捉影之人的意淫。"

卫岚音温婉地说："五台山为佛祖圣地，是高僧潜心修佛的妙处，香火绵延不休，皇上多次祭拜，也是情理之中。"

玄烨眉峰幽冷："朕去为天下苍生拜佛祈福，的确是情理之中。"

"先帝与佛祖有缘，宫人口中未亡为僧的流言，也是对先帝的尊敬，舍繁华红尘，居佛门静修，古往今来，无人能及，皆为大善之举。"卫岚音赞赏地说。

"如若传言四起，世人皆会认为朕去探望先帝，哪里会联想到睿亲王，便不会污浊皇祖母的威名，此法甚好，岚儿果真是朕的知心人。"玄烨大喜，"流言止住流言，是智者之法。早在古时，南方小国大理的君主，退位后都会皈依佛门，为百姓祈福，深受百姓爱戴。今日之流言，也定是先帝生前未了的心愿，正如岚儿所讲，虚虚实实幻亦真。"

卫岚音娇羞："皇上要赏赐臣妾。"

玄烨闻着沁人的茉莉清香："岚儿要何赏赐？"

卫岚音晃动着耳边的木槿耳坠："臣妾母族已经无人，臣妾又失魂，恐高堂怪罪，不知皇上可否赐予家庙，供奉额娘和阿玛的牌位？"

玄烨微微颤动，大清这些年的确是委屈了温庄公主，他沉思片刻："城郊有一明朝寺院为安国寺，寺院虽小，但名声在外，便用来供奉高堂神位吧。"

"谢皇上。"卫岚音清脆而语，有此庙甚好，至少可为花将军提供藏身之所。

"大清还没有赐给外戚家庙的先例，朕不下圣旨，寻个可靠之人，口谕便可，待八阿哥开牙建府，再以岚儿家庙奉之，可好？"

"臣妾一切依照皇上所言。"卫岚音喜上眉梢。

玄烨深情地望着她："朕的岚儿甚为懂事，朕心安慰。此行去五台山一月有余，你在宫中要谨小慎微，莫要乱走。"他从怀中取出金黄绢布，"这是朕留下的密诏，如若有难，你将此拿出示众，可保性命，如若无事，便留在长春宫。"这才是此行而来的目的。

卫岚音心头一紧："宫中会有人谋害臣妾？"

玄烨摇头："朕只是做万全之策。"

长春宫的两人，如同置身于银河的两旁，伤心莫过心哀，痛恨莫过心死，每一次的相对，好似一场最后的诀别。

元宵节后，皇上带着太子前往五台山祭拜佛主，空寂的紫禁城寂静多日，一群无聊的女子，打发着清冷的日子。

慈宁宫的花房曲廊回旋，碧树琼花，与寒风萧瑟的冬日，截然不同。

"苏麻嬷嬷真是心灵手巧，带着福缘，花房真是别有洞天。"温僖贵妃在宫女青梅的搀扶下，轻轻嗅着盛开的繁花。

"苏麻嬷嬷沾着仙气儿呢，哪能是那些粗俗之人能比肩？"宜妃的小腹微微隆起。

"你们两个，可是把苏麻夸得上了天，苏麻没有长翅膀呀。"太皇太后拉着五阿哥。

苏麻嬷嬷微笑地谦恭："二位娘娘谬赞，老奴栽种的花草，空有绿意，却无花无果，这都是良贵人近日帮忙照料，才繁花锦盛，良贵人才是沾染仙气儿的人啊。"

卫岚音与定贵人正在一盆栽处驻足而立，欢声笑语。

温僖贵妃心情甚好，与宜妃相视而笑："良妹妹果然是妙人儿。"

郭贵人掩口而笑："远远望去，良妹妹与定妹妹比鲜花更为娇媚。"

佟佳皇贵妃听着三人的一唱一和，心生怨气，翊坤宫的郭络罗氏姐妹竟然双双有孕，储秀宫也受孕在怀，连困在永和宫的贱人也怀上皇子，老天真是不公。若眼前的三人再生下二位阿哥，加上已经四岁的五阿哥，便有三位阿哥在手，时刻威胁着她的皇贵妃之位，她如果产下公主那将是灭顶之灾。

无孕时，寝食难安。有孕时，亦有伤心之事。真是月有阴晴圆缺，佟佳皇贵妃拂过高高隆起的小腹心中苦涩。

"呦，五阿哥真是儒雅清秀。"僖嫔头顶红色绢花，浑身艳丽。

"五阿哥还不快谢谢僖贵人的夸奖？"宜妃将贵人二字咬得极重。

"宜妹妹这话不对了，昨日皇祖母已经恢复僖姐姐的嫔位。"佟佳皇贵妃反驳。

宜妃面容闪过惊讶："真是失礼，还请僖姐姐见谅。"

太皇太后笑道："都怪哀家，平日里都是哀家与苏麻教导五阿哥，五阿哥只会蒙语，还未学过汉语和满语。"太皇太后低着头在五阿哥耳边轻轻说着什么。

五阿哥挺直小腰板儿，童音悦耳，用蒙语喊道："谢僖嫔娘娘夸奖。"

"蒙语也是咱们大清之本，早学也是好的。"卫岚音柔声，腼腆的定贵人微微点头。

"好，好，后宫一团和气，乃是大清之福。"太皇太后的眼角扬着深深的沟壑。

"老奴已经煮好了白玉奶茶，请各位娘娘移步，前往品尝暖身。"苏麻嬷嬷迈着碎步。

"好啊，回正殿。"太皇太后牵着五阿哥，一老一少，走在众人前面。宜妃的眼中满是高傲和欣喜，佟佳皇贵妃紧紧握着绢帕，痛恨不已。

"皇上可有旨意传来？"太皇太后端起香甜的奶茶。

"回皇祖母，皇上对后宫并无旨意，只是命工部重修文华殿，作为他日太子出阁讲学之处。"佟佳皇贵妃淡淡地回答，"如若有其他之事，还得问问良妹妹，听闻，皇上只给良妹妹回了平安信。"

她的一席之语，又将卫岚音置于高位。卫岚音从袖中拿出信函："皇贵妃真是折煞臣妾，宫中姐姐们不是有孕在身，便是教导皇子，皇上心中挂念太皇太后和皇太后，特命臣妾多为照料，臣妾这几日快成慈宁宫和慈仁宫的人了，皇上在信中嘱托，不可大肆张扬，皇上对太皇太后和皇太后之心，真是天地可鉴。"

卫岚音将信函奉于太皇太后手中："既然皇贵妃已经将事挑明，臣妾也无须隐瞒。皇贵妃真是神通广大，虽然身怀六甲，却连皇上从宫外传来信件，都了如指掌，事事亲力亲为，此乃六宫之表率，臣妾佩服。"监视皇上信函是大忌。

　　太皇太后欣喜地接过卫岚音手中的信函，望着刚柔相济的字迹，频频点头："难为良贵人，皇上仁孝之心，的确是天地可鉴。"她又转向佟佳皇贵妃："皇贵妃身子重，不宜太过劳累，宫中之事还是着惠妃、荣妃和僖嫔商议办吧，待皇贵妃生下皇子，再行操劳。"

第十八章

天穹碧落或有时

卫岚音不露声色，这是对佟佳皇贵妃明显的削权。

高傲的僖嫔喜上眉梢："谢太皇太后提携，臣妾自当尽心尽力。"

佟佳皇贵妃强忍着心中的痛恨："臣妾谢皇祖母的关照，定会安心养胎，为皇上生个康健的小阿哥。"

"呦，看来皇贵妃有千里眼，竟然能未卜先知。"温僖贵妃哪里能放过奚落她的任何机会。

"未卜先知？千里眼？那请皇贵妃为臣妾也瞧瞧，臣妾腹中是阿哥还是公主？"郭贵人自从眉山夫子一事，对宜妃又敬又怨，几经周转下来，也不得不佩服宜妃的心劲儿，自然得维护郭络罗氏的荣耀。

"哈哈。"娇艳的宜妃掩口大笑，玩语道，"你们真是愚笨，小阿哥只是皇贵妃心中所愿，哪里是什么未卜先知，怎么连个吉祥话儿都听不出呢？"

佟佳皇贵妃微笑回应："还是宜姐姐最解风情，难怪皇上如此疼爱。"

慈宁宫一时失了喧嚣，只有杯盏的清脆响声。

沉寂的荣妃，试探地问道："臣妾会与惠姐姐商议，处理好后宫之事，只是三阿哥？"

太皇太后不禁皱起眉头："三阿哥如何了？"

"回太皇太后，祖训有言，皇子六岁便要去上书房开蒙读书，三阿哥自幼聪慧，有目共睹，元旦节皇上特意恩典三阿哥提前一载入上书房读书，皇上出宫在外，这又转眼便是春季，一年之计在于春，臣妾琢磨着能不能讨个喜气儿，着三阿哥先去上书房开蒙读书？"荣妃细语答道。

"好，此事不必等皇上回宫，三阿哥开蒙读书入上书房，着哀家懿旨，立即去办。"太皇太后眯着凤眸，"哀家瞧着三阿哥在众阿哥里的才气最重，将来必成大器，着太傅好生教授。"

"多谢太皇太后。"荣妃喜上眉梢，一时忍耐又如何？待三阿哥成事，再将落井下石的小人们，一个个收拾。

温僖贵妃面露不屑，谁不知道皇上已经一年多未踏进永寿宫半步。

"八阿哥可好？"太皇太后话带关切。

惠妃径直而语："八阿哥一切都好，前几日云竹格格还入宫探望，甚为喜爱。"

卫岚音弯腰行礼："臣妾谢太皇太后成全一段美事。"

"额驸郭络罗家是宜姐姐的本家，翊坤宫和长春宫今后可是越来越近了。"佟佳皇贵妃不怀好意地旁敲侧击。

"满蒙亲贵都是一家，何来远近之讲？承乾宫难道与长春宫疏远吗？"卫岚音不甘示弱。

"良妹妹果然愈加伶牙俐齿，与往日不同。"佟佳皇贵妃立着凤威。

"哦，臣妾逾越，臣妾往日是如何模样儿？"卫岚音眨着双眸，"臣妾也记不起以前的事情，不过皇上亲口对臣妾讲，更为喜爱臣妾如今的性子。既然皇上喜爱，臣妾又何必问以往呢，太皇太后也喜爱如今的臣妾吗？"

太皇太后疼爱地望着她，她与温庄公主年幼时最为相像，这几日总是出现幻觉，好似又回到了盛京老城的皇宫，她缓缓放下手中的茶盏：

"良贵人娇柔可人，眉宇间透着灵气儿，善解人意，哀家当然喜爱。"

卫岚音娇羞："臣妾便知道，太皇太后最疼臣妾。"太皇太后心情愉悦，眉开眼笑。

卫岚音云淡风轻地说道："皇上出宫前对臣妾讲，如今中宫空置，明年的秀女进宫，要从蒙古草原的格格中，选出几位贤德之人。"

太皇太后慢条斯理地嗅着怒放的百合花儿："皇上想开了？"

卫岚音知晓她的心思："皇上甚为惦记太皇太后，敬畏祖训，再则这后宫哪能无后，如今四海平定，祖宗祖训哪能扔掉？"

众人面面相觑，难道皇上要从蒙古草原选后，又一位博尔济吉特的格格入住坤宁宫？若如此，这么多年的争斗岂不成了空谈？

"祖制是当年哀家所废，哀家已无颜面对科尔沁草原上的亲人了。"太皇太后的眼中含着浊泪。

"皇上提及此事，只说了一句话。"卫岚音淡淡回应，"皇上说，没有太皇太后，便没有今日的皇上。"

太皇太后的泪终是落下，当日在慈宁宫祖孙二人促膝而谈，因太子妃的出处意见相悖，皇上的意思是想太子妃来自满家亲贵，她想还于祖制，从博尔济吉特氏为太子挑选一位太子妃。还是苏麻嬷嬷从中调和，将此事暂缓，以太子年幼为名，过几载再行商定太子妃的人选，从而也驳回了大阿哥的婚事。此事是祖孙二人相扶多年以来，皇上第一次如此坚决，而她也将驾鹤西去，势必要保住蒙古草原上的八旗铁骑，保住蒙古草原上万千子民的世代平安。谁都不肯退让一步，伤了和气，听着卫岚音的话，皇上还是惦记她的。其实她何尝不知皇上的用心良苦，是她总放不下那片青青草原。

"请太皇太后恕罪，臣妾多语。"卫岚音急忙跪地叩首。

佟佳皇贵妃无意地说："如今四海平定，蒙古草原的王爷也对皇上的丰功伟绩赞赏有加，真是大清的福气。"

"可不是嘛，北边无恙，倒是南方流寇四起，这汉人呀，最难治理。"惠妃帮衬，未来的太子妃若来自蒙古草原，大阿哥的阻碍可谓更为艰难。

太皇太后哪能不知众人的心思，皇上的顾虑确实有理可依，她深深叹息道："此事并非后宫妄议之事，良贵人方才的寥寥数语，也是安慰哀家，尔等南方流寇和汉人之事，皇上自然会处理妥当，今后休要再提。"

"臣妾知罪。"众人齐声，却不甘心。

卫岚音看着太皇太后头上的蝴蝶金簪，知晓她已动摇，只需有力一击，自然会水到渠成。

"不好了，不好了。"一名老太监慌乱跑进来。

"哪里来的奴才，如此不讲规矩。"温僖贵妃痛斥。

"奴才知罪，奴才知罪。"老太监跪地不起。

"到底何事？"太皇太后挑眉。

"回太皇太后，乳娘们来报，四阿哥、八阿哥还有六阿哥一直昏迷不醒，太医院的所有太医，都已经去诊治。"老太监低泣。

"什么？！"佟佳皇贵妃扶着桌沿儿站立不稳。

卫岚音眼里氤氲，八阿哥昨儿还好好的，今日便昏迷不醒？

"摆驾。"太皇太后重语。

众人洗耳恭听，猜测着太皇太后最在意哪位阿哥。太皇太后沉思片刻，取轻避重："摆驾永和宫。"

天寒地冻，金碧琉璃上蒙着一层清霜，卫岚音心系八阿哥，一直低头不语，随着众人，辗转来到冷冷清清的永和宫门前。宫门虚掩，朱柱金瓦，一副颓败之色，里面传出凄惨的哭声，佟佳皇贵妃露出快意，通嫔更是喜上眉梢。太皇太后踏门而入，院内乱作一团。

"娘娘，您要为腹中的皇子着想，不能如此啊，娘娘。"永和宫的掌事宫女宛碧哭喊。衣着单薄的德妃头发凌乱地跪在仪昭淑慎的匾额下，毫无生气。

"太皇太后，救救我家娘娘。"宛碧扑倒在太皇太后面前。

"这成何体统？"太皇太后见德妃身着薄衫，毫无柔淑之气，院落中更是跪落满地的太医。

德妃脸色苍白，宛如寒风中摇摇欲坠的干枯蒲草。

"阿哥们到底如何？"太皇太后凝眉。

"启禀太皇太后，六阿哥与四阿哥、八阿哥一样，皆软无伤，与夜卧梦魇不能复觉者相似，中了炭毒。"林太医背着药箱，显然是从钟粹宫和承乾宫而来。

"什么？"惠妃挑眉，"钟粹宫用的都是上好的红萝炭，如何会中炭毒？"

卫岚音的心揪在嗓子眼，不敢太过焦虑，看到林太医传递来的安慰眼神后，才松了口气。

"冬日屋内烧炭，窗棂密不通风，污浊之气藏于屋内，多会有中炭毒之危，前几日京城城郊一家五口皆在睡梦中死去，仵作便认定是中炭毒而亡啊。"林太医推测着前因后果，"微臣仔细查验过，三位阿哥所住的内殿，皆为三进，通风本便不好，再则三位阿哥年幼身弱，才酿成大祸。"

"扶德妃进去。"太皇太后厉声说道。

"求太皇太后救救六阿哥，他本便活不长，病痛缠身，臣妾愿意折寿来换取六阿哥的阳寿，臣妾愿意用自己的命去换六阿哥的命啊。"德妃发疯地拽着太皇太后的凤袍衣襟儿，不肯离去。

"娘娘要顾及腹中的皇子。"宛碧反复地说。

荣妃擦拭着眼泪："皇上只是惩戒德妹妹禁足，但德妹妹依旧是永和宫的德妃娘娘，依旧是皇上的嫔妃，这屋内怎能这般生冷？冻坏了六阿哥和德妹妹腹中的皇子，谁担当得起？"

"外面天寒地冻，内务府见我家娘娘失了宠，便克扣月例，一冬天下来，半斤红萝炭都没有见到踪影，连黑炭都不能天天供应，我家娘娘怕六阿哥受冻，宁愿自己不用，也省下来给六阿哥用呢。"宛碧哭哭啼啼，"谁知六阿哥竟然……"

卫岚音并未多言，若没有前尘往事，真的能被德妃的母子情深所感动，但她总是隐隐觉得，三位阿哥同时中炭毒，定有蹊跷。

"哟，这是谁，心如此狠毒啊。"温僖贵妃拂过小腹，别有用心地喊，后宫之中最为擅长的便是贼喊捉贼，她好似忘记了自己也曾吩咐过内务府要好生对待永和宫。

"六阿哥可有事？"太皇太后无顾德妃的眼泪，瞄着林太医，关切地问起皇子。

"微臣已经施过针。"林太医缓缓而答。

"四阿哥如何？"佟佳皇贵妃焦虑。

"皇贵妃放心，四阿哥和八阿哥没有六阿哥中毒深，傍晚时分会清醒，只是……"林太医眉峰紧锁。

太皇太后闭上双眸，炭毒凶险无比，疯癫者比比皆是，更有丧命之人，三位阿哥都为聪龄，还未长成，这可如何是好？

卫岚音从小长于严寒之地，深知冬日炭火之凶猛："只是什么？"

"三位阿哥年幼，能不能排净体内的炭毒，微臣还要与太医院的太医们商议，会竭尽所能调理好皇子们的身子。"

"将照看三位阿哥的乳娘和宫人各打二十大板，以惩戒照顾主子不周之罪，如若三位阿哥有恙，赐死陪葬。"太皇太后愤怒，皇上不在宫中，三位阿哥若因此丧命，她如何向皇上交代，如何向列祖列宗交代，皇子的命是大清的根脉。

"传哀家旨意，宫中用炭要多加小心，尤其是阿哥所，如今五位娘娘皆有身孕，贴身侍奉的宫人们要恪尽职守，不能怠慢主子。"太皇太后立着凤威，"如若再有此事发生，送慎刑司查办，严查不贷。"

"奴婢（才）定会牢记。"宫人们跪地而应，胆战心惊，太皇太后一贯宽以待人，从未如此严厉，真是动了大怒。

太皇太后扶起身怀六甲的德妃："永和宫毕竟是六宫之一，皇上既然未轻言废立，你还是宫中的娘娘。扶德妃进去，好生照料。"

"是，臣妾谨遵太皇太后教诲。"众人低声应答。

卫岚音匆匆赶往钟粹宫，八阿哥正在昏迷，她握着八阿哥的小手守了整夜，熬到天明才缓缓离去。

疲惫的她在长春宫用着补气养血的参汤。

"主子，林太医来了。"落霜端着安神的药膳。

曹嬷嬷递过眼色，灵巧的小安子守在门前。

"良贵人，果然不出所料。"林太医从药箱中取出三小截发白的木炭。

卫岚音淡淡地问："都有蹊跷？"

林太医点头："微臣去找过烧炭的老翁，这三截炭都是浸过冷水，又再行风干，烧到内芯儿，会生烟，红萝炭还能好些，黑炭更为伤人，所以六阿哥才中毒最深。"

"一定是储秀宫干的。"落霜笃定。

卫岚音的眼底闪过哀怨："储秀宫和翊坤宫的荣耀已经璀璨无比，她们怎能轻易出手害人，又如此明眼地害人？"

"主子，储秀宫的贵妃娘娘与皇贵妃本便是水火不容，更是看不上咱们长春宫，再加上麝香一事对德妃娘娘怀恨在心，如今她们又怀有皇子，哪里会忌惮小节？"落霜激动而言。

卫岚音摇了摇头："皇上不在宫中，她还没那个胆子。"

"主子，木公公已经派人去查。"曹嬷嬷欣慰地说道。

"也许是她。"卫岚音的眉宇间闪过哀怨。

"此人是良贵人强有力的对手。"林太医会意。

卫岚音浅笑："如今她正处于下风，若不弄出些动静来，如何能保全自己，想必此事也不是她一人所为，必有人帮衬。"

曹嬷嬷惊愕："主子的意思是德妃娘娘？"

岚音微笑："还有永寿宫的荣妃。"

"德妃娘娘装作一副可怜兮兮的样子，竟然利用自己的亲生骨肉？"落霜张大了双眼。

"这才是成大事之人，会撇清自己的嫌疑，即使六阿哥早殇，一命抵二命，她也值了，只是可怜了六阿哥。"卫岚音叹息，那让人心疼的孩子，三岁之龄却不能行走，整日卧床。

"四阿哥也是她所出啊。"落霜喊道。

"四阿哥已经是承乾宫的皇子，只要皇贵妃在一日，便与永和宫无半分瓜葛。"卫岚音想起痘房暗室中的一幕。

"难道德妃娘娘心比天高？"曹嬷嬷轻声。

"咱们要有所防备，德妃势必要自始至终利用六阿哥。"

"主子是如何想到背后之人是德妃娘娘？"落霜实在不解。

"外面天寒地冻，德妃跪落在地，青石上却毫无暖意，分明只是做个样子给众人看的。永和宫内处处败落，更是显然刻意为之，宫女宛碧字字珠玑，却无半分疼惜六阿哥之言，都是如何受委屈之意，荣妃更是锦上添花。"卫岚音微笑，"所有串联一起，定是她所为。"

"真是恶人。"落霜气愤。

"透过话去，让皇贵妃去收拾她。"卫岚音盯着三截泛白的木炭。

"是，主子。"

"良贵人，明年会有秀女入宫，花将军安排了几人，还请良贵人代为照顾。"林太医脱口而出。卫岚音望着窗外的清霜，又是一年选秀，又有一批天真无邪的女子进宫了，她的心中划过伤感，那时皇上还会记得她吗？

"主子，小心些。"落霜叹气，"宫中可不是只有主子一人，还有定贵人。"

"定贵人还真是个可造之才。"卫岚音细细摩挲着喜鹊金簪。

"是呀，多日来，定贵人对主子客套有加，不似敏嫔娘娘那般虚伪，又不似德妃娘娘那般阴险，对皇上总是若即若离。"落霜讲述着多日来对定贵人的看法。

"她在宫外有意中人，本是想放出宫，与其团聚成婚，却没有想到，被纳入后宫，永远不能出宫。"卫岚音凄凉。

"竟有此事？"落霜惊讶。

卫岚音点点头："我见她佩戴的香囊中掉落一干枯的野蒿，她落泪不止，倾情相告。"

"苏麻嬷嬷为何要拆散有情之人？"落霜不解。

"这世间哪有什么真情实意，婚约本是父母之命、媒妁之言，难能由得自己做主。那薄情的男子早已娶妻生子，将昔日的情谊抛诸脑后，定贵人即使出宫，也只能做个偏房。"卫岚音叹息万分，"想是苏麻嬷嬷晓之以理，动之以情，讲通了整件事的来龙去脉，定贵人为了整个家族，便应了下来。定贵人对皇上淡淡的可不行，我还要帮她一把，助她早日生下皇子。"

落霜含笑："花将军已经在安国寺住下，灵牌已经入位，请主子放心，温庄公主和察哈尔王泉下有知，必定欢喜。"

"如今我的能力有限，也只能隐在暗处，来日必当光明正大为之祭拜。"卫岚音望着窗外的繁星。

紫禁城的黎明时分，天还是漆黑一片，躲在厚厚云层下的旭日露出一层光晕，放出光亮，伺机勃发下是死寂的静谧。

永和宫，德妃悠闲地用着滋补的燕窝，屋内的双耳铜盆内烧着温温的红萝炭，翠帷芙蓉帐，暖意无边。

宛碧轻柔地捶打着她的双腿："娘娘今日受苦，奴婢好生心疼。"

德妃凝神："本宫也没有办法，如若不使出苦肉计，腹中皇子恐是早晚会被歹人害死。"

"太皇太后已经警示六宫，娘娘腹中的皇子无人敢害。"宛碧面带得意。

"良贵人，此仇必报。"德妃想到尚衣局念心，心中不平。

"都是良贵人的诡计，咱们何尝害过通嫔娘娘和贵妃娘娘，没想到良贵人竟然也学会了颠倒黑白，如今证据确凿，惠妃娘娘她们哪里会听咱们的解释？"宛碧愤慨，"念心出卖了娘娘，真是死有余辜，依奴婢看，不用厚待念心的家人，让众人看看背叛娘娘的下场，良贵人失魂，真是活该。"

"失魂？本宫看她都是装的，本宫会让她乖乖现出原形。"德妃红艳的手指掐到肉里。

"那岂不是欺君之罪？"宛碧大惊失色。

"背后当然有不可告人的秘密。"德妃猜测。

"皇上看不出吗？"宛碧实在不解。

"被爱恋蒙蔽的人，哪里还会在意真假？"德妃恨恨地说。

"如今皇上对良贵人甚好，便是太皇太后对良贵人也是另眼看待，娘娘要多加防备呀。"宛碧想起木槿玉簪，低垂着头。

"既生瑜、何生亮。"德妃一字一语，"紫禁城中有我没她，有她没我。"同样的出身，同样的受宠，如是没有良贵人的出现，她早已风光万里，何来今日无妄之灾？

"真是可惜，中了炭毒的八阿哥竟然无事？"宛碧痛恨。

"天意啊，六阿哥福气浅，四阿哥和八阿哥倒是福大命大，不得不防。"德妃松懈着眉心。

"福大命大又如何，最好毒坏脑子，成为痴儿。"宛碧献媚，"如若皇贵妃生下皇子，势必会冷落四阿哥，到时候咱们再多加关切，娘娘定会夺回四阿哥。"

"本宫无母族倚仗，如今又失去皇上宠爱，只有腹中的皇子能保住本宫的一世荣华，一宫主位。"德妃看得通彻，"良贵人倚仗的是皇上的宠爱，本宫倒是要看看，新人进宫后，良贵人还能如何嚣张。"

"娘娘，长春宫的定贵人虽然走出佛堂，从未有机会侍寝，同一屋檐下，会不会心存记恨？"宛碧偷笑。

"找个贴己的人，适当地去听听，这女子家，最擅长的便是妒心。"德妃拂过隆起的小腹，脸上的笑容与眼底的不甘，神色分明。

"娘娘，荣妃娘娘送来了新鲜的果子，娘娘可是要尝尝？"宛碧端起黄釉瓷盘，圆润的蜜橘娇滴可人。

德妃轻蔑："她还真殷勤。"

"荣妃娘娘对咱们十足的心意，今日还帮衬着娘娘在太皇太后面前讲话呢，荣妃娘娘在宫中得宠多载，筹谋数年，有过人之处，咱们还是用得上的。"宛碧拨开香甜的蜜橘，"炭毒一事，若不是荣妃娘娘出手相助，哪能如此顺利。还是娘娘棋高一着，搭上了六阿哥。此事，即便是有人彻查，也怀疑不到咱们永和宫头上，让荣妃娘娘替咱们背着。"

德妃轻轻将蜜橘瓣儿放入口中："她既然如此诚心，本宫便不追究前尘往事。"

"娘娘圣明，放眼六宫之中，何人能有娘娘的气度。"宛碧又剥开一蜜橘，"娘娘喜食酸物，定是怀有小阿哥。"

德妃凝眉问道："六阿哥可好？"

"回娘娘，六阿哥还在昏迷，太医们已经用过药。"宛碧痛惜。

"别怪额娘心狠，待六阿哥归天之日，额娘会日夜为之祈求佛祖，愿早日再投胎为人，回到额娘的怀中，让额娘好好疼爱。"六阿哥本就活不长，如今也只能利用他来博得皇上的疼惜。

"六阿哥会明白娘娘的苦心。"

"但愿如此。"德妃盯着烛台上明亮的羊油蜡失神。

"她们以为断了永和宫的月例，便能困死娘娘，真是妄想。"宛碧得意，"娘娘未雨绸缪，永和宫便是封宫十载，咱们也不必怕她们。"

"如若封宫十载，本宫的头发也白了。"德妃不悦，"那还争夺什么？"

"娘娘恕罪，奴婢一时失语。"宛碧掩住红唇。

"罢了，藏了几斤红萝炭，几碗燕窝又如何？"德妃面带怒气，"这灶台日日生烟，却只能偷偷摸摸。"

"宫中有皇贵妃的暗人盯着，委屈了娘娘，奴婢寻个缘由诛之而后快。"宛碧小心翼翼。

"不必了，既然是暗人，多加留意即可，何必庸人自扰，换了对手，咱们还不好捉摸，当务之急，是皇贵妃的肚子。"德妃的眼中闪过狠毒之色。

"娘娘要先动手吗？"宛碧追问。

"皇贵妃的肚子金贵，不是所有人都有那个福分，本宫福薄命浅，好机会还是让给死后余生的良贵人吧。"德妃狂笑不止，寒意逼人。

转眼春暖花开，宫中处处泛着绿意的嫩芽，皇上和太子平安回宫，紫禁城内喜气一片。

"良贵人。"林太医放下肩上的药箱。

卫岚音身着花色宫装，娇媚可人："八阿哥可好？"

"八阿哥已经嘤嘤学语，大阿哥也甚为喜爱。"林太医微笑。

卫岚音难过："如今八阿哥与钟粹宫打成一片，偏偏与我生疏。"

林太医勾唇一笑："血浓于水，八阿哥还小，早晚会与良贵人同心。良贵人可知，天下纷纷传闻，先帝未亡，剃度为僧，修行于五台山，为大清祈福，以偿还入关后八旗铁骑的血腥屠杀。"

卫岚音挑眉，五台山一事并未告知任何人，花将军对睿亲王恨之入骨，如若知晓睿亲王的遗骨藏于五台山，定再次鞭骨焚尸，伤太皇太后的心。

"市井流言从未绝过，只不过借着皇上与太子去五台山祭拜之势，又再行燃起罢了。"卫岚音淡淡回应，"皇上告知我，亲眼见先帝驾崩。"

林太医沉思："话虽如此，不过五台山的确神秘，听闻皇上和太子踏遍了所有的寺院祈福，流言是在一月间风起云涌，有人刻意散布。满蒙入关近四十载，满汉纷争从未杜绝，此次皇上决心要收复台湾，更是使出满汉一家的怀柔手段。此时流言漫天，倒是为朝廷做足面子，真是好计谋。"他不得不承认，皇上是圣主明君，百年大计却是意淫之想，这场骇世的阴谋中，卫岚音知晓的只是冰山一角，他不敢直视卫岚音真诚的双眸。

"最近东西六宫，寂静得很，有孕在身的娘娘可都安稳？"卫岚音径直问道。

"回良贵人，一切都好，只不过……"林太医面带忧色。

"什么？"卫岚音惊讶。

"微臣无意中看到几次，专为皇贵妃诊脉的李太医总是忧心忡忡，像是有心事。"林太医为人细腻。

"竟有此事？"卫岚音眯着双眸。

"微臣曾经为皇贵妃诊过几次脉，皇贵妃初入宫时曾经滑胎，宫寒不稳，极难受孕，佟佳氏在宫外花重金四处求医，才有今日腹中的皇子，得来不易，想必是十分小心谨慎。"林太医蹙眉。

"难道是胎位不稳？"岚音推测。

"保胎最为艰难，即使医术高明，也难留住腹中的胎儿，还要多靠母体养之。"

"皇上为防止外戚专权，绝不可能让皇贵妃诞下皇子。"卫岚音想起落霜曾经受皇上重托害得孝昭仁皇后接连滑胎，虎毒不食子，皇上为了江山社稷痛下杀手，真是可怕、可畏。今日皇贵妃难道是同出一辙？

林太医温润聪慧，深知其中奥秘："皇上是孤家寡人，一孤一寡，足以讲明一切。"

"皇贵妃心气儿最高，佟佳氏满门亲贵，历朝历代都难以接受皇子出生。"卫岚音温婉回应，"我要离之远远的，不去触那个霉头。"

"对了，木炭之事，没有动静吗？"她追问。

林太医回应："虽然有太皇太后的警示，但皇贵妃依然震慑众人，永和宫谁也进不去，皇贵妃以六阿哥体弱多病，恐染德妃娘娘污秽，已经抱到阿哥所养育。六阿哥深受炭毒，不似四阿哥和八阿哥那般身强体健，虽保住一命，却已经形同痴儿，极为可怜。心狠的德妃娘娘如今都是自身难保，无人顾及可怜皇子。后宫嫔妃之争，多涉及到皇子，六阿哥真是无辜，亲生额娘尚且对之如此，更何况他人？如若这般，倒不如托生到寻常百姓之家，布衣喝粥，倒也轻松自在。"

"成大事者，哪一个不是双手染血，后宫最容不得好心。"卫岚音望着满脸茫然的林太医，艰难地吐出。

"你也会吗？"林太医深情地问道。

"为了百年大计，为了给额娘报仇，我……"卫岚音的眼中一片浑浊。

林太医低垂着微翘的浓睫，多年前海边拾贝的身影渐渐模糊，只留下一方红墙内孤寂凄美的金簪。

"你会一直陪在我和八阿哥身边吗？"卫岚音问。

林太医迎着痛楚的心："上穷碧落，海角天涯，此生相伴。"

卫岚音破涕为笑，一生得一知己足矣。

"六阿哥还有多少日子？"卫岚音心酸。

"最多一载。"林太医轻柔地应道，"六阿哥平日傻笑不已，食卧在床，宫人们见永和宫失宠，对六阿哥照顾不周，天越来越热，恐生褥疮。"

"年前探望六阿哥时，六阿哥虽然卧床，但在宫人的搀扶下能行走，更是知礼仪耐聪慧，清秀灵动，怎么就变得如此了？"卫岚音惊讶。

"炭毒伤脑，四阿哥和八阿哥无事，已经是万幸，六阿哥身子羸弱，落下了病根儿。"林太医叹息，论起心狠，德妃娘娘自然是首位。

"伤人终伤己，没想到德妃此计如此狠毒，是想破釜沉舟吗？"卫岚音凝神又摇头，"看来她势必会将六阿哥利用到底。"

"良贵人避之。"林太医无奈，道亦道，哪能随心而欲？

"不能就这般算了，皇贵妃既然无心顾及，那我便要出手。"卫岚音微笑。

"听闻褥疮极为难愈，染之水者，必定患之，三阿哥也在阿哥所居住，如若染之，荣妃又该如何与德妃同心？"卫岚音挑眉。

"三阿哥已经是荣妃娘娘的全部念想，若这般，两人必定反目。"林太医答道，"褥疮之毒尚浅可愈。"

"紫禁城不是仇敌便是姐妹，哪里有隔夜恨。"荣妃盛宠多年，势力仍在，皇上极为念旧情，永寿宫是百年之虫，死而不僵。

"良贵人，储秀宫和翊坤宫今日平静，并无大碍。"林太医转而讲道。

"天下间最聪明之人便是郭络罗家的格格，但愿八阿哥日后也能受益匪浅。"卫岚音望着窗外朱红墙根儿下的绿苔，语重心长地讲道。

"主子，主子。"落霜端着药膳而入，"主子，四阿哥和八阿哥在御花园玩闹，八阿哥不小心撞了皇贵妃的肚子，皇贵妃出红，稳婆都在承乾宫候着呢。皇上惩戒四阿哥和八阿哥奉先殿思过，惠妃娘娘接连求情，被皇上痛斥，还险些连累了大阿哥。"

卫岚音焦急站立，她千算万算独独漏掉八阿哥，八阿哥年幼，不足三岁，即使撞到皇贵妃的小腹，又能有多大的气力，想来皇贵妃实在是等不及，才想出如此拙劣的法子："去承乾宫。"

"主子，不可呀，主子去承乾宫探望，如若皇贵妃和腹中皇子微恙，主子岂不是代子受过？"落霜劝慰，"依奴婢看，还是静等。"

"都什么人在承乾宫？"卫岚音追问。

"皇上和太皇太后都到了，治理后宫的惠妃娘娘、荣妃娘娘和僖嫔娘娘皆在。"落霜细细禀告。

林太医淡淡微笑："皇上不会降罪良贵人，良贵人如若不去，反而落人口实。"

"着曹嬷嬷去奉先殿守着八阿哥。"卫岚音细心吩咐。

"是，主子。"落霜麻利回应。

"皇贵妃生子是宫中的大事，我自然要去探望。"卫岚音昂首，如若皇贵妃一举生下小阿哥，后宫又要大变。

第十九章

同是天涯沦落人

承乾宫忙碌不堪，卫岚音乖巧地坐在一旁，钦天监的官员们已经在屋内选好吉地，老嬷嬷将长长的竹筷立在喜坑上，念念有词。

"良贵人来得真是时候呀。"荣妃挑眉应道，"良贵人一到，皇子的胎衣便下了，应该请良贵人早些到，也让皇贵妃少受些苦。"

卫岚音淡淡微笑："臣妾哪敢在宫中独坐，八阿哥闯下如此大祸，臣妾自当前来请罪。"

僖嫔不屑地扫过她，满是讥讽："八阿哥从小便毛毛躁躁，长大后还得了？真是什么人养什么孩子。"

惠妃不甘示弱："元旦节时，皇太后还夸奖八阿哥与皇上性情相像，今日僖妹妹又如此讲，岂不有辱圣恩？"

"臣妾不是那个意思，臣妾……"僖嫔反驳。她恢复嫔位不久，怎能再次失去。

"那僖姐姐是哪个意思呀？"卫岚音追问。僖嫔懊恼不已。

太皇太后与玄烨却是谈笑风生："皇贵妃差几日生子，也是足月的，不会有什么大碍，还是让两位皇子回来，四阿哥是皇贵妃的心头肉，这子不教父之过，皇上也难辞其咎。"

玄烨凝眉微笑："一切听从皇祖母的教诲。"

"臣妾有一语，不知……"卫岚音瞄向玄烨。

"良贵人但说无妨。"玄烨爱惜地望向她，曾几何时，岚儿已经融入他的骨髓，我中有你，你中有我。

"皇上离宫去五台山礼佛时，六阿哥、四阿哥、八阿哥都中了炭毒，六阿哥最重，如今已经形同痴儿，四阿哥和八阿哥微轻，但臣妾想，毕竟年幼，炭毒为虎狼之药，怎能没有一丝影响。这次四阿哥和八阿哥玩闹，八阿哥失手将皇贵妃推倒在地，想必是炭毒没有彻底清除、心神模糊所致，臣妾为八阿哥的额娘，恐有偏袒的嫌疑，但此事后宫之中人尽皆知，还请皇上和太皇太后明察。"卫岚音早已想好措词，句句在理。

"良贵人所言极是，哀家看此事必有蹊跷。"太皇太后连声点头。

玄烨勃然大怒："朕刚回宫，还没来得及处理此事，宫人们如此糊涂，竟然对皇子照顾如此不周？"

"皇上息怒，太皇太后已经严惩宫人。"卫岚音柔声回应，"只是可怜了六阿哥。"

"红萝炭极为耐烧，如何能熄灭生烟，着人好生查查，到底是恶人刻意为之，还真是天灾？"玄烨攥紧双拳。荣妃晃过一丝不安，紧抿双唇。

卫岚音浅笑："内务府已经查过，并无异常，皇上多心。"

玄烨沉思片刻："既然如此便罢了，今年的冬日，不可再发生此事，否则，朕将木炭司的宫人斩首示众。"

"今儿皇贵妃生子，别动不动提及杀气。"太皇太后阻拦。

"皇祖母教训得是。"玄烨回礼。

内室中传来佟佳皇贵妃微弱的喊声，卫岚音倒是钦佩，处处咬尖儿的皇贵妃的确有过人之处。她偷瞄着脸色暗淡的玄烨，十月怀胎何其辛苦，帝王难道没有一丝怜悯之心？

忽而听到一声清脆的婴孩儿哭声，吸引所有人的目光。稳婆满手是血，跪地禀告："恭喜皇上，恭喜太皇太后，皇贵妃生下了一位小公主。"

卫岚音的心头松了口气，小公主来得果然及时，缓和了各方的目光，均衡着各方的势力。

"恭喜皇上，恭喜太皇太后，恭喜皇贵妃。"卫岚音与其他三位嫔妃柔声恭贺，天下人都知，历朝历代，公主与阿哥的地位天壤之别。

"好。着朕旨意，承乾宫上下宫人侍奉皇贵妃有功，特赏赐双份月银。"玄烨微微颤抖，若这一胎是位皇子，佟佳氏满门的权贵该如何欢舞雀跃？如今赫舍里氏和纳兰一族已经冰火不容，难道还要挤出来个佟佳氏争夺储君之位，形成三足鼎立吗？小公主将一切问题迎刃而解。

"皇上万岁、万岁、万万岁。"宫人们喜悦地叩拜。

"扶着哀家去看看皇贵妃。"太皇太后喜上眉梢，双眉舒展。

卫岚音扶着她来到内室，佟佳月儿和玉镯双眼红肿地立在床前。

佟佳皇贵妃脸色苍白，刚出生的小公主口含福寿丹，寓意一生福寿双全。

"怎么会这样？"太皇太后痛斥。

稳婆急忙跪地："启禀太皇太后，皇贵妃身弱，生下小公主，精血不足，有，有宫裂的危险。"

玄烨在外室听得真切，不知不觉踏进产房。

"皇上不可。"钦天监的官员跪地阻拦，"皇上对皇贵妃之心，天地可鉴，产房污秽，恐是污浊了皇上的龙威。"

"躲开。"玄烨不顾官员的劝慰，带着深深的歉意来到床榻前。

宫女玉镯终于隐忍不住，放声痛哭："娘娘，皇上来看望娘娘，娘娘睁开眼睛看看皇上和小公主吧。"

佟佳皇贵妃干涸的唇瓣儿，裂出血水："皇上。"

"皇贵妃辛苦。"玄烨安慰。

佟佳皇贵妃流下滴滴清泪，她只怪自己不争气的肚子，此生无子。

"皇贵妃好生安歇，养好身子，朕让四阿哥回来陪你。"玄烨望着这位与他有血亲的女子，为何非要痴迷不悔？她多年前滑胎，此生再难有孕，她却四处求医，意外有喜。他也只能痛下狠心，除之后快。她为何不能守着规矩在宫中安稳一生？他可以许她荣耀，后宫无人能及。

"皇上。"佟佳皇贵妃艰难地抬起指尖儿，触动着龙袍的海水江崖，世间千般色，唯有这一抹明黄最动人心弦。

"启禀皇上、启禀太皇太后，微臣与稳婆商议过，皇贵妃虽宫裂，但并不致命，只要渐渐止住血脉，调理身子，可保性命。"李太医意味深长地看着皇上，圣命不可违，他只能轻轻抬手，才有今日的一线生机。

"尽心尽力。"玄烨一字一句。

"微臣遵旨，只是皇贵妃逃过此劫，今后再难侍寝。"李太医不得不讲出残酷之语。

"皇贵妃为六宫之首，在朕心中的位置，无人撼动。"玄烨重声而语。

太皇太后叹息摇头，当年端敬皇后便是在这张床上离开人世。一瞬间，她仿佛又回到了那个凄凉无限的夜晚。

卫岚音望着床上的佟佳皇贵妃，内心震撼，世间便是这般公平，怀孕生子对寻常山野农妇为小事，对娇贵的嫔妃格格却是要命之事，孰轻孰重，谁又能道清？这位高傲坚强的女子，处处守护着自己的尊严，表面风光无限，实则内心凄苦。同为女子，同为额娘，抛去所有的阴谋诡计，她不能不承认，中秋宫宴上处心积虑的刻意陷害，的确是天衣无缝，思虑缜密。飞鸟尽、良弓藏，后宫的争斗还未结束，怎能失去最好的对手？惺惺相惜的眼泪，窝在她的眼眶，隐忍不发。

长春宫染着悲伤，定贵人望着窗外高大的苹果树，淡淡地说："人算不如天算，皇贵妃算计半生，承乾宫的小公主只活了一月便早殇，真是可惜。"

卫岚音放下手中的茶盏："这便是命。"这些年，死在佟佳皇贵妃手中的皇子还少吗？受过其迫害的嫔妃还少吗？

定贵人低垂着头，有因有果，今日的恶果，是前日的恶因所致。

"自作孽，不可活。"卫岚音摇着头，"你我人言甚微，根本不足畏惧，只能守住皇上的宠爱。"

"皇贵妃荣耀无边，受不了打击，身子骨儿也一落千丈，已经主动交出治理六宫之权，要在承乾宫中抄写佛经为小公主超度。"定贵人想起宫中纷飞的流言。

"太皇太后疼惜皇贵妃，特许月儿格格在承乾宫相伴，看来皇贵妃要大力扶植月格格，重用敏嫔。"卫岚音瞄向定贵人。

定贵人依旧一副事不关己高高挂起的姿态，低垂着浓密的睫毛，紧抿着娇人欲滴的双唇。

"你模样比敏嫔出众，性情安稳，皇上会喜爱，为何不……"卫岚音试探。

"皇上对我若即若离，在皇上眼中，我是良姐姐的影子，何来喜爱？"定贵人苦涩，皇上屈指可数的几次临幸，皆唤岚儿，岚儿不正是良贵人的闺名？

卫岚音劝慰："定妹妹要为自己筹划，后宫若无皇子倚仗，必定凄苦，为何不如敏嫔那般求得盛宠，我定会助妹妹一臂之力。"

定贵人摇头："我总是不能真正放下，不愿曲意承欢。"

"随你吧，总有一日，会看穿的。"卫岚音淡淡回应，情殇难愈，却如飞蛾扑火，爱情宛如诱惑的蛊毒，只苦了女子。

"主子，永和宫的德妃娘娘生下小公主。"落霜进屋禀告，"连皇上都去探望了。"

"意料之中。"宫中刚走了一位小公主，相隔几月又来了一位小公主，这也是德妃算计之中的事情。

"讲来也怪。"落霜禀告，"小公主的眉眼与逝去的七公主甚为相似，宫人们都说是七公主转世呢。"

"皇上曾在乾清宫当众许诺，再给德妃一位皇子，没想到梦想成真。"定贵人玩味。

"这一胎若是位阿哥，德妃便不会翻身，阴差阳错是位公主，连老天都如此帮她。"卫岚音颔首。

紫禁城时时刻刻都风起云涌，唯一不变的只有朱红琉璃顶，最不可信的便是情谊。永和宫因小公主的降生恢复了昔日的荣耀，趋炎附势的宫人们又开始献媚奉承。永寿宫的荣妃却因三阿哥与德妃反目，林太医力挽狂澜，救治三阿哥褥疮有功，皇上赏赐黄马褂一件，成为宫中的美谈。

六阿哥也因此得到救治，侍奉的宫人在慎刑司受罚而亡，德妃的心狠手辣在宫中暗自流传。荣妃时常来长春宫坐坐，转变了对卫岚音的态度。

转眼立秋，风向也随之转凉。皇上异常忙碌，卫岚音也很少见到，南方战事正紧，在传来大捷喜讯时，正是翊坤宫的宜妃分娩之日。皇上在乾清宫得知宜妃生下俊俏的九阿哥，特准加开恩科，天下寒子颂扬其功德。

康熙二十二年注定是大喜之年，年底之日郑氏子孙郑克塽归顺大清，北上京城面圣。玄烨宽大为怀，不计前仇，原郑氏君臣一律量才录用，封官加爵，开始对台湾进行管辖。

紫禁城喜气洋洋，玄烨在位二十载又二，平定四海，丰功伟绩难以言表。

卫岚音望着入冬后的第一场大雪，眼前一片氤氲。后宫的日子越发寂寥，皇上来长春宫的次数越来越少，两人之间的话语也少得可怜。有时竟到了无话可谈的地步，一个少字足以证明流逝的情分。唯一安慰的是八阿哥，没有往日的生疏，皇上也答应她，年后将八阿哥送回长春宫抚养。

"主子，回去吧。"落霜劝慰。

纷纷扬扬的雪花洒在卫岚音柔软的狐裘上，落霜轻轻拍打："主子，勿要忧虑，皇上极为看重主子，白狐裘是皇上特意着尚衣局为主子做的。"

"不是一同做了两件吗？"卫岚音苦笑，心中的独一无二已经不复存在。

"皇贵妃宫裂无孕，小公主早殇，皇贵妃的身子极弱，心情低落，整日困步在承乾宫。皇上特意赏赐狐裘，是希望皇贵妃能出来走走，透透气。"落霜执着，"皇上对皇贵妃只是疼惜之情，对主子却是爱恋之心，哪能混为一谈？"

"比得过比不过的，都应了那句古语，红颜未老恩先断，再美的情分在重重阴谋下哪能长久？见不得光的爱恋最终只能走向衰亡。"卫岚音的指尖儿触着冰凉的雪花，一个个规整的雪花瓣儿看似相同，却各自不同，最终都融化成一摊浊水。美艳的背后都是肮脏无比吗……

"储秀宫的贵妃娘娘生了吗？"卫岚音低沉地问道。

"回主子，贵妃娘娘生下十阿哥，翊坤宫的郭贵人后脚儿生了小阿哥，小阿哥身子羸弱，恐是不好，太医们束手无策，林太医也被召去医治小阿哥。"落霜回应。

"好啊，钮祜禄家的格格终于如愿以偿，看来皇贵妃又会大病一场。"卫岚音知道，紫禁城永远逃不开争斗，没有绝对的胜者，大智若愚才是长久之策。

"如今储秀宫和翊坤宫的宫人们都要上了天，御膳房的一切都要以这两宫为重，承乾宫和毓庆宫都望尘莫及。"

"她们手中有四位阿哥，一位公主，承乾宫空空无出，元旦节皇上必定嘉奖，皇贵妃会告病不出。"卫岚音脸上挂着闲愁，"今后长春宫要万分小心，不能中奸人的阴谋诡计，尤其是你。"

"主子放心，奴婢会谨小慎微。"落霜心知肚明，当日确实是她害了孝昭仁皇后，她宁愿受罚。

"遥知不是雪，为有暗香来。"玄烨望着纷飞的雪花间，卫岚音融入皑皑白雪，映着远处的金煌，一副绝美的雪中赏梅图进入眼帘，他感慨而出。

"皇上吉祥。"卫岚音屈身行礼。

"岚儿有心事，手都冰了。"玄烨拉起她冰冷的双手，握在手心。

卫岚音红着双颊："皇上怎么在这里？"

"那朕应该去哪里？"玄烨玩味地反问。

"贵妃娘娘刚生下阿哥，皇上怎么没去探望？"卫岚音失落，这样的喜事，永远不会再出现在她身上。

玄烨轻轻将她揽在怀里："朕知道岚儿心中不快，都怪朕，是朕没有护好岚儿。"

卫岚音被他的深情打动，宫中接连不断的喜事，燃起了她的伤心和炉火。她放下所有的防备，委屈得放声大哭。

玄烨的心被深深地刺痛："到底是朕的错，朕给不了岚儿独宠。"

岚音更加伤感，雪粒吹打着她的脸颊微微疼痛，眼泪如漫天纷飞的雪片肆意流下，哭碎了玄烨的心。

玄烨擦拭着她的泪痕："在朕心中，永远有岚儿的位置。"

"皇上万福金安，良贵人吉祥。"苏麻嬷嬷的声音响起，"太皇太后着良贵人去慈宁宫一聚。"

"朕今日无事，正好要去慈宁宫给皇祖母请安，一同前往吧。"玄烨疼惜地望着卫岚音。

"嗯。"卫岚音拂去他肩膀沙沙的雪粒。

"莫要再哭鼻子，天寒地冻的，眼泪多会将眼睛冻僵。"玄烨刮着卫岚音的鼻尖儿。

岚音破涕为笑："皇上戏弄臣妾。"

两人一唱一和，并肩同行，驱散着冬日的寒冷，雪地上留下一串串相互依偎的脚印。

慈宁宫内温暖如春，发自心底的亲情令卫岚音暖意无边，欠身请安后，她不禁怔住。

林太医正在为太皇太后诊脉。

"皇上和良贵人快过来坐。"太皇太后招呼。

玄烨放缓步子，随意地坐在她的身边。

"是。"卫岚音褪下狐裘，端起备好的铜手炉。

"良贵人哭了？"太皇太后关切地问道。

"回太皇太后，元旦将至，臣妾一时想念亲人，却记不起额娘的样貌，觉得自己不孝，才不禁落泪。"卫岚音忐忑地扫过玄烨，玄烨勾唇微笑，眼神迷离。

"良贵人的品行样貌在紫禁城是出挑儿的，女儿家与额娘都极像，想必良贵人的额娘也是温婉可人。"太皇太后恍惚，温庄公主为清朝第一美人的称呼不是空来之风，当年她的哥哥也动了心思，只可惜没有如愿。当年若是她再坚持些，或许又是另一番情景。

"臣妾谢太皇太后劝解。"卫岚音行礼拜谢。

"今日哀家请良贵人来，有一桩美事。"太皇太后盯着儒雅清华的林太医。

"美事？"卫岚音不解。

太皇太后拄着沉香龙杖，凤眸如墨："太医的差事是世间最难办的差事，只是六七品的小官，俸禄低廉，远不及宫外高门药堂的坐诊大夫风光。给世上最尊贵之人看病，越是接近权贵，越是凶险。"太皇太后点到为止，自古太医为皇宫近臣，对皇宫隐秘事知晓甚多。

"林太医年纪虽轻，却鞠躬尽瘁，照料皇子兢兢业业，多次搭救良贵人和八阿哥更是功德一件，这等难得的人才，皇上单单赏赐一件黄马褂未免太轻了吧？"

玄烨恍然大悟："一切凭皇祖母做主。"

林太医睿智内敛："食君俸禄，忠君之事，一切都是微臣分内的事情，微臣哪里敢邀功。"

太皇太后继续讲道："上次君臣同宴，哀家看翰林院学士张大人家的千金，甚为懂事，与林太医年龄相当，郎才女貌，良贵人何不成人之美，成全一段良缘？"

卫岚音回忆着翰林院学士张大人千金的身影。

林太医跪地不起："微臣早已有婚约在身，虽然失散多年，至今未与之团聚，但微臣立下重誓，此生只娶她一人。"

太皇太后慢条斯理地说："张大人家的千金，自幼身子骨儿弱，她饱读医书，琴棋书画样样精通，虽然年龄有些大了，但医术却是大成，非是一般大夫所能及，身子也比往年好，如若与林太医结为秦晋之好，婚后定会与林太医举案齐眉，夫唱妇随。张大人书香门第，只有一女，疼爱有加，视为掌上明珠，其子更是凭借一己之力，高中进士，张家满门权贵，如此好的姻缘，难道林太医要放弃吗？"

林太医执着地跪地不起："请太皇太后成全微臣的一片苦心。"

卫岚音挑起柳叶弯眉，张大人是礼部尚书，入职南书房，更为难得的是张小姐饱读医书，会与林太医夫妻恩爱有加，只是林太医……

她的心掀起波澜，她的一生早已交给紫禁城，永远不会与他再有任何交集，国仇家恨已经拖累他如履薄冰，怎能再害他孤苦伶仃，独自孤苦一生？

太皇太后见林太医连声推托，面带不悦："哀家知晓林太医重情重义，信守承诺，此心天地可表，既然寻找多年未果，那便是无缘无分，又何必痴迷于此，拒绝朝中一品大员家的千金，岂不愚昧？良贵人，林太医与你交情匪浅，还是由你劝劝吧。"

交情匪浅几个字重敲卫岚音的心，她沉思片刻："臣妾承蒙皇上圣恩，受皇上盛宠。前几日才得知，原来自从梵华佛堂走火，皇上便责令林太医照料臣妾，林太医的家事，臣妾也略有耳闻。太皇太后如此上心，臣妾真为林太医高兴，林太医性情不卑不亢，还请太皇太后不要怪罪。此事不妨这样，臣妾也觉得，张大人家的千金的确是林太医的金玉良缘，还是成婚为好。若苍天注定，林太医找寻到当年婚约之人，娶回平妻即可，只是不知张大人是否同意，怕委屈了张大人家的千金。"

林太医微微颤动，卫岚音的字字真情，他怎能不懂？当年错手放弃，今日连坚守的机会都要失去吗？他的眼底透过淡淡的悲伤。

太皇太后舒展着深深的皱纹："张大人会同意，女大不中留，留在家中夜夜愁。张大人家的千金年近桃李年华，错过豆蔻之龄，张大人又如何舍得让宠爱的千金去给他人家做偏房？一般的市井人家，张大人不会同意，林太医一表人才，温润君子，又医术了得，注定是张大人的乘龙快婿。"

上天注定，林太医心中默念，难道真的是上天注定吗？每日对着可望而不可即的心爱女子，看着她在风雨中飘摇，在刀刃儿上舔血，只有遥望和悔恨，却无能为力。

卫岚音微笑凝神："太皇太后真是仁爱之心，臣妾感动至极。皇上，林太医入职多年，如今只是御医，平日里林太医不求名利之心，世人皆知，林太医当年虽然奉皇上之命，与长春宫走得近些，但后宫的嫔妃和皇子哪个不曾受其益处？臣妾便为林太医求个恩典，求皇上擢升林太医为院判，以示褒奖。"

玄烨大悦："岚儿真是糊涂了，院判多为汉人担任此差，这样吧，林太医年少有为，才华横溢，是大清的可造之才，朕便擢升林太医为太医院院史。"

"臣妾谢皇上恩典。"

林太医毕恭毕敬地叩拜："微臣谢皇上隆恩，吾皇万岁、万岁、万万岁。"

卫岚音静谧地看着玄烨，她怎能不知院判应为汉人这不成文的规矩？太医院的太医与紫禁城有千丝万缕的关联，他也曾经多次提及要重整太医院，如今天下大定，后宫喜事不断，新秀女即将入宫，所有的时机都已经具备，只欠东风，没想到东风竟然会是林太医的婚事。

紫禁城内清新一片，四处是洁净的红墙琉璃，傲立百载的神兽历经风雨，彰显皇家的天威。

慈宁宫，炭火暖融。

"格格，林太医的婚事已经定下，入了春便操办，张大人谢恩的折子上了一道又一道，看来对乘龙快婿甚为满意。"苏麻嬷嬷修剪着百合花蕊。

"不是乱点鸳鸯谱便好，张家的女子，年纪大了，不好嫁人，林太医官职偏低，确实是一表人才，家中世代行医，与书香世家的张家也算门当户对。"太皇太后忧心忡忡。

"最重要的是，断了林太医的心思。"

"但愿如此吧，她与皇上之间相隔太多情仇爱恨，保不齐哪日便做了出格的事情，还是断绝后患。"太皇太后语重心长地说。

"真是孽缘啊。"苏麻嬷嬷干枯的手心满是金色的花粉。

"裕亲王还未回吗？"太皇太后缓缓问道。

"如今台湾已定，皇上又瞄向了西边，裕亲王一时半会儿还回不了宫。"苏麻嬷嬷回应。

"拖一日是一日吧。"太皇太后闭上浑浊的双眸，庆幸的是皇考宁悫太妃还是知道轻重的。

"格格，惠妃娘娘为大阿哥挑选了几位通房婢女，是不是？"苏麻嬷嬷试探地问。

"皇上怎么说？"太皇太后睁开双眸。

"皇上只是点头默认。"

"皇上的意思便是哀家的意思。"太皇太后郑重地说。

"是，奴婢这便去告知惠妃娘娘。"苏麻嬷嬷面色深重。

"福临在五台山的流言是良贵人的主意？"太皇太后猛然问。

"回格格，梁公公是这般讲的。"苏麻嬷嬷停顿了一下。

"好啊，不枉费哀家的一片苦心。"太皇太后紧盯着怒发的百合花。

"闲暇时以哀家的名义多去承乾宫走走，可怜了那孩子，皇上能如此做，哀家闭眼也心安了。"太皇太后嘱托。

"是，格格。"苏麻嬷嬷转身而去。

承乾宫失去往日的高傲，宫门紧闭，佟佳皇贵妃倚在彩绣金丝福寿的长枕上，宫女玉镯端着补汤。

佟佳皇贵妃突兀着双眼："外面的雪停了吗？"

"娘娘，雪早停了，四阿哥在院子里与宫人们玩呢。"玉镯应道。

"天寒地冻，别冻坏了四阿哥的身子，还是早回吧。"佟佳皇贵妃面带不悦，如今唯一的寄托只有四阿哥。

"是，娘娘。"玉镯心疼地回答。自从小公主早殇，娘娘的身子愈加不好，对四阿哥愈发上心。

"娘娘，听御膳房的人讲，良贵人为林太医赐婚，是太皇太后从中做媒。"玉镯恨恨地说。

"嬷嬷已经告知本宫了，真是便宜了贱人。"佟佳皇贵妃的眼中透过阴险。

"张大人也喜爱这位乘龙快婿。"玉镯轻轻吹着碗中的热汤。

"贱人竟然也谋划起权术来，先是八阿哥的婚事，又是林太医婚事，旁人不知，本宫却看得透彻，早晚有一日，本宫会将她碎尸万段。"

"难不成良贵人有何过人之处？皇上宠爱良贵人也许是情有可原，太皇太后为何处处袒护她，奴婢真是弩钝，难道她设下了血蛊，迷惑后宫？"玉镯咬牙切齿。

"本宫总觉得事有蹊跷，对了，林太医的意中人找寻如何？"佟佳皇贵妃挑眉。

"回娘娘，国舅爷派人巡查，发觉林太医身份有疑，他是被人收养，并非林家亲子。"玉镯停顿了一下。

佟佳皇贵妃疑惑，养子？

"怪就怪在林家是在林太医开蒙后才收养，世间的养子过继不都是在襁褓？开蒙收养前所未闻。"

"还真有些意思。"佟佳皇贵妃轻柔地接过汤碗，"继续查下去，是狐狸终究会露出尾巴，到时候再告知张大人，看看他何去何从。"

"娘娘英明。"玉镯弯腰而行。

"还有，良贵人母族一夜毙命，至今无果，只剿灭了几个不知名的小喽啰，此事也另有隐情，让国舅爷细细查。"佟佳皇贵妃已经接近狂妄，不放过任何报复的机会。

"娘娘放心，奴婢会一字不漏地转告国舅爷。"玉镯瞄着她苍白消瘦的面容，"今年的选秀，不知月儿格格……"

"本宫去趟慈宁宫探探皇祖母的口气，如今四角妃位已满，如若进宫为嫔，再等三载也不迟。"佟佳皇贵妃眼角上扬，三载时间足以为妹妹扫清障碍，佟佳氏家的格格绝对不能败给别人。

"月儿格格论出身、才情、样貌都是极好，封为贵妃，也是当得的。"玉镯奉承逢迎，"储秀宫算什么？"

"如今她们正得圣宠，自然得意。"佟佳皇贵妃的话中带着悲伤，"老天何等不公，人算不如天算。本宫最后还是输得一败涂地，幸好还有月儿，本宫会扶植月儿，傲立六宫。"

"娘娘，她们只不过是运气好，都是些奶娃子，不知能不能成气候，哪里及咱们的四阿哥。"玉镯洋洋自得。

"本宫不甘心啊。"佟佳皇贵妃眼中冒着怒火，"本宫自幼便得额娘真传，又是府中的嫡亲长女，处处风光无限，入宫后却饱受其辱。在这子嗣上更是将本宫击倒，那贱人却凭借皇上的怜惜重获宠爱，本宫不甘心，不甘心，凭什么本宫无子。"她恼火地将汤碗重摔在地。

"娘娘息怒啊。"玉镯跪倒在地,这种情形几乎每天都在重复,主子已经接近崩溃的边缘,身子一日不如一日。

承乾宫内静寂无声,镂空银香炉内散发着浓郁的熏香,令贪婪之人愈加清醒,激发着颓废之人无穷的斗志。

"起来吧。"佟佳皇贵妃吐出胸中的浊气,"让嬷嬷再做一碗补汤来,本宫近来迷了心智,苦了你们。"

"娘娘。"玉镯低泣。

"本宫要好好筹划,即使没有亲子,也要完成心愿。"佟佳皇贵妃坚定而语。

"奴婢会追随娘娘身边,肝胆涂地,生死相随。"玉镯表着心意。

"钟粹宫和毓庆宫行事都谨小慎微,本宫却偏要大张旗鼓,为四阿哥寻一桩好亲事。"佟佳皇贵妃思绪敏捷,此时她刚好借助皇上的怜惜,促成四阿哥的好事。

"四阿哥的婚事?"玉镯迟疑,"大阿哥过了年已经成人,虽然亲事未定,但惠妃娘娘为其选好了通房婢女,皇上也默许了。"

"惠妃聪明一世,糊涂一时,妄想大阿哥为皇上诞下皇长孙,永保钟粹宫的荣耀。"佟佳皇贵妃冷笑。

"咱们满人喜早婚立子,当年皇上大婚便极早,太皇太后更是在皇上聪灵时选了荣妃娘娘为之通房。惠妃娘娘为大阿哥的谋划也是情理之中,娘娘怎么不着急呢?"玉镯不解。

"此一时彼一时,如今不是当年的情形,皇上正值盛年,未到而立之时便有千古一帝的丰功伟绩,既然皇上默许大阿哥年仅十二岁便有通房婢女,只能证明,皇上永远不会立大阿哥为东宫储君。"佟佳皇贵妃一语道破。

玉镯捂住红唇,稳定着心神:"娘娘英明,皇上看出纳兰一族的狼子野心,只是他们看不透,心存妄图,大清第一才子——纳兰侍卫重病在床,是老天示警。"

"天下太平,江山社稷重在守成,皇上迟迟没有为太子定太子妃,便是要太子多学、多磨,方成大器。"佟佳皇贵妃冰雪聪明,"既然如此,本宫便安心地为四阿哥寻门好亲事。"

　　"娘娘可有人选？"玉镯试探。

　　"必须是世代握有军权的八旗显贵。"佟佳皇贵妃笑意盈盈，"去将所有的名册找来，本宫要一个一个地筛选。"

　　"是，娘娘。"玉镯破涕为笑，充满斗志的主子又回来了。

第二十章

凤凰于飞栖珠宫

　　元旦节，玄烨在社稷坛祭天地时宣告天下，纂修《大清会典》，为后世传为美谈，更是特允佟佳皇贵妃以皇后之名，在坤宁宫内祭神烧肉，此举引来温僖贵妃和太子对佟佳皇贵妃的仇恨。卫岚音在长春宫为林太医准备迎亲之礼，极少出门。

　　今年的紫禁城因三位阿哥的出生张灯结彩，玄烨更是大摆筵席，共庆元宵。

　　不久后的元宵节是在畅春园过的，卫岚音看着蜿蜒飞舞的火龙、精致别雅的花灯，久久不能平静。

　　"主子。"落霜轻唤。

　　卫岚音回神，前日花将军托人带过话儿来，要她务必想方设法害死刚刚出生的三位阿哥，为八阿哥扫清障碍，并透出话语，希望今后宫中如若有皇子出生要多加留意，绝对不能心慈手软。

　　"主子，今年的火龙又大又长，与往年极为不同，主子莫想那些烦忧之事。"落霜知晓她的心思。

卫岚音将杯中的佳酿一饮而尽，林太医已经半月未见。她想起那日离开慈宁宫与他推心置腹的交谈。

"良贵人一再坚持，微臣便遂了良贵人的心意。"林太医的眼底满是哀色，"微臣不能再遵守当日承诺，待百年大计成时，带良贵人远走高飞，远离权势红尘。这样也好，张府满门翰林，会帮衬到八阿哥和良贵人。"他的脸上尽是痛苦悲伤。

卫岚音泪眼婆娑，她从未想过要利用林太医的幸福去成就大业。她又举起酒杯，林太医有了妻儿的牵绊，品味到人伦之乐，总好过守着一个关在红墙中的人。

"良贵人不要贪杯。"玄烨带着一众嫔妃走来。

卫岚音急忙擦了眼泪："臣妾谢皇上关心，臣妾还是第一次见着飞舞火龙，一时兴起，才多饮几杯。"

"以后有良妹妹看的。"佟佳皇贵妃微笑。

"元宵节的火龙是一年长过一年，还记得小时候随阿玛来看时，才不过六七个人舞弄。"温僖贵妃自从生下十阿哥愈发的趾高气扬。

"温妹妹出身高贵，当然见过世面，回宫闲暇时，给咱们多讲讲趣事儿，尤其讲给良妹妹听，没听到良妹妹的话吗？这是第一次来看。"宜妃半为戏弄，将第一次咬得极重。

卫岚音浅笑："多谢宜姐姐提醒，宜姐姐同样出身名门，也是见多识广的，到时候多有打扰两位姐姐，别嫌弃臣妾烦心。"

"贱蹄子。"宜妃低声骂道。

德妃面带微笑："自贱则无敌，宜姐姐是在鼓励良妹妹？"

宜妃不屑地举杯回应："脸面都不要了，当然无敌。"

德妃乖巧地低声说道："后宫中脸面最为低贱，只有皇上的宠爱才最为高贵。"

"着良贵人台前观灯。"梁公公尖锐的声音划过夜空。

卫岚音刻意挑着细音："臣妾谢皇上隆恩。"她又回眸转向温僖贵妃和宜妃，"臣妾去台上瞧瞧，想必看得更加尽兴，到时候也好给两位姐姐好生讲讲。"她笑意盈盈地坐到台上，与佟佳皇贵妃平分秋色。

玄烨勾唇微笑，威严而语："朕瞧着八阿哥日益懂事，通嫔的身子又不好，惠妃颇为愁劳，良贵人虽失魂未定，但气色饱满，八阿哥养在膝下，会早日记起前尘往事。"

卫岚音点头："臣妾谢皇上成全。"

"皇上。"通嫔身着娇嫩鲜亮的宫装，更显婀娜风姿。

玄烨挑眉望去："通嫔有何事禀告？"

通嫔娇羞："臣妾体内的寒毒已经退尽，太医们讲，臣妾可以侍寝了。"

"臣妾恭喜通姐姐。"卫岚音举杯祝贺。

玄烨兴致高涨："着敬事房即日起恢复通嫔的绿头签。"

"臣妾谢皇上隆恩。"通嫔喜出望外。

大阿哥傲慢地望向对面的太子，太子神色不明，现出杀气。

卫岚音静静地看着舞动的火龙，真是不能小觑纳兰一族，满门学识之人，个个满腹经纶，熟读经书药典，的确有过人之处。如此强大的后盾，钟粹宫和大阿哥果然是极难扳倒，难怪敢明目张胆地与太子争夺东宫储君之位。

她紧握着白玉杯，在隐隐约约的火龙中见到一双凌厉的眼眸，充满仇视地扫向皇上，是花将军派来的人？

火龙舞动着灵活的龙尾，在转身之际，离台前最近时亮出一道寒光。

"皇上小心。"卫岚音毫不犹豫地挡在玄烨身前。她的肩火辣辣的疼，这是情不自禁吗？她闻着淡淡的香，一切恨意都来自死于心底的爱恋。

"护驾，护驾。"梁公公大声疾呼。

大内侍卫挡在所有主子面前，各宫的嫔妃花容失色，同坐在皇上身侧的佟佳皇贵妃眼神厌恶地盯着卫岚音满是血迹的柳肩。

"岚儿。"玄烨深情呼唤道，"传太医，太医。将忤逆之人擒获，朕要让他尝尝万箭穿心的滋味。"侍卫们一拥而上，将行凶之人团团围住。

"哈哈。"行凶男子放声大笑，"贼皇，爷是替天行道，今日一死，十八年后又是一条好汉。贼皇杀我汉民，我泱泱大国岂能向蛮夷之人屈服，忠义之士会人人得以诛之。"他扬言怒吼，咬破牙底的毒囊。临死前决然的眼光射向卫岚音，震慑着卫岚音的心脉。

"岚儿。"玄烨觉察出卫岚音的颤抖。

卫岚音虚弱地挤出一丝微笑："臣妾无事，皇上可好？"

"岚儿救驾有功，朕无事。"玄烨心疼地抱着她。

林太医气喘吁吁地跑来，见卫岚音肩膀上斜插的匕首，浑身冒着虚汗说："良贵人她？"

"请蒙古太医一同前来。"玄烨坚定，蒙古太医熟悉正骨止血，"着护军营守在畅春园，今夜所有人就寝于畅春园。"其实他早已发现行凶之人的不轨心思，为试探真假，才静坐不动。当看到岚儿毫无迟疑地挡在他身前时，他岂止是悔恨和自责，简直是无地自容。帝王的多疑如此害人，在血淋淋的现实面前，他为何不相信岚儿？他紧紧抱着此生的珍宝。

畅春园散去喧闹，蒙古太医跪地而语："启禀皇上，良贵人所中的刀伤并无大碍，但伤及筋骨，恐要多养些时日。"

"要用最好的药。"玄烨赤红的眼神，"不能留下一丝伤疤。"

"这恐怕？"蒙古太医面带难色，"微臣尽力而为。"

"皇上，不好了。"梁公公慌乱跑来，今年真是多事之秋，事情一件连着一件。

"何事慌张？"玄烨不悦。

"皇上，正阳门走水了。"梁公公擦拭着头上的薄汗。

"什么？！"玄烨径直站立，忤逆乱贼刚刚毙命，正阳门又出乱子，真是欺人太甚。他紧盯着床榻上脸色苍白的卫岚音，严肃地望向林太医，"良贵人可有性命之危？"

"回皇上，良贵人福大命大，只要调养些时日可大好，请皇上放心。"林太医低声禀告。

"好。"玄烨坚定地说，"朕要去坐镇正阳门。岚儿等着，朕会为岚儿报仇。"

半晌后，屋内宁静，卫岚音缓缓醒来。

"主子。"落霜眼中含着热泪。

"无事。"卫岚音柔弱地回道。

"莫要乱动。"林太医疼惜道，"撕裂了伤口，会流血。"

"谢谢。"卫岚音惨笑，这种久违的感觉真好。

"这几日太医院的公务繁忙，微臣无暇顾及，还请良贵人见谅。"林太医升为太医院的院史，多了些官场上的虚伪应酬，颇为头疼。

"林太医是不可多得之才，会飞黄腾达。"卫岚音重复。

"为何去挡那刀？"林太医伤心地问，难道经历了种种云烟，遍体鳞伤的她还是放不下皇上？

卫岚音无语，她欺骗不了任何人，她一直在逃避，却从未真正放下。

"林太医去和花将军讲讲，莫要逼迫主子。"落霜泣不成声。

"到底发生了什么？"林太医疑惑万分。

"花将军让主子谋害储秀宫和翊坤宫的皇子，如若不听从，便要自己动手而为之，像今日这般鲁莽行事。"

"我去寻他。"林太医气恼地说。

"林太医这么想见本将军吗？"一道凌厉的声音穿透星空，一黑影从门而入，正是一身太监装束的花连台。

"公主受苦。"他行礼叩首。

卫岚音惊恐万分："花将军怎么在这里？"

花连台哈哈大笑："贼皇此时在正阳门灭火，今夜都难以回来，本将军当然可以在这里。"

"火是你放的？"落霜心直口快。

"不错。"花连台得意洋洋，"本将军送一场大火给贼皇，当作元宵贺礼。"

"花将军，你怎能伤及无辜性命，背道而驰？"林太医义正词严。

"背道而驰，他爱新觉罗家族背信弃义在先，怎能怪罪于我？"花连台怒火冲天。

"花将军，八阿哥还小，紫禁城东西六宫盘根错节，一切都要从长计议。"卫岚音虚弱地讲道。

"从长计议？"花连台紧锁眉峰，"莫非公主贪恋权贵，沉迷爱恋，忘记了国仇家恨？公主莫要忘了，宫外还有众多草原儿女，他们已经等候得太久。若公主下不去手，本将军只有亲自动手，一并将贼皇铲除，到时候拥立八阿哥为帝，岂不更好？”

“不可，花将军莫要逞一时之勇。”卫岚音挣扎地坐起。

“皇上自幼习武，身边侍卫众多，花将军怎能轻易得手？再则即使花将军得手，宫中皇子众多，如何能轮到毫无根基的八阿哥，一切都是徒劳，不过给他人做嫁衣，如今太皇太后健在，她的口袋里有十万精兵，花将军怎能如此性急，如此糊涂？”卫岚音语重心长地劝慰。察哈尔旧部坚守先辈遗训极为坚贞，常年颠沛流离，能维系到今日实属不易，刚刚见到零星曙光，难免心高气傲。

“良贵人所言极是，花将军已经等待多年，难道要前功尽弃？”林太医追问。

“本将军何尝想如此做，只是公主所为让众人寒心。”花连台重语。

“花将军是要以下犯上？”林太医少有的厉语。

“属下不敢。”花连台弯下腰，行着草原上传统的礼仪。

卫岚音凝眉沉思片刻：“紫禁城内处处暗藏着杀机，花将军之前的提议甚好，我会酌情而办，毕竟三位皇子的身份极为尊贵，只能见机行事。”

“请公主时刻谨记着老汗王的血海深仇，苍天有眼，睿亲王被鞭尸扬灰，遭到报应，他打下的江山，要由黄金家族的人来坐。”花连台爽朗而笑。

卫岚音倒吸一口凉气，若他知晓睿亲王的尸骸在五台山，千年的佛堂圣地岂不要遭受苦难？

“公主可趁贼皇南巡之际，放手反击，本将军会调出所有的暗人帮衬公主行事。”花连台步步紧逼。

“如若皇上带着主子一同南下，如何是好？”落霜喃喃自问。

花连台的眼底现出一片阴险之色：“难道良贵人一刻也离不开贼皇？”

卫岚音愤怒：“花将军怎能如此羞辱我！”

“花将军要时刻记得，良贵人和八阿哥在，察哈尔的希望便在。如若良贵人和八阿哥微恙，所有的一切都前功尽弃，花将军只能带着弟兄们，回到草原，各自谋生。所以，做任何事情都要以良贵人和八阿哥的安危为重。"林太医知晓花连台一向行事鲁莽，只能将利害关系讲明。

"林太医重情重义，本将军佩服，听闻良贵人为林太医选定金玉良缘，成为朝中一品大员家的乘龙快婿，真是喜事一件，本将军会送份大礼过去。"花连台佩服他的心机与坚守，何尝知晓他的闲愁与悔恨。

外面传来护军营侍卫们的脚步声。

"属下告退。"花连台转身。

"今日行凶之人？"卫岚音忍不住地问。

"草原上男儿都是大义之人，希望他没有白白送死，可以唤醒迷途中的公主。"花连台消失在夜色之中。

"主子。"落霜叹息地递过补气养血的药汤。

"都是我无能啊。"卫岚音缓缓而语。

林太医摇头："八阿哥大成之日，便是花将军的死期，不能让此人掌握朝政。"卫岚音蹙眉，阴谋之下还是阴谋，层层叠叠，无休无止。

外面的夜晚更加深沉，满月的光亮盖过了所有的星光，昭示着人间最简单的道理，只有吸取天地间所有的精华，才能浑身光彩地傲立星空，而再亮的星光也是孤掌难鸣，永远是一颗孤星，切莫自不量力。玄烨一夜未归，次日天亮，所有人奉旨回銮，卫岚音独坐龙辇，引来一片妒忌的眼神。

她不知不觉已经在长春宫度过了四季冬日，这里成为她依赖的家园。

"主子，皇上没有抓到放火人，龙颜大怒，乾清宫谁也不敢进。"落霜禀告。

"花将军心思缜密，想必又是故技重施，放火之人早已毙命于火中。"卫岚音心有余悸。

"良妹妹可好了？"带着喜气儿的通嫔拉着八阿哥来到屋内。

"儿臣给额娘请安。"八阿哥奶声奶气地恭敬地说道。

卫岚音慈眉善目："让额娘瞧瞧。"

八阿哥羞涩地低着头："额娘还疼吗？"

卫岚音摇着头："额娘不疼。"落霜忙拉着八阿哥去一旁玩耍。

"瞧着八阿哥这般年幼，便如此孝顺，要是再大些，那还了得？"通嫔奉承，"良妹妹受伤，本想过几日再将八阿哥送过来，但又一想，良妹妹爱子心切，若日夜看到八阿哥，会好得快些，今日便唐突地来了。宫人们会将八阿哥的物件儿一并送过来，良妹妹要好生养护身子，还要陪着皇上出宫南巡呢。"

卫岚音见通嫔拉着长音，话中带着几分醋意，她心中明了："臣妾刚好也有事和通姐姐商议。"

通嫔挑眉："良妹妹何事？"

卫岚音微笑："皇上倒是和臣妾提过几次南巡伴驾的事，但臣妾身子骨弱，恐是受不了南方的湿气。昨夜听闻通姐姐身子已经大好，臣妾得空与皇上说，带着通姐姐同行，可好？通姐姐侍奉皇上多年，深知皇上的习性，会照料好皇上，总比年少之人要强上百倍。"

通嫔心花怒放："良妹妹所言极是，都是一群下不出蛋的鸡，带出去，岂不丢人现眼？"

卫岚音浅笑："宫中谁不知晓通姐姐为皇上连连生下两位小阿哥，只可惜都早殇而去，老天怜悯，通姐姐会再为皇上生位康健的小阿哥。"

"还是良妹妹知书达理，难怪皇上如此宠爱。"通嫔高傲地回应。

卫岚音拉着她的双手："落霜曾告知臣妾，前年皇上东巡祭祖，纳兰公子在昭陵，相助臣妾，才让臣妾躲过血光之灾，但臣妾失魂已久，哪里记得清楚，如今既然知晓，当然要涌泉相报。"

通嫔低头伤心："只可惜性德的身子羸弱，如今重病在床，大学士为之寻遍天下名医，皇上赐下珍贵药材，仍不见起色，真是天妒英才。"

卫岚音安慰："各人自有各人的命，吉人自有天相，通姐姐无须担忧。"

"但愿如此。"通嫔擦拭着眼角的清泪，性德甚得皇上欢心，如若有恙，纳兰又失去一方庇护。

"良妹妹放心，如若此事一成，钟粹宫必与长春宫同心。"通嫔夸下海口。

"好。"卫岚音知晓，如今惠妃、荣妃和僖嫔共掌凤印，因三阿哥一事，荣妃对她颇有好感，只要再博得惠妃垂爱，无论是遴选秀女，还是在后宫中行事，都极为随意。通嫔走后，落霜小心翼翼地问："主子真要放弃出宫吗？听闻江南风景如画，秀色可人，主子去散散心也是好的。"

"如今宫中和以往大为不同，皇太后与储秀宫交往甚密，太皇太后的身子一日不如一日，我必须要在宫中为皇上尽孝，而且我不想再立于风口浪尖之处，让给旁人吧。"

"这样也好，皇上离去的日子，紫禁城总能喘口气，多歇息几日。"落霜微微点头，"主子也好和八阿哥亲近。"

"哪里能歇息，皇上出宫后，还有两件事最为棘手，一是秀女进宫，还有三位皇子的安危。"卫岚音凝眉沉思，"秀女入宫越少越好，我趁着年少，还能多多陪伴皇上，否则人老珠黄，谁还在意恩情爱恋？"

"秀女的名册已经报给太皇太后，太皇太后选定后，又折回了乾清宫，此次秀女人数不多，都是有心之人刻意安排，赫舍里氏选出孝诚仁皇后的嫡亲妹妹，已经内定留牌。"落霜禀告。

"如今宫内都是姐妹双亲，赫舍里氏也按捺不住了。"卫岚音知道，所有的家族都在暗中争夺，多几位皇子在手，便增添几分得胜的把握。

"却勾掉了月儿格格的名字。"落霜皱着柳叶弯眉。

"为何勾掉？"岚音挑眉不解，太皇太后让月儿格格进宫，不就是为了调教之后，侍奉皇上左右吗？

"如今四角妃位已满，月儿格格进宫，只能封嫔，想是怕委屈了月儿格格，才……"落霜淡淡地回应，"赫舍里家的格格不也为嫔吗？"

卫岚音似懂非懂地低着头，洁白的木槿花耳坠映着她红润的双颊："皇贵妃真是煞费苦心，她怎能由得佟佳氏的格格向钮祜禄氏低头，更别提其他满家大姓，在她眼中更是不屑，看来这三年，皇贵妃是要在后宫为月儿格格扫清障碍。"

"皇贵妃要扫清谁？"落霜不敢相信。

"扫清谁都不要紧，要紧的是我们可以渔翁得利。"卫岚音知晓她只能蛰伏，等待八阿哥长大。

落霜从外室的梨花木茶几上端来鲜果："皇贵妃无子已成定局，四阿哥是承乾宫的嫡子，皇贵妃必然要拉拢敏嫔娘娘早日生下阿哥。"

"皇贵妃的心机，后宫中无人能及。"能入太皇太后眼中的人，哪能平庸驽钝？

"三位皇子可都安好？"她忽然问。

"回主子，只有郭贵人所出的小阿哥，身子弱些，但已经熬过满月，应该无恙。"

"自从三位皇子出生，宫中便寂静不少，看来这人当了额娘之后，心思都安稳了。"卫岚音微笑。

"储秀宫和翊坤宫的荣耀如日中天，已经盖过了坤宁宫，看来是志在后位，朝中大臣也联名上表，讲泱泱大清不可无后，虽然被皇上驳回，但难保十阿哥再大些，皇上不动立后的心思啊。"

卫岚音叹气："世人皆看不穿，难道你也看不清吗？"她拿起挂着水珠的鲜果，"皇贵妃只能出自佟佳氏，皇贵妃便是皇后。元旦节皇贵妃代为皇后在坤宁宫祭祖，虽然是太皇太后的提议，但皇上也并未反驳，这便已经告知世人，莫要心存非分之想。"她继续讲道，"皇上永远不会再立生下皇子的嫔妃，钮祜禄家更不会出两位皇后，虽然太子与我已成为仇敌，但长春宫以后要以太子为尊，与太子同心，这才是太皇太后和皇上所期待的。"

"紫禁城永无皇后？"落霜总觉得缺少什么。

"当然不会，新皇的生母便是皇太后。"卫岚音低沉而言。

"圣母皇太后？"落霜大惊失色，这位圣母皇太后到底是东西六宫中的哪位娘娘？

"后宫争夺的无非都是这个位置。"卫岚音将鲜果放到唇边。当二十年后，阿哥们开牙建府，娶妻生子，卫岚音和落霜在长春宫内回想起今日的一语，都感叹世间无常。

天气转暖，玄烨愈加忙碌，每件朝政都是前无古人的开创之举，设台湾府衙，立海关衙门，朝堂一派欣欣向荣之势。

紫禁城又传出喜讯，立秋之日，宫中再次传来宜妃娘娘和贵妃娘娘有喜的消息，翊坤宫和储秀宫成为与景仁宫相同的福地，处处挂着耀眼的锦红，连院内的高树都挂满了祈祷好运的红布条。

佟佳皇贵妃闭门不见任何人，独自在承乾宫中教授四阿哥习字，避其锋芒。经卫岚音几次相劝，玄烨终于同意带通嫔南巡随行，敏嫔和德妃也奉旨同行。

尊贵的紫禁城因皇上的离去，沉寂下来，却因新秀女的入宫，再起波澜。卫岚音留下了花将军费尽心思送进宫来的刘秀女。她想先弄进长春宫帮助她取个答应的位分，谁知在分宫的前夜发生了大事。圈定留牌的六名秀女，两人一室，独居静思苑，在风高夜凉的晚上，两人中毒而亡，惊得卧床的太皇太后亲自问话，依旧未果。

惠妃与荣妃、僖嫔商议，莫让太皇太后太过累心，将宫中嫔妃唤来，对剩余四个秀女，一同问话。卫岚音来得最晚，地上已经恭敬地跪着四人，个个泪眼婆娑，不知是假意还是真心落泪。

高傲的僖嫔并未因自家的姐妹而网开一面，相反句句紧逼，一副大义灭亲之势。

卫岚音不动声色，赫舍里家的小格格入宫，与东宫太子为血亲，无子脉的僖嫔哪里还会有一席之地？赫舍里家的小格格在四人当中极为显眼，身为大家闺秀，非小户人家能相比。

小格格身边的袁秀女，小家碧玉之态，令人眼前一亮，两人一左一右，互为相称。

她选定的刘秀女姿色虽美，却满脸戾气，花将军送来的是心狠手辣的女子。跪在最后的是唯唯诺诺的赵秀女，她死死拽着手中的绢帕，颤抖低泣。

"回禀娘娘，臣妾独居一室，夜里睡得极早，没有听到一丝动静。"小格格温婉应道。

"死去的马秀女和李秀女住在你的隔壁，刘秀女亲眼所见，她俩傍晚时曾在你的屋子小坐，可是食用了肮脏之物？"僖嫔步步紧逼。

"启禀娘娘，马秀女和李秀女的确过来与臣妾闲聊，并未食用任何小食，只是饮用了几杯薄茶，臣妾也是一同饮用，请娘娘明察。"小格格不卑不亢地回答。

"皇贵妃到。"佟佳皇贵妃在宫女玉镯的搀扶下，踏门而入。

"皇贵妃万福金安。"众人恭敬行礼。

"皇贵妃近来可好？"深藏不露的惠妃最先问起。

佟佳皇贵妃浅浅一笑："什么好不好的，都是心病，这些时日承乾宫虽然宫门紧闭，不问世事，紫禁城依然每日都传出承乾宫的笑话。"

"皇贵妃真是多心，那都是奴才们多嘴，若是抓到，定是严惩不贷。"艳丽的荣妃曲意逢迎。

佟佳皇贵妃昂首挑眉，头上的凤钗泽泽发光："如若本宫再不露面，恐怕便要传闻本宫已经奄奄一息，不久于人世，郁郁而终了。"

"皇上为了皇贵妃，一直未再后。若皇上见皇贵妃今日的风姿，也会心中安慰。"卫岚音自从失魂，长春宫的风头渐弱，总受到各宫嫔妃的嘲笑。

佟佳皇贵妃虽无治理六宫之权，毕竟是六宫之主，满屋红红绿绿，哪里比得过晃眼的明黄之色，主座上的凤威锋芒毕露。

惠妃和荣妃如何能看不出苗头："一切由皇贵妃做主。"

佟佳皇贵妃扫向跪在地上的四人，挑眉："怎么让格格跪着，快起来。"

僖嫔反驳："这样做是不是有失公允？"

卫岚音柔声："不如让所有人都起来。"

"也好。"荣妃随声附和。

"谢娘娘。"四名秀女齐声谢恩。

"立朝至今，从未有过秀女中毒而亡之事。祖宗定下规矩，三年选秀，充盈后宫，本是大吉大利的喜事，如今却连死两人，歹人还将皇上放在眼中吗？"佟佳皇贵妃重拍桌案，长长的金鞘扫过茶盏，吱吱作响。

"娘娘息怒。"秀女们吓得不敢多语。

《女诫》中首要便是讲德行，无德之人如何能侍奉皇上，延续龙脉？"佟佳皇贵妃不屑地瞄向温僖贵妃和宜妃。

"皇贵妃的意思是无德便无子吗？"温僖贵妃刻薄地问道。

佟佳皇贵妃瞋目："贵妃的话若是传进皇太后的耳内会如何？"

温僖贵妃急忙掩住红唇，卫岚音今日又明白一个道理，莫要逞口舌之快。

佟佳皇贵妃细细地抚着金鞘上的凤纹，侧目问道："马秀女和李秀女中了什么毒？"

"仵作说，两人身上没有任何伤痕，在睡梦中安静死去。"僖嫔应答。

"送温僖贵妃和宜妃回宫，不吉利的事情，莫要污浊了小皇子。"佟佳皇贵妃面带不悦。

卫岚音假装无意地看向落霜，落霜会意地点头，曹嬷嬷的人如今正在翊坤宫，要阻挡宜妃和郭贵人回宫。

温僖贵妃和宜妃哪里肯顺从，眼前这四名秀女是宫中的新宠，如若不借机拉拢，恐怕回头为时已晚。

"良妹妹当年还在宗人府的大牢里待过，八阿哥不是一样康健儒雅？"宜妃思维敏捷。

"可不是嘛，只要心中有神明，还怕什么鬼灵？"郭贵人借机献媚，如今她功成圆满，公主和阿哥齐全，身段也丰盈了许多，底气十足。

佟佳皇贵妃微笑："既然两位妹妹都不在乎，本宫又何必为之操心？"卫岚音觉得事情不妙。

"启禀娘娘，臣妾亲眼看到马秀女和李秀女去格格的房里，她们出来后，直接回房，第二日便发现中毒而亡。"花将军安排进来的刘秀女一副小人嘴脸，令卫岚音厌恶。

"皇贵妃。"僖嫔浅声呼喊，"格格虽然与臣妾同族，如若有罪，臣妾不愿袒护。"

"你们还有谁见了？"佟佳皇贵妃厉声问。

"回娘娘，臣妾也见到了。"柔弱的袁秀女行礼叩首，"臣妾与刘秀女同住一间房，当日我们正在饮茶，见马秀女和李秀女满脸忧伤地进了格格的房中，又面带愁容地离去，也觉得蹊跷。"

"你们都不在房中好生学着规矩，刻意盯着旁人的动静，真是有心。"僖嫔扫向胆小的赵秀女，"你是不是也瞧见了？"

赵秀女吓得跪倒在地："回娘娘，臣妾一人独住，什么都不知道，什么都没看见。"

"那你在干什么？"惠妃问。

赵秀女声如细蚊："臣妾一时贪嘴，坏了肚子，一整天都躺在床上，没有一丝气力。"

卫岚音微笑："莫要吓坏了秀女，这刚入宫，本便生疏，又思念亲人，秀女居住的地方温热潮湿，平日里都要开窗通风，这几人都住在同一院落，当然看得清楚。"

"此秀女非彼秀女。"郭贵人挑着高音，谁都知晓卫岚音出身辛者库的卑贱宫女，下三旗的包衣奴才怎能同满家亲贵相提并论？

岚音板着脸："多谢郭姐姐提醒，是太皇太后的旨意不奏效吗？还是有人见太皇太后卧病在床，不遵从旨意？"

"良妹妹勿要多心，我的意思是秀女和秀女也是天壤之别，那死去的两名秀女，呦呦。"郭贵人转着语意，"那容貌呀，真是漂亮，与当年的良妹妹有几分相似。"

卫岚音微笑："郭妹妹的意思是臣妾容颜老去，不比当年了？"

"好了。"佟佳皇贵妃怒声痛斥，"都少讲几句，莫让秀女们看笑话，郭贵人是入宫多年的老人儿，怎能如此不懂规矩？"

郭贵人面带愤怒和不服，却不得不弯腰行礼，这便是长尊有别，这便是规矩，这便是紫禁城。

"袁秀女和刘秀女同住一室，看到马秀女和李秀女同进格格的屋内，也是情理之中。"佟佳皇贵妃微微颔首，"只是不知她们有何心事。"

赫舍里家的小格格蹙眉低头，满脸愁云。

"难道格格有所隐藏？"惠妃高傲地问道。

"到底是何事？"佟佳皇贵妃威仪地问，"难道要本宫动刑？"

小格格恭敬地跪倒在地："臣妾不知。"

刘秀女咄咄逼人："格格怎能不知，平日里格格最为照料马秀女和李秀女了，为此还得罪了掌事嬷嬷，难道是因为她们留了牌子，心生嫉妒除之而后快？"

"放肆，"佟佳皇贵妃径直指着刘秀女，"秀女秉性柔淑，性情温和，你却心存妒忌，今日便这般，待到明日得宠，那还了得，将此人撂牌子，立即送出宫。"

卫岚音感到佟佳皇贵妃投来挑衅的目光，她虽然久居承乾宫，对宫内所有事情了如指掌，她在斩断自己的枝叶。这样也好，刚好顺应了她的心意，而数月后，皇上回宫，卫岚音才知道花将军的厉害。

"娘娘饶命，臣妾知错。"刘秀女狼狈不堪。

"明人不讲暗话，你们这批秀女，只有格格身份显赫，便是看在孝诚仁皇后的面子，格格也会得到皇上宠爱，但今日一同死了两名秀女，总要给众人个交代，格格是见过这两名秀女最后一面的人，还是要开诚布公，倾情相告，本宫也好洗清格格的嫌疑。"佟佳皇贵妃语重心长地说。

小格格紧抿着双唇："回娘娘，臣妾虽然不知马秀女和李秀女的死因，但猜测这两人极有可能是自戕而亡。"众人大惊失色。

第二十一章

狂妄深情逐水流

岚音琢磨着小格格的话语，到底暗藏着什么玄机？

"今日后宫所有的嫔妃都在这儿，真假会一目了然，格格还是直言相告为好。"佟佳皇贵妃眼中含笑。

"太皇太后来问过臣妾话，臣妾见太皇太后年老体弱，不敢直言，既然众位娘娘都在此，那臣妾便知无不言。"小格格举止得当。

卫岚音偷瞄着低头不语的袁秀女和赵秀女，两人神情焦灼，估计也知晓些实情。

小格格柔声讲道："那日马秀女和李秀女来到臣妾的房中哭诉，是因为她们受了大阿哥的猥亵。"

"胡言乱语。"惠妃径直站立，扬起手中的绢帕，朝着小格格的脸上打去。小格格不躲不闪，神情自若。

"住手。"佟佳皇贵妃赶忙拦下，"惠姐姐不看僧面看佛面，于理，格格是进宫秀女，赫舍里氏为我大清的江山立下汗马功劳。于私，格格是太子的嫡亲母族，又是皇上的妻妹。"

佟佳皇贵妃重咬妻妹两字，瞄向温僖贵妃："孝诚仁皇后为皇上嫡妻，是从大清门抬进来的，后宫谁有如此殊荣？"

"皇贵妃，这些道理臣妾都懂，但大阿哥还年幼，如何能与秀女扯上关联？是这些狐媚子往大阿哥身上泼脏水。"惠妃的命脉便是大阿哥。

"此话不能这么说，"僖嫔在关键时刻，还是知道自己站在哪一边的，"大阿哥有通房婢女，已经成人，大阿哥初识周公之礼，恐怕……"

卫岚音愈发觉得有趣儿，没想到一桩后宫凶事竟然牵扯出大阿哥，这分明是赫舍里氏和纳兰一族的储君争斗。她仔细地盯着小格格清澈的双眸，难道都是假象？

"小格格要想好了，话不能乱说，言多必失。"惠妃的眼角现出道道细纹。

"臣妾所言句句为真，马秀女和李秀女是这一批秀女之中容貌最为出挑的。宫人们私下里盛传之言入了大阿哥的耳，大阿哥借机探望，不但出言不逊，还举止轻浮，马秀女和李秀女不敢反抗，又不敢告知旁人，只能默默忍受，谁知……"小格格停顿，"没想到大阿哥竟然扬言，早晚会将她们收入囊中，她们本就胆小，整日担惊受怕，为了将来不惹出麻烦，连累家人，萌生了轻生的念头。如此大事，臣妾也是不信，随口劝慰几句，但她们自戕以保清白，真的走上了绝路。臣妾如何能不信？"

"秀女中也有给阿哥、王爷指婚的，大阿哥又何必多此一举，格格不会撒谎，可是那两个贱蹄子。"温僖贵妃帮衬惠妃。

"什么权势能抵得过自己的性命？皇上虽然应允了大阿哥有通房婢女，却没有给大阿哥指婚，这是人尽皆知之事。"僖嫔重敲，"大阿哥和太子正是读书的好时候，这话是皇上的口谕。"

"有何证据？"宜妃谨慎地问道。

"娘娘，大阿哥来过几次，宫人们都看到了，臣妾不是妄语。"小格格低泣，"大阿哥的眼神总是直勾勾地盯着秀女们看，秀女们都是敢怒不敢言。"

"你！"惠妃愤怒到极点，视为珍宝的大阿哥竟然被污秽成纨绔的登徒子。

"恭喜惠姐姐，这人不风流枉少年，大阿哥会早日为皇上生下皇长孙的。"僖嫔火上浇油。

佟佳皇贵妃盯着袁秀女和赵秀女："可有此事？"

"臣妾确是见过大阿哥，其余的什么都不知道。"赵秀女着急地哭泣。

"大阿哥来过几次，都是待上一会儿就走，掌事嬷嬷也知晓此事。"袁秀女回应。

"所以臣妾也只是猜测，马秀女和李秀女是自戕而亡，此事涉及到大阿哥的清名，臣妾不愿多语，又不愿惹是生非，若不是皇贵妃和各位娘娘步步逼迫，臣妾便是烂在肚子里，都不会轻言乱语。"小格格的话深明大义。

"她们二人已死，又无证据，何以见得是真语？"宜妃问。

小格格从怀中掏出两块和田玉佩："原本臣妾也是不信的，没想到马秀女和李秀女走后，留下了这对玉佩给臣妾，这是大阿哥赠与马秀女和李秀女之物，两人将此交与臣妾，臣妾本想毁掉，没想到，玉佩仍在，两位妹妹却香消玉殒。"

惠妃紧攥拳头，纤长的指甲嵌到肉里，大阿哥真是长大成人了，每次来钟粹宫都对几个有姿色的宫女动手动脚，她也曾痛斥，只是如何能平息男子躁动的春心？

卫岚音看清了每个人的心思："虽然人证物证俱在，但两位秀女到底是因何而死？她们从哪里弄来的毒药？"

"对啊。"荣妃关切，"她们身上无半分伤痕，脸上还挂着微笑，难道是在睡梦中死去，惹了神灵？"

"是谁最先发现出事的？"佟佳皇贵妃问。

"回娘娘，是臣妾。"袁秀女清淡回答，"掌事嬷嬷让秀女们一同在院子里训话，独独缺了马秀女和李秀女，便让臣妾去瞧瞧，臣妾喊了几声无人应答，便让小太监踹开房门，发现她们没了气脉。"

"有何异常？"卫岚音追问。

"臣妾被吓破了胆子，当时已过了早膳时辰，屋内满是浓郁的熏香，呛得人喘不过气儿来。"袁秀女是烂漫年华，刚入宫便遇到此等事情，能将来龙去脉讲述清楚已属不易。

"搜。"佟佳皇贵妃的眼底露出一丝得意。

"是。"玉镯带着老嬷嬷离去。屋内只听到低低的哭泣声响，卫岚音侧目，赵秀女神色慌张，似乎隐藏心事。

不多时，玉镯抱着双耳铜盆而入："启禀娘娘，这是在死去的马秀女床下发现，二位秀女是中炭毒而亡。"炭毒？卫岚音瞄着荣妃，难道一切都是她的阴谋？去年三位阿哥中炭毒，险些死亡，荣妃的心再次揪起，莫要牵连自己。

"哇哇。"只听赵秀女瘫坐在地放声大哭。

"你知晓些什么？"佟佳皇贵妃厉语。

"臣妾在出恭时，曾经听到马秀女与李秀女偷偷讲起，从御膳房偷拿了几块木炭，浸水后风干。"赵秀女泣不成声，"臣妾哪里得知她们是在商议自戕呀。"卫岚音总觉一切太过完美。

"娘娘，红萝炭是上好的，从未自行熄灭，四阿哥中了炭毒，难道是被人动了手脚？"玉镯试探。

"查，四阿哥、六阿哥、八阿哥虽无大碍，不查个水落石出，绝不罢手。"佟佳皇贵妃凤威自立，她掂量着小格格呈上的一对玉佩，"将此事写成公文，交与皇上定夺。"

"皇贵妃，此事怎能听一面之词，还是再行明察。"惠妃不愿低头认错。

"惠姐姐啊，狐媚之人已经自戕，宫中自戕是重罪，大阿哥毕竟是年少气盛，血气方刚，即使犯错，也是难免，皇上稍加斥责也便罢了。何必一再坚持，闹得满城风雨呢？"僖嫔兴高采烈。

"此事关系大阿哥的清誉，任何人不得妄论，否则一律交给内务府和慎刑司查办，休怪本宫不讲情面。"佟佳皇贵妃的目的已经达到。

"是，臣妾谨遵教诲。"众人齐声回应。

"既然皇上要等上一段时日才能回宫，秀女们不宜在凶地居住，这样吧，格格暂时住到永寿宫，袁秀女暂时住到承乾宫。"佟佳皇贵妃停顿一下，瞄了眼温僖贵妃，"赵秀女住到储秀宫，无须本宫多言，你们只当学好规矩，待皇上回宫后，再定位分。"

"谢皇贵妃。"秀女们喜出望外。卫岚音知道，紫禁城的天要变了，佟佳皇贵妃明确态度，她要扶植太子，打击大阿哥，两名秀女只能冤死，帝王最忌讳沉迷酒色，大阿哥离储君之位越来越远。惠妃面带哀怨，却无能为力。

一波未平，一波又起，老太监急躁："娘娘啊，小阿哥喘不上来气，憋得小脸通红，太医们束手无策。"

郭贵人踉跄："怎么会这样？清晨时，小阿哥还是好好的。"

卫岚音心惊，只是让小阿哥受些苦，并不致命，难道曹嬷嬷违背了她？

翊坤宫的侧殿，宫人们跪落满地，一片嘤嘤哭泣。

郭贵人发鬓凌乱地扑在小阿哥冰冷的身上："额娘在这里，额娘回来了。"一个幼小的性命凋零远去，卫岚音充满负罪的痛楚。

"到底怎么回事，小阿哥的身子不是已经调理好了吗？怎么会突然如此？"宜妃压不住心中的怒火。

"宜姐姐腹中还有皇子，莫要动气。"卫岚音红着双眸。

"到底发生了什么？"佟佳皇贵妃问。

宫女凝烟哭得上气不接下气地说："乳娘清晨给小阿哥喂过奶，小阿哥还好好的，可是过了两个时辰，乳娘再来时，发现小阿哥已经喘息微弱。"

"将乳娘带过来。"宜妃赤红着双眸。

"娘娘息怒。"乳娘哭哭啼啼地跪在地上。卫岚音的心顿了几分，莫非这是木公公的暗人？

"贱婢，为何要谋害小阿哥？"宜妃气愤地指着乳娘。

"奴婢清晨给小阿哥喂奶，贵人和宫女凝烟都在。"乳娘委屈地哭，"清晨时，九阿哥啼哭不止，九阿哥的乳娘去御膳房取补汤还未回来，含翠便将奴婢唤去，给九阿哥喂了几口奶，九阿哥才不哭的，奴婢紧接着便给小阿哥喂奶。"

"那九阿哥？"宜妃焦急地问。

翊坤宫的掌事宫女含翠会意地回答："娘娘放心，九阿哥睡得正甜，一切安好，清晨时分九阿哥啼哭不止，喉咙都哭哑了，奴婢心疼，确实唤了乳娘前来。"

卫岚音疑惑："小阿哥到底为何早殇？"

"小阿哥身子羸弱，生来便有哮喘征兆。医书上记载，小儿若有哮喘，遇天雨而发者，遇寒冷而发，发则连绵不已，发过如常，有时复发，此为宿疾，不可除也。如今春暖花开，冷热交替，小阿哥才会早殇而亡。"李太医饱读医书，禀明前因后果。

林太医随声附和，他的声音嘶哑好似沾染了风寒热症。

郭贵人泣不成声，不肯松手："不，不会的。"

佟佳皇贵妃径直站立："本宫亦经历过丧子之痛，郭妹妹还是要节哀顺变，不要总哭哭啼啼。太皇太后年事已高，宫中最忌讳哭声，郭妹妹养好身子，再为皇上生下皇子。"

卫岚音低垂着头，是啊，在场的每个人都经历过滑胎丧子之痛，这便是紫禁城，荣耀和权势的背后都是踩着无数的性命。

"皇上不在宫中，后宫接连出事，所有宫人都要谨小慎微。从即日起，大小事宜，一律共同商议。"佟佳皇贵妃瞄着低落的惠妃和幸灾乐祸的荣妃和僖嫔，挑衅地讲道。太皇太后着三人执掌金印，却将后宫治理得大事接连不断，三人的脸上均无光失色，只能不甘心地应允。惠妃此时更是惦记大阿哥，哪里还有心思想着后宫之事。

多事的一日终于过去，沉默的嫔妃回到各自的宫中，紫禁城又笼罩在一片朦胧的夜色之中。

三位秀女悄悄地入住分好的宫殿，众人皆等待皇上从江南传来的手谕，倒也相安无事。

长春宫，卫岚音挑眉："你没有出手？"

曹嬷嬷淡淡地应道："老奴真的没有出手，八阿哥一直拖着老奴陪他荡秋千，老奴实在是脱不开身子。"

"是木公公？"卫岚音试探地问。

"不会。"曹嬷嬷笃定，"一则木公公不会擅自行动，怕是多此一举，画蛇添足，二则药末儿在老奴的簪子里，无人有此物。"

"那便怪了。难道真如李太医所讲，小阿哥是因哮喘窒息而亡？"卫岚音疑惑。

"不管如何，如此结果，主子对花将军也算是有个交代。"落霜欣喜。

"也算是双喜临门。"卫岚音长出一口浊气。

"是啊，花将军到底是想帮主子，还是想害主子？选来的刘秀女毒蝎心肠，如若留在宫中，不知道要害死多少人。"落霜愤愤不平。

曹嬷嬷语重心长地说："花将军世代效忠察哈尔，当然也是效忠主子。想必花将军知晓主子的性子，特送来刘秀女帮主子和八阿哥扫清障碍，还请主子能谅解花将军的一片苦心。"

"微臣给良贵人请安。"林太医温润的声音传来。

"林太医娶妻后，真是意气风发。"落霜微笑而语。

林太医如玉的脸颊微微泛红："多谢良贵人的大礼，落霜姑姑谬赞。"

"琢玉是个好女子，你要好好待她。"卫岚音发自内心地祝福，"金银之物虽俗气，却是居家必备，你独自一人时，尚且还好，总不能让夫人和孩儿受累。"

林太医低沉不语，琢玉的确是个好女子，温婉可人，知书达理，他亏欠她太多，内心愧疚。

卫岚音想起在翊坤宫时他的嘶哑之音："你染了风寒？"

"微臣正是为此事而来。"林太医压低声音，"翊坤宫的小阿哥是被皇贵妃派人害死的。"

"什么？"卫岚音惊讶。

林太医解释："小阿哥的确有哮喘病症，但并不致命，平日里太医会让乳母服用一些祛痰之药，化成乳汁喂与小阿哥，微臣在乳娘身上闻到浓郁的藜芦香，这才是小阿哥毙命的罪魁祸首。"

"藜芦？那李太医为何那么讲？"卫岚音追问。

"李太医是承乾宫的人，他为人耿直，在后宫也是无法才归顺于承乾宫。李太医颇得皇上宠信，今日小阿哥出事，常给小阿哥诊病的太医随驾南巡，李太医便唤微臣一同前往翊坤宫，微臣知晓内有蹊跷，便假装风寒之症。"医者的嗅觉高于寻常人，林太医混迹官场，亦会察言观色。

"原来如此。"卫岚音点头，林太医果然是谨小慎微的人。

"太医的药方是牯岭藜芦种子研磨成粉，或是熬制内服，或者外用吸取，用来驱散小阿哥的积痰。此种子剥去裹在外的硬壳，藜芦的香气早已散去，今日微臣却闻到浓郁的香气，此种香气，只有天目藜芦和兴安藜芦才如此浓郁，这两种均是虎狼之药，小阿哥本是婴儿，只要吸入半个时辰，就会缓缓流入五脏六腑，必死无疑。"林太医痛心得无可奈何。

"宫人们闻不到香气吗？"落霜奇怪。

"香气只在小阿哥的襁褓之内，清晨之时，宫人都在忙碌，只有乳娘怀抱着小阿哥，喂奶足有半个时辰，小阿哥才会在昏迷中窒息而死。"林太医解释。

卫岚音深深吸气："皇贵妃下手干净利落，如此狠毒，难道她要将皇子逐一收拾？"

"皇贵妃无子是皇上的意思。"林太医一语道破，"微臣曾经为皇贵妃把过一次脉，胎息平稳，并无异样。微臣也查阅过李太医撰写的公文，发现与之不符。李太医不可能同时效力后宫两位主子，唯一能让他李太医听从的只有皇上。皇贵妃自从滑胎，多年无子，听闻佟佳氏的国舅爷从江南买回保胎生子的药方，经多年的调理，才会意外有孕。皇上不知晓此事，否则怎能让皇贵妃有孕在身？咱们的皇上是真正的天子，江山社稷永远摆在第一位，皇上才是掌控整个紫禁城、整个天下的人。"

卫岚音想起过去云烟，无论多么情深似海，他最终都会放手而去，她却沉沦不醒，原来两人之间的爱恋天壤之别。她的心很小，满满的装的都是他，心甘情愿付出满腔热血。而他的心却很大，装着万里江山、祖宗基业，留给她的仅仅是一角偏隅。

她捂着微痛的心口，怨恨、责怪，最后都化作伤感，记得他曾经在耳边柔声：心中只有岚儿一人。能占据千古帝王的一角偏隅，已经足矣，她还能求什么？

紫禁城过了几天平静的日子，御花园的景致别雅，花团锦簇，太湖山石嶙峋多姿，后宫的嫔妃纳凉赏景。三位秀女也随之而来，美艳动人。

卫岚音低头踩着石子路，石子拼成的图案惟妙惟肖，这段石子路是御花园中的一绝，尤其是欺君犯上的图案，令卫岚音百思不得其解，难道工匠如此大胆，还是另有隐情？皇上假装看不到？

"身居高位也有不随心之时，无能为力之事比比皆是，时刻要居安思危。"佟佳皇贵妃不经意地讲着。卫岚音恍然大悟，原来是因图示警。

"呦，良妹妹的玉足宛如汉家女子的三寸金莲啊。"温僖贵妃挑着高音，祖训有言，满家女子不得缠足，缠足者不能选秀入宫，卫岚音虽未缠足，但天生足短，小巧玲珑，温僖贵妃的讽刺之音，不言而喻。

卫岚音见众人都不屑地盯着她缀着红缨的花盆鞋："姐姐们真是取笑臣妾，臣妾如今连走路都不稳呢。"

"美人儿自然有美人儿的道理，咱们只有嫉妒的份儿。"宜妃刻意大声附和。

"郭妹妹如何了？"佟佳皇贵妃折着艳丽的红花。

"整日啼哭，唉，臣妾劝不住啊。"宜妃深深叹气。

"这又何必，她毕竟还有六公主，还是想开些吧。"佟佳皇贵妃淡淡一语。

"是。"宜妃紧锁柳眉，不知为何，小阿哥早殇后，郭贵人好似变了个人，整日在屋内为小阿哥祈福，少了平日的蛮横无理。

"皇贵妃，不知炭毒一事？"卫岚音想起两名秀女离奇的死因，借机问道。

"抓了几个小太监，没有问出个所以然，他们也不知背后受谁指使。"佟佳皇贵妃愤怒。

"小太监？"卫岚音不解。

"运炭、分炭的几个人，个个喊冤枉，炭司更是讲，冬日里寒气重，雪重，木炭受了潮气也是难免。"佟佳皇贵妃微笑，"这样吧，不如良妹妹也一同查查，良妹妹心思敏捷，会找到些蛛丝马迹。"

"炭司讲的也不无道理，臣妾何德何能，哪里及皇贵妃一分，哪能应下这么大的差事。"卫岚音推脱，查来查去，又能如何？

佟佳皇贵妃爽朗大笑，宫女玉镯更是低声地说："还算识相。"

"哈哈。"惠妃的笑声不断地从远处传来，"呦，姐妹们都在这里呀。"

"何等美事，惠姐姐如此开心，让咱们姐妹也随之乐乐。"温僖贵妃眯着丹凤双眸，拉着长音。

"也没什么。"惠妃故弄玄虚，"臣妾刚从慈宁宫回来。"

"姐妹们这一问啊，真是不知如何应答。"惠妃略显衰老的脸上扑着厚厚的香粉，却遮挡不住岁月的沧桑。

"还真是大喜事，大阿哥的通房婢女有孕在身，太皇太后高兴得不得了，这可是五世同堂的大喜事，太皇太后的病都好了大半呢。"惠妃满脸喜气洋洋。

卫岚音心头一紧，怪不得惠妃最近沉寂无声，两名秀女哪里及得过皇长孙重要，真是步好棋。皇上的旨意还未传来，宫中就添了喜事，恐怕远在江南的太子又要寝食难安。

"找太医瞧过？"僖嫔最先问。

"瞧过了，二月有余。"惠妃轻轻拂过双颊，偷拭眼泪，"这真是后人催人老啊，没想到臣妾竟然也当上祖母了，岁月不饶人啊。"

荣妃冒着嫉妒的怒火，如若当初她的阿哥未死，那才是皇上的长子，怎能轮到她如此猖狂？

"恭喜惠妃娘娘。"宫人们和三位秀女懂得规矩，恭敬地行着宫礼。

佟佳皇贵妃笑意盈盈："的确是喜事，看来大阿哥要开牙建府了，这是头一桩皇子的喜事。"

惠妃瞥了眼赫舍里氏的小格格："那是自然，大阿哥为皇上长子，断不能丢皇上的颜面，哪里由得无耻小人随意污蔑。"小格格低着头，避过锋芒。卫岚音从她的眼中找不到一丝愤怒。

空中飞过一群群觅食的神鸟，飞往紫禁城最荣耀的地方，飞往紫禁城中所有女子最向往的地方，争夺一生的地方。日落西山，余晖洒满朱红的城墙，倒映出千姿百态的倩影。凉风习习，倩影渐渐散去，只留下空荡荡的红墙，凄凉无比。

宫中上下都期盼着皇长孙的到来，年少的宫女更是羡慕受孕的通房婢女，后宫打破了往日的安宁。

一场霜冻，秋色更浓，内务府的人卸去了院中的秋千，开始张罗着封粘窗棂。

卫岚音开始教授八阿哥《百家姓》《三字经》等耳熟能详的古籍，母子之间的感情愈加融洽。

"八阿哥睡熟了吗？"卫岚音淡淡地问。

"奴婢将八阿哥抱走。"落霜微笑，"八阿哥睡得很熟，都流出口水了。"卫岚音的脸上挂着慈爱的笑意。

"主子将八阿哥捧上天，若让旁人知道，八阿哥与主子同床而眠，恐是生出不必要的事端来。"落霜挑着银烛台上的烛芯儿。

"寻常百姓人家，哪里有多余的屋子，不都是在一张火炕上同睡吗？母子同眠又如何？还是个奶娃子。"卫岚音连连摇头，都是帝王家无情无义，从小便斩断了所有的亲情。

落霜的手顿了一下，拉长了映在窗上的身影："皇上的谕旨上丝毫未提及两名死去的秀女，反而赏赐了钟粹宫。"

"大学士伴驾随行，皇上当然明白孰轻孰重。"卫岚音盯着八阿哥写下的歪歪扭扭的字迹。皇上的谕旨终于到了，加封赫舍里氏的小格格为平嫔，赐号为平，居咸福宫主位。袁秀女为袁贵人，居承乾宫。赵秀女为赵答应，居储秀宫，其他琐事，一律未提。

"皇上要赐平嫔娘娘为贵妃娘娘的位分，太子几经请辞，谦恭有加，不求荣耀，皇上甚为欣慰，定下嫔位，连夸太子懂事。"落霜行走于宫中御膳房、尚衣局等多地，总能听到一些闲言碎语。

"钟粹宫的势头正旺，谁人能及，连伴驾出宫的通姐姐都有孕在身了，太子当然懂得进退张弛。"卫岚音愁云满怀。

"蛮横的僖嫔娘娘搬到了张娘娘所住的侧殿，破口大骂，连过路的宫人都听得真真儿的，平嫔娘娘屋门紧闭，毫不在意。"落霜禀告。

"平妹妹贵在一个平字，皇上的赐名总是有深意的。"卫岚音想起自己的良字，伤心不已。

"承乾宫和储秀宫都抢到了新秀女，皇上过几日摆驾回宫，主子可是要想些法子，留住皇上的心。"落霜不由得暗自担忧。

"我瞧着定妹妹这一载，笑容多了几分，愈加动人，身子也强健。"卫岚音喃喃自语。

"主子的意思是？"落霜挑眉。

"八阿哥一人在长春宫太过孤寂，多个玩伴儿岂不更好？"卫岚音微笑。

"定贵人总是解不开心结，心胸抑郁，对皇上总是冷冷的，如何受孕？"落霜忧虑。

"咱们帮她放下。"卫岚音凝神片刻，"去着花将军在宫外寻些有趣儿的事情来，此事必成。"

落霜会意地点头，自古痴心女子负心汉，戏中说的都是真实的女子血泪。

"这也是为她好，帮她有个依靠。"卫岚音甚为喜爱定贵人淡然的性子，"落霜，后宫的女子，一辈子都走不出牢笼了吗？"

"主子。"落霜不忍卫岚音伤心，"前朝也有太妃太嫔随封王的皇子在宫外居住的先例，哪能一辈子老死宫中。"

卫岚音惨笑，她谋求的是百年大计，随子居住，还是困在朱红琉璃之中。百年大计若不成，该是何等惨烈的场面。

落霜劝慰："都是遥远之事，谁也捉摸不定，只能看天意。倒是眼前，主子看得透彻，皇长孙真的能平安出生？"

微弱的烛光迎着柔润典雅的卫岚音，归于沉寂。

"皇太孙的事，牵动所有的利益，赫舍里氏自然不会坐以待毙。"卫岚音回应。

"皇长孙来得真是时候，讲来也怪，有孕的宫女不是惠妃娘娘为大阿哥选定的通房婢女，而是去年刚入宫的还未分派差事的秀女。"落霜迟疑，"大阿哥平日里斯斯文文，没想到却是个酒色之辈。"

"太子是温润君子，却也是暴虐成性。"卫岚音痛心。

"都是难以堪当大任之辈。咱们不争，这江山也不能落入他们手中。"

"皇子们都小，看不出将来能如何，只能走一步看一步。"卫岚音盯着烛光。

"主子，咱们不能让平嫔娘娘生下皇子，那样八阿哥岂不更难？"落霜直言不讳。

"谁能阻止得住？"卫岚音无奈，"秀女每三年都会入宫，新人辈出，今日的平嫔，明日的安妃，哪能事事如意？"

"主子还记得在温庄公主坟前的誓言吗？"落霜眼含热泪。

卫岚音想起东巡的一幕幕，险些被当场血祭昭陵，又被恶毒的萨满嬷嬷棍棒重击，满身鸡血污秽和黄纸灵符，被诬陷为不祥之人，不能随驾同行，狼狈的她在额娘的坟前立下重誓，要以牙还牙。誓言依稀在耳，险些熊口丧命毁容，她回宫后，还没喘口气，又被人所害，清名不在，只能用滑胎后的血囊来证明清白之身。

是啊，这便是皇上的盛宠，带给了她无尽的灾难。额娘受的苦难还不够多吗？所有人的付出，都只为让龙椅坐得更加安稳，他到底是有情还是无情，卫岚音拂过微痛的肩膀，那里有一块难以愈合的伤疤。

落霜心中愤怒："无论是承乾宫、毓庆宫、永和宫、储秀宫、翊坤宫、永寿宫、钟粹宫……哪一个没有害过主子，她们何时想过要放过主子一马，她们何时对主子手下留情过？"

这一夜，长春宫伤痕满地，哪怕前方荆棘密布，悬崖峭壁，她只能咬着牙走下去。随后的接连数日，众嫔妃都去慈宁宫为太皇太后贺喜请安。

卫岚音感受到了太皇太后日益虚弱，默默做着力所能及的事情，她还是没有理由来痛恨这位铭记史册的奇女子。

这日清晨，早膳过后，各宫的嫔妃不约而同地来到慈宁宫，并各自将四阿哥、八阿哥和七阿哥都带到。太皇太后眉开眼笑，恢复着老态龙钟的笑意。

"皇祖母过几月便要抱太重孙，真是大喜。"佟佳皇贵妃献媚。

"好啊，老天待哀家不薄。"太皇太后连声讲好，底气少了往年的威仪。

"额娘，我要那个。"八阿哥奶声奶气。

"呦，这是八阿哥？"太皇太后疼惜。

"格格，这是长春宫的八阿哥啊。"苏麻嬷嬷提醒。

"快过来，让太嬷嬷瞧瞧。"太皇太后疼爱地招着手。

卫岚音放开八阿哥的小手："去到太嬷嬷那里。"

八阿哥来到太皇太后面前，抱着沉香龙杖，原来他要摸摸龙杖。玩得正尽兴的四阿哥和五阿哥，愣愣地紧盯着八阿哥。

太皇太后拂过八阿哥的头："好呀，都如此高了，见过你那小媳妇儿吗？"

八阿哥满脸茫然，口中模糊不清地嘟囔："什么是小媳妇儿？"他的话引得众嫔妃哈哈大笑。他被这阵势吓到了，匆匆跑到卫岚音怀中："我不要小媳妇儿，只要额娘。"

"咱们的八阿哥怕媳妇儿。"温僖贵妃的凤眸里含着笑意。

"八阿哥孝顺有加，是贤能的王公之臣。"太皇太后重语，众人皆惊，皇子们最高的晋爵也无非是亲王，八阿哥已经结下一门好亲事，难道还要提前封王？

平嫔柔和地说道："圣人讲，母慈子孝，是良姐姐教导有方。"

卫岚音浅笑："八阿哥回长春宫不久，还是惠姐姐和通姐姐教导有方，我倒省了好些气力。"

角落中的成嫔满是委屈，她紧紧拽着七阿哥的小手。七阿哥胆怯地瞧着众人，将目光定格在八阿哥身上。

卫岚音松开了八阿哥的小手，紫禁城中的皇子都是孤寂的，进了上书房，更为辛苦，只有幼童时，才有些欢声笑语。七阿哥天生跛脚，走起路来一起一浮，八阿哥也随着慢慢同行，两个小小的身影甚为可爱。四阿哥和五阿哥也奔跑过去，四个皇子一同在院落中玩耍，不亦乐乎。

"哀家见重孙承欢膝下，待百年之后，讲给太宗听听。"太皇太后的眼中噙着浊泪。

"太皇太后身康体健，是大清社稷之福。"一个小宫女麻利地走来，苏麻嬷嬷听到后，眉开眼笑，低声道："恭喜格格，长公主昨夜来了葵水，已经成人。"

长公主？卫岚音倒是听过这位长公主，本是恭亲王府的格格，从小养在宫中，极为喜气，皇上收为养女，不久大阿哥出生，紧接着宫中的子嗣都得以保住，所以称之为长公主。

"好啊，告知恭亲王福晋，女儿是额娘的心头肉，也让长公主的额娘高兴一番。"太皇太后欣慰。大阿哥当上阿玛，长公主也成人了，又是一代人啊，皇上还未到而立之年，这江山便已经锦绣如画，子孙繁茂，她到底守住了他打下来的江山。

"科尔沁的王爷催促哀家好久，满蒙之间都快断了亲，待皇上回宫后，为长公主在蒙古各部，挑选一位额驸。"太皇太后拄着龙杖。卫岚音知晓当年额娘便是这般嫁过去，她不禁悲从心生。

佟佳皇贵妃转眸而笑："皇祖母为大清尽心尽力，臣妾真是感动。提起婚事，臣妾还要为四阿哥求个恩典。"

"皇贵妃何事这般急？"太皇太后放下手中的佛珠。

"自从八公主走后，臣妾的身子一日不如一日，四阿哥又年幼，臣妾不知有没有那个福分，能看到四阿哥大婚的那日。"佟佳皇贵妃情真意切。

太皇太后深知其中的内情，疼惜道："皇贵妃莫要整日忧虑，日子总是要过的，年纪轻轻莫要讲垂头丧气的话。"

"臣妾知错。"佟佳皇贵妃低泣。

"皇贵妃对四阿哥之心，后宫上上下下都是有目共睹，哀家便了却皇贵妃的心意吧，不知皇贵妃可有人选？"太皇太后挑眉。

"多谢皇祖母成全，臣妾寻了几位朝堂大臣家的格格，找到一位与四阿哥生辰八字都极为相称的格格，是内大臣费扬古家的小格格。"佟佳皇贵妃柔声。

卫岚音对前朝之事知晓甚少，身后的落霜却颇为震惊。

惠妃和温僖贵妃嫉妒得满腔怒火，朝堂皆知，内大臣费扬古手握兵权，曾经贴身保护太宗血战沙场，深得历代皇帝的信任，更为难得的是，此人并未参与赫舍里氏和纳兰一族的朋党之争。

"将门之女，倒是配得上四阿哥，哀家趁着还硬朗，成全一段美事姻缘。"太皇太后小酌后，微笑应道。

"谢皇祖母成全。"佟佳皇贵妃心中大喜。

"莫要给旁人做嫁衣。"惠妃低声提醒。

"多谢惠姐姐，惠姐姐还是担心皇太孙吧。"佟佳皇贵妃咄咄逼人。

第二十二章

怨恨多才情太浅

承乾宫锦红满堂，宫人们脸上都挂着笑意，四阿哥胆怯地望着眼前的一切，十分懵懂。

"娘娘，四阿哥脸都红了。"宫女玉镯逗笑。

佟佳皇贵妃掩口微笑，慈爱的神色跃到苍白的脸上，咳了几声。

"皇额娘。"四阿哥急忙拍打着她的后背，恭敬地端上热茶。

"四阿哥真是长大了。"佟佳皇贵妃欣慰地微笑。

"儿臣谢皇额娘。"四阿哥低声回应。

佟佳皇贵妃爱意满满地拉着四阿哥纤细的小手："皇额娘所有的希望都在你身上，不要让皇额娘失望。"

"皇额娘放心，儿臣谨记皇额娘的教诲。"四阿哥低着头，少有的稳重。

"皇上回宫，你便去上书房读书，切记，不能拔尖，尽心辅佐太子，太子不懂之事，你也不能懂，凡事以太子为尊，处处为太子着想，赢得太子的信任，哪怕为太子受委屈，也要替他扛着，要让你皇阿玛知道，让紫禁城所有人都知道，你和太子同心同德，兄弟齐心协力。"佟佳皇贵妃循循善诱。

四阿哥微微点头："儿臣记下了。"

佟佳皇贵妃见四阿哥眉宇间挂着烦忧："想你额娘吗？"

四阿哥摇头，额娘早就不要他了，每次来见他，总是冷冰冰的。

佟佳皇贵妃紧紧握着他的双手："你要记住，你是承乾宫的嫡子，只有本宫是你的皇额娘，皇额娘从痘神娘娘那里将你求回来以后，你便是本宫的亲子。"

"皇额娘。"四阿哥动情轻唤，额娘的身影在记忆中模糊，他只记得温柔的双眸，可惜那双眸失去色彩，令人望而却步。

"皇额娘就算拼尽一死，也要将你送上那个位置，在成功之前，你哪怕蛰伏半生，也要安心当个皇子，你的皇阿玛会见到你的贤能之才。"佟佳皇贵妃出身尊贵，更是醉心权势。

"儿臣谨记。"六岁有余的四阿哥，眼中满是坚定。

"去安歇吧。"佟佳皇贵妃疼惜地梳理着他的藏蓝衣襟儿。

玉镯捧着汤药："娘娘，四阿哥还小，慢慢教。"

"当今皇上六岁已经登基为帝，哪里还小？"佟佳皇贵妃揉着发鬓，"孩子要从小立志，才能成大器。"

"那月儿格格？"玉镯忐忑，若月儿格格为贵妃，产下皇子？

"那是未来之事，充满变数，本宫哪里有如此多的日子。"佟佳皇贵妃只有在此时，才能放下所有的防备，日益虚弱的身子，只有自己最清楚，她喘气越来越急促，惊梦越来越多，怕是熬不了几载。

"娘娘。"玉镯忍不住痛哭流涕。

佟佳皇贵妃淡淡地笑道："皇子的年纪都差不多，还可以争一争，搏一搏。四阿哥康健稳重，堪成大器，若等到月儿产子那时，恐是一切已经尘埃落定，没有机会。"

"娘娘真是高瞻远瞩。"玉镯佩服得五体投地。

"苦药不喝也罢。"佟佳皇贵妃轻蔑地盯着乌黑的汤药，"如今这身子，喝什么灵丹妙药也没有用了。"

"娘娘，世上总有万一，千万不要放弃。"玉镯苦心劝道，"通嫔娘娘不是也有孕在身吗？"

"她比本宫小上几岁，又生育过两胎，皇子是早殇而亡，本宫是滑胎出红。"佟佳皇贵妃痛心疾首，"本宫无子，她们的肚子却一个个鼓起来，本宫不甘心啊。本宫自幼端庄，饱读史书，若是男儿身，早已入了翰林，论出身、品行，后宫嫔妃哪个能及？可是，本宫却败在女儿家最容易的事上，本宫不甘心。本宫要一齐收拾，不能让贱人们得意，翊坤宫小阿哥一事办得漂亮，李太医是可用之才，不会背叛本宫，莫要再猜忌多疑。"

"但是娘娘为何？"玉镯欲言又止。

"还是本宫福浅命薄。"佟佳皇贵妃失落地低下头。

"不，娘娘。"自从娘娘滑胎无子，多少个夜晚，娘娘如鬼魅一般赤脚站立在青石地砖上无声哭泣，无子将高傲的娘娘逼到了绝处。

"本宫倚仗的只有权势，皇贵妃的位置便是本宫的护身符，本宫会为月儿扫清道路。"佟佳皇贵妃瞑目，"没想到秀女一事，竟然枯木逢春，让惠妃扳回一局，惠妃还以为聪明，大阿哥年幼有了子嗣，皇上定是愤怒到了极点。"

"此次太子也与娘娘同心同德，平嫔娘娘也极为乖巧。"玉镯知晓娘娘的计谋，护着太子，便是得了皇上和太皇太后的心意。

"太子也知趣，知道本宫帮衬他，自动为平嫔退让了贵妃之位，这样也算是有诚意。"佟佳皇贵妃得意地说。

"贵妃之位非月儿格格莫属。"玉镯奉承，"月儿格格深得太皇太后宠爱，无人能及。"

"月儿哪里都好，就是淡泊名利，从小看些风花雪月的诗词，太过心慈。"佟佳皇贵妃连连摇头，紫禁城哪里容得下好心？

"有娘娘帮衬，谁敢对月儿格格无礼？"玉镯斜着头。

"如若本宫有恙，你要在月儿格格身边，替本宫好生照看她。"佟佳皇贵妃凡事都做着最后的准备。

"娘娘。"玉镯红了眼眶。

"好了，本宫只是随意讲讲，对了，那边的事，都妥当了吗？"佟佳皇贵妃端起苦涩的汤药。

"娘娘放心，都已经安排妥当，等皇上回宫，咱们便等着看好戏，够钟粹宫喝上一壶，还妄想什么双喜临门，等着她们哭吧。"玉镯讲道。

"务必要稳妥。"佟佳皇贵妃谨小慎微地嘱托。

"娘娘把心放在肚子里。"玉镯点头。

"袁贵人最近可安稳？"

"能得到娘娘的眷顾，是她的福气，如何能不安稳，怕是晚上也偷着乐呢。"玉镯挑眉回应。

"敏嫔倒是贴心可靠之人，却总是无子，本宫只能再寻可用之人。"佟佳皇贵妃微皱眉头。

"敏嫔虽然无子，但是皇上甚为喜爱，早晚会有皇子的。"玉镯微笑，"最后的总是最好的，娘娘又何必急于一时。"

"但愿如此。"佟佳皇贵妃拿起盘中的蜜饯，放入口内，先苦，后涩，再甜，丝丝入味，宛如人生，总要坚持下去。承乾宫仍然住着紫禁城中最尊贵的主子。

隐藏荣光的长春宫却是满地悲伤，定贵人听着曹嬷嬷托人从宫外带回来的消息，满脸悲伤，失声痛哭。

"他真的如此对我？"定贵人不愿相信。

"老奴不敢欺骗定贵人，负心人哪里还记得什么情谊，他已经将定贵人抛之脑后，只认得定贵人的银子，刚刚赎回个青楼女子做填房，香囊是……"曹嬷嬷唉声叹气。

定贵人轻轻拿起破旧不堪的香囊，丝线断裂，哪里还有原本的模样，与她怀中崭新的香囊有着天地之差，形同他对她的情谊。

"定妹妹不要伤心。"卫岚音柔声安慰，"香囊如人，定妹妹待他痴心一片，他却薄情寡义，定妹妹何苦为之伤心流泪？"

定贵人颤抖着身子，扑在卫岚音怀中哭泣。

卫岚音轻轻安抚："哭吧，哭过之后，日子还得熬啊。"

卫岚音叹了口气，负心人确实过分。

"良姐姐讲得极是，臣妾再也不会做痴狂人，要为自己好好谋划。"定贵人抹着眼泪，"还请良姐姐相助。"

卫岚音松下一口气："难得定妹妹想得开，我自然相助，后宫的嫔妃必须有皇子依靠才是上策。"定贵人坚定地点头。

紫禁城的秋日很短，初冬来得却急，交替之际，皇上带着太子和文武大臣南巡归来。当众嫔妃见到皇上从宫外带回的陌生女子，心里都掀起了轩然大波。卫岚音紧盯着她眉宇间的一点红痣，暗道，花将军果然厉害。

"臣妾给各位娘娘请安。"女子俯身弯腰。江南女子的秀气和娇软尽显无遗，众嫔妃皆惊讶万分。

"这是？"温僖贵妃疑惑地望向通嫔。

通嫔轻抚着小腹，带着几分尖锐地说："这位是王姑娘，是苏州府王知县家的女儿，王姑娘的评弹可为天人。"

"呦，小小的知县，心思倒生得玲珑通彻。"宜妃愤愤不平。

卫岚音倒吸一口凉气，这女子与花将军送进宫中的刘秀女极为相像，如若不是温婉的语调和眉宇间的红痣，还真以为刘秀女再次入宫。

"王姑娘长得好像一位刚被本宫赶出紫禁城的秀女。"佟佳皇贵妃眯着凤眸，"良妹妹，你看像不像？"

卫岚音转眸："容貌十分像，身姿八九分，这一开口呀，倒是一分也没有了。"

王氏依旧低着头，娇羞得红霞双飞。

南巡归来的德妃，少了往日的安宁："王妹妹出生在西施故里，人杰地灵，不知哪位秀女如此出众，皇贵妃怎能随意赶出宫去？"

佟佳皇贵妃不紧不慢："迷惑皇上，惑乱宫闱。"

"娘娘觉得凉吗？江南湿热，娘娘有孕在身，这一凉一热莫要染了风寒。"德妃身后的宫女宛碧故意大声说道。卫岚音温婉的目光瞄去，她又有孕在身？

沉默不语的敏嫔，紧抿着红唇，失落伤感尽在眼底，随驾出宫的嫔妃，两位有孕，只有她依然平平，她厌恶地瞄向德妃。

德妃微笑摇头："这也是昨儿才知道的，还未来得及禀告太皇太后和皇太后，只有皇上一人知晓。"卫岚音的心，停顿一下。

"德妹妹真是喜气，既然有孕在身，本宫不便多讲。"佟佳皇贵妃立着凤威，"六阿哥卧床多年，入了秋，便愈加不好，恐怕熬不了几天，德妹妹毕竟是六阿哥的额娘，还是前去探望，莫要留下遗憾。"

德妃擦拭着眼中的泪水："谢皇贵妃照料六阿哥，臣妾这便去看看苦命的孩子。"

卫岚音转向王氏，总觉得哪里不对，王氏眼中含笑、意味深长的目光回应岚音，卫岚音更加迟疑。

"爱妃来得好齐全。"玄烨处理完朝政，从南书房而来。

"皇上万福金安。"众人柔声说道。

卫岚音望向贵为九五之尊的皇上，添了几分文人之气，更为儒雅。

玄烨深情地看向卫岚音："良贵人可好？伤口还疼吗？"

卫岚音细声："谢皇上惦记，臣妾一切都好。"

玄烨转向佟佳皇贵妃："王氏是朕从江南带回的女子，朕已经拟好圣旨，加封王氏为答应，赐号为密。皇贵妃看可好？"

"臣妾听从皇上旨意，只是不知密答应住在何处？"佟佳皇贵妃笑着问。

"一切皇贵妃安排。"玄烨瞄着卫岚音。

佟佳皇贵妃凝神片刻："今年秀女已经入宫，三宫都进了新人，便着密答应在延禧宫与敏妹妹同住。"

"臣妾谢皇上恩典，谢皇贵妃隆恩。"密答应娴静娇媚。

卫岚音暗自惊讶，不论密答应与刘秀女容貌如何相像，但神态和目光却谬之千里，一如九天仙女，一如山间野妇，难怪皇上喜爱。

"皇上。"荣妃开口。

"何事？"玄烨盘算着晚上如何和岚儿解释密答应一事。

荣妃缓缓讲道："皇上才回宫，臣妾本想过些日子再禀告皇上，但此事重大，臣妾不得不讲。"

卫岚音瞄着微咳的佟佳皇贵妃，这么快便按捺不住。

"讲。"玄烨放下黄釉白底的茶盏，威仪十足。

"带上来。"荣妃招呼。

一个身强体壮的太监和一个身姿丰盈的宫女，跪倒在地。

"皇上，两人偷偷在后宫苟合，此宫女已经有了身孕。"荣妃的话惊动四座。

"什么？"玄烨重拍桌案，茶盏落地开花。

"皇上饶命，皇上饶命。"假太监和宫女跪地叩首。

"太监怎么会？"宜妃也万分不解。

荣妃连连摇头："臣妾知晓此事不宜外扬，便将人交给慎刑司看管，才知晓此人净身不全。"

"皇上饶命，皇上饶命啊。"假太监大声疾呼。

"敬事房和内务府如何选的人？"卫岚音侧目。

"此人为私自在宫外独自净身，卖身入宫。"荣妃一语道破。

"皇上，奴才没有办法啊，奴才一家世代务农，倒也能衣食无忧，可是后来奴才家的地都被亲贵圈种，奴才无法，只能进京讨口粮，无路可走，才私自净身，卖身进宫。"假太监句句真言。

玄烨更为震动，圈地？鳌拜时圈地之风严重，难道时隔多年，圈地又死灰复燃？流民众多，天下不稳，此事非同小可。

"做出这等淫乱宫闱之事，皇上看如何处置？"荣妃试探。

"依照宫规，要点天灯的。"僖嫔依然改不了多嘴的毛病。

"皇上饶命啊。"假太监喊道，"奴才知道，宫中还有人与奴才一样，希望能将功赎罪，求皇上开恩，为奴才留下子嗣吧，奴才愿代之受罪。"

"还有私自净身之人？"玄烨径直站立，"着朕旨意，彻查此事，真是无法无天。"

佟佳皇贵妃使着眼色，荣妃微微点头。宫中看似平静，却暗藏更大的阴谋。

"着良贵人陪朕用晚膳。"玄烨甩袖而去。

"恭送皇上。"卫岚音毫不避讳地回应着来自各方的嫉妒眼神。

长春宫内烛光明亮，卫岚音盯着铜镜中的自己。玄烨轻柔地为她梳理着长发。

"岚儿的秀发又长了许多。"玄烨微笑。

卫岚音低着头："皇上这一去便是八十七日，臣妾日日相盼。"

"岚儿。"玄烨将梳子放到卫岚音手心，木槿花朝开暮落的娟秀字迹，刻在梳柄上。

"皇上还记得岚儿？"卫岚音确实想一问。

"朕那日在琼姬湖，泛舟赏月，心中思念岚儿，多饮了几杯，醉卧在床，做了糊涂之事，朕还以为是岚儿。"玄烨的眼底尽是悔意，"王氏娇柔灵秀，朕只能带回宫中，她性情婉约，颇有岚儿之风，朕才破例升她为答应。"

卫岚音轻轻掩住他的薄唇："皇上是天子，臣妾感激不尽。皇上莫要有了新人，忘了旧人，定妹妹与敏妹妹同时侍奉皇上，敏妹妹久承雨露，而定妹妹独守空闺，毕竟是慈宁宫送来的人，皇上还是要多去坐坐。"卫岚音不偏不倚，拿捏得恰到好处。

"岚儿何时也学会了绕弯子。"玄烨爽朗大笑。

"皇上。"梁公公的声音从外响起。

玄烨面带不悦："明日再报。"

"皇上，此事紧急。"梁公公提高了嗓音。

"皇上去瞧瞧吧。"卫岚音心中已经猜中七八分。

"进来吧。"玄烨无奈。

梁公公跪倒在地："启禀皇上，六阿哥薨了。"

玄烨轻轻叹气："也算是解脱，着内务府好生为之办理身后事。"

"是，皇上。"梁公公依然面带愁容，"启禀皇上，敬事房竟然查出来十余人在宫外私自净身者，多为逃走的满洲家奴，而且……"梁公公瞄了眼卫岚音。

"讲。"玄烨的额头泛着青筋。

"已经有人承认，曾与宫女混淆不清，并牵连到皇太孙。"梁公公愈加低沉。

"好啊，朕的好阿哥。"玄烨怒火冲天。

"皇上。"卫岚音安慰，"可是有人故意陷害？"

梁公公摇着头："已经查明，连宫女都已经供认不讳，她只与大阿哥同房一次，却与太监欢好半年之久。"

"小小年纪，竟想与朕当年相比。朕当年的龙椅都要坐不稳了，也是靠大婚才得以亲政。他如今安享盛世，总想着酒色之事，如何能成气候？"玄烨痛恨怒吼。

"皇上息怒。"卫岚音心疼地劝慰。

"朕如今还没有死，都惦记朕这身龙袍，朕终究会将其党羽，一一收拾掉。"玄烨咬牙切齿。

卫岚音蹙眉："大阿哥毕竟年幼，此事还是从长计议，皇上要顾及大阿哥的颜面，还是先收拾太监为妙。"

玄烨微微点头："寻个缘由，将宫女赐死。去钟粹宫，着朕私谕，如若再犯，重罚不贷。"

"皇上，如今阿哥们都已到了读书的年纪，四阿哥也定了亲事，皇上还是为大阿哥早日定下福晋，大阿哥也好安心读书。"卫岚音倒下热茶。

玄烨握紧了她的手，长夜漫漫，情意无边……

一切都在卫岚音的掌握中，不出三月，定贵人有喜了。

定贵人羞赧："才不足两月，哪里来得害喜，只是腹中总是翻滚，用不下油腻之物。"

卫岚音瞧着定贵人红润的双颊："老天真是眷顾定妹妹，有了身子，反倒愈加美貌动人。"

"臣妾哪里及良姐姐。"定贵人浅浅行礼，"多谢姐姐照顾，臣妾今日才得隆恩浩荡，有了身孕。"

"皇上废除了圈地令，严惩了内务府和敬事房，还颁布诏书，宫外私自净身者，不得入宫。"卫岚音喃喃自语，"桩桩都是大事。"

"想起来都是后怕之事，没想到后宫之中有如此多的假太监。"定贵人低声说道。

"最近太皇太后的病情愈加严重，真是揪心。"卫岚音叹息。

"只可惜宫女没有保住皇太孙，太皇太后悲痛不已，如若长此下去，怕是熬不到太子大婚。"定贵人摇着头，人固有一死，太皇太后历经三朝，大清社稷之根本，如若故去，便是全国之殇。

"阿哥们都年少，皇上还没有到而立之年，皇太孙总是会有的。"卫岚音微笑，"但愿太皇太后少受些苦痛。"

"是啊，最近苏麻嬷嬷的头发又白了几分。"定贵人深得苏麻嬷嬷的照顾，对其恭敬有加。

卫岚音见定贵人伤感："定妹妹如今身子重，还是要想开些，生死有命，老天会降福运给慈宁宫的。翊坤宫的宜姐姐为皇上生了位小阿哥，储秀宫的温姐姐也生了小公主，过几日通姐姐也即将临盆生子，定妹妹要多去走走，沾沾喜气儿。"

"咱们长春宫也是福地。"定贵人腼腆地应道。

"风水轮流转，后宫日益充盈，进宫秀女一批又一批，待红颜老去那一日，还依然屹立不倒，才是真正的福地。"卫岚音回应道。

"臣妾以良姐姐为尊。"定贵人表着心意。

"额娘。"八阿哥飞跑进来。

卫岚音慈爱地问："慢些，又要去玩耍？"

八阿哥点头："我想去找四哥玩儿。"

"四阿哥和五阿哥都去上书房读书，你可以去找七阿哥玩儿。"卫岚音柔声说道。

"不，五哥不会讲话，七哥打我，只有四哥护着我。"八阿哥噘着小嘴。

定贵人笑道："难道八阿哥忘记了，你与四阿哥一同玩耍，还扑倒了皇贵妃，被皇上惩戒在奉先殿思过？"

八阿哥捂着双眼："好多吓人的佛像，莫不是四哥帮我挡着，那些佛像便把我吞进肚子里了。"

定贵人忍俊不禁："难道佛像听四阿哥的不成？"

"不是，四哥冷冰冰的脸比佛像还要吓人，佛像都吓跑了。"八阿哥笑意盈盈地说。

"男子汉怎能如此胆小？"卫岚音训斥道，"你若听话，莫要贪玩儿，待到明年，额娘去求你皇阿玛，让你与四阿哥一同去上书房读书。"

"读书？"八阿哥低着头，"是不是要写字？"

"当然，你没看三阿哥只长你几岁，字已经写得一气呵成，颇有大家之风吗？"卫岚音舒缓着脸上的神色。

"我最怕写字。"八阿哥小声嘀咕。

"书山有路勤为径，学海无涯苦作舟，哪有坐享其成，你还是去练练描红。"卫岚音板着脸。

"哦。"八阿哥委屈地走了出去。

"没想到良姐姐还是位慈母。"定贵人夸奖，"八阿哥还小，入了上书房自然有师傅教授启蒙，良姐姐不必如此操心。"

"八阿哥从小不在我身边长大，颇为顽劣，待回到长春宫，已经养成了贪玩的性子，天天与小太监和宫女玩耍，我也是调教了好久，他才有所好转。"卫岚音唉声叹气，"人家三阿哥和四阿哥在他这个年纪时，描红之字，规整周正，八阿哥却不及半分。"

"真是暗藏凶心，钟粹宫上下都是儒雅之风，纳兰家女子的才情屡得盛名，大阿哥虽然做出荒唐之事，也是学识精良，甚至远胜过太子，惠姐姐如何能教出顽劣的八阿哥？一定是刻意放任。"

"罢了，如今纳兰公子英年亡故，惠姐姐又未能保住皇太孙，钟粹宫已经悲伤一片，我也少去猜想她们的害人心思。"卫岚音怎能不知惠妃深藏的祸心？

"朝廷正在北边打仗，皇上无暇顾及后宫，新来的秀女只临幸了平妹妹。"定贵人柔声说，"赵答应、袁贵人天天都去延禧宫找密答应学评弹呢。"

"敏妹妹呢？"卫岚音好奇。

"她不知从何处得了方子，整日卧床养身，日夜休养。"

"定妹妹足不出户，却知晓所有事情，姐姐真是佩服。"

"臣妾哪里是多事之人，紫禁城中私下里流传着流言蜚语，想不听都难啊。"定贵人摇着头，"臣妾也只是与良姐姐闲聊几句家常。"

"是啊，宫中日子寂寞，总得给自己寻些乐子。"卫岚音望着模糊的朱红，还要困在这里多久？

"在宫中已是凄苦，但遇到良姐姐，却是上天眷顾，臣妾是托良姐姐的福气才升为贵人，又是得良姐姐相助才有孕在身，大恩大德，难以言表。"定贵人真挚而语。

"皇上给大阿哥和太子赐婚了。"落霜细声讲道。

"是谁家的格格？"卫岚音挑眉。

"大阿哥的福晋是吏部尚书家的格格。"落霜放下手中的鲜果托盘，"太子妃是正白旗汉军石都统家的格格。"

定贵人叹气道："看来太皇太后还是让步了。"

"纳兰一族的荣耀怕是到此为止了。"皇上虽然没有从蒙古草原为太子选定太子妃，却为太子选定一旗固山都统倚仗，兵权在握胜过文武百官。

"是啊，听闻四阿哥与三阿哥在上书房读书，对太子极为恭敬，都是以君臣之礼相待，而大阿哥不以为然，仗着自己是长子，处处与太子对立，皇上已经训诫多次。"落霜实在不懂，年幼时的大阿哥也是仁义之人，如今却转了性子，事事咬尖儿。

"惠姐姐错便错在对大阿哥管教太严，时时给大阿哥灌输长子为帝的观念，纳兰一族又操之过急，结果全盘皆输。"卫岚音一言点明。

落霜心知肚明："主子所言极是，咱们八阿哥不是长子，朝廷上又无人能助，只要安宁一世便可。"

定贵人抚着小腹："这样最好，闲散王爷，舞文弄墨，岂不快哉？"

"如若到时候你我还活着，便求得恩典，搬出宫外，与亲子同住，共享大伦之乐，此生也足矣。"卫岚音动情落泪。

定贵人也悲伤得潸然泪下，当她终于安享其乐、知晓所有的一切时，她告诉自己，要加倍地好好活下去，不是为了她一个人，还有长春宫的良姐姐，她要为她看尽繁华，笑看落花。

此时，永和宫的德妃看着恬静安睡的小公主，面带失落伤感。

"娘娘要多安歇。"宫女宛碧轻轻扶起身子柔弱的德妃。

"娘娘如今有了身子，哪能如此劳累，召唤奴婢做就好了。"宛碧心疼。

"要是个阿哥该多好。"德妃的贪婪之色难以言表。

"娘娘，九公主深得皇上喜爱，待公主长大些，也会如娘娘这般美，得到皇上的眷顾。"宛碧劝慰。

"但愿这胎是位阿哥。"德妃抚过小腹。这是最后的机会，后宫新人辈出，这胎是她不知费了多少脑筋才得到皇上怜爱，而那一次次的小心计，皇上恐怕早已厌倦。

"娘娘还年轻，以后的日子长着呢，会为皇上多生几位阿哥的。"宛碧献媚，"放眼整个紫禁城，谁能有娘娘的荣耀，良贵人再得宠，此生只得一子，拿什么和娘娘攀比争斗？娘娘，四阿哥已经搬到阿哥所居住，入上书房读书，奴婢按照娘娘的意思，私下里常会带去些关切之物，爱护之语，四阿哥并没有拒绝，对娘娘还是有母子情分的。"

"虽然皇贵妃抢夺了本宫的皇子，但本宫还是要谢谢皇贵妃，否则四阿哥哪里能定下如此好的亲事？"自从接连生下两位公主之后，德妃心烦意乱，视线又转移到早已放弃的四阿哥身上，毕竟是她十月怀胎所出，自然不能轻易放弃。若今后不能生出阿哥，四阿哥便是她唯一的倚仗，无论用什么法子，都要抢夺到自己的身边。

宛碧扶着她缓缓坐下："良贵人得宠又如何，生出个不成器的八阿哥，描红之字，还不及研墨的小太监，日日受皇上的责罚，哪里及四阿哥半分。"

德妃当然知晓钟粹宫的本事，笑而不语。永和宫内笑声不断，哪里顾得旁人的死活。

后宫皇子昌盛，玄烨来长春宫的次数越来越少，陪伴卫岚音的只有那把檀木梳子。

卫岚音自从狠心地将八阿哥提前送往上书房开蒙读书后，更加郁郁寡欢，八阿哥年纪小，颇为顽劣，总是受到惩罚，已经沦为整个后宫的笑柄，她很头疼，生子难，原来养子更难，更何况是紫禁城中的皇子。

"主子。"曹嬷嬷叹气，"皇上考核皇子们的描红，只有八阿哥的最差，惩罚八阿哥抄写一百页，如若抄写不完，不准用膳。"

卫岚音担忧："让小安子机灵些，常常带些八阿哥平日里喜爱的小点心。"

"主子放心，饿不到八阿哥。"曹嬷嬷会意地说，"八阿哥对老奴讲，让主子去求皇上，他不想在上书房读书。"

"他今年不去，明年也必须去，皇子们入上书房读书，这是祖宗定下的规矩，无论是皇上，还是亲王贝勒，哪一个不是饱读经纶？他真是顽劣到家了。"

"主子，莫要伤神，老奴在上书房待了好一阵子，咱们八阿哥虽然年纪小，却极为聪慧，背书极快，同是一篇文章，四阿哥和五阿哥都要背上几十遍，便是三阿哥也要读上十几遍才能记牢，而八阿哥从来没有超过三遍，必会一字不落，连教授的师傅都连连称好。"曹嬷嬷欣慰地仰首微笑。

"那又如何，人家四阿哥和五阿哥自从进了上书房，从来没有受到过任何责罚，八阿哥每日都会弄出些荒唐之事。"卫岚音实在不解，这孩子到底随了谁的性子。

"也不能都怪八阿哥，太子事事针锋相对，大阿哥从中袒护八阿哥，越是袒护，太子越是气愤，三阿哥、四阿哥和五阿哥凡事都以太子为尊，八阿哥当然要受委屈。"

"后宫中谁没受过委屈，人生在世，世间万般，哪能不受委屈？自幼受些委屈，是老天怜悯。"卫岚音缓缓闻着茶香，"后宫嫔妃厮杀成性，争的便是皇子，如今是宫中子嗣最为繁茂之时，各宫的地位早已奠定，今后比拼的便是皇子的本领，子凭母贵，母凭子荣，咱们长春宫所有的荣耀都在八阿哥身上。"

"主子，通嫔娘娘生下十公主，定贵人生下十二阿哥，连多年未孕的敏嫔娘娘也生下十三阿哥，德妃娘娘再添一位小公主，但入宫的新人却毫无动静，莫非是？"曹嬷嬷推断。

"这是女人间的战场，初入后宫，当然要流血流泪，栽些跟头，这样才能看清真实和龌龊，待我们这些老人儿都风华不再时，才是她们略施拳脚的时候。"卫岚音微笑，如今六宫主位风华正茂，皇子辈出，新入宫的秀女，哪里会有半分机会。

"主子，密答应那边？"毕竟密答应是花将军费尽心思才送进宫中。

卫岚音放下手中的茶盏，不悦道："如今连平嫔也只是侍寝几次，袁贵人和赵答应连皇上的面都没见到，密答应凭借几分姿色和手腕，在宫中左右逢源，已经很好了。"

"主子不要责怪花将军，这都是为了主子和八阿哥啊。"曹嬷嬷知道她心中不快。

"我没有怪罪花将军。"卫岚音长吐出一口浊气，"密答应分明便是刘秀女，又为何欺骗呢？"

曹嬷嬷紧抿着双唇："主子，老奴听木公公讲过，密答应不是刘秀女，之所以相像是因为她们是一对孪生姐妹。"

"孪生姐妹？"卫岚音疑惑。

"对，王知县受过花将军的恩惠，便收其中一人为义女，顺水推舟，送进宫来。"曹嬷嬷低声回答。

卫岚音愤怒到极点："原来花将军是一石二鸟，做了万全之策的准备，难道是知道我不肯帮刘秀女进宫，不相信我吗？"

"不，主子别恼火，花将军本是想刘秀女性子刚烈，进宫帮衬主子，却没想到被皇贵妃不喜，便只能从密答应这里下手，密答应自幼在梨园长大，懂得讨皇上欢心。"曹嬷嬷实在不可想象，如若主子知晓隐藏多年的秘密，会如何面对，只能拖一日是一日。

卫岚音想起几日前与密答应的交谈，的确是位性情女子，比刘秀女强上百倍。但一想到这层层阴谋，她不由得浑身寒栗，她和八阿哥绝对不能受制于人。

"主子，德妃娘娘又有孕了。"落霜着急地禀告。

"什么？"曹嬷嬷大惊失色，德妃娘娘刚生下小公主不到百日，怎么能？

"看来永和宫的势头盖过曾经荣耀的永寿宫，皇上真是喜爱德妃。"卫岚音心痛，原来皇上不是每日在忙碌朝政。后宫每位皇子的出生，都犹如一把利剑插进她的心底，再也流不出一滴鲜血，"皇上终究是皇上。"

"宫中都说德妃娘娘有生子秘方，僖嫔娘娘这几日几乎住到了永和宫。"落霜笑道。

"荣妃曾经也是光耀一时，可惜只保住了三阿哥和三公主，皇子繁茂，也要看老天福泽。"曹嬷嬷历经三朝，见多识广。

"承乾宫又是暴跳如雷。"卫岚音一语道破。

"德妃娘娘母族虽弱，却多子多福，妃位坐得安稳，宜妃娘娘也是如此，真不知道皇贵妃要对谁下手。"落霜知道皇贵妃势必要为月儿格格夺得妃位。

"温僖贵妃自从小公主死后，连连卧床，如若不是还有十阿哥撑着，恐怕也好不到哪去。"曹嬷嬷得意地说。

"宫中嫔妃看似众多，其实一直都是这几位把持，从来都没有改变过。"卫岚音心思细腻，"斗吧，不管皇贵妃瞄准了谁，咱们都得帮上一把。去慈宁宫的物件儿都备好了？"

"回主子，都齐全了。"曹嬷嬷出身蒙古草原，当然知晓能引起思乡情怀的物件儿。

"太皇太后的身子越来越弱，林太医也束手无策，想必很难拖过今年。"卫岚音唉声叹气，她又将失去一位亲人。

"太皇太后筹划一生，知晓自己时日不多，已经开始安排后事了。"曹嬷嬷一语道破，"主子还是要多去走动。"

第二十三章

萧萧只隔窗间纸

长春宫内锦绣斑斓，卫岚音低垂着头，哀声道："太皇太后如若驾鹤西去，恐怕紫禁城的风向又将会改变。"落霜和曹嬷嬷沉默不语，紫禁城的所有人，无论是高高在上的娘娘，还是卑微的宫人奴才，都对太皇太后怀有敬仰之心。虽然是敌手，败在太皇太后手下，曹嬷嬷也是心服口服。

"皇贵妃聪慧过人，她知道皇太后不喜自己，便想出倚仗太子，帮衬赫舍里氏的好法子。"卫岚音眸光染尘，"东巡回宫后，皇贵妃与太子联手害我，便是开始。"

曹嬷嬷气愤地说："真是狡猾奸诈，枉费主子对太子的一片真心。"

"太子愈发残暴无情，的确有疯癫之兆。"卫岚音想起那双眼神，不寒而栗。

"倚仗太子，便是倚仗皇上，皇贵妃果然有孝诚仁皇后之风，只有钟粹宫看不清楚。"落霜答道。

"今后便是储秀宫和翊坤宫的天下。"卫岚音微笑，"储秀宫和翊坤宫的皇子最多，不会甘心久居太子之下，自然会事事拔尖儿，温僖贵妃原本与皇贵妃素有隔阂，皇贵妃永难再孕，无论是身子还是权势都处于深谷，温僖贵妃不会放过绝好的机会。"卫岚音凝神柔声，"后宫看似平静，实则都在韬光养晦，等待时机罢了。"

"时机？"曹嬷嬷不解。

"喜丧。"卫岚音抿着红唇，艰难地吐出两字。

"她们好大的胆子，人前为人，人后为鬼。"落霜深得太皇太后的疼爱，内心愤愤不平。

卫岚音凝神："皇子们都已经到了去上书房读书的年纪，能不能有所作为，还得看有没有修身、治国、平天下的本事。慈母多败儿，温僖贵妃和宜妃对阿哥们的心疼之意，早已注定难成大器。倒是三阿哥、四阿哥、五阿哥会成气候。"

"主子勿要多心，皇上过几日带主子去牧场围猎，宫中无人得此荣耀，主子要养足血气，去散散心也好。听闻宜妃娘娘都已经将骑装备好，却传来主子伴驾的消息，气愤得将骑装剪成碎片呢。"落霜得意洋洋。

卫岚音想起围猎一事，雅克萨大捷，皇上的尊荣功绩更是天下共知，与蒙古王爷相约围猎。她细拂金簪，昔日的疼爱、盛宠，已渐渐远去，宛如海浪拍打礁石，每一次冲击都留下满地的碎痕。她每次都不知疼痛地重复，直到海枯石烂、沧海桑田的那日。自从假装失魂，她好似真的忘记了一切。

几日后，卫岚音在片片怒骂声中坐上华丽的龙辇，她和玄烨多日未见，有些拘谨。

"岚儿。"玄烨将她的双手扣在手心，"岚儿真美。"

卫岚音娇滴滴地说："臣妾哪里及新入宫的妹妹们。"

"岚儿也会嫉妒？"玄烨龙心大悦。

"臣妾谢皇上不嫌弃臣妾的拙劣，同行围猎。"卫岚音说出心里话。

玄烨轻柔地握着她冰冷的双手："朕曾答应过岚儿，要带你去草原上看看，如今是冬日，朕觉得白雪皑皑，一望无际的草原才最为壮丽，能让人看到隐藏在白雪下的秘密。"

卫岚音放松地靠在皇上温暖的胸膛上："皇上记得臣妾和八阿哥便好。"

玄烨眉宇含笑："八阿哥若有岚儿的半分娇柔……"他想起八阿哥，唉声叹气，论起聪慧才情，恐怕连启蒙多年的太子也难及，但论起顽劣，所有的阿哥加在一起，也难及八阿哥一分，真是不知到底随了谁的性子。

"岚儿幼年活泼好动？"玄烨疼惜地问道。

"臣妾性情婉约，倒是皇上。"卫岚音微笑细语，"听太皇太后讲过，皇上幼年时曾经赌气，要离宫去闯荡江湖，成为一代侠士呢。"龙辇内传出朗朗的笑声，两人之间最浓的感情莫过于亲生骨肉，一生再难分离。

"鹪鹩巢于深林，不过一枝；偃鼠饮河，不过满腹。归休乎君，予无所用天下为！臣妾不求八阿哥荣耀，只要平安。"卫岚音轻轻讲道。

"八阿哥还小，只要严加管教，会是贤王。"玄烨紧紧拥着她，感受着真实的爱恋，他是帝王，运筹帷幄尽在掌控。

"皇上。"卫岚音忘情地唤道，浓浓的情谊转递在两人的指尖。

冬日围猎远不及春秋之季，蒙古王爷也只是把酒言欢后便回了，倒是给了两人独处的机会，卫岚音极为享受草原上干冷的寒风，云彩垂天之下的皑皑莹雪，她醉心在玄烨的怀里，互相取暖。

行宫内，她静静陪伴着他审阅奏折，这是傍晚最温馨的一幕。

"皇上，紫禁城来人了。"梁公公低声说。

岚音刚想起身回避，玄烨摆着手："既然是后宫来人，岚儿无须多礼。"

护军营的侍卫跪地禀告："启禀皇上，阿哥们在后山骑马射箭，太子骑的母马惊了，险些将其他几位阿哥撞倒，还好四阿哥将太子救下，但四阿哥因此断骨，蒙古太医已经为其医治。"

玄烨眼色幽冷："太子可有事？"

"太子只是受到些惊吓，并无大碍。"侍卫回应。

"太子的骑术甚好，到底发生了什么事情？"玄烨显露出帝王的气势。

"回皇上。"侍卫偷偷瞄了卫岚音一眼，"好似是八阿哥贪玩儿，五阿哥看见八阿哥偷偷喂了母马不干净的草料，八阿哥却不承认是自己所为，僖嫔娘娘愤怒，责罚了八阿哥。"

玄烨的脸色愈发昏暗，拇指上的翠绿扳指，莹莹暗光。

卫岚音脸色大变，八阿哥害太子？八阿哥虽顽劣成性，却极为仁义，不会谋害旁人。她无奈地望着玄烨，不愿多言解释。

玄烨的眼底蒙上一层灰色，冷冽一语："回宫。"

回宫的路上远不及来时甜蜜，玄烨拍打着卫岚音的手，安慰着她躁动的心。

"皇上。"卫岚音小心翼翼，"八阿哥犯下滔天罪行，还请皇上惩戒臣妾管教不严之罪。"

"子不教，父之过，朕自当会从严惩戒。"玄烨威仪，"皇子们都还年幼，朕自当仔细斟酌。"

"臣妾谢皇上恩典。"卫岚音内心忐忑。

玄烨凝神："阿哥们都是大清的希望，顽童间免不了争吵打闹。朕担忧的是皇祖母的身子，熬了这么多年的风雨，她已经油尽灯枯。"

卫岚音的身子微微颤动："太皇太后寿与天齐，皇上的仁孝之心，天地可鉴。"最近太皇太后嗜睡得厉害，的确令人担忧。

"皇祖母若撒手人寰，苏麻嬷嬷也难独活。"玄烨难受。

"按照规矩，苏麻嬷嬷这样身份的老嬷嬷，年老后要在皇城外的宫殿安养。"卫岚音微笑，"不知皇上是否可颁发恩典，将安养之所迁到皇宫内城的偏隅角落，这样苏麻嬷嬷留在宫中名正言顺，臣妾们会时时去探望，也了却皇上的心事。"

玄烨点头："嬷嬷们一生孤苦伶仃，在宫外凄凉，回宫照料更为稳妥，也彰显皇家的仁孝爱民。"

卫岚音缓缓地说道："苏麻嬷嬷追随太皇太后一生，虽然不是宫中的主子，却胜过主子。太皇太后最为惦记的就是苏麻嬷嬷，皇上何不做件让太皇太后欣喜的事？"

玄烨惊讶："欣喜的事？"

岚音点头：“苏麻嬷嬷虽然是宫人，却胜过朝堂大臣。她一生追随太皇太后，无儿无女，皇上何不赐给苏麻嬷嬷一位阿哥为之抚养。这样苏麻嬷嬷也好有个倚仗的贴心人，可以度过寥寥孤寂的寒夜。”卫岚音触动着心弦，“宫中的夜晚极其静寂，漫长沉闷。”

玄烨怎能听不出她的弦外之音，“是朕辜负了岚儿的深情，如若有缘，待到来生来世，朕必当一心待之。今生朕只能是大清的皇帝。”

卫岚音哽咽：“不论将来发生什么，求皇上不要忘了岚儿。皇上有弱水三千，万里江山，而岚儿只有皇上，只有八阿哥。”她心酸痛哭。

“岚儿是天池神水做成的。”玄烨眯着双眸，“岚儿方才所提的甚好，苏麻嬷嬷深明大义，抚育皇子最好不过，朕幼年便在苏麻嬷嬷的膝下承欢，只是不知宫中哪位阿哥合适？”

“十二阿哥可好？”卫岚音讲出心底话语。

“定贵人？”玄烨沉思。

“定妹妹出自慈宁宫，得苏麻嬷嬷眷顾，如今又生下十二阿哥，自然与苏麻嬷嬷更为亲密。定妹妹性情温婉，知恩图报，皇上何不成全一段美事。”

“好，待回宫后，朕颁发圣旨，皇祖母必定开心。”玄烨笃定地说。

卫岚音喜出望外，苏麻嬷嬷德高望重，这样才能提升十二阿哥在宫中的身份，加深在皇上心中的重量，奸人也不敢害之。

车队一路奔驰，终于在日落间赶回余晖中的琼楼宇阁。

承乾宫，宫女宛碧赤红着双眸：“娘娘，四阿哥无事，莫要愁坏了身子。”

德妃依旧哭泣：“这几日总是心神不宁，四阿哥竟然从马上摔了下来，我的心啊，疼得很。”

“娘娘与四阿哥母子连心，也要顾及腹中的皇子。”宛碧在四阿哥的床边大声哭喊，连外室的佟佳皇贵妃也听得真切。

佟佳皇贵妃眸光愠怒，金镶碧玉的护甲泛着泽泽寒光。卫岚音心疼地看着跪地的八阿哥，八阿哥正值乳龄，满脸稚嫩，一副不服输的样子。

“皇贵妃，八阿哥顽劣成性，意图谋害太子，请皇贵妃为太子做主。”

僖嫔恶毒地盯着卫岚音。太子耷拉着头，沉默不语。

"太子有事？"皇贵妃关切。

"回皇贵妃，多亏四弟拉住了儿臣的缰绳，儿臣被三哥和五弟所救，四弟却被惊马所伤。"

"太子的骑术是咱们八旗铁骑的巴图鲁所教授，东巡祭祖时，骑术便已经了得，而且箭无虚发，如若不是遭到他人陷害，怎能骑术不精？"宜妃添油加醋。

"是啊，讲来也巧，三阿哥、五阿哥都受了伤，尤其是五阿哥那双小手啊，满是血迹。"温僖贵妃阴阳怪气，"倒是大阿哥和八阿哥真是命好，离得远远的，等赶到时，惊马在侍卫的箭下咽了气。"

惠妃挑着高音："呦，听着贵妃妹妹的话，倒是盼着大阿哥和八阿哥一同摔落马下才好吗？"

"惠姐姐这是什么道理，本宫讲错了吗？"温僖贵妃毫不示弱。

"都少讲几句。"佟佳皇贵妃立着凤威，"皇上去慈宁宫给皇祖母请安问好了，等皇上回来，自有圣断。"

卫岚音轻轻拉起八阿哥，护在怀中："既然一切都未下定论，八阿哥何罪之有？"

"额娘，儿臣没有做坏事，儿臣没有。"八阿哥流下委屈的泪水。

"不要怕，尔等欺人，不能欺天，是非争端，总有水落石出那日。"卫岚音安慰。

德妃从内室走出："臣妾逾越，请皇贵妃恕罪。"

佟佳皇贵妃透着寒意："你怀着身子，还是早日回永和宫安心养胎，四阿哥自幼长在承乾宫，比阿哥所好得多，会早日康健。"

"德姐姐与四阿哥母子连心，四阿哥有两位额娘关照，最有福气。"温僖贵妃火上浇油。

德妃俯身跪拜："皇贵妃对四阿哥尽职尽责，倒是让臣妾这个生母无颜以对，臣妾多谢皇贵妃的恩德。"

佟佳皇贵妃目含怒火："本宫蒙受皇上旨意抚育四阿哥，四阿哥为本宫嫡子，自然尊贵，何来旁人谢恩？"德妃泪眼婆娑地离去。

随着皇上驾到的长调，承乾宫再次响起低泣。玄烨辗转内室探望卧床的四阿哥。

"皇阿玛。"苏醒的四阿哥低哑地唤道，"儿臣无能，望皇阿玛不要怪罪八弟。"

佟佳皇贵妃的嘴角挂着幽冷的笑意，果然是她调教出来的亲子，小小年纪便懂得审时度势。

"朕会为四阿哥做主。"玄烨对着佟佳皇贵妃道，"四阿哥的岳丈费扬古，早年行军打仗，血战厮杀，结识名医，疗骨一绝，着其进宫为四阿哥诊治，莫要留下病根儿。"

"谢皇上恩典。"佟佳皇贵妃愈发得意。

"谢皇阿玛。"四阿哥听到岳丈，微白的脸色挂着红晕，但眼神依旧冰冷。

众人随玄烨回到外室，迎接着暴风雨的到来。

"你们都出来，给朕跪下。"玄烨愤怒地指着众阿哥。

"父皇息怒。"太子率先讲道。八阿哥高傲昂首，不肯认错。

"八阿哥，朕问你，是不是你做的？"玄烨紧盯着八阿哥深暗的双眸。

"回皇阿玛，不是儿臣所为，儿臣去马厩，只是去玩耍，从未做过见不得人的坏事。"八阿哥辩解。

"皇阿玛，儿臣亲眼见到八弟在马厩里鬼鬼祟祟，还不时地喂母马草料，母马正是太子皇兄骑的那匹。"五阿哥禀告。

"你独自一人去马厩做什么？"玄烨黑着脸庞。

"回皇阿玛，儿臣年纪轻，臂力小，拉不开大弓，太子皇兄讥笑儿臣手无缚鸡之力，儿臣便借着出恭为由，出来透透气儿。"八阿哥噘着小嘴，"待儿臣再大些，会双臂拉弓。"

"皇阿玛，那只是儿臣玩笑之言，皇兄也曾这般讥笑过儿臣，儿臣都是一笑而过。"太子的话暗藏刀锋。

"幼童玩语，怎能句句都记在心中？"佟佳皇贵妃笑意盈盈。

"四弟为救儿臣，躺在床上，儿臣甚为自责，四弟和八弟皆年少，是儿臣未照顾好亲弟，请皇阿玛责罚。"太子低头。

"皇阿玛，儿臣真的亲眼看到八弟在马厩中喂马。"五阿哥重复。

"儿臣的确是在喂养母马，但儿臣只是用马厩中的草料，没有下毒啊。"八阿哥为自己辩解。

"皇阿玛，八弟年幼，虽然顽劣，但心地仁善，不会做出害人之事，还请皇阿玛明察。"大阿哥帮衬着他。

"你说谎话，当时你们都在挑选弓箭，你怎么跑到马厩来了？"八阿哥怒问五阿哥。

五阿哥低着头："还不是你贪玩，宫人们都唤不回你，师傅便命我过来寻你。"

"五阿哥自幼深得太皇太后亲自教授，忠厚老实，不会讲诳语的。"温僖贵妃抬高身价。

卫岚音微笑："五阿哥的贤能众所周知，既然如此，何不去马厩寻有毒的草料？"

佟佳皇贵妃冷笑："奇就奇在这里，草料无事。"

"那马为何而惊呢？"荣妃不解，阿哥们年幼，教授骑射之马，都是性情温顺的母马和小马，无烈马，何来惊厥？

"是八阿哥私自喂了有毒之物，意图谋害太子，皇上，要为太子做主啊。"僖嫔愤愤地说。

"八阿哥年幼，为何要谋害太子？"定贵人缓言，世人皆知，即使太子微差，东宫储君之位也轮不到八阿哥。

"是良贵人所指使。"僖嫔怒指着卫岚音，"良贵人为报滑胎之仇，迁怒太子，故意在皇上离宫时，指使八阿哥下手。皇上，只要严加拷问，定会水落石出。"

"太子曾经害臣妾滑胎？臣妾滑过胎？"卫岚音惊愕地望着众人，既然将脸面撕破，那便死磕到底。

"放肆！"玄烨气愤，自从岚儿失魂，从未提起过往云烟。众嫔妃都知晓其中乾坤，皆默不作声。

"皇上，僖嫔挑拨离间，对八阿哥动用私刑，又恶人先告状，还请皇上为八阿哥做主。"卫岚音见好就收。

玄烨看着八阿哥微肿的双颊："事态不明，私打皇子，这是在轻蔑朕吗？僖嫔以下犯上，屡教不改，着朕旨意，将僖嫔投入冷宫，没有朕的旨意，任何人不得接近。"

"皇上，皇上臣妾冤枉。"僖嫔瘫坐在地，"太子，平妹妹。"这是皇上第一次将妃嫔打入冷宫，僖嫔毕竟是赫舍里家的格格，身份显赫，皇上如此做，便在警示六宫，不要倚仗身份和母族，身份再显赫，也不及皇上的宠爱，也不要触及皇上的龙威。

"僖嫔娘娘污浊皇威，请皇阿玛惩戒。"太子的眼底透出寒意。

"卫岚音，你这狐媚子，我在冷宫等着你，我的今日便是你的明日。"僖嫔知晓自己大势已去，今日不是皇上弃了她，是整个家族放弃了她这颗毫无用处的棋子。

"谢皇上为臣妾做主。"卫岚音俯身谢道。

温僖贵妃见佟佳皇贵妃少言寡语，玩味地说道："四阿哥断骨，德姐姐哭泣得不成样子，不知皇贵妃有何感想？"

佟佳皇贵妃淡淡地笑道："四阿哥自幼是本宫抚育成人，自然更为心痛，但也为四阿哥高兴。四阿哥是为救太子而断骨，就是为了大清，为了皇上。"

"既然一切疑点都卡在草料上，为何不能查验死去的母马呢？"宜妃挑着眉毛。

"啊……"体态丰盈的敏嫔，干呕不止。

"敏妹妹这是？"温僖贵妃试探。

敏嫔挂着微笑："启禀皇上，臣妾逾越，太医已经诊过，臣妾有了身孕。"卫岚音疑惑地看着她，十三阿哥不到半岁，她又有孕在身？

玄烨不想她伤心，漠然地说道："既然有喜，便不要四处走动，安心在延禧宫中养胎。"

"是，皇上。"敏嫔失落。

"真是喜事连连。"惠妃忽然感到了畏惧。

"惊马一事，朕会处置，不会姑息奸人。"玄烨用殷切的目光看着跪在地上的众位阿哥，"你们都是亲兄手足，希望你们齐心辅助太子，其利断金，朕不想看到你们任何一人出事。"大阿哥脸色苍白，手心尽是冷汗。

"大阿哥已成年，婚事定下多时，在宫中居住多有不便，开牙建府，成婚吧。"玄烨叹息，"太皇太后久病在床，大阿哥成婚，也好冲冲喜。"

"恭喜皇上。"众嫔妃行礼叩拜，这是宫中第一位皇子大婚，自然与众不同。卫岚音看向惠妃，惠妃毫无喜悦，越大的隆恩，越是胆战心惊。

玄烨的目光轻轻扫过卫岚音，传递内心的苦闷，方才的话语是讲给大阿哥和惠妃听的，口舌之争倒也罢了，朝廷上结党营私是重罪。大阿哥开牙建府是成年的伊始，希望他能悬崖勒马，回头是岸。

卫岚音深知话中深意："大阿哥成年，自然会深知皇上的恩情，毕竟是皇家娶妻，臣妾们会帮衬惠姐姐，将婚事办得体面。"

玄烨又转向定贵人："十二阿哥秉性静谧，定贵人出身慈宁宫，朕欲将十二阿哥养在苏麻嬷嬷膝下，不知定贵人可舍得？"定贵人惊讶万分，卫岚音递去肯定的眼神。

定贵人稳定着心思："臣妾出自慈宁宫，深得苏麻嬷嬷的照顾，自当舍得，这是十二阿哥的福气。"苏麻嬷嬷的位置高过太妃，十二阿哥在宫中地位也会提升。

卫岚音微笑："皇上，十二阿哥还小，苏麻嬷嬷照料太皇太后也颇为辛苦，过些年也不迟。"皇上从来不是性急的人，今日连连颁布旨意，难道太皇太后？她的心头一沉。

"启禀皇上，宫人来报，太子爷骑的母马腹中并无异常。"梁公公迈着碎步。

"这便怪了？那母马为何而惊？"温僖贵妃眯着丹凤双眸。

"继续追查。"玄烨笃定，"大清是马背上打下来的天下，到底是何人从中谋害，要彻查到底。"

"皇上，那八阿哥？"卫岚音提醒。

"八阿哥蒙受不白之冤，朕可以满足你一个愿望。"玄烨疼惜地望着八阿哥。这是世上最为尊贵的皇子，但他显赫的身世将永远湮灭。

八阿哥破涕而笑，揉着小手："儿臣谢皇阿玛隆恩，四哥断骨在床，孤单难受，儿臣想每日陪四哥一个时辰。"

"好，方才四阿哥还为八阿哥求情，这回八阿哥又担忧四阿哥，如此兄弟情深，朕颇为欣慰。"玄烨紧绷的脸渐渐松弛。内室中休养的四阿哥却满脸不情愿。

八阿哥扬起兴奋的小脸儿："谢皇阿玛恩典，儿臣在上书房会好生背书，再回来教授四哥。不然四哥腿好之后，落下太多功课，会被上书房的师傅打手板的，儿臣曾经被打，的确很疼。"玄烨正端着热茶，险些呛到，卫岚音连连摇头，示意着他不要再说下去。

八阿哥莫名其妙，瞪着圆圆的眼睛望着众人。

"你要教授四阿哥功课？"玄烨微笑。八阿哥拼命地点头。

"八弟是要教授四哥描红吗？"五阿哥捧腹大笑。

八阿哥细蚊之音："除了描红，其他的功课。"再次满堂大笑。

玄烨勾唇："四阿哥即使卧床一载，描红的字，也强你百倍。"

八阿哥红霞双飞："儿臣定会苦练。"

承乾宫峰回路转的一幕幕，深深地刻在每个人的心中。所有人都知道，与自己牢牢系在一起的不仅仅是背后的母族，还有身边的皇子，皇子才是自己立足后宫之本，一荣俱荣，一损俱损，万古不变。

卫岚音刚回到长春宫，曹嬷嬷已在宫门口期盼。

"主子可算回来了。"曹嬷嬷激动，"八阿哥还好吧？太子骑的母马原本是给八阿哥的，太子身强体健，险些落马，四阿哥也因此坠马断骨，若是八阿哥，更是凶险，是有人想谋害咱们的八阿哥啊。"

"什么？"卫岚音惊讶，"是奔着八阿哥来的。"

"还好喂养马的宫人是咱们的人，将那匹母马的毛皮刷得铮亮，选马时又将八阿哥支走，旁人自然不敢与太子争马，才有了今日的一幕。却未曾想到五阿哥出来指认，连累八阿哥受苦，主子不在宫中，还好定贵人据理力争，才等到皇上和主子归来。"曹嬷嬷仍然冷汗淋漓。

"那为何母马腹中并无毒物？"卫岚音一头雾水。

"令母马受惊，手法众多，宫中暗人多出自蒙古草原，对马了如指掌，如何能看不透如此笨拙之法。"曹嬷嬷不屑地说。

"他们以为天衣无缝，咱们便顺水推舟，谁料四阿哥竟然舍命救助太子，否则今日断腿的便是太子，弄不好会丢去储君之位。"曹嬷嬷讥笑道。

"皇贵妃看透世事，四阿哥也颇为听话。"卫岚音感叹，能屈能伸才是成大事之人，储秀宫败在了承乾宫手下。

"四阿哥听话？"曹嬷嬷冷嘲热讽，"皇贵妃恐怕是打空了如意算盘。永和宫的德妃娘娘总是暗地里派人去阿哥所，对四阿哥嘘寒问暖。"

"德妃娘娘想夺回四阿哥？"落霜惊讶，"真是恶毒，当日在痘房，德妃娘娘对四阿哥之心人尽皆知，如今因膝下无子，竟然又回头挽回。"

"四阿哥什么态度？"卫岚音问，四阿哥少有的稳重和冷静，让人捉摸不透。

"四阿哥是拒人千里之外的神色，没有多亲近，却收下了礼品。"曹嬷嬷回道。

"人生如戏，果然精彩绝伦。"卫岚音淡淡微笑，"德妃这一胎若仍是公主，会继续抢夺四阿哥，如若是位皇子，便又回到原地。"

落霜疼惜："四阿哥的确可怜。"

"老天都是公平的，宫中除了太子，四阿哥是最为尊贵的皇子，自幼养在承乾宫，有皇贵妃的呵护，躲过多少明枪暗箭，强过八阿哥百倍。"卫岚音一语道破。

"主子所言极是，咱们的八阿哥才最为不易，将来的路更为崎岖。"落霜含着热泪。

"惊马到底是谁所为？难道是储秀宫和翊坤宫？"卫岚音懊恼地问。

"是皇贵妃。"曹嬷嬷目光幽深。

"佟佳氏的格格怎能屈居人后？联盟太子，也只是缓兵之计。准备最好的物件儿送去钟粹宫，让众人也瞧瞧咱们长春宫的实力，咱们和钟粹宫的情谊不能丢弃。"卫岚音开始筹划。

"主子放心，咱们长春宫的物件儿是宫中最为显贵的，往日里总是怕人妒忌，这次便借着大阿哥大婚之际，惊艳东西六宫。"落霜笃定。

第二十四章

双拂黛停千年叹

　　承乾宫内茶香袅袅，珠帘晃动。身怀六甲的敏嫔和胆怯的袁贵人小心翼翼地看着佟佳皇贵妃。

　　"贱人。"佟佳皇贵妃咬牙切齿，她生个孩儿如此艰难，德妃却一而再，再而三地有孕在身，她攥紧手腕，气愤得重咳不已。

　　宫女玉镯轻轻捶着她的后背："主子要保重身子啊。"自从小公主过世，主子的身子一日不如一日，每次李太医诊脉都是连连叹气，参汤的味道也日益浓重。

　　佟佳皇贵妃费力地止住咳声，摆着手："无碍。"

　　"娘娘，四阿哥也是无心的。"玉镯劝慰，"四阿哥还是与娘娘同心。"

　　"无心还是有心，谁能知晓？"佟佳皇贵妃叹气，用心养大的皇子，到头来还是不如亲生的，玉镯带回来的消息像一把匕首捅进了她的心。

　　"臣妾也瞧着四阿哥与皇贵妃同心，收下补品又如何，也没见得和德妃有多亲近。"敏嫔淡淡地说道，"宫人们也说，四阿哥连一句恭谢的话都没有。"

"是呀，臣妾也如此看。"袁贵人入宫多日，仍未得到临幸，少了当秀女时的清秀典雅，沾染了几分俗气。

佟佳皇贵妃捂着隐隐作痛的胸口，长出一口气，凝重的眼神望向窗外。天已转暖，赤热的熙风吹绿了树上的枝条，一年又一年，无论宫中风云如何变幻，春风从未停止过脚步，而她再也不是当初进宫时的佟佳玉儿。

"没想到长春宫有如此多的好物件儿。"敏嫔的话中含着妒忌。

"是啊，臣妾从未见过如此大的东珠，更没见过红似火的珊瑚。"袁贵人想起钟粹宫的一幕，眼睛泛着光泽。

"皇上对她不薄。"佟佳皇贵妃稳定着心思，长春宫的架势的确也将她震撼。

"良贵人真是舍得。"敏嫔阴阳怪气地说。

"舍得舍得，有舍才有得，你没见到大阿哥的眼珠子都要掉地上了，连最为虚伪的惠妃和通嫔都眉开眼笑吗？"佟佳皇贵妃抚摸着微凉的象牙护甲。

"八阿哥在钟粹宫也是无拘无束，看来钟粹宫和长春宫确实是情同姐妹。"敏嫔说道。

"臣妾倒是没觉得她们情同姐妹，良贵人和惠妃两人的客套语都话中带话，互相拉拢利用罢了。"袁贵人低着头。

佟佳皇贵妃赞赏地微微点头："袁妹妹果然是玲珑之人，不辜负本宫的苦心栽培。"

袁贵人恭敬地说："皇贵妃谬赞，臣妾不敢当。"袁贵人知道，只有尽快得到她的信任，才能早日侍寝。

"互相利用，难道良贵人也藏了……"敏嫔大惊失色。

"同为皇子，谁都有机会，看谁的命更为尊贵。"佟佳皇贵妃紧盯着远处的金煌琉璃，一步之遥便是君臣之别，谁能轻言放弃？

"辛者库的下贱货，野心倒是不小。"敏嫔愤愤不平。

"自古帝王者都极为聪慧，隐忍过人。"佟佳皇贵妃挂着微笑，"三阿哥和五阿哥学识睿薪，却无帝相，别看八阿哥顽劣不堪，实为大才。"

"大才？"袁贵人满脸不解。

"大才之人看似玩世不恭，却满腹经纶，众人皆看其顽劣，实则暗藏乾坤。"佟佳皇贵妃放下手中的热茶，"这几日八阿哥过来与四阿哥一同念书，句句在怀，极为聪慧，那些倚仗外戚势力的阿哥，远不及八阿哥的自立。"

"皇贵妃可有应对之法？"敏嫔瞄着她。

"如今阿哥们都年幼，待到过几载，九阿哥、十阿哥、十三阿哥都开蒙读书，上书房便是紫禁城最为喧嚣热闹之地。"佟佳皇贵妃眯着凤眸，"十二阿哥养在苏麻嬷嬷膝下，真是棋高一着。良贵人高调送人宝物，八阿哥又深得皇上宠爱，她势必要在后宫争得一席之地。"

"储秀宫和翊坤宫能允许良贵人傲立后宫？"敏嫔挑着柳叶弯眉。

"储秀宫和翊坤宫是稳火慢工，她们在等。"

"等？"袁贵人满脸疑惑。

"等阿哥和公主长大，等后宫易主。"

袁贵人听到后宫易主时，惊恐地捂住了红唇。

"袁妹妹要记住，后宫没有什么不可能发生，在于你敢不敢。"佟佳皇贵妃语重心长地说。

"多谢皇贵妃教诲。"袁贵人的手心一片潮湿。

"敏妹妹过几日便要临盆，不要总往承乾宫跑了。"佟佳皇贵妃关切道，"这胎是位阿哥皆大欢喜，是位公主也必须要盖过通嫔的风头。"

"是，皇贵妃。"敏嫔的腰肢依旧柔韧。

"还有永和宫，总得要有悲伤泪水，才能更加珍惜来之不易的笑意。"佟佳皇贵妃的眼底满是污浊。

"那长春宫？"敏嫔想要的更多。

"记住，出手就要万无一失，否则不要对长春宫下手。"佟佳皇贵妃知道皇贵妃宝座如何得来，良贵人在皇上心中的位置，远远重于后宫的所有嫔妃。敏嫔不甘心地点头回应。

"娘娘，国舅爷来信了。"玉镯从袖中掏出密函。

佟佳皇贵妃读过后，眉头紧锁："真是越来越好看了，和林太医有婚约的人果然是良贵人。"

"良贵人？"敏嫔惊愕，"怪不得林太医对长春宫忠心耿耿。"

玉镯笃定地说："国舅爷查他多年，是有人刻意隐藏了当年不可告人的秘密。"

"继续查下去，便是翻到十八层地狱也要将他揪出。"佟佳皇贵妃忽然大笑，"贱人真是太高估自己，以为林太医成为张大人的乘龙快婿，便攀上了朝堂亲贵，却忘记了哪位女子能受得住夫君的欺骗，本宫自然会帮衬可怜人。那个密答应还整夜哭哭啼啼吗？"

"回皇贵妃，臣妾已经将皇贵妃的话都讲给她听了。"敏嫔绘声绘色地说。

"密答应与刘秀女，太像了。"佟佳皇贵妃的金钗微微晃动，"看来良贵人背后的势力也露出冰山一角，什么浣衣局的宫女偶遇，其实每一步，都有人精心策划。"

敏嫔鄙夷地说："臣妾没见过刘秀女，不过密答应却是唯唯诺诺之人，动不动就哭鼻子，要不然就是整日弹曲，臣妾真是烦心透顶。"

"刘秀女性子飞扬跋扈，样样咬尖儿，臣妾看密答应与其天壤之别。"袁贵人与刘秀女同时进宫最为了解。

"千丈之堤，以蝼蚁之穴溃；百尺之室，以突隙之烟焚。如今宫中势均力敌，绝对不能有半点闪失。"佟佳皇贵妃隐约觉得自己时日不多，要尽早为月儿铺路，扫清障碍。长春宫是最终的敌手，她的心底明朗无比。

紫禁城中处处锦红之喜色，卫岚音与定贵人在院中闲聊。

"臣妾多谢良姐姐隆恩，为十二阿哥和臣妾寻了依靠。"定贵人心存感激。

"定妹妹和十二阿哥是有福之人，我不过顺水推舟。"卫岚音浅笑道，"我害怕定妹妹怪罪，毕竟没有事先与定妹妹商议，当日刚好皇上龙心大悦，才求来的恩典。"

"臣妾哪里会怪罪良姐姐，臣妾位分低微，不得皇上宠爱，臣妾又人言甚微，十二阿哥性命堪忧，苏麻嬷嬷在宫中的地位人尽皆知，苏麻嬷嬷为人宽厚，还曾经教授皇上，这次能抚养十二阿哥，真是十二阿哥的福分，若没有良姐姐，哪能求得好事？"定贵人情真意切。

"太皇太后卧床多日，苏麻嬷嬷寸步不离，衣不解带，此景甚为感人。"卫岚音噙满泪水。

定贵人也是泪眼婆娑："是啊，苏麻嬷嬷一直拉着太皇太后的手，讲着过往，那情景，让人忍不住哭。"

"苏麻嬷嬷陪伴太皇太后从蒙古草原到盛京老城，又到慈宁宫，这几十年的主仆情谊，哪能是三言两语能道尽的。"卫岚音感慨。两人坐在苹果树下，祈求着慈宁宫的平安。

宫女落霜低声道："主子，大阿哥的两名通房婢女昨夜自戕身亡，惠妃娘娘请主子和定贵人去钟粹宫商议。"

定贵人瞪圆了双眼："过几日就是大阿哥的喜事，怎么会出这等丧气的事情？"

卫岚音惊愕："皇上和皇贵妃可知晓？"

"惠妃娘娘已经压下了，皇上和皇贵妃都不知晓。想是要与主子商议后，再行告知皇上。"落霜回应，"主子要回绝吗？"

"既然惠姐姐如此高看你我，当然是要去瞧瞧的。"

"这两名婢女的事，惠妃娘娘已经安排妥当，会随大阿哥出宫居住，先给侍妾的身份，今后生下一男半女，再升为格格。"落霜说道。

"那为何要自戕？"卫岚音万分不解。宫中最忌讳的便是丧事，难道有人刻意谋害？

钟粹宫四处挂着大红锦花，岚音刚踏进宫门，便见到惠妃和通嫔满脸愁容。大阿哥跪在地上，不敢言语。

"惠姐姐这是如何，还是让大阿哥起来回话吧。"卫岚音劝慰道。大阿哥不敢乱动。

"不许起来！"惠妃痛斥。

"良妹妹要帮帮钟粹宫啊。"通嫔脸色微暗。

"到底发生了什么？"卫岚音小心翼翼。

"都是那两个狐媚子。"惠妃咬着牙根儿。

卫岚音迟疑地望着跪地的大阿哥，大阿哥俊秀的脸蒙上一层灰色。

"这两个狐媚子仗着大阿哥宠爱，无法无天，妄想侧福晋的位置，竟敢前来和本宫理直气壮地要恩典。"惠妃气愤不已。卫岚音与定贵人对视不语，格格的位分倒是当得，侧福晋未免也太抬高自己的身份。

"平日里这两个狐媚子倒也安生，如今却愈加恃宠而骄。"通嫔随声附和。

"为何转变如此快？"卫岚音顺嘴问道。

"还不是大阿哥平日里太过骄纵。"惠妃瞋目。纳兰一族风雨飘摇，是荣是败皆在皇上的一念之间，大阿哥又沉迷女色，她真是欲哭无泪。

"也不能全怪大阿哥，还不是咸福宫刻意挑拨。"通嫔懊恼，"在冷宫里的那位挑拨成性，后来的这位也没闲着。"

卫岚音全然清楚，原来赫舍里家一直在暗中对付大阿哥。僖嫔在未进冷宫之前便私下教唆大阿哥的两位通房婢女，而平嫔在最后使出了杀手锏。在秀女刚入宫时，平嫔以大阿哥的两块玉佩为证据，皇子们多玉佩，大阿哥根本不会在意自己玉佩的数量或是丢落在何处，想来是这两名通房婢女所助。看似安稳淡然的平嫔，实则手腕更为毒辣。

"良妹妹所想，正是本宫所忌惮。"惠妃会意地点头，"本宫只是对她们严加训诫，谁知她们竟然一同自戕。"

"是惠姐姐的话语太重？"定贵人咬着红唇问道。

通嫔冷笑道："两个狐媚子仗着大阿哥的宠爱，竟然扬言……"惠妃怒剜了大阿哥一眼。

"如今索性把话挑明，也别瞒着良妹妹和定妹妹了。"通嫔压低了语调，"这两个狐媚子竟然诱骗大阿哥，扬言大阿哥继承大统，会加封她们妃位，还嘲弄钟粹宫昔日的笑话。"

"如此大胆？"卫岚音心中大惊。

"两个狐媚子倚仗有孕在身，更加肆无忌惮。"通嫔眼中泛着怒火，"死了也算干净，只是可惜了两位皇孙。"

原来是两尸四命，卫岚音倒吸一口冷气："皇上知晓，定会龙颜大怒。"

"此事是咸福宫和太子所为。"惠妃坚定而语。丧事便罢了，但皇孙是大事，如今钟粹宫是惊弓之鸟，承受不住折腾。

通嫔生下十公主后体态丰盈，讲起话来底气十足："大阿哥的婚事是给太皇太后冲喜，却出了这档子事，承乾宫和毓庆宫定咬住不放，胡乱抹黑大阿哥，将一切罪责扣到钟粹宫头上。皇上原本便对大阿哥成见颇深，这可如何是好？"

"良妹妹。"惠妃亲切地拉起卫岚音的手，"宫中过往暂且不提，八阿哥已经将钟粹宫和长春宫连为一体，良妹妹深得皇上宠爱，良妹妹一言，抵过旁人十句，还望良妹妹帮帮大阿哥。"

"请良贵人成全。"大阿哥羞赧行礼。

卫岚音内心苦涩，当日是她帮助太子查红茴香一事，引出纳兰一族的祸心，皇上才有今日肃清其党羽的决心，原来伯仁真的因己而死。

"本宫谋划至今，实属无奈。"惠妃抹着眼泪，"本宫幼年时，纳兰一族败落。当年选秀入宫，也只是以宫女的身份侍奉皇上左右。大学士当年为皇上的贴身侍卫，对皇上忠心耿耿，追随左右。只可惜好景不长，本宫虽然生下大阿哥，却因身份不及赫舍里氏尊贵，饱受嘲讽。皇上大婚，后宫嫔妃尽是辅政大臣家的嫡亲格格和蒙古亲贵的郡主，本宫如何能护得住大阿哥？没有法子，只能四处奔走，周旋在后宫各方的势力中，才有了今日的荣耀，才得到了四妃之首的位分。本宫看着一批又一批的秀女入宫，皇上来钟粹宫的次数越来越少，钟粹宫的红灯笼多年再未燃起，本宫不甘心啊！这才有了后进宫的通嫔。本宫毕竟生下了皇长子，即使失宠，也要昂起头，不能让旁人看钟粹宫的笑话。"

"姐姐。"通嫔低泣。

"本宫好不容易熬到大阿哥成器，皇上对大学士不冷不热，对大阿哥更为疏远。"惠妃捶胸，"本宫心中不甘，心中难受啊。"

"额娘，儿臣会好生读书，博取皇阿玛的欢心。"大阿哥痛哭流涕地说道。

"额娘的好儿子。"惠妃拉着他的手。

卫岚音叹气，看来惠妃已经预见将来的命运。"满招损，谦受益，月盈则亏的道理，惠姐姐怎能不知？"

"飞鸟尽，良弓藏；狡兔死，走狗烹。"惠妃的脸上挂着惨笑，"皇上已经利用过纳兰一族，如今四海大定，不再需要纳兰一族的辅佐了。"

"仁者见之谓之仁，智者见之谓之智。"卫岚音盯着她，"臣妾失魂已久，记不清前尘往事。朝堂上的事情，臣妾自然讲不得，但大阿哥之事，臣妾自当尽力。"

"多谢良妹妹，钟粹宫度过此劫，必定与良妹妹同心，照料八阿哥。"惠妃的语调意味深长。

卫岚音微笑："惠姐姐真是客套，钟粹宫不是一直在帮衬八阿哥吗？"

惠妃和通嫔的目光中夹杂着心虚。

"此事，大阿哥必须去毓庆宫求太子相助。"卫岚音转向大阿哥，大阿哥满脸不情愿。

"你去求助太子，不要提通房婢女有身孕的事情，全当不知，只是讲大喜的日子，出了这门子事儿，不吉利，希望太子能在皇上面前求情，饶恕两名通房婢女，并在大婚后赐予格格的身份。"卫岚音柔声地说。

"此事为太子和咸福宫的平嫔所为，意在置大阿哥于死地，若是去求太子，岂不是长他人志气？"通嫔不解地问。

"这只是表面之象。"卫岚音微笑，"皇长子如何能轻易受罚，哪里会有死罪？这么多年，大阿哥一直处处压制太子，太子何时服气过？今日借此事，太子便是让大阿哥明白，从此以后，便是君臣之别。"

惠妃颤动地举起长长的金鞘，不甘心地说道："君臣之别。"

"皇上在承乾宫的心意已经不言而喻，大阿哥此时回头是岸，或许还有转机，若到了以忤逆之罪为论时，谁也无力回天。"卫岚音重敲一锤，"若大阿哥因此事放下皇长子的殊荣，从此安心辅助太子，皇上必定龙心大悦，纳兰一族也许会保全性命。"

惠妃拉起跪地的大阿哥："放手吧，命中有时终须有，命中无时莫强求。就依照良贵人所讲，去毓庆宫求求太子吧。"

大阿哥摇着头："儿臣不去，太子趾高气扬，儿臣不能自讨其辱。"

"求太子有用？"通嫔挑眉。

714

"只有太子可以解开皇上的心结。"卫岚音望着远处模糊的朱红琉璃，"太子日后对大阿哥也是颐指气使，一扫多年胸中的晦气。他如何能放过这次绝好的机会？只要大阿哥去求他，他一定会在皇上面前为大阿哥求情，来显示自己在皇上心中与众不同的地位。皇上为彰显对太子的宠爱，也会给太子薄面，所以大阿哥自然会安然无恙。皇上正值盛年，太子也仅仅是太子，大阿哥何必拘礼？保住眼前的荣耀才最为要紧，待封王办差，定有出头之日。"

大阿哥不得不承认，虽然对良贵人有偏见，但今日闻其所言，他是心服口服："谢良贵人点拨。"

惠妃亲切："良妹妹果然是七窍玲珑的妙人儿。"

卫岚音温婉地摆手："臣妾哪里有惠姐姐的聪慧，只不过是局外人，看得更剔透些，倒是在两位姐姐面前班门弄斧了。"

"良妹妹此计甚好，真是便宜了赫舍里氏。"通嫔懊恼地说。

"没有人知晓通房婢女有孕在身吗？"定贵人心思细腻。

"两个狐媚子暗藏祸心，为了保全腹中的胎儿，捂得严严实实，没有告知任何人，只有贴身侍奉的宫女知晓，还有咸福宫的平嫔。"惠妃恨恨地说。

"平嫔若告知皇上真相？"定贵人挑眉问。

"她不敢。"卫岚音径直而答，"平嫔贵在一个平字，如若皇上知晓她入宫不久便陷入宫中的争斗，那副乖巧怡人的模样，便功亏一篑。"

"良妹妹的意思是？"惠妃不解。

"我去告知皇上真相。"卫岚音晃动着耳边的木槿花耳坠子，"婢女自戕，比起兄弟和睦，算不了什么。"

"一切拜托良妹妹。"惠妃苦涩。她不但容颜老去，连气势都已经不再，看似羸弱之人，渐渐掌握着大局，紫禁城的风向的确变了。

"通房婢女因爱恋大阿哥，胸含妒火，以死泄愤。"卫岚音昂起头，"皇上南巡回銮，从灵隐寺请回一尊金佛，先送到钟粹宫来镇一镇邪气，喜气自然会冲散一切。"

"呦，险些忘记了给十公主沐浴。"通嫔急忙站立，"良妹妹和定妹妹先坐着，姐姐去去便回。"

"去吧。"惠妃摆着手，转向卫岚音，"十公主肤白滑嫩，皇上甚为疼爱，通嫔也是费尽心思，每日都会亲力亲为，为十公主沐浴更衣，可怜额娘的心啊。"

"皇上确实对十公主宠爱，也时常对臣妾提及呢。"卫岚音知道，十公主来之不易，通嫔自然关爱倍加，更为重要的是，十公主越是得宠，日后定会嫁入蒙古草原成为王妃，对大阿哥依然是倚仗。谁会轻易放弃多年经营的权势？暖风拂过，钟粹宫的每个人都深藏着对未来的希望。

一切正如卫岚音所愿，此事还未在后宫扩散，便已烟消云散，大阿哥因此得到众多赏赐，喜事办得隆重体面。玄烨携身边近臣亲自去府中迎贺，传为美谈。钟粹宫更因十公主的受宠，荣光无限，惹得后宫生下公主的嫔妃嫉妒不已。

尤其是刚刚生下小公主的敏嫔，几乎红了眼睛。

太皇太后的身子愈加虚弱，慈宁宫飘荡着浓郁的参汤气味，参汤唯一的用处便是吊气续命，能拖一日是一日。暑去寒来，紫禁城陷入悲伤。

长春宫内，卫岚音迎着微弱的烛光看着八阿哥练习的描红大字，虽然不及三阿哥的字迹工整，相比之前所写，已经有了很大的进步。

"主子。"落霜匆匆而至，"僖嫔娘娘薨了。"

卫岚音心头一紧："她们动手真快。"

"想必是多年怨恨，才痛下决心。"落霜用头上的银簪挑着烛芯。

"皇上说了什么？"卫岚音问。

"哪里还能惊动皇上，宫人们禀告了皇贵妃，皇贵妃以宫人自戕为大忌为由，交给内务府处置。"落霜叹息，"皇上将僖嫔娘娘打入冷宫，便昭示着此生不相往来。"

"帝王无情。"卫岚音感慨，一日夫妻百日恩，在皇上心中只有江山社稷。

"皇上对主子却是不同。"落霜劝慰，"晚膳时，皇上还夸奖主子聪明伶俐，大阿哥之事办得好呢。"

卫岚音摇头："皇上是慈父，同样疼爱大阿哥，我只不过是顺手人情罢了。"

"太子果然压不住气，跑来向皇上求情，皇上的心结自然解开。"落霜侍奉皇上多年，深知皇上的喜怒哀乐。明亮的烛光拉长了两人的身影，传来阵阵叹息。

"苏麻嬷嬷已经病倒，淑慧公主消瘦得失去了往日的光华。"落霜悲伤低泣，"皇上每日处理完政事，定去慈宁宫陪伴太皇太后，并已经发布诏令大赦天下为太皇太后祈福。"

卫岚音低垂着头："没有太皇太后的辅佐，何来皇上的今日，皇上素来仁孝，更是无法接受亲人的离去。"

"皇上不顾群臣反对，明日要带着群臣步行去天坛祈福，愿折其阳寿为太皇太后续命。"落霜流下眼泪。

"从明日起，我要去慈宁宫照顾太皇太后，以尽孝道。"卫岚音也想在太皇太后弥留之际唤一声皇祖母。

"主子不避嫌吗？"落霜担忧。

"避嫌？"卫岚音苦笑，"我还需要避嫌吗？额娘肯定也希望我在床前尽孝。让八阿哥明日和皇上一同去天坛为太皇太后祈福。"

"八阿哥还年幼，冰天雪地步行天坛？"落霜不忍心。

"必须要去，于情于理都要前去，没有太皇太后的庇佑，哪有今日的八阿哥？"卫岚音从柔和的烛光中看到了额娘那明亮的双眼。屋外寒风吹得正紧，纷纷扬扬飘着雪花，她思念着亲人。

鸡鸣时分，天灰蒙蒙的一片，寒风夹杂着雪粒打在脸上，紫禁城空空荡荡，卫岚音揪着心。

"主子放心，八阿哥穿得厚重，临行前又喝了碗姜汤，不会有事的。"曹嬷嬷禀告。

"曹嬷嬷不必亲力亲为，让宫人去做吧。"入冬之后，年老的曹嬷嬷少了几分麻利。

"主子，清晨送八阿哥去乾清宫时，四阿哥也到了。"落霜惊讶。

卫岚音震惊："看来皇贵妃的心思与众不同，对太皇太后之心，情真意切。"

"皇上甚为喜悦，在文武百官面前夸奖四阿哥和八阿哥孝顺，特意赏赐乘坐御马，但两位阿哥都推辞了，坚持要同皇上一起步行去天坛。"落霜赞赏，"朝堂大臣都称颂两位阿哥的仁孝之心，是大清之福。"卫岚音颔首微笑，这才是开始。

"主子，花将军的密函。"曹嬷嬷从怀中掏出信件。卫岚音看过之后，默不作声。

"花将军要做什么？"曹嬷嬷不解地问。

"花将军让我助密答应早日受孕，生下皇子。"卫岚音放下手中的信函，"并且让我谋害皇贵妃。"

"什么？！"落霜捂着红唇。

"谋害皇贵妃？"曹嬷嬷低声。

"对，花将军在信中说，皇贵妃为人奸诈，多次谋害我和八阿哥，而且着人暗中调查林太医，已经知晓林太医的秘密，如此危险之人，必须除去。"卫岚音脸色凛然。林太医成婚后一直忧心忡忡，张琢玉是位温婉之人，只要林太医肯放下心结，的确是一段好姻缘。

"林太医可有危险？"曹嬷嬷担忧地问。

"花将军信中说，早一步得到消息，已经将当年知情之人杀绝，但皇贵妃到底探听到多少消息，不得而知。"卫岚音压低声音，"依我看，此事还没到危急的时候，皇贵妃如果拿到我的命脉，会将我连根拔起，如何会安坐承乾宫？"

"林太医为人谨慎，在朝堂树敌较少，又有岳丈依靠，皇贵妃也不会轻易出手陷害。"落霜随声附和。

卫岚音将信函递给她："告诉林太医，还是早日得子，夫妻恩爱才能更加保全自己。"

"主子放心。"落霜将信函放进铜盆燃尽，"主子，密答应自从回宫，皇上只去听了几次评弹，从未临幸，主子要如何帮她？"

"密答应与刘秀女既然为孪生姐妹，性子定有相似之处，此人不能太过亲近。"卫岚音觉得密答应总是在刻意回避她，没有丝毫亲近之意。

"只有袁贵人和平嫔娘娘得到皇上临幸，赵答应连面圣的机会都没有。"

"密答应侍寝，我会相助，至于皇贵妃？"卫岚音停顿一下，"待太皇太后尘埃落定，定会将承乾宫打入深渊。"

"主子有几成把握？"落霜知晓佟佳皇贵妃的狠毒手腕。

岚音摇着头："不论几成，皇贵妃的阳寿已经走到尽头了。"

次日，早膳后，卫岚音前往慈宁宫，守了整夜的淑慧公主赤红着双眼，眼角满是皱纹。在卫岚音苦口婆心地劝慰下，淑慧公主被宫人搀扶着去侧殿安歇。

床上的太皇太后两颊昏暗，深陷的眼睛黯淡无光。

"温庄公主。"太皇太后糊涂地抚摸着卫岚音的双手，"大清对不住你啊。"卫岚音激动得不敢乱动。

"太皇太后。"她见太皇太后许久未动，轻唤。原来是梦话，她长舒一口气，在太皇太后的梦中，到底有多少欢笑和悔恨？额娘一生坎坷，只换来一句大清对不住你的话语吗？

夜幕降临，星昏月暗，死寂般的气息飘荡在慈宁宫空中。

"皇上驾到。"宫人压低沙哑的声音。

"皇上万福金安。"卫岚音已经好久未见到玄烨。

"起来吧。"脸色苍白的玄烨轻声回答，"朕已经让八阿哥回长春宫了。"

"谢皇上恩典。"卫岚音拘谨，"臣妾想尽一片孝心，没有告知皇上。"

"皇祖母今日可好？"玄烨的脚下刺骨冰寒。曾几何时，皇祖母便是他的依靠，无论是鳌拜乱政还是三藩叛乱，只要皇祖母在身边，他便有底气和力量。人终将老去，难逃一死，他愿意用阳寿来换取皇祖母的平安。

"皇上。"卫岚音牵起他冰冷的双手。

"岚儿。"玄烨伤心，"朕无能为力，无能为力……"

卫岚音深深感受到他内心的痛苦，太皇太后随时都可能驾鹤西去。

"生老病死，哪能事事如愿。"她将玄烨的双手捧在胸前，"皇上对太皇太后的一片孝心，会感动上苍。"玄烨终于抑制不住痛苦，泪流满面。

他坐在厚厚的地毯上："在岚儿面前，朕才觉得自己是个有血有肉的人。朕小时候，最爱做的事情，便是这般坐着，在皇祖母的膝下，听着皇祖母讲大清巴图鲁的故事。"他的泪中带着笑意。

"皇上小时候，也如同八阿哥一样顽劣吗？"卫岚音小心地问道。

"朕幼年的确如八阿哥一样顽劣，一样倔强，令皇祖母费心。"玄烨眼中含着泪光，"皇祖母从未打骂埋怨过朕。"

"太皇太后对皇上宠爱有加。"卫岚音聆听着他的倾诉。

"岂止是宠爱有加，是皇祖母扶着朕，坐上龙椅，这身龙袍都是皇祖母亲手为朕穿上，没有皇祖母，便没有今日的朕。"玄烨泣不成声，一国之君，七尺男儿，如何能轻易落泪，只是未到伤心之时。

卫岚音紧紧抱住他宽大的臂膀，不知该如何劝慰，只能静静相拥。

"岚儿。"玄烨轻声念着，"只有在岚儿面前，朕才能卸下龙袍。"

卫岚音轻轻地依偎在他的怀里："臣妾难道真的一个家人都没有吗？"

玄烨细细抚着她的发鬓："朕和太皇太后，还有八阿哥，都是岚儿的亲人。裕亲王要回京了。"

"裕亲王？"卫岚音睁大眼睛。

玄烨点头："裕亲王是朕的皇兄，与岚儿也颇有渊源，裕亲王见到伶俐的八阿哥定会喜爱。"他反握住卫岚音的手，帝王也有情爱，也有伤楚，也有嫉妒，也是血肉之躯的凡人。

卫岚音不敢抬头，帝王之爱令她如履薄冰，她不敢相信，也不愿再相信。两人就这般静静坐着，所有的情谊在心头、指尖流淌，眼底却是无尽的伤感和凄凉。

"皇上，太皇太后醒了。"宫人们喜气洋洋地禀告。玄烨欣喜地抱着卫岚音站了起来。

"等等。"卫岚音拽住他的手。玄烨不解地回头。

卫岚音从怀中掏出绢帕，轻轻擦拭着他淡淡的泪痕。玄烨心头一暖，用力抓住她的双手。

床榻上的太皇太后深深喘着气，干枯的双手无力地挥动。

"皇祖母，朕在这里。"玄烨握住她的双手。

"太皇太后。"卫岚音轻唤。

"良贵人也来了,好啊,老天待哀家不薄,能看到的,哀家都看到了。"太皇太后话中的深意,震动着所有人的心。

淑慧公主痛哭不已,没想到皇上无心的恩典,却成全了她与皇额娘度过这珍贵的最后时刻的心愿。

玄烨和卫岚音也都知晓太皇太后话中的含义,隐忍着彼此心中的激动。

"皇上的丰功伟绩人尽皆知,哀家也放心了。"太皇太后脸上挂着一丝安宁的微笑,"到了那边,哀家也好有个交代。"

"皇祖母,朕要寻遍天下名医,治好皇祖母的身子。"玄烨执着而言。

"傻孙儿。"太皇太后的眼睛微微转动,"老天对哀家已是怜爱有加,将你父皇的阳寿都给了哀家啊。"

"皇祖母。"在玄烨的印象中父皇的身影很淡,只有皇祖母才是他最亲最近的人。

"皇上。"太皇太后开始交代着遗训,"哀家走后,凡事要与皇太后商议,皇太后这一生孤苦伶仃,过得艰难。"

卫岚音低垂着头,皇太后与太皇太后同出蒙古草原,同族同根。皇太后年少而寡,无儿无女,困在朱红方墙,太皇太后亦是无能为力,而皇太后恐怕也是草原所出的最后一位后宫之主。

"皇祖母放心,孙儿会以皇额娘为尊。"玄烨连连点头。

"哀家知道皇上这些年的不易,大清的锦绣河山,若是没有皇上,难保安定。皇上正值盛年,后宫已经子孙繁茂,历朝历代皆难以比拟。切记,皇子们长大后,一定要互相制衡,不可轻言废立东宫太子。"太皇太后气喘吁吁地说。卫岚音揉着她的前胸,静静地听着。

玄烨隐忍的目光中满是悲伤:"太子是朕亲手抚养成人,如何能废立。"

"自古的帝王皆逃离不掉争储之乱,太子党羽将来也会威胁到皇上的权势,哀家看不到那日了,不过皇上只要做到势力均衡,太子一定能顺利登基,大清的江山才能永固不倒,也避免手足相残的玄武之变啊。"太皇太后字字真心。

玄烨点头："孙儿记下了。"

"后宫中不能一直无后，皇贵妃这么多年恪守本分，又无亲子，这个位置还是当得的。后位稳固，后宫才能稳定人心。"太皇太后语重心长地说。

"朕对不住皇贵妃，后位自然会给她。"玄烨在皇祖母面前毫无隐瞒。

"皇上是为了祖宗基业，何来对不住之言？"太皇太后反驳，"皇上只要将江山社稷装在心间，哀家死而无憾。"

"孙儿谨记皇祖母教诲。"玄烨的话铿锵有力。

太皇太后轻轻拂过胸前的白发："哀家死后，将这一缕发，送去五台山。我答应过他，要为他守住大清的锦绣河山。"她浑浊的眼中溢着光彩，只有玄烨和卫岚音知晓。

玄烨点头，苦恋一生的两人，为了大清的锦绣河山，坚守着各自的爱恋。百年之后，尘归尘，土归土，又何必受礼数的束缚，成全苦命之人吧。

太皇太后转向卫岚音："哀家走后，皇帝不必割辫，你等嫔妃要苦心劝慰，要以国事为重。"

卫岚音红肿着双眼："臣妾记下了。"

太皇太后颤动着抓起她的手，与玄烨握到一起："孽缘也是缘分，莫要辜负彼此的心意，大好江山若是没有红颜相伴，何来秀美，岂不孤寂凄凉？"

卫岚音早已泣不成声，玄烨悲伤至极。

"良贵人啊，失魂也是一桩美事。世间万般情感，独独记住喜悦是上天的眷顾，皇上待你之心，哀家看得清楚。"太皇太后盯着卫岚音，"皇上从小养成隐忍的性子，哀家为了金銮殿上那把龙椅，为了皇上不蹈先帝的覆辙，教授他处处以江山为先，以社稷为重。皇上果然没让哀家失望，但他怎能没有七情六欲。哀家知道，你是他一生的劫啊，哀家当时痛下决心，要肃清后宫。皇上苦苦求哀家，放你一条生路，在你受苦的夜里，皇上同样彻夜不眠，即使面对你时，他也无法倾尽所有的情爱，他知晓，自己根本守不住任何承诺，何必骚动你的心。他对你的寡情正是因为满腔的真情，这满腔真情的上面是大清的江山，大清的万千子民啊。"太皇太后老泪纵横。她出身草原，没有人比她更了解草原上男子的忠诚，良贵人早晚有一日会知晓察哈尔部的仇恨，到那时，皇上自然会遍体鳞伤。

世间只有爱才能化解仇恨，只是英明一世的太皇太后却忘记了，也只有爱能加深仇恨。

卫岚音泪流满面。玄烨紧紧握着她的手，歉意、懊悔、爱恋，道不清的一切情感涌在心头。

"良贵人，唤哀家一声皇祖母吧。"太皇太后意味深长地说，"你对哀家的一片孝心，对苏麻的情谊，哀家都记在心里，这一声皇祖母，哀家已等了太久。"当然，还带着对温庄公主的歉意。

"皇、祖母。"卫岚音深情地喊道，"皇祖母。"她的眼泪淹没眼眶。额娘，她们终于承认我的身份，心中堆积的情感刹那爆发，她悲痛欲绝。

"记住，你们是天地间最尊贵的人，不要忘记肩上的担子。"太皇太后重重一言。

"哀家累了，都回去吧，莫要因哀家再令后宫掀起波澜。"太皇太后闭上双眼，眼角湿润。

玄烨和卫岚音不约而同地跪倒在地，恭敬地行着叩拜大礼。

慈宁宫内满是悲色，参汤的浓重之气更加增添着悲伤冰冷的寒意。所有人都不愿相信，更不愿看到，叱咤风云、德高望重的一位奇女子，即将走到生命的尽头。

第三卷　怨别离

第一章

夜寒花碎弄飞雪

该来的谁也躲不过去，在漫天飞雪的寒夜，太皇太后终于走完了精彩绝伦的一生。卫岚音随着后宫嫔妃、阿哥公主和皇家亲贵们，跪在慈宁宫的梓宫前祭拜。玄烨昼夜守灵，滴水未进，以致吐血昏迷，宫中乱作一团，幸亏皇太后统领大局。虚弱的他又违反了大清皇帝不割辫的祖制，违背了祖母的遗旨，割辫守灵。苏麻嬷嬷跪在梓宫前几经昏厥。

裕亲王福全奔丧归来，对卫岚音少去了往日的温情。元旦节后，玄烨带领太子，父子二人亲自扶灵，将太皇太后的梓宫安置在孝陵的奉先殿。

日子总是要过，新年的春天来得很晚，往年的清明早已是郁郁葱葱，今年清明却仍略显萧瑟。卫岚音伫立在院中，望着空荡的秋千。

"主子，寒气重，还是多穿些吧。"落霜为她披上衣衫。

"永和宫传来动静了？"卫岚音轻声问。

"德妃娘娘平安生下十四阿哥。"落霜缓缓回应。

卫岚音盯着宫墙脚下的绿苔，越是安宁弱小，越是蕴含强大的力量。

"太皇太后仙逝，皇上一直郁郁寡欢，很少翻后宫的牌子，德妃娘娘生下的十四阿哥与早殇的六阿哥极为相像，皇上龙心大悦，永和宫赏赐不断。"

"毕竟是喜事。"卫岚音叹了口气，"皇上高兴便是好事。"

"皇上的仁孝之心，群臣百姓无不颂扬。"落霜敬仰的口吻。

"慈宁宫的宫人如何安置？"卫岚音挑眉问道。

"苏麻嬷嬷执意要去为太皇太后守陵，淑慧公主拿出太皇太后生前写下的懿旨，苏麻嬷嬷可以自行出宫，也可在宫中清净之地颐养天年。皇上与苏麻嬷嬷感情深厚，苏麻嬷嬷在皇上的劝慰下，同意留在宫中。"落霜流着眼泪，"照理奴婢也是慈宁宫的人，这回也是得了恩典，重新派到长春宫当值。"卫岚音想起当年她不肯嫁入裕亲王府，甘愿留在宫中为婢陪伴自己的情景，当年太皇太后的恩典仍在耳旁，只可惜人已不在。

"让定妹妹带着十二阿哥去陪伴苏麻嬷嬷吧。"卫岚音叹息。

"是，定贵人也是如此想的，正收拾十二阿哥的物件儿呢。唉，如今慈宁宫已经成为紫禁城的禁地，无人敢提及，皇上见到慈宁宫门前的石狮都悲痛欲绝。"落霜声音低沉道，"对了，主子，太子开坛讲道，众大臣皆赞赏有加，只有纳兰大学士面带轻蔑，惹得皇上勃然大怒，幸得大阿哥为之求情，但皇上依旧惩戒纳兰大学士在府中思过，朝堂上议论纷纷。"

"皇上这是要动手了。"卫岚音凝神道。

"皇上真的会罢黜纳兰大学士？"落霜惊讶，"那钟粹宫？"

"识时务者为俊杰，钟粹宫已为自己找好了退路。"卫岚音微笑，"古有述律太后断腕保命，惠妃怎能不明白其中道埋，只要保住大阿哥，再寻得机会，自然会绝地反击。皇上总不至于将纳兰大学士所有的朋党都一网打尽，那样朝堂上恐怕也无人了。"

"还是主子通透。"落霜钦佩地说。

"储秀宫和翊坤宫什么意思？"卫岚音转而问道。

"两位娘娘都张罗着送九阿哥、十阿哥去上书房读书呢。"落霜禀告，

"皇太后已经应允，待拜过杏坛，便送两位阿哥去上书房拜师开蒙。"

"她们以为倚仗皇太后便万事无忧，哪里知晓太皇太后已经安排好后事。"卫岚音想起太皇太后的临终嘱托。

"如今咱们最大的对手便是承乾宫，若皇贵妃入主坤宁宫，恐怕主子的身世秘密……"落霜担忧地说。

"一时半会儿还查不到我和八阿哥，即便查到又如何？皇上和太皇太后早就知晓我的身世，我最为担心的是察哈尔子民的安危。"卫岚音凝眉苦思，"皇上会遵从太皇太后遗命，立后是早晚的事情，皇贵妃无子，四阿哥是德妃所生，对太子忠心耿耿，所有的一切都讨皇上欢心，皇上又怎能吝啬一个后位？"

"皇贵妃野心颇大，若为后位，绝对不会甘心臣服太子之下，咱们的日子也不会好过。"落霜对佟佳皇贵妃最为了解。

"月儿格格？"岚音忽然想起慈宁宫的佟佳月儿。

"月儿格格在承乾宫与皇贵妃同住，原本是今年选秀女，因太皇太后国殇，皇上下令要守孝三年，禁止秀女入宫，月儿格格颇为尴尬。"落霜淡淡地说道，"既然入了宫，皇贵妃是不会轻易将月儿格格送出宫的，月儿格格年纪也长了几岁，在宫外也不会有好姻缘，还不如在宫中彼此有个照应。"

卫岚音微笑："那咱们便帮她一把，成全她的心愿。"

"主子的意思是？"落霜疑惑。

"拖上一段时间，再看看形势。"卫岚音心中有数。

寒意阻挡不住春风的脚步，一夜下来，春暖花开，上书房因九阿哥和十阿哥的到来，喧闹纷纷。朝堂上，玄烨果断地罢黜了纳兰大学士，加封了十公主为和硕公主，钟粹宫荣耀无比，紫禁城又恢复了勃勃生机。后宫中，因皇太后身子羸弱，玄烨命佟佳皇贵妃统领后宫，惠妃和荣妃协助，承乾宫依旧是东西六宫中最为尊贵的宫殿。

深夜漆黑一片，承乾宫明亮如昼。

佟佳皇贵妃清冷无血色的脸上变得红润："此话当真？"

"千真万确，当时屋内只有皇上、良贵人和淑慧公主。这是宫人送参汤时，亲耳听到的。"玉镯献媚道。

佟佳皇贵妃喜上眉梢："皇祖母待本宫不薄啊，本宫熬了这么多年，终于等到这一日。"

玉镯跪地叩首："恭喜娘娘，娘娘终于如愿以偿，摘取凤冠。"

"哈哈。"佟佳皇贵妃得知太皇太后的遗训，命她为后的消息欣喜若狂，后位才是真正的后宫之主。

"娘娘，德妃娘娘生下十四阿哥，再也没有私下里见四阿哥。"玉镯生气地说，"她到底将四阿哥当成什么？"

"本宫将四阿哥抚养成人，如若登上后位，四阿哥便是中宫嫡子，贱人那些离间的手段，真是痴心妄想。"佟佳皇贵妃牙根儿紧咬，"老天真是不公，贱人竟然又生一子。"

"奴婢私下里悄悄问过四阿哥，四阿哥对其极为厌恶，将那些补品都扔了出去。"玉镯微笑地说，"连宫人们都瞧不过去呢，哪有如此趋炎附势、见利弃义的额娘？还是娘娘深谋远虑，当时没有训诫四阿哥，原来娘娘早便料到德妃娘娘会有今日之举。"

"贱人那点小心思，本宫不屑一顾。"佟佳皇贵妃恨恨地说。

"娘娘。"玉镯踌躇道，"慈宁宫的宫人来报，夜里，良贵人唤太皇太后为皇祖母呢。"

"皇祖母？"佟佳皇贵妃震惊。

"是啊，宫人离得太远，听不清楚太皇太后讲了什么，不过良贵人唤的皇祖母，听得真切。"

"不论因为什么，待本宫入主坤宁宫后，再收拾她。"佟佳皇贵妃激动地重咳。象牙护指在明亮的烛光下暖色不再，更为清冷。

天气转暖，百化之土的牡丹怒放花蕊，宫中廾始准备五谷新味。卫岚音望着皇太后面前高高的不落夹，偷瞄着玄烨。

玄烨触景生情，连连举杯畅饮，借酒抒情。佟佳皇贵妃正殷勤地为他倒酒布菜。各宫的嫔妃皆淡妆素雅，少了平日里的锦绣斑斓。

密答应一曲词调悠扬的评弹之后，众人唏嘘不已。

卫岚音故意微笑："密妹妹这细软之音，真是莺声雀啭。"

"是啊，曲子哀婉动人。"惠妃随声附和。

"再美，这也是汉人的曲子，哪里及咱们满人锣鼓喧天、慷慨激昂的阵势。"宜妃向来英姿飒爽，哪里能瞧得上江南女子的秀美。

密答应满脸红晕："臣妾驽钝，只是献丑罢了。"

"密答应来自西施故里，是人杰地灵的地方，这曲调悠扬，配得上密答应。"刚刚生下十四阿哥的德妃眸光流转道。

佟佳皇贵妃柳眉舒展道："密答应娇小柔美，自然比不过咱们这些人高马大的满家女子，可这女子啊，不正应该袅娜腰肢，人见犹怜吗？"

"皇贵妃好似忘了，皇贵妃与密答应同为汉军旗。"温僖贵妃径直一语，四座皆惊。佟佳皇贵妃手中的杯盏微微晃动。

这是她的心结，汉军旗哪里有满蒙八旗尊贵？这也是皇太后为何不喜她的缘由，皇太后出身于高贵的博尔济吉特氏，而从皇太后以后，中宫再无蒙古草原上的后主，这也是皇太后的心结。

宜妃掩口而笑："温妹妹所言差矣，密答应怎能同皇贵妃相比。"

卫岚音微笑，难道她们都忘却了皇上的亲母同样来自汉军旗。

玄烨一直在回味往年的牡丹宫宴，皇祖母赏下的不落夹，味道总是那般甜美，只可惜，不落夹余香仍在，他和皇祖母已经阴阳两隔。他想起皇祖母的临终嘱托，不经意地扫过卫岚音。卫岚音点头回应，娇羞可人。

玄烨放下手中晶莹剔透的白玉杯："前几日佟都统疏陈世系，请改入满洲，不知裕亲王有何看法？"

裕亲王福全温声讲道："佟佳氏族原本是女真族夹谷氏，世代居住佟佳江，后因世道中落，蒙先祖庇护，后代子孙，延绵不休。当年太祖兴兵之时，佟佳氏已经贵为辽东大族，因受明朝权贵欺压，才改为佟姓，但老满洲人还都以佟佳氏相称。"他俯身叩拜，"微臣请议，将佟都统归根于满洲镶黄旗下。"

众嫔妃皆大惊失色，佟都统改为镶黄旗意味着什么，每个人都心知肚明，温僖贵妃更是掐着红艳的指甲，怒火冲天。

"太子何意？"玄烨转向初有长成的太子。

太子已经开坛讲学，一表人才，消瘦的身姿和儒雅的容貌愈发与过世的孝诚仁皇后相像，他起身说道："启禀皇阿玛，儿臣觉得不妥，如今佟氏之人在朝廷为官众多，悉数改为镶黄旗下，汉军旗势必空虚，再则佟氏之人多居要职，如若改旗，恐怕引起朝廷动荡。"他将利害关系说得简明扼要，指明了佟佳氏在朝廷的重要地位，话外之音，自古哪有不忌惮外戚的帝王？

佟佳皇贵妃的脸上闪过不悦，却无话反驳。佟佳氏在太祖朝便是皇亲国戚，皇上登基后，佟佳氏更是满族荣耀，如若抬旗，哪能如此容易？

玄烨沉思："大阿哥有何看法？"

纳兰一族败落，大阿哥一直唯唯诺诺，少了锐气，多了圆滑。他恭敬地讲道："回皇阿玛，儿臣觉得太子所言极是。对于小族，改旗本是一族之事，但佟佳氏改旗，是国事，佟佳氏历代繁茂，并非本朝荣耀，早在太祖时，广略贝勒和礼亲王的元妃便出自佟佳氏，佟佳氏子孙绵延，改旗之事，还需从长计议。"

玄烨哈哈大笑："好，太子和大阿哥的见解，句句在理，为大清之福。"

"谢皇阿玛谬赞。"太子和大阿哥恭敬如初。

玄烨扫去脸上的阴云，用疼爱的口吻说："对于此事，众阿哥可各抒己见，言者无罪。"

三阿哥随即站起："回皇阿玛，儿臣的想法与太子和大哥相同，改旗需从长计议。"四阿哥面色冷清，不愿多言。

五阿哥跃跃欲试："回皇阿玛，儿臣同意裕亲王的提议。自古还族还祖为头等大事，当年受汉人压制，佟佳氏族才不得已改姓为之，如今是满家的天下，当然要为先人正朔。"

七阿哥虽有腿疾，却不甘示弱："儿臣与五哥想到一处。"

八阿哥、九阿哥和十阿哥还年幼，自然少些主意，都默不作声。

"四阿哥为何不语？"玄烨似乎也看不透四阿哥。德妃温柔娴静，皇贵妃睿智绰约，但谁都没有影响到四阿哥，在众阿哥中，只有四阿哥继承了他冷峻的性子。

"回皇阿玛，此事关系到皇额娘的母族，儿臣避嫌，不愿多语。"四阿哥缓缓低头道。

佟佳皇贵妃挺直了腰板儿，轻蔑地瞄向脸色青白的德妃。卫岚音也没有想到四阿哥竟然如此识大体，皇贵妃果然厉害，仅此一子抵过数人。

"好，四阿哥知书达理，善莫大焉。"玄烨连声夸奖，又恢复了运筹帷幄的帝王气势。

卫岚音凝神不语，帝王讲究天时、地利、人和，即使是尧舜转世，但错过时机也难争天下，如今年长的阿哥已经突显才能，后宫再有所出的奶娃子已经不是对手。

"八阿哥没有见解吗？"玄烨盯着踌躇满怀的八阿哥，含笑问道。

八阿哥一副大人模样："回皇阿玛，儿臣有不同之意。"

"噢？"玄烨望着那双与岚儿极像的眼睛。

八阿哥谦恭地说道："裕亲王所言乃是众望所归，太子皇兄所言是大清之本。贤人曾讲，入其俗，从其令，更有奚祁举贤不避亲仇的典故。所以儿臣想，佟佳氏虽然为汉军旗，但世人皆知其来龙去脉，源远流长之根源，没有必要再为改旗。而佟都领文韬武略，乃大清英才，即便无皇亲国戚的荣耀，也会造福一方百姓，皇阿玛可单独将其一脉抬旗，彰显皇家天威，改一脉更胜于改一族。"

"好！"玄烨兴奋地赞赏道。裕亲王满眼赞赏，八阿哥果然是人中之龙凤。卫岚音也惊讶不已，此法既了却皇上心愿，又未动大清命脉。佟佳皇贵妃眼底却无半分喜悦。宜妃和温僖贵妃恨铁不成钢地望着对面。坐在八阿哥身边的九阿哥和十阿哥正卑微地仰着头，满脸崇拜地盯着八阿哥。

"皇上，八阿哥此法甚好，微臣惭愧。"福全恭敬而言。

"裕亲王谦恭有加，这些年苦了你。"玄烨愧疚。裕亲王亲自驻守、监视噶尔丹乱党的动静，看来，收复噶尔丹势在必行。

"微臣食君俸禄，忠君之事，何来辛苦。"福全大义凛然道。

"好，赏赐裕亲王美酒一壶，今日与朕开怀畅饮。"玄烨大喜。

佟佳皇贵妃连连举杯,抬旗是满门荣耀,坤宁后位已经近在眼前。

卫岚音与定贵人、平嫔等人举杯示意,抬旗已成定局,如何能拖住皇上的立后呢?

"牡丹为花中之王,芍药更是浓香飘逸,臣妾倒是想起一桩往事。"卫岚音放下手心的白玉杯说道。

"呦,良妹妹的失魂病好了?"宜妃讥笑道,"林太医真是妙手神医。"

卫岚音故意皱着柳眉:"臣妾连失魂之后的事情,都记不全了,更何况之前的事情,还是借宜姐姐吉言,希望能早日好起来。臣妾只不过想起,那年皇上南巡,臣妾时常去慈宁宫探望,太皇太后和苏麻嬷嬷都极爱花草,冬日里,花房中的牡丹开得正茂,月儿格格还亲手绣制了一幅牡丹百花朝凤图,太皇太后连声夸赞。"

玄烨欣慰:"皇祖母素爱花草,也难得月儿格格孝敬。"

卫岚音委身站立:"皇上,月儿格格入宫数年,尽心尽力侍奉太皇太后,如今太皇太后驾鹤西去,皇上悲痛,尽之仁孝,禁止秀女入宫,但月儿格格本便是太皇太后选定入主后宫之人,臣妾斗胆为月儿格格求得恩典,月儿格格侍奉太皇太后有功,佟佳氏又得皇上抬旗之隆恩,皇上何不加封月儿格格为贵妃,成全太皇太后的遗愿。"

"太皇太后过世不久,皇上下诏三年内禁止秀女入宫,若是加封月儿格格为贵妃,如何向文武百官交代?"温僖贵妃眯着丹凤眼说道。

卫岚音微笑道:"加封月儿格格为贵妃,正是彰显皇上的圣明。月儿格格在太皇太后膝下三载之多,于私于理,这个贵妃都是当得的,臣妾想苏麻嬷嬷也定能同意。"

佟佳皇贵妃面带喜色,月儿无名无分在承乾宫的确惹人闲话,今日的良贵人怎么好心地帮衬她?

玄烨叹息,其实皇祖母多次提及月儿格格一事,都被他打断,直到皇祖母去世,也未能满足皇祖母心愿,今日岚儿怎么提及此事?他静思片刻:"月儿格格侍奉皇祖母左右,孝心可表,依良贵人所言,加封为贵妃,居承乾宫,尊号再行拟定。"

"谢皇上恩典。"佟佳皇贵妃喜出望外。

"皇上，袁贵人居住在承乾宫，月贵妃也居住在承乾宫，这未免太过打扰皇贵妃安歇了，也委屈了月贵妃，不如另辟新宫为佳。"德妃总是在众目睽睽之下说着冠冕堂皇的话。

卫岚音笑意盈盈地说："如今六宫已满，月儿格格住在承乾宫最好不过，姐妹之间彼此也有个照应，再则承乾宫是当年端敬皇后的寝宫，自然比旁的宫殿气派，哪能委屈月贵妃。"

玄烨疼爱地看着她，如何能早日加封岚儿为妃，了却心愿？

宫宴依然在继续，却几人欢喜几人愁。温僖贵妃最难平息心中怨气，她愤怒的眼神不时射向卫岚音和佟佳皇贵妃，钮祜禄家的格格到底差在哪里？卫岚音视而不见，后宫嫔妃差便差到母族姓氏，都是看不透权势罢了。

这时，袁贵人正品尝着"包儿饭"，却忽然呕吐，双颊羞红。

佟佳皇贵妃微笑道："皇上，袁妹妹已经有了身孕，月份不足，还探不出时日。今日害喜了。"

"既然如此，便安心养胎吧，皇贵妃费心。"玄烨没有一丝喜气。袁贵人失望至极。

"呦，这才一月便害喜，待过三月，岂不是用不下膳食？"宜妃数落。

佟佳皇贵妃微笑道："有孕在身，因人而异，袁妹妹身子娇柔，反应大些，本宫会着御膳房做些可口清淡之物为其补身。"

卫岚音转眸望向敏嫔，当初她假装有孕加害德妃，难道又要故技重施？耐人寻味的赏花宫宴，在众人虚伪的笑颜中结束，只留下满地的清冷和暗涌。

回到长春宫的卫岚音，盘算着下一步的计谋。

"主子为何要帮衬月贵妃？"落霜忍不住地问道。

卫岚音苦笑："这也是缓兵之计，希望能延后皇上立后的念头。"

"延后？"落霜不解。

"佟佳氏抬旗，宫中两位格格，一位为皇贵妃，一位为贵妃，都无皇子，如何能入主坤宁？"卫岚音挑眉，"再则，皇上怎能在短短的时间内，成全佟佳氏所有的荣耀，别忘了皇上身上也流着佟佳氏的血。"

"还是主子聪慧。"落霜喜气。

"最近怎么未见林太医？"卫岚音担忧。

"张小姐有喜了。"落霜抿着红唇说。

"真的？"卫岚音微笑。

"林太医讲，张小姐身子羸弱，不宜生子，林太医执意要张小姐落胎，张小姐不肯，林太医无法，只能一同试药保胎。"落霜愁眉不展。

"张大人何意？"此事关系性命，张小姐为张大人的掌上明珠，马虎不得。

"林太医不想将此事大肆宣扬，恐是污秽张小姐的名声，闭门谢客，此事张大人也不得而知。"落霜感叹，林太医果然是谦谦君子。

"林太医与张小姐举案齐眉，夫妻和睦，我也放心了。"卫岚音祈求上苍多一些福气给有情之人。

长春宫内静寂无语，只有沙沙的风声，多少个孤灯寒夜，主仆二人便这般坐着，感叹着世间无常，渡过一个个难关。

"曹嬷嬷可好些了？"卫岚音问道，曹嬷嬷年事已高，已经风烛残年。

"曹嬷嬷日益糊涂，奴婢怕长此下去，生出事端来。"落霜担忧地说。

卫岚音蹙眉："既然张小姐有喜，便以照料张小姐为由，送曹嬷嬷出宫，去林府颐养天年。出宫时，多带些银两，不能委屈曹嬷嬷的起居。"

"主子对下人真好。"落霜含着眼泪，"奴婢这几日就去办，不过此时皇贵妃盯得正紧，会不会连累到林太医？"

"不怕，曹嬷嬷出宫势在必行，在宫内恐怕更加凶险。"卫岚音沉思，"承乾宫准备着月儿格格的喜事，会安稳几日，咱们的事情要一样一样稳妥地办。月儿格格性子柔顺，不似皇贵妃凌厉，更主要的是她已经入宫数年，看到后宫纷争之乱，不会害人争宠。不管皇贵妃如何对待咱们，月儿格格不会参与其中。"卫岚音剥开层层蚕丝，"今日我已经将储秀宫得罪，月儿格格聪慧剔透，如何不知？最荣耀的人总有遗憾，承乾宫虽然尊贵无比，却不吉利，当年端敬皇后之事，紫禁城上下无人不知，如今皇贵妃又滑胎无子，咱们就从这里下手。"卫岚音细抚着额娘的喜鹊金簪。

寒夜依旧，碧彩流光，朱色琉璃隐在暗处，只有望不到头的无尽黑暗。接连数日，宫中终于迎来了喜意，承乾宫到处是红绸，宫女玉镯仔细地吩咐着小太监们悬挂彩球、喜字。

"娘娘，月儿格格回慈宁宫为太皇太后上香祈福，过几日就回来了。"玉镯禀告。

"好。"佟佳皇贵妃心满意足。

"恭喜娘娘，咱们承乾宫如今有两位娘娘。"玉镯奉承。

"没想到本宫被良贵人摆了一道。"佟佳皇贵妃也终于想清楚卫岚音的真实意图。

"抬旗是莫大的荣耀，月儿格格又身为贵妃，储秀宫的眼睛红得要食人了。"玉镯微笑道，"娘娘何必急于一时，皇后的宝座早晚是娘娘的。"

"本宫只是不懂，良贵人为何阻止本宫入主坤宁宫？"佟佳皇贵妃实在不解，储秀宫阻止她尚可理解，只是长春宫？即使她无缘后位，也轮不到她啊。

"难道良贵人和太子暗中还有联系？"玉镯凝眉怀疑道。

"不会，太子阻挡不了本宫为后，太子为嫡子，本宫无子，对他没有任何威胁。"佟佳皇贵妃目光锋利地说。

玉镯倒上热茶，青翠飘香："四阿哥在宫宴上极为懂事，更是直言娘娘为嫡亲额娘，德妃娘娘的脸都白了。"

"贱人什么都想要，早晚会引火上身。"佟佳皇贵妃咬牙切齿。

"皇上对四阿哥颇为看重，宫宴过后，怕四阿哥的身子落下病根儿，赏赐了许多补品为四阿哥补身子。"玉镯眉开眼笑。

"皇上对八阿哥更为看重，还赏赐了西洋的小玩意儿。"佟佳皇贵妃细细啜饮，"听闻八阿哥还将那小玩意儿都给了九阿哥和十阿哥。"

玉镯不屑道："都是小孩子的把戏，贵妃娘娘和宜妃娘娘因此事杖责了九阿哥和十阿哥身边的宫人。"

"她们当然不服气了，八阿哥势头正旺，若九阿哥、十阿哥自幼追随，她们会被气死。"佟佳皇贵妃大悦。

"人算不如天算。"玉镯刻意奉承，"储秀宫一直视长春宫为眼中钉、肉中刺，更是嘲弄其辛者库出身的卑微身份，没想到八阿哥深得皇上宠爱，九阿哥和十阿哥也一心追随。"

佟佳皇贵妃笑而不语，满人自来有子凭母贵、母凭子贵的话，看来良贵人生了个好阿哥。

"唉。本宫真是越来越看不懂良贵人了。"佟佳皇贵妃忽然觉得头晕目眩，"年纪大了，身子骨儿到底不如新人。"

"娘娘还年轻。"玉镯轻轻捶着她的后背，压低声音，"娘娘还要等到入主慈宁宫的那日呢。"

"圣母皇太后。"佟佳皇贵妃喃喃自语。

"奴婢会追随娘娘左右，尽心服侍。"玉镯表着决心。

"愿月儿早日生下皇子，也好为承乾宫争口气。"无子已经成为她无法触及的伤痛。

"娘娘，奴婢有一言，不知当讲不当讲。"玉镯神秘兮兮道。

"讲。"佟佳皇贵妃对玉镯素来放心。

"咱们承乾宫是宫中的贵地，但听宫中的老人儿讲，这里曾被恶灵诅咒。"玉镯轻柔说道。

"放肆。"佟佳皇贵妃咳嗽不止。

"娘娘息怒啊。"玉镯急忙跪地。

"此乃流言，你怎么也轻信呢？"佟佳皇贵妃疼惜地责备。

"娘娘，此事真的有蹊跷啊。"玉镯向来谨慎，"当年端敬皇后深得先帝宠爱，所生皇子却早夭，听闻是静太妃从草原上带来了恶灵诅咒承乾宫，所以才……"玉镯的声音越来越小。

佟佳皇贵妃侧目："竟有此事？"

"千真万确，为何这么多年皇太后对娘娘如此疏远，孝康章皇后只是其一，真正的原因便是皇太后也知晓此事，她与静太妃合谋，对承乾宫施下恶灵诅咒。"玉镯压低声音，"娘娘还记得德妃娘娘怀四阿哥时的情景吗？"

第二章

梅英疏淡花归梦

　　玉镯的话语将佟佳皇贵妃引到多年前，那一段的耻辱依旧刻骨铭心。

　　玉镯恨恨说道："当年娘娘对德妃娘娘恩宠有加，没想到她却恩将仇报。"

　　佟佳皇贵妃望着喜鸟双喜图："当年本宫对那贱人不薄，视为亲信，谁知她却暗地里起了么蛾子，借着本宫命她去乾清宫为皇上送糕点之机，妖媚皇上，爬上龙床。"

　　"事后她竟然还和娘娘哭哭啼啼，告知娘娘她不敢拒绝皇上，情非得已。"玉镯想起德妃娘娘的虚伪眼泪，愤怒不已。

　　"那时后宫的嫔妃多为满蒙亲贵，官家格格，皇上初识这种小家碧玉之人，自然珍爱，本宫也是疏忽大意，心慈手软，没过多久，贱人便有孕在身。"佟佳皇贵妃转动着镶嵌着祖母绿的象牙护甲，"皇上忌惮皇祖母，求皇太后讲情，封贱人为贵人，最终是皇太后将贱人接到慈仁宫养胎，直到四阿哥出生。若不是额娘劝解本宫将四阿哥养在膝下，本宫今日岂不更加凄惨？"

玉镯低声劝慰："娘娘有母仪天下的威仪，哪里会落入人后。"

"一步错，步步错，满盘皆输。"佟佳皇贵妃摇头，"当日本宫若听你一言，痛下决心，贱人哪里这般得意。"

"德妃娘娘心机颇深，早晚会自食其果，娘娘不必因小人而气恼，还是要保住身子。"

"唉！"佟佳皇贵妃叹息道，"贱人生下四阿哥，皇祖母本意是要留下贱人在承乾宫侧殿居住，皇太后却提议赐予永和宫，皇祖母自然不会驳回皇太后的面子，便应允了。永和宫竟然真的成了贱人的福地，接连生下多位皇子。"

"娘娘，这便是重要之处。"玉镯浅浅微笑道，"早年生病的嬷嬷和宫女都送出宫外抚养，托苏麻嬷嬷洪福，奴婢的一位同乡避居于此，结识一位来自蒙古草原的老嬷嬷，老嬷嬷在病危时胡言乱语，讲述了当年静太妃与皇太后共同请来恶灵附与承乾宫，凡是入主承乾宫之人，必定无子，命运多舛，不得善终……"她的语调愈来愈小。

佟佳皇贵妃凤眸凌厉："老嬷嬷可还在？"

"娘娘，老嬷嬷已经过世，人若将死，其言也善。当年皇太后本无心此事，可是没受得住静太妃的蛊惑，才会与静太妃歃血为盟，引来恶灵缠与承乾宫。"玉镯凝眉禀告，"此事宁可信其有，不可信其无。端敬皇后生下的荣亲王，毫无征兆便早殇了，端敬皇后不久也撒手人寰，先帝悲痛欲绝，独自守在承乾宫内三天三夜，竟看破红尘，执意出家为僧。当时就有宫人看到穿绿花衣的小人，在承乾宫四处游荡。"

屋内忽然刮来一阵阴风，种种事情融合在一起，佟佳皇贵妃心中滚动着小雪球儿。

"本宫也遭受到恶灵缠身？"佟佳皇贵妃稳定心神，紫禁城自大明建立以来，后宫有多少冤魂野鬼，哪有干净的地方？

"娘娘可还记得，德妃娘娘在慈仁宫安胎，皇太后血亏卧床一事？"玉镯挑眉问，"那就是皇太后用血为德妃娘娘解除了恶灵，后来皇太后又执意德妃娘娘搬离。如今袁贵人有喜在身，皇太后又下令命袁贵人到慈仁宫养胎居住。"

"没想到皇太后也是毒辣的性子。"佟佳皇贵妃面带怒色。

"皇太后无子，无才，稳坐后宫多年，哪能如表面那般柔顺正气。娘娘，太皇太后仙逝，月儿格格又将入主承乾宫，咱们要解恶灵，换取娘娘今后的安稳和月儿格格的子嗣繁茂啊。"玉镯声嘶力竭道。

"可有解决之法？"佟佳皇贵妃挑眉问道。

"听老嬷嬷讲过，静太妃过世多年，只有皇太后的血能解此咒。"玉镯禀告。

佟佳皇贵妃面带忧色，皇太后是后宫之主，皇上都要避让三分，取凤血解咒，谈何容易？

"还有一法子，便是将皇太后贴身之物寻来，每日染之鲜血，九九八十一日后，再转到另一人身上，会赶走恶灵。"玉镯秘密地讲道。

佟佳皇贵妃哈哈大笑："真是天无绝人之路，本宫入主坤宁宫之前，必当要扭转乾坤。"

"娘娘身子娇弱，九九八十一日的血？"玉镯担忧，娘娘的身子再也承受不住任何打击。

"无碍，只要能赶走恶灵，本宫自有分寸。"佟佳皇贵妃的双眸中透着希望和冷冽。权势能改变一个人的性情，尤其是对贪恋成狂之人。

后宫相安无事，前朝又出大事，噶尔丹叛乱，玄烨与裕亲王福全在乾清宫商议国事，极少来后宫。

白日正午，一杆立影，长春宫笑语不断，卫岚音与落霜坐在繁茂的苹果树下，摆起茶道。午后一杯清茶，带着丝丝苦涩，甘甜解渴，已经成为卫岚音每日必修之课。

"沉浸浓郁，含英咀华，人生之乐事。"卫岚音笑道。

"竹下忘言对紫茶，全胜羽客醉流霞。尘心洗尽兴难尽，一树蝉声片影斜。这茶品的便是趣、神、味。和佛学中的心静自然凉同出一辙。"落霜温婉而语。

"竹林之下，对弈品茶，真是快哉。"卫岚音看着茶杯中一抹绿意，她只能仰望四角天地，红颜老去。

"主子熬到今日不易，会有云开日出的那一天。"落霜舀着煮沸的山泉水。

"八阿哥好些了？"卫岚音每次喝茶都想起八阿哥。

"主子不必忧虑八阿哥。"落霜劝慰，"奴婢问过小安子，八阿哥哪里会捉弄师傅，都是九阿哥和十阿哥所为，八阿哥为他们背黑锅罢了。"

"戒尺三十个，八阿哥还能握住笔吗？黑锅的代价未免太大。"卫岚音心疼。

"上书房是皇子们读书之地，师傅也是皇家的奴才，怎能下狠心打呢？"落霜端起香涩的浓茶，轻轻闻嗅。

"小小年纪，我还没来得及告知他人性的狠毒，他便已经明白拉帮结派。"卫岚音苦笑。

"哎，听闻是三阿哥和五阿哥笑话八阿哥依靠母族，将来要入赘到郭络罗家，九阿哥和十阿哥为八阿哥打抱不平。"落霜也未亲眼所见，"宜妃娘娘气愤得将五阿哥和九阿哥狠狠地痛斥呢。"

"阿哥们都已经开蒙读书，四阿哥不是也定下了婚事吗？"卫岚音微笑道，"为何单单讲八阿哥？"

"儿孙自有儿孙福，何来主子为此操心。"落霜为她填满茶杯，"主子，月贵妃昨儿侍寝了。"卫岚音心痛，这位贵妃是被她抬上龙床的。

"已经按照主子的吩咐将血咒散出去，承乾宫恐怕是日夜祭血……"落霜欲言又止，"主子真是料事如神。"

"杀敌一千，自损八百，我都是被逼出来的。"卫岚音微微叹息，"对于贪心之人有效。"

"主子，最近密答应和德妃娘娘走得极近，有时候还在一起用膳。"落霜奚落。

"连密答应都坐不住了，其他嫔妃哪能平静？"卫岚音放下手中的茶盏。

乾清宫的银花掐丝香薰微黑，飘荡着沁人醒脑的龙涎香，玄烨无奈地将手中的折子放下。八阿哥跪在地上，耷拉着头。裕亲王福全满脸含笑地望着他，细细品着热茶。

"手上的疼还没退去，你又闯下祸端。"玄烨责备。

"儿臣愿受皇阿玛惩戒。"八阿哥抬起俊秀的小脸。

"惩戒？你以为朕不敢吗？"玄烨脸色阴暗。

"儿臣不敢，请皇阿玛责罚。"八阿哥低语应答。

"朕如果借你个梯子，你都能将乾清宫的琉璃瓦揭下来，还有什么不敢的。"玄烨故意重拍龙案。八阿哥没有一日不惹是生非，哪里是在上书房读书，简直成了南书房常客，每日都会有人来告状，他已经习以为常。

福全笑意盈盈，多年前的一幕再次重现，当年皇阿玛的话语重复在当今的皇上口中，真是代代相传。

玄烨听着他的笑声，也想起前尘往事，原来父皇当年也是一片苦心，这便是传承。

福全浅浅微笑道："八阿哥年幼，个子太小，皇上要借个高梯子。"八阿哥满脸崇拜地望着他，心中感激无比。

福全儒雅地品着热茶："不知今日八阿哥又做了何事，惹皇上心烦啊？"

八阿哥偷瞄着他："皇叔，我……"

"你还认为没错吗？"玄烨紧盯他。

"是三哥和七哥侮辱额娘名声在先，儿臣才……"八阿哥忍不住辩解。

玄烨和福全震惊，没想到皇子间竟能牵扯出后宫。

八阿哥不服气："七哥笑话额娘是辛者库出身，三哥更是敲边鼓，儿臣不服气，和他们理论，他们却更加猖狂得意。"

"那你就在三阿哥和七阿哥的水盂里……害得上书房内臊气一片，熏得师傅连晚膳都没有用下。"玄烨气愤说道。

八阿哥低着头，往三哥和七哥水盂里尿水是九阿哥和十阿哥瞒着他弄的，东窗事发，七阿哥哭哭啼啼地跑来和皇阿玛告状，他哪能连累九阿哥和十阿哥，只能自己承担，反正他声名狼藉，哪里会在乎多一桩小事。

"怪只能怪他们太过迂腐，竟然闻不到臊气，还以为是墨香。"八阿哥小声反驳，此计虽有些龌龊，却极为解气。三阿哥向来素雅风骨，七阿哥更是以尊贵为主，混着尿液写下的大字，足以恶心他们好些天，想到三阿哥和七阿哥不停地净手焚香，他心中快意，让他们侮辱额娘，这就是报应。

"真是顽劣不堪。"玄烨气愤。

"皇上，八阿哥年幼，此回也是事出有因，还是算了吧。"福全为之求情。

"真是让朕头疼。"玄烨指着八阿哥，绿莹莹的扳指泛着亮光，"聪慧无比却顽劣不堪，师傅刚夸奖了几句，午后定会做件惊天动地的祸事，每次都振振有词，朕当年也没有你如此厉害啊。"

"这也不能全然怪儿臣，师傅教背书，儿臣读过三五遍便倒背如流，而他们要背上几十遍，儿臣听着头疼，只能玩些小玩意儿。"八阿哥辩解。

"你看看，如此骄傲自满，毫无谦恭之气。"玄烨摇着头。八阿哥这番话语，已经讲过多次，起初，他不信，结果八阿哥真的是倒背如流，他也无力反驳。

"皇上不必烦忧，八阿哥还年幼，待大些，性子定了，再有福晋管束，哪能还会如此顽劣。"福全眼底满是疼爱。

八阿哥忽然行下大礼："皇阿玛，儿臣有事相求。"

玄烨坐在鹿角龙椅上："你又有何事啊？"

八阿哥少了几分稚嫩和锐气，谦恭地讲道："皇阿玛既然能为佟佳氏一族抬旗，为何不能为额娘抬旗，脱离辛者库的身份？"他实在不懂宫中人都知道皇阿玛宠爱额娘，额娘为何还是下三旗出身。虽然额娘是长春宫主位，却是东西六宫嫔妃主位中位分最低的，贵人身份多年未得到晋升。额娘就算不能和永和宫的德妃娘娘相比，嫔位也是当得的。

乾清宫的气息变得忧伤哀怨。八阿哥的一语，深深触及到玄烨内心的痛楚。

"你也嫌弃亲生额娘的出身吗？"玄烨缓缓问道。

"回皇阿玛，子不嫌母丑，儿臣绝无此意，儿臣只是不想额娘受到无辜的指责。"八阿哥委屈地含着眼泪。从小到大，他不知听过多少次辱骂额娘辛者库出身的骂声。谁知人算不如天算，多年后，当他被削爵，八阿哥看着明黄圣旨上那刺眼的行行大字时，想起乾清宫的这一幕，伤心至极，他庆幸着额娘已经过世，否则会是何等的情殇。而玄烨也不会想到多年后的决裂，红颜情深到底抵不过江山社稷，帝王注定是孤家寡人。

福全轻轻放下手中珐琅黄釉的茶盏："皇上仁孝之心，世人皆知，八阿哥子承父恩，真是大清之福。"

玄烨心乱如麻，一件看似很小的事，却错综复杂。若是将岚儿送入其他显贵之家，又恐恃宠而骄，威胁到太子的地位，到时候他如何收场？福全见他踌躇满怀，深知他的无奈。

"八阿哥。"玄烨低沉讲道，"后宫连着前朝，朕也有万分无奈，你再大些，也会理解朕的无情无义。不过朕可以答应你，只要八阿哥有所作为，有所成就，朕必当遵循母凭子贵的祖训，加封你额娘为妃。"

"谢皇阿玛，儿臣会勤奋读书，早日为大清效力，不辜负皇阿玛和额娘的期望。"八阿哥的心中充满希望。

"那八阿哥今后不要如此顽劣，人过留名，雁过留声，君子最重要的便为名，大丈夫能屈能伸，不必为些小事背上恶名。"福全循循善诱。

"此事由裕亲王作证。"玄烨龙心大悦，"不过此事不要告知你额娘，只是咱们父子之间的约定。"

"微臣相信八阿哥会是大清顶天立地的皇子。"福全对八阿哥充满信心。

"儿臣谢皇阿玛、谢皇叔。"八阿哥的浑身充满力量。

梁公公神色慌张地禀告："皇上，皇太后不知何原因，突然头晕目眩，卧床不起。幸亏良贵人在身边，才苏醒过来，太医们皆束手无策啊。"

玄烨径直站立，皇祖母临终嘱托，要以母后为重，如今皇祖母过世不足一载，母后染病卧床，他如何对皇祖母交代？

福全谨慎地问："之前没有任何征兆？"

梁公公回答："奴才问过皇太后近身之人，皇太后近来身子康健，并无大碍，今日也不知为何如此，太妃们说是顶撞了神灵，皇上是不是……"

"着萨满嬷嬷去慈仁宫。"玄烨金口玉言，"摆驾慈仁宫。"

玄烨在裕亲王福全的陪伴下，踏进慈仁宫。

慈仁宫燃着安神的梵香，温僖贵妃和宜妃在床榻前服侍，卫岚音侧立一旁。

"皇上万福金安。"众人浅语行礼。

玄烨焦急地问道："母后如何了？"

温僖贵妃擦着眼泪："皇太后头晕目眩，坐立不稳，只能卧床而睡，太医们开了药方，宫人们已经去熬药了。"

"为何会这样？"玄烨冷冽地问。

"太医们说是旧疾复发，不知是何原因。"宜妃挑眉。

"你们这些奴才是如何侍奉主子的？"玄烨龙颜大怒。

"皇上息怒。"宫人们跪落满地。

"皇上，皇太后自从太皇太后过世，便消瘦不堪，臣妾过来勤些，时常过来陪伴解闷儿。今日臣妾正陪着皇太后在院落中赏花品茶，谁知皇太后突然倒地，臣妾和宫人掐了好一会儿的人中穴，皇太后才醒过来，整个人却昏昏欲睡，坐立不稳。"卫岚音禀告着详情。

"良贵人辛苦。"玄烨看着卫岚音凌乱的发鬓，疼惜。

"臣妾有福气能侍奉皇上和皇太后，何来辛苦。"卫岚音温婉说道。

外面传来杂乱的脚步声，佟佳皇贵妃和月贵妃缓缓而至，姐妹两人璀璨夺目，明黄映衬着金黄，彰显尊贵。

"皇太后？"佟佳皇贵妃盯着床榻上双目紧闭的皇太后，担忧。

玄烨轻轻摆手道："母后恐受了魔障，朕已经请萨满嬷嬷前来作法。"

"臣妾甚为惦记皇太后。"佟佳皇贵妃的话语中带着几分关切。

"着太医院派出宫直太医日夜轮班守候慈仁宫。"玄烨开启金口。

袁贵人红着眼睛，可怜楚楚。

卫岚音拉着她的手："袁妹妹这几日丰盈了许多。"

"良姐姐见笑，臣妾这几日贪食。"袁贵人答道。

"皇上，如今皇太后卧床，袁贵人在此多有打扰，还是随皇贵妃一同回承乾宫养胎。"卫岚音试探地问。

"也好，袁贵人回到承乾宫，皇贵妃和月贵妃要好生照料。"玄烨吩咐。

"是，皇上。"佟佳皇贵妃透着寒意。

月贵妃一直沉默不语，发鬓的凤钗微微晃动，好似月宫中的仙人，一副冰美人的样子，与皇贵妃的凌厉格格不入。

卫岚音跪地："臣妾愿意留在慈仁宫服侍皇太后。"

"良贵人身子娇弱，不必日夜相伴。"玄烨心疼地看着卫岚音，"母后也不忍良贵人劳累。"

一切都如此自然平淡，一场精心设计的阴谋，正在漠然地进行，不是你死便是我亡，招招致命。

卫岚音没有直接回长春宫，而是奉旨陪皇上一同用晚膳，又到御花园随意走走。迎着傍晚夕阳的余晖，玄烨留在了长春宫，锦绣暖帐，温馨如初。

"皇上。"卫岚音细细抚着玄烨宽厚的手掌，"八阿哥近日没闯祸吧？"

"你应该问他又闯了什么祸。"玄烨微笑，"朕今日罚了他抄写一百张描红。"

卫岚音瞪圆了眼睛："一百张？他不睡觉也抄写不完啊。"

玄烨哈哈大笑："岚儿心疼了？"

卫岚音抿着娇人欲滴的红唇："臣妾教子无方，皇上亲自训诫，臣妾哪里会心疼。"

玄烨盯着她微动的小嘴，轻轻吸吮："口是心非。岚儿养的好阿哥，让朕头疼。"

"臣妾知罪。"卫岚音委屈的神态。

"你啊。"玄烨叹口气。

"八阿哥从小不在臣妾身边成长，臣妾又失魂多日，八阿哥自然顽劣些。"卫岚音哀怨的语气，"还望皇上怜悯八阿哥。"

"岚儿是在怪朕？"玄烨挑眉。

"臣妾不敢。"

"朕看八阿哥的胆子如此大，就是和岚儿一样。"玄烨溺爱。

"皇上。"卫岚音媚笑，这场男女间的博弈，谁付出越多，注定会伤心越多。

"皇上，八阿哥的一百张描红？"卫岚音惦记。

"他啊。"玄烨拂过她的发鬓，"八阿哥精得很，他早就完成了朕的责罚。九阿哥和十阿哥的功课见长，写的字也越来越工整。"卫岚音不解。

玄烨径直讲道："八阿哥那副可怜兮兮的样子和岚儿同出一辙，朕都不知如何惩戒，八阿哥的那百张描红都是九阿哥和十阿哥帮衬着完成的，竟然还骗得四阿哥和五阿哥写了几张，还振振有词什么父慈弟恭之类的话语。"

"九阿哥和十阿哥尚小，还能听着八阿哥胡闹，四阿哥和五阿哥学识通达，如何能如此糊涂？"

"八阿哥聪慧，拿着描红找到四阿哥和五阿哥，求他们写下范本，再行给他、九阿哥和十阿哥观摩，四阿哥和五阿哥哪里知晓八阿哥的小心思，足足帮着写下了三十张。"玄烨连连摇头。

卫岚音莞尔一笑："看来还是宜姐姐和温姐姐教导阿哥有方，臣妾真是失礼，改日要登门取经。"玄烨笑而不语。

卫岚音转而讲道："皇上，袁妹妹有孕在身，密答应和赵答应也都眼巴巴地盼着皇上临幸，皇上还是少来臣妾这里，多去瞧瞧她们为好。"

"朕只喜欢岚儿一个。"

夜总是那般漫长，不知道会发生什么，两人抱在一起。

第二日，卫岚音早早来到慈仁宫探望卧床的皇太后，当屋内只剩下两人和心腹宫人后，卫岚音低沉着声音："臣妾谢皇太后眷顾。"

皇太后缓缓睁开双眸："良贵人莫要客套，只要能扳倒皇贵妃，为淑惠妃和太妃们报仇，为草原姐妹扬威，哀家定会帮衬。"先帝宠爱端敬皇后，与太皇太后离心，冷落后宫所有来自蒙古草原的嫔妃。太妃们年少时受尽委屈，承受着旁人不能想象的苦难，若没有皇后的光环和太皇太后的庇护，她也未必能平安无事，刻骨的仇恨自然铭记在心。

"皇上恩德并重，眼下不会许下承乾宫任何荣耀。"卫岚音点头。

"那就好，自古后位只能来自草原，难道她佟佳氏还想代代为后吗？"皇太后一心想着草原，"佟佳氏的格格诡计多端，能言善辩，此事不宜操之过急，需要稳扎稳打，良贵人不要辜负哀家的心意啊。"她幼年孤寡，还有什么急躁的。

紫禁城近日阴雨绵绵，暗渠龙嘴里疏散着浑浊的雨水，卫岚音望着窗外的迷雾细雨，怔怔出神。

"主子。"落霜缓缓进入。

"送去了？"卫岚音紧张地问。

落霜微微点头："真是可惜，胎儿是个男婴，已经六月成形，没有保住。"

"张小姐如何？"卫岚音追问。

"还是昏迷不醒。"落霜放下手中的熏香衣物，"林太医一直守在床榻前。"

"唉。"卫岚音长叹口气，本是天造地设的一对，却总是无限凄凉，恶人却总活得有滋有味。

"张大人一家都去了，张大人倒是没有讲什么，可是平日里与张小姐最为要好的张家二公子，悲痛万分，衣不解带地守在床边不肯离去。"

"张家二公子？"卫岚音惊讶。

"张家二公子名廷玉，年纪尚轻，还未考取功名，自幼与张小姐要好，一表人才，极为守规循矩，为人真挚，乃为大才之人。"落霜夸奖道。

卫岚音点头："张府书香门第，满门英才，二公子如此重孝道，并无冗繁腐朽之气，将来若是入朝为官，功德无量，只是林太医……"

"林太医只和张大人讲了一句话：即便无子，终生不会纳妾。即便丧妻，此生不再续弦。"落霜红着眼睛，"张小姐的性子毫无汉家女子的虚柔，没有喊过半声疼痛，便是在一旁忙碌的曹嬷嬷也佩服不已。"

"张小姐的性子柔中带刚，只恨是女儿身，否则必定光耀门楣。"卫岚音苦思不得其解，林府只有一位夫人，没有宫内的争宠之祸，林太医和张小姐又熟知医术，哪里会受人陷害？

"主子，如若张小姐微恙，那林太医？"落霜心疼。

"林太医一生羁绊于我，好不容易走出困惑，如何还能再让他受苦？如今皇贵妃盯着他最紧，还是让他早日退出旋涡为上策。"卫岚音心酸道，"百年大计是察哈尔部的复仇大计，何必拉上无辜之人。记住，你也是外围之人。"

"奴婢与主子同心同德。"落霜跪倒在地。

"承乾宫有何动静？"卫岚音问道。

"回主子，袁贵人安心养胎，月贵妃请辞告病，自动退去了侍寝的绿头签，皇贵妃身子羸弱，夜咳不止。"落霜禀告。

"如今正是重要之时。"卫岚音放下棋子，"可怜之人必有可恨之处。"

阴暗的屋子逐渐转亮，她望着模糊的细雨，如今便等待着慈仁宫传来消息了。

"良姐姐。"定贵人来了。

"定妹妹。"卫岚音急忙拉住她。

"苏麻嬷嬷一切都好，臣妾便回了。"定贵人娴静地回应。

"十二阿哥可哭闹？"卫岚音关切地问道。

"托良姐姐的福气，十二阿哥与苏麻嬷嬷甚为投缘，苏麻嬷嬷极为细心谨慎，十二阿哥真是享福了。"定贵人心存感激，苏麻嬷嬷在宫中地位甚高，她又可以时常去小住陪伴和探望，这是宫中最大的恩赐。

"定妹妹乖巧可人，十二阿哥聪慧懂事，皇上和苏麻嬷嬷都喜欢，我不过是顺水推舟。"只要有一分希望，多一人幸福，她为何不成全呢？

"良姐姐，内务府来人了吗？"定贵人说道。

"内务府？"卫岚音不解。

"臣妾回来之前，先去了慈仁宫给皇太后请安，正好皇上也在，萨满嬷嬷施法过后，告知皇上，皇太后此病是旧年陈疾。"定贵人缓缓端起热茶。

"旧年陈疾？"卫岚音小心翼翼地问道。

定贵人微笑道："此事邪性得很，难怪良姐姐惊讶，皇太后说出多年前的事情，她还在蒙古草原时，一次打猎被狼群困住，她射死了头狼和母狼，之后便卧床不起。世人都说，她惹了狼王恶灵，幸得族中的萨满嬷嬷用两匹狼的血浸透鸡血石，做成手串，皇太后日夜佩戴，才恢复心智。"

卫岚音感慨，姜果然是老的辣。

"鸡血石手串？"落霜猜测，原来承乾宫偷拿走的是皇太后的手串。

"这只浸透狼血的鸡血石手串一直戴在皇太后身上，被皇太后奉为护身符，一直供奉在佛堂。半年前太皇太后过世，皇太后日夜住在佛堂为太皇太后祈福，身子羸弱不堪，才从佛堂走出来。今日听萨满嬷嬷的话语，皇太后急忙派人去佛堂寻手串，谁知，鸡血石手串竟然不翼而飞。"

"是那串细长的红手串？"卫岚音问。

"正是，皇上听闻勃然大怒，将打扫佛堂的宫人都送到慎刑司，毫无线索，便着内务府彻查此事，势必搜出此手串。"定贵人惊魂未定。

"紫禁城如此之大，小小的手串，恐怕一时难以寻到。"落霜奉上补身的热汤，长春宫内处处温情。

东面的承乾宫却冰冷如霜，阴冷昏暗的屋内，散发着诡异的气息。佟佳皇贵妃拿着匕首划破玉足，鲜红的血滴在鸡血石手串上，她的面容狰狞。

"娘娘。"玉镯心疼地喊道。

"快去拿红布包上。"佟佳皇贵妃吩咐。

"是，娘娘。"玉镯麻利地将血腥的手串包裹在写满灵符的红布里，平嫔和德妃的生辰八字赫然在目。

"希望早日破除诅咒，月儿早日生下阿哥。"佟佳皇贵妃目光阴冷，尽含锋利。

"娘娘受如此大罪，定能赶走恶灵。"玉镯笃定说道，"此恶灵必然会转到咸福宫和永和宫，赫舍里氏最终只会有太子一人依仗，永和宫的十四阿哥也活不长。"

"哈哈。"佟佳皇贵妃低声大笑，得罪和威胁她的人，只有死路一条。幽冷的笑声令人毛骨悚然，转而却是重重的咳嗽。

"娘娘。"玉镯递过压惊的热茶，拨亮了金烛台上的灯芯儿。

迎着烛光，佟佳皇贵妃的脸色白如蜡纸："皇上暗中派人巡查此事，一定要加倍小心。"

"是，娘娘，袁贵人有孕在身，谁也不会料定是她所为。"玉镯逢迎。

佟佳皇贵妃端起补气养血的阿胶羹，蹙眉："这几日务必藏好，万万不能前功尽弃。"

"娘娘放心，暗藏手串的地方，每日都不同，只有奴婢一人知晓。"玉镯玲珑地说道，"娘娘，听闻八阿哥已经连着数日，没有惹是生非，深得皇上夸奖，娘娘为何不借机将良贵人也一并写在红纸上，扫扫她的傲气。"

第三章

拂水面千条柳线

佟佳皇贵妃浅浅地微笑，眼角上密布细细的鱼尾纹："已经抓住了良贵人和林太医如此大事，本宫还不屑于用自己的血诅咒她，她已经永不能再孕，还能蹦跶到几时？"

"娘娘不可轻敌。"玉镯递过国舅爷连夜送来的密函。

佟佳皇贵妃看过神色凝重："好啊，越来越有看头了。"

"娘娘，连裕亲王都牵扯在内，难道皇上也知晓？"玉镯不敢妄下定论。

"自古温柔乡便是英雄冢，裕亲王是怜香惜玉之人，皇上也是一知半解。"佟佳皇贵妃愤怒，为何皇上从来没有对她深情过。她入宫多年，恪守宫规，凡事都极力做得最好，为的便是能与他站在高位，可惜他对她总是若即若离。

"这是欺君之罪。"玉镯一语双关。

佟佳皇贵妃凝神地说："皇上是敏锐之人，只不过被良贵人蒙蔽了双眼。”

“那太皇太后也知晓？”玉镯忐忑地问。

“太皇太后生前对良贵人多加照料，此事必有缘由。”佟佳皇贵妃眯着凤眸，太皇太后素来以江山社稷为重，为了大清的江山，斩断情缘，为了大清的江山，与母族反目，却独独放过良贵人？

“良贵人更改年纪入宫为婢，在浣衣局又刻意被人安排与皇上相见，这都是圈套啊。”此事愈挖愈深，深不见底。

“良贵人娘家被灭族，必有蹊跷。”佟佳皇贵妃握紧粉拳，“继续查下去，这才是扳倒长春宫最有力的一击，八阿哥也难以保住性命，看她如何猖狂？”

“是，娘娘。”玉镯心有余悸地说。

“林太医那边如何了？”佟佳皇贵妃侧目。

“娘娘放心，张小姐已经命垂一线。”玉镯的脸上挂着寒光。

“此事办得干净利落，重重赏赐。”佟佳皇贵妃别有用心。

“还是娘娘英明，张小姐哪里会得知是那对卖唱母女相害，丢得性命。”玉镯得意地说。

“宫中争斗之法用在民间，无人幸免，他林太医哪里会时时陪在夫人身边？莫怪本宫无情，怪便怪良贵人。”佟佳皇贵妃高傲地仰起头，良贵人夺去了皇上的心，注定是她的仇敌。

“咱们下一步？”玉镯试探地问。

“林太医这条线不能扔，张大人在朝为官数年，为汉臣的翘楚，更为可贵的是他没有参与赫舍里氏和纳兰一族的朋党之争，若为本宫所用，便是得了汉臣之心。林太医若是夫妻和睦，此力便会为良贵人和八阿哥所用，本宫哪里还有机会？所以必须让林府四处白绫，咱们伺机挑拨，打翻良贵人的如意算盘。”佟佳皇贵妃出身官宦，深知朝廷与后宫的关联。

“娘娘真是深谋远虑，四阿哥不会辜负娘娘的重托。”玉镯微笑道。

“一切都尽在掌握，只等待着时机。”佟佳皇贵妃微笑，“如今纳兰一族的党羽让皇上悉数收拾，大学士徒有虚名，早晚会革职查办。储秀宫和翊坤宫为不成器的九阿哥和十阿哥伤透了脑筋，太子稳坐毓庆宫，平嫔深藏不露，便是那贱人，也只得照顾奶娃子。宫中的风向变了，哪里还是争宠，都在扶植各自的势力，望子成龙。"

"娘娘的意思是？"玉镯深知她的苦闷。

"恐怕皇上也不知良贵人的真实年纪，咱们便帮衬着皇上，先透一透良贵人的底细。"佟佳皇贵妃媚笑。

"娘娘圣明，奴婢明日便去找兰嬷嬷。"

"兰嬷嬷为裕亲王的乳母，宗人府大牢的伤药一事，恐怕裕亲王会有所察觉，老人念旧恩，还是少提裕亲王为妙。"佟佳皇贵妃心思缜密。

"是，娘娘，连储秀宫都不知晓，兰嬷嬷是咱们的人。"玉镯洋洋得意道。

"赫舍里氏和钮祜禄氏自以为本族出了皇后便了不得，她们都忘了波涛汹涌的前朝，到底是谁笑到了最后。"佟佳皇贵妃趾高气扬道，"去告诉当年姑母留下的所有暗人，从今以后都要打起精神，紫禁城该是佟佳氏的天下了。"

"娘娘是注定的百鸟之王。"玉镯奉承道。皇上生母——孝康章皇后能在两位蒙古皇后和先帝独宠的端敬皇后之间游刃有余，赢得太皇太后的信任，并将皇上推上龙椅，其中的艰辛和计谋可想而知。当年先帝想立与端敬皇后同族的宁悫太妃之子裕亲王为皇，被太皇太后反驳，为此先帝驾崩前与孝康章皇后秉烛夜谈，谁也不知道两人到底聊了什么。先帝没几日便去了，孝康章皇后在皇上登基不足一年也过世了，此事也就成了宫中的禁忌。

佟佳皇贵妃一字一句道，"本宫才是这紫禁城中的皇后。"一道光闪划过长空，隆隆雷声震彻四周，雨越下越大，瓢泼的大雨仿佛像每个人心中的贪念，无限膨胀。

次日，阴云消散，旭日高照，御花园的鲜花开得正茂，后宫的嫔妃奉皇上上谕品赏美景。卫岚音望着青白的太湖石，想象着袅袅生烟的气势。

"密答应的发髻真是花样百出，连旗装与咱们都不同了。"温僖贵妃一贯的刻薄。

众人都顺着看了过去，密答应的发鬓短小了些许，更多了些江南女子的妩媚，衣袖也窄很多，少了马蹄袖的宽大。

"密答应出自西施故里，当然清秀可人，心灵手巧。"德妃浓妆厚粉掩盖着黯淡的肤色。

"呦，真是心灵手巧，都是些上不得台面的把戏。依照本宫看，密答应还是莫要在此下功夫了，皇上的上谕是后宫嫔妃御花园赏花漫步，可没说今日会同来呀？"宜妃直接揭穿密答应的小心思。

"臣妾知罪。"密答应泪眼蒙眬。

卫岚音摇着象牙轻骨蒲扇微笑道："密答应的发鬓和装束极好，更能显出女子的柔美，皇上必定喜欢。"

"还是年少好啊。"佟佳皇贵妃款款迎了上去，"年少便是美，何须装扮？"

惠妃和荣妃沉默不语，钟粹宫和永寿宫形同冷宫，前几年她们还带着几分希望，如今只留下清冷的青石砖和无尽的悲伤。

卫岚音瞄着佟佳皇贵妃微白的脸色，双颊胭脂红极为浓重，消瘦的身子少了往日的凤威，看来真是豁出去了。

"皇贵妃的气色不错。"温僖贵妃不屑地说，"听闻月儿妹妹病了，一直未去探望，不知月儿妹妹的病如何了？"

"承蒙温妹妹挂念，月儿喜静不喜乱，怕扫了众人的兴致，皇上也是知道的。"佟佳皇贵妃当然知道温僖贵妃的妒火。

敏嫔歪着头："今儿都是自家姐妹，哪里有扫兴一讲，过几日是良姐姐的寿辰，到时候月儿妹妹要到场啊。"

"本宫记性很差，险些忘记了，多亏敏妹妹挂念，不知良贵人今年贵庚？"佟佳皇贵妃深意地问。

卫岚音透过她的眸光，感到寒意，她平稳着心思："皇贵妃真是眷顾臣妾，不怕姐妹们笑话，失魂病症来势汹汹，臣妾早便记不得自己的年纪，都是听旁人告知的。"众人掩口嘲笑，轻蔑之色挂在脸上。

"良姐姐真是爽快的性子。"敏嫔趁机曲意逢迎。

佟佳皇贵妃笑道："既然良妹妹自己都记不得了，那就让内务府查查，良妹妹到底贵庚，也好做寿辰馍馍。"

卫岚音沉稳道："这等小事，哪里还用劳烦皇贵妃，臣妾唤下人去办就是。"

佟佳皇贵妃瞑目道："看来良妹妹真的忘记得一干二净，还如此谦恭有加，本宫替你回忆回忆。"玉镯连忙递过两支陈年的绿头签子。

"良妹妹可还认得这两支签子？"她扬起手中的长签。

卫岚音心头一紧，怎么会落入她的手中？众人更是惊讶，绿头签一人一支，留在内务府存档，如何能有两支？

"怎么，良妹妹害怕了？"佟佳皇贵妃目光凌厉地扫过，"良妹妹多年来恪守宫规，深得圣宠，本宫自然要奖赏有功之人，想为良妹妹操办一场寿辰盛宴，谁知在内务府发现此物。良妹妹要好生想想，当年到底发生过什么？如何解释这两支签子？"

"皇贵妃此言差矣，臣妾不懂。"卫岚音满脸委屈，她第二次选秀入宫，的确更改了年纪。

"本宫只是奇怪，才想问问良妹妹，这两支签子都是良妹妹入宫时，内务府的旗籍签子，为何有两支？这两支签子上写的年纪，到底哪一个是真的？"佟佳皇贵妃目光凌厉地问。

"两支签子？"温僖贵妃惊愕，"莫非良妹妹进宫两次？"

"进宫两次？真是笑话，紫禁城的大门是市井闹市，可以随便进来吗？"宜妃最近对卫岚音更是愤怒，出身尊贵的九阿哥和十阿哥怎么能对卑微低下的八阿哥马首是瞻，九阿哥还振振有词，认为八阿哥是郭络罗氏的姻亲，本应就是一家。

佟佳皇贵妃雍容华贵地端着威仪："第一年如若被内务府撂了签子，便意味着永世不能再入宫为婢，良妹妹到底是因何原因，又有何目的，再入紫禁城？带兰嬷嬷上来。"

卫岚音双眸紧盯着佟佳皇贵妃，应下了这场争斗。

"娘娘万福金安。"兰嬷嬷后背微驼，却依旧精神迥然。

"兰嬷嬷是教导秀女的掌事嬷嬷，良贵人这两支签子，到底怎么回事？"佟佳皇贵妃追问。

"回娘娘。"兰嬷嬷瞄了眼卫岚音，"老奴知情不详，老奴只知道，良贵人入宫，是内务府的管事受了良贵人母族的恩惠，才破例进宫。"

"破例进宫？"喜上眉梢的宜妃不解地问。

"回娘娘的话，老奴也曾经查过，良贵人在前一年选秀中已经被撂牌子，照例是永远不能再入紫禁城的。"兰嬷嬷跪地不起，"但内务府管事私下里收了良贵人母族的贿赂，老奴也不敢多讲什么。"

"这就怪了，良妹妹貌美如花，性情婉约，为何会被撂牌子？"平嫔问道。

"回娘娘，老奴也问过知情人，好似良贵人初选入宫被撂牌子，是因为失魂痼症。"兰嬷嬷欲言又止。

"呦，原来良妹妹早就有此病根儿，失魂是陈年旧疾啊。"宜妃不怀好意地大笑。

"既然兰嬷嬷早知晓真相，为何知情不报？"德妃咄咄逼人。

"回娘娘，良贵人进宫不久，内务府管事溺水身亡，老奴没有证据，如何敢多言？后来良贵人得到皇上临幸，步步登高，老奴的话也没有人信服，最重要的是良贵人心思敏捷，哪有失魂痼症的征兆？近些年，良贵人更是为皇上生下皇子，老奴更是不敢多言，老奴在宫中一生，不求富贵，只求平安。"兰嬷嬷句句真情。

卫岚音望着佟佳皇贵妃得意的笑颜，伤心地揉着头道："嬷嬷所言，臣妾什么都不记得，母族又无一人，这该如何是好？皇贵妃何意啊？"

"本宫也觉得良妹妹聪慧敏捷，不是失魂之人，难道初次遴选秀女是故意失魂而落选？"佟佳皇贵妃暗藏杀机，"良妹妹是皇上心尖儿上的人，此事还是禀告皇上，请皇上定夺。"

"皇上日理万机，这本就是后宫之事，还是皇贵妃彻查为妙。"敏嫔恭敬说道。

卫岚音微笑道："皇贵妃明察，臣妾虽然忘记前尘往事，却也听人提及过家事，依照兰嬷嬷所言，臣妾的母族贿赂过内务府管事，那他为何还留着此签？两支签子同时存档，岂不是自食恶果？"

"内务府管事失足溺水故去，还来不及毁灭此签。"敏嫔抢先讲道。

卫岚音大笑："宫中人都极为谨小慎微，既然已经做到内务府管事的头衔，自然非池中之物，时隔一年收人钱财，竟然没有想到变通之法，如何能讲得通？"

"此事还不简单，派人去良贵人的家乡瞧瞧，便可真相大白。"德妃睿智地微笑道。

"良贵人的母族是外来人，一夜间灭门，根本无处查询。"佟佳皇贵妃语调强硬。

卫岚音紧握着马蹄袖中的拳头："皇贵妃真是对臣妾关心至极。"

佟佳皇贵妃轻蔑讥笑："良妹妹的家事，宫中人尽皆知，本宫还没有那闲工夫管你的家务事。"

"皇贵妃真是神通广大，时隔多年，竟然还能找出臣妾入宫时的两支签子，不知这两支签子原来放在何处？"卫岚音高声问道。她的身份尊贵，即使没有皇上的疼爱，从太皇太后的心意来讲，皇上都不会将此事闹大，只要揭开一角，便会露出全盘。噶尔丹已经侵占喀尔喀，紫禁城又无来自蒙古草原的皇后，她和八阿哥的身份，牵动着蒙古和大清。

佟佳皇贵妃冷笑道："这签子当然是在内务府存档之处寻到。"

"内务府都是单独存放后宫嫔妃的签子，那支被摺掉的签子，皇贵妃是故意去宫女处寻来吗？要是这样讲来，到底是皇贵妃先发现了两支签子，还是先察觉了臣妾的欺君之罪？"卫岚音云淡风轻中透着八面玲珑。

她又转向兰嬷嬷："兰嬷嬷曾经私下里改动了我的差事，后来在宗人府大牢调换了金疮药，我虽然失魂，但前人留下的证据仍在，我念在兰嬷嬷年老，不作计较，但今日兰嬷嬷又诬陷我失魂欺君，不知我和兰嬷嬷到底在何时结下了血海深仇？"

"岚儿真是伶牙俐齿。"玄烨踩着绿意，迎面走来。

卫岚音委屈："臣妾在世上孤苦伶仃，得上天眷顾，得了失魂，忘记痛楚，谁知皇贵妃翻出往事，兰嬷嬷更是火上浇油，臣妾的头好痛，让臣妾和八阿哥有何颜面立于人世？"

玄烨凝坐在宫人备好的锦凳上，招手微笑："岚儿，到朕身边来，朕不会再让你受半分委屈。"

佟佳皇贵妃暗道不妙，她瞥了眼跪在地上的兰嬷嬷，示意务必要死扛到底。兰嬷嬷此时颇为踌躇，面对皇上，她如何欺骗？一步错，步步错。

"皇上，良妹妹入宫数年，恪守宫规，更是受过不少磨难，如今失魂乃是幸事，这两支无关紧要的签子，岂不是要了良妹妹的命啊。"通嫔是察言观色的好手。

"是啊，皇上，良姐姐家门不幸，已经是多年悬案，有什么比阴阳两隔更为凄凉。"定贵人声嘶力竭。

卫岚音借势跪倒在玄烨面前，轻轻拉拽着暗纹龙袍的衣襟："皇上。"

玄烨知道这一天终于来了，竟然有人查到岚儿的身世，他冷冽的目光扫向佟佳皇贵妃，她到底知道多少？跟随而来的裕亲王福全心中震荡，后宫的手果然很长。

神色不明的玄烨俯身将卫岚音轻轻拉起，沉稳地转向佟佳皇贵妃："将两支签子呈上来。"佟佳皇贵妃忐忑不安地呈上。

玄烨盯着签子上规则的字迹，眼神幽深不明。他深情地望向卫岚音："岚儿永远不会骗朕，对不对？"

卫岚音淡淡回应："君心如磐石，妾心如蒲草。磐石无转移，蒲草韧如丝。"

"哈哈。"玄烨开怀大笑，只听清脆之声，两支签子拦腰折断，落在石子路上。佟佳皇贵妃的脸色瞬间变得苍白，众嫔妃更是掩面震惊。

玄烨牵着卫岚音的手："良贵人是老天赐给朕的良人，怎能由尔等寻衅滋事？"

"皇上息怒。"众嫔妃跪落一地。

玄烨怒火："人无完人，不必苛求，瑕不掩瑜，仍是瑰宝。良贵人纵使千般错，仍是朕的良贵人。"

卫岚音望着折断在地的半截签子，忽然眼前一亮。

她轻轻捡起半截签子："皇上，您看？"只见两支半截的签子，内里的颜色全然不一，一支青白，一支暗黑。福全望向兰嬷嬷紧皱的眉头，恍然大悟道："皇上，两支签子外在相同，内藏乾坤，这签子已经存档将近十年，自然是风干暗黑，而这支却内里茶白，显然是刻意造假。"

玄烨惊喜，岚儿的身世还未完全暴露。

"嬷嬷，到底怎么回事？"福全实在不愿看到乳娘参与到后宫纷争之中。

"回王爷，老奴句句为真，撂牌子的签子已经被死去的内务府管事销毁，但良贵人两次进宫之事，却是千真万确。"

"皇贵妃可有话讲？"玄烨盯着佟佳皇贵妃。

"皇上，正如兰嬷嬷所言，良贵人欺君入宫，这是事实，臣妾只是还原当日的真相，肃清宫闱。"佟佳皇贵妃仰着尊贵的凤冠，她要撕开贱人的真面目。

"皇贵妃所言极是，皇上莫要受奸人蒙蔽。"敏嫔帮衬道，"良姐姐进宫到底有何目的，到底是不是失魂失忆，都要彻查清楚。"

卫岚音暗吸口冷气，从皇贵妃深情望向皇上的眼神中，她才彻底明白，并非因自己的盛宠，一切皆因情起。只是皇贵妃太过贪婪和天真，自古哪有集宠爱和尊贵为一身的嫔妃，即使心想事成，位居高位，最后都会落得凄凉孤寂，不得善终，月有阴晴圆缺的道理，为何捉摸不透呢？

"皇上，奴婢有言禀告。"落霜缓缓跪下道。

玄烨挥动衣袖："讲"

"启禀皇上，主子二次入宫之事，的确是真的，但事出有因，还望皇上明察。"落霜低泣道，"主子失魂，早已忘记所有，但奴婢依然记得主子曾经告知的过去。主子的额娘很早过世，扔下主子和弟弟两人，继母入门，便想将主子送与富贾人家做妾，故而让主子假意失魂不得入宫，那富贾人家嫌弃主子年幼，驳回了亲事，主子拼力抗争，不愿为妾，最终继母无奈，只得在第二年再次送主子入宫，只为多赚些银两补贴家用。主子入宫后，月例银子从未乱用一分，都是悉数送与家中，兰嬷嬷应该最为知晓。主子自从遇到皇上，才脱离苦海，主子出身辛者库，受尽世人的嘲笑，哪还敢提及这段往事，难道要自讨其辱吗？今日皇贵妃咄咄逼人，诬陷主子失魂欺君，暗藏阴谋祸事。主子一生无牵无挂，何来阴谋？八阿哥如今更为懂事，何来惑乱宫闱？皇上今日为主子劈断签子，他日必将又会成为旁人口中恃宠而骄的话语。皇上，主子在宫中步步惊心，堪为艰难啊，求皇上恩典，为主子做主。"

卫岚音的眼前一片模糊，进宫多年的哀怨和委屈，道不尽，讲不完，只能默默承受，苦苦煎熬。

玄烨疼惜道："着朕口谕，良贵人侍奉朕多年，甚得朕意，颇为辛劳，晋升为嫔。"他已经等不到八阿哥长大，此刻便要让整个紫禁城都知道，他最在意她。

"臣妾谢皇上隆恩。"卫岚音泣不成声。

"皇上。"佟佳皇贵妃跪地不起，"皇上身为帝王，却沉迷后宫一女子，皇祖母在九泉之下，焉能瞑目？"

"放肆！"玄烨大声斥责，"皇贵妃要记得自己的身份。"

"臣妾身为后宫之主，劝诫皇上是臣妾的本分。"佟佳皇贵妃如何能甘心败在卫岚音的手下。

"后宫之主？"玄烨气恼不已，"皇贵妃以下犯上，降为贵妃，闭门思过。今日起，由储秀宫掌后宫之事。"

"今日参与陷害良嫔之人，轰出宫去，永世不得入宫。"玄烨重语。

"皇上，臣妾纵然一死，也要纳谏。"佟佳皇贵妃大声疾呼。

一场蓄谋已久的阴谋草草收场，宫中所有人都见识到了长春宫在皇上心中的地位，个个都怕殃及池鱼，避而不谈，这就是真实的紫禁城。

承乾宫，被掳去皇贵妃位分的佟佳贵妃用力地割着玉足，滴滴鲜血瞬间浸透鸡血石手串。

"娘娘息怒。"玉镯心疼地递过补气养血参汤。

"快去包起来。"佟佳贵妃吩咐道。

"是，娘娘。"玉镯拿出红布。这一幕已在午夜时分的承乾宫上演多次，只等着功成的那日。魔障住进每个人的心，皆因贪念和怨恨，让本为明智之人彻底陷入疯狂。

佟佳贵妃红赤凤眸，牙缝间挤出几字："良嫔这个贱人！"

"听闻娘娘离去不久，平嫔娘娘和敏嫔娘娘为娘娘求情，都被皇上训斥。"玉镯低声禀告。

"皇上对本宫没有一丝的情意。"佟佳贵妃懊恼道。

"今日温僖贵妃竟然以惹怒皇上为名，告知敬事房，将平嫔娘娘和敏嫔娘娘侍寝的绿头签撤下。"玉镯小心翼翼地说。

"让她得意一时吧。"佟佳贵妃轻轻饮用着参汤，"她不但得罪了本宫，还得罪了毓庆宫，皇上给了几分颜色，她倒是开起了染坊，还真以为自己是后宫之主。"

"她哪有娘娘的本事。"玉镯奉承媚笑道。

"钮祜禄家的格格都是轻狂善妒，成事不足败事有余。"佟佳贵妃一语道破，"咬人的狗从来不叫。"

"若不是宜妃娘娘帮衬，孝昭仁皇后留下的人从中帮衬，她怎能如此猖狂。"玉镯怒意痛斥道。

"贱人才最为厉害。"佟佳贵妃一语双关，永和宫和长春宫的贱人，隐藏多年，心机颇深。

"没想到皇上如此护着良嫔娘娘。"玉镯也气愤不已。

"千算万算，却漏掉了皇上。本宫原本是挑着皇上忙碌朝政时才翻出此事，没想到皇上却来了。"佟佳贵妃抚摸着泛着寒意的象牙护甲。

"如若不是裕亲王与皇上一同去给皇太后请安，恐怕也拐不到御花园来。"玉镯劝慰道。

"老天既然留得她，必定有道理。"佟佳贵妃挑眉道，"兰嬷嬷如何了？"

"回娘娘，皇上下旨将兰嬷嬷和内务府的几名太监赶出紫禁城，兰嬷嬷无儿无女，被裕亲王接去裕亲王府。"玉镯感叹道，这也是兰嬷嬷最好的归宿。

"本宫看，此事未必像落霜讲的那么简单，良嫔一家，一夜之内被灭门，数年无果，皇上怎能容忍如此冒犯天威的事情？"佟佳贵妃眸光寒冷，"除非是皇上刻意放逐，或者是此事事关重大。"

"太皇太后对良嫔娘娘也是另眼看待，难道真的另有隐情？"玉镯疑惑。

"继续查下去，本宫要掀出她的底细。"佟佳贵妃咬牙切齿道，"皇上对她一往情深，本宫便掐死她。林府如何了？"

"张小姐的内弟在床边照料，林太医已经回太医府复职。"玉镯低沉回答。

"张小姐命薄，别再让她受罪，还是早日西去，也好投个好人家。"佟佳贵妃脸色阴冷，张小姐死去，林太医定痛心疾首。她要让良嫔身边的人一个一个地死去，让她尝尝孤掌难鸣的滋味。

"还是娘娘慈悲。"玉镯点头，张小姐本便活不长，宫中出了这档子事情，娘娘当然要迁怒于人。

"慈仁宫可有消息？"佟佳贵妃轻声问。

"还在四处找寻手串。"玉镯微笑道。

"交代给国舅爷的事情，还没做好吗？"佟佳贵妃疾语道。

"奴婢去催催，想必不好做。"玉镯犹豫地回应。

"自然不好做，但只有此计才能压倒长春宫。"佟佳贵妃脸色惨淡道。

"娘娘放心，只需忍耐几日，长春宫便会遁入深渊。"玉镯阿谀奉承。烛光将两人神色映在窗棂上，含着戾气。

风水轮流转，承乾宫的失落成全了储秀宫的荣耀，也成全了长春宫的尊贵。贵为嫔位的卫岚音，换上了香色的嫔妃的宫装，也有了代表身份的朝珠。

"主子真是天生丽质，穿什么都好看。"落霜夸奖道。

"你总是哄我开心。"卫岚音淡淡地笑。

"额娘真好看。"八阿哥也扬起小手道。

"贫嘴。"卫岚音溺爱道，"今日又闯祸了？"

"夫子讲，人非圣贤孰能无过？"八阿哥摇着头道。

"那也不能日日闯祸。"卫岚音扶着头，"你今日怎能如此早便回来了，不在阿哥所好生待着，又回来做什么？"

"皇阿玛考儿臣背书，儿臣背得好，皇阿玛高兴，便准了儿臣早半个时辰回来，儿臣想额娘，归来给额娘请安。"八阿哥人小鬼大地说。

"八阿哥聪慧，在上书房是出名的。"落霜连声夸奖。

"八阿哥。"卫岚音语重心长地牵着八阿哥的手，"额娘与你在宫中有一席之地不易，你千万不能再调皮任性。"

"嗯。"八阿哥点头，"其实儿臣在上书房调皮，只是想得到皇阿玛的重视。"

"只要八阿哥好好读书，皇上自然重视。"岚音慈爱地说。

"不，额娘。"八阿哥拼命地摇头，"皇阿玛的眼里只有太子哥哥，儿臣再努力用功都不会入皇阿玛的眼，就像大哥和三哥那样。"

"此话不要乱讲。"卫岚音叮嘱道。

"儿臣没有乱讲。"八阿哥涨红了小脸，"儿臣只不过做些小小不言的错事，太子哥哥总是出言不逊，甚至动用贡品，更是目无尊长，好多回，都是四哥帮他顶着，太子哥哥以为儿臣年幼，毫不避讳。"

"那你皇阿玛？"卫岚音惊诧，皇上每日都会去上书房查看皇子读书，难道皇上看不出？

"皇阿玛如何不知，不过是睁只眼闭只眼，纵容太子哥哥。"八阿哥不服气，"儿臣们平日里都是以君臣之礼叩拜太子哥哥，而太子哥哥没有帝王的气度和风姿。"

"好了，此话今后便是烂在肚子里，都不要对任何人讲。你只要好生读书，额娘会让皇阿玛喜欢你。"卫岚音轻轻拍着他的手背，"记住，太子是君，你是臣，君君臣臣，父父子子，不能有半分逾越。"

"儿臣知道。"八阿哥恭敬行礼，离去。长春宫陷入片刻的寂静。

"密答应侍寝了？"卫岚音轻问。

"是啊，皇上翻了密答应的牌子，不过密答应哭着被轰出来。"落霜万分不解。

"轰出来？"卫岚音惊诧道。

"敏嫔娘娘被贵妃娘娘拿去侍寝的绿头签，自然对密答应冷言冷语，密答应又被皇上轰出乾清宫，密答应如今是日夜哭泣。"

"送些物件儿过去，好生安慰一番，这般沉不住性子，今后的日子如何熬过？"岚音摇头，毕竟是花将军送来的人当然要眷顾。

"主子放心，奴婢会去办。"落霜低声回应。

"林太医可好些？"卫岚音关切地问。

落霜微微叹气："真是可惜，张小姐与林太医天造地设，却没有白头偕老。"

"老天无眼。"卫岚音惋惜道。

"林太医已经告假，要为张小姐守孝。"落霜泪眼婆娑，"主子，曹嬷嬷愈发糊涂，林太医将她送到花将军那里，有念心照顾，请主子放心。"

"这样也好，毕竟也是归宿。"卫岚音知道，曹嬷嬷等待着与木公公一同回草原，木公公也是风烛残年，花将军要动手了。

"朝堂大臣一直极力反对皇上废除皇贵妃，皇上无法，上谕一直未发。"落霜讲述着实情。

"罢了，原本也没想要她的位分。"卫岚音凝坐在双耳浅雕的铜镜前，"她是早晚要入主坤宁宫的人，皇上消气就好了。"

"皇上对主子的情谊非同一般，后宫娘娘哪里是眼红，都已经放紫光了。"落霜抿嘴偷笑。

康熙秘史

风咕咕 著

辽宁人民出版社

第四章

花自飘零水自流

"如今咱们依仗的只有皇上。"卫岚音收起额娘留下的龙凤玉镯。

"主子，皇上毕竟是天下人的皇上，主子还要想开些。"落霜仍然希望主子和皇上不再受到煎熬。

"我时刻记得他是皇上。"卫岚音侧目道，"帝王都极为疑心，御花园的那两支签子，皇上和裕亲王都没有任何疑虑和震惊，看来他们早已知晓真相，他们早就知道我的身份。"

"皇上对主子还是有心的，若没有情分，如何能这般护着主子？"落霜劝慰道。

"有心无心，此刻都已不再重要，江山在皇上心中的地位，至高无上。"卫岚音望着窗外的余晖，"就好比太子，皇上疼惜的不是太子，而是东宫，无论哪位阿哥当上太子，皇上都会疼惜，因为那是皇权。"

"太子长此以往，就是自绝后路。"落霜低沉道。

"扳倒太子，就是扳倒皇上，谈何容易？"卫岚音泛起凄凉。

"主子，其实也并非是艰难。"落霜静静回答，"朝堂上永远都是风云变幻，大阿哥所依仗的纳兰一族已经凋零，皇上斩断了大学士的党羽，如今大学士是惊弓之鸟，得过且过，大阿哥开牙建府，开始为自己谋划权势。朝堂一边倒，都是拥护太子和皇上的臣子，赫舍里氏一家独大，长此以往，定威胁到皇权，到那个时候，皇上对太子恐怕就是忌惮猜忌了。"

卫岚音心中阵阵寒意，这便是帝王，时刻都要提防着身边的每一个人。

"承乾宫可有消息？"卫岚音问道。

"回主子，一切如故。"落霜送上鲜果。

"让她继续赎罪吧。"卫岚音接过鲜红欲滴的鲜果，"等些日子，再揭开谜底。"

天气愈发炎热，紫禁城内郁郁葱葱，朱红的城墙根儿下绿苔丛生，越是卑微低贱，越是坚强，亘古不变的道理。后宫中相安无事，承乾宫连日闭门谢客，储秀宫热闹非凡，一贯低调的德妃高调请求将密答应移到永和宫居住，皇太后依旧卧床不起，萨满嬷嬷带人四处寻宝，毫无起色。

夏日里旭日高照，卫岚音和定贵人在院子内的苹果树下纳凉，梁公公走来道："给良嫔娘娘请安，定贵人请安。"

卫岚音见梁公公的神色凝重，轻声问道，"梁公公有何事？"

"皇上请良嫔娘娘和定贵人去阿哥所。"

"八阿哥闯祸了？"卫岚音心神不宁。

"娘娘，萨满嬷嬷从八阿哥居住之所，找到了皇太后丢失的鸡血石手串，皇贵妃和温僖贵妃都要重惩八阿哥，还好被九阿哥和十阿哥拦下，但八阿哥一问三不知，惊动了皇上，娘娘要心中有数。"梁公公点到为止。

"多谢公公提点。"梁公公能实情相告已经给足了面子。

"鸡血石手串怎么会在八阿哥房里？"定贵人睁大双眼，"莫非有人陷害良姐姐和八阿哥。"

卫岚音苦笑，皇贵妃果然厉害，竟然想到反将一棋的办法，不过却独独算落了最重要的一人。

绕过百子门，来到西五所，卫岚音还未进门，便听到里面痛斥："八阿哥到底是受何人指使？"

卫岚音的心揪了起来，走快了几步，八阿哥仰着头跪在院里，双手红肿，显然是受了责罚。玄烨神色不明地端坐，各宫嫔妃分立两侧，盛气凌人。佟佳皇贵妃更是凤威不减，威仪震慑。

卫岚音俯身行礼："皇上万福金安。"

玄烨凝眉摆手："起来吧。"

"良妹妹来得正好，八阿哥自幼顽劣，宫中人尽皆知，没想到竟然还染上偷盗的恶习，良妹妹既然来了，该如何处置啊？"佟佳皇贵妃当头一棒。

"这？"卫岚音略显柔弱。

"鸡血石手串是慈仁宫中皇太后的物件儿，竟然在八阿哥房中找到了，萨满嬷嬷讲，正是因为这手串，皇太后才卧床不起，八阿哥到底想做什么？"温僖贵妃添油加醋道。

"儿臣没有。"八阿哥反驳，"有人陷害儿臣，儿臣没有拿皇嬷嬷的手串。"

"儿臣觉得此事不是八哥所为。"九阿哥拼力地为八阿哥求情。

"儿臣附议。"十阿哥憨态可掬的样子，与温僖贵妃的蛮横无理，天壤之别。

"皇上，九阿哥、十阿哥年幼不懂事，易受人教唆，还望皇上恕罪。"宜妃怒气剜着九阿哥，九阿哥扭过头。

"八弟虽然顽劣，却极为仁孝，不会做出鸡鸣狗盗之事，此事必有蹊跷，还请皇阿玛彻查到底，还八弟清白。"大阿哥已经在朝中当差，颇为皇上赏识，已崭露头角。

"大哥莫要偏袒八弟，知错能改，善莫大焉，皇阿玛向来仁厚重亲，只要八弟承认罪责，皇阿玛也不会重责八弟。"太子暗藏戾气。

四阿哥和三阿哥只是淡淡一语，没有落井下石，也没有锦上添花。

阿哥们你一言我一语，各执己见，众嫔妃竟然难以插话。

卫岚音凝眉望着面容羞红的八阿哥，一旦落实偷盗之名，此生再难翻身，君子贵在名节，哪有手脚不洁的皇子亲王？

"皇阿玛，源洁则流清，行端则影直，不是儿臣做的，儿臣自然不会承认，望皇阿玛明察。"八阿哥洪亮的声音响彻院落。

"皇上，这只手串是臣妾送给八阿哥的。"卫岚音见众人寂静，淡淡笑道。佟佳皇贵妃凤眸流光，怒火迸射。

"上梁不正下梁歪。"敏嫔低声讥笑。

卫岚音顺眼警示，敏嫔被寒光晃过，掩住红唇。

"良嫔的话，朕倒是糊涂了。"玄烨迟疑。

"回皇上。"卫岚音故意扫过佟佳皇贵妃，"臣妾早就知晓皇太后的鸡血石手串甚为珍贵，八阿哥自幼身子羸弱，便命匠人做了一串，求些福泽，命宫人送过来，还没来得及告知八阿哥，倒是惊动了皇上。"

"良妹妹真是好口才，打扫佛堂的宫人见过，正是皇太后贴身所用的那串，怎么能是新做的呢？"佟佳皇贵妃轻蔑道，"难道良妹妹护子心切，不辨是非？"

"打扫佛堂之人哪里看得仔细，为何不请皇太后亲自查验？"卫岚音微笑道。

"皇太后仍在病榻，如何去打扰？"温僖贵妃此刻倒是帮衬起佟佳皇贵妃。佟佳皇贵妃面色从容，这手串仿制得十成相像，宫人们认不出，但若是皇太后便不好说了。

"皇上，找皇太后身边的嬷嬷来辨认吧，毕竟关系到八阿哥的清誉。"惠妃折中地讲道。

玄烨轻挥衣袖："好。"慈仁宫的嬷嬷随着皇太后从草原一同而来，只会讲蒙语。她仔细看过手串后，恭敬地讲了几句，玄烨大笑。太子颇为失望，四阿哥紧锁眉宇，八阿哥喜出望外。

"既然这是良嫔给八阿哥祈福所用，八阿哥拿去吧。"玄烨满意地说。

"皇上。"卫岚音跪倒在地，"请重罚失责之人。"

"不知嬷嬷如何认定手串不是皇太后所有？"佟佳皇贵妃是后妃中为

数不多熟知蒙语的人。

嬷嬷俯下身子："手串跟随皇太后数十载，老奴只要在手中掂上一掂，便知真假，这条手串与皇太后那条十分相像，但分量重了几分，是新开的鸡血石所做。皇太后那串已经吸尽灵血，染了灵气，轻了几分。"佟佳皇贵妃紧握粉拳，独独漏算了分量。

玄烨大声痛斥："一场小事，没有弄清真相，便随意诬陷、责罚朕的阿哥，该当何罪？！"

"皇上，臣妾并不知晓良妹妹为八阿哥做手串，才有所怀疑，宫中哪有多余的鸡血石手串？"温僖贵妃跪地道。

"是啊，皇上，皇贵妃一口认定这是皇太后所有，温妹妹只得继续盘问八阿哥。"宜妃为之求情。

"皇上，皇贵妃对皇太后也是一片孝心，都是为了皇上啊。"敏嫔弯下柳腰。

卫岚音语调哀婉："皇上，八阿哥年幼，屡受陷害屈辱。求皇上做主，重罚诬陷之人。"佟佳皇贵妃心头一紧。

"太子如何看？"玄烨转而问道。

"回皇阿玛，儿臣认为这本是一场误会，皇贵妃娘娘无心之为，既然已经水落石出，又还了八弟的清白，此事化小作罢为上策。"太子带着几分偏袒之情。

"皇上。"卫岚音打定主意，她拉着八阿哥红肿的双手，低泣，"八阿哥是臣妾的心头肉，今日误会也罢，刻意陷害也好，但八阿哥所受的皮肉之苦，不能这么随意算了。如若赏罚不明，那后宫岂不乱了规矩，让人寒心？"

玄烨不解："良嫔是何意？"

"臣妾要帮着八阿哥讨回所受的皮肉之苦，请皇上用同样之法惩戒恶人。"

佟佳皇贵妃面带怒色："良妹妹口口声声称规矩，这才晋升嫔位没有几日，便忘了长尊有别的规矩吗？"

卫岚音反驳道："皇贵妃的意思是位高之人可乾坤独断，不辨是非，为所欲为吗？"

"放肆，良嫔娘娘只是嫔位，怎能如此和皇贵妃娘娘讲话？"玉镯护着自家的主子。

"皇上，皇贵妃不分青红皂白，动用私刑，随意惩戒皇子，请皇上做主。"卫岚音情真意切地看着玄烨。

玄烨重语："皇贵妃私自责罚皇子，藐视皇威，朕必当严惩。"

"皇上。"敏嫔急忙跪地求情。

玄烨威仪道："勿要为之求情，否则一并严惩。"

佟佳皇贵妃苦苦抗争："臣妾一心为皇太后祈福，没想到让奸人抓住把柄，皇上神武英明，莫要被奸人蒙蔽圣眼。"

"大胆，朕看皇贵妃最近太过逾越。"玄烨愤怒。

"皇阿玛。"沉默寡言的四阿哥恭敬地跪地，"儿臣愿替皇额娘受罚。"

四阿哥代母受罚，出乎所有人的意料，卫岚音也是一惊。

"好，难得四阿哥一片孝心，赏赐四阿哥御用的金疮药。"玄烨起身站立，"八阿哥挨了多少戒尺，加倍打在四阿哥身上。"赏是赏，罚是罚，紫禁城永远都是恩威并施。

"儿臣谢皇阿玛。"四阿哥没有一丝惧怕。

"朕一贯奉行赏罚分明，既然八阿哥受了委屈，便赐予八阿哥和良嫔在乾清宫陪朕一同用晚膳。"玄烨意味深长地讲道，"着萨满嬷嬷继续找寻皇太后的鸡血石手串，如若在东西六宫中找出，严惩不贷，打入冷宫。"

"是，谨遵皇上圣命。"众嫔妃战战兢兢地应道。

卫岚音轻柔地牵着八阿哥的小手，如芒刺背地随玄烨一同离去，那声声清脆的戒尺声，沉重地落在她的心里，她没有感到丝毫的快意，愈演愈烈的争斗已经明朗，承乾宫与长春宫从此水火不容，撕去了最后一块遮挡。

夜幕降临，长春宫烛光微弱，窗上的倩影徐徐晃动。

"还好今日主子聪慧，否则八阿哥真是有口道不清。"落霜铺整着床上的彩绣锦被。

"皇贵妃心思缜密，只是操之过急了。"卫岚音舒缓着语气说道。

"主子，到底是谁将手串放在八阿哥房里？八阿哥的住所都是咱们的人。"落霜疑虑。

"是四阿哥。"卫岚音将此事的前因后果想了一遍，只有四阿哥的嫌疑最大。

"没想到皇贵妃这么早便派出了阿哥这张底牌。"落霜连连摇头。

"众阿哥中，只有四阿哥心思最重，性情最沉稳。"卫岚音夸奖。

"是啊，皇上也甚为喜爱四阿哥。"落霜回应道。

"皇上喜爱四阿哥不是因其性情沉稳，而是四阿哥对太子的忠心。"卫岚音一语道破，"四阿哥凡事都以太子为重，甚至为救太子而伤害自己，这份手足亲情，君臣之别，皇上最为看重。"

"皇贵妃想太子独大，将太子推给皇上处置？"落霜倒吸一口凉气。

卫岚音笃定道："她心比天高，怕是见不到那一日了。"

落霜会意点头，佟佳皇贵妃的神色一日不如一日，自作孽，不可活。

夏日的酷暑走得很急，紫禁城内萧瑟寒冷，长冗的宫墙间，见不到一个人影儿，只有肥硕的神鸟，成群地盘旋在上空。南方涝情严重，玄烨整日整夜在南书房与翰林学士们商讨国事，很少翻后宫的牌子。后宫也是少有的安静。

"主子。"落霜轻唤失神的卫岚音。

卫岚音只顾低头看模糊的字迹，发黄的信函上字迹模糊，她不舍得放手，这是弟弟的绝笔。

"主子，亡者已逝。"落霜劝慰道。

卫岚音轻轻叹气："天愈加凉爽，将我为皇上做好的福寿双全的内袍，送过去吧。"

"是，主子，奴婢一会儿便去熏香。"落霜夸奖，"主子的绣工精细灵秀，在宫中是出挑的，皇上必定喜欢。"

"这件内袍是我欠他的。"卫岚音回想两人初见时的情景，一晃数年，八阿哥都已经入上书房读书了，"我与他注定纠缠一生。我们像刺猬一样，靠得越近，越是遍体鳞伤，也许离得远些，才为最好。"

"主子，心宽些吧。"落霜深知她的苦闷痛楚。

"这几日，我总是捉摸不透一事。"卫岚音眼中闪过光亮，"我的本家被灭族多年，朝廷迟迟未抓获贼人，东巡出宫祭拜额娘时，我也询问过附近的百姓，朝廷根本没有加派兵勇严查。"

"皇上不是派当地的官员严查此事，并且重金悬赏吗？"落霜反问。

"那只是做做样子。"卫岚音默默回答。

"山贼流寇狡猾，恶人终有恶报，主子不必烦忧。"落霜安慰道。

"如若真是山贼流寇所为，山贼心狠手辣，近年为何没有传出类似案件？我本家向来贫困，我晋封贵人时，才积攒些财物，哪能让山贼就此罢手？"卫岚音柔和地讲道，"以往只要想到额娘和弟弟，我的心便纠结，继母和阿玛虽然与我无亲无故，但罪不至死。如今过去多年，我的心也逐渐沉稳，才发现疑点重重。"

卫岚音实在不愿相信的事实："世间只有两个人，最为可能。皇上和花将军。"

"太皇太后呢？"落霜无意地问。

"不是太皇太后，我活在世上是最有力的证据。"太皇太后早便知晓额娘的落脚之处，有意成全额娘的归隐之心，哪会出尔反尔。

"皇上爱恋主子啊。"落霜安慰。

"也许正是因为爱恋，才让我孤苦伶仃，不得不依靠于他。"卫岚音攥紧拳头，"皇上知晓我的身世，找寻我的本家母族，杀人灭口，斩草除根。"

"也许不是皇上，是花将军。"落霜推测道。

"若是花将军所为，那我们今后的日子更是如履薄冰。我们不但会受制于人，更是刀刃舔血。花将军狡兔三窟，多年来与官兵周旋在暗处，地方官员如何是花将军的对手？"

"不论是皇上，还是花将军，主子今后都要多加防备。"落霜深知前路难行，"林太医与花将军来往频繁，还是问问林太医为上策。"她从怀中掏出信函，"林太医已经离开京城数日，下人们讲，要明年才能回京。"

卫岚音看着林太医浑厚飘渺的字迹，脸色越发昏暗，颤动的双手难以握住轻如鸿毛的一页信函。

"佟佳皇贵妃。"卫岚音恨恨地重复，"佟佳皇贵妃。"

"此计太过狡猾，林太医若没有将张小姐火葬，张小姐岂不枉死？"落霜悲伤道。林太医在信中写明，林太医与张小姐生前曾经约定，为免受蚊虫啄咬之苦，百年之后，要火葬入土，没想到昔日玩语，竟然成了现实，林太医怀着悲痛之情，将张小姐火葬后，回祖籍将其入土为安，几经辗转，竟然意外发现张小姐的遗骨发黑变脆，这是生前中毒之兆。

"林太医被皇贵妃盯上多日，都怨我，没有护好他们。"卫岚音陷入自责。

"没想到皇贵妃如此歹毒，咱们要为张小姐讨回公道。"落霜信誓旦旦。

"莫要四处张扬，修书告知林太医莫要将此事告知张小姐的家人。"卫岚音沉思细细吩咐。

"为何不让张府知晓，也好让张府与咱们一起，扳倒皇贵妃。"落霜不解。

"张府满门翰林，虽为汉臣，却深得皇上倚重，只因他们效忠的是皇上，不是太子和阿哥，朝堂上没有参与到朋党之争之人，少之又少，咱们又何必拉张府下水，这是一条不归路，我已经对不住张小姐，不能再对不起张府。"

"还是主子想得周到。"落霜点头。

"林太医元旦节前会提前回京，咱们动作要更快些。"卫岚音耐人寻味地盯着杯中翠绿。

"主子，承乾宫的掌事宫女玉镯最为狡诈，手串的藏匿地点总是变换不断，不过还是定了几个地方。"落霜禀告。

"传话过去，必要找到藏匿手串之地，到时候，皇太后自有决断。"卫岚音愤怒，她不能眼睁睁地看着身边的人一个个受自己所累。

落霜心生疑惑："皇贵妃与主子交往甚少，为何皇贵妃对主子如此仇恨？非要置主子于死地？"

卫岚音淡淡地回答："爱亦深，恨亦切，皇贵妃与你一样，都是深爱皇上，只不过，你将爱化为成全，她却将爱化作仇恨。放眼东西六宫，皇贵妃最为爱恋皇上。"

落霜叹息道："主子未得宠时，皇贵妃一心打压荣妃娘娘和德妃娘娘，原来她才是妒妇。"

"皇贵妃心气儿最高，她容不得自己败在别人的手下。紫禁城中唯一能与皇上比肩之人，只有她。她还会推四阿哥到云端高位。"后宫的女子由不得心慈手软，只能应下所有的挑战，卫岚音一遍遍地告诉自己，勉励自己。

金秋是凉爽收获的季节，南方的洪水退去，乾清宫的烛光变得微弱，勤政的玄烨终于可以好生安歇。宫中也迎来喜事，大阿哥的嫡福晋伊尔根觉罗氏生下一女，四世同堂令玄烨大悦，下旨在宫中设宴庆祝，更是为皇太后冲喜。这是太皇太后过世后，宫中最大的喜事，紫禁城热闹喧嚣。

卫岚音恬静地安坐角落，羡慕地看着满脸挂笑的惠妃。

"恭喜皇上、恭喜惠姐姐。"荣妃高举酒盏说道。

"多谢荣妹妹。"惠妃傲气回应。

"真是岁月不饶人啊，大阿哥都当阿玛了。"布贵人故意大声说道。荣妃是后宫生养皇子最多的嫔妃，只可惜悉数夭折，只活下三阿哥和三公主，如今红颜老去，三阿哥落在了大阿哥之后。

荣妃俯身跪拜："臣妾恭喜皇上，大阿哥贵为阿玛，太子开坛讲学。三阿哥也不小了，臣妾恳求皇上赐门好亲事，三阿哥也好尽早立事，为皇上分忧，为大清效力。"

卫岚音放下金龙包边的酒盏，静静地看着这位深得皇上疼爱的荣妃，三阿哥与太子同心同德，紫禁城内人尽皆知，想必也是荣妃的主意，此时为三阿哥择福晋，也是水到渠成之事，不知这福晋的人选……

玄烨沉思道："太子、四阿哥、八阿哥的福晋都已经选定，这些年，的确是委屈了三阿哥，不知荣妃可有人选？"

平嫔温婉道："讲来也巧，臣妾前几日在永寿宫与荣姐姐提及此事，便从内务府寻来王公大臣家待嫁格格的名册，董鄂氏勇勤公家的格格与三阿哥的八字极为相符，祈盼皇上颁旨赐婚，成全一段良缘。"卫岚音心中一惊，勇勤公为世袭亲贵，更贵为一旗都统。荣妃失宠，在永和宫、长春宫之间徘徊，如今终于看清事实，倒向毓庆宫辅助太子。

"荣妃认为可好？"玄烨心情不错。荣妃温顺地点头。

"恭喜皇上，大阿哥子孙延续，三阿哥赐婚大喜，这是双喜临门，皇太后定会早日康健。"佟佳皇贵妃脸色消瘦，但凤威十足。

"好，着钦天监找个好日子，朕为三阿哥颁旨赐婚。"玄烨看着风骨傲然的三阿哥，喜气地讲道。

"谢皇上（皇阿玛）恩典。"荣妃与三阿哥跪地谢礼。

"皇上。"平嫔柔声道，"臣妾斗胆，太子与大阿哥相差两载，太子日夜苦读诗书，也到了开牙建府的年纪，太子妃虽然已经定好人选，但太子大婚还是要等上一段时日，不知可否为太子选几名侍妾？"

"平嫔娘娘多虑，启禀皇阿玛，儿臣趁着年少，还要多读些书，少些儿女情长。"太子拒绝道。

玄烨的脸上露出赞赏的神色："好，太子睿智天齐，乃大清之幸事。"

平嫔掩口微笑道："皇上，古人言，修身、齐家、治国、平天下，这都是人之常情，太子已经开坛讲道，下一步可是齐家了。"

"皇上，臣妾也觉得太子到了齐家的年纪，若是选几名侍妾，恐是辱了太子的身份，不如从王公大臣家选出几名格格，也好封赏。"荣妃又开始帮衬太子讲话。

"荣姐姐所言极是。"佟佳皇贵妃不甘落后地说道，"毕竟太子年幼，先为遴选两人即可，待太子大婚时，再行晋封位分，不知皇上意下如何？"

"好，依照皇贵妃所言，着内务府送上名册，先选出两名品行端正之人进宫，服侍太子。"玄烨疼爱地看着太子，"你皇额娘若是在世，才是最为欢喜之人。"

"回皇阿玛，皇嬷嬷丧事刚过，儿臣愿孝期满一载之后，再行婚嫁，请皇阿玛成全。"太子不忘仁孝。

"儿臣惭愧，同太子附议。"三阿哥起身叩拜。

"好，好。"玄烨连声讲好，"都是朕的好阿哥。"

众人山呼万岁，只有惠妃的脸色昏暗，本是为大阿哥贺喜的宴席，太子和三阿哥却极为出彩，盖过了大阿哥的风光。自从皇上在朝堂上剪掉纳兰大学士的党羽，风向果然变了，太子的地位愈发巩固，无人能敌。

宫宴的气氛喧嚣非凡，觥筹交错，众嫔妃都极力地在皇上面前表现，卫岚音看着众生相，沉默不语。

"哎哟。"一声尖叫引起所有人的注意，身怀六甲的袁贵人捂着隆起的腹部满脸惶恐地叫道。

第五章

算尽筹谋一场空

佟佳皇贵妃急忙站立："袁妹妹勿要惊了圣驾。"袁贵人大汗淋漓，像是被恶灵附身，浑身颤抖。

"回皇上，回皇贵妃，我家主子最近夜里总是梦魇，不知惹了什么脏东西。"袁贵人贴身服侍的老嬷嬷，恭敬跪地禀告。

"梦魇？"佟佳皇贵妃不可思议地盯着袁贵人。众嫔妃更是敬而远之地惊愕相望。袁贵人打翻了红釉酒盏，胡言乱语："不要跟着我，不要跟着我。"

"快阻止她。"卫岚音见她手中挥舞着红釉碎片意图刺向腹部。

老嬷嬷麻利地抓住袁贵人的手："主子，老奴得罪了。"她拿出备好的银针，扎向袁贵人的手腕。

顿时，袁贵人呆滞的目光变得清明，茫然地望向众人，不知所措。

"到底怎么回事？"玄烨冷冽地问，在圣驾面前装神弄鬼是欺君大罪，即使身怀皇子也难逃惩戒。

"皇上恕罪，皇上恕罪。"身子沉重的袁贵人已经弯不下腰，"臣妾也不知因何而起。"

"回皇上，主子自从有孕以来，越发畏寒，总是在深夜中梦魇，起初并不严重，近日竟然魔怔。"老嬷嬷有理有据。

"皇上，臣妾什么都不知道。"袁贵人低泣。

"袁妹妹从何时起梦魇的，本宫怎么不知？"佟佳皇贵妃假意地问。

"臣妾入宫尚浅，不敢外传，怕以讹传讹。"袁贵人胆怯地回道。

"太医瞧过吗？"玄烨径直问。

"回皇上，太医日日为主子请平安脉，主子只是血虚身弱。"老嬷嬷静静应答。

"袁妹妹到底因何而梦魇？"卫岚音眸光带笑，"袁妹妹身怀龙子，又居住在宫中，什么脏东西能随意作乱？"

"臣妾只是模糊记得，自从慈仁宫回来，总是看见有血光，这些时日，已经血流成河，臣妾，臣妾什么都不知道。"袁贵人激动道。

"皇上，袁妹妹毕竟年轻，入宫又晚，少了些担当，臣妾会多加调教，望皇上看在袁妹妹孕育皇子有功的分儿上，赏个恩典。"承乾宫最缺的便是皇子，佟佳皇贵妃自然要恳求圣恩。

玄烨皱着眉峰："找太医再来瞧瞧。"

卫岚音缓缓站立："臣妾有一言，太医为袁妹妹诊脉，查不出梦魇，听老人们讲，婴孩的眼睛最为灵验，能看清楚恶灵、神明，袁妹妹月份足了，想必腹中的皇子也开了天目，也许承乾宫真招惹了脏物，皇上不如派萨满嬷嬷去镇一镇。"

"良妹妹所言极是，承乾宫总立不住皇子，难道真的有恶灵作怪？"惠妃随声附和。卫岚音平淡地迎上佟佳皇贵妃发出的道道寒光，众人推墙拉开了序幕。

"着萨满嬷嬷去承乾宫作法。"玄烨想到大明曾经居住此宫的田贵妃，明思宗为她改永宁宫为承乾宫，田贵妃生下的多位皇子也是早殇。乾为天，顺应天意的美名，是名字有恙？

"谢皇上恩典。"袁贵人人见犹怜。

卫岚音微笑道："前有皇上真龙天子护着，后有萨满嬷嬷作法，袁妹妹今晚定会睡个安稳觉。"

"借良姐姐吉言。"袁贵人破涕为笑。

玄烨自然地端起酒杯，帝妃和睦，欣欣向荣，紫禁城内薪火相传。卫岚音静静等待着承乾宫传来的好消息。

三盏茶后，小太监跑到梁公公面前，梁公公接过红布包神色踌躇。

玄烨惊讶："这是？"

"回皇上，这是萨满嬷嬷从承乾宫皇贵妃居住的正殿找出的，是皇太后遗失的鸡血石手串。"梁公公的话震惊四座。

玄烨一言不发地盯着挂满血污的手串红布，帛巾上秀丽娟美的字迹映入眼帘。

"皇贵妃如何对朕解释？"玄烨愤怒地抓起红布，怒扔地上。

"臣妾是被奸人所害。"佟佳皇贵妃恍然大悟，是袁贵人出卖了她？

"皇上，萨满嬷嬷说，此法是草原上招灵之方，特别邪灵，用人血喂养鸡血石，会生出戾气，不但会折皇太后之寿，红布上诅咒的德妃娘娘和平嫔娘娘亦会心神不宁，一生无子，直到噬心而亡。长此居住身边之人，皆会梦魇。"梁公公大声禀告。

"呦，难怪月儿妹妹总是告病，袁妹妹梦魇，原来真有其事。"宜妃开始落井下石。

"我家娘娘近日也时常贪睡，用了多少药都不管用，请皇上为我家娘娘做主。"永和宫的掌事宫女宛碧伤心哭诉。

"臣妾与皇贵妃有何仇，皇贵妃要如此害臣妾？"平嫔恨恨地说。一石击起千层浪。

"皇太后遗失手串，卧床不起数月，更是危及性命。皇贵妃为一己私怨，令臣妾等寒心啊。"卫岚音重敲一锤。

"住口，本宫是遭人陷害。"佟佳皇贵妃脸色苍白，"是不是你，陷害本宫？"

玄烨怒瞪着她，承乾宫形同坤宁，各宫的嫔妃除了去请安，很少逗留，宫人更是忠心护主，此事必是她所为。

"皇上，萨满嬷嬷说取血喂养鸡血石，何不为皇贵妃检验全身，以证明清白？"德妃步步紧逼。

"娘娘的凤体，如何让旁人瞧？"宫女玉镯奋力抗争。

"皇贵妃如何解释？"平嫔气恼道。

"是你陷害本宫。"佟佳皇贵妃指向袁贵人。

袁贵人本便胆小，被她震慑得大哭："臣妾没有，臣妾没有啊。"

"皇贵妃莫吓坏了袁妹妹和皇子。"荣妃挑眉道。

"请皇上明察。"佟佳皇贵妃坚守着底线，不到万不得已，绝对不能认错。

"朕只问你，到底为何这么做？"玄烨冷冽如寒星的目光，穿透她的内心。

宫宴的所有人都屏住气息，只听到滴滴嗒嗒的水声，天子阴沉的脸色震慑着心怀不轨之人。

佟佳皇贵妃深吸一口凉气，她仰慕一生的男子，到底为她留足面子，护住了尊严。秋风悄悄吹过，酒香四溢，有人清醒，有人醉。

"皇上，皇贵妃入宫多年，深得太皇太后信任，将后宫治理得井井有条，定是得罪了无耻小人，故意栽赃陷害，皇上不能受奸人蒙蔽啊。"敏嫔跪地求情。

玄烨的目光变得犀利："你的意思是朕已经昏庸到耳聋眼花、不辨是非了吗？"

"皇上息怒。"敏嫔惊慌失措。

佟佳皇贵妃踉跄着身子，扶着桌角，缓缓跪下，一语不发。

"皇贵妃这是何意？"玄烨质问。

佟佳皇贵妃面色惨淡地应道："臣妾无话可讲，但凭皇上做主。"

"将佟佳皇贵妃关入佛堂。"玄烨沉思片刻，"将手串送与慈仁宫，请示皇太后查办。"

"谢皇上。"佟佳皇贵妃安静地叩拜，出乎所有人的意料。卫岚音也颇疑惑她的反应，准备好的满腔话语倒没了用武之地。

佟佳皇贵妃临走前给了卫岚音一记诡异的微笑，卫岚音知道她不能心软，否则前功尽弃。

"皇阿玛，无论皇额娘对错是非，儿臣愿一并替母承担。"四阿哥紧绷着脸颊。

"有些事，你能承担，有些事不用你承担，也不是你能担得了的。"玄烨话中带着责备。

"儿臣愿意承担所能承担之事。"四阿哥坚定地说道。

"待皇太后的身子康健，再做处置。"玄烨轻轻挥动衣袖，"大阿哥喜得麟子，本是举国欢庆之事，却被搅动得一团糟，莫委屈了格格，朕赏赐格格兰花玉如意一对，压压邪气。"

"谢皇上（皇阿玛）。"惠妃和大阿哥领旨谢恩。

玄烨紧皱着眉头缓缓离去，跪落在地的四阿哥依旧执着。

卫岚音柔声劝慰："四阿哥起来吧，秋风寒气重，四阿哥若是沾染了风寒，皇贵妃会心疼的。"

"是啊，四哥，清者自清，吉人自有天相，皇祖母仁慈，不会怪罪皇贵妃娘娘的。"八阿哥伸出小手，"皇贵妃娘娘如此做，也是有缘由的。"

四阿哥迟疑地望着八阿哥，又转眼望向德妃离去的背影，颤动地握住八阿哥的小手。

"良姐姐，咱们也回去吧。"定贵人提醒道。

"好。"卫岚音看着四阿哥身边的小太监，吩咐道，"回去给四阿哥熬碗姜汤，驱驱寒气，好生照料。"

"是，良嫔娘娘。"小太监恭敬回道。

秋风瑟瑟寒意重，蹲在屋檐上的神兽们冷眼看着世态炎凉的一幕，默默无语。几日后，慈仁宫传来好消息，皇太后病情好转，已经能下地行走，皇上亲自探望，并自责管束不严，跪于皇太后床前一个时辰以惩戒自己，皇太后感动得泪流满面，母慈子孝的美谈，传至紫禁城的各个角落。皇太后对佟佳皇贵妃的责罚迟迟未下，谁也猜不透皇太后会如何处置。一场冬雪后，紫禁城银装素裹，美不胜收。

宫女落霜向双耳火盆中添了几根红萝炭，长春宫中暖意无边。

"主子，皇贵妃住进佛堂便一直重咳，昨日竟然咯血。"落霜讲述道。

"咯血？"卫岚音惊讶地掩住红唇。

"太医们也是束手无策，晚膳之后，月贵妃才哭着从佛堂里出来。"落霜为卫岚音梳理长发。

"佛堂地处偏僻，又阴冷潮湿，想必皇贵妃也熬不住了。"

"皇太后将此事压下，并未惩戒皇贵妃，难道另有深意？"落霜疑惑地问。

"这才是皇太后的高明之处。"卫岚音语调哀婉，"不罚不放，不惩不治，一个拖字，便要了皇贵妃的命。"

落霜张大嘴："树欲静而风不止，皇太后果然厉害。"

"皇太后没有太皇太后的博大胸襟，也并非心胸狭窄，只是压抑多年，才会睚眦必报。"卫岚音低着头，"皇上想必也知晓皇太后的心思。"

"以下犯上，蛊术残害嫔妃，以卑动尊，样样都是死罪，皇上即使想救皇贵妃也没有法子。"落霜摇头道。

"只能拖，皇上将处置皇贵妃的权力交予皇太后定夺，交出烫手山芋，也是维稳佟佳氏的满门尊贵。"卫岚音笃定地说。

"皇上自然有皇上的道理，扳倒皇贵妃才是真格儿的。"落霜摘下卫岚音头上的喜鹊金簪。卫岚音握着冰冷的金簪，祈求额娘的庇护。

"此计若不是袁贵人从中帮衬，也不能轻易扳倒皇贵妃，袁贵人回到承乾宫一直躲在房里，安心养胎。"落霜欣慰道。

"袁贵人是可用之人，懂得人情世故。"卫岚音微笑道。

"还是主子聪慧，发现了皇贵妃暗中对袁贵人下了散子汤药，并且晓之以理、动之以情地感化袁贵人，还帮助袁贵人屡得盛宠，怀上龙子，袁贵人怎能不感动？"落霜讲述着隐藏在背后的事情。

"牵制于人不如助人为乐，皇贵妃总是以尊自居，后宫嫔妃对她都是敬而远之。"卫岚音浅语，"人心向背定成败。"

"东西六宫的态度都已经表明，皇贵妃气数已尽，在劫难逃。"落霜痛快地讲道，"只有敏嫔娘娘时常疏通着宫人，去探望皇贵妃。"

"敏嫔所为，倒是让我对她刮目相看。"卫岚音赞赏道，"人生在世，不是贵在锦上添花，而是雪中送炭，趋炎附势的小人比比皆是，敏嫔此番情谊倒是真的。"

"可不是吗？平嫔娘娘和温僖贵妃不约而同地欲置皇贵妃于死地，若不是月贵妃和敏嫔娘娘日夜派人看守，皇贵妃早已凶多吉少。"落霜最为熟悉落难之人的难处。

"温僖贵妃自从进宫之日，便一直惦记着后位，皇贵妃不倒，她如何为后？平嫔看似乖巧善良，实则心肠歹毒。"卫岚音恨恨地说，"咱们今后怕是更为不太平了。"她望着铜镜中的自己，只能苦苦煎熬，静静等待。

"皇上驾到。"院落中传来梁公公尖锐的声音。

卫岚音急忙放下手中的金簪，俯身迎驾。玄烨脚下带风一言不发地安坐下来，他细细品味着醇香的热茶，神色不明。

卫岚音不知所措，梁公公一直低垂着头，没有丝毫暗示。

"皇上。"卫岚音轻声唤道。

"朕今日去佛堂见了皇贵妃。"玄烨放下红釉福寿茶盏，铁青的脸色。

卫岚音震惊，皇贵妃到底对他讲了什么？

玄烨顿时大笑，笑声中透着失望和厌恶，他紧紧盯着卫岚音的双眼："你还是朕的岚儿吗？"

卫岚音的眼中窝着晶莹的泪珠："臣妾不懂皇上的话。"

玄烨挥动蟠龙衣袖，红釉杯盏应声落地。

"皇上息怒。"卫岚音应声跪下。

"皇贵妃已经告诉朕实情，原来岚儿一直在欺骗朕。"玄烨伤心气愤地说。

"请皇上明示。"卫岚音低着头。

"你与林太医到底是何关系？"玄烨冷冽地盯着她的双眼。

卫岚音哭诉："臣妾与林太医哪里会有什么关系？皇上如此质问臣妾，到底何意？"

玄烨喘着粗气："朕一直待你不薄，奉你为红颜知己，宠你，疼你，你为何不能将实情相告？"玄烨从袖口中扔出绣着玉兰花的小香囊，两只红线玉环显露出来，"这是什么？朕记得这是你贴身所带之物。"卫岚音震惊，没有想到佟佳皇贵妃竟然能得到此物。

"皇上恕罪。"宫女落霜爬过去，捡起玉环，"这玉环的确是主子所佩戴，但主子失忆，忘却了所有恩怨。"

"你们要欺骗朕到何时？"玄烨贵为天子，心爱的女子怎能与旁人私自相授，竟然还与旁人有婚约？

"回皇上，臣妾与林太医自幼有婚约在身，但多年失去联系，没想到在宫中偶遇，臣妾也不记得详尽之事。"卫岚音知道，此事难以隐藏，务必要保住林太医的性命。

"他早便认出你，你一直装糊涂，是不是？"玄烨想到梵华佛堂走水，林太医毛遂自荐，多年来对卫岚音悉心照料，呵护备至，更是怒火冲天。

"回皇上，额娘为臣妾定下婚约时，臣妾尚且年幼，后来几经周转，失去联络。林太医也是无意间见到臣妾的玉环才知晓此事，后来臣妾失魂失忆，听落霜讲起此事，怕是惹皇上伤心，故而恳求太皇太后为林太医赐婚。"卫岚音不卑不亢。

"岚儿，你真的变了。"玄烨的眼中现出一抹失望。

"皇上，臣妾不知失魂前的我是何性情，但我知道在后宫中稍有不慎，臣妾和八阿哥定受难遭殃。"卫岚音坚定回应。

玄烨长叹："以前的你温婉可人，性情柔弱，宁愿受苦，也不会出言反驳，现在的你咄咄逼人，甚至弄起谋术。"

"臣妾无力抗争，只能随波逐流。"卫岚音淡淡地回应。

"皇贵妃洞悉你的秘密，你便阻止朕立她为后，拉拢皇太后和袁贵人谋害皇贵妃？"玄烨艰难地讲出实情，冰雪高洁的岚儿似乎已经离他远去。

"陷害皇贵妃？皇上太过抬举臣妾，皇贵妃身居高位，出身高贵，治理后宫多年，党羽众多，臣妾哪能随意陷害？"卫岚音惨笑道。

"皇贵妃入宫多年，朕了解她的性情。"

"皇上信任皇贵妃，将臣妾治罪便是，臣妾入宫尚浅，出身卑微，皇上视臣妾如草芥。"卫岚音低泣。

"草芥？"玄烨打断她的哭诉，用力抬起她的下颌，"朕多年对你的情谊，在你看来是一文不值的草芥？"

"皇上为何偏信皇贵妃一人之言，怒气冲冲地前来质疑臣妾？"卫岚音眼中含泪道。

"放肆，平日里朕太过宠爱你，你也学会了恃宠而骄。"玄烨厌恶道。

"臣妾若是真的恃宠而骄，何苦还要在后宫中步步为营，苦苦挣扎？"卫岚音心力交悴。

"皇上息怒，良嫔娘娘息怒啊。"梁公公跪倒在地，"皇上与良嫔娘娘交心多年，不能因此心生芥蒂啊。"

落霜哽咽哭诉："主子对皇上的心意天地可鉴，皇上对主子的情谊更是情深似海，不能伤了彼此之间的真心啊。"

长春宫内烛光微弱，只听到红萝炭丝丝的响声，卫岚音无声地落泪，两个人终是迈出了这一步，伤人伤己。

玄烨盯着她清美的面容，低沉道："朕为了做个好皇帝，做过太多无情的事。为杜绝佟佳氏满门荣耀，母族庞大，朕几经出手，令皇贵妃滑胎失子，终身不孕，辜负了皇贵妃对朕的一片痴心。朕折断皇贵妃所有的翅膀，皇贵妃唯一能倚仗的便是尊贵的身份，这也是朕亏欠她的，朕给她。"

"臣妾逾越了。"卫岚音静静聆听。

"皇贵妃在宫中翻云覆雨，颠倒黑白，朕看得一清二楚，但后宫扳倒了皇贵妃，又会出现个皇贵妃，永无休止，朕又何必庸人自扰？这些年的确是委屈了你和八阿哥。"玄烨的眼中锐光一闪而过。

八角香炉里弥漫着熏香，缓和着爱恨交加的情谊。

"皇上，臣妾与林太医清清白白，林太医与张小姐夫妻恩爱，也是有目共睹。臣妾蒙蔽皇上，的确是罪该万死。"卫岚音低头，"皇贵妃私藏皇太后的鸡血石手串，诅咒德妃和平嫔，其中的缘由，皇上圣明，应该更为清楚。"

"皇贵妃一心想破除当年静太妃在承乾宫所施下的恶灵，才做下了糊涂事。"玄烨无奈地回答。

"臣妾知罪，臣妾一早便发觉此事，没有及时禀告皇上，臣妾有罪。"卫岚音痛苦地说。

"袁贵人是受皇太后所托，还是与你同谋？"玄烨不解地问。

"皇上，皇太后一生疾苦，受尽冷落和磨难，心中多有不平，也是情理之中，皇上何必介怀？"卫岚音巧妙地回应。

"母后的身后是万里草原，数十万蒙古八旗的兵勇，朕自然不会怠慢母后。"玄烨深知其中的利害关系。

"皇上，臣妾愿主动降为贵人，接受皇上的责罚。"卫岚音行着大礼。

"岚儿，朕对你的心意，你感受不到吗？"玄烨心疼地问。

"臣妾辜负了皇上的情谊。"卫岚音无颜以对。

"事到如今，朕无力责罚你。"玄烨轻轻摇头，"贵人也罢，嫔位也罢，在朕心中，你都是朕的岚儿。"卫岚音的泪宛如断线的珠子，无声滚落。长春宫的气氛温馨而伤感。

"朕到底该怎么办？"玄烨无奈地坐下，后宫之事比前朝更为棘手。

"皇上为何不成全皇太后的心愿？"卫岚音重敲一锤。皇贵妃必死无疑，只因她是佟佳氏的格格，皇太后的心结便是佟佳氏。

玄烨微微颤动，从皇太后一而再，再而三地拖延处置皇贵妃的态度来看，便是在等他的决定。皇贵妃一生争强好胜，但罪不至死，难道真的要将前朝的恩怨施加到她身上？

"今日朕去见皇贵妃，她也熬不了多久了。"玄烨的心情很复杂。

"皇上。"卫岚音柔声呼唤，"有舍必有得，皇贵妃已经成为弃子，皇上还是取其利为上策，毕竟皇太后才是后宫之主。"

"朕是不是太过薄情寡义？"玄烨想起皇贵妃在佛堂里的倾心相诉，苦闷无边。

"太皇太后遗训，要皇上立皇贵妃为后，皇上便成全皇贵妃吧。"卫岚音知道大局已定，说到底，每个人都是后宫的无辜之人。恨也罢，爱也罢，怨也罢，怜也罢，痴心红颜永远比不过皇权，奋不顾身的飞蛾扑火，最后只有一场空，到底成全了谁的雄心壮志？百年之后，谁还会记得当年的惨烈？

玄烨蹙眉沉思：“岚儿，你还是不够心狠。”

“臣妾驽钝。”卫岚音还未抬起头，明黄之色已经消失在浓浓的夜色中。她瘫坐地上，失神地盯着昏暗的夜色，夜里的静，让人寒战。

“主子勿要伤神，今夜总算有惊无险。”落霜松了一口气，“皇上还是惦记主子。”

“从明日起，长春宫闭门谢客，我要在宫中抄写佛经为大清祈福。”卫岚音长叹。

“是，主子。”落霜谨慎回答。

看似平静的夜晚，有人彻夜难眠，只有靠回忆才能平稳破碎的心。

紫禁城的年节向来好过，日子却极为难熬。大雪小雪又一年，迎来了康熙二十八年的元旦节，今年少了往年的喧闹，玄烨在祭天之后，派太子独自去五台山祭拜神明，并昭告朝臣，在元宵节后二次南巡阅河工，大阿哥随行，由太子监国。此语一出，引起后宫轩然大波，皇上对大阿哥的疼爱令惠妃得意洋洋，再加上皇上甚为喜爱十公主，钟翠宫的荣耀再次膨胀，后宫中无人能敌，母凭子贵已经成为每位嫔妃最为羡慕的事。

随后玄烨以恃宠而骄为名将卫岚音降为贵人，再加上长春宫闭门谢客，长春宫失宠的势头，人尽皆知。长春宫又成为了众人奚落的靶子，乖巧的定贵人以服侍苏麻嬷嬷为名，搬去同住。长春宫宫门紧闭，萧瑟凄凉。正殿里飘荡着墨香与梵香。

“禀告主子，袁贵人平安生下小公主。”落霜红肿着眼睛。

“选些寻常之物送去，莫要让人家瞧出来咱们对她的特别。”卫岚音无精打采。

“是，主子。”落霜低着头，宫外传来曹嬷嬷去世的消息，主子已经一日未进膳食。

“林太医如何？”卫岚音迟疑地接过装着燕窝的小碗。

“林太医已经回京，皇上将林太医官降一级，命林太医主要监管太医院的草药。”落霜柔声禀告，“这已经是最好的结果，皇上到底还是手下留情了。奴婢实在不解，皇上为何将立后的诏书放于长春宫，让主子去宣读圣旨。”落霜眉头紧锁。

"皇上是让我双手染血。"卫岚音吞下细软入口的燕窝。

"染血？"落霜惊讶，"那为何师傅送圣旨，没有告知主子去颁旨的吉时？"

"皇上是在告诫我，开弓没有回头箭，要做恶人就做到底，没有回头路。"卫岚音放下胭脂水小碗，轻轻擦拭嘴角，"吉时就是皇贵妃的死期，皇上不方便说，想借我的口说出罢了。"

落霜大惊失色："皇上要皇贵妃的性命？"

"皇上这是恩威并施，佟佳氏毕竟还有月贵妃，又多了份皇后的殊荣，而皇贵妃死，顺应了皇太后的心思，皇上不但稳住了皇太后，也将皇太后身后的万里草原，铮铮铁骑握在掌中。"卫岚音的脸上挂着微笑，皇上果然是圣主明君。

"主子，咱们是带着圣旨和毒酒一同去佛堂？"落霜试探地问。

卫岚音微微点头："去准备吧，皇上这是让我恶人做到底。"

"咱们什么时候去？"落霜压低声音。

"元宵节。"卫岚音语气坚定。这就是真实的后宫，上到位高权重的嫔妃，下到卑微低贱的宫人，所有人的命运都在皇权之下，只能顺从，无力抗争。

没过多久，在一个风雪交加的夜晚，紫禁城迎来了一年一度的元宵节。因为太皇太后的孝期刚过不久，花灯都蒙上一层黑纱，增添着悲凉之意，卫岚音和落霜退席很早，带着煮好的元宵和立后圣旨，踩着雪光，消失在夜色之中。

佟佳皇贵妃久居佛堂，不贬不废，所有人都似乎预料到她的未来命运。

"娘娘。"玉镯哭着拍打她的后背。

"拿下去。"佟佳皇贵妃指着刺鼻的汤药。

"良药苦口利于病，娘娘还是用些吧。"玉镯跪地不起。

"哈哈，所有人都想本宫死，本宫偏要活着。"佟佳皇贵妃囫囵地喝下汤药，胸前湿润，汤药洒了大半。

"娘娘慢些。"玉镯递过上好的蜜饯，"这是四阿哥亲自送来的。"

佟佳皇贵妃已经品尝不到任何味道，她拿起蜜饯含在嘴里，脸上洋溢着慈爱的笑容。

"娘娘养好身子要紧啊。"玉镯宽慰着她的心。

"没想到本宫会在阴沟里翻船。"佟佳皇贵妃紧紧攥着骨瘦如柴的双手。

"袁贵人前些日子生下了小公主。"玉镯禀告。

"老天有眼，贱人哪有生养阿哥的命。"佟佳皇贵妃咬着牙，"本宫迟早会收拾她。"

"娘娘，皇上也将良嫔降为贵人。"玉镯偷瞄着她的脸色。

"贱人，都是贱人。"佟佳皇贵妃将装有蜜饯的青花瓷盘打落在地，皇上又一次偏袒了贱人。

"娘娘息怒啊。"玉镯轻轻抚顺着她的后背。

"老天为何对本宫如此不公？"佟佳皇贵妃疯狂地指着前厅的众生佛像，"佛祖也受到贱人的蒙蔽吗？"玉镯低垂着头，眼眶里窝着泪水，娘娘的身子一日不如一日，怕熬不了多久。又是一顿撕心裂肺的重咳，许久才归于平静。

"缝在香囊中的密函都做好了吗？"佟佳皇贵妃失落地问。

"都准备妥当了。"玉镯满面泪痕。

"待本宫气绝身亡，你去四阿哥身边照料。"佟佳皇贵妃深知自己的时日不多，开始安排后事。

"娘娘。"玉镯放声大哭。

"哭什么，本宫在九泉之下，好好盯着贱人们的下场。"佟佳皇贵妃的眸光中带着寒意。

"皇贵妃真是好兴致。"卫岚音应声而入。佟佳皇贵妃和玉镯充满警觉。

"臣妾拜见皇贵妃。"卫岚音浅浅一礼。

"辛者库出生的婢女，来看本宫的笑话吗？真是痴心妄想。"佟佳皇贵妃举起金镶玉的金鞘指着卫岚音，高傲之气丝毫不减。

"皇贵妃还是留些力气吧。"卫岚音坐在床前的锦凳上。

"你来做什么？"佟佳皇贵妃生气地质问。

"臣妾是来恭祝皇贵妃身康体健，顺便想问问皇贵妃，张小姐是如何死的？"卫岚音紧盯着她的眼睛。

"哈哈。"佟佳皇贵妃大笑，"小贱人命短，本宫助她一臂之力。"

"宗人府大牢里的私刑、东巡归来的陷害，逼着臣妾用血肉胎儿来证明清白之身，都是皇贵妃所为，是不是？"卫岚音咬牙问道。

"你一个贱婢拿什么和本宫争，还不是仗着美貌和欺骗，狐媚住了皇上，待皇上醒悟，你会生不如死。"佟佳皇贵妃癫狂诅咒。

"谁走在谁前面，老天自有定数。"卫岚音实在不想与执迷不悟之人多语，"拿过来。"落霜恭敬地端出一碗小巧的元宵，又奉上明黄的圣旨。佟佳皇贵妃盯着圣旨上明晃晃的大字，双眸流光。

"这都是圣意。"卫岚音瞄向那碗元宵。

"不，皇上不会对娘娘如此无情。"玲珑的玉镯急欲抢回冒着热气的元宵。

"落霜，让她拿，紫禁城还有数不尽的元宵送过来。"卫岚音冷冽的话语震慑着玉镯。

玉镯晃动僵硬的身子，哭喊："娘娘，圣旨不接也罢，不接也罢。"

"圣旨和元宵已经带到，都在皇贵妃的一念之间。"卫岚音加重着语气。

"皇上……"佟佳皇贵妃哽咽在怀，"皇上到底成全了臣妾，臣妾领旨谢恩。"

"不，娘娘。"玉镯奋力阻拦。

"臣妾给皇后娘娘请安，请皇后娘娘用膳。"卫岚音行着隆重的宫礼，于情于理，她会让佟佳氏有尊严地离去。

佟佳皇贵妃眼角上扬："玉镯，一定要照顾好四阿哥。"

"奴婢会的。"玉镯不停地点头。

佟佳皇贵妃面带笑容，吞下小巧的元宵，她盯着卫岚音："你到底是谁？"

卫岚音见她喘着急促的粗气，贴耳低声说道："臣妾的阿玛是察哈尔王，臣妾的额娘是温庄公主。"

佟佳皇贵妃顿时面容狰狞，她抬起手指，不愿相信听到的话语，吐出一大口鲜血倒下。

"娘娘。"玉镯放声大哭。佟佳皇贵妃的嘴角染着血痕，金鞘落地，仍然瞑目盯着卫岚音。

卫岚音颤动地站立，眼里噙满了温热的泪，她用尽全身力气大喊："皇后薨了，皇后薨了，皇后薨了！"

第六章

风云再起醉归来

佟佳氏终于达成心愿成为皇后，只可惜香消玉殒，嫔妃们个个虚情假意，只有敏嫔和月贵妃悲恸不止，几经昏厥。她的死打破后宫的平衡，储秀宫的温僖贵妃一时风光无限。

喧嚣过后，金碧琉璃依旧泽泽发光，后宫的争斗仍在继续，永无休止。

长春宫和失去光华的承乾宫沦入下风，宫门紧闭，冷冷清清。

"主子，皇上祭拜孝陵多日，明儿便要回宫了。"落霜面带倦意，"已经过去一载，皇上的气，也该消了。"卫岚音看着铜镜中的容颜，沉默无语。

"主子，皇上重义，只要主子坚持不懈，皇上终究会回心转意。"落霜劝慰。

"我是不是老了？"卫岚音淡淡地轻语。

"主子正当年，怎会老呢？主子应该像惠妃娘娘和荣妃娘娘那般，倾尽恩情，皇上喜欢念旧。"整整一载，皇上没有踏进长春宫一步，每次的宫宴，觥筹交错间对卫岚音更是冷漠淡然，长春宫的荣耀不再，月例供应更是一落千丈，连贵人的位分都难以维系。

"我与皇上之间何来恩情？"卫岚音惨笑，这才仅仅是开始，未来之路更为崎岖不平，他和她迟早兵戎相见，恩义两绝。

"皇上故意冷落主子，待八阿哥相当眷顾，林太医也平安无事，只要解开皇上的心结，主子依然是皇上深爱之人。"落霜心疼地讲道。

"只要你们都平安，我便心满意足。我与皇上之间的心结，永难释怀。"卫岚音低垂着头。

"主子，皇子们都大了，大阿哥在朝廷中威望甚高，太子更是洋洋得意，三阿哥和四阿哥谨小慎微，五阿哥和七阿哥倒是清心寡欲，八阿哥还小，主子若不从中帮衬，歹人们又要拿八阿哥开刀啊。"落霜细细讲解着宫中事。

"四阿哥？"卫岚音这一生也忘不了，在佟佳皇贵妃的梓宫前四阿哥投向她的仇恨目光，宫女玉镯面带的杀气。

"四阿哥已经认母，永和宫的德妃娘娘对他相当的冷漠。"落霜梳理着卫岚音齐腰的长发。

"这都是命啊，人算不如天算。"卫岚音苦笑道，"德妃的眼里只有十四阿哥，哪里还会顾及四阿哥。"

"十四阿哥和早殇的六阿哥极为相像，六阿哥命运多舛，十四阿哥掉进了福堆儿里。"落霜回应道。

"论起狠辣，宫中的嫔妃，莫过于德妃。"卫岚音目光沉稳，对待亲子亦能如此，更何况是旁人？

"主子，皇上很少翻六宫主位的牌子，都是一些名不见经传的答应和常在侍寝，宫外已经为皇上准备选秀女了。"落霜整日游荡在后宫，多少略有耳闻。

"皇太后也惦记呢。"卫岚音云淡风轻。

"主子的意思，皇太后要从草原为皇上遴选秀女？"落霜惊讶地问。

"皇贵妃过世，皇太后与皇上愈加母子情深，皇上重为孝道，皇太后的心愿，便是恢复蒙古后宫。"卫岚音早已看透皇太后的心思。

"当年温僖贵妃为与佟佳皇贵妃抗衡，倚仗皇太后，如今看来皇太后只是利用储秀宫，那温僖贵妃岂不是竹篮打水一场空？"落霜惊叹道。

"周瑜打黄盖，一个愿打，一个愿挨。"卫岚音细抚着雕刻着木槿花朝开暮落的梳子，"温僖贵妃倚仗的还有皇上。"

"蒙古后宫一事，太皇太后都已经放弃，皇太后真是自不量力。"落霜惋惜地摇头。

"有些事，即便知道前面是万丈深渊，也不得不以身试险，皇太后也有自己的万般无奈。"卫岚音一语双关，世间贵在洒脱二字，真正能够做到洒脱放下，又有几人？她何尝不是身不由己。

长春宫阴冷潮湿，弥漫着刺鼻的梵香，主仆两人沉默无语，听着沙沙的风声。

"主子，九阿哥和十阿哥对八阿哥唯命是从，奴婢怕储秀宫和翊坤宫会对八阿哥不利啊。"落霜讲起心中的忧虑。

"告诉小安子，机灵些，告诉所有的暗人，要打起精神，护八阿哥平安。"卫岚音重语。

落霜坚定说道："其实主子才是后宫之主。"

卫岚音微笑着摇头道："落魄的后宫之主？"

"不，后宫素来讲究传承谢恩，当年孝端文皇后在宫中势力仍在，主子为温庄公主血亲，如若众人知晓主子的身世，会效力于主子。"落霜欲言又止。

"也许那时，也到了最为疯狂的时候。"卫岚音无法想象揭晓秘密的那日，后宫和前朝又会掀起多大的风浪。

"主子会笑到最后的。"落霜的脸上洋溢执着的笑容。

卫岚音的心底涌现着难以言表的纠结，伤心的泪珠滴滴落在手中的梳子上，湿润了盛开的木槿花瓣。

紫禁城向来有人欢笑，有人愁，钟翠宫此时欢声笑语。浓妆艳抹的通嫔看着娇小可爱的十公主，眉开眼笑。

"哎哟，我的小祖宗啊。"惠妃从外而进，见十公主骑在宫人头上，拉弓射箭，将作为靶子的茶碗射落在地，狼藉满地。

"姐姐回来了。"通嫔急忙欠着身了行礼。

"十格格真是厉害，难怪皇上疼爱。"惠妃赞赏地看着年幼的十公主。

"皇上讲，咱们满家的女子也是马背上长大的，特意赏赐了金靴、金弓这一套物件儿，十公主喜欢得不得了呢。"通嫔眯着双眼盯着稚嫩的十公主。十公主灵秀微笑，一对梨涡更添俏皮。

"宜妃总是倚仗着自己有满家女子的风姿蛊惑皇上，和咱们的十公主比起来，真是可笑至极。"惠妃恨恨说道。

"她就是狐媚皇上。"通嫔嗤之以鼻，"宫中这么多的公主，咱们的十公主最得皇上的心。"通嫔喜气洋洋说道。

"有大阿哥和十公主在，咱们纳兰一族，不会轻易倒下。"惠妃头上的金钗光彩夺人。

"皇上对大阿哥最为眷顾，特许姐姐出宫探望。"通嫔随声附和，"大阿哥府上可好？"

"一切都好，只可惜是个格格。"惠妃喘口气。

"大阿哥和福晋们都还年轻，世子早晚会有的，姐姐就等着抱皇孙吧。"通嫔掩口笑道，"妹妹也好沾沾光。"

"若不是大阿哥为了倚仗岳丈，专宠嫡福晋，府上早就开枝散叶了。"惠妃叹气。

"姐姐，有得必有失，嫡福晋虽然霸气些，也是和大阿哥同心同德，这胎保不准就是世子了。"通嫔摆着手，宫人们带十公主离去，乖巧的十公主极为懂事，并没有贪玩哭闹，奶声奶气地跪拜后离去。

"你到底收了她多少好处？"惠妃故意大声道。

通嫔委屈地说："嫡福晋知晓姐姐不喜欢她，便走了妹妹这条路，也都是为大阿哥的未来筹谋，妹妹收的好处，都在钟翠宫的侧殿里堆着呢。"

惠妃抿着热茶，她在儿媳眼中竟然成了恶婆婆。

通嫔又继续讲道："嫡福晋专宠是过分了些，不过这样也好，长房独大，偏房才不会恃宠而骄，和咱们后宫如出一辙，皇贵妃和良贵人的前车之鉴，再明了不过。"

"没想到良贵人真的扳倒了皇贵妃。"惠妃凝神蹙眉道，"咱们今后更是要小心她了。"

"良贵人心肠狠毒，以往倒是小瞧了她，如今连皇上也认清了她的真面目。"通嫔眼中透出厌恶道，"若不是纳兰一族风雨飘摇，咱们怎能与她同盟。"

"这也是没有办法的事情。"惠妃埋怨道，"还是你会做好人啊，就好比这嫡福晋，本宫也不是不喜欢她，大阿哥迎娶她时，恰逢纳兰一族失势，若本宫不立凤威，怕是她反了天，希望这回她腹中怀的是世子，也好扫尽咱们心头的恶气，莫让太子太过得意。"

"姐姐所言极是，太子算什么，平嫔处心积虑为太子谋划，只可惜那两个侍妾的肚子还是瘪的。"通嫔掩口讥笑。

"但她自己的肚子却鼓起来了。"惠妃咬着牙根儿。

"赫舍里家的格格命带煞气，哪里有福气孕育皇子。"通嫔不屑道。孝诚仁皇后小产后身子羸弱，生下太子血崩而亡，僖嫔入宫多年无子，受到报应凄苦而死，如今一个平嫔能掀起多大的风浪。

"莫要轻敌，平嫔从秀女入宫时便对大阿哥暗中下手，甘为嫔位，深得朝臣赞赏，她又颇得圣宠。"惠妃道出担忧。

"怕她做什么，狐媚子总是要露出尾巴的，待咱们抓住她的尾巴，将她连根拔起，看谁能保住她。"通嫔想起荣妃和平嫔惺惺相惜的画面，作呕道。

"朝堂上赫舍里氏一家独大，平嫔如此低调，想必她并不在意这些。"惠妃凤眸威仪道。

"那她在意什么？"通嫔不以为然道。

"太子早晚会登基为帝，到那时谁会入主慈宁宫？"惠妃一语道破。

通嫔大惊失色："她想成为太后？"

惠妃连连点头："后宫女子谁不羡慕皇太后的荣耀，皇上在世，一切都好，皇上若是故去，便是汉高祖也难保住心爱的戚夫人。"

"难怪良贵人与皇贵妃和平嫔交恶，她早就猜到日后的下场。"通嫔恍然大悟。

"良贵人贵在一个良字，这个字，是皇上亲自所赠。"惠妃了解皇上，他从来都不会放弃心中所爱。

"八阿哥在上书房最为用功，皇上颇为赞赏，连裕亲王也赞不绝口呢。"通嫔嫉妒地说。

"所以，咱们还是要与长春宫同心，不要看长春宫一时的失宠。"惠妃笃定地说，"扳倒太子，没有那么容易，良贵人也是心知肚明，所以才处处帮衬大阿哥。"

"妹妹谨遵姐姐所言。"通嫔随声附和道。

"大阿哥在朝堂上崭露头角，仍然受太子挤压，十公主年幼，联姻蒙古亲贵还需数载，平嫔若生下阿哥，赫舍里氏的荣耀无人能敌，大阿哥更为艰难，这也是最为棘手的事。"惠妃担忧道。

"姐姐，一不做，二不休，不让她生下便是了。"通嫔低沉地说。

"此事还需慢慢来。"惠妃知晓皇贵妃去世，月贵妃淡泊名利，几乎日日礼佛，长春宫失宠，荣妃依附平嫔，统领后宫的温僖贵妃和宜妃在宫中横行，只有钟翠宫依旧不倒。

"恐怕储秀宫也容不下平嫔肚里的皇子。"通嫔微笑道，"咱们顺水推舟也好。"

"不可。"惠妃阻拦道，"本宫曾经受制于储秀宫，此次咱们要自己出手，也算还了她这个人情。"

"咸福宫内外都是赫舍里氏的人，咱们有心无力啊。"通嫔早动过念头。

"这几日本宫总是在想，宫中污秽之事层出不穷，卑劣的、恶毒的，本宫都一目了然，为何独独看不透良贵人呢？"惠妃挑眉道，"如若是她害了平嫔，只有咱们知晓，是不是便抓住了她唯一的痛处？"

"还是姐姐聪慧，有了把柄在咱们手中，也会牵制住八阿哥。如今皇上任命大阿哥随军出征噶尔丹，这是天大的喜事，正是大阿哥显露身手的时候。"通嫔挑着眉梢道，"待大阿哥凯旋归来时，挫一挫太子一党的锐气，让朝堂中的大臣们瞧瞧，咱们的大阿哥才是天之骄子，让后宫的狐媚子们都看看，咱们钟翠宫的威风。"

惠妃得意道："本宫等的便是这日。"钟翠宫的笑声冲淡了凉意的冷风，每个人都在憧憬着美好的未来。

紫禁城随着玄烨的归来，打破了沉寂。第一晚，皇上翻了密答应的牌子，引来了温僖贵妃的不满，胆小懦弱的赵答应受到一番冷嘲热讽，长春宫依然宫门紧闭。随后，朝堂便筹备讨伐噶尔丹的战事，玄烨任命裕亲王福全为抚远大将军，大阿哥为副帅征讨噶尔丹，并拟定好作战详图，玄烨会御驾亲征从中接应福全的大军。消息一出，后宫便炸开了锅，嫔妃们都在准备着保佑平安之物。

"主子，并蒂木槿花的香囊已经送过去了。"落霜回来禀告。

"皇上讲了什么？"卫岚音漫不经心地问。

"皇上说处理完政事，傍晚要来长春宫探望主子。"落霜喜气地讲道，"皇上记起主子的好了。"

"命宫人准备迎驾。"卫岚音内心悸动，他真的对她释怀了？

"奴婢已经命宫人去准备了，这是念心的信函，请主子过目。"落霜从袖口中奉上信函。

卫岚音欣慰地看着念心娟秀的字迹，通读之后，她的脸色苍白沉暗。

"真是等不及了。"卫岚音重拍桌案。

"主子，发生了何事？"落霜从未见卫岚音愤怒成这个样子。

"花将军已经得知皇上会御驾亲征，正在密谋弑君夺位。"卫岚音望着四周说道。

"什么？！"落霜急忙捂住了红唇，"皇上命太子监国，若皇上殡天，太子会登基，何来八阿哥的机会？"

"花将军勾结了噶尔丹。"卫岚音痛心疾首。

"主子，征讨噶尔丹的八旗将领，有一部分是察哈尔部，难道花将军想策动哗变？"落霜越想越怕。

"先祖林丹汗兵败，西域草原上兴起了噶尔丹，与察哈尔部素有渊源，花将军利用旧情，伺机而发。"卫岚音推断道。

"噶尔丹的胃口很大，没有半壁江山，花将军很难与噶尔丹王结盟。"落霜惶恐地睁大双眼，"此事事关重大，主子可要禀告皇上？"

卫岚音用力地摇头："皇上因我沾染后宫的恶习失望至极，如若再知道我刻意失魂、隐瞒身世、暗中与察哈尔部勾结，那将会龙颜大怒。"

"若花将军刺杀皇上得手，那便是引狼入室，噶尔丹会允许八阿哥登基？"落霜浑身冷汗。

"如今天下大定，百姓安居乐业，若花将军真的得手，爱新觉罗的王公贵族岂能坐以待毙？恐怕会再起战乱，百姓会遭殃。"卫岚音忧心忡忡，"如此这般，夺了这天下又如何？背得一世骂名。"

"八阿哥尚且年幼，即使继承大统，亲政也要等上几载，到那时辅臣把持朝政，更为凶险。花将军果真是太过浮躁。"

"花家隐忍三代，花将军也是愚忠啊。"卫岚音自然能体会花将军的心意。

"皇上身边的侍卫个个都身手不凡，弑君没有那么容易。"落霜宽慰着她的心。

"在宫中尚且好说，如若在外，尤其是两军短兵相见，更何况花将军最为擅长……"卫岚音焦虑。花将军虽为将军，却是十足的小人，定会在军中遍布暗人。

落霜缓缓跪下："主子，咱们再蛰伏数载，会扳倒太子的，只要八阿哥被立为储君，百年大计迎刃而解，如今若是逼宫弑君，将引天下大乱，百姓流离失所，请主子三思啊。"

卫岚音扶起她："如今不是我三思，花将军此举已经将我置于不义，这些都是念心偷听到的，花将军一切都瞒着我，我如何去阻止？花将军主意已定，咱们无能为力，但是皇上若放弃御驾亲征，改为太子？"她灵机一动。

"太子因大阿哥随军出征，在毓庆宫大发雷霆，如若主子能改变皇上的心意，皆大欢喜啊。"落霜喜悦地说。

"那太子呢？"卫岚音担忧地说，太子年轻气盛，大战之中势必争强好胜，恐怕凶险。

"太子自有太子的命。"落霜淡然地说道。

"天不变，道亦不变。"卫岚音慢慢站起，"太子喜怒无常，登基必定为暴君，即使八阿哥无缘皇位，咱们也要扳倒他，否则天下苍生必定苦难，皇上也早有察觉，却在偏执，不肯承认罢了。"她望着窗外的苹果树，他真的能原谅她吗？在阴谋之下，一切都失去了原本的光华，她可还是他心中无瑕的木槿花？

此时，永和宫内笑声不断。十四阿哥蹒跚学步，和宫人嬉戏玩闹，竟然搬起了地上的木马。

"德姐姐，十四阿哥真是神勇，力大无穷，堪比项羽在世啊。"身着粉嫩之色的密答应曲意逢迎。

德妃笑意盈盈地盯着十四阿哥，听到项羽二字，脸上闪过一丝不悦："楚霸王还是算了，注定兵败如山倒，要做啊，便要像唐太宗那般的神武。"

密答应随声附和，唐太宗虽然英明一世，玄武门之变的狠辣却是人尽皆知，德妃的心思自然明了，她深藏不露。

浓妆艳抹的德妃神采奕奕，皇贵妃的过世和承乾宫的败落扫尽了压在她心中多年的愁云。等了多年，盼了多日，终于守得云开见月明，如今她是紫禁城中拥有子嗣最多的嫔妃，离那高位又近了一步。

她拉着长音儿："密妹妹入宫也有段时日，同时入宫的袁贵人已生下公主，平嫔也有孕在身，密妹妹久承雨露，为何迟迟没有动静啊？"

密答应白皙的脸颊飞起红晕："让德姐姐见笑，是臣妾的肚子不争气。"

德妃抿嘴微笑："你倒是个实诚的妙人儿。"

密答应连忙逢迎："皇城里，谁不知晓德姐姐是皇上最为疼爱之人，永和宫更是宫中的福地，放眼望去，咱们永和宫枝繁叶茂，叫旁人好生羡慕呢。"她故意咬中咱们两字，拉近与德妃的关系，表示着她归顺的决心。

"你这张嘴什么时候也成蜜糖罐儿了。"德妃眉开眼笑道。

"臣妾自然是托了德姐姐的福气，染了些永和宫的仙气。"密答应微笑。

德妃慈爱地盯着十四阿哥粉嫩的小脸，老天待她不薄，最后又赐予一位阿哥给她，这就是天意。天意不可违，自然会顺应天意，她的嘴角露出诡异的笑容。

宫女宛碧会意地招呼着宫人："送十四阿哥去安歇，莫累坏了十四阿哥。"十四阿哥和宫人离去后，屋内冷清了些许。

"儿臣给额娘请安。"四阿哥洪亮的声音响起。

德妃隐藏着内心的厌恶，冷淡地讲道："起来吧，以后请安要轻柔些，你十四弟刚刚睡下，莫要吵醒了他。"

"是，儿臣谨遵额娘教诲。"四阿哥压低声音，眼中满是失落。

"好了，回去好生用功读书，也好给你十四弟做个榜样。"德妃的口中句句不离十四阿哥，对待两子的心意，天地之差。

"儿臣告退。"四阿哥恭敬地行礼后，转身离去。

密答应对四阿哥的事情略有耳闻，自然不会去多嘴问无聊之事。

"别怪额娘心狠，在你眼里从来只有皇额娘，哪有额娘的半分影子，如今没有了皇额娘的庇护，额娘自然也管不了你。"德妃不经意地讲道。

"四阿哥这一声额娘，叫得太迟了。"宫女宛碧出言劝慰。

"让密妹妹见笑了，皇上眷顾，赐本宫德字，本宫自然要处处以身作则，厚德载物，德善德信，本宫向来是帮理不帮亲，即使是亲子，也不例外。"德妃故意借机敲打，言外之意，亲子尚且如此，更何况旁人。

"臣妾与德姐姐自当同心。"密答应坚定地回答。

"良贵人的身世，本宫已经知晓，事关重大，一切还需从长计议。"德妃在知晓真相那一刻，气愤和不甘冲荡在脑海，她一直认为，只要有长春宫在，她便不是宫中身份最为卑微的嫔妃，却没想到长春宫的身世盖过了所有嫔妃的光华，她才是实打实的宫女出身。

"臣妾知晓。"密答应受不了宫中的冷落嘲讽，倒向了德妃。

德妃微微点头："只要你与本宫同心，本宫会将你推到高位，让你在宫中如鱼得水，享尽荣华，无人能及。"

"臣妾多谢德姐姐恩泽。"密答应欣喜。她可顾不上国仇家恨，她只知道，在宫中不出人头地，只有死路一条。奢华的珠帘下，永和宫酝酿着惊天的阴谋和陷阱，好似空中密布的乌云，盖住了日月星光。

傍晚过后，阴云遍布，淅淅沥沥的细雨落在甍宇的琉璃屋脊上，好似敲打着两人失落伤感的心，卫岚音屏住气息。

"岚儿，我们竟然到了无话可说的地步了吗？"身着明黄飞龙金丝龙袍的玄烨艰难开口道。

"皇上，臣妾知罪。"卫岚音跪落在地。

"岚儿何罪？"玄烨的眼中满是浓情厚意。

"臣妾对皇贵妃无礼。"卫岚音苦涩道。

"朕在意的不是这些。"玄烨缓缓闭上双眸，岚儿终究不懂他对她的心，"朕在朝堂上指点江山，运筹帷幄，却独独面对不了你，朕该拿你怎么办？"他的心同样刺痛，于情，岚儿是他心爱的女子；于私，岚儿是温庄公主唯一的血脉，大清对不住尊贵的温庄公主；于公，岚儿身上流着仇敌的血，到底该如何面对她？

卫岚音听懂了他的弦外之音，她俯在他宽厚的肩膀上啼哭。

玄烨轻柔地拍打着她的背："不要哭了，朕的心也很痛。"

"臣妾不知如何是好。"卫岚音发自内心地说。到底如何做才是后宫的生存之道，才能既保全自己，又能令皇上满意。入宫十二载，一个轮回，她仍然看不清紫禁城望不到头的路。

"朕要的是性情婉约的岚儿，与朕同心同德的岚儿。"玄烨一语道破。

"臣妾辜负了皇上的信任。"卫岚音抹着眼泪，"臣妾但求一死，臣妾实在受不了皇上对臣妾不闻不问，臣妾生不如死啊。"

"朕的心不痛吗？"玄烨激动地攥住她的手，放在胸口。

"皇上既然疼爱臣妾，为何这一载没有看过臣妾？"卫岚音委屈地问。

"岚儿。"玄烨盯着她，"你要将朕逼疯吗？你如何知晓这一载，朕未看过你？"两人深情对望，只听到窗棂上的风雨声。屋檐下的梁公公望着连绵的细雨，连连摇头。

玄烨苦笑地立在窗前，挺拔的背影傲然伟岸："这一载，长春宫宫门紧闭。皇贵妃的葬礼过后，你一直卧病在床，每日只能用些粥食，朕命御膳房用贡品食材为你熬制鹿肉粥，那鹿是朕亲自猎杀的。朕怕你起疑心，便命御膳房为你做的膳食里一律用贡品食材，但要做成普通的味道，为此朕还赏赐了御厨一件黄马褂。太医院对朕讲你的身子柔弱，郁结于心，体凉宫寒，恐再生病变。朕派人快马加鞭，千里送来天山雪莲为你入药。宫人见你失宠，克扣长春宫的月例，为此朕寻了其他的缘由，杀了内务府的两名管事太监，自此送进长春宫的物件儿，看似没有以往光鲜，却都是贵物。"他何时放弃过岚儿？这一年他也在痛苦煎熬中度过。

卫岚音惊慌失措地瞪圆双眼，僵硬地看着他的后背，失声痛哭。

玄烨更加痛心疾首地说道："朕是心甘情愿地对你好，对你之心，天地可鉴。但你对朕之心，朕却是伤心至极。这一载，你不但对朕不闻不问，连只言片语也没有。朕多可笑，为了试探你对朕的心意，朕竟然在乾清宫外冻了半宿，染尽风寒卧床不起，各宫嫔妃接踵而至前来探望朕，关心朕，却独独没有你的身影和问候，朕寒心啊。"

玄烨从怀中掏出落霜送过去的并蒂木槿花香囊，深情地说道："还好，朕等到了，朕终于盼来岚儿对朕的心思，接到这香囊时，朕再也抑制不住对岚儿的思念，心急地过来见岚儿。朕有时也看不清自己，朕已经不再是懵懂少年，为何丢不下对岚儿的这份情谊？"多少个孤寂的寒夜，他孤枕难眠，思念着心爱的岚儿，他真的很想她！

"皇上。"卫岚音从后面抱住玄烨，"臣妾错了，臣妾不该在后宫弄权争斗，辜负皇上的圣恩。"

"朕不怪你争斗，后宫自古为隐晦之地，朕只是伤心你没有信朕。"玄烨吐尽心中的郁结。两人紧紧相拥，找寻着错过和失去的情谊，彼此心中只有一个信念，不能失去你！

冰释前嫌后总是鹣鲽情深，天公也如此作美，屋外的雨渐渐停歇，树枝抽着嫩芽，雨后的清新空气令人心情舒畅。屋外的落霜和梁公公欣慰地对视而笑。长春宫内旖旎春光，相爱之人用温柔的吻倾诉着彼此间的思念。

"皇上。"娇容潮红的卫岚音依偎在玄烨怀里，"兵来将挡，水来土掩，皇上何必要御驾亲征？"

玄烨疼爱的口吻："岚儿在担心朕？"

"臣妾舍不得离开皇上。"

"朕是去打仗，不是狩猎，否则朕一定会带着岚儿同去。"玄烨揉搓着卫岚音的头发，熟悉的茉莉清香令他着迷。

"战场上刀剑无眼，臣妾还是不放心。"卫岚音极力劝道。

"朕带兵只是去半途接应八旗将士，并非主力，这是大清对噶尔丹的第一战，只许胜不许败。"玄烨高傲地说，"泱泱大清，八旗铁骑踏遍了中原，岂能怕弹丸之地？"

"八旗将士英勇，会一举收复准噶尔，打败噶尔丹。"卫岚音忧虑地说，自古骄兵必败，噶尔丹练兵多年，敢公然起兵造反，还是有必胜的把握的。

"噶尔丹占朕的疆土，掠朕的子民，朕会将他亲自拿下。"玄烨泛出寒光，帝王的霸气显露无遗。

"皇上，朝廷与噶尔丹第一次交手，一切还是小心为妙。"卫岚音话中带话，"臣妾是妇道人家，不敢妄论朝政，臣妾只关心皇上的安危。"

"岚儿放心，几年前，朕便知晓噶尔丹蠢蠢欲动的不臣之心，派出裕亲王去边境监视噶尔丹的动静。这些年，虽然没有与噶尔丹正面交锋，但亦打过无数次交道，裕亲王骁勇善战，足智多谋，会旗开得胜。朕不在宫中，岚儿要护好自己。"玄烨深情轻拍着她，"朕给你的那道保命的圣旨，还在吗？"

"那可是臣妾的护身符，臣妾藏起来了。"卫岚音清秀俏媚。

"还是岚儿聪慧。"玄烨忍俊不禁。

长春宫笑声不断，却笼罩着层层迷雾，令人压抑。玄烨留宿长春宫，卫岚音再次得宠的消息，如雨后疯长的野草般传遍后宫的每个角落，各宫的嫔妃，尤其是位分低微的答应、常在，最为恼火。长春宫又成了众人眼中共同的仇敌。卫岚音哪里会顾及这些，大军开拔在即，迫在眉睫。

"主子，这如何是好？"落霜忧心忡忡道。

"皇上半生戎马，平定江山，只差这御驾亲征的威名。"卫岚音低垂着头，"即便太皇太后在世，也难劝慰。"

"噶尔丹为人狡诈，花将军更是小人，自古不怕明处的君子，只怕暗处的小人，皇上在宫外，防不胜防。"落霜无可奈何道。

"去寻八阿哥来。"卫岚音思前想后，只能将希望寄托在裕亲王身上，而这中间传递之人，八阿哥是最好的人选。

"八阿哥大了，开蒙通智，也该知晓身上的使命，韬光养晦方能成大器。"卫岚音心意坚决，"裕亲王心系百姓江山，我与他素有情谊，希望他能保守秘密。"

"主子要坦白真相？"落霜大惊失色，"不可，万万不可啊，这是引火上身，裕亲王向来与皇上同心，他怎能欺骗皇上。"

"只有这样，才能救助皇上。"卫岚音奋力疾语，"咱们不能全盘托出，只要微微点明，裕亲王自然知晓。"

"如若这样主子处在两难之地，更有性命之忧。"落霜制止道。

"两者相较利弊，取其轻。裕亲王是全军统帅，告知他真相，他会更好地调兵遣将，保护皇上的安危，更何况他深明大义，未必能将我出卖，若是我将此事直接禀告皇上，才是灭顶之灾。"卫岚音相信谦谦君子般的裕亲王。

"皇上对主子情深似海，不会舍得伤害主子。"落霜更为信任皇上，"主子不如告知皇上。"

卫岚音不停地摇头："皇上心中最重的是江山社稷，不是红颜知己。知晓真相时，就是我和八阿哥的死期。难道你忘了皇贵妃的下场？"卫岚音的心又一次揪起，佟佳氏视她为仇敌，而真正要皇贵妃性命的人是皇上和皇太后，"我心已决，去找八阿哥来。"她望着窗外空荡荡的秋千，思索着所有的事情，额娘，保佑我和八阿哥。小小的八阿哥从此踏上了一条不归路。

数日后的清晨，征讨噶尔丹的大军整装待发，振奋人心。紫禁城内随着玄烨的离去，尘嚣安宁。

延禧宫内，满身素雅的敏嫔跪在佛龛前默念着佛经。四阿哥在外屋

805

教授着十三阿哥描红，十三阿哥的鼻尖儿挂着薄汗，乖巧懂事。

昔日承乾宫的掌事宫女玉镯眯着浑浊的双眸，脸上挂着泪痕。

"娘娘有了身孕，要多加小心。"玉镯搀扶着敏嫔缓缓坐下。

"她们已经害死了皇贵妃，还想怎么样？"敏嫔语调尖锐。屋内的四阿哥颤抖了一下。

"四哥，这个钩出格了。"细心的十三阿哥小声讲道。

"哦。"四阿哥回神道，"十三弟心思细腻，是读书的好料，入上书房后，皇阿玛定会喜欢。"

"多谢四哥。"十三阿哥的模样特别可爱。

玉镯的泪再次涌出，真是老天保佑，所有的轨迹都遵循着皇贵妃生前所想。

"只恨十三阿哥太小。"敏嫔轻轻抚摸着小腹。

"皇上正值盛年，十三阿哥也快到上书房读书了，一切都还来得及。"玉镯宽慰着她的心，"各宫的娘娘，都是各谋前途，娘娘也要尽早打算。"

"皇贵妃在世时已经交代，十三阿哥要与四阿哥同心，本宫不敢忘怀。"敏嫔回应道，"皇贵妃已为后位，死后哀荣仍在，四阿哥同样是嫡子，风光盖过大阿哥，皇太后却下旨，命四阿哥认母，真是欺人太甚。"

"娘娘莫要动气。"玉镯劝慰道，"皇贵妃故去，树倒猢狲散，只有娘娘还记得皇贵妃的恩德，皇贵妃泉下有知，定会欣慰。"

"皇贵妃待我恩重如山，只可惜我位低言轻，否则一定要为四阿哥鸣不平。"敏嫔恨恨地说，"皇上竟然也默许皇太后此举，真是令人寒心。"

"皇太后暗藏私心，皇上也是顺水推舟，不愿违背其意。"玉镯淡然回答。

"倒是让德妃那阴险毒辣的贱人，白白得了位阿哥。"敏嫔怒骂。

"世上哪有这等好事？"玉镯寒意逼人，"她哪里配做四阿哥的额娘，暂且让她得意几日。"

"月贵妃还是不肯？"敏嫔轻声问。

玉镯摇着头："月贵妃一心向佛，不理后宫之事，几经劝慰，依然不动。"

"罢了，那咱们便自己谋划。"敏嫔失望道，"一个个地收拾，要为皇贵妃报仇，达成皇贵妃的心愿。没想到良贵人会东山再起，那咱们先收拾袁贵人，看良贵人如何应对。"玉镯与四阿哥眼神交汇，传递着喜悦的神色。

第七章

山雨欲来风满楼

金碧辉煌的紫禁城，隐藏着无穷的秘密。

"不要，求你，不要……"紫禁城的暗处传来女子凄凄的哭声。

"怕什么，后宫迟早是爷的。"男子的手拽下女子的衣裙。

"不。"女子奋力反抗，抓破男子的脸颊。

"别给脸不要脸，爷看上你，是你的造化。"男子恶狠狠地骂。女子不敢出气儿，被眼前的气势吓住。

"自己脱，还用爷亲自动手吗？"男子高傲地盯着她。

女子慢慢解开云丝盘扣，男子的目光变得贪婪轻狂……守在宫外的老宫人唉声叹气。

这就是紫禁城！

此时的慈仁宫荣光尊贵，六宫主位都来给皇太后请安，个个尽带欢颜。

素雅的卫岚音听着宜妃绘声绘色地讲述皇上的勇猛无敌，如何舍身救助她的事情。这些陈年旧事，宜妃总是要寻个机会就炫耀，大家已经习以为常。

卫岚音静静地喝着白玉奶茶，这奶茶的味道与当日慈宁宫的味道相仿，想起疼爱她的太皇太后，她伤感失落。

"英雄救美的事儿呀。"打扮雅致的荣妃掩口微笑道，"宜妹妹今年讲了两盏茶的工夫，去年讲了一盏茶的工夫，不知明年会多久呢？"平嫔附和而笑，众人忍俊不禁。

宜妃娇艳的脸色变得青白道："皇上英明神武，自然要多讲些。"她顺眼瞥着小腹隆起的平嫔，"若是皇贵妃健在啊，最清楚臣妾，当日在长白山下，她也是亲见此事。"卫岚音的手微微颤动，瞄向一言未发的皇太后。皇太后脸色沉闷，尽带疲倦和失落。

平嫔不甘示弱地反驳："臣妾只恨自己晚生了几载，进宫伴驾太晚。"

头戴凤钗的温僖贵妃打断道："咱们都是侍奉皇上的，哪里分什么早晚。"

"是啊，明年又有秀女入宫，平妹妹自然也成了旧人。"宜妃柔声讽刺。

"岁月不饶人，后宫的阿哥和公主们大了，咱们也都老了，只有良妹妹容颜未变，娇柔动人，好似一年比一年讨人喜欢呢。"德妃话锋一转，眼眸低垂道。

卫岚音温婉浅笑道："臣妾天生愚笨，又无心失魂，哪里讨人喜欢，德姐姐真是谬赞。"

"呦，良妹妹难以有孕在身，皇上却极为疼爱，出征前，连着三夜宿于长春宫，这等殊荣是紫禁城头一份儿啊。"温僖贵妃挑眉重语。

卫岚音微笑，原来她们是想在皇太后面前抹黑她："皇上一整年未曾踏入长春宫，这去了三日，倒成了殊荣。皇太后给评评理，臣妾真是惶恐。"

皇太后慷慨道："皇上一贯重情谊，雨露均沾，后宫才得以枝叶繁茂，皇上御驾亲征在外，你们都少讲几句吧。"

"谨遵皇太后教诲。"众嫔妃恭敬地齐声应道。

"近日宫中可有事？"皇太后轻声问。

"回皇太后。"温僖贵妃低语，"宫中并无大事，就是宫人来报，昨夜死了个巡夜的老太监，老太监已经将近九十高龄。"

皇太后惊讶道："宫中还有这等长寿之人？"

"是啊，听宫人讲，老太监无亲无故，虽然年老，却耳不聋眼不花，宫人都叫他木公公。"温僖贵妃少了些锋锐跋扈。卫岚音听闻木公公三字，震惊得花容失色，手中的茶碗应声落地，满地乳白。对面安坐的德妃露出得意的笑容。

"皇太后恕罪，臣妾一时手滑，冲撞了皇太后。"卫岚音急忙赔罪道。

"刚夸奖良妹妹容颜未变，良妹妹便手滑打落茶碗，真是细皮嫩肉啊。"成嫔依旧尖酸刻薄，她虽然失宠多年，但母族显贵，又有七阿哥依仗，景阳宫依旧不倒。

"失手而已，何必计较这等小事，让宫人收拾干净，重新换一套新茶碗。"皇太后淡淡讲道，"都有打瞌睡的时候，莫要强求了。"

"谢皇太后。"卫岚音难以平静，木公公为察哈尔部谋划一生，遗憾而终，临死前也未见到百年大计功成之日。

皇太后叹息道："奴才也是人，尽心侍奉主子一生，难得的便是一个忠字，历经三朝，在后宫能安稳离世，也是功德圆满，着内务府和敬事房好生厚葬这位木公公。"

"皇太后真是菩萨心肠，臣妾这就命人去办。"温僖贵妃逢迎道。谁都没有问起木公公的死因，将近九旬的老人，这是喜丧，卫岚音也沉浸在失落悲哀中，根本没有注意到德妃挑衅的目光。

"平嫔和敏嫔近日可好？"皇太后关切地问道。

敏嫔乖巧道："回皇太后，臣妾一切都好。"

"回皇太后，臣妾也一切都好。"平嫔微微腼腆道。

"瞧着平妹妹这身段，定是个阿哥。"荣妃哪里会放过任何逢迎的机会。平嫔心花怒放，喜上眉梢。

"荣妹妹何时练就了天眼，这般厉害。"惠妃讽刺道，"从今往后，宫中再有嫔妃有孕，不劳太医们费神，荣妹妹去看便是了。"

"你们这群人啊，千方百计哄哀家开心，真是孝顺。"皇太后缓缓端起奶茶，"皇上那边可有旨意传来？"

"皇上已经三日未有音讯传来，臣妾也甚为担忧。"温僖贵妃忧心忡忡道。卫岚音更是紧绷着心弦。

"大漠无边，两军厮杀，哪里会顾及太多，没有音讯也好，到时传来的便是捷报，咱们等着皇上凯旋。"皇太后自幼出生蒙古草原，深知草原的广垠。

卫岚音心跳得厉害，前几日皇上给她的信函中讲过，行军到博洛和，欲与科尔沁的蒙古八旗军会合，包抄噶尔丹，并且要用火炮打头阵，以求速战速决。算算在路上的时间，这场仗差不多应该有消息了。难道是哪里出了纰漏？她实在不敢多想，但愿裕亲王能及时护驾，戳破花将军和噶尔丹的诡计。

"报，前方密函。"小太监跪地禀告。

"呈上来。"皇太后放下茶碗。

皇太后看着密函，脸色愈加苍白，唇瓣儿泛着青紫。

"佟国公殉国了。"她悲伤地讲道，"佟国公半途中遇到噶尔丹的埋伏，战死沙场。"

"啊。"众嫔妃大惊失色。佟国公为孝康章皇后的亲弟，皇上的亲舅父，多年征战，战功累累，世袭一等公，在朝堂中是举足轻重的地位。

卫岚音紧抿着嘴唇，手心满是冷汗。花将军果然厉害，康熙十四年，佟国公杀害察哈尔世子布尔尼，花将军是借噶尔丹之手报仇雪恨。

"皇上如何？"卫岚音逾越地问。

皇太后面容慌乱，却立即安稳心思："皇上无恙，噶尔丹如此狡诈阴险，此仗关系到大清的圣明，尔等回宫抄写佛经，为皇上和大清的将士祈福。"

"谨遵皇太后教诲。"众嫔妃俯身行礼。卫岚音从皇太后的眼中捕捉到一闪而过的忧虑。

长春宫内，卫岚音寝食难安，皇太后在极力隐藏什么？皇上如若有恙，是绝顶之密，稍有不慎，必生祸端，独独告知皇太后也是情理之中。

"去告知林太医，将木公公的遗骨，想方设法运回草原，与曹嬷嬷合葬。"卫岚音心情低落，"也算了却他一生的夙愿。"

"是，主子。"落霜知道，木公公死去，宫中的暗人势力将会被削弱。

"皇上不会有事的，还有裕亲王。"她安慰着卫岚音。

卫岚音微微点头，尘归尘，土归土，她还是恨不绝他，他的性命高过仇恨，她深爱着他。

"微臣给良贵人请安。"林太医到了，"皇上御驾亲征，太医院的人手不够，微臣前来顶替几日。"林太医放下手中的药箱，身后的药童是个陌生面孔。

"入春以后，我总觉得浑身无力，还请林太医给瞧瞧。"卫岚音刻意瞄向药童。

"是。"林太医轻轻拂过她的手腕。自从妻子过世，他悲痛欲绝，又被皇上贬谪看管草药，更是郁郁寡欢。皇贵妃薨后，卫岚音暗地里派人送去信函，让林太医心中释怀，妻仇虽报，留下的却是漫长的痛苦和思念，他的两鬓已经染尽白发。

"良贵人失魂血亏，还要多加调养，勿要劳神伤身。"他收起绢帕。

落霜呈上煮好的热茶："主子的病，也不是一日两日了，都是陈年旧疾，郁结于心，过了清明，更为严重，还请林太医赐予良药。"

林太医微微沉笑："自古无药医治心病，俗语讲心静自然凉，而心宽则无病。"他身后的药童忽然神色痛苦道："良贵人，小人食坏了肚子。"

"放肆。"林太医训斥，"这里是后宫，你怎么如此不检点，冲撞娘娘是死罪。你先回去熬制敏嫔娘娘和平嫔娘娘的保胎汤药，待我为良贵人诊病后，再回去与你会合。"

"谢良贵人大恩。"药童连声道谢，疾风离去。

长春宫沉寂下来。

"没想到林太医也耍起了手段。"落霜大笑道。

"事关重大，我也是迫不得已。"林太医摇头道。他只是在隔夜的凉茶中放了几味相冲的草药，并不伤身。

"皇上有恙？"卫岚音性急地问道，"花将军有书信前来？"

林太医惊愕道："前方之事，暂且不提，眼前事才是迫在眉睫，木公公是被人害死的。"

卫岚音瞪圆双眼，木公公孤苦伶仃，无权无势，谁会害他？

"就是因木公公年事已高，所有人都认为是喜丧，但是微臣偷偷查验过木公公的尸首，木公公内在七窍流血，显然是被奸人擦掉了流在外面的血迹。"林太医话音颤动，看来宫中有人知晓了卫岚音的身世。

"到底是谁，连耄耋老人都不放过？"落霜气愤。

"宫中哪有仁义道德，从未出生的血胎到白发苍苍的老者，都是为了血祭金銮殿上那把龙椅。"卫岚音伤心至极道。

"微臣只知道，木公公与八阿哥私下里见过面，应该是交付宫中的暗人，其他的也不得而知。"林太医语出惊人，"良贵人不必担心，八阿哥虽小，心承大志，必成大器。"

"如今宫中的暗人，皆听命于八阿哥？"卫岚音问道。

林太医微微点头道："八阿哥自幼试种天花之毒，以幼龄在寒冬之日随驾天坛为太皇太后祈福，在朝堂中素有美名，又有额驸郭络罗氏的姻亲，将来不可限量，早早筹备也是好的。"

"他才九岁。"卫岚音自言自语。原来八阿哥的性情大变是因为木公公，恐怕她告知身世时，八阿哥已经悉数知晓。

"九岁已经足矣。"林太医欲言又止，察哈尔人已经挥剑而上。

"到底是谁害了木公公？"卫岚音蹙眉。

"此人如此做是想震慑良贵人。"林太医放下手中的热茶。

"震慑？"卫岚音低垂着头。她入宫多年，深得皇上宠爱，几经受人诬陷不倒，宫中嫔妃自然不敢轻易出手相害。

"良贵人也不必太过担忧，狐狸总会露出尾巴，震慑过后，还会有所动作，请良贵人小心为妙。"林太医逢迎，"如今良贵人有八阿哥护着，定会无事。"

"林太医可知晓前方战事？"落霜担忧。

"你们早已知晓花将军与噶尔丹的密谋？"林太医郑重地问道。

卫岚音点点头："不瞒林太医，我的确早已知晓，却无可奈何。为了黎民百姓，我思前想后，只得告知裕亲王真相，暗中护驾。"

林太医连连叹息道："花将军野心颇大，对察哈尔王忠贞不贰，难免糊涂，此事他也是瞒着微臣，微臣刚刚得知，花将军已经得手。"

"得手？"卫岚音径直站立，略有狼狈神色，"花将军密谋弑君，引狼入室，八阿哥如何坐稳这天下？噶尔丹会拱手相让龙椅吗？"

林太医沉重地回答："微臣只是知晓，花将军与噶尔丹合谋，按照良贵人所讲，裕亲王也早有防备，佟国公的死一定是裕亲王保将弃卒之举，微臣得到的消息是，花将军已经实施暗杀令，皇上生死不明，花将军已经连夜回京。"

卫岚音踉跄着身子："生死不明？！"

"依微臣看，皇上最不好的情形便是重伤，在军中养病，裕亲王应该是晚了一步，护驾来迟。"林太医出言相劝，"皇上文治武功都为极好，不会有事。"

卫岚音缓缓坐下："皇上的确不会有事，皇太后必定知晓真相，如若皇上危及性命，皇太后不会如此安稳。"

"皇上来信函了？"林太医惊讶地问。卫岚音讲述了慈仁宫的一幕。

"皇上一定无性命之忧，请良贵人放心。"林太医的心也终于放下。

"太子监国，朝堂上的党羽众多，皇上乾坤在握，才没有大肆宣扬伤势。"卫岚音剥丝解惑，"皇上会悄然回宫。"

"也许已经在回宫的路上。"林太医微笑道。

"皇上察觉到赫舍里氏的威胁？"落霜转而问。

"待皇上回宫，一切自然知晓。"卫岚音豁然开朗。总算是有惊无险，可是后面的风浪却打得她措手不及。

外面风和日丽，一片泰然，永和宫的德妃慵懒地躺在软榻上，丰盈的身段别有韵味。

"娘娘，"宫女宛碧笑意盈盈，"一切都如娘娘所想，没想到他们胆子如此大，多次偷欢。"

德妃双眼放光："自古少年多风流，本宫今后还要为这对野鸳鸯多多遮挡。"

"娘娘高明。"宛碧轻捶着她的柳肩，"无风不起浪，娘娘也是瞧准了他们的心思。"

"阿哥们悉数长大，只恨十四阿哥年幼，无法与之抗衡，本宫这个做额娘的，自然要早些谋划。"德妃神采飞扬道。

"十四阿哥深得皇上喜爱，旁的阿哥如何能比拟？"宛碧曲意逢迎。

德妃连连叹息："若十四阿哥如六阿哥那般大，也到了大显身手的时候。"德妃痛恨道，六阿哥的血账要记在八阿哥和四阿哥头上，若不是为争宠夺势，如何能赔上六阿哥的性命？

"娘娘不要灭自家威风，长他人志气，年长几载又如何？笑到最后才行，汉武帝和唐太宗不都是最后关头，立幼废长吗？"宛碧大胆之语字字敲打在德妃的心坎儿上。

"理儿倒是这个理儿，不过本宫还要费些心思。"德妃细细抚摸着手上的金鞘，"本宫在承乾宫为宫女时，总是为皇贵妃擦拭清洗金鞘，那时本宫便暗下决心，终有一日自己也要拥有，熬了这么多年，如今一切成真。所以啊，只要敢想，敢为，会有功成那日。"

"娘娘心思聪慧，心想事成。"宛碧赞同道。

"只是本宫没想到啊，良贵人竟然身世显赫。"德妃唉声叹气道。

"娘娘，身世显赫又如何？还不是乱臣贼子，皇上只是可怜她，才宠爱怜悯，谁知她心存不轨，有负圣恩。"宛碧痛骂道。

德妃轻柔着发鬓："怪不得太皇太后生前如此偏袒良贵人，原来如此。"

"皇上若是知晓良贵人心存不轨，定会龙颜大怒。"宛碧浅笑道。

"木公公一死，那物件儿在咱们手里，便是铁证如山，由不得她不认，咱们只要揭开冰山一角，皇上自然会起疑心。"德妃欣慰，"到时候看她如何辩解？就坐等赐死吧。"

"还有八阿哥，皇上会斩草除根。"宛碧的眼角上堆积着纹理。

"待皇上回宫，本宫便要让后宫天翻地覆。"德妃诡异地大笑，"本宫要让所有人知道，本宫才是真正的娘娘。"

"娘娘的意思是？"宛碧小心翼翼道。

"让密答应出手。"德妃眯着双眼道，"密答应最为清楚其中乾坤，让她出手，会水到渠成。皇上必然会相信。"

"此举若成，良贵人和八阿哥便死无葬身之地，永难翻身。"宛碧兴致勃勃，"密答应若是不同意怎么办？"

"由不得她的性子。"德妃双眼泛光，"皇上不在宫中，咱们有的是时间让她同意。对了，四阿哥最近如何？"

"一切如故。"宛碧禀告。

"不是本宫心狠，是他不认亲，本宫也无可奈何。"德妃的眼中毫无眷顾之情。

"娘娘，皇上毕竟允许四阿哥认母，面子上总要过得去的。"宛碧柔声细语地劝道。

"也罢，下回他过来请安，你去做些可口的小菜，本宫留他用膳。"德妃不经意地嘱咐。母子俩第一次的膳食，成了四阿哥一生无法忘却的耻辱。

德妃望着坤宁宫的索罗杆，雍容华贵地讲道："本宫就喜欢紫禁城的大气和尊贵，本宫更喜欢紫禁城的争斗，所以本宫注定是这后宫之主。"

晨露熹微，万里无云，卫岚音一早来到慈仁宫给皇太后请安。她跪地不起，哀怨低泣："臣妾昨夜梦见皇上，始终追赶不上皇上的脚步，故而前来想请皇太后指点迷津，不知皇上何时回宫？"

"前方两军激战，战机风云莫测，哀家如何能知晓皇上何时回銮？"皇太后眯着凤眸。

卫岚音心急："臣妾深得皇上眷顾，自从皇上离宫，臣妾寝食难安，心早已随着皇上一同去了，近日臣妾总是心神不宁，请皇太后看在臣妾对皇上痴心的情谊上，指点迷津。"

"你到底想知道什么？"皇太后知道她和皇上之间的情谊，这也是为何拉拢她的缘由。

"皇太后，臣妾时刻惦记皇上，不知皇上到底身处何方？是否平安？"卫岚音紧盯着她的双眼。

皇太后哀怨地摇头，无奈地屏退左右道："也瞒不了几日，皇上被察哈尔余孽所伤，正在养伤。"

卫岚音含着眼泪："皇上可有大碍？"

皇太后悲伤道："祖宗保佑，皇上无恙。察哈尔部的八旗官兵，险些哗变，幸得裕亲王派兵护驾，没想到中途遇到噶尔丹的埋伏，佟国公阵亡沙场，皇上悲恸。没想到一波未平一波又起，皇上在军中被死士所伤，中毒后一天一夜昏迷不醒。皇上在病榻上修书给哀家，不日可回宫，请哀家务必坐镇后宫，不能出乱子。"

"死士是皇上近边人？"卫岚音疑惑道。

"皇上近身侍卫都是上三旗的贵族子弟，这名死士是下三旗出身，听闻皇上在东巡时，准了守陵披甲叩阍，这名死士便是昔日昭陵的守陵披甲。"皇太后刚刚收到前方传来的密函，皇上字迹刚劲有力，显然身子已经得到恢复。

卫岚音睁大双眼，原来花将军布下的是连环计谋，她却推波助澜："皇上为守陵披甲破除祖制，没想到他们意图谋害皇上？"

皇太后愤愤不平道："都是恩将仇报、十恶不赦的恶人。幸而苍天有眼，皇上无恙，恶人终究没有得逞，察哈尔气数已尽，残兵败将，皇上会将其全盘剿灭。"

"上天保佑，皇上平安归来，便是大清的福气。"卫岚音十指相扣。

"千算万算，没想到时隔多年，察哈尔余孽仍存忤逆之心，真是乱臣贼子，天地可诛之。"皇太后怒骂，科尔沁一直与察哈尔水火不容，她更为仇视察哈尔。

卫岚音也没有想到花将军蓄积如此大的阴谋，草原上的子民，最念旧恩，皇上绝对不会坐以待毙，这一刻，她想到了放手。

慈仁宫内浓郁的梵香，令人无比清醒，她想放下国仇家恨，与他相守终老。

皇太后却依然心情激动道："贼子们在博洛和行刺皇上，那里是元大都的龙兴之地，看来察哈尔余孽想重振国威。察哈尔部早已断子绝孙，他们要重振谁的国？真是可笑至极，痴心妄想。宫中倒是无碍，哀家只盯着钟粹宫和毓庆宫便可。"

"臣妾愿为皇太后分忧。"卫岚音回应。

"太子愈发骄纵狂妄，总是觊觎皇位，哀家自然要盯得更紧些。"皇太后明了，"良贵人啊，后宫之中唯有你最得哀家的心意，莫要背叛哀家。"

"臣妾生死相随。"卫岚音感到冰凉刺骨的寒气。

夜里，紫禁城悄无声息，金黄琉璃的朱红倩影悉数笼罩在星星点点的夜幕中。两辆急匆匆的马车远远奔驰而来，城门口护军营的侍卫，见到赶车人拿出的鎏金牌子，脸色突变，纷纷跪地叩首，不敢抬头。

沉重的宫门大开，纵九横九的圆头铆钉凸显着皇家威严，套着缰绳的骏马奋力扬蹄，奔向世间最尊贵的方向。不多时，寂静的乾清宫喧闹四起，宫人们都打足十二分的精神，尽心侍奉着天之骄子。

玄烨躺在床榻上面色惨淡，明黄内衫上渗着血水，他浑身打着冷战。

大太监梁公公的眼里布满血丝，顾不上满身尘土，沙哑的声音四处吩咐："去拿热手炉来，别把皇上冻坏了。"

"不可啊。"满头大汗的李太医，上气不接下气，"皇上龙体滚烫，只能取冰降温，热手炉毫无用处，有害无益。"

"话都是你们这些人说的，前几日还讲皇上受伤无事，昨夜皇上在大帐中晕倒，裕亲王派出最英勇的将士，一路护驾到京郊，平安入宫，这一路上的冰用得还少吗？可是皇上依旧昏迷不醒，愈发严重，如今皇上冻得紧咬牙关，你们还是让取冰降温，你们到底安的什么心？"梁公公心急道。

"微臣不敢，微臣不敢。"李太医对着龙床跪地不起，梁公公是皇上近身之臣，即便是王公大臣都要给几分薄面，更何况是五六品的太医。

"快去请太医院的宫直来。"梁公公吩咐着奉茶宫女茗玉。不多时，林太医气喘吁吁地抱着药箱而来，神色慌乱。他跪在床前细细地为玄烨诊脉，双眸的颜色深暗了几分。

李太医低声说道："皇上受伤以后，依旧劳心熬神，军中大营内不得安歇。近日又烈日炎炎，伤口一直没有愈合，阳虚体弱，火走易经，才会导致高热不退，如今最为紧急的便是降温啊，如若再热下去，皇上性命攸关。"皇上的龙体便是国事，不能有一丝含糊。

林太医随即同声："李太医所言极是，皇上脉络微弱，外部有伤，内部急火攻心，的确甚为紧急。"

梁公公踉跄地扶着桌边，勉强站立，疾语喊道："裕亲王曾告知杂家，皇上昏迷之事，不可外传，以免朝堂不稳，能拖一时，是一时。你们快想法子，方才所言，不能对任何人讲，更不能外传一字，尤其是毓庆宫的太子，否则杂家会禀明裕亲王重罚尔等。从此刻起，乾清宫内所有人，不得擅自出入。不论用什么方子，天亮之前，必须让皇上清醒。"他跟随皇上多年，忠心护主，更知道宫中的利害关系，了解皇上的忌讳。

林太医与李太医眼神交汇："一切听从梁公公所言。"

梁公公落下浑浊的泪水道："皇上从小身强体壮，极少生病，若不是受贼人所害，怎能陷入凶险？将贼人五马分尸，也难解心头之恨啊。"

乾清宫只能听到外面沙沙的风声，烛光明亮，拉长了所有人的身影。

"微臣有一土方子，极为好用，不知可否一试？"林太医幽幽地道出。

"何法？"梁公公眼前一亮。

"寻常百姓家，高热不退，都会用烈酒擦拭全身，退热甚快，甚为好用。如今皇上高热多时，再拖延下去，恐怕伤及肺腑，不知可否一试？"林太医殷切地望着梁公公，此法极为不雅，又冲撞圣威。

"烈酒擦身退热，林太医有几分把握？"梁公公焦虑地问。

"八九成，总是有的。"

梁公公转向李太医，征求其意见。

李太医喜上眉梢："此方在民间施用广泛，可以一试，只要皇上退热，再服用参汤补气，静心休养，自然会很快好起来。只是为皇上擦身的人？"

"皇上宠爱良贵人，请良贵人过来吧。"林太医拱手道。

梁公公迟疑道："好，去准备上好的佳酿，到长春宫请良贵人过来。"

林太医帮衬道："要用烈酒。既然不想惊动后宫，还是将酒送到长春宫良贵人那里，再请良贵人一同前来，较为稳妥。"

"好，快去吧。"梁公公连连点头，皇上的安危大过天，"裕亲王吩咐过，天亮后，皇上如若依旧昏迷，便要去慈仁宫请皇太后主持大局，皇上的龙椅得来不易啊。"

林太医内心忧虑，皇上有恙，于理，太子登基名正言顺，于私，赫舍里氏把持朝政，无人能及，太子正值束发志学之年，八阿哥何来机会夺位？花将军不仅是失策，更是将卫岚音和八阿哥置于危险之中，他心乱如麻。

紫禁城依旧在睡梦中，无人知晓乾清宫的东暖阁惊心动魄的一幕。

西路的长春宫内宫灯微弱，卫岚音被噩梦惊醒，她披上薄薄的衣衫，静坐窗前，细细摩挲着额娘留下的喜鹊金簪和皇上送与她的木槿梳子。噩梦中，额娘疯狂地将手中的剑刺入皇上的胸膛。皇上浑身血迹倒在她的怀里，他仇恨地望向她。

卫岚音用力摇头，驱散梦中的恐惧："皇上，你可好？"她深情地对着漆黑的深夜，自言自语。

"主子。"宫女落霜慌乱道，"梁公公请主子速去乾清宫走一趟。"

卫岚音径直站立："皇上回宫了？"

落霜摇头："奴婢也不知详情，乾清宫的宫人命奴婢去御膳房以主子之名，要了好多坛的烈酒。宫人刚送过来，乾清宫的宫人便请主子带酒过去。"

卫岚音凝神："为我简单梳洗着装，随我速速去乾清宫。"

两盏茶后，她已经来到乾清宫。

"哎哟，良贵人啊，此时不是伤心的时候，还是快些为皇上擦身吧。"梁公公神色焦灼道。

"良贵人，只要蘸着布帛轻轻擦拭龙体即可，腋下和脖颈之处，尤为重要，烈酒风干后，再探一探皇上的额头，微臣估计，需要反复三次，皇上自然会退热降温。"林太医语调迟缓道，"皇上无大碍，良贵人勿要伤心失落。"

"我知道了。"卫岚音略带羞涩道。

"一切拜托良贵人。"梁公公跪地谢恩。

众人离去，乾清宫的东暖阁只剩下卫岚音和玄烨独自相处。

"岚儿对不住皇上。"卫岚音俯在玄烨的耳边，轻轻讲道，"岚儿对不住皇上。"玄烨的眼微微晃动，卫岚音没有察觉。

闻着香溢四射的酒香，卫岚音缓缓解开熟悉的金丝盘扣。夺眶而出的泪再次模糊双眼，这件略微陈旧的内衫，正是她为他亲手缝制，没想到他穿着御驾亲征。可是她辜负了这份情谊，她低着头，慢慢擦拭着他滚烫的肌肤。

第八章

衣带渐宽终不悔

　　卫岚音滑嫩的手轻柔地擦拭着玄烨滚烫的肌肤，两人夫妻多年，还没有如此坦诚亲密，她的鼻尖泛着薄汗，正如林太医所料，在擦拭第二遍时，玄烨的额头凉了几分，她惊喜不已，手中的绢帕也更加轻柔，她十分享受和珍惜两人独处的机会。

　　"水。"玄烨微弱地说。

　　卫岚音欣喜地拿起桌上备好的黄釉小碗，玄烨虚弱得险些呛水。

　　卫岚音只能将温水含在口中，贴上玄烨微热的唇，将水缓缓送下。玄烨的气息逐渐平稳，脸上也添了几丝血色，她默默守在床边，这是世间最尊贵的男子，也是与她纠缠一世的人。

　　烛光幽幽，清雅的菱花窗棂倒映着两人温馨的身影。鸡鸣时分，焦灼等待的梁公公小心翼翼地叩门，卫岚音缓步走出山河永寂的檀香屏风，微微点头。

　　梁公公喜上眉梢："皇上。"

玄烨虚弱地问："这是哪里？"

"回皇上。"梁公公流下两行浊泪，"这里是乾清宫啊，皇上旧疾复发，昏迷不醒，裕亲王命三百侍卫，一路护送皇上回京。"

"噶尔丹退兵了？"玄烨只记得在军营大帐内晕倒。

梁公公抹着眼泪："皇上，咱们的左翼八旗铁骑大获全胜，但裕亲王没有乘胜追击，返回军营，前来护驾，噶尔丹侥幸独活，已经逃走，过几日裕亲王也会班师回朝。"梁公公耐心地禀告前方战事。

"咳咳。"听到噶尔丹逃走的消息，玄烨咽喉如撕裂般重咳，"为何不乘胜追击，一鼓作气？"

"皇上。"卫岚音急忙上前揉顺着玄烨的胸口。

"良贵人怎么在这里？"玄烨的嗓音嘶哑低沉。

卫岚音愣住，只有几月未见，两人生疏到如此地步？

"臣妾担心皇上，前来侍奉左右。"卫岚音低垂着头。

"皇上一直高热不退，林太医用了土方子，用烈酒擦身退热，奴才怕逾越唐突了皇上，才请良贵人前来。如今后宫，还不知晓皇上回宫的事情。"梁公公将罪责揽到自己身上，"裕亲王亲自交代过，皇上的病情不能告知任何人，如若破晓时，皇上还未清醒，请皇太后坐镇后宫。"

玄烨紧锁剑眉："温僖贵妃治理后宫，你这奴才，不去寻贵妃前来服侍朕，却给朕找了个小小的贵人，朕平日里太过宠信于你了。梁公公擅自做主，责罚半年月例。"

"谢皇上开恩。"梁公公跪地谢恩。

卫岚音跪在地上，他的话如锋利的匕首捅在胸口，她有些不知所措。

"送良贵人回宫。"玄烨面带厌恶道。

卫岚音伤心地问："皇上息怒，臣妾惶恐，不知做错了什么，请皇上明示。"

"朕，不想见你。"玄烨闭上双眸。他生平第一次如此失落，御驾亲征竟然险些丧命沙场，察哈尔余孽竟然如此胆大妄为。只要涉及到察哈尔的任何人，他都不想见。

卫岚音哽咽道："请皇上保重龙体，臣妾告退。"

乾清宫陷入一片死寂，玄烨想起梦境中卫岚音的轻柔微笑，草原上察哈尔余孽的刀刃，无情的现实将美好磨灭，只剩下金銮殿上那把高高在上的龙椅。屋内散发着浓重的补汤香气，驱散了醇厚的酒香。

"皇上今日可要召见朝臣？"梁公公小心翼翼地问。

"上谕前朝和东西六宫，告知众人，朕回宫了。"玄烨的眼底尽是伤感。他在逃避岚儿，他无法面对察哈尔的亡国公主，他更没有想到黄金家族的势力如此之大，看来以往是他太过轻敌自信了。

"是，皇上。"梁公公恭敬地回答。

紫禁城的消息传得很快，玄烨的上谕还未传到后宫，乾清宫的门槛便已经人头攒动，各宫的嫔妃打扮得花枝招展，前来面圣。见到玄烨身受重伤，恨不得日夜伴驾，紫禁城又恢复了往日的喧嚣。

卫岚音在长春宫独自垂泪，他不想见她！

"额娘？"八阿哥失神道，"皇阿玛已经知晓咱们的事情？"

"裕亲王光明磊落，不会是失信之人。"卫岚音笃定道。

"那为何皇阿玛最近从未问过儿臣的功课？"八阿哥不服气道，"年龄相近的阿哥中，只有儿臣的功课最好，为何皇阿玛对儿臣不闻不问？"

"皇上如今还病着，你勿计较太多。"卫岚音劝慰道。

"不是的，额娘，皇阿玛问了所有阿哥的功课，唯独落下了儿臣，甚至都没有正眼看儿臣一眼。"八阿哥委屈道，"御驾亲征回来后，皇阿玛变了。"

"只要你好生读书，皇上会喜欢你，木公公那些手段，你还是少用些。"卫岚音第一次谈及宫中的暗事。

"额娘，一切都是天意，咱们为何要逆天而行？咱们与那高位只有一步之遥，既然来这世上一回，自然要争一争，搏一搏，成王败寇，才是不枉此生。"八阿哥满脸正气道。

"你已经贵为皇子，出身皇家，一生荣华富贵，强过万万人，多少人羡慕。为何又要争那镜中花、水中月的高位？"卫岚音苦口婆心地劝道，"你不知身世之前，不是很安心知足吗？"

"额娘。"八阿哥跪落在地，"以往儿臣心疼额娘，知晓额娘在宫中生存不易，凡事能忍则忍，不想给额娘添乱。为了讨皇阿玛欢喜，儿臣奋力用功读书，可是皇阿玛眼中只有太子一人，皇阿玛对额娘更是无情。"

"住口，这岂是你所想之事？"卫岚音痛心道。

八阿哥瘦弱的肩膀让人心疼："请额娘恕罪，从儿臣记事起，每日都会听到侮辱、嘲笑、嫉妒额娘的话语，如今儿臣知晓百年大计，儿臣不甘心啊，儿臣真想大声告诉所有人，额娘才是后宫中最尊贵的女子，儿臣也是浑身荣耀，绝对有资格坐上那把龙椅。"

"你还小，安心读书才是正道，终有一日会水到渠成。"卫岚音劝慰道。

"欲成大事，怎能坐享其成？"八阿哥执着，"额娘放心，儿臣不会做出格之事，一切听从额娘吩咐。"

"不做出格之事？你对咸福宫的平嫔暗下毒手，难道不出格吗？"卫岚音板着脸。

"额娘，我们不能让太子太过得意，咸福宫的事，只是个警戒。"八阿哥双眸闪亮，胸有成竹。

"那是你的至亲手足。"卫岚音痛心疾首道。

"他们何尝当儿臣为手足？"八阿哥伤心地反问，"在上书房，太子无时无刻不在排挤儿臣，在阿哥所，儿臣更是小心谨慎。"

卫岚音无言以对，八阿哥从小受过太多苦难，看过太多阴谋诡计，性子变得愈发阴柔无情。她心疼地劝慰："赫舍里氏风光一时，额娘担心你贸然行事，让人抓到把柄。"

"儿臣有九弟和十弟帮衬，请额娘放心。"八阿哥信心满满地说，"此计是九弟想出来的。"

"你要谨慎行事，储秀宫和翊坤宫的眼睛都盯着你呢。"卫岚音关切地嘱托。

"是，额娘。"八阿哥如玉的脸上绽放着笑容，"只是让平嫔娘娘受些苦。"

"天天喝童子尿，只为生个阿哥，你们啊。"卫岚音苦笑。八阿哥利用老嬷嬷之口造谣生事，告知平嫔生育阿哥的偏方。平嫔为一举生男，便开始按照偏方，喝童子尿七七四十九日，腹中的公主也会变成阿哥。

"只能怪她太过贪心和愚笨。"八阿哥不以为然。

母子两人静静地安坐在屋内，享受着初秋的宁静和凉爽。

"主子。"落霜端着燕窝从御膳房回来，"皇上命太子、大阿哥、三阿哥和四阿哥去迎佟国公的灵柩，还亲自下旨，罢黜裕亲王议政的差事，罚俸三年。"

"皇阿玛为何如此对待王叔？"八阿哥不解地问。

"裕亲王延误战机，没有一鼓作气擒拿噶尔丹。"落霜偷瞄着卫岚音。

"皇阿玛御驾亲征，扫兴而归，拿王叔做挡箭牌吗？"八阿哥气愤地说。

"休得逾越无礼，皇上自然有皇上的道理。"卫岚音痛斥。

"额娘，皇阿玛太过寡情，王叔没有乘胜追击是为了救驾啊。"八阿哥悲愤，罚俸事小，罢黜议政的差事，是重罚。

"裕亲王是为咱们才得蒙冤。"卫岚音感慨万千，"裕亲王一定是没有讲明挥师救驾的缘由，让皇上生疑。"

"裕亲王在奉先殿跪了好几个时辰，被宫人抬回府邸。"落霜低头道。

"毕竟佟国公因此而亡，皇上才会龙颜大怒。"卫岚音叹气。

"佟国公是替皇阿玛挡住噶尔丹的埋伏，否则，皇阿玛恐怕？"八阿哥不服气地说道，"王叔这么做，都是为了皇阿玛的安危，皇阿玛最危急时，幸好王叔派兵救驾，又护送皇阿玛平安回京，皇阿玛反过来责罚王叔，真是有失公允。"

"皇上这么做，是不偏不倚。佟国公为皇家姻亲，皇上重罚裕亲王，也是做给朝臣们看的，裕亲王深知圣意，故而欣然接受一切责罚。"卫岚音低沉道。南书房的地位甚高，议政大臣的地位显然已经成了荣耀。

"主子。"落霜将温热的燕窝递给卫岚音，"还有一事，不知是何原因，皇上加封了密答应为贵人，说是论功行赏。"

"额娘，密贵人阴险狡诈，昨日在乾清宫待了好久才回宫，今日便被高升为贵人。"八阿哥谨慎地说，"她出卖了咱们？"

"去告知花将军，一切小心行事。"卫岚音蹙眉，"密贵人一直嫉恨我，不甘心在我之下，转身投靠德妃，德妃为人狠辣，她们在一起，哪能有安稳？必然向皇上告密。密贵人知道的详情并不多，她不敢多讲，毕竟她也是其中之人，花将军才最为凶险，咱们还是静观其变吧。"卫岚音痛心。皇上御驾亲征归来性情大变，秘密已经不再是秘密。

"儿臣一定会完成察哈尔的百年大计。"八阿哥信誓旦旦地说。

紫禁城就是巨大的阴谋陷阱，网住了所有人，每个人都在苦苦地挣扎，越是挣扎，陷得越深，直到窒息死去。五彩斑斓的宫殿里藏着永不满足的私欲，吞噬着所有人的理智。

院子里人影闪过，粗犷的声音传来："良贵人吉祥，八阿哥吉祥。"储秀宫的掌事宫女青梅恭敬叩首，"回良贵人，咸福宫的平嫔娘娘卧床不起，浑身起红疹，老嬷嬷已经招认，是受良贵人的指使，谋害平嫔娘娘，还请良贵人随奴婢走一遭吧。"近些年，青梅的性子愈发的古怪，话语强硬。

"额娘怎么会谋害平嫔娘娘……"八阿哥愤怒站立。

青梅紧绷的脸上满是轻蔑和幸灾乐祸，显然她知晓童子尿之事。八阿哥紧握双拳，怒气冲冲。

"清者自清，额娘去去就回，你先回阿哥所安歇。"卫岚音知道八阿哥的所作所为都被人盯着，只能接招应对。这是自从张姐姐去世，卫岚音第二次来到咸福宫，旧人故去，新人新貌，咸福宫更改了气息，处处盎然生机。

"臣妾拜见各位姐姐。"卫岚音迈过门槛。

"良妹妹的心好狠毒啊。"卧床的平嫔捂住满是红疹的脸，痛哭流涕，"贵妃姐姐为臣妾做主啊。"

"良妹妹，平日里咱们姐妹们斗个嘴也就罢了，平妹妹身怀六甲，你用如此下流的手段，真是有负皇恩。"温僖贵妃怒气斥责道。

"刻意陷害也好，另有其人也罢，一切都要问个水落石出，也好给平嫔妹妹一个交代。"宜妃的发鬓间又插着一朵盛气凌人的红花。

卫岚音心中明了，看来一切都是圈套。

"带老嬷嬷与良妹妹对质。"温僖贵妃使着眼色。

"贵妃娘娘恕罪，老奴一时糊涂，犯下重罪。"老嬷嬷的确很老，后背都已被岁月压弯。

"良妹妹可有话讲？"温僖贵妃眯着双眸。

"臣妾一时糊涂，请贵妃娘娘责罚。"卫岚音谦恭地跪倒在地，甘愿受罚。

"哈哈。"宜妃掩口大笑，没想到今日之事，如此顺利。

"你这个卑贱之人，辛者库出身的下贱货。"平嫔气愤大骂道。太医已经诊过脉，腹中皇子无碍，但满身的红疹恐怕要留下疤痕，女子最为重要的便是容颜，今后她如何侍寝伴驾？她恨不得抓烂卫岚音那张狐媚的脸。

"平妹妹的腹中还有皇子，莫要太过激动，这话呀，也要出口留三分，为皇子留德。"宜妃的母族虽然不及赫舍里氏显贵，毕竟也是满家亲贵，又生养三位皇子，在宫中风光无限。

"平妹妹，无论是公主还是阿哥都是老天赐予，你饱读诗书，怎能做那愚笨之人，若不是你贪心，如何能误中陷阱，受此磨难？"温僖贵妃立着凤威，"平妹妹此举，若是传到朝堂上，岂不辱没了孝诚仁皇后的威名，也令太子蒙羞？"众嫔妃忍俊不禁，讥笑不已。平嫔满脸羞红，自知哑巴食黄连，有苦吐不出。

"既然良妹妹认了，禀告皇上处置。"温僖贵妃拉着长音，皇上回宫后，对长春宫的态度，众人皆知，看你还能得意多久？

卫岚音低头："臣妾知罪。"

乾清宫内飘荡着龙涎香。卫岚音卑微地跪在地上，玄烨无声地转动着翠绿的扳指，若有所思。密贵人抿着嫣红欲滴的小嘴，幸灾乐祸的神情。卫岚音觉得自己是多余之人，却逃不开。

"你为何这么做？"玄烨玩味地问。

"臣妾轻狂善妒。"卫岚音回应道。

"良姐姐真是心直口快。"密贵人添油加醋道，"良姐姐如此善妒，莫非是自己不能再孕，就要谋害有孕的嫔妃？"

"你以为朕不敢动你？"玄烨语气冷冽道。

"臣妾不敢，请皇上责罚。"卫岚音轻柔回应道。

玄烨狂笑不止，笑声中夹杂着太多的愤怒、无奈和无情。他轻轻放下手中的茶盏："密贵人如何看？"

"皇上，臣妾哪里能做良姐姐的主，莫要难为臣妾。"密贵人莺声婉转地说。

"朕赦你无罪。"玄烨溺爱的口吻。

卫岚音的心跌入谷底，没想到他如此痛恨她，竟然将她的命运放在密贵人的手中。

密贵人高傲地仰着头，恃宠若骄地讲道："臣妾觉得，良姐姐意图陷害皇嗣，自然重罚，否则后宫，岂不失了规矩？但此事平姐姐也另有私心，如若是传到朝堂上，恐怕让人笑话。皇上还是要顾及平姐姐的名声。"

"密贵人所言，甚得朕心。"玄烨加重语气。

卫岚音悲伤地抬起头，无法相信耳边听到的一切。

"皇上，良姐姐谋害皇嗣，何不让良姐姐也尝尝骨肉分离的滋味？"密贵人试探地讲道。

"继续讲下去。"玄烨面如冰霜。

密贵人流露出阴险之色："八阿哥自幼聪慧，在上书房是出名的英才，良姐姐心怀不轨，有辱八阿哥的威名，长此下去，八阿哥势必会沾染恶习。皇上何不惩罚良姐姐与八阿哥母子永不再见，也好一劳永逸。"

卫岚音愤怒地瞪着密贵人，恳求玄烨："臣妾虽然谋害平妹妹，从未想过要伤其性命，平妹妹腹中皇子也无大碍，臣妾心甘情愿接受惩罚，无论是佛堂潜心礼佛，还是封宫降位，臣妾都毫无怨言，但八阿哥是臣妾的至亲骨肉，请皇上不要将八阿哥从臣妾身边夺走。"

"良姐姐难道不顾及八阿哥的威名吗？"密贵人厉声道，"有良姐姐这样心肠狠毒的额娘，八阿哥岂不被天下人耻笑？"

"子不嫌母丑，八阿哥的仁孝天下皆知，平妹妹为何咄咄逼人？"卫岚音反驳道。

"皇上。"密贵人软糯地拉着长音。

玄烨缓缓走到窗前，望着窗外层层落叶，蹙眉无语。

"皇上，臣妾愿以死谢罪。"卫岚音望着他的背影，看来他已经知晓她失魂的秘密，也许只有死去，才能解开彼此的心结。

"后宫嫔妃自戕为重罪，你是在威胁朕吗？"玄烨怒气冲冲道。

"臣妾不敢。"卫岚音眼前氤氲。

"皇上息怒啊。"密贵人甜美地浅笑。

玄烨看着卫岚音梨花带雨的神情，心生厌恶。多年以来，岚儿对他的情谊都是惺惺作态，刻意承欢。他的胸口隐隐作痛："就依照密贵人所言，良贵人不得与八阿哥相见，密贵人搬入长春宫，封为主位，良贵人为副位，以示训诫，如若自戕而亡，长春宫左右宫人一律陪葬。"

"谢皇上隆恩。"密贵人听闻自己为主位，欢喜地跪地谢恩。

卫岚音瘫坐在地，耳边听不到任何声音，她虽然免于皮肉之苦，却是锥心之痛苦于心，难以言表。

"密贵人留下陪朕用膳，良贵人先下去，务必在元旦节之前，为密贵人腾出主殿。"玄烨轻蔑地讲道。

"是，皇上。"密贵人搀扶着他走了出去。

空荡荡的屋内，只留下卫岚音失神地望着雕龙金柱，他在报复她，折磨她吗？这才是刚刚开始。

冬至过后，紫禁城内银装素裹，所有人的脸上都挂着元旦节的喜悦。肃静的阿哥所，九阿哥和十阿哥小脸通红，殷切的眼神看着八阿哥。

八阿哥的眉宇间挂着哀怨，远不止十岁的孩童。

"八哥，我和十弟已经两个月没有回翊坤宫和储秀宫请安了，五哥昨日还把我痛斥一番。"九阿哥委屈地嘟囔。

"是啊，八哥，额娘最近送来的补汤，我都没有喝呢。"十阿哥着急道。

八阿哥沉默不语，自从皇阿玛下旨不准他与额娘见面，他的脸上从未出现过笑容，没想到第一次在后宫出手，便连累了额娘。

"八哥。"十阿哥偷偷瞄着八阿哥。

"八哥，我们真的没有想过害良贵人，都是额娘骗我们，我们都是一心追随八哥的。"九阿哥阴柔的脸颊上一片嫣红。

"你们为何追随于我？"八阿哥低着头问道，"你们出身高贵，我却身份卑微，你们为何与我同心同德？"

"八哥对我最好。"十阿哥抢先说。

"八哥重情重义，我和八哥对脾气。"九阿哥仰慕道，"八阿哥最护着我们，我们自然追随八阿哥。"

"在皇阿玛眼里，我一文不值。"八阿哥想起元旦节，皇阿玛对他冷冰冰的眼神，伤心至极。

"三哥、四哥、五哥都已经要开牙建府，上书房早晚是八哥的天下，待皇阿玛收回成命，八哥和良贵人会母子团聚的。"九阿哥劝慰道。

"今后咱们的事情，再也不告诉额娘了。"十阿哥坚定地讲道。

"对，八哥放心。"九阿哥随声附和道，"咱们兄弟三人同心，不让太子哥哥如此得意。"

八阿哥感激地望着他们，兄弟三人的手紧紧握在一起。

"咱们给老嬷嬷的童子尿，可都是你和十弟的，童子尿原本无毒，平嫔娘娘怎么会起红疹？"八阿哥回想起整件事情，总是想不通哪里出了纰漏。

"是啊，平嫔娘娘服用童子尿都已经一月之久，之前都相安无事，怎么就在最后关头，生起了红疹？"九阿哥人小鬼大。

"是老嬷嬷往里加了脏东西。"八阿哥笃定道。

"可是那味道？"十阿哥贪食，总是联想到膳食。

"我找过额娘理论吵闹，额娘想通过此事让我和十弟离八哥远点儿，买通了老嬷嬷，并未出手加害于人，额娘是不会骗我的。"九阿哥焦灼道。

"是呀，我额娘也是这般讲的。"十阿哥想起额娘生气的样子。

"那就是说，另有其人？"八阿哥幽幽地道出。

"会是谁呢？"九阿哥百思不得其解。

"此人就在上书房。"八阿哥坚定地说。

"上书房？"十阿哥挥动着小手掩住口鼻。

"还记得上次鸡血石手串的事吗？"八阿哥转而问。

九阿哥和十阿哥微微点头，当时皇贵妃娘娘尚在，在八哥的房中搜寻到皇玛嬷遗落的手串，幸亏良贵人为八哥解围。

"是阿哥所的人放入我房中的。"八阿哥挑着剑眉，"那日只有四哥来过我房内。"

"四哥？"九阿哥惊愕道，"四哥与太子哥哥同心啊。"

"皇贵妃娘娘为后，四哥也是嫡子，其中大有乾坤。"八阿哥微笑，隐在暗处的人才是最强劲的对手。

"八哥，四哥隐藏至深，待你我禀告皇阿玛处置他吧。"十阿哥焦虑地说。

"你今日的补汤喝多了吧？"九阿哥拍着他的头。

"我今日还没喝汤。"十阿哥委屈。

"八哥，四哥心思重，总是冷冰冰的，咱们还是小心为妙。"九阿哥古灵精怪地说。

八阿哥微微点头："平日里他是咱们的四哥。"

"是，八哥。"九阿哥绝美的脸上闪过狠绝。

十阿哥似懂非懂地点头，眼中放着光芒。

又是一年的元宵节，皇贵妃的忌日，大阿哥因在宫宴上出言狂妄，毫无悲伤谦恭之色，玄烨责罚其不孝，钟粹宫也受到牵连。

只有长春宫的荣耀依旧不减，虽然换了主子，更添喜气，宫中所有人都知晓，密贵人已经是皇上新宠，几乎夜夜侍寝伴驾。

偏殿的卫岚音苦不堪言，皇上每夜留宿于长春宫，长春宫的所有人都要出门跪迎，每次见到那轻蔑的眼神有意地扫过她，她恨不起，放不下。

而密贵人的寻衅欺凌，她的日子更为难过。

"主子。"落霜羞愧的脸色，"密贵人让主子过去一趟。"

"她又有何事？"卫岚音的头痛了起来，"给她几分颜色，她竟开起染坊。让她等着吧，一会儿我再去会会这小人，看她能得意几日。对了，你去告知定贵人，让她在苏麻嬷嬷那里多住几日，先且不要回来。待我挫一挫密贵人的锐气，拔了她的羽毛，尾巴不再高高翘起时，再让定贵人回来。"

落霜微笑道："苏麻嬷嬷还为主子送来了亲手煮的白玉奶茶，密贵人的眼睛都气红了。"苏麻嬷嬷在宫中的地位，众所周知，多少人想巴结都难以近身。

"她以为有皇上的疼爱，便可高枕无忧，真是笑话。"卫岚音盘算着如何和密贵人摊牌，告诉她自己到底几斤几两。

"背叛主子，花将军不会轻易放过她的。"落霜想起花将军的心狠手辣。

"新秀女就要入宫了，密贵人依旧无孕，有她哭的那天。"卫岚音淡淡地说。

"一同进宫的几人中，赵答应根本没见过皇上，无孕也罢，密贵人日夜侍寝，怎么也没有动静。"落霜心情喜悦地说。

"敏嫔刚刚生下小公主，平嫔临盆在即，密贵人不见动静，自然是受人牵制。"卫岚音微笑道，德妃与皇贵妃争斗数年，手段自然更高一筹，她怎能轻易放过密贵人这颗棋子。

"德妃娘娘近来深得皇太后的喜爱，十四阿哥也要入上书房开蒙读书了。"落霜挑着烛芯。

"告知八阿哥，不管用什么方法，一定要拢住十四阿哥的心。"卫岚音微笑道。

"是，主子。皇上过清明后，要去多伦诺与喀尔喀王爷会盟，近日各宫的嫔妃为联姻公主一事，打得不可开交。"落霜禀告着宫中的趣闻。

"喀尔喀幅员辽阔，皇上向来重视，这么好的势力倚仗，谁都不愿放弃。"阿哥们夺权尚且如此，公主的联姻自然也是大事。

"听闻皇上有意派三公主去和亲。"落霜挑着细眉道，"皇上已经几年未踏入永寿宫了，元旦节竟然连连去了两次。布贵人气愤，这几日把储秀宫的门槛都要踏平了，不知道贵妃娘娘如何帮衬。"落霜往铜炉内加着黑炭，铜炉冒出几缕黑烟。

"五阿哥向来淡薄权势，九阿哥和十阿哥还小，储秀宫能有什么法子，只能眼巴巴地看着。"卫岚音看得通透。

"八阿哥已经查到，鸡血石手串和童子尿都是四阿哥从中动了手脚。"落霜擦拭着双手，"四阿哥将壁虎尿混在童子尿里，平嫔娘娘服用，才会浑身起了红疹子。"

"四阿哥虽然认回德妃生母，但皇贵妃生前的宫女玉镯在四阿哥身边照料，她哪里是安稳的主儿。"卫岚音忧心忡忡，"告知八阿哥行事小心，莫要急躁，小心驶得万年船。"

"放心吧，主子，八阿哥少年英才，奴婢最为担心花将军，想必是皇上已经动手。"落霜担忧道。

"明哲保身为上策。"卫岚音瞧着窗外纷纷扬扬的雪花，"皇上在京城设立九门提督，直属步军统领，都是为了京城的安定，花将军若是聪慧，此时定会蛰伏在暗处。对了，听闻惠姐姐病了，你准备些补品，送去钟粹宫。"卫岚音柔声嘱咐。

"元宵宫宴，皇上以皇贵妃之名，惩戒大阿哥，其实只是警示，大阿哥与吏部尚书勾结，皇上早就有所察觉，只是不语，没想到大阿哥不引以为戒，反而更甚，皇上已经下令将吏部尚书处以绞刑。"落霜解释。

"大阿哥的党羽被剪去，惠姐姐终于熬不住了。"卫岚音站立，"走吧，密贵人坐不住了。"她披上白狐裘，走了出去。

密贵人穿着粉嫩的宫装，倚在软榻，重咳不止。

"密妹妹生于江南，受不了北方的寒气？"卫岚音挑着高音儿。

"良姐姐这话讲的，这里用的都是上好的红萝炭，比呛人的黑炭好多了。"密贵人讥笑道。

"红萝炭也好，黑炭也罢，只要暖和就成了，难不成屋内燃着红萝炭，便不用穿着棉衫了？"卫岚音出言反击。

"臣妾真是佩服良姐姐的心胸。"密贵人故意夸奖。

"不知密妹妹唤我来何事呀？"卫岚音浅笑。

"皇上前几日赐给臣妾一对耳坠子，谁知不见了踪影。"密贵人蛮横，"皇上讲这对耳坠子最配臣妾的容貌。"

卫岚音不屑："密妹妹的意思是我拿了？"

"呦，良姐姐盛宠多年，皇上赏下的珍宝无数，怎能看中臣妾的物件儿。"密贵人奉承，"就是怕身边的宫人，手脚不干净。"

落霜急忙跪地："奴婢不知密贵人所言何意。"

"何意？"密贵人使着眼色，身边的小宫女奉上香囊。

"这是不是你的？"密贵人指着翠竹香囊。

落霜恭敬："香囊的确是奴婢的，但奴婢已经丢失多日了。"

"放肆，如今我才是长春宫的主位，小小的宫女竟然敢顶撞我。"密贵人早就看落霜不顺眼，好不容易逮到机会，"来人，掌嘴。"

"慢。"卫岚音挡在落霜的身前，"密妹妹还是多积些福气，以后也好为皇上早日生下皇子。"

"良姐姐是在笑话我吗？"密贵人眯着双眸，"我随时都能孕育皇子，而良姐姐恐怕此生只有八阿哥一子。"

"明人不讲暗话，你到底想怎么样？"卫岚音冷冽的眼神扫过她。

"良姐姐这是何意啊？宫人们手脚不干净，我自然有训诫的道理。"密贵人当仁不让。

"密贵人，不要以为私下告密便万事大吉，别忘了你自己是如何进宫的。"卫岚音瞋目痛斥。

"皇上已经许下我一世平安荣华，良姐姐还是担心自己和八阿哥吧。"密贵人毫不隐瞒，"皇上已经派人去围剿花将军，良姐姐等着给花将军烧些纸钱吧。"卫岚音重重地打在她娇嫩的脸上。

第九章

铜炉华烛烛增辉

"你竟敢打我，以下犯上，我才是长春宫的主位。"密贵人捂着脸颊，冒着寒光的银鞘指着卫岚音。

"以下犯上？"卫岚音斜目盯着她，"顶替旁人进宫，难道不是以下犯上？"

"你，你说什么？"密贵人掩饰着心中的忐忑。

长春宫瞬间寂静，只有贴身宫女陪在两位主子身边。炭火烧得正旺，密贵人的脸色潮红。

"我讲什么，你心中最为清楚，难道不是吗？"卫岚音安稳沉重。

密贵人紧咬红唇，鼻尖儿上泛着汗珠，缠弄着手中的绢帕。

"刘秀女。"卫岚音突然疾声。密贵人的脸上带着惶恐，落霜惊愕地看着她。

卫岚音凝坐："我没有认错人吧，你就是被赶出宫的刘秀女，出宫后，你便一路南下，将花将军安排入宫的亲姊杀死，顶替入宫，难道你不是以下犯上吗？"

"你诬蔑我，诬蔑我。"密贵人死不承认，"我才不是什么刘秀女，我是皇上册封的密贵人。"

"那你敢不敢与遴选秀女的嬷嬷对质？敢不敢找太医查验，你眉心那点红痣到底是生来就有的，还是后来点上去的？"卫岚音目光坚定。

"哈哈。"密贵人轻狂大笑，"公主不愧是公主，真是心思缜密，不错，是我又如何？你以为你还是以前艳压后宫的良贵人吗？皇上已经知晓你失魂之事，更知晓你心存不轨，已经派兵围剿花将军余孽，你和八阿哥的死期也不远了。"她恶毒地诅咒。

卫岚音心中明了，看来皇上忌惮更多的是宫外的花将军，而不是她和八阿哥。

"你入宫尚浅，故意在众人面前表现柔弱，让众人对你放松警惕，真是好筹谋。"卫岚音冷笑。

"好筹谋又如何？也没有逃过良姐姐的慧眼呀？"密贵人流露出厌恶。

"木公公是不是你害死的？"卫岚音眯着凤眸。

"是我又如何？"密贵人洋洋得意，"木公公不识时务，不愿助我，只有死路一条。"

"你哪里有这般的本事，是永和宫的德妃出的手吧。"卫岚音气愤道，"木公公年岁已高，原本也没有几日活，你们却痛下毒手。"

"良姐姐对我冷冷淡淡，难道还不许我另攀高枝？"密贵人算是默认了归顺德妃。

"宫中嫔妃错综复杂，我只是不想你搅入纷争，谁知道你暗藏野心。"卫岚音斥责，"你可知晓德妃不是那般好惹，你自认为抱住了梧桐树，实则是火中取栗，得不偿失。"

"有得必有失，我心甘情愿。"密贵人昂着头。她早已尝到德妃的狠辣，受制于人的滋味确实不好受，但开弓没有回头箭，她只能硬着头皮走下去。

"你何必执迷不悟，回头才是正道沧桑，我本意是想让你如定贵人那般，在宫中淡然处世，岂不更好？"卫岚音讲出实情。

"进到红墙金瓦的紫禁城，注定胜者为王，败者为寇。良姐姐的好意，我心领了，日后桥归桥，路归路，你我更不相干。皇上如今对良姐姐厌恶至极，良姐姐还是省下心来，为自己留条后路吧。"密贵人得理不饶人，狼子野心显露无遗。

"皇上早便知晓我的身世，对我情深似海，太皇太后更是留下遗旨，保我一世平安，你以为出卖了我便可高枕无忧？真是痴人说梦！"卫岚音义正词严。

密贵人知晓太皇太后生前对卫岚音颇为照顾，不由得迟疑。

卫岚音轻蔑："你以为私下告密，可以得到荣华富贵，真是笑话，花将军在外多年，几经辗转，自然有应对之策，你的如意算盘要落空了。"

卫岚音的话句句戳到密贵人的痛处，她气急败坏地大喊大叫："凭什么，我们都要为你活着？"卫岚音面不改色，心头却是一紧。

密贵人流下眼泪："我的家人世代效忠察哈尔王，几乎被贼人赶尽杀绝，只留下我和姐姐两人。年幼时，花将军将我姐妹两人分开，各自送入宦官之家，便是为了给察哈尔王报仇雪恨。每到察哈尔王的忌日，花将军都会前来训话，我就是想不通，为何我们都要为你效命？我自幼琴棋书画样样精通，选秀进宫，自会在后宫占有一席之地，而你不帮衬我，我暗下决心，要在后宫立足，光耀门庭。古人说，人不为己天诛地灭，我只为自己活着。"

"好一个'人不为己天诛地灭'，你为自己活着也没什么不对，只是你为何对骨肉亲人痛下毒手？"卫岚音痛斥。为一己私欲，杀害亲生姐妹，心肠该是何等的毒辣。

"她自幼生性懦弱，长大后更是柔弱不止。若不是你护不住我，花将军也不会改变计划，送她入宫。"密贵人责怪道，"以她的性子，进宫只有死路一条，会生不如死，我这么做，只是让她早日托生。这笔账都要记在你的头上，不是你，我们姐妹怎能成为孤儿？不是你，我们姐妹怎能自幼分离？不是你，她又怎么会死？我将她杀死时，便告诉自己，一定会为她报仇，你才是杀死她的凶手。"微弱的烛光映衬着她狰狞的面

838

容，令人毛骨悚然。

"不要把你自己的私欲，全部加在我的身上。"卫岚音沉痛道，"难道你的家人不是被八旗铁骑杀死？花将军仅仅告诫你，是为察哈尔王报仇？所有人都在为察哈尔部的荣耀活着，不仅仅是为了一个人。"

她盯着躁动不堪的密贵人："紫禁城看似光鲜，实则苦难，你出宫也是好事，可以找个如意郎君，安宁过日子。你却不甘此生平淡，为一己私欲，做出令人发指的恶行，又咄咄逼人，天地不容。"

"你能奈我如何？"密贵人狂笑道。

"我能将你逐出宫去一次，也能将你从高位上拽下来。"卫岚音坚定地一字一句，"我给你一个机会，只要与我合作，前尘往事，我既往不咎，但若你依旧执迷不悟，休怪我无情。木公公虽死，宫中势力仍在，皇上也难全部挖出，皇上眼前是护着你，到底为何缘故，你心里比谁都清楚，新秀女即将入宫，你以为能盛宠多久？"

"你想要做什么？"密贵人小心翼翼。

"你这几日便向皇上请愿，回永和宫居住，帮我看紧德妃的一举一动。"卫岚音雍容华贵地看向她，"我保你荣华富贵，荣耀一世。"

密贵人不以为然："德姐姐自然会帮我，不劳良姐姐费心。"

"她处处威胁你，利用你，将你视为手中的棋子，我与你才是真正的各取所需。"卫岚音抓住密贵人的痛处，谁愿意处处受制于人？

密贵人挑眉："事到如今，我如何相信你？"

"不出半月，我自然会重获皇上宠爱，到那时，你自然信我。"卫岚音淡然微笑，"别以为在暗中的事情，无人察觉，你以为聪慧无比，傍上了高枝儿，那是锋利的刀尖儿，你抱得越紧，流血越多，最后会血尽而亡。"

"良姐姐说什么，臣妾不懂。"密贵人浑身冒着冷汗，态度也恭敬了几分。

"宫中没有秘密，若想人不知，除非己莫为，难道让我全部都讲出来吗？"卫岚音淡淡地说道。密贵人的脸色青白一片。

"你以为自己的容貌国色天香？这一切都是德妃的计谋，是她引你步入深渊，再反过来要挟你，你心比天高，却看不清事实，早晚会死无葬身之地。"卫岚音重敲一锤，"后宫中并非你想象的那么简单，你所能看到的，只是冰山一角。"密贵人已经冷汗淋漓。

"不管曾经发生过什么，你我毕竟同根同脉，你对我素有哀怨，我也能感同身受，但你受人挑拨，误入陷阱，我只能好言相劝。"卫岚音劝慰道。

密贵人跪落在地："良姐姐宽仁大度，臣妾知错。"

卫岚音关切地扶起她："从今日起，我们都是为察哈尔部的子民活着。"密贵人默默点头。

忽然，外面传来簌簌的脚步声，宫人在外大声禀告道："启禀主子，咸福宫的平嫔娘娘生下阿哥，却是死胎，皇太后请各宫的娘娘都过去呢。"

"良姐姐去吧，臣妾头晕得厉害，不能前往。"密贵人一贯的娇柔可人。

"我是不得不去。"卫岚音揉着额头，"你看这后宫，最常见的便是意料之外的事情，几乎每日都有不同的意外之事。"

"良姐姐的教诲，臣妾谨记在心，请良姐姐一切小心。"密贵人显出几分真诚。卫岚音点头离去，长春宫又陷入沉寂。

"主子。"贴身侍奉的小宫女递过热气腾腾的药碗。

"从今以后，我不服用这个了。"密贵人盯着黑漆漆的散子汤，加重口吻。

"主子要三思而后行啊。"小宫女花容惨淡道。

"真是个不成器的东西。"密贵人痛斥，"有我在，你们怕什么？"

"望主子恕罪。"小宫女安稳着心神。

密贵人连连唉声叹气："你去将我的衣物收拾出来，我们要搬回永和宫居住。"

"搬回去？"小宫女不懂，一宫之主多么荣耀，何必去永和宫寄人篱下呢？

"对，搬回去。"密贵人坚定地讲道，"但愿都能熬过难关，守得云开见月明。"她阴暗的脸上挂着久违的笑容。

外面雪花纷飞，寒风冷冽，卷起的雪粒打在卫岚音的脸上，她感到很疼。

咸福宫内宫灯明亮，各宫的嫔妃都到齐了，皇太后安坐中堂："每日的平安脉都是极好的，小阿哥怎么会早殇？"

太医浑身颤动道："微臣驽钝，平嫔娘娘的脉络一直平稳，小阿哥的脉络也强健，微臣实在不知是何缘故。"

"是不是平妹妹的红疹引起的？"玲珑的温僖贵妃瞄向卫岚音问道。

卫岚音恭敬地跪落在地："平妹妹的红疹已经好了，当日太医也曾所言无碍，怎能和小阿哥有牵连？温妹妹不要乱讲。"

"乱讲？这都是事实，皇上即将启程去多伦诺会盟，后宫可不能给皇上添乱啊。"宜妃高傲地讽刺她。

"小阿哥到底为何而亡？"德妃开了口。

"回德妃娘娘，小阿哥脸色青白，应该是窒息而亡。"太医大汗淋漓。

"稳婆在哪里？"皇太后凝眉。

双鬓斑白的稳婆，双目蓄光颤抖禀告："回皇太后，平嫔娘娘骨盆小，小阿哥的头太大，折腾了好几个时辰才生出来，小阿哥出生时，已经脸色青白，嘴唇发紫，奴婢拍打了好久，小阿哥依然没有哭声，应该是难产而亡。"

"这么讲，便是天意。"荣妃抹着眼泪，"平妹妹的命好苦啊。"

"荣姐姐对平妹妹真是疼爱，长生小阿哥走时，也未见过荣姐姐这般心伤。"宜妃厌恶地盯着她虚伪的嘴脸。

荣妃紧攥着绢帕："皇上的皇子，是后宫所有嫔妃的皇子，宜妹妹如此说，岂不是辜负皇上的心意，有负圣恩？"

"都是为皇上，何必争吵，平妹妹尚且年轻，还会生养的。"惠妃面带病容，显然是大病初愈。

卫岚音随即柔声："臣妾曾经愚昧，已经受到惩戒，请皇太后明察，还臣妾清白。"

"罢了，小阿哥还是没有那个命啊。"皇太后叹气道。

"谢皇太后。"卫岚音颔首。

皇太后如今的心思都在即将入宫的秀女身上，她缓缓站立："都散了吧，让平嫔好生安歇，太医院要用最好的补药，不能让平嫔落下病根儿。"众人跪落一地，送她离去。

外面的大雪下得又急又紧，谁都没有想到元旦节后，会下如此大的雪，瑞雪兆丰年的吉祥话飘荡在紫禁城的各个角落。宫中皇嗣繁茂，并没有因小阿哥的早殇太过悲伤，数日后，已经抛落脑后。

长春宫喜事连连，密贵人只住短短几日便搬走了，四周变得冷清。

卫岚音虽然住在侧殿，但是四方天地内，唯有自己。

"主子，真是没想到，密贵人是个麻利的主子。"落霜端着鲜果。

"她倒是聪明，很识时务。"卫岚音剥开甜美多汁的蜜柚。

"可不是嘛，那日密贵人从咸福宫回来，便沾染了风寒，卧床不起，皇上怜悯，恩准其回永和宫居住。"落霜讲述着事情的来龙去脉。

"密贵人对皇上讲了些什么？"卫岚音好奇地问。

"密贵人对皇上说，自从搬进长春宫，寝食难安，总是头晕目眩，想是自己福薄命贱，压不住这里，又回永和宫了。"落霜将蜜柚皮装入竹篮。

"雕虫小技，最为好用。"卫岚音冷笑道，"没想到她用得倒是得心应手。"

"主子，密贵人是无耻小人，为何还要助她？"落霜费解。

"多个对手，不如多个帮手，对付小人，只能利用小人。"卫岚音回应，"若不拉拢她，小人与小人之间相互勾结，咱们岂不更加凶险？"

"主子，你怎么知晓密贵人就是刘秀女的？"落霜问道。

"世上什么都能伪装，只有眼神透露出一个人的真性情。密贵人那日在乾清宫的狂妄，我便知晓她定是刘秀女无疑。"卫岚音浓睫低垂，"此人胆大包天，不成器，便身亡，也算是枭雄。"

"主子，密贵人的种种事情，已经通天，若是败落，莫要连累咱们。"落霜担忧。

"单单那一桩，咱们必须帮她掖着藏着，此事，必能派上用场。"卫岚音微笑。

"主子，咸福宫早殇的小阿哥真的如稳婆所讲吗？"落霜疑惑道。

卫岚音想起众人眼中的欢喜："看来背地里下手的，不止四阿哥一人。"

"真没想到，皇太后竟然相信稳婆所言，此事草草作罢，连皇上也没多讲一句，只是赏赐给平嫔娘娘一些物件儿罢了。"

"皇太后巴不得平嫔滑胎。"卫岚音驻足时久，"皇太后希望后宫之主来自蒙古草原，宫中所有身份尊贵的嫔妃，都已经成为皇太后的眼中钉、肉中刺。"

"此次秀女入宫，皇太后花足了力气，不知皇上是否能顺应其心？"落霜叹息。

"皇上的功德，无人能及，皇上不会受制于任何一人。"卫岚音执着道，"后宫争斗，总是无辜了可怜的婴孩。"

"咸福宫的小阿哥定是钟粹宫所谋害。"落霜笃定，"谁都知晓，大阿哥在朝堂上公然与太子反驳对立，皇上震怒。"

"纳兰一族的荣耀已经不再，但近日里宫中盛传，纳兰府上极为奢华，白玉凿花，飞雁的羽毛作画，皇上向来注重节俭，纳兰一族如此下去，岂不是与圣意背道而驰？"卫岚音想起宫中传闻。

"朝中亲贵权臣的府邸，个个奢华，纳兰府也不过是淡雅尊贵而已，宫中四处流言蜚语，是有心之人故意为之，醉翁之意不在酒。"落霜出身名门见惯了金尊玉贵。

卫岚音微笑："让你准备的物件儿可妥当了？"

"主子放心，都已经找出来了。"落霜淡然回答。

卫岚音轻轻挥动深黛无纹的衣袖："八阿哥可以暂时不见，但必须要挽回皇上的宠爱。"

乾清宫，玄烨盯着莹莹泽光的龙凤血镯和喜鹊金簪，默不作声，他远没有想到皇祖母竟然早已告知岚儿真相。

柔弱的卫岚音跪倒在地，眼泪窝在眼眶隐忍不发。哀怨和无奈冲荡在两人之间，压抑的情谊在无情地翻滚。

"良贵人这是何意？"玄烨数落道。

"臣妾是想问问皇上。"卫岚音眼含热泪，"皇上对臣妾的心意，可是因这对龙凤血镯？可是因这支金簪？"

玄烨脸色微变，第一次坦诚心结，他有些措手不及。

卫岚音不停地哭泣："原来皇上对臣妾的摇摆不定，来源于龙凤血镯和金簪，皇上既然忌惮臣妾的身世，又何必加以宠爱，又何必将臣妾玩弄于股掌之中？"

"朕何时将你玩弄于股掌之中？"玄烨反问。

卫岚音含泪惨笑："起起伏伏，疏远至极，皇上将臣妾宠爱于云端，抛弃如草芥，臣妾早已满心伤疤，倘若如此，皇上为何不给臣妾和八阿哥一个痛快？"

玄烨哈哈大笑，笑声中带着无奈和痛苦："朕好想如你所言，洒脱地给你和八阿哥一个痛快，可是朕下不了决心，朕舍不得，朕舍不得。"

"舍不得？"卫岚音哭泣，"皇上一次次反复无常，臣妾早已遍体鳞伤，都是缘于皇上这一句舍不得，叫臣妾如何承受？"

玄烨重语："朕是皇上，天下万千子民的皇上，朕可以指挥千军万马，斩万人于马下而面不改色，朕可以指点江山，屠万人之城而大义凛然，可是朕唯独舍不得杀你，你懂吗？"

卫岚音晃动着身子："皇上对臣妾的情谊，臣妾不懂，皇上对臣妾的冷落，臣妾也是不懂，如今臣妾才算彻底懂了，原来皇上从未相信过臣妾，一直在防备臣妾。"

"你相信过朕吗？"玄烨开启金口，"你难道对朕没有一丝芥蒂？"

卫岚音心痛道："巍巍紫禁城，皇上坐拥佳丽三千，子嗣繁茂，皇上是众人的皇上，是天下人的皇上，而臣妾只能守着四方天地，只有八阿哥一子，臣妾的心里只有皇上一人，皇上如今质问臣妾，让臣妾如何回答？"

玄烨带着几分怒意："你对朕一片真心，为何要欺骗朕？"

"太皇太后怜悯臣妾，告知臣妾真相，便是为了有一日可化解臣妾和皇上之间的心结。皇上从始至终都知晓臣妾的身世，为何要隐瞒臣妾？"

卫岚音痛哭。她的哭声哭碎了帝王的侠骨柔情，玄烨坚硬不摧的心墙轰然倒塌。

"恨朕吗？"玄烨夹杂着深情，轻轻地问。

卫岚音仰望着他，狂乱地摇着头，失控地喊道："我恨你！我恨你！"

玄烨心中的伤口被无情地撕裂，他扶起她的肩："不许恨朕，不许恨朕。朕命你不许恨朕！"

卫岚音再也抑制不住心中的痛楚，扑到玄烨的怀中，放声痛哭。玄烨的手，颤动地拂动着她的发鬓，舍不得，放不下。

梁公公望着紧紧相拥的两人，脸上挂着欣慰的笑容。

交泰殿又传来徐徐的钟声，卫岚音告诉自己，过去的终将过去，未来无法预知，能抓住的只有眼前。后宫的荣耀，总是因一人而兴，因一人而败，自从卫岚音与玄烨在乾清宫冰释前嫌，长春宫又迎来新的景象。

四月踏青，玄烨带着八旗将士，文武百官前去完成前无古人后无来者的历史会盟。源源不断的赏赐送入了长春宫，后宫嫔妃嫉妒不已。

"主子，这都是皇上从草原猎杀的野味，派人送回紫禁城，命御膳房做好，赏赐给主子。"落霜指着青花瓷盘中的佳肴。

"阿哥们嘴馋，也送过去一些。"卫岚音没有什么胃口。

"是，主子。"落霜浅笑。

"皇上果然是雄才伟略，多伦会盟，不但赦免汗王的叛乱，又大肆封赏，拉拢民心，花将军又失策了。"卫岚音想起从草原转回后宫的官报。

"花将军为掩人耳目，在安国寺剃度为僧，暂时应该没有什么危险。"落霜轻语。

"他倒是个聪慧的人，如今风声紧，躲藏起来才是上策。"卫岚音微微点头。

"主子，皇太后懿旨，命各宫主位早膳后去慈仁宫商议秀女一事。"落霜禀告。

"秀女入宫，皇上的本意，倒是没什么。"卫岚音曾经试探过。

"主子，皇上虽然无意，但听者有心，宫中上下都在准备迎接秀女入宫，咱们也得留些心思啊。"落霜劝慰道。

卫岚音叹气道："草原上到底送来了哪位尊贵的格格，咱们过去瞧瞧。"

她在落霜的陪伴下来到慈仁宫，各宫的嫔妃早已打扮得花枝招展安坐饮茶。

"哟，良妹妹的早膳用得真慢呀，都是什么山珍海味啊？"浓艳妆扮的宜妃醋意地问道。

"宜姐姐真是孤陋寡闻，长春宫的海味倒是没有，山珍却是足的。"皇贵妃过世后，敏嫔自成一派，在后宫中苦苦经营。

"这就是敏妹妹不懂了，海味算得什么？山珍才最为养身，如若是敏妹妹孕育十三阿哥时，多食用些山珍，十三阿哥也不能如此羸弱，如今连拉弓的力气都没有。"荣妃直指敏嫔的痛处。十三阿哥与十四阿哥同入上书房读书，十四阿哥身强体壮，十三阿哥体弱多病，更因拉不开弓箭，受到皇上的训斥，宫人们的嘲笑。

荣妃的话语引来各宫嫔妃的讥笑，敏嫔双眸中蕴藏怒火。卫岚音懒得惹口舌之争，不愿多言逞一时之快。

"照着荣姐姐的话，良妹妹日日食用山珍，如若能有孕在身，皇子必当聪慧强壮，只是可惜啊，良妹妹已经不能有孕。"德妃故作惋惜道。

卫岚音淡然微笑："姐妹们讲得都对，皇上也是眷顾臣妾，知晓臣妾身子娇柔，舍不得臣妾。"

"皇上疼爱良妹妹，新人不知，咱们这些宫中的老人儿，都是有目共睹的。良妹妹容颜纤秀，性情婉约，也难怪皇上疼爱，如今咱们都是这般年纪了，看看各位的容貌，哪位及良妹妹年轻清秀？"惠妃主动夸奖起卫岚音，"皇上自然有舍不得的道理。"

"呦，听着惠姐姐这话，难道是皇上嫌弃咱们老了？古有糟糠之妻不可弃，惠姐姐所言，岂不是将皇上置于薄情寡义之地。"温僖贵妃低眸转动。

"贵妃莫要断章取义。"惠妃瞋目道。

"皇太后驾到。"慈仁宫内妃嫔跪落满地。

皇太后红光满面，气色充沛："都起来吧。"

"谢皇太后。"众嫔妃齐声道。

皇太后扫向四方:"皇上不在宫中,母后的丧期已过,这次遴选秀女不能有一丝纰漏,今日唤众嫔妃来,便是商讨此事。"

"臣妾谨遵皇太后教诲。"温僖贵妃恭敬行礼。

"好。"皇太后的眼神有意无意地瞄向卫岚音,"皇上临行前,哀家与皇上商讨过秀女一事。皇上的意思是,宫中嫔妃众多,四角齐全,选几位德貌双全的女子入宫即可,贵不在多,在于精。哀家照着皇上的意思,命内务府找出几位秀女的人选,你们先瞧瞧。"皇太后吩咐着宫人,将秀女的名册分发到诸位嫔妃手中。卫岚音接过烫金名册,见到首名映入眼帘的秀女名字,十分震惊。温僖贵妃和平嫔更是脸色苍白。慈仁宫内安静得只听到沙沙的翻纸声音。

卫岚音万万没想到皇太后送来的是科尔沁草原上最尊贵的小格格,达尔汗王的嫡亲幼女,只是皇上的心意……

德妃最先微笑地说道:"臣妾看这批秀女的家世都是极好的,既有尊贵荣耀,又不乏书香门第,皇太后心思缜密,臣妾真是佩服得五体投地。"

敏嫔眉开眼笑地紧跟其后道:"臣妾觉得小格格早就应该入宫,皇贵妃的位分也是当得的。"皇太后的眼角显出一条条岁月的浅纹。

头顶凤冠的温僖贵妃强压住心头的怒火道:"臣妾瞧着这几名秀女甚好,还是按照规矩,先行入宫学些宫中礼仪,待皇上回宫,奏请封号,皇太后看如此可好?"

皇太后微笑道:"这几个秀女个个都是出挑的,就依照贵妃所言去办。"

"皇太后所言极是,臣妾听闻达尔汗王的小格格,饱读诗书,是草原上有名的天女。"卫岚音夸奖。太皇太后在世时,曾经有意将小格格封作太子妃,皇上执意不肯,这件事才就此作罢,没想到皇太后竟然又将小格格作为秀女送进宫来。太皇太后和皇太后的意思,众所周知。

"呦,良妹妹真是聪慧,连草原上的事情都知晓得这般通透。"平嫔出言讽刺。

"平妹妹真是好忘性，太皇太后仙逝时达尔汗王带着小格格进宫祭拜，小格格举止妥当，仁孝两全，皇上还曾赏赐过玉如意呢。"卫岚音浅笑道。小格格进宫，最为失落抵触的便是温僖贵妃和平嫔。这两个显赫的家族都是下一后位最有力的竞争者，即使不立后，等到太子登基，皇太后的位置也是要争一争的，如若小格格入宫，形势将发生天翻地覆的变化。皇太后会义无反顾地将小格格送入坤宁宫。

自从太祖以来，爱新觉罗家族的皇后都出自达尔汗王家族，皇上未曾大婚，太皇太后便将来自草原的慧妃接入宫内，后来皇上迎娶孝诚仁皇后时，太皇太后更是顺水推舟将尊贵的慧妃送到皇上身边，只可惜慧妃红颜薄命，皇上怜悯其困苦一生，赐予哀荣妃位。如若慧妃尚在世间，如今早已入住坤宁宫，谁都不会再有一分机会。

"良妹妹的记性真好，臣妾也想起来了。"惠妃随声附和道。水清则无鱼，越是浑浊，大阿哥才越有机会。

皇太后微微点头道："这批秀女有几个是哀家特意嘱咐内务府留心的，大阿哥的府中也该添些新人了。"

高傲的惠妃喜上眉梢："臣妾多谢皇太后恩典。"

卫岚音放下茶盏，皇太后果然深藏不露，此招借力打力，利用大阿哥打压太子的气焰，用到极致。

德妃微微浅笑："皇太后想得极为周到，倒是让臣妾们惭愧。"

皇太后颇为喜欢她的逢迎："十四阿哥小小年纪，勇猛过人，皇上夸奖他是大清的小巴图鲁，德妃功不可没啊。"

德妃弯下丰盈的身姿："皇太后谬赞，臣妾哪里有什么功劳，十四阿哥还不是继承了皇上的雄才。"

皇太后站起："今日就到这里吧，哀家也乏了，此事就请贵妃与惠妃。"她停顿一下，"还有良贵人一同督办，务必要选出几位性情婉约，皇上喜欢的秀女。"

"臣妾谢皇太后信任。"卫岚音行礼叩首。

几日后，紫禁城因秀女们的到来变得喧嚣，卫岚音同时得到皇上和皇太后的宠爱，为规避锋芒，她对外称病，闭门谢客。储秀宫却不甘示弱，满门荣华。

"娘娘，都已经给各位小主送过去了。"储秀宫的掌事宫女青梅粗声粗气地禀告。

温僖贵妃倚在软榻上，微微点头，先下手为强，目前秀女们还未得到封赏，一定要铲除后患，身份再为显贵，在宫中无子，也是大忌。

宜妃盯着红艳的指甲细细摩挲："温妹妹此计甚好，就是不知道庸医的方子，好不好用。"

温僖贵妃轻轻咳嗽："有一利，无一害，不好用还有旁的方子。"

"宫寒则无子，都是些食材，咱们慢慢试，让狐媚子们生不出皇子来。"宜妃得意道。

"一个个看似娇弱，实则都暗藏虎狼之心，本宫陪着她们玩。"温僖贵妃想起那一张张工于心计的面孔。

"皇上还没回宫，不见得能留下那么些人。"宜妃宽慰道，"温妹妹入宫多年，还摸不透皇上的心吗？皇上不是沉迷女色之人。从今往后，宫中的常在和答应会越来越多。"

温僖贵妃皱着眉头："但愿如此。"

艳丽的宜妃拿起松软的萨其马："皇贵妃真是命薄，她若活着，小格格也不会如此嚣张。"

"是啊，皇贵妃若在世，定能压得住小格格。"温僖贵妃揉着发鬓，她也不得不佩服皇贵妃的手腕，"你我姐妹在宫中苦熬经营多年，以前比的是孕育皇子，如今皇子们渐渐成才，咱们终于要熬出头了，没想到皇太后从后面摆咱们一道。"

"温妹妹勿要急躁。"宜妃安抚道，"皇太后急功近利，此事不能大成。"

"此话怎讲？"温僖贵妃瞪着丹凤眼。

"当日太皇太后预立小格格为太子妃，皇上都没有允许，如今皇太后转而将其送入宫中，皇上怎能高兴？"宜妃柔声细语道。

"对啊，皇上连太皇太后的面子都驳回了，皇太后算作什么？"温僖贵妃恍然大悟。

"当日皇上以治理天下为先的理由，反驳太皇太后，没有立来自草原的太子妃，而是立下朝中的重臣之女，这便表明了皇上的态度。"宜妃转动着阴柔的眼睛，"如今看来，形势更为严峻。皇上举行多伦会盟，是给科尔沁草原上的王爷们看的。当初太祖为打下江山，与蒙古草原联姻，私下里处处受到蒙古权贵的制衡，如今皇上丰功伟绩，无人能及，怎能还受其掣肘？皇上便是告知世人，九五之尊是谁！"

"那皇太后不懂皇上的意思吗？"温僖贵妃不解地问。

"太皇太后和皇太后都是心知肚明，只不过太皇太后心系大清江山，放弃了草原，而皇太后念念不忘，想孤注一掷。"宜妃微笑道。

"皇上会如何做？"温僖贵妃舒展着眉宇。

"皇上自然不会遂皇太后的私心。"宜妃笃定道，"所以温妹妹勿要长他人志气，温妹妹依然是宫中贵妃，无人能及。"

温僖贵妃从软榻上坐起："只要小格格的位分在本宫之下，本宫自然有办法让她自生自灭。"

"如今宫中形势错综杂乱，恐怕良贵人早已心知肚明，明明受了皇太后的懿旨，却多日闭门谢客，不理秀女之事，便是不想得罪皇上和皇太后。"宜妃一语道破。

"哪有那么便宜的事情，本宫可不想两面不讨好。"温僖贵妃咬着牙根儿，九阿哥和十阿哥整日跟在八阿哥身后，令她十分气恼。

第十章

风雨忧愁一半坊

　　秀女入宫一个月后，玄烨率领文武群臣摆驾回銮，紫禁城再起喧嚣。其间还发生了一件不起眼儿的小事，储秀宫的赵答应失手打碎了奉与温僖贵妃的补汤，以逾越之名，被送出东西六宫，在紫禁城的偏隅宫殿居住，形同冷宫。谁会在意一个小小答应的死活？没有用的棋子，只能被无情丢弃，这就是残忍的紫禁城。

　　长春宫的卫岚音蛰伏不安，玄烨对她疼爱有加。下过几场凉爽的小雨，迎来了风和日丽的好天气，御花园百花齐放。

　　"几日未见，良妹妹愈发娇柔，比新入宫的秀女都要清秀呢。"惠妃连声夸奖道。

　　"臣妾有负皇太后的厚爱，让两位姐姐费心。"卫岚音微微低头行礼。

　　"快过来坐吧，瞧着良妹妹的身子骨儿，一阵风都要刮上了天。"宜妃出言讽刺道。

　　"良妹妹养病期间，本宫与惠姐姐已经商议，选了几名品行出众的秀女，良妹妹也帮着瞧瞧，毕竟良妹妹受宠多年，最知晓皇上的心意。"温僖贵妃红光满面地说道，"命秀女们过来。"

卫岚音顺眼瞧去，秀女们灼灼其华，脸上都带着文气。尊贵的皇后、贵妃出身高贵，容貌却不出众，小小的答应和常在容颜姣好，这也是心照不宣的秘密。她低垂着头，无意拂过鬓角的发丝，她真的老了，再过十载，她将彻底老去。想起当年她还曾问过皇上颜如舜华的话语，转眼间八阿哥已经十岁，那话恍如昨日，如今一切真相大白，他们都在极力弥补伤痕，多了分客套，少了分随意。谁也不愿放弃多年的情感，但这份情感已经慢慢风化坚硬，最终会变成顽石。

"良妹妹。"惠妃轻声唤道。

卫岚音微笑着回神："秀女们温婉可人，臣妾一时看花了眼。"

温僖贵妃冷笑道："本宫已经请示过皇上，皇上的意思是只留下三五个出众的秀女即可，不在于多，而在于精。"温僖贵妃高傲地仰起头。

"那小格格？"卫岚音这才发现，秀女中没有小格格的身影。

"小格格去慈仁宫拜见皇太后。"惠妃提醒道。卫岚音点头，这就是长尊有别，小格格出身高贵，自然不能与寻常的秀女相提并论，拜见皇太后的理由冠冕堂皇，避免了不必要的麻烦。

"惠姐姐、良妹妹看仔细，本宫要问话了。"温僖贵妃凝神指着身穿浅绿宫装的秀女笑道，"你，过来。"

秀女应声而答："臣妾给娘娘们请安。"

"这名秀女是高氏，余姚北乡人，世代书香门第，家父是高儒士，擅长书法，书学钟、王，端整中见姿媚，皇上也颇为赞赏其才华。"温僖贵妃眯着凤眸，"高氏从小习字，也写了一手好字。"

高氏的脸上始终挂着淡然的笑容："贵妃娘娘谬赞。"

卫岚音微笑道："皇上最爱与文人雅士相交，臣妾看高氏甚好，留下吧。"

"高氏前来领花谢恩。"温僖贵妃拉着长音儿，按照规矩留下的秀女都会领到一朵彩色的绢花。

"高氏走稳，拿稳，贵妃娘娘的花儿，重得很啊。"失子后的平嫔性子愈发蛮狠。卫岚音沉默，赵答应的事情，宫中人尽皆知。

温僖贵妃瞄着平嫔道："御花园风大了些，平妹妹小产不久，要多加保重。"钮祜禄氏和赫舍里氏之间的争斗，已经浮出水面。高氏低着头，不知如何是好。

卫岚音浅笑道："快去领花谢恩。"高氏缓缓移步，领花谢恩。她留在地上的脚印竟然是莲花，所有人的目光都集中在她身上。

高氏满脸惶恐，急忙跪落在地："臣妾也不知缘由，请贵妃娘娘明察。"

平嫔掩住红唇："温姐姐和惠姐姐选的人，不是明摆的争宠，要心计吗？进宫的秀女都想艳压群芳，独占鳌头，弄出步步生莲的把戏，无非是抬高自己的身份，衬托自己的雅致。书香门第又如何？都是汉人们骗人的把戏。"

"臣妾没有。"高氏流下委屈的眼泪。

"高氏是旗人。"卫岚音提醒平嫔道，"平妹妹不要忘记，皇上最为看重的便是汉军旗。"

平嫔毫不掩饰对她的仇恨："旗人也有尊卑之别，来人，将高氏的花盆鞋脱下来。"宫人们麻利地脱掉高氏的花盆鞋，鞋底莲花的图案上涂着厚厚的香粉。温僖贵妃恼羞成怒，高氏是要留在储秀宫的，没想到……

"去给高氏再拿双花盆鞋来。"卫岚音吩咐道。

"皇上驾到。"玄烨兴致勃勃地迎面走来，"良贵人的风寒可好了？"

"回皇上，已经好多了，多谢皇上眷顾。"卫岚音羞红双颊。昨夜侍寝，夜里染了风寒，没想到他还记得。

"那就好。"玄烨龙心大悦。

卫岚音微微浅笑："步步生莲取自佛经，此事无论是不是高氏所为，寓意还是好的，此等拙计也为高雅，并未害得他人，还是赦免高氏吧。"高氏充满感激地看着她。

御花园内群芳斗艳，年轻秀女貌美如花，后宫嫔妃风韵犹存，在玄烨眼中却只有一人，那朵木槿花傲立花海，他独爱这一抹嫣红："高爱卿的书法千金难求，高氏也定通晓古今，就依良贵人所言，此事休要再提。"

秀女们羡慕不已，早就听闻皇上宠爱良贵人，今日彻底见识了帝王的盛宠，本是一场血光之灾，被良贵人三言两语化解，可见皇上对良贵人的宠爱。

卫岚音缓缓站立："臣妾斗胆再求个恩典，今日皇上既然来了，何不选几名舒心如意的秀女充盈后宫？"

玄烨抬起头，无可奈何道："良贵人对朕真是照料有加，好，朕今日钦点秀女。"他随手指点了三人，"就这三人，封为答应，去温僖贵妃那里取花。"

"谢皇上隆恩。"被点出的三名秀女，眉眼都与卫岚音有几分相像，其中一人正是个子高挑，与平嫔眼神交汇的秀女，平嫔脸上闪过得意。

惠妃柔声道："皇上选的人，品行都是出挑的，皇上真是玉眼。"

卫岚音掩鼻微笑道："自古以来，女子的玉足可是金贵，既然皇上已经瞧过，那高氏已经是皇上的人了。"

"放肆，良贵人逾越。"平嫔痛斥道，"皇上是九五之尊，莫要污了皇上的眼。"

玄烨兴致高涨地说："平嫔所言差矣，良贵人素来坦诚，朕已习惯，良贵人所言不无道理，既然如此，朕便加封高氏为常在。"

"臣妾谢皇上隆恩，臣妾谢良贵人大恩。"高氏彻底见识了后宫的厉害，走错一步，便死无葬身之地。

温僖贵妃咬牙切齿，到手的花飞走，白白便宜了狐媚子。

"皇上，秀女们安排妥当，可达尔汗王家的小格格？"宜妃试探地问。

"朕刚刚拟定了圣旨，晋封小格格为嫔，赐号为宣，居住延禧宫，宫人已经去慈仁宫传旨。"玄烨脸色暗沉道。卫岚音佩服，正直宜宣，有宣扬之意，宣露于外，又有泄露之意，皇上的意思无非是告诫心存异心之人，警示不臣之心之人。

"新秀女的住所，温僖贵妃多费心思，朕先回了。"玄烨只想见卫岚音，没想到碰上遴选秀女，反正早晚会呈上折子，既然来了，也省去一桩心事。

"恭送皇上，吾皇万岁，万岁，万万岁。"卫岚音的声音淹没在一片悦耳的柔声里。

接下来的几日，后宫张灯结彩，燃放爆竹，为秀女入宫讨个喜气。卫岚音闭门谢客，定贵人一直在苏麻嬷嬷身边侍奉，长春宫只有卫岚音一位主子。

"主子。"落霜轻唤，"个子高的那名秀女是文答应，居住在咸福宫，高常在和李答应居住在储秀宫，那答应被安排在景阳宫。"

"温僖贵妃赶走了赵答应，自然要选个得心应手的人。"卫岚音微微浅笑道。

"赵答应唯唯诺诺，性子懦弱，高常在知书达理，倒是个深藏不露的主子。"落霜温婉道。

"能不能成气候，还得看皇上的喜好，天时、地利、人和，缺一不可。"卫岚音想起高常在深邃的眼神，"但愿今后，长春宫不会多一个强劲的对手。"

"主子，高常在是个知恩图报的人，送来了一对锦绣枕顶，感激主子的恩德。"落霜挑眉道。

"高常在生得七巧玲珑心，最有心的是，她将家父写下的书法送去上书房给阿哥们临摹，私下里还给了八阿哥一本家父亲笔写的书籍，这才是智者。"卫岚音欣慰道。

"主子所言极是，难怪贵妃娘娘刻意拉拢她。"落霜微笑道。

"温僖贵妃急于求成，若是没有宜妃帮衬，怕是……"卫岚音没有多言。

"宜妃娘娘受皇上盛宠多年，更是生下三位阿哥，若不是母族不及贵妃娘娘显赫，已经艳压紫禁城。"落霜缓缓讲述。

"皇上喜爱满家女子的英姿，宜妃也是个奇女子。"卫岚音低头道。

"依主子看，步步生莲的事，到底是谁做的？"落霜好奇地问道。

"此计过于精细，早就知道秀女们要在御花园站立许久，鞋底的香粉必然脱落，是后宫嫔妃所为。"卫岚音凝神道。

"平嫔娘娘？"落霜低声。

"那个文答应不简单，咱们要提防些。"卫岚音细心嘱咐，"平嫔自从失子，对我耿耿于怀，更是在宫中四处运作，让人不得不防。"

"八阿哥用了童子尿，四阿哥暗地里下了壁虎尿，奴婢私下里问过林太医，这些都不会引起胎儿死去，是有人暗中谋害平嫔娘娘。"

"此人隐藏极深，是皇太后救了我，替我挡住了血光之灾。"卫岚音想起咸福宫那晚，如若没有皇太后的偏袒，她走不出咸福宫。

"那主子要依照皇太后的吩咐去办？"落霜担忧。

卫岚音望着窗外红墙上的绿苔："皇太后命我扳倒温僖贵妃，谈何容易？"

落霜轻轻叹气："皇贵妃与敏嫔娘娘同心，贵妃娘娘与宜妃娘娘同心，扳倒储秀宫，等于扳倒翊坤宫，翊坤宫在宫中多年不倒，皇上尤为宠爱。"

"皇上分封小格格为宣嫔，皇太后甚为不满，更视为耻辱，命我扳倒储秀宫，便是开始为宣嫔铺路。"

"主子，敏嫔娘娘对宣嫔娘娘很照料，更是奉宣嫔娘娘为延禧宫主位。"落霜禀告。

"敏嫔效忠皇贵妃，怎能对皇太后的人照料？"卫岚音想到后宫盘根错节的关系，头疼得厉害。

"主子还没见过宣嫔娘娘。"落霜会意地奉上热茶，"宣嫔娘娘天真烂漫，宛如孩童，恐怕一时半会儿还不能侍寝。"

"不能侍寝？"卫岚音不解地问。

"掌事嬷嬷教授其周公之礼，宣嫔娘娘竟然睡着了，迷迷糊糊中以为都记住了。"落霜轻轻揉着卫岚音的两鬓，"后来宣嫔娘娘竟然当着宫人们讲，自己天生神力，无师自通。"

卫岚音"噗"的一声大笑："她倒是毫不扭捏。"

"宣嫔娘娘天生神力，无师自通的话语传遍了紫禁城，皇太后将宣嫔娘娘唤去，好生训斥。"落霜忍俊不禁地说。

"草原上的女子多为爽朗，紫禁城的红墙围住宣嫔一世，真是可惜。"

卫岚音哀怨，"今晚哪位新人侍寝？"

"是高常在。"卫岚音的心中闪过一丝道不出的苦涩。

"主子。"宫女虹酿匆忙而入，"宫中传来消息，密贵人有喜，小腹阵痛，呼喊着要见皇上，皇上将今夜侍寝的高常在送回了储秀宫。但是贵妃娘娘却命人不给高常在开宫门，敬事房的太监足足扛了高常在半个时辰，讲尽好话，贵妃娘娘才打开宫门。"

"密贵人有喜？"卫岚音震惊道。

"主子，她真的敢如此做？"落霜沉重地问道。

"她还有什么不敢的，去准备些补品，明日随我去探一探她的虚实。"卫岚音的眼中闪过不安。

永和宫的侧殿里珠光宝气，张扬着主子的盛宠。屋内虽幽暗阴冷，却散发着香水百合的味道，增添了几分温馨之气。

卫岚音看着倚在彩绣花王牡丹长枕上的密贵人关切问道："密妹妹的身子可好些了？"

密贵人低垂浓密的睫毛："皇上昨夜来过，臣妾的心，安稳多了。"

卫岚音浅笑道："密妹妹这孩子来得正是时候，昨夜高常在哭得凄惨。"

密贵人冷笑道："臣妾也没有办法，太医说臣妾血亏，胎位不稳，臣妾的心都提到了嗓子眼儿，便遣人求了皇上前来。"

"皇上果然担心密妹妹，连夜前来探望，看来密妹妹甚得皇上宠爱。"卫岚音侧目道。

"那还不是托了良姐姐的福气？"密贵人卑微的话语中带着几分嫉妒。

"你还记得有我这个姐姐？"卫岚音神情冷峻道，"你到底对皇上讲了什么？背地里做过什么？"

"良姐姐，臣妾冤枉啊。"密贵人委屈得梨花带雨。

"收起你卑贱的眼泪。"卫岚音痛恨道，"你我既然已经是同一条船上的人，你就安生些，莫要做出太过格的事情，不要对我耍小性子。"

"臣妾……"密贵人抿着红唇，脸上显露出忌惮的神色，没想到真如她所言，不出几日，长春宫又得到皇上的恩宠。这足以证明她在皇上心中的位置。

"你到底和皇上讲了什么？"卫岚音紧紧盯着密贵人的眼神逼问道。

"臣妾只是说……"密贵人躲闪着眨动双眸，"臣妾对皇上说，察哈尔的余孽会派人进宫传信给臣妾，皇上想用臣妾做诱饵，将察哈尔余孽一网打尽。"

卫岚音深吸一口气，早就知道密贵人不会坐以待毙，皇上更不会如此宠爱她，一切都隐藏着阴谋。

"你这又是何苦，花将军若知晓，定取你性命，我也未必能保得住你。"卫岚音摇头。

"良姐姐多虑了，这就是家猫和老鼠的把戏，聪明的家猫，总是要留有一只活着的老鼠，否则家猫岂不让主人扫地出门？"密贵人回应道。

卫岚音低沉脸色："你倒是想得长远。"

"臣妾也是没有办法，紫禁城只能险中求生，在夹缝中苟延残喘。"密贵人想到自己在宫中的境遇，黯然伤神。

"一步错，步步错，你要知道，事到如今，再难回头。"卫岚音自言自语。

"良姐姐，臣妾早已犯下弥天大错，真是没有法子回头了。"密贵人哭哭啼啼。连屋檐上伫立的神兽都好似感染了伤痛，显出悲伤狰狞的表情。

卫岚音看着她，失落伤神。红墙困住的不仅是女子的一生，更是摧残女子的信念，无论是恶，是善，都会碾碎成灰，最终随风而逝："别哭了，你腹中还有皇子，多多保重身子。"

"臣妾哭的正是腹中的皇子。"密贵人咬着嘴唇道。

卫岚音谨慎地问："到底是谁的孩子？"

密贵人羞愧难当，事到如今还能如何，德妃奸计狠辣，一举多得，让太子与她纠缠不清。

卫岚音小心翼翼："今日德妃和惠妃去慈仁宫陪皇太后赏花，我才借空儿而来，没想到你真的如此糊涂。"

"臣妾都是无心的，臣妾推不开太子啊。"密贵人哭泣。

"太子饮用了宫中的暖情酒，你怎能推开他？"卫岚音气愤道。没想到德妃竟然算计了太子，从而控制密贵人，一箭双雕。

"是臣妾急功近利，臣妾糊涂啊。"密贵人攥紧绢帕。

"你为何如此做？"卫岚音没有将话挑明。她侍寝多年无孕，偏偏这个时候有孕，必有见不得人的勾当。

"臣妾想有个依靠。"密贵人讲得冠冕堂皇。

"依靠？你可知道，混淆皇嗣是株连九族的死罪。"卫岚音怒声训斥道。密贵人名义上依然是王知县的女儿，王知县是江南大族，亲属众多，怎能不顾上千人的死活？

"臣妾没有混淆皇嗣。"密贵人反驳道。她发誓即使自己是一颗棋子，也是紫禁城中最有用的那颗。

慈仁宫内香气飘逸，德妃听闻十四阿哥染了风寒，急忙前往阿哥所去探病，只剩下惠妃和皇太后带着贴身的宫人随意闲聊。

惠妃满脸奉承道："皇太后勿要多虑，宣妹妹还年轻，宫中的日子长着呢。"

皇太后忧愁叹气道："德妃在宣嫔的这个年纪，已经生下四阿哥，就是你和荣妃，也已经为皇上生下皇子了。"

惠妃娇柔地掩住红唇："不怕皇太后笑话，当时皇上正值年少，臣妾们倒是占了先机。如今皇上已过而立之年，步入盛载，更注重女子的品貌性情，宣妹妹天性爽朗，只要稳重些，皇上自然宠爱。"

"还是惠妃看得透彻。"皇太后夸奖道，"不愧是皇长子之母。"

"哪里，臣妾只不过入宫多年，看多了后宫事，也懂些皇上的心思罢了。"惠妃微笑道，皇长子三字令她神采奕奕。

"大阿哥最近可好？"皇太后柔声问道，"哀家为他选的格格和侧福晋，大阿哥可还满意啊？"

"多谢皇太后恩典，大阿哥日夜念叨着皇太后的恩德呢。"惠妃俯身行礼。

"大阿哥为皇上的长子，身家地位自然高于其他的阿哥。"皇太后凝神讲道，"皇上太过偏袒太子。"

"皇太后谬赞。"惠妃假意抹着眼泪，"大阿哥天生聪慧，只可惜臣妾这个当额娘的出身卑微，误了大阿哥的前途。"

"你入宫多年，恪守宫规，尽心尽力侍候皇上，更是生下皇长子，这皇贵妃也是当得的。"皇太后眯着凤眸，句句说到惠妃的心坎儿上。

"臣妾惶恐。"惠妃惊喜万分道。

"如今后宫甚为不平，无能之人占据高贵之位，哀家也没有法子随意掠去。"皇太后讲起心中事。

"臣妾愿为皇太后分忧。"惠妃大声回应，表着决心。

"好，此事若成，大阿哥势必如虎添翼。"皇太后许下承诺。为了蒙古草原的荣辱，必须将宣嫔扶上后位。

慈仁宫的香炉里袅袅生烟，浓重的梵香弥漫四周，蕴藏着逆天的阴谋。

天气越发炎热，因喀尔喀并入蒙八旗的事，玄烨日夜朝政缠身，极少过问后宫之事。皇子们已经崭露头角，尤其是三阿哥、四阿哥更是才华出众，常常被玄烨委派差事，得到朝臣们的赞许。除了年长的皇子外，八阿哥成为上书房耀眼之人，掩盖了其他阿哥的光芒。后宫却不平静，每日都传来新的讯息。

"主子。"落霜端着鲜果走进屋内，"永和宫的密贵人滑胎了。"

"什么时候的事儿？"卫岚音震惊道。

"听宫人们讲，昨儿半夜，密贵人突然梦魇，浑身大汗，出了大红，太医们忙了半夜，都没有保住皇子，还好密贵人平安无事，已经止住出红，保住一命。"落霜回应。

"密贵人腹中的皇子会助德妃一臂之力，德妃不能害她。"卫岚音习惯了猜想。

"主子。"落霜微笑道，"宫中的视线都在位高权重的嫔妃身上，都在阿哥们身上，这一众入宫不久的贵人、常在和答应，早已落于人后。密贵人有孕以来，大门不出二门不迈，极少与人来往，德妃娘娘更是倚重密贵人这颗棋子，处处谨小慎微，咱们送去的补品，都命太医们逐一查验，才给密贵人服用。密贵人此番滑胎，是天意啊。密贵人心狠手辣，诡计多端，蒙蔽皇上，才会半夜梦魇，受到惊吓，这是老天的惩戒。"

"都是互相利用罢了。"卫岚音依然心有余悸道。

落霜欣慰地说道："八阿哥听从主子的话，与十四阿哥渐行渐远，九阿哥和十阿哥也离着十四阿哥远远的，十四阿哥在上书房孤单得很。"

"四阿哥呢？"卫岚音惊讶地说道。

"主子还不知道吗？四阿哥在上书房的日子已经很少了，皇上即将为他开牙建府，奴婢听闻四阿哥与柔弱的十三阿哥倒是合得来，与十四阿哥总是冷冰冰的，十四阿哥对四阿哥也不大亲近，太傅们都是心知肚明，只可意会不可言传。"落霜细声禀告。

"手足亲兄弟竟然落入了这般田地。"卫岚音哀婉叹息，"后宫嫔妃的争斗就是皇子们的命运，真是不假。"

"主子，林太医传来的密函中写明，皇上暗地里大肆搜查察哈尔部的流民遗子，花将军损失惨重。"落霜忧心忡忡地说。

"告知林太医万事小心，让花将军在安国寺内，不要轻举妄动。"卫岚音谨慎嘱咐，"好久没有接到念心的信函了。"

"自从皇上御驾亲征噶尔丹以来，念心没有再来过信，最近风声正紧，念心也被花将军安排到了隐秘之处。"落霜宽慰道，"主子勿要担忧，念心在宫中多年，已学会自保，会给主子报平安的。"

长春宫的浓情厚意驱散着紫禁城的寒冷。即使在最艰难的境遇，有最亲近的人陪伴在身边，便是知足者常乐。

密贵人的滑胎并未在后宫引起多大的动静，储秀宫的温僖贵妃却染上风寒，整日重咳，转眼入了深秋，更是卧床不起，愈发严重。皇太后怜其金贵，命惠妃、荣妃和宜妃共同治理后宫，温僖贵妃的身子不争气，只能恨恨作罢，后宫嫔妃纷纷探望，虚情假意也好，刻意嘲弄也罢，礼数上不能失礼。

卫岚音也带着补品前来储秀宫探望，刚进门，她便闻到屋内散发着浓郁的药气："温姐姐可好些？"

床榻上的温僖贵妃瘦弱苍白，双眸失去光华："还活着。"

"温姐姐讲什么丧气话。"卫岚音微笑，"皇上已经着内务府为九阿哥和十阿哥定亲，温姐姐还要看到十阿哥大婚的那日。"

"都是不成器的家伙。"温僖贵妃垂头丧气，自从生病以来，倒是想明白了一些事情，不是自己的，终究求不来，争不来。

"十阿哥素来憨厚仁义，皇上甚为看重，温姐姐莫要小瞧了十阿哥。"卫岚音安慰道。

"罢了，罢了。"温僖贵妃连连重咳，"本宫自从进宫以来，事事与你针锋相对，到头来，落得这般下场。"

"温姐姐身为贵妃，是六宫之首，臣妾出身卑微，只是小小的贵人，温姐姐何出此言，臣妾倒是不安了。"卫岚音宽慰着她的心。

温僖贵妃情绪激动，又重重咳嗽："本宫看似风光无限，其中的辛苦，众人皆知，良妹妹又何必妄自菲薄。去翊坤宫问问，今日的冰糖雪梨川贝羹怎么还没送过来。"

"良药苦口利于病，温姐姐还是要遵从医嘱。"卫岚音见温僖贵妃惦记着甜食，以为她娇柔任性。

"太医们都是庸医，根本治不好本宫的病，只有每日食用了宜姐姐做的川贝羹，本宫才睡得安稳。"温僖贵妃揉着头道。

"过了年，科尔沁王爷便要进京面圣，宫中又要热闹，温姐姐还是早日好起来吧。"卫岚音站立。

"新入宫的嫔妃，都不会下蛋，科尔沁的王爷也着急了。"温僖贵妃大笑。卫岚音听着她的弦外之音，迟疑地离去。

第十一章

新啼痕间旧啼痕

今年初冬的雪来得比往年都早，树上的叶子还未退尽，已被压上了一层厚厚的积雪，宫中又迎来了一年一度的元旦节。这段时日，玄烨极少在长春宫过夜，却不时地与卫岚音一同用膳，两人都尽心地维护着薄如蝉翼的微妙情感。在旁人看来，却是郎情妾意。

外面寒风凛冽，卫岚音依偎在长春宫思念着过世的额娘和弟弟。

落霜从外而进，睫毛上夹着水珠："主子，这是科尔沁送来的贡品，皇上特意赏赐给主子的。"

"达尔汗王这么快就来了？"卫岚音看着盒子里一支精美的银花簪子。

"是啊，达尔汗王惦记宣嫔娘娘，想在京城过了年再走。"落霜微笑道。

"达尔汗王真是爱女心切。"卫岚音连连摇头，既然如此，又何必送人进紫禁城？

"这是爱屋及乌，达尔汗王喜爱宣嫔娘娘的亲生额娘，所以王爷才视宣嫔娘娘为掌上明珠。"落霜将银饰一一拿出，摆在桌案上，"达尔汗王入宫，宣嫔娘娘便吵着要和王爷一同回科尔沁草原呢，皇太后也没有法子。"

"她倒是想得简单。"卫岚音心疼。后宫嫔妃一旦入宫，便终身受困于红墙，除非死，否则再难出宫。

"入宫这一年多，宣嫔娘娘性情大变，愈发沉默无语，不似刚入宫时的爽朗可爱。"落霜惋惜道，"新入宫的娘娘中，高常在和宣嫔娘娘侍寝最多，依然无孕在身，林太医根据太医们给两位娘娘开具的方子推断她们都是宫寒，难以受孕，可见温僖贵妃当日就使了手段。"

"多行不义必自毙，温僖贵妃也熬不了多久了，钮祜禄氏的荣耀怕是到头了。"卫岚音眼前浮现那双迷茫的丹凤眼。

"自从贵妃娘娘病了，十阿哥总是闷闷不乐，无心读书。"落霜摇头道。

"让八阿哥多留意些，不能让十阿哥惹出大乱子。"卫岚音嘱托。

"放心吧，主子，八阿哥心中有数。"落霜微笑回应。

"到底是谁？"卫岚音低头苦思，"密贵人没有找到德妃的把柄，那必定是惠妃。"

"密贵人又有孕在身，近来消息也少了，不知这胎是不是皇子？"落霜的语调极轻。

"恐怕她自己也糊涂呢。"卫岚音感慨道，"派人盯着钟粹宫和储秀宫。"她细细抚摸着银花簪子，想起皇上说话时的凝重神色。恐怕过几日的宫宴又要再起波澜。皇上这些年早已摆脱蒙古贵族的制衡，达尔汗王入京，皇上是恩威并施。达尔汗王却看不清形势，皇太后更是痴心妄想。

果然，元旦节宫宴觥筹交错，玄烨出乎意料地册封喀尔喀为蒙古亲王，权重风头甚于达尔汗王，更是册封三公主为固伦公主，下嫁喀尔喀亲王之子，以示褒奖。朝中的风向骤然转变，后宫也是暗藏汹涌。宣嫔在宫中寸步难行，达尔汗王无奈地离开京城，宣嫔染病不起。皇太后更是旧疾复发，玄烨委身探望，皇太后避而不见，两人之间关系紧张。

后宫一片哗然，受宠的只有位分低微的答应和常在，帝王依旧是帝王，蒙古后宫的风光已经不再。年底，密贵人平安生下十五阿哥，永和宫的赏赐不断，德妃更是高傲，平嫔懊恼到气急败坏。

又是一年春暖花开，长春宫的宫人清扫着灰尘。

落霜退下左右宫人："主子，林太医已经查到贵妃娘娘为何卧病不起，病入膏肓。"

"哦？"卫岚音抬起头，发鬓上的木槿花金簪泽泽发光。

"是翊坤宫的宜妃娘娘。"落霜一语惊人。

不是惠妃？卫岚音睁大眼睛，宜妃与温僖贵妃情同姐妹，怎么会暗中害人？

"贵妃娘娘服用多年的冰糖雪梨川贝羹，用的是浸泡了罂粟籽的水熬制而成的，贵妃娘娘食后成瘾，已经恍如死人。"落霜说出天大的事，"贵妃娘娘染上的是同孝昭仁皇后一样的痨病。但是太医们都在隐瞒病情，药不对症，贵妃娘娘必死无疑。"

"太医们为何要隐瞒病情？"卫岚音惊讶地问。

"钮祜禄氏不愿承认现实，自然拖一日是一日。"落霜感叹名门望族的无情，"贵妃娘娘困苦啊。"

"温僖贵妃也不知晓自己的病情？"卫岚音不可思议地问。

"奴婢也不得而知。"落霜悲哀地说。贵妃娘娘卧床多年，想必早已知晓，只是不愿相信罢了。

"温僖贵妃极为信任宜妃娘娘，反被其累，如今又被家族隐瞒欺骗，温僖贵妃真是可怜。"卫岚音感叹。

"满身的荣耀都是家族所给，自然要还与家族，哪里有什么亲情。"落霜低着头，她也是家族的弃子。

"不，此事不是宜妃所为，背后肯定另有其人。"卫岚音信誓旦旦地说。

"不是宜妃娘娘？"落霜惊愕。

"宜妃虽然蛮横无理，性情泼辣，却是性情中人，光明磊落，多年来与储秀宫相互扶持，不会害人。"卫岚音沉思，"定是惠妃。这是她最为擅长的事，挑拨离间，栽赃陷害。"

"惠妃娘娘？"落霜迟疑道。

"论起宫中的阅历，只有惠妃最有这个本事。"卫岚音语调谐婉。

"惠妃娘娘的暗人遍布后宫，混入翊坤宫也不是难事。"落霜最为了解她的手腕。

"惠妃有皇太后做靠山，更是如鱼得水。"卫岚音推断道，"皇太后是借力打力，她们是互相利用。"

"那咱们怎么办？"落霜试探地问。

"咱们帮衬储秀宫一把。"卫岚音执着而言。为了八阿哥，也为了可怜无辜的后宫女子。

钟粹宫内，通嫔满脸含笑："今儿是什么风，把良妹妹吹来了，快进来坐。"

艳丽的惠妃挑眉："良妹妹今日真是好兴致。这是大阿哥从江南带来的鲜果，良妹妹尝尝鲜。"

"大阿哥真是仁孝，两位姐姐好福气。"卫岚音笑意盈盈道。

"哎，这么多年过去了，良妹妹依旧容颜不改，难怪皇上如此疼爱良妹妹，姐姐们真是羡慕不已。"通嫔倒是讲了几分真话。

"通姐姐真是谬赞，十公主娇小可人，深得皇上宠爱，臣妾也是眼红呢。"卫岚音淡然回应，皇上宠爱十公主甚过宠爱十三阿哥，紫禁城人尽皆知。

"哈哈。"通嫔大笑。她所有的心血都倾注在十公主身上，今日终于得到回报。

"八阿哥聪慧大度，在上书房深受太傅们赞赏，听闻十四阿哥委身巴结八阿哥，一直巴结不上呢。"惠妃有意地拉长语调。

卫岚音连连摇头："惠姐姐真是说笑了，八阿哥还不是借了大阿哥的东风，大阿哥在朝中为皇上分忧，朝臣推崇，上书房的阿哥们都以大阿哥为表率。"

"大阿哥是皇上的长子，自然要有长子的样子。"惠妃总是洋洋得意，长子嫡孙都是正宗血统。

"惠姐姐所言极是。"卫岚音随声附和,"听闻皇上开始着手要为太子册立太子妃了。"

"大阿哥已经子嗣繁茂,太子那些侍妾都是无用之人,的确要立太子妃了。"通嫔不屑道。

"咸福宫的平妹妹正四处张罗着太子的婚事,几乎日日长在毓庆宫。"卫岚音不动声色地说。

"她以为自己还有皇后的命,真是痴心妄想。"惠妃咬牙切齿地说。

"臣妾倒是觉得,平妹妹真是痴心妄想,储秀宫的温姐姐毕竟是贵妃,离后位更近一步。"卫岚音摇头,"只可惜红颜薄命,储秀宫的温姐姐,恐怕时日不多了。"

"生死有命,富贵在天,那都是命,谁也没有法子。"惠妃面不改色地说。

卫岚音轻轻放下青瓷茶盏:"温姐姐瘦骨嶙峋,卧床多年,怕是熬不了几日。前几日,与温姐姐最为要好的宜姐姐找到臣妾,莫名其妙地送了臣妾一碗冰糖雪梨川贝羹。"

通嫔的手忽然颤动,卫岚音看在眼中,继续讲道:"今日臣妾前来,便是请两位姐姐给出出主意的。宜姐姐要挟臣妾,要去乾清宫告臣妾的御状,诬陷臣妾在川贝羹中下了虎狼之药,谋害温姐姐性命,意图嫁祸翊坤宫,挑拨离间,这一桩桩、一件件,臣妾实属担当不起。宜姐姐的母族郭络罗氏,更是让臣妾尴尬,那是八阿哥的姻亲,再过几载,八阿哥也要开牙建府,让臣妾如何是好啊?"

"宜妃发现川贝羹有异?"惠妃头上的凤钗微微颤动,心中慌乱。

"温姐姐一日都离不开川贝羹,连送晚了半个时辰,都要派人去催促,宜姐姐觉着异常,细心查到。"卫岚音含糊其辞地回答,"她一口咬定是臣妾所为,可是臣妾真的没有做啊,无妄之灾,长春宫也不是第一次遇到,今日臣妾来,想求得两位姐姐的相助。"

"良妹妹有何应对之策?"通嫔小心翼翼地问。

"皇上待臣妾之心,紫禁城众所周知,臣妾受到过多少次奸人的陷害屈辱,皇上心中有数。"卫岚音低垂着头,"不怕两位姐姐笑话,皇上曾经亲口答应过臣妾，再不让臣妾受一丝委屈。臣妾虽与温姐姐不和，但前尘往事，臣妾早已既往不咎，如今两位姐姐也知晓，这东西六宫，攀比的不就是阿哥们的前程？近年来，臣妾与储秀宫一直相处得相安无事，毕竟十阿哥、九阿哥与八阿哥同心同德，臣妾怎能陷八阿哥于不义？"

"良妹妹讲的倒是实情。"惠妃微微点头。

卫岚音意味深长地说道："臣妾在两位姐姐面前，不敢有半分隐瞒，若是温姐姐过世，贵妃位置势必虚缺，岂不是给有心之人可乘之机？再则，没有了钮祜禄氏制衡赫舍里氏，平妹妹早已飞上了天，那咱们的大阿哥……"她欲言又止。

惠妃面色阴暗："良妹妹聪慧睿智，知恩图报，姐姐代大阿哥多谢良妹妹和八阿哥的一片赤诚之心。"

卫岚音抬高语调："臣妾一定会查出来，到底是谁陷害臣妾。臣妾这便回去了，不打扰两位姐姐安歇，有任何风吹草动，臣妾会随时来报。"她离去后，钟粹宫恢复了平静。

"姐姐。"通嫔脸色微冷，"宜妃真的发觉了咱们的事情？"

"宜妃自然不会知晓，是良贵人知晓。"惠妃叹息道。长春宫在宫中的势力已经不容小觑，"今日她来，便是警示你我，不要再轻举妄动。宜妃性子急躁，若是知晓真相，哪里会去找良贵人理论，早已经去皇上面前哭诉。"

"她竟然敢要挟、欺骗咱们？"通嫔懊恼道。

"她哪里是辛者库的卑微宫女，早晚为妃，咱们如此隐秘的所为，她都已经知晓，恐怕将来知道得更多。"惠妃幽幽地讲道。

"那咱们？"通嫔咬着红唇。

"收回翊坤宫的暗人。"惠妃低头说道。

"姐姐不可啊，咱们只要再挺一段时日，温僖贵妃必死无疑，皇太后那边该如何交代？"通嫔无奈说道。

"温僖贵妃也活不了太久，拖时日罢了，就算给良贵人一个薄面，本宫倒是要看看，她如何救治温僖贵妃？"惠妃的眼中闪过阴险。

"良贵人这招，真是厉害，只生下一子，却收买人心。"通嫔嫉妒，上书房的阿哥们都对八阿哥言听计从。

"这就是她的聪明之处啊，九阿哥、十阿哥暂且不提，如今连十四阿哥都一心追随，可见八阿哥的用心。"惠妃眯着凤眸。

"姐姐的意思是……"通嫔从她的眼中没有看到往日的仇恨。

"八阿哥必成大器，咱们不能放弃唾手可得的机会。"惠妃的脸上露出贪婪的笑容。

卫岚音回到长春宫坐立不安，等待落霜归来。院内的苹果树不似往年繁茂，依稀的叶子遮挡不住耀眼的日光，仿若她烦躁的心情。

落霜神色谨慎地从外而入："奴婢回来了。"

"储秀宫如何了？"卫岚音急切地问。

"八阿哥、九阿哥和十阿哥都过去了，宜妃娘娘和郭贵人也到了。"落霜平静而语。

"温姐姐的身子怎样？"卫岚音忐忑，温僖贵妃昏厥不醒，性命堪忧，皇上也是下旨，着太医院尽心诊治她。

落霜低吟："十阿哥一直在床前服侍，贵妃娘娘已经苏醒。"

卫岚音微微放心："都是苦命的女子，相煎何太急。"

"宜妃娘娘让奴婢捎过一句话来，此恩铭记在心，定会相报。"落霜禀告。

"宜妃是性情中人，内心不是大恶之人。"卫岚音感叹，"我不求将来如何，只求八阿哥在上书房不能落了单。十阿哥怎么样？"

"主子放心，八阿哥事先对十阿哥讲过整件事情的来龙去脉，十阿哥心中有数。"落霜细细回应，"十阿哥和九阿哥也因此事，对八阿哥更加敬重，唯首是瞻。"

卫岚音淡然点头："得人心最难，不能轻易放弃。"

"听闻十四阿哥在上书房，独寂孤单，总与年长的阿哥打闹，都是八阿哥调停。"落霜转而讲道，"皇上已经对主子冰释前嫌，主子与八阿哥见面也是情理之中的事情。"

卫岚音深吸冷气："我又何尝不想与八阿哥相见，只是皇上金口玉言，岂能视为儿戏，莫要落人口实。只有八阿哥学有所成，才有资本母子相见，何必急于一时？”

"真是苦了主子和八阿哥。"落霜总是在两人之间传递信息，深知母子情深。

卫岚音轻轻摇头："温姐姐的病，林太医如何说？"

"主子，贵妃娘娘病入膏肓，恐怕时日不多，神仙也无力。"落霜无可奈何地说。

"人终究会有一死，事已至此，也没有办法，余下时日，温姐姐若有什么未了的心愿，让她都说出来，让十阿哥尽些孝道。"卫岚音温婉而语。

"贵妃娘娘想得通透，已经开始为十阿哥安排未来之事。"落霜失落地低着头，即使有多大的恩怨，当看到病床上那双绝望的眼睛，也放弃了仇恨。

"十阿哥性情憨厚、淳朴，会有福报的。"卫岚音想起十阿哥憨憨的笑容。

"主子，宜妃娘娘说，一定要查出幕后之人。"落霜担忧道。

"由她去吧，依照她的性子，谁也阻拦不住。"卫岚音感叹道。

"宜妃娘娘若是查到了真相，惠妃娘娘会不会因此记恨主子，出手对付八阿哥？"落霜年纪愈大愈加焦虑。

卫岚音摇头："惠妃不但不会对付八阿哥，还会更加倚重八阿哥。"落霜瞪圆双眼，一副不可思议的表情。

"因为她不敢。"卫岚音笃定道。

"那皇太后那边？"落霜依然不放心。

"皇太后对皇上存着心结，还要倚仗我去从中调理，暂时不会与咱们撕破脸。"卫岚音肯定地说，"今后只要有我在，就会护你们安宁。"紫禁城悄然改变风向，她已经预感到长春宫将会迎来更大的荣耀。

东隅的延禧宫，敏嫔喜气地拉着十三阿哥的小手："这次还胖了些，额娘心里高兴啊。"

十三阿哥努着小嘴："四哥告诉儿臣，即使不喜欢的膳食，也要多用，这样才能身子强壮，才能拉得开弓，皇阿玛才喜欢。"

敏嫔眉开眼笑地说："是啊，你皇阿玛早晚会喜欢你的，所以你要听

870

四阿哥的话。"

十三阿哥跑到四阿哥身边："上书房里，只有四哥对儿臣最好，儿臣自然听四哥的话。"

敏嫔笑意盈盈地说："多谢四阿哥照顾十三阿哥。"

四阿哥腼腆道："敏嫔娘娘使不得，十三弟天性聪慧，只是身子娇弱，待年长些，定然成才。"

宫女玉镯的发鬓间已经一片灰白。自从皇贵妃去世，念旧情的人时常凑在一起，悼念逝去的人。凉爽的清风吹过，众人的脸上显露安宁。

玉镯不解地问："宣嫔娘娘为何大门紧闭，不露一丝缝隙，难道在屋里坐月子？"

"都已经大半年了。"敏嫔不屑地瞄向宣嫔居住的正殿，"自从达尔汗王离京，宣嫔先是在宫中大哭大闹，后来被皇太后叫去训话，消停了几日，后来便整日不出屋子，本宫也懒得去管旁人的闲事。"

"皇阿玛对蒙古之心已绝，是他们自己想不通。"四阿哥言简意赅。

"她们是不撞南墙不回头，也好，长些教训吧。"敏嫔冷笑道。

"皇太后对皇贵妃素有偏见，暗中陷害，今日皇上的态度，真是痛快。"玉镯眼中冒着寒光，"主子泉下有知，定然欢喜。"

敏嫔大笑道："痛快，真是痛快。"

"听闻太子妃近日进宫，四阿哥也要开牙建府，也到了四阿哥施展拳脚的时候了。"玉镯喜气地讲道。

"费扬古家的格格，文武双全，四阿哥大婚后，要夫妻恩爱，定会如虎添翼。"敏嫔高傲道。四阿哥想起皇额娘为自己处心积虑铺好的道路，苍白的脸色愈加幽冷，眼中满是深情。

"皇上任命国舅爷为步军统领，协管京城九门，真是天大的好事啊。"玉镯想起宫中流传的朝中事。

"那是四哥向皇阿玛举荐的。"十三阿哥焦急地说。

"十三弟。"四阿哥阻拦。十三阿哥低着头不语。

敏嫔疑惑道："四阿哥还有什么事瞒着咱们？"

四阿哥起身行礼："儿臣不敢，儿臣只不过在皇阿玛面前提及了步军统领的重要，要用自家人，佟国公以身殉国，战死沙场，佟府满门亲贵，舅公是最好的人选。"

"可不是嘛，当时皇阿玛为步军统领的人选之事，忧心忡忡，朝中大臣多是提议赫舍里氏和纳兰一族，皇阿玛举棋不定，四哥所言，句句讲到皇阿玛的心坎上，皇阿玛龙心大悦，连声夸奖四哥的英才呢。"十三阿哥晃动着小脑袋。

"那有没有夸奖你啊？"敏嫔溺爱地问。

"当然了，皇阿玛夸奖儿臣的骑射有进步。"十三阿哥咧着小嘴笑道。

"皇阿玛的夸奖都不重要，重要的是，皇阿玛的态度，皇阿玛已经开始忌惮太子的势力。"四阿哥一语惊人。

"自从皇上收拾纳兰一族后，太子的势力无人能及，如今更是一鸣冲天，皇上如何能见其膨胀？"玉镯心思敏捷。

"那咱们……"敏嫔看向四阿哥。

"皇额娘总是教导儿臣要蛰伏，忍耐，众人皆知，儿臣与太子同心同德，大阿哥与八阿哥蛇鼠一窝，咱们坐收渔翁之利。"四阿哥将杯中的茶水一饮而尽。

永和宫的侧殿传出嘶哑的喊声，宫人们有条不紊地忙碌。卫岚音盯向花鸟鱼紫檀的屏风，眉宇间挂着淡淡的烦忧。

"近几年入宫的嫔妃，密贵人最得皇上心意，多次怀有龙胎，德妹妹真是教导有方。"宜妃抿着红唇。

浑身华丽的德妃神采飞扬："臣妾哪里猜得透皇上的心意，都是密贵人自己的造化，皇上宠爱密贵人，臣妾心里也嫉妒呢。"德妃偷偷瞄向卫岚音。

卫岚音回以微笑："德姐姐这话讲得倒是实诚，这得宠、失宠的确都是自己的造化，作为女子，谁都会心生妒忌。"

"那良妹妹的意思是，皇上宠爱密贵人，也妒忌密贵人？"艳美的平嫔拉着长调。

卫岚音忍俊不禁："瞧这平妹妹的话，这夜深人静、孤枕难眠的时候，摸着自己的心，这滋味恐怕谁都品尝过吧，平妹妹又何必为难臣妾，为难自己呢？"

"咱们都是后宫的老人儿，如今也得给那些个答应、常在做些表率，莫要自欺欺人。"惠妃帮衬卫岚音讲了几句。

"是啊，明年又有新秀女入宫，后宫又该热闹了。"敏嫔自言自语。众嫔妃瞬间变得安静。侍寝的都是年轻貌美、位分卑微的答应和常在，东西六宫的主位已经冷清多年，夜夜寒灯孤寂的滋味，谁能不懂？只有清冷的烛光伴随自己度过寂寥的日子。

屋内传出密贵人揪心的喊声，一波高过一波。

"这么久了，怎么还没生出来？"德妃担忧道。

"这女人嘛，自然是要疼的，只有疼，才会长记性。"宜妃头上的锦花微微颤动。

"宜妹妹真是好兴致。"荣妃刻薄道，"不知温妹妹的身子如何了？"

宜妃神情低落，温僖贵妃时而清醒，时而昏迷，照此下去，储秀宫恐怕熬不了多久了。

"温姐姐福泽千里，十阿哥又孝敬，能早日好起来的。"卫岚音宽慰。

平嫔的脸上划过狠戾神色，宫中无子是头等的忌讳，温僖贵妃即使过世，毕竟留下血脉，而她至今无子，若不是卫岚音谋害，小阿哥怎么会早殇？

"是啊，温妹妹有孝昭仁皇后的庇佑。"荣妃的话语中显露幸灾乐祸的意味。

"孝昭仁皇后虽然早逝，毕竟也是皇后，百年后与皇上同穴，咱们只能孤零零地守望帝后陵。"宜妃恶狠狠地讲道，"这五十步笑百步，最是无聊无趣。"

屋内再次沉寂，卫岚音想起昭陵中的妃子园，这是残忍的帝王家，从来都与爱恋无关，只有长尊嫡庶。

忽然，内室传出婴孩呱呱落地的哭声，众嫔妃都翘首以盼。小宫人从紫檀屏风后走出，大声道："恭喜各位娘娘，密贵人生下一名小阿哥，母子平安。"

德妃喜出望外："快去禀告皇上和皇太后。"

"是，娘娘。"小宫人清脆回答。

平嫔的眼中不经意地流露出嫉妒又羡慕的目光，心中满是失落。

"宫中已经几年没有添丁的喜事了，皇上和皇太后必定欢喜。"德妃开怀大笑。

"都说永和宫是福地，果然如此。"卫岚音微笑道。

德妃面带笑意："良妹妹此言，姐姐担当不起，谁不知道，良妹妹的长春宫才是紫禁城的尊贵之地。"

卫岚音知晓德妃已洞悉她的身世秘密，才会刻意咬重尊贵二字。她温婉微笑："臣妾哪里担得起，德姐姐多子多福，紫禁城中人尽皆知，谁都不会和你争这福地的。"

敏嫔"噗"的一声笑过："听闻这兄弟姊妹都是长子带出来的，依臣妾看，德姐姐要多多疼爱四阿哥啊，永和宫子孙繁茂，都是贵不可言的四阿哥带来的。"宫中皆知，德妃对四阿哥的薄情寡义。

德妃脸色羞红："本宫身上掉下来的肉，本宫自然疼爱。"

"那就好，四阿哥也到了开牙建府的年纪，德姐姐这个做额娘的，看来是有得忙了。"敏嫔顺水推舟。

"那是当然，本宫是四阿哥的亲额娘，会为其准备妥当。"德妃咬着牙缝。

"宫中真是喜事连连，阿哥们都要成婚了。"卫岚音打着圆场。

"平妹妹还要加把劲儿啊。"惠妃高傲道，"阿哥们都已经大婚，再晚出生的皇子，怕是要落在人后了。"

"你！"平嫔气愤道。

卫岚音也没有想到惠妃能说出如此胆大坦荡的话来。

"通房出身的，就是上不了台面，真是恃宠若骄。"荣妃掐着红艳的指甲。

侧殿内悄然无声，众嫔妃的脸上都挂着幽冷清凉的神色，谁都没有在意刚刚出生的十六阿哥，因为众人更在意的是，成年皇子们之间的角逐。

十六阿哥的降生，同样没有吸引皇上和皇太后的目光，例行赏赐后，十六阿哥便被送往阿哥所豢养，一切都依照着祖宗章法所办，无人在意。

中秋佳节后，皇上亲点太子妃石氏，石氏过了元旦节便进宫与太子完婚，三阿哥、四阿哥的婚事也随之定下，宫中洋溢着喜气。

长春宫内，卫岚音正在给八阿哥写信，落霜在静静研墨。

"主子，三阿哥、四阿哥大婚之后，便要入朝当差，为皇上分忧，上书房又成了八阿哥施展拳脚的地方。"落霜欣慰道。

"小小的上书房，宛如小朝廷。"卫岚音轻轻放下紫毫。

"是啊，上书房只有五阿哥潜心读书，没有加入党派之争。"落霜静静回应。

卫岚音疑惑："当初五阿哥与四阿哥一心，怎么会？"

落霜微微浅笑道："主子没听定贵人讲吗？苏麻嬷嬷将五阿哥唤去，讲了好久的世间之事。五阿哥自幼长在苏麻嬷嬷膝下，自然听从苏麻嬷嬷的教诲，五阿哥回到上书房后便转了性子，潜心读书，醉心山水之乐。宜妃娘娘也管束不得，便由他去了。"

卫岚音恍然大悟："这也是好事。"

"是啊，如今苏麻嬷嬷每日细心教导十二阿哥，定贵人发自内心地感激主子的恩德。"落霜将紫毫放入水盂，轻轻拿起珊瑚水勺，舀着清水，墨汁如云雾般散去，墨黑一片。

"天意注定我一生坎坷，只是希望定贵人能熬到云开雾散的那日。"卫岚音盯着一汪墨水，心中苦涩。

"主子心地善良，也一定会守到云开那日。"落霜端着水盂。

"如今三阿哥、四阿哥一心追随太子，九阿哥、十阿哥与八阿哥同心，七阿哥举棋不定，十一阿哥久病在床，十三阿哥和十四阿哥尚且年幼，但心意已明。"卫岚音细细讲述着上书房的形势，"太子风光无限，一党独大，大阿哥在朝堂上崭露头角，沉寂隐忍，皇上颇为欣慰。"

"八阿哥与大阿哥走得极近，是不是有所不妥？"落霜担忧道。

卫岚音蹙眉摇头："皇上最注重手足亲情，仁孝两全，八阿哥自幼养在钟粹宫，自然与大阿哥亲近，无妨。"她盯着墨迹未干的字迹，"这是第六十封信函，我与八阿哥已经两载多未见，希望八阿哥早有建树，我们母子早日相见。"

第十二章

将恨与闲花俱谢

　　元旦节普天同庆，许久不露面的皇太后在宫宴上神采飞扬，她的目光不时飘向面带笑意的惠妃。

　　"祖先庇护，阿哥们个个生龙活虎。"她抬高语调。

　　"可不是嘛，阿哥们睿智内敛，公主们貌美如花，真是彰显皇家天威。"惠妃高傲逢迎。温僖贵妃卧床不起，月贵妃不理后宫之事，钟粹宫在皇太后的倚仗下，成了东西六宫之首。

　　"皇上，瑞雪兆丰年，如今国泰民安，哀家琢磨着还是命新秀女早些入宫，一则，为皇上选几名秉性柔淑之人，二则，也好从中为太子和阿哥们选几名性情婉约的女子，皇家血脉需要传承啊。"皇太后缓缓提议。

　　"一切请母后做主。"玄烨并没有加以阻拦。

　　卫岚音顺眼望去，平嫔和荣妃的脸色暗淡无光，宫中接连传来大阿哥府上的好消息，毓庆宫中的太子依旧无子，难道密贵人所生下的皇子？她不敢乱想。密贵人左右逢源，好不得意。

"太子妃即将入宫，嫡长孙出生之日，便是万民同庆之时啊。"敏嫔刻意咬重嫡长孙三个字。

惠妃闪过一丝不悦："敏妹妹所言极是，那一日的确令人期待。"

卫岚音柔声细语道："古人最为重视传承，皇家也不例外，天威灼灼，哪里还需要臣妾等众说纷纭，这不都是明摆着吗？"她指向阿哥和公主们安坐的方向。

"良贵人所言，甚得朕心。"玄烨威仪霸气。

"总是要这些上不得台面的把戏。"平嫔低沉怒骂。卫岚音不理会，独自小酌。

皇太后轻轻瞥向各藏心思的众嫔妃，头上的蝴蝶凤钗泛着光泽："好啊，哀家在慈仁宫待了好久，也该出来透透气儿了，既然皇上并无异议，今年的选秀女一事，哀家独自办。"

"谨遵皇太后教诲。"众嫔妃细声回礼。只有娇柔的密贵人面带踌躇，心神不宁。

"呦，密妹妹何意啊？"宜妃讥笑道。

密贵人委身行礼："臣妾有了身孕，不宜饮酒。"

卫岚音偷偷瞄向太子，太子一副悠然自得的模样。

"永和宫真是福地啊，臣妾恭喜皇上，恭喜密妹妹。"荣妃盈盈微笑道。

皇太后一愣："这是天大的喜事，密贵人莫要多那些虚礼，要养好身子。"

"多谢皇太后教诲。"密贵人稳着不安的神色。

玄烨嘴角上扬："着御膳房做些密贵人喜爱的膳食，命宫人好生侍候。"

"是，皇上。"惠妃掌六宫事，样样费心。

宫宴后，回到长春宫的卫岚音以养病为名，谢绝了遴选秀女的一切事宜，只窝在长春宫里，静心养神。

一年又一年，冬去春来，亘古不变的只有屋檐上静坐肃立的神兽。

"主子，花将军的信函。"落霜从袖中拿出信件。

卫岚音面带迟疑地打开信函，看着映入眼帘的字迹，泪眼模糊，险些跟跄倒地。她细细读过信函上的每一个字。许久过后，她含着泪光，放声大笑，又转而大哭，情绪汹涌波动。

"主子。"落霜不知所措。

"落霜，我弟弟还活着，他还活着。"卫岚音用力握着落霜的手。

落霜同样惊愕："国舅爷还活着？"

卫岚音如获珍宝地捧着信函："弟弟的字是我从小教授的，我一眼就能认出来，的确是弟弟的亲笔信。老天眷顾，额娘显灵，保佑弟弟平安无事。"

"恭喜主子。"落霜喜极而泣。

卫岚音不停地摇头："原来真的是皇上所为。"她轻轻拭去脸上的泪滴，"当年皇上派人杀害我全家，幸亏花将军及时赶到，救走弟弟。难怪这些年，没有抓到害我全家的山贼，其实本无山贼，都是护军营的侍卫啊。"

"为何花将军迟迟没有告知主子真相？"落霜细心地问。

"弟弟信中说，花将军知晓我的性子，一直拖延到八阿哥长大。"卫岚音依然沉寂在失而复得的喜悦和恍如隔世的悲愤中，"落霜，花将军的为人虽然阴险狡诈，却也是忠肝义胆，弟弟对我，从未讲过谎话，所以我信他。这么多年，他在外颠沛流离，受尽苦难，我对不住额娘啊。"

"主子，皇上为人光明磊落，不会做出龌龊之事，皇上怎么会杀害主子全家，欺骗主子？"落霜急于辩解。

"帝王如若做到光明磊落，怎能成就霸业？"卫岚音愤愤不平，"皇上知晓我的身世，自然要斩草除根，赶尽杀绝。"

"皇上对主子一片真心啊。"落霜激动。

"一片真心，便是将我困在这红墙之内一生一世。"卫岚音痛哭流涕。

"主子，花将军到底要做什么？"落霜小心翼翼地问。

卫岚音放声冷笑："花将军让我暗中谋害皇上，留下遗诏，送八阿哥继承大统。"

"谋害皇上？那前堂的朝臣？八旗铁骑？"落霜已经语无伦次。

"花将军与噶尔丹已经达成共识，八阿哥继位时，噶尔丹出兵犯境，国不能一日无君，逼迫朝臣不得不从。"卫岚音咬牙切齿道。

"万万不可啊，这岂不与先祖入关同出一辙，若噶尔丹是第二个吴三桂，他的本意也是这天下呢？"落霜大惊失色。

"花将军让我委身裕亲王，护八阿哥稳坐龙椅。"卫岚音面无表情。

长春宫静谧得可怕，浓郁的熏香，四处弥漫，惊天的阴谋显露在白日，卫岚音攥着绝密的信函，脸色昏暗。

"这不是明摆着，花将军让主子效仿当年的太皇太后与睿亲王。"落霜焦灼道。

"我哪里有太皇太后的胸襟，裕亲王也未必有睿亲王的深情。"卫岚音吐尽胸中的污浊。

"花将军要将主子逼成罪人吗？"落霜愤慨，"即使此事成了，主子如何面对八阿哥，如何立在朝堂之上？"

"到那时候，百年大计一成，我的使命也走到了尽头。"卫岚音暗自伤感，"没想到我和皇上终究还是走到了这一步。"

"那咱们如何办？"落霜真的不愿看到卫岚音与皇上离心离德。

"花将军已经命密贵人暗中协助于我，八阿哥亦知晓此事。"卫岚音苦涩道。

"花将军不怕密贵人告密？"落霜掩住红唇。

"花将军哪里知晓密贵人的背叛，许下密贵人高官厚禄，富贵荣华。"卫岚音苦笑道。

"主子。"落霜跪地不起，"主子，皇上千错万错，对主子情深似海，众所周知，请主子手下留情啊。"落霜悲痛决然。

"对我情深似海？"卫岚音激动，"那为何他对察哈尔的族人从来没有手下留情，对我亲生阿玛，对我兄长，悉数赶尽杀绝？他明明知晓我与弟弟相依为命，为了隐瞒我的身世秘密，对我家人，痛下杀手。这一切只因他的情深似海？"

"主子。"落霜无言以对。

"孽缘，真是孽缘。"卫岚音泪流满面。一切又回到了最初的原点，仇恨之火再次燃起。

"新秀女都入宫了？"她望着烧尽的纸灰。

"皇太后钦点了两名秀女，封为格格，分别送与三阿哥和四阿哥，并未给太子房内留人。"落霜细细禀告宫内的事情。

"皇太后这是与皇上示好。"卫岚音淡淡地说，"太子登基，三宫六院少不了的，何必急于一时，三阿哥与四阿哥一心追随太子，赏赐了他们，便是太子的荣光。"

"皇太后不是与惠妃娘娘同心吗？怎么又大肆张扬帮衬太子？"落霜拿着珊瑚水勺，慢慢晃动。

"这是帮衬太子吗？"卫岚音摇头，"皇上在言谈中，已经对赫舍里氏一家独大极为不满，多日未踏进咸福宫。皇太后暗中帮衬大阿哥，表里推崇太子，与皇上同心，看着吧，用不了多久，宣嫔会再获恩宠。"

"主子，储秀宫的贵妃娘娘熬不过这个夏日了。"落霜又将一瓶墨倒入水盂。

"皇上急着给太子和阿哥们大婚，也是想给储秀宫冲喜，皇上总是责怪自己命中克妻，误了女子的年华，从今往后，宫中再无皇后。"

"这都是命啊，十阿哥日日守在贵妃娘娘床前，奉行孝道，贵妃娘娘倒也圆满。"落霜轻声地说。

"宜妃那边有何动静？"卫岚音问。

"宜妃娘娘将蒸煮川贝羹的宫人逐一审问，谁知第二日，宫人接连暴毙，惠妃娘娘和荣妃娘娘小题大做，宜妃娘娘因此受了不少苦，好不容易才脱身，内情依然蒙在鼓里。"落霜禀告。

"此事关系错综复杂，只能到此为止。"卫岚音低吟。

落霜神色冷清："宫中还有一事，听闻永和宫的德妃娘娘为四阿哥置办婚事，将费扬古家的小格格惩戒了一番，惹得小格格伤心痛哭。"

"费扬古家的小格格？"卫岚音沉缓地问。

"费扬古是满家的巴图鲁，为大清江山立下赫赫战功，家中的小格格也是巾帼不让须眉，德妃娘娘不喜其玩闹的秉性，教授了好久的规矩。"落霜一副事不关己的神态。

"四阿哥如何讲？"卫岚音一直看不透四阿哥冷峻的眼神。

"四阿哥与小格格一同在永和宫受罚。"

"没想到四阿哥也有儿女情长的一面。"卫岚音意外。

"小格格感动得痛哭流涕，离宫回府后，大门不出，二门不迈，在香阁中专心学习规矩，等待四阿哥的花轿呢。"落霜将融好的墨汁倒入木桶。

"看来是一段好姻缘，希望八阿哥也能如此郎情妾意。"卫岚音期待着八阿哥的婚事。

"真不懂皇贵妃为何选定费扬古家的格格为四福晋，费扬古虽然战功赫赫，但年事已高，又浑身伤病。"落霜不解地说。

"皇贵妃自然是为四阿哥铺就锦绣前程，费扬古统兵多年，提拔的参军、佐领不计其数，军中最讲究义气，主将虽亡，恩情仍在，这都是四阿哥的倚仗。"卫岚音一语道破其中奥秘，"皇太后为皇上选了几名秀女？"

"皇太后一改常态，今年留下的都是汉旗的秀女，封为答应充盈后宫。"落霜回应。

"皇太后果然厉害。"卫岚音的头隐隐作痛。

"奴婢去唤太医？"落霜心疼。

卫岚音轻摆着手："都是陈年旧疾，怕是不能好了，苦口的汤药，不知喝了多少，还是算了。"

"主子日夜忧心忡忡，莫要拖垮身子，八阿哥已经十三岁，正是大展宏图之时。"落霜低泣。

"熬了这么多年，盼了这么多年，到头来还是走到了老路上。"卫岚音心如刀割。

"主子，梁公公来报，八阿哥的生辰之日，皇上命主子和八阿哥在乾清宫一同用膳，主子与八阿哥也好团聚。"落霜缓缓劝慰。

"他纵然有千般理由斩杀我亲弟，我也永远不会原谅他。"卫岚音的眼中跃动着仇恨的火焰。

乾清宫西芜的弘德殿弥漫着浓郁的香气，浅雕的红木桌上陈列着精美讲究的膳食，玄烨一身藏青飞龙云海的龙袍，安坐主位，卫岚音和八阿哥分坐两旁，三人的脸上都挂着淡然的微笑。

这是两年里，卫岚音第一次看着八阿哥，他已经脱离稚气，成为谦谦君子。

"额娘瘦了，儿臣记得额娘最喜欢食用山菇汤。"八阿哥为她盛了一碗冒着热气的补汤。

卫岚音一时失神，不停地哭泣。玄烨内疚道："都怪朕，让你们母子分离。"

"儿臣不敢，皇阿玛自然有皇阿玛的道理。"八阿哥跪落在地，恭敬如初。

卫岚音擦拭着泪痕："都是臣妾的错。"

"起来吧，今儿你们母子陪朕一同用膳，共享天伦。"玄烨欣慰地扶起卫岚音和八阿哥。

"谢皇上（皇阿玛）。"卫岚音与八阿哥的语调中带着些许的畏惧。

"八阿哥大了，上书房的师傅在朕面前夸奖八阿哥聪慧，岚儿功不可没，你们母子也不必太过生疏。"玄烨不经意地讲道。

"谢皇上隆恩，臣妾教导无方，都是皇上和上书房师傅的功劳，臣妾不敢居功，臣妾和八阿哥会遵循圣旨，不会让旁人落下口实，令皇上为难。"卫岚音敬畏地低头。

"岚儿埋怨朕？"玄烨沉着脸色。

"臣妾不敢。"卫岚音看向浑身霸气的帝王，当年被她错认为的小太监，却是运筹帷幄的天子。这光鲜的背后，却是血流成河，她的弟弟也险些成为祭品，她的目光中夹杂着丝丝哀怨。

"岚儿在八阿哥面前，如此盯着朕看，到底为何啊？"玄烨故意逗笑。

卫岚音恍然回神："臣妾已经多日未见皇上，自然要好好看看。"

玄烨龙颜大悦。

"八阿哥可还记得与朕的约定？"玄烨忽然问起。

八阿哥的手微微颤动："儿臣铭记于心。"

"好。"玄烨浓情地望向卫岚音，"朕的金口玉言不会收回，八阿哥不要让朕失望，不要让你额娘等得太久。"

八阿哥坚定："儿臣定不负所望。"

卫岚音一头雾水："皇上有事瞒着臣妾？"

"这是朕与八阿哥之间的约定，岚儿以后会知晓。"玄烨含笑道。三人围坐一起，用着膳食，宛如寻常百姓人家。

忽然，外面传来簌簌的脚步声，梁公公悲痛地讲道："启禀皇上，储秀宫的贵妃娘娘，薨了。"

卫岚音惊讶地站立。

玄烨的脸上只有一闪而逝的悲痛，他轻轻摆手："着内务府办吧。"

"是，皇上。"梁公公恭敬回应。

"她没有熬到太子大婚啊，告诉内务府，储秀宫的丧事从简，不能冲撞太子妃入宫。"玄烨的话语中带着无情。

卫岚音抿着发白的红唇，皇上的眼中只有太子，后宫的女子何等的悲催，生死皆凄凉。

"皇阿玛，儿臣去为贵妃娘娘守灵。"八阿哥拱手行礼。

"去吧。"玄烨轻描淡写。

卫岚音忍耐不住："皇上不去瞧瞧吗？"

玄烨默默摇头，艰难吐出一语："朕是皇上。"

卫岚音冷笑，这就是真实又可怕的帝王，真正做到了高处不胜寒的薄情寡义。屋内陷入死寂，谁都不愿打破这份静谧。

玄烨侧目："岚儿怕朕？"

"臣妾不敢。"卫岚音隐忍悲愤。

"你看朕的发。"玄烨无奈。卫岚音仔细地看着他的辫子，乌黑的头发里面花白一片。

"就因为朕是皇上，上到朝堂大事，下到后宫琐碎，朕都要一一过问，朕也是血肉之躯，朕登基三十三载，为守住祖宗的江山社稷，煞费苦心，苦熬心智。"玄烨闭上冷冽的双眸，"朕感觉好累。"卫岚音轻轻握住他的手。

"朕原以为太子大了，阿哥们大了，会为朕分忧。"玄烨缓缓睁开双眸，"但是朕大错特错，他们都在觊觎朕的皇位，恨不得朕早死，朕每夜都是噩梦连连，难以安寝。"

卫岚音打断他的话："太子和阿哥们都极为仁孝，皇上多虑了。"

玄烨摇头："太子是朕从小教导成人的，朕不想看到玄武门之变的惨烈。岚儿，朕是不是疑心病太重？"

"皇上是太在意大清的江山社稷，万千的黎民百姓。"卫岚音逢迎道。

"朕只是想多活几载，给太子和阿哥们创下锦绣河山。"玄烨铮铮铁语。

卫岚音淡淡微笑："儿孙自有儿孙福，太子和阿哥们都会知晓皇上的一片苦心。"

玄烨的眼神变得深邃幽深："自古帝王皆多疑，希望是朕多虑了。"

卫岚音轻轻揉搓着他的胸襟儿，告诉自己，这是她的仇人，这是她的爱人，这是与她纠缠一生的男人！

紫禁城中永远都只记得光鲜夺目的新人笑，无人记得逝去衰败的旧人泪，随着温僖贵妃的去世，钮祜禄氏姐妹的荣耀彻底走到尽头，只留下孤苦伶仃的十阿哥。温僖贵妃的丧事过去不久，太子妃石氏入宫，三阿哥和四阿哥开牙建府，新秀女也随之分到了东西六宫居住，紫禁城到处都是大红的彩绸，华丽喧嚣。

长春宫的荣耀依旧如初。

"都送过去了？"卫岚音打着哈欠问道。

"回主子，都送过去了，十阿哥染了风寒，说不出话来，奴婢送去林太医的方子，将主子的话也悉数带到了。"落霜安静禀告。

"希望十阿哥能挺过这一关，没想到风光一时的储秀宫竟然落到了这般田地。"卫岚音痛心道。

"昨夜储秀宫的宫女青梅自戕了。"落霜惋惜道。

"她虽然不是善类，却也忠心护主。"卫岚音叹息道。

"如今的储秀宫和承乾宫都已倒下，难道皇太后下一步要对太子动手？"落霜猜测道。

"皇太后不会那般心急躁动，延禧宫的宣嫔生下皇子才是头等大事。"卫岚音一语道破。果然不出她所料，沉溺数月的宣嫔短短几日间像换了个人一样，性子愈加沉稳，皇上接连数日召其侍寝，延禧宫风光无限。皇太后与皇上之间母慈子孝，剔除心中的芥蒂。

太子妃进宫不足百日，皇太后便诏令东西六宫，由太子妃执掌后宫，惠妃和荣妃两人协助，皇上御批恩准，紫禁城享受着片刻的安宁。

长春宫内烛光暗淡，神色坚定的卫岚音盯着翠绿的茶水盈盈失神。

"你怪我吗？"卫岚音的脸上尽带泪痕。

"奴婢不敢。"落霜低着头。

"花将军说，这药是藏传神药，遇水则化，无色无味，能让人在睡梦中死去，毫无痛苦，就这么一丁点，可毒死一匹骏马。"卫岚音看着信函里薄薄的一层粉末。

"主子真的忍心下手吗？"落霜哽咽地问。

"我不得不忍心，谁能偿还弟弟的一双眼睛？"卫岚音痛哭。弟弟的第二封信里才告诉她，他已经双目失明，那双像极了额娘的眼睛，被毒火熏瞎。弟弟浑身伤疤，一世不能见人，生不如死。

"弟弟天资聪慧，善骑射，喜读书，即使不能考取功名，平庸一世也好，这一切都毁在他的手里。"卫岚音咬着牙根儿，"只为了满足他的皇威，我恨他，我恨他。"

"主子，让奴婢做吧。"落霜宁愿与玄烨共赴黄泉。

"不，我要亲自下手，新仇旧恨一同清算。"寒风吹过，烛光摇曳，卫岚音的脸色忽暗忽明。

几日后天气微凉，长春宫冷清寂寥，卫岚音染了风寒，各宫的嫔妃纷纷探望，礼数周全。玄烨焦急处理着朝堂之事，同样惦记卫岚音。

长春宫燃着浓郁的梵香，卫岚音心情低落。

"皇上来了吗？"她无表情。

"乾清宫传来消息，皇上一会儿便到。"落霜禀告。

"我只愿自己遁入深渊，你们都要好生活着。"卫岚音的泪涌出眼眶。

"皇上驾到。"院落中响起梁公公的长音儿。

神色忧虑的玄烨望着瘦弱的卫岚音，关切："岚儿，可有好些？"

卫岚音轻轻掩住红唇："臣妾好多了。"

"岚儿，要保重身子。"玄烨握住她的手，"朕亏欠岚儿好多，岚儿一定要养足精神，等待朕的偿还。"他一直想许给卫岚音妃位，多年未果，他希望八阿哥早日成器，了却一桩心愿。

而他的这番话，在卫岚音听来却是另一番滋味："皇上亏欠臣妾什么？"

玄烨大笑："岚儿想要什么？"

卫岚音心痛，我想要你的龙椅，你的命，你能给吗？她鬓间的喜鹊金簪微微颤动，心如刀割。多年的情感顷刻而出，终是不忍。

"皇上可曾欺骗过臣妾？"卫岚音哀婉地问。

玄烨轻轻将她拥在怀里，意味深长地说，"朕与岚儿之间除了那道魔障，再无隔阂。这些年，朕也想通了，察哈尔是察哈尔，岚儿是岚儿，在朕眼里，岚儿是朕的妻，八阿哥是朕的儿，如此简单罢了。"

卫岚音微颤地蜷在玄烨怀中，她真的要害死自己的丈夫吗？弟弟那张狰狞的面容浮现在眼前，她感到致命的窒息。

玄烨哪里知晓惊天的阴谋，他静静地拥着她，这是他一生爱恋的女子，他永远都忘不了月光下那张恬静柔和的脸。

"启禀皇上，启禀主子，八阿哥来了。"落霜红着眼睛。

玄烨摆动着龙袖："让八阿哥进来。"

八阿哥神色凛然地跪下："儿臣给皇阿玛请安，给额娘请安。"

檀香屏风后的卫岚音听到八阿哥温润的声音，百感交集的情感涌上心头，泪水浸透了金丝龙袍。

"起来吧，瞧你额娘，倒成了娇羞的小女子。"玄烨无奈地拍着她的手。

"额娘的身子可好些？"八阿哥顺着屏风的方向。

"八阿哥放心，主子好多了。"落霜奉上热茶。

八阿哥端起茶盏，小酌入口，"噗"的一口吐出。

"八阿哥烫到了？"落霜慌乱地拿出绢帕，不停地擦拭。

"落霜姑姑的年纪大了，泡茶的功夫一年不如一年，竟然将皇阿玛最喜爱的碧螺春茶，煮过了火候，看，叶子都失去了翠绿色。"八阿哥责怪道。

落霜一惊："奴婢老了，请八阿哥恕罪。"

卫岚音的哭声转为低泣，八阿哥在阻止她。

玄烨感叹："朕也好久没有饮用过落霜烹煮的热茶了。"

"奴婢这便再去煮一壶。"落霜端着细嘴茶壶，缓缓离去。八阿哥舒展着眉宇间的忧虑。

玄烨摇头："算了，下次朕再来讨杯热茶。翰林们还在南书房候着朕，朕过几日再来看岚儿。"卫岚音茫然点头，终是狠不下心来。

"额娘。"八阿哥轻语。

卫岚音在落霜的搀扶下走出屏风。

"请额娘保重身子，儿臣回上书房了。"八阿哥缓缓起身，"儿臣感谢额娘的苦心，请额娘一切以大清的社稷为重。"

卫岚音欣慰："八阿哥大了，额娘老了。"

"额娘。"八阿哥扑倒在她的脚下，"额娘，咱们已经蛰伏隐忍这么多年，何必急于一时，儿臣实在是心疼额娘。功名利禄，荣华富贵，儿臣会自己去争，去夺，儿臣舍不得额娘受苦。"

卫岚音的眼泪窝在眼眶，隐忍不发。然而一波未平，一波又起，卫岚音还未来得及去寻密贵人，密贵人倒是自己找上门来了。

"良姐姐吉祥。"打扮得花枝招展的密贵人柔声细语地请安道。

"密妹妹真是好气色。"卫岚音侧目道。

"良姐姐的气色倒是好多了，看来良姐姐的身子早已大好。"密贵人掩唇而笑，"臣妾怕打扰良姐姐的安歇，晚来了几日，还请良姐姐见谅。"

"密贵人正孕育着龙子，哪里顾及如此多呢？"卫岚音旁敲侧击。

"呦，都是托了良姐姐的福气。"密贵人挑着柳眉，"今日臣妾来，只是想告诉良姐姐一事。明人不讲暗话，花将军的信函，臣妾也接到了，一连数日，良姐姐皆毫无音讯，看来良姐姐只顾情谊，忘却亲情，花将军颇为伤感。花将军已经将此重任交给臣妾，臣妾今日过来，便是奉劝良姐姐，大计若成，请良姐姐顺应天命。"

"你到底要做什么？"卫岚音大惊失色。

"臣妾要做的，是良姐姐不忍心做的事情。"密贵人眯着双眸，狠绝地说，"请良姐姐视而不见，待功成之时，紫禁城便是咱们姐妹的天下。"

第十三章

寂寂江山摇落处

"我劝你莫要自以为是。"卫岚音痛斥。

密贵人抚着高高隆起的小腹:"良姐姐真是不识好人心啊,臣妾这么做,都是为了察哈尔,都是为了八阿哥啊。"

"到底为了谁,你心里自然有数。"卫岚音紧盯着密贵人的肚子,她会如此好心?密贵人高傲地抬着头,毫不在乎她的挑衅。

卫岚音目光坚定地说:"女子讲究从一而终,道亦道,正道沧桑,你整日周旋在各种势力的旋涡之中,早晚会引火上身,你到底忠于谁?"

"臣妾自然忠于良姐姐,忠于花将军。"密贵人低沉而语。

卫岚音轻蔑道:"尔能欺人,不能欺天,到底忠于谁,你最清楚,老天最清楚。我今日奉劝你一句,好自为之,莫替他人做嫁衣。"

"臣妾的事情不劳良姐姐费神,请良姐姐放一百个心,臣妾自然不会做出对良姐姐和八阿哥不利的事情。"密贵人面不改色道。

"你以为自己做的事情天衣无缝?"卫岚音挑着弯眉,"你到底与太子有何阴谋诡计？"

"臣妾不懂良姐姐在说什么。"密贵人用力握着双手。

"不懂？"卫岚音目不转睛地盯着她，冷笑道，"划袜步香阶，手提金缕鞋。如此香艳的情景，密妹妹很熟悉吧。"

密贵人的脸颊红晕霞飞："良姐姐已经知晓此事，又何必耻笑臣妾。"

"既然你已经生下皇子，太子妃已经入宫，你何必一错再错？当初是德妃故意陷害，你也是情非得已，如今的你是自甘堕落。"卫岚音为玄烨感到蒙羞。

"良姐姐此话差矣。"密贵人抬起高傲的头，"良姐姐此生不虚，能得到皇上的宠爱，臣妾没有那个好运，只能自谋出路，臣妾不愿被皇上当成玩偶，臣妾也是有血有肉的女子，太子对臣妾一往情深，臣妾自然倾心于太子。"

卫岚音愤怒地一巴掌打在她的脸上："你做出如此丑事，竟然还振振有词！"

密贵人捂着脸颊："良姐姐与皇上刚刚破冰归好，难道想分道扬镳？臣妾既然答应良姐姐同心，自然不会做出过格的事情，而臣妾的事情，也请良姐姐高抬贵手，臣妾不胜感激。"

"你要弑君夺位，难道还不过格？"卫岚音情绪激动地说。

"历朝历代，哪家姓氏的帝王，不是夺来的，流传后世的史书，还不是随意书写？"密贵人看得通彻，"毕竟这江山依旧是爱新觉罗的。"

"你到底要怎样？"卫岚音气愤地问。

"请良姐姐看戏。"密贵人拂过微肿的脸颊，"这是良姐姐第二次教训臣妾，臣妾记下了。"卫岚音失落地坐在红木椅上。

"密贵人疯了？"落霜胆战心惊。

"告诉八阿哥派人盯着密贵人，一举一动都不要放过。"卫岚音细细嘱托，"咱们这边盯着毓庆宫，我总觉得毓庆宫要趁火打劫，借刀杀人。"

"主子放心，奴婢这就去办。"落霜离去。

卫岚音望着天上的祥云，静静等待着血雨腥风来袭。外面秋高气爽，紫禁城迎来了一年一度的重阳节。因为皇上与皇太后的惺惺相惜，重阳宴席更加隆重尊贵。御花园菊花锦簇，峰峦叠翠的九花山子开得正茂，皇太后带领着后宫嫔妃在御花园赏菊，一团和睦。

卫岚音静静地盯着繁茂的菊花，想起第一次看到九花山子时的情景，如今已过去十余载，当年盛宠一时的人，也早已步入黄泉。

花开花落皆有时，只是世人看到的都是花开时的荼蘼，无人知晓花落时的凄苦，她盯着在花丛间翩翩起舞的花色蝴蝶，露出耐人寻味的浅笑。

"呦，密妹妹的肚子，怕是快生了吧。"宜妃摇着锦扇说道。

"回宜姐姐，已经不足百日。"密贵人神采飞扬。

"密姐姐真是好福气。"一位面生的女子羡慕地讲道。

卫岚音顺着甜美的声音望去，是今年新入宫的秀女。

"良妹妹还没见过吧，这是宫中最得皇上宠爱的勤常在，住在本宫的钟粹宫。"惠妃的凤袍凸显其尊贵的身份。

"长得真秀气，惠姐姐真是好眼力。"卫岚音微笑，惠妃也开始扶植新人。

"密姐姐可不是好福气嘛，昨日不小心绊了一跤，险些出红，连皇上都惊动了。"身着翠绿宫装的女子讽刺道。

卫岚音倒是知晓昨夜皇上去永和宫的事情，只停留了两盏茶的工夫，密贵人还算懂事，并未暗中出手。

"常妹妹这话语怎么带着妒忌和抱怨呢？"浓妆艳抹的德妃瞪着双眸说道。

出言不逊的女子也是新入宫的秀女，被封为常答应，居住在延禧宫，与宣嫔情投意合，入了皇太后的法眼，自然狐假虎威。

"臣妾不敢，臣妾只是觉得密姐姐既然已经身怀六甲，便要事事小心谨慎。皇上日理万机，费心劳神，如若是再为后宫的小事烦忧，未免……"常答应口齿伶俐，句句在理。

"常妹妹所言极是，还真是臣妾唐突。忘却了德姐姐平日里的教诲，请德姐姐见谅。"密贵人送了个顺手人情，同时也抬高了德妃的贤惠婉约。

"罢了，后宫本无小事，还有什么比皇嗣更为重要，皇上是心疼密妹妹。"德妃拨动着粉嫩的菊花，惊走了蝴蝶，"常答应入宫尚浅，没想到规矩学得倒是周全，这样吧，就劳烦常答应将宫中的规矩多抄写几遍，送与初入宫的宫女，岂不更好？"

"臣妾谨遵德姐姐教诲。"常答应的眼中满是怨恨和不服气。

远处传来爽朗的笑声，意气风发的宣嫔与聪慧灵动的太子妃左右相扶皇太后缓缓走来。

"大伙儿都到了，这莺红花绿，姹紫嫣红，哀家都分不清是赏花还是赏人了。"皇太后看着后宫嫔妃们，讲着玩语。

"皇祖母，秋高气爽，国运亨通，又是风调雨顺的丰收年，自然是花美、人美、江山美。这是大清的福气，祖宗的恩泽啊。"太子妃的眉宇间显露着霸气的凤威。

"好，好，太子妃最识大体。你若是早日给哀家再生下几位重孙，这江山就更美了。"皇太后亲切地拉着她的手。

太子妃低垂着头，尽显娇羞。

正在众人说笑时，从月亮门里跑来一个小太监，喘着粗气："启禀皇太后，启禀各宫娘娘，皇上重病在床，已经烧得胡言乱语。"

卫岚音惊愕地盯向密贵人，密贵人早已掩住红唇，眼中噙满泪水，看来早有准备。

"不准哭，哀家还在，皇上无恙。"皇太后怒声训斥，御花园瞬间死寂，只听见沙沙的风声。

"到底怎么回事？"皇太后威仪重语。

"回皇太后，皇上染了风寒，早朝时便浑身高热，午后用了些点心，便卧床不起，太医们都在乾清宫候着呢。"小太监带着哭腔。

乾清宫内低泣嗫嗫，卫岚音虽然心急也只能尾随在皇太后身后。

玄烨双目紧闭，面色灰黄。阿哥们在太子的带领下跪落一地，哭泣不停。满屋的太医皆不敢多言多语。

皇太后心急："皇上的身子到底如何了？你们这些奴才是怎么侍候的？"

"回皇太后，皇上昨儿还是好好的，今儿忽然染病，奴才也不知啊。"梁公公声音沙哑，"奴才愿用性命换取皇上的平安啊。"

"启禀皇太后，皇上的还原汤呈深褐色，此乃是大凶之兆。"李太医拱手禀告。

"皇上到底患了什么病？"皇太后瞋目。

"微臣们驽钝，皇上高热不退，舌苔微白，还不敢妄下定论。"李太医声音颤动，皇上的安危关系到江山社稷，他不敢随意乱语。

"庸医，都是一群庸医。"惠妃忍不住训斥。皇上如若真的撒手人寰，太子继位名正言顺，大阿哥没有一丝机会。

"传哀家懿旨，昭裕亲王、恭亲王进宫探望皇上，皇上的病情，不宜宣扬，今日起太子监国，各宫嫔妃轮番侍奉皇上左右。"皇太后沉思片刻，缓缓道出。

"谨遵皇太后懿旨。"众人跪地齐声。

"命宫中所有的佛堂都为皇阿玛诵经祈福。"太子妃灼灼其华。

外面凉风渐起，吹落了一地繁茂的花瓣儿，紫禁城笼罩着浓郁的伤感。

数日后，玄烨的病情毫无起色，午夜已过，长春宫依然宫灯闪烁，卫岚音夜不能寐。

"主子。"落霜为卫岚音披上衣衫，"主子昨夜整晚侍奉皇上，今夜早些安睡吧。"

"林太医有信传来吗？"卫岚音焦虑地问。

落霜轻轻摇头："皇上此病来得凶险，会不会是密贵人，咱们看走了眼？"

"我问过她多次，她都是哭哭啼啼，全然不知的模样。"卫岚音苦皱眉宇，"花将军是想要皇上的命，不会让皇上活，怕是另有他人。"

"太子监国，太子妃治理后宫，皇太后每日必召裕亲王和恭亲王入宫商谈国事，后宫的形势危急。"落霜面带忧色。

"但愿苍天有眼，皇上早日康复。"卫岚音伤心垂泪。

"皇上时而清醒，时而昏迷，难道是中了魔障？"落霜疑惑。

"哪里会有魔障，不过是障眼法，自欺欺人罢了。"卫岚音苦闷道，到底是谁呢？

"若皇上真的有个三长两短，八阿哥更没有任何机会了。"落霜低沉。

"这么多的磨难，皇上都挺过来了，这次定会安然无恙。"卫岚音的脸上露出执着。

寒夜漫长，她在床上辗转难眠，眼前浮现出额娘、弟弟，还有皇上的身影，她抓不住，喊不出，只能眼睁睁看着他们一个个远去，她惊得浑身冷汗。

他真的会这般去了吗？她无声地祈求上苍，让她忘却仇恨，远离痛苦，她愿用自己的命，换他的命。

星月散去，东方吐白，卫岚音双眼红肿蜷在软榻上小憩，八阿哥到了。

"儿臣有要事与额娘相商，额娘请看。"八阿哥从袖口拿出一张白纸。他将白纸放入清水，白纸浮现出点点淡蓝色的小字："额娘请看。"

卫岚音不解地问："这是？"

"额娘，这是太子写给巫术之人的亲笔信。"八阿哥低沉回答，"虽然太子变换了笔体，但万变不离其宗，一定是太子的亲笔信。"

"这纸有蹊跷？"卫岚音看到白纸慢慢干涸，字迹也慢慢消失。

"这是蘸着白矾写的。"八阿哥慢慢折起，"皇阿玛的龙体一贯硬朗，这次卧床不起多日，是太子在谋害皇阿玛。"

"那密贵人？"卫岚音惊讶道。

"密贵人没有机会出手，皇阿玛登基多年，疑心极重，暗人来报，密贵人几次想出手，都没有得逞，皇阿玛的确只有在额娘这里才最为放松警惕。"八阿哥回应。

"皇上的重病？"卫岚音失落地说。

"太子与巫术之人互相勾结，养其于赫舍里氏的府邸，皇阿玛被其温热之毒所伤，患的是瘴气，已经确认无疑，此病凶险，会危及性命。"八阿哥神情凝重。

"可有解毒的良方？"卫岚音焦虑。八阿哥淡淡摇头。

"林太医呢？"卫岚音一贯依赖林太医。

"林太医也束手无策，正在翻看医书。"八阿哥低着头。

卫岚音泪眼婆娑地说："你皇阿玛是个好皇帝。"

八阿哥点头："皇阿玛的丰功伟绩，前无古人后无来者。"

"所以额娘希望你，忘却仇恨，顺其自然。"这是卫岚音第一次与八阿哥谈及此事。

"额娘放心，儿臣心中有数。"八阿哥漠然回应。

"额娘可知这信函是谁交给儿臣的？"八阿哥问。

"额娘一定没有想到。"八阿哥艰难吐出，"太子与密贵人之间的丑事，四哥早已知晓，这信就是四哥交给儿臣的。"

"四阿哥？"卫岚音与落霜同时瞪圆了双眼。

"四哥表面依附太子，暗地里的心思，绝非如此简单，此番将信交给儿臣，便是要与儿臣示好，意思也明朗，他要与儿臣明里暗里，一同扳倒太子。"八阿哥义正词严。

"四阿哥是皇贵妃一手调教出来的，四阿哥内敛沉稳，周旋在永和宫德妃的眼皮子底下，心思极重。"卫岚音叹息。

"四哥不知晓额娘的身世，但也看透了额娘和儿臣的苦心，儿臣早已看透，皇阿玛对太子才是父子情深，无论太子做过什么，皇阿玛都会谅解，即便到了那日，皇阿玛也不会取其性命。"八阿哥难忍悲痛。

卫岚音牵起他的手："将白纸收好，如今的当务之急是皇上的身子。"

"额娘放心。四哥在宫外找了好多方子，虽然都没有十足的把握，但也可一试。"八阿哥收起白纸，"儿臣也在想法子，皇阿玛的病越来越重，如此拖下去，怕是撑不了几日。"

"没想到皇上费尽苦心、栽培多年的太子，是狼子野心。"卫岚音怒气斥责。

"额娘，儿臣想把这封信函，交给王叔处置。"八阿哥试探地问。

卫岚音微微点头："这样也好，皇上与裕亲王向来亲近，裕亲王刚正不阿，定会守护皇上。"

玄烨昏迷数日，朝政由太子一党把持，每日临朝的太子得意忘形，赫舍里氏更是一家独大，连咸福宫的平嫔都是趾高气扬。随着玄烨的日益病重，平嫔竟然整日浓妆艳抹，后宫嫔妃皆是敢怒不敢言。

卫岚音这几日瘦弱了许多，发鬓间竟然长出几根银丝。皇上、察哈尔、太子、八阿哥、四阿哥、皇太后，所有的势力都在蠢蠢欲动，表面平静的后宫，却是危机四伏。

"主子，大喜啊。"落霜上气不接下气，"八阿哥从西洋传教士洪师傅那里，知道有一种西药，叫什么金鸡纳，听闻这是神药，服用后，患疟疾之人能立即痊愈。"

卫岚音喃喃自语："果真好用？"

"真的好用，八阿哥与裕亲王已经亲自寻到疟疾之人试药，都已痊愈。"落霜坚定应答。

"那皇太后是什么意思？"卫岚音焦急，皇太后颇为守旧，恐怕一时间接受不了西药，皇上时而清醒，时而昏睡，性情更是难以捉摸。

"皇太后有疑虑。"落霜失落。

"裕亲王以性命担保，但太子和朝臣依然反对，讲什么西药不可为，洪师傅等人居心叵测的乱语，竟然还有人提议要对洪师傅以忤逆之罪判处。"落霜细细禀告，"还有人弹劾裕亲王。"

"裕亲王与皇上为至亲手足，对皇上忠心耿耿，一心为大清江山，再则，皇上平日里对西洋传教士最为欣赏，上书房也有西洋的太傅，此乃人尽皆知，西药能救治西方人，自然也能救治大清的百姓，怎能害人？"卫岚音反驳。

"都是太子一党的阴谋诡计，八阿哥带领着上书房的众阿哥在乾清宫外已经跪了一个时辰，愿以身试药。"落霜蹙眉。

"四阿哥呢？"卫岚音问道。

"四阿哥与三阿哥态度不明。"落霜低吟道。

"果然是老谋深算。"卫岚音冷笑。虽然扳倒了皇贵妃，四阿哥却更加韬光养晦，冷静得令人害怕，这才是最为强劲的对手。

"主子，裕亲王和恭亲王联合诸位皇亲国戚也愿以身试药。"落霜喜气。

卫岚音神色坚决："随我去乾清宫，我要为皇上试药。即使金鸡纳是神药，也必须尽早服用，才能保命，林太医讲过高热之人，会烧坏五脏六腑，即便痊愈也会落下病根儿。这古话讲得好，神仙也有无能为力之时，三魂五魄若是失了，到时候谁也无力回天。"

"主子。"落霜热泪盈眶。

卫岚音低垂着头："我虽然恨他，但也不希望他中歹人奸计，如果老天真的要收走他的命，我愿意与他同归于尽。我与他虽然不能死后同穴，黄泉碧落同行，也好相互为伴。"

她走出宫门，绕过红墙，来到乾清宫。裕亲王福全见她到来，上前道："良贵人来得刚好，皇上清醒，正念叨着良贵人。"

卫岚音缓缓走入东暖阁，惠妃和通嫔红肿着双眼，正在床前照料着皇上。

满脸惆怅的惠妃擦拭着眼泪："良妹妹来了，皇上在睡梦中正念叨良妹妹呢。"

卫岚音急忙握住玄烨温热的手："皇上如何？"

玄烨虚弱地开启干涸的嘴唇："岚儿，朕还活着？"

"皇上，臣妾在这里，皇上是真龙天子，哪能随意谈及生死。"卫岚音的泪滴落在他的手心。

"朕梦到了皇祖母。"玄烨声音沙哑，"朕好累啊。"

卫岚音轻轻揉搓着他的胸口："皇上是勤政爱民的好皇帝，自然劳累，如今四海升平，皇上也要顾及龙体。"

玄烨眯着幽深的眼神："岚儿在朕身边，真好。"

"皇上卧病多日，臣妾心如刀割，恨不得与皇上一同承受病痛之苦，既然今日裕亲王和八阿哥找到良药，皇上为何不服用？"卫岚音柔声细语，"皇上，何不选人试药，如若无恙，皇上再行服用，即便这金鸡纳不管用，总是对身子无恙的，皇上也好放心。臣妾提议，不如选出四人一同试药，臣妾以后宫嫔妃之亲愿以身试药，八阿哥以皇子之情愿以身试药，裕亲王以手足之身愿以身试药，大学士以君臣之礼愿以身试药，请皇上成全臣子的一片真心。"

裕亲王福全微微颤动，卫岚音果然聪慧谨慎，四人试药，都是皇上的近身之人，如此能堵住太子一党的悠悠之口，更能打消皇太后心中的顾虑。

裕亲王福全与卫岚音目光交换，随即跪地："请皇上成全。"

乾清宫到处散发着龙涎香的气味，玄烨缓缓抬起瘦弱的手臂，轻得不能再轻的声音："准了。"他的手臂又猛然垂下，再次陷入昏迷。

卫岚音欣喜："臣妾谨遵皇上御旨。"

福全拱手向前："微臣去准备试药一事，请良贵人移步回宫。"

两人一前一后离开东暖阁。卫岚音只听到裕亲王福全在擦肩而过时，温润一语："保重。"

卫岚音失神，他总是在她苦难时，挺身而出，在她光鲜时，默默祝福。此深情厚意，她都铭记于心。

太医为她诊过脉，在临睡前服下金鸡纳，一夜好眠，卫岚音舒展着筋骨。

"主子可有不适？"落霜焦急地问。

卫岚音默默摇头："八阿哥呢？"

"主子放心，八阿哥、裕亲王和大学士都已经由太医诊过平安脉，皆无恙。"落霜带着笑意。

"着太医进来。"卫岚音示意。

李太医与一名年少的太医一同入内，请安行礼后，细细诊过她的脉络。

李太医露出喜色："良贵人气血两亏，此乃旧疾，其他并无大碍。"

"既然四人都无恙，还请李太医速速去乾清宫为皇上服药，莫要耽误了时机。"卫岚音着急。

李太医与年少的太医跪落在地，行着大礼："微臣多谢良贵人的用心良苦。"

外面阳光明媚，万里无云，乾清宫重檐双顶上的金色琉璃泽泽发光，晃得人睁不开眼睛。卫岚音惬意地享受着耀眼光芒。日暮时分，喜报传遍紫禁城的各个角落，高热数日的玄烨终于退尽寒毒，神志清醒。

乾清宫温馨一片，梁公公吩咐着宫人用艾叶蘸着清水四处洒落，求得平安和吉祥。

卫岚音侍候在玄烨的床榻旁："皇上大病初愈，还是小憩安歇，莫要太劳累。"

玄烨放下手中的奏折："朕再这么睡下去，天下恐要大乱。"

卫岚音微笑："皇上莫要妄自菲薄，有皇上在金銮殿坐着，哪来的大乱。"

玄烨握着她的手："岚儿真是朕的福星。"

卫岚音细吟："臣妾不敢自夸。"

梁公公入内，痛哭流涕："皇上此番病重，幸亏良贵人想出试药的好法子，奴才在皇上身边侍候多年，从未讲过任何是非对错，但对于此事，奴才今日斗胆逾越，良贵人和裕亲王对皇上之心，天地可鉴啊。"

玄烨盯着厚厚一摞的奏折，他昏迷不过数日，朝堂大员变动频繁，幸而裕亲王力挽狂澜，冒着忤逆之罪，守住了隆科多的步军统领一职和几位八旗都统、佐领的官职。太子和赫舍里氏到底想做什么？他苦心培养的太子，竟然诅咒他立刻驾崩！

"朕心中有数，忠心与否，是非对错，朕自然会赏罚分明。"

梁公公抹着眼泪。卫岚音见玄烨心烦，温婉轻柔地说道："臣妾得皇上盛宠多年，为皇上试药，只是小事，臣妾倒是真想求个恩典。"

玄烨溺爱："岚儿又要为旁人求情了？"

卫岚音恭敬而语："知臣妾者莫过于皇上。臣妾想为过世的温姐姐求得哀荣，温姐姐入宫多年，尽心服侍皇上，十阿哥也学有所成，钮祜禄氏一族是名门望族，温姐姐去世，谥号哀荣还未定下，十阿哥一直闷闷不乐，储秀宫也少了往日的荣耀，皇上此番病了，十阿哥极为孝敬，这孩子，不善于表在明处，内心甚为孝敬。"

温僖贵妃去世数月，十阿哥在宫中的地位骤然下降。温僖贵妃弥留之际，她和她的心结悉数打开，既然都是可怜人，能够帮衬一把，绝对不会落井下石。

玄烨缓缓开启金口："钮祜禄氏满门英烈，十阿哥老实忠厚，岚儿放心，朕不会厚此薄彼。"

"臣妾谢皇上恩典。"卫岚音娉婷多姿。

"岚儿，朕想擢升你的位分。"玄烨的眼中满是爱意。

"皇上，如今后宫嫔妃四角齐全，新人辈出，臣妾与皇上之情，人尽皆知，臣妾已经不在乎虚位。"卫岚音拉着长音说道。

"朕对岚儿失言了。"玄烨苦涩道。他想起降去岚儿的嫔位，与咸福宫的平嫔有关，他侧目问："听闻咸福宫在朕卧床之际，毫无悲切之意，尽带笑颜？"

卫岚音和梁公公震惊，没想到这么快便传入皇上的耳内，看来那些新入宫的答应和常在个个都不是省油的灯。

"皇上。"梁公公恭敬回应，"回皇上，奴才也是听宫人们乱嚼舌根儿，平嫔娘娘熟读经论，哪能不懂世故人情，咸福宫内的事儿，奴才不知，不敢妄下定论，只是奴才亲眼所见，平嫔娘娘侍奉皇上左右时穿戴鲜艳，打扮得甚为尊贵，将常答应都给比了下去。"

"着朕旨意，平嫔恃宠若骄，降为贵人，禁足咸福宫。"玄烨将奏折重摔在地。

"皇上的病好了，皇太后却卧床不起。"卫岚音叹惋。

"母后此番所为，朕颇感欣慰。"玄烨微微点头。

"皇上，臣妾不懂朝堂上的事情，皇上此番虽然凶险危急，但这人心啊，却看得真切，也是一桩好事。"卫岚音劝慰道，"皇太后虽然与皇上有些解不开的心结，但在关键时刻，这心还是向着皇上的。皇太后毕竟老了，心中总念及故土，也是在所难免，情理之事，皇上还是放下心中的芥蒂吧。"

"朕也知晓母后的为人和心意，罢了，从今以后，朕自会令母后欢颜。"玄烨舒缓着阴暗的脸色。

"皇上真是千古明君。"卫岚音奉承道。

玄烨爽朗："没想到西药真是神奇，朕也不得不佩服太阳王路易十四。"

"路易十四？"卫岚音睁大了眼睛，从未听闻帝王叫这种通俗又怪异的名字。

"是啊，听闻洪师傅和那些传教士说，他们的国王路易十四，还曾经给朕写过一封亲笔信，只可惜罗刹人不肯借路通行，这信件未到达朕的手中。"

"他们的国王也长着高鼻蓝眼？"卫岚音掩口微笑。

"是啊，自古以为天方地圆，其实不然，这世间宽广，朕不过是中原之主，这位路易十四与朕经历相同，幼年丧父，同样辅臣辅政，后来夺得正统，励精图治，国富民强，朕倒是很想与其会面，把酒言欢。"玄烨发出英雄惺惺相惜的感慨。

"皇上是真龙天子，命有福泽，刚好洪师傅手中有金鸡纳，这都是命中注定。"卫岚音微笑。

"朕也是有所不及，明日早朝，朕倒是要看看，朝臣们对朕的忠心。"玄烨幽深内敛地讲道。

屋外枯叶落地满地金黄，乾清宫被宫人们打扫得焕然一新。太子因咸福宫的败落收敛其傲性。朝堂中，皇上擢升贬谪官员，打破一家独大的局面。密贵人在萧瑟时，生下一位阿哥，卫岚音派落霜送去训诫之语。

玄烨又连下多道上谕，赐予温僖贵妃哀荣，并加封钮祜禄氏荣耀，十阿哥又成了阿哥所中身份最为尊贵的阿哥。

秋去寒来，迎来初冬的清雪，朱红琉璃隐藏在迷雾之下。翊坤宫的宜妃披着紫貂斗篷冒着大雪来到长春宫。

卫岚音正在盯着铜盆中的炭火失神，见宜妃到来，连忙行礼："宜姐姐吉祥，快入座。"

宜妃委身一礼，卫岚音惊讶站立："宜姐姐这是做什么？"

"良妹妹为储秀宫所做之事，姐姐特来谢恩。"宜妃真诚地说。

卫岚音摇头："都是皇上的恩典，臣妾哪里做过什么。"

"姐姐心中明了，良妹妹不必谦恭。"宜妃低沉道，"温妹妹去了，倒也清净，留得咱们在这苦苦熬着。"她红着双眸。

"总会有云开见月明的那日。"卫岚音淡然微笑道。

"咱们还能求得什么？"宜妃连连叹息，"皇上已经多日未踏入翊坤宫半步了。"

"宜姐姐莫要伤心，这就是咱们的命。"卫岚音宽慰细语道。

"宣嫔和勤常在才是皇上的新宠。"宜妃咬着牙根儿。

"宜姐姐勿要忧虑，花无百日红，都会有凋零那日。"卫岚音微笑道。

"只是你我手中皆无可用之人。"宜妃俨然已经与她同心同德。

"宜姐姐的意思是？"卫岚音淡然地问。

第十四章

暂将团扇共徘徊

"良妹妹是聪明人，姐姐也不绕弯子了。"宜妃优雅地放下黄釉白底的茶盏，"八阿哥甚得皇上宠爱，九阿哥和十阿哥与八阿哥亲密无间，温妹妹虽然故去，但咱们还要为阿哥们好生谋划。"

"宜姐姐真是快言快语。"卫岚音淡淡微笑。

宜妃苦笑道："东西六宫本就永无宁日，咱们这些老人儿，容颜褪去，只能靠皇上的恩情，比拼的还不是阿哥们的锦绣前程？那些小答应暂时成不了气候，咱们安抚拉拢几个心腹之人就好。"

"宜姐姐莫忘了钩弋夫人的故事。"卫岚音侧目道。

宜妃毫不在意："汉武帝当年子嗣凋零，当今皇上子孙繁茂，个个都是好男儿，皇上睿智前瞻，哪能扶植个奶娃子坐上龙椅？良妹妹真是多虑。"她瞥了眼落霜，"都是天意啊，当年太皇太后为八阿哥定下婚事，郭络罗氏便和长春宫结下缘分。"

"臣妾出身卑微，承蒙太皇太后隆恩，结下如此尊贵的姻缘，是八阿哥的福气。"卫岚音低调处事。

"福气是上天给的，荣耀是自己争来的。"宜妃语调深长，"如今咸福宫失势，永寿宫已经过气。钟粹宫和永和宫靠着新人争宠，延禧宫有皇太后罩着，也是皇上的新宠。翊坤宫不冷不热，储秀宫彻底败落，只有良妹妹的长春宫依旧常青。"

"祖宗规矩，秀女们每三载会充盈后宫，谁也无法阻止，留下的只有这宫中的一草一木和耷拉着耳朵的铜狮子，谁会记得旧人哭？宜姐姐还是看开些吧。"

"姐姐就是不服气。"宜妃挑着柳叶弯眉，"储秀宫的高常在和李答应都是娴静婉约的女子，皇上如何能不喜？偏偏让那些小人得志。"

卫岚音也想起高常在："咱们手中也不是空无一人。"

宜妃亲切地微笑："姐姐也是这个意思，良妹妹最懂皇上的心思，还是好生调教两位，咱们也好多几个棋子。"

卫岚音点头，高常在出身书香门第，不受宠也安分稳重，倒是可用之人。

宜妃喜悦地饮用着暖胃的热茶："苍天有眼，宣嫔侍寝多年，仍无一子，皇太后再英明神武，也毫无法子。良妹妹也不是外人，当日宣嫔进宫是温妹妹一手包办，同一批入宫的秀女，皆服用了难以受孕的补汤，是些民间的野方子，没想到如此奏效。"

卫岚音若有所思地说道："这招却是全军覆没，宣嫔无子是好事，如若咱们帮衬高常在和李答应侍寝，岂不同样不能受孕？"

宜妃叹息道："当时哪里会想到这么多事情，让太医院开些暖身的补药吧。"

外面的清雪越下越大，模糊了远处的红墙，长春宫却是温暖如春。

宜妃快意道："从此，毓庆宫便是众人的对手。"

卫岚音亲自倒热茶："宜姐姐所言极是，太子以往虽然蛮横无理，倒也没做过什么出格的事情，没想到这次皇上重病，却是将狂妄表露得淋漓尽致。"

"皇上的眼中从来容不得沙粒。"宜妃端起热茶说道。

"不知平贵人如何了？"卫岚音自言自语。

"她能怎么样？整日躲在房里哭泣，真是丧门星。"宜妃讥笑道。

"平贵人毕竟是孝诚仁皇后的亲妹，有孝诚仁皇后的面子……"卫岚音点到为止。

"孝诚仁皇后为人公正，光明磊落，平贵人却是虚伪阴险，表面温良淑雅，内里诡计多端。平日里，咸福宫的那几个小答应没少受她的欺负。"宜妃痛斥道，"今日对她禁足降位，也是罪有应得。"

"皇上只是警戒，并未大肆责备，毕竟还要顾及太子的威名。"卫岚音盯着雕花的窗棂。

"皇上对太子疼爱有加，听闻太子在乾清宫跪了一个时辰，皇上的气全消了，还留太子一同用膳呢。"宜妃愤愤不平道。

"太子是皇上一手带大的，感情自然深厚。"卫岚音轻语。长春宫的烛光拉长着所有人的身影，好似每个人膨胀的欲望。

屋外冰天雪地，咸福宫泛着冰霜，穿着笨重的平贵人眼中冒着熊熊怒火。

身边的小宫女，尖刻地说道："娘娘，若不是良贵人对皇上胡言乱语，进献谗言，皇上怎么能对娘娘如此无情？"

傲娇的平贵人扫过红木桌上的信函："长春宫真是给脸不要脸。"

小宫女伺机回应："是啊，辛者库出身的下贱坯子，若不是长了副好皮囊，如何能迷倒皇上？哪里及娘娘出身高贵，熟读诗书呢。"

平贵人挺直了腰板儿："此仇不报，誓不为人。"

"可是太子为何不给娘娘回信儿，连太子妃也不管娘娘。"小宫女垂头丧气，自从咸福宫出事，宫中的月例都大不如前。

"都是怕事儿的人。"平贵人气愤地说。

"太子让娘娘忍耐，娘娘先隐忍一时吧，皇上早晚会认清良贵人的真面目，到时候咱们再收拾她也不迟啊。"小宫女劝慰道。

"隐忍？"平贵人冷笑不止，"后宫中隐忍只有死路一条，本宫怎能任人宰割？本宫虽然失宠，势力仍在，本宫要出手还击！听说十一阿哥是宜妃娘娘的心头肉……"

小宫女会意地说:"十一阿哥体弱多病,总是隔三差五才去上书房读书。"

"那咱们就从十一阿哥入手,先给她们一个下马威,让她们知道,得罪本宫的后果。"平贵人放声大笑,咸福宫内昏暗一片。

又是一年的元宵宫宴,紫禁城挂着璀璨的宫灯,玄烨恢复了裕亲王议政王的职务,并亲自为修缮完毕的太和殿祭拜,一时间君臣同乐,其乐融融。

"微臣会兢兢业业,为早日平定噶尔丹赴汤蹈火,在所不辞。"裕亲王福全义正词严,他自幼与皇上一同长大,深知皇上的心头大患。

玄烨霸气地端起酒杯:"今年休养生息,明年,朕会再披战甲,带领八旗铁骑踏平漠西。"

"吾皇万岁、万岁、万万岁。"众人齐声欢呼,淹没了卫岚音的细声。

高台上醒目的明黄色,晃动着卫岚音的双眸,她绝不能让弟弟再受一分委屈。

"皇上重病初愈,乃百姓之福,臣妾恭祝皇上万古长青。"台下的荣妃满脸含笑说道。

"皇上,八阿哥已近成人,上书房的师傅对八阿哥的评价皆为上佳,微臣斗胆想求个恩典,微臣与八阿哥素有缘分,微臣想带着八阿哥在身边,多教授些朝堂之事,也好为皇上分忧,为大清造福。"福全俯身行礼。

已经年满十四岁的八阿哥神色淡然,浑身散发着优雅卓然的气质,他跪落在地:"谢王叔抬爱,请皇阿玛成全。"

玄烨凝神说道:"八阿哥年纪虽轻,舍身为朕试药,仁孝之心,天地可表,既然裕亲王不嫌弃八阿哥顽劣,朕便恩准八阿哥追随在裕亲王身边。"

"谢皇阿玛(皇上)。"八阿哥与福全喜悦还礼。

"八阿哥要听从裕亲王的教诲,不能以皇子自居,失了辈分。"玄烨叮嘱。

"皇阿玛放心,儿臣会服侍王叔。"八阿哥表着决心。九阿哥、十阿哥和十四阿哥皆得意洋洋，对八阿哥仰慕有加。

卫岚音感激的目光投向福全，福全浅浅回应。当他看到太子谋害皇上的信函时，便已下定决心，要帮助八阿哥登上皇位。

宫宴依旧在进行，虚情假意的互相客套。

宜妃带着几分醉意："不知为何，十一阿哥的身子原本已经好了些许，一月当中，去上书房读书最少也有半月之多，但是过了元旦节，十一阿哥的病日益加重，一整月里一次都未到上书房读书。"

"宜姐姐勿要伤神，十一阿哥会好起来的。"卫岚音宽慰着她的心。年纪大了，谁也承受不起任何打击。

宜妃失落道："十一阿哥最听话，比五阿哥聪明，比九阿哥内敛，有八阿哥之风，只可惜，没有生得个好身子。"

"十一阿哥自有造化，宜姐姐勿要伤了身子。"卫岚音拍打着她的金鞘。

"良姐姐真是知冷知热的妙人。"德妃横眉冷对地说。

"臣妾鲁莽，哪里担得上妙人两字，更是不及德姐姐的睿智。"卫岚音柔声回应。

"这真是风水轮流转，世态炎凉啊。"德妃顺手拈起香糯的萨其马缓缓放入樱桃小口，讽刺卫岚音与宜妃的同心。

卫岚音侧目："世态炎凉也是人之常情，都是无可奈何，此一时彼一时罢了。"

德妃开怀而笑："好一个此一时彼一时，良妹妹如今可是荣光满面呢。"

卫岚音盯着她手中的萨其马，轻蔑地说道："难道不是吗？"宫中的老人儿皆知，皇贵妃生前最喜爱的点心便是萨其马。

"奸人迟早会现出原形。"德妃斥责。

卫岚音微笑道："臣妾会命八阿哥远离十四阿哥，免得受连累。"正在众人酣畅淋漓地明争暗斗时，酒杯开始晃动，这分明是……她焦虑地看向八阿哥和皇上。

"地动了，地动了，护驾，护驾。"宫宴顿时乱作一团。短短一瞬后，一切归于平静，众人却狼狈不堪。

玄烨望着台下的满地狼藉，脸色昏暗。

"皇上，此乃地动余震，远处定有严重之处。"裕亲王福全面色凛然，地动自古为大灾，死伤无数，百姓流离失所。

"皇阿玛，京城乃龙脉之地，福泽万里，依然能感受到余震的动静如此大，看来此回地动，无论在何方，都极为严重，朝廷要尽早做好赈灾准备。"四阿哥一贯冷静。

"好，今夜，你们都不要出宫，在乾清宫拟好赈灾的奏折，明日早朝，会有消息传来，到底何处受灾。"玄烨紧闭双眸，难道老天在示警？

"谨遵皇上（皇阿玛）上谕。"铿锵有力的声音回应。

"从今日起，后宫内不得有任何欢愉取乐，后宫嫔妃皆抄写经文，为百姓祈福。"玄烨威严而语。

"是，皇上。"柔声中带着惊慌。

卫岚音仰望着高高在上的玄烨，这就是九五之尊的帝王，肩上担着大清的锦绣江山。

回到长春宫后，她久不能寐，窗外风声呼啸，后半夜还飘起雪花，正月十五雪打灯的好兆头，笼罩在地动的阴影里。

好不容易熬到天亮，落霜端着冒着热气的铜盆："主子，鸡鸣时分，奏折便送进了乾清宫，是平阳府地动，听闻屋宇皆倾毁，百姓多被伤毙，受灾甚重。"

"儿臣给额娘请安。"八阿哥沙哑的声音在紫檀屏风后传来，"儿臣来向额娘辞行。皇阿玛已经恩准儿臣随王叔一同去平阳府赈灾。"

落霜阻拦道："平阳府地动后必有大疫，那里还有地动余震的危险，当年皇上登基不久，曾经地动，赈灾的官员便是客死他乡，八阿哥不可去平阳府啊，主子，快些去求皇上，收回成命啊。"

卫岚音深思片刻："去吧，额娘等着你归来。"

几日后，玄烨将卫岚音召到乾清宫："八阿哥随裕亲王已经平安到达平阳府，朕将赈灾的银两交给太子和大阿哥协办，等过些日子，安置好灾民，裕亲王和八阿哥便会回宫，岚儿勿要忧虑。临行前，朕交代过裕亲王，会护八阿哥周全。"

"皇上运筹帷幄，真是百姓之福。"卫岚音笑意盈盈。

玄烨宽厚的后背变得单薄，他紧握双拳："朕要做个好皇帝。"

"皇上，阿哥们都已经悉数长大，朝堂上的事情，还是多交给太子和成年的阿哥们去做，皇上也好喘口气，只要牵住风筝的线，就让他们高飞吧。"卫岚音柔声道，好皇帝都是拼尽全身气力，看似风光无限，实则凄凉一世。

"阿哥们皆已成人，朕很欣慰。"玄烨感叹，"阿哥们个个生龙活虎，英才少年，朕高兴啊。朕只希望他们成为顶天立地的好男儿，而不是争权夺利的伪君子。"朝堂上大阿哥与太子的争夺由明转暗，太子更是独大，大到威胁到皇权，这些年，他到底在做什么？好似苦海中的一叶扁舟，无边无岸，只能咬着牙继续划行。

他转过身，牵住卫岚音冰冷的手："岚儿，朕老了吗？"

卫岚音望着玄烨眼中难以掩饰的慌乱，深知他对岁月的恐惧："噶尔丹未除，天下还未大定，皇上怎能老呢？"

玄烨用力牵着卫岚音的手，健步走到挂在墙上的疆域图前："看，岚儿，这就是朕留给大清子孙后代的锦绣河山。"他深情地望着疆域图，脸上洋溢着威仪的笑容。

卫岚音的手依旧寒冷。

"岚儿要保重身子。"玄烨心疼道，"朕还要和岚儿白头偕老。岚儿的身世尊贵，朕却不能对世人公开，是朕让岚儿受尽委屈。"

"不。"卫岚音止住他温热的唇，"臣妾没有委屈。"

"朕都记得岚儿为朕的付出，对朕的情谊。"玄烨抓起她的手，"朕能许给岚儿的只有朕的一颗真心。"

卫岚音不停地摇头，如果能够选择，她宁愿只是出身卑微的辛者库宫人。乾清宫内珠帘晃动，浓情一片。

"岚儿，等八阿哥归来，朕便擢升他为贝勒，赐予大婚如何？"玄烨问道。

卫岚音哽咽道："阿哥们都成婚极晚，年长的五阿哥和七阿哥还未成婚，八阿哥成婚，岂不是有悖伦常？"

"自古父母最为期盼的就是儿女学有所长，喜结良缘，八阿哥大婚后，便可名正言顺地入朝为朕办差，开牙建府是人生大事，这样岚儿也可放下心来，不必为其整日担忧。"玄烨温柔地擦拭着她的泪。

卫岚音破涕而笑："皇上对臣妾的心意，臣妾感激涕零，还是一切照规矩办吧，等五阿哥和七阿哥成婚后，八阿哥再行大婚。臣妾已经等了这么多年，盼着八阿哥长大成人，也不差这几日。"

"你们母子，是朕最属意的，朕自然挂念。"玄烨意味深长地说，"岚儿让朕爱不释手。"

卫岚音还未回神，便感受着炙热的掠夺……

紫禁城已经多年未有年老的嫔妃侍寝，尤其是难以孕育皇子的嫔妃。卫岚音的侍寝在后宫掀起轩然大波，年少的答应和常在们冷言冷语。皇太后以静思为名命卫岚音在佛堂念经，为平阳府的受灾百姓祈福，卫岚音倒是心安理得，毕竟八阿哥也在平阳府。

劳累一日后，卫岚音回到长春宫，落霜备好可口的小菜："主子，皇太后在报复主子，竟然命主子饿着肚子念经祈福。"

卫岚音摇头："平阳府的百姓流离失所，我做这些也没什么。"

"有裕亲王在，请主子放一百个心。"落霜劝慰。主仆两人迎着烛光，聊着闲话。

梁公公慌张地来了："皇上正在乾清宫与翰林们商讨国事，平阳府来报，平阳府地动后起了大疫，八阿哥染了风寒，多日未愈，好似也染了疫病。"卫岚音踉跄几步，被落霜搀扶住。

落霜哭泣道："前几日皇上还说八阿哥无恙，怎么？"

梁公公低沉："前几日八阿哥便病了，皇上怕良贵人担忧，才隐瞒病情，但此时不比往日，疫情四起，皇上命奴才来报信儿。"

"皇上怎么说？"卫岚音痛心道。

"皇上与翰林们商议，派兵封住平阳府，避免疫情扩散，命太医们速往平阳府救治八阿哥和百姓。"梁公公回答。

"请皇上命林太医去照料八阿哥，请梁公公代为转达。"卫岚音沉痛地说道。梁公公听命离去。

梁公公走后，卫岚音就病倒了。长春宫的银熏炉里整日散发着浓郁的清神醒脑的香。

卫岚音的眉宇间锁着解不开的心结。落霜端着福寿瓷碗，轻轻喂了几口补气养血的汤药，劝慰道："皇上已经恩典主子不必再去佛堂念经，命御膳房每日都送来补汤，主子莫要辜负皇上的一番心意啊。"

"平阳府几十万百姓危急，皇上也束手无策，我担心八阿哥，宛如流离失所的父母担忧患病的孩儿一样。"卫岚音的眼神深暗如夜色，她的心早已飞向平阳府，飞到八阿哥的身旁。

今年的春格外短，外面依然寒气逼人。

"良妹妹可好些了？"宜妃含笑说，"良妹妹勿要焦虑，八阿哥吉人天相，会逢凶化吉的。九阿哥和十阿哥不方便过来，特意委托我向良妹妹请安问好。"

卫岚音心中温暖："他们都是仁孝两全的好皇子，臣妾一切都好，劳烦宜姐姐告知九阿哥和十阿哥，好生读书。"

宜妃摇头："九阿哥和十阿哥查到八阿哥染病是受奸人陷害所致，我派人暗中详查，真是惊出一身冷汗。"

卫岚音瞪圆双眼："难道是太子？"

宜妃点头："良妹妹料事如神，的确是太子，太子狼子野心，不顾手足亲情，这次是八阿哥，下一个就轮到九阿哥和十阿哥，还有十一阿哥。"

"八阿哥尚且年幼，这次只是随裕亲王一同去赈灾，太子为何咄咄逼人，谋害性命？"卫岚音愤怒。

"还不是杀人灭口。"宜妃随声附和，"皇上命太子联合户部调配银两赈灾，太子竟然中饱私囊，克扣财物，真是社稷之危，东宫太子竟然只想着玩乐，贪赃枉法，不顾百姓的死活，这样的太子，一旦登基为帝，定是暴君恶徒！"

卫岚音感慨："太子为何如此可笑？他已经是东宫储君，江山将来都是他的，他要那么多银子做什么？"

"良妹妹真是不食人间烟火。"宜妃挑眉回应，"结交朝臣，上下通融，都需要银两。有钱能使鬼推磨的道理，谁都明白，太子一党势力庞大，自然需要财力鼎盛，光凭借赫舍里氏的那点老底儿，恐怕还不够，太子不能放过任何一个捞钱的机会。这些年，赫舍里氏在江浙一带结识了不少盐商大户，其中的奥秘，世人皆知，只是没有捅破罢了。"

"八阿哥发觉了太子克扣赈灾银两一事，太子又正好与八阿哥素有恩怨，他便想置八阿哥于死地？"卫岚音侧目。

"九阿哥在乾清宫听闻朝臣所报，裕亲王对八阿哥照顾有加，绝不允许到百姓家中私自探望，更不许八阿哥去人多嘴杂的粥棚逗留，更何况八阿哥的身子向来强健，如何能轻易染病？"宜妃横眉冷对，"九阿哥和十阿哥在私底下暗查，发觉了太子惊天的阴谋。"

"皇上真的不知晓？"卫岚音实在不敢相信，睿智的皇上难道没有丝毫的察觉？

宜妃愤怒道："皇上顾及太子威名，对太子极为宽容。这些年，太子私自打死宫人，挪用贡品，奸淫宫女，皇上不闻不问，默默纵容，即使发觉太子贪赃枉法又如何，都是自家的江山，还不是吐出来就行了，反倒是告密之人，皇上会更加忌惮。"

卫岚音劝慰道："皇上内敛睿智，如何能不知太子的荒唐所为，只是不愿承认自己的失败罢了。既然不闻不问，便是都在皇上的掌控之中，都在皇上的承受之内，咱们也无须在意。"

"皇上会有承受不住太子那日？"宜妃疑惑地问。

"在帝王的眼中，一切都是有度的，一旦超越了极限，任谁也无法阻挡帝王手中的利剑。"卫岚音笃定地说。

"皇上承受不住太子，又会如何？"宜妃豁然开朗。

"古人的例子比比皆是。"卫岚音云淡风轻地回答。

"那咱们就坐等着那一日。"宜妃的眼中流露出恶毒的光芒。

落霜为宜妃款款倒着热茶，忽然想到什么："对了，主子，今日四阿哥进宫给德妃娘娘请安，听闻主子病了，送来补品探望，四阿哥面带惆怅，显然是想当面拜见主子，当时主子正在小憩，奴婢并未打扰，四阿哥便离去了。离去时千叮咛，万嘱咐，一定要主子亲手打开补品，难道四阿哥是为太子陷害八阿哥一事而来？"

"四阿哥送来的补品在何处？"卫岚音殷切地问。

"奴婢这便去拿。"落霜从外室捧来八角食盒。

卫岚音示意着落霜一一打开，从夹缝中找到一封信函。

卫岚音仔细看过，递给宜妃。宜妃试探："良妹妹如何看？"

卫岚音凝神："上次四阿哥交给八阿哥太子勾结奸人的白矾信函时，便已经表明心意，不像是挑拨离间。"

宜妃头上的锦花微微颤动："没想到谋害八阿哥，大阿哥也有份儿。纳兰一族虽倒，势力仍在，钟粹宫更是荣耀，十公主和勤常在最得皇上心意。"

"四阿哥在信中说明，八阿哥已经查到大阿哥和太子各自私吞赈灾银两，警示大阿哥，大阿哥却重利相诱，意图联合八阿哥威逼太子，那可是万两白银啊，被八阿哥一口回绝。"卫岚音讲述着信中事。

宜妃赞赏道："八阿哥还没有开牙建府，没有俸禄，万两白银可不是小数，八阿哥竟然视为粪土，这才是谦谦如玉的真君子。"

卫岚音苦叹："只恨大阿哥阳奉阴违，见八阿哥不肯就范，便暗中联合太子，借太子之手，谋害八阿哥，心肠真是狠毒。"

"如今咱们姐妹是同一条船上的人，我也不避讳太多。后宫中，隐藏最深的便是惠妃，荣妃看似荣华，实则虚伪，孝昭仁皇后之死和她也脱不开干系，如今大阿哥得了惠妃的真传，蛇鼠一窝。"宜妃咬牙切齿道。

"臣妾明日去会一会太子，不能让八阿哥陷入囹圄之地。"卫岚音担忧。

"对，良妹妹好好挫一挫太子的威风。"宜妃妖娆绽放。

第十五章

朦胧淡月云来去

卫岚音已经数年没有来到毓庆宫，昔日的月亮圆门依旧如初，处处彰显着尊贵，卫岚音想起内屋里那张偌大的沉香龙床，低落无语，皇上待太子的宠爱无人能及。

不多时，太子身着素衣从内而出，浑身散发着刺鼻的胭脂香，显露出雍容华贵的神色："良贵人吉祥。"

卫岚音掩鼻轻咳道："太子很是忙碌啊。"

太子狂妄微笑道："朝中琐事众多，我是太子，自然要为皇阿玛排忧解难，在这内宫，开枝散叶也是头等大事。"

卫岚音听着太子虚伪孟浪的话语，默默饮着热茶："愿太子早日如愿。"

太子挑着眉峰道："良贵人气色饱满，真是好兴致，八弟生死未卜，良贵人还有兴致来探望本太子？我奉劝良贵人一句，还是去佛堂为八弟祈福吧，林太医并不是神仙，妙手回春的事情，要看良贵人的心诚不诚了。"

卫岚音压制着内心的怒气道："心诚则灵，八阿哥自然有自己的福气。"

"良贵人好气度。"太子威风凛凛道。

卫岚音淡淡地问："太子妃怎么不在？"

"太子妃一早去慈仁宫陪皇祖母下棋，良贵人也可同去。"太子毫不在意地说。

卫岚音冷笑道："既然太子妃不在，今日便索性把事儿挑明。请太子将赈灾的银两吐出来，不得再谋害八阿哥。"她重拍桌案，茶盏清脆作响，"否则，就等着鱼死网破。"

太子的脸色忽暗忽明："良贵人此话何意？"

"太子不必再装糊涂，从多年前东巡归来，你联合皇贵妃陷害我那日起，你我之间早已恩断义绝。"卫岚音的话语铿锵有力。

"哈哈。"太子狂妄大笑，脸色狰狞可怕。

"你到底为何害我？"这一句，卫岚音等了多年。

"害你？"太子的额头泛起青筋，"在盛京老城的关雎宫，是谁在密谋夺我的太子之位？什么真情厚意，都是骗人的，你和那些奸人一样，都是笑里藏刀，都在谋求我的性命，意图夺取我的储君之位！"

卫岚音浑身颤动，原来那夜，太子在门外，他到底听到了什么？

太子见她无语，情绪更加激动："我要以其人之道还治其人之身，我要让世人知道，我才是太子，我才是大清未来的主子，我劝你们还是死了那份忤逆之心。"

卫岚音痛斥道："你的确是大清的主子，但是你摸着自己的良心，你够资格坐上金銮殿的那把龙椅吗？你对得起平阳府的数十万百姓吗？"

"良心？紫禁城中若是都有良心，谁还会活着！"太子瞳色清寂，"我出生在坤宁宫，是皇上的嫡子，谁比我更有资格做太子？良贵人的意思难不成出身寒微的八弟也觊觎皇位吗？真是痴心妄想，天大的笑话。"

"道亦有道，太子从小有皇上和太皇太后护着，又有忠心的母族宫人贴身侍候，自然强过其他皇子，太子为何要置平阳府的百姓于不顾，谋害八阿哥？"卫岚音质问道。

"良贵人不要乱讲话，本太子听不懂。"太子打着太极。

"既然敢为，便要敢当，这才是真性情的君子。"卫岚音刺激着他的情绪。

"不要败坏本太子的威名，我要皇阿玛治你妖言惑众之罪。"太子振振有词。

"闹到皇上那里最好，我手中刚好有一份密函，记载着太子贪赃的详情，到时候请皇上定夺，辨一辨真伪。"卫岚音敲山震虎道。

"良贵人在威胁本太子吗？"太子杀气逼人。

卫岚音步步紧逼："百密必有一疏，若想人不知，除非己莫为。平阳府赈灾银两数额巨大，涉及官员极多，如何能做到万无一失，太子心中自然比我有数。"

"你到底想做什么？"太子咬着牙根儿。

"吐出赈灾银两，不得再出手谋害八阿哥。"卫岚音毫不畏惧道。

太子愤怒得双眼喷火："良贵人多年前曾经救过本太子，本太子就网开一面，只不过八弟能不能挺过去这一关，便要看天命了。"

"不劳太子费心，太子都身康体健地在毓庆宫享福作乐，八阿哥在平阳府也会平安归来。"卫岚音转身离去，她没有回长春宫，而是转到翊坤宫。

"怎么样？"宜妃焦急地问。

卫岚音缓缓点头："太子已经答应吐出赈灾的银两，只是大阿哥？"

"我方才去钟粹宫走了一遭。"宜妃眸中带光，"惠妃冰雪聪明，怎能不明白话中的意思。"

"一切顺利，便等着老天的眷顾了。"卫岚音泪如雨下，八阿哥性命堪忧。

"孩儿都是额娘的心头肉，老天会眷顾咱们这些苦心的额娘。"宜妃同样悲伤，十一阿哥已经卧床不起，病情总是不见起色，太医们唉声叹气，恐怕熬不了太久。

今年的严冬走得极晚，和煦的春风和温暖日光驱散了晚冬的微寒。

落霜领着长春宫的宫人晾晒着衣物布绢。

卫岚音宛如病弱的猫，无声无息。

玄烨到了，他柔声责备道："这么冷，怎么不用手炉？"

卫岚音总是畏寒，八阿哥的安危是她心头的羁绊，她整日像丢了魂魄一样，寝食难安。

玄烨将她的手捧在胸前说道："老天真的开眼了，林太医立了大功，他找到了治愈瘟疫的方子，八阿哥已经无恙。"

"真的吗？"卫岚音的眼中满是殷切的期盼。

"朕怎么会骗岚儿，不但八阿哥无恙，平阳府几十万的百姓都无恙了，林太医真是英才，朕会重赏。"玄烨龙颜大悦道，"裕亲王和八阿哥安置好受灾的百姓，不出一月便可回京。不愧是朕的阿哥，不畏艰难险阻，是大清的好男儿。"

"都是皇上的恩泽。"卫岚音眉宇间的愁云渐渐散去。

"是岚儿教导有方。"玄烨溺爱地大笑，忙碌了数日，终于可以喘口气。

入夜，紫禁城偏隅的宫殿里传出男女苟合的声音，昏暗的烛光下，密贵人娇羞地抱住太子的脖颈，扭动着躯体。

太子疯狂地号叫："长春宫，八阿哥，本太子早晚会把你们碎尸万段，让你们遁入深渊，永世不得超生。"

密贵人吓得浑身颤动。片刻后，归于平静，宣泄后的太子慵懒地问："皇阿玛最近有何动静？"

密贵人娇媚地依偎在他的怀中，撒娇道："皇上被那几个狐狸精迷住了，已经数日没有找臣妾侍寝，臣妾失宠了，去哪里洞察皇上的动静。"

"后宫中有几个嫔妃还能比你更狐媚？皇阿玛真是不解风情。"太子的手向下滑去，惊得密贵人更加紧贴他。太子却下了气力。

"不要。"密贵人颤抖道。

太子没有停止手上的动作："到底要不要？"

密贵人委屈道："臣妾对太子是真心的，可是太子自从娶了太子妃，早就忘却臣妾，今日怎么想起臣妾来了？"

"本太子一日也没有忘却你，太子妃味如嚼蜡，哪有你娇媚风情，本太子政务繁忙，冷落了你，但本太子从来没有忘记过你这个小心肝儿。"他花言巧语地在密贵人耳边吹着热气。

"太子真狠心，臣妾这辈子就死在你这张嘴上了。"密贵人满脸羞红地说。

"告诉我。"太子轻轻咬住她的耳垂儿，"十五弟和十六弟到底是谁的种儿。"

密贵人眼神迷离，意味深长地讲道："自然都是龙种。"

"龙种？"太子的双眼放出耀眼的光芒。

"难道不是吗？"密贵人的红唇充满诱惑。

太子放纵地大笑："龙种甚好。"

密贵人试探地问："长春宫如何得罪了太子？太子为何心烦？"

太子满不在乎道："辛者库的贱妇，霸占着皇阿玛的宠爱，真是令人气愤，本太子是为后宫的嫔妃鸣不平，为你这个小心肝儿鸣不平。"

"太子真是侠骨柔情，太子出身高贵，还是少搭理那些小人。"密贵人趁机逢迎道。

"本太子气愤的是，出身低贱的八阿哥成了上书房的红人，成了皇阿玛眼中的能人，真是小人得志。"太子情绪激动道，"你今后便帮本太子看着皇阿玛，皇阿玛对八阿哥的任何态度，都要及时禀告，本太子不会忘记你的好处。"他揉捏着密贵人的细腰。

"那要看看是什么好处了。"密贵人故意贱笑。

"皇阿玛作古，本太子登基，后宫还不是你的天下？"太子许下重诺。

"太子少糊弄臣妾了，那太子妃呢？"密贵人不甘心地问。

"汉人们讲，多年的媳妇熬成婆，让她再熬些时日吧。"太子笑容微微。密贵人主动献上香吻，太子哪里把持得住，再次扑到柔软的身上。

陈旧褪色的珠帘微微晃动，烛光氤氲成团，没人知晓这惊天动地的一幕。

此时的紫禁城依然笼罩在朦胧之中，卫岚音还没有入睡，正在倾注深情为八阿哥缝制着平安香囊。

卫岚音浅笑道："没想到子鸣竟然在平阳府。"

落霜喜悦："子鸣公子为林太医送去了解决瘟疫的方子，八阿哥也是药到病除。"

卫岚音想起在山海关被子鸣劫持的情景："这是缘分，他也是可怜人，真不知道，这些年他是如何过的。"

"子鸣公子一直四海为家，在平阳府与八阿哥和林太医相遇，这都是主子种下的福因，今日幸得良果。"落霜轻柔地挑了挑银烛台上的烛光，屋内亮了几分。

"他能逃脱仇恨的旋涡，已经是人间幸事，只是如此大才之人，不能为朝廷效命，真是可惜。"卫岚音失落摇头，她隐约觉得子鸣是胸怀大志的人，却无奈山河易主，只能隐于山林，燕雀安知鸿鹄之志？

"子鸣公子学富五车，满腹经纶，还精通医术，此乃大才。"落霜随声附和。

"子鸣为谦谦君子，不畏权贵，哪里会趋炎附势为几斗米而折腰？如今云游四海，倒是逍遥自在。"卫岚音眸光清寂。

"主子，八阿哥与子鸣公子素有渊源，林太医与子鸣公子也是一见如故，裕亲王更是赞赏子鸣公子的才华，主子为何不留住他？"落霜灵机一动道。

"留住他？"卫岚音放下手中的平安香囊。

"对，留住他。"落霜迎上她温雅的目光，"连皇上都说八阿哥也到了开牙建府的年纪，古有孟尝君堂前食客三千，都是贤能之人，辅助明君。八阿哥身边怎能没有贤德相助的人呢？足智多谋的子鸣公子是最好的人选。"

"你啊。"卫岚音苦笑摇头道，"主意虽好，子鸣的心思，咱们也不得而知。他淡泊名利，恐怕难以遂咱们的心思。"卫岚音的心中泛起涟漪，子鸣好似白莲，怎能混入污浊，好不容易跳出朱三太子的牢笼，如何再入察哈尔的泥潭？

"主子，当年子鸣公子设计刺杀皇上，虽然如今远离纷争，但谁知晓他这么多年如何过的？云游四方还是亡命天涯，只有他心中最清楚不过。"落霜字字在理。

"朱三太子为阴险小人，子鸣过得未必舒心。"卫岚音眸光深黯道。

落霜回应道："所以主子最好留下他。"

"也好，拿笔墨来，我立即修书与八阿哥。"卫岚音也觉得甚好，"咱们也要做好准备，子鸣不喜京城的繁闹，你唤可靠之人在城郊临溪而鱼之地，寻一幽静之处，为子鸣安排好住处。一定要舍得花银子，从今以后，咱们这么多年的积蓄，便要派上用场了。"

"主子深藏不露，主子虽然没有强势的母族，但察哈尔的宝藏仍在，再则咱们长春宫的家底子也丝毫不比任何一宫差，八阿哥自然硬气。"落霜脸色坚定地说。

卫岚音轻轻点头："我与太子已经彻底撕破脸面，八阿哥回宫后，恐怕后宫不会安静了。"长春宫回荡着深深的叹息声。

一月后，青枫斜影，藤蔓抽芽，和煦的日光闪耀着晃眼的光芒。裕亲王与八阿哥平安归来，紫禁城设宴，处处喜气洋洋。

卫岚音因八阿哥的荣耀，与玄烨同坐台上，引得四妃之首的惠妃心生不满。

玄烨高举酒杯："裕亲王和八阿哥不畏辛苦，在平阳府受苦，为朕分忧，不愧是大清的好男儿。"

裕亲王福全回应："皇上谬赞，这都是皇恩浩荡，微臣也只是尽绵薄之力。"

八阿哥胸怀大志道："儿臣为皇阿玛办差，不敢居功。"

"八哥少年英才，真是儿臣等的表率。"年幼的十四阿哥按捺不住对八阿哥的仰慕之心，抢先出语。

"好，都是朕的好阿哥，若是皇祖母在世，定会欢喜得不醉不归。"玄烨欢喜道。众人把酒言欢，宫宴上满是喜色。

"皇上，平阳府地动虽是大事，但也是老天的恩泽考验，此番地动，皇上在乾清宫坐镇，太子和大阿哥精诚合力，与户部一起调配钱粮，微臣与八阿哥在平阳府安抚灾民，众人齐心合力，事情才会得心应手，最后才会功德圆满。"裕亲王福全真挚而语，"真是大清之福，祖宗庇护。"

"裕亲王此言，甚得朕心。"玄烨龙颜大悦，溺爱地看着太子，"此番赈灾之事，朕全部交予太子亲自督办，太子仁孝爱民，雷厉风行，颇有朕的风范，朕很欣慰。"

"皇阿玛垂爱，儿臣兢兢业业，时刻将皇阿玛的圣训记在心中，把百姓和江山放在心头，不敢有丝毫怠慢。"太子拱手行礼。

卫岚音的手微微颤动，酒杯中的美酒泛起层层涟漪。九阿哥和十阿哥厌恶地盯着口蜜腹剑的太子。大阿哥独自小酌。四阿哥则紧绷着冷冽无情的脸庞，不经意地安稳着十三阿哥谨慎不安的心。

"皇上，平阳府地动，致使国库空虚，本应拨付给八旗子弟的饷银至今没有发送，户部已经承担不起。"大阿哥趁机低声禀告，"儿臣奏请，缓些时日发放。"

玄烨微微皱眉："巧妇难为无米之炊，朕不会怪你。"

"谢皇阿玛。"大阿哥恭敬叩谢。

"皇阿玛，儿臣有事禀告。"八阿哥径直站立，"皇阿玛，咱们满人入关数十载，八旗子弟众多，每年的饷银已经成为朝廷之重，百姓之重，儿臣觉得长此以往，定成为朝廷的累赘。"

"俗语说饮水思源，八旗子弟为大清的基石，他们的祖上都曾经为大清立下汗马功劳，如今享受荣华富贵，也是理所当然。"太子出言反驳，"八弟的意思是，难道要抛弃八旗子弟，背信弃义，陷皇阿玛于不义？让清朝遗老遗少对朝堂不耻吗？"

裕亲王福全也拱手："启禀皇上，此番来往平阳府的路上，微臣与八阿哥亲眼所见，八旗子弟流离失所众多，四处欺压百姓，百姓都是敢怒不敢言，长此以往，恐生民怨，八阿哥也是为江山社稷着想。"

玄烨勾唇："八阿哥可有良策？"

"回皇阿玛的话。"八阿哥器宇轩昂，"授之以鱼，不如授之以渔。八旗闲散子弟，不如在朝廷的布置下，学些糊口的手艺，做得好的，朝廷也可借其银两，扶植其做生意养家，这样做朝廷不但能收回银两，又会增加税银，最重要的是八旗子弟自食其力，百姓安稳度日，才是长久之策，对江山社稷是有益而无一害。"

"万万不可。"三阿哥阻拦站立，"八旗子弟怎能同平头百姓相提并论？学手艺糊口，岂不有损大清的国威？"

"国威是百姓安居乐业，国富民强，凭借自己的力气和本事赚钱，不偷不抢，有何不可？"八阿哥出言而对。

玄烨沉思道："大阿哥和四阿哥如何看？"

大阿哥谦恭地讲道："回皇阿玛，儿臣觉得八弟此计甚好，只要措施妥当，朝廷便可万事无忧，一劳永逸。"

四阿哥凝神而语："回皇阿玛，八弟的提议需要从长计议，毕竟大清的基石便是这些八旗子弟，断其钱粮，于情不合，但长久而看，也是势在必行。"

"皇阿玛。"太子急躁。

玄烨轻轻摆动手臂，太子欲言又止。

"八阿哥给朕写个折子，将解决八旗生计的法子，写得尽可能清楚，朕与南书房行走们商酌一番。"玄烨蹙眉。八旗子弟是朝堂的累赘，一直是他的心病，八阿哥此言刚好指到了点子上。

"是，皇阿玛。"八阿哥英气外露。

"恭喜皇上，阿哥们各抒己见，大清万古长青。"裕亲王福全欣喜道。

"哈哈。"玄烨用力抓住卫岚音的手，望着台下的一众皇子，内心欢愉。

一场庆功宴席给了八阿哥施展才能的绝好机会，长春宫再次到达紫禁城中的巅峰。

几日后，宜妃与卫岚音在长春宫品茶闲聊，其乐融融。

"良妹妹的盛宠真是不减当年。"宜妃望着焕然一新的长春宫，羡慕地讲道。

"宜姐姐真是说笑，谁不知道前几日，法兰西来的贡品，皇上都赏赐了翊坤宫。"卫岚音深吸一口气，闻着她身上的香味。

宜妃红霞双飞："真是难得，皇上还惦记我。"

"宜姐姐说来听听。"卫岚音近来与她交往密切，对这位敢爱敢恨的女子，愈加心生佩服。

宜妃的脸上洋溢着笑容："当年我刚进宫，也是受尽欺负，还好皇上宠爱我，还将西洋教士带来的那些香气四溢的小玩意儿，都赏赐给了我，把永寿宫的荣妃气得连哭带闹。皇上得知荣妃使小性子，便顺水推舟地晾了她数日，从那以后，翊坤宫才在紫禁城中站稳脚跟。时隔多年，没想到皇上还记得那些小玩意儿。"

"宜姐姐是真性情的女子，皇上自然疼爱。"卫岚音发自内心地赞赏道。

"走进琉璃红墙，便由不得自己的性子了。"宜妃苦笑着摇头道。

落霜从外而进："主子大喜。"

"子鸣同八阿哥回京了？"卫岚音侧目问道。

"主子真是料事如神。"落霜温婉而语。

"八阿哥哪里会有如此良策，是背后有高人指点。"卫岚音掩鼻微笑。

"主子莫要小看八阿哥，此计的确是子鸣公子所想，但内在细节都是八阿哥反复斟酌而成。"落霜轻轻捶打着卫岚音的后背，"八阿哥已经将奏折呈了上去。"

"南书房有何动静？"宜妃眯着双眸问道。

"回宜妃娘娘，南书房的翰林们对八阿哥的提议都非常赞同，其实皇上也早有此意，只是因为朝中的老臣阻挠，久难实施，此番八阿哥身临平阳府，亲眼所见八旗的弊端，再则国库的确空虚，皇上还要御驾亲征噶尔丹，这孰轻孰重，明眼人都心如明镜。"落霜笑着说。

宜妃高傲扬言："太子此刻定在毓庆宫暴跳如雷。"

"这才是刚刚开始。"卫岚音云淡风轻，"还有更大的风浪。"

一年又一年，御花园的花开得繁茂，荼蘼万重，壮丽的牡丹和妖娆的芍药一路盛绽。卫岚音笑意盈盈，锦扇扑面。

"良姐姐真是好兴致，听闻八阿哥又立军功了。"敏嫔羡慕道。

"可不是嘛，皇上亲封八阿哥为先锋官，头功都是八阿哥的。"宣嫔冷嘲热讽道。

卫岚音苦笑："皇上近年的确看重八阿哥，这也是八阿哥的造化。"

"良姐姐近年来真是平步青云。"敏嫔曲意奉承道。

"呦，敏妹妹这话讲得好，战场上的功劳靠的都是真本事，难道像两位妹妹耍耍嘴皮子就能成事儿？"艳丽的宜妃，不屑地讥笑。

"宜妹妹所言极是，战场上刀剑无眼，难道还会绕着阿哥飞过去？"惠妃翻着白眼，大阿哥此刻也在草原伴驾，断然不能失去了威风。

"咱们的皇上英明神武，阿哥们自然身手不凡，咱们就等着皇上凯旋吧。"德妃手扶嫩红的牡丹打着圆场。

"还是德姐姐最识大体。"勤常在轻抚着高高隆起的小腹。

"勤常在要生了吧。"卫岚音盯着她的肚子。

"太医说，就这几日。"勤常在浅笑回道。

"送勤常在回钟粹宫。"惠妃吩咐宫人，勤常在低垂着头，默不作声。

忽听远处传来一声高调儿，小宫人慌乱来报："启禀各位娘娘，勤常在回宫途中，被平贵人的猫所惊，出大红了。"

"速传太医和稳婆，本宫立即回去。"惠妃脸色铁青。这一年来，太子与大阿哥纷争不断，千算万算，没承想失宠的平贵人竟然敢使绊子。

"都稳着点，天还没塌下来。"宣嫔不屑地说。

"宜妃娘娘，大事不好，十一阿哥怕是熬不下去了。"宫人泣不成声。

宜妃脸色苍白："到底怎么回事？"

"回娘娘的话，十一阿哥近来身子一直虚弱，今日用过早膳，一直吵着头疼，奴才们尽心侍奉，谁知，十一阿哥小憩后，竟然情志不舒，寒毒郁结，太医们也是束手无策，十一阿哥怕是不好，请娘娘去送十一阿哥一程。"宫人泪流满面。

卫岚音心疼含泪："臣妾陪着宜姐姐。"

宜妃哪里还讲得出话来，她浑身颤动，悲痛不绝。

两人来到阿哥所，十一阿哥脸色灰暗，双眸无光，只熬得剩下一口气力。

"额、娘，养育之恩，唯有来生。"十一阿哥艰难地吐出几字。

宜妃疯狂地扑在他的身上，只能眼睁睁地看着他的手垂落。

"娘娘。"宫人们拉扯着疯狂的宜妃。

"由她去吧。"卫岚音吩咐。世间最悲催的事情莫过于丧子之痛，这种痛永难愈合，每次翻出，在额娘心头，始终都是血迹斑斑。

阿哥所的宫人们布置着十一阿哥的后事，一位老嬷嬷含着热泪，捧着补汤离去。

"这是什么？"卫岚音不解地问。

"这是御膳房为十一阿哥熬制的补汤，没想到十一阿哥已经用不到了。"老嬷嬷的泪落到冒着热气的补汤中，"十一阿哥自幼身子羸弱，太医们开出方子，十一阿哥必须终生服用人参熬制的补汤补身。这参汤，十一阿哥已经服用十余年，起初还是有成效的，谁知近一年，十一阿哥的病来如山倒，今日竟然……"

"放下。"卫岚音惴惴不安，难道十一阿哥也是被人所害？落霜会意地在补汤中捞出食材。

"命林太医前来。"她始终不放心。

不多时，林太医背着药箱而入。

"你且看看，可有不妥？"卫岚音指着食材，回过神来的宜妃也屏住了哭泣。

林太医神色黯淡，一一仔细辨别，眼中闪过惊愕。

"良贵人，宜妃娘娘，食材并无不妥。"林太医细细禀告，"不过内务府一定贪了银子，竟然用沙参来代替人参熬制补汤。"

"沙参？"宜妃挑着柳眉，"紫禁城谁不知晓我翊坤宫的荣耀，难道堂堂的皇子还用不起人参？用一辈子又如何？"

"有毒？"卫岚音追问。

林太医摇头："沙参有平喘止咳之疗效，无毒无害，如今天气虚热，十一阿哥肺热干燥，服用些沙参也是有益的。"

老嬷嬷愕然说道："太医们说，十一阿哥要终生服用人参补身。"

"对，就是这里。"卫岚音拉着宜妃的手，"沙参虽然能解十一阿哥一时病痛，却不能保命，人参才是十一阿哥的良药，如若十一阿哥保命的人参换成沙参，长此以往，会如何？"

林太医笃定说道："倘若如此，十一阿哥必定朝不保夕。"

烛光下的十一阿哥面容安详，温润聪慧的英才皇子，到底没有逃脱后宫的阴谋陷阱。

与此同时，钟粹宫传来喜报，勤常在平安产下十七阿哥，紫禁城内一死一生的消息，连夜传与了与噶尔丹激战中的帝王。宫中早殇的皇子众多，十一阿哥的丧事也不例外，一切从简。数日后，便无人提及，只有钟粹宫的门槛已经快被趋炎附势的小人踏平。

皇上御驾亲征，翊坤宫不敢大肆张扬地奔丧，宜妃只能身着淡雅，日夜礼佛。

"宜姐姐可好些？"卫岚音一大早便来到冷清的翊坤宫。

宜妃毫无往日的气势："良妹妹坐吧。"

"宜姐姐节哀顺变，五阿哥和九阿哥惦记着宜姐姐的身子啊。"卫岚音柔声劝慰，"宜姐姐，臣妾已经查明背后的歹人。"

"到底是谁？"宜妃的眼中冒着怒火问道。

卫岚音回答："臣妾近日已经查过御膳房所有的厨子和宫人，内务府还没有胆大妄为到用沙参来混淆人参糊弄主子，这一切都是有心之人故意为之，歹人就是咸福宫的平贵人。"

"本宫这就去撕烂她的嘴。"宜妃气愤地打翻茶盏，"她以为有太子罩着便可万事无忧，真是笑话，是她害了十一阿哥，如今皇上不在宫中，我就是拼了这条命，也要为十一阿哥报仇。"

"此事无须宜姐姐亲自动手，宜姐姐若是相信臣妾，就交给臣妾去办。"卫岚音的目光深暗如夜，早已胸有成竹。

第十六章

绛唇珠袖两寂寞

卫岚音在长春宫内秉烛夜读，落霜挑着微微的烛光。

"主子，莫要多虑，国舅爷只是一时想不开，会理解主子的苦心。"落霜心疼地劝慰道。

"花将军和弟弟已经好久没有与我联络，对我失望至极，意与我决裂。"卫岚音潸然泪下。

"主子，他们还在与八阿哥互通有无。"落霜宽慰着她的心，"此番归来，皇上给八阿哥加官晋爵，八阿哥大婚在即，咱们的好日子还在后头。对了，主子，八阿哥到底用何方法请动了子鸣公子？"

"子鸣心中最惦记的是什么？"卫岚音反问。

"张娘娘？"落霜掩住红唇，"子鸣公子是痴心之人啊。"

"他住得惯吗？"卫岚音轻问。

"听林太医说，子鸣公子为山野院落起名为醉庐，每日饮酒作诗，快意淋漓。"落霜欣慰地回答。

"那就好，他离京师如此近，是把寸寸情谊和相思都倾注在诗句中了。"卫岚音面露敬仰之情。人生在世，情字难舒。

"主子，十一阿哥若是不死，宜妃娘娘是不是会？"落霜欲言又止，十一阿哥睿智多谋，被羸弱身子所累，难舒雄心。

"你觉得先帝爷如何？"卫岚音反问。

"先帝爷仁慈两全，当今的皇上颇有其遗风。"落霜静静回答。

"那先帝的功绩呢？"卫岚音追问。

"这……"落霜顿时哑口无言，先帝英年早逝，功绩甚少。

"先帝最大的功绩，便是入关，坐镇紫禁城，而世人皆知，那是睿亲王的功劳，先帝亲政后提倡满汉一家，只是稍做安稳，并未举国推行，先帝却撒手人寰。"卫岚音微微几语，"皇上接下这江山后，文治武功，功高盖世，这又是为何？"落霜摇头。

"这就是因为皇上有个好身子，率先占据了先机。先帝如若再多活数十载，也许江山就会平定，但事不遂心，老天无眼，先帝也只能恨恨作罢，这才能留给皇上大展拳脚的机会。"卫岚音细细点拨。

"奴婢懂了，十一阿哥自打出生便已经败了。"落霜恍然大悟。

卫岚音眸色清寂："宜妃冰雪聪明，早就明白这个道理。宜妃和温僖贵妃的母族强大，九阿哥与十阿哥又与八阿哥同心多年，这份情谊咱们自然记在心上。所以，翊坤宫的所有事情，长春宫都必须冲在最前面。难于上青天，也要为其排忧解难。告诉小宫女，若是想保住她亲兄的性命，便要一命抵一命。"

"奴婢已经着人救下她亲兄，只是可怜了她。"落霜踌躇道。

"可怜与否，她心中自知，十一阿哥的死，她也要付出代价。"卫岚音浅颜，"紫禁城只有屋脊上那对神兽才是干净的。"

"主子放心，一切都已经安排妥当，只等着鱼儿上钩。"落霜坚定而语。

"只要是猫儿都偷腥，咱们只要坐等便可。"卫岚音轻轻放下手中的古籍。

紫禁城的角落，宫门紧闭，平贵人蹑手蹑脚地左右徘徊。

"主子，咱们回去吧。"她贴身的小宫女劝道。

"怕什么？此人既然敢约我出来，我倒要看看是何方神圣。"平贵人稳定着心思。

忽然，寂静漆黑的屋内亮起微弱的烛光，传来男女承欢的声音，她硬着头皮顺眼望去，看到了那两张熟悉的面孔。

她屏住呼吸："轻声些，速速回宫。"

"娘娘，奴婢什么都没有看到，什么也没有听到。"小宫女跪地求饶。

"没想到，她的胆子那么大。"平贵人险些失手打落安神热茶。

"皇上对娘娘冷淡，是受了奸人的挑拨，如今太子地位如日中天，若太子帮衬着娘娘，娘娘会早日孕育皇子，盛宠依旧。"小宫女为保住性命，曲意逢迎道。

"太子早已弃我于不顾，我多番求助无果。"平贵人哀婉道。

"此一时，彼一时，今夜之事，娘娘洞悉了天大的事情，由不得太子，他不得不帮。"小宫女目光幽冷地说。

"好，明日我便登门拜访。"平贵人凶相毕露，亲情都是无所谓的，只有权力和盛宠才是长久。

这一夜，紫禁城中很多人都没有入睡。

第二日，艳阳高照，和煦的阳光照耀在身上，暖意洋洋。

毓庆宫内剑拔弩张，四处弥漫着杀气。

太子铁青的脸色，冷冽地喊道："平贵人这话到底是什么意思？"

"什么意思？"平贵人咄咄逼人，"太子昨夜做过什么，难道自己不知道吗？"

"看来平贵人已经住够咸福宫？"太子阴险地说，"三更半夜，平贵人不睡觉，跟着本太子做什么？"

"太子做什么，我的确管不着，但是太子所作所为威胁到赫舍里氏的荣辱，我作为长辈，当然要提醒太子应该做什么，不应该做什么。"平贵人毫不畏惧。

"你到底都知道什么？看到了什么？"太子恼羞成怒。

"姐姐拼了性命生下太子，却没想到太子不顾伦常，做出如此大逆不道之事，如果皇上知道太子所为，会如何呢？如果钟粹宫知道太子所为，又会如何呢？"平贵人侧目问道。

"哈哈。"太子端起热茶，心生杀意，"平贵人是朕的亲姨娘，怎么会陷害本太子。"

"那是自然，太子时刻要记住毓庆宫和咸福宫形同一体，一荣俱荣，一损俱损。"平贵人面露笑容。

"本太子时刻记得赫舍里氏的荣耀，平贵人风韵犹在，皇阿玛怎会不喜呢？"太子微笑道，"平贵人去准备些细软之物，这几日朝廷会有一批送往前方草原的粮草，我会着人将其送与皇阿玛。"

"好。"平贵人得意忘形，"太子真是孺子可教，不过这宫中没有不透风的墙，我还是劝慰太子，莫要太过招摇，否则引火烧身，后悔莫及。"

"谢平贵人告诫。"太子的眼中闪过寒意，他平生最恨旁人威胁，无论是谁。

平贵人丝毫没有在意他的怒气："我不打扰太子了，改日再来探望，还望太子洁身自好。"

太子眯起双眸，挤出几字："平贵人走好。"

太子望着她的背影，怒火填满胸膛。忽然一个箭步冲向前去，反手勒住她的脖颈。

平贵人百般挣扎，身边的宫人惊吓得不敢动弹。太子如阴间的罗刹，手中的力气越来越大，直到平贵人不再挣扎，太子大汗淋漓。

此时，太子妃从外而入，见此情景，瞬间瞪圆了双眼。

"命人把住宫门，不许任何人进出。"太子妃沉着地吩咐身边的宫人。

"是。"贴身的小太监麻利地离去。

"太子，臣妾扶着您去换件干爽的衣裳。"太子妃出身将门，没有丝毫的畏惧和害怕。

太子混混僵僵地站立："她竟然敢威胁本太子，本太子最恨受人威胁。"

"太子。"太子妃大声说道，"太子这次真的闯下大祸了。"

"太子妃帮我，帮我。"太子激动地抓住太子妃的手，"你我夫妻同体，如今皇阿玛不在宫中，我统领前朝，你统领后宫，你一定要帮我处理妥当，我实在是抑制不住。"

"太子放心，臣妾自然让太子安心。"太子妃眸色清莹，毓庆宫内飘荡着死亡的气息。

翊坤宫内温馨恬静，熏香铜炉中的草药发出沁人的香气。卫岚音正在和宜妃品茶解闷儿。

"宜姐姐的气色好了许多。"卫岚音微笑地说。

"五阿哥的嫡福晋极为孝顺，我也得为五阿哥和九阿哥着想。"宜妃揉着头。

"宜姐姐该为九阿哥多想想。"卫岚音轻语。如今九阿哥开牙建府在即，还没有定下福晋。

"唉，儿大不由娘呀。"宜妃苦闷叹气道。

"皇上凯旋归来，臣妾去探一探皇上的口风，大阿哥不也是同时纳了好几个侧福晋吗？"卫岚音宽慰着她的心。

"拜托良妹妹。"宜妃无精打采。

"宜姐姐，勿要多心多虑，臣妾送宜姐姐一份大礼，宜姐姐一定欢喜。"卫岚音投其所好，"不出一日，便到。"

落霜匆忙进来："禀告主子，禀告宜妃娘娘，平贵人与贴身宫女双双落入荷花池，不治身亡。"

宜妃神色凌乱问道："跌入荷花池死了？"

落霜笃定道："奴婢亲自去看了，平贵人的脸色苍白如鬼，奴婢都不忍心看第二眼。"

"真是便宜了她。"宜妃快意，"老天开眼了。"

"太子妃如何说？"卫岚音轻声。

"太子妃哭得厉害，因为皇太后为皇上闭关，太子妃不敢去打扰，一切便按照宫例来办。"落霜凝神禀告。

"看来太子妃是个厉害角色。"卫岚音缓缓而语。

宜妃感觉到她的镇定和话中带话："是良妹妹的布局？大礼莫非就是这个？"

"宜姐姐的事，就是臣妾的事，谁挡在咱们前头，只有死路一条。"卫岚音微笑。

"良妹妹。"宜妃紧紧握住卫岚音的双手，静静地听着她讲述着整件事情的来龙去脉。

"良妹妹真是好计谋。"宜妃爽朗大笑，"十一阿哥死也瞑目了。"

"多行不义必自毙。"卫岚音盯着袅袅生烟的香炉，默念阿弥陀佛。

"没想到太子和密贵人如此大胆，真是有损皇家的天威。"宜妃轻蔑怒骂。

"这或许是扳倒他的重要一环。"卫岚音云淡风轻，"说句掏心窝的话，咱们因阿哥们离心又同心，争斗了半辈子，依然都在这红墙之内，臣妾早已经想清楚了，谁不是可怜人……"

"苦啊，这么多年的苦，到底是为了什么？"宜妃热泪盈眶。

卫岚音望着乾清宫上高高的龙吻："个个争得血流成河，横尸遍野，还不都是为了金銮殿上的那把龙椅，九五之尊、至高无上的荣耀和权力。"

宜妃梨花带雨道："我郭络罗氏必助八阿哥登上皇位。"

"臣妾代八阿哥谢过宜姐姐，八阿哥为皇，郭络罗氏是后位，九阿哥和十阿哥为亲王，臣妾愿以宜姐姐为尊，恭迎宜姐姐入主慈宁宫。"卫岚音许下重诺。

"一言为定。"宜妃喜出望外。

卫岚音语调优雅："一言为定。"从这一刻起，翊坤宫与长春宫再也无法分开。

前方草原的捷报飞入紫禁城，玄烨带领着众阿哥即将凯旋而归，众嫔妃都喜笑颜开。

"这真是万年不遇的大喜事，皇上亲手血刃噶尔丹，漠北草原从此归顺我大清。"惠妃得意洋洋，大阿哥功不可没。

"咱们的万岁爷宝刀未老，功高盖世。"宣嫔晃动着发簪。

卫岚音与宜妃、定贵人安详地品茶，沉默不语。

"定妹妹真是稀客，好兴致啊，苏麻嬷嬷的身子可好些了？"德妃问道。

"回德姐姐的话，苏麻嬷嬷年近九旬，身子不如以往硬朗，皇上特意命臣妾好生照料。"定贵人与苏麻嬷嬷待得久了，神色意蕴颇有几分苏麻嬷嬷的风范。

"这真是人外有人，山外有山，有人高瞻远瞩。"德妃的脸上挂着诡异的神色。

"德妹妹是在夸奖自己吗？谁不知道四阿哥是太子和皇上身边的红人儿，皇上最为倚重四阿哥。四阿哥精明能干，朝堂上无人不知，无人不晓。"宜妃见卫岚音不语，出言反击。

德妃与四阿哥、承乾宫的恩怨，宫中人尽皆知，她的话勾起德妃的痛处。

"都是这么多年的姐妹，还是少讲几句吧。"荣妃打着圆场。

"皇上回宫，会不会带回个漠北草原的美人儿？"密贵人转而挑着高音儿。

"哈哈，密妹妹真是说笑，谁不知道江南出美人儿，漠北草原上何来的美人儿，都是牛羊和骏马。"惠妃抿着红唇，宣嫔的脸色低沉，怒瞪着她。

"美人儿不好说，不过联姻倒是铁定的事情，不知咱们哪位尊贵的公主，又要嫁过去了。"卫岚音不露声色，却是一语惊人。

"还不是公主的福分？皇上回宫后，必定赏赐勤常在，惠姐姐真是教导有方。"德妃玲珑逢迎。

"可不是嘛，十公主深得皇上喜爱，看来十公主的如意郎君，皇上要好好斟酌一番。"敏嫔轻蔑地扫过德妃，语调谐婉。

"上批秀女是惠姐姐一手操办，明年又有新秀女入宫，看来惠姐姐又要忙碌一番。"密贵人倚仗着连生两位皇子，居功自傲，处处与宫中位分甚高的嫔妃靠拢。

"遴选秀女是老祖宗定下的规矩，本宫自当尽心尽力。"惠妃威严地说。

忽然，一个小太监，吓破魂地喊道："惠妃娘娘，大事不好了。"

"何事慌张？"惠妃立着凤威。

"回惠妃娘娘，内务府传来消息，大学士的嫡福晋在府中被害，身首异处。"小太监忐忑禀道。

"什么？！"惠妃万万没有想到纳兰一族后院起火。

"千真万确，这会儿内务府恐怕已经将折子送往前方草原。"小太监叩首。卫岚音与宜妃相视对望，大学士在草原伴驾，大学士的嫡福晋是诰命夫人，所以内务府于情于理都要将此事禀告皇上。

"到底是谁这么大的胆子，谋害朝堂一品诰命夫人？"惠妃声音颤动地问。大学士的地位朝不保夕，一室不平，何以平天下？

"惠妃娘娘节哀，内务府已经将贼人抓住。"小太监恭恭敬敬，"内务府已经调查清楚，嫡福晋善妒，大学士去年见书房奉茶的婢女长得清秀，有意纳入房内，嫡福晋不准，大学士也只能恨恨作罢，谁知道，嫡福晋以婢女勾引大学士为名，将其双眼剜除，迫害致死。婢女的亲兄也在大学士的府上为奴，一直在寻找机会报仇，如今大学士不在府中，便伺机下手。"小太监一口气讲完，头上已经泛起层层薄汗。

"信口雌黄！"惠妃甩袖痛斥。这分明是在告诉世人，大学士治家无方。

"哟，这心真狠啊。"宜妃好似惊魂未定。

"惠姐姐还是速速回宫，召见侧福晋进宫问问详情，大学士不在京城，莫要乱了分寸。"卫岚音点拨。

"回宫。"惠妃的话音中泛出不安。卫岚音望着她离去的背影，月盈则亏，纳兰一族的荣耀彻底走到了尽头。

紫禁城张灯结彩，处处喜绸，玄烨带着一众阿哥和大臣们凯旋而归，百官相迎，场面恢弘。

卫岚音迎风站立在宫墙之上，望着遍地晃眼的明黄之色，望着满身盔甲的八阿哥，心中涌出别样的滋味，八阿哥终于长大，而她也真的老了。

庆功宴席上，山珍海味，觥筹交错，少了往日的喧嚣，多了几分朝气蓬勃。惠妃和敏妃因病卧床，都未入席，只有年少的答应和常在，眉开眼笑，争奇斗艳。

细心的卫岚音发觉独自小酌的大阿哥情绪低沉，面色晦暗，宴席间并未见到大学士的身影，看来皇上完全放弃了纳兰一族，大学士的好日子到头了。

"随朕出征的一众阿哥中，只有八阿哥年幼，但也是最为骁勇善战，真是大清的好男儿。"玄烨疼爱有加，"读万卷书，不如行万里路，八阿哥从此便入朝为朕分忧，不必再去上书房读书。"

"谢皇阿玛。"八阿哥跪地行礼。太子的眼中满是厌恶和不屑。

卫岚音浅浅一礼："八阿哥顽劣不堪，在裕亲王和皇上的手中调教，竟有如此小成，真是臣妾的福气。"

"良贵人不必谦虚，朕心中有数。"玄烨心情大好，裕亲王福全也满眼疼爱地望向八阿哥。

"皇上在草原上连连捷报，勤常在为皇上诞下十七阿哥，这都是喜事啊。"卫岚音见惠妃不在，依旧在维护钟粹宫的荣耀。

"十七阿哥来得正是时候，传朕旨意，加封勤常在为勤贵人。"玄烨开启金口。

"谢皇上隆恩。"通嫔红着眼睛，叩首谢恩。宫宴上君臣同乐，后妃们其乐融融。

"听宫人们说，皇上从草原上带回一女子？"皇太后问道。一语激起千层浪，卫岚音也颇为惊讶，她从未听到宫人提及此事，看来皇太后与科尔沁草原仍然有密切的联系。

玄烨哈哈大笑："母后真是消息灵通，噶尔丹生性暴虐，欺压百姓，掠夺民女，朕救出一众被噶尔丹掠走的民女，放其回家，但其中有一女子，孤苦伶仃，为朕带路，歼灭敌军，朕念其有功，便带进宫来。"

"皇上千功万业，如此做，恐怕有辱皇上的威名。"皇太后语重心长道。

玄烨面带不悦道："母后教训得是。"

卫岚音了解他的为人，他绝非是沉迷酒色之徒，难道这名女子有着特殊的来历？

卫岚音浅笑道："皇太后时时心系皇上的盛名，臣妾倒是觉得，不到半载，又有新秀女入宫，皇上带回的奇女子，不如和新秀女一同参加遴选，学些规矩，再行侍候皇上，这样也少去皇太后的担忧之心，岂不两全？"

皇太后没有丝毫不满，轻轻举起酒盏："良贵人贤能淑德，哀家欣慰，就按照良贵人所言，皇上看如何？"

玄烨的眼中闪过一丝不安和深藏的愧疚。

"皇阿玛今日平定漠北，天下一统，此乃千古功名，儿臣建议父皇东巡祭拜先祖，告知天下。"四阿哥冷冽的眼中透出温暖。

"儿臣附议。"八阿哥随即站立。

"儿臣附议。"九阿哥和十阿哥、十四阿哥一并站立。

"好！"玄烨内心膨胀，"着礼部和钦天监选定吉日吉时，朕要率领爱新觉罗的好男儿，一同祭拜先祖。"

"吾皇、万岁、万岁，万万岁。"众人齐声，呼声震天。

"皇阿玛，儿臣有要事禀告。"太子眯着眼睛，"其实只是小事，儿臣知晓皇阿玛在前方激战，怕皇阿玛分神，故而未报。前些时日，京城出现邪教，蛊惑百姓，侮辱朝廷，坛主竟然是个瞎子，长相狰狞，据百姓讲，此人是火后余生，神仙转世，儿臣派护军营已经将其剿灭。"他意蕴深长地望向卫岚音。

卫岚音慌乱，火后余生？难道是弟弟？

"太子做得好，神仙转世皆为蒙蔽百姓之说，骗人钱财，遗祸世人。"玄烨不以为然，邪教规模小，惹不出大乱子，太子处理妥当。

"皇阿玛，儿臣从瞎子身上，搜寻到此物。"太子的手里拿着的正是贡品东珠和金瓜子。

"这是？"玄烨脸色一沉，此物是宫中之物，哪能是寻常百姓所能拥有？

卫岚音眸光黯淡，那正是她赠与弟弟之物。

"此人身在何处？"玄烨恨恨地问。

"回皇阿玛，因涉及到内廷，儿臣将其关押在内务府大牢，等待皇阿玛发落。"太子得意忘形。

"着人严加拷问，问出背后之人。"玄烨显露出帝王的无情。

八阿哥脸色微微发白："儿臣愿辅助太子彻查此案。"

"准了。"玄烨摆手。

一场难熬的宫宴终于结束，卫岚音苦不堪言。

回到长春宫，卫岚音落泪。

"主子，八阿哥正在打探消息，或许不是国舅爷。"落霜柔声安慰。

"八九不离十，宫宴上，太子挑衅的眼神，足以证明，他察觉到了什么。"卫岚音眸光清寂。

"主子，既然太子手握咱们的把柄，怎么没有在皇上面前拿出呢？"落霜疑虑地问。

卫岚音惊讶："依照太子的性子，会将人置于死地，绝不会欲言又止。"

"额娘。"身着月牙白衣衫的八阿哥从外而入，眉峰紧锁。

"到底怎么回事？"卫岚音急迫地问道。

"额娘，这是他们给咱们的下马威啊。"八阿哥蹙眉道。

卫岚音轻呼："难道还另有其人？"

"这是花将军和太子同时对咱们使绊子。"八阿哥一语惊人。

卫岚音惨笑："咱们不肯谋害皇上，花将军便故意让你舅舅被太子擒获？逼迫咱们弑君？"

"儿臣已经去见过舅舅。"八阿哥低垂着头，"舅舅不想见额娘。"

"他还是恨我。"卫岚音泣不成声。

"舅舅一心求死，他故意拿出东珠和金瓜子，便是要额娘居安思危，时刻记得察哈尔的仇恨，卫家的灭门之祸。"八阿哥激动地说。

"不，我要去见他，他从小善良，知书达理，谦谦君子，如何会……"卫岚音站立。

"额娘，不要去。"八阿哥想起那张狰狞可怕的脸庞，阻止她，"舅舅身心受到痛苦，你是说不通的。"

"救救他，不能让他死。"卫岚音死死抱住八阿哥，"额娘不能对不起你外祖母。"

"额娘。"八阿哥心疼道，"额娘还是保重身子，太子恐怕会揪其不放，长春宫也颇为危急，太子到底还知道些什么，儿臣也不得而知。额娘为何提议皇阿玛，将带回的女子参加选秀？"他转而问。

卫岚音并未在意。

"额娘知道吗？皇阿玛已经将此女抬旗，送与三品协领祜满为女，她从此便是瓜尔佳氏。"八阿哥低沉地说道。

卫岚音恍然回神，她从未想过皇上会对一个女子如此用心。

"希望额娘和皇阿玛之间的情谊，固若金汤。"八阿哥嘶哑地讲道，眼中闪过一丝不安。

天愈发寒冷，萧瑟的树叶沙沙作响，少去了往日的温馨，挂着一层秋霜的朱墙上闪耀着刺眼的光芒。

卫岚音与落霜在长春宫抄写经文，近日来，卫岚音消瘦柔弱。八阿哥自从那日走后，再没来过，她只能将心中对弟弟的思念寄托在字字的经文中，求得解脱。

"主子，皇上已经罢黜大学士的官职，投入刑部大牢，大阿哥表明决心，与大学士划清界限，惠妃娘娘为此一病不起。"落霜讲述着宫中的大事。

"大阿哥入朝多年，四处笼络人心，大学士的党羽早年已被皇上连根拔起，今日已经是孤掌难鸣，只能凄凉收场。"卫岚音自叹自哀。

"是呀，大学士当年荣耀一时，贵不可言，但毕竟是皇上的家奴，即使再大的功劳，只要违背皇上的意愿，也只能死路一条。"落霜摇头。

"落霜，多年风雨，皇上早已不是当初的皇上。"卫岚音想起皇上悠然膨胀的神色，"我感觉离他越来越远，越来越陌生，甚至有些惧怕。"

"皇上对主子极好，主子一语抵过千人万人。"落霜低沉劝慰，"就连九福晋都是主子为九阿哥求来的，宜妃娘娘欣喜万分，后宫的娘娘们都红着眼睛，嫉妒主子呢。"

"这都是表面，今日的荣耀，都是火中取栗，远不如往日，物极必反。"卫岚音轻轻放下手中的紫毫，"我如今年老色衰，待到燃尽往日的恩情，长春宫在宫中的地位便会一落千丈。"

"主子，多年的风雨，咱们都挺过来了，如今正是八阿哥施展拳脚的好时候，咱们会更好的。"落霜劝慰道。

"我担心的正是八阿哥，今日八阿哥小试牛刀，明日锋芒毕露，与太子余力纷争时，皇上恐怕不会顾及旧情。"卫岚音哀婉，"太皇太后临终前，千叮咛，万嘱咐，不能废弃太子。"

"皇上为明君圣主，太子荒淫无道，废立是早晚之事。"落霜笃定道，"主子放心，子鸣先生，已经为八阿哥指明道路，扳倒太子，要从赫舍里氏下手。"

"赫舍里氏满门荣耀，八阿哥身单力薄，扳倒何其艰难。"卫岚音叹息。

"大学士能倒，赫舍里氏便能倒，主子难道忘了八阿哥的姻亲？"落霜微笑。

"灵秀格格？"卫岚音自言自语。

"主子何时这般惦记儿媳妇了。"落霜故意逗乐玩语。灵秀格格是未来的八福晋，逢年过节总会随父母一同进宫，长得愈发的灵秀可人，灵秀格格出身名门，将来会是八阿哥的贤内助。

"灵秀格格从小娇生惯养，我怕她与八阿哥合不来。"卫岚音担忧，夫妻间最难得的便是情投意合。

"婚事是当年太皇太后定下的，自然是好姻缘，灵秀格格尊贵潋滟，与八阿哥是一对璧人，主子就等着抱孙儿吧。"落霜暗笑道。

"希望灵秀格格不要让我失望，八阿哥已经成人，我这个当额娘的，连名侍妾都未给他选定，真是愧对于他。"卫岚音苦涩。

"八阿哥洁身自好，修身养性，皇上为之选下的侍妾都被八阿哥回绝，主子勿要忧烦。"落霜将晾干的经文，一一卷起，放入箱内。

"他的身上寄托着察哈尔的百年大计，不知何时能成……"卫岚音近年来总有种预感，仿佛离着龙椅越来越远，难以触及。

院落中传来声响，许久没有登门的梁公公，俯身而来。

"良主子真是仁慈善心，是后宫嫔妃的表率。"梁公公望着桌案上的经文和箱子里一卷卷的经文，连声夸奖。

"梁公公谬赞。"卫岚音苦笑道。

"皇上请良主子移步乾清宫,太子提议皇上亲自审问忤逆的瞎子,唉,真是晦气。"梁公公连连摇头。

卫岚音惊讶地将笔砚打落在地,墨迹染尽在锦华的宫装上,团团氤氲。

"主子。"落霜急忙搀扶。

"哎哟,良贵人,小心点儿。"梁公公的身子弓得更低,他以为卫岚音担忧见到瞎子狰狞的脸,"良贵人放心,那人戴着面罩,吓不到皇上和娘娘们。"

"哦。"卫岚音木然点头。

"师傅,不知皇上为何唤各宫娘娘们同去,难道要一一当面对质?"落霜试探地问。

"都是咱们尊贵的太子爷的主意,老奴也不知太子爷所想,唉,还是劳烦良贵人走一遭吧,老奴还要去其他宫中传信儿,先行告退。"梁公公亲切而语,转身离去。

"是祸终究躲不过。"卫岚音面如死灰。

当她梳洗打扮完毕,来到乾清宫时,这里已经是一片艳丽,连许久没有露面的成嫔和布贵人都到了。

"良妹妹的风韵真是不减当年。"尖酸的成嫔不会放过任何奚落她的机会。

"真是贵人,总是最后一个登场。"宣嫔掩口微笑,话中带刺。

"宣妹妹此言差矣,不是还有一人未到吗?"宜妃怒气地剜着她。

卫岚音仔细望去,原来敏嫔未到。

"宣妹妹与敏妹妹同宫,不知敏妹妹的病好些了没有?"德妃小心翼翼地问。

"真是晦气,延禧宫快成太医院了,整日飘着苦涩的药汤子味儿。"宣嫔嘟囔着小嘴,厌恶不止。

"敏妹妹的身子,向来柔弱,去年入冬祭神后,更是卧床不起,莫非是冲撞了神灵?"德妃看似关切的眼中,隐藏着丝丝得意,敏嫔是皇贵妃的死党余孽，自然不能让她过得太舒适。

"哪里有什么神灵，德姐姐莫要疑神疑鬼，这都是命中注定，有些人无福享受。"宣嫔不耐烦地咒骂。

"皇上驾到，太子驾到，八阿哥驾到。"随着太监的一记长调。众嫔妃柔声行礼，卫岚音不敢抬头直视。

"平身。"玄烨身着上朝时的明黄龙袍，威严安坐。

"把人带上来。"盛气凌人的太子侧目吩咐。

卫岚音深吸一口气，默不作声。

片刻，宫人牵着一名脚戴镣铐，蒙头的犯人入内。

卫岚音清楚地看到犯人裸露的脚踝上的月牙形伤疤，那是弟弟幼年爬山所伤，一别将近二十载，今日却不能相认，她的泪涌在眼眶，只能掩鼻故作惊恐。

"跪下。"宫人用力踹向犯人。

"知道这是什么地方吗？"太子踱步来到犯人面前，"这里是乾清宫，天子宫殿，只要你供出背后之人，皇上有仁爱之心，让你少受些皮肉之苦。"

"今日皇上唤来了后宫中所有的嫔妃娘娘，你可要想清楚，听仔细，回头是岸。"八阿哥将所有二字咬得极重。

犯人的身子也微微摇晃，低沉沙哑地说道："受人诬陷，草民无言辩驳。"

卫岚音简直不敢相信听到的，弟弟的声音为何如风烛残年的老者，当年如夜莺歌唱的少年，哪里去了？是大火！那场大火烧灼了弟弟的喉咙，罪魁祸首却安然地高高在上，她的心燃起了恨意。

"你受何人诬陷？"玄烨凌厉地盯着犯人。

犯人坚定而语："当今太子。"

"你这个瞎子，竟然敢诬陷本太子，真是活得不耐烦了。"太子恼羞成怒，朝犯人的胸口踹去。

"太子不可。"卫岚音忍不住站立。乾清宫静寂一片，只听到交泰殿传来的钟声。

第十七章

东风何事又来恶

"良贵人认识此人？"太子勾唇一笑，收回半空中的金丝蟒龙朝靴。犯人听到良贵人三字，身子微微颤抖。卫岚音木然站立，不知所言。

八阿哥急忙搀扶着她："额娘，觉得身子不好？"

卫岚音顺意地低垂着头，故意面带痛苦，牵住八阿哥的手，对着玄烨缓缓行礼。

"良贵人，旧疾犯了？"玄烨关切地问。

"请皇上恕罪，臣妾一时鲁莽。"卫岚音稳定着心神。

"良姐姐与犯人是旧相识吗？这般袒护？"宣嫔挑着高调。

"良贵人难道理亏？"太子咄咄逼人。

"放肆！"玄烨怒声，"良贵人是长辈，太子为晚辈，在朕面前，太子怎能如此不敬？"

"皇阿玛息怒，儿臣知错。"太子俯身行礼。

"皇上，臣妾最近一直在誊抄佛经，上天有好生之德，此人双目失明，又浑身伤楚，臣妾一时动了恻隐之心。"卫岚音泪眼婆娑。

"回皇上，奴才去长春宫传旨时，亲眼看到长春宫的经文都已经装满几个大箱子了。"梁公公据实禀告。

"皇阿玛，额娘一直在为大清江山社稷祈福。"八阿哥禀告，"额娘时时刻刻心系着皇阿玛的安危啊。"

玄烨心疼地望向卫岚音："将朕的补汤赐予良贵人补身，以后着御膳房多熬制一碗，送去长春宫。"

"谢皇上厚爱。"卫岚音舒缓着气。

"你且从实招来，为何是太子陷害于你？"玄烨转而重语。

犯人凄凉惨笑："吾乃一介草民，火后劫生，受淳朴村民照料，因年幼开智，故而为村民授业解惑，没想到太子竟以谋反之名，将无辜百姓杀害，又将吾收押大牢，命吾讲出背后指使之人，暗存祸心。"

"谁给你如此大的胆子，竟然敢诬陷本太子。"太子义愤填膺。

"草民眼瞎，但心如明镜，绝不与太子等污浊之辈同流合污。"犯人毫无畏惧太子的威胁。

"太子让你陷害谁？"玄烨的目光如鹰般锋利。

"钟粹宫。"犯人沙哑地说。钟粹宫便意味着大阿哥，大阿哥与太子的长嫡纷争，人尽皆知，今日终于摆到明处。

"太子，到底怎么回事？"玄烨重拍龙案，前几日在朝堂上，刚刚罢黜大学士，大阿哥在东暖阁跪了整晚，父子间摒弃芥蒂，大阿哥立下重誓，愿辅佐太子继承大统，这刚安抚一方，太子竟然布下陷阱。

"皇阿玛，儿臣冤枉。"太子苦苦哀求。

"你可知欺君的下场？"玄烨紧紧盯犯人。

"吾乃贱命一条，拿去也罢，何苦拖累旁人。"犯人大声喊道，"当今皇上圣明，功德无量，难道要将锦绣河山交与无耻小人的手里？皇上英明神武，太子暴虐无德，皇上百年之后，太子登基，定祸国殃民，民不聊生。"

玄烨脸色阴沉："将此人杖责二十，听候发落。"宫人将他架走。

"八阿哥，你与太子彻查此事，真相到底如何？"玄烨威仪问道。

八阿哥神色平缓："回皇阿玛，儿臣仔细看过东珠和金瓜子，绝非上品。这些年，皇阿玛时常赏赐给近身的重臣，不一定是出自宫中。犯人居住在京城近郊的村落，这村落紧挨着京师护军营，村民民风淳朴，也并未提及过多忤逆之事，儿臣驽钝，还没有查出异常。"他的话暗藏玄机。要作乱谋反，谁会紧挨着护军营？一旦被发觉，根本无路可逃，东珠和金瓜子的来路也另有缘由，这都处处指向太子冒功。

痛哭流涕的通嫔跪倒在地："臣妾与惠姐姐侍奉皇上大半辈子，从未动过歪念，如今惠姐姐卧床不起，十公主整日愁眉苦脸，请皇上明察臣妾们的苦心啊。"

"皇阿玛，儿臣冤枉，儿臣没有指使任何人诬陷钟粹宫。"太子阴冷地望向受罚归来的犯人，"你有何凭证证明本太子诬陷钟粹宫？你诬陷本太子有何目的？"

"草民毫无目的，若讲凭证，无辜村民的性命便是凭证。"犯人毫无怯色。

"本太子杀了你。"太子眼中的怒火冲天。

八阿哥出手阻拦："皇阿玛，依照儿臣看，太子是受手下之人的蒙蔽，请皇阿玛明察。"

"八弟所言极是，皇阿玛，儿臣确实什么也不知道啊。"太子慌乱无神。

玄烨清冷地看着眼前的一幕，天下大定，绝对不许任何人污蔑皇权，太子是天下储君，更不能受辱："太子，站起来。"太子站起身后，缓缓扬起高傲的头。

"将杀害村民的官兵一律革职查办，此事休要再提，违令者，格杀勿论。"玄烨开启金口。

"皇上圣明，吾皇万岁，万岁，万万岁。"犯人行着大礼。

玄烨的眼中泛着凶狠："将此人五马分尸。"

"皇阿玛。"八阿哥急忙跪地，"既然已经水落石出，皇阿玛向来仁慈，为何要对不全之人动以极刑？"

卫岚音望着玄烨满脸的坚决，弟弟触犯了天子的逆鳞，此番凶多吉少。

"不全之人，也是朕的臣民，太子是天下人的太子，污蔑太子，便是污蔑朕，他竟然敢轻言废立太子，这是诛灭九族的大罪，朕亲手抚育太子二十余载，怎能由一不全之人，随意造次！"玄烨缓缓站立，雍容沉寂，"这是朕亲耳听到，第一个提及废立太子之人，朕要重罚。"

卫岚音的心跌到谷底，原来在皇上心中，只有太子和皇权。众嫔妃更是心惊肉跳，德妃的眼中隐藏着不安。八阿哥低垂着头，握紧铁拳。

犯人凄惨大笑："皇上英明一世，却十足的糊涂。今日皇上保全太子，明日太子觊觎皇位，自古无太子立国，草民在九泉之下，静候太子顺利登位的佳音。"他踉跄着倒地，口中支支吾吾，"乾坤俯仰，贤愚醉醒，今古兴亡，剑花寒……龙山上，西风树响，垂老鬓毛霜。"

卫岚音不敢抬头直视，这是幼年时额娘经常唱的小曲儿，一晃多年，今日再听时已是家破人亡，阴阳两隔。

"回皇上，犯人自戕身亡，咬舌自尽。"看守的宫人跪地禀告。

"将尸首带下去，五马分尸。"玄烨无情而语，"这就是轻言的下场，太子随朕去南书房。"乾清宫内，只留下满屋惊恐失措的后宫嫔妃。

宫人拖拽着死去的犯人离去，卫岚音的心被瞬间掏空，满脸泪痕。她的耳边混混僵僵，当听到弟弟临死前那首凄凉的小曲儿，几乎站立不稳。

落霜和八阿哥搀扶着她离开重檐琉璃的乾清宫，三人迎着微冷的秋风，踩着干枯的落叶，消失在朱红之中。

经历了残酷无情，紫禁城沉寂多日，毓庆宫的荣耀更是盛极一时，无人能及，太子愈加狂妄高傲。朝堂上却是风云变幻，玄烨以不忠不孝为名，将太子一党的几位心腹大臣，悉数贬谪，太子一党与大阿哥一党的纷争，转入平稳。一位新科进士，成为南书房的新宠，就是林太医的姻亲——张廷玉。

八阿哥随裕亲王福全上朝议事，颇得皇上厚爱，大阿哥收敛了平日里以长子自居的张扬性子，朝堂上一片其乐融融。后宫依旧不平静，处处暗藏汹涌。

天气转寒，大雪小雪又一年，长春宫的荣华不减。

"主子，这是皇上赏赐的补汤，主子还是用些吧。"落霜每日重复着同样的话语。

"端走。"卫岚音厌恶至极。落霜没有办法，只能放下冒着热气的瓷碗。

消瘦不堪的卫岚音紧握着藏蓝色的落缨，心如刀割。

这是弟弟的遗物，也是支撑她活下去的希望，她每日抚摸着落缨，好似幼年弟弟蜷在她的怀里。

"主子，前几日皇上命太医出宫，为那名从草原带回的女子诊病，如今东西六宫议论纷纷，主子如何看？"落霜担忧地问。

"八阿哥说，谁也没有见过那名女子的真容，皇上一心宠爱，谁又有什么办法。"卫岚音目光迷离。

落霜摇着头："若是多年前，皇上年轻气盛，喜爱个女子也没什么大惊小怪，如今皇上历经风雨，却依然痴迷一女子，那便不寻常了。"

"不寻常又如何？"卫岚音愤恨，"我与他形同陌路，我对他而言，只是玩偶，呼之即来，挥之即去。他是名垂千古的帝王，我是沧海一粟，注定我们之间无情无义。"在乾清宫高呼万岁的那刻起，她才彻底地看清，多年的盛宠都是在皇权之下，没有触及皇权逆鳞，才得以保下今日的荣耀。

"主子，过几日秀女入宫，皇上要东巡祭祖，皇太后也随行，那咱们？"落霜试探地问。

"我们不去，留下好办事。"卫岚音盯着窗外的皑皑白雪，"如今宫中不同往日了，钟粹宫都知道留一手，咱们也不能空无一人。"

"主子，储秀宫的高常在喝了这么久的药，照理也该有动静了。"落霜想起了文秀的高常在。

"敏嫔如何了？"卫岚音问。

"听闻敏嫔娘娘吐了血，皇上不闻不问，十三阿哥整日守在床榻前，还要受宣嫔娘娘的冷嘲热讽。"落霜叹息道。

"四阿哥没去探望？"卫岚音挑眉。

落霜摇头："四阿哥整日去永和宫请安，极少去延禧宫探望敏嫔娘娘。"

"他倒是沉得住气。"卫岚音沉思片刻，"你去准备些上好的补品，送去延禧宫。敏嫔年少强壮，为何会突然卧床？"

落霜轻轻敲打着她的背："宣嫔娘娘性子急躁，动不动责骂旁人，敏嫔娘娘接连生下阿哥和公主，宣嫔娘娘看着眼红，暗中下手？"

卫岚音轻轻摇头："宣嫔虽任性娇纵，没有皇太后的授意，她不敢擅自害人。你去查一查永和宫，德妃为人阴险，爱记仇，与皇贵妃宿怨极深，皇贵妃虽死，她哪能轻易放过敏嫔。"

"这些年，德妃娘娘暗地里将年轻的答应和常在们哄得团团转，十四阿哥与八阿哥同心，德妃娘娘依旧与主子针锋相对，暗地里做些见不得人的事。"落霜恨恨地说。

"落霜，咱们若是不争不夺，早晚会被太子碾死，只有奋力一搏，或许还有生机。"卫岚音安慰，"靠人不如靠己，我不会再轻信皇上的任何话语。"

落霜转而逗卫岚音开心："皇上已经拟定圣旨，分封四阿哥、五阿哥、七阿哥、八阿哥为多罗贝勒爷，大阿哥为多罗直郡王，三阿哥为多罗诚郡王，待祭祖后，八阿哥便要大婚了。加封的阿哥中，只有八阿哥最为年少，朝堂上，深得大臣们的欣赏。"

"三阿哥文采过人，依附太子，荣妃这步棋，走得甚妙。"卫岚音佩服。皇长子加封郡王，情理之中，而三阿哥与大阿哥平起平坐，却是意料之外，"看来咱们该忙碌了，八阿哥大婚是大事。改日召灵秀格格入宫，那对龙凤手镯，也该传到她的手中了。"

"是，主子。"落霜喜上眉梢。

"新秀女何日入宫？"卫岚音转而问。

"后日。"落霜会意应答。

"那咱们一同去看看瓜尔佳氏的庐山真面目。"卫岚音的脸上挂着冷意，命运的车轮无情地碾压所有人的情感。

两日后，宽敞的大殿上坐满了东西六宫的主位。

"命秀女们进来吧。"惠妃吩咐着宫人。

卫岚音静静地端起茶盏，望着盈盈绿绿。

"哪位是瓜尔佳氏呀？"惠妃微笑。满屋的秀女无人言语。

"回惠妃娘娘，瓜尔佳氏由皇上钦点，封为贵人，赐号为和，为咸福宫主位，圣旨一早便到了。这会儿，和贵人已经在咸福宫沐浴更衣，准备侍寝了。"众嫔妃目瞪口呆，和贵人三个字，深深印在每个人的心里。

晨光微曦，东方露白，紫禁城笼罩在金辉之中，磅礴的气势下，东西六宫的烛光黯淡失色，有心人皆在暗自伤感，卫岚音早早便醒了。

"主子，和贵人到底什么来头？"落霜忍不住地问，"昨儿，各宫娘娘们的脸都绿了，恨得牙根儿痒痒。"

"皇上宠爱嫔妃，何来理由，自然是爱恋。"卫岚音一副事不关已的神态。

"皇上爱恋的是主子啊。"落霜出言反驳。

"我已多年未侍寝，年老色衰，何来爱恋？"卫岚音想起多年前，他第一次送木槿花时的情境。

落霜不服气，卫岚音虽然年长，但容貌纤秀，身段更添风韵。

"这后宫，无人知晓旧人哭，以色侍君，哪来长远？"卫岚音的内心被无情的匕首一次次翻搅，"和贵人昨夜侍寝，今日会去钟粹宫请安问好，咱们去凑个热闹。"

外面雪花飘扬，卫岚音披上洁白无瑕的白狐裘，踩着松软的厚雪，仰望天空，一群群神鸟飞向索罗杆觅食，多么熟悉的情境，她看了多少年。

"主子，天寒地冻，小心着凉。"落霜递过鎏金扁方手炉。

"落霜，咱们还不如自由自在的神鸟啊。"卫岚音感慨万千。

"主子，世上万般，都是如人饮水，冷暖自知，神鸟也有自己的苦楚。"落霜轻轻拍打着落在她身上的晶莹雪花。

"如若有机会，咱们要逃出食人的牢笼。"卫岚音冒出大胆的想法。主仆两人，迎着风雪，融合在朱红琉璃的画中。

钟粹宫内花团锦簇，各宫的娘娘好似约定好了一番，都早早过来，满屋艳绿，胜似当年的承乾宫。

惠妃安坐主位："今儿都是什么风，把你们都刮来了，本宫的钟粹宫好久没有这般热闹了。"

宣嫔趾高气扬："还不是惠姐姐的茶香，把臣妾们勾来的。"

淡雅装扮的荣妃盯着卫岚音，意味深长地说道："良妹妹与白狐裘最为相称，今后不要拱手相让啊。"

卫岚音自然知晓白狐裘的缘由："白狐裘再金贵，万金可得，但荣姐姐身上的紫貂夹袄，是宫里的独一份，那才是可遇不可求之物。"

荣妃的脸上挂着得意："这是皇上当年赐给本宫的，一晃多年，恩宠仍在，心里暖和啊。"

卫岚音微笑："所以呀，恩宠在心便好，其他的都是身外物。"

宜妃忽然爽朗大笑："只要有这口气在，荣华富贵，绵绵不绝，所以呀，咱们都要好好活着。"

"还是宜妹妹看得透彻。"惠妃舒缓着脸上的阴翳。

"和贵人到。"外面传来宫人沙哑的长调。一位柔弱的女子在小宫女的搀扶下，摇曳地走进来。

"臣妾见过各位姐姐，给各位姐姐请安。"细绵的声音飘过。

"和妹妹昨夜侍寝辛苦，起来吧。"惠妃一贯示好，意图拉拢。

"谢惠姐姐。"和贵人抬起头来。众嫔妃瞠目结舌。

卫岚音更是震撼，心中激起千层浪花，他到底何意？

"真不知道，良妹妹还有个亲妹妹。"德妃打破沉寂。

原来和贵人与卫岚音好似孪生姐妹，一人如出水芙蓉，一人如碧绿白荷，神态同为婉约，真是妙不可言。

"臣妾拜见良姐姐。"和贵人对着卫岚音浅浅一礼，"皇上对臣妾千叮咛万嘱咐，虽然位分相同，但一定要事事以良姐姐为尊。"

卫岚音伤心落寞，他是在找替代品？

"世间之大，无奇不有，良妹妹与和妹妹真是天公作美。"荣妃的话语中夹杂着醋意。

卫岚音瞥向和贵人，想起多年前的自己，在承乾宫也是这般的光景。

钟粹宫内温暖如春，和贵人与良贵人相像之事，仿若天空中飘落的雪花，洒遍了紫禁城的每一个角落。

喧闹的元宵节后，皇上与太子再次开启第三次东巡祭祖。

"皇上驾到。"梁公公的声音传入屋内。卫岚音和落霜急忙委身叩拜。

"岚儿见过和贵人了？"玄烨觉察到卫岚音的不安和躁动。卫岚音缓缓点头。

玄烨紧紧握住她的手："岚儿，在朕心中……"

卫岚音挡住他的薄唇："臣妾明白皇上的心。皇上东巡在即，勿要为臣妾劳心费神。"

"朕会带成年阿哥们同行，宣嫔、和贵人也同行。"玄烨威仪而语。

卫岚音微笑："两位嫔妃未免太少，东巡一路遥远，皇上不妨多带几人随行侍候。"

"岚儿想去？"玄烨爱恋地盯着她，眼中却失去了往日的炙热。

卫岚音摇头："臣妾倒是想去，但身子实在不争气，怎能成为皇上的累赘？再则八阿哥大婚在即，臣妾这个做额娘的，也要忙碌了。"

玄烨颔首微笑："朕会给内务府留道口谕，岚儿缺什么，少什么，尽管向内务府去要。"

"谢皇上赏赐。"卫岚音淡淡微笑，"储秀宫的高常在，性情委婉，为人细心谨慎，又出身书香门第，皇上不妨带她一同前往，北方江山如画，皇上向来喜爱文雅，高常在伴驾，最合适不过。"

玄烨若有所思："就依照岚儿所言。"

片刻后，长春宫恢复了平静，卫岚音望着桌案恍惚失神："他已经变了。"落霜不解。

"你看。"卫岚音指着桌案上冷却的茶水，他滴水未沾，"自古帝王多疑，当今的皇上也不例外。"

春暖花开迎春来，玄烨昭告天下，开启第三次东巡祭祖的序幕。紫禁城内黄盖铺天，鼓声阵阵，玄烨带领着众阿哥意气风发地坐在骏马上。

太子高举金盏，疾呼："儿臣恭送皇阿玛。"

玄烨威仪而语："尔等要尽心辅佐太子处理朝政。"

"吾皇万岁，万岁，万万岁。"漫天的声音响彻午门。

"开拔。"众人皆跪地相送，这就是至高无上的皇权。紫禁城因帝王的离去，变得平静。每个人都过着平淡如水的寂寥日子。

"主子。"落霜急匆匆地跑进来，"敏嫔娘娘怕是不行了。"

卫岚音放下为八阿哥置办婚事的礼单名册："太医怎么说？"

"皇太后出宫，皇上将太医院的太医几乎都带走了，只留下几名年少的太医，皆束手无策。十三阿哥去求太子，去宫外请位大夫为敏嫔娘娘诊病，已经在毓庆宫跪了一个时辰，太子闭门不见。"落霜禀告道。

"四阿哥不在京城，谁也不能帮到十三阿哥。"卫岚音叹息。想起当年敏嫔初入宫时的情景，恍如昨日。

落霜也叹了口气："德妃娘娘暗地里对敏嫔娘娘下绊子，敏嫔娘娘哪里是她的对手？四阿哥心知肚明，无法对十三阿哥提及真相。"她已经查到敏嫔娘娘为德妃娘娘所害。

"德妃是存心置敏嫔于死地。"卫岚音的眼中泛着厌恶，"四阿哥暗地里帮过咱们，咱们不能袖手旁观。"

"林太医不在宫中，主子如何能帮得了敏嫔娘娘？"落霜疑虑地问。

卫岚音沉思："我最近觉得身子沉，昏昏欲睡，宫中的太医总是看不好，你去通知灵秀格格带位京城医术高明的大夫进宫，为我诊病。正好我有要事寻灵秀格格进宫详谈。"

"主子要公开八阿哥的身世？"落霜担忧道。

"我出身辛者库，身份卑微，郭络罗氏也未必心服口服地将灵秀格格嫁给八阿哥，与其八阿哥一生抬不起头，不如私下里，让她知晓。"卫岚音要走一步险棋。

"皇上知道，可不得了。"落霜摇头。

"那便要看灵秀格格和宜姐姐的心了。"卫岚音盯着窗外的秋千，"八阿哥身份显贵，朝堂上旧臣仍在，这是一盘死棋，盘活便是此次的联姻。"

落霜无声无语，朱红碧影下，树叶微微晃动，这就是山雨欲来风满楼。

次日，灵秀格格领着花甲白发的大夫入宫，长春宫洋溢着银铃般清脆的笑声。

此时，十三阿哥进来给卫岚音请安。他在毓庆宫跪了大半日，太子依然没有理会他，他只能无功而返。

卫岚音轻轻瞥过十三阿哥："你额娘近来可好？"

十三阿哥双目赤红："劳烦良贵人惦记，额娘她……"

卫岚音使着眼色，落霜急忙道："这不是有大夫吗？"

十三阿哥轻轻抬头，见到花甲白发的大夫，惊喜万分："求良贵人着这位大夫，为我额娘诊病。额娘已经病入膏肓，只求着她能熬过数月，等到皇阿玛回宫，也算了却额娘的心愿。"

卫岚音轻拭脸上的泪珠："如若我不允许，倒是不讲情理。落霜，你带着大夫随十三阿哥走一遭。"

十三阿哥跪地行着大礼："良贵人大恩，没齿难忘。"

众人离去，只留下灵秀格格和卫岚音两人。

"良主子真是菩萨心肠。"灵秀格格端起热茶，内心明朗，"额娘总是提及良主子聪慧，皇上和太皇太后都是赞不绝口，今日一见，果然非同寻常。"

卫岚音缓缓站立，盯着她："你可喜欢八阿哥？"

灵秀格格双颊红晕："我早已心仪八阿哥，此生非他不嫁。"

卫岚音心中释然，她果然没有看走眼："额娘会让八阿哥好生对你，不辜负你的情义。"

"谢谢额娘。"一声额娘拉近了两人之间的距离。

卫岚音拿起檀香木盒，交到灵秀格格手中："这是额娘送给儿媳的见面礼，打开瞧瞧，可喜欢？"

灵秀格格打开木盒，见到龙凤手镯，震惊不已，长春宫果然拥有天下的奇珍异宝。

卫岚音安坐："这对手镯是额娘留给我的，今日我将此转交于你，也算是功德圆满。"

灵秀格格瞪圆双眼，这对手镯以血红为玉，价值不菲，谁都知道长春宫的良主子出身寒微，何来如此贵重之物?

"八阿哥出身尊贵，高过紫禁城中任何一位皇子，你们成婚后，额娘希望你们举案齐眉，夫妻和睦。"卫岚音不动声色地端起茶盏。

灵秀格格心思缜密，立即跪倒在地："额娘在上，我自当与八阿哥同心同德。"

卫岚音拉起她："好。"长春宫内燃起淡淡的熏香，前朝恩怨，国仇家恨，卫岚音讲起所有的过往云烟，远处隐隐传来交泰殿的钟声，灵秀格格神情凝重。

"你与八阿哥有缘结为伉俪，额娘希望你能助八阿哥一臂之力，完成他身上的重任。"卫岚音殷切地看着灵秀格格。

灵秀格格紧紧抿着嘴唇："额娘放心，我定与八阿哥同生共死。"两个本无交集的女子因为同一个关切的人，连在了一起，这就是命运。

这时，落霜带着花甲白发的大夫从延禧宫归来。

"启禀主子，敏嫔娘娘的气色好多了，大夫说，只要多加调理，老参汤吊命，敏嫔娘娘还有几载的阳寿。"落霜禀告。

卫岚音浅笑："灵秀格格真是福星。"灵秀格格默默低头。

卫岚音舒缓一口气，长春宫流淌着浓浓的温情。

第十八章

暮雨朝云去不还

卫岚音和宜妃在长春宫谈论八阿哥的婚事。宜妃眉飞色舞，比卫岚音更喜悦。

"宜妃娘娘，这是灵秀格格送来的南方茶点，您尝尝鲜。"落霜端上精致小巧的茶点。

"这还没过门儿，良妹妹就享福了。"宜妃翘着兰花指拿起茶点。

卫岚音抬头微笑："宜姐姐不用着急，九阿哥用不了多久，也会开牙建府，宜姐姐一同有两位孝顺的儿媳呢。"

宜妃凤眸明亮："还不是良妹妹的功劳，哎，这一晃，我入宫近二十载，真是岁月不饶人。良妹妹真有办法，高常在也争气。"

"这都是高常在的造化。"卫岚音望着抽出嫩芽的苹果树，"和贵人性情温顺，高常在才能得宠。"

"良妹妹真沉得住气，和贵人与良妹妹形同一人。"宜妃激动地说。

卫岚音叹气道："年少总是好的，谁不喜爱含苞待放的花蕾，谁会依恋满地落红？"

"她最好安分守己，否则我饶不了她。"宜妃傲气十足，"自从皇上五马分尸了犯人，太子居功自傲，不可一世，皇上前脚刚走，他便与密贵人狼狈为奸，真是有辱皇恩。"

卫岚音的心底晃过悲哀："得意之人，总有失意时，时候未到罢了。"

"良姐姐，宜姐姐也在啊。"定贵人在宫女杜鹃的搀扶下，哭泣而来，"宫人来报，苏麻嬷嬷卧床不起，拒不用药，胡言乱语中都是惦记太皇太后的话语，皇上如今不在宫中，恐怕……"

"我随你去探望。"卫岚音转向宜妃，"宜姐姐，改日臣妾再登门拜访。"

宜妃点头："快去吧，苏麻嬷嬷年近九旬，素来与良妹妹亲近，良妹妹也好尽尽孝道。"

苏麻嬷嬷静修的院落典雅清净，花草众多，弥漫着花香绿意。

卫岚音望着床上满头银丝的苏麻嬷嬷，深情唤道："嬷嬷。"

"良贵人。"苏麻嬷嬷轻声。

"嬷嬷，病来如山倒，病去如抽丝，药还是要用的，皇上远在盛京老城，还要数月才能回宫，嬷嬷要保重身子啊。"卫岚音柔声细语劝道。

苏麻嬷嬷摇头道："老天待我不薄，我想格格啊。"卫岚音看着她风轻云淡的神情，历经三朝风雨的老奴，让万人敬仰，这才是真正的修行。没过多久，苏麻嬷嬷昏睡过去。

身着锦缎的少年，迎风而入："良贵人吉祥。"

卫岚音望去："这一晃儿，十二阿哥都这么大了。"十二阿哥谦恭站立。

定贵人抹着眼泪："苏麻嬷嬷熬尽心血，抚育十二阿哥，已经求得皇上恩典，为十二阿哥铺好锦绣前程。"

卫岚音淡然："有苏麻嬷嬷的推荐，皇上会疼爱十二阿哥，定妹妹莫要伤感。"

"这都是良姐姐的恩典，若没有良姐姐，臣妾母子何来今日的荣华？"定贵人痛哭流涕。

卫岚音拉起她的手："我是顺水推舟，定妹妹有福气，十二阿哥更是美玉无瑕。"

"良姐姐谦虚，臣妾与十二阿哥不会忘记良姐姐的恩德。"定贵人信誓旦旦地说。

卫岚音阻拦，宫中本无净土，她费尽心思，便是要保全定贵人与十二阿哥与世无争，十二阿哥若是卷入阿哥们的夺嫡，当年的筹划岂不付之东流？

"十二阿哥，你要记住，今后入朝为官，千万不要结党营私，不要因我与你额娘的关系而与八阿哥交往过密，更不要卷入大阿哥和太子之间的纷争。你一定要记住，你效忠的是大清的皇帝，你的皇阿玛。"卫岚音神情严肃道。

十二阿哥受苏麻嬷嬷多年教诲，深知宫中暗流涌动，诚恳地说："良贵人放心，儿臣谨记良贵人教诲。"

卫岚音轻轻拍着定贵人的手说："苏麻嬷嬷病入膏肓，这几日，我随你一同侍奉床前。"定贵人很是感激。

"王爷，王爷。"屏风后传来苏麻嬷嬷的梦语。

卫岚音与定贵人交换了一下眼神，苏麻嬷嬷终身未嫁，原来她一直心系睿亲王。

卫岚音吩咐着四周的宫人："苏麻嬷嬷需安心静养，闲杂人等，不得随意走动。"

"良贵人有何要紧的事，竟然下令不得随意走动？难道要幽禁苏麻嬷嬷？"太子和太子妃忽然到访。

"皇阿玛临行前，特意交代本太子要照料苏麻嬷嬷，嬷嬷病重，本太子自然要亲自探望。"太子的话语冠冕堂皇。

"是啊，太子心系苏麻嬷嬷，特意嘱咐臣妾熬制了参汤，为嬷嬷补气。"太子妃能言善辩。

卫岚音冷笑道："苏麻嬷嬷的陋室能得太子殿下的亲临，真是蓬荜生辉。"

"皇阿玛幼年幸得苏麻嬷嬷照料，如今苏麻嬷嬷重病在床，本太子自当为皇阿玛尽孝道。"太子眯起狭长的眼说道。

"太子日理万机，臣妾与太子同心，愿意为太子尽孝。"太子妃恬静地说。

卫岚音见两人一唱一和，心生厌恶，苏麻嬷嬷服侍太皇太后一生，如今弥留之际，两人前来，必定是惦记着太皇太后留下的密函。太子在床边看了几眼，就匆匆离去，留下了太子妃。

卫岚音冷冷地说道："太子妃有孕在身，莫要太过劳累，快些坐下。"

太子妃故意羞涩道："良贵人见笑，这胎还不稳，不敢四处张扬。"

"太子妃身康体健，又是头胎，哪里会有事？莫要自己吓自己。"卫岚音劝慰道。

"借良贵人吉言。"太子妃客套还语。

狭小的陋室，变得拥挤，傍晚时分，这位草原上的百灵鸟走到了生命的尽头。定贵人痛哭，十二阿哥跪倒在地。太子妃也红着双眼。

卫岚音坐在床边轻轻地问道："嬷嬷，可有未了的心愿？"

苏麻嬷嬷脸色红润，回光返照："我梦到格格了，格格正等着我呢。"卫岚音的泪默默滑落。

苏麻嬷嬷望着十二阿哥嘱咐道："你要记住，荣华富贵，都是过眼云烟，嬷嬷教你多年的道理，你可都懂？"

十二阿哥哽咽回道："嬷嬷的教诲，我铭记于心，一刻不敢忘记。"

苏麻嬷嬷满意地点头，她又拉起卫岚音的手："这都是命，不要怪老天不公，其实老天给予的更多。老奴不能再给良贵人蒸煮白玉奶茶了，前几年送去长春宫的奶茶，良贵人觉得味道如何？"

卫岚音感觉到她传递来的物件儿，低语："嬷嬷的手艺，自然是最好的。"

"皇上自幼便爱喝奶茶，冬日里，还请良贵人为皇上煮上一壶，这白玉奶茶的秘方，便是用心，只要用心，奶茶香甜，沁人肺腑。"苏麻嬷嬷的眼角流下浊泪，"老奴熬不到皇上回宫了，有劳良贵人替老奴完成未了的心愿吧。"

"嬷嬷。"卫岚音早已泣不成声。

"老奴已经活了九十载，老天待我不薄，这是喜丧，你们不要为我伤心。"苏麻嬷嬷微笑地望向众人。

卫岚音不动声色地攥紧手心的物件儿，心底翻滚着苦涩。

屋内烛光摇曳，苏麻嬷嬷闭上了双眼，这位后宫不是主子，胜似主子的宫女，成就了女子传奇的一生。

卫岚音满身素白跪在灵位前，手心是一把染着温意的铜钥。

喧闹过后，卫岚音谨慎地吩咐着落霜："将苏麻嬷嬷早些年与白玉奶茶一同送来的浅雕木箱拿来。"

"那箱子上着锁。"落霜喃喃自语道，"主子拿到铜钥了？"

卫岚音点点头："太子千防万防，都在苏麻嬷嬷的算计中，看来太皇太后果然留有懿旨。"

"那箱子冒着荧光，坚硬无比，若无铜钥，根本无人能够打开。"落霜缓缓拿出雕刻着玉兰花纹的檀木小箱，卫岚音转动铜钥，缓缓开启小锁，箱子里是明黄的锦帛。

卫岚音看后，喜极而泣。她抓住落霜的手："皇祖母终于承认我了，还给了我最后的恩典。"

落霜急忙看过锦帛，大惊失色："主子，太皇太后真是料事如神。"

"这番旨意是咱们的救命符，不到万不得已，千万不能示人。"卫岚音细心交代。

落霜看到那把小巧的铜钥："早便听闻慈宁宫有把九孔玲珑锁，必定是此物，太皇太后真是用心良苦。"

卫岚音点头道："铜钥不能留在宫中，送出去。"

"要交给灵秀格格和八阿哥保管吗？"落霜挑眉问道。

卫岚音摇头："不行，八阿哥心思重，莫要给他带来负担。送去安国寺。那是寺院，暗里又是我的家庙，我捐赠些香火钱总是行的。"

"主子的办法好。"落霜醍醐灌顶，"奴婢会捐赠些物件送往安国寺。"

"你暗中吩咐人，将铜钥封存在弟弟的牌位中，日夜供奉。"卫岚音沉痛地讲道，"现在还不是示人的时候，皇上也不许，咱们需要等待。"

"奴婢真为主子高兴。"落霜眼含热泪。

"这就是咱们扳倒太子最后的利剑，也是咱们能逃出牢笼的希望。"卫岚音仰起头，目光幽深如井。

"主子，听闻皇上命大阿哥祭拜金太祖，太子闻讯，在毓庆宫责打宫人，看来大阿哥又赢得了皇上的信任。"落霜收拾着琐碎之物。

"皇上一心希望天子之家和睦，作为天下人的表率。"卫岚音对他的情谊已经蜕变失色。

"寻常人家都有府宅之争，更何况天子之家，皇上岂不是自欺欺人？"落霜低垂着头。

"走一步算一步吧，八阿哥的婚事最为要紧，一切都已经筹备妥当，只等着皇上回京。"卫岚音想起喜悦之事，"八阿哥心思偏重，我怕他心生急躁。"卫岚音担忧道。八阿哥性子阴沉，有时她也捉摸不透。

深夜静得可怕，仿佛酝酿着更大的血雨腥风。

天气愈发炎热，苏麻嬷嬷百日不久，玄烨带领着众阿哥班师回朝。临走前，众位阿哥还是锦袍加身，归来时已经是盘龙云纹，海水江崖，他们是世间尊贵的王爵亲贵。八阿哥相貌英俊，尤为显眼。

宫宴过后，八阿哥搀扶着卫岚音回到长春宫。

"儿臣给额娘请安。"八阿哥谦恭跪地。

"快起来。"卫岚音亲切地说。

"额娘瘦了。"八阿哥心疼道。

卫岚音静静地望着他："你皇阿玛在宫宴上下旨，着你与灵秀格格择日成婚，额娘已经为你准备妥当。你与灵秀格格成婚后，要好生待她。额娘已经将龙凤手镯传给了她。"

八阿哥眉峰紧锁，他自然知晓龙凤手镯代表的含义。

"路都已经为你铺好，尽管去走吧。"卫岚音眼中含着期盼，"灵秀格格会与你同心。"

"儿臣谢额娘教诲。"八阿哥惊喜道。

"赫舍里氏可有何动静？"卫岚音轻声问。

"儿臣查到赫舍里氏与朱三太子来往密切。"八阿哥一语惊人。

卫岚音惊愕地说："皇亲贵戚与亡国败寇能有什么交集？你去请教子

鸣。"

"子鸣师傅精通博古，儿臣事事都会请教他。"八阿哥露出得意。

"你切记，千万不可得意忘形，你舅舅的惨状，人尽皆知，赫舍里氏树大招风，远不如纳兰一族容易撼动。"卫岚音细细嘱托，"若没有十足的把握，不能轻举妄动。"

屋外的知了声声啼叫，母子两人交心许久，八阿哥才离去。沉寂多时的紫禁城，再次迎来喜事，八阿哥与灵秀格格大婚，玄烨带着卫岚音亲自到八阿哥的府邸喝下儿媳敬上的喜酒。这是所有成婚的阿哥不曾有过的恩典，众大臣对八阿哥刮目相看。

半夜回宫，延禧宫传来噩耗，耗了多年的敏嫔终于没有熬过病症，十三阿哥跪倒床榻前放声大哭。敏嫔临死前到底没有见到皇上，那双无神的眼睛始终没有闭上，空留遗憾。永和宫的德妃假意张罗着敏嫔的身后事，虚伪至极。

宫中的日子寂寞，年老的玄烨愈发好大喜功，总是招成年阿哥们一同共享天伦，彰显天威。一场骑射比赛之后，八阿哥与灵秀格格夫妇拔得头筹。

玄烨大喜，对着卫岚音说道："八阿哥和灵秀福晋真是天作之合。"卫岚音欣慰。

意气风发的八阿哥迎面而来："皇阿玛万福，皇阿玛还记得与儿臣当年的约定吗？"

玄烨蹙眉，转向卫岚音："八阿哥都这么大了，这些年，的确苦了你。"卫岚音不解。

玄烨沉思："良贵人伴随朕多年，八阿哥英勇无双，朕决定晋封良贵人为良嫔。"

"谢皇阿玛恩典。"八阿哥洪亮的声音铮铮有力。

"谢皇上。"卫岚音微笑叩首，迟来的荣耀，她早已不在乎。

玄烨顿了顿，又接着说道："和贵人侍奉朕尽心尽力，也一并加封为和嫔。"

和贵人受宠若惊地跪地叩首："臣妾谢皇上恩典。"

众人大惊，长春宫受宠多年，八阿哥一表人才，在朝堂上崭露头角，卫岚音封得嫔位也是情理之中，但和贵人入宫尚浅，又无子嗣，晋封为嫔，足见在皇上心中的重量。

卫岚音望着玄烨对和嫔含情脉脉的眼神，这就是颜如舜华的情谊？

这时，小太监一路小跑："十三阿哥的马惊了，十三阿哥从马上摔了下来，腿断了。"

"命蒙古太医诊治。"玄烨并未过多关心，"这个老十三，从小便体弱多病，这么大的人，竟然能从马上摔下来，真是骑射不精。"

卫岚音起身："皇上，敏妹妹过世不久，十三阿哥难免伤怀，还请皇上见谅。"

玄烨微笑道："良嫔真是心善。"四阿哥的眼底闪过担忧。

卫岚音跪落在地："今日皇上加封臣妾与和妹妹的位分，臣妾感激不尽。宫中姐妹侍奉皇上多年，皆有功劳，臣妾今日为平妹妹和敏妹妹求个哀荣，请皇上念其功德，给份荣耀吧。"她的话引来众人的目光。

玄烨今日心情大好："良嫔所言极是，朕若是不应允，倒是显得朕薄情寡义，人既然去了，朕便分别加封二人为平妃和敏妃。"

"吾皇万岁，万岁，万万岁。"众人齐声高呼，妃位是莫大的荣耀。这一次，卫岚音的声音不同往日，高调而出。

宜妃的眼中冒着怒火，不露声色的四阿哥也是意味深长地看向卫岚音。

天气阴翳，卫岚音一大早便来到翊坤宫，宜妃正在饮用燕窝，面带不悦。她看见卫岚音，也不似往日那般热情。

"良妹妹，你为何为那贱蹄子求得死后哀荣？"宜妃心直口快，平妃是凶险之人，与她有杀子之仇。

卫岚音柔声："宜姐姐勿要焦虑，人都死了，都是虚名。"

"可怜我的十一阿哥。"宜妃泪眼迷离。

卫岚音淡淡地摇头："臣妾与宜姐姐早已同心，怎能长他人志气。为敏妃是为了还四阿哥的人情，平妃却是为了稳住赫舍里氏和太子。八阿哥查到赫舍里氏与前朝贼寇有千丝万缕的关系，为避免打草惊蛇，臣妾才故意在皇上面前为其求得哀荣。"宜妃依然满脸不解。

卫岚音细细解释："如今朝堂上，太子一党占据半边，八阿哥孤掌难鸣，只能低头顺意示好。"

"太子身边都是能人贤臣，良妹妹不怕他们给太子纳谏？"宜妃谨慎地问道。

"宜姐姐莫忘了，太子是得意忘形之人，哪里会听进谏言？"卫岚音摇头，"太子如若听得进谏言，恐怕我们也难撼动其地位。"

"还是良妹妹想得通彻。"宜妃竖起柳眉，"他们真是好大的胆子，竟然与前明余孽勾结，他们到底想做什么？"

"谁做了二十多年的东宫储君，都得着急。"卫岚音一语道破。

"他们想利用前明余孽谋反弑君？"宜妃金锦掩鼻。

"没有他们不敢做的，前几年皇上身患疟疾，便是他们的计谋。"卫岚音讲出重语。

"真是胆大妄为，皇上如此看重太子，却养了个白眼狼。"宜妃气愤道，"我要去告诉皇上。"

卫岚音忧心忡忡："如今连钟粹宫和大阿哥都以太子为尊，乾清宫的一幕，宜姐姐难道忘了吗？太子是皇上刻意维护之人，谁也撼动不了。"她见宜妃怒气全消，俯身浅礼，"臣妾因平妃一事，没和宜姐姐事先打好招呼，还望宜姐姐见谅。"

宜妃扶住她："良妹妹心思缜密，倒是我小肚鸡肠，还望良妹妹见谅。"

两人误会消除，冰释前嫌，又贴近了一步。

"良妹妹也算是扬眉吐气，苦尽甘来了。"宜妃微笑道，"这嫔位，良妹妹早应该担的。"

"这么多年，臣妾已不在乎虚名，可是八阿哥如今在朝为官，臣妾总不能成为八阿哥的累赘。"卫岚音实情相告，皇子的身家地位与亲生额娘的位分脱不开干系。

"良妹妹的位分是理所应当，没想到和嫔如此得皇上心意，也白得了嫔位。"宜妃不服气地说，"老天有眼，她虽然受宠，却迟迟没有身孕。

962

呦，瞧我，真是失语了，良妹妹，你还是想开些，毕竟岁月不饶人，咱们不能侍寝，就让年轻之人去吧，在皇上心中，也就是个替身。"

"和嫔性子婉约，总是让人看不透，与臣妾甚为相像，臣妾见到她，就恍如看到了多年前的自己。"卫岚音道出实情，"自然也希望她好。"

"是啊，和嫔与良妹妹相貌上是九成像，性情却是十成的像，皇上真是有办法，竟然能寻到如此妙人儿。"宜妃淡淡而语，"这样也好，和嫔受宠并无他心，后宫倒也安静。咱们有喜事，高常在有身孕了。储秀宫的宫人一早来报，已经二月有余。高常在喜爱食用酸枣，这胎定是位阿哥。"

"这可真是喜事。"卫岚音释然。高常在文气十足，有了子嗣，在宫中也好有个依靠。

"密贵人暗度陈仓，竟然提前两月生下十八阿哥，我去永和宫瞧过，十八阿哥毛发浓密，哪里有虚弱之状？"宜妃恨恨地说，"到底是谁的种，她心中最为清楚。"

"由她去吧，是她的，谁也夺不去，不是她的，自然也留不住。"卫岚音早已放弃密贵人这颗棋子，道不同不相为谋。

"主子。"落霜神色慌乱地从外而进，"裕亲王病重，林太医为其诊脉，已经灯枯油尽。"

卫岚音几乎站不稳："裕亲王一贯体健，怎么会？"

"林太医说，裕亲王积劳成疾，郁结在心，神仙也无力回天，八阿哥已经侍奉在床前，皇上亲自去裕亲王府探望。"落霜哽咽伤心。

卫岚音的泪窝在眼眶，裕亲王为大清国兢兢业业，更为她和八阿哥在皇上之间周旋，他用心良苦，才会郁结于心。

宜妃对卫岚音和裕亲王的情谊素有耳闻，劝慰道："良妹妹要保重身子。"

卫岚音缓缓坐下："让宜姐姐见笑。"翊坤宫内沉寂无声，只留下叹息和低泣。

卫岚音望着窗外，想起与裕亲王第一次相遇时的情景，如若她没有与皇上相识，也许进了裕亲王府，他不会为难她，可是一次错过，此生无缘。她的泪滚落在茶里，荡起层层涟漪，苦不堪言。

转眼间乌云密布，宛如黑夜般压抑，一场瓢泼大雨从天而降，雷声滚滚而来。

"咱们回宫吧。"卫岚音淡淡地讲道。

"雨如此大，良妹妹还是迟些再回宫，莫淋坏了身子。"宜妃关切说道。

卫岚音漠然地摇头。

"我让含翠去准备油伞。"宜妃唤道。

卫岚音和落霜早已消失在如雾如烟的大雨中。午夜时分，宫中传来噩耗，裕亲王福全薨亡，玄烨悲恸不止，亲自为其书写铭文，并命宫人将棺椁和牌位停放在景仁宫。

长春宫内烛光黯淡。

"主子，喝碗姜汤驱驱寒气。"落霜连着打了几个喷嚏。

"你也喝一碗，去早些安歇吧。"卫岚音心疼地望着她。

"奴婢身子骨儿强，主子勿要担忧。"落霜感觉到瑟瑟发冷，浑身颤抖。

"好日子还在后面，你千万不能倒下。"卫岚音端起冒着热气的姜汤，递给她，"也许到最后，只有咱们相依为命。"落霜鼻子一酸，勉强地咽下辛辣的姜汤。

"今儿，你便在我的床上安歇，我来照料你。"卫岚音微笑道。

"主子不可，这不合规矩。"落霜阻拦。

"规矩都是人定的，你我情同姐妹多年，我一直受你无微不至的照料，今日我照料你也是理所当然。"卫岚音执意拉起她坐在床上。

"主子，奴婢不敢，这床，只有皇上和主子能住啊。"落霜跪地道。

"皇上永远不会来了。"卫岚音心如止水，"你安心睡吧。"她缓缓落下月牙儿帷帐。落霜头疼得厉害，昏昏欲睡。

卫岚音守在银烛台旁，不时摸着她的额头，换洗着绢帕。长春宫内烛光苍凉，裕亲王温润如玉的脸庞总是浮现在她的眼前，伤心的泪一次又一次地滑落。愿他一路走好，放下肩上所有的责任，好好歇一歇。

裕亲王是八阿哥强有力的靠山，裕亲王去世，八阿哥在朝堂上会举步维艰，昔日里裕亲王的仇敌小人，也不会放过八阿哥，八阿哥下一个靠山是谁？

　　紫禁城接连数日沉浸在悲伤之中，玄烨的身子也渐为虚弱，太子一党日益猖狂，太子处处以帝制自居，擅自挪用贡品，甚至背地里自称为朕，无人敢告知玄烨。而大阿哥也没有彻底放手，他时时观察着太子的一举一动，看似平静的朝堂和后宫，都是深不可测的沼泽泥潭。

　　冬去春来，紫禁城即将迎来最重要的节日，帝王的寿辰——万寿节。东西六宫都在忙碌，长春宫也不例外，卫岚音通宵达旦地绣制寿礼。这日，身姿高挑的八阿哥挑帘而入：“儿臣给额娘请安。额娘，勿要太过操劳，小心熬坏了眼睛。”

　　“这人老了，到底是不中用了。”卫岚音揉着双眸，“夜里总是睡不下。”

　　“额娘不老，在儿臣眼中，额娘还如当年温婉。”八阿哥腼腆逢迎。

　　“你啊，何时也生了一副蜜糖罐儿的嘴。”卫岚音溺爱地看着他。自从裕亲王过世，母子间第一次谈笑，毕竟日子还是要过的，“灵秀可好？”

　　“她有了身孕，总是念叨额娘。”八阿哥的脸上洋溢着幸福。

　　“恭喜贝勒爷。”落霜欣喜道。

　　“这是好事。”卫岚音连连点头。

　　“待她胎位稳了，再行到宫中为额娘请安道喜。”八阿哥恭敬而语。

　　“哪里有什么虚礼，一切以腹中的孩子为重。”卫岚音喜悦。

　　“额娘，儿臣已经和灵秀商量过，想要纳一名侧福晋。”八阿哥浅笑，“还请额娘成全。”

　　“你可有人选？”卫岚音侧目问道。

　　“子鸣师傅正在为儿臣筹划，侧福晋自然是出自八旗都统家的女子。”八阿哥的眼中闪过明光。

　　卫岚音点头，兵权大过社稷，只有联姻才能紧紧地捆绑在一起，“你尽管去寻，有了合适的人选，额娘去求你皇阿玛。即便有了侧福晋，莫要怠慢了灵秀，她性子刚烈，毕竟你们才是夫妻。"

"额娘放心，儿臣不会辜负灵秀。"八阿哥点头。王叔过世，朝堂上幸亏有郭络罗氏的帮衬，否则他恐怕被人泼得一身脏水，有口难辩。

"花将军可好？"卫岚音想起这位老友，不知他是否雄心依旧？

"花将军一心向佛多年，将察哈尔部的帅印，在大婚之前，交给了我。"八阿哥回答。

"这样也好，他也该放手了。"卫岚音感慨。花家几代人的使命太沉重，"额娘为你筹划半生，搭上了你舅舅的性命，如今额娘只希望你平安，命中若有，便是水到渠成。你皇阿玛看似体弱，心却不糊涂，你千万莫要心急焦虑。"

"额娘，王叔过世前曾与皇阿玛彻夜长谈，谈论了什么，谁也不得而知，但儿臣觉得皇阿玛要对赫舍里氏动手了。"八阿哥低沉地说道。

"裕亲王将白矾的纸张交给了皇上？还是将太子侵吞赈灾银两之事告知了皇上？"卫岚音蹙眉问道。只有裕亲王才有分量。

"皇阿玛暗中派心腹，远去南方潮热之地，已经将朱三太子等余党悉数抓到，相信不久，会人尽皆知。"八阿哥凝神道。

"你是从何而知？"卫岚音谨慎道。

"额娘，此事是皇阿玛身边近臣亲口对儿臣所讲，千真万确，赫舍里氏和太子还蒙在鼓里。"八阿哥微笑道。卫岚音心中释然，看来他也在培养自己的势力。

"额娘，只要赫舍里氏一倒，太子必如惊弓之鸟，到时候还请额娘加一把火。"八阿哥眼神幽暗，"火上浇油会烧得更旺，皇阿玛会废弃太子，咱们才算走完第一步。"

卫岚音却在思虑，他到底得到了谁的帮助。

几日后，正如八阿哥所言，在万寿节上，玄烨公告示人，在南方大岚山抓获朱三太子余孽一千余众，收押牢房。此事引起南方各地一片哗然，玄烨以迅雷不及掩耳之势，以"议论国事，结党妄行"之罪，拘禁索额图于宗人府大牢。此举引起朝堂上下一片动荡，太子极为收敛，日夜谦恭地伴驾在御前。后宫也是风起云涌，毓庆宫开始风雨飘摇。

这日，卫岚音与众嫔妃在御花园闲逛赏花。

"襄妹妹气色真是好。"宣嫔尖刻地问。高常在生下阿哥，深得玄烨喜爱，晋升为贵人，赐号为襄。

襄贵人身姿丰盈："臣妾哪里及宣姐姐娇贵。"两人同时进宫，她生下阿哥，宣嫔无子，她自然知晓她的心思。众人敬而远之，笑而不语。

卫岚音见柔弱的和嫔一直静立在花丛前淡笑无语，她关切地问道："和妹妹的身子可好些了？"

和嫔低头："谢良姐姐惦记，臣妾好多了。"

"和妹妹勿要忧伤，宫中的孩子本便不好养，谁没有过痛失亲子的经历？咬咬牙就挺过来了。"荣妃劝慰道。和嫔去年生下死胎，一直卧病在床，整个人都瘦了一圈。

"和妹妹比御花园绽放的花儿都娇艳，难怪皇上宠爱。"德妃笑意盈盈，连声夸奖。

卫岚音感慨，多年前的中秋节，宜妃正是如此对她讲，与今日同出一辙。宜妃也想起当年的话语，歉意地看着她。

忽然，一名小太监跪地禀告："启禀太子妃，索额图大人在牢中病逝了。"

太子妃面容凛然："他枉负皇恩，这是罪有应得。"

惠妃趾高气扬："千错万错，亲情总是割不断的，太子妃还是去瞧瞧吧，哭一哭也是本分。"

太子妃微笑道："惠妃娘娘所言差矣，臣妾作为晚辈只能忠于皇阿玛，乱臣贼子怎能混为一谈？"

"太子妃，皇上下令，命太子和太子妃前去宗人府为索额图大人守灵。"小太监忐忑道。

"呦，太子妃还是快去吧，这是皇上的旨意，皇上最念旧，有孝诚仁皇后的情分在，哪能分得清呢？"宜妃浅笑道。太子妃脸色青白，恨恨地瞪着小太监，甩袖而去。

卫岚音望着太子妃的背影："太子妃果真有母仪天下的胸襟。"

"那要看看有没有那个命。"惠妃直言不讳。

德妃打着圆场：“太子妃还年轻，自然是贵不可言。”谁都知晓，太子妃刚生下一名格格，太子不喜，宠爱侧室。

“那就等老天爷安排吧。”惠妃的眼角布满深深的皱纹。

卫岚音偷瞄向密贵人：“密妹妹怎么愁眉不展？”

密贵人踌躇：“十八阿哥一向聪慧，不知为何突然病了，臣妾心中担忧。”

“十八阿哥早了两个月出生，自然是先天不足，密妹妹不要烦忧，多养养身子就好了。”宜妃深藏的微笑。密贵人不敢多言多语，如今皇上和太子都极少来找她，她只能忍气吞声。

“听闻毓庆宫有支千年人参，补血养气最好，是当年太皇太后赐给太子补身的，还剩下半支，密妹妹不如去求得太子，十八阿哥也许还有一线生机。”卫岚音指给她一条明路。

“真的吗？”密贵人目光明亮。

“只怕太子不给，不过密妹妹可以去碰碰运气。”卫岚音笑道。

密贵人的神色顿时好了：“多谢良姐姐指点迷津。”德妃却眉目沉凝。

第十九章

空山雪月话凄凉

　　"哎哟，良主子，可算找到您了。"大太监梁公公弓着腰，笑脸相迎道。众嫔妃皆屏住气息。

　　卫岚音微笑道："梁公公有事？"

　　"天大的好事。"梁公公展开手中的明黄圣旨，"良嫔接旨。朕惟协赞坤仪，用备宫闱之职佐宣内治，卫岚音，德蕴温润，性娴礼教，位在掖庭之列，克著音徽礼昭典册之荣、宜加宠锡兹仰承皇太后慈谕，册尔为良妃，永佩纶言、副恩光而绵庆祉，钦哉。"

　　卫岚音瞪大双眼，宫中妃位四角齐全，他的意思是？

　　众嫔妃也是瞠目结舌，皇上向来注重权势，从来不会随意封赏，这次竟然接连晋升长春宫？

　　梁公公微笑道："恭喜良妃娘娘，良妃娘娘接旨吧。"

　　"臣妾谢皇上恩典，吾皇万岁、万岁、万万岁。"卫岚音山呼万岁。众嫔妃更是鸦雀无声，宫中的第五个妃位真的给了长春宫。

梁公公压低声音说道："良妃娘娘为皇上生养了一位好阿哥，裕亲王过世，八阿哥接过裕亲王的职位，总管内务府，这是天子钦差，最为重要的官职。八阿哥上任不久，便查到内务府亏空贪污的银两数百万，皇上大加赞誉，良妃娘娘的妃位便是嘉奖啊。"

"谢梁公公指点迷津。"卫岚音点头，看来八阿哥得了皇上的圣心。

"老天真是开眼了，若不是有八阿哥罩着，猴年马月也轮不到这天大的荣耀。"宣嫔满是醋意。

"那也得要生得出啊。"宜妃出言反击，宣嫔双目赤红。卫岚音手捧着明黄圣旨，不知所言。

"恭喜良妹妹，这是宫中独一份的殊荣，无人能及。"宜妃刻意大声地说，并用眼角余光扫过和嫔。

和嫔甜美地微笑道："恭喜良姐姐，皇上对良姐姐真好。"

"皇上从不厚此薄彼，对待后宫从来都是一碗水端平，和妹妹的好日子还在后头。"卫岚音微笑回应。和嫔娇羞掩面。

"八阿哥真是长大了。"惠妃语重心长地讲道。

"八阿哥是年少有为。"荣妃带着妒忌的口吻。

"大阿哥和三阿哥都深得皇上喜爱，两位亲王可不是虚差，两位姐姐莫要取笑臣妾。八阿哥只是沾了裕亲王的余威的光而已，哪里及得上两位亲王皇兄。"卫岚音故意抬高两人的身份。她一一应下羡慕、嫉妒、气愤、喜悦的眼神，她真的成了后宫的娘娘。

前朝的八阿哥也同样迎来了荣耀，月盈则亏，只希望这份荣耀能持续到功成圆满那日。

毓庆宫，太子正在大发雷霆，宫人们哆嗦着跪倒一地，不敢言语。

密贵人登门而入："太子好大的火气啊。"

太子见她到来，气愤："你来做什么？"他使着眼色，周围的宫人，会意地退下。

密贵人轻轻拂过发鬓，搔首弄姿道："太子真是无情，臣妾的心都碎了。"

太子疯癫地大笑："本太子的确寡情无义，连赫舍里氏都保不住，皇额娘的心也早就碎了。"

"高处不胜寒，不管如何动荡，太子今日依然安坐毓庆宫，依旧是大清国的储君，这还不够吗？"密贵人曲意奉承道。

"好，还是你的嘴最甜。"太子轻浮地拉过她，狠狠地对着娇红欲滴的唇瓣儿咬去。

密贵人轻轻转过头，抖着素雅的绢帕，避过他。

"别不识抬举。"太子的眼中闪过不悦。

"臣妾今日不是和太子来叙旧的。"密贵人毫不畏惧道。

"那你是来做什么？"太子安坐一旁。

"十八阿哥病重，听闻太子有半支千年人参，臣妾想讨来给十八阿哥续命。"密贵人径直讲道。

"痴心妄想。"太子放下茶杯，"此人参是皇嬷嬷所赠，本太子幼年用过半支，如今皇阿玛年事已高，这半支人参是本太子孝敬皇阿玛的，白白给了十八弟，岂不是大材小用？"

"太子，十八阿哥是你的……"密贵人欲言又止。

"药可以乱用，话不能乱讲，难道密贵人不知道这是大逆不道之语？"太子眸光狠辣，密贵人打着寒战。

"求太子成全，十八阿哥天资聪慧，皇上甚为喜爱，无奈十八阿哥体弱多病，近些天来尤为严重，恐怕凶多吉少，臣妾问过太医院，只有千年人参能救得了他，请太子念在手足情深，救救十八阿哥，哪怕施舍些参须也好。"密贵人俯身叩拜。

"本太子根本不会救他。"太子幽深地说道。今日密贵人已经把话讲明，十八阿哥活在世上，只能是祸害。

"太子不看僧面看佛面，臣妾求求太子。"密贵人卑微求情。

"你越是这样，本太子越是反感。"太子不屑道。

密贵人颤抖着银鞘指向他："你莫要逼迫于我，我宁愿与你鱼死网破。"

太子拽过她的手臂，指向自己的胸膛："本太子最不怕要挟，别忘了，咱们是一根绳子上的蚂蚱。是谁在本太子的身下承欢，欲死成仙，口口声声爱恋本太子，离不开本太子。"他用力地推开她，密贵人踉跄倒地。

"送客。"太子踏步走入内室。

密贵人握紧拳头，眼中冒着仇恨的光芒，痴情女子绝情汉，她终于看清了太子的真面目。

秋意渐浓，玄烨带着众位阿哥和大清权贵，去木兰围场狩猎。紫禁城沉寂一时，十八阿哥的病愈加沉重。

密贵人整日愁眉不展，无奈之下，她来到长春宫。

"良姐姐。"密贵人跪倒在地。

"密妹妹这是为何？"卫岚音慢条斯理地说，"密妹妹攀上太子的高枝儿，有些时候没有来长春宫了。"

"良姐姐，臣妾错了，臣妾错了。"密贵人不停叩首，"臣妾心气太高，却无高贵之命，作茧自缚啊。"

卫岚音叹息，她已经生下三位阿哥，却独独喜爱十八阿哥，密贵人与太子年龄相当，想必多次同床共枕，萌生情感。只可惜太子薄情，她是飞蛾扑火，只有粉身碎骨的下场。

卫岚音低着头，缓缓将密贵人扶起，落霜递过湿润的巾帕。

"不要伤心了，这里是紫禁城，唯一不该动的邪念便是感情，要守得住自己的心。"卫岚音轻轻拍着密贵人的手背，"你一错再错，如今也是教训，放手吧。"

"放手之前，臣妾要报仇。"密贵人咬着牙根儿，"臣妾要扳倒太子，让出储君的东宫之位。"卫岚音和落霜目光交融，会意地点头。

晨光熹微，紫禁城笼罩在薄雾之中，阿哥所传来噩耗，十八阿哥没有熬到皇上回宫，早殇。众嫔妃都到了，密贵人昏迷倒地，被德妃扶起。

她痛哭不止："十八阿哥最乖巧，最得皇上心意，臣妾心中难受。"

卫岚音锁着柳眉："皇上不会怠慢十八阿哥的身后事，密妹妹要保重身子。"

密贵人扑倒在毫无声息的十八阿哥身上："若不是太子无情，不顾手足亲情，连参须都不肯施舍，十八阿哥会见到皇上最后一面的。"

荣妃摇头道："十八阿哥的身子本就弱，参汤也未必能救十八阿哥，密妹妹勿要胡言乱语。"傍晚，宫人来报，一份内廷的折子由钟粹宫送往了木兰围场。

此时，木兰围场却发生了一件震惊朝野的大事。这份折子更增添了玄烨心中的猜忌，风向开始发生偏移。

长春宫内，卫岚音正在安歇小憩。

落霜谨慎地关上门："皇上将太子囚禁，废除了储君之位。宫中已经传开了，皇上下令提前班师回朝。"

"什么缘由？"卫岚音小心翼翼地问道。

"太子夜间裂帐，偷窥圣驾，并对十八阿哥的过世毫无悲伤之气，日夜寻欢，皇上气愤，下令夺去东宫之位。"落霜讲述着宫中的传闻。

"没想到太子的胆子如此之大。"卫岚音稳定心神，"裂帐是死罪，皇上对太子已经是网开一面，十八阿哥的事？"

"十八阿哥过世的消息，是钟粹宫的惠妃娘娘上报给皇上的。"落霜细心提醒，"大阿哥竟然要皇上杀太子，被皇上怒声训斥。"

卫岚音不停摇头："皇上的心意，岂是尔等肤浅。"

"是啊，皇上正在看惠妃娘娘上报的内廷折子，得知太子裂帐，龙颜大怒，当时便拔刀相对，八阿哥和四阿哥舍身相救，跪地恳求，皇上才消气，却依然圈禁太子，第二日，便下令废除太子，皇上当时垂泪恍然，几乎昏厥。"落霜眼中含泪道。

"太子自幼由皇上抚养成人，是皇上全部的希望，以往太子做的任何事情，皇上或多或少都有耳闻，只是溺爱纵容，如今是忍无可忍，怎能不伤心落泪？"卫岚音细语。

"主子，这是八阿哥的好机会，皇上如果立八阿哥为太子，咱们的百年大计，指日可待。"落霜喜悦道。

"待皇上回宫，看看皇上的态度。"卫岚音不敢奢望太多，"我刚册立为妃，八阿哥荣耀满门，若是再得东宫储君之位，也未必是好事。"

"若是大臣们举荐八阿哥为太子，皇上也是无法，自古帝王为贤能之人，八阿哥当得。"落霜笑意盈盈地说，"主子莫要长他人志气，灭自己的威风。"

"若是大臣举荐，恐怕更为不妥。"卫岚音摇头道。

"不管怎样，总算是看到一丝曙光了。"落霜含笑道，"这回倒是要看看毓庆宫的奴才，还如何横行无礼。"

"太子妃性情缜密，恐怕没那么简单，毕竟太子也有子嗣。"卫岚音道出心中疑虑。

"皇上会效仿明太祖？"落霜惊讶道。明太祖立下的太子早逝，便将皇位传给了皇太孙，依旧遵循了祖制。

"一切还没有定论，都在皇上的一念之间，我们只能静观其变。"卫岚音望着刻有菱花的窗棂。玄烨垂泪废太子的消息，传遍了紫禁城的每一个角落，各方势力风起云涌，蓄势待发。太子妃闭门告病，毓庆宫门前冷冷清清。玄烨终于回宫了。

当卫岚音在午门前与众人迎接他回宫时，九五之尊的身躯比临走时苍老瘦弱许多。

这次玄烨回朝，一切从简，甚至连洗尘的宫宴都回绝了，紫禁城上下一片萧瑟。

傍晚时分，卫岚音正要安歇，明黄之色映入眼帘。

"岚儿。"玄烨双眼晦暗道，"朕只想过来坐坐，和岚儿说说心里话。"

"天寒了，臣妾让落霜给皇上煮一壶热茶如何？"卫岚音关切地问道。

"好，朕好久没喝到落霜的手艺了。"玄烨坐下，"岚儿，朕好累，朕的心好疼。"他摸着胸膛，"太子自幼丧母，朕亲手将他抚养长大。"他仿佛回到了太子年幼时的情景。卫岚音默不作声，只是温情陪伴。

落霜端着热茶进来，屋内顿时飘香。

玄烨端起清香的热茶："朕对不住皇后啊。"

卫岚音心如刀割，他的心里到底有多少个女子？

玄烨沉重地说道："朕没有给皇后男女之情，更没有给皇后宠爱，连最后对太子的情分，竟然也让朕亲手扼杀。"

"既然如此，皇上为何要废除太子？"卫岚音不解地问。

"朕没有办法，朕可以饶过太子的违制，可以饶过赫舍里氏的谋反，如何能饶过他对朕心存不轨，对手足亲情毫不眷顾？朕如何……"玄烨大声疾呼，"朕养了他这么多年，却是这般下场。"

"皇上的心意，太子早晚会深有体会。"卫岚音语调低沉，他还不知晓太子曾经想弑君。

"岚儿，朕做错了什么？"玄烨伤心道。

"皇上哪里有错？"卫岚音反问，"若是错，也是错在太子误会了皇上的心意。"

"朕当时见太子在行宫外鬼鬼祟祟，满身酒气，偷窥朕的言行，朕一时愤慨圈禁了他，谁知道，一整夜的时间，他竟然毫无悔改之意，朕便废除了他的太子之位。"玄烨激动地说。

"太子或许还没有醒酒。"卫岚音宽慰道，"皇上这么做，未免……"

"是啊，朕应该给他一个解释的机会，是朕太过武断。"玄烨苦恼地摇头，满脸落寞。

卫岚音和落霜面面相觑，太子在皇上心中与江山社稷同重，废除太子一事，他已经后悔。

"太子如何，朕心中有数，但此番大阿哥的所作所为，真是天理不容。"玄烨愤愤而语，"他竟然让朕杀了太子。"

"大阿哥或是魔障了，皇上莫要往心里去啊。"卫岚音心中一惊。

"大阿哥总是以长子自居，处处争强好胜，总是与太子一比高下，朕以为这么多年，他平静下来安心为王，辅佐太子，谁知道他依旧私藏祸心。"玄烨甩袖怒语。

"皇上息怒。"卫岚音谦恭道。

"岚儿啊，这些阿哥中，让朕最欣慰的便是八阿哥，能文能武，贤能多才，与裕亲王最为相像，但八阿哥与岚儿的出身，始终是隐藏的秘密，也只能永远是秘密。"玄烨牵起她的手，"不过朕可以答应岚儿，八阿哥早晚会是亲王，岚儿也注定是朕的贵妃。"

卫岚音倒吸一口冷气，他是在告诫她，八阿哥永远不能成为太子，只能为亲王。

"谢皇上的恩典。"她顺势依偎在他的怀中。

"这么多年，只有见到岚儿，朕心中才释然，宽慰。"玄烨的眼中带着爱恋。

"臣妾得皇上眷顾多年，是臣妾的福气。"卫岚音心痛道。

长春宫内月色如霜，两人相互依偎，少了多年前的温馨，多了对彼此的防备。

玄烨离开后，卫岚音独守空闺，一夜未眠，她望着跃动在墙上的烛影儿，百感交集。八阿哥入朝为官，广受朝臣称赞，他是在告诫她，勿要重蹈大阿哥的覆辙，莫要辜负他的心意。

伤感的泪无声地流下，只因身份之别，便误了八阿哥的前程？

烛台上的烛影忽暗忽明，闪烁不定，正如她慌乱无章的心。

又过几日，卫岚音求得恩典，出宫探望怀有身孕的灵秀格格，实则是与八阿哥商量好前往安国寺上香。

"主子，这是四阿哥的府邸，前面就是八阿哥的府邸。"落霜放下布帘。

"给灵秀的补品都带全了？"卫岚音轻声问。

"主子放心，都是上好的。"落霜笑意盈盈地说。

"她是头胎，八阿哥又迎娶了侧福晋入门，估计心里难受。"卫岚音叹气道。

"主子待嫡福晋胜为亲生女儿。"落霜掩口而笑，"主子就等着抱小世子吧。"

"告诉灵秀了？"卫岚音挑眉问道。

"是，府内只有嫡福晋和心腹下人知晓，一切都准备好了。"落霜压低声音，"后门已经备好轿子，主子直接过去即可。"

卫岚音轻轻回应，该给额娘和阿玛上炷香了。

轻风徐徐，金黄的车辇在八阿哥的府邸前停了下来，灵秀带领着家眷等候多时。

"臣妾拜见额娘。"灵秀俯身行礼。

"你身子重，莫要这些虚礼。"卫岚音微笑着拉起她的手，走进府邸。

"额娘，贝勒爷在内务府办差，不在府中，只能臣妾陪着额娘。"灵秀微笑地说。

"不碍事，皇上也知晓八阿哥忙碌，本宫今日来，只是随意坐坐，来看看你。"卫岚音抬头望着八阿哥的书房，满意地点头。

"额娘累吗？臣妾已经铺好床榻，请额娘安歇，臣妾去准备膳食，到时再来请额娘过去用膳。"灵秀会意地问。

"也好。"卫岚音顺势回答。她与落霜绕过书房的后门，依照下人的指引，坐上轿子，去往安国寺。

当卫岚音踏上安国寺的台阶时，心情澎湃，毕竟这里安放着额娘和亲生阿玛的牌位。安国寺很小，香火不多，都是四方百姓叩拜祈福。后面的禅室里，花将军和八阿哥等待多时。

卫岚音亲自为额娘和阿玛上香。

"施主别来无恙。"花将军剃度为僧。

"花将军一切可好？"卫岚音细语问。

"老衲一切安好。"花将军双手合拢。

"当日盛京皇城一别，历经数年，真是世事变迁。"卫岚音感慨道。

"施主依然云淡风轻。"花将军少了往日的戾气。

"额娘，儿臣正与花将军商议如今朝中的形势。"八阿哥搀扶着卫岚音坐下。卫岚音的心一沉，脸色暗淡："你想如何做？"

"太子被废，国不可无本，已经有朝中重臣示意儿臣，要向皇阿玛上折子，立儿臣为太子。"八阿哥心情大好。

"万万不可。"卫岚音反驳。

"为何？"八阿哥显然不服。

"皇上对废弃太子一事，甚为懊恼，正在等待时机为太子平反，并且皇上亲口对本宫讲明，永远不会立你为太子。"卫岚音闭上双眸。屋内静寂无声，只听到远处传来的木鱼声。

八阿哥放声大笑："皇阿玛眼中，只有暴虐不堪的太子，儿臣无论多么努力，都没有用，为什么，为什么！"

"阿弥陀佛，老衲看来，皇上立嫡之心根深蒂固，根本无法撼动。"花将军的语调缓慢。

"太子裂帐，偷窥圣容是死罪，便是没有老十八的死，都不可能翻案，皇阿玛到底想做什么？"八阿哥的眼中冒出怒火。

"自然是借他人之口为太子翻案，恐怕大阿哥凶多吉少，你莫要与他过多亲近。"卫岚音告诫道。

"不，都已经走到了这一步，绝对不能放弃。"八阿哥被突如其来的冷水浇灭心中的热情，万分不满。

卫岚音大声道："皇上一直想让你成为第二个裕亲王，亲王一世权贵也好，不要再争了，咱们争不过皇上啊。"

八阿哥不停地摇头："额娘，儿臣可以是第二个裕亲王，但太子怎么可能是第二个明主圣君？太子若登基为帝，便是咱们的死期。"

"不会的，额娘会让皇上留下遗诏，保全你的性命。"卫岚音恳求道。

"遗诏只能保命，不能成就霸业，儿臣志向四方，不想做一个窝囊的闲散亲王。"八阿哥铮铮铁骨。

"花将军，你如何看？"卫岚音转向花将军。

花将军微笑道："老衲已经不问世事多年，如今乾坤未定，一切均在八阿哥的掌控之中，即使八阿哥想退，九阿哥和十阿哥可允许？郭络罗氏可允许？朝中支持八阿哥的大臣们可允许？这步棋已经开始，便无法回头。"

卫岚音倒吸一口冷气，开弓便无回头箭，八阿哥羽翼丰满，想要退，难上加难，她无奈地说："是额娘带你卷入纷争，却又无力保你。"

"额娘，这和察哈尔无关，即便儿臣就是普通的皇子，儿臣也有继承皇位的资格，因为儿臣离那龙椅只有一步之遥。"八阿哥劝慰道。

"额娘只希望你平安，如今皇上心意已明，你再去明争暗夺，只能逼宫，才能成就大事。"卫岚音低泣，"额娘不想你们父子骨肉相残。"

"额娘，玄武门之变，唐太宗依旧是千古明君，若是真到了那一日，儿臣会让皇阿玛颐养天年。"八阿哥的眼中露出贪婪的光芒。

"你还是不懂，若是事成，皆大欢喜，若是事败，你能保你皇阿玛无事，但你皇阿玛不会对你手下留情。"卫岚音讲出心底之语，"难道你忘了你舅舅的惨死？"花将军的脸上闪过不安。

"若是真到了那日，儿臣也认了。"八阿哥重语道。

"八阿哥……"卫岚音欲言又止。

"施主莫要多语，一切皆有定数，只能边走边看。"花将军十指相扣。

"花将军，你皈依佛门多年，深知尘嚣凶险，为何不劝慰八阿哥悬崖勒马？"卫岚音质疑道。

"悬崖勒马之后便是万箭穿心之痛，或许更有性命之忧，如今八阿哥势力非凡，才能保住今日的荣华，若是失势，恐怕……"花将军连连摇头。

"额娘，不必再劝慰儿臣，儿臣心意已决，请额娘成全。"八阿哥真挚而语。

"八阿哥，额娘对不住你。"正是因为她的身份，斩断了八阿哥登基为帝的路。

"额娘给儿臣做的已经很多了。"八阿哥哽咽道，"儿臣定让额娘有朝一日，入主慈宁宫。"

卫岚音泪眼看着他，她仿佛看到了血流成河的惨状。

"主子。"门外的落霜匆忙而进，"四福晋听闻主子到贝勒府小坐，带着四阿哥府中的女眷前来给主子请安，被嫡福晋挡在书房外，主子还是速速回吧。"

"她们的消息倒是灵通。"卫岚音冷笑道。

"太子被废，四哥明里四处奔走，联合大臣上书，请皇阿玛恢复太子之位，暗下的心思，谁又知晓呢？"八阿哥眸光清寂道。

"你别忘记了他也是皇上的嫡子。"卫岚音提醒。四阿哥回避锋芒，隐忍有加，正如当年皇贵妃的性情，而皇贵妃的野心，人尽皆知。

八阿哥脸色苍白："多谢额娘提点，只要是障碍，儿臣都要一一清除。"

"你好自为之吧。"卫岚音转身拜别花将军，随落霜离去。时间不缓不迟，刚好到八阿哥的府邸，与四福晋寒暄小坐，一同用膳。

傍晚时分，她带着倦意和沉重的心情，回到紫禁城。夜里便病倒了，长春宫弥漫着苦涩的药香。后宫众嫔妃接踵而至。

"良妹妹这一病，人都瘦了一大圈呢。"荣妃高傲地讲道。

"良妹妹虽卧病在床，精神却还好。"德妃的眼中带着愤怒。

"你们都是整日无事，来瞧笑话吗？"宜妃不满地说。

卫岚音倚在彩绣花长枕上："臣妾的身子真是不争气，劳烦各位姐姐烦心。"

"哪里是身子不争气，分明是阿哥们不争气，还拖累他人。"宣嫔的目光咄咄逼人。

"是不是奏请皇上，要钦天监过来给瞧一瞧，钟粹宫的惠姐姐和通姐姐都病了，良妹妹也是病了数日，莫不是冲撞了神灵？"德妃意味深长。

卫岚音心惊，惠姐姐和通姐姐同时都病了，难道？她径直看向落霜。

落霜的眼神闪烁不定，不敢面对她的质疑。

荣妃和德妃瞧准了卫岚音还蒙在鼓里的神色，微笑道："原来良妹妹真是两耳不闻窗外事啊。"

德妃更是帮衬道："良妹妹的心剔透玲珑，怎能不知，良妹妹别着急，八阿哥依然是皇子，待皇上的气儿消了，会想起八阿哥的好处。"

"德妹妹与良妹妹真是姐妹情深，十四阿哥那二十板子难道白挨了吗？"荣妃高调地问。

"都是手足情深，一起长大的兄弟，谈不上白挨。"德妃彰显着淑贤。

卫岚音惊讶："臣妾卧病在床数日，到底发生了什么？"

落霜急忙跪地行礼："奴婢不是有意隐瞒主子的。"

"到底怎么回事？"卫岚音咳嗽几声。

"良妹妹，你要保重身子。"宜妃关切地说。

落霜哭泣道："主子，朝中大臣拥立八阿哥为太子，皇上大怒，掠去了八阿哥贝勒爷的头衔，并痛斥八阿哥一番，令八阿哥闭门思过，十四阿哥为八阿哥求情，被皇上以剑相对，最后打了二十板子。"

"十四阿哥可好？"卫岚音急切地问。

"十四阿哥的身子强健，二十板子还是受得住的，只是这次八阿哥丢的是爵位，下一次丢的，可就说不准了。"德妃意味深长。

"多谢德姐姐教诲。"卫岚音低垂下头，"八阿哥可还好？"

"八阿哥一直在家中闭门思过。"落霜回答。

"只是闭门思过？"卫岚音喃喃自语。

"是啊，皇上没有停八阿哥内务府的差事。"宜妃柔声说道，"良妹妹勿要多心焦虑。"

卫岚音点头，一切并非所想的糟糕，看来八阿哥也只是在试探皇上的底线。

"起来吧，你也是担心本宫的身子。"卫岚音望向落霜，落霜缓缓站立。

"良妹妹的心胸真是开阔。"德妃别有一番心机地说。

"若是惠姐姐有良妹妹这般胸襟，便不会卧床不起了。"荣妃快意地说。

"惠姐姐？"卫岚音疑惑地问。

"经密人相告，太子醉酒裂帐，是大阿哥在背后诅咒太子，并且在大阿哥的府上搜寻到巫术之物，皇上大怒，直接革了大阿哥的爵位，圈禁在宗人府大牢。"宜妃细细相告。

"那太子呢？"卫岚音抿着嘴。

"太子依然是太子，皇上已经下诏，恢复太子的东宫之位，元旦节后便昭告世人，乾清宫里皇上与太子父子情深，那冰释前嫌的情景啊，真是感人肺腑。"荣妃虚伪地擦拭着清冷的眼泪。

"可是钟粹宫就惨了，惠姐姐竟然列举了大阿哥十多条罪状，条条都是死罪，真是母子翻脸，分外眼红。"宣嫔趾高气扬，"真是皇家的悲哀。"

"毕竟是母子，不能雪中送炭，锦上添花，反而火上浇油，惠姐姐真是越老越糊涂了。"荣妃口无遮拦。德妃微笑不语。

卫岚音低沉感叹："都是权势惹的祸啊。"

"这都是命，命中有时终须有，命中没有莫强求，到头来，落得凄凉下场，到底是可怜还是可恨，谁又能讲得清呢？"德妃深有感触地讲道。

"臣妾多谢各位姐妹的探望，今日豁然开朗，病也去了大半。"卫岚音低沉地说道。

众位嫔妃见她并无太多伤感，都颇有失意，纷纷告辞而去，长春宫再次陷入了冷清。

卫岚音叹息道："这是最好的结果，希望八阿哥经过此事，能知难而退。只是没想到十四阿哥竟然舍命为八阿哥求情。"

"当时十四阿哥为八阿哥求情，皇上气愤得很，拔刀相对，八阿哥挡在十四阿哥前面，九阿哥和十阿哥跪地不起，只有四阿哥一动未动，德妃娘娘为此已经好久不见四阿哥了。"落霜讲述着前朝惊心动魄的一幕。

"四阿哥知道皇上根本不会对十四阿哥如何，越是求情，越是惹皇上生气。"卫岚音眼神幽深地说。

落霜点头："四阿哥比大阿哥内敛稳重。"

卫岚音想起四福晋小心翼翼的表情："四阿哥才最为可怕，皇上对大阿哥也果然无情。"

"是啊，大阿哥的事情在宫中传得沸沸扬扬。"落霜低头道，"也正是因大阿哥的事情，才压下了八阿哥的事情。"

"八阿哥依旧是皇子，大阿哥已经在牢中，当然更为严重。"卫岚音望着袅袅生烟的香炉，怔怔出神。

"主子，奴婢不解，为何惠妃娘娘要落井下石，罗列大阿哥的罪责，火上浇油呢？"落霜默默问道。

"这才是惠妃的聪明之处。"卫岚音眸光明亮，"惠妃利用与皇上多年的情谊，撇清与大阿哥的关系，才能保全自己，保全钟粹宫。"

落霜恍然大悟："纳兰一族已经凋零，大阿哥与钟粹宫的关系是唇齿相依，惠妃娘娘如此做，的确才能保全一方势力。"

"这也是我的担忧之处。"卫岚音问道，"八阿哥最近可派人进宫？"落霜支支吾吾。

卫岚音温婉道："八阿哥是不是派人给钟粹宫送补品，探望惠妃了？"

"八阿哥自幼受过钟粹宫的眷顾，这么做也是情理之中，请主子勿要多心，八阿哥也派人送给主子好多补品。"落霜为八阿哥辩解。

"看来，他还是不肯死心。"卫岚音痛心疾首，"他在夺取大阿哥的势力。"

"主子，既然八阿哥心意已决，主子还是由他去吧。"落霜不想卫岚音与八阿哥心生隔阂。

"落霜，我总是看不懂，以前看不懂皇上，如今更看不懂八阿哥，想来想去，都是我过于简单。"卫岚音痛心，"到底是我不适合在这红墙之内。"真的要离开吗？

她卧病多日，他没有来探望，更无任何赏赐，看来他对她也是失望至极。她的心好乱，越是想挣脱沼泽，越是深陷其中，无力逃脱。

"主子，大阿哥是被密人所揭发，到底是谁？"落霜打破沉寂。

"出了这么多大事，东西六宫，谁最欣喜？"卫岚音淡淡地问道。

"自然是永寿宫的荣妃娘娘，荣妃娘娘与惠妃娘娘争斗了一辈子，如今惠妃娘娘彻底落败，荣妃娘娘估计夜里都是笑醒的。"落霜笃定地说。

"三阿哥。"卫岚音一字一句。

落霜惊讶："三阿哥一直与文人雅士结交，并纂修古书，素来风雅，怎能做告密小人之事？"

"自然是皇上授意，是皇上一心要置大阿哥于死地，是皇上要用大阿哥为太子翻案，一箭双雕。"卫岚音不愿面对残酷的现实。

"皇上几日前亲自去三阿哥的府邸小坐，大加赞赏三阿哥，回宫不久后，大阿哥便被圈禁，重立太子，真的是……"落霜联系着所有的事情，心中大惊。

"皇上老谋深算，八阿哥岂能是他的对手？"卫岚音悲伤摇头，"我却无能为力。"

"主子，莫要多虑，或许皇上会转变心意。"落霜劝慰。卫岚音苦笑，他转变心意，难于上青天！

寒风凛冽，迎来了又一年的元旦节。正如预期所想，宫宴过后，玄烨龙颜大悦，将复立太子的圣旨昭告天下，又恢复了八阿哥贝勒爷的爵位。此时的紫禁城却处处剑拔弩张，到了最紧急的时候。

第二十章

十年生死两茫茫

　　复立后的太子阴柔狠辣，暗地里更加猖狂。大阿哥的势力被八阿哥接收，八阿哥的权势日益膨胀，在朝堂上占据一席之地，玄烨嘴上没有说什么，卫岚音已经数月没有见过他。

　　清心寡欲的四阿哥深得玄烨喜爱，他将修缮好的圆明园赐给他，彰显宠爱之情。十三阿哥更因为阿哥们的明争暗斗，被圈禁在养蜂夹道，朝内对于八阿哥和太子之间的争端，人尽皆知，谁也不愿多言。

　　紫禁城在喧闹中迎来了皇太后七十岁的寿辰，卫岚音虽然与皇太后已经决裂，却不得不准备寿礼，前往慈仁宫贺寿。寿宴上，卫岚音感受到的都是冰冷无情的眼神，无丝毫爱恋。八阿哥已经触碰到了帝王的底线，凶多吉少。

　　回到长春宫后，卫岚音头疼得厉害，躺在软榻上安歇。

　　"主子，慈仁宫是皇上命内务府重新修缮的，真是气派非凡。"落霜轻轻揉着卫岚音的额头。

"皇太后与皇上之间的较量已经落败，皇上也是给皇太后台阶，面子上的事儿。"卫岚音微闭着双眸。

"是啊，这几年进宫的秀女，没有一人来自科尔沁草原。"落霜淡淡回应。

"科尔沁的荣耀到此为止，皇太后是最后一位草原上的后宫之主。皇太后也认命了，只有宣嫔还看不透。"卫岚音叹气。

"难怪这几年，皇太后如此消停，原来早已放弃。"落霜从小瓷瓶里取出清凉的薄荷膏，涂抹在卫岚音的额头上。

"这是知难而退，皇太后知道自己大势已去，又不是皇上的对手，便放弃了，只是有些人却依旧看不清，与皇权抗争。"卫岚音的额头隐隐作痛。

"主子，八阿哥也是无心之举，朝堂之上，太子与八阿哥处处针锋相对，八阿哥稍有不慎，便会粉身碎骨。"落霜细语道，"八阿哥也只能向前走，才能保全自己。林太医配置的薄荷膏，味道真好闻。"

"他真是有心了。"卫岚音欣慰。

"微臣叩见良妃娘娘。"熟悉而又苍老的声音传来。

"曹操真到了。"卫岚音缓缓站立。年纪越大，越是念旧。

林太医双鬓花白："娘娘的头疼可好些了？"

"都是陈年旧疾，习惯了。"卫岚音缓缓轻语。

"娘娘历经苦难，一切都会好起来的。"林太医为她诊脉。

"你又何尝不是？"卫岚音感慨。自从张小姐过世，他没有再娶。

"微臣已经习惯。"林太医低语。

"年纪大了，身边有个侍奉的人，总是好的。"卫岚音关切地说。

"谢娘娘挂念。"林太医收起绢帕，"八阿哥最近可来过？"

"皇上要去盛京围场狩猎，八阿哥随行，这阵子，八阿哥都没有来过。"落霜捧着点心入内。

"八阿哥有事？"卫岚音疑心地问。

"微臣只是随意问问，此次出行，微臣负责太医院的草药，忙碌得很，恐怕再见娘娘，也要有些时候了。"林太医避开她疑惑的眼神。

"林太医,这是为主子新做的薄荷膏吗?"落霜看着桌上三个小白瓷瓶。

林太医微笑道:"这次还掺杂了茉莉花粉,有清香醒脑的功效。心病还需心药医,娘娘请心宽,走过这么多年的风霜,还在乎什么?"

"林太医也要为将来打算,能放下的就放下吧。"卫岚音发自内心,实在不想他再陷入无尽的深渊。

"身不由己。"林太医的声音很低,落寞地转身离去。

"落霜,你去暗中打听一番,八阿哥最近在忙什么。"卫岚音嘱托,"不可让八阿哥知晓。"她总觉得林太医好似有话要说,却未出口。

"是,主子。"落霜茫然地点头。

卫岚音望着窗外披着绿苔的红墙,从何时起,八阿哥离她越来越远了。与此同时,宫外京城酒楼的雅间内,四阿哥与素衣男子正在把酒言欢。

"此事事关重大,真是险中求胜。"四阿哥凝神道。

"四阿哥想如何做?"素衣男子问。

"太子真是太小看八弟了。"四阿哥挑眉重语,"太子以为利用八弟逼宫夺位,再行剿灭八弟乱党,继承大统,八弟怎会不知晓太子的心思?"

"九阿哥和十阿哥也不是好惹的主儿,八阿哥恐怕到时候要把弑君逼宫的罪名安在太子身上。"素衣男子沉思。

"他们是互相利用,互相打击,只看谁的心更狠。"四阿哥的眼中闪过冷冽。

"那咱们?"素衣男子试探地问道。

"他们都太小看皇阿玛。"四阿哥深吸一口气,"皇阿玛虽然年事已高,却多疑精明,咱们什么都不要做,唯一要做的便是要皇阿玛有所防备。"

"将此事告知皇上?"素衣男子放下酒盏。

"八弟对你如何?"四阿哥紧盯着素衣男子。

"信任有加。"素衣男子点头。

"就让他失望至极。"四阿哥大笑,"便请大人亲自向皇阿玛禀明,这样皇阿玛定会对大人刮目相看，更加看重。"

素衣男子微笑："只要能给姐姐报仇，微臣誓死效忠四阿哥。"

"谈什么生死，皇阿玛向来爱惜才华之人，本王会保你无事。"四阿哥信誓旦旦。

"若不是四阿哥指点迷津，微臣依然在助纣为虐，微臣为十三阿哥之事，惭愧啊。"素衣男子低垂着头，他就是南书房行走，皇上身边的红人——张廷玉。

"十三弟的事，与大人无关，都是太子和八弟所为，十三弟的账，本王会为之讨回。"四阿哥握紧双拳。张廷玉满脸惶恐和失落。

"此番如若恰到好处，八弟一党会被皇阿玛一网打尽，大人的仇，自然也报了。"四阿哥带着凶狠地说。

"皇上向来宠爱良妃娘娘。若是良妃娘娘求情，那皇上？"张廷玉忧心。

四阿哥大笑："皇阿玛宠爱良妃人尽皆知，但皇阿玛眼中最重的还是江山社稷，如今宫中最得宠的是和嫔，良妃年老色衰，八弟又令皇阿玛厌恶，长春宫的荣耀已经到头了。"

"还是四阿哥看得通透。"张廷玉拱手。

"大人去准备，明日皇阿玛便启程，本王在京城等候大人的好消息。"四阿哥端起酒盏。

"四阿哥放心，微臣会马到成功。"张廷玉举杯相对。

四阿哥仰首而尽，眼角的余光泛着狠戾的光芒，他隐忍多年，一直牢记皇额娘的话，只有笑到最后才是胜者。螳螂捕蝉，黄雀在后，他要做的是猎户，站在黄雀背后。这场暗地里的小聚，将会扭转朝堂上所有的局势，八阿哥的性命堪忧。

第二日，玄烨带着群臣围猎出行，护军营的侍卫整装待发，众阿哥们威仪尊贵，陪伴身边。随行的队伍绵延数里，壮观威严。

卫岚音深情地望向八阿哥，八阿哥灼灼一笑。

回到长春宫，卫岚音忧心忡忡："问出什么？"

"宫人们都不知晓。"落霜低沉。

卫岚音摇头："不可能,今日八阿哥的笑中显然藏着心事,去寻灵秀来。"

"嫡福晋刚刚小产,待过几日,奴婢去请嫡福晋前来给主子请安。"落霜柔声提醒。

卫岚音微微点头,灵秀自从生下世子,这已经是第二次小产:"去送些补身的贡品,莫落下病根儿。"她总觉得惴惴不安,只能不断祈祷上苍,然而上苍没有怜悯她。

还没等落霜去请灵秀,灵秀拖着柔弱的身子找上门来。

"额娘。"灵秀刚进门就跪倒在地。

卫岚音急忙搀扶起她:"地上寒气重,你怎么受得了,这才几日,你怎么出门了?落霜,快为嫡福晋准备手炉,再煮碗补汤来,把门窗都关上。"落霜连连应声而去。

"额娘,救救八爷吧。"灵秀痛哭。

卫岚音皱着眉:"到底发生了什么?"

灵秀哭哭啼啼:"额娘,皇阿玛要杀八爷,已经将八爷暗中圈禁。"

卫岚音震惊:"你们到底想做什么?"

灵秀眼神迷离:"八爷与太子达成共识,要在皇阿玛狩猎离宫时,逼宫夺位。"

卫岚音惊愕地站立:"八阿哥竟然与太子狼狈为奸,逼宫之后,他要将太子斩杀,将罪名扣在太子头上?"灵秀泪眼婆娑地点头。

"真是糊涂啊。"卫岚音重拍桌案,"这本就是一着险棋,刀尖儿上舔血,太子的势力经营多年,太子妃的母族手握重兵,八阿哥真是太轻敌了。"

灵秀擦拭着眼泪:"本来是有八成胜算的,若不是有人告密,皇阿玛怎么会如此警觉?"

卫岚音侧目:"太子告密?"

"不是太子,是南书房行走——张廷玉。"灵秀咬着牙根儿,"八爷敬重于他,没想到,他临阵倒戈,向皇阿玛告密,皇阿玛才提前动手,八爷身陷囹圄。"

"原来是他。"卫岚音想起八阿哥曾经提及的南书房行走，看来便是这位张大人了，既然是他，那背后莫非是？她不敢再往下想。

"额娘，救救八爷吧，八爷为此计筹划数日，倾其所有，如今察哈尔旧部，包括林太医都被皇阿玛生擒，性命堪忧。"灵秀痛心疾首。

卫岚音踉跄，林太医临行前的一句身不由己，竟然是这番意思。

"皇阿玛并没有十足的证据证明八阿哥与察哈尔部勾结，所以并未对外宣扬，想来皇阿玛也是颇有踌躇。"灵秀焦虑道，"还请额娘保住八爷的性命。"

"你们太过糊涂，我早对八阿哥说过，他不是皇上的对手，他却始终不信，如今落得如此田地，难道要搭上所有人的性命吗？"卫岚音闭上双眸道，"皇上本便多疑，察哈尔一直是他心头的忌讳，你们非要如此做。他早已不是多年前的皇上，如今我求他，也是难上加难。"

灵秀放下怀中的手炉，跪倒在地："额娘，无论如何，请保全八爷，今后臣妾会劝慰八爷，即使是一亩薄田，粗茶淡饭，臣妾愿终身追随。"

卫岚音拉起她："让额娘好好想想，你先回去吧。"

"谢额娘。"灵秀的眼中放出光芒。

傍晚时分，长春宫余晖点点，卫岚音与落霜默默相对。

"落霜，你明日亲自去安国寺。"卫岚音淡淡一语，"太皇太后早就预见了今日的劫难，如今只有那道遗旨才能救八阿哥的命。"

"奴婢明日一早儿便去。"落霜无可奈何地说。

"而我却救不了林太医，救不了察哈尔旧部数百人的性命。"卫岚音痛哭，"没想到四阿哥深藏不露，到头来，还是皇贵妃深谋远虑。"

"张大人之事，是四阿哥故意利用，主子为何不告知张大人真相呢？"落霜殷切地问。

"四阿哥既然能说服张大人，定有重要的证据，你我口说无凭，如何能撼动张大人的心，更何况……"卫岚音叹息，"张大人明白真相又如何？这本就是一场夺嫡的恶战，八阿哥的身份是皇上的忌讳，如今又被皇上生擒，难道还要给他希望，继续争夺皇位？我累了，这场没有赢家的争斗，我不想再走下去，也不希望八阿哥再执迷不悟。"她的脸上挂着惨笑，是时候离开了。

纸永远包不住火，八阿哥被皇上幽禁的消息，被传得沸沸扬扬，尽管众人都不知晓其中的内情，但八阿哥触动皇上的逆鳞，却是尽人皆知，长春宫闭门谢客。

迎着紫禁城的熹微之光，玄烨提前回宫。卫岚音梳洗打扮一番后，带着落霜跪在乾清宫门前。

"皇上，良妃娘娘已经在外跪了两个时辰，您看？"梁公公小心翼翼地问。

玄烨缓缓放下手中的古籍，长舒一口气，"让她进来。"

梁公公弓着腰，一路小跑："良妃娘娘，皇上召见。"

卫岚音在落霜的搀扶下，来到殿内。

威仪尊贵的龙椅上坐着帝王，那是她永远不能到达的高度。

"臣妾叩见皇上。"

"卫岚音，你骗得朕好苦，骗了朕这么多年。"玄烨双眼冒火道。

"皇上不也是骗了臣妾好多年吗？"卫岚音眸光清寂。

"你好大的胆子。"玄烨盯着她，"朕何时骗过你？"

"臣妾今日是来给皇上看一样东西的。"卫岚音双手呈上太皇太后留下的遗诏，避开他的质问。

玄烨见到熟悉的字迹时，眼前氤氲一片，殿内弥漫着龙涎香的气味。

"你在威胁朕？"他开启金口。

"臣妾绝无此意，臣妾是来为自己和八阿哥求情。"卫岚音恭敬而语。

玄烨冷语："你生的好儿子，竟然要逼宫夺位，你们母子对得住朕吗？"

"千错万错都是臣妾的错。"卫岚音泪滴滚落，"臣妾的身上不该流着察哈尔的血。"

"原来你在朕身边，时刻都怀着仇恨，时刻都想着要恢复察哈尔的荣耀，时刻都想杀了朕，是不是！"玄烨双目赤红。卫岚音无言以对，只能沉默摇头。

"哈哈，朕竟然痴恋你一生。"玄烨放声大笑，笑声令人毛骨悚然，

"朕被你玩弄在股掌之中。"

"没有！"卫岚音不知从哪里迸发出的力量，她大声呼喊。

"那是什么，玩弄朕的感情，你觉得很好？"玄烨的眼中泛着寒意。

"皇上对臣妾的宠爱，臣妾铭记于心，但臣妾受不起皇上的爱恋。"卫岚音隐忍多年的委屈，脱口而出，"皇上贪恋的是臣妾的容貌和性情，是臣妾的弱小激发了皇上的仁慈，在皇上的眼中只有江山和美人，但美人不是爱人。皇上根本不懂得什么是爱恋。"她抬起头，迎上玄烨愤怒到极致的冷眸。

"你再说一遍？"玄烨一字一句。

"臣妾再说一遍也是如此！后宫这么多嫔妃，皇上哪有什么真情相对，后宫是皇家为江山永固和自己的私欲所设，皇上对臣妾的确高于其他人，可是臣妾依旧受不起皇上如此自私的爱恋。"卫岚音浑身颤动，"皇上拥有整个后宫，而臣妾的心里却只有一个皇上。这么多年，皇上喜，臣妾喜，皇上忧，臣妾忧，臣妾等着、盼着皇上能多看臣妾一眼，哪怕是一个眼神，臣妾便心满意足。皇上每次对臣妾所讲的爱恋之语，臣妾在心中会翻起无数回，填满臣妾的心，可是臣妾换来了什么？"

她泣不成声："多年来，臣妾在后宫举步维艰，受尽折磨，皇上只能袖手旁观，即使知道臣妾委屈，只能让臣妾忍让，因为皇上更在意的是江山社稷。新人年年入宫，皇上对臣妾的情谊更是淡薄，皇上竟然还利用臣妾察哈尔部的身份，暗中做饵，想引蛇出洞，一桩桩、一件件，臣妾的心早已疲倦，臣妾更受不起皇上给的荣耀。"

乾清宫死气沉沉，落霜和梁公公不敢大声喘气，玄烨更是双拳紧握。

"皇上，放臣妾离去吧。"卫岚音拉住明黄的龙袍。

"不许你离开朕，除非你死。"玄烨泛着杀气。

"臣妾谢皇上成全。"卫岚音松开他的衣角，"察哈尔旧部曾经多次想害皇上性命，都被臣妾和八阿哥挡住，八阿哥被太子步步紧逼，实在无法，才有此念，也是罪有应得，请皇上念在骨肉亲情，留世子弘旺一命。"

"朕的皇位对你们真的那么重要？"玄烨喃喃自语。

"这里没有什么对错，只有胜负，都是一步之遥的皇子，他们都有机会。"卫岚音惨笑道，"皇上难道不明白这粗浅的道理？"

"到底是朕老了，糊涂了。"玄烨落寞地转过身，卫岚音的话如尖刀一般插在心窝，他的心很痛。

"皇祖母高瞻远瞩，早就预见了今日的一切。"他捂住隐隐作痛的胸口，慢慢走向那把至高无上的龙椅，"你退下吧，朕累了。"

卫岚音望着他瘦弱疲惫的背影，到嘴边的话咽了下去，只能默默离去。乾清宫彻夜明亮，金烛台上几滴浊泪增添着凄凉，只有那把龙椅泛着血色的光芒。

从乾清宫归来的卫岚音并没有直接回宫，而是来到翊坤宫。

宜妃正焦虑地困在屋内："良妹妹，皇上如何说？"

卫岚音摇着头："皇上的心思，无人得知。"

"真是人算不如天算，百密一疏啊。"宜妃叹息，"可惜了八阿哥。"

"宜姐姐，你我同在宫中，姐妹多年，历经世事，臣妾奉劝姐姐一句，放手吧，今后不要再参与阿哥之间的争斗，只有安享荣华，才是正道。"卫岚音真挚地讲道，"儿孙自有儿孙福，咱们老了，经不起折腾。"

"我何尝不想，只是九阿哥和十阿哥……"宜妃担忧地说，"回头太难。"

"再难也要回头，总好过粉身碎骨，恩义全无。"卫岚音伤心至极。

"皇上对良妹妹讲了什么？"宜妃疑问。

"咱们斗不过皇上。"卫岚音感慨道。

宜妃叹息道："如今想来，还是温妹妹清闲享福，活着的才受罪啊。"

"是啊，死去才能解脱。"卫岚音惨淡微笑，"才能逃离这牢笼。"宜妃瞳色幽深。屋内的珠帘微微晃动，引人无限遐想。

接连数日，紫禁城无任何风吹草动，却人人自危。

长春宫中落寞冷清。

卫岚音的鼻尖儿泛着薄汗，将胸中的伤痛化作纸上的字迹倾诉。一滴滴泪不经意地滑落，润湿了宣纸。

"主子，太子那边？"落霜担忧，皇上为何圈禁八阿哥，却放过太子。

"皇上早晚会再废太子。"卫岚音低垂着头。

"皇上会立谁为太子？"落霜惊讶道。

卫岚音拿捏不准："八阿哥已无希望，这多年的势力会落入十四阿哥手里，四阿哥沉稳超群，十四阿哥魄力非凡，两人都深得皇上宠爱，到底立谁为太子，只能看皇上的心意了。"

"真是便宜了德妃娘娘。"落霜愤愤不平地说。

"若是十四阿哥登基，德妃才会得意，若是四阿哥，恐怕便是她的死期，她得的只不过是虚名罢了。"卫岚音轻轻喘息。皇贵妃与德妃的恩怨甚深，不会轻易解开。

"难道四阿哥会杀亲母？"落霜惊愕地说。

"皇贵妃怎会轻易放过德妃？"卫岚音反问。

"那四阿哥？"落霜低头研墨。

"德妃害死敏嫔，四阿哥怎能不知？这正是四阿哥的厉害之处，表面四阿哥对德妃毕恭毕敬，而暗里，四阿哥只认皇贵妃一个额娘。德妃这些年，尽心尽力地为十四阿哥铺路，四阿哥只是故意不计较，内心所想，谁又得知？"

"四阿哥的胜算大过十四阿哥。"落霜重语。

"那就看他的造化了。"卫岚音停顿了一下，"这些天，我真正放下了，放下了，才能看得通彻。"

"皇上喜爱四阿哥的四子弘历，已经命人养在宫中，要在上书房读书呢。"落霜禀告。

"竟有此事？"卫岚音蹙眉。

"确有此事，太子的世子弘皙大发雷霆，打了弘历，弘历人小志高，为弘皙求情，皇上愤怒，惩罚弘皙跪拜思过。"落霜解释。

"人就怕比较，四阿哥煞费苦心，弘历深得他的调教，真是……"卫岚音欲言又止，她已经不愿再去想无关之事。

"都是为了皇位啊。"落霜发出感慨。

"皇上不论立谁为太子，只有顺利登位才是赢家，否则也是一败涂地。”卫岚音一语道破。

“难道皇上再立太子，还会掀起轩然大波？”落霜瞪大双眼。

“阿哥们之间势均力敌，顺利登基确实艰难。”卫岚音摇头道，“这些离咱们都太过遥远，都忘了吧。”

“主子，皇上到底会？”落霜咬着红唇，忍不住地问。

“我也不知道。”卫岚音放下手中的紫毫。

“皇上最为仁孝，一定会遵从太皇太后的遗诏。”落霜坚定地说。

“准备后事吧。”卫岚音微笑地说，“一命换一命，值了。”她看着墨迹未干的字迹，心中有万般不舍，或许这就是天意，冥冥中早已注定一切，只待你走完这一程。额娘，岚儿到底让您失望了。她微闭双眸，沉浸在无尽的痛苦和不舍中。

朝堂上风云变幻，玄烨出乎意料地放了八阿哥，暗中斩杀了察哈尔旧部的所有人，包括林太医。当八阿哥将一枚白脂玉佩和破碎的木槿耳坠送到卫岚音手里时，卫岚音口吐鲜血。一声清脆响彻长春宫，八阿哥的脸上一片红肿。八阿哥长跪不起。

“额娘息怒。”八阿哥苦涩地挤出一语。

“既然死里逃生，便好生对待灵秀，夫妻本是同林鸟，大难面前各自飞，她没有独飞，而是选择与你一同面对牢狱之灾，这样的女子，你要珍惜。”卫岚音颤动地拂过白脂玉佩。

“儿臣谢额娘的救命之恩。”八阿哥低头叩拜。

“你今后的路更加艰难，好自为之吧，毕竟是你自己选的。”卫岚音心疼地嘱托。

“儿臣知道错了。”八阿哥眼含热泪，“额娘。儿臣知错了。”

“走吧。”卫岚音最后一次抚摸他的头，缓缓站立。八阿哥行着大礼，转身离去。

卫岚音望着他的背影，端庄沉静地微笑，内心充满祝福：好好活下去。

从此八阿哥清心寡欲不问世事，却依旧得到玄烨的斥责，众人皆知，长春宫的荣耀彻底走到了尽头。

紫禁城的深秋，总是凄凉无限。

在一个黑漆的寒夜，玄烨站立在高阁，望着远方模糊的琉璃，双眸含泪。稀薄的星空昏暗如井，恍如悲伤的内心。

"皇上，这里风大，还是回吧。"梁公公低沉劝慰。

"朕真的不懂爱吗？"玄烨用力地盯着黑暗的远处，试图挽留住什么，却一无所获。

"奴才哪里懂什么情爱，奴才知道皇上心中的苦。"梁公公忧伤道。

"苦？苦却留不住她。"玄烨重击着栏杆吼道。

梁公公跪倒在地："奴才失言了。"

"朕怎么能不懂爱，她到底想要什么？"玄烨凝立秋风中，苍凉无光。他缓缓转身，栏杆上留下了几滴风干的泪痕。

他没有回乾清宫，而是推开了长春宫的宫门，熟悉的景色和味道扑鼻而来，却是人去楼空。他沉重地触摸着每一处，仿佛都带着岚儿的气息。

梳妆台上还留着几缕秀发，首饰金银都静静地躺在小格子内，原来岚儿只带走了那对木槿花耳坠。

玄烨失声痛哭，他是帝王，天下的女子招之即来，挥之即去，难道他的付出，换来的只有岚儿的一句不懂得爱吗？这句话多日来始终郁结在心，他想不透，参不明，一次次伤感。如果不是爱，为何此时，他的心会如此疼痛？如果不是爱，他为何如此落寞？

他的目光停驻在桌案上，那是一首诗词，是岚儿的笔迹。宣纸上斑斑泪痕，是岚儿对他的情谊。

缺月挂疏桐，

漏断人初静。

谁见幽人独往来，

缥缈孤鸿影。

惊起却回头，

有恨无人省，

拣尽寒枝不肯栖，

寂寞沙洲冷。

这是他和她初见时的那首词，他踉跄地扶着桌沿，颤动地触摸着每一个字迹，老天如此捉弄人，在两人初见时，便已注定一生的坎坷和今日的诀别。

"拣尽寒枝不肯栖。"玄烨重复着，岚儿不愿栖息在红墙金碧，留给他寂寞沙洲冷。岚儿是带着恨离开他，离开紫禁城……

玄烨捂住胸口，万般情感涌在喉间，股股咸甜，殷红了明黄的龙袍，殷红了淡淡的墨迹。

"皇上。"梁公公急忙搀扶。

玄烨摆着手，脸上带着笑意，眼前好似看到了岚儿俏丽的身姿，甜美地问他："皇上是在讲臣妾颜如舜华吗？"

他心如刀绞，失去后方知曾经拥有过的美好，难道这不是爱吗？

"岚儿在朕心中岂止是颜如舜华，只是岚儿听不到了。"他终于支撑不住，长春宫内乱作一团。

康熙五十一年，长春宫传出噩耗，良妃娘娘薨，宫女落霜悲伤过度，随之而去。

长春宫满目素白，从辛者库走出的娘娘，终于走完了传奇的一生。

阵阵浪涛，冲击着细沙，卫岚音与落霜在这片宁静的海边已经度过了六载。每日在海边拾贝捡蟹，日子过得清闲。这里没有争斗，没有皇位，只有蔚蓝的大海和成群的海鸥。卫岚音彻底忘记了过去，远离了权势和仇恨。

"主子。"落霜晾晒着海藻。

"怎么又忘了？"卫岚音微笑道。

"奴婢唤主子已经唤了几十年，真是改不过来啊。"落霜摇头道。

"随你，这些衣裳都缝制好了，送给附近的乡亲吧，咱们没少受他们的恩惠。"卫岚音捧着一堆衣物。

"主子，油灯熏眼，莫要熬夜了。"落霜心疼地说。她麻利地离去。

卫岚音仰望蓝天白云，用力吸吮着微咸的海风。他终是不忍杀她，送她离开了紫禁城。她带着落霜，一路奔波，来到幼年与额娘生活过的地方。这里民风淳朴，消息闭塞，只听说皇上废立太子和千寿宴的大事，阿哥们之间的争斗不得而知。这样也好，毕竟她已经是死人，何必再眷恋红尘之事。

"主子，主子，您看谁来了。"落霜在远处呼喊。

卫岚音抬起头，青衣老者和一女子站立在落霜身边，是老友子鸣和念心。

子鸣白发苍苍："娘娘。"念心早已泣不成声，扑倒在卫岚音怀中。

"这里没有什么娘娘。"卫岚音喜极而泣，没想到有生之年还能遇到故人。

"八阿哥若是知晓娘娘还在世间，定会欣喜。"子鸣沉思感慨。

"是啊，嫡福晋也会高兴。"念心泪眼蒙眬。

"八阿哥可好？"卫岚音忍不住，"灵秀可好？"

子鸣轻轻摇头，又转而点头，念心低垂着头，暗自叹气。

卫岚音心中翻滚，八阿哥虽然死里逃生，留得一命，但势力仍在，朝中的重臣怎能轻易放弃？他躲过了皇上手中的刀，却躲不过贼人手中的剑。

"子鸣先生和念心怎么会来这里？"落霜倒着热茶，"一切简陋，还请见谅。"

子鸣依然是谦谦君子："我能来这里，是当年娘娘告知，如今子鸣无处安身，便想到了这里。"

"我一直在醉庐侍奉先生，无处可去，只能跟着先生走。"念心苦笑道。

无处安身，无处可去？看着两人风尘仆仆的样子，那八阿哥更是凶多吉少，卫岚音蹙眉："八阿哥他？"

"娘娘少安毋躁，真没想到能在这里遇到娘娘，真是天意，天意啊。"子鸣感慨。念心紧抿着唇，神色凝重。

屋外风轻云淡，屋内热茶袅袅，直到余晖漫天，卫岚音的泪一次次滚落。

"这样也好，八阿哥依然是皇子，依然是阿哥。"子鸣叹息道。

"皇上为何不放过八阿哥，八阿哥已经退让。"落霜愤慨道。

"退让便意味着将生死置之度外，只能任人宰割。"子鸣放下手中的粗碗。

"鹰到底是谁弄死的？"卫岚音咬着唇，"是四阿哥？"

子鸣摇头道："四阿哥的四子弘历已经远远超过皇上的嫡孙弘皙，四阿哥一心讨皇上欢心，不必冒险做此事。"

卫岚音忽然脸色苍白地问："是皇上？"

子鸣点头："是皇上所为，皇上的意图不是打击八阿哥，而是告诫八阿哥身边心存不轨之人，断了不臣之想。"

"八阿哥的病？"卫岚音担忧地问。

"八阿哥已经好多了，皇上虽然停了八阿哥的俸禄，将八阿哥击倒在地，但八阿哥毕竟是皇子，八阿哥和嫡福晋在家写字读书，也落得清闲。"念心宽慰着她的心。

"咱们到底斗不过皇上。"卫岚音踌躇，"这都是命啊。"

"皇上处心积虑，不愧是千古一帝。"子鸣也不得不承认，玄烨是一位英明神武的好皇帝。

卫岚音问："皇上要如何安排废太子？"

"皇上已经命人在德胜门外修建郑家庄，晋封废太子为理亲王，着其家眷居住。"子鸣应答。

"皇上对废太子不薄，一切皆在皇上的掌控之中。"卫岚音深有感触。

"只可惜太子妃早逝，废太子在咸安宫郁郁寡欢。"子鸣讲述着憾事。

"各人都有各人的命。"卫岚音感叹。

"宫中一切可好？"落霜径直问，毕竟那里是她生活一生的地方，曾经的对手也甚为挂念。

念心微笑道："皇上刚刚大封了后宫，加封和嫔娘娘为和妃，密贵人为密嫔，勤贵人为勤嫔，定贵人为定嫔，宣嫔娘娘为宣妃，成嫔娘娘为成妃，其中和妃娘娘最得皇上心意，盛宠紫禁城。"

"皇上向来吝惜隆恩，这次倒也封得彻底。"卫岚音沉默无语。

"娘娘猜猜和妃娘娘是谁的人？"子鸣幽叹。

"和妃不是皇上从漠北带回的吗？"卫岚音不解，难道云淡风轻、与世无争的和妃也是暗藏祸心？

"哪里会有如此相像之人。"子鸣摇头道，"和妃是四阿哥费尽心思，藏在皇上身边的棋子，和妃心系四阿哥，每日服用不孕之药，生下来的死胎都是她自己为之，她痴心妄想，四阿哥登基，与四阿哥双宿双飞，殊不知，她只是一颗棋子。"

卫岚音和落霜面面相觑，原来真相如此残酷，四阿哥的手伸得如此之长。

"娘娘既然远离了紫禁城，便忘了吧。"子鸣心疼道。

"这里有几间偏房，收拾出来，你先住下吧，彼此也有个照应。"卫岚音感激地看着他。

子鸣微微点头，人生失意，总有惊喜，也是心满意足。

夜半时分，念心激动得无法入睡，她想起一事，忽然抓住卫岚音的手，"娘娘错怪皇上了。"

卫岚音也没有睡："错怪？"

念心压低声音："奴婢也是无意中发觉，子鸣先生和八阿哥都不知晓，当年是花将军派人杀害娘娘的家人，更是花将军一把火烧了娘娘家的府邸，国舅爷是被花将军蒙蔽，误将皇上当成仇人。"

卫岚音死死摇着她的手："到底怎么回事？"

"花将军想要利用国舅爷作为制约娘娘最后的棋子。"念心一语道破。

卫岚音的泪无声滑落，她恨错了人，怪错了人，一切都为时已晚。其实，她也不懂得爱，没有相信他……她只能带着遗憾了却余生。

暑去寒来，子鸣和念心在这片宁静的海边安定下来，他们四处游历行医，谁都没有再次提及那段凄美的往事。

初冬的清晨，子鸣与念心又去给村民诊病，卫岚音迎来了一位故人。

"拜见良妃娘娘。"温润的君子跪倒在地。

卫岚音的眼睛已经模糊不清："你是？"

"良妃娘娘，我是十二阿哥。"

卫岚音仔细地瞧着，真是十二阿哥。

"额娘要是知晓良妃娘娘还活着，不知会多开心。"十二阿哥诚恳地讲道。

"你怎么找来的？"卫岚音疑惑。

"我是奉皇阿玛之命，与四哥祭拜昭陵，绕路来探望良妃娘娘。"十二阿哥搀扶着她坐下。

卫岚音激动得无法言语："皇上知道我在这里？"

"皇阿玛当然知晓良妃娘娘在这里隐居，自从良妃娘娘来到这里，这个渔村总会有护军营的侍卫乔装前来探望良妃娘娘。这些年，良妃娘娘的点点滴滴，皇阿玛都是知晓的。"十二阿哥低沉回答。

"前些年，皇阿玛知晓良妃娘娘的眼睛不好，特意命人将上好的药材，送往附近的小镇，良妃娘娘蒙在鼓里罢了。"

卫岚音泣不成声。

"良妃娘娘，皇阿玛自知时日不多，特命我前来，亲口告知良妃娘娘，皇阿玛到底负了良妃娘娘，是身不由己，希望来生不再为帝，与良妃娘娘生死与共。"十二阿哥激动地讲道。

卫岚音痛哭道："我也错怪了皇上。"

"良妃娘娘可有话带给皇阿玛？"十二阿哥鼻间酸楚。

卫岚音从怀中掏出香囊，里面装着那只木槿耳坠："告诉皇上，来生带着这个来寻我。"

"良妃娘娘保重。"十二阿哥挥泪而去。卫岚音的心飞往了紫禁城。

一年又一年，如水年华。

落霜愣愣地从外而入："主子，主子。"

卫岚音正在念着佛经，佛珠忽然散落在地。

"皇上，皇上，驾崩了。"落霜拽住卫岚音的手，"四阿哥继承了大统。"卫岚音半晌无语，她摸着清冷的脸庞，竟然没有一滴眼泪。

"主子。"落霜焦急地呼喊。

卫岚音眼前一黑，直挺挺地昏倒在落霜怀里。

"皇上，皇上。"她在睡梦里不停地呼喊。一夜间，落霜也苍老了许多。

数日后，在一个铺满余晖的午后，卧床多日的卫岚音带上一只木槿花耳坠，赤着脚，笑里含泪地走向宽阔的大海，她一步步地走着，仿佛走向新生。

"生死与共又何必来生，今生已如此，皇上你慢些走，等等岚儿。"

海浪冲淡了沙滩上的脚印，她的身影慢慢消失在波涛滚滚的海面上。轻柔的海风吹过，海面归于平静，依然是霞飞满天。

从远处寻来的落霜发疯地拍打着海水："主子。"

康熙六十一年，玄烨在畅春园驾崩，临死前手里握着那只木槿花的耳坠。四阿哥继位，年号：雍正。

雍正元年，德妃（仁寿皇太后）五月二十三日丑刻薨。

雍正五年，荣妃薨。

雍正十年，惠妃薨。

雍正十一年，宜妃薨。

乾隆五年，成妃薨。

乾隆八年，佟佳氏（小佟）薨。

乾隆二十二年，定妃薨。

乾隆三十三年，和妃薨。

全文完！

温庄公主番外——日色欲尽花含烟

自幼皇额娘便告诉我，我是大清国最尊贵的公主，可以心想事成，不必害怕任何事，惧怕任何人。我长大后，发现公主是世上最可怜的人，正因为我的身份尊贵，所有人对我虚伪至极。只有永福宫的庄妃对我最好，我时常会去小坐，和她谈天论地。

公主的日子总是寂寞，我无事时总是梳着长长的辫子，骑着心爱的小红马，在盛京城里闲逛。有一天，我无意救下一名少年，便留在身边使唤。被关睢宫的宸妃发现了，以淫乱之名将我扭送到皇阿玛面前。

凤凰楼里，皇阿玛安坐在龙椅上，温柔地看向宸妃，根本无视其他人。我冷笑地看着这段忘年恋情。

"温庄公主真是厉害，都是大姑娘了，还留个少年在身边，不是让人笑话吗？"宸妃趾高气扬地说道。

皇额娘一言不发，她已经被皇阿玛冷落多年，唯一的荣耀只有中宫的位置。

"温庄公主还小，哪里懂什么男女之情。"庄妃柔声微笑。我已经十二岁，还没有来葵水一事，宫中尽人皆知。

"姐姐此言差矣，若是那般，还用这般折腾，直接砍头罢了。"宸妃斥责。

"不行，小林子家破人亡，已经够惨了，难道宸妃没有一丝怜悯之心吗？"我着急地反驳。

"放肆，你是怎么和长辈讲话的？"皇阿玛开启金口。

"皇阿玛。"我倔强地抬起头。

"别忘了，你是大清国的公主。"皇阿玛重重拍着桌案。

"皇上息怒，都是臣妾管教不严，小林子倒也灵性，不如将小林子阉了，留在温庄公主身边，也是无可厚非。"皇额娘低沉地讲道，聪慧的她总会想出各种解决难题的良策。只是我怎么可能让小林子成为太监？

"不行，我既然救了他，怎能又毁了他？"我不停地摇头。

"不可任性。"皇额娘递给我警示的目光。

"请皇阿玛开恩。"我终于低下了高傲的头。

"还说没有私情，能令温庄公主低声下气的人，真是厉害。"宸妃阴阳怪气地微笑。

"皇上，如今八旗铁骑迟早入关，我大清男丁又少，正是用人之际，既然温庄公主有缘救下此人，不如将此人送往军中当个医童，也好为我所用，岂不更好？"庄妃笑意盈盈。

"是啊，小林子脑子灵，当个医童一定没问题。"我殷切地望向皇阿玛。

"就依照庄妃所言吧。"皇阿玛点头。

"谢皇阿玛。"我喜悦地行着大礼。

"既然今日人都在，朕有事宣布，多尔衮已经挥师北上，察哈尔部唾手可得，林丹汗必死。察哈尔肥沃之地，必定为朕所用，朕已经决定，命温庄公主下嫁林丹汗之子，安抚察哈尔的子民。"皇阿玛一言，屋内鸦雀无声。

"皇上，温庄公主还没有成人。"皇额娘担忧地说。灭掉察哈尔，再行联姻，将来的路岂止是凶险……

我可怜兮兮地抹着眼泪："儿臣还想陪伴皇阿玛。"

"这就是大清公主的命。"皇阿玛无情地讲道。

我大声哭喊，我虽然救了小林子的命，却没有预料到我的命！我跪在皇阿玛的脚下，恳求他，直到眼睁睁地看着他带着宸妃离去。

"起来吧。"庄妃心疼地拉起我，"公主总要有个公主的样子，草原广阔无垠，或许也能成全公主洒脱的性情。"我将信将疑地握紧她的手，站立起来。

我回到房中便病倒了，再也没有见到小林子，我知道他已经被皇额娘连夜送走。

"不喝，端走。"我大声地喊。

"公主，这是皇上亲自命太医院为公主配置的暖宫汤药，命老奴一定要亲眼看公主服下。"板着脸的老嬷嬷厉声喊道。

"不喝。"我捂住耳朵。

"那就休怪老奴无礼了。"老嬷嬷挽着马蹄袖儿。我咬着牙根儿咽下苦涩的汤药。

"老奴告退，明日再来给公主送药，愿公主早日成人。"老嬷嬷阴险地离去。我背过脸，委屈地流下泪珠，原来我在皇阿玛眼中仅仅是位和亲的公主。

深夜里静寂得可怕，我从床上爬起来，在宫中晃荡，皇额娘居住的正房中发出幽暗的烛光，我知道皇额娘在暗自垂泪，这样的事情，自从宸妃入宫后，每夜都是如此。

我能如何呢？只恨自己是女儿身。忽然，我觉得小腹一阵灼痛，热流涌出，我大笑地仰望星空，我成人了，我终于要离开了。

皇阿玛还没来得及将我送走，自己就娶亲了，还是位寡妇，一位美艳的寡妇，林丹汗的大妃被皇阿玛封为贵妃。贵妃还带来了小孽种，一个眼中充满仇恨的少年——阿布鼐。

我懒得与他交锋，依然四处闲晃，我要把曾经居住、长大的地方，都仔细看一遍，因为以后再没有机会了。

此时，盛京城中的八旗显贵们都迎娶了从草原掳来的女眷，一时间，热闹非凡。

在金秋时节，皇阿玛颁发圣旨将我许配给年幼的察哈尔王——额哲。送亲的人，正是那个小孽种——阿布鼐。皇额娘亲手为我披上凤冠霞帔，凤冠好重，重得我喘不上气来。皇额娘早已泣不成声。

"公主长大了。"庄妃红着眼睛。我拿出最喜欢的喜鹊金钗，递到她手里："留个念想儿吧。"她微微点头。

"这是大喜的日子，温庄公主勿要哭泣，额哲是草原上的雄鹰，是公主的良配啊。"贵妃献媚道。我怒瞪了她一眼，好女不二嫁，贵妃和宸妃一样都是侍奉二夫，最为汉人不齿。

"好了，别耽误时辰，去给你皇阿玛行礼吧。"皇额娘打破屋内的寂静。

我跪倒在凤凰楼前："儿臣谢皇阿玛的养育之恩。"

"别给爱新觉罗家族丢脸。"皇阿玛沉重的声音。迎着吹吹打打的锣鼓声，我坐上了金黄的花轿。

一路上，阿布鼐总是在暗处盯着我，眼中冒着怒火。我几次想逃跑，都被他识破，抓了回来。

"不要再费尽心思，除非你死。"阿布鼐面无表情。

"你那么厉害，为何被大清打败？"我残酷地揭开他心底的伤疤。

"若不是族里出了奸细，察哈尔部怎能败在尔等贼寇手里。"阿布鼐揪住我的脖子。我窒息得无法喘气，却没有挣扎，这样去了也好，至少早死早投胎。

"你为何不反抗？"阿布鼐放开我。

"反抗有用吗？就像我不想嫁，也必须穿上这身嫁衣。"多日的委屈和伤心终于释放出来，我大哭不止，"我才不想当什么公主。"

"可是，你注定是大清的公主。"阿布鼐冷清地转身离去。我一个人孤独地在帐篷里悲伤哭泣。

之后的日子里，我的马车里总会出现些活物，旅途少了寂寞，多了些乐趣，而阿布鼐的脸色依旧冷冽。

在经过一场暴风雪后，我见到了我的夫婿，新一代的察哈尔王——额哲。他和阿布鼐长得不同，是一位草莽，形如野人。

洞房花烛夜，我忐忑地守在帐篷里看到了阿布鼐。

"你来做什么？"我愤怒地问。

"当然是来侍奉温庄公主。"满身酒气的额哲晃晃悠悠地到来。

"你们想做什么？"我大声喊。

额哲拍着阿布鼐的肩膀："阿布鼐，她的老子睡了你的母亲，你去把她睡了，为父汗雪耻。"

我气愤地站立："皇阿玛不会放过你们。"

"哈哈，谁让你是皇太极的公主，我察哈尔部已经编入八旗，他还想怎么样？你就是一个可怜的公主罢了，他送你来，就预料了你的命运。草原上谁不知道我额哲不能尽人事。"额哲摔落酒盏，"阿布鼐，你还等什么？拿出草原汉子的血性，这个女子，给你了。"他拉着一名歌女坐在圆桌旁，等待着阿布鼐的行动。

阿布鼐醉醺醺地走向我。

"阿布鼐，我是温庄公主，是你的嫂子。"我不断地后退。

"温庄公主，很好。"阿布鼐将我横腰抱起，放在毛毯上。

"放开我！"我害怕地捶打他，他撕裂了我华贵的衣裳，让我体验到了从未有过的耻辱。耳边依稀传来额哲和歌女媚笑的声音，我不敢喊，死死咬住嘴唇。梦想离我越来越远，我宁愿这样死去，至少来世不会投生为公主。

"哈哈，真是个柔弱的娘们儿，浑身瘦得像骆驼一样，有什么乐趣？"额哲掀开被子，看着我满身的青紫大笑。

懦夫，只能欺负女子！我在心中咒骂。

接下来的日子更是困苦，我沦为额哲和阿布鼐兄弟两人的玩物。我好恨，皇阿玛为何将我推入火坑，我偷偷写信给皇额娘，希望能早日回盛京。而每封信都石沉大海，杳无音讯。我的心好似草原上的沙石，渐渐风化变硬。终于我迎来了故人——小林子，他已经是温润君子。

"公主。"小林子心疼地看着我。

"小林子，帮我带封信给皇额娘。"我欣喜地望着他。

小林子摇头："公主死了这条心吧。"

"为什么？你不肯帮我？"难道时隔多年小林子变了？

"公主，皇上驾崩，新皇即位，八旗铁骑即将入关，哪里会顾及公主的死活，朝廷还依仗公主安稳察哈尔草原呢。"小林子满脸无奈地说。

"皇阿玛，驾，崩。"我的眼前一片漆黑，那个高高在上的皇阿玛驾崩了？我以为他真的会万岁。

"公主，待入关后，我恳求睿亲王，接公主回京。"小林子坚定地说道。

我满脸泪痕地问："皇额娘呢？"

"皇太后一切安好，庄妃娘娘所出的皇子已经是皇上。"小林子讲述着京城的变动，他知道，形同幽禁的我什么也不知晓。

我欣喜地点头道："老天有眼，庄妃也是熬出头了。"

这一夜，我喝了好多酒，晚上阿布鼐占有我时，我用力咬着他的肩膀，引来他更猛烈的动作，我内心狂笑。小林子告诉我，我已经有孕在身，我必须拿掉这个孽种。我要用这个最肮脏的方式，拿掉孽种。但事与愿违，后来，我生下了名义上的额哲的孩子，却长着跟阿布鼐一样黝黑的双眼。

没多久，酗酒多年的额哲终于死在歌女的怀里，我好开心，我终于可以离开这里。皇额娘和庄妃一定会接我回宫，我充满了期待。

可是我等来的是一道命我改嫁的圣旨，圣旨上明晃晃地写着，命我下嫁阿布鼐——新一代的察哈尔王。

阿布鼐欣喜若狂地抱着我："高兴吗？"我板着脸。

"你不高兴吗？我们可以名正言顺地在一起，你是我的王妃。"阿布鼐高喊。

"我才不想做你的王妃。"我疯狂地拍打他。他将我禁锢在怀里，"你只能是我的王妃。"

我也背上二嫁的名声，成为了阿布鼐的妻子。世上事真是可笑，越是厌恶什么，越是在我身上验证什么。

原来庄妃也变了！朝堂又颁发旨意，命察哈尔王在盛京居住。我随着阿布鼐回到了盛京老城，成为察哈尔王妃。阿布鼐对我越好，我愈加厌恶他。

他为了防止我逃跑，一次次占有我，我接连生下两个孩子。我从来没有放弃过逃跑，爱新觉罗家族对我的冷漠，已经令我麻木。我要自由，终于在上香的空隙，我逃离了王府。

我隐藏在附近的村落，依然没有逃脱阿布鼐的视线，在简陋的茅草屋，他粗鲁地将我摁倒在地："我们黄金家族才是世间最厉害的家族。"我的泪无声滚落，却无法阻止他的侵犯。借着他熟睡的时候，我仓皇而逃。

老天捉弄，我再次有孕，我做出了一个惊世骇俗的事情，我要嫁人！

我在村民的帮助下，嫁给了一位落魄的卫姓男子。我用手中的金条，买通了他，成了名义上的卫家大嫂。我为他娶了一位填房后，独自一人来到小渔村居住。这一次，我生下一个美丽的女孩儿，我为她取名为卫岚音。

也许她一生困苦，却可以自由自在，为了让她逃离选秀入宫，我自幼便循循善诱，告诫她远离皇宫。

小林子也成家了，带着他的儿子来看我，还和我结为亲家，我从他的口中得知，朝廷杀了我所有的亲人，察哈尔部彻底完了。

那一夜我哭了。我才知道，我心中早已爱上了阿布鼐，只是太迟了。

小林子告诉我，庄妃在四处寻我，我才不会回到充满血腥的地方。

我带着小卫岚音又回到了卫家，这时的我已经身无分文。我所谓的丈夫占有了我，这就是生活，我无法抗争，只能顺从。而这时，庄妃真的找到了我。

我早已看透世间的繁华，看淡了所有的荣耀，只留下额娘的手镯，留给小卫岚音做个念想。春去秋来，我的身子越来越差，小卫岚音照顾着幼年的弟弟和我。

我真的好心疼，好多次我都想带着他们回到京城，无奈又一次一次地放弃。我不想小卫岚音成为第二个我，大清的公主，往往逃脱不了和亲的命运。

我已经灯枯油尽，望着哭泣的小卫岚音，我重复着心底的话语："不要进宫。"小卫岚音大声地喊着娘亲。

我的眼前渐渐模糊，我仿佛又看到阿布鼐那冷冽无情的双眸，我挂着笑意，慢慢地闭上了眼睛。

"阿布鼐，我来了！"

"愿老天保佑，小卫岚音幸福！"